Kera Jung

From Yesterday

Roman-Sonderedition
der Keine-wie-Reihe

From Yesterday (Sonderedition der Keine-wie-Reihe)

Deutsche Erstausgabe August 2015

© Kera Jung

Kera.Jung@gmx.de

https://www.facebook.com/pages/Kera–Jung/107377139457014

Umschlaggestaltung: Sabrina Dahlenburg

Lektorat: WORTplus

Korrektorat: WORTplus

Satz Ebook: Sophie Candice

Satz Print: Sophie Candice

Erschienen im A.P.P.-Verlag

Peter Neuhäußer

Gemeindegässle 05

89150 Laichingen

ISBN e-book mobi: 978-3-945786-96-3

ISBN Print: 978-3-945786-97-0

Für Tina und Daniel,

... weil mit euch alles anfing.

Sie ist eine grausame Heimsuchung!
… davon ist Daniel jedenfalls überzeugt, als ihm das launige Schicksal die leicht übergewichtige, kurzsichtige und gnadenlos nervige Tina aufbürdet.

Er ist ein Gott!
… resümiert Tina offenen Mundes, als ihr das Glück den attraktiven und von allen umschwärmten Womanizer Daniel schickt.
Bald müssen beide jedoch einsehen, dass sie mit ihrer ersten Einschätzung nicht unbedingt ins Schwarze getroffen haben. Denn Daniel erkennt verblüfft, dass er die naive, verwöhnte Nervensäge aus der Provinz tatsächlich mag, während Tina sich der schmerzlichen Erkenntnis stellen muss, dass tiefe, echte und aufrichtige Freundschaft nicht zwangsläufig in romantischen Gefühlen mündet.
Hat ihre Liebe dennoch eine Chance?

Die gesamte Keine-wie-Reihe in einer Sonderauflage. Mit erweiterten und neuen Szenen.

Preface

… heißt natürlich Vorwort. Es wurde an dieser Stelle nur deshalb mit dem englischen Pendant versehen, weil auch die nachfolgenden Kapitelüberschriften in dieser Sprache gehalten sind.

Zum Buch: Es handelt sich um die Super-Sonder-Gesamt-Edition der ›Keine-wie-Reihe‹. Das heißt: alle drei Teile in einem, daher ist es auch so extrem lang.

Für diejenigen, die es bereits kennen: Ich habe etliche Überraschungen für euch vorbereitet, einige Szenen sind länger geworden, einige gar neu, Hineinschauen lohnt sich auf jeden Fall :).

Für die neuen Leser: Bei diesem Buch handelt es um eine Romanze, die im ersten Teil in der ChicLit-, im zweiten in der Dramen- und im dritten in der Humor-, Romantik- UND Dramenabteilung angesiedelt ist.

Es wird die Geschichte von Tina und Daniel erzählt, dem Liebespaar, das sehr viele, oftmals unerwartete, Hürden überstehen muss, bis es endlich glücklich sein darf.

Fasst man die bisherigen Lesermeinungen zusammen, dann ist die Story witzig und traurig, erotisch und prüde, romantisch und albern, vorhersehbar und total überraschend.

Sie lässt einen lachen, weinen, die Stirn runzeln, entnervt aufstöhnen, vor sich hin schimpfen, hin und wieder versonnen lächeln, und dann und wann sogar beinahe verzweifeln.

Ich für meinen Teil hoffe, dass für Sie von allem etwas dabei ist. Ansonsten bleibt mir zunächst nicht viel mehr zu sagen, als: Viel Spaß mit dem grünäugigen Dämon und der grausamen Heimsuchung – Daniel und Tina!

Kera Jung

1. J don't like monday

Nach ihrem glorreichen Weggang aus Gilman, ihrer Heimat, hatte Tina tatsächlich geglaubt, endlich würde sich alles ändern. Was für ein Reinfall! Fakt war: noch immer hasste sie den Montag, bedeutete er doch, dass fünf grausame und endlose Wochentage vor ihr lagen. Mehr und mehr würgte sie zusätzlich am Dienstag, der Mittwoch brachte auch keine Verbesserung. Donnerstags hätte Tina am liebsten durchgeschlafen und der Freitag, nun *der* stellte die Krönung des Desasters namens Woche dar. An diesem Tag musste sie neben den Vorlesungen zu allem Überfluss auch noch *arbeiten*. Nun gut, eine Veränderung ließ sich dennoch verzeichnen: In Gilman hatte sie in einem Café bedient, während die frischgebackene Studentin jetzt endlose vier Stunden in einem Supermarkt schuften durfte. Und das *nur*, weil ihr Dad verlangte, dass sie wenigstens einen Teil des benötigten Geldes selbst aufbrachte. Um ihr *Selbstbewusstsein* zu steigern!

Ha!

Blind tastete Tina nach ihrer Brille und senkte einige peinliche Fehlversuche später das schwere Gestell auf ihre Nase, ehe sie missmutig ins Bad schlurfte und sich dem ersten Grauen des Tages stellte: ihrem Spiegelbild. Grandios! Die Augen waren aufgrund Tinas derzeit unsagbar anhänglichen und so penetranten Freundes, dem Schnupfen, verklebt und die Wangen wirkten widerlich aufgeschwemmt. Letzteres war um diese Uhrzeit immer der Fall, weshalb morgens ganz besonders deutlich wurde, dass sich an ihrem Körper etliche Kilo zu viel heimisch fühlten. Seufzend matschte sie Zahnpasta auf die Bürste und bearbeitete damit kurz darauf lustlos ihre Zähne. Nach dem nächsten Blick in den Spiegel, der auch nichts anderes offenbarte, als die grausame Realität, betrachtete sie lieber das Waschbecken. Das war denkbar motivierender. Eine halbe Stunde später trat das Mädchen mit einem Bagel und seinem Rucksack bewaffnet aus der Tür und vergewisserte sich zunächst, dass die Straße frei von störenden Elementen war. Als *störend* galten hierbei alle Personen ihres Alters, plus fünfzehn, ganz besonders jedoch die männlichen.

Vorsichtshalber zog sie die Kapuze ihres Parkas etwas tiefer ins Gesicht, senkte den Blick zu Boden – ihre bevorzugte Haltung in der Öffentlichkeit – und begab sich auf den Weg zur Haltestelle.

Genau genommen wäre ein späterer Bus ausreichend gewesen, die erste Vorlesung begann erst um neun Uhr. Doch Tina war schnell dahinter gelangt, dass nach diesem etliche Studenten zu den Fahrgästen gehörten, manchmal sogar ihre direkten Kommilitonen. Und nur für deren gemeine Blicke wäre sie gern zur Mörderin geworden, von den dämlichen Sprüchen ganz zu schweigen. Eilig setzte sie sich auf einen freien Platz, bevor ihr einer der übrigen Frühaufsteher zuvor kommen konnte, und nagte gedankenverloren an ihrem Bagel. Warum war das Leben nur so verflucht kompliziert?

Geh mal auf die Highschool, wenn du eine Hornbrille trägst, hässlich und fett bist.

Das wünschte sie ihrem ärgsten Feind nicht. Entweder, man kassierte eine dämliche Bemerkung nach der nächsten oder wurde überhaupt nicht beachtet.

Steh mal jahrelang auf dem Pausenhof und unterhalte dich mangels Alternative mit den Bäumen.

Auch eine Erfahrung, die sie gern nie gemacht hätte. Ihre Eltern, Vera und George Hunt, von jeher äußerst besorgt um ihre Tochter gewesen. Besonders ihre Mom drohte unentwegt, sich vor lauter Mutterliebe umzubringen. Und da Tina bei der Geburt ein wenig klein geraten war, fiel die Sorge in doppelter Intensität aus. Ständig wurde das Mädchen zu irgendwelchen Ärzten geschleift, ob nun erforderlich, oder nicht. Weder litt Christina Hunt an einer ernsthaften Erkrankung noch konnte man sie als fett bezeichnen, eher erfüllte sie alle Voraussetzungen, um als pummelig durchzugehen. In Kombination mit der Brille auf ihrer Nase und den guten Zensuren genügte das, um die Aussätzige zu geben. Gesellte sich darüber hinaus eine etwas zu begeisterte Mutter hinzu, war die Katastrophe perfekt.

Mister Hunt hatte sich stets aus allem herausgehalten. Doch mit den Jahren wurde sein Blick immer bekümmerter und schließlich entschied er in einem Akt der Verzweiflung, Tina nach Ithaka zu entsenden. Womit sie nicht, wie von Mrs. Hunt gewünscht, im nahen New London studierte. Egal, wie lautstark die mütterlichen Proteste ausfielen, an seiner Entscheidung änderte das nichts. Und so wurde Tina vor etwas mehr als einer Woche von einem grimmigen Vater und einer verheulten Mutter in jene Universitätsstadt kutschiert, wo sie sogar Privilegien genießen durfte. Denn im Gegensatz zu vielen anderen Studenten bewohnte sie ein winziges Appartement außerhalb des Campus und musste sich nicht mit drei – lästernden – Girlies eine von diesen Studentenbuden teilen.

Der erste Tag war durchaus vielversprechend angelaufen. Zwar unterhielt sie sich mit niemandem, wurde jedoch auch nicht dämlich angemacht, was bereits eine Verbesserung der Gesamtlage um einhundert Prozent darstellte. Nach einigen Tagen hatte sie zu drei Mädchen ihres Jahrgangs so etwas wie ›Kontakt‹

hergestellt. Wenngleich es sich hierbei garantiert nicht um die Elite des ehrwürdigen Colleges handelte: Von pummelig konnte bei Nicole keine Rede sein, ›fett‹ traf es schon eher. Die unansehnliche Abigail hatte in der Vergangenheit unter Garantie auch des Öfteren allein auf dem Schulhof stehen müssen, und Lynn – die Dritte im Bunde der Aussätzigen – litt an potenzieller Blödheit, mit unverkennbarer Neigung, jeden Spiegel strikt zu meiden. Aus reinem Selbsterhaltungstrieb.

Jedoch schienen sie nett und Tinas Hoffnung erhielt neuen Auftrieb. Vielleicht würde sich ihr Leben ja doch spürbar verbessern. Sicher ließen die dummen Parolen nicht endlos auf sich warten. Die Jungs lieferten zuverlässig und die arroganten Möchtegernmodels zogen eifrig nach, sobald die sich erst einmal glücklich zusammengerottet hatten. Allerdings ertrug sich das Grauen in einer Gruppe Mitbetroffener so viel leichter. Außerdem war Tina unter ihren drei Freundinnen nicht die Hässlichste, was auch eine völlig neue Erfahrung darstellte. Tatsächlich unerträglich gestaltete die gesamte Angelegenheit nur er: Daniel Grant – eines der Auslaufmodelle, in einem knappen Jahr stand sein Examen an.

Er war Mitglied der beliebtesten Studentenvereinigung und mit Abstand der attraktivste Mann, den Tina bisher gesehen hatte. Von ihrer Existenz wusste er selbstverständlich nichts, möglicherweise hätte er sie nicht einmal bemerkt, wäre sie vor ihm auf und ab gehüpft. Damit gehörte er jedoch gleichzeitig nicht zu denjenigen, die den vier Mädchen mit ihren verbalen Attacken zusätzlich das Leben erschwerten. Vermutlich fehlte ihm für Derartiges schlicht die Zeit. Häufig sah man ihn in seinem roten Cabriolet – unter Umständen in Begleitung einer Blondine.

Oft stand er auch bei seinen Freunden – diesmal womöglich mit einer schlanken Brünetten. Und hin und wieder befand er sich sogar auf dem Weg zu einer Vorlesung. Dann hielt er zur Abwechslung vielleicht eine Rothaarige im Arm. Immer lächelte er, immer war das Haar perfekt gestylt, er insgesamt gut drauf und jeder schien ihn zu mögen.

Seit sie ihn zum ersten Mal gesehen hatte, war Tina unsterblich in Daniel verliebt und himmelte ihn an. Aus der Ferne. Heimlich.

Und dabei würde es wohl auch bleiben.

2. One black day

»Daniel?«

Der saß soeben mit Carol, Becky oder so ähnlich beim Frühstück. Genau konnte er sich nicht mehr an den Namen erinnern, an die vergangene Nacht hingegen umso deutlicher. Ohne den Blick von ihm zu nehmen, genoss die schlanke Blondine mit den vollen Lippen und der ausladenden Oberweite ihren wohlverdienten Kaffee und sah selbst am Morgen danach heiß aus. Was natürlich auch an den sogar äußerst heißen Ereignissen der letzten Nacht liegen konnte.

Oh, er liebte das Studentenleb...

»Daniel!«

Offensichtlich war es keine Halluzination gewesen. Als Antwort auf Carols oder Beckys? Stirnrunzeln grinste er. »Du entschuldigst mich, mein Dad.«

Dad empfing ihn im Eingang zu seinem Arbeitszimmer. Als Daniel die gestrenge Miene seines Vaters sah, schwante ihm Grausames, doch zunächst einmal hielt man sich strikt ans Reglement. Höflich wurde er hereingebeten, die Tür lautlos geschlossen und Daniel wortlos in den Besucherstuhl vor Daddys Schreibtisch gestikuliert. Nachdem die Männer saßen, stützte Jonathan Grant seine Ellenbogen auf und legte die Hände ineinander – zweites, äußerst beängstigendes Zeichen – und betrachtete sichtlich unzufrieden seinen Stammhalter. Äußerlich verband die beiden nicht viel. Daniel schlug ganz nach Edith – seiner Mutter; Francis, die Tochter der Familie, hatte Aussehen und Wesen ihres Vaters geerbt. Jener räusperte sich soeben verhalten. »Ich denke, es ist an der Zeit, die Dinge etwas ernsthafter anzugehen. Du bist jetzt dreiundzwanzig Jahre alt und solltest allen gängigen Normen entsprechend deine Sturm-und-Drang-Zeit weit hinter dir gelassen haben.«

Welche Sturm-und...?

Mr. Grant nickte in Richtung Küche. »Dies ist das dritte Mädchen in der aktuellen Woche und heute haben wir erst Donnerstag. Womit du noch nicht die Spitze des Eisberges erreicht hast.«

Aha, daher wehte der Wind.

»Ich habe nichts dagegen, wenn deine Freundin über Nacht bleibt, doch ich werde nicht dulden, dass du deinen Harem weiterhin unter meinem Dach ausbaust.« Es kam bemerkenswert strikt. »Dir scheint zu entgehen, dass sich deine Mutter regelmäßig mit den weinenden Mädchen auseinandersetzen darf.«

Harem? Weinende Mädchen? Was für ein Nonsens! Jeder wusste, dass Daniel Grant sich auf nichts Langfristiges einließ, er war doch kein Idiot! »Ich unterhalte keinen Harem!« Unter Verwendung eines ausgesucht düsteren Blickes betrachtete er seinen Vater. »Mag sein, dass meine … äh … *Freundinnen* häufiger wechseln, aber sie werden immer *der Reihe nach* bedient!« Leider, er hätte nichts dagegen gehabt, hin und wieder gleichzeitig zu dritt oder viert …

»Du weißt genau, wovon ich spreche, verschone mich bitte mit dieser Darbietung! Ich akzeptiere *ein* Mädchen! Dauerhaft! Und damit beziehe ich mich auf Wochen und Monate, nicht Stunden oder Tage«, fügte der Senior grimmig hinzu. »Keine wechselnden Bekanntschaften mehr in diesem Haus! Das ist mein letztes Wort!«

Noch während sein Vater sprach, hatte Daniel die Arme verschränkt und seine Miene war zu Eis gefroren. »Es ist meine Angelegenheit, mit wem ich herumvö...«

»Daniel!«

Der zog eine entnervte Grimasse und lehnte sich vor. »... mit welchen Mädchen ich mich auf einen rein sexuellen Austausch einlasse«, hauchte er in das angewiderte Gesicht seines Erzeugers. »Wie du eben so treffend angemerkt hast, bin ich dreiundzwanzig, nach allen gängigen Regeln volljährig und ...«

»Exakt!«, unterbrach sein Vater ihn. »Doch ich berief mich mit Erwähnung deines korrekten Alters mehr auf die Tatsache, dass man mit Erreichen desselben für gewöhnlich auf eine gewisse Reife schließen darf. Die lässt bei dir jedoch noch immer auf sich warten! In einem Jahr bist du Assistenzarzt, meinst du nicht, du solltest dein Verhalten endlich überdenken?«

Daniel nickte langsam. »Nein!«

Dies rief ein resigniertes Seufzen des edlen Familienoberhauptes auf den Plan. »Ich habe nicht vor, dich zu verärgern oder dir meine, deiner Ansicht nach, antiquierten Moralvorstellungen aufzudrängen. Eine Weile experimentieren – in Ordnung! Doch langsam solltest du zu dir kommen. Leichen pflastern inzwischen deinen Weg!« Wie üblich wurde das empörte Schnauben des missratenen Sohnes ignoriert.

»Dein Ruf lässt mehr als zu wünschen übrig, du behandelst die Mädchen wie Wegwerfprodukte, achtest sie nicht ...«

Also Daniel bescheinigte sich, ohne länger darüber nachdenken zu müssen, Carol in der vergangenen Nacht sogar extrem geachtet zu haben. Oder hieß sie Becky? Christen? Egal, wen interessierte schon der Name?

13

»… eines Tages wirst du dein Verhalten bereuen. Dann, wenn dein Gehirn wieder mit der empfehlenswerten Menge Sauerstoff versorgt wird, was momentan anscheinend nicht der Fall ist. Suche dir endlich *ein* Mädchen, etwas *Bodenständiges*, eines, das dir Halt gibt!«

Sollte das ein Witz sein? Nach dieser Definition war Carol/Becky/Christen – oder wie das Teil in der Küche nun hieß – sogar bemerkenswert bodenständig!

Leider wurde Daniels Grinsen falsch interpretiert, denn auch Mr. Grant lächelte plötzlich. »Ich wusste, dass du vernünftig wirst. Die Kleine scheint nett zu sein, wie heißt sie denn?«

»Carol«, erwiderte Daniel in einer Blitzentscheidung.

»Hübscher Name. Eine Studentin?«

»Ja …?« Sicher war er sich nicht, doch die beiden hatten sich am gestrigen Abend im *PITY* kennengelernt, weshalb die Chancen nicht schlecht standen.

»Magst du sie?«

Dämliche Frage, er mochte *alle* Mädchen, solange sie gut aussahen, schnell zum Wesentlichen kamen und danach nicht nervten. Carol schien bisher durchaus praktikabel.

»Wie wäre es, wenn du am Samstag mit ihr zum Barbecue erscheinst? Francis und Thomas werden auch teilnehmen.«

Woher sollte Daniel wissen, was er am Wochenende trieb? In zwei Tagen konnte eine Menge geschehen. Dann fiel ihm wieder ein, dass Daddy ihn neuerdings auf den Pfad der Tugend geleiten wollte, und er stand auf, bevor er noch etwas Falsches sagen konnte. »Wir werden sehen. Bin ich dann entlassen?«

»Sicher.«

Klasse! Wütend stapfte Daniel zurück in die Küche, nahm Carols Hand und verließ das Haus. Erst, als er mit Zigarette im Mundwinkel und konstant zwanzig Meilen die Stunden *über* der zulässigen Höchstgeschwindigkeit den Freeway entlangraste, legte sich sein Zorn ein wenig. Jetzt wurde ihm also bereits vorgeschrieben, wen er vögeln durfte und wen nicht?

Verdammt, er war erwachsen! Dass er in einem Jahr AIPler sein würde, hatte er keineswegs vergessen. Nicht umsonst hatte Daniel die feste Absicht, in den verbliebenen Monaten bis zum Examen zu *leben*. Seit Jahren stand fest, dass er seine Karriere in Phoenix beginnen würde. Ein Assistenzarzt zu sein, hieß jedoch: Achtundvierzigstundendienste, kein Schlaf, keine Frauen – ergo: *kein Sex!* Unbewusst trat er das Gaspedal noch etwas tiefer durch.

»Daniel …?«

Carol, oder wie auch immer sie nun hieß, rief sich in Erinnerung. »Was?«

»Du bist zu schnell!«

Ehrlich? Offensichtlich war sie ein Genie und *bodenständig* noch dazu! Damit stand dem Heiratsantrag doch nichts mehr im Wege! Schon erhielt die Wut neue Nahrung und er beschleunigte noch einmal um satte zehn Meilen die Stunde.

»Daniel!« Das Genie klang mittlerweile recht panisch.

»Was?«

»Fahr langsamer!«

»Warum?«

»Weil du zu schnell bist!«

Genie, wie bereits erwähnt.

»Daniel!«

»Was?«

»Halt an!«

»Warum?«

»Ich will aussteigen!«

Wovon sprach sie? Seit mehr als sechs Jahren besaß er seinen Führerschein und hatte noch nie ...

»DANIEL!«

Das kam zeitgleich mit der Gestalt, die plötzlich vor seinem Wagen auftauchte. Okay, *vor* war relativ, denn sie befand sich um die dreißig Meter von ihnen entfernt. Innerhalb eines Sekundenbruchteils stand Daniel auf der Bremse, die Reifen protestierten lautstark und der Lärm machte sich grauenvoll in der engen Straße aus. Das blonde Genie kreischte wie in der vergangenen Nacht, dabei hielten seine Hände brav das Lenkrad. Als die Gestalt den Kopf hob, blickte er in dunkle, riesige Augen, die von einem fetten, schwarzen Brillengestell umrandet wurden.

In der nächsten Sekunde war sie verschwunden – vollständig abgetaucht vor dem Auto.

Verdammt!

Unter dem anhaltenden Gekreische des weiblichen Einsteins sprang Daniel aus dem Wagen, ohne zuvor die Tür geöffnet zu haben und stürzte mit gemischten Gefühlen nach vorn, bevor er neben ihr in die Knie ging. Die Lider waren geschlossen, die riesige Brille hing auf halb acht und der Mund stand offen.

»Hey!« Während Daniel zögernd ihren Arm berührte, betete er nebenher ein wenig.

Bitte, lass sie nicht tot sein! Bitte!

Keine Reaktion. Nach etlichem panischem Luftholen fiel ihm ein, dass er demnächst tatsächlich Assistenzarzt sein würde und er tastete behutsam am Hals nach ihrem Puls. Der war vorhanden, und zwar in beachtlichem Tempo.

Das Mädchen atmete spontan, Blut trat weder aus Nase, Mund oder Ohren. Okay, es schniefte ziemlich laut – Polypen, tippte Daniel eher geistesabwesend.

»Hey!« Diesmal sprach er vernehmlicher, und als sie stöhnte, vollführte sein Herz einen mächtigen Satz.

Oh Mann! Danke, danke, danke!

Das Genie im Wagen krakeelte übrigens immer noch, währenddessen die ersten Schaulustigen eintrafen. Genial! Sein Blick streifte das linke Bein des Mädchens, das grausam verdreht wirkte. Doch sobald sich flatternd die Lider hoben, konzentrierte er sich ausschließlich auf das rundliche Gesicht, das ziemlich benebelt schien. Derweil begannen die Gaffer, die Situation auf jede erdenkliche Art zu analysieren. *»Der Wagen war viel zu schnell!«*, führte mit einer Nasenlänge Vorsprung vor: *»Das Mädchen ist einfach auf die Straße gerannt.«*

»Kannst du mich verstehen?«, erkundigte er sich.

Der glasige Ausdruck blieb, allerdings legte sich die große Stirn in Falten. Demnach hatte sie ihn wohl vernommen.

»Wie geht es dir?«

»Gut«, nuschelte sie.

»Kannst du mich deutlich sehen?«

Nach einem heftigen Blinzeln erfolgte ein vages Kopfschütteln.

»Verflucht!«, entfuhr es Daniel, bevor er das verhindern konnte.

»Nein …«

»Was?«

»Meine Brille!«

Oh, das war natürlich auch eine Option. Vorsichtig schob er das seltsame Gestell zurück auf die Nase und sofort wirkten die Augen nicht nur um das Doppelte vergrößert, sondern auch nicht mehr total benommen. Außerdem färbten sich ihre Wangen in Blitzgeschwindigkeit rot. Auf jeden Fall war dafür genügend Blut vorhanden. Das Genie hatte inzwischen sein Kreischen eingestellt und trat zu ihnen. Anscheinend überzeugt, nicht mit glibberiger Gehirnmasse konfrontiert zu werden. »Was ist mit ihr?« Carol klang heiser, was wohl auf ihr Gebrüll zurückzuführen war.

Das Mädchen mit der riesigen Brille sah sie an. »Nichts!« Kaum gesagt versuchte es aufzustehen, woran Daniel es jedoch rechtzeitig hinderte. Mittlerweile fand er die Situation ganz witzig. Dr. Grant bei seinem ersten Einsatz. »Bleib liegen! Dein Bein ist gebrochen.«

In der Ferne ertönte endlich Sirengeheul, und als die Samaritermannschaft eintraf, geschah das zeitgleich mit den Cops. Letztere stellten Daniel jede Menge unangenehmer Fragen, was das Genie namens Carol, Becky oder wie auch immer, veranlasste, eilig von der Bildfläche zu verschwinden. Dafür erwiesen sich die sogenannten Zeugen umso auskunftsfreudiger, welche übrigens samt und sonders *nach* dem Crash eingetroffen waren. Allerdings schien die Fraktion ›*Sie ist einfach auf die Straße gerannt*‹, in der Zwischenzeit sprunghaft angestiegen zu sein. Bei seiner Aussage hielt Daniel sich an die mehrheitliche Überzeugung, und nach einer Weile nahmen ihm die beiden Cops seine Version sogar ab. Als er schließlich das Protokoll gegenzeichnen konnte und sich die Menge langsam zerstreute, war der Rettungswagen mit dem Mädchen längst verschwunden. Unschlüssig saß er hinter seinem Lenkrad. Auf die heutigen Vorlesungen konnte er nach diesem Auftakt dankend verzichten. Außerdem musste er dringend die Gemüter besänftigen, vorrangig jedoch eines.

Denn gelang es ihm, die Kleine von deren Schuld zu überzeugen, war er gerettet. Kurz entschlossen ließ er den Motor an und begab sich auf den Weg in die Klinik.

Autounfälle sind selbst in Ithaka keine Seltenheit. Crashs, in die der Sohn des Chefarztes verwickelt ist, durchaus. Die werden sofort zur Sensation aufgebauscht und mit allen Mitteln ausgeschlachtet. Weshalb Daniel sich nicht erst umständlich nach dem Verbleib des Mädchens erkundigen musste, sondern von einer aufgewühlten Empfangsschwester und einem äußerst besorgten Dr. Grant in der Lobby willkommen geheißen wurde.

»Ist alles mit dir in Ordnung?«

»Ja, ja«, wehrte er unwirsch ab und nahm sofort die Schadensbegrenzung in Angriff. Erstens: Den edlen Ritter spielen. »Wie geht es ihr? Die Fraktur am Bein ist meiner Ansicht nach erwiesen, mehr konnte ich visuell zunächst nicht diagnostizieren.« Immer den Mediziner raushängen lassen, das kam gut an. Und richtig, schon entspannte sich Daddy merklich. »Sie ist wohlauf und ihr Bein tatsächlich gebrochen, sehr präzise erkannt! Es handelt sich um eine glatte Fraktur. Ein paar Wochen im Gips und alles ist nur noch eine unschöne Erinnerung.«

Daniels knappes Nicken entsprach exakt der angemessenen Reaktion.

»Wie genau kam es zu dem Unfall?«

»Die Kleine muss in Gedanken gewesen sein und sah mich nicht kommen. Selbstverständlich bremste ich sofort, erfasste sie jedoch trotzdem. Sorry.« Er räusperte sich. »Ist sie wach?«

»Ja. Die Untersuchungen sind beendet, willst du …?«

»Selbstredend!« Zackige Antworten in spannungsgeladenen Situationen zeugen von Charakterstärke und Nerven, weshalb sie Daniels Vater außerordentlich entzückten. »Welches Zimmer?«

»236.«

Womit Daddy schon einmal erfolgreich abgefrühstückt war. Blieb nur noch sie
…

Sie lag in einem dieser grauenhaften Krankenhausbetten. Das eingegipste Bein ruhte wie ein anklagendes Mahnmal auf der Decke, die riesigen Augen hinter den Gläsern nahmen bei seinem Auftauchen nochmals an Größe zu und das Gesicht färbte sich schlagartig rot.

Jetzt, mit dem Wissen, sie nicht versehentlich getötet zu haben, konnte Daniel endlich die übliche Bestandsaufnahme vornehmen, welche diesmal sehr kurz ausfiel.

Es handelte sich nur um eines der zahlreichen Kinder, die sich ans College verirrt hatten. Erstsemester, zweifelsohne, soeben von Mommy getrennt, der üppig vorhandene Babyspeck sprach für sich. Nichtssagend, unansehnlich, kein Hauch von Sex-Appeal, total uninteressant. Wahrscheinlich BWL als Hauptfach. Leider *musste* er sich mit ihr befassen, denn dieses Kleinkind konnte ihn unter Umständen den Hals kosten. Daher übersah Daniel großzügig, dass es indes einer Tomate ähnelte, und lächelte sanft. »Hey, wie geht's?«

Er hätte geschworen, die Hitze in Wellen aufsteigen zu sehen, womit er es demnach mit einem besonders schweren Fall zu tun hatte.

Ihr Schlucken machte sich in der Stille ausnehmend laut aus, und obwohl der Mund permanent offenstand, atmete sie durch die Nase, wobei sich die Polypen genial bemerkbar machten.

Irgendwann brachte sie es doch tatsächlich auf ein heiseres Räuspern und ein hektisches Blinzeln, bevor sie sogar sprach. »Gut.«

»Das *freut* mich!«, strahlte er wie auf Kommando. »Brauchst du irgendwas?«

»Was?«, erkundigte sie sich verständnislos.

»Wasser, Verpflegung, ein Buch, was weiß ich?«

Wie üblich dauerte es ziemlich lange, bevor ein vages Kopfschütteln erfolgte. Inzwischen saß er auf dem Stuhl neben ihrem Bett und befahl sich, an der Brille vorbei irgendwie in die Augen zu sehen.

»Das ist ja echt Mist.« Sein kummervoller Blick streifte das Gipsbein. »Hast du Schmerzen?« Der Kopf bewegte sich einmal nach links und nach rechts. »Dr. Grant, mein Vater, meint, es wird schon.«

Nicht einmal *das* lockte sie aus der Reserve, demnach war diese Info schon zu ihr durchgedrungen.

Es starrte ihn an.

Sollte das der peinliche Versuch sein, ihn zu hypnotisieren? Als sie immer noch keine Anstalten machte, etwas von sich zu geben, abgesehen vom permanenten

18

Schniefen, ging Daniel aufs Ganze. »Du solltest in Zukunft besser aufpassen. Diesmal ist es ein Beinbruch, aber es hätte bedeutend schlimmer kommen können.« Reaktion gleich null.

Es starrte ihn noch immer an.

»Ich habe mit den Cops gesprochen, sie werden sich noch bei dir melden.«

Schweigen – Glotzen – Ende.

»Man ist sich einig, dass dein Schutzengel bestens gearbeitet hat.« Als er grinste, wurde sie noch roter, was gleichzeitig die einzige Veränderung darstellte, die ihm überhaupt an dem Gesicht mit den Riesenaugen und den prallen Wangen auffiel. Mit jeder Sekunde nahm sie an Farbe zu. »Glücklicherweise besitzt mein Wagen Bremsen der neuesten Generation, ansonsten hätte es ziemlich mies für dich ausgesehen. Also …« Er nickte und erhob sich. »Pass in Zukunft besser auf, okay?«

Behutsam tastete Daniel sich zur Tür vor, wobei er sein Glück kaum fassen konnte. »Dann, gute Besserung.« Zaghaft berührte seine Hand den Griff. »Bye!« Bevor er seine Flucht jedoch erfolgreich beenden konnte, ertönte hinter ihm eine laute und überhaupt nicht mehr heisere Stimme.

»Willst du mich verarschen?«

3. The demon with the green eyes

Tina war keineswegs davon überzeugt, *nicht* zu träumen, denn was derzeit angeblich stattfand, erschien ihr ziemlich utopisch. Zunächst die Erkenntnis, *wer* sie angefahren hatte und dass es ihr mangels Brille verwehrt wurde, den Anblick angemessen zu genießen. Mist! Dicht gefolgt von dem Begreifen, dass ihr Bein gebrochen war. Grauenhafter noch: Aufgrund ihrer verstopften Nase *röchelte sie ihn an*, und darüber hinaus kaute Tina soeben an der interessanten Erleuchtung, dass der Typ sich gerade in ihrem Zimmer aufhielt, sogar mit ihr sprach – *nein!* – und dabei offenkundig versuchte, sie für dumm zu verkaufen. Zusammengefasst ein wenig viel für etwas mehr als einhundert Minuten.

Gern hätte sie eine Auszeit genommen, eine gute Viertelstunde überlegt und sich dann entschieden, welcher der vielen Alternativen sie den Vorrang geben wollte. War Verlegenheit angebracht? Ihre Nase lief nämlich ununterbrochen. Sollte sie ihre Seligkeit gewähren lassen? Dass er bei ihr war, machte sich in Tinas Denken immer noch utopisch aus. Jede Menge Zorn verspürte sie allerdings auch! Schließlich wollte der Idiot soeben flüchten und ihr vorher elegant die Schuld in die Schuhe schieben! Zugegeben, Tina vereinte auf sich etliche nicht sehr schmeichelhafte Eigenschaften. Aber eine gehörte mit Sicherheit nicht dazu: *Blödheit!* Dieser Mann fand sie nicht nur abstoßend – sein Blick sprach Bände, und wenn er noch so intensiv versuchte, ihn zu tarnen – nein! Der Armleuchter meinte auch noch, sie wäre *dämlich!*

Genau hier wurde Tinas Stolz aktiviert, sorgfältig über neunzehn Jahre gestählt von Vera Hunt, die nie müde wurde, zu erklären, was für ein besonderer Mensch ihre Tochter war und dass *niemand* sie wie einen Depp zu behandeln hatte. Der Knaller behandelte sie sogar noch schlimmer, nämlich überhaupt nicht! Wenn man bedachte, dass sie in den kommenden sechs Wochen mit einem verdammten Gips umherlaufen durfte, verdiente sie wohl eine Entschädigung.

Dabei stand ihr der Sinn weniger nach Geld oder einer Entschuldigung, oh nein! Tina wollte *Aufmerksamkeit.* Und zwar – und das mutete jetzt wirklich frech an – *seine!* Hey, so eine Chance kam nie wieder!

Der Superidiot schien begriffen zu haben, dass sein Entkommen nicht so einfach werden würde, wie erhofft. Das entnervte Stöhnen deutete jedenfalls so etwas an. Widerwillig wandte er sich um.

Und Tina – ganz die dumme Gans, die sie nun einmal verkörperte – befand sich schlagartig auf Wolke 150. Warum hatte sie heute Morgen nicht das Haar gewaschen? Etwas Make-up wäre auch nicht schlecht gewesen! Aber wer hätte das denn auch ahnen können? So verzweifelt, sich absichtlich vor sein Auto zu werfen, war sie nun auch nicht. Noch nicht, jedenfalls. Aber eigentlich … Make-up, gestyltes Haar – es hätte doch nichts geändert. Seine blonde Begleiterin sprach für sich. Allein an der Größe fehlten Tina satte fünfzehn Zentimeter, dafür brachte sie mindestens fünf Kilo mehr auf die Waage. Von dem blöden Schnupfen mal ganz zu schweigen.

»Warum sollte ich?«

Was sollte er? Sie beachten? *Och, na ja, innere Werte? Ich bin ein Mensch mit verdammt wichtigen inneren Werten, ehrlich!*

Ach so, er meinte das andere. Tina räusperte sich und besann sich tapfer auf ihre Wut, die ganz tief in ihren Gedärmen auch noch existierte. Nach einem erneuten Hüsteln, brachte sie es auf einen akzeptablen abfälligen Blick – so hoffte sie. »Du kamst mit vollem Karacho angerast, ich konnte überhaupt nicht ausweichen. Was soll der Scheiß?«

»Du willst mir sagen, du hast meinen *roten* Wagen übersehen?«, vergewisserte er sich mit falscher Sorge. »Irgendetwas mit deiner Brille nicht in Ordnung? Nicht richtig poliert, vielleicht?«

»Danke, alles bestens«, erwiderte sie kühl. »Falls du glaubst, ich erzähle den Cops diesen Mist, hast du dich geschnitten! Du hattest mindestens achtzig Sachen drauf!«

Sein Lächeln war schon mal verschwunden. »Und *du* kannst das einschätzen?«

»Verlass dich drauf!«

»Machen wir uns nichts vor«, grinste er plötzlich. »Mit *dem* Ding auf der Nase wirst du vor Gericht recht alt aussehen. Kein Schwein nimmt dir deine Story ab, die plädieren einstimmig auf Maulwurfsyndrom.« Das fand er wohl irre witzig, denn das Grinsen war mit einem Mal um ein Vielfaches breiter – und dreckiger.

Obwohl sie das in seiner Gegenwart niemals für möglich gehalten hätte, wurde Tina langsam tatsächlich wütend.

Kein Trost, nicht der Anflug von Schuldbewusstsein, nicht einmal auf etwas *Freundlichkeit* brachte es dieser arrogante Idiot! Mühsam setzte sie sich auf, angelte nach einem Taschentuch und schnäuzte sich ausgiebig und lautstark. Zu allem Überfluss schien er inzwischen auch noch angewidert. *Schön!*

»Mein Dad ist im Ermittlungsdienst tätig«, informierte sie ihn etwas nasal. »Meinetwegen können wir es gern auf eine Verhandlung ankommen lassen, denn soweit ich weiß, kann man anhand der Bremsspuren deine Geschwindigkeit ganz gut ermitteln. Zeugen gab's auch.« Gleichmütig hob sie die Schultern. »Mal sehen, wer Glück hat, oder? Was soll schon groß passieren?« Andächtig bewegte Tina ihr Bein, wobei es ihr nicht ganz erfolgreich gelang, das nächste schmerzerfüllte Stöhnen zu unterdrücken. Die Miene des arroganten Cabrioletfahrers war mit einem Mal eisig. »Auuuuu! Ahhhhh! Die Schmerzen werden bestimmt vergehen«, mutmaßte sie lässig. »Aber was für ein Pech, dass ich jetzt für *Monate* nicht an den Vorlesungen teilnehmen kann. Das wirft mich um mindestens ein Semester zurück. Die zusätzlichen Studiengebühren, die Behandlungskosten, ach so, ich glaube, ich brauche eine Pflegekraft, ich kann ja *überhaupt* nicht laufen. Ohne Schadenersatz wird das nicht abgehen und deinen Führerschein kannst du wohl auch vergessen.« Mit erwartungsvoll gespitzten Lippen und erhobenen Augenbrauen beobachtete sie, wie nach erstaunlich kurzer Zeit sein ergebenes Seufzen ertönte.

Er setzte sich wieder, lehnte sich zu ihr vor und legte das Kinn in eine Hand. »Okay, was willst du?«

Schon hatte er Tina umfassend entwaffnet und innerhalb weniger Sekunden eroberte die verhasste Hitze ihr Gesicht. Verdammt, er besaß *grüne* Augen, mit zwei winzigen braunen Punkten im rechten. »Ich … ich …«

»Was?«, erkundigte er sich sanft, das Lächeln kehrte zurück und Tina schwebte auf Wolke 250.

Er war so süß!

»Du willst mich doch nicht wirklich in Schwierigkeiten bringen, oder?«

Wie in Trance schüttelte sie den Kopf, aus dem Lächeln wurde ein Strahlen – *oh, war der süß!*

»Das ist ehrlich nett von dir. Wie heißt du eigentlich?«

»Tina.«

»Was für ein wundervoller Name für ein ausnehmend interessantes Mädchen.«

»Hmmm.«

»Ich bin Daniel.«

»Ich weiß.«

»Wollen wir diese dumme Geschichte nicht einfach vergessen? Wenn du bei meiner Version bleibst, ist uns doch allen geholfen, oder?«

Mittlerweile erklomm Tina immer luftigere Höhen. »Hmmm.«

»Ich könnte dich zur Uni fahren und nachmittags nach Hause bringen, was sagst du dazu?«

Wozu? Ach, egal! »Hmmm.«

Und – unmöglich – das Strahlen nahm noch einmal an Intensität zu, proportional dazu hatte sich die Stimme inzwischen auf ein Hauchen gesenkt. »Das ist doch ein Wort. Wann kannst du hier raus?«

»Morgen.«

»Morgen schon, *wunderbar!* Soll ich dich vielleicht abholen und zum Wohnheim fahren?«

»Ich habe ein Appartement.«

»Ah, ein Appartement. Dann fahre ich dich dorthin?«

»Hmmm.«

»… und hole dich am nächsten Morgen pünktlich um acht ab?«

»Hmmm.«

»… fahre dich selbstverständlich nach Hause.«

»Hmmm.«

»… und du sagst bei den Cops aus, aus Versehen nicht auf den Verkehr geachtet zu haben?«

»Hmmm.«

»… wie gut ich dich versorgt habe, lässt du selbstverständlich nicht unerwähnt. Du wärst mit dem Bein aufgestanden, hätte ich dich nicht zurückgehalten.«

»Stimmt, das hast du so toll gemacht.«

»Wir könnten gleich morgen ins Revier fahren, damit du deine Aussage zu Protokoll gibst.«

»Aussage?«

»Ja, bei den Cops, du erinnerst dich? Unfall? Beinbruch? Aussage, dass du nicht aufgepasst hast?«

»Ach so, das … Klar.«

Schlagartig waren Lächeln, Hauchen, Blick und göttliche Erscheinung insgesamt verschwunden und Tina schüttelte benommen den Kopf. Erst dann ging ihr auf, dass er mittlerweile stand und mit einem Mal klang er überhaupt nicht mehr göttlich, eher wie ein Autoverkäufer. »Okay, dann wäre das geklärt. Wann sollst du morgen entlassen werden?«

Vage hob sie die Schultern.

»Kein Problem, das bringe ich in Erfahrung. Ich fahre dich zu den Cops und nach Hause. Brauchst du noch etwas? Nein? Prächtig! Dann wünsche ich dir gute Besserung. Bis Morgen!« Längst befand er sich wieder auf dem Weg zur Tür und hatte sie bereits geöffnet, als er sich noch einmal umdrehte. *Jetzt* kehrte dieses besondere Lächeln zurück. »Schlaf schön!«, hauchte er und verschwand.

Bis zum kommenden Morgen überzeugte Tina sich erfolgreich davon, wild fantasiert zu haben. Vielleicht war sie einfach über ihre eigenen Füße gestolpert und der Schock hatte ihr eine wundersame Geschichte von diesem unglaublich heißen Mann suggeriert. Mit dieser Version konnte sie gut leben. Nach der Morgenvisite wurde sie tatsächlich entlassen. Die Eltern wussten nichts von ihrem Glück, weshalb Tina zum ersten Mal in ihrem Leben krank und ganz auf sich allein gestellt war. Hilflos stand sie in ihrem Noch-Krankenzimmer und überlegte angespannt, wie sie mit Gipsbein auch nur einen Schritt unternehmen sollte, *ohne* sich unweigerlich den Hals zu brechen. Ihre Jeans war ruiniert.

Das in natura eingegipste Bein hatte man bis zum oberen Bund aufgeschnitten und es benötigte gefühlte Stunden, die Hose anzuziehen und den Riss notdürftig mit Sicherheitsnadeln zu flicken. Egal wie, eine ihrer Aussagen innerhalb des irren Tagtraums entsprach der Realität: Ohne fremde Hilfe würde sie keine Chance haben. Ungelenk hüpfte Tina zwischen Bett und dem kleinen Spind hin und her. In Letzterem befand sich ohnehin nichts, abgesehen von ihrem Rucksack und dem Parka, der ziemlich mitgenommen aussah. Mit tief gefurchter Stirn beäugte sie das lädierte Material am Rücken und wunderte sich ein wenig, weil es nicht unbedingt zu ihrer Stolpertheorie passte.

Ein Klopfen an der Tür ließ sie aufsehen und kurz darauf stand er im Raum: Sexy wie immer, die obersten drei Knöpfe seines Hemdes waren offen, das Haar lag perfekt, ebenso wie dieses grandiose Lächeln. Die Jeans saß ziemlich knapp und Tinas Fantasietheorie zerplatzte wie eine Seifenblase.

Prompt senkte sich ihr Unterkiefer, der Parka löste sich aus ihren plötzlich schlaffen Händen und ging zu Boden. Ehe sie sich versah, war er zu ihr geeilt, hob die Jacke auf und hielt sie Tina lächelnd entgegen. »Hey!«

»Hmmm.« Waren ihr diese *grünen* Augen schon früher aufgefallen?

»Geht's dir nicht gut?« Oh, er klang wirklich besorgt!

»Doch, doch.«

Nach einer Weile seufzte er. »Okay, ich hole den Rentnerkarren. Kommst du allein klar oder soll ich nach einer Schwester rufen?«

»Hmmm.«

»Was?«

»Keine Ahnung.«

Diesmal stöhnte er ziemlich entnervt. »Fünf Minuten, dann fahren wir los!«

Ohne einen weiteren Blick ging er und Tina schwebte auf Wolke 525.

Grüne Augen.

Eine Viertelstunde später wurde sie tatsächlich im Rollstuhl zu einem schicken, roten Cabriolet kutschiert und fand sich kurz darauf auf dem Beifahrersitz wieder. Die Wagentür ignorierte der grünäugige Gott, stattdessen beförderte er sich mit einem eleganten Satz auf den Fahrersitz. Schon allein dafür hätte Tina ihn küssen können. Okay, auch für das Haar, die *grünen Augen*, die kleine Nase, die schmalen Lippen, das wundervolle Lächeln, die dunkle Haut und für seine Existenz an sich.

Nachdem Daniel den Motor angelassen hatte, musterte er sie fragend. »Dann zu den Cops?«

»Hmmm.«

»Dir geht's aber wirklich gut, ja?«, erkundigte er sich mit leicht gereizter Note in der Stimme.

»Ja, klasse!«

»Aha.« Doch anstatt loszufahren, wurde die Handbremse wieder angezogen. »Anschnallen wäre vielleicht nicht schlecht.«

»Huh?«, murmelte Tina kaum verständlich.

»Anschnallen!«

Das Zauberwort! Es erreichte sie sogar, während sie im Nirwana weilte. Tina – ihres Zeichens Tochter des Ermittlers einer Versicherungsgesellschaft – kannte die Regeln nur zu genau. Nicht angeschnallt in einem Auto mitzufahren, verdiente die Todesstrafe, jedenfalls, wenn George Hunt Gesetzgeber wäre.

Sie wurde etwas wacher, konnte auch ein wenig klarer sehen und nestelte dann umständlich an dem Gurt. Kaum war der eingeklickt, setzte sich der Wagen in Bewegung.

Während der Fahrt verlor der Gott kein Wort, sondern blickte stur auf die Straße und hielt sich exakt an die zulässige Höchstgeschwindigkeit. Der linke Ellbogen lag lässig auf der Tür, das Lenkrad wurde mit einem Finger bewegt und der rechte Arm ruhte auf seinem Bein. Selbst beim Autofahren war er *himmlisch!* Erst, als sie vor dem recht imposanten Gebäude stoppten, schwante Tina, dass die Reise tatsächlich zu den Cops ging. Allerdings stieg Daniel nicht sofort aus, sondern wandte sich ihr erneut zu.

Grüne Augen.

»Ich habe ausgesagt, du wärst wie aus dem Nichts auf der Straße aufgetaucht.« Kein Hauchen diesmal, aber ihr genügten die hübschen Gucker. »Du solltest bei dieser Version bleiben, sonst schöpfen sie womöglich Verdacht.«

Soeben überlegte sie, wie es sich wohl anfühlte, diese Lippen zu küssen.

»Tina?«

Und wenn er die Brauen hob, dann kamen die Augen noch besser zur Geltung.

»Erde an Tina?«

Oh, jetzt *funkelten* sie auch noch! Der Typ war absolut heiß, und *sie* saß mit ihm in *seinem* Auto. Ha!

»*Tina!*«

Sie zuckte zusammen. »Was?«

Das Lächeln wirkte ein ganz klein wenig entnervt, was natürlich auch Einbildung sein konnte. »Angekommen? Fein! Wenn wir hineingehen, musst du bei meiner Version bleiben, hast du das kapiert?«

»Version?«

Kaum hörbar stöhnte er auf, schloss die Augen, holte tief Luft und sah sie wieder an. »Ja ... m.e.i.n.e. *Version!* Nach welcher du auf die Straße gelaufen bist, ohne nach links oder rechts zu blicken.«

Der süße Idiot behandelte Tina, als wäre die nicht ganz dicht, weshalb sie unwirsch die Stirn runzelte. »Das weiß ich selbst, ich bin ja nicht blöd!«

»Wollen wir es hoffen«, brummte er, stieg aus und half ihr aus dem Wagen, wobei ihr wütender Blick doch glatt ignoriert wurde.

Am Ende lief alles recht gut. Während Tinas Aussage saß Daniel neben ihr, daher wirkte sie aus dem Stegreif wie jemand, der noch nie davon gehört hatte, dass man zunächst gucken sollte, bevor man sich auf eine Straße wagte. Der zuständige Beamte jedenfalls hakte sie bereits nach zwei Minuten als hoffnungslosen Fall ab. Nachdem die Aussage unterschrieben war, verbrachte der Cop die folgende Viertelstunde mit einer ausufernden Wiederholung der gängigen Verhaltensregeln im Straßenverkehr. Tina hörte kaum zu, viel zu beschäftigt mit der Frage, wie es wohl aussah, wenn Daniel *überhaupt* kein Hemd trug.

Der wirkte äußerst zufrieden, während er ihr zum Wagen half. Als er hinter dem Lenkrad saß und sie ansah, geschah dies ohne den Hauch eines Lächelns. »Wohin?«

»Nach Hause?«

»Das dachte ich mir! Eine Adresse wäre nicht schlecht!«

Zunehmend ärgerte Tina dieser Ton. »Kann es sein, dass ich dich nerve, oder so?«

»*Was?*«, erkundigte er sich ungläubig. »Nein, wie kommst du denn darauf?«

»Klar, jetzt habe ich ja die dämliche Aussage gemacht, du bist gerettet und ich nerve. *Klasse!*«

Die Antwort blieb der arrogante, überhaupt nicht göttliche Dämon ihr schuldig und plötzlich fühlte sie sich verdammt mies. Als ihr Blick zufällig in den Seitenspiegel fiel, sah sie ihre fette Hornbrille und die vom Schnupfen rote, geschwollene Nase, und nun verschwand auch noch das letzte Bisschen ihrer Fassung.

Mit einem Ruck flog die Wagentür auf und Tina fand sich kurz darauf auf dem Gehweg wieder. »Ich gehe!«, fauchte sie überflüssigerweise und setzte sich tatsächlich in Bewegung.

Der Plan – so denn vorhanden – ging auf: Zwei Herzschläge später stand er neben ihr. »Was soll der Scheiß?«

Tapfer ignorierte sie ihn, humpelte weiter, strauchelte jedoch nach nur einem seligen Meter und hielt sich mangels Alternative an ihm fest. Kaum erkannte sie ihre Freveltat, setzte das grauenvolle Erröten ein und Tina stöhnte. »Kannst du nicht einfach abhauen?«

Diesmal wirkte das Grinsen nicht göttlich, sondern schlicht gemein. »Nichts, was ich lieber täte. Aber leider …« Damit drehte Daniel sie geschickt herum und begann, Tina zurück zum Auto zu zerren und halb zu tragen. »… haben wir einen Deal und ich halte mich an meine Versprechen.«

»Also, wohin?«, fragte er, sobald die beiden wieder im Wagen saßen.

Mit verschränkten Armen starrte sie düster vor sich hin. Der Idiot konnte warten, bis er schwarz wurde, Tina Hunt würde schweigen!

»Hör mal, ich habe heute noch andere Dinge vor. Jetzt sag gefälligst, wo du wohnst!«

Pah!

Wenig später hörte sie das obligatorische entnervte Stöhnen und spürte eine Hand in ihrer Jackentasche.

– Stöhnen –

Im nächsten Moment *lag Daniel Grant auf ihrem Schoß* und durchwühlte die andere Tasche ihres Parkas.

– Stöhnen –

Kurz darauf wurden ihre immer noch verschränkten Arme auseinandergezerrt, dann die Jacke geöffnet und er begann in aller Seelenruhe, die Innentaschen zu filzen. Dort wurde er letztendlich auch fündig. »Aha!« Nach einem flüchtigen Blick auf ihren Ausweis fuhr er los.

Diese Demonstration männlicher Entschlossenheit hatte Tina schachmatt gesetzt. Ganz zu schweigen vom Durchsetzungsvermögen, der überragenden Intelligenz – schließlich hatte er vor ihren Augen *gelesen!* – und von der Tatsache, dass der Typ soeben nicht nur auf ihrem Schoß gelegen, sondern auch noch in ihrer Jacke *gewühlt* hatte. Göttlich!

Grant schien sich in der Stadt auszukennen, denn er hielt den Wagen keine Viertelstunde später vor dem unscheinbaren Backsteinbau, in dem ihr Appartement lag. Zum ersten Mal kalkulierte Tina mit ihrer Gehbehinderung und rührte sich nicht von der Stelle.

Sie nervte ihn und er wollte sie so schnell wie möglich loswerden. Da er das aber nicht *konnte*, würde sie ihm das Vergnügen doch nicht verderben, oder? Allerdings wirkte Daniel nicht halb so entnervt wie erhofft, als er zuerst sich, dann die Krücken und zuletzt Tina aus seinem Superwagen entfernte. Suchend blickte er an der Häuserwand hinauf.

»Welcher Stock?«

»Dritter!« Sie grinste. »Es gibt keinen Fahrstuhl.« Nicht einmal das brachte ihn aus der Ruhe, stattdessen lief er mit plötzlicher Engelsgeduld neben ihr her und hielt ihr ganz gentlemanlike die Tür auf. Als sie am Treppenansatz standen, musste Tina bitter enttäuscht feststellen, dass er nicht die geringsten Anstalten machte, sie zu tragen.

»Versuch es!«, ermunterte er sie. »Ein paar Wochen lang musst du die Treppen mit Gips bewältigen. Wenn du den Dreh raus hast, ist es gar nicht so kompliziert.«

Toll! Es dauerte ziemlich lange, bevor Tina den ›Dreh raus hatte‹. Auf der ersten Treppe stellte sie sich bewusst blöd an – ihre Hoffnung war noch nicht total ausgemerzt. Auf der Zweiten schon, besser wurde es allerdings auch nicht. Bei der Dritten drohte wenigstens nicht mehr das nach vorn oder hinten Kippen, die Vierte wurde in annehmbaren zehn Minuten bewältigt. Auf der Fünften erinnerte sie *fast* an einen Profi, und nachdem die sechste Treppe erfolgreich hinter ihr lag, stand Tina ihrer Ansicht nach ein Eintrag im Guinness Buch der Rekorde zu. Jedoch nervte sie schon wieder Daniels sichtbare Erleichterung. Schließlich hatte sie den Aufstieg in etwas mehr als einer Stunde bewältigt, also was wollte er eigentlich? Schnaufend schloss sie die Tür auf und wandte sich dann zu ihm um, doch er sah ganz und gar nicht so aus, als wolle er sich jetzt freundlichst empfehlen. Außerdem besaß er noch immer himmlisch grüne Augen, wenngleich das Lächeln seit Verlassen des Reviers in der Versenkung verschwunden war.

»Nach dir!«, nickte er.

Daniel Grant wollte *ihr* Appartement betreten?

Oh, Mist!

4. No big deal

Daniel wusste nicht, ob er lachen oder bitterlich heulen sollte. Nicht nur, dass er dieses Brillenmonster am Hintern hatte, *besser*, der Spott war ihm auch sicher! Momentan machte er sich täglich zum Trottel des gesamten Campus. Heißen Bonus bildete hierbei das endlose Treppensteigen. Seine Hoffnung, sie würde mit den Krücken besser werden, war äußerst naiv gewesen. Dabei lernte doch jeder Idiot diesen Mist irgendwann, oder? Nun, seine persönliche Klette nicht. Dies beschrieb sie übrigens ziemlich treffend: Tina Hunt verkörperte eine widerliche, klebrige Klette, noch dazu eine nervende, zickige, hochgradig pubertäre und visuell abstoßende. Undenkbar, dass diese Geschmacklosigkeit noch übertroffen werden konnte. Es gab genau zwei Gründe, weshalb er sich den Mist antat und sie nicht endlich in die Wüste schickte. Und zwar so, dass sie es niemals vergaß: Daniel liebte seinen Führerschein und die Klette besaß ein Appartement.

Obwohl ein unausstehliches Monster, schien sie Wachs in seinen Händen zu sein. Gut, im Grunde nichts Neues, aber dieses Wesen rangierte einsam an der Spitze. So etwas Dämliches gab es möglicherweise nur einmal auf dieser Welt, was gleichzeitig das derzeit einzig Positive darstellte. Denn ansonsten saß er umfassend in der Falle. Sein Vater kannte kein Erbarmen, sondern machte seine Drohung wahr. Als Daniel am Abend nach dem Unfall mit Rita – seiner jüngsten Eroberung – zu Hause eingetrudelt war, lief zunächst alles bestens. Wie bei den Grants Usus, wurde sie wärmstens empfangen.

Wäre nicht am Morgen wieder das verhaltene und dennoch gebieterische »Daniel?« ertönt.

Dr. Grant hatte nur eine Frage: »Wirst du das Mädchen zum Barbecue am Samstag mitbringen?«

Kaum hatte Daniel vage die Schultern gehoben, Lügen lagen ihm nicht sonderlich, hatte sich die Miene des edlen Hausherrn verhärtet.

»Entweder diese oder keine. Solltest du innerhalb der nächsten vier Wochen mit einem anderen Mädchen aufwarten, werde ich euch des Gebäudes verweisen. Mir ist egal, wie peinlich die Situation für dich wird. Das Maß ist voll!«

Dem hatte Daniel nichts hinzugefügt, sondern war wütend mit Rita gegangen und achtete in der Folge tunlichst darauf, diese verdammten achtundzwanzig Tage einzuhalten.

Was ihm einige Probleme bescherte, nicht zuletzt mit seinem Hormonhaushalt. Erst an diesem Morgen war ihm die miese Gesamtlage in aller Brisanz bewusst geworden. Nach allen gängigen Maßstäben erwachsen, musste er sich den prüden Launen eines alten Mannes unterordnen, weil er nicht einmal ein Appartement besaß. Das humpelnde Monstrum war da bedeutend besser gestellt und diese haarsträubende Ungerechtigkeit verlieh ihm die erforderliche Geduld, die Heimsuchung überhaupt zu ertragen. Neben den dämlichen Kommentaren seiner Freunde, versteht sich.

Nach vier Wochen, inzwischen hatte der Oktober übernommen, war er mit Susan bei seinen Eltern aufgetaucht. Blond, schlank und verhältnismäßig betrunken, stellte sie genau das dar, wonach er suchte. Die Nacht war ausnehmend befriedigend verlaufen, was wollte er mehr? Nebenbei hatte Daniel gehofft, damit endlich alle Auflagen erfüllt zu haben und hatte sich doch tatsächlich am nächsten Morgen der Neuauflage des geistlosen Verhörs unterziehen müssen, inklusive der neuesten Einladung zum Barbecue, dem letzten dieses Jahres. So langsam wurde seine Geduld auf eine harte Probe gestellt. Bevor er seinem Vater jedoch ernsthaft und lautstark die Meinung sagen konnte, war ihm ein Gedanke gekommen. Flüchtig, keinesfalls ausgereift, jedoch an Genialität wie üblich nicht zu überbieten.

»Entschuldige, Dad, dass ich hin und wieder *lebe!* Dies tun alle Männer meines Alters, sollte dir das mit den Jahren entfallen sein. Nebenbei bemerkt durchkreuzt deine letzte Anmerkung vollständig meine Pläne. Ursprünglich wollte ich das Mädchen von dem bedauernswerten Unfall mitbringen. Aber wenn deine Bedingungen derart rigide …«

»Das Hunt-Mädchen? Triffst du es?«

Daniels empörte Miene war bühnenreif. »*Selbstverständlich*! Ich bin sozusagen ihr privater Krankentransport. Wenn auch nicht der Schuldige an dem Unfall, trage ich trotzdem zumindest die moralische Verantwortung. Es handelte sich schließlich um *meinen* Wagen. Mich erstaunt, dass *du* erstaunt bist!«

Daniels Befürchtung, diesmal vielleicht zu dick aufgetragen zu haben, erwies sich umgehend als überflüssig. Daddy befand sich bereits auf seinem neuesten ›*Was ist mein Sohn doch für ein edler Zeitgenosse*‹ Trip. Seine Augen leuchteten auf. »Du hast recht, ich hätte es nicht anders von dir erwartet. Wie geht es ihr?«

»Gut, gut«, verkündete Daniel. »Obwohl sie natürlich enorme Schwierigkeiten mit der Bewältigung des Alltags hat. Kein Problem, ich kümmere mich darum.« Beim Ausatmen ließ er eine leicht besorgte Note einfließen. »Tina langweilt sich, was ihrer Stimmungslage nicht sehr zuträglich ist. Ständig bin ich am Überlegen, womit ich sie noch ablenken könnte. Viel Auswahl bleibt momentan ja nicht.«

Gleich leuchteten Daddys Augen noch ein wenig greller. »Bringe sie am Samstag mit, auch wenn dein Mädchen …« Er nickte in Richtung Küche, »… anwesend ist. Die Kleine stört nicht und ein Barbecue sollte eine gewisse Zerstreuung bieten, oder?«

»Ja. Allerdings weiß ich noch nicht, ob die Geschichte mit Susan …«

Sofort erlosch das Augenleuchtfeuer. »Meine Meinung diesbezüglich ist nicht verhandelbar. Entweder sie oder du hast dein Kontingent für die nächsten sechs Wochen ausgereizt!«

Sechs! Daniels Wut hatte keine Grenzen gekannt, obwohl er diesmal auf eine 100-Sachen-Tour durch die Stadt verzichtete. Das echte Ausmaß des Desasters ging ihm jedoch erst auf, als er Susan bei Tageslicht sah und vor allem mit ihr *sprach*. Zehn Meter Feldweg besaßen in etwa den gleichen Intelligenzquotienten. Unter keinen Umständen würde es eine weitere Nacht mit ihr geben. Als er die fleischgewordene Katastrophe endlich vor ihrem Wohnheim absetzen durfte, hatte er erleichtert aufgeatmet. Die vergangenen vier Wochen hatte er keineswegs im Zölibat verbracht. Alternativen existierten durchaus, auch wenn Daddy den Zugang zu ›seinem Haus‹ zumauerte. Beispielsweise konnte man sich für einige Stunden ein Motelzimmer nehmen. Doch auf billige Stundenhotels griffen im Allgemeinen nur wenig kultivierte und clevere Zeitgenossen zurück. Mit anderen Worten, *nicht er!* Wenn sie sich mit Daniel Grant einließ, wusste Frau genau, was sie erwartete: keine Beziehung oder Liebesschwüre und *keine abgehalfterten Absteigen.*

Weshalb er derzeit nicht mehr und nicht weniger riskierte, als in ganz Ithaka seinen verdammt mühsam aufgebauten guten Ruf zu verlieren.

An einem Freitag, Mitte Oktober, befand Daniel sich missmutig auf dem Weg zur schniefenden Heimsuchung.

Es *glotzte!* Und das pausenlos. Angehimmelt zu werden, war für Daniel keineswegs eine Belastung, solange es sich um *attraktive* weibliche Zeitgenossen handelte. Dieses unentwegte Gestarre des hässlichen Kleinkindes konnte er sich schenken, zumal man ihn deshalb pausenlos verspottete. Übrigens auch die Mädchen, einschließlich derer, die seinem Bett noch keinen Besuch abgestattet hatten. Besonders jedoch Chris zeigte sich über die neueste Eroberung seines Freundes hellauf begeistert. Und genau deswegen geriet Daniel neuerdings vermehrt aus der Fassung – bei der Verursacherin versteht sich. Ein taktischer Fehler, richtig, aber mittlerweile ging sie ihm derart auf den Geist, dass er sie am liebsten zum Mond geschickt hätte. *Ohne* Rückflugticket. Was sehnte er den Tag herbei, an dem endlich dieser beschissene Gips verschwand und wenigstens die Taxitouren eingestellt werden konnten!

Sichtlich schlecht aufgelegt parkte er vor ihrem Haus und erklomm die sechs Treppen zu ihrem Appartement. Jenes war durchaus mit einer riesigen, pinkfarbenen Kaugummiblase vergleichbar. Eine Menge Veränderungen mussten vorgenommen werden, bevor es sich für seine Zwecke eignete, zu allererst an den Beleuchtungsverhältnissen. Ewigkeiten nach seinem Klopfen wurde endlich die Tür geöffnet. »Mal wieder nicht fertig?«, knurrte Daniel.

Sie – dunkelrot und immer noch hässlich – schnaubte. Das klang satt aufgrund der verdammten Polypen. »Ja, sorry, ich bin momentan nicht so schnell. Mag vielleicht daran liegen, dass mich irgendein Idiot am helllichten Tag anfahren musste!«

Diesen Beitrag brachte sie circa fünfmal täglich und Daniel ignorierte ihn entschieden. Schließlich war er hier, oder? Entnervt blickte er auf die Uhr. »Beeile dich, sonst kommen wir zu spät! Vergiss nicht, du benötigst noch die üblichen zwei Stunden für den Abstieg.«

Der fleischgewordene Albtraum wurde noch ein wenig roter, schnaubte wieder gehaltvoll und verschwand im Bad, während Daniel es sich auf der altjüngferlichen Couch bequem machte. An der Vollendung des Barbiezimmers fehlten tatsächlich nur die pinkfarbenen Vorhänge. Neben den ungefähr fünfzig Plüschtieren existierten noch der obligatorische Kleinkindschreibtisch, ein uralter Laptop, der Plüschdrehstuhl, ein winziger Fernseher, keine Stereoanlage – warum auch? – und natürlich haufenweise Mädchenklamotten. Ordnung schien auch keine ihrer persönlichen Erfindungen zu sein. Von den Kleenex-Tüchern – gebraucht –, die überall verstreut umherlagen und mit ihren Viren die Luft sättigten, wollte Daniel erst gar nicht sprechen. Derzeit befand er sich in der siebten Barbiehölle und das Weib studierte am *College!*

Der Kühlschrank offenbarte die nächste Katastrophe. *Cola!* Überall sah er dieses süße Koffeingesöff! Kein Wunder, dass sie einem aufgegangenen Hefekloß glich. Aus dem hintersten Winkel extrahierte Daniel ein einsames Wasser, nahm einen Schluck und hob den Kopf. »*Tina beeile dich, wir kommen zu spät!*«

»Keine Ahnung, was du so machst, *ich* bin fertig!«

Er fuhr herum und fand sie hinter sich stehend in aller Pracht und Herrlichkeit: Aufgrund der Hornbrille wirkten die Augen ungefähr dreifach so groß wie normal. Das Haar hatte eher flüchtige Bekanntschaft mit der Bürste gemacht, Make-up fehlte ganz. Eine weise Entscheidung, denn die Nase war standardmäßig rot. Die Unterlippe wurde permanent bekaut, sie trug einen pinkfarbenen Wollpullover, Jeans, die mindestens eine Konfektionsgröße zu klein ausfiel, Gipsbein und irgendwelche Sporttreter. Keine lässigen, sondern weiß und augenscheinlich nagelneu.

Diese Klette war nicht nur hässlich und blind, sondern darüber hinaus auch noch derart stillos, dass ihm regelmäßig übel wurde.

Doch bevor Daniel seinem Unmut Luft machen konnte, besann er sich auf seine Mission und lächelte sanft. Schon strahlte sie – oh Mann!

»Wir müssen wirklich los, du willst bei Brenner doch nicht zu spät kommen, oder?«

Ihr »Nein!« kam erwartungsgemäß kaum verständlich, man war schließlich verwirrt. Damit die Aktion perfekt wurde, nahm er heute fürsorglich ihren Arm, als sie die Treppe hinab wankte. Den Dreh mit den Krücken würde die nie kapieren, selbst wenn der Gips an ihrem Bein festwuchs. Was das Desaster noch einmal verstärkte, doch Daniel wurde immer entschlossener, aus der Not eine Tugend zu machen. Und was für eine! Manchmal fand er allerdings tatsächlich die Zeit, sich zu fragen, womit er das alles verdiente.

An diesem Morgen gab er sich redlich Mühe, nett zu dem Ding mit der riesigen Brille und der ewig laufenden Nase zu sein. Abgesehen von einigen eher seichten Verfehlungen, gelang es ihm sogar. Sein Lächeln überlebte selbst dann noch, als sie am Campus eintrafen und Jane ihnen entgegen kam. Groß, schlank, brünett und sexy, fehlte sie noch auf Daniels Liste. Nicht, dass dieses Mädchen etwas gegen ihn einzuwenden gehabt hätte, faktisch geschah ihm so etwas nie. Janes' Aversion bezog sich eher auf sein Faible für One-Night-Stands. Er arbeitete daran und befand sich scheinbar auf dem richtigen Weg, denn ihr Lächeln wirkte breit und der Blick durchaus anregend. Doch dann betrachtete sie das Ding neben ihm und hob fragend die Augenbrauen. Auch wenn es ihn ziemlich ärgerte, blieb Daniel nichts anderes übrig, als sie zu ignorieren. Vorerst.

Weitaus schwieriger erwies sich diese Taktik bei Chris' dämlichem Gepfeife – verdammt konnte das blöde Huhn nicht schneller humpeln? Noch grausamer war das Gegrinse der anderen Jungs. Und so lief das jetzt seit *fünf* Wochen! Wie immer entging dem blinden Ding die brenzlige Situation vollständig, und als Daniel sie wenig später aufatmend in ihrem Hörsaal abparkte, begrüßte sie breit grinsend ihre Klettenfreundinnen. Jene wohnten übrigens samt und sonders in Barbiezimmern, darauf hätte er seinen Hintern verwettet, und reihten sich nahtlos in die Glotzfraktion ein. Doch Daniel war Profi und bewahrte daher selbst angesichts der durchgängig knallroten Mädchen Haltung.

»Guten Morgen, Ladys!«, grüßte er sie unter Verwendung seines charmantesten Lächelns, welches erst verschwand, als er sich zu seinem Hörsaal aufmachte.

Chris saß mit seiner Dauerfreundin bereits auf den angestammten Plätzen, als Daniel sich stöhnend in dessen Nachbarstuhl fallen ließ. Mit Smith, dem Dozenten, war nicht zu spaßen, nicht einmal, wenn man Daniel Grant hieß. Deshalb zückte er umgehend seinen Laptop.

Lass endlich den Scheiß!

Mit dem Ellbogen stieß er seinen Freund an. Der las und hob fragend eine Augenbraue.

Ich weiß, was ich mache. Also HÖR AUF!

Als der fragende Ausdruck blieb, wurde Daniel deutlicher.

Sie hat ein Appartement, kapiert? Außerdem muss ich meinen Alten ruhigstellen!

Chris las einmal, ein zweites Mal, zog den Laptop zu sich heran und tippte.

Appartement? – Gut! Aber wie willst du sie DAZU bringen?

Ruhigstellen? – Mit DER? Alles hat seine Grenzen, und du einen Ruf zu verlieren, Alter!

Mit einem etwas gequälten Grinsen schrieb Daniel die Antwort.

A: Lass mich nur machen.

R.S.: Er hat mir ein Ultimatum gestellt und etwas ›Bodenständiges‹ gefordert. Bitte soll er es bekommen und mit dem Huhn glücklich werden!

Da Chris' zweifelnde Miene nicht verschwand, sah Daniel sich bemüßigt, es in der Pause noch einmal verbal auf den Punkt zu bringen.

»Halt dich da raus!« Drohend starrte er seinen Freund an, dem derartige Gebärden leider nur sehr selten zusetzten. Stattdessen schüttelte Chris grinsend den rothaarigen Kopf. Carmen, die dummerweise viel zu viele Informationen aufgeschnappt hatte, war bedeutend redseliger. »Das ist nicht dein Ernst!«

Nachdem er eine gute halbe Minute in sich gegangen war, nickte Daniel langsam. »Ich denke schon.«

Die brünette und ansehnliche Carmen spitzte die Lippen, schien ihrerseits nachzudenken, dann verzog sich ihr Gesicht zu einer grausam entstellenden Grimasse und schon ging das Gezische los. »Das ist fies! So etwas tut man nicht!« Sie blickte zum Tisch der Hennen, in deren Mitte die Heimsuchung residierte, unübersehbar aufgrund Gips, Hornbrille und triefender Nase. Mittlerweile hatte

Daniel seine Polypentheorie infrage gestellt und vorsichtig einen Dauerschnupfen diagnostiziert.

»Du wirst sie verletzen!«, fuhr Carmen fort. »Das ... Das ist ...«

Vertrauensvoll lehnte er sich zu ihr hinüber. »Was ist denn dabei? Sei ehrlich, in Wahrheit kann sie sich geehrt fühlen. Die Nummer bringt doch auch der Kleinen Vorteile. Sieh es dir an: Sie ist der *Star!*«

Gleichzeitig blickten die drei zu dem wandelnden Fettreservoir, welches sich deutlich in seinem Triumph sonnte.

Die Nase befand sich ziemlich weit oben, während es sich alle Mühe gab, nicht zum Tisch der Campuselite zu blicken – was selbstverständlich misslang. Die anderen Hühner besaßen erst gar keine Skrupel, sondern glotzten mit unverhohlener Neugierde hinüber.

»Und?«, erkundigte Daniel sich zufrieden grinsend.

»Unfair«, wiederholte Carmen und Jane, die neben ihr saß, beugte sich hinüber.

»Was ist unfair?«

Anstatt zu antworten, schüttelten beide Männer die Köpfe und Carmen verdrehte die Augen.

»Was?«, diesmal konzentrierte sie sich auf Daniel.

»Später«, erwiderte er. »Heute Abend?«

Nachdem sie ihn argwöhnisch gemustert hatte, nickte sie. »Klar, wo?«

»Im *PITY* – wo sonst?«

Ihr Lächeln fiel vielversprechend aus, bevor sie sich wieder Marcus widmete, der rechts von ihr saß und ebenfalls noch auf seine Gelegenheit bei ihr wartete. Allerdings rangierten seine Erfolgschancen gegen null, besonders, weil er gegen Daniel antrat. Jeder wusste das, nur Marcus weigerte sich standhaft, die Zeichen der Zeit zu erkennen.

Anscheinend hatte er den heutigen Tag als passend befunden, endlich offensiv gegen seinen überragenden Widersacher ins Feld zu ziehen.

»Hey, Daniel! Hast du eine Eroberung gemacht?« Bedeutungsvoll blickte er zu den Hühnern, während sich am Tisch schallendes Gelächter erhob.

»Sicher«, erwiderte Daniel sanft. »So ein blindes Gefiedertier kann der Bringer sein. Nicht, dass ich es nötig hätte, aber hast du dir nie die Vorteile überlegt? Nein? Pech für dich!«

Der nicht sonderlich gut aussehende Markus war auch nicht unbedingt mit einem überragenden Intellekt gesegnet. Daher nagte er noch an der Übersetzung ins Marcusenglisch, während die übrigen zwanzig Leute am Tisch bereits breit grinsten.

»Blindheit erhöht die Chancen erheblich«, half Daniel freundlich nach. Zu seiner immensen Begeisterung fiel Janes Gelächter mit Abstand am herzlichsten aus, er selbst beschränkte sich auf ein hintergründiges Lächeln. »Sorry, Tina ist schon vergeben, aber vielleicht versuchst du es bei den anderen … *Mädchen.*« Womit er dieses Thema beendete, denn es genügte. Leider nur bis Vorlesungsschluss.

Diesmal wurde das Warten auf den gipsbeinigen Fluch nicht zu einer Endlosqual, denn Jane, Chris und Carmen standen mit ihm am Wagen. Ein Novum, sonst zeigte Jane sich eher unnahbar. Grund genug, am Abend noch einmal sein Glück bei ihr zu versuchen. In der Ferne tauchte die vertraute Gestalt in Begleitung ihrer Hennenfreundinnen auf. »Keine dämlichen Bemerkungen, klar?«, knurrte Daniel in Chris' Richtung.

Der hob die Hände. »Wie werde ich denn?«

Ungefähr drei Ewigkeiten später erreichte die Meute doch tatsächlich den Wagen, denn das ewige Gegacker und Gekicher verzögerte diesen Prozess noch einmal nachhaltig. Glücklicherweise bewahrte man Haltung, selbst Chris brachte es auf ein: »Hey, wie läuft's?«, was sofort zum nächsten Gefeixe führte. Carmen wusste nicht, ob sie entnervt die Augen verdrehen oder ihrem Mitleid Ausdruck verleihen sollte, und entschied sich am Ende für ein vages Grinsen. Und Jane, die mit der Situation nicht wirklich umgehen konnte, brachte es wenigstens auf ein Nicken.

Nach weiterem bedeutungsvollem Gegacker verabschiedeten sich die gipslosen Grazien und auch Chris, Carmen und Jane gingen zu ihren Autos. Erste Hürde bewältigt.

Zum Aufatmen bestand jedoch kein Anlass, denn was vor Daniel lag, grenzte nicht an Folter, es erfüllte die Voraussetzungen optimal. Ein Nachmittag mit Tina – der halb blinden Heimsuchung.

Zunächst stand die Gipskontrolle an, was sich noch erträglich gestaltete, denn er musste sie nur abliefern, warten, zurück ins Auto hieven *und* dabei seinen grüblerischen Gesichtsausdruck pflegen.

Es lief wie am Schnürchen. Das runde Gesicht wurde mit jeder Minute besorgter und im Wartebereich der Klinik erfolgte der erste, noch zaghafte Annäherungsversuch.

»Hast du was?«

»Nein.« Intensiv fixierte er die gegenüberliegende Wand und hielt seine Stirn tunlichst in tiefe Falten gelegt.

Keine Entwarnung in Sicht, der Gips musste für weitere zwei Wochen bleiben. Für diese Erkenntnis benötigte es gute zwei Stunden, in denen Daniel seinen Blick immer in sich gekehrter gestaltete. Wieder im Wagen war das Huhn atemlos vor Spannung. »Du *hast* was!«

Starr blickte er durch die Frontscheibe.

»Vielleicht kann ich ja helfen?«

Anstatt darauf einzugehen, seufzte Daniel: »Wollen wir noch einen Cappuccino trinken gehen?«

Die überdimensional erweiterten Augen wurden noch ein wenig größer und sie insgesamt rot.

»Ja!«

Daniel führte sie *nicht* ins PITY – lebensmüde war er ganz bestimmt nicht. Stattdessen wählte er das örtliche Starbucks, denn dort verkehrten nur Nerds und Looser. Selbst wenn ihn jemand sah, würde das also kein Beinbruch sein, haha! Mit etwas Mühe lotste er sie an einen der Tische und wartete, bis ihr ausladender Hintern auf einer Sitzfläche eingerastet war. Inzwischen drohten nur noch zwei der drei gegenüberstehenden Stühle, von ihrem steifen und harten Bein umgestoßen zu werden, was eine deutliche Verbesserung darstellte.

Innerhalb der vergangenen Wochen hatte er weitaus bedrohlichere Momente erlebt.

»Cappuccino?«, erkundigte er sich mit gequältem Lächeln.

»Was du nimmst«, säuselte sie.

Zehn Minuten später saß Daniel ihr gegenüber und hielt den Blick in sein Getränk gesenkt. Lange dauerte es nicht.

»Also, was ist los? Du kannst es mir sagen, ich verpfeife dich nicht!«

Natürlich nicht. Daniel hörte im Geiste bereits das Gekicher, wenn sie ihre Freundinnen über die neuesten Entwicklungen informierte, was ihm allerdings egal sein konnte. Sein Seufzen untermalte er mit einem raschen Blick zu ihr.

»Du machst mich nervös!«, hauchte sie.

Ach nein, ehrlich? »Es läuft Scheiße.«

»Was? Dein Studium?«

»Dem geht's prächtig. Nein, es ist ...« Niedergeschlagen nahm er einen Schluck und schüttelte den Kopf. »Vergiss es, ich will dich nicht mit meinem Kram belasten. Ich habe dir schon genug angetan!« Bedeutungsvoll blickte er neben sich zu Boden, wo ihr Bein unter dem Tisch hervorragte.

»Das ist doch halb so schlimm!« Hektische rote Flecken zierten inzwischen ihre Wangen. »Ich ...« Sie verstummte und biss sich auf die Unterlippe.

»Hmmm?«

Wohl um Mut zu tanken, holte sie zunächst tief Luft, bevor sie doch wieder anhob. »Danke, dass du mir hilfst. Das ist sehr ... nett.«

»Kein Problem. Außerdem haben wir einen Deal, und wie ich bereits anmerkte, halte ich mich daran.« Er lächelte. »Wie du auch.«

»Ja.« Nachdenklich widmete sie sich wieder ihrer Tasse.

Nach einer Weile ging sie zum nächsten Angriff über und diesmal wurde es der ultimative, denn sie nahm unvermutet seine Hand.

Als Daniel fragend aufsah, quoll sie vor aufrichtigem Mitgefühl über. »Vertrau mir, möglicherweise kann ich ja wirklich helfen!«

Stirnrunzelnd betrachtete er das große, runde Gesicht, hin- und hergerissen, von dem Wunsch, sich ihr anzuvertrauen und der Furcht, das Falsche zu tun. »Ist vielleicht auch schon egal«, brummte er schließlich. »Es geht um meinen Dad.«

»Er schien doch so *nett!*«

»Im Allgemeinen, durchaus.«

»Aber ...?«

Nach einem ausgiebigen Schluck sah er auf. »Da ist dieses Mädchen.« Prompt verdüsterte sich ihr Blick und Daniels wurde bedauernd. »Sorry, ich wusste, dass ...«

»Nein, nein!«, versicherte sie hastig. »Von wem sprichst du?«

»Jane. Erinnerst du dich? Die Brünette an meinem Wagen?«

Das Nicken fiel so heftig aus, dass er kurzfristig befürchtete, die Brille würde in der ausladenden Tasse landen.

»Was soll ich sagen? Mein Dad hat mir den Umgang mit ihr untersagt!«

»Warum?«

»Angeblich ist sie nicht gut genug für mich. Er fordert ...« Trocken lachte er auf. »Du musst dir das vorstellen, er *fordert*, dass ich mich von ihr fernhalte!«

»Was?« Fassungslosigkeit färbte die Hauchstimme.

»Du erkennst das Problem, ja?«

»Ja.«

»Jane hat ein Zimmer im Wohnheim, aber dort können wir nie allein sein. Auch meine Freunde genießen neuerdings Hausverbot. Dieser Mann behandelt mich wie ein mittleres Kleinkind!« Wütend ballte Daniel die Fäuste. »Ich bin kurz davor, einfach hinzuschmeißen! Scheiß auf das Studium, diese Gestapomethoden gehen mir derart auf den Nerv, du hast keine Vorstellung! Weißt du was?« Seine Augen wurden groß. »Ich hau ab! Mein Freund hat eine Autowerkstatt, da könnte ich als Mechaniker anfangen. Scheiß auf den Arztjob.«

»*Nein!*« Okay, vorher waren ihre Augen nie wirklich groß gewesen. *Jetzt* erst traf diese Bezeichnung zu. Man lernte ja nie aus. »Du kannst unmöglich deine Zukunft wegwerfen!«

Stöhnend schloss er die Lider. »Vergiss es!«

»Daniel.« Abermals nahm sie seine Hand und er sah zweifelnd auf, direkt hinein in die Untertassen. »Du darfst nicht alles wegwerfen! Bitte! Du hast so viel Zeit und Energie in das Studium investiert. Das wäre total dämlich!« Sie seufzte. »Könnt ihr nicht noch die paar Monate warten?«

Kaum hörbar und erschreckend bitter lachte er auf. »Und dann? Tina, was dann? Bald gehe ich nach Phoenix und Jane lässt sich nicht ewig hinhalten!«

Umgehend wurde ihre Miene strikt. »Dann ist sie es nicht wert!«

Verdammt! Sein erster Fehler heute. »Du verstehst das nicht!«, erwiderte Daniel eilig und schob ein tiefes Stöhnen nach. »In der Vergangenheit war ich nicht immer unbedingt fair.«

»Ach?« Es kam spöttisch, was er überhaupt nicht gebrauchen konnte.

Entschuldigend sah er auf. »Okay, scheint eine Krankheit von mir zu sein. Sorry.« Schon war sie rot und Daniel beruhigt. Gerade noch mal das Ruder herumgerissen.

»Jane wird glauben, meine Absichten wären nicht ernsthaft, verstehst du? Sie fordert eine Entscheidung, keine halben Sachen. Wenn ich ihr nicht endlich zeige, was sie mir bedeutet …«

»… dann glaubt sie, du willst sie nur für eine Nacht?«

Mit gramerfüllter Miene nickte Daniel.

Während sie überlegte, hätte er am liebsten die leider nicht vorhandene Kurbel betätigt, um den Prozess zu beschleunigen. Gefühlte Ewigkeiten später sah sie auf. »Und wenn du noch mal mit deinem Dad sprichst?«

»Zeitverschwendung!«, knurrte er abweisend.

»Das ist schwierig.« Zwei Menschenzeitalter später, spuckte ihr Hirn eine neue Frage aus. »Und was ist mit deinen Freunden?«

»Die nächste Baustelle«, erwiderte er sofort. »Der Winter kommt und wir sitzen faktisch auf der Straße. Früher hielten wir uns häufig bei mir auf, aber neuerdings dreht mein alter Herr durch. Wüsste ich es icht besser, würde ich eine dissoziative Störung vermuten. Mittlerweile duldet er weder Chris noch Carmen im Haus … die beiden anderen am Wagen«, fügte er als Antwort auf ihren ratlosen Blick hinzu.

»Irgendwie verstehe ich das nicht ganz«, begann sie geschätzte fünf Stunden später.

»Was gibt es daran nicht zu verstehen?«

»Wenn dein Dad ein derartiger Despot ist, warum ziehst du nicht in dein eigenes Appartement? Du bist erwachsen!«

Das kommentierte Daniel nur mit einem ungläubigen Blick und bereits nach *zwei* Stunden, gefühlt, seufzte sie. »Schon klar, das kannst du dir nicht leisten.«

»Korrekt!«

»Du darfst keine Freundin haben?«, erkundigte sie sich nach einem weiteren Äon mitleidig.

»Ich darf *Jane* nicht haben!«

»Das ist doch Scheiße!«

»Na, wem sagst du das?«

»Fehlt Jane dir sehr?«

Innerlich küsste Daniel sich für seine Genialität. »Sicher«, erwiderte er kurz angebunden.

»Ihr könntet …« Vor Spannung hielt er den Atem an. »Ihr – also ich meine dich und deine *Freunde!*« Die Augen blitzten und er beeilte sich zu nicken. »Na ja, wenn sie es nicht zu mies finden, könntet ihr hin und wieder zu mir kommen.«

»In *dein* Appartement?«

Prompt wurde sie rot. »Okay, vergiss den dämlichen Vorschlag!«

»*Nein!* Das ist …« Gerührt suchte er nach Worten und fixierte dabei ihre riesigen Glubschdinger. »Das ist das Selbstloseste, was mir je angeboten wurde. Ehrlich!«

»Ist das wirklich dein Ernst?«, hakte er nach, als von der gegenüberliegenden Seite so gar keine Bemerkung erfolgte.

»Sicher, warum nicht?«

Schon, um seine Rache an Jonathan perfekt zu machen, warf Daniel auch die letzten Bedenken über Bord. »Leider hilft das nur bedingt.«

»Weshalb das?«, erkundigte sie sich verständnislos.

»Wenn ich nachts nicht nach Hause komme oder zu lange fern bleibe, dann weiß mein Dad Bescheid. Du musst das kapieren, er droht, mir jede finanzielle Unterstützung zu streichen.«

»*Nein!*«, rief sie empört. »Was für eine miese Erpressung!« Erst jetzt ging ihr wohl auf, *wen* sie beleidigt hatte, denn eine Nanosekunde später glich sie mal wieder einer Tomate. »Sorry.«

Müde winkte er ab. »Du hast ja recht. Begreifst du nun das wahre Dilemma? Erscheine ich nicht pünktlich an Daddys Dinnertisch, wird er wissen, dass ich bei Jane bin und dann habe ich verspielt!« Flüchtig sah er auf seine Uhr.

»Wundert mich, dass noch kein Kontrollanruf erfolgt ist, schließlich bin ich auf Bewährung. Vorlesungsschluss war vor drei Stunden. Ha! Er weiß, dass ich heute mit *dir* zusammen bin und *das* gefällt dem Knaben. Du hast ja keine Ahnung, wie ekelhaft der erst seit dem Unfall drauf ist!«

»Oh! Das tut mir leid!«, hauchte sie mitleidig und mit von Sorgenfalten gefurchter Stirn.

So etwas Dämliches hatte er noch nicht erlebt! »Bullshit! Du hast …« Plötzlich wurden *Daniels* Augen groß. »Verdammt!«, wisperte er.

»Was?« Auch sie flüsterte, aber in Sachen Augengröße schlug sie ihn um Längen.

Sofort verblasste Daniels Strahlen und er blickte düster in seine Tasse. »Vergiss es! Alles hat seine Grenzen, das kann ich unmöglich von dir verlangen.«

Die Augen kehrten zur normalen Größe zurück, plus dreifache Verstärkung aufgrund der Aschenbecher. »Versuch es«, ermunterte sie in ruhig und lehnte sich zurück.

Eilig verwettete er seinen Hintern, überzeugt, sie in der Zwischenzeit zu allem bringen zu können.

»Ganz simpel – oder auch nicht. Präsentiere ich meinem Vater eine Alternativfreundin, dürfte er keine dämlichen Fragen mehr danach stellen, wo und mit wem ich meine Abende verbringe, oder?«

Zwei Minuten später konstatierte Daniel zufrieden, dass sein Hintern gerettet war.

5. The fool's fooling himself

Es ging aufwärts. Allerdings fehlte Tina bisher die leiseste Vermutung, was sie am Gipfel zu finden erhoffte. Sollte sie den jemals erreichen, natürlich, was mit diesem verdammten Gips eher unwahrscheinlich war. Momentan wusste sie ohnehin nicht sehr viel. Dieser dämonische Gott brachte es fertig, innerhalb von fünf Minuten die gesamte Palette aller verfügbaren Stimmungen zu bedienen. Von entnervt, über niedergeschlagen – sie konnte nicht ertragen, wenn er so traurig *guckte!* –, aufrichtig freundlich, bis hundsgemein.

Im Laufe ihres Lebens als Aussätzige hatte Tina zwangsläufig lernen müssen, schmierige Täuschungsmanöver schnell zu enttarnen. Das war eine Frage des Überlebens und mittlerweile gelang ihr diese Übung sehr gut. Volltreffer in neun von zehn Fällen – ein ziemlich guter Schnitt. Doch bei Daniel war sie häufig einfach ratlos. Mittlerweile fühlte er sich in ihrem Appartement wie zu Hause und saß auf ihrer Couch, als stünde die eigens für ihn dort. Mit totaler Selbstverständlichkeit fuhr er sie ins College, als hätte er nie etwas anderes getan, er sprach mit ihr, als würden sie sich seit Jahren kennen und mutierte in der nächsten Sekunde zum arroganten, beleidigenden Idioten. Seiner Miene nach zu urteilen, handelte es sich bei Tina um einen Schädling, der dringend zerquetscht werden musste, um die Erde von seiner Existenz zu befreien. Zwei Herzschläge später wurde sein Blick derart bezaubernd, dass ihr Hören und Sehen verging. Genau in dieser Reihenfolge, kurz darauf folgte dann immer die peinliche Atemlosigkeit. Um sich derzeit irgendwelche Chancen bei ihm auszurechnen, fehlte Tina glücklicherweise die erforderliche Dämlichkeit, aber wäre es nicht ein echter Fortschritt, wenn Daniel sie wenigstens mochte?

Sah er erst, dass sie ihn wirklich liebte, war ihm möglicherweise egal, dass sie nicht wie eine Laufstegschönheit aussah. Denn sie opferte sich für ihn auf und litt mit ihm, faktisch gab Tina für ihn alles und würde noch zu Daniel stehen, wenn alle anderen sich bereits von ihm abgewendet hatten. Also, für den Fall, dass dieser Zustand jemals eintrat. War das denn nicht viel bedeutender als vergängliche Schönheit?

Zumindest langfristig gesehen zählten sowieso nur die inneren Werte. An dieser Überlegung hielt Tina momentan fest und baute sich an ihr auf, wenn

Daniel sie mal wieder wie eine Laus behandelt hatte. Es half nicht sehr, aber ein bisschen.

Als Tina an diesem Abend in ihrem Bett lag und den Tag noch einmal Revue passieren ließ, musste sie widerwillig einsehen, dass sie sich einen geballten Haufen Müll einredete. Denn in Wahrheit war es hoffnungslos und sie die dümmste Gans des Planeten. Selbst wenn er – und dieses *wenn* betonte sie außerordentlich – wirklich freundschaftliche Gefühle für sie entwickeln sollte – gleiche Betonung lag auf dem *sollte* – hieß das noch lange nicht, dass daraus jemals mehr wurde.

Das wusste sie, doch diese Sachlage dauerhaft zu akzeptieren, fiel so verdammt schwer. Jemanden von Weitem anzuhimmeln, in der Überzeugung, er würde höchstwahrscheinlich niemals dahinter kommen, dass man überhaupt existiert, ist ein netter Zeitvertreib. Doch ihm täglich so nah zu sein, wie Tina Daniel, ihn zu berühren .

Das Blut stieg ihr zu Kopf, wann immer Tina daran dachte, wie sie in ihrer Dummheit tatsächlich seine Hand genommen hatte. Kaum geschehen hätte sie sich am liebsten einen tiefen Kanal in den Steinboden des Starbucks gegraben. Eine Wanderung zum Erdkern sollte eine interessante Angelegenheit sein, zumal man dorthin ziemlich lange unterwegs war. Und Daniel? Der schien weder überrascht noch angewidert – womit sie gerechnet hätte. Nein! Offensichtlich störte es ihn nicht im Geringsten, womit er sie mal wieder total verblüfft hatte. Inzwischen wusste Tina, dass er sich bei ihr so ungefähr alles herausnehmen konnte, ohne Konsequenzen fürchten zu müssen. Beispielsweise diese Geschichte mit seinen Freunden in *ihrem* Appartement. Kaum ließ Daniel verlauten, dass er es benötigen könnte, machte Tina, neuerdings dämlicher als die Cops erlaubten, Anstalten, es ihm zu überlassen. Möglicherweise wäre sie auch ausgezogen, hätte er sie unter Einsatz des traurigen Blickes nur darum gebeten.

Bei dem Gedanken an den kommenden Tag wurde ihr übel. *Sie* sollte für *ihn* die Alibifreundin geben! Weshalb *Tina* für den Job herhalten musste, verstand sie nicht, denn niemand würde ihnen diese Geschichte abkaufen, davon abgesehen, erkannte sie sehr wohl die drohende Gefahr:

So etwas rangierte mindestens fünf Meilen über der Schmerzgrenze, denn Daniel konnte ihr wirklich wehtun. Vielleicht war ihm das sogar bewusst und er scherte sich einfach nicht darum.

Tina war tatsächlich nicht dumm, weder was ihre Intelligenz betraf noch in Sachen Intuition. Wenn man über Jahre die Rolle des abstoßenden Beispiels innehat, entwickelt man zwangsläufig ein Radar für Menschen, die einen fertigmachen wollen oder dies lässig in Kauf nehmen.

Tauchte Daniel auf, schrillten bei ihr sämtliche Alarmglocken. Doch er musste nur diesen besonderen Blick auflegen und sie schmolz dahin wie Butter in der Sonne. Diesen Trumpf zog er übrigens immer dann, wenn Tina mal wieder Gefahr lief, vernünftig zu werden und sein unmögliches Verhalten kritisch zu hinterfragen. Auch seine halbseidenen Manöver waren ihr keineswegs entgangen. Skrupellos und gewissenlos spielte er mit ihr und stellte sich dabei nicht halb so clever an, wie er vielleicht glaubte. Dass sein Interesse nur ihrem Appartement galt, hatte sie ebenfalls registriert und ließ ihn dennoch gewähren.

Denn Christina Hunt war spielsüchtig, abhängig von einer ganz besonderen Art Glücksspiel: dem *Was-Wäre-Wenn*-Poker. Wann immer sie sich vor Augen führte, *was* Daniel mit ihr anstellte, kamen ihr augenblicklich Zweifel. Was, wenn sie sich irrte und er sie tatsächlich mochte? Bestand denn nicht die geringe Möglichkeit, dass es sich so verhielt, und warf sie nicht alles weg, wenn sie ihm und seinem Treiben Einhalt gebot?

Der Schlaf wollte sich in dieser Nacht partout nicht einstellen. Irgendwann gab Tina stöhnend auf und humpelte ins Bad. Im grellen Licht der Neonlampe blinzelte sie heftig, trat vor den Spiegel und beäugte sich dann kritisch.

»Scheiße!«, hauchte sie nach einer Weile. »*Totale* Scheiße!«

Probehalber hob sie eine Strähne ihres viel zu schweren dunklen Haars und versuchte, es irgendwie in Form zu bringen. Das ging daneben. Als Nächstes nahm sie jede Menge Haargel, das Ergebnis fiel auch nicht sonderlich berauschend aus. Jetzt wirkte ihr Haar wie frisch geölt. Stöhnend wusch sie es und begann aufs Neue mit der Frisiererei, nun unter Zuhilfenahme eines Föhns.

Eine halbe Stunde später kramte sie aus den Tiefen irgendeiner noch nicht ausgeräumten Kiste einen Lockenstab hervor und versuchte es damit. In den kommenden drei Stunden fabrizierte Tina etwas – unter Verwendung jeder Menge Haarspray – das auf jeden Fall schon mal anders als sonst aussah. Ob gut, wusste sie noch nicht, das würde sie nach nochmaliger Inaugenscheinnahme entscheiden.

Die kleine Uhr im Bad schaltete soeben auf drei, gegen zehn wollte Daniel erscheinen, offenbar wurde in seiner Familie das Barbecue recht früh zelebriert. Demnach blieben Tina sieben Stunden. Nicht viel, wenn sie sich so betrachtete. Aber man sollte ja nichts unversucht lassen. Wenig später machte sie wie so häufig die leidvolle Erfahrung, dass Duschen mit Gipsbein ein äußerst heikles Unterfangen ist. Und dann stellte sie sich der Herausforderung, in ihre Jeans hineinzukommen.

Ohne Chance.

Als sie die schwabbelige Masse in ihrer Körpermitte beäugte, stieß sie einen wütenden Schrei aus und wagte sich schließlich todesmutig auf die Waage. Beinahe wäre sie vornüber gekippt.

72,3 Kilogramm

Das lag an diesem verdammten Gips, *aber garantiert!*

Fünf Minuten saß sie auf dem Badhocker und wälzte sich im Selbstmitleid, dann hob sie in neu entflammter Entschlossenheit den Kopf. Okay, ihre Chancen tendierten zwar gegen null, doch um ihn bereits jetzt aufgeben zu können, bedeutete er ihr zu viel. Sich das einzugestehen, fiel ihr nicht schwer, es hörte ja sonst niemand. Und so kämpfte Tina sich schließlich unter Aufbietung ihrer letzten Kraftreserven in die Küche und begann, den Kühlschrank zu entleeren. Nur wenige Minuten später beherbergte der kleine Mülleimer etliche noch ungeöffnete Colaflaschen. Hamburger gesellten sich hinzu, ein paar Puddings mussten auch dran glauben. Es kostete Tina unbeschreibliche Überwindung, ihre geliebte Mayo zu versenken und danach starben die Bagels, dicht gefolgt von fünf Hamburgerbrötchen. Verfluchte Geldverschwendung!

Zwei Brezeln gingen kurz darauf zugrunde, gefolgt von drei Packungen Buttercookies – oh verdammt, die schmeckten so lecker! Ganze *fünf* Tüten Chips – Cheese & Onion, Sour Creme – folgten, die wurden bereits im frisch eingeweihten *großen* Müllsack beerdigt. Die Schokoriegel fielen danach ihrer Vernichtungswut zum Opfer, und zuletzt, unter Tränen, mussten die fünf Tuben gezuckerte Kaffeesahne dran glauben. Tina trank kaum Kaffee, sie aß nur gern das süße Zeug.

Also früher jedenfalls, vor etwas mehr als einer halben Stunde. Damit waren Kühlschrank und alle übrigen Schränke bis auf ein paar Kleinigkeiten geleert und Hunger machte sich in ihr breit, schließlich lag anstrengende Arbeit hinter ihr.

Missmutig trank Tina ein Wasser und ging seufzend zurück ins Bad. Der Anblick im Spiegel wirkte noch ebenso niederschmetternd wie zuvor, was nicht zuletzt an dieser bescheuerten Brille lag. Leider konnte man die nicht mit einer simplen Räumaktion entfernen, und um die größte Ungerechtigkeit beim Namen zu nennen: Seit mehr als einer Stunde hungerte sie nun schon und bisher zeigte die Waage noch immer diese monströse 72,3 an. Was für ein *Beschiss!* Ihr galliges Kichern verstummte sehr schnell, als Tina an die älteren Studentinnen dachte. Darunter befanden sich auch Brillenträgerinnen. Bei den allermeisten jedoch wirkten die Sehhilfen nicht hässlich, sondern ließen die Gesichter eher *interessant* erscheinen. Wenn Tina in den Spiegel sah, erblickte sie eine widerliche Brillenschlange, sonst nichts. Nun, daran ließ sich zunächst nichts ändern, frühestens am Montag und höchstwahrscheinlich nicht einmal dann.

Momentan war es etwas schwierig, zu einem Optiker zu gelangen und außerdem kosteten Brillen ein halbes Vermögen.

Dass Geld ein ernstes Problem darstellte, ging ihr erst richtig auf, als sie wieder über die anderen – älteren – Mädchen nachgrübelte, für die Daniel den *echten* Blick erübrigte. Keine von ihnen trug irgendetwas in Pink. Okay, Tinas Favorit war diese Farbe nie gewesen, ihre Mom liebte derartige Töne. Kurz entschlossen humpelte sie zu ihrem Schrank und begann, alles Pastellfarbene, Pinke oder Violette herauszuzerren.

Zwanzig Minuten später drohte der zweite große Müllsack zu platzen, in ihrem Schrank hingegen herrschte gähnende Leere. Und obwohl nicht mehr viel Auswahl zur Verfügung stand, benötigte Tina gefühlte fünfundzwanzig Ewigkeiten, um etwas Passendes für den bevorstehenden Empfang auszuwählen. *Passend* – im wahrsten Sinne des Wortes. Kaum eines der wenigen Kleidungsstücke entsprach ihrer derzeitigen Konfektionsgröße; am Ende entschied sie sich für ein schwarzes Sweatshirt, die Farbe sollte ja angeblich schlank machen, und Jeans. Nach zwanzig Minuten erbittertem Krieg hatte der Stoff auch glücklich ihren Hintern überwunden und Tina litt unter Atemnot. Bei den Schuhen stand sie kurz darauf vor dem nächsten gravierenden Problem, denn der Bestand beschränkte sich auf drei Optionen:

Ein Paar Sporttreter, Vera hatte sie kurz vor Tinas Abreise gekauft, ein Paar Ballerinas in Blau und ein Paar Sandalen, total unspektakulär – ohne Absatz.

Weshalb Letztere überhaupt hier waren, konnte sie sich nicht erklären, denn demnächst war im Staate New York mit dem Wintereinbruch zu rechnen und momentan herrschte nasskaltes Herbstwetter. Blieb also die Wahl zwischen Sportschuhen und Ballerinas. Natürlich nur jeweils einen Schuh betreffend, weil sich der andere Fuß ja in dem verdammten Gips befand. Unschlüssig betrachtete Tina die beiden Kandidaten und konnte sich nicht entscheiden.

Nach einer halben Stunde, die sie in wachsender Ratlosigkeit zubrachte, wollte sie das dämliche Barbecue einfach absagen. Sollte er sich eine andere für seine alberne Scharade suchen, deren Scheitern in Tinas Augen ohnehin feststand.

Diese Meinung behielt sie für die nächsten dreißig Minuten bei. Währenddessen wurde es draußen hell und der kleine Zeiger bewegte sich rasant auf die sechs zu, die Zeit wurde knapp, sofern sie ihre Meinung noch änderte. Diese Erkenntnis riss sie am Ende aus ihrer vorübergehenden Lethargie. Nichts da mit einer anderen dummen Gans! Die gab sie, und zwar *exklusiv!* Wütend feuerte Tina die Ballerinas zurück in den Schrank und zog den Sporttreter über. Das sah zwar blöd aus, doch was sollte sie tun? Eine Alternative hatte sie nun einmal nicht. Als Nächstes wollte sie ins Bad hetzen, ließ es jedoch etwas zu beschwingt angehen und schlug der Länge nach hin. Da hatte sie doch glatt den Gips vergessen!

Nur eine halbe Stunde später war die Jeans erfolgreich heruntergezerrt und das aufgeschlagene Knie verarztet. Es kostete noch einmal schlappe zwanzig Minuten, um das störrische Beinkleid glücklich wieder anzuziehen. Im Liegen machte sich die Angelegenheit ganz gut, da wirkte der Bauch auch nicht mehr so bedrohlich. Und dann endlich kramte Tina ihre Kosmetiktasche hervor und begann mit dem wahnwitzigen Versuch, sich in einen Menschen zu verwandeln. Das Haar lag immer noch, unglaublich bei der schnell fettenden Wolle, die ihr Kopf beherbergte.

Zwischenzeitlich traktierte sie ihre Nase mit Spray. Alle zehn Minuten. Irgendwann musste der Mist ja mal aufhören. Schnupfen und Make-up stellten nämlich keine empfehlenswerte Kombination dar. Das Grundieren bewältigte sie noch recht routiniert.

Wenn man großzügig darüber hinwegsah, dass ein halber Abdeckstift dafür draufging, die roten Stellen an der Nase und ungefähr dreieinhalbtausend noch nicht ganz verheilte Aknepickel zu kaschieren. Und dann existierten ja neuerdings dicke, schwarze Schatten unter ihren Augen, schließlich lag eine Nachtschicht hinter ihr. Seltsamerweise verspürte sie keine Müdigkeit. Allein der Gedanke, demnächst zu schlafen, verursachte den nächsten mittleren Kicheranfall. Regelmäßig dopte Tina ihre Nase mit dem Spray, wenn auch mit wachsender Vorsicht, denn nach Abdeckstift folgte das Make-up und ab diesem Moment wurde die Angelegenheit schwierig. Im Stillen dankte sie sich für die Cleverness, das Sweatshirt bereits übergezogen zu haben, andernfalls wäre es unter Garantie inzwischen schwarz/braun gescheckt gewesen.

»Du machst dich«, versicherte sie tonlos ihrem Spiegelbild. »Noch zehn Jahre, dann könnte aus dir echt was werden.« Flüchtig dachte sie an einen um zehn Jahre gealterten grünäugigen Dämon und diesmal klang ihr Kichern ziemlich hohl.

Ja, Daniel, nicht wahr? Eines Tages wirst du dich nach mir zerfleischen, wie jetzt nach deiner Jane oder wie das dämliche Weib heißt!

Grimmig trug sie den Lidschatten auf und entschied sich hierbei bewusst für eine dunklere Farbe, sie fühlte sich heute ein wenig kryptisch. Auch alles andere, was nach und nach Platz auf ihrem Gesicht fand, fiel recht üppig aus. Mit wachsender Begeisterung experimentierte sie, wischte Begonnenes weg und versuchte etwas anderes. Zwischenzeitlich begab sie sich in ihr Zimmer und googelte nach neuen Ideen. Nach einer Stunde beurteilte Tina das, was ihr aus dem Spiegel entgegenblickte, als verhältnismäßig annehmbar.

Nicht Jane – ha!, größenwahnsinnig war sie nie gewesen –, aber trotzdem nicht übel. Bis auf diese ekelhafte Brille.

Resigniert dachte sie an ihren Dad und daran, was der auf ihr Gejammer erwidern würde. Denn das stand fest. Mehr, als ihre Eltern Tina monatlich gaben, plus Miete für das Appartement, konnten die nicht realisieren. Was bedeutete, dass die Stunden im Supermarkt drastisch aufgestockt werden mussten. Momentan war ihre finanzielle Lage äußerst bescheiden, denn Tina konnte seit Wochen überhaupt nicht arbeiten gehen. Doch wenn man Miller, ihrem Arzt, glauben wollte, lagen nur noch weitere vierzehn weitere Tage mit dem Gips vor ihr, dann hatte sie wenigstens das überstanden. Bewaffnet mit Wasser und Nasenspray setzte Tina sich um halb zehn in ihren Sessel. Okay, *einen* Vorteil an diesem blöden Vorhaben, konnte sie endlich ausmachen: Seit über einer Stunde war ihr Hunger wie weggeblasen.

Punktgenau um zehn Uhr klopfte es, scheinbar hatte der Mann ein Chronometer verschluckt. Und Tina spielte für einen winzigen Moment mit dem wahnwitzigen Gedanken, ihn einfach zu ignorieren.

Mit einem Mal erschien ihr die Idee total dämlich! Hektisch suchte sie nach einer Möglichkeit, sich zu verstecken. Ihr Bett, die Couch, *unter dem Bett!* Unter Aufbietung aller Kräfte riss Tina sich zusammen, atmete einige Male durch – sehr tief ging nicht, wegen der blöden Jeans – und schleppte sich schließlich zur Tür.

Daniels Blick sprach von totaler Fassungslosigkeit, während er sie wortlos anstarrte, bis er endlich in schallendes Gelächter ausbrach. Ewigkeiten brachte er es auf kein zusammenhängendes Wort, weil ihn ein außerordentlich grausamer Lachflash heimsuchte. Irgendwann deutete er feixend auf ihr Gesicht. »Bist du in einen Farbeimer gefallen?«

Das augenblicklich einsetzende Erröten tarnten auch keine drei Zentner Abdeckstift und vier Tonnen Make-up, weshalb Tina hastig den Kopf senkte und sich auf den Weg ins Bad machte. Doch bevor sie es ganz erreichen konnte, tauchte er neben ihr auf. »Sorry.«

Das klang durchaus glaubwürdig und Tina sah flüchtig zu ihm. Wirklich: Seine Miene wirkte aufrichtig. »Es ist … äh … *toll.*«

Hmmm, irgendwie klang das nicht sehr ermutigend. Wortlos wandte sie sich ab und flüchtete endlich ins Bad, wo sie sich ausgiebig im Spiegel beäugte.

Es war doch *okay!* Sicher, ein bisschen viel, wenn man die Tageszeit bedachte, aber wie ein Scheusal sah sie nicht aus. Oder vielleicht doch …?

Eilig entfernte Tina die Hälfte des Lidschattens und ruinierte damit auch gleich Lidstrich und Wimperntusche. »Mist!«, stöhnte sie und begann von Neuem mit der Visagistenarbeit.

»Alles klar da drin?«

»Schnauze«, grummelte sie in ihren nicht vorhandenen Bart.

Um die gröbsten Schäden zu beseitigen, bedurfte es einer weiteren Viertelstunde. Als Tina wieder in Zimmer trat, saß er in aller Seelenruhe auf ihrer Couch. Sonst mochte sie den Anblick sehr wohl, heute provozierte er sie auf ungeahnte Weise. Schon, wie der wieder aussah! Daniel Grant schien ja über bemerkenswert viel Körperwärme zu verfügen.

Man sah ihn selbst jetzt, im letzten Drittel des Oktobers, immer noch in einem leichten Hemd, dessen obere drei Knöpfe standardmäßig offen standen. Das dichte, dunkle Haar wirkte wie frisch gewaschen und lud Tina dazu ein, ihre Finger darin zu versenken.

Hmmm, aber klar doch!

Atemberaubend schmal lockten seine Lippen anhaltend, es mal mit einem sanften Kuss zu versuchen. Sicher! Und dann würde man sie ins Irrenhaus verfrachten oder noch schlimmer, er lachte sie wieder aus! Die Jeans saß perfekt. Figurprobleme mussten für diesen Mann ein Fremdwort sein. Manchmal fragte Tina sich misstrauisch, ob der überhaupt aß. Die dunklen Lederschuhe wirkten genau auf den richtigen Grad zertreten und insgesamt strahlte er ein Selbstbewusstsein aus, dass einem übel wurde.

Doch sein Vorteil lag auch klar auf der Hand: Daniel *war* hübsch. Ganz bestimmt benötigte er nicht – grob überschlagen – *acht* Stunden Stylingzeit und musste sich für das Ergebnis dennoch auslachen lassen. Was er mit der betreffenden Person dann wohl angestellt hätte, war zu grausam, um es sich eingehender vorzustellen. Grant mochte ja nun alles, nur keine Kritik. Und keine Zicken.

Als er sie bemerkte, sah er auf. »Hattest du Langweile?« Bedeutsam nickte er zu dem schicken, prall gefüllten Müllsack vor ihrem Schrank.

»Was geht dich das an?«, fauchte Tina und er verzog erwartungsgemäß das Gesicht. »Sorry, ich wusste ja nicht, dass ich dir mit einer simplen Frage zu nahe trete.«

Darauf erwiderte sie besser erst gar nichts und humpelte stattdessen zu ihrem in Mitleidenschaft gezogenen Parkas, wobei sie wieder an ihren derzeit desaströsen finanziellen Status erinnert wurde, der einen Neukauf unmöglich machte. Und alles wegen dieses Idioten auf ihrer Couch, der aussah, als wäre er nicht von dieser Welt und sie für irgendein lästiges Insekt hielt.

Nachdem ihre Jacke geschlossen war, sah sie gelangweilt auf. »Was ist jetzt? Ich denke, ich soll dir den Arsch retten!«

»Wir sind heute ein wenig vulgär, ja?«, erkundigte er sich leicht angewidert.

»Nein, das ist mein übliches Vokabular. Was dir bestimmt schon früher aufgefallen wäre, hättest du dir mal die Mühe gemacht, mir *zuzuhören!*«

Die makellose Stirn legte sich in Falten und plötzlich betrachtete er sie mit bedeutend mehr Interesse. »Hör mal, ich wollte dich vorhin nicht beleidigen. Es war nur wirklich ein bisschen viel.«

»Schon klar!« Was musste sie doch für eine lächerliche Figur abgeben: breitbeinig – eins davon in Gips –, mit einer Flasche Nasenspray in der Hand, einer fetten Brille auf der Nase und fünf Pfund Abdeckcreme im Gesicht.

»Du hättest einfach sagen können, dass du nicht mitkommen willst.« Scheinbar gelassen zuckte er mit den Schultern. »Kein Problem.«

Mit wachsender Wut beobachtete Tina, wie der niedergeschlagene Ausdruck in seinem Gesicht an Form gewann. Dieser miese Kretin manipulierte sie nach Strich und Faden, als wäre sie irgendein dahergelaufener Bauerntrampel. Viel zu dämlich, um seine gemeine Tour zu durchschauen. Mit Abstand am meisten zur Weißglut trieb sie jedoch, dass dies die *Realität war!*

Gilman wurde auf kaum einer Karte erwähnt – zu unbedeutend. Bisher hatte Tina zweimal Waterbury gesehen und egal, wie viel Paste sie sich ins Gesicht schmierte und damit vor dem Idioten zum Trottel machte, schön wurde sie deshalb auch nicht. Trotzdem konnte sie nicht ertragen, wenn er so traurig aussah, obwohl sie sein mieses Spiel längst entlarvt hatte! Das war doch Mist, verdammt!

Ja, aber leider nicht von der Hand zu weisen, weshalb Tina nur eines blieb: die Flucht.

»Gehen wir jetzt endlich, oder was?«

6. Into the nothing

Daniel ertrug Tinas schlechte Stimmung mit ausgesuchter Gemütsruhe. Sein Blick wirkte leicht verkniffen und die Lippen hielt er wie so häufig fest aufeinander gepresst, doch ansonsten ließ er sich absolut nicht anmerken, dass ihm ihr Gehabe gehörig gegen den Strich ging. Schade eigentlich, sie hätte ja zu gern noch ein paar dämliche Kommentare über ihre Aufmachung gehört. Die wirkten so erfrischend und aufmunternd. Vor seinem Elternhaus angelangt, staunte Tina nicht schlecht. Der mondäne, helle Altbau zog sich über drei Etagen und besaß jede Menge Balkone und Erker. Er erinnerte sie an eines jener Schlösser aus dem Märchen. Wunderschön!

Den etwa fünfundvierzigjährigen, brünetten, blauäugigen Dr. Grant kannte sie bereits. Bei dessen Frau handelte es sich um hübsche, ebenfalls dunkelhaarige Mittvierzigerin mit breitem Lächeln und warmem Blick. Und auch Daniels Dad – der angebliche Schurke in diesem Stück – wirkte wieder verdammt nett.

Nachdem Tina die beiden in deren Wohnzimmer erreichte, wurde sie von ihm mit einem freundlichen »Ich hoffe, es geht Ihnen besser, Miss Hunt« empfangen. Mrs. Grants Lächeln wurde zu einem ausgewachsenen Strahlen, als sie Tina die Hand schüttelte. »Nenn mich Edith!«

Der nächste Schock. »Tina«, würgte sie hervor.

Beide lächelten noch etwas breiter und Mr. Grant (sen.) neigte den Kopf. »Bitte nenn mich Jonathan.«

Bisher hatte Daniel schweigend und relativ unbeteiligt neben ihnen gestanden, doch genau in diesem Moment erlitt er einen gefährlich anmutenden Hustenanfall. Nachdem sich drei Augenpaare zeitgleich auf ihn gerichtet hatten, erholte er sich allerdings erstaunlich schnell. »Sind Tom und Francis schon da?«

»Ja, sie bereiten den Grill vor«, nickte Mrs. Grant.

Womit Daniel wortlos davonmarschierte, jedoch nach zwei Schritten stehen blieb, kehrtmachte und Tinas Ellbogen packte. »Komm!«

Als sie sich nicht sofort bewegte, verengten sich die grünen Dämonenaugen bedrohlich. Alles hielt vor Spannung die Luft an und Tina zwang sich, nicht zurückzuweichen. Doch plötzlich veränderte sich seine Mimik um 100 Prozent und er lächelte auf diese besondere Art, die Tina stets in die akute Amnesie trieb. »Bitte?«

Was das nächste Erröten einläutete. Also kämpfte sie sich auf einem wackligen Knie und einem starren Gips zur Hintertür vor, die gleichzeitig den Zugang zu Terrasse und Garten darstellte, während neben ihr ein sichtlich entnervter Dämon trottete. Kaum hatte sie das Haus verlassen, folgte der nächste Schlag an jenem Tag, der wohl als Tag der eintausend Schocks in Tinas persönliche Geschichte eingehen würde. Diesmal versetzt durch den Anblick von Daniels Schwester und deren Freund Thomas.

Bisher hatte sie geglaubt, die Mädchen an der Uni wären schön. Unzählige Nächte hatte Tina wach gelegen und sich gewünscht, wie eine von ihnen auszusehen. Das, und sie wäre tatsächlich wunschlos glücklich gewesen. Und jetzt musste sie erkennen, dass es sich bei ihren heimlichen Idolen um potthässliche, gewöhnliche Tussies handelte. Ehrlich, die konnten froh sein, wenn sich überhaupt jemals ein Mann für sie interessierte. Neueste Erkenntnis: Daniel Grant gab sich mit Abfall ab, haha! Nun ja, *wenn* das auf die Unimädchen zutraf, stellte Tina Hunt vermutlich strahlenden Sondermüll dar, aber das nur am Rande.

Eines stand jedenfalls fest: Die große, schlanke Brünette mit den Modellmaßen schlug alle um Längen. Sie war zu schön, um allzu lange hinzusehen – zumindest, wenn man Christina hieß. Ansonsten wurde einem schlagartig übel, die Nase begann wieder zu triefen und die Brillengläser beschlugen. Womit das Desaster ja nun wirklich genügte, doch Tina hätte es besser wissen müssen. Denn neben der Schönheit, die verboten gehörte, stand ein ausnehmend groß gewachsener Mann, der ihr in Attraktivität kaum nachstand. Hinzu kam, dass der Kerl ziemlich muskulös war. Der Traum von einem Mann, wenn auch auf eine total andere Weise, als der mies gelaunte Dämon. Möglicherweise war er deshalb nicht Tinas Typ. Im scharfen Kontrast zu seinem dunklen Teint hob sich das strohblonde, gelockte Haar ab, das jeweils knapp über die Schultern reichte und beiläufig im Nacken zusammengehalten wurde. Die Ohrläppchen zierten jeweils ein breiter, silberner Reif und in dem dunklen Gesicht wirkten die strahlend, blauen Augen außerordentlich grell.

Die Wangen wiesen eine leichte Rötung auf und die etwas breiten Lippen bildeten ein unschlagbares, scheinbar anhaltendes Grinsen. Zusammen wirkten die beiden wie das Traumpaar des Jahrhunderts, dessen Glanz selbst diesen bestimmt nicht billigen Bau zur Bruchbude verkommen ließ. Zum unzähligen Mal an diesem Tag patzte Tina. Denn anstatt locker, fröhlich und gelöst zu den beiden zu humpeln, blieb sie abrupt stehen. Einschließlich offenem Mund, riesigen Augen und allem, was dazugehört. Herrlich … dachte Tina, als sie wenig später zu sich kam. Nicht aus eigener Kraft, nein, das hätte ja noch Anlass zu Hoffnung gegeben.

Ein äußerst dreckig grinsender Daniel eilte ihr zu Hilfe.

»Tina geht's dir mal wieder nicht so gut?«

Nach schlappen zehn Sekunden anhaltendem Blinzeln konnte Tina ihn sogar mit einem wütenden Blick bedenken, rot wurde sie trotzdem. Das leichte Grinsen des Riesen erweiterte sich zu einem breiten und das schmale Lächeln der Aphrodite verschwand gleich ganz. Mist!

»Alles bestens, danke.« Ihr Ton lag derzeit zwei Oktaven über ihrer üblichen Stimme, doch das fiel auch nicht mehr ins Gewicht.

In Begleitung des dreckigen Grinsers legte sie die verbliebenen Meter zurück. »Hey«, meinte Daniel. »Das ist Tina. Tina, das ist Francis, meine Schwester und ihr Freund Tom.«

Aus Angst, erneut irgendeinen Bockmist von sich zu geben, beschränkte Tina sich auf ein Nicken, doch dieser Tom gab sich damit nicht zufrieden.

Kaum versank ihre normale in seiner riesigen Hand, grinste er sie an. »Hey, du bist das neuste Opfer von Daniels Fahrkünsten, hörte ich?«

»Ja.«

Sein Nicken zeugte von tiefstem Mitgefühl. »Studium gerade begonnen?«

»Ja.«

»Erstsemester, also?«

»Ja.«

»Welches Fach?«

»Marketing.« Mit dieser Eröffnung räumte sie haufenweise Überraschungsmomente ab, denn die Meisten vermuteten in ihr eine verkappte Bibliotheksratte. Nur den Wenigsten war bekannt, dass Tina recht gut zeichnen und ziemlich gewandt mit Worten umgehen konnte. Jedenfalls, wenn der grünäugige Dämon nicht in ihrer Nähe war.

Tom wirkte allerdings nicht etwa verblüfft, sondern eher bekümmert. »Ich verstehe.«

»Was?«

»Na ja, es ist so …« Damit nahm er eine Drahtbürste zur Hand und bearbeitete damit den Grillrost. »Hättest du irgendetwas Medizinisches gemacht, wäre die Belehrung automatisch erfolgt. Ich glaube, bei den BWLern wurde sie mittlerweile auch ins Programm aufgenommen, nur für alle Fälle. Bei Literatur versteht es sich von selbst, aber bei Marketing wird die Gefahr vermutlich nicht so hoch bewertet.«

Tina wurde mit jedem Wort verwirrter. »Wovon sprichst du denn?«

»Diese ahnungslose Jugend«, murmelte er und Francis verzog geringschätzig den Mund. Tina wusste nicht, ob es ihr galt – was normal gewesen wäre – oder dem riesigen Schönling mit der Drahtbürste. Der schrubbte weiter, als wäre nichts geschehen, bis er unvermittelt wieder aufsah. »Die *Grant-Belehrung* meine ich! Du musst wissen, nachdem die Rate der gebrochenen Herzen vor vier Jahren dramatisch anstieg, wurde sie ins Leben gerufen …«

»Thomas!«

Selbiger schien den Herzensbrecher nicht zu hören. »… Neben einer Anleitung zur ordnungsgemäßen Anwendung von Kondomen, einen Schnellratgeber für Vaterschaftsklagen und den diversen, nicht allgemein bekannten Fluchtwegen aus den Unigebäuden, wenn man permanent gestalkt wird, existiert da der Passus: *Drum prüfe, bevor du Ithakas Straßen überquerst. Daniel Grant könnte unterwegs sein.*« Ernst nickte er. »Und vertrau mir, das hat seine Daseinsberechtigung.«

Bevor sie es verhindern konnte, brach Tina in wildes Gekicher aus, wobei sie mit einigem Erstaunen Francis schmales Lächeln registrierte.

Nur der Dämon schien das überhaupt nicht witzig zu finden. Irgendwann lachte er trocken auf und schüttelte den Kopf. »Gehen wir?«

Verblüfft blickte Tina sich um, nur um sicherzustellen, dass tatsächlich sie gemeint war. Da sich abgesehen vom Beauty-Paar niemand in unmittelbarer Nähe aufhielt, konnte sie wohl davon ausgehen. »Wohin?«

»Keine Ahnung.« Missmutig beäugte Daniel ihr Gipsbein. »Irgendwohin, wo es nicht so *belebt* ist.« Ohne Vorwarnung zerrte er sie mit sich.

»Hey, nun entführe sie nicht gleich wieder!«, dröhnte der hörbar enttäuschte Tom hinter ihnen, doch Daniel schien auch das nicht zu hören.

Nach Ewigkeiten erreichten sie endlich eine Sitzgruppe, die eine große Eiche inmitten des weiten Grünes umsäumte. Mit einem erschöpften Schluchzen fiel Tina in einen Stuhl.

Daniel ließ sich graziös wie immer in einen der übrigen sinken und verfiel sofort in dumpfes Brüten. Was zwangsläufig bedeutete, sie musste etwas unternehmen, denn schließlich reagierte sie auf Daniels Niedergeschlagenheit allergisch. »Es lief doch ganz gut!«

Ungläubig sah er auf. »Willst du mich verarschen?«

»Er hat doch nur einen *Witz gemacht!*«

»Sicher«, bekräftigte er spöttisch.

Nach einer Weile hob er erneut an. »Was soll das alles überhaupt?«

»Was?«

Anklagend deutete er auf sie. »*Das!*«

Anstatt etwas verdammt Sinnvolles und vor allem Einleuchtendes, nicht Peinliches zu erwidern, lief Tina zum eintausendsten Mal an diesem Tag rot an. Mist!

»Du weißt aber schon, dass ich nicht in dich verliebt bin, oder?«, erkundigte er sich als Nächstes lächelnd.

»Ja, natürlich«, würgte Tina hervor.

Nickend richtete er den Blick über den weitläufigen Rasen. »Gut zu wissen.«

Mit einem Mal wünschte sie sich akut nach Acapulco. Ihren Plan, das Schweigen unter allen Umständen zu brechen, hatte sie auch kurz entschlossen auf Eis gelegt.

Für ihren Geschmack war Daniel heute ein wenig zu mitteilsam, als allgemein verträglich. Und leider hatte der offensichtlich nicht die Absicht, demnächst mit dem Mist aufzuhören.

»Und? Was soll das ganze Theater nun?«, fuhr er sie unvermittelt an.

Nach einer Weile brachte Tina es sogar auf eine annähernd akzeptable Antwort. »Ich war bei deinen Eltern eingeladen und dachte …«

»Du wurdest nicht *eingeladen*, sondern ich habe dich in meiner grenzenlosen Güte mitgenommen«, knurrte er. »Das ist ein bedeutender Unterschied!«

»Okay«, räumte Tina nach einem tiefen Luftholen ein. »Trotzdem wollte ich gut aussehen, na und?«

Auch die falsche Bemerkung, denn sie trieb ihn in den nächsten Lachflash.

Einige Male musste Tina hektisch blinzeln, weil ihr Sichtfeld plötzlich verschwamm, bevor sie mühsam hervorstieß: »Warum tust du das?«

Schlagartig verstummte er. »Was?«

Eilig entfernte sie die Tränen von den Wangen. »Warum bist du so ein verdammter Arsch?«

Anstatt zu antworten, zuckte er mit den Schultern und lenkte den Blick wieder auf das verblassende Herbstgrün.

Nach einer Weile befand Tina, dass es selbst für sie eine Grenze der Erniedrigung gab. »Ich schätze, ich gehe jetzt besser. Sorry, aber meine Chancen stehen momentan mies, es allein bis nach Hause zu schaffen. Kannst du mich bitte fahren?«

Unwirsch fuhr sein Kopf zu ihr herum. »Was soll der Scheiß? Wir sind gerade erst angekommen! Ist doch so *nett* hier!«

»Richtig!«, pflichtete sie ihm heftig nickend bei. »Und ich will jetzt gehen, kapiert? Such dir jemand anderen, den du wie Dreck behandeln kannst! Ich stehe ab sofort nicht mehr zur Verfügung!«

Mit tief gefurchter Stirn blickte Daniel wieder einmal überall hin, nur nicht zu ihr.

»Gut, es tut mir leid«, räumte er nach einer Weile widerwillig ein.

»Mann, für wie bescheuert hältst du mich eigentlich? Glaubst du echt, ich durchschaue den Scheiß nicht, den du hier abziehst? Lass es einfach und fahr mich nach Hause! Langsam wird es peinlich und zur Abwechslung mal *nicht für mich!*«

Als er sie ansah, lag zum zweiten Mal so etwas wie Neugierde in seiner Miene. »Was ziehe ich denn deiner Meinung nach ab?«

Lachend warf Tina den Kopf zurück, inzwischen fand sie sich richtig gut. Ihr abfälliger Blick hatte es auch in sich. »Erstens: Du bist scharf auf mein Appartement, leihweise – hoffe ich jedenfalls. Ist natürlich auch möglich, dass mir demnächst der Zutritt verwehrt wird. Außerdem brauchst du bei deiner Familie ein Alibi; ich bin gerade verfügbar und ein bisschen dämlich ohnehin. Warum in die Ferne schweifen, wenn das Gute liegt so nah? Sorry, nicht das *Gute*, mein Fehler! Das *Saublöde* wollte ich sagen.« Ohh, wie befreiend es war, ihn endlich mal anzugiften. Außerdem hatte es durchaus seinen eigenen kleinen Thrill, denn … niemand sonst würde wagen, so mit ihm zu sprechen. Und … er ließ es sich gefallen.

»Weshalb hast du dich auf den Scheiß eingelassen?«, erkundigte er sich leicht verwundert.

»Frag mich was Leichteres«, erwiderte sie trocken.

»Ich habe nie gelogen«, fuhr er fort, »sondern dir genau mitgeteilt, was Sache ist. Wenn du dir …« Das Lachen klang leise, dunkel und eindeutig dreckig.

»Wenn du dir trotzdem irgendwas ausrechnest, dann tut mir das ehrlich leid. Aber ich muss dich enttäuschen, denn ich werde garantiert nicht …«

»Das weiß ich, du Idiot!«

»Dann erkläre mir, *warum!*« Langsam schien er so wütend, wie sich Tina bereits seit geraumer Zeit fühlte.

»Keine Ahnung!«, fuhr sie ihn an. »Weil ich eine dämliche Dorftussi bin, die so einen Scheiß eben mitmacht, was willst du denn hören?«

»Die Wahrheit?«, schlug er vor, plötzlich ruhig.

Vergiss es!, dachte Tina, obwohl er es doch längst wusste. Er lauerte nur darauf, dass sie es sagte, damit er sie genüsslich sezieren konnte.

Höchste Zeit zu verschwinden, bevor sie sich noch mehr zum Narren machte.

Doch bevor sie diesen vernünftigen Gedanken in die Tat umsetzen konnte, kam Tina abermals die verdammte Spielsucht in die Quere.

Zum ersten Mal hatte er sich ernsthaft und ungespielt mit ihr unterhalten. Bis vor einer Stunde wäre Tina der Unterschied nicht einmal aufgefallen, denn bis zu diesem Zeitpunkt war ihr nicht bekannt gewesen, dass es noch einen anderen Daniel gab, als den offiziellen.

Obwohl ein Teil von dem sich tatsächlich wie ein Kleinkind benahm, hierbei bezog sie sich auf den Trotzigen, wollte sie diese private Seite von ihm näher kennenlernen. Und hier bot sich die einmalige Chance! Wie vielen war es denn noch gelungen, so weit zu ihm vorzudringen? Wenn auch eher zufällig, Tina Hunt *hatte* es geschafft. Was riskierte sie schon, abgesehen vom Verlust ihres Stolzes, ihrer Würde und nicht zuletzt der Fähigkeit zu schlafen?

Er hatte sie nicht aus den Augen gelassen, und jetzt nickte er. »Es ist deine Entscheidung. Das war es immer.«

»Ja.«

»Ich bin nicht an dir interessiert, etwas anderes habe ich nie gesagt, nicht einmal *angedeutet*. Ebenso wenig habe ich dir jemals Hoffnungen gemacht«, führte er weiter aus.

Nach flüchtigem Würgen brachte Tina ein durchaus akzeptables »Ja«, zustande.

»Und damit ist dieses Thema ein für alle Mal vom Tisch?«

Empört starrte Tina ihn an. »Ich habe es überhaupt nicht aufgebracht!«

Diesmal war sein Lachen echt. »Selbstverständlich hast du das, aber das ist okay, somit können wir das wenigstens klären. *Ist* es geklärt?«

»Ja.«

»Keine hysterischen Anfälle, dicke Kullertränen, schmachtende Blicke, Heulanrufe?«

Langsam wurde Tina ernsthaft wütend. »Das habe ich nie getan! Was soll der Scheiß?«

»Ich wollte nur nichts unerwähnt lassen«, erwiderte er ungerührt. »Das erspart uns in Zukunft die eine oder andere Peinlichkeit, sorry!«

Was für ein arroganter Idiot! Missmutig betrachtete Tina die grünen Augen, den schönen Mund, die wohlgeformten Hände, deren Finger schlank und grazil wirkten, besonders bei einem Mann seiner Größe. *Chirurgenhände.* Ihr Blick fiel auf die Jeans, die wie maßgeschneidert saß, die Schuhe – *alles!*

Lohnte es sich, für ihn all diese Erniedrigungen zu ertragen? War er das wirklich wert?

Die Antwort erfolgte nach kürzester Zeit und fiel nicht unbedingt überraschend aus.

Ja.

»Was ist mit dieser Jane?«, platzte es nach einer Weile aus Tina heraus, womit sie ihn tatsächlich überrumpelte.

»Pardon?«

»*Jane*«, wiederholte sie. »Bist du wirklich scharf auf sie?«

»Ja!«

»Und du meinst es ernst?«

Seine Augen verengten sich flüchtig, dann nickte er knapp.

»Die Story mit deinen Eltern?«

»Stimmt auch.«

Nachdem Tina ausführlich nachgedacht hatte, zumindest tat sie so als ob, nickte sie. »Okay, dann haben wir nach wie vor einen Deal.«

Blicklos starrte er über den Rasen, Daniel war nicht die geringste Regung zu entnehmen, seinem Ton auch nicht. »In Ordnung.«

Ewigkeiten später sah er sie an. »*Marketing?*«

»Gib es zu, du bist überrascht!«, feixte Tina.

»Ein wenig, ja«, räumte er unerwartet ein.

»Hmmm. Was dachtest du, studiere ich? Oh, lass mich raten, *Geschichte?*«

»*Fast* richtig«, bestätigte er grinsend.

»Also was?«

»BWL.«

Laut lachte sie auf. »Tja, da lagst du wohl falsch, würde ich meinen.«

Womit Tina leider zu viel gesagt hatte, denn prompt verdüsterte sich seine Miene. »Fein. Aber deshalb lasse ich mir bestimmt keine grauen Haare wachsen!«

Offenbar konnte Daniel Grant nicht ertragen, wenn er eines Irrtums überführt wurde. Gut zu wissen, nur leider war die anfänglich gute und gelassene Stimmung damit zunächst restlos versaut.

Irgendwann trat ein lächelnder Dr. Grant zu ihnen.

»Es ist nach elf, wir wollen beginnen, kommt ihr? … Tina, hast du nichts zu trinken?«

Verwundert betrachtete sie ihre leeren Hände. »Nein …«

Was dem edlen Sohn einen tadelnden Blick einbrachte. »Deine Manieren lassen heute erstaunlich zu wünschen übrig, Daniel.«

Ein starrer Blick ins Grüne gerichtet, war dessen einzige Antwort, und Daniels Vater wandte sich seufzend wieder Tina zu. »Bitte entschuldige diese Unaufmerksamkeit.«

»Kein Problem!«

Das Barbecue wurde unerwartet lustig. Tom erwies sich als wahre Stimmungskanone, die den Laden im Grunde allein unterhielt, während sich Jonathan Grant aufgrund seiner Gediegenheit recht bedeckt hielt und eher durch stille Freundlichkeit glänzte, wobei er einen Hamburger nach dem nächsten verdrückte.

Edith entpuppte sich als nicht halb so still und würdevoll, wie sie auf den ersten Blick vermuten ließ, denn sie stimmte bald in Toms Dauergelächter ein und kam ab sofort aus dem Kichern nicht mehr heraus. Tina konnte nicht glauben, dass es sich bei dieser Frau tatsächlich um Daniels und Francis' Mom handelte, auch wenn die Ähnlichkeit dafür sprach. Francis hielt sich abseits von allem Geplänkel. Nach einiger Zeit gelangte Tina allerdings dahinter, dass sie durchaus Humor besaß. Nur eben einen ganz anderen als Tom, beißender und diffiziler. Erschienen ihr die Witze zu platt, erntete man ein geringschätziges Lächeln, kamen sie gut bei ihr an, konnte auch Francis lachen.

Nach dem zehnten Versuch gelang es Tina sogar erfolgreich, sie anzusehen, ohne vor Neid grün zu werden.

Apropos: Francis' Anwesenheit – vor allem deren Aussehen – zog ungeahnte Konsequenzen nach sich. Trotz Filzaktion zu Hause hatte Tina ursprünglich keineswegs vorgehabt, hier nichts zu sich zu nehmen. Schließlich sah es mit Nahrung in ihrem Appartement mies aus. Außerdem gab es diese wunderbar fettigen Hamburger mit allen Schikanen und ein paar Salate, die sich mit denen ihrer Mom messen konnten. Die Grants ließen sich nicht lumpen, von allem wurde so viel aufgetafelt, als rechne man mit mindestens zehn weiteren Gästen, und besonders Tom und Edith wurden nicht müde, Tina zum Essen zu ermuntern. Doch sie blieb eisern und lehnte alles ab. Es war undenkbar, nicht auf Francis' Wespentaille zu reagieren. Einige Male war Tina dämlich genug, an sich hinabzusehen, und ihre Erkenntnis, am Morgen in einer eher geistig umnachteten Sekunde gefasst, wurde plötzlich zu grausamer Gewissheit. Das durfte nicht länger ungebremst so weitergehen, denn sonst würde sie sich bald rollend fortbewegen.

Und so amüsierte sie sich bei Wein, aß etwas Gemüse, versuchte, ihren knurrenden Magen zu ignorieren und sich ganz nebenbei nicht total dämlich aufzuführen. Letzteres fiel ihr erstaunlich leicht. Nach zwei Stunden meinte sie, dazuzugehören, ihre Verlegenheit gehörte der Vergangenheit an und es gelang ihr sogar, ein nettes Gespräch mit dem Doktor zu führen. Selbst ein paar belanglose Worte mit Francis wechselte sie. Small Talk, sicher, aber die sprach ohnehin nicht viel. Mit Edith unterhielt Tina sich, als würden sie sich bereits seit fünfzig Jahren kennen und Tom konnte man ohnehin nicht widerstehen. Auch wenn der einen Hamburger nach dem anderen verdrückte und sie sich deshalb aus Selbstschutzgründen eher von ihm fernhielt. Der Alkohol tat sein Übriges. Je öfter Tina an ihrem Glas nippte, desto gelöster wurde sie.

Gegen Nachmittag war aus dem sittsamen Barbecue eine feuchtfröhliche Party geworden. Mittlerweile ziemlich aufgekratzt fühlte Tina sich rundum wohl.

Was das erste Mal war, seitdem sie das Haus ihrer Eltern verlassen hatte. Es gab nur einen einzigen – *winzigen* – Haken.

Ein Meter neunzig groß, sexy wie die Hölle und total mies aufgelegt: Daniel. Der verzog keine Miene, egal, wie witzig und unterhaltsam es wurde. Tina konnte sich darauf keinen Reim machen, abgesehen von der einen, offensichtlichen Erklärung: Er wäre lieber mit Jane hier gewesen. Das konnte sie sogar verstehen, obwohl es ihr einen ekelhaften Stich versetzte. Trotzdem, je länger sie Dr. Grant beobachtete, desto weniger verstand sie, weshalb dieser Mann so streng mit seinem Sohn umging. Er schien nicht nur nett, er *war* es. Darüber hinaus war sie der Ansicht, man sollte einem Dreiundzwanzigjährigen nicht mehr vorschreiben, mit wem der sich abgeben durfte und mit wem nicht. Tat man es dennoch, provozierte man damit nur eines: totale Blockade. Mehrmals wollte sie bei Jonathan das Gespräch auf dieses besondere Thema bringen, nur ergab sich leider nie die richtige Gelegenheit. So etwas konnte man wohl kaum zwischen Hamburger, Bier und Wein besprechen. Übrigens schien niemanden zu stören, dass sie mit ihren neunzehn Jahren laut amerikanischer Gesetzgebung noch keinen Alkohol zu sich nehmen durfte. Als Tina sich gegen vier Uhr endgültig von ihrem Vermittlergedanken verabschiedete, geschah dies in einem Anflug von Trotz. Was ging sie diese Jane an? Sprach sie mit Daniels Dad, bestand die Gefahr, dass ihre Bemühungen von Erfolg gekrönt waren und das dämliche Weib doch hierher kommen durfte. Und wo blieb dann die liebe Tina? Weit, weit in der afrikanischen Wüste oder der australischen. Und so weit ging Tinas Mitleid mit dem Dämon nun auch nicht. Vermutlich renkte sich früh genug wieder alles ein und Tina würde sang- und klanglos von der Bildfläche entfernt werden. Außerdem lebten sie nicht im Mittelalter und selbst Mr. Grant konnte nichts ausrichten, wenn Daniel sich für diese dämliche Jane mit den riesigen Glupschern und der Wahnsinnsfigur entschied. Obwohl, kannte die Francis? Wenn nicht, musste Tina unbedingt ein Treffen arrangieren. Denn was bei ihr funktionierte, konnte bei Jane nicht vollständig danebengehen. Niemand besaß so viel Selbstbewusstsein, dass er sich neben dieser Frau nicht wie eine gemeine Küchenschabe fühlte. Selbst wenn man so aussah wie Jane. Vergnügt sonnte Tina sich in ihren boshaften Gedanken und beglückwünschte sich darüber hinaus für ihre neu gewonnene Emanzipation. Es existierten tatsächlich Dinge, die sie für den grünäugigen Dämon *nicht* tun würde. Von ihrer neuen Entschlossenheit und Durchsetzungsfähigkeit beflügelt, wurde sie sogar mutig.

»Hey, Tom?«

Der vernichtete gerade seinen zwanzigsten Hamburger oder so und sah kauend auf. »Hmmm?«

»Warum ist das bei den Literaturstudentinnen klar? Also das mit der Belehrung?« Tina grinste und gab sich alle Mühe, den verdächtig blitzenden Blick des Dämons zu ignorieren.

Tom kaute schneller und schluckte hastig. »Lass es!«, knurrte Daniel im Hintergrund.

Doch er dachte nicht daran, nach einem Schluck von seinem Bier nickte Tom wissend. »Das ist ganz einfach, mich wundert, dass du nicht selbst darauf gekommen bist. Die BWLerinnen sind dämlich …«

»Tom!« Das stammte zur Abwechslung von Jonathan und Tom neigte leicht den Kopf. »… in diesem Entwicklungsstadium, wollte ich ausdrücken, Nat, ausschließlich in *diesem* Entwicklungsstadium. Was keineswegs bedeutet, dass keine Verbesserung der Gesamtlage möglich ist.« Er räusperte sich.

Eilig sah Tina zu Daniel, aber dessen Blick lag immer noch starr und drohend auf dem Freund seiner Schwester.

»… leider größtenteils auch hässlich, deshalb laufen die meisten BWLerinnen außer Konkurrenz.«

»Thomas, bitte!«, mahnte Dr. Grant und Tina nutzte die Gelegenheit, den Dämon mit einem bedeutungsvollen Blick zu bedenken, den der glatt übersah.

»… tut mir ja leid, aber das sind die nackten Tatsachen.« Tom schien keine große Angst vor ›Nat‹ zu haben. Zu Recht, wie sich kurz darauf zeigte, denn ein schmales Lächeln legte sich um dessen Mund.

Am Montag würde Tina die vorhandenen BWL-Studentinnen einmal genauer in Augenschein nehmen. Dass es die Fraktion der Hässlichen sein sollte, war ihr bisher wirklich entgangen.

»Also, Ausnahmen bestätigen natürlich die Regel, deshalb wird der Vortrag dort vorsorglich gehalten, soweit klar? Sehr gut«, meinte er, nachdem Tina genickt hatte. »Wenn du unter Garantie ans Ziel gelangen willst, wie auch immer das aussehen möge, was suchst du dir dann?«

Vage hob sie die Schultern, Daniels Blick wurde noch etwas starrer.

»Die *Literaturstudentinnen,* natürlich!«, strahlte Tom. »Mann! Die lesen Austin, Bronté und Shakespeare! Den lieben langen Tag der Romantikkram, die sind zwangsläufig geiler.« Rasch sah er zu seinem Schwiegervater, dessen Stirn plötzlich in tiefen Furchen lag.

»… also, die sind äußerst empfänglich für romantische Avancen jeglicher Art. Weshalb du bei denen die größten Chancen mit dem geringsten Aufwand hast.« Schulterzuckend betrachtete er Tina. »Ist doch logisch, oder?« Nachdem die ernst genickt hatte, hob er belehrend einen Finger. »Nun hat die sinkende Geburtenrate zu einem dramatischen Rückgang an Literaturstudentinnen geführt. Du musst so kalkulieren: Pro Herbst kommen ungefähr zweihundert potenzielle Anwärterinnen. Davon kannst du einhundert wegen visueller Inkompatibilität abhaken.

Die übrigen Hundert unterteilen sich in drei Kategorien: die Dummen, aber hübschen – leicht zu knacken.«

»Thomas, das ist wirklich geschmacklos!« Nun lag die Stirn des Doktors in eintausend Falten, aber Edith bedachte ihn mit einem nachsichtigen Grinsen. »Er sagt doch nur die Wahrheit, Darling.«

Wieder zuckten die Lippen ihres Ehemannes verdächtig, bevor Tina ein entschuldigender Blick traf. »Bitte triff dein Urteil über meine Familie nicht nur anhand Thomas' unorthodoxen Vortrages.«

Das brachte Daniel zu einem trockenen Auflachen, bevor er seine Bierflasche leerte, ohne den Blick vom holden Grün zu nehmen, aber sein Schwager zeigte nicht die geringste Einsicht. »Also darf ich fortfahren? Ja? Gut. Die zweite Gruppe sind die Hübschen und *nicht ganz* Dummen. Bei denen muss man gewisse intellektuelle Prozesse deaktivieren, um landen zu können. Langfristig gesehen fallen sie alle, wie süße Dominosteinchen. Steter Tropfen höhlt den Stein, du verstehst?« Während Tom verschwörerisch zwinkerte, barg der grünäugige Dämon eine neue Bierflasche aus dem Kasten, betrachtete diese zweifelnd und tauschte sie dann gegen eine Flasche Wein aus. Auf ein Glas verzichtete er, sondern schluckte gleich aus der Flasche. Niemandem sonst schien aufzufallen, dass der Sohn des Hauses soeben ein sinnloses Besäufnis einläutete, alles lauschte wohl Thomas, welcher derweil die dritte Gruppe erreicht hatte. »... *das* sind die wahren Herausforderungen.«

»Hört, hört!«, bemerkte Francis, die ihm mit erhobenen Augenbrauen lauschte.

»Wenn ich es dir sage!«, bekräftigte er mit heftigem Nicken. »Das sind die Intelligenten, Anspruchsvollen, die auch nach längerem, intensivem Bearbeiten nicht nachgeben. Es sei denn, man schiebt ihnen mindestens einen schicken Verlobungsring auf den Finger. Und – jetzt mal ehrlich – wer will *den* Scheiß an der Uni?«

Niemand antwortete, Daniel nahm einen großzügigen Schluck von seinem Wein, was kritisch von dessen Vater beobachtet wurde, der irgendwann resigniert den Kopf schüttelte. In ihrer Verzweiflung hielt Tina sich mutig an den eigenen Rebensaft, auch wenn sich der auf fast nüchternen Magen nicht sonderlich bekömmlich ausmachte.

»... Und genau in dieser verflixten Sackgasse befindet sich momentan der gute Dani...«

»*HALT ENDLICH DEINE SCHNAUZE, DU VERDAMMTER IDIOT!*«

7. A little bit of sunshine

Genug! Mit ausnehmend drohendem Blick fixierte er seinen Schwager, der wie so häufig blöd und unschuldig tat, was Daniel noch weiter in Richtung totalen Ausrastens trieb. Bevor dieses jedoch eintreffen konnte, ging er besser. Man war schließlich nicht unter sich.

Nach drei Schritten blieb er allerdings stehen und betrachtete zweifelnd die Weinflasche in seiner Hand. Die Hälfte fehlte bereits, keine guten Voraussetzungen für die nächsten Stunden. Weshalb er kehrtmachte, zwei Bierflaschen griff und eine weitere vom Wein, bevor er sich erneut auf den Weg machte. Heute hatte er ungewöhnlich großen Durst und die feste Absicht, ihn auch zu löschen. Genau fünf Meter weit kam er, dann schloss Daniel flüchtig die Lider, denn unverkennbares Stolpern und Stöhnen waren hinter ihm zu hören. Verdammt, sie folgte ihm wie ein *Fluch*! Selbst die Aussicht auf die rosa Barbiehölle genügte inzwischen nicht mehr als Begründung. Kein Appartement rechtfertigte *so etwas*! Für ein paar selige Sekunden gab er sich der irrsinnigen Hoffnung hin, sie abschütteln zu können, indem er schneller lief. Doch offensichtlich konnte sie sich verflixt schnell bewegen, wenn die Aussicht im Raum stand, ihn mit ihrer nervenden Anwesenheit foltern zu dürfen. Womöglich hatte sie den Bruch nur vorgetäuscht und sich mit seinem Vater gegen ihn verbrüdert, um ihm das Leben zur Hölle zu machen. Als wenn es das nicht bereits ohne dieses dumme Weib gewesen wäre!

Angekommen bei seinen heiß geliebten Baumgruppenstühlen, ließ er sich in einen fallen, zündete eine Zigarette an und lehnte sich abrupt zurück. Daddy hasste es, wenn man in seiner Gegenwart rauchte. Flüchtig zog Daniel in Erwägung, gleich noch eine zweite anzuzünden. Kindisch, selbstverständlich, doch dieses Theater war mit einem Mal derart unerträglich, dass er dringend ein wenig Entladung brauchte.

Wen es am Ende traf, spielte keine große Rolle, jeder hier verdiente eine persönliche Abreibung. Und allen voran … er sah auf und stöhnte. »Verschwinde!«

Selbstverständlich wurde das ignoriert, warum auch nicht? Graziös wie ein Rindvieh, das kannte man ja schon, nahm sie auf einem der gegenüberliegenden Stühle Platz und glotzte ihn an.

63

Unentwegt. Keine Flucht möglich und Wegsehen schon gar nicht. Meinte sie tatsächlich, mit ein bisschen Make-up wurde es besser? Ganze *Staffeln* an OPs wären erforderlich, um aus diesem Ding ein verwertbares, weibliches Objekt zu kreieren. In ihrem Appartement war doch ein Spiegel, *verdammt!* Ganz sicher – Daniel hatte ihn gesehen: riesig, unter grellem Neonlicht, nicht blind, sondern voll funktionstüchtig. Auch sie musste wenigstens zufällig mal hineingesehen haben. Weshalb dies wohl der grausamste Fall von Selbsttäuschung war, der ihm jemals untergekommen war.

Nein!

Nicht untergekommen, schon gar nicht *über!* Allein bei dem Gedanken drohte die akute Impotenz, eine Aussicht, die derzeit übrigens keineswegs nur negativ schien. Am gestrigen Abend hatte Daniel die neueste Abfuhr von Jane kassiert, und solange das verkappte Tausendschönchen dort drüben diesen verdammten Gips trug, durfte er sich eine Okkupation ihres Appartements getrost aus dem Kopf schlagen. Mit dem Teil konnte er sie wohl kaum stundenweise vor die Tür setzen. Obwohl, Daddy schien hin und weg von dem Weib zu sein! Sollte sie hier einziehen, Daniel nahm in ihrem Appartement ein paar dringend erforderliche Umdekorierungen vor und jeder war zufrieden! Heftig zog er an seiner Zigarette und setzte die Weinflasche an die Lippen, wobei sein Blick unbeabsichtigt auf sein Gegenüber fiel. Sofort schüttelte es ihn innerlich heftig. Dieses Wesen war nicht nur hässlich wie die Nacht, nein es *glotzte* immer noch! Offenbar war es das Einzige, was sie überhaupt zustande brachte!

Nach einem neuen Schluck nickte Daniel mit dem Kinn zu ihrem Weinglas. »Damit kannst du deine Diätpläne in die Tonne packen, auch wenn die Erleuchtung schon mal in die korrekte Richtung geht. Du bist fett, sorry, dass ich dir das so offen sage. Könnte möglicherweise an der ewigen Cola liegen. Aber solange du Alkohol kippst, hat alles Hasenfutter keinen Effekt.«

Die Wangen färbten sich rot.

Yeah!

Jetzt weiß, bitte.

Yeah!

Bei ihr dauerte es immer eine Weile, bevor sie den Sinngehalt eines Satzes ausmachen konnte. Als Nächstes noch einmal das Rot.

Oh, yeah!

Begeistert nahm er einen weiteren Schluck, denn jetzt bildete sie sich ein, *wütend* zu sein.

Nach Luft schnappen – bitte!

Yeah!

Und abschließend das Zischen.

Wundervoll!

Prozess abgeschlossen, auf, auf zum pubertären Giften.

»Hab ich dich nach deiner Meinung gefragt, oder was?«

Ohne sie aus den Augen zu lassen, setzte Daniel die Flasche an – Mist, deren Inhalt ging akut zur Neige. »Egal, was du anstellst, solange du das Ding da trägst …« Mit der Flaschenhand deutete er auf das schwarze Plastikteil auf ihrer Nase, »… wirst du wohl als Jungfrau sterben. So was wie dich fasst niemand auch nur mit der Kneifzange an, geschweige denn, dass er einen hochbekommt.« Bedauernd hob er die Schultern. »Nichts für ungut.«

Rot – *yeah!*

Weiß – *yeah!*

*Dunkel*rot – *yeah,* man steigerte sich.

Atemnot – oh, verdammt, so viel Dämlichkeit hatte jede Menge Witz und Unterhaltungswert, das war ihm vorübergehend glatt entfallen.

Und – zischen!

Uups! Das blieb aus. Ja, was denn nun?

Mit einiger Verwunderung beobachtete Daniel, wie sie mit zittrigen Händen ihr Glas leerte. Was für eine geniale Idee, und er hatte ihr soeben komplette Blödheit bescheinigt. So konnte man sich irren. Mit dem nächsten Schluck leerte er die Flasche – kein Problem, für Nachschub war schließlich gesorgt. Je länger er das verunglückte Ding betrachtete, desto intensiver stellte sich die Frage, wie er das nüchtern überhaupt jemals ertragen konnte. Hoffnung? Worauf? Appartement? Trocken lachte Daniel auf und setzte die volle Flasche an. Sein Blick fiel auf ihr leeres Glas, gehalten von immer noch flatternden Händen. Warum sollte ihm allein die wunderbare Wirkung des Alkohols vorbehalten bleiben?

Bei diesem Aussehen konnte man sich nur besaufen, denn nicht nur das Betrachten war eine Strafe, das In-diesem-Körper-gefangen-sein höchstwahrscheinlich auch.

Zitternd hielt sie ihm ihr Glas entgegen und verlor dabei kein Wort, was Daniel insgeheim bedauerte. Ihr Gezische wirkte manchmal so entkrampfend. Er trat seine Zigarette im sterbenden Gras aus und zündete sich bereits die nächste an.

»Gib mir eine!«, forderte sie plötzlich.

Verwirrt sah er auf. »Du rauchst nicht!«

»Woher willst du das wissen?«

Stöhnend verdrehte Daniel die Augen. »Ist jetzt neben allem anderen auch noch Alzheimer hinzugekommen? Ich will dir keine Angst einjagen, aber irgendwann bleibt nur noch die Notschlachtung!«

Bevor sie antwortete, vernichtete sie den halben Inhalt ihres Glases in einem Zug – okay, das Mädchen machte ernst, wenn das mal gut ging. »Hmmm, und du erbst mein Appartement, richtig?«

Sein Strahlen stammte nicht von schlechten Eltern. »Das würdest du tun? Ich bin außer mir vor Rührung!« Als die fordernd ausgestreckte Hand nicht verschwand, reichte er ihr eine Zigarette. Was interessierte Daniel ihre Gesundheit?

»Feuer!«, lautete der nächste Befehl.

Auch das bekam sie und dann beobachtete er grinsend, wie sie sich das Teil umständlich anzündete – eine Novizin in Sachen Nikotinsucht, wenn es je eine gegeben hatte.

Der todbringende Rauch wurde nicht inhaliert, sondern sofort wieder ausgestoßen und er schüttelte tadelnd den Kopf. »Du musst ihn tief einatmen. So.« Mit einem äußerst gelungenen Lungenzug demonstrierte er die Technik. Bevor sie seinem Beispiel folgte, nippte sie an ihrem Glas und Daniel sah sich verstohlen um. Keine Gefahr, der Rest der Familie befand sich in sicherer Entfernung, weshalb er zufrieden die Flasche hob. »Cheers!«

Die Heimsuchung leerte ihr Glas und er beeilte sich, nachzuschenken, obgleich es echte Verschwendung bedeutete. Aber wenn, dann richtig, oder? Langsam und wieder zu Demonstrationszwecken, nahm Daniel den nächsten Zug, sie folgte dem Beispiel.

Sehr schön. »Und ...«, bemerkte er beiläufig. »Warum nun wirklich die Aufmachung?«

Diesmal lag die Ursache ihres Errötens wohl im Wein, den sie mit beachtlicher Geschwindigkeit in sich hineinschüttete. »Ich wollte halt nett aussehen.«

Als Daniel schallend lachte, wurden alle Phasen übersprungen und sie zischte sofort. »Hör auf damit, du Arsch!«

»Womit?«, erkundigte er sich verwundert.

»Mich zu *verarschen!*«

»Dürfte meinem Markenzeichen entsprechen, demnach würde ich nur enttäuschen und das kann ich unmöglich verantworten.«

Das Mädchen lehnte sich zurück und nahm den nächsten sehr tiefen Zug, dabei kniff es die Augen zusammen, denn der Rauch reizte trotz Brille. »Ist dir schon aufgefallen, dass du dich heute wie ein Kind ...« mitten im Satz verstummte sie, wurde innerhalb von Sekundenbruchteilen leichenblass und die Augen groß ... also, *größer.*

»Nimm den Rasen, den Rest besorgt der Regen«, riet Daniel noch und schon lag sie kotzend im Gras.

Ugh! Ein widerlicher Anblick, aber gutes Training, Assistenzärzte sollten so einiges zu sehen bekommen. »Pass auf deinen Gips auf!«, empfahl er fürsorglich.

Nach einer Weile setzte sie sich keuchend, die Lippen waren noch immer weiß und er nickte besorgt. »Geht's wieder?«

»Leck mich!«, stieß sie hervor und wischte sich mit dem Jackenärmel über den Mund.

Merke, nicht mehr am linken Arm nehmen, könnte eklig werden. Na ja, ekliger.

»Gib zu, das hast du absichtlich gemacht!« Also, fauchen funktionierte schon wieder ganz gut.

»Du wolltest unbedingt rauchen und ich werde dir doch keine Vorschriften machen!« Stirnrunzelnd betrachtete Daniel die Schweinerei im Gras und rümpfte angewidert die Nase. »Nichts für ungut, aber ich ziehe um.« Damit ging er sich zu einem der Stühle auf der gegenüberliegenden Seite des Stamms. Nach der üblichen Bedenkminute hatte auch sie den unerträglichen Gestank wahrgenommen und folgte. Hervorragend! Mittlerweile begrüßte Daniel ihre Anwesenheit, denn wann konnte man jemanden schon mal nach Herzenslust quälen und der ließ es sich auch noch gefallen? Ach so, sie meinte, momentan sauer auf ihn zu sein? Nichts, was Daniel nicht in wenigen Sekunden ins Lot bringen konnte. Kostprobe?

Während er wartete, bis sie endlich saß – Gipsbein wie immer weit von sich gestreckt – hielt Daniel sich an seinen Wein und reichte ihr dann eine Zigarette, die argwöhnisch beäugt wurde. »Keine Sorge«, versicherte er sanft. »Das ist nur anfänglich ein Problem. Willst du nun rauchen, oder nicht?« Das Glotzen war frisch eingetroffen und das Nicken ging daher *äußerst* langsam vonstatten. »Versuch es noch einmal«, ermunterte er das Mädchen lächelnd. »Und nimm diesmal nicht einen ganz so tiefen Zug.«

Eilfertig gab er ihr Feuer, hielt es geduldig unter ihre Zigarette, bis diese trotz bebender Hände brannte und beobachtete, wie sie vorsichtig den Rauch inhalierte. »Warten!«, kommandierte er, ohne sie aus den Augen zu lassen. Die bebende Hand mit der Zigarette senkte sich. »Nimm einen Schluck Wein!«

Es dauerte alles einen Moment, doch dann seufzte sie. »Mein Glas.«

Jenes lag vergessen im Gras auf der gegenüberliegenden Seite, weshalb Daniel unsicher die Flasche in seiner Hand betrachtete, bevor er sie ihr reichte. »Aber spuck nicht rein!«

Das rundliche Gesicht verzog sich zu einer grauenhaften Grimasse, als sie den Rand an die Lippen führte.

»Nicht zu viel sonst geht's schief. Warten.«

Ein wenig legte sich das Kotzweiß.

»Nimm noch einen kleinen Schluck!«

Auch das ging gut.

»Jetzt der nächste Zug.« Zwinkernd machte Daniel seinen eigenen und ihre Hände zitterten nicht mehr so extrem, als sie es ihm nachtat. Dabei musterte sie ihn misstrauisch und stieß gekonnt den Rauch aus. »Bringst du mir gerade den richtigen Umgang mit Tabak und Alkohol bei?«

»Nicht den richtigen!«, korrigierte er grinsend. »Das wäre der Verzicht. Ich zeige dir nur, wie man den Beginn der Sucht überlebt, ohne ständig seinen Mageninhalt wiederzugeben.«

Das konnte sie wohl akzeptieren, denn sie nahm einen neuen Schluck, was ein neues Problem auf den Plan rief. Daniel konnte unmöglich aus einem Gefäß trinken, das *dieser* Mund berührt hatte. Der Schnupfen schien zwar momentan eingedämmt, aber man konnte nie wissen. Die Alternativen – zwei volle Bierflaschen – standen am Stuhl auf der kontaminierten Seite des Baumes, zurückgehen wollte er aber auch nicht.

Das hätte unweigerlich zu einer Prügelei mit Tom geführt, weshalb es wohl vorerst beim Bier bleiben musste. Was man nicht alles für blinde Kleinkinder tat. Als Daniel sich mit den beiden Flaschen bewaffnet neben sie setzte, bemerkte er verblüfft, dass er sich beruhigt hatte. Nebenbei registrierte er, dass sein kleines Experiment gelungen war, denn von Wut konnte keine Rede sein, nein!

Tina *glotzte* mal wieder. Fassungslos schraubte er sein Bier auf, ließ den Verschluss achtlos fallen und nahm einen tiefen Schluck.

»Was?«, erkundigte sie sich lässig und nahm den nächsten Lungenzug, wobei er sie wachsam im Auge behielt. Noch befand sie sich in der kritischen Phase … Doch nach einem weiteren akzeptablen Versuch an der Zigarette gab er Entwarnung. Ihr Hirn schien es begriffen zu haben, bei Nikotin dauerte das nie sehr lange.

Während er sich einen weiteren Schluck genehmigte, schüttelte Daniel den Kopf. »Es war eine Scheißidee«, sagte er, sobald die Flüssigkeit seinen Mund in Richtung Magen verlassen hatte.

»Wovon sprichst du?«

Trocken lachte Daniel auf und zündete sich eine neue Zigarette an. »Die gesamte Nummer! Glaub nicht, ich würde so was häufiger durchziehen.«

»Oh, das nehme ich dir sofort ab«, versicherte sie eilig. Die Augen glänzten und trotz Kotzeinlage wirkte Tina insgesamt schon ziemlich abgefüllt.

»Weshalb das?« Bei jeder anderen hätte Daniel das Ins-Bett-Gehen eingeläutet. Sich innerlich schüttelnd nahm er einen riesigen Schluck von seinem Bier, um die üblen Gedanken zu vertreiben, denn die mögliche Impotenz schwebte noch immer drohend über ihm.

»Weil keine andere so dämlich wäre, bei dem Scheiß mitzuspielen.«

»Das würde ich nicht unterschreiben«, entgegnete er.

»Ach, echt?«, kicherte sie. »Meinst du wirklich, du könntest die Tour reihenweise abziehen?«

»Ja«, erwiderte Daniel schlicht.

»Wie kommst du darauf?«

»Erfahrungswerte.«

»Aber du sagtest, dass du noch nie …«

»In dieser Konstellation bot es sich noch nie an«, seufzte Daniel. »Du hast gefragt, ob es funktionieren könnte und das kann ich guten Gewissens bestätigen.«

»Du bist ziemlich arrogant, oder?« Wieder traf ihn dieser misstrauische Blick.

»Nein. Ich kenne meine Chancen und ich weiß, wie ich euch dazu bringen kann, genau das zu tun, was ich will.« Leise lachte er auf und schüttelte den Kopf.

»Was?«

Als er sie aufmerksam musterte, fand er noch immer keine Wut, inzwischen war Tina nicht einmal mehr mies aufgelegt. Er fand nichts, womit sie signalisiert hätte, dass sie Schwierigkeiten mit seinen Äußerungen hat, was ihn gleich noch einmal auflachen ließ. »Ich habe mir gerade überlegt, dass ich so was noch nie gegenüber einem Mädchen gesagt habe«, erwiderte er nach einem weiteren Ausflug an die Bierflasche. »Vielleicht ist das nicht mal so verwunderlich.«

Die volle Unterlippe wurde wie so häufig bekaut – eine ekelhafte Angewohnheit. »Du meinst, weil du bei mir nicht landen willst?«

Fassungslos starrte Daniel sie an und diesmal lachte er schallend los. Prompt setzte das Erröten ein, aber wenigstens blieb das Zischen aus. »Ich *bin* bereits erfolgreich bei dir gelandet, schon vergessen?«

Erst wollte sie protestieren, hob aber schließlich nur die Schultern. »Was soll's! Wenigstens bin ich nicht die einzige dumme Gans, der so etwas passiert.«

»Keine Sorge, du trittst einem durchaus populären Club bei«, versicherte Daniel.

Als sie einen Zug von ihrer Zigarette nehmen wollte, stellte sie fest, dass die nicht mehr brannte. Doch Daniel hielt ihr bereits eine neue entgegen. Grinsend ließ Tina sich Feuer geben und nachdem sie ziemlich gekonnt den Rauch ausgestoßen hatte – er konnte sich das Lachen nicht vollständig verkneifen – nickte sie. »Okay, weshalb hast du keine Skrupel, mich in das Geheimnis deines Erfolges einzuweihen? Lass mich raten, weil du nie Interesse an mir haben wirst?«

»Richtig …«, begann er langsam und besann sich. »Sorry, das soll nicht heißen, dass du hässlich bist, oder so, eben nur nicht mein Typ.«

»Lass den Scheiß!«, höhnte sie. »Ich bin nicht blöd!«

Diesmal trank Daniel, um sein Grinsen zu tarnen. Dann rauchte er entspannt seine Zigarette und musterte das Mädchen kalkulierend, versuchte, aus neutraler Perspektive zu urteilen, dachte sich die Brille und ein paar Pfund weg, andere Klamotten …

»Nein, das wollte ich nicht ausdrücken, es wäre Bullshit«, erwiderte er endlich. »*Mich* machst du nicht an, okay, das wirst du nie. Was noch lange nicht bedeutet, dass du keinen Mann findest! Kapp die hässliche Brille, hör auf, sinnlos Cola in dich hineinzuschütten und gewöhne dir um Himmels willen das grausame Glotzen ab, dann wird das schon!«

Eilig wandte Tina den Blick ab und betrachtete das rund fünfzig Meter entfernte Barbecue. »Wow!«, murmelte sie ehrfürchtig. »Zum ersten Mal hast du etwas Nettes und Ehrliches zu mir gesagt.«

»Schiebe es auf den Alkohol.« Als ihr gedämpftes Gelächter ertönte, musste auch Daniel grinsen.

»Wegen des Glotzens …«, begann sie nach einer Weile. »Ich arbeite daran.«

Gleichmütig zuckte er mit den Schultern. »Kein Problem. Es nervt nur, wenn du minutenlang nichts raffst. Besonders, wenn wir gerade bei den Cops sitzen und du deine Aussage machen sollst.«

Prompt wurde sie rot, doch als er lachte, entspannte sie sich wieder und grinste schwach. »Tut mir leid.«

»Bleib cool, ich ziehe dich bloß auf!« Nach flüchtigem Zögern fügte Daniel hinzu. »Ich habe mich beruhigt, keine Gefahr.«

Dass sie nicht nachfragte, gab ihm sehr zu denken, und er betrachtete sie erneut verstohlen von der Seite, versuchte, die Hornbrille zu übersehen. Sie war ein Kind, ohne die geringste Ahnung von Männern, dem Leben, schon gar nicht vom *Unileben*. Das hatte spätestens festgestanden, nachdem Tom mit seinem Schrott bei ihr landen konnte. In Wahrheit hatte der Typ nämlich keine Ahnung! Als Daniel schnaubte, sah sie ihn an. »Was?«

»Nichts.«

»Sag schon!«, drängelte sie.

Zum wiederholten Male fragte Daniel sich, weshalb sie diese Unterhaltung führten und warum er überhaupt hier *saß!* Doch schließlich antwortete er tatsächlich. »Ich dachte gerade an Toms fehlerhaften Vortrag.«

»Fehlerhaft?«, grinste sie zweifelnd. »Was stimmte daran nicht?«

»Seine Einschätzung der einzelnen Fraktionen.« Lächelnd setzte er die Flasche an seine Lippen, stellte fest, dass diese leer war, und nahm ungerührt die zweite. Auch dieser Verschluss nahm seinen Weg ins Gras.

Als er sie wieder ansah, betrachtete das Mädchen nachdenklich das neongrüne Teil, bevor es sich plötzlich mit erstaunlicher Agilität bückte, wenn man Gips und Masse insgesamt bedachte, und es aufhob.

»Lass liegen, den nimmt später der Rasenmäher mit!«

»Er könnte das Messer beschädigen!« Wie hypnotisiert lag ihr Blick auf dem runden Verschluss.

Amüsiert lachte er auf. »Das Teil besteht nicht aus Stahl, sondern Plastik! Wirf ihn weg, sonst versaust du noch meinen schlechten Ruf. Hier ist man von mir nichts anderes gewöhnt.«

»Wundert mich nicht.«

»Wie ist *das* gemeint?«

Nach einem eiligen Blick zu ihm, konzentrierte sie sich wieder auf den kleinen Gegenstand, drehte und wendete ihn, als hätte der Anblick etwas unglaublich Magisches. »Keine Ahnung, irgendwie gibst du hier das abstoßende Beispiel, denn die anderen sind wirklich nett.«

Als Daniel aufschnaubte, musterte sie ihn etwas länger, bevor sie eindringlich sagte. »Sie *sind* nett!«

»Ich glaube nicht, dass du das nach ein paar Stunden einschätzen kannst, sorry.«

»Sicher. Aber …« Beiläufig schob sie den Verschluss in die Tasche ihrer Jeans und sah ihn an. »Ich weiß nicht, mir kommt dein Vater nicht halb so verknöchert und streng vor, wie du erzählt hast.«

»Demnach hältst du mich also für einen Lügner?«, erkundigte er sich interessiert.

»Nein!« Das kam hastig und die Augen wurden mal wieder groß, doch wenigstens das Erröten blieb aus. Ohne den Blick von ihr zu nehmen, nippte Daniel an seinem Bier. »Ich wollte damit sagen …« Sie holte tief Luft. »Ist es nicht möglich, dass irgendetwas anderes der Grund ist? Vielleicht habt ihr gestritten oder er ist einfach sauer.«

Darauf ersparte er sich jeden Kommentar, denn dass es sich so verhielt, war ja wohl offensichtlich.

»Was ist das Problem mit dir und Jane?«

Überrascht sah Daniel auf. »Warum sollte ich dir davon erzählen? Ich glaube nicht, dass du das Thema bevorzugst. Schließlich«, er lachte auf. »… handelt es sich um eine *Konkurrentin*, oder?«

Nach einem ziemlich tiefen Schluck Wein setzte Tina zur Antwort an, inzwischen lallte sie ein wenig. »Eines Tages wirst du begreifen, dass ich *nicht* dumm bin.« Mühsam kniff sie ein Auge zusammen und zuckte mit den Schultern.

»Gegen Gefühle kann man nichts machen, aber deshalb ist man trotzdem denkfähig. Eine kleine Schwärmerei wirft mich garantiert nicht um, und außerdem würde ich nie auf die Idee kommen, gegen deine Jane zu konkurrieren. Du bist an ihr interessiert, nicht an mir und damit kann ich leben, du wirst es nicht glauben!« Neben all dem erwiderte sie erstaunlich unbefangen Daniels Blick und das gefürchtete Glotzen blieb ganz aus.

Vielleicht lag es tatsächlich am Alkohol, dass er am Ende ihre ursprüngliche Frage beantwortete, möglicherweise auch nur daran, weil es sowieso keine Rolle spielte. »Ich habe einen gewissen Ruf, wie du wohl weißt.« Beim flüchtigen Aufblicken konnte er keine nennenswerte Reaktion ausmachen. »Jane kam ein Jahr nach mir an die Uni und … sie steht auf mich, ganz klar – ich auch auf sie, auch klar. Nur leider genügt ihr das nicht.«

»Wegen deines miesen Rufs.«

»Yeah. *Allerdings* …« Er hob einen Finger, nahm einen Schluck Bier und räusperte sich. »Ich habe keiner die Ehe versprochen, wenn du das meinst. Jede weiß vorher, worauf sie sich einlässt.«

Das überdachte sie ausgiebig. »Ich finde das nicht unfair, wenn du ihnen im Vorfeld sagst, was du willst, wo liegt das Problem?«

»Genau, was ich immer sage!«, nickte er frenetisch. »Nur Jane ist da etwas anderer Meinung.«

»Und genau in sie musstest du dich verlieben«, sinnierte Tina und setzte die Zigarette an die Lippen.

Nun ja, nicht gleich verlieben. Doch Daniel dachte nicht daran, die Dinge ins korrekte Licht zu rücken. »Und dann noch die Geschichte mit Jonathan …«

»Ich glaube nicht, dass er etwas gegen Jane hätte, wenn er sie erst richtig kennen würde«, wandte sie ein.

»Das werden wir wohl nie erfahren«, grinste Daniel. »Denn jetzt kennt Daddy *dich,* und der alte Knabe hat leider überhaupt kein Verständnis für Bigamie und Gruppensex.«

»Komm!«, prustete sie. »Keiner von ihnen glaubt ernsthaft, dass zwischen uns etwas läuft!«

»Hmmm, damit könntest du recht haben«, überlegte er. »Ich bin nur nicht sicher, ob das gut oder schlecht ist.« Nachdem er noch eine Weile vor sich hingegrübelt hatte, wurde Daniels Blick klar. »Danke trotzdem, dass du mitgespielt hast.«

»Kein Problem«, erwiderte sie schlicht.

»Sie scheinen dich zu mögen«, beharrte er. »Bisher hat sich Francis immer geweigert, mit einem meiner *Mädchen* zu sprechen.«

Prompt stieg ihr wieder das Blut in die Wangen, doch sie versuchte wenigstens, dies mit einem weiteren Schluck aus ihrer Flasche und einem Zug an der Zigarette zu kaschieren. »Mag vielleicht daran liegen«, bemerkte Tina dann, »dass ich nicht *dein Mädchen* bin!«

Daniel nickte, nahm einen Schluck von seinem Bier und noch einen, zündete sich eine neue Zigarette gleich an der alten an und betrachtete sie durch den Rauch. »Findest du, dass ich ein Arsch bin? Ich meine, wenn du mal gerade nicht auf mich sauer bist.«

Mit tief gefurchter Stirn überlegte sie, grübelte noch ein wenig, sinnierte eine weitere Runde.

»Danke, reicht!«, sagte er irgendwann erschöpft.

»Sorry. Ich kenne dich ja noch nicht so lange«, meinte sie bedauernd.

»Oh«, grinste er. »Also besteht noch Hoffnung, das ist genial, danke!«

Auch Tina lächelte. »Wer sagt, dass du ein Arsch bist?«

»Jane.«

»Oh! Dann habt ihr euch verkracht? Das tut mir echt leid.«

Rasch sah Daniel auf, doch er fand nicht die Spur von Sarkasmus, nur Offenheit und Anteilnahme. Seltsames Wesen. »Nein, wir haben uns nicht verkracht«, wehrte er ab. »So lautete ihre gestrige Begründung dafür, weshalb …« Bedeutungsvoll hob er die Augenbrauen, »… sie *mich* nicht mit der Kneifzange anfasst. Jetzt kennst du den Stand bei Jane.«

»Und ich weiß, warum du heute so mies drauf bist«, führte sie den Satz weiter.

»Clever erkannt«, grinste er. »Okay, mittlerweile geht's wieder.«

Einen Schluck Wein später schüttelte sie sich und er sah fragend auf. »Ist er dir zu sauer?«

»Nein, es wird kalt.«

Erst jetzt bemerkte Daniel, dass sich der Nachmittag langsam dem Abend zuneigte.

Die auf dem weitläufigen Rasen verteilten Solarleuchten glommen bereits recht hell, weil die Dämmerung einsetzte, und auch schon zuvor war ihr Licht auszumachen gewesen, denn am heutigen Tag hatte sich die Sonne kein einziges Mal hinter der dichten Wolkendecke hervorgewagt. »Brauchst du ein Sweatshirt?«

»Was?« Prompt kehrten die Glotzaugen zurück und Daniel schüttelte sich innerlich. Auf diese Art würde sie nie einen Mann finden und mit dieser verdammten Brille schon gar nicht.

»Ich fragte …« Mit Bedacht sprach Daniel sehr langsam und deutlich, das half bei ihr im Zweifelsfall. »… ob du vielleicht ein Sweatshirt benötigst.« Prüfend betrachtete er sein Bier, dann ihre Weinflasche und seufzte. »Unser Vorrat ist bald aufgebraucht und dank deiner Mithilfe habe ich keine Zigaretten mehr«, fügte er nach einem flüchtigen Blick in seine Hemdtasche hinzu. »Ich weiß zwar nicht, wie man in dem Teil frieren kann …« Das galt ihrem Parka. »… aber ich kann niemanden leiden sehen. Also, was ist?«

Nach geraumer Bedenkzeit brachte Tina es sogar auf ein Nicken. Glotzend. Nein, so wurde das nie etwas.

Als Daniel das Haus betrat, fand er die ›nette‹ Familie im Wohnzimmer vor, wo man sich in trauter Einigkeit ein Footballspiel ansah.

»Hey, wo hast du dein Mädchen gelassen?«, rief Tom, sobald der die Anwesenheit seines Schwagers bemerkte.

»Sehr witzig!«, knurrte Daniel und ging in die Küche, um für Getränkenachschub zu sorgen.

»Weshalb denn nicht? Sie ist doch so *süß!*«

Das überhörte er geflissentlich, denn die drohende Prügelei stand immer noch im Raum. Allerdings musste er am Wohnzimmer vorbei, um in sein Zimmer zu gelangen, was ihm zum Verhängnis wurde. »Du solltest endlich vom Attraktivitätsfaktor abkommen, Dan«, bemerkte Tom unschuldig. »Die inneren Werte zählen, wusstest du das nicht?«

»Warum hältst du nicht die Schnauze und lässt mich in Ruhe?«, erkundigte ›Dan‹ sich freundlich.

»Hör mal, ich will nur erfahren, warum du sie anschleppst.« Plötzlich war Tom ernst. »Sie ist ein visueller Reinfall, richtig. Aber es wäre dein persönlicher Tiefpunkt, wenn du vorhast, wonach es aussieht.«

In der Zwischenzeit lagen alle Blicke auf ihm und Daniel tendierte zum nächsten Zornausbruch. Niemand mischte sich in seine Mädchengeschichten ein, selbst wenn es sich um gar keine handelte. Leider kannte er seinen aufdringlichen Schwager zu gut, der würde nicht locker lassen, weshalb er sich stöhnend in sein mieses Schicksal fügte und befahl: »Komm mit hoch! Ich hol meine *Zigaretten!*« Atemlos gespannt wartete Daniel auf den belehrenden Vortrag seines Dads, aber nicht einmal der funktionierte heute, sondern verdrehte nur die Augen, ohne den Blick vom Fernseher zu nehmen. Tom jedoch folgte auf dem Fuße, denn jeder wusste, dass dessen Neugierde alle Grenzen des guten Geschmacks sprengte.

Mr. Neugier in persona schloss die Zimmertür und verlor keine weitere Sekunde. »Was soll der Scheiß eigentlich?«

Daniel stand auf der Suche nach einem Sweatshirt vor seinem geöffneten Schrank. »Keine Ahnung, was du meinst.«

»Ich habe dich in den vergangenen Jahren mit ungefähr dreihundert verschiedenen Frauen gesehen, keine war wie sie – was auch besser ist, schätze ich. Also, was hast du vor?«

»Wie du vorhin so freundlich erwähnt hast ...« noch immer sah Daniel ihn nicht an. »... trage ich die Schuld an ihrem Gipsbein – irgendwie. Und ich dachte mir, als Entschädigung bin ich ein wenig nett, was ist dabei?«

»Nichts. Nur ...« Tom baute sich neben ihm auf und zwang Daniel, ihn anzusehen. »Du *bist* nun mal nicht nett!«

»Sagst du!«

»*Weiß* ich!«

Darauf wusste Daniel nichts zu erwidern, doch es wäre nicht Tom gewesen, hätte der so einfach die Segel gestrichen. »Warum lässt du sie nicht in Ruhe?«

Verblüfft sah Daniel auf. »Was ist mit dir passiert? Hast du sie adoptiert?« Sein Blick wurde mitleidig. »Weiß Francis schon von ihrem Glück?«

»Alles hat seine Grenzen.« Das breite Grinsen war längst Geschichte. »Du baust Scheiße und gehst entschieden zu weit! Lass sie in Ruhe, oder hast du nicht gemerkt, dass sie in dich verknallt ist?«

»Ach, ehrlich?«

»Du *weißt es* und verarschst sie trotzdem?«, erkundigte er sich fassungslos.

»Du wirst es nicht glauben, aber ich hab ihr verklickert, dass da nichts läuft!«

»Hmmm, hast du, ja? Jetzt klang Tom tatsächlich mitleidig. »Und du meinst, damit ist die Nummer gegessen?«

»Ist sie!«

Für einen sehr langen Moment schwieg Tom, fragte sich wohl, ob er neuerdings an einem Hörfehler litt, bevor er ungläubig auflachte. »Das nehme ich dir nicht ab!«

»Ist mir scheißegal«, erwiderte Daniel gleichmütig. »Mich würde sowieso interessieren, warum sich hier alles so aufregt. Ihr geht's mies, ich kümmere mich ein bisschen um sie, ende!«

Auch das schien Tom nicht zu beruhigen. »Ach! *Wie* sieht denn das Kümmern aus?«

Daniel kramte mittlerweile in seinem Schreibtisch nach einer Schachtel Zigaretten. »Es ist ganz simpel, ich sorge dafür, dass sie vorzeigbar wird.«

»Soll heißen?«

Und plötzlich kam Daniel die genialste Idee überhaupt. Einen Sinn dahinter konnte er derzeit nicht ausmachen, trotzdem war er sofort davon überzeugt, dass es sich um den besten Einfall aller Zeiten handelte. Das musste am Alkohol liegen.

»Wenn ich in einem Jahr nach Phoenix gehe«, begann er langsam, sprach jedoch schneller, je mehr Gestalt der ganze Mist in seinem Kopf annahm. »... wirst du die Kleine nicht wiedererkennen. Ich schätze, sie braucht ein bisschen Hilfe, um klarzukommen, und ich werde der edle Typ sein, von dem sie diese bekommt. Und wenn das nicht *nett* ist, dann weiß ich es auch nicht. Klar? Nein? Egal, ich muss los!«

Damit klaubte er Flaschen, Sweatshirt und die Zigaretten zusammen und verschwand mit einem Grinsen durch die Tür. Allein für Toms entgeisterte Grimasse hatte sich der Bullshit bereits gelohnt.

Bullshit! Das traf es so ungefähr! Als Daniel sich drei Stunden später auf dem Weg zum *PITY* befand, wollte er sich bereits für seinen selten dämlichen Einfall killen. Selbstverständlich hätte er ihn an dieser Stelle einfach verwerfen können, aber das passte ihm nun auch wieder nicht. Zu diesem Zeitpunkt lagen zwei weitere Stunden hinter ihm, in denen er das zweifelhafte Vergnügen bekommen hatte, zu begutachten, *was* vor ihm lag. *Sie* tauglich zu machen, sprich zu einem Mädchen, das diese Bezeichnung verdiente, würde verdammt viel Anstrengung kosten.

Grübelnd saß er wenig später an der Bar und vernichtete einen Whisky nach dem anderen. Angeheitert hatte sich die Kleine als ganz witzig entpuppt, denn ihnen waren zwei weitere Flaschen Wein zum Opfer gefallen, und das mit verheerenden Folgen. Bei Tina. Trotzdem brauchte es erstaunlich viel seiner Fantasie, um eine Erklärung dafür zu finden, weshalb zum Henker Daniel sich überhaupt *die Mühe machte*. Als hätte er nichts Besseres zu tun. In Wahrheit konnte er sich über mangelnde Beschäftigung wirklich nicht beklagen, und entgegen der weitverbreiteten Meinung verbrachte er seine Freizeit *nicht* ausschließlich in irgendwelchen Betten.

Vielleicht hatte er Mitleid mit Tina? Von Mädchen angehimmelt zu werden, die nie eine Chance bekommen würden, gehörte für ihn zur Normalität. Allerdings hatte sich Daniel noch nie mit diesem Phänomen so hautnah auseinandersetzen müssen. Dann gab es da noch den etwas unangenehmen Gedanken, ihr wirklich etwas schuldig zu sein. Schließlich hatte sie ihm geholfen und das nicht unerheblich. Außerdem konnte er sich unmöglich weiterhin mit ihr blicken lassen, solange sie SO aussah. Und da sie heute in seine Familie eingeführt wurde – wie auch immer – würde sich dies in Zukunft wohl nicht immer vermeiden lassen. Nicht zuletzt zog sein Versprechen an Tom die eine oder andere Notwendigkeit nach sich. Am Ende musste er nämlich einen Freund für sie präsentieren und schon, um es seinem Schwager zu beweisen und auch sich selbst, wollte er nicht auf einen Nerd vom CCC zurückgreifen.

Als Daniel aufsah, erblickte er Jane auf einem der Zweisitzsofas, deren Lächeln er nur mit einem knappen Nicken erwiderte. Offenbar wirkte der ›Arsch‹, mit dem sie ihn gestern betitelt hatte, noch nach.

Als Nächstes fiel sein Blick auf Carmen und Chris, die sich in einer dämmrigen Ecke angeregt unterhielten.

Sein bester Kumpel tat ihm leid, obwohl Daniel persönlich überhaupt nichts an Carmen auszusetzen hatte. Abgesehen davon, dass sie Chris soeben die Jugend versaute. Nachdenklich verengten sich seine Augen, während er über dieses spezielle Problem nachdachte. Eines stand fest: An dieser Uni und dem Rest Ithakas war Daniel der Platzhirsch, doch Chris belegte mit Sicherheit den zweiten Platz, war sozusagen sein Stellvertreter. Mit seinem dunkelroten Haar und den blauen Augen wirkte er immer ein wenig in sich gekehrt und melancholisch, was bei den Mädchen gut funktionierte, wie Tina häufig sehr eindrucksvoll bewies. Wenn die also auf *Daniels* leidenden Gesichtsausdruck abfuhr, dürfte es nicht so schwer sein, ihren Fokus auf Chris umzulenken, oder? Nun, er würde das zum geeigneten Zeitpunkt noch mal überdenken, denn zunächst galt es, an der Janefront zu arbeiten.

Nachdem er noch einen Whisky und zusätzlich ein Glas Champagner bestellt hatte, schlenderte Daniel zu ihr hinüber. Sie unterhielt sich mit einem Drittsemester, dem irgendwer die Adresse des *PITY* verraten haben musste. Daniel positionierte sich direkt vor dem Tisch der beiden, denn erfahrungsgemäß dauerte es nie sehr lange, bis der Delinquent seinen Fehler erkannte. Die Hierarchien an der Uni und somit im *PITY* standen seit gefühlten Jahrhunderten fest und somit bedurfte es nur eines flüchtigen Blickes vom Bengel auf Daniel, damit das Kind blass wurde und sich hastig verabschiedete. Ebenfalls war es nämlich ein offenes Geheimnis, dass dieses Mädchen bereits ›vergeben‹ war, und zwar an Daniel Grant. Erst, wenn der es ›freigab‹ – also genug von ihr hatte –, durften die übrigen Bewerber ihr Glück versuchen. Okay, bei Verlierertypen wie Marcus, die ohnehin auf verlorenem Posten kämpften, war er großzügig, die ließ er es schon früher versuchen. Verstöße der anderen gegen die ungeschriebenen Gesetze wurden gnadenlos geahndet.

Verwirrt blickte Jane dem Flüchtenden nach, erst dann sah sie Daniel und seufzte ergeben.

»Ist hier noch frei?«, erkundigte er sich lächelnd.

Nachdem er neben ihr saß, nahm sie dankend ihr Glas in Empfang, lehnte ihren Arm auf die Rückenlehne und stützte den Kopf mit ihrer Hand. »Du gibst es einfach nicht auf, oder?«

»Alles andere würde dich doch nur überraschen.«

»Sicher«, räumte sie ein und nippte an ihrem Champagner.

»Dann ist doch alles geklärt«, freute Daniel sich verhalten.

»Das denke ich auch, aber du versuchst es ja immer wieder.« Jane lächelte und Daniel erwiderte es. Inzwischen betrieben sie dieses Spiel seit drei Jahren, da wurde alles zur Gewohnheit, selbst die Abfuhr. In einer schwachen Minute hatte sie ihm gestanden, dass sie ihn sehr mochte und er fragte sich mit jedem neuen Tag etwas ratloser, woher sie nur diese Beherrschung nahm? Mittlerweile war er so auf diese bestimmte Frau fixiert, dass ihn kaum noch eine andere interessierte. Was allerdings keineswegs bedeutete, dass er sich unsterblich in Jane verliebt hatte, sondern im Grunde nur, dass sie ihn am langen Arm verhungern ließ.

Diese spezielle Weichklopftaktik kannte er durchaus, wie alle übrigen weiblichen Strategien auch. Nur leider funktionierte Janes derzeitige unter Garantie – selbst bei ihm.

Beide beherrschten das unwürdige Spiel perfekt. Absichtlich sorgte sie dafür, dass ihre vollen, dezent geschminkten Lippen gut sichtbar den Glasrand umschlossen und nachdem sie ihren Champagner abgestellt hatte, beugte sie sich zu ihm vor und tupfte einen Kuss auf seine Nasenspitze. »Bist du also doch unter die Masochisten gegangen?«

»Nicht unter die Masochisten, nur unter die Hoffnungsvollen.« Behutsam deponierte er sein eigenes Glas auch auf dem Tisch und umarmte sie.

»Baby«, wisperte er an ihren lächelnden Mund. »Ich will dich.« Der folgende Kuss hätte jedes andere, halbwegs vernünftige Mädchen auf der Stelle entwaffnet und auch Jane blieb keineswegs passiv. Als seine Hand sich um ihr Kinn legte, sie noch näher zwang und er sanft ihren Mund erforschte, seufzte sie auf und erwiderte seine Zärtlichkeiten. Er hörte sich stöhnen, vergaß, wo er sich befand, wähnte sich wie so häufig zuvor bereits am Ziel. Nur um am Ende die übliche kalte Dusche zu empfangen.

Denn als der Kuss ihn zum Explodieren zu bringen drohte, und Daniel schwor, es keine Sekunde länger auszuhalten, ohne weiterzugehen, machte sich eine abwehrende Hand auf seiner Brust bemerkbar, die ihn unmissverständlich zurückschob. Kurz darauf betrachtete er etwas benommen Jane, die sich mit der Zunge über die Oberlippe fuhr. »Du schmeckst süß.«

»Ich weiß«, erwiderte er und zwang sich zu einem Grinsen. »Keine Lust auf mehr?«

78

»Du kennst meine Bedingungen.« Der Blick zeugte von ehrlichem Bedauern. »Und da du nicht bereit bist, dich zu ändern, werde ich wohl nie in den Genuss kommen.«

Daniel beugte sich so unvorhersehbar zu ihr vor, dass sie tatsächlich flüchtig zurückwich. Ihre Lippen trennten nur noch Millimeter. »Du weißt, dass es gigantisch wäre.«

»Ja«, hauchte sie.

»Dann sage das noch einmal, nur auf die richtige Frage.«

»Nein.«

Sanft rieb er seinen Mund an ihrem. »Du weißt nicht, was dir entgeht.«

»Und dir erst«, wisperte sie.

»Am Ende hast du ohnehin keine Chance, mir zu widerstehen«, informierte er sie nüchtern. »Das ist dir klar, oder?«

Jane lachte. »Ich weiß nicht, momentan sieht es eher nicht danach aus. Ich meinte, was ich gestern sagte.«

»Womit du endlich das Problem auf den Punkt gebracht hast.« Daniel lehnte sich zurück, um sie ansehen zu können. »Du irrst dich ... Was?«

Noch während er sprach, hatte sie den Kopf geschüttelt und hielt sich an ihren Champagner.

»Nein, sag es!« Offen erwiderte Daniel ihren interessierten Blick und betrachtete dabei eingehend die vollen Lippen, die mit diesem süßen Schmollmund noch etwas einladender wirkten. Selbst die Bluse war mit Bedacht gewählt, darauf hätte er gewettet, bot sie doch einen wunderbaren Einblick auf das Top darunter.

Sie heizte ihn auf, um ihn dann abblitzen zu lassen und er ließ sie gewähren, ohne auch nur den Versuch zu unternehmen, sie irgendwie aufzuhalten oder ihr vielleicht einen Strich durch die Rechnung zu machen. Was für ein Scheiß!

»Was ist das mit diesem hässlichen Mädchen?«

»Wovon sprichst du?«

»Mädchen, Beinbruch, riesige Brille, rangiert auf dem untersten Grad der Beliebtheitsskala und wird in letzter Zeit häufiger mit Daniel Grant gesichtet«, leierte Jane herunter.

»Du meinst Tina?«

»Ihren Namen kenne ich nicht«, erwiderte sie wegwerfend. »Ich frage mich nur, was du planst und übrigens bin ich da nicht die Einzige.«

Ohne den Blick von ihr zu nehmen, nippte er an seinem Whisky. »Na ja, die Kleine ist wohl der lebende Beweis, dass ich eben *kein* Arsch bin.«

Überrascht weiteten sich ihre Augen und sie lachte los.

»Was ist jetzt wieder?«

Erst, als sein Blick drohend wurde und Daniel den Rest seines Whiskys mit einem Hieb vernichtete, kam sie zu sich, das Lachen verebbte, sie nahm dankend die dargebotene Zigarette und beobachtete, wie er erst ihr und dann sich selbst Feuer gab. Endlich schüttelte Jane den Kopf. »Du tust nichts Selbstloses und du hättest sie nicht mal *gesehen*, würdest du nicht irgendetwas ziemlich Unterirdisches im Schilde führen.«

»Falsch!«

»Hör auf! Ich kenne dich! Also, was hast du mit ihr vor? Ich meine, übst du neuerdings mit fehlgeschlagenen Experimenten der Natur?« Als Daniel keine Anstalten machte, etwas zu erwidern, wurde ihre Miene spöttisch. »Du willst mir doch nicht weismachen, dass du dich mit ihr auch noch *unterhältst*! Oder ...« Leise lachte sie auf. »... hast du vielleicht vor, mich mit diesem Unfall *eifersüchtig* zu machen?«

Daniel lehnte sich zurück und betrachtete sie neugierig. »Ich wüsste nicht, wie ich das bewerkstelligen soll, wenn du kein Interesse an mir hast«, bemerkte er nach einer Weile. »Tina hat mir einen Gefallen getan und ich revanchiere mich ein wenig. Was ist dabei?«

»Klingt in der Theorie wunderbar, passt jedoch nicht zu dir. Es zeugt von jeder Menge Verzweiflung, wenn du dich auf einmal mit *so was* befasst.« Sie breitete die Arme aus. »Sieh dich um, hier sind genügend passende Anwärterinnen. Ich schätze, mit denen kannst du sogar ein Gespräch führen, wenn du dir ein bisschen Mühe gibst. Du musst dich nicht mit diesem billigen, hässlichen Ding auseinandersetzen oder fährst du jetzt tatsächlich die Dunkelnummer? Knebelst du sie auch?«

Das klang bissig und damit so gar nicht nach Jane.

»Du irrst dich«, sagte er langsam. »Tina ist ganz bestimmt nicht dumm und ich habe eben so ziemlich erschüttert erkannt, wie oberflächlich du bist. Ist es nicht Ausdruck innerer Größe, wenn man sich nicht von Äußerlichkeiten bei seiner Meinungsbildung leiten lässt?«

»Ich wähle meine Partner trotzdem nicht zuletzt nach ihrem Aussehen. Und so verzweifelt, dass ich irgendeinem kleinen, hässlichen Jungen Hoffnungen mache, nur um – sagen wir einmal – *dich* ...« Hell lachte sie auf. »... *eifersüchtig* zu machen, bin ich nicht.«

»Ich auch nicht.« Daniels drohende Miene war zurück.

Unbeeindruckt leerte Jane ihr Glas und beugte sich so weit zu ihm vor, dass er mal wieder einen sehr verheißungsvollen Ausblick in ihren Ausschnitt bekam. »Ich werde niemals mit dir ins Bett gehen, Daniel Grant. Also verschwende nicht weiterhin deine Zeit, wäre doch schade drum.«

»Meine Zeit und womit ich sie ausfülle, ist allein meine Angelegenheit!«, erwiderte Daniel kurz angebunden, was gleichzeitig das Ende dieser Unterhaltung bedeutete.

Kurz darauf saß er wieder am Tresen mit dem nächsten Whisky in der Hand.

Es war Samstagnacht und Daniel allein. Jane unterhielt sich mit einigen Mädchen von der Uni. Chris und Carmen verschwanden kurz darauf und die anderen Jungs räumten nach einigen Fehlversuchen, mit ihm ins Gespräch zu kommen, das Feld. Den ersten Whisky leerte Daniel rasant, nahm den nächsten im gleichen Tempo und danach noch einen. Erst ein weiteres Glas später gelang es ihm, Janes leises Gekicher und das ihrer Freundinnen erfolgreich aus seinem Bewusstsein zu verbannen.

Fast.

Ein wenig setzte es ihm immer noch zu und so ging ihm eher nebenbei auf, dass sie sich im Grunde auch nicht anders aufführte, als diese kleine Klette mit ihren Hühnern. Doch er entschied großzügig, Jane nicht mit seiner Erkenntnis zu konfrontieren, möglicherweise hätte es sie nur verwirrt. Wenn sie meinte, wie eine Nonne leben zu müssen, würde er sie garantiert nicht aufhalten, allerdings hatte Daniel nicht vor, zum Mönch zu werden. Niemals! Sein Blick fiel auf eine breit grinsende, ihm unbekannte Brünette, die wie auf Bestellung aufgetaucht war. Offensichtlich hatte sie ihr Quantum bereits intus. Kurz entschlossen bestellte er einen weiteren Whisky und schlenderte zu der neusten Aspirantin hinüber.

Sie hieß Nora, befand sich im dritten Semester und studierte BWL. Während Daniel ihr einen Manhattan ausgab, wurde sein Lächeln breiter.

»Kommst du häufiger hierher?«, erkundigte sich Nora, nachdem beide ihr aktuelles Glas geleert und sie bei James – dem Wirt – Nachschub geordert hatten.

»Dann und wann.«

»Ich hab dich hier noch nie gesehen.« Ihre Augen waren blau, die Lippen einen Tick zu klein geraten, für Daniels Zwecke allerdings ausreichend. Sein Blick fiel auf das Shirt, unter dem sich prall ihre Brüste abzeichneten. Was wollte er mehr?

Eine halbe Stunde und zwei Manhattans später, war die Klärung der Einzelheiten erfolgreich abgeschlossen. Da Nora im Studentenwohnheim ein Appartement hatte, entschied Daniel, ein Zimmer in einem nahe gelegenen Motel zu mieten. Bevor die beiden das *PITY* verließen, erwiderte er Janes angewiderten Blick mit einem breiten Grinsen. Was hatte sie gedacht? Dass er sich ihrem Bullshit beugen würde? *Vergiss es, Baby!*

Die BWL-Studentin namens Nora erfreute sich eines äußerst hohen Alkoholspiegels – er auch, das war ein Bestandteil des üblichen Ablaufs. Daniel mochte Sex in diesem Zustand. Angekommen in dem heruntergekommenen Zimmer beseitigte er Noras Shirt, küsste sie atemlos und beschäftigte sich ganz nebenbei bereits mit ihrer Jeans. Nach einem flüchtigen Blick zum Bett setzte er das Mädchen auf den Schreibtisch – das Risiko war ihm dann doch zu hoch.

Und kaum hatte es kichernd die Beine um ihn gelegt, machte es sich auch schon an seiner Hose zu schaffen, während er mit dem Kondom in der Hand ungeduldig wartete. Nur wenige Sekunden später befand er sich in ihr, wobei er den überraschten Aufschrei ignorierte und mit einem entrückten Lächeln den Kopf in den Nacken legte. Sex war für ihn die wichtigste Angelegenheit im Leben – derzeit zumindest – und das war gut! Er hatte diese Wahl für sich getroffen und das sehr bewusst und sehr überlegt. Und jetzt wollte er genießen.

Er nahm sie hart, schnell und sehr intensiv, wobei er sie an den Hüften dirigierte, das Tempo nochmals beschleunigte und kurz darauf mit einem unterdrückten Stöhnen auf ihr zusammenbrach. Nach einer Weile betrachtete er immer noch atemlos die vollen Brüste, die schmale Taille und die dunkle, makellose Haut. »Du bist schön«, brach es aus ihm in ehrlicher Anbetung heraus.

Als Antwort verstärkte sie den Druck ihrer Beine, die noch immer um seine Hüften lagen, ihre Hände stahlen sich in seinen Nacken und begannen, ihn aufreizend zu streicheln. Was nicht ohne Wirkung blieb.

»Müde?«, erkundigte er sich wenige Minuten später mit einem schmalen Lächeln. Der Gedanke an Jane und ihre verdammte *rühr-mich-nicht-an*-Strategie schien ihn sogar noch heißer zu machen.

Ihn am ausgestreckten Arm verhungern lassen? Netter Versuch!

8. Dear Eliza

Den Sonntag vertrieb Tina sich mit der Frage, was die seltsame Vorstellung am gestrigen Tag zu bedeuten hatte und mit der Vernichtung von Daniels Zigaretten. Bevor er gegangen war, hatte er eine Schachtel auf den Tisch gelegt. Erinnerungen an die letzten Stunden des vergangenen Tages konnte sie nur noch schemenhaft ausmachen, möglicherweise war es doch zu viel Wein gewesen. Jedenfalls ließ ihr Brummschädel so etwas vermuten. An einige Dinge entsann sie sich trotzdem sehr genau, beispielsweise daran, dass Daniel ihr *sein* Sweatshirt gegeben hatte, damit sie nicht fror! Tina trug es immer noch oder schon wieder, vor dem Duschen hatte sie sich kurzzeitig davon trennen müssen. Obwohl frisch gewaschen, duftete es nach ihm, weshalb sie spontan entschied, sich darin begraben zu lassen. Nur leider konnte sie insgesamt trotz seiner seiner überraschenden Freundlichkeit nicht froh sein. Denn Daniel hatte ihr auch ganz ehrlich und wiederholt versichert, dass sie bei ihm auf verlorenem Posten kämpfte. Auch daran erinnerte sie sich sehr gut und hätte alles darum gegeben, dass genau das im endlosen Nebel des Alkohols für immer verschwunden wäre.

War es nur leider nicht.

In Gedanken versunken drehte sie den Flaschenverschluss zwischen den Fingern. In weniger als einem Jahr würde Daniel Grant verschwinden. Und was dann? Machte sie dann einfach so weiter, würden sie überhaupt noch miteinander reden, was hatte denn dieses seltsame Verhalten gestern zu sagen. WAS? Und was, wenn sie tatsächlich Freunde wurden? Sollte sie ihn einfach so ziehen lassen? Gerade in ihr Leben gerauscht und schon wieder weg? Tina beschloss, all diese Fragen noch einmal aufzugreifen, wenn sie spruchreif wurden. Etwas Verwertbares fiel ihr derzeit dazu nicht ein, abgesehen vom sofortigen Umzug nach Phoenix.

Am Abend ging sie mit dem Gedanken ins Bett, nicht zu wissen, was der kommende Morgen für sie bereithielt. Sollte Daniel das Sweatshirt zur Sprache bringen, würde sie ihm jedenfalls erklären, dass sie es zerrissen hätte.

In einem Anfall blinder Wut oder so. Nein, besser verbrannt, dann konnte er nicht die Überreste als Beweis einfordern. Und wenn der Knaller wütend Ersatz verlangen würde, würde sie ihm ihren verhunzten Parka demonstrieren.

So viel dazu! Offenbar brachte sie noch genügend bissige Gedanken zustande, was sie breit grinsen und kurz darauf zufrieden einschlafen ließ. In dieser Nacht träumte Tina von grünäugigen Dämonen mit schlanken Chirurgenhänden, die befahlen:

»Tief einatmen. So ist es richtig. Und wenn du dich übergeben musst, kein Problem, das gehört alles zum Dämonenprogramm.«

Erstaunt registrierte sie, dass es am nächsten Morgen eine gute halbe Stunde zu früh an ihrer Tür klopfte. Daniels Lippen bildeten einen schmalen Strich und er stöhnte entnervt auf, als Tina endlich vor ihm stand. »Wo warst du? Unter der Dusche?«

»Sorry, ich bin momentan beim Laufen nicht so schnell. Tut mir ja leid!«

Wortlos drängte er sich an ihr vorbei, ließ sich kurz darauf auf die Couch fallen, lehnte den Kopf zurück und schloss die Augen, während sie abwartend vor ihm stehen blieb. Irgendwann musste er sein seltsames Benehmen ja erläutern, was wusste sie denn schon von den Stimmungsschwankungen grünäugiger Dämonen? Doch anstatt etwas zu sagen, rieb er sich nur mit beiden Händen das Gesicht und so humpelte sie achtsam ein bisschen näher, und als noch immer keine Erklärung erfolgte, räusperte sie sich. »Also, was ist los?«

»Scheiße!«

Hmmm, nicht sehr plausibel, aber insgesamt zunächst sehr umfassend. Seufzend kämpfte Tina sich in die Küche, klaubte eine Flasche Wasser aus dem Kühlschrank – wissend, dass er es mochte –, hinkte zurück ins Wohnzimmer, entzündete zwei Zigaretten und stieß ihn an. »Hier!«

Wow! Er senkte sogar die Hände und nahm ihr ohne jede provokative, beleidigende oder vernichtende Bemerkung den Glimmstängel ab. Das Wasser ignorierte er, während er schweigend rauchte. Einzige Veränderung: Die Ellbogen ruhten jetzt auf seinen Knien.

Tina stellte die Dose, die sie mangels Alternative zum Aschenbecher umfunktioniert hatte, zu Boden und setzte sich umständlich auf denselben. »Also, was ist los?«

»Scheiße!«

»Welche Art davon?«

Trocken lachte er auf. »Die *Arsch*scheiße.«

Damit konnte sie auch nichts anfangen, und so beschloss Tina, zunächst einmal mit ihm im Takt zu schweigen. Das hatte auch etwas, denn es erzählte – wenn auch fälschlicherweise – von einer gewissen Einvernehmlichkeit. Sie fühlte sich gut an, ob Tina das nun wollte oder nicht.

Nach einer Weile musterte er sie stirnrunzelnd. »Schon mal blaugemacht?«

Den Kopf voller Fragezeichen schüttelte sie denselben.

»Was dagegen?«

»Nein.«

»Gut zu wissen.« Damit warf Daniel den Rest seiner Zigarette in die Dose und lehnte sich mit geschlossenen Lidern zurück. Erst nach einer langen, schweigsamen Pause traf sie der nächste kritische Blick. »Wollen wir gehen?«

»Wohin?«

»Weg!«

Es klang insgesamt immer noch ziemlich kryptisch, doch Tina entschied spontan, dass ›weg‹ mit Daniel eine absolut nicht kryptische Geschichte war.

Der grünäugige Dämon in mieser Stimmung, die er an Tina abreagierte, war unerträglich, doch ein schlecht aufgelegter Daniel, der das an *anderen* ausließ, schlicht brillant! Als Erstes fuhren sie zu einem Fast-Food-Tempel, was Tina ihm persönlich übel nahm. Aufgrund neuster Diätpläne durfte die nämlich weder einen Milchshake noch einen ihrer geliebten Cheeseburger inhalieren. Nachdem er ihren niedergeschlagenen Blick und ihre leeren Hände ausgiebig begutachtet hatte, ging Daniel noch einmal zum Verkaufstresen und kehrte kurz darauf mit einem riesigen Salat und einer Cola zurück.

»Ohne Dressing, kein Problem«, wurde Tina grinsend informiert. »Die Cola ist nicht nur light, sondern Zero, also auch in Ordnung.«

Damit wickelte er in aller Gemütsruhe seine drei Hamburger aus und futterte ihr etwas vor. »Übrigens …« Kauend hob er einen Finger. »Ganz ohne Zucker geht's nicht. Du musst hin und wieder Kohlehydrate zuführen, sonst kannst du das Abnehmen vergessen und deine Gesamtkonstitution geht baden. Außerdem ist Sport wichtig. Du musst dich einfach mehr bewegen, das ist das ganze Geheimnis.«

»Machst du jetzt einen auf Doktor, oder was?«, erkundigte sie sich leicht entnervt.

»Klar, und du bist das Opfer«, grinste er ohne die geringsten Schwierigkeiten. »Früher oder später muss ich ja wohl damit anfangen.«

Das klang insgesamt beunruhigend, doch mit Daniel als ihrem Arzt konnte Tina durchaus eine Ausnahme.

Sein Knurren unterbrach ihre neueste Träumerei »Tina, du *glotzt!*« und sie blinzelte hastig, bis sie sein zufriedenes Nicken ausmachen konnte. »Schon besser!« Ohne auf ihr Erröten zu achten, nahm Daniel den zweiten Hamburger in Angriff und Tina widmete sich seufzend ihrem Salat – ohne Dressing. Egal, mit wem sie soeben die Stadt unsicher machte, Daniel Grant war es schon einmal nicht.

Etwas später saßen die beiden in seinem Wagen und rauchten in einträchtigem Schweigen. Der Tag zeigte sich gnädig mit Blaumachern, denn er gestattete der spätherbstlichen Sonne einen Besuch unter die Wolken. Tina verzeichnete das als gutes Omen.

Als Nächstes fuhr Daniel in eine Einkaufspassage, die sie unter den schmunzelnden Blicken ein paar früher Shopper entlanghumpeln musste. Eine Zeit lang lief er stumm neben ihr her, doch dann musterte er sie von der Seite. »Wann kommt das Scheißding endlich ab?«

Mühsam unterdrückte Tina ein Schnaufen. »Keine Ahnung. Miller meinte, noch zwei Wochen.«

»Wird auch Zeit«, brummte er und beäugte finster ein Schaufenster, in dem filigrane Damenschuhe angeboten wurden.

Dass sie vor einem Optiker strandeten und ihn kurz darauf sogar betraten, verblüffte Tina ein wenig, doch zunächst schöpfte sie keinen Verdacht. Weil sie eben nicht wusste, womit sie es zu tun hatte.

Noch nicht.

»Wir brauchen dringend eine neue Brille«, informierte Daniel die Verkäuferin.

Noch ein bisschen verwirrter sah Tina zu ihm auf. »Aber …«

»Mund halten, Hunt!«, knurrte er, was sie auch tat, schon, weil Tina nicht riskieren wollte, dass er wieder wütend wurde.

Alles, nur nicht das. Ihr Vorsatz hielt so lange, bis die Optikerin mit einem abschätzenden Blick die Region oberhalb ihrer Wangen betrachtete, denn endlich ging auch Tina ein dämmriges Licht auf und sie reagierte sofort.

»Moment!«

Die bereits erhobenen Hände erstarrten, als Tina Daniel am Arm außer Hörweite zerrte, sofern überhaupt möglich. »Das kannst du nicht tun!«

»Was?«, erkundigte er sich verständigungslos.

Nach einem eiligen Blick zu der Frau hinter dem Tresen, die sie argwöhnisch beobachtete, zischte Tina weiter. »Schön für dich, dass du offenbar im Geld schwimmst, *ich nicht!* Ich kann mir nicht so einfach eine …«

Daniel verdrehte die Augen und zwang sie rücksichtslos wieder zum Tresen. »Sorry, wir mussten uns kurz beraten.«

Die Verkäuferin nickte und kurz darauf verschwand die Brille von Tinas Nase, die mit geballten Fäusten auf das Eintreten des Fiaskos wartete. Zwischen den beiden entspann sich derweil eine niedliche Unterhaltung darüber, welches der dreitausend Gestelle nun zu ihr passte und welches nicht, wobei die einzige Brillenträgerin bei der Meinungsumfrage freundlich ausgespart wurde. Als kurz darauf ein älterer Herr in Begleitung seiner Frau das Geschäft betrat, bezog man das Ehepaar gleich in die Abstimmung ein, und sobald man sich einig war, durfte Tina sich einem Sehtest unterziehen. Wundervoll!

Sobald sie wieder auf der Straße standen, fuhr Tina ihn an. »Du kapierst das nicht, oder?« Das putzige Brillchen, auf das man sich am Ende geeinigt hatte – ihre Meinung stand dabei nicht zur Debatte – kostete mit Gläsern um die sechshundert Dollar. Mehr, als Tina in zwei Monaten zur Verfügung stand, und zwar, *wenn* sie arbeiten ging, wovon derzeit keine Rede sein konnte. »Ich kann mir den Scheiß nicht leisten! Du darfst nicht einfach loslatschen und ...«

»Wovon sprichst du überhaupt?« Stirnrunzelnd betrachtete Daniel sie. »Niemand hat gesagt, dass *du* das Teil bezahlen sollst.«

»Ach! Und wer sonst? Die Heilsarmee?« Mittlerweile schnappte Tina anhaltend nach Luft, denn ihre Wut war grenzenlos. So ein Idiot!

»Nein, ich natürlich.«

»*Was? Das ist total dämlich!*«

»Ist es nicht«, widersprach er sofort. »Und jetzt lass die Keiferei, *das* ist *widerlich!*«

Tina *wollte* etwas erwidern – oh, und das zu gern –, doch sein Blick wurde derart drohend, dass ihr Mund sich wie von selbst schloss, was ihn zufrieden nicken ließ. »So ist richtig! Komm jetzt, Hunt!«

Und Tina, die ewige Gans, ließ sich tatsächlich die Straße entlang zerren, fragte sich währenddessen allerdings, in welchem Film sie sich derzeit befand.

Mit Film lag sie nicht einmal falsch, denn als Nächstes gingen die beiden ins Kino. Selbstverständlich wählte der Dämon mittags um halb elf einen blutigen Horrorstreifen, doch für seinen lauernden Blick hatte Tina nur ein müdes Grinsen übrig. Sie verabscheute Romanzen und bevorzugte daher ohnehin die blutrünstigen Filme.

Nach der Vorführung nickte Daniel anerkennend. »Okay, du machst dich.«

»Huh?«

»Vergiss es!«

Was sie vergessen sollte, wusste Tina nicht, es interessierte sie auch nicht sonderlich, das Licht im Foyer offenbarte nämlich gnadenlos, wie gut er aussah. Allein diese grünen Augen würde sie nie hinter sich lassen, egal, wie viele Brillen er ihr aufzwang.

»Tina! Du *glotzt schon wieder!*«

Hektisches Blinzeln war in einem solchen Fall wohl das beste Rezept, denn nur zehn Sekunden später sah sie ihn auch schon wieder relativ klar. Erstaunlicherweise lachte er. »Komm schon!«

Ihr nächster Besuch galt einem Friseur, doch da Tina aus Fehlern klug wurde, machte sie bereits kehrt, als sie erkannte, wohin die Reise führen sollte, sprich: *vor* der Glastür. Nur leider packte Daniel, der innerhalb der vergangenen vierundzwanzig Stunden seinen Verstand eingebüßt haben musste, blitzschnell zu und so wurde Tina keine zwei Minuten später von ungefähr zehn Friseuren sehr kritisch beäugt. Alle Mienen wirkten identisch angewidert. Wenig später hatte man sich geeinigt – ohne Tina nach ihrer Meinung zu fragen –, und dann begannen gleich drei Barbiere mit der Arbeit. Der grünäugige, grinsende Dämon saß in einem der Wartestühle, blätterte in einer Zeitschrift und blickte nur manchmal kontrollierend hinüber.

Zwei Stunden später befand sich nur noch die Hälfte der dichten Wolle auf ihrem Kopf, die neuerdings einen rötlichen Schimmer besaß. Widerwillig musste Tina, die ihre Mordgedanken keineswegs aufgegeben hatte, einräumen, dass es wirklich gut aussah. Nur der Idiot vom Dienst schien immer noch nicht zufrieden zu sein und er war noch genauso selbstgefällig wie zuvor. Ehe sie vor dem Geschäft mit der üblichen Tirade loslegen konnte, kam er ihr zuvor. »Lass es!«

Tina ließ es, wenngleich ihre Kopfhaut schmerzte und sie diesem arroganten Dämon gern mal das eine oder andere erzählt oder ihm die eine oder andere Frage gestellt hätte. Wie sollte sie beispielsweise jemals ihre Schulden zurückzahlen? Außerdem stand jetzt für sie fest, dass irgendetwas unvorstellbar Schreckliches geschehen sein musste, etwas, was Daniels Persönlichkeit irreparabel beeinflussen konnte. Natürlich schmeichelte ihr sein unerwartetes Interesse, doch leider signalisierte sein Blick nicht das, wonach sie suchte. Eher wirkte er wie ein durchgeknallter Wissenschaftler, der sein neuestes Versuchskaninchen betrachtet. Während die beiden langsam zum Cabriolet zurückgingen, hoffte Tina immer noch, die Tortur überstanden zu haben und musste bald darauf einsehen, dass sie einem grausamen Irrtum aufgesessen war.

Der nächste Besuch galt einem Visagistenstudio. Dem schloss sich eine Visite in einen Damenausstatter an, wo Daniel eine Jeans, etliche Shirts, Sweatshirts und eine Jacke für Tina erstand. Keinen Parka, obwohl sie die Dinger so mochte und es der einzig angemessene Kauf überhaupt gewesen wäre. Wenigstens wurde sie nicht genötigt, die Jeans anzuprobieren, weil sich dies aufgrund des Gipses als unmöglich erwies. Doch der wütende Blick des Durchgeknallten sprach Bände, als sie ihn auf diese Tatsache hinwies. Nach reiflicher Überlegung ersetzte Tina das ›Schrecklich‹ durch ›Apokalyptisch‹.

Die Uhr zeigte weit nach vier, als sie endlich in einem Restaurant strandeten, in dem Tina unter dem kritischen Blick des Wahnsinnigen ein wenig Truthahn mit Gemüse zu sich nehmen durfte. Plus Cola – Zero. Zum Protestieren fehlte ihr längst die erforderliche Energie, denn sie hatten zahlreiche Geschäfte durchforstet; Ekelfinger hatten an ihren Pusteln im Gesicht herumgefuhrwerkt, was ernsthaft wehgetan hatte.

Sie musste Friseure ertragen, deren Ziel es scheinbar war, ihr die Kopfhaut anhaltend wegzuätzen. Daneben durfte sie sich neuerdings als stolzes Mitglied eines Fitnessclubs betrachten – Monatsbeitrag: 20 Dollar – und Tina besaß eine Jahreskarte für das örtliche Schwimmbad – mit angeschlossener Sauna –, nebst nächstem Termin beim freundlichen und stockschwulen Visagisten Claude.

Außerdem schuldete sie Daniel ungefähr fünf Millionen Dollar, welcher sie schon wieder mit diesem Wissenschaftler-Blick betrachtete.

Zum ersten Mal dachte Tina an *My Fair Lady.*

Sah er sie vielleicht als seine Eliza?

9. Hunt-Mate

Eines stand mittlerweile fest: Daniel war ein Genie! Denn was sich innerhalb der vergangenen Stunden vor seinen fassungslosen Augen getan hatte, kam keinem Wunder gleich, es *war* eines. Unter all dem Speck, der Akne, der Hornbrille und dieser furchtbaren Frisur verbarg sich nicht nur tatsächlich ein Mädchen, sondern auch noch ein *hübsches!* Also, nicht etwa sein Typ, aber durchaus verwendbar. Und *wie* sie Chris einwickeln würde! Schließlich ähnelte sie Carmen sogar, jedenfalls nach vollendeter Metamorphose zum Menschen. Die beiden Mädchen waren von vergleichbarer Größe – ungefähr ein Meter zwanzig mit Absätzen – und ähnlicher Haarfarbe. Die zierliche Figur fehlte bei Tina derzeit noch, aber die Voraussetzungen waren schon mal vorhanden und an dem Rest würden sie angestrengt arbeiten. Daneben musste die Hornbrille natürlich noch verschwinden und vor allem dieser verdammte Gips, damit sie anständige Schuhe tragen konnte. Noch ein paar Kilo weniger und sie würde eine Menge hermachen. Letzteres warf ihn noch immer um.

Was bis vor wenigen Stunden in Daniels Denken wie eine Lebensaufgabe ausgesehen hatte, war innerhalb kürzester Zeit ungeahnt und vor allem rasant vorangeschritten. Zwar hatte er sein Sparbuch empfindlich belasten müssen, aber das war ihm der Spaß allemal wert. Auf jeden Fall verspürte er nicht mehr die geringsten Skrupel, sie in ein Restaurant auszuführen. Und heute Abend …

Angestrengt überlegte er, während sie sich beim Essen gegenübersaßen, ob er dieses Risiko nicht etwas zu früh eingehen wollte, entschied dann jedoch, dass der Anblick tauglich genug war. Trotz der ekelhaften Brille. Als er sie lachen hörte, sah er auf. »Was?«

»Nichts«, erwiderte sie hastig und er widmete sich schulterzuckend wieder seinem Essen.

Selbst als er sie mit dem Hasenfutter abgespeist hatte, war die Meuterei ausgeblieben, was ihn sehr freute, wenn es ihn auch leicht verwunderte. Normalerweise waren die Mädchen nicht so leicht händelbar.

Ein mentaler Einwand, der nicht von ungefähr kam, wie er im nächsten Moment feststellen musste.

»Okay!« Entschlossen legte Tina ihr Besteck beiseite und musterte ihn düster. So ganz ohne Diskussion schien es offensichtlich doch nicht abzulaufen. »Was soll der Scheiß?«

Daniel war die Arglosigkeit in persona. »Ich dachte, ein bisschen Hilfe wäre nicht schlecht!«

»Das ist kein *bisschen* Hilfe, sondern komplette Scheiße!«, fauchte sie. »Ich kann mich allein …«

Weiter kam sie nicht, weil Daniel herzlich auflachte und in aller Seelenruhe weiter aß.

Merke: Tina das Erröten abgewöhnen, das ist lästig.

Momentan deutete nichts auf eine baldige Verbesserung hin, denn das Weiß folgte und die Atemnot kurz darauf – wie üblich fuhr sie das volle Programm. Bevor allerdings das Zischen einsetzen konnte, kam er ihr zuvor. »Benimm dich! Wir sind hier nicht allein!«

Erschrocken blickte sie sich in dem ziemlich belebten Raum um, lehnte sich dann unvermittelt vor und *wisperte* angestrengt. Oh Mann!

»Erkläre mir bitte, wie ich dir das jemals zurückzahlen soll!«

»Überhaupt nicht. Verbuche es als Nutzungsgebühr für das Appartement.«

»Ach! Soll ich ausziehen? Dann hätte ich nur zu gern erfahren, wo ich demnächst übernachte!«

Daniel winkte ab und widmete sich wieder seinem Essen, nur leider brachte dies das Wispern nicht etwa zum Verstummen.

»So etwas geht nicht! Und überhaupt, was soll ich in einem Fitnessclub? Ich hasse Sport, dafür bin ich total ungeeignet. Außerdem trage ich einen Gips, hast du das vergessen?«

»Ganz bestimmt nicht«, knurrte er, ohne aufzublicken. »Wie auch, wenn wir uns nur in Zeitlupe fortbewegen können? Die Karte für den FC ist für danach, wenn das Scheißding endlich Geschichte ist. Ganz ohne Bewegung wird es nämlich nicht funktionieren!«

Als sich ihre Augen entsetzt weiteten, lachte er auf. »Keine Panik, jeder hat mal angefangen.« Und da auch das scheinbar nichts half, fügte er seufzend hinzu: »Ich bin mindestens dreimal die Woche dort. Du musst nicht allein gehen.«

Das erwies sich auch als der falsche Beitrag, denn kurz darauf knurrte er. »Tina! Du *glotzt*!«

Hektisch blinzelte sie und lehnte sich zurück, womit endlich Funkstille herrschte und er in Ruhe essen konnte. Was leider kein Vergnügen mehr war, denn der Fraß hatte zwischenzeitlich Kühlschranktemperatur angenommen. Bereits nach zwei Bissen schob er den Teller angewidert zurück. Verdammt!

»Warum warst du heute Morgen so fertig?«, erkundigte sie sich plötzlich.

»Ich war nicht *fertig*, versprochen«, korrigierte Daniel sie mit schiefem Grinsen.

»Gut, dann eben mies drauf.« Eilig hob sie einen Finger. »*Mieser* – sollte ich wohl sagen.«

Entnervt wollte er sie anfahren, doch dann erkannte Daniel ihre ehrliche Sorge und seufzte. »Das erzähle ich dir später, okay?«

»*Später?*« Diesmal waren Entsetzen und Argwohn so ausgeprägt, dass er wieder lachen musste. »Keine weiteren Foltereinheiten, ich schwöre.«

Merke: Dafür sorgen, dass Tina dir vertraut. Dieses ewige Misstrauen verkompliziert die Dinge total!

Falscher Film war eine glatte Untertreibung. In der Zwischenzeit mutmaßte Tina, im völlig falschen *Leben* gestrandet zu sein, das zu Beginn des vorigen Jahrhunderts stattfand und Dr. Jekyll zuzüglich Mr. Hyde beinhaltete, wobei Letzterer zu Prof Higgins mutiert war. Unentwegt schoss Daniel mindestens fünf Meilen über das Ziel hinaus.

Sie konnte nicht einmal sicher sein, nicht gerade der Vorbereitung für die nächste, formvollendete Tina-Verarsche aufzulaufen, obwohl der finanzielle Aufwand dann echt übertrieben gewesen wäre. Und ja, sie *hätte* das umgehend beenden müssen – das tat sie nur nicht. Denn exakt an dieser Stelle kam wieder mal der berühmte *Was-Wäre-Wenn-Poker* zum Einsatz. Daniel beschäftigte sich mit *ihr*, verbrachte den Tag mit *ihr*, sprach mit *ihr*, lachte mit *ihr*. Dass er Tina dabei nicht so ansah, wie sie sich so dringend ersehnte, konnte die verschmerzen. Sie hatten Zeit. Und sorgte dieser irre Professor nicht gerade selbst dafür, dass er sie eben doch mögen konnte?

Es wäre doch ziemlich dämlich gewesen, das aufzuhalten. Und was war Tina garantiert nicht?

Dämlich!

Allerdings fühlte sie sich zunehmend schuldig, denn ihre Eltern hätten die Schwänzerei garantiert nicht befürwortet. Außerdem wusste Tina, was die sich den Spaß kosten ließen, ihre Tochter auf diese Uni zu schicken. Doch kaum stellten sich die ersten zaghaften Gewissensbisse ein, wurden sie entschieden beiseite gedrängt. Ihre Mom würde es verstehen, und hey!, gehörte nicht auch das gelegentliche Blaumachen zu einem richtigen Studium hinzu?

Als Nächstes strandeten sie in einem Supermarkt, wo der selbst ernannte Prof Higgins allerlei gesunden Kram und Cola – *Zero* erstand. Als er an der Kasse seine Karte zückte, erfolgten seitens Tina diesmal keine Proteste. Der Dämon ließ ohnehin nicht mit sich verhandeln und sie hätte diesen Einkauf sowieso nicht bezahlen können. Nach dem gefahrvollen Aufstieg in die dritte Etage machte er sich ans Auspacken, während Tina sich auf die Couch setzte und … nun ja, nichts tat. Einige Zeit später erschien der dämonisch Grinsende im Türrahmen.

»Lust, heute Abend noch etwas zu unternehmen?«

Vage hob sie die Schultern. Es wäre wohl nicht sonderlich hilfreich gewesen, ihm die Wahrheit zu sagen. Denn wenn Tina sich nicht akut zusammenriss, würde sie in den nächsten Sekunden in ihrer aktuellen Position einschlafen. Und wenn man ihrer Mom glauben wollte, bekam sie dann niemand mehr wach.

»Wenn du keine Lust hast, dann sag es!«

»Nein!«, erwiderte sie rasch. »Alles bestens!«

Seine Zweifel waren deshalb nicht ausgemerzt, doch kurz darauf erschien das nächste Grinsen auf dem attraktiven Gesicht und er beäugte sie kritisch. »Okay, so kannst du bleiben, denke ich. Gegen den Gips und die Ekelbrille können wir erst einmal nichts unternehmen. Du kannst sie nicht zufällig mal weglassen?«

»Kann ich schon, aber dann lande ich heute Abend garantiert in der Notaufnahme.«

»Hmmm.« Offensichtlich zog er ernsthaft in Erwägung, das Risiko einzugehen, ergab sich jedoch am Ende in sein Schicksal. »Vorher essen wir aber noch!«

»Schon wieder?« Standen derzeit nicht alle Zeichen auf Diät?

»Oberste Regel, bevor man zu einer Party geht: *iss!*«, wurde sie prompt belehrt. »Sonst spielt dein Magen nicht mit, kapiert?«

Schlagartig saß Tina aufrecht. *»Party?«*

Die vermeintliche Party entpuppte sich als Besuch in einem gemütlichen Café/Pub. Exakt ließ sich der Laden nicht einordnen, in dem die beiden ungefähr anderthalb Stunden später strandeten. Nur wenige jener runden Bistrotische existierten, die man üblicherweise in einem Café findet, stattdessen waren unzählige Zweisitzsofas im großen Raum verteilt. Der obligatorische Tresen fehlte nicht, hinter dem man alle erdenklichen Sorten Alkoholika fand. Gleichzeitig entdeckte Tina jedoch jene Tassen, die man unweigerlich mit einem Starbucks verband. Im Hintergrund lief Rockmusik, obwohl sie keine Musikbox ausmachen konnte.

Nahm man die zahlreich vertretenen Gäste in die Kalkulation mit auf, kam man eher zwangsläufig zu dem Schluss, dass es sich hierbei wohl um so etwas wie ein Univereinslokal handelte, in dem Tina die mit Abstand jüngste war. Denn ansonsten schienen hier nur Drittsemester und ältere Jahrgänge zu verkehren. Und alle – besonders jedoch die Weibchen – kannten Daniel, weshalb die Begrüßung lautstark und zahlreich erfolgte, was mit einem schmalen Lächeln honoriert wurde. »Tina nimmt einen Wein«, erklärte der Dämon dem Wirt, natürlich ohne sie zuvor gefragt zu haben. Selbst hielt er sich an Bier. Als sein Blick zufällig auf Tina fiel, grinste er.

»Entspann dich!«

Auch wenn sie sich nach Kräften bemühte, fiel es ihr sogar verdammt schwer, denn sie fühlte sich mehr denn je wie Daniels persönliches Experiment, als der sie mit sichtbarem Stolz der Menge präsentierte. Es blieb nicht ohne Effekt. Obwohl sich die Anwesenden redlich Mühe gaben, es zu verbergen, starrten sie im Grunde pausenlos zu ihnen hinüber. Tina versuchte, die Mienen zu interpretieren und fand jede Menge Belustigung – wie herrlich, sie gab den Clown des Abends! Ungläubigkeit war ebenfalls weit verbreitet – sicher, die anwesenden Mädchen wirkten allesamt viel erwachsener, versierter und *entspannter*, und so, wie die den Prof fixierten, kannten die meisten ihn näher – *viel* näher. Prompt wurde Tina so rot wie selten zuvor in ihrem Leben, was dem Dämon selbstverständlich nicht entging. *»Entspann dich!«*, seufzte er entnervt.

»Aber siehst du das nicht?«, zischte sie giftig zu ihm hinüber.

»Was denn?«

»Sie glotzen uns an!«

»So soll es sein.«

Diesmal lehnte sie sich so weit wie möglich zu ihm hinüber und wisperte hektisch. »Nicht, wie du es willst! Die lachen mich aus, und dich damit auch!«

Daniel blieb empörend gelassen. »Meinst du? Sehe ich ganz anders.«

Also, Tina konnte sich nicht helfen, ihrer Meinung nach mutierte der Abend soeben zum größtmöglichen Reinfall. Mehr, um sich abzulenken als aus echtem Appetit, vernichtete sie in Lichtgeschwindigkeit ihren Wein – sie war ja bestens für ein Besäufnis präpariert – und Daniel sorgte umgehend für Nachschub. Behielt er dieses Tempo bei, stand ihrer Alkoholvergiftung schon mal nichts mehr im Weg. Eher, um den ewigen Blicken auszuweichen, beugte Tina sich erneut zu ihm hinüber.

»Klärst du mich endlich auf, warum du mich unbedingt lächerlich machen musst? Das ist totale Scheiße!«

Mit einem sanften Lächeln bestellte er noch einen Wein, obwohl ihr aktueller nicht einmal zur Hälfte vernichtet war. Er selbst nahm noch ein Bier, dazu einen Whisky und musterte sie schließlich fragend. »Wollen wir uns setzen?«

Und *wie* sie wollte! Am besten in die dunkelste Ecke neben den Klos, dorthin sah wenigstens niemand sehr häufig. Ihr Nicken fiel euphorisch aus und sein Lächeln wurde breiter.

»Locker bleiben!«

Dankend nahm er die Getränke in Empfang und ging, womit Tina allein und schutzlos zurückblieb. Verzweifelt versuchte sie, wenigstens nicht allzu sehr zu humpeln, was mit dem verdammten Gips reine Utopie darstellte. Und so ignorierte sie tapfer alle Blicke und jedes Kichern, die ihr so zahlreich und wenig ermutigend folgten. Diese dämlichen Tussis! Waren bestimmt alles BWLerinnen! Kurz darauf wurde sie ein bisschen entschädigt, als Daniel die Getränke auf einen der niedrigen Tische stellte und ihr auf das Sofa half. Immer noch mit diesem Lächeln, das sie in jeder anderen Situation alles vergessen ließ. Doch heute wollte nicht einmal das funktionieren.

»Also, warum tust du das?«, fuhr sie ihn an, sobald er neben ihr saß. »Ist das deine späte Rache oder was?«

Unschuldiger hätte sein Blick nicht ausfallen können. »Was soll das jetzt heißen?«

»Siehst du das nicht?« Stöhnend blickte Tina zu drei Mädchen, die besonders begeistert über sie zu sein schienen, denn die lachten pausenlos.

Daniels Blick folgte ihrem, wobei der sich nicht die geringste Mühe gab, das zu tarnen. Kopfschüttelnd betrachtete er Tina. »Sieh genau hin! Ehrlich, du musst noch viel lernen.« Damit nickte er zu den enthusiastischen Mädchen. »Sarah, Alisha und Tamara. Niemand hat Bock, sich mit ihnen abzugeben, eine schnelle Nummer ist schon das höchste der Gefühle.

Wären sie hier allein, würden sie garantiert nicht so laut gackern. Übrigens ist jede von ihnen gnadenlos bei mir abgeblitzt. Wenn du sie für eine Weile beobachtest und über das hirnverbrannte Dauerkichern hinwegsiehst, dann wirst du …« Mit verengten Augen blickte er angestrengt zu ihnen hinüber. »Jetzt!«, sagte er plötzlich. »Sieh hin!«

Als Tina der Aufforderung folgte, erkannte sie es sofort. Eines der Mädchen, das gerade nicht sprach oder kicherte, musterte sie mit einem Ausdruck, der garantiert keine Belustigung signalisierte, sondern Wehmut in Daniels und Hass in Tinas Richtung. Was die dachte, stand fest.

Weshalb sitzt du dort, wenn ich hier stehe? Ich sehe viel besser aus, verdammt! Bei dem Desaster hilft auch kein Friseurbesuch oder ein bisschen Make-up!

Womit sie den Nagel auf den Kopf getroffen hatte. *Tina* wusste das, die Mädchen ebenfalls, nur Prof Higgins schien es noch nicht gerafft zu haben. Vielleicht sollte sie es einfach genießen, falls überhaupt möglich, denn dieser bizarre Traum würde ganz schnell im grauenvollen Erwachen münden. Daher versuchte Tina angestrengt, die Anwesenden und besonders deren Blicke strikt zu ignorieren.

»Was war es nun?«, erkundigte sie sich, allerdings mehr, um sich abzulenken als aus jedem anderen Grund.

»Ich habe Mist gebaut«, offenbarte er – wieder einmal entnervt.

»Inwiefern?«

Anstatt zu antworten, leerte Daniel sein Bierglas in einem Zug. Dann zündete er sich eine Zigarette an, sah auf, reichte sie ihr stöhnend und extrahierte die nächste aus seiner Hemdtasche.

Nachdem auch die glühte, musterte er Tina tadelnd. »Ich habe keine Ahnung, ob ich das mit dem Rauchen gutheißen soll.«

»Du tust es auch!«, erwiderte sie empört.

»Richtig! Aber du hättest nie damit angefangen, wenn ich …«

Tina schnaubte. »Ich glaube, du bildest dir ein bisschen viel ein, Grant!«

»Ist das so?«, erkundigte er sich und betrachtete sie mit zur Seite geneigtem Kopf, weshalb sie eilig den Blick senkte und ungeduldig warte, bis es sicher war, ihn wieder anzugiften.

»Kann es sein, dass dir das extremen Spaß bereitet?«

»Was?« In Antwort auf ihren bedeutsamen Blick schüttelte er den Kopf. »Mir wäre wohler, wenn du es lassen würdest.«

»Toll!«, fauchte sie. »Dann verschone mich mit diesen dämlichen Blicken und vor allem diesem verdammten Lächeln!« Als es wie auf Kommando auftauchte, nickte sie heftig. »Genau das meine ich!«

»Okay, du hast Recht«, räumte er nach reiflicher Überlegung ein. »Das ist unfair.«

»Eben!« Mit verschränkten Armen lehnte sie sich zurück, während Daniel seinen Blick durch den Raum schweifen ließ und trocken auflachte.

»Was jetzt?« Tinas Wutpegel befand sich noch immer auf einem gefährlichen Level.

»Ich hätte nicht gedacht, dass es so gut funktioniert«, erwiderte er.

»Was denn?«

Doch er schüttelte den Kopf und Tina entschied, es besser nicht genau wissen zu wollen. Egal, was, es würde peinlich sein und in Sachen Blamagen hatte sie für einen Tag genügend Erfahrungen gesammelt, danke der Nachfrage. »Also, welchen Mist hast du gebaut? Ich schätze, es hat wieder mit Jane zu tun?«

Überrascht sah er sie an. »Wie kommst du darauf?«

»Sie ist die Einzige, bei der du so komisch reagierst.«

»Du hast mich.« Gelassen hob Daniel die Schultern.

Als er selbst nach dem schätzungsweise zehnten Schluck Whisky und einer weiteren Zigarettenlänge nichts hinzufügte, stöhnte Tina. »Was jetzt?«

»Wenn du es unbedingt wissen willst, bitte!« Entnervt fuhr er sich mit einer Hand durchs Haar. »Ich bin am Samstag noch hergefahren. Jane war wie üblich drauf, ich suchte mir passenden Ersatz. Was ihr wohl nicht gefiel, wie sie mir gestern in aller Deutlichkeit erklärte. Ende!«

Das musste Tina erst einmal verdauen, bevor sie ihn kopfschüttelnd musterte. »Du bist ein Idiot.«

»Ach! Und warum?«

»Wenn du auch noch den Beweis erbringst, dass du ein Arsch bist, musst du dich nicht wundern, wenn du ewig bei ihr abblitzt!«

»Kapierst du das nicht, das werde ich so oder so!«, entgegnete er wild gestikulierend.

»Dann frage ich mich, weshalb du dich über ihre Reaktion so aufregst! Was hat sie denn gesagt?«

Er stutzte und verzog dann das Gesicht. »Das Übliche.«

Den konkreten Wortlaut musste Daniel nicht wiedergeben, Tina konnte ihn sich auch so denken. Außerdem versetzt ihr die Vorstellung, dass er *diesen Samstagabend!* mit einer schnellen Nummer beschlossen hatte, selbst einen verdammt schmerzenden Stich. Und überhaupt, warum sollte sie ihm erklären, wie er sich die komische Jane angeln konnte? Diese gesamte Geschichte war äußerst heikel, ging ihr plötzlich auf. Wie lange konnte das funktionieren, ohne dass sie in akute Konflikte geriet und nicht mehr wusste, was ihr wichtiger war: er, als … *Freund?* oder er als ihr Daniel? Als Tina aufsah, trafen gerade seine Freunde am Tisch ein.

»Hey, ich wusste nicht, dass ihr hier seid!«, strahlte der dämonische Prof »Tina kennt ihr ja. Was wollte ihr trinken?«

Weder schien er Chris' fassungslosen, noch Carmens verbiesterten Blick zu bemerken. Er war wirklich ein eigenartiger Typ, in seiner Arroganz sogar unerträglich, aber trotzdem unendlich süß.

Und sie war seine Eliza.

10. Torn

Zwei Wochen nach Tinas Einstand im *PITY* wurde endlich der Gips entfernt. Ihre neue Beinfreiheit durfte sie ungefähr zwei Stunden lang feiern, dann bemerkte Daniel kritisch das immer noch vorhandene Humpeln und entschied, mehr denn je wäre ein ausgeklügeltes Aufbautraining vonnöten.

»Deine Muskeln sind total runter! Du willst mir doch nicht erzählen, dass Miller keine Physiotherapie verordnet hat!«

Schon! Aber nur, weil der nette Doc nicht einmal ahnte, *was* und vor allem *wem* er dies vorschlug. Nicht zum ersten Mal ärgerte Tina sich maßlos darüber, dass dieser grünäugige Dämon angehender Arzt und sie seine Laborratte war. Dabei ging ihr Gewicht sichtlich zurück, wobei niemand ahnte, welche Mühen und Entbehrungen sie das kostete. An Fresssucht hatte Tina nie gelitten und ihre Vorliebe für süße Dinge nicht das übliche Maß überschritten. Eher handelte es sich um die Spuren des ständigen Sitzens beim Büffeln für das Highschooldiplom, die derzeit ihre Hüften und Oberschenkel zierten. Doch so gar nichts zu essen war *Mo*rd! Die wenigen Dinge, die dieser Idiot ihr überhaupt noch gestattete, besaßen faktisch keinen Wert, denn was das Essen erst spannend und zum Genuss macht – Fett und Zucker – war nämlich ersatzlos gestrichen worden.

Bereits drei Tage nach Beginn der Folter konnte sie nachts vor Hunger nicht mehr einschlafen. Dies wiederum schlug sich in ihrem Gesicht ziemlich unvorteilhaft mit dunklen Augenringen nieder. Nach zwei Wochen, pünktlich zur Gipsabnahme, hatte sie das Aussehen eines gut gereiften Zombies angenommen. An sich nichts Erwähnenswertes. Tina, die sich außerhalb der Sicherheit ihres Elternhauses unentwegt hatte durchbeißen müssen, verfügte über einen eisernen Willen. Was sie sich auch vornahm, wurde strikt durchgehalten – so war es und so würde es immer bleiben. Eine Eigenschaft, die Vera Hunt an ihrer Tochter vergötterte – aber das nur am Rande.

Wie so häufig gestaltete sich die Reaktion des grünäugigen Dämons namens Professor Higgins beispiellos. Der zeigte sich nicht etwa not amused oder besorgt, weil Tina wirklich mies aussah, und zwar auf die ungesunde Art. Nein! Dieser dämliche Idiot wurde *sauer!*

»Wenn du nicht ordentlich schläfst, siehst du total scheiße aus!«

In diesem Moment büßte sie ein wenig ihre Contenance ein, wobei ihr ewig knurrender Magen dabei durchaus unterstützend wirkte. »*Ach, echt? Was du nicht sagst.*«

Wie üblich wurde sie ignoriert. Daniel seufzte. »Nimm die dämliche Brille ab und lass mich mal sehen!«

Es war Abend, nach wie vor schwebte die drohende Trainingseinheit für den morgigen Tag im Raum und für heute stand noch ein Besuch im *PITY* an. Tina litt grauenhaften Hunger, dieser ewige Aufpasser ging ihr zunehmend auf den Geist, weshalb sie sich in Lichtgeschwindigkeit ihrem totalen Ende näherte. Und nur, weil es sich hierbei um Daniel handelte, war er nicht schon längst in hohem Bogen vor der Tür gelandet. Außerdem war selbst eine Diskussion mittlerweile zu anstrengend, weshalb sie wortlos die Brille abnahm und die Augen schloss, damit er das Drama begutachten konnte. Nach einer Weile ertönte seine tadelnde Stimme, welche erst seit Neustem existierte. Bereits mehrfach hatte Tina den Idioten darauf hingewiesen, wie dämlich er sich anhörte, was ihn leider nicht interessierte.

»Das bekommen wir nicht mal mit Make-up abgedeckt!«

Da dem nichts folgte, schlug sie die Lider auf, was sich prompt als böser Fehler herausstellte, die Erlaubnis des Profs stand nämlich noch aus. »Augen zu, Hunt!«, knurrte er.

Endlich platzte Tina der Kragen und sie starrte ihn wütend an. Nun, jedenfalls das, was sie ohne Brille von ihm ausmachen konnte. »Es reicht, Grant! Wenn du eine Barbie willst, kauf dir eine! Dürfte auf die Dauer erheblich billiger werden! Ich habe jedenfalls die Schnauze voll! Ich haue ab!«

In der nächsten Sekunde stand sie und machte tatsächlich Anstalten, das Appartement zu verlassen. Ihre Brille hatte Tina ganz vergessen. Einige Male knickte das unmuskulöse Bein weg, außerdem nahm sie auf dem Weg beinahe den Schreibtisch und kurz darauf die Bettkante mit.

Die violetten Hämatome würden wochenlang ihren Schenkel zieren. Mit zusammengebissenen Zähnen schaffte sie es glücklich bis zur Tür, riss diese auf und erstarrte. Erst nach einigen angestrengten Atemübungen fuhr sie schließlich wieder zu ihm herum. »Ich wohne hier!«

»Ist mir bekannt.«

Da sonst nichts geschah, wurde Tina direkter. »*Du* musst gehen!«

»Vergiss es!«

Das Blut flutete ihren Kopf und prompt machte sich aus ungefährer Richtung der Couch ein erschöpftes Stöhnen bemerkbar. Der grünäugige Dämon-Prof konnte nämlich nicht ausstehen, wenn sie rot anlief. Hinter Glotzen und Augenringen rangierte das auf Platz drei der unerwünschten Dinge.

»Sei nicht so verdammt zickig!« Diesmal ertönte die Stimme neben ihr. Wie konnte sich ein Mensch nur so lautlos bewegen? Kurz darauf wurde ihr die Brille aufgesetzt und dann erblickte Tina sein dämliches Gesicht, das überhaupt nicht dämlich aussah, sondern einfach göttlich und sie ließ sich widerstandslos zur Couch führen.

»Vielleicht ist es besser, wenn du heute nicht mitkommst und dich ausschläfst.« Als Tina verächtlich schnaubte, wurde der Prof *etwas* ungehalten. »Was ist daran wieder falsch?«

»Ich kann nicht schlafen, weil ich *Hunger* habe! Klar?«

»Möglicherweise solltest du die Cola lassen«, überlegte er laut. »Dieser künstliche Süßstoff steigert das Hungergefühl und Wasser wäre ohnehin gesünder. Außerdem entschlackt es.«

»Ich könnte auch einfach wieder normal essen! Wie wäre es damit?«, schlug Tina vor und wusste ganz genau, wie gern er sie angefahren hätte, sah es ihm sozusagen an der missbilligend gerümpften Nasenspitze an.

Doch in sprichwörtlich letzter Sekunde schwenkte Daniel auf das verhasste Lächeln um. »Nur unter zwei Bedingungen: Du gibst dir Mühe beim Training und *ich* entscheide, was normal ist. Sonst ist alles umsonst gewesen. Schon mal was von Jo-Jo-Effekt gehört?«

Nicht seine widerlichen Bevormundungen führten nach anstrengenden vierzehn Tagen zum längst ausstehenden Eklat, auch nicht diese unerträglich arrogante Art.

Am Ende brachte das verhasste und gleichzeitig geliebte Grinsen den Vulkan endlich zum Ausbruch.

Unter Ignorieren ihres Schwankens, weil sie versehentlich das schwächliche Bein zu sehr belastete, baute Tina sich vor ihm auf. Und dann brüllte sie los:

»Fällt dir auf, dass du inzwischen über mein Leben bestimmst? Was denn noch? Und warum? Wenn ich essen will, dann esse ich! Wenn ich keinen Sport will, dann lasse ich es! Und wenn ich nicht zu deinen idiotischen Freunden will, die ständig über mich herziehen, dann gehe ich nicht! Kapier das endlich!«

Stöhnend registrierte sie die albernen Tränen auf ihren Wangen, was zeitgleich Makel Numero vier war, den Daniel an ihr hasste: Heulen. Darüber hinaus konnte er nicht ausstehen, wenn sie das Haar nach dem Anziehen der Jacke nicht ordnungsgemäß aus dem Kragen befreite, ungeschminkt auf die Straße ging, kicherte, wenn sie … Faktisch *nichts* mochte er an ihr, stattdessen versuchte dieser Irre, aus ihr eine verdammte Barbie in modern zu machen.

Heulend schlug Tina die Hände vors Gesicht und ließ sich aufs Sofa fallen. Der befürchtete Wutausbruch blieb aus, stattdessen seufzte er – *pah!* – und Sekunden später fiel die Tür ins Schloss.

Nun war er weg! Gleich heulte sie noch lauter.

Eine Viertelstunde später – das Weinen machte keine Anstalten, sich zu legen – öffnete sich die Tür erneut. Kurz darauf vernahm sie scheinbar zielloses Kramen in der Küche, sich nähernde Schritte und schließlich ein: »Hier!«

Ihre Nase lief – das konnte der Prof auch nicht ausstehen –, die Augen übrigens auch und das *hasste* er sogar. Vorsichtig spähte sie zwischen ihren Fingern zu ihm hinüber. Ein Kleenex! Ohne ihn anzusehen, fetzte sie es aus seiner Hand und putzte sich die Nase. *Leise* – geräuschvoll konnte der Prof nämlich nicht nur nicht ausstehen, laut eigener Aussage, *ekelte es ihn an!* Mit dem Säubern von Nase, Wangen und Augen ließ Tina sich verdammt viel Zeit, denn obwohl mittlerweile ein hochmodernes, fast randloses Super-Hightech-Modern-Art-Brillengestell ihr Gesicht zierte, war es ziemlich schwierig, mit einem Papiertaschentuch darunter zu gelangen. Doch irgendwann gab es keinen Grund mehr für weiteren Aufschub, weshalb sie ihn notgedrungen ansehen musste. Rauchend saß er auf der Couch und beobachtete sie, was eine echt erstaunliche Entwicklung der Geschehnisse war. Üblicherweise wäre Tina bereits lautstark und unter Stöhnen und Seufzen – Augenverdrehen nicht vergessen – darüber informiert worden, dass ihm ihr Gehabe *tierischst auf die Eier gehe.*

Ja, als sie sich geweigert hatte, die neue Sehhilfe aufzusetzen, hatte er sich genau so ausgedrückt. Vulgär, hmmm.

»Geht's wieder?« Er hielt ihr einen Becher entgegen. »Hier!«

Nur anhand der Form wusste Tina sofort, worum es sich handelte. Das hätte sie im Dunkeln ohne Brille und mit auf den Rücken gebundenen Händen erkannt. »Eiscreme?«, hauchte sie.

Angewidert verzog er das Gesicht. »Ich habe mal gehört, dass ihr das Zeug in Krisensituationen bevorzugt.«

Wortlos öffnete sie das Pappbehältnis. Erdbeere – ihre Lieblingsgeschmacksrichtung. Woher wusste Daniel das? Nach einer Weile wagte sie einen scheuen Blick zu ihm. Der Dämon rauchte und schien ganz sein lässiges Selbst.

»Sorry.«

»Ich denke, das war nur zwangsläufig«, erwiderte er. »Seit wann ist eine Diät einfach?«

Schweigend löffelte sie ihr Eis und sparte sich tatsächlich jeden noch so belanglosen Kommentar. Obwohl doch ein umfassender Vortrag darüber angebracht gewesen wäre, dass es überhaupt nicht um die verfluchte Diät ging, sondern um die Gesamtlage. So ging das nicht weiter! Nur, wie sollte sie ihm das klarmachen, ohne, dass er zwangsläufig wieder sauer wurde? Als der Becher unangekündigt aus ihrer Hand entfernt wurde, sah Tina erschüttert auf – direkt in das gütige aber strikte Gesicht des Profs.

»Das reicht, sonst ist wirklich alles umsonst gewesen.«

Während Tina sehnsüchtig ihrem Erdbeereis nachsah, wurde es sicher im Eisfach deponiert. Dann nahm er wieder neben ihr Platz und reichte ihr eine bereits brennende Zigarette. »Also, heute kein *PITY*?«

Wortlos schüttelte sie den Kopf.

»Dann geh schlafen. Ich komme morgen früh.«

»Musst du nicht«, erinnerte sie ihn. »Kein Gips mehr vorhanden.«

»Das hatte ich doch glatt vergessen«, murmelte Daniel, eher zu sich selbst. »Wie kommst du von hier aus zur Uni?«

»Mit dem Bus«, erwiderte sie schulterzuckend.

Grinsend drückte er die Zigarette aus und stand auf. »Okay, dann kann ich eine halbe Stunde länger schlafen. Das ist eine gute Nachricht!«

Die Tür stand bereits offen, als Daniel sich noch einmal zu ihr umwandte. »Genug Eis für einen Tag, Hunt.« Mahnend hob er die Augenbrauen.

Zum ersten Mal zog Tina in Betracht, die supergeilen, sauteuren Echtleder High Heels Stiefel – in denen sie ständig drohte, sich den nächsten Beinbruch zuzuziehen – von ihrem gerade gipsfreien Fuß zu zerren und ihm an den dämlichen, aber ach so süßen Kopf zu werfen. Der Typ litt an hochgradigen mentalen Störungen! Was vieles erklärte, nicht zuletzt, dass Daniel dies natürlich ganz anders sah, denn er meinte das durchaus ernst. Also nickte sie – irgendwie beherrscht – und wartete, bis sich endlich die Tür hinter ihm geschlossen hatte. Doch selbst dann erstickte sie ihr hysterisches Brüllen in ihrem Kissen. Für den Fall, dass er lauschte. Verwundert hätte es sie nicht. *Nichts* an diesem Mann konnte sie noch verblüffen.

… dachte Tina und lag mal wieder total falsch. So wie üblich, wenn es sich um den grünäugigen dämonischen Prof handelte. Als sie am kommenden Morgen das Haus verließ und in Richtung Bushaltestelle marschierte, hupte es und dann wurde ihr der Weg von einem blitzend roten Cabriolet versperrt. Eines war nicht mehr von der Hand zu weisen: Dieser Mensch war mit Sicherheit nicht normal! Daniel Grant, der arroganteste, selbstbewussteste und gestörteste Mensch, der ihr jemals begegnet war, schien die zeternden Fußgänger weder zu sehen noch zu hören.

»Hey!«, grinste er. »Ich dachte mir, ein Versuch kann nicht schaden!« Damit sprang er wie immer aus dem Auto, ohne es zuvor geöffnet zu haben, und hielt ihr noch breiter grinsend die Tür auf, womit er Tina wie so häufig zur totalen Sprachlosigkeit trieb. Egal, in welcher Richtung sie suchte, diesmal konnte sie nicht den geringsten boshaften Hintergedanken ausmachen – er war einfach nur sehr, sehr nett. Das setzte sie einmal umfassend schachmatt. Nun ja, in Wahrheit gestalteten sich die Absichten des Profs nicht halb so freundlich, Tina mangelte es nur an der erforderlichen Fantasie, um dies zu durchschauen. Denn kaum saßen sie im Wagen, folgte der Überfall.

»Hast du an dein Trainingszeug gedacht?«

»Huh?«

»Training? Heute? Gleich nach den Vorlesungen?«

»Daniel, ich finde wirklich nicht, dass das …«

Noch während sie herumdruckste, wendete er bereits mit überlegenem Grinsen den Wagen und stand ungefähr zehn Sekunden später vor ihrer Haustür. Wortwörtlich. Mitten auf dem Gehweg. »Hol es!«

Tina verschränkte die Arme. »Nein!«

Plötzlich befand sein Gesicht ihrem so nah, dass sie die dunklen Pünktchen in seinem Auge ausmachen konnte. »Holst du jetzt dein Trainingszeug, Hunt?«

»Nein, Grant«, hauchte sie, ohne einen Millimeter zurückzuweichen.

Gleichmütig hob er die Schultern, stieß rücksichtslos das Cabriolet auf die Straße und trat das Gaspedal durch. Und bevor Tina »A!« oder wahlweise »O!« sagen konnte, fand sie sich in einem Sportsweargeschäft wieder, wo die Reinkarnation Professor Higgins' erst einmal zünftiges Trainingszeug für die dumme Gans auswählte. Erfahrungsgemäß erwiesen sich Proteste in solchen Fällen als überflüssig, doch sie hatte bereits vor Wochen eine Ausweichtaktik für sich entdeckt. Die war so einfach wie praktikabel: In den nächsten Stunden ignorierte Tina ihn konsequent. Leider fiel das nicht sonderlich ins Gewicht, weil sie sich während der Vorlesungen ohnehin kaum sahen, geschweige denn sprachen. Wenn überhaupt, erspähte Tina ihn in der Lunchpause am Elitetisch. Womit sie hätte durchaus zufrieden sein müssen, denn allein die Vorstellung, auch noch auf dem Campus vom Prof drangsaliert zu werden, sprengte das Maß des Erträglichen weiträumig. Es gab nur ein winziges Problem: Jene drei Mädchen, mit denen sie zu Beginn des Semesters Bekanntschaft geschlossen hatte, waren für Tina längst nicht mehr von Interesse. Zu einer festen Freundschaft hatten sie es nie gebracht, denn je länger sie die Uni besuchten, desto mehr mangelte es an gemeinsamen Gesprächsthemen.

Hatten die drei die gesamte Geschichte mit dem Chauffeur D-Punkt, G-Punkt anfänglich noch als ganz witzig beurteilt, wurden sie inzwischen regelmäßig grün vor Neid. Jedes Auftauchen seiner Person betrachteten sie als groben Verstoß gegen die Menschenrechte, zumindest gebärdeten sie sich so. Allen voran Nicole, die ihre miese Laune zur Schau trug, wann immer auch nur Tina in Sichtweite kam, geschweige denn Daniel. Tina wusste nicht genau, wie sie mit der Situation umgehen sollte, hielt sich mangels Alternative jedoch weiter an die drei Mädchen, obwohl sie sich in deren Gegenwart zunehmend wie ein Alien fühlte. Denn Kleider *machten* tatsächlich Leute, eine anständige Frisur auch. Ein ausgeklügeltes Make-up und reine Haut waren ebenfalls nicht zu verachten und eine Brille, die dem entsprechenden Gesicht stand, schon gar nicht. Ohne dass Tina es bemerkte, hatte ihr Selbstbewusstsein innerhalb der vergangenen Wochen gehörigen Auftrieb bekommen, während sie sich noch mit all den miesen Begleiterscheinungen ihres neuen Lebens herumschlug, nicht zuletzt dem blöden Gips. Doch an jenem Morgen, als sie zum ersten Mal *nicht* humpelnd den Campus überquerte, fiel es endlich auch ihr auf: Tina war nicht mehr die Alte. Und nicht nur ihr Äußeres unterlag momentan starken Veränderungen, auf ihren Geist traf dies ebenfalls zu. Die kindischen Themen der Mädchen interessierten Tina nicht mehr. Wie auch, wenn man es mit einem irren Prof zu tun hatte? Längst gaffte sie nicht mehr ihren männlichen Kommilitonen nach und wusste nichts mehr zu den allgemeinen Hasstiraden über die Professoren beizutragen. Gegen den irren Prof waren das ohnehin alles nur lahme Versuche. Gern hätte Tina sich andere Gesellschaft gesucht, schon weil sie sich längst nicht mehr wohl unter den Mädchen fühlte, doch die einzig verfügbare Alternative verbrachte die Pausen bei seiner Überfliegertruppe, zu der Tina auch keinen Bezug fand. Und so duldete sie, was sie eigentlich längst nicht mehr ertragen wollte.

Nicoles, Lynns und Abigails Begrüßung fiel wie neuerdings üblich aus. Die Blicke sprachen Bände, die Sätze wurden einsilbig und die Augen kleiner. Auch jetzt noch sahen sie beim Lunch beinahe ständig zum Elitetisch, allerdings wurde nicht mehr gekichert. Stattdessen existierte ein äußerst erwartungsvolles Schweigen, das Tina nicht einordnen konnte. Zunehmend ratlos saß sie neben den drei grimmigen, stillen Mädchen, bemühte sich, nicht zu Daniel hinüber zu blicken und hoffte auf das baldige Ende der Folter. Übrigens, nicht nur Kleider machten Leute, *Figur* auch! Die vierzehn Tage Diät unter Anleitung des Profs hatten ihre Wirkung nicht verfehlt und mit Sicherheit trug auch die Abnahme des Gipses ihren Anteil daran, dass Tina beim morgendlichen Wiegen eine fröhliche *68* entgegengeprangt war.

Nein, es lag nicht *nur* am fehlenden Gips. Sie bemerkte es an den locker sitzenden Jeans, ihrem schmaleren Gesicht und dem Bauch, an dem viel weniger schwabbelte. Jedenfalls wähnte sie sich auf dem richtigen Weg und das Ziel rückte ganz ohne lästige Trainingseinheiten in greifbare Nähe. Genau das sah der Prof mal wieder ganz anders.

Pünktlich nach Vorlesungsschluss erwartete er Tina grinsend vor dem Gebäude. Deren halbherziger Versuch ihn zu übersehen, misslang auf gesamter Linie.

»Vergiss es!« Damit legte er einen verdammt schweren Arm um ihre Schultern und hinderte sie somit nachhaltig am Weitergehen. »Versuch es wenigstens. Mir zuliebe«, bat er leise.

Als sie zu ihm aufsah, blickte sie direkt hinein in ihren Untergang: grüne Augen mit winzigen braunen Pünktchen und war mal wieder schachmatt gesetzt.

Tina war nie zuvor in einem Fitnesscenter gewesen, sondern hielt es diesbezüglich wie ihr Dad: Jener verabscheute derartige Einrichtungen, hielt deren Betreiber für Halsabschneider und die gesamte Erfindung für eine dieser ekelhaften, neumodischen Wellen, die laut seiner Überzeugung bereits der Vergangenheit angehören würden, bevor man bis drei zählen konnte. Mr. Hunt bevorzugte es, auf seinem Sofa den Spielen im TV beizuwohnen, womit sich Tina verdammt einverstanden erklärte. Ihr gestörtes Verhältnis zur Körperertüchtigung lag nicht zuletzt an ihrer extremen Sehschwäche.Selbst mit Brille sah sie die Tennisbälle immer erst, wenn alles Rackettschwingen nichts mehr half. Anfliegende Volleybälle landeten in neun von zehn Fällen auf ihrer Stirn und nicht in ihren einladend ausgebreiteten Armen; vom Stufenbarren fiel sie ständig herunter, weil sie ihre Sehhilfe richten musste und ähnlich verhielt es sich mit den meisten anderen sportlichen Aktivitäten. Mit Ausnahme der Leichtathletik. Im Alter von acht Jahren hatte Tina jedoch entschieden, Dauerlauf strikt zu meiden, weil sie lieber in Ruhe und Frieden *ging*, beziehungsweise atmete. Der Sinn, sich um Luft und Leben zu bringen, indem man stundenlang irgendwelche Bahnen entlangjoggte, hatte sich ihr nie erschlossen, und der Gesundheitsgehalt der Aktion war ihr auch immer verborgen geblieben. Jetzt in dieses Fitnesscenter genötigt zu werden, fühlte sich an, als würde sie zum Schafott geführt. Zunächst hielt sich das Grauen in Grenzen, denn sie wurde vom Prof in Richtung Umkleidekabinen gewiesen. Hier stieß sie auf drei Hausfrauen, deren Alter in etwa dem doppelten Tinas entsprach, allerdings gaben sie sich alle Mühe, dafür zu sorgen, dass dies nicht auffiel. Tina beurteilte ihre Erfolgsaussichten als eher mäßig.

Beim Umziehen stöhnte sie auf, weil der Prof natürlich diese tolle, auf Figur geschnittene Variante der Sportbekleidung gewählt hatte, und das, wo sie schon immer auf locker sitzendes Zeug gestanden hatte. Zum Umziehen benötigte sie daher fünf Minuten und geschlagene fünfzehn, um sich schließlich auch hinauszuwagen.

Der befürchtete kollektive Lachkrampf bei ihrer Sichtung blieb erstaunlicherweise aus. Auch der Prof hatte sich inzwischen umgezogen und im Gegensatz zu Tina machte er in Shorts und ärmelfreiem Shirt eine wahnsinnig gute Figur, was er selbstverständlich wusste. Bestes Indiz dafür: sein dämliches Grinsen. Jenes markierte den ultimativen Ausdruck für Daniels Selbstbewusstsein und maßlose Arroganz. Er stellte sie einem gewissen Jeff vor, der auch Trainingszeug trug und so viel Begeisterung ausstrahlte, dass ihr übel wurde.

»Hey! Du willst deinen Körper in Form bringen?«

»Von wollen kann keine Rede sein«, brummte Tina, was der Trainer doch glatt überhörte und stattdessen kritisch ihr Bein beäugte. »Der Gips ist seit gestern ab?«

»Leider.«

»Dann müssen wir es langsam angehen. Für den Anfang fünf Minuten auf dem Crosstrainer!«

Hierbei handelte es sich um ein Fahrrad *ohne* Räder, was Tina ja *auch* wieder nicht kapierte!

»Anschließend ein paar lockere Minuten auf dem Laufband und dann sehen wir weiter.«

Das klang alles unglaublich toll und einfach, entpuppte sich aber bald als Marter der besonderen Art. Nach zwei Minuten auf dem ›Crosstrainer‹ wäre Tina gern ins Bett gegangen, um eine ausgiebige Runde zu schlafen. Die kurzfristig eingelegte Flucht war leider zum Scheitern verurteilt, weil Jeff in schöner Regelmäßigkeit vorbeischaute und aufmunternde Sprüche losließ, wie:

»Prächtig, Baby, das sieht schon mal *sehr* gut aus!«

»Durch die Nase atmen, dann geben sich die Seitenstiche!«

»Bewege dich in gleichbleibenden Intervallen! Nicht schnell, sondern effizient, Honey!«

»Oh, wir müssen unbedingt deine Konstitution verbessern, du bist ja total *weak!*«

Eine Antwort ersparte Tina sich und trat stattdessen weiter in die Pedale eines Pseudorades, das sie nirgendwohin brachte. Außer vielleicht ins Krankenhaus, weil sie vor Erschöpfung einen Zusammenbruch erlitten hatte.

Allerdings besaß die Folter durchaus auch Vorteile: Erstens lief Musik. Nach einer Weile kam Tina dahinter, dass sich der schleichende Mord leichter ertrug, wenn man im Takt trat.

Darüber hinaus trainierte der Prof an einem Marterpfahl, an dem man Gewichte stemmte. Der Anblick entschädigte für vieles.

Nachdem die fünf Minuten auf dem Crossdings erfolgreich – sprich: lebend – überstanden waren, wurde Tina von einem begeisterten Jeff zum Laufband geleitet. Einige Male stolperte Tina, weil sie den Blick nicht von Daniels verdammtem Bizeps nehmen konnte, und weil sich der Schweiß auf dessen Stirn verdammt sexy ausmachte. Einmal war es fast zu spät, denn das Ding, an dem sie sich festhielt und dessen Display ihr verriet, dass sie nur noch fünfzehn Jahre, elf Monate, dreißig Tage, dreiundzwanzig Stunden und neunundfünfzig Minuten zu rennen hatte – nirgendwohin, logisch! –, näherte sich plötzlich bedrohlich ihrer Nase. Am Ende fing Tina sich, doch es wurde wirklich knapp. Neben den drei Hausfrauen, die im Liegen pseudoradelten – das war ja noch sinnfreier als der Crosstrainer –, trainierten vier weitere Männer, die sich hier bestimmt häufiger aufhielten, so ausgeprägt, wie ihre Muskeln wirkten, und zwar nicht nur an den Armen. Nach fünf Beinaheunfällen und nur noch rasselndem Atem, der verdammt in der Lunge brannte, erschien der manische Jeff abermals. Er stellte sich direkt vor das Laufband und platzierte seine Hände auf ihre verschwitzten.

»Das reicht für den Anfang, Sweety.«

Und wie es das tat! Aber nicht für den Anfang, sondern für *immer!* In ihrer seligen Erleichterung blieb Tina zu abrupt stehen, nur leider dachte das Laufband – gerade so schön in Schwung – nicht an Kapitulation. Weshalb Tina erneut drohte, vornüber zu kippen, doch Jeff fing sie an den Armen auf und grinste breit. »Langsam, Bunny. Wir sehen uns morgen?«

Als er sie forschend betrachtete, erkannte Tina zum ersten Mal, dass der begeisterte Jeff *auch* recht trainiert und sehr, sehr attraktiv war. Sie beäugte die ausgeprägten Muskeln, seine nicht nur im Gesicht tief gebräunte Haut, die schmalen Lippen …

»Ja, morgen sind wir hier. Wie macht sie sich?« Der Prof war von den beiden unbemerkt zu ihnen getreten.

»Morgen?« Bisher glaubte ›Tina verzweifelt an einen schlechten Scherz.

Doch beide Männer nickten. »Dein Bein muss langsam aktiviert werden, Baby.« Jeffs Begeisterung hatte etwas nachgelassen.

Mit bemerkenswerter Leichtigkeit hob er Tina vom Laufband, wartete, bis die sicher stand, und musterte sie dann grübelnd. »Wir müssen unbedingt an deiner Bauchmuskulatur arbeiten, aber damit können wir frühestens übermorgen beginnen.«

»Übermorgen?«

Bevor Tina sich in die Umkleide schleppen durfte, lud der Prof sie noch auf einen Tomatensaft ein. Schon immer hatte sie eine tiefe Abneigung gegen dieses rote Gesöff gehegt, weshalb es nur unter enormen Mühen ihre Kehle passierte.

Doch als Daniels Stimmung sich nach dieser Selbstfolter immer noch nicht besserte, gingen mal wieder die Pferde mit ihr durch und sie fauchte ihn an: »Was jetzt? Habe ich nicht motiviert genug trainiert, oder was?«

Den Witz erkannte der Prof selbstverständlich nicht. »Sieh dich bei Jeff vor!«, warnte er stattdessen.

»Der Typ ist dafür bekannt, seine Finger nicht bei sich behalten zu können! Ich gehe duschen.«

Verständnislos blickte Tina ihm nach. Häh?

Am Abend im *PITY* konnte Tina ihre Beine nicht mehr bewegen, jedenfalls nicht, ohne die grausamsten Schmerzen auszustehen. Besonders das soeben genesene verweigerte ihr eiskalt den Dienst. Daniel schien nichts von ihren Schwierigkeiten zu bemerken, denn er setzte ihr einen Wein vor, versorgte sie mit einer Zigarette und hielt sich dann schweigend an sein Bier.

Irgendwann sah er neugierig auf. »Und, was sagst du?«

»Wozu?«

»Fitness? Ist das nicht geil?«

»Geil?«, erkundigte sich Tina, die ihm immer weniger folgen konnte.

Sein Nicken stammte mal wieder aus der Kategorie ›vollkommen begeistert‹. »Der echte Kick kommt erst, wenn man sich total verausgabt. Wenn du nicht aufpasst, wirst du bald zum Endorphinjunkie.«

»Oh, mach dir keine Sorgen, derzeit besteht keine Gefahr«, versicherte sie eilig.

»Abwarten«, zwinkerte er.

Nach Tinas bescheidener Meinung standen die Chancen höher, dass Daniel Grant zum Mönch mutierte, als dass ihr der Mist irgendwann gefiel. Nur in einer Angelegenheit behielt er recht, denn sie drohte zunehmend im Sitzen einzuschlafen und Hunger verspürte sie auch keinen mehr. Nur noch Schmerzen. Als Daniel unvermutet losbrüllte, fuhr Tina derart heftig zusammen, dass sie beinahe von dem Sofa gekippt wäre. »CHRIS!«

Der sah sie sofort und kam grinsend anstolziert.

»Wo ist Carmen?«

»Die muss heute Abend büffeln. Ihr dabei zuzusehen, deprimiert mich immer, da dachte ich, gehe ich besser«, meinte er unbekümmert und setzte sich.

»Tina hatte heute eine Begegnung der besonderen Art.« Offensichtlich hielt Daniels Begeisterung immer noch an, denn er strahle über das ganze Gesicht, während sich blaue Augen auf Tina richteten.

»Was hast du angestellt?«, wurde sie gefragt, doch bevor sie auch antworten konnte, hatte der Prof das übernommen.

»Wir haben dem Fitnesscenter einen Besuch abgestattet.«

»Lass mich raten, er versucht, dich zu bekehren?«, erkundigte Chris sich mitleidig.

»Bedeutet was?«

Bevor er Tina erleuchtete, setzte Chris sich neben sie und parkte sein Bierglas auf dem Tisch ab. »Mein treuer Freund befindet sich ständig auf der Suche nach jemandem, der ihn ins Fitnesscenter begleitet. Sieht so aus, als hätte er ein willfähriges Opfer gefunden.«

Stöhnend schloss Tina die Lider, riss sie jedoch sofort wieder auf, weil sie versehentlich mit dem kleinen Zeh gewackelt hatte. »Ich kann mich nicht mehr bewegen«, verkündete sie seufzend.

»Das gibt sich!«, versicherte der Prof.

»Gewöhn dich dran«, empfahl Chris.

Womit eine weitere wunderbare Gelegenheit, um Daniel zu erklären, dass er eben *nicht* die Verantwortung für sie trug und sich jemand anderes suchen sollte, ungenutzt verstrich. Tina brachte es schlicht nicht übers Herz, was möglicherweise mal wieder an seinem Lächeln lag. Jane saß in irgendeiner Ecke und ließ sich nicht blicken, während Daniel keine Anstalten machte, zu ihr zu gehen. Sehr verwirrend, doch Tina konnte dieser Überlegung nicht lange nachhängen, weil Chris sich in den nächsten Minuten als echt unterhaltsam herausstellte. Und ähnlich wie Tom, war er zwar absolut nicht Tinas Typ, sah aber trotzdem wirklich gut aus. Eine Unterhaltung mit Männern stellte eine willkommene Abwechslung zu den Frauen dar. Waren Letztere doch häufig so zickig und schwierig drauf, dass man besser den Mund hielt. Wie richtig Tina mit diesem Resümee lag, sollte ihr am folgenden Tag aufgehen.

11. Under Pressure

Am Morgen nach ihrem desaströsen Besuch im Fitnesscenter wurde Tina von Daniel wieder abgeholt. »Ich schätze, das Laufen dürfte heute ein bisschen schwierig werden«, erklärte er.

Tina brachte es nur auf ein »Hmpf.«

Zwar hatte sie tatsächlich wie ein Baby geschlafen, aber das Aufstehen war ziemlich problematisch gewesen, denn die Muskeln in ihren Beinen schrien bei der leisesten Bewegung auf. Nur deshalb nahm sie den Chauffeurdienst dankbar an, auch wenn dafür keine Veranlassung bestand und sie das in Wahrheit eindämmen wollte, sollte oder vielleicht sogar musste. Der Tag in der Uni ließ sich zunächst wie üblich an. Vorlesungen, Pause, nächste Vorlesung … Bis zur Lunchpause.

Nicole war in extrem mieser Stimmung, was möglicherweise an der unlängst verhauenen Klausur lag oder doch am Wetter. Der November hatte begonnen, es war nasskalt und unangenehm und so was schlug schon mal nachhaltig aufs Gemüt. Lynn und Abigail gaben sich auch extrem schweigsam, okay, das war mittlerweile der Normalzustand. Wann immer Tina zugegen war, schwieg man sich aus. Wäre sie nicht so verdammt naiv gewesen, hätte sie doch glatt geargwöhnt, die drei lästerten hinter ihrem Rücken.

Zum Lunch nahm sie Joghurt und Putenschnitzel ohne Panade. Dazu gab es einen Salat. Die kalorienarme Ernährung beherrschte sie inzwischen perfekt. Allerdings gehörte auch zu ihren neuesten Angewohnheiten, tonnenweise Grünzeug in sich hinein zu schaufeln. Der Prof meldete kein Veto an, demnach musste ihre Entscheidung wohl die richtige gewesen sein. So manches Mal hatte Tina sich schon angespannt gefragt, was wohl passieren würde, wenn sie sich in der Mensa ein riesiges Stück Kuchen kaufte. Oder einen dieser leckeren Hamburger. Womöglich hätte er durch den gesamten Laden gebrüllt oder sich sofort mit einem Hechtsprung auf sie geworfen.

Um es ganz genau zu erfahren, wäre ein Selbstversuch vonnöten gewesen, auf den Tina nur besser dankend verzichtete. Außerdem wartete zu Hause noch ein riesiger Becher Eiscreme. Zur Not fingierte sie eben einen hysterischen Anfall, der brachte zehn Löffel kalte Schlemmerei ein, garantiert genehmigt vom Prof.

Schweigend wie üblich wurde am Tisch der Mädchen das Essen eingenommen, bis Nicole polternd das Besteck fallen ließ. »Wann lässt du das Theater endlich?«

Erstaunt sah Tina auf. »Was?«

Nicoles Lachen klang leicht hysterisch und Tina empfahl ihr im Stillen zehn Löffel Erdbeereis. Ein anklagender Finger richtete sich auf sie. »*Das!*«

Die stets auf Frieden ausgerichtete Abigail unternahm einen verzweifelten Versuch, das Unausweichliche aufzuhalten. »Nicole.«

»Nein! Mir reicht's!«

Okay, das war es dann wohl. Betont geräuscharm legte Tina ihr Besteck beiseite und lehnte sich zurück. »Okay, was ist dein Problem?«

»*Was mein Problem ist?*«

»Nicole.«

Die sah ausschließlich Tina. »Alles! Du tust, als wärst du etwas Besseres! Fällt dir das gar nicht auf?«

»*Was?*«

»Diese Diätscheiße, die neuen Klamotten, die Brille, die Friseur, selbst den bescheuerten Kleister, den du neuerdings im Gesicht trägst! Wenn du so geil auf den Kerl bist, dann kannst du einem nur leidtun. Das ist armselig!«

»Wovon sprichst du eigentlich?« Ganz ehrlich, Tina wurde immer ratloser, doch das folgende Kichern klang nicht mehr hysterisch, sondern halbwegs durchgeknallt.

»Sie tut blöd!«, verkündete Nicole den schweigenden Mädchen. »Was für ein Wunder!« Ziemlich geringschätzig verzog sie das Gesicht und beugte sich plötzlich über den Tisch.

»Wie kann man nur so notgeil sein? Ich dachte immer, du würdest nicht bei dem Beautywahn mitmischen, ich dachte, wir wären *Freundinnen!* Glaubst du wirklich, du kannst bei *ihm* landen, wenn du dir nur genügend Farbe ins Gesicht schmierst?«

»*Was?*«

»Vergiss es!« Abrupt lehnte sie sich zurück und starrte bitter und damit dramaturgisch sehr wirksam vor sich hin.

»Verrät mir endlich jemand, worum es hier überhaupt geht?«, erkundigte Tina sich wütend.

Lynn verspürte offenbar keine Lust, sie zu erleuchten, aber Abigail, die im Grunde ein sanftmütiges Wesen besaß, lächelte bekümmert. »Nicole meint, dass du es ein bisschen übertreibst.«

»Was *denn?*«

»Deine ... äh ... *Veränderung.*«

»Ich trage eine neue Brille, große Sache!«

»Ha!«, machte Nicole.

»Wolltest du noch irgendwas loswerden?«, blaffte Tina in deren Richtung, doch die dumme Gans reagierte nicht, sondern glotzte mit verschränkten Armen ins Nirgendwo.

»Nicole glaubt …«, fuhr Abigail fort, immer noch in diesem nervend versöhnlichen Ton, »… dass du versuchst, jemand zu sein, der du in Wahrheit nicht bist. Wegen der Veränderungen und so.«

»Aha.«

»Nur, weil du bei diesem Kerl landen willst.«

»Hmmm, ich verstehe.«

»Und dass das gemein ist, also uns gegenüber.«

»Ach, dann sprechen wir hier also nicht nur von Nicole, nein?«

Peinlich berührt rutschte Abigail auf ihrem Stuhl hin und hier. »Na ja, du lässt uns neben dir ziemlich mies aussehen, sagen wir mal so.«

»Soso.«

»Ja! Und wir dachten – also, allen voran Nicole, ich bin allerdings teilweise ihrer Meinung – dass du das einfach lassen solltest.«

»Wie?« Mit jedem doch so deeskalierend gemeinten Wort wurde Tina etwas fassungsloser. »Ich soll die alte Brille herauskramen, damit *ihr* euch besser fühlt?«

»Es ist nicht nur die Brille, sondern auch deine Kleidung, und dass du mit einem Mal so schlank bist«, widersprach Abigail, gütig wie immer.

Ha! Die sollten sich mal mit dem Prof austauschen, nach dessen Meinung wog Tina noch mindestens fünf Kilo zu viel.

»Es geht doch nur darum, dass du uns total mies dastehen lässt, wenn du dich so veränderst«, fuhr der weibliche Gandhi mit den boshaften unterschwelligen Botschaften fort. »Wir sind neben dir die hässlichen Entchen und das ist nicht fair!«

»Also fassen wir zusammen«, begann Tina langsam, nachdem sie sich ausgiebig Zeit genommen hatte, sich vom ersten Schock zu erholen. »Weil ich mir eine neue Brille zugelegt und ein paar Pfunde abgespeckt habe, fühlt ihr euch von mir gemobbt, ja? Euch ist schon klar, was ihr mir vorwerft? Dass ich nicht mehr wie eine Aussätzige aussehen will!«

Als Nicoles Faust auf dem Tisch landete, fuhren die übrigen drei Mädchen kollektiv zusammen. »DA!«, schrie sie. »Endlich ist es raus!« Triumphierend blickte sie zu Lynn, Abigail und den ungefähr zwanzig anderen Studenten, deren Aufmerksamkeit sie mit der Faust-auf-den-Tisch-Einlage erregt hatte.

»*Wir* sind hässlich und sie versucht, etwas Besseres zu sein! Was willst du eigentlich noch hier, dann geh doch zu den anderen!« Wütend deutete sie zum Elitetisch.

»Du spinnst total, aber das weißt du schon, oder?«, erkundigte Tina sich milde interessiert, während sie sich zunehmend fragte, von welcher verbotenen Substanz Nicole genascht hatte.

»Ich?« In gespielter Überraschung riss die Hysterische die Augen auf und wirkte damit total irre, aber Tina beschloss, sie nicht darauf hinzuweisen, der Zeitpunkt schien eher ungünstig.

Endlich meldete sich Lynn auch zu Wort. »Sieht so aus, als würde der Schönling gerade einen ähnlichen Vorschlag unterbreiten.«

Diesmal glotzten alle in Richtung Überfliegertisch. Hätte Tina nicht bereits vorsorglich ihr Besteck beiseitegelegt, wäre es nun gefallen und das ungefähr so laut, wie Nicoles zuvor. Grinsend saß er inmitten der elitären Studenten, die übrigens allesamt zu ihnen sahen, und winkte. *Was?*

»Ich schätze, du sollst umziehen«, bemerkte Abigail düster.

»Blödsinn!«

»Ha!« Die neuerdings hysterische und leicht bis mittelschwer durchgeknallte Nicole meldete sich erneut.

Sein Grinsen wurde breiter, während die übrigen elitären Einheiten lächelten. Tina konnte sich nicht entscheiden, ob sie das nun geringschätzig oder aufmunternd bewerten sollte.

»Nun geh schon und verpeste hier nicht länger die Luft!«

»Klappe halten, Nicole!«, knurrte sie, ohne den Blick vom Startisch zu nehmen, bevor sie sich abrupt ihrem Schnitzel zuwandte. »Ich sitze, wo es mir passt. Kapiert?«

Missmutig stopfte sie das Fleisch in ihren Mund und spülte mit Cola – Zero nach. Der Idiot! Bisher hatte sie geglaubt, wenigstens über dieses Stadium endlich hinaus zu sein. Nahm er ernsthaft an, sie gehorche auf ein Fingerschnipsen? Außerdem, was sollte sie *dort?*

»Hey, Daniel!«

Als dieser fragend von seinem Steak aufblickte, nickte Chris in Richtung Hennentisch. »Es gibt Ärger im Paradies!«

Keines der Federviecher gackerte heute, stattdessen schien eines der hässlichen, sonst kichernden, Mädchen gerade auf Tina herumzuhacken. Mit gerunzelter Stirn wartete er, dass sie endlich die Konsequenz zog, die sich bereits seit Tagen abzeichnete, und nutzte währenddessen die Gelegenheit, sein Kunstwerk ausgiebig zu bewundern. Er war ein Genie – das war jetzt amtlich. Was sich dort zwischen den hässlichen Kindern wie ein schillernder Farbtupfer in einer Schneelandschaft ausmachte, erinnerte kaum noch an das humpelnde, glotzende, schniefende und ständig rote Etwas, dem er vor wenigen Wochen begegnet war. Sie aß mit bewundernswerter Eleganz und geradem Rücken, die Kleidung stimmte, das jetzt nur noch schulterlange Haar passte perfekt zum Gesicht und der kaum sichtbaren Brille. Ein operativer Eingriff hätte das Teil gänzlich überflüssig gemacht, nur leider wäre das selbst für ihn ein wenig zu kostspielig geworden, wie Daniel zähneknirschend hatte einsehen müssen. Trotzdem, sie war *sein* Meisterwerk.

Nicht nur sehr hübsch wirkte Tina auf ihre Art fast schön, obwohl auf ganz andere Weise als Jane. Chris entging das keineswegs, nur leider blieb er damit nicht allein, was Daniel sogar extrem nervte. Jeff zum Beispiel! Dieser idiotische Trainer machte sie pausenlos an. Und wenn er einen Blick in die Runde warf … ja, danke! … dann gab es in der riesigen Mensa so einige männliche Augenpaare, die häufig zu ihr sahen. Selbst an diesem Tisch waren sie vertreten. Marcus – der Versager – erholte sich wohl soeben von seinem Janetrip und lenkte dabei auf den Tinatrip um. Scheinbar musste er zwanghaft in zu hoch angesiedelten Ligen spielen. Und – Daniel registrierte es mit einiger Befriedigung:

Auch die Mädchen erkannten endlich die Konkurrenz in ihr. Von Carmen kamen schon lange keine mitleidigen Blicke mehr, und Jane … Ein flüchtiger Seitenblick genügte, um seine Ahnung zu bestätigen. Deren Überzeugung wankte sichtlich und sie überlegte, ob die Angelegenheit mit der Eifersucht nicht doch zutraf. Dabei hatte Daniel nicht das geringste Interesse an Tina.

»Was so ein bisschen Make-up ausrichten kann«, bemerkte Jane und klang dabei sogar bemerkenswert bissig.

»Du kennst sie nicht«, bemerkte Daniel, ohne den Blick von seinem Opus zu nehmen.

»Und das ist auch gut so!«

»Warum? Angst, sie könnte sich als akzeptabel erweisen?«

Verächtlich lachte Jane auf. »Ein Mädchen, das sich von einem Kerl derart verbiegen lässt? Erzähl mir nichts!«

Mit einem Mal ärgerte er sich. Das Lächeln blieb, aber Daniels Ton fiel bedeutend härter aus. »Mich verwundert, wie voreingenommen du bist. Steht dir gar nicht, Jane.«

Natürlich ignorierte Tina die unmissverständliche Aufforderung. Das machte sie nun einmal aus, außerdem passte es perfekt, um Janes kindische Andeutung zu negieren. Nach drei Fehlversuchen und einem »Ich glaube, sie *will* dich nicht verstehen« seitens Joshua, einem Medizinstudenten, eine Jahrgangsstufe unter ihm, wählte Daniel den direktesten Weg: Er schlenderte hinüber.

»Hey, Ladys!«, lautete die Begrüßung, sobald er sie erreicht hatte. Die Hühner antworteten nicht, nur dieses besonders ekelhafte Girl mit der Dauerwelle grinste ihn blöde an. Doch er hatte nur Augen für den einzigen Kopf, der sich bei seinem Auftauchen nicht gehoben hatte. »Tina, komm rüber!«

Jetzt sah sie doch auf, ihre Miene sollte wohl Ablehnung signalisieren, auch wenn ihr das nicht ganz gelang. »Nein, danke.«

Theater! Blitzschnell nahm er Teller und Colaflasche und ging. Es dauerte gar nicht lange und sie tauchte neben ihm auf.

»Lass das, Grant!« Für ausufernde Proteste blieb allerdings keine Zeit, denn in diesem Moment erreichten die beiden Daniels Tisch. »Leute, das ist Tina!«

Alles nickte, Chris machte ihr freundlichst Platz und Carmen wirkte ziemlich sauer. Daniel liebte es, wenn seine Pläne aufgingen.

12. "Wouldn't it be nice

Wenn man mit D.G. befreundet ist, dann gestaltet sich das Leben nicht unbedingt einfach. Zu dieser denkwürdigen Erkenntnis gelangte Tina in den folgenden Wochen und Monaten immer häufiger, obwohl sich die Gesamtsituation leicht entspannte. Als ihr Gewicht eine noch vor Wochen unvorstellbare *63* erreicht hatte, legten sich auch die Gängeleien. Der Prof meldete sich nur noch in Notfällen, wenn sie beispielsweise mal wieder etwas zu begehrlich nach einem Milchshake schielte. Bekümmert schüttelte er dann den Kopf und hauchte.

»Jo-Jo.«

In derartigen Momenten überlegte Tina ernsthaft, ihm endlich den längst fälligen Schuh an den Kopf zu werfen, entschied sich am Ende jedoch immer dagegen. Notgedrungen. Das Risiko, dieses wundervolle Gesicht könnte Schaden nehmen, erschien ihr nun einmal als viel zu hoch. Selbst die Foltereinheiten wurden auf dreimal die Woche reduziert. Außerdem musste Tina Anfang Dezember wegen einer Knöchelverletzung für ganze sieben Tage aussetzen. Jeff zeigte sich ehrlich betrübt und Tina begeistert.

Nach vier Wochen brachte Tina für das Training so etwas wie widerwillige Akzeptanz auf. Der November war längst Geschichte und Thanksgiving vorbei. Das Fest hatte sie bei Familie Grant verbracht und diesmal hatte Daniel sich mal nicht gestresst präsentiert, sondern wirklich gut drauf, mit Witz, mit Charme und der von ihr so geliebten Natürlichkeit. Sie genoss vor allem, mal mit dem Dämon allein zu sein. Diese Gelegenheit ergab sich ansonsten eher selten, denn immer häufiger fanden sich Chris und Carmen ein und je kälter es wurde, desto vermehrter hielten sie sich in Tinas Appartement auf. Zunächst nur mit den beiden, doch bald avancierte diese Geschichte zum Dominospiel: einmal losgetreten, nicht mehr aufhaltbar.

Eines Tages stand der erste Student vor der Tür und bald fanden regelmäßig ziemlich lustige Abende statt. Lustig und *laut*. Zuvor hatte Daniel einige – wie er sich ausdrückte – dringend erforderliche Umdekorierungen vorgenommen, bei denen unter anderem Tinas hübsche Troddelcouch dran glauben musste.

Beim Neukauf setzte sie sich jedoch durch, weshalb die beiden auf dem Flohmarkt zwei echt tolle Sofas erstanden: uralt und saubequem. Zunächst schien der Prof echt wütend, aber als niemand sich an den Teilen störte, Tina sogar den einen oder anderen Beifall einheimste, gab er klein bei. Ja, man konnte sich sehr wohl gegen ihn behaupten, wenn man nur wusste, *wie*.

Ihren alten Job hatte Tina längst wieder aufgenommen und arbeitete jetzt zweimal die Woche für vier Stunden im Supermarkt. Die knapp vierhundert Dollar mehr im Monat genügten alle Mal als Argument und wenn Daniel noch so angewidert die Nase rümpfte. Nur eines nervte geringfügig: Nicole und Lynn.

Wenngleich die sich aufgrund Tinas neuer Zugehörigkeit zur Elite in letzter Zeit in den Pausen zurückhielten, gab es immer noch die Vorlesungen. In denen platzierte man sich jetzt demonstrativ ans andere Ende des Hörsaals, und während Abigail wenigstens noch ein Nicken zustande brachte, schnitten die beiden anderen Mädchen sie konsequent. Erwarteten die tatsächlich eine Entschuldigung, weil Tina sich äußerlich ein wenig verändert hatte? Wenn ja, dann waren sie dämlicher, als Tina bisher geglaubt hatte! Außerdem schien sie mit ihrer ›Umwandlung‹ nur einen Standard gesetzt zu haben, dem man nacheifern musste, denn Mitte November sah sie zufällig, dass Nicole tatsächlich beim Lunch auf Salat umgestiegen war. Lynn präsentierte sich mit einer neuen, gewagten, aber ihr stehenden Frisur und Abigails Outfit unterlag derzeit einschneidenden Veränderungen. Alle drei wirkten attraktiver, sogar erwachsener und Tina fragte sich, ob diese ›Verwandlung‹ nicht irgendwann zwangsläufig einsetzte, wenn man ans College ging.

Doch ihre Freundinnen brachte auch dies nicht zurück, was ihr tagsüber tatsächlich zusetzte. Immer hing sie jetzt mit Daniel, Chris und den anderen Jungs ab.

Marcus und Pascall waren ungefähr eine Woche, nachdem die regelmäßigen Treffen in ihrem Appartement eingeführt worden waren, bei ihr aufgetaucht. Auch Joshua zählte bald zu den ständigen Gästen und John gesellte sich kurz darauf hinzu.

Jane tauchte nach zwei Wochen zum ersten Mal auf, und zwar mit ziemlich verkniffener Miene. Tina wollte sich erkundigen, ob sie ihr vorsorglich eine Kotztüte reichen sollte, ließ es dann jedoch aus Rücksicht auf Daniel. Mit Carmen wechselte sie anfänglich gelegentlich ein Wort, bald wusste die aber außer einem »Hi!« auch nicht Sinnvolles mehr beizutragen, weshalb hier ebenfalls Funkstille herrschte. Dabei kam Tina mit den Jungs so gut klar und unterhielt sich gern mit ihnen. Auch wenn deren Gewäsch mit zunehmendem Alkoholpegel immer abgedrehter – sprich: *alternativer* – wurde.

Weshalb bereitete es ihr solche Schwierigkeiten, bei den Mädchen Anschluss zu finden?

Einmal war sie sogar zu Jane gegangen und hatte versucht, diese in ein Gespräch zu verwickeln. Nach der gnadenlosen Abfuhr überlegte Tina ernsthaft, das dämliche Weib vor die Tür zu setzen. Schließlich handelte es sich hierbei immer noch um *ihr* Appartement und sie entschied, von wem sie sich beleidigen ließ! Selbstverständlich sah Daniel das ganz anders und versuchte zu beschwichtigen, der korrupte Sack:

»Sie meint es nicht so.«

Das wagte Tina ernsthaft zu bezweifeln, doch sie wollte den Prof in seiner Freude über die Anwesenheit der affektierten Kuh nicht stören. Wo er doch so selig wirkte, sobald sie in der Tür auftauchte. Nebenbei pflegte Daniel nach wie vor seine Mädchenbekanntschaften und brachte fast jeden Samstag eine andere mit. Für Tina eine immense Herausforderung, während der sie noch einmal intensiv über die Nutzung der spitzen Absätze ihrer supergeilen Stiefel nachdachte. Allerdings fand sie sich irgendwann damit ab, denn zunehmend häufig fiel ihr etwas sehr Gewichtiges auf:

Bei ihr und *nur* bei ihr war Daniel anders. Sobald ein akzeptables Mädchen in seiner Nähe auftauchte, erschien das berüchtigte Lächeln und er zog gnadenlos seine Eroberungsmasche durch. Dann war er charmant, freigiebig und flirtete ohne Rücksicht auf eventuelle Verluste.

Und abgesehen von Jane konnte er *immer* den gewünschten Erfolg verzeichnen. Er verschwand mit ihnen und am nächsten Morgen waren sie Geschichte und konnten froh sein, wenn er sie noch grüßte, sofern sie aufeinandertrafen. Nur bei ihr – Tina – war er offen und witzig und gab nicht diesen dämlich grinsenden Typ, der kein ehrliches Wort zustande brachte. Noch immer besuchten sie gemeinsam das Fitnesscenter, gingen darüber hinaus einmal wöchentlich schwimmen und ließen keinen Blockbuster im Kino aus. Und an jedem Morgen, wenn es am Abend mal wieder heiß hergegangen war, fand Daniel sich ein, um mit ihr das Chaos zu beseitigen.

Mitte November machte Tina die miese Entdeckung, dass ein Studium ohne Lernen nicht funktionierte. Eine schlechte Zensur jagte die nächste und der Dämon bemerkte auf seine übliche trockene Art, dass wohl Büffeln angesagt sei. Daher fielen ab sofort zwei Abende nicht dem *PITY*, sondern dem Pauken zum Opfer. Einmal mehr befand der Prof sich in seinem Element, denn der kannte kein Erbarmen. Offensichtlich machte das Nicht-Lernen *ihm* nichts aus, denn er wusste alles, obwohl ihre Studienfächer kaum Parallelen aufwiesen, und kannte auf jede noch so knifflige Frage eine akzeptable Antwort. Streber!

Dass die Dauerparty in ihrem Appartement durchaus Nachteile in sich barg, dahinter gelangte Tina Mitte Dezember. Denn eines Tages nahm sie ein beunruhigendes Schreiben aus dem Briefkasten:

Sehr geehrte Miss Hunt,

wiederholt erreichten uns Beschwerden der übrigen Mieter Ihres Wohnhauses über massive Lärmbelästigungen. Wir fordern Sie auf, diese in Zukunft zu unterlassen.

Bei weiteren Zuwiderhandlungen gegen die Hausordnung sehen wir uns leider gezwungen, Ihr Mietverhältnis zu kündigen.

Hochachtungsvoll

M. Jones

(Wohnungsverwaltung)

Als sie Daniel den blauen Brief zeigte – mit bebenden Händen übrigens – zuckte der nur lässig mit den Schultern. »Wir sind wohl ein bisschen laut gewesen. Ich rede mit den Jungs.«

Er hielt Wort: Der Volumenregler der Anlage erreichte nicht mehr das letzte Drittel der Anzeige, und wenn irgendwer die Tür zu laut schloss, wurde er energisch zur Ordnung gerufen. Allerdings konnten sie nicht vollständig verhindern, dass die Dinge hin und wieder über den verordneten Lärmpegel hinausgingen.

Vorsichtshalber las Tina noch einmal in der Hausordnung nach und war danach etwas beruhigter:

5. *Der Mieter verpflichtet sich, ab 08:00 p.m. alle Lärm verursachenden und vermeidbaren Aktivitäten (solche, die Zimmerlautstärke überschreiten) zu unterbinden.*

Übereinstimmend teilten Tina und Daniel die Meinung, dass Marcus, der im Alkoholrausch die Treppe hinabstürzte – was ihm genau acht Stiche an der Schläfe einbrachte –, keineswegs zu den *vermeidbaren* Lärmbelästigungen zählte. Wie hätte das verhindert werden sollen? Außerdem fand der Lärm ja *im Treppenhaus* statt, nicht in Tinas Appartement. Denn die beiden bemühten sich wirklich, die Regeln einzuhalten, weshalb sie absolut nicht verstehen konnten, warum genau eine Woche später – die letzte vor Weihnachten – das entscheidende Schreiben in ihrem Briefkasten lag.

Tinas Hände flatterten sichtlich, kaum dass sie den Absender sah, nur leider half das auch nichts:

Sehr geehrte Miss Hunt,

aufgrund wiederholter Verstöße gegen die Hausordnung kündigen wir Ihnen das Mietverhältnis zum 15. Januar des folgenden Jahres.

Wir erwarten, das Mietobjekt am o.g. Tag mängelfrei zu übernehmen.

Hochachtungsvoll

M. Jones

(Wohnungsverwaltung)

»Na, Scheiße!«, stöhnte sie finster.

Selbst der Prof musste diesmal schlucken. »Das ist übel«, sagte er langsam und las gleich noch einmal.

»Hmmm, und ich bin obdachlos!« In Tinas Augen stellte das kein ›Übel‘ dar, sondern eine ausgewachsene Katastrophe!

»Bist du nicht.« Daniel demonstrierte bereits wieder seine übliche widerliche Gelassenheit. »Dann suchen wir dir eben etwas Neues.«

»Aha.«

»Keine Sorge, Hunt, alles halb so wild«, versicherte er ihr mit diesem besonderen Lächeln, dem sie schlicht nicht widerstehen konnte. Auch wenn Tina zweifelsfrei wusste, dass sie verspielt hatte.

Bis zu den Weihnachtsferien verbrachten sie jede freie Minute mit der Suche nach einem neuen Appartement. Die erwies sich jedoch als verdammt schwierig. Im Grunde ein New Yorker Vorort, handelte es sich bei Ithaka nur um eine kleine Universitätsstadt, in der Singleappartements verdammt teuer und rar gesät waren. Jedenfalls die leer stehenden.

»Ruhig bleiben, Hunt!«, befahl der Prof, und allein für seine Gemütsruhe hätte Tina ihn töten können.

»Fein, ich sitze ja nur auf der Straße!«, zischte sie.

»Tust du nicht! Bleib locker!«

Leicht gesagt, doch das konnte Tina nicht. Tatsächlich näherte sie sich langsam aber sicher der Hysterie.

13. Take my Hand

Dämonische Augen.

Sie lebten wie losgelöst in der Dunkelheit und schienen jede Stelle ihres Körpers in sich aufzusaugen. Kein bloßes *Ansehen*, dies allein träfe die Vollkommenheit seines Blickes nicht annähernd. Tina fühlte sich, als wäre sie gefangen in jenen grellen Iriden, die offenbar Röntgenfähigkeiten besaßen. Und wie so häufig zuvor hatte sie den Eindruck, es nicht mit einem menschlichen Wesen zu tun zu haben. In seiner grenzenlosen Macht über sie war er überirdisch. Hinzu gesellte sich dieses faszinierende Lächeln, das sie trotz der Finsternis genau ausmachen konnte. Vielleicht, weil er ohne nicht vollständig gewesen wäre. Unerwartet spürte sie einen zärtlichen Finger auf ihrer Wange und vernahm ein sanftes Hauchen direkt vor sich. »Ich liebe dich, Baby.« Diese in der Basis schon wundervollen Worte wurden mit einem heißen, kehligen Stöhnen abgerundet, was somit den üblichen Prozess vollendete und Tina zum ersten Mal *fast* in die Ohnmacht trieb. Sie war nicht sonderlich widerstandsfähig, wenn es um den grünäugigen Dämon ging. Sorry.

Nein, es war keine Entschuldigung erforderlich, denn wie sie auf ihn reagierte war nun einmal Realität. Eine, die sie nicht vorhatte, jemals zu ändern. Als Nächstes spürte sie diesen einen zärtlichen Finger auf ihren Lippen, der diese langsam nachzeichnete. Keinen Millimeter ließ er aus und er nahm sich dabei Zeit. Seinem Blick nach zu urteilen war dies eine Angelegenheit von nationaler Brisanz. Tina blieb nur, die Augen zu schließen – was wie von selbst vonstattenging – und sich seinen Berührungen hinzugeben. Dabei erschauderte sie am gesamten Körper, ehrlich, sie spürte, wie sich die Gänsehaut ganz langsam über ihre Haut ausbreitete. Ihr Herz klopfte hektisch in der Brust und das Atmen fiel ihr so unendlich schwer. Wenn er nur wüsste, was er allein mit dieser Berührung bei ihr auslöste! Dann ertönte über ihr sein dunkles Seufzen, bevor er sie mit einem gigantischen Ruck an sich zog. Nah! Fest! Oh! Mein! Gott!

Nun fühlte sie seine makellose Brust durch den dünnen Stoff ihrer Bluse, spürte seinen eigenen, so hektischen Herzschlag und meinte, jeden Muskelstrang und jede harte Erhebung exakt auszumachen. Er war so verdammt gut gebaut, nun ja, das ewige Training in der Folterhölle musste ja zwangsläufig seine Spuren hinterlassen. Aber jetzt wurde es schlimmer – besser – heißer,

Tina konnte sich nicht entscheiden. Denn der dämonische Gott begann, seine Hüften an ihr zu reiben. Sie spürte seine Lippen in ihrem Haar, eine zarte Hand in ihrem Nacken, die andere, locker auf ihrer Taille, dirigierte sie noch näher. Und diesmal löste sich ein kehliges Stöhnen aus ihrem Mund, ihre Lippen wanderten wie von selbst an seinen ausgeprägten und dennoch eleganten, duftenden Hals hinab. Und das Keuchen, das kurz darauf ertönte, war auch nicht wirklich geplant.

Wichtiger: Es störte Tina nicht. Peinlichkeiten existierten im Hier und Jetzt nicht. Perfekter ging es nicht, denn wenn Tina und Daniel zusammen waren, dann bedeutete das Perfektion in höchster Potenz. *Genau*, dachte sie während sie sich mit den Händen auf seinen Schulterblättern aufrichtete, um mit den Lippen sein unvergleichlich schönes Gesicht erreichen zu können. Sein Kopf bewegte sich leicht und sie hob wie auf Kommando ihren. Für die Ewigkeit von fünf Sekunden blickten sie sich in die Augen bis sich ihre Lippen ebenfalls wie einem lautlosen Befehl gehorchend, einander näherten. Seine waren etwas geöffnet, Tinas taten es ihm gleich, ihr Keuchen vermischte sich, bevor sie sich wirklich berührten, und ihre Finger vergruben sich tief in seinen Schultern. Wieder schloss sie die Lider, in Erwartung des einen, des ultimativen Kusses und dann …

»Träumst du schon wieder?«

Widerwillig schreckte Tina aus ihrem wundervollen Tagtraum auf. Der irre Prof stand vor ihr, die Stirn gerunzelt, und wie üblich mit diesem Ausdruck auf dem Gesicht, der implizierte, dass Christina Hunt nicht ganz sauber war.

Super! »Was?«

Er verdrehte die Augen, doch dann lachte er auf und nahm ihre Hand. »Komm schon! Ich will tanzen!«

Erst jetzt fiel ihr wieder ein, dass sie sich derzeit im *PITY* befanden. Nach kurzer Rekapitulation der miesen, nicht heißen Gesamtlage begriff Tina sogar, dass die Enge und die dröhnende Musik auf den neuesten Event innerhalb der vertrauten Räume zurückzuführen waren: College-Weihnachtsparty.

Na, heilige glitzernde, funkelnde, grell leuchtende Scheiße! Während er – der grünäugige Dämon – sie zur Tanzfläche zog, purzelten all die anderen Wahrheiten über sie herein, die sie soeben auf die ultimativ zulässige Art von sich ferngehalten hatte. Erstens: Christina Hunt – Studentin, leicht bis mittelschwer gestört – würde demnächst obdachlos sein. Dieses Unheil würde allerdings erst im Januar des folgenden Jahres über sie hereinbrechen. Am 15. um genau zu sein. Für diesen Tag war ihr das Appartement nämlich gekündigt worden. Wegen Lärmbelästigung! Jawohl! Vorher stand noch eine Reise nach Hause zu ihren Eltern auf der Agenda. Und denen durfte sie von ihrem zukünftigen Pennerdasein nichts erzählen, weil die sonst leider so ziemlich die Nerven verlieren würden. Allen voran ihr Dad. Und der konnte in seiner Wut wirklich grauenhaft werden. Ach so, und momentan befand sie sich nicht nur im PITY – der Café/Kneipe/Vereinslokal für die eingeweihte Studentenschaft Ithakas. Nicht nur die laute Musik setzte ihr zu, dass ihr zunehmend die Ohren dröhnten. Nebenbei verspürte sie gigantischen Hunger. Aber dieses widerwärtige Gefühl hatte sich längst als Dauerzustand in ihrem Körper eingenistet. Regel Nummer 354, wenn man mit D.G. befreundet und leicht zum Molligsein tendierte: *Nur so viel Nahrung zu sich nehmen, dass man nicht zwangsläufig verhungert.*

All das war nicht wirklich schlimm. Doch darüber hinaus hatte sich auch noch jeder mit Rang und Namen versammelt, den Cornell – das legendäre College Ithakas – so bot. Jane inklusive – wie genial! Und all die anderen Mädchen, die Tina nicht ausstehen konnten und wie üblich mit Blicken killten, als Daniel sie einfach mal so auf der Tanzfläche abparkte. Ehrlich, Tina war momentan nach allem, nur nicht danach, sich zur Musik zu bewegen. Der letzte Traum steckte ihr massiv in den Knochen, ihre Knie fühlten sich wie Gelee an, und die Lippen prickelten von einem Kuss, der in Wahrheit nie stattgefunden hatte. Ihr Magen schmerzte, als befänden sich mindestens zwanzigtausend Schmetterlinge im Kriegszustand darin. Oder Ameisen auf Beutezug. Außerdem – und hier wurden die Dinge wirklich schwierig – wäre es zumindest derzeit total normal gewesen, sich *jetzt sofort* in seine Arme zu werfen und diesen wahnsinnigen Kuss in die Realität hinüberzuzwingen. Verdammt! Sie musste dringend an ihren Illusionen arbeiten, sonst würden diese sie irgendwann mal ernsthaft in Schwierigkeiten bringen.

Als sie die fordernd verschränkten Arme und die Augenbraue in luftiger Höhe sah, versuchte sie, irgendwie zu tanzen. Tatsache war nämlich auch, dass Tina diesen Sport bereits in der Basis nicht sehr gut beherrschte. Bisher hatte sie so selten die Gelegenheit, zu trainieren. Und der irre Prof hasste nichts mehr, als wenn sie sich in seiner Gegenwart lächerlich machte und ihn zwangsläufig mit in den Abgrund zog. Ohhhh, ja! Zeitgleich begann er, sich zu bewegen, und zwar auf diese Daniel-Art, die ihre derzeitigen Schwierigkeiten, sich zu konzentrieren, nur noch vergrößerte. Wie sollte sie nur einen einzigen richtigen und vor allem halbwegs elegant wirkenden Schritt vollführen, wenn er sich derart grazil, lässig und sexy bewegte? Zur Salzsäule erstarren und ihn anglotzen erschien ihr als die weitaus bessere Alternative! Sehr bald musste Tina erkennen, dass heute keine Bemühungen helfen würden. Kein geschmeidiges Schweben war möglich, nicht mal für den verkappten Akademiker. Vielleicht sogar *gerade* nicht für ihn.

Sie konnte den Blick nicht von seinen Lippen nehmen, schon gar nicht von den Augen, stolperte ständig und war regelmäßig halb versucht, mit einem ultimativen Sturz die ersehnte Umarmung letzten Endes zu erzwingen. Es war doch gar nicht raus, wie er reagieren würde, wenn sie ihn überraschte, oder? Denn diese Vorstellung machte sich in ihrem Kopf noch immer ziemlich richtig aus.

Irgendwann kam auch Daniel Grant – Blitzmerker, Dämon und irrer Prof – dahinter, dass es mit Tinas Kooperation heute nicht zum Besten stand. Abrupt blieb er stehen und musterte sie missbilligend.

Ja, sorry! – dachte Tina, sagte es jedoch nicht. Regel Nummer 245: *Sei in Gegenwart des Professors niemals nassforsch!*

Abrupt packte er ihren Arm. »Komm!« Zu verstehen war Daniel nicht aufgrund der lauten Musik.

Aber sie las den Befehl – denn das war es – mühelos von seinen Lippen ab. Diese Lippen! Oh Mann! Eilig schüttelte sie den Kopf, um wieder klar zu werden.

»Wohin?«, erkundigte sie sich dann, was ihr einen spöttischen Blick einbrachte.

Und dann ein: »Raus!«

Was? Nein! Alles, nur nicht mit ihm allein sein und sich seine miesen Belehrungen anhören müssen. Tina fühlte, dass sie diesmal versagen würde. Das ging nicht! Sie würde patzen und dies dann eindeutig fiese Konsequenzen nach sich ziehen. Momentan benötigte sie eine Auszeit, ein wenig denken, träumen, zur Not von Lippen, wenn sie nur dadurch in absehbarer Frist zu sich kommen würde. Hauptsache sie bekam die Gelegenheit dazu, wieder zu ihrem üblichen, leicht dümmlichen, aber beherrschten Selbst zu finden. Als dem Oberprof endlich aufging, dass sie ihm nicht folgte, stöhnte er entnervt. Logisch, es handelte sich ja auch um Tina, die dumme Gans. Sein Griff um ihren Arm verstärkte sich, und er zog sie ohne Rücksicht auf Verluste durch die geifernden Massen zum Ausgang. So viel zum Thema: *Nein Tina, wir folgen nicht immer und überall dem, was der gute Daniel dir so befielt.*

Der gute Dämon – okay, das war eine ziemlich unpassende Bezeichnung – schien übrigens von all den Blicken, visuellen Morddrohungen und wenigstens in der Fantasie bereits vollführten Hinrichtungen nichts zu bemerken. Er manövrierte sie gnadenlos durch die Menge, als gäbe es die lautstarken Proteste der Umstehenden gar nicht. Egal, ob zufälligerweise jemand angerempelt wurde oder nicht. Tina war davon überzeugt, dass Pablo einen echt miesen Stoß in den Magen abbekam. Chris wurde sogar mit einem Kinnhaken beehrt, weil der sich nicht schnell genug außer Dämon-Reichweite rettete. Natürlich brachte so etwas Daniel nicht im Geringsten aus der Ruhe, und Tina war zu perplex, um sich, wie sonst üblich, für ihren unmöglichen Begleiter, der *nicht* ihr Freund war, zu entschuldigen.

Kaum in der eisigen Kälte der Dezembernacht angelangt, blieb er stehen. Sie drohte augenblicklich, auf der Stelle festzufrieren, denn es war sogar bitterkalt. Mühsam versuchte sie, nicht mit den Zähnen zu klappern. Daniel ließ sie los und fuhr zu ihr herum. Sein Mund beschrieb nur noch einen schmalen Strich und von Frieren konnte keine Rede sein. Das wurde immer besser!

»Also!«, hob er knurrend an. »Was ist los?«

Ehrlich, manchmal war es nicht einfach, in seiner Gegenwart nicht leicht irre zu kichern. Was los war? Och … sie hätte da eine meterlange Liste abzuarbeiten:

Ich will dich küssen, und ... na ja überhaupt. Hör auf, an mir herumzuzerieren, und diese verdammte Jane anzuschmachten. Und dir ist aufgefallen, dass ich demnächst obdachlos bin, ja? Aber egal, wenn du mich EINMAL küsst, nur einmal, schlaf ich zur Not auch auf der Straße!

Mist! Das klang selbst in ihrem Kopf nicht ganz sauber. Eher beängstigend um nicht zu sagen, total würdelos.

Daher setzte sie den finstersten Blick auf, dessen sie habhaft werden konnte, und lieferte ihm eine akzeptable Erklärung. Schon, um Mr. Grants Seelenfrieden zu bewahren. Nicht, dass sie ihn noch durcheinanderbrachte, oder so. »Ich bin obdachlos! Bereits wieder vergessen?«

Wie immer funktionierte es perfekt. Prompt nahm sein Gesicht diesen widerlich geduldig, leicht entnervten Ausdruck an. »Ich sagte dir so ungefähr 1000 Mal, Hunt, dass ich das regeln werde. Also bleib cool.«

»Klar, würde ich an deiner Stelle jetzt auch sagen«, murrte sie.

Sein Seufzen gehörte zum Programm. »Nun stell dich nicht so an! Habe ich jemals versagt?«

Das war wieder einer dieser Momente, in dem Tina gern auf ihr leicht irres Kichern zurückgegriffen hätte. Denn faktisch tat er das pausenlos, zumindest ihrer Ansicht nach. Aber sie spielte natürlich weiter mit und verdrehte theatralisch die Augen. »Nein.«

Zufrieden nickte er. »Sag ich doch.« Dann trat Daniel einen Schritt zurück und musterte sie kritisch. »Äh … du bist Weihnachten nicht hier?«

»Sieht so aus«, erwiderte Tina trocken. Das wusste der Trottel nämlich ganz genau, schließlich würde er sie morgen zum Bahnhof bringen. Auch so was, er würde sie nämlich niemals allein dorthin fahren lassen. Nie! Und gab ihm das zu denken? NEIN! Das tat es nicht! Aber egal!

125

Daniel verzog das Gesicht. »Yeahhh. Ich dachte mir …« Nebenbei fingerte er für Mister Perfect in persona ziemlich umständlich in seiner Jeans. »Ich …« Zum ersten Mal, seitdem sie ihn kannte, wirkte er etwas verunsichert. Was Tina derart verblüffte, dass sie die Gunst der Stunde nicht einmal nutzen und sich schadenfroh grölend auf die Schenkel schlagen konnte. Gedanklich natürlich. Ratlos starrte sie ihn an, während er endlich den Kampf mit der engen Tasche gewann und einen seidigen Schal herauszog. Er war in einem sanften Beige gehalten und schien in den Dämonenhänden zu zerfließen. »Ich dachte mir …«

Anstatt fortzufahren, trat er zu ihr und schlang das zarte Gebilde um ihren Hals. Verdammt! Das war viel zu nah, als für Tinas Gemütszustand verträglich. Er machte dabei so einen konzentrierten Eindruck, und wirkte so bemüht, ja dafür zu sorgen dass ihr warm wurde. Wie sollte Tina nicht sofort dahinschmelzen? »Du hast nie einen«, kommentierte er zu allem Überfluss leise. »Und …« Daniel kramte bereits wieder in seiner Tasche. Tina fragte sich leicht verwundert, wie viel so eine Jeanstasche aufnehmen konnte. Kurz darauf hielt er eine Mütze in gleicher Farbe und Material in der Hand und stülpte sie ihr auf den Kopf. Wobei er es sich nicht nehmen ließ, die vom Schal eingeklemmten Haare vorsichtig herauszuziehen und ihr die widerspenstigen Strähnen über den Rücken zu streichen. »Es ist kalt«

Ach, echt? Der Stoff war weich, leicht wie eine Feder und liebkoste ihre Haut. Wie die Verlängerung seiner Hände, die diese Tabuzone leider nie überwanden. Daniel berührte niemals ihr Gesicht oder ihre Wangen, und wenn sie noch so laut nach ihm schrie. Tinas Herz pochte bis zum Zerreißen, ehrlich, sie hätte geschworen, dass es genau jetzt endgültig ihre Brust besiegte und sich nach draußen begeben würde. Das Atmen fiel ihr so unendlich schwer, während er sie sinnierend und mit zur Seite geneigtem Kopf musterte. Der Blick mit so viel Gefühl gefüllt, die Augen leicht benommen, so unsagbar heiß und sexy.

Küss mich!, schrie sie ihm wie üblich lautlos entgegen. *So ein Kuss unter Freunden. Und das sind wir doch, oder? ODER?*

Er schien sie gehört zu haben, und seine Reaktion fiel leider wie gewohnt aus.

Denn genau in diesem Moment trat der Dämon einen Schritt zurück und betrachtete sie weiter mit zur Seite geneigtem Kopf. »Perfekt«, urteilte er nach einer Weile mit einem halben Lächeln.

Noch immer brachte sie es auf keine Antwort, was Daniel mal wieder entnervt die Augen verdrehen ließ. »Was ist nun?«

Unter unmenschlichen Anstrengungen stieß Tina schließlich ein tonloses »Danke!« hervor. Sehr überzeugt schien er nicht, aber wie immer genügte es dem dämonischen Seelenfrieden. Was war er doch einfach. »In Ordnung«, bemerkte er im Plauderton. »Und wohin gehen wir jetzt, Baby?« Damit legte er einen Arm um ihre Schulter und sie starb zum ungefähr 20. Mal innerhalb der vergangenen zwanzig Minuten.

»Keine Ahnung, in den Sonnenuntergang?«, erwiderte sie mit leidlich lockerer Stimme.

»Die Sonne IST bereits untergegangen«, wurde sie prompt vom Prof belehrt. »Außerdem wartet Jane.«

Ja, richtig. Die hätte Tina doch fast vergessen. Als sie seufzte, traf sie ein scharfer Blick von der Seite, während sie langsam, jedoch bestimmt, zum Eingang des *PITY* dirigiert wurde. »Was ist?«

»Nichts, nichts.«

Diesmal ließ er sich allerdings nicht so einfach überzeugen. Denn Daniel stöhnte. Noch immer bewegten sie sich zur Tür. »Also, was ist?«

»Nichts.«

»Du lügst!«

Blitzmerker, wie schon mal festgestellt. »Was soll ich sagen?«, erkundigte sie sich leise.

»Die Wahrheit?«

Sie schnaubte. Er war vor dem Eingang stehen geblieben. Die laute Rockmusik dröhnte nach draußen, seltsame Gestalten mit roten Spitzmützen, an denen weiße Flauschbälle hingen, wankten vorüber. Tina hütete sich, ihn anzusehen. »Alles ist gut.«

Die Antwort war das übliche Schulterzucken. Daniel liebte es, wenn die Dinge unproblematisch liefen. Ohhhh, ja! Man stelle sich nur vor, was wohl geschähe, wäre sie mal *nicht* unkompliziert gewesen. Okay, sie wollte sich das lieber nicht genau ausmalen. Und so betraten sie wieder das *PITY*, Tina wurde auf der Stammcouch abgeparkt, mit einem Wein versorgt und Daniel trottete zur Bar, wo er sich in trübseligem Schweigen einen Whisky nach dem anderen genehmigte. Dabei erübrigte er nebenbei bemerkt keinen Blick für Jane, was Tinas Hoffnung – dämlich wie sie war – gleich wieder ein wenig aufleben ließ.

Als dann plötzlich ein blonder Junge vor ihr stand, und sich mit »Hey, ich bin Sam, drittes Semester, Jura«, brüllend vorstellte, war sie so perplex, dass sie ihn nur wortlos anstarren konnte. Was wollte der Typ?

»Ist hier frei?«

Er grinste jungenhaft, und Tina fand, in der Dunkelheit wirkte er echt niedlich. Mehr dachte sie nicht, sondern nickte immer noch reichlich verwirrt. Denn sie war es ehrlich nicht gewöhnt, dass jemand sie ansprach. Wirklich verstehen, was der Typ so von sich gab, tat sie nicht, aber es war ganz angenehm, mal nicht allein herumzusitzen.

Nach einer Weile spendierte er ihr sogar einen neuen Wein, setzte sich wieder neben sie und schwafelte weiter. Alles hätte so toll sein können … wäre da nicht dieser verdammter Prof gewesen. Denn gerade, als sie sich mit dem Gedanken um die Identität dieses Sams näher auseinanderzusetzen begann, erschien der Dämon, drängte sich genau zwischen Sam und Tina und verwickelte den armen Studenten in eine Unterhaltung. Über dessen Ergebnisse an der Uni, seine Unterkunft, Herkunft und andere, total uninteressante Künfte.

Keine fünf Minuten darauf ergriff Sam die Flucht und war Geschichte. Daniel übrigens auch. Sobald Tinas vorübergehender Gesprächspartner erfolgreich vertrieben war, schlenderte der nämlich erst zur Bar, erstand dort den nächsten Whisky und ein Glas Sekt und machte sich damit bewaffnet auf zu …

JANE.

Schien sein Glückstag zu sein, denn wenig später tanzten die beiden in enger Umarmung zu irgendeinem Lovesong. Tina war sprachlos. Die Wut, sonst immer gut gezügelt, brach plötzlich über sie herein, wie der grausamste Tsunami, der die Welt jemals heimgesucht hatte. Sie konnte kaum atmen, wollte zu ihm stürzen, ihn aus den Armen dieser miesen Kuh reißen und anbrüllen. Ja!

Die Vorstellung hatte etwas unglaublich Befreiendes. In der Theorie. In der Praxis war sie leider nicht durchführbar, weil sie damit den guten Daniel ja so ziemlich bloßgestellt hätte. Und im Regelkatalog stand an Stelle 3758: *Mache Daniel Grant NIEMALS vor anderen lächerlich! Niemals!*

Und so blieb Tina nur ein anderer Eklat, den sie bis heute auch noch nie losgetreten hatte: Wutentbrannt verließ sie das *PITY* und stürzte in die nach wie vor eisige Dezembernacht hinaus. So ein Arschloch!

Na ja, sie schaffte glücklich zwanzig Meter, dann wurde Tina am Arm gepackt, herumgerissen und blickte kurz darauf in das überhaupt nicht begeisterte Gesicht des irren Profs. »Spinnst du?«

Dafür hat sie nur ein Schnauben übrig. Heftig wand sie sich aus seinem Griff und ging kommentarlos weiter. So ein Idiot! Daniel musste ihr fassungslos nachgestarrt haben, bevor er sich besann. Denn es vergingen ungefähr vier Tina-Schritte, bis er sich wieder neben ihr einfand. Allerdings versuchte er nicht mehr, sie vom Gehen abzuhalten, sondern stapfte schweigend mit ihr durch das Winter-Wonderland.

»Ich hasse es, wenn du dich so zickig benimmst«, bemerkte er nach einer Weile.

»Ach? Ja?« Es war zu spät, das Fass längst übergelaufen. Um ihrem grenzenlosen Zorn wenigstens nicht verbal ein Ventil zu geben, und dabei möglicherweise Dinge zu sagen, die sie nur wenig später mit Sicherheit bereuen würde, bückte sie sich blitzschnell, hob etwas von dem locker flockigen Schnee auf und warf ihm das weiße Grauen mitten ins Gesicht.

Dann herrschte Stille. Irgendwo wurde weihnachtliche Musik gespielt. Leute lachten in der Ferne, ein festlich geschmückter Tannenbaum erhellte das Szenario, in dem Daniel Grant mit offenem Mund dastand, das Gesicht ziemlich weiß. Tina wollte lachen! Aber das *durfte* sie nicht! *Nicht lachen!*, hämmerte sie sich ein. *Tu alles! Aber lache nicht, siehst du nicht seine geballten Fäuste?*

Oh Scheiße, war das gerade ein fieses Lächeln, das über sein Gesicht huschte? Oh, oh, oh, von einer fremden Macht getrieben, die möglicherweise was mit ihrem Selbsterhaltungstrieb zu tun hatte, wich sie langsam vor ihm zurück.

Währenddessen bückte er sich, sammelte langsam und sehr konzentriert Schnee zusammen und formte ihn zu einer hübschen, sehr ästhetischen, weil symmetrischen, Kugel. All das, ohne die tatsächlich verängstigte Tina aus den Augen zu lassen.

Endlich fiel ihr ein, was sie jetzt tun musste: LAUFEN! Und lachen. Sie wirbelte herum, zeitgleich setzte das Gelächter ein, das durch die nächtliche Straße hallte. Der Schneeball traf sie im Rücken, bevor sie sich hinter einem Auto verschanzen konnte und kichernd das gefrorene Wasser zusammenschob, das plötzlich ein Arsenal geworden war. Sie hatte die Kugel nicht ganz fertig, da verfehlte sie bereits eines seiner tödlichen Geschosse nur sehr knapp. Tina schrie auf, hörte ihn leise lachen und warf ihren Ball – meterweit an ihm vorbei, aber egal. Denn Daniel hatte inzwischen die Frontlinie verlassen. Langsam und bedrohlich kam er auf sie zu, formte währenddessen bereits das nächste eisige Wurfgeschoss und Tinas Herz überschlug sich fast. Dieses Versteck war doch nutzlos! Verdammt! *Denk strategisch, Tina!*

Mit einem Mal fühlte sie sich wie in einer erbitterten Schlacht. Der Gegner war übermächtig, sie besaß nicht den Hauch einer Chance. Aber genau in dem Moment, als er um die Ecke des Autos trat, schmetterte sie ihren Schneeball und der landete tatsächlich wieder mitten in seinem Gesicht.

Diesmal wirkte der Prof überhaupt nicht fröhlich. »Du kleines … BIEST!« Mit diesen Worten stürzte er sich auf sie und packte sie im Genick. Und wie sollte es auch anders sein? Tina verlor das Gleichgewicht, und zog den Feind mit in die eisigen Tiefen. Mit einem »UGH!« landete Daniel auf ihr, atemlos, mit geröteten Wangen und strahlenden Augen. Oh Mist! Diese Lippen schon wieder, ehrlich, die hatte sie doch für den heutigen Abend bereits als unzumutbar festgeschrieben! Mitten in diesem weihnachtlichen Idyll blieb die Zeit stehen. Sogar die Schneeflocken fielen nicht länger herab und verfingen sich funkelnd in seinen Haaren.

Sie wollte so vieles sagen, so vieles tun, so vieles fragen. Aber wie so häufig ließ er es nicht dazu kommen, sondern stand auf, klopfte sich den Schnee ab und hielt ihr seine Hand entgegen. »Ich hab gewonnen. Gehen wir jetzt weiter oder was?«

Wortlos liefen sie nebeneinander durch die eisige Nacht. Und die war eisig! Daniel schien davon, wie üblich nichts zu bemerken. Doch obwohl Tina noch immer Mütze und Seidenschal trug – und nicht beabsichtigte, beides in naher Zukunft abzunehmen, wenn überhaupt –, zuckte sie bald fröstelnd zusammen. Was ihr selbstverständlich ein missbilligendes Stöhnen des grünäugigen Dämons einbrachte. Ohne direkt hinsehen zu müssen, wusste Tina, dass er soeben die Augen verdrehte, und die patzige Antwort lag ihr bereits auf der Zunge. Irgendwann war sogar ihre Geduld erreicht, *ehrlich*! Doch bevor sie loslegen und dem tollen Daniel mal so richtig die Meinung geigen konnte, nahm er unvermutet ihre Hand und versteckte sie mit seiner im Ärmel seiner Winterjacke. Ohne einen Ton zu verlieren, ging er weiter. Oh Mann! Mittlerweile schneite es bedeutend heftiger, die weißen Kristalle glitzerten im Schein der Straßenbeleuchtung und Tina war, als würde das gefrorene Nass die Landschaft mit einer Schall isolierenden Schicht belegen. Alles erschien etwas gedämpfter, ferner, als gehörten sie nicht mehr wirklich zu dieser Welt. Zumindest nicht derzeit. Daniels Auto stand vor dem *PITY* und es schien vergessen, denn er machte keine Anstalten, zurückzugehen, sondern setzte seinen Weg unbeirrt in Richtung ihres Appartements fort. Mit jedem Meter, den sie in dieser ungewohnten Eintracht zurücklegten, wurde Tina ruhiger und ihr Zorn verschwand gleich vollständig. Es dauerte niemals sehr lange, wenn es um den dämonischen Prof ging. Sie war hier mit ihm – er nicht bei Jane. Die hatte er garantiert mitten auf der Tanzfläche stehen lassen, sonst hätte er ihr nicht so schnell folgen können. Die leichte Schadenfreude konnte sie auch nicht verhindern, genoss sie sogar ein Stück weit, wenngleich es nicht nett war. Nein, sie sprachen nicht miteinander, obwohl es da so vieles gab, was sie dringend mal ausdiskutieren sollten. Doch das Schweigen fühlte sich so gut an, wie üblich, wenn Tina mit ihm allein war. Als sie die Wärme seiner Finger bewusst wahrnahm, seufzte sie leise und wurde prompt mit einem kritischen Seitenblick bedacht.

»Was ist?« Selbst das erfolgte ohne den geringsten Ärger.

»Nichts«, erwiderte sie nach reiflicher Überlegung ehrlich und sah lächelnd zu ihm auf.

»Absolut gar nichts.«

Am nächsten Morgen, es war der dreiundzwanzigste Dezember, fuhr Daniel sie zum Bahnhof. Stirnrunzelnd studierte er die riesige Anzeigentafel. »Existiert überhaupt eine Zugverbindung in dein Kaff?«

Tina verzog das Gesicht. »Du wirst es nicht glauben, die gibt es! Mach dir lieber Gedanken, wo ich ab dem Fünfzehnten wohne!«

»Bleib cool«, grinste er wie auf Bestellung. »Wir werden schon etwas Geeignetes finden, Hunt.«

»Ist dir schon mal aufgefallen, dass du mir das bereits seit einer Woche erzählst, Grant?«

»Kommt hin«, nickte er nach kurzer Überlegung.

»Wir haben bloß noch nichts gefunden.«

»Ja«, bestätigte er lässig und setzte sich in Richtung Bahnsteig in Bewegung. »Aber uns bleiben auch noch über drei Wochen Zeit.«

»Von denen ich schon allein eine nicht hier bin.« Missmutig trabte sie neben ihm die riesige Bahnhofshalle entlang. Eine Bemerkung, für die sie sich das nächste siegessichere Lächeln einhandelte. »Lass mich nur machen, Hunt.«

Darauf ersparte sie sich jede Erwiderung, denn Tina wollte sich ungern im Streit von ihm verabschieden. Daniel brachte sie zum bereits wartenden Zug, trug das wenige Gepäck in ihr Abteil und vergewisserte sich dabei, dass die Mitfahrgäste seiner Auffassung von ›in Ordnung‹ entsprachen. Hierbei handelte es sich um eine etwa siebzigjährige Dame, die sich auf dem Weg nach Waterbury befand, um ihre Enkel zu besuchen. Des Weiteren saß in einer Ecke ein kleiner Junge, der zum ersten Mal ganz allein zu seinen Großeltern fahren durfte.

»Okay!« Offensichtlich konnte er keine akute Gefahr ausmachen. »Bis dann. Wann soll ich dich abholen?«

Nachdem Tina ihm auch das mitgeteilt hatte, verschwand er tatsächlich. Ohne Händedruck oder einen letzten Blick – wie üblich. Als sich die Abteiltür hinter ihm geschlossen hatte, verzog die alte Dame ihren runzligen Mund zu einem Lächeln. »Du hast einen hübschen Freund, Mädchen.«

Ja, nicht?

Während der Fahrt konnte Tina endlich ausgiebig über diese vertrackte Geschichte nachdenken, die zwischen Daniel und ihr lief oder besser ausgedrückt, die eben *nicht* lief. In Ithaka blieb ihr selten Zeit zum Grübeln, denn Daniel sprühte über vor Energie und nötigte sie ständig, die gleiche zu entwickeln. Wobei es ihn wie üblich einen Dreck interessierte, dass Tina die Dinge bedeutend ruhiger angehen ließ. Eines konnte man nach den vergangenen zwei Monaten nicht länger leugnen: Daniel und Tina traten im Doppelpack auf und wurden an etlichen Stellen sogar als Paar gehandelt.

Wie das zustande gekommen war, konnte Tina sich noch immer nicht einmal annähernd erklären. Als würde sich Mr. Schönling für sie interessieren und als hätte er nicht nach wie vor jede Menge Frauengeschichten am Laufen.

Zähneknirschend gestand sie sich endlich ein, dass es ihr sogar verdammt zusetzte, was allerdings nichts an der derzeitigen Lage änderte. Daniel war nun einmal, wie er war, erst kürzlich hatte er ihr das noch einmal in aller Deutlichkeit auseinandergenommen.

Besagtes Gespräch hatte am Abend zuvor stattgefunden, nachdem sie das *PITY* hinter sich gelassen hatten. Wie so häufig saßen die beiden in ihrem Appartement – diesmal allein – und Tina konstatierte finster, demnächst obdachlos zu sein. Nur, um ihm ein wenig auf die Nerven zu gehen. Und ihr war egal, dass sie das Thema bereits wenige Minuten zuvor angebracht hatte.

»Nein, ich lasse mir etwas einfallen«, versicherte er ihr zum einhunderttausendsten Mal.

Tina beglückwünschte ihn durchaus für seinen offenbar grenzenlosen Optimismus, konnte den nur leider nicht teilen.

»Keine Sorge, ehrlich.« Sein Blick war aufrichtig, offen und bemüht, was schließlich die Frage lostrat, die bereits seit Wochen in Tina gärte.

Entschlossen richtete sie sich ein wenig auf. »Warum tust du das alles?«

»Was?«

Entnervt breitete Tina ihre Arme aus. »*Alles!* Du bist hier, kümmerst dich um mich, gehst mit mir aus, putzt mit mir das Appartement, du bist … *da!*«

Nachdem er das reiflich durchdacht hatte, zuckte er wie üblich auf diese lässige Art mit den Schultern. »Weil ich will?«

»Das ist ziemlich platt für Mr. D-Punkt-G-Punkt, findest du nicht auch?«, widersprach Tina etwas erschöpft.

»Nein, finde ich absolut nicht«, spöttelte er, doch diesmal hatte sie so gar keinen Sinn für seinen seltsamen Humor.

»Daniel! Das *ist* seltsam! Man redet über uns, wusstest du das?«

»Ach, was redet *man* denn?«, erkundigte er sich mit hochgezogenen Brauen, was endlich doch ihre Wangen flutete.

Tapfer ignorierte Tina sein entnervtes Stöhnen, er konnte es nämlich nicht leiden, wenn sie wie eine Backtomate umherlief. »Man glaubt, dass … du und ich, also, dass wir beide …« Verdammt, sonst plagten sie nie derartige Schwierigkeiten, sich verständlich auszudrücken.

»Stört es dich?«, erkundigte er sich ausdruckslos.

»Nein, aber …«

»Dann ist doch alles klar!«, meinte er unter einem nächsten Schulterzucken.

Tina nahm all ihren nicht vorhandenen Mut zusammen und gab nicht klein bei, wie sonst üblich. »Das beantwortet meine Frage nicht!«

Und endlich zeigte er deutlich, wie entnervt er zwischenzeitlich war. »Musst du immer alles ausdiskutieren?«

»Nicht alles, aber *das*!«

»Warum?« Doch bevor sie diese Frage beantworten konnte, schloss er langsam die Lider. »Sag nicht, dass es das ist, was ich gerade mit wachsendem Grauen vermute.«

»Keine Ahnung, was du vermutest, ich kann nicht Gedanken lesen.«

Auf ihren Spott ging er nicht ein, stattdessen wurde sein Blick forschend. »Wir hatten das doch geklärt, oder?«

»Ja, aber …«

»Und du hast mir versprochen, dieses Thema nie wieder anzuschneiden!«

»*Ja*, aber …«

»Und ich glaube mich zu erinnern, dass du mir auch versprochen hast, die Nummer mit dem Jammern und den Kullertränchen …«

Tina sprang auf. »JA!« Ihr knallroter Teint war wie weggeblasen. »Und ich kann mich nicht erinnern, dir jemals die Ohren voll geheult zu haben oder willst du mir etwas anderes erzählen?«

Mittlerweile hatte Daniel die Arme verschränkt und seine Lippen beschrieben einen deutlichen Bogen nach unten. Ein sehr, sehr böses Zeichen, das Tina momentan aber furchtbar egal war.

Sie holte tief Luft. »Du musst zugeben, dass du dich ziemlich komisch benimmst! Was Jane übrigens überhaupt nicht passt, nur mal nebenbei bemerkt. Das kann einen schon durcheinanderbringen und nicht nur mich. Ich wüsste zu gern, was der Mist soll! Und deshalb hänge ich noch lange nicht sabbernd …«

»Es reicht!«

In ihrem Tobsuchtsanfall so schön gefangen, wollte sich Tina partout nicht in die Parade fahren lassen. Doch als sie seinen drohenden Blick sah, verschwand all die glühende Wut mit einem Schlag und sie ließ sich entnervt aufs Sofa fallen. Dafür stand Daniel inzwischen. Eilig lief er im Kreis umher, raufte sich dabei das Haar und zog exzessiv an seiner Zigarette. Tina blieb nichts anderes übrig, als seiner Meditation stumm beizuwohnen, denn nach ein paar Runden verfiel man unweigerlich selbst in eine Art Zuschauertrance. Als er unvermutet zu ihr herumfuhr, zuckte sie sichtlich zusammen.

»Okay!« Daniel zündete sich eine neue Zigarette an, nahm einen tiefen Zug und betrachtete sie durch den blauen Nebel. »Ich dachte, wir hätten das längst geklärt, aber vielleicht habe ich auch zu viel von dir verlangt. Obwohl ich nicht finde, dir irgendwas in dieser Richtung signalisiert zu haben.« Schon raufte er sich wieder das Haar. »Scheiße!« *Dem* konnte sie nur zustimmen.

Nach einigen weiteren sinnlosen Runden wirbelte er wieder zu ihr herum. »Ich weiß es nicht.« Das klang erstaunlich hilflos. »Aber ich *habe* darüber nachgedacht.« Als sie grinste, fuhr er unwirsch fort. »Nicht, was du denkst! Sondern warum ich überhaupt hier abhänge, also mit dir!«

Schlagartig erstarb Tinas Grinsen.

»Höchstwahrscheinlich liegt es daran, dass ich eben *nichts* von dir will.« Er zuckte mit den Schultern. »Die Dinge zwischen uns sind geklärt, du verstehst?« Oh ja, und *wie!* »Nein!« *Das* kam beschwörend. »Ich wollte damit nicht sagen, du wärst nicht hübsch, das …« Wieder erfolgte das obligatorische Schulterzucken. »… wäre eine Lüge.« Aha, sehr nett.

»Ich wollte nur ausdrücken, dass so was für mich mit dir nicht infrage kommt.« Hörbar atmete er aus. »… Schätzungsweise sehe ich so etwas wie eine Schwester in dir. Meine Freundin, meinen *Kumpel*, kapierst du?«

Oh ja, und *wie* Tina kapierte! Mechanisch setzte sie sich auf ihre Hände, um sich nicht doch in einer schwachen Sekunde auf ihn zu stürzen und ihm die wirklich hübschen Augen auszukratzen. Sie hätte es später bereut – vermutlich.

»Ich bin, wie ich bin!«, erklärte der arrogante Dämon derweil weiter. »Aber wenn du nicht damit umgehen kannst, dass wir nur gute Freunde sind, dann werde ich das akzeptieren.«

»Soll heißen?«, erkundigte sie sich lauernd und freute sich insgeheim über ihren unbeteiligten Ton.

»Ich komme nicht mehr.« Das kam absolut gleichmütig.

Für eine Sekunde blieb ihr Herz stehen. Nicht nur das, die Welt zog nach und dann wurde Tinas Augen groß. »So hatte ich das nicht gemeint!«

»Wie dann?«, erkundigte er sich forschend. Und als sie ihm eine Antwort schuldig blieb – dies erschien Tina am klügsten –, setzte er nach, wobei er seine Erleichterung nicht ganz verbergen konnte. Leider half die auch nicht sehr. »Dann ist das wirklich geklärt?«

Obwohl gar nichts geklärt war und es nie sein würde, solange sie diesen Mist nicht beenden würde, nickte Tina. Was blieb ihr sonst übrig? Jetzt war das Leben vielleicht nicht unbedingt einfach, doch eines ohne Daniel … nein, das wollte sie sich nicht einmal vorstellen!

Angekommen in Waterbury, stand sie ziemlich dämlich auf dem nächtlichen Bahnhof herum – Von jubelnden Eltern konnte keine Rede sein.

Nach einer Viertelstunde und dem Gefühl, langsam zu Eis zu erstarren, nahm Tina das Handy aus der Tasche. »Mom, wo seid ihr denn?«

»Auf dem Bahnsteig! Wo bist du?«

»Auch dort. Wo soll ich sonst sein?«

»Bleib stehen, Honey, wir suchen dich! Wenn du hier bist«, inzwischen vernahm Tina die Stimme ihrer Mutter doppelt, *»... müssen wir uns ja zwangsläufig finden. George, sie ist hier irgendwo, nun guck doch auch mal!«*

Als Tina sich umwandte, blickte sie ihrer Mom direkt in die aufgeregten Augen.

»Ich leg dann jetzt auf«, bemerkte sie trocken. Es dauerte fast zwanzig Sekunden, bis Vera Hunt in das übliche Geschrei ausbrach.

»Ich habe dich nicht erkannt! Du siehst so *anders* aus!«

»Danke Mom, du baust mich auf«, seufzte Tina, der das Ganze schon wieder denkbar unangenehm war.

Doch ihre Erzeugerin schüttelte heftig den Kopf. »Du bist ... *wunderschön!«*

Oh, Klasse! Seit jeher neigte ihre Mutter ein wenig zu Übertreibungen, aber diesmal hatte sie selbst für ihre Verhältnisse den Bock abgeschossen. Tina sank in die feste Umarmung ihres recht zufrieden wirkenden Dads, ein flüchtiger Kuss landete auf ihrer Wange und dann brummte er in ihr Ohr. »Ich wusste, dass es die richtige Entscheidung war.«

Wenig später fuhren sie unter dem unermüdlichen Geschwafel Veras nach Hause. Dass ihre Mom offensichtlich unter Daueraufregung und permanentem Redefluss litt, musste sie in all den Jahren wohl tapfer verdrängt haben. Trotzdem, irgendwie war es ... gut!

Die Feiertage verliefen friedlich. Von den Eltern umsorgt zu werden, stellte eine willkommene Abwechslung zum ewigen Unistress dar, den es neben dem Daniel-Theater nämlich auch noch gab. Trotzdem stieg Tina am Abend des dreißigsten Dezember unglaublich froh in den Zug. Nicht nur, weil ihr das unvorstellbare Gluckengehabe ihrer Mom plötzlich endlos auf die Nerven ging, sondern auch, weil Daniel ihr fehlte. Davon durfte der natürlich nie erfahren, die Regeln brach sie damit ohnehin, doch sie konnte es nun einmal nicht ändern.

Die beiden hatten sich geeinigt, das Silvesterfest gemeinsam in Ithaka zu verbringen. Tina sah dem mit gemischten Gefühlen entgegen, denn zwischen Daniel und Jane bahnte sich der Durchbruch an. Und welcher Anlass eignete sich besser, um ihn auch zu erreichen, als der Beginn des neuen Jahres? Keineswegs sicher, auch mit Jane an seiner Seite umgehen zu können, fürchtete Tina diese Entwicklung daher mehr als zehn von Daniels üblichen Eroberungen gleichzeitig. Doch als sie ihn auf dem Bahnsteig stehen sah, setzte augenblicklich akutes Herzrasen ein.

»Du hast zugenommen!« Kein ›Hallo‹, kein ›Wie geht es dir?‹, nein, der Prof schlug wie immer alles. Und Tina, anstatt, sich über so viel Frechheit endlich mal gehörig aufzuregen, wusste, dass sie zu Hause war.

»Genau zwei Kilo!«, verkündete sie grinsend. »Tut mir leid, der Truthahn meiner Mutter ist unschlagbar. Ich schätze, Jeff wird sich freuen!«

»Das glaube ich auch«, brummte Daniel und setzte sich in Richtung Ausgang in Bewegung. Tina blieb nichts weiter übrig, als ihm zu folgen.

Erst, als sie im Auto saßen, ging ihr die drohende Gefahr auf. »Vergiss es, Grant!«, zischte sie.

»Was?«

»Egal, was du vorhast, ich gehe in diesem Jahr nicht mehr ins Fitnesscenter, denn ich werde nicht – ich betone: *nicht!* – mit grausamen Muskelkater das neue Jahr beginnen!«

Sein Stimmungstief gehörte längst der Vergangenheit an, denn er lachte laut und herzhaft. »Das lag nicht in meiner Absicht, Hunt. Übrigens müsstest du nicht mit diesen Schmerzen kämpfen, würdest du regelmäßiger trainieren, das ist dir schon klar, oder?«

Während der Feiertage musste Daniel angestrengt gearbeitet haben, denn jenes Appartement, das nur noch wenige Tage ihres sein würde, präsentierte sich Tina als bestens für die kommende Feier präpariert. An einer Wand stand ein riesiger Tisch, Tinas Computer war verschwunden.

»… das heißt wohl, mit Lernen ist in diesem Jahr auch Schluss.«

Als Nächstes stolperte Tina über Unmengen an Getränken.

»… wer hat sich denn alles angesagt? Die ganze Uni? Wirklich, langsam machst du mir Angst.«

In einer Ecke entdeckte Tina eine riesige Stereoanlage, deren Boxen alles bisher da gewesene in den Schatten stellten.

»… schätze, du willst dich noch zünftig verabschieden?«

Auf ihrem Bett lagen unzählige bunte Kissen, die dort eindeutig nicht hingehörten.

»… du weißt aber, dass ich heute noch schlafen muss, ja? Es ist halb zwei, ich halte das nicht bis morgen Nacht durch!«

Auf jede ihrer lakonischen Bemerkungen hatte er mit einem breiten Grinsen geantwortet, welches nach der letzten Bemerkung noch ausladender wurde. Eilig zerrte Daniel Kissen und Decke beiseite und ließ sie achtlos auf den Boden gleiten. »Voilà!«

Keine zehn Minuten später ging er und Tina konnte schlafen.

Der Einfachheit halber ließ man die Appartementtür am Abend irgendwann offen stehen. So musste nicht ständig jemand zur Tür rennen, wenn sich die nächsten Besucher ankündigten.

Nach elf Uhr schloss irgendwer sie dann wieder – mit erheblicher Mühe, weil die vielen Leute kaum Platz in dem eher kleinen Raum fanden. Wenigstens das Problem mit der Lärmbelästigung war am heutigen Tag keines, denn selbst im Haus der sich ewig beschwerenden Mieterschaft tobten mindestens drei lautstarke Partys. Es war nicht die ganze, aber mindestens die halbe Uni, die sich eingefunden hatte. Nicht nur Männer, sondern auch jede Menge Mädchen befanden sich unter den Gästen. Tina machte Jane aus, Carmen mit Chris, die zur Begrüßung sogar grinste, Ruth, Kathi, Jennifer, viele weitere kannte sie nur vom Sehen. Und als die weiblichen Mienen synchron erstarrten, kündigte dies Francis' und Toms Erscheinen an.

Daniel beschäftigte sich mit Jane, die heute – nach dem Francis-Schock – sogar mal gut drauf zu sein schien. Irgendwann sah Tina die beiden in einem endlosen Kuss versinken und blickte hastig zur Seite. Dennoch drohte ein akuter Anfall von Übelkeit, sie zu überwältigen, dabei kam es doch keineswegs überraschend! Nebenbei befand sie sich ständig auf der Flucht, denn je mehr die männlichen Gäste tranken, desto aufdringlicher wurden die. Bis um zwölf kassierte sie drei Liebeserklärungen und zwei eindeutige Angebote für die weitere Gestaltung der Nacht.

Und als Tina um halb eins den Fehler beging, mit Joshua anzustoßen, bekam sie im nächsten Moment den ersten Zungenkuss ihres Lebens.

Verzweifelt versuchte sie, ihn wegzustoßen, aber er machte zunehmend den Eindruck, als wolle er sie nie wieder loslassen. Nichts half: keine geballten Fäuste oder wütenden Proteste, okay, Letztere landeten ohnehin in seinem Mund. Tinas Panik stieg mit jeder Sekunde, längst setzte sie sich mit all ihr zur Verfügung stehender Kraft zur Wehr, hatte allerdings noch immer keinen Erfolg, weshalb sie sich bereits hoffnungslos verloren wähnte, als das widerliche Lippenpaar und der Typ an sich ganz plötzlich verschwanden. Stattdessen tauchte ein besorgter Daniel vor ihr auf. »Sorry, wenn er getrunken hat, dreht er durch. Ich habe ihn vor die Tür gesetzt. Alles in Ordnung?« Selbstverständlich nickte Tina, wenngleich *nichts* in Ordnung war! Diesen verdammten Kuss hatte sie sich für *ihn* aufgehoben, aber der Idiot wollte ihn ja nicht! Und nun? Nun war alles im Eimer. In Wahrheit hätte Tina heulen können, was selbstverständlich auch an Daniel vorbei ging, denn der grinste plötzlich. »Gesundes neues Jahr!«

»Ja, dir auch.« Abrupt wandte sie sich von ihm ab, mixte an dem riesigen Tisch mit zittrigen Händen einen Gin-Tonic und zündete sich unter erheblichen Schwierigkeiten eine Zigarette an. Danach saß sie in sich gekehrt und mit angezogenen Knien auf dem Sofa und beobachtete missmutig die Leute, die sich in ihrem kleinen Appartement tummelten.

Und keiner von ihnen hatte bemerkt, dass sie sich in Schwierigkeiten befand? Arschlöcher! Als Tina eher unbeabsichtigt zu Daniel und Jane blickte, sah sie erleichtert, dass die wenigstens die Knutscherei eingestellt hatten. Man unterhielt sich in angemessenem Abstand. Irgendwann entschuldigte Daniel sich bei einer sichtlich missgestimmten Jane – sie hätte wohl gern noch weitergeküsst – und stand auf. Nicht einmal darüber konnte Tina sich freuen, momentan war sie zu ausgelaugt, zu entsetzt und … zu *allein!*

Nach einem Ausflug an den Getränketisch, wo er seinen Whisky nachschenkte, schlenderte Daniel zu Tina hinüber. »Ist hier noch frei?«

»Nein, ich warte auf meinen Lover, der müsste jeden Moment eintreffen, also mach die Fliege!«

Ihr ungewohnt schnippischer Ton ließ ihn aufhorchen. »Was ist los?«

»Nichts.«

Das genügte ihm und er ließ sich grinsend neben ihr auf das Sofa fallen, wobei sein Blick auf Tinas Glas fiel und er mit seinem leicht anstieß. »Cheers!«

Schweigend leerte er seinen Whisky und danach noch einen, rauchte eine … und dann eine weitere … Tina glaubte bereits, dies würde ein Stummfilm werden, da ertönte unvermutet doch noch seine nachdenkliche Stimme. »Es ist nicht einfach, der Star bei den Mädchen zu sein. Nicht falsch verstehen, das ist keine Arroganz, sondern nur eine Zusammenfassung der allgemeinen Umstände. Ich wollte es nie anders.« Nach einem raschen Blick zu ihr fuhr er fort. »Gelegentlich wird es zum Fluch, weil du immer den Entertainer spielen musst. Sie können nicht akzeptieren, dass man manchmal nicht gut drauf ist. Wahrscheinlich würde mich das meinen Ruf kosten.« Er seufzte. »Das wirst du nicht verstehen.«

»Doch«, widersprach sie, eher, weil es das Protokoll so vorsah.

»Das glaubst du vielleicht, aber …«

Heftig schüttelte sie den Kopf. »Mir ist aufgefallen, dass du bei ihnen anders bist.«

»… als wo?«, erkundigte er sich mit plötzlich veränderter Tonlage.

Mist! »Vergiss es«, wehrte sie eilig ab, doch diesmal schüttelte *er* den Kopf, seine Augen blitzten. »Nein, sag es! Du liegst doch richtig!«

Dennoch kostete es Tina jede Menge Überwindung, bevor sie auch aussprechen konnte, was genau sie glaubte zu wissen. »… als bei mir?«

»*Ja!*« Lachend wandte Daniel den Blick ab. »Es ist dir also nicht entgangen, na ja, dumm bist du ganz bestimmt nicht.« Damit widmete er sich erneut seinem Whisky, und erst als das Glas leer war, stellte er den Blickkontakt wieder her. »Davon habe ich neulich Abend gesprochen, aber ich glaube, es kam nicht richtig rüber. Ich genieße das, denn bei dir hatte ich noch nie irgendwelche

Hintergedanken, vielleicht mag ich dich deshalb so sehr. Ich will dich nicht in mein Bett bekommen oder eine schnelle Nummer in irgendeiner Ecke.« Er zuckte mit den Schultern. »Ich unterhalte mich gern mit dir, du bist mein Freund, und du bist mir verdammt wichtig.«

Verfluchter Mist! Tina konnte nicht einmal mehr schlucken, das Einzige, was sie zustande brachte, war, ihn anzustarren und sich NICHT zu übergeben.

»Francis ist meine ältere Schwester.« Er wandte den Blick ab und nippte an seinem Getränk. »Vielleicht habe ich mir immer eine kleine gewünscht, zum Beschützen, du weiß schon.« Angestrengt versuchte Tina, sein Grinsen zu erwidern, doch sie bezweifelte stark, dass es ihr auch gelang. »Außerdem ist es interessant, mal die andere Seite kennenzulernen.«

Das gab ihr die Stimme wieder. »Also nutzt du mich wirklich als Studienobjekt?«

»Nein!«, wehrte er sofort ab, seine Stirn lag wieder in Falten. »Ich lerne durch dich die Denkweise der Frauen kennen, soweit sie mir noch nicht vertraut ist. Das ist doch nicht schlecht, oder?«

»Komisch, warum fühle ich mich schon wieder wie eine Laborratte?« In einem Zug leerte Tina ihr Glas und mied den Blick zu ihm.

»So ist es nicht«, erwiderte er leise. »Ehrlich, am Anfang war es anders, aber inzwischen …« Offenbar suchte er nach den passenden Worten. »… ich würde dich nie hängen lassen.«

Hastig senkte sie den Blick, denn es klang so nett, so schön, etwas Schöneres hatte sie noch nie gehört, um genau zu sein. Und dennoch tat es so verdammt weh.

Davon schien Daniel nichts zu ahnen, denn der faselte munter weiter. »Übrigens, während du dir die überflüssigen Kilos rangefuttert hast, war ich nicht untätig, Hunt.«

Ohne aufzusehen, lachte sie trocken.

»Mit Ein-Raum-Appartements sieht es in der Stadt nicht nur ziemlich schlecht aus, faktisch ist keines zu finden«, fuhr er fort.

»Was für eine Überraschung!« Mist, in ihrem Glas war wirklich nur noch Luft.

»Also habe ich mich auf die Mehr-Raum-Domizile konzentriert.«

»So etwas kann ich mir nicht leisten«, widersprach sie müde.

»Warte es ab! Mir kam da eine Idee und ich sprach mit meinem Vater darüber. Als ich ihm die Lage erklärte, vor allem, dass du eine zentrale Rolle dabei spielst. Was soll ich sagen? Er war einverstanden, erstaunt mich irgendwie immer noch.«

Tina hütete sich, aufzusehen. »Du sprichst in Rätseln, Grant.«

»Natürlich! Ich bahne langsam den Showdown an, also quatsch mir nicht immer rein!«

»Okay.«

»Wie viel Zahlen deine Eltern für dieses Appartement?«, erkundigte er sich plötzlich.

»450 monatlich«, erwiderte Tina mit wachsender Verwirrung.

»Hmmm, ich hab eins in bester Lage gefunden. Drei Räume, kostet schlappe 800.«

»Zu viel. 450 ist Ultimo.«

»Wenn du nur die Hälfte zahlst, sparen deine Eltern sogar«, wandte er ein.

Da sie ihm wirklich nicht folgen konnte, nicht einmal ansatzweise, setzte Tina ihr Glas an die Lippen und seufzte geschlagen, als ihr einfiel, dass sich der Gin ja bereits in ihrem Magen befand.

»Moment!« Schon verschwand ihr Möchtegernbruder mitsamt ihrem Trinkbehältnis. Kurz darauf hielt sie ein volles Glas in der Hand und ein paar Sekunden später wurde ihr eine brennende Zigarette gereicht.

Nicht einmal ein ›Danke‹ brachte sie zustande, offenbar setzte bei Tina gerade die Neujahrsdepression ein, außerdem zweifelte sie neuerdings an seinen mathematischen Fähigkeiten.

»Wenn du allein einziehst, ist es zu teuer, richtig?«, erkundigte er sich eher beiläufig, auch wenn er sein Grinsen nicht ganz verhindern konnte.

Tina nickte.

»Und was, wenn du einen Mitbewohner hast?«

Auffordernd hoben sich seine Augenbrauen, doch Tinas Auffassungsgabe entsprach heute nicht mehr dem üblichen Standard. Was vielleicht am vielen Gin lag oder an Bastarden, die meinten, sie einfach küssen zu dürfen, ob sie nun wollte oder nicht. »Und wer sollte das sein?«

Ihre Reaktion fiel wohl ganz nach seinen Plänen aus, denn Daniels Grinsen war mit einem Mal unschlagbar.

»Ich!«

14. So here we are

Einige Tage zuvor

»Dad, ich habe ein Problem!«

Mit einiger Genugtuung registrierte Daniel die freudige Überraschung seines Erzeugers. Im Grunde verhielt es sich ganz simpel: Daddy wollte ums Verrecken stolz auf seinen Sohn sein, und wenn der auch nur im entferntesten Tendenzen zeigte, ihn stolz zu *machen*, war der Mann selig. Bat er ihn jedoch um Rat, so von Sohn zu Vater, dann befand sich Dr. Grant bereits im siebten Himmel und hörte die Englein singen. Alles wäre so einfach gewesen, hätte Daniel immer brav mitgespielt. Nur sah der das normalerweise überhaupt nicht ein, in diesem Falle blieb leider keine Alternative, er hatte zuvor sorgfältig alle Möglichkeiten ausgelotet.

»Am besten setzen wir uns in mein Arbeitszimmer«, schlug Jonathan vor.

Wie üblich wurde Daniel höflich auf den Besucherstuhl gebeten, während sein Vater in dem breiten Ledersessel hinter den Schreibtisch Platz nahm und sich zurücklehnte »Wie kann ich dir helfen? Es ist doch nichts Negatives?«, fügte er mit leicht herabgesenkter Begeisterung hinzu.

Unentschlossen wiegte Daniel den Kopf hin und her. »Nicht für mich, aber Tina befindet sich derzeit in enormen Schwierigkeiten.«

Sofort genoss er Daddys ungeteilte Aufmerksamkeit. »Was ist geschehen?«

»Ihr wurde das Appartement zum Fünfzehnten gekündigt. Und obwohl ich mir die größte Mühe gab, ist es mir bisher nicht gelungen, adäquaten Ersatz zu finden. Was bedeutet, nach heutigem Stand sitzt das Mädchen in wenigen Tagen auf der Straße.«

»Und wie lautet dein Vorschlag?«

»Wenn wir alle zu illusorischen Optionen außen vor lassen, bleibt nur noch eine«, erwiderte Daniel mit leichtem Schulterzucken. »Sie muss stattdessen ein größeres Appartement nehmen. Problematisch ist nur, dass dementsprechend natürlich auch die Kosten steigen werden.«

Dr. Grant nickte. »Das ist wohl zwangsläufig.«

»Ja. Soweit ich informiert bin, können die Eltern nur minimale Beträge beisteuern, Tina ist gezwungen, in einem Supermarkt zu arbeiten, um überhaupt überleben zu können. Ich helfe, wo ich kann, doch sie weigert sich strikt, sich finanziell unterstützen zu lassen.«

»Verständlich, aber ich bin froh, dass du dich ihrer angenommen hast«, lächelte sein Vater.

»Das versteht sich doch von selbst.« Daniel lehnte sich zurück. »Ich habe alle verfügbaren Komponenten ausgiebig durchdacht und kam zu dem Schluss, dass nur eine Möglichkeit bleibt: Sie müsste mit jemandem eine WG bilden.«

»Das leuchtet durchaus ein.«

»Du kannst dir sicher vorstellen, dass es äußerst schwierig ist, im laufenden Semester eine geeignete Person zu finden«, fuhr Daniel weiter fort. Es galt, das Eisen zu schmieden, solange es heiß war. »Besonders, wenn man das Augenmerk auf einen tadellosen Leumund legt. Trotz intensiver Suche gelang es mir bisher leider nicht, jemanden aufzutun, der meinen Anforderungen nur annähernd genügt. Irgendwann kam ich zwangsläufig zu dem Schluss, dass es vielleicht am besten wäre, wenn *ich* mit ihr in besagtes Appartement ziehe.«

Zum ersten Mal erschienen deutliche Zweifel im Gesicht des älteren der beiden Männer. »Ich denke nicht, dass dies eine kluge Entscheidung wäre. Tinas Eltern werden keineswegs einverstanden sein, dass ihre Tochter mit einem Mann zusammenwohnt.«

»Dad! Du weißt am besten, dass wir nur gute Freunde sind, was mit Sicherheit auch ihren Eltern nicht verborgen geblieben sein wird.« Bekümmert hob Daniel die Hände. »Und überdenke die Lage! Es war keine leere Phrase, um einen besonders dramatischen Effekt zu erzeugen: Sie steht in knapp drei Wochen tatsächlich auf der Straße. Was kann ich sonst tun oder hast du einen besseren Vorschlag?«

Mit gerunzelter Stirn überlegte Jonathan Grant – und das konnte dauern. Einige Male ertönte ein leichtes Räuspern, während sein Blick zum Fenster zeigte. Jetzt hieß es, ruhig bleiben und Daumen drücken, auch wenn es schwerfiel. Es konnte verheerend sein, ihn innerhalb seiner Denkerphasen zu unterbrechen.

Nach einer Weile musterte er seinen Sohn fragend. »Weshalb muss Tina ihre derzeitige Wohnung räumen?«

Daniels Seufzen mutete herzerweichend an. »Du weißt, wie unbedacht die Mädchen sind. Sie hatte ein paar Partys mit ihren Freundinnen und erzürnte damit die Nachbarschaft. Als sich die Beschwerden häuften, zog der Vermieter die Konsequenzen. Recht rüde und unvorbereitet, wie ich meine. Ich muss wohl nicht hinzufügen, dass von den edlen Freundinnen seither jede Spur und vor allem das Angebot jedweder Hilfe fehlen?«

»Konntest du diesen Prozess nicht aufhalten, bevor es so weit kam?«

»Das hätte ich!« Daniels Blick zeugte von tiefster Aufrichtigkeit. »Wäre mir diese wenig erspriessliche Entwicklung bekannt gewesen, hätte ich dem Treiben sofort Einhalt geboten. Zumal die Dinge keineswegs auf Tinas Konto gingen. Allein in einer fremden Stadt suchte sie dringend Anschluss und wählte die falschen Freundinnen. Schon deshalb halte ich meinen Vorschlag für die beste Lösung. So kann ich dafür garantieren, dass sie sich nicht wieder überrumpeln lässt und diesmal vielleicht in die illegalen Kanäle abdriftet. Du weisst, diese Gefahr besteht bei einem jungen und naiven Mädchen immer, und gerade Tina ist etwas unbedarft.« Als sich die Miene seines Vaters aufhellte, wusste Daniel, dass er gewonnen hatte.

»Ich bin beeindruckt.« Der Arzt lächelte. »In den vergangenen Monaten bist du bemerkenswert gereift. Das Mädchen tut dir gut.«

»Gib es zu, du hattest mich bereits als hoffnungslosen Fall abgeschrieben«, erwiderte Daniel trocken.

»Mit Sicherheit nicht! Mein Vertrauen in dich war immer grenzenlos!«

Das liess Daniel unkommentiert, nur sein Lächeln geriet zweifelnd und Daddy sah sich veranlasst, das aktuelle Thema schleunigst zu beenden. »Du hast die Situation exakt analysiert, denn es gibt tatsächlich keine Alternative. Ich denke, für die verbliebenen Monate können wir mit der zusätzlichen finanziellen Belastung leben, und ich bin dankbar, dass du so vertrauensvoll das Gespräch gesucht hast. Das trifft sich ohnehin sehr gut, denn ich wollte mit dir reden.«

Das war schlecht, doch Daniel bewahrte Haltung. »Worum geht es?«

Jonathans strahlte. »Ich muss einräumen, dass ich ein wenig hinter deinem Rücken agiert habe. Jedoch nur, um keine Hoffnungen zu schüren, solange diese jeder Basis entbehren. Am Ende siegte eine Kombination aus deinen herausragenden Noten und meinem guten Namen.«

»Du sprichst in Rätseln, Dad.«

Dass sein Vater noch greller strahlen konnte, war Daniel bisher verborgen geblieben, genau jetzt wurde er erleuchtet – in doppeltem Sinne. »Ich weiss, dass du deiner Assistenzzeit in Phoenix keineswegs enthusiastisch entgegenblickst, und daher in den vergangenen Monaten nach Möglichkeiten gesucht, sie zu umgehen.«

»Ach, mir war nicht bekannt, dass so etwas *überhaupt* infrage kommt!«

»Nun, da bin ich dir geringfügig voraus. Viele Umwege gibt es tatsächlich nicht, genau genommen kannst du sie an einer Hand abzählen.

Eine davon und gleichzeitig jene, die ich einer näheren Betrachtung unterzog, beinhaltet ein freiwilliges Jahr bei den Ärzten ohne Grenzen. Was weißt du über das Projekt?«

»Das ist ein Haufen Ärzte, die kostenlos die Leute in Entwicklungsländern behandeln?«, erwiderte Daniel schulterzuckend.

»Nun, in der Realität verhält es sich etwas weniger simpel.« Sollte sich jemals irgendwer die Frage gestellt haben, woher Daniel seine grenzenlose Arroganz hatte, hier fand man die Antwort. Inzwischen sprühte Dr. Grant vor Selbstgefälligkeit.

»Innerhalb der vergangenen Jahre wurde daraus eine feste Institution, der Kollegen angehören, die in der Basis genau das tun, was du zuvor etwas einfältig umrissen hast. Jedes Jahr bekommt ein Praktikant die Chance, seine Assistenzzeit unter Aufsicht dieser Ärzte zu absolvieren. Unentgeltlich, das versteht sich von selbst. Allerdings sind die Erfahrungswerte, die du während dieser Zeit sammeln kannst, von unschätzbarem Wert. Keine Klinik in den Vereinigten Staaten kann dir eine solche Ausbildung bieten. Jene Männer und Frauen werden nach absolviertem Jahr von den Kliniken ausnehmend dankbar genommen. Sie überspringen alle weiteren Stationen, die ein gewöhnlicher AIPler nehmen muss. Du wärst ein Jahr lang in Afrika und könntest die Menschen dort aus nächster Nähe studieren. Natürlich auch deren Krankheiten, von denen viele in unserem Teil der Welt bereits als überwunden gelten. Das ist eine Chance, die möglicherweise einer unter einhunderttausend angehenden Medizinern bekommt. Selbstverständlich würden wir dich innerhalb dieses Jahres unterstützen, und bei deiner Rückkehr würde deiner glänzenden Karriere nichts mehr im Weg stehen.«

Das waren sehr neue und daher überraschende Aussichten. Stirnrunzelnd überlegte Daniel die Sachlage. Sonderlich begeistert war er tatsächlich nie gewesen, wenn er an den ewig zermürbenden Job in der Notaufnahme gedacht hatte. Hier bot sich *die* Chance – das hatte er sofort erkannt. Ein Jahr in Afrika, das klang doch nicht übel, oder? Als Assistenzarzt würde er in Phoenix mit viel Glück vielleicht 1500 Dollar verdienen und mit noch mehr Glück damit halbwegs über die Runden kommen. In Afrika würde er kein Geld benötigen, denn dort gab es ohnehin nichts zu kaufen. Wenn ihn die Ausbildung ganz nebenbei auch noch von null an die Spitze katapultierte und er sich nach einem Jahr bereits Doktor nennen durfte, umso besser! Ihn hielt hier nichts! Überlegungen abgeschlossen, Daniel hob den Kopf. »Wann soll es losgehen?«

Betont gleichmütig hob sein Vater die Schultern, konnte allerdings das Blitzen seiner Augen nicht verbergen. Der Mann war mal wieder restlos begeistert. »Wenn du dein Diplom in der Hand hältst, geht es für zwei Wochen nach Washington. Dort wirst du umfassend eingewiesen, mit den erforderlichen Impfungen ausgestattet, unterziehst dich einem Gesundheitscheck und dann kann es losgehen.«

»Okay. Ich bin dabei!«

Daddys Begeisterung kannte keine Grenzen mehr. »Ich hatte nichts anderes erwartet.«

Daniel war zufrieden. Endlich hatte er, worum er seit mehr als fünf Jahren gekämpft hatte: ein eigenes Appartement. Dass Tina nebenbei auch in jener Unterkunft wohnte, empfand er als keineswegs störend, denn er mochte die Kleine tatsächlich. Den Umzug bewältigten sie am ersten Wochenende nach dem Silvesterfest. Tatkräftige Unterstützung stand ihnen reichlich zur Verfügung. Alle hatten sich eingefunden, inklusive Joshua, der sich bei Tina formvollendet entschuldigte. Er zeigte sich sogar Manns genug, ihr nichts von dem Kinnhaken zu erzählen, den Daniel ihm für seine dämliche Darbietung verabreicht hatte. Für die Umsiedlung von Daniels Möbeln wurden Tom, Chris und Francis eingeteilt, die übrigen Anwesenden für Tinas Habe. Und so brachten sie es tatsächlich fertig, am Sonntagabend ein halbwegs bewohnbares Appartement vorzuweisen.

Jeweils ein Zimmer gehörten Daniel und Tina. Das Wohnzimmer diente als Gemeinschaftsraum, den Clou an der Wohnung bildeten jedoch die beiden Bäder, welche jeweils von den Schlafzimmern abgingen. Deshalb hatten sie sich am Ende für dieses entschieden, denn in jener Größe hatten durchaus noch andere, preisgünstige Alternativen zur Verfügung gestanden. Umsichtig, wie er nun einmal war, hatte Daniel mit allen Eventualitäten gerechnet: Konnte er mit einer zickigen Tina leben? Also, einer *ständig* zickigen. Würde er mit ihr zurechtkommen, wenn sie an akuter PMS litt? Jenes Phänomen hatte er noch von Francis in grauenvoller Erinnerung. Wegen dieses Traumas war er zwar ein erklärter Sexliebhaber, jedoch war es für ihn ein Albtraum schlimmster Härte, mit irgendeinem Mädchen ein gemeinsames Appartement zu bewohnen. Wie würde er mit Tinas unerträglicher Unordnung zurechtkommen? Die hatte er ihr bisher nämlich nicht abgewöhnen können. Wie verhielt sich das mit einer Tina, die morgens aussah wie ausgekotzt? Auch ein Grund, weshalb er diese ewig langen und innigen Partnerschaften strikt ablehnte. Daniel wusste, dass die Schönheit der Frauen nicht zuletzt auf einen ausgiebigen Besuch im Bad, der Dusche und bei ihrem Make-up Reservoire zurückzuführen war. Wie diese Wesen ohne intensives Styling aussahen, war ihm durchaus bekannt, daher konnte er gut und gern auf den Anblick verzichten.

Verblüffenderweise lösten sich all die zahlreichen Bedenken in Wohlgefallen auf. Tina schien ihre Monatsbeschwerden locker wegzustecken, die Unordnung beschränkte sich ausschließlich auf ihr Zimmer, und da jeder sein eigenes Bad besaß, musste Daniel keine total verschlafene Tina ertragen. Als es dann irgendwann doch so weit kam, registrierte er erleichtert, dass sich das Grauen in Grenzen hielt. Demnach gehörte sie zu jenen Personen, die selbst ungestylt wenigstens keinen Würgereiz bei ihm auslösten. Auch von umherliegenden Kosmetikartikeln aller Art und Bürsten, in denen noch jede Menge Haare klebten, wurde er verschont. Gleiches galt für ein Bad, das eher an ein Freudenhaus erinnerte, weil irgendwer tonnenweise Deo versprüht hatte. Das Grauen schlechthin – die diversen Hygieneartikel – offenbarte sich seinem empfindlichem Auge auch nicht. Alles in allem fühlte er sich nach einigen Wochen in seiner Entscheidung nur bestätigt und bereute sie für keine Sekunde.

Chris erwies sich derweil als herbe Enttäuschung. Mit Tina verstand er sich blendend, machte jedoch keine Anstalten, mal *Anstalten zu machen!* Warum, konnte Daniel beim besten Willen nicht nachvollziehen, denn der Attraktivitätsfaktor lag bei Tina um einiges höher, als bei der blassen Carmen! Bisher hatte sich Daniel keine Gelegenheit geboten, seinen Freund zur Rede zu stellen, weil sich eines der Mädchen immer in Hörweite befand, was ihn zunehmend nervte. Also, Carmens Gegenwart jedenfalls. Daher lauerte er zunehmend gereizt auf eine Gelegenheit, um Chris endlich zur Vernunft zu bringen.

Jane war zunächst von seiner Umsiedlung alles andere als begeistert gewesen, was Daniel keineswegs beunruhigte. Denn wenn ihn nicht plötzlich sämtliche, bisher untrüglichen Instinkte täuschten, sorgte Tinas Anwesenheit bei ihr sogar für verdammt viel Eifersucht. Je intensiver er sich dem angeblich doch so inakzeptablen Mädchen widmete, desto anhänglicher wurde das Blümchen-Rühr-mich-nicht-an. Man konnte mit Fug und Recht behaupten, dass Daniel durchaus zufrieden mit der Gesamtsituation war. Wenngleich es an einigen Stellen noch nicht optimal lief, doch daran arbeitete er ja mit Hochdruck.

Und bisher hatte er noch immer erreicht, was er wollte.

Tina war keineswegs von der Brillanz ihrer Entscheidung überzeugt. Nicht etwa, weil sie sich damit dauerhaft unter die Fittiche des Profs begeben hatte, das betrachtete sie als Trainingseinheit für ihre Beherrschung, Geduld und ihr Verständnis. Überlebte er, hatte sie die Prüfung bestanden. Wenn nicht, nun, dann tat es ihr auch wirklich leid und so. Außerdem und nicht unerheblich war ihr damit als Erste gelungen, mit D.G. in ein Appartement zu ziehen. Es musste ja niemand erfahren, dass zwischen ihnen nichts lief, oder? Die Gerüchteküche kochte an allen Ecken und weder Daniel noch Tina machten sich die Mühe, die Dinge richtigzustellen. Dies beschrieb die positiven Aspekte der gesamten Angelegenheit.

Leider blieb es nicht dabei. Aufgrund der zu erwartenden Frauen – allen voran Jane – hatte Tina ernsthaft gezögert, obwohl die Vorstellung bei den üblichen Tussis ja noch ging – irgendwie. Wie aber würde sie reagieren, wenn er allmorgendlich mit der nicht mehr mies aufgelegten Jane aus seinem Zimmer trat? Möglicherweise, um Tina abzukommandieren, der Kuh einen Kaffee zu kochen?

Sie wusste es nicht, doch allein die Vorstellung verursachte bei ihr einen ausgeprägten Würgereiz, der manchmal sogar in einem Besuch im Bad endete. Selbstverständlich ließ sie sich am Ende trotzdem auf dieses an Wahnsinn erinnernde Unterfangen ein, was blieb ihr denn auch übrig? Unabhängig von der Tatsache, dass sie wirklich gern mit Daniel zusammenwohnen wollte, schwebte die drohende Obdachlosigkeit nach wie vor wie ein Damoklesschwert über ihr. Gewappnet gegen das Schlimmste stellte Tina jedoch bald fest, dass sich die Dinge nicht halb so grauenvoll entwickelten, wie befürchtet. Da gab es auch noch keine Mädchen.

Daniel entpuppte sich als verträglicher Mitbewohner – wenn er nicht mal wieder eine seiner Energie sprühenden Unternehmungen plante. Doch ›normal‹, also morgens, noch verschlafen, stellte er sich sogar als zugänglich und erstaunlich genügsam heraus. Weder mäkelte er an ihrem Äußeren herum, noch versuchte er, ihr seine Lebensgewohnheiten aufs Auge zu drücken. Streit gab es nie, denn offenbar ergänzten sie sich perfekt. Je länger Tina darüber nachdachte, desto weniger überraschte sie das unerwartete Idyll. Schließlich handelte es sich bei ihnen ja um Bruder und Schwester, nicht wahr? Ihren Eltern den ungeplanten Umzug schmackhaft zu machen, hatte sich jedoch als äußerst schwierig herausgestellt. Vera hatte sich irgendwann seufzend geschlagen gegeben, doch bei George hatte nicht einmal der Hinweis auf die monatlich eingesparten fünfzig Dollar geholfen. Und das, wo er weithin als ewiger Schotte verschrien war.

Als er hörte, dass seine Tochter mit einem Mann zusammenziehen wollte, drehte Mr. Hunt schlichtweg durch und drohte, sofort zu erscheinen und sich ... ›den Burschen vorzunehmen!‹ Kein Argument half, bis dem ewig optimistischen Prof die rettende Idee kam. Er setzte Dr. Grant auf Tinas Vater an, und den hatte es eine Stunde am Telefon gekostet, um George erfolgreich ruhigzustellen. Übrigens gehörte es zu einer von Tinas ersten Amtshandlungen, sich jedes Abkommandieren zum Küchendienst zu verbitten, einschließlich der Bewirtung weiblicher (Bett)Gäste. Das nickte Daniel großzügig ab und bald ergab es sich sogar, dass er die Verantwortung für die Zubereitung des Frühstücks übernahm. Obwohl Tina der Verdacht nie ganz verließ, dass er den Aufwand nur betrieb, um zu verhindern, dass sie zeit ihres Lebens noch einmal in den Genuss eines wahnsinnig leckeren Buttercroissants kam, der Idiot.

Nachdem ihr altes Appartement geräumt war, ergab sich dort jedoch noch eine winzige, ungeplante Schwierigkeit, denn die witzigen, überhaupt nicht so lauten Partys und zahlreichen Gäste hatten ihre Spuren hinterlassen. Neben einigen kleineren Schäden an der Tapete fanden sich jene charakteristischen Merkmale, die man sonst nur in Nachtbars ausmacht, in denen das Rauchen noch gestattet ist. Die wirkte nicht mehr weiß, weiß angehaucht oder ließ wenigstens vermuten, mal hell gewesen zu sein. In Wahrheit besaß die Tapete, und zwar *überall,* einen üblen Gelbschimmer, der an einigen Stellen bemerkenswert ins Braun überging. Von der geforderten ›mängelfreien Übergabe‹ konnte demnach keine Rede sein.

»Das ist Scheiße«, ächzte Tina, als sie die Katastrophe beäugten.

»Ist es nicht!«, widersprach der ewig optimistische Prof prompt. »Wir müssen nur streichen.«

Das klang super, leicht ohnehin, bedeutete jedoch in der Praxis, dass sie die kommenden vier Abende in dem kahlen Appartement zubrachten. Okay, für Tina zwei Abende, denn an den übrigen musste sie sich leider wegen Arbeit entschuldigen. Bereits am nächsten Tag versammelten sich in dem kleinen Raum ungefähr dreihundert Personen. Jeder zeigte sich hoch motiviert, mit mindestens einem Pinsel bewaffnet und in fleckige Gewänder gehüllt. Was darauf hindeutete, dass es sich hierbei nicht um Studenten, sondern eher um professionelle Maler handelte. Alle wollten einen Teil der acht vorhandenen Wände streichen und forderten mindestens Bier, um dabei nicht vor Erschöpfung zusammenzubrechen. Daher beschäftigte Tina sich vorrangig mit dem Verteilen der Getränke, wenn sie überhaupt anwesend war.

Als sie am Dienstag nach ihrem etwas längeren Besuch im Supermarkt eintraf, konnte sie sich des Eindrucks nicht erwehren, dass sich die Zahl der Freiwilligen noch einmal um gute zwanzig erhöht hatte. Jetzt stritten die sich tatsächlich um jeden noch nicht frisch geweißten Zentimeter, was ein rasches Voranschreiten der Arbeiten mit sich brachte. Leicht unpraktisch erwies sich im Nachhinein allerdings, dass jeder seine eigene Farbe mitgeführt und verarbeitet hatte. Dahinter gelangten Tina und Daniel aber erst, als das Desaster bereits perfekt war. Am späten Donnerstagabend betrachteten die beiden stirnrunzelnd das Ergebnis, denn die Wände wiesen ungefähr dreißig der handelsüblichen Weißschattierungen auf. Von Reinweiß konnte keine Rede sein.

»Was jetzt?«, fragte Tina verunsichert.

Daniel hob die Schultern. »Ganz klar, die Übergabe findet abends statt.«

»Das funktioniert nie!«

»Abwarten!«, meinte er nur grinsend und Tina verdrehte stöhnend die Augen.

Ganz klar, sie war im Eimer, aber das wusste sie ja schon seit Längerem. Unglücklicherweise – wie Tina dem Prof glaubhaft versicherte – musste sie am Fünfzehnten leider arbeiten, weshalb es allein ihm oblag, die Übergabe erfolgreich über die Bühne zu bringen.

Als er sie um acht am Supermarkt abholte, erübrigte sich jede Frage, denn Daniels triumphierendes Grinsen sprach für sich. Tina erkundigte sich trotzdem, schon, um das Protokoll zu bedienen.

»Und?«

»Keine Probleme, du bist das Teil los!«

Argwöhnisch musterte sie ihn, nachdem die beiden im Wagen saßen. Heute befand sich das Verdeck sogar mal oben, jedoch nicht etwa aufgrund der eisigen Temperaturen, sondern weil neuer Schneefall eingesetzt hatte und Daniel um seine Polster fürchtete.

»Die Abnahme wurde nicht zufällig von einer Frau vorgenommen, oder?«

Sein Grinsen wurde sogar noch ein wenig breiter.

»Lass mich raten, um die Vierzig, seit dreißig Jahren mit einem ekelhaften, verfetteten Bürohengst verheiratet?«

»Ich muss sagen, du enttäuschst mich. *Lissy* ...« Daniel hob eine Augenbraue und Tina stöhnte. »... ist ganz frisch ins Unternehmen eingestiegen. Vierundzwanzig, todunglücklich, weil unlängst von ihrem Freund verlassen und das auf ziemlich niederträchtige Weise, wie ich hinzufügen möchte. Da ist er doch glatt mit ihrer besten Freundin durchgebrannt.«

»Nein!«, hauchte sie verblüfft. »So etwas gibt es *wirklich*? Ich dachte, das wäre eine düstere Legende!«

»Ist es nicht«, bestätigte er bekümmert, den Blick auf der Straße und das Grinsen vor Ort. »Lissy trinkt gern Tequila, weshalb wir uns für das Wochenende im *PITY* verabredet haben. Noch Fragen?«

»Nicht, dass ich wüsste.« Erschöpft schüttelte sie den Kopf, während Daniel lachend das Gaspedal durchtrat.

Missmutig fragte Tina sich, ob dieser arrogante Kerl irgendwann einmal nicht mit seiner Tour durchkommen würde, obwohl sie in diesem speziellen Fall sehr wohl dankbar war. Okay, in Wahrheit fiel ihr ein Stein vom Herzen, denn sie hätte nicht gewusst, was sie hätte tun sollen, wäre die Übergabe im ersten Anlauf gescheitert. Aber es ging doch nicht an, dass Daniel Grant immer und überall mit seinem Mist erfolgreich war, während sich der übrige Teil der Menschheit mühsam durchs Leben beißen musste, oder? Nach einer Weile wandte er den Kopf in ihre Richtung, sie blickte in grüne, funkelnde Augen mit klitzekleinen braunen Pünktchen und seufzte. Doch, das ging an. Definitiv.

15. Welcome to my life

Am letzten Sonntag des Januars wurde Tina mitten in der Nacht von einem energiegeladenen Prof geweckt. »Aufstehen!«

Groggy hob sie den Kopf, blinzelte, sah trotzdem nichts und ließ sich stöhnend wieder ins Kissen fallen. »Was willst du, Grant?«

»Du musst aufstehen!«

Wie konnte ein Mensch nur ständig derart begeistert sein und das sogar um diese Uhrzeit? »Warum denn?«, knurrte sie in ihr Bettzeug.

»Um acht kommen Francis und Tom, wir machen einen Ausflug.«

»Was habe ich damit zu tun?«

»*Du* kommst mit!« Der Typ brachte es sogar fertig, dämlich zu lachen. »Komm schon, Hunt! Du willst doch nicht alles aufhalten, oder?«

»Nein! Fahrt allein!«

»Vergiss es!«

Im nächsten Moment schaltete dieser Kerl tatsächlich das grelle Licht ein und stöhnte aufgesetzt. »Du solltest echt mal aufräumen, Tina.«

»*Raus!* Und mach vorher das Licht aus!«

Natürlich dachte Daniel nicht im Traum daran, stattdessen hörte sie ihn jetzt seufzend im Zimmer umhergehen. Derzeit konnte sie das alles noch nicht wirklich fassen und versuchte es auch erst gar nicht. Doch kurz darauf wurde Tina die Decke gestohlen und zu allem Überfluss auch noch das Fenster aufgerissen. Arktische Polarluft driftete in den Raum und senkte die Temperatur innerhalb weniger Sekunden auf Frostgrade.

»Steh auf, wir haben volles Programm! Außerdem mache ich mich nicht zum Idioten, nur weil du nicht aus dem Arsch kommst!« Sprachs und verließ mit der Decke unter dem Arm das Zimmer, während Tina sich wie so häufig im total falschen Film wähnte. Es half nichts. Wenn dieser Idiot irgendeinen Plan verfolgte, gab es kein Entrinnen. Ob sie nun vorab eingeweiht worden war, oder nicht.

Und so quälte Tina sich unter erheblichen Beschwerden aus dem Bett, verabschiedete sich im Stillen von ihrem wundervollen Plan, heute aber wirklich einmal auszuschlafen und tappte auf wackligen Füßen in die Küche, wo der strahlende Prof sie empfing.

»Na siehst du, *geht* doch!«

Ohne zu antworten setzte Tina sich mit einer Tasse Kaffee an den Tisch. Sie war anerkannter Morgenmuffel, daher ging man ihr um diese Uhrzeit am besten weiträumig aus dem Weg, eine Regel, an die sich auch jeder hielt – abgesehen von Daniel selbstverständlich. Nach dem ersten herzhaften Schluck wurden ihre Augen groß, sie stürzte mit vor dem Mund gehaltener Hand zur Spüle und spuckte das Zeug aus. Und nachdem sie mit ungefähr drei Litern eisigem Wasser nachgespült hatte, war Tina sogar sicher, dass ihre Mundhöhle den Brandanschlag überleben würde.

»Ach so, der Kaffee ist übrigens heiß!«, warf der lustige Daniel in die Runde.

»Schnauze, Grant!«

»Sind wir heute Morgen ein wenig mies drauf?«

Bewaffnet mit neuem Kaffee und einem Glas Wasser zum Löschen, setzte Tina sich erneut, bevor sie sich zu einer Antwort herabließ, die er NICHT verdiente!

»Nein, sind wir nicht. Ich kann mich kaum beruhigen vor lauter Freude.«

»Dann ist doch alles gut!«, grinste er.

Tina wartete mit gesenktem Kopf darauf, dass die Wirkung des Koffeins einsetzte, und als sie darüber hinaus davon ausgehen konnte, den Prof *nicht* zu töten, sah sie entschlossen auf. »Also, was hast du vor?«

»*Wir!*«, wurde sie umgehend korrigiert. »*Wir* haben vor! Einen Ausflug. Mit Tom und Francis.«

»Schön, wohin fliegen wir denn aus?«

»New York?«

Lautstark stellte Tina ihre Tasse ab. »Das ist ein Fahrweg von zwanzig Minuten! Warum muss ich in aller Herrgottsfrühe aufstehen, um in diese total hässliche Stadt zu eiern? Es hätte gereicht, wenn wir gegen Mittag aufbrechen. Und außerdem: *Was soll ich dort?*«

Daniel lehnte sich zurück, seine Begeisterung hatte sich um einige beachtliche Grade gesenkt. »Erstens fängt nur der frühe Vogel den Wurm.« Ihr Aufschnauben wurde glatt ignoriert. »*Zweitens* ist New York nicht hässlich. Ich denke nicht, dass du dir ein Urteil erlauben kannst oder wie häufig warst du schon dort?«

Anstatt zu antworten, verzog sie das Gesicht, was den Idioten zur Abwechslung nicken ließ.

»Eben! Und abgesehen davon …« Unvermutet beugte er sich über den Tisch und starrte sie mit seinen grünen Dämonenaugen an. »Geh dich endlich anziehen, ich habe keine Lust, mich deinetwegen zu blamieren, weil wir nicht fertig sind!«

Nein, Tina widersprach nicht, so angebracht es auch gewesen wäre. Sie konnte nicht, wegen dieser Augen und den Lippen, die ihr plötzlich so nah waren. Verdammt, er kam wirklich immer mit seinem Mist durch! Das durfte alles nicht wahr sein! Wie sie es zustande brachte, wusste sie nicht, doch pünktlich um zehn vor acht stand Tina wieder in der Küche. Diesmal vollständig bekleidet und ausgehfertig. Der Prof zeigte sich eher mäßig zufrieden. Wann der sein Bett verlassen hatte, wagte sie nicht zu fragen, denn wie Daniel aussah, wenn er morgens aufstand, wusste Tina sehr genau. Mit diesem dann so süß verwuscheltem Haar und den müden Augen, zerknitterten, dunklen Wangen, in T-Shirt und Jogginghose, bewies er regelmäßig, dass er auch nur ein Mensch war. Jetzt stand Mr. Charming höchstpersönlich vor ihr – also der übliche Anblick –, und um das zu erreichen, benötigte er circa eine Stunde. Der Kerl war doch nicht ganz dicht! Seltsam nur, dass Tom und Francis es mit der Pünktlichkeit nicht einmal halb so ernst nahmen, wie von Daniel angekündigt. Denn die trudelten gegen halb neun ein, der Prof reagierte entsprechend missgestimmt. Nach einem nüchternen »Hallo!« von der umwerfenden Francis und einem lautstarken »HEY, ALLES WACH???« vom riesigen Tom, musterte Letzterer den ärgerlichen Dämonen genauer. »Ist was?«

Demonstrativ blickte der Prof auf die Uhr. »Wir waren um *acht* verabredet!«

Tom stöhnte. »Eine *Richtzeit, Alter! Das war eine RICHTZEIT!* Es ist Sonntag! Ernsthaft, manchmal machst du mir Angst!«

Auf derartige Plänkeleien stieg Daniel erst gar nicht ein, sondern zog sich in demonstrativem Schweigen die Jacke an. Tina tat es ihm nach, denn dies bedeutete unmissverständlich das Startsignal. Kurz darauf saßen sie im Wagen – das Verdeck stand offen, laut Wetterfrösche sollte Neuschnee heute ausbleiben – und fuhren in Richtung New York.

Obwohl die Fahrt tatsächlich nur zwanzig Minuten dauerte, war Tina außerordentlich dankbar, als sie wieder aussteigen durfte. Wegen der akuten Gefahr des Festfrierens. Daniel schien mit der Kälte keine Probleme zu haben und auch Francis und Tom meldeten kein Veto an, was Tina mal wieder überhaupt nicht kapierte. Immer wieder hatte sie den vernichtenden Eindruck, *sie* wäre hier die Durchgeknallte und nicht etwa der Prof. Dabei hatte sie bisher noch nie von jemandem gehört, der im tiefsten Winter mit seinem offenen Cabriolet durch die Gegend fuhr. Oder hatte sich das bis in ihr hinterwäldlerisches Kaff wie so häufig komplett falsch durchgesprochen und die Dinger blieben *immer* unten? Von Entwarnung konnte nach dem Aussteigen übrigens keine Rede sein, denn als Erstes besuchten sie die Freiheitsstatue, welche sich bekanntermaßen am Wasser befindet, weshalb Tina nicht das Gefühl hatte, überhaupt den Wagen verlassen zu haben. Anstatt des Fahrtwindes versuchte jetzt der Seewind, ihre Ohren absterben zu lassen.

Selbstverständlich meldete keiner ihrer Begleiter irgendwelche Schwierigkeiten mit seinen Hörorganen, dem nicht Erfrieren einzelner Gliedmaßen oder dem Überleben an sich an. Wirklich lustig wurde es, als sie die tolle Tante nicht etwa von unten bestaunten, sondern hinaufstiegen. Sicher, es gab sehr wohl Aufzüge, aber die nahmen nur Anfänger und Touristen, wie Daniel ihr grinsend versicherte. Während Tina sich schnaufend die Treppe hinauf kämpfte, wandte sich Tom zu ihr um.

»Sag bloß, diese wunderbare Seite an ihm ist dir bisher verborgen geblieben.« *Er* zeigte nicht die geringsten Erschöpfungserscheinungen, in Wahrheit war der Typ noch nicht mal aus der Puste!

Tina sparte sich lieber die Atemluft. Es wäre sowieso müßig gewesen, ihn darüber aufzuklären, dass sie eigentlich ausschlafen wollte, verdammt! Nach ungefähr dreitausend Stufen wandte Fran sich lächelnd zu ihr um – natürlich mit absolut ebenem Atem.

»Gleich ist es geschafft!«

Davon war Tina sogar überzeugt, denn andernfalls würde sie demnächst auf dieser verdammten Treppe still und leise verenden. Wahrscheinlich würde es den anderen erst beim Abstieg auffallen, wenn sie über ihre inzwischen erstarrte Leiche stolperten. Angelangt in luftigen Höhen empfing sie eisiger Wind, der sich hier oben wie ein Sturm ausmachte. Bekümmert fragte Tina sich, wie sie die Brille tragen sollte, wenn ihre Ohren erst erfolgreich abgeknickt waren. Natürlich muss nicht erwähnt werden, dass weder Daniel, Francis oder Tom mit derartigen Schwierigkeiten kämpften, die erfreuten sich begeistert an dem genialen Ausblick. Nach fünf Minuten wurde zum Abstieg geblasen. Zu diesem Zeitpunkt schnaufte Tina nicht mehr wie eine Lok, sondern nur noch wie ein Marathonläufer nach dreißig Meilen Jogging, weshalb es ihr auch gelang, lebend wieder nach unten zu gelangen.

Als Nächstes fuhren sie durch die eisige Kälte zum Empire State Building, wo man wieder die Aufzüge außen vorließ. Schließlich wollte man sich von den Anfängern und Touristen sichtbar abgrenzen. Und so kämpften sie sich stattdessen diesmal 102 Stockwerke hinauf. Tina sparte sich jeden verbalen Beitrag, sie war viel zu sehr mit dem Überleben beschäftigt. Nach zwei gefühlten Ewigkeiten schleppte sie sich unter Aufbietung ihrer letzten Kraftreserven auf die Terrasse, wo sie eher mäßig interessiert bemerkte, dass Fran genau zweimal etwas flacher und hektischer Luft holte.

Sie zeigte *Reaktion!*

Wegen der niedlichen Ferngläser, in die man ein paar Cents einwerfen musste, um die wunderschöne Aussicht bewundern zu dürfen, blieben sie diesmal sogar zehn Minuten, bevor zum Abstieg geblasen wurde. Danach steuerte Daniel die Fifth Avenue an. In der Luxus-Shoppingmeile gab es nichts, was Tina interessierte, Francis jedoch legte erst einmal einen ausgiebigen Einkaufsbummel ein. Und nachdem sie gefühlte drei Stunden von einem Geschäft ins nächste gehetzt waren, gab es sie: *eine Pause.* Jene wurde in einem niedlichen Café abgehalten, in dem der Latte macchiato putzige fünf Dollar kostete. Das war jedoch nicht der Grund, weshalb Tina sich am Ende für einen Kaffee – schwarz – entschied, den selbstverständlich Daniel bezahlte.

Ein Latte wurde ihr verboten! Wegen der Kalorien, jawohl!

Wäre sie nicht so verdammt erschöpft und von der unvorstellbaren Kälte zermürbt gewesen, hätte der irre Prof genau in dieser Sekunde das Zeitliche gesegnet. Aber so blieb er am Leben und Tina begnügte sich mit dem rabenschwarzen, bitteren Gesöff – war auch ganz gut, weil warm.

Und dann ging es weiter: Ground Zero, Central Park, Guggenheim Museum, Brooklyn Bridge, Brooklyn Heights, Soho, Greenwich Village, Museum of Modern Art, Rockefeller Center, Metropolitan Museum of Art. Alle Adressen wurden im Schnelldurchlauf absolviert, obwohl Tina sich wenigstens in den Museen gern länger umgesehen hätte.

Dort herrschten menschenfreundliche Temperaturen und das Auftauen setzte bereits nach zwanzig Minuten ein. So lange blieben sie nur leider nie.

Am frühen Nachmittag streikte Tom und bestand auf einen Abstecher in ein Restaurant – seitdem liebte Tina diesen riesigen Mann. Ihnen wurden genau dreißig Minuten zur Nahrungsaufnahme zugebilligt, dann trieb Daniel sie weiter. Schließlich lag noch so einiges vor ihnen!

Auf der Heimfahrt wurde kein Wort gewechselt, offenbar herrschte miese Stimmung, doch vielleicht waren sie ja auch einfach nur müde, Tina jedenfalls hätte auf der Stelle einschlafen können. Mit der Tinaverarsche hatte Tom sich am heutigen Tag zurückgehalten, nur ein Mal hatte sie sein misstrauischer Blick beehrt. »Du siehst fertig aus, Baby.«

Das war für seine Verhältnisse wirklich zahm, stattdessen hielt er sich schamlos an den Prof.

»Und, wie ich hörte, gehst du demnächst unter die Tiger und Löwen?« Das musste irgendein Code sein, den abgesehen von Tina jeder verstand.

»Bei den Tigern solltest du noch mal nachdenken … und ansonsten: wenn alles läuft wie geplant. Wir reden darüber, wenn es spruchreif ist«, lautete Daniels abweisende Antwort.

»Was hast du denn vor, wenn du erst mal mitten im …«

»Wir sprechen darüber, wenn es so weit ist, Thomas!«

Der runzelte zwar die Stirn, verfolgte die codierte Unterhaltung jedoch nicht weiter, was schade war, denn Tina hätte nur zu gern erfahren, worum es ging – außerdem lenkte das so schön von ihr ab. Angekommen in dem unglaublich warmen Appartement, durfte Tina nicht etwa schlafen gehen, nein, jetzt wurde ein Animationsprogramm für die beiden Gäste erwartet – Francis und Tom hatten sie nämlich noch nach oben begleitet. Daniel hatte die bedeutend besseren Karten gezogen, denn der zockte mit Tom an der Spielkonsole, während Tina sich mit der schweigsamen Fran auseinandersetzen durfte. Und da die mal wieder nicht zum Sprechen aufgelegt war, schwiegen die beiden Frauen eben im Takt. Das war unangenehm, aber auch erholsam, weil Tina so ein wenig vor sich hindämmern konnte. Mit offenen Augen, aber besser als nichts.

»Und, wie läuft's?«

Entsetzt fuhr Tina zusammen, denn sie war es nicht gewohnt, häufig von der Schönheit angesprochen zu werden, und wusste für einen Moment wirklich nicht, wie sie reagieren sollte. »Gut«, stotterte sie. »Äh, was meinst du genau?«

Fran grinste. »Mit meinem Bruder zusammenzuwohnen.«

»Na ja, er nervt, macht mich fertig, lässt mich sonntags nicht ausschlafen, ich würde ihn gern vierteilen und kreuzigen, ansonsten läuft es bestens«, erwiderte Tina schulterzuckend.

»Das habe ich gehört, Hunt!« Daniel machte sich nicht die Mühe, den Blick vom Fernseher zu nehmen.

»Ich hoffe es, Grant«, murmelte Tina.

Fran schüttelte den Kopf. »Lass dich nicht von ihm überfahren. Er neigt dazu, jeden für sich zu vereinnahmen und das hält auf Dauer niemand durch.«

»Wem sagst du das, aber hast du ein Rezept, *ihn* zu stoppen?«

Beide blickten zu den Männern, die sich ein wildes Autorennen lieferten.

»Halt dich da raus, Francis!«, knurrte der grünäugige Schumacher.

Die ignorierte ihren Bruder. »Wie ich sagte, sieh dich vor. Er kennt kein Maß und glaubt, alles läge ihm zu Füßen und tanze nach seiner Pfeife. Lässt du dich erst darauf ein, gibt es keine Rettung und am Ende bist du der bedauernswerte Kollateralschaden«, warnte Fran noch einmal.

Die drohende Gefahr war Tina nicht entgangen und sie hätte sich zu gern länger und vor allem ausgiebiger mit Fran unterhalten.

Doch Daniel beendete ganz plötzlich das Rennen und setzte sich zu ihnen.

»So … Worum ging's hier gerade?«

Der Montagmorgen empfing Tina mit Kopfschmerzen und einem anhaltenden Niesanfall.

»Trink eine heiße Zitrone«, empfahl der Prof.

Das tat sie, doch es wurde nicht etwa besser, sondern immer schlimmer. Am Lunchtisch lehnte sich der Zungenküsser Joshua – dem sie immer noch nicht verziehen hatte, egal, welche dämlichen Erklärungen er geliefert hatte – zu ihr hinüber. »Geht's dir nicht gut?«

Der Prof reagierte sofort und denkbar unwirsch. »Sie hat nichts!«

Erwidern konnte Tina nichts, denn sie wurde soeben vom nächsten Niesanfall heimgesucht, dicht gefolgt von einer Hustenattacke, und als sie endlich antworten konnte, brachte sie es nur auf ein Krächzen.

»Sieht nach Grippe aus«, mutmaßte Daniel, nachdem er sie mit Kennerblick begutachtet hatte.

»Ja, dank …« Weiter kam Tina nicht, weil sie bereits wieder nieste.

»Hmmm, rot bist du auch, dürfte Fieber sein. Willst du lieber gehen?«

Und wie sie wollte! Tina wusste nur nicht genau, welche Büchse der Pandora sie damit öffnete, denn die Augen des Profs glitzerten so komisch, weshalb sie besser ablehnte. Doch noch vor Ende der eineinhalbstündigen Lunchpause gab es keine Alternative mehr. Ihre Stimme war verschwunden und Tina mittlerweile sogar verdammt heiß, außerdem wollte sie nur noch eines, und das sehr, sehr dringend: ins Bett!

Daniel spitzte die Lippen. »Influenza. Dein Immunsystem ist wohl nicht das Beste?«

Kaum hatten sie das Appartement erreicht, begann die bisher schlimmste Marter ihres Lebens. Die kleine, verhätschelte Tina war es gewöhnt, umsorgt und gepflegt zu werden, wenn sie wirklich einmal krank geworden war. Doch nun wurde sie durch das grausamste Anti-Grippe-Programm gezerrt, das man sich nur vorstellen konnte. Und immer, wenn sie glaubte, es endlich überstanden zu haben, kam dieser dämliche Idiot auf eine neue, noch grausamere, Idee:

- Dampfbäder
- Inhalieren über einem anderen heißen Bad, diesmal in der Schüssel
- Zwiebelsaft
- Grog *ohne* Zucker, man musste schließlich auf das Gewicht achten.
- Kirschsaft
- Halswickel (mit Quark)
- Heiß/Kalt Therapie. Das bedeutete: Der Wahnsinnige drehte die Heizung bis Ultimo, wartete zehn Minuten und riss dann die Fenster auf.

Dieses Manöver wiederholte er zehnmal infolge.

Das war keine rührende Pflege, obwohl Daniel es mit Sicherheit dafür hielt, stattdessen wurde Tina bedauernswertes Opfer seiner Doktoralüren, die ihrer Ansicht nach übrigens noch verbesserungswürdig waren. Denn Daniel führte einen erbitterten Krieg gegen die Grippe und war entschlossen zu siegen, egal, ob seine Patientin das nun überlebte, oder nicht. Gegen das Fieber gab es nicht etwa Medikamente, sondern Wadenwickel und auch hierbei ging der Prof keineswegs nett vor: Die im Eisfach schockgefrosteten Handtücher wurden für fünf Minuten um ihre Beine gewickelt und durch neue Eisbretter aus gefrorener Baumwolle ersetzt, sobald sie temperaturmäßig drohten, den Gefrierpunkt zu überwinden. Nebenbei musste Tina ekelerregenden Tee trinken und tonnenweise Obst und Gemüse essen. Etwas anderes gab es nicht.

Bereits nach zwei Tagen ging es ihr bedeutend besser, was sie nicht etwa dem irren Möchtegernarzt zuschrieb, sondern als letzten Versuch ihres Körpers betrachtete, diese Tortur zu überleben. Flucht in die Gesundheit.

Der Prof sah das mal wieder ganz anders, denn als er am folgenden Abend prüfend ihre Stirn befühlte, grinste er. »Kein Fieber! Nun sag! Bin ich gut oder bin ich gut?«

Tina antwortete lieber nicht, Daniel wäre von ihrer Fluchtthese wohl nicht begeistert gewesen, allerdings schwor sie, es nie wieder so weit kommen zu lassen. Noch eine Anti-Grippen-Behandlung à la Grant würde sie nicht überleben.

Als wäre das noch nicht genug gewesen, stellten auch sie sich endlich ein: Frauen, obwohl es sich nach Tinas Dafürhalten eher um Schlampen handelte. Eines Morgens kam ihr eines dieser berüchtigten Mädchen aus Daniels Zimmer entgegen, von dem sie sich dunkel entsann, es mal an der Uni gesehen zu haben. Verwechslungen waren nicht ausgeschlossen, momentan trug es nämlich nur Daniels Hemd und war ansonsten nackt. Das Ding grinste dämlich – sehr helle wirkte die ehrlich nicht. »Gibt es Kaffee?«

»Wenn du ihn kochst«, lautete Tinas mürrische Antwort, was ihr eine schnippische Erwiderung einbrachte, die diesem widerlichen Eindringling nun wirklich nicht zustand: »Passt dir was nicht?«

Tina zog es vor, darauf nicht zu antworten, denn die Schlampe konnte ja nicht wirklich etwas dafür, oder? Einen Kaffee kochte sie ihr trotzdem nicht, das übernahm der Idiot, als er einige Minuten später breit grinsend in der Küche auftauchte. Dieser Morgen markierte den Auftakt. Ab sofort kamen Tina des Öfteren leicht bekleidete Frauen aus dem Schlafzimmer des Profs entgegen. Tendenz steigend.

Und für Tina begann gleichzeitig eine unvorstellbare Leidenszeit.

16. What lies beneath

Nach einem halben Jahr mit D.G. hätte Tina sich als durchaus abgehärtet bezeichnet, was ein weiterer Fehler in einer endlosen Aneinanderreihung von Irrtümern und Fehleinschätzungen war, wie sie in den folgenden Wochen und Monaten erfuhr. Ständig schleppte er irgendwelche Mädchen an, die sich seine Tour auch noch gefallen ließen. Denn egal, wie toll die Nacht verlief, gingen sie am Morgen, verschwanden sie auf Nimmerwiedersehen. Dass er ein unverbesserlicher Womanizer war, wusste in dieser Stadt jeder, so auch Tina. Aber seine Unersättlichkeit hatte sie bisher wohl großzügig übersehen, denn die wurde ihr erst jetzt bewusst. Bald verging kaum eine Nacht, in der er allein blieb. Vielleicht versuchte er ja, einen neuen Rekord aufzustellen, das wäre wenigstens eine Erklärung für diese Exzesse gewesen. Eine andere wollte Tina partout nicht einfallen. *Er* widerte sie an!

Wovor sie bisher immer erfolgreich die Augen verschlossen hatte, konnte Tina nun nicht länger ignorieren. Nämlich, was *genau* er mit ihnen trieb. Ihre Zimmer lagen nebeneinander, Flucht ausgeschlossen, weshalb sie in fast jeder Nacht Zeugin von Daniels Stehvermögen wurde. Vermutlich strebte er wie bei allem anderen auch in dieser Disziplin nach Perfektion. Denn wenn sich seine Tür abends hinter ihm und seiner neusten Eroberung schloss, konnte das dauern. *Ihn* hörte Tina übrigens nie, dafür waren die hirnlosen Schlampen umso lauter. Nach drei Wochen wähnte Tina sich am Ende ihrer Kräfte und schwor, bei nur einer weiteren Nacht dieser Art, hinüberzugehen und beide zu erschießen. Dann fiel ihr ein, dass sie keine Pistole besaß und sie besann sich notgedrungen auf den Stiefel-Absatz-Mord. Andere beim Sex belauschen zu müssen genügte ja bereits, aber dass es sich bei einem Part um *Daniel* handelte – der Daniel, von dem sie beinahe jede Nacht träumte, weil man das nun einmal nicht beeinflussen kann – überstieg das Maß des Erträglichen weiträumig.

Das *durfte* er nicht tun! Wenngleich Tina wusste, dass es totaler Blödsinn war, verbot sie es ihm einfach mal. Er *durfte* sich nicht wie ein notgeiler Idiot aufführen, der ausschließlich mit seiner Hose dachte, denn es beschmutzte sein Ansehen, führte dazu, dass sie nicht länger zu ihm aufsehen konnte, sondern gezwungen wurde, ihn als gemeinen Menschen zu sehen und das konnte sie doch unmöglich zulassen, oder?

Eine Zeit lang sah es sehr schlecht aus für Daniels Überleben und das der beschränkten Schlampe, die ungünstigerweise gerade bei ihm weilte. Wirklich kritisch wurde es, als Jane plötzlich regelmäßig auftauchte. Sie blieb nicht über Nacht – noch nicht, jedenfalls, doch es war nur eine Frage der Zeit, bis auch das endlich eintreffen würde, soviel stand für Tina fest.

Gern hätte sie Daniel zur Rede gestellt, doch sie hütete sich, etwas in dieser Art zu unternehmen. Denn der dummdreisten Antwort, im Grunde der gesamten Auseinandersetzung, die das ausgelöst hätte, wäre sie nicht gewachsen gewesen. Keines ihrer Argumente hätte eine Änderung bewirkt, abgesehen von der einen, die sie mehr fürchtete, als die Hölle selbst: dass er verschwand. Schließlich sah sie ein, dass es nur eine Person gab, die an diesem unerträglichen Zustand etwas ändern konnte: sie selbst. Welchen Sinn sollte es haben, sich mit den wildesten Fantasien darüber zu quälen, was Daniel mit den Mädchen trieb und sich vorzubeten, wie gern sie an deren Stelle gewesen wäre. Ja, es gab diese schwachen, ausnehmend unwürdigen Momente, in denen Tina sich sogar *das* eingestand.

In der Zwischenzeit hatte es unzählige Gelegenheiten gegeben, ihr sein Interesse zu bekunden. Nicht zuletzt, weil ihre Zimmer ja direkt nebeneinanderlagen, und auch, weil sie sogar äußerst vertraut miteinander umgingen. Offenbar hatte sie die ganze Zeit geschlafen, denn erst jetzt erkannte Tina das wahre Ausmaß der Katastrophe. Den Großteil ihrer Zeit verbrachten sie miteinander, gingen ins *PITY*, Shoppen, fuhren zur Uni, schwitzten gemeinsam im Fitnesscenter, saßen abends nebeneinander auf der Couch, sie tanzten sogar miteinander. Nicht zu den Lovesongs, doch Daniel war mit Tina auf der Tanzfläche, wenn er noch nicht den Fang für die aktuelle Nacht gefunden hatte und sich zu seinen Lieblingsliedern ungezwungen amüsierte. Mit den Schlampen tanzte Daniel nie und die langsamen Lieder blieben Jane vorbehalten. Trotzdem – *sie*, Tina – verbrachte die meiste Zeit mit ihm, sie kannte ihn und seine Schwächen, wusste, wann er log und wann die Wahrheit sagte. Tina konnte anhand seiner Miene ausmachen, was er gerade im Schilde führte und sie ertrug seine grauenvollen Eigenheiten, ohne ernsthaft aufzubegehren, liebte sie teilweise sogar, weil sie nun einmal das waren, was Daniel ausmachte. Im Grunde fehlte nur das eine – das Wichtigste – um den Status seiner Freundin einzunehmen. Und genau das blieb aus. Kein Sex zwischen Tina und Daniel. Es schien in Stein gemeißelt zu sein … und wollte sie sich denn tatsächlich in die endlose Schlange der billigen Mädchen einreihen? Oh nein! In Wahrheit wollte sie das Gleiche wie Jane, und das würde nun einmal niemals eintreffen. Oft genug hatte er es ihr bereits gesagt, war es nicht höchste Zeit, sich endlich dieser ungeliebten Wahrheit zu stellen?

An diesem Abend ging Tina nicht nur ins Bad, um zu duschen, die Zähne zu putzen und die Zeit bis zum Ins-Bett-Gehen hinauszuzögern, weil der Womanizer vom Dienst wie so häufig nicht allein nach Hause gegangen war. Stattdessen nahm sie eine sorgfältige Bestandsaufnahme vor. Zunächst an ihrem Körper, der nun gar nicht mehr an damals erinnerte. Nein, sie war schlank, nicht wie eine Gerte, aber für Tinas Begriffe hatte sie wirklich eine schöne Figur. Ihre Haut war hell und ganz ohne Flecken, die Beine schlank und die Füße klein. Gesamturteil: nicht übel.

Als Nächstes betrachtete sie sich im Spiegel und versuchte, das Gesicht darin objektiv zu beurteilen. Dort stand ein durchaus hübsches Mädchen, keine Laufstegschönheit, aber bestimmt nicht hässlich. Zum ersten Mal dachte sie über Jeff und Daniels Bemerkung damals im Fitnesscenter genauer nach. Ja, er flirtete mit ihr, doch das schien Jeffs Masche zu sein, weshalb sie dem nie viel Beachtung geschenkt hatte. Aber auch die anderen, selbst dieser miese Hund Joshua, glänzten beinahe ständig durch Anwesenheit und suchten eindeutig ihre Nähe. Während die Mädchen … Stirnrunzelnd überdachte Tina mal wieder deren offenkundige Abneigung und kam zu einem interessanten Schluss: Je mehr sich die Studenten mit ihr abgaben, desto resoluter wurde sie von den Student*innen* geschnitten. Was, wenn sich wirklich der eine oder andere für sie interessierte, und die Mädchen einfach eifersüchtig waren? Das war doch eine echt aufbauende Überlegung und sie eröffnete ihr total neue Perspektiven. Weshalb sollte sie denn Daniel nachtrauern – obwohl das ›nach‹ hierbei wirklich fragwürdig war – und still leiden, wenn die Geschichte mit ihm immer chancenlos bleiben würde? Zum Märtyrer eignete Tina sich absolut nicht.

Solange sich der Prof in ihrer Nähe befand, durfte sie mit anderen Männern nicht einmal *sprechen* – auch so etwas, was ihr erst jetzt in seiner gesamten Brisanz aufging. Selbst, wenn er mit Jane oder irgendeinem anderen Mädchen zugange war, tauchte er auf und ›klärte die Lage‹, sobald irgendwer Anstalten machte, sich intensiver mit Tina zu beschäftigen. *War* sie erfolgreich geklärt, blieben Tina nur noch die Selbstgespräche, weil alles Männliche im Umkreis von zwanzig Meilen das Weite gesucht hatte und die Mädchen sie ja sowieso mieden wie die Pest. Nicht, dass irgendwer bisher bei ihr eine echte Chance gehabt hätte, weil ihr nicht mal aufgefallen wäre, hätte einer wirklich an ihr Interesse gezeigt. Gans! Sie war so sehr auf Daniel geeicht, dass sie alle anderen männlichen Bewohner dieses Planeten schlicht aus ihrem Kopf gestrichen hatte, was ja wirklich schon dämlich genug war. Aber woher nahm sich der Kerl das Recht, in ihrem Leben herumzupfuschen, wenn er überhaupt kein Interesse an ihr hatte?

Oh, damit war sicher nicht Tina, der Mensch, gemeint, denn sorry, seinen Freundschafts-, Schwester- und Kumpelmist konnte er sich getrost in die Haare schmieren. Nein, sie bezog sich auf sein Interesse an ihr als *Frau*, denn irgendwie gehörte sie ja auch in diese Kategorie, oder? Was ihm ja nicht entgangen sein konnte, weil er sie ja strikt von allen Männern fernhielt! War es nicht an der Zeit, endlich diesen Teil hinter sich zu lassen und wachen Auges ihre Umgebung zu betrachten?

Zu *leben?*

Oh ja, das war es, denn Tina hatte nicht die geringste Lust, als alte Jungfer zu sterben!

Daniel fand, die Dinge entwickelten sich sogar ausnehmend prächtig. Jane wurde immer zugänglicher, auch wenn er sich mit jedem Tag etwas besorgter fragte, ob es überhaupt Sinn hatte, dieses Ziel weiterhin zu verfolgen. Jetzt, endlich nicht mehr unter Dauerbewachung seines Dads, konnte er tun und lassen, was er wollte. In sechs Monaten würde er nach Afrika gehen, und wie es dort mit Frauen aussah, wusste Daniel nicht, ging aber vorsichtshalber vom Schlimmsten aus. Das schrie doch geradezu nach einer kurzfristigen Planänderung, oder? Daher ließ Daniel plötzlich nichts mehr anbrennen. Jede noch so geringe Hemmung, die versehentlich bis hierher überlebt hatte, wurde kategorisch eliminiert. Wobei es ihn einen Scheißdreck interessierte, ob die Mädchen sich danach vielleicht die Augen ausheulten. Schließlich sagte er jeder *vorher,* was genau sie zu erwarten hatte, und wenn sie trotzdem so dumm war, sich mehr auszurechnen, dann war das nicht sein Problem, sondern ganz allein ihres!

Auch mit Tinas Erfolgen war er mehr als zufrieden, denn deren überschüssige Pfunde waren unter seiner fachkundigen Anleitung innerhalb kürzester Zeit verschwunden. Wenn er sie manchmal betrachtete, musste er grinsen, denn er hätte ehrlich nie gedacht, einmal derart besessen am Äußeren eines Mädchens zu feilen. Was sie über Weihnachten an Gewicht zugelegt hatte, war visuell überhaupt nicht aufgefallen. Aber es ging ums Prinzip und er hatte nun mal einen Hang zur Perfektion, weshalb er dafür sorgte, dass auch dieser Makel sofort beseitigt, sprich: abtrainiert wurde. Daniel wollte sie *perfekt* und befand sich auf dem besten Weg, dieses Ziel zu erreichen. Hin und wieder musste er sich sogar zur Ordnung rufen, um die Dinge nicht zu übertreiben, andernfalls wäre aus ihr tatsächlich eine Barbie geworden, die absolut nicht mehr an eine junge, flippige Studentin erinnerte. Und genau die sollte sie bleiben, ansonsten hätte sie Chris sofort vergrault.

Was den betraf, stand immer noch jede Menge Arbeit ins Haus. Ein anderer kam nicht infrage, nur Chrissi erschien Daniel sicher, doch der machte noch immer keine Anstalten, endlich diese langweilige Carmen abzulegen und sich Tina zu widmen. Dass die Dinge langsam dringend wurden, ging Daniel auf, als plötzlich dieser Scott auf der Bildfläche auftauchte. Man kannte sich nur flüchtig, dafür eilte dessen Ruf dem Knaben voraus. Einige der Mädchen hatten über ihn berichtet und keines hatte ihn dabei mit Komplimenten überschüttet. Außerdem hielt Daniel ihn nicht gerade für den Jackpot, was das Aussehen betraf, von der eher schwammigen Figur ganz zu schweigen. Jener Scott mutierte nun plötzlich zum Dauergast in ihrem Appartement, wobei er sich übrigens nur mit Tina befasste. Bis hierhin lag ja noch alles im grünen Bereich, in der Zwischenzeit gab es so einige, die es nicht kapierten und ausschließlich ihretwegen aufkreuzten. Keiner wurde von ihr beachtet, bis sie sich ganz von selbst von ihren wunderlichen Trips erholten.

Nun, zumindest bisher war es so gewesen, weshalb sich Daniel in trügerischer Sicherheit gewähnt hatte. Denn … diesen Scott ignorierte Tina nicht. Eines Abends trat Daniel ins Wohnzimmer – in Begleitung seiner neusten Eroberung, Katie? – und fand die beiden in enger Umarmung halb liegend und halb sitzend auf der Couch. Sobald ihnen aufging, dass sie nicht mehr allein waren, fuhren sie auseinander. Tina wurde strahlend rot, Scott schien eher wütend und Daniel ging endlich auf, dass er dringend etwas unternehmen musste, wollte er das sich abzeichnende Fiasko noch aufhalten.

Dabei lief alles andere so gut! Nie hätte er gedacht, dass es so witzig werden würde, mit einem Mädchen zusammenzuwohnen. Selbst Tinas Allüren und seltsamen Anwandlungen amüsierten ihn mehr, als dass sie nervten. Einmal war sie morgens in T-Shirt und Leggins blind in die Küche getappt, beides stammte noch aus ihrer pre-Daniel Zeit und war daher viel zu groß. Dort schüttete sie den Kaffee anstatt in die Tasse, in ein Wasserglas – die Sauerei war zwar gigantisch, der Spaß jedoch war garantiert. Wie meistens, wenn es um Tina ging. Nie hätte Daniel geglaubt, diese schier unerschöpfliche Toleranz für ihre Macken aufzubringen, die er neuerdings an den Tag legte. Auch in Sachen Unordnung blieb er gelassen und bewunderte an ihr, wie relax sie mit der Situation an sich umging, denn auch er führte sein Leben, wie er es wollte, ohne dass er auch nur im Entferntesten mit irgendwelchen Zickereien zu kämpfen hatte. Zumindest nicht seitens seiner Mitbewohnerin. Nur leider befasste sich diese neuerdings mit gefährlichen Zeitgenossen. In ihrer Unerfahrenheit entging ihr die Gefahr und Daniel hatte nicht die Absicht, sie ins offene Messer rennen zu lassen.

Anders als die anderen Mädchen war Tina nämlich feinsinnig und extrem sensibel. Eine misslungene erste Nacht konnte es bereits gewesen sein, und er hatte sich geschworen, es nicht so weit kommen zu lassen. Zunächst ging er endlich bei Chris zum Angriff über, den er ein paar Tage später glücklich allein bei einer Vorlesung abpasste, weil Carmen beim Zahnarzt weilte.

Worauf wartest du eigentlich????

Er schob den Laptop in Chris' Richtung. Der las und hob fragend die Augenbrauen.

Tu nicht so blöd! Tina?

Inzwischen standen ungefähr eintausend Fragezeichen auf Chris' Stirn und Daniel tippte wieder, wobei er diesmal entnervt stöhnte.

Ich weiß nicht, wie lange ich die anderen noch auf Abstand halten kann. Sie ist nicht gerade unbeliebt. Verdammt, Chrissi!

Die Fragezeichen verschwanden nicht, sondern wurden sogar noch zahlreicher, doch jetzt zog er den Laptop zu sich heran.

Ich dachte, DU willst sie?

Laut schnaubte Daniel auf.

Nicht?

Nein!

Aber was soll dann der ganze Aufwand?

Für dich, mein Junge, alles nur für dich!

Chris verzog das Gesicht und tippte.

Oh, danke. So viel Ehre ... das treibt mir glatt die Tränen in die Äuglein und ich muss zugeben, das Ergebnis kann sich sehen lassen. Da gibt es nur ein Problem.

Welches?

Ungläubig starrte Chris ihn an.

Äh ... Carmen, vielleicht?

Daniel stöhnte.

Mann, kapierst du denn nicht? Ich serviere dir den Ausstieg aus der verdammten Chose sozusagen auf dem Silbertablett. Du amüsierst dich mit Tina und bist Carmen endlich los. So geht das nicht weiter, sie wird für meinen Geschmack ein bisschen zu anhänglich. Tina ist nicht halb so grausam. Aber ein paar Bedingungen gibt es schon. Also, eine schnelle Nummer kannst du knicken, du musst dir mit ihr Mühe geben! Klar?

Chris las und wiederholte das Ganze sofort, diesmal sehr aufmerksam, endlich blickte er langsam auf, schob abrupt den Laptop beiseite und widmete sich den total hirnrissigen Ausführungen des Dozenten.

Nach Weile griff Daniel stöhnend zum Computer.

Was ist jetzt?

Keine Reaktion, auch als Daniel ihn anstieß, blieb er erfolglos, was ihn schließlich zum Explodieren brachte. Ignoriert zu werden konnte er auf den Tod nicht ausstehen:

CHRIS DU IDIOT! WAS IST LOS?

Doch der schaltete auf Durchzug, weshalb Daniel wohl oder übel das Ende der Vorlesung abwarten musste. Kaum hatte der Dozent sie endlich verabschiedet, herrschte er seinen Freund an. »Kannst du mich darüber aufklären, was ich verbrochen habe?«

Chris' Kopf fuhr zu ihm herum, sein Blick erzählte von extremer Fassungslosigkeit. »Das fragst du noch?«

»Sicher, sonst würde ich nicht so blöde herumstehen und dich mit meinen Dämlichkeiten behelligen!«

»Einsicht ist der erste ... du weißt schon. Lass gut sein.« Kopfschüttelnd widmete Chris sich wieder dem Einpacken seines Zeugs.

»Das ist doch nicht zu viel verlangt!«, knurrte Daniel. »Sie ist nicht wie die anderen. Du kannst sie nicht einfach ...«

Schon wurde er erneut von riesigen blauen Augen fixiert. »Ganz genau! Du machst dich, Dan! *Sie ist nicht wie die anderen.* Deshalb bin ich etwas verwirrt, weil du scheinbar neuerdings unter die Zuhälter gegangen bist!«

»*Was?*«

Er zuckte mit den Schultern. »Du formst dir die Kleine nach deinen Vorstellungen, *deinen*, Alter, nicht meinen! Und dann bietest du sie mir ganz locker an. Ist das ein einmalig günstiges Einstiegsangebot? Zum Antesten? Was soll sie denn später so kosten, sollte sie sich als tauglich erweisen?«

Daniel verschränkte die Arme. »So ist es nicht und das weißt du ganz genau! Ich finde nur, dass du kein schlechter Anfang wärst. Dann gerät sie nicht an irgendeinen Versager und du bist …«

»Ach! Ich soll sie einreiten, ja? Und was dann weiter?«

Der Idiot verdrehte die Tatsachen, wie es ihm gefiel, und ließ *Daniel* wie den Idioten dastehen, was dessen Wut nur noch weiter steigen ließ.

»Ach, und übrigens« Chris schloss die Tasche und warf sie über seine Schulter »ich habe nicht vor, Carmen abzuservieren. Nichts in der Richtung geplant. Wie wäre es, wenn du dich selbst an die Kleine hältst und dir nicht andere suchst, um deinen miesen Job zu erledigen? Ach, das passt dir nicht?« Er lachte auf. »Ich fand ja schon immer, dass du ein bisschen kaputt bist, aber die Nummer mit Tina übersteigt alles. Sie kann einem nur leidtun!«

Und damit ging er.

An diesem Nachmittag musste Tina arbeiten und Daniel saß mit Jane im *PITY*, was in der Zwischenzeit eher zur Normalität geworden war. Wie in letzter Zeit häufig, wirkte die extrem schlecht gelaunt. Daniels Diagnose lautete akute PMS und er beglückwünschte sich einmal mehr, nicht mit ihr zusammengezogen zu sein. Zwischenzeitlich hatte sie ihn tatsächlich so fertig gemacht, dass selbst diese Alternative als letzter Ausweg im Raum gestanden hatte. Flüchtig, wohlgemerkt.

»Wo hast du heute deinen Hund gelassen?«, erkundigte sie sich irgendwann.

»Wovon sprichst du?«

»Klein, brünett, hängt dir ewig am Rockzipfel? Ich habe mir überlegt, dass du sie an die Leine gelegt haben musst, eine andere Erklärung fiel mir nicht ein. Ehrlich, armselig ist noch zu milde ausgedrückt, ihr Verhalten ist einfach grottig!« Lächelnd nahm sie einen Schluck von ihrem Champagner.

»Lass sie in Ruhe, Jane! Themenwechsel!«, knurrte Daniel.

»Nein, wieso denn? Wir sollten das endlich einmal ausdiskutieren. Ich hätte es ja schon viel früher angeschnitten, aber es ist so schwierig, dich mal allein zu erwischen.«

»Du liegst falsch und das weißt du sehr genau!«

»Weiß ich das?« Sie schüttelte den Kopf. »Um ehrlich zu sein, weiß ich überhaupt nichts, abgesehen davon, dass du mittlerweile mit dem kleinen Monster zusammenwohnst und scheinbar nicht genug von ihm bekommen kannst.«

Daniel lehnte sich zurück und betrachtete sie forschend. »Wüsste ich es nicht besser, würde ich glatt annehmen, du wärst auf ›das kleine Monster‹ eifersüchtig. Wie das, Jane? Wo sie doch so *grottig* ist.«

»Eifersüchtig? *Ich?*« Sie lachte.

»Lass es«, grinste er. »Du bekommst es nicht glaubhaft hin und machst dich nur lächerlich.«

»*Ich* mache mich lächerlich?« Das klang etwas schrill. »Wie sollte ich das anstellen, wo die Lächerlichkeit in persona doch genau vor mir sitzt?«

Schmunzelnd zündete Daniel sich eine Zigarette an und sein Blick wurde noch ein wenig forschender, als er sie durch den Rauch betrachtete. »Warum willst du mir nicht glauben, dass wir einfach nur gute Freunde sind?«

»Weil du mit Mädchen nun einmal nicht befreundet sein *kannst!*«, entgegnete sie prompt. »Du missbrauchst sie als lebende Matratzen und schreibst du sie dann unter Altlasten ab.«

»Komisch, ich dachte, *wir beide* wären befreundet.«

»*Wir beide* befinden uns seit drei Jahren innerhalb eines Vorspiels, weshalb du das Interesse noch nicht verloren hast«, korrigierte sie ihn nüchtern. »Das ist *eine* zuverlässige Art, dich erfolgreich warmzuhalten.«

»Du hältst mich warm? Das ist mir bisher glatt entgangen.«

»Schade, dann bist du noch unaufmerksamer, als ich dachte.«

»Möglich. Aber verbessere mich, wenn ich falsch liege …« Lächelnd neigte Daniel den Kopf. »Wenn das Ganze so ist, wie du es darstellst, ist dann nicht die Annahme zwangsläufig, dass du entgegen deinen sonstigen Äußerungen sehr wohl an mir interessiert bist?«

Das ließ Jane flüchtig erstarren, bevor sie niedergeschlagen seufzte. »Das ist wohl offensichtlich, denn andernfalls hätte ich dieses miese Schmierentheater längst beendet.«

Daniel beugte sich vor und küsste sie flüchtig. »Du musst doch aber zugeben«, wisperte er an ihren Lippen, »dass die Idee, Tina und ich könnten wirklich nur befreundet sein, deine negative Meinung über mich Lügen strafen würde, oder?«

»*Wenn* es so ist.« Beiläufig stahl sich ihre Hand auf sein Bein und sie wich nicht einen Zentimeter zurück, sodass ihre Münder nach wie vor aneinander lagen.

»Du weißt, dass ich mit keinem Mädchen zusammenziehen würde, mit dem ich etwas am Laufen habe.«

»Womit du gerade unsere wenigen Chancen vernichtest.«

Behutsam rieb er seine Lippen an ihren. »Du bist die goldene Ausnahme.«

»Hmmmm«, machte sie genüsslich. »Demnach würden wir zusammenwohnen, wenn ich nachgebe …?«

»Probier es aus!« Er verstärkte den Druck seiner Lippen und küsste sie leidenschaftlich. Die Hand auf seinem Bein wanderte nach oben, legte sich um seine Hüfte und eine andere tauchte auf seiner Wange auf.

»Das ist mir zu wenig«, hauchte Jane atemlos, als er sie endlich freigab. *Das* war ihm bisher nur sehr selten gelungen.

»Was forderst du denn? Eine Sicherheit? Die gibt es nicht im Leben, Baby. Niemals!«

Heftig schüttelte sie den Kopf. »Kein Eheversprechen, nur die Garantie, dass wir zusammenziehen.«

»Wir haben Februar, in fünf Monaten bin ich hier weg! Das würde keinen Sinn ergeben.« Kopfschüttelnd betrachtete Daniel das Mädchen.

»Aber du bist doch nicht aus der Welt!«

Abrupt löste Daniel sich von ihr und wandte sich ab. »Ich befürchte, das bin ich doch.«

»Übertreibe nicht!« Sie verdrehte die Augen. »Phoenix liegt nicht in der direkten Nachbarschaft, aber bis dahin ist es keine Weltreise.«

»Ich werde … Moment!« Daniel zog das summende Handy aus der Tasche und las die SMS, die gerade eingetroffen war.

Scott holt mich ab. Du brauchst nicht zu kommen.
T.

»Verdammt!«, entfuhr es ihm.

»Was ist passiert?«

»Nichts«, knurrte er. »Entschuldige mich kurz.« Und damit verließ er die verdutzte Jane und strebte zum Tresen.

Angekommen an der Bar bestellte Daniel einen Whisky und stürzte ihn auf ex hinunter, bevor er das Glas hart auf dem Holz abstellte. »Noch einen!«

Die Auseinandersetzung mit seinem idiotischen Freund hatte er sofort, nachdem sie stattgefunden hatte, erfolgreich verdrängt, was die einzig richtige Entscheidung gewesen war. Aber leider war ihm dabei gleichfalls dieser verdammte Scott entfallen, der seine illegalen Gichtfinger nach Dingen ausstreckte, von denen er sie besser lassen sollte! Was bedeutete, er musste einschreiten, und zwar *pronto*!

Als Daniel sich wieder zu Jane setzte, musterte die ihn neugierig. »Willst du mir nicht sagen, was los ist?«

»Nein!« Es kam ein wenig zu abweisend, daher besann er sich eilig und rang sich ein Lächeln ab. »Unwichtig. Also, warum lastest du mir an, dass ich mit Tina wirklich nur befreundet bin, absolut kein Interesse an ihr zeige und die Nummer auch noch durchhalte?«

»Ich laste es nicht *dir* an, sondern ihr.«

Das verblüffte Daniel tatsächlich. »Weshalb?«

»Weil sie sich wie ein Hund benimmt!«, erwiderte Jane abfällig. »Sie ist nachts noch nicht in deinem Schlafzimmer aufgetaucht und hat gehaucht: ›Nimm mich?‹ Dann würde ich an deiner Stelle ab sofort besser die Tür abschließen, denn es ist nur eine Frage der Zeit, bevor sie angekrochen kommt.«

Fassungslos starrte Daniel sie an und dann lachte er laut. Seine schlechte Stimmung hatte sich soeben in Luft aufgelöst. »Also, wenn das keine Eifersucht ist, dann weiß ich es auch nicht. Du solltest dich mal mit Tina unterhalten, ehrlich, du hast eine total falsche Vorstellung von ihr.«

»Danke, ich verzichte!«

»Ich wusste nicht, dass du so engstirnig bist, Jane.« Bedauernd schüttelte er den Kopf. »Selbst auf die Gefahr hin, dass ich mich wiederhole, das steht dir überhaupt nicht.«

Jane schwieg, hielt sich lieber an ihren Champagner und die Zigarette, die er ihr reichte.

Doch als eine gute Viertelstunde später die Tür aufging und Tina mit Scott erschien, Hand in Hand, wurden ihre Augen groß. Was Daniel leider entging, weil der seinen Blick nicht von dem Dilettanten mit den Gichtfingern nehmen konnte.

»Hey!«, sagte Tina ziemlich knapp, als sie den Tisch erreichten, und Scott nickte lässig in die kleine Runde. »Setz dich, ich besorge uns was zu trinken, Baby.«

Mit verschränkten Armen wartete Daniel, bis der Typ außer Hörweite war, dann lehnte er sich zu Tina hinüber. »Der Kerl *ist ein Fehler!*«

Überrascht sah sie auf. »*Was?* Warum, er ist doch nett!«

Fassungslos lachte er. »Du bist so naiv! *Natürlich* ist er nett! Und weshalb? Weil er dich in die Kiste bekommen will! Das kann dir unmöglich entgangen sein!«

»Nein, so ist er nicht! Er hat …« In diesem Augenblick kehrte Scott zurück und schob ihr ein Glas Bier hinüber. Versager! Tina verabscheute Bier, das wusste jeder, der sich wirklich für sie interessierte, was auf diesen Penner natürlich nicht zutraf! Selbstverständlich nahm sie es trotzdem, um ihn nicht vor den Kopf zu stoßen und als Scott kurz darauf fragte, ob sie tanzen wolle, nickte sie. Übrigens wiesen ihre Wangen eine total unvorteilhafte Röte auf. Auch so etwas, was Daniel ihr unbedingt noch abgewöhnen musste. Wenig später befanden sich die beiden in enger Umarmung auf dem kleinen Podest und wiegten sich zur Musik des DJs. Das PITY war ursprünglich nicht für Tanzeinlagen vorgesehen gewesen, doch die Studenten hatten eines Tages darauf bestanden.

Und da die zu einhundert Prozent für den Umsatz sorgten, beeilte sich James, der Besitzer, das Ding zu installieren. Dennoch fiel es im Vergleich zu den anderen Clubs sehr klein aus, weshalb man dort immer dicht gedrängt stand. Während er die beiden nicht aus den Augen ließ, zerbrach Daniel sich darüber den Kopf, wie er das drohende Desaster noch aufhalten konnte, als sich sanfte Lippen an sein Ohr legten und eine rauchige Stimme hauchte

»Okay, ich nehme alles zurück.«

»Hmmm!« Das klang weder rauchig, sexy noch nach Daniel – dem Verführer, weshalb Jane sich irritiert aufrichtete.

»Was ist dein Problem?«

Daniel nickte in Richtung Scott. »Er!«

»Warum?«

»Sie wird ihm auf den Leim gehen und …« Erst jetzt sah er sie an. »Ich hatte wirklich nichts mit ihr.«

»Das glaube ich dir ja«, versicherte sie ihm in einem Ton, als hätte sie niemals daran gezweifelt, was Daniel in jeder anderen Situation zu einem gewissen Spott getrieben hätte.

Doch nicht in dieser. »Auch noch kein anderer.«

Nachdem Jane ihn für einen Moment ratlos angestarrt hatte, lachte sie hell auf. »Nun, wir sind rar, aber es gibt uns immer noch, du wirst es nicht glauben!«

Diesmal war Daniel tatsächlich verblüfft. »*Du*?«

»Jetzt bist du sprachlos, oder?«, konstatierte sie das Offensichtliche.

»Okay, du musst zugeben, dass es etwas ungewöhnlich ist.« Lächelnd deutete Daniel eine Verbeugung an. »Ich biete ausnehmend gern meine Dienste an, um diesen Zustand zu ändern.«

»Ja, das dachte ich mir. Aber …« Jane wurde ernst. »… da du ja so sehr um Tinas erstes Mal besorgt bist, kannst du jetzt vielleicht besser verstehen, weshalb ich mir wirklich sicher sein will, bevor wir …«

»Das kannst du nicht vergleichen«, wies Daniel sie augenblicklich zurecht. »Ich lehne diesen Scott nicht ab, weil er vielleicht nicht auf immer und ewig mit ihr zusammenbleiben will.«

»… du lehnst ihn ab?« Sie runzelte die Stirn.

»Ja, *natürlich!* Glaubst du, ich sehe tatenlos zu, wie sie an einen miesen Versager gerät? Er soll sie nicht heiraten, sondern seine Sache gut machen *und* sie nicht am nächsten Morgen mit einem Fußtritt vor die Tür setzen.«

»Und du meinst, bei dir könnte mir nicht das Gleiche blühen?«

»Mit Sicherheit nicht!«, lächelte er sanft und beugte sich zu ihr vor, um sie zu küssen.

Für Chris war Daniel neuerdings Luft, was ihm allerdings gelinde gesagt am Hintern vorbeiging, denn er hatte ganz andere Probleme. Bereits am nächsten Abend versuchte er erneut, mit Tina zu sprechen, und zwar diesmal in ihrem Appartement. Scott, der neuerdings zum Dauergast mutierte, war gerade gegangen. Und das bereits kurz nach ein Uhr nachts! Daniel hätte ihn fast gefragt, ob er nicht noch für ein Stündchen bleiben wolle. Doch anstatt endlich ins Bett zu gehen, setzte er sich zu Tina auf die Couch, und nachdem er zwei Zigaretten angezündet hatte, reichte er ihr eine davon.

»Was?«, erkundigte er sich in Antwort auf ihren fragenden Blick.

»Nichts.«

»Dann guck anders, Hunt!«

»Wie gucke ich denn, Grant?«

»Keine Ahnung, als befürchtest du einen Überfall?«

»Gut erkannt!«

»Okay«, lenkte er ein, ohne aufzubrausen, was Daniel bereits für eine Glanzleistung hielt. »Ich will mit dir über Scott sprechen.«

»Was für eine Überraschung!« Stöhnend verdrehte Tina die Augen.

»Ach! Du hast damit gerechnet?«

»So etwas in der Art hat sich angebahnt, wenn man deine entnervten Blicke richtig deuten kann – was auf mich zutrifft, Grant. Übrigens fallen die auch anderen auf, Scott hat mich schon gefragt, ob du irgendwas gegen ihn persönlich hast.«

»Und, was hast du gesagt?«, erkundigte sich Daniel eher gelangweilt.

»Woher soll ich das wissen?«

»Nein, ich habe nichts persönlich gegen ihn«, informierte er sie, ohne auf Tinas Frage einzugehen. »Er hat sich nur das falsche Mädchen für seine Scheiße ausgesucht.«

Trotzig verschränkte Tina die Arme, ihre Augen wurden schmal. »Ach, und warum?«

»Tina«, seufzte Daniel erschöpft. »Ich bezweifle, dass du einschätzen kannst, ob ein Mann der Richtige für dich ist, oder nicht.«

»Aha.« Heftig nickte sie. »Und da hast du einfach mal so beschlossen, das mal besser für mich zu übernehmen. Nicht, dass noch irgendetwas schief läuft, ja?«

Das kam zwar bissig, doch was hatte er erwartet? »Ja«, bestätigte er langsam. »So in etwa sehen meine Gedankengänge aus.«

»Jetzt hör mir mal gut zu, Daniel!« Tina drückte die Zigarette so heftig aus, dass kurz darauf nur noch Tabak, der Filter und ein paar Papierschnipsel im Aschenbecher lagen.

»Ich habe geschwiegen, als du mir vorschriebst, was ich zu essen, zu trinken und sonst noch zu mir zu nehmen habe. Ich habe mitgespielt, als du mich in dieses grauenhafte Folterfitnesscenter geschleift hast. Ich blieb sogar still, als du mir den teuersten und teilweise unsinnigsten Blödsinn kaufen musstest. Ich reagierte nicht einmal *annähernd missgestimmt*, als du mir erklärtest, wie ich mich zu benehmen habe, sondern tat brav, was du wolltest! Ganz die Barbie, die du dir wünschst. Aber solltest du ernsthaft glauben, dass ich mir von dir in mein Liebesleben hineinreden lasse, *dann irrst du dich gewaltig!*«

Zwischenzeitlich hatte Tina die Couch verlassen, ihre Hände waren zum Kampf entschlossen in die Hüften gestemmt, während sie sich drohend zu ihm vorbeugte. »Halt. Dich. Von. Ihm. Fern! Und falls du die Absicht hast, ihn irgendwie abzufangen und unter Druck zu setzen oder irgendeine andere miese Nummer durchzuziehen, damit er sich von mir fernhält, kann ich dir nur raten, das zu lassen. Denn ich habe ihn zufälligerweise vorgewarnt und ich schwöre dir, du lernst mich kennen, wenn du dich nicht raus hältst. Und das willst du garantiert nicht, *kapiert?*« Ohne auf eine Antwort zu warten, stürzte sie in ihr Zimmer und warf die Tür mit lautem Scheppern hinter sich zu.

Mit gespitzten Lippen blickte Daniel ihr nach. Plan A war wohl soeben gescheitert und Plan B würde nicht wie beabsichtigt greifen können, was bedeutete, er musste auf Plan C auszuweichen. Nur leider existierte der noch nicht, was ihn in einige Schwierigkeiten brachte. Ehrlich! Was man nicht alles tat, um ein Mädchen vor einer miesen Erfahrung zu bewahren!

In den Winterferien verbrachte Tina anlässlich des Geburtstages ihres Vaters einige Tage in Gilman.

Daniel musste sie diesmal nicht zum Zug bringen, weil der eilfertige und notgeile Scott das bereits übernahm. Und so nutzte Daniel die zusätzliche Zeit, um sich Gedanken über die aktuellen Problematiken zu machen: Wie sollte er die Jungfrau Jane erfolgreich von diesem Status befreien, ohne zuvor ein Treuegelübde abzulegen, und wie sollte er diesen widerlichen Scott in die Wüste schicken, *bevor* der Gleiches mit Tina anstellen konnte? Einen Plan C gab es noch immer nicht, was ihn nach einiger Zeit ziemlich wütend stimmte, so dämlich hatte er sich selten angestellt! Verdammt, es musste doch irgendeinen Weg geben! Und egal, wie der aussah, er hatte keine Lust, sich deshalb mit Tina zu überwerfen. Schließlich wohnten sie zusammen und auf permanenten Zickenterror konnte er gut und gern verzichten.

Als er fast am Verzweifeln war, kam ihm schließlich der Zufall zu Hilfe.

Irgendwann sah Daniel ein, dass er in dem leeren Appartement nichts ausrichten würde und daher begab er sich ins *PITY*. Auch Jane war für einige Tage nach Hause gefahren, Chris war zwar anwesend, ignorierte ihn jedoch, was Daniel inzwischen ernsthaft auf die Nerven ging. Daher machte er sich als Erstes daran, in dieser Richtung die Wogen zu glätten. Der Klügere gab bekanntlicherweise nach. Mit zwei Bier bewaffnet ging er zu seinem Freund, der allein auf einer Couch saß.

»Hey!«

Flüchtig sah er auf, verzog das Gesicht und widmete sich wieder der Begutachtung der übrigen Anwesenden.

»Darf ich mich setzen?«, erkundigte Daniel sich mit einer Höflichkeit, die ihn selbst verblüffte.

»Tu dir keinen Zwang an, ist ja ein freies Land.«

Nachdem er Platz genommen hatte, hielt Daniel ihm ein Bier entgegen, das Ewigkeiten später sogar gnädig akzeptiert wurde. »Wo ist Carmen?«

»Lernt.«

»Scheint ihr neues Hobby zu sein, oder?«

Schon war Chris wieder auf der Palme, aber wenigstens sah er ihn beim Angiften an. »Mag vielleicht daran liegen, dass wir demnächst Prüfungen haben!«

»Bleib cool! Ich habe doch gar nichts gesagt!«

Missmutig nippte Chris an seinem Bier, und während er das Glas abstellte, traf Daniel ein argwöhnischer Blick. »Wo ist Tina? Hast du endlich jemanden gefunden, an den du sie verhökern konntest?«

»Kannst du das nicht mal lassen?« So langsam reichte es Daniel auch!

Chris dachte nach. »Klar, geht mich ja eigentlich nichts an, oder?«

Womit er korrekt lag. Nachdem sie in relativ einträglichem Schweigen ihr Bier vernichtet hatten, unternahm Daniel einen erneuten Versuch. »Sorry, wenn ich mit Carmen falsch lag, ich dachte, Tina und du passt ganz gut zusammen. Ein Irrtum, hab's kapiert, okay?«

Chris antwortete nicht, aber sein Schweigen fühlte sich nicht mehr ganz so störrisch an. Die Tür ging auf und Scott trat ein, der sich nach einem unsicheren Blick in Daniels Richtung zum Tresen begab. In den Semesterferien wurde das *PITY* nur mäßig besucht, denn viele Studenten nutzten die wenigen Tage für einen Kurztrip nach Hause. Deshalb hatte Daniel keine Schwierigkeiten, den Kerl in der folgenden Zeit im Auge zu behalten und dabei nach Schwachstellen zu suchen. Und es dauerte gar nicht lange, bis er fündig wurde. Denn Scott – der kleine verlogene Sack – saß inzwischen in einer dunklen Ecke und machte nach kurzer Sondierung der allgemeinen Lage ein Opfer aus. Daniel kannte sowohl Technik als auch den Sinn dahinter durchaus – wenngleich weitaus cleverer, zog er dieses Manöver selbst beinahe täglich durch.

Erst einmal das vorhandene Potenzial näher in Augenschein nehmen und dann entscheiden, welcher Kompromiss noch als am ehesten akzeptabel war.

Nach einer halben Stunde stand fest, dass Scott sein Opfer in Nancy ausgemacht hatte. Es handelte sich um eine zweiundzwanzigjährige Jurastudentin, mit der Daniel vor Ewigkeiten eine Nacht verbracht hätte. Ähnlich wie er hatte die junge Frau beschlossen, während des Studiums ihre Unabhängigkeit auszuleben, denn später würde ihr dafür keine Zeit mehr bleiben. Diese Einstellung gefiel ihm, denn damit waren ihre Ziele identisch. Damals hatte sie ihm eine aufregende Nacht beschert, doch heute war Nancy die Chance, nach der er so angestrengt gesucht hatte. Mit ihrer Hilfe könnte es ihm gelingen, Scott als das zu überführen, was er war: ein verhurter Arsch! Der zeigte zwar durchaus Interesse, stellte sich in den folgenden Minuten leider als nicht ganz so blöde heraus, wie er aussah. Denn obwohl er Nancy nicht aus den Augen ließ, machte er keine Anstalten, zu ihr zu gehen. Der Grund lag auf der Hand: Daniel.

Ohne den Blick von Scott zu nehmen, wandte der den Kopf nach links. »Chris …?«

»Hmmm?«

»Du magst Tina doch, oder?«

»Sag mal, was stimmt mit dir eigentlich nicht? Fängst du schon …«

»Nein! Nichts in der Richtung, keine Panik! Entspann dich mal!« Damit senkte Daniel die Stimme und neigte sich vertrauensvoll zu seinem cholerischen Freund hinüber. »Das Problem ist Folgendes.«

Und – oh Wunder! Chris hörte ihm tatsächlich zu.

Am liebsten wäre Tina in Ithaka geblieben. Was auch immer das mit Scott war, es gefiel ihr, und mittlerweile hatte er sogar verstanden, dass es sich bei Christina Hunt um keine Schlampe handelte, die in der ersten Nacht mit einem Mann im Bett landete. Übrigens auch nicht in der zweiten, dritten oder siebten. Erst mal wollte sie sichergehen, dass sie ihn wirklich liebte, bevor sie sich zu diesem bedeutsamen Schritt entschließen würde. Daher lauerte Tina mit wachsender Anspannung auf dieses tiefe Gefühl, das unmissverständliche ›Ja‹, in sich und den ungezügelten Wunsch, ihn unbedingt zu bitten, über Nacht zu bleiben – sprich das, wovon man allerorts hörte und las, wenn von der echten Liebe berichtet wurde. Leider konnte sie so etwas in der Art bisher nicht verzeichnen, aber was nicht ist, konnte ja noch werden. Auf der Haben-Seite verbuchte sie, dass sie sich gern mit ihm unterhielt, ihn gern ansah und ihn sogar furchtbar gern küsste. Auch wenn er sich im Aussehen nicht mit gewissen umherhurenden Professoren messen konnte – ihr gefiel, was sie sah. Außerdem zählten die inneren Werte weitaus mehr, und die schienen nicht übel. Nur befürchtete sie, Daniel würde ihre Abwesenheit nutzen, um sich einzumischen, was er eindeutig plante, er konnte ihr nichts vormachen, und wenn er sich noch so viel Mühe gab. Neuerdings hatte Tina immer häufiger den Eindruck, dass er sich als ihren verkappten Dad sah. Und schon allein, um ihm begreiflich zu machen, dass sie bereits einen Vater hatte und keinen weiteren brauchte, begrüßte sie, dass Scott sie zum Zug brachte.

Dessen Kuss war wie üblich sehr leidenschaftlich und wirklich gut, weshalb Tina für eine winzige Sekunde tatsächlich überlegte, doch zu bleiben. Jedenfalls, bis ihr der Geburtstag ihres Vaters einfiel, was sie zu einem tiefen, resignieren Seufzen veranlasste. Scott hob ihr Kinn. »Was ist los?« Seine Augen waren braun – ganz ohne Pünktchen.

Tina schüttelte den Kopf und lehnte sich an ihn. »Ich wäre gern geblieben.«

»Dann bleib!«

»Geht leider nicht.« Lächelnd küsste sie ihn noch einmal, jedoch nur flüchtig. »Bis dann.«

Auch seine offensichtliche Niedergeschlagenheit gefiel Tina übrigens außerordentlich. »Bye!«

Diesmal befand sich niemand in ihrem Abteil. Nachdem sie die Tür geschlossen hatte, schob sie das Fenster auf und blickte zu Scott hinaus. »Meldest du dich?«

»Klar.«

»Holst du mich ab, wenn ich zurückkomme?«

»Auch klar«, grinste er.

»Ich vermisse dich schon jetzt.« Es klang abgedroschen, aber etwas anderes fiel ihr nicht ein. Scott machte immer noch keine Anstalten zu gehen.

»Ich auch.« Sein Blick wirkte bekümmert und aufrichtig, nicht so aufgesetzt wehmütig, wie bei gewissen, total gehirnamputierten Professoren. Trotzdem war Tina froh, als endlich der Pfiff ertönte und sich der Zug in Bewegung setzte. Und nachdem Bahnhof und Scott nicht mehr zu sehen waren, ließ sie sich in die Polster fallen und schloss die Lider. Nein, sie liebte ihn nicht, aber *verliebt* war sie in ihn allemal. Demnach besaß die Angelegenheit das eine oder andere Entwicklungspotenzial, denn es musste ja nicht immer Liebe auf den ersten Blick sein, oder? In den letzten Wochen hatte Tina einen Trick für sich entdeckt, um sich diesen Dämon aus dem Kopf zu schlagen: Wann immer sich sein Gesicht in ihre Gedanken schlich, konzentrierte sie sich auf Scott.

Anfänglich war es sehr schwierig geworden, weil sie die beiden dummerweise miteinander verglichen hatte, doch in der Zwischenzeit hatte sie hinzugelernt und es funktionierte bei sieben von zehn Versuchen. Unähnlich zu Scott *wusste* Tina, was ihr der arrogante Prof bedeutete, weshalb es ihr verständlicherweise ganz bestimmt nicht leicht fiel, sich emotional von ihm zu lösen. Gut hierbei war, dass sie ihn ja nicht vollständig aus ihrem Leben verbannen musste, sondern nur zu lernen hatte, was er für sie war: ihr bester Freund. Nicht unbedingt wenig, wenn man bedachte, dass sie bis vor einigen Monaten nichts Derartiges gehabt hatte.

Das Handy summte und sie rief eilig die Nachricht auf.

Vermisse dich schon jetzt.

Lächelnd tippte sie.

Dito ...

Während der Zugfahrt summte Tinas Handy noch unzählige Male, und auch auf der Fahrt nach Gilman, mit ihrer endlos schwatzenden Mom und ihrem zufrieden wirkenden Dad, regte es sich etliche Male. Am Abend streikte der Speicher wegen Überfüllung. In der ersten Nacht in ihrem alten Zimmer kam sie kaum zum Schlafen, weil sie zu beschäftigt damit war, Scotts Textnachrichten zu beantworten. Irgendwann schaltete Tina das Handy in einem Akt der Verzweiflung ab, registrierte jedoch vor dem Einschlafen grinsend, dass sie nicht an den Prof gedacht hatte ... jedenfalls nicht sehr häufig.

Am Morgen empfing Tina eine wahre SMS-Flut, offenbar benötigte Scott nicht viel Schlaf. Beim Frühstück erkundigte George sich besorgt nach dem ständigen Summen und empfahl die Anschaffung eines neuen Handys. Doch dabei lächelte er und so wie Vera sich aufführte, sah die ihre Tochter bereits in Weiß vor dem Traualtar. Über den Tag vereinzelte sich das Summen, selbst Scott hatte wohl endlich der Schlaf übermannt oder er musste ein paar dringende Dinge erledigen, wie atmen, duschen, essen oder so. Im Verlauf des Nachmittags erhielt Tina noch eine knappgehaltene Nachricht und dann verstummte das Handy. Zunächst machte Tina sich keine Gedanken, sondern genoss die Stille sogar ein wenig. Außerdem hätte sie andernfalls akute Schwierigkeiten gehabt, mit ihren Eltern und den Geburtstagsgästen zu feiern.

Als am nächsten Morgen jedoch immer noch keine neue SMS eingetrudelt war, machte sich zunehmend Ratlosigkeit in ihr breit. Doch bevor daraus aber Unruhe werden konnte, summte das Handy.

Sorry, verschlafen ;-)

Wie geht's, Honey?

Nun ja, ausgiebig ausgeschlafen hatte Tina auch, denn in Ithaka kam sie so selten dazu.

Drei Tage unter Veras Fittiche genügten, stellte Tina mit einem erschöpften Seufzen fest, als ihr Dad sie zurück zum Bahnhof fuhr. Ihre Mom war diesmal zu Hause geblieben, ihrer Meinung nach kosteten diese Abschiede zu viele Nerven – und Taschentücher. Die Proteste von Vater und Tochter hatten sich in Grenzen gehalten und so verbrachten die beiden die Fahrt nach Waterbury in einträchtigem, gemütlichem Schweigen. Stumm geleitete George sie zum Zug, half ihr wortlos ins Abteil und verstaute sorgfältig das Gepäck in den Netzen. Erst beim Abschied, nachdem er flüchtig wie immer ihre Wange geküsst hatte, brummte es in Tinas Ohr. »Pass auf dich auf, Kleines, ja?«

Mr. Hunt wartete nicht bis zum Abfahrtssignal, sondern verließ augenblicklich den Bahnsteig. Und während sie seinem sich entfernenden Rücken nachsah, resümierte Tina, dass ihr Dad sie jedenfalls nicht bereits in Weiß vor dem Traualtar sah. Eher schwanger und verlassen in Gilman. Eine neue Textnachricht war eingetroffen:

Ich zähle die Minuten ...

Als sie nach über vier Stunden Zugfahrt endlich in Ithaka ausstieg, glänzte Scott durch Abwesenheit und Tina blickte sich ratlos um. Also Daniel hätte sie niemals warten lassen, das musste sie ja mal ... In diesem Moment kam er angehetzt, zog sie, sobald sie sich in seiner Reichweite befand, in eine stürmische Umarmung, und diesmal brachte sein Kuss ihre Eingeweide durchaus zum Vibrieren. Ein fast neues Gefühl – ähnlich hatte sie nur empfunden, wenn Dani...

Nein!

Eilig riss Tina die Augen auf, betrachtete Scotts geschlossene und erst jetzt ging ihr auf, wie sehr er ihr gefehlt hatte. Leidenschaftlich erwiderte sie Kuss und Umarmung, bereit, ihn nie wieder loszulassen, und selbst wenn vielleicht ihr schlechtes Gewissen nicht unerheblich dafür verantwortlich war, entschied sie spontan, dass sein Warten ein Ende haben würde.

»Sorry, habe ewig nach einem Parkplatz gesucht«, hauchte Scott, nachdem er sich widerwillig von ihr gelöst hatte.

»Wohin?«, fragte er, als sie in seinem japanischen Kleinwagen saßen.

»Nach Hause«, hauchte Tina verträumt.

Gleichmütig zuckte er mit den Schultern und ließ den Motor an. »Okay.«

Ein verwaistes Appartement empfing sie, denn kein Professor war anwesend, was Tina schon als starkes Stück betrachtete.

Schließlich lag eine halbe Weltreise hinter ihr und er hielt es nicht einmal für erforderlich, sie zu begrüßen! Doch kaum hatte sie das gedacht, stellten sich die nächsten Schuldgefühle ein. Da echauffierte sie sich ständig über Daniels ekelhaften Kontrollwahn und kaum kontrollierte er einmal nicht, fand sie daran auch wieder etwas auszusetzen. Das war doch total blöde und ganz nebenbei inkonsequent, was Tina überhaupt nicht an sich mochte! Sehr weit kam sie mit ihren Selbstgeißelungen jedoch nicht, denn Scott verlor keine Zeit, offenbar hatte er sich während ihrer Abwesenheit auch etwas vorgenommen. Bevor sie sich versehen konnte, lag sie wieder in seinen Armen, während er stürmisch ihren Mund eroberte und sie nebenbei geschickt in ihr Zimmer manövrierte.

Wenig später lagen sie gemeinsam auf ihrem Bett. Tina wollte protestieren, besonders, als er ihr die Jacke derb herunterzerrte und das Sweatshirt ohne Verzögerung folgte. Doch dann entsann sie sich ihres jüngsten Plans und befahl sich, nicht nachzudenken, sondern die Situation verdammt noch mal zu genießen! Kurz darauf musste ihr T-Shirt dran glauben, zu diesem Zeitpunkt grübelte Tina noch darüber nach, ob sie ihm die Jacke ausziehen sollte oder besser nicht.

»Oh …«, stöhnte er an ihrem Mund, und als sie seine kalte Hand unter ihrem BH spürte, zuckte Tina heftig zusammen. Für einen winzigen Moment verharrten ihre Lippen, bevor sie sich besann und sich wieder dem Kuss überließ. Glücklicherweise entging Scott ihre kleine Verfehlung doch glatt. Seine Zärtlichkeiten wurde leidenschaftlicher, die Berührungen rauer und bald nestelte er am Verschluss ihres Büstenhalters. Nach einigen Fehlversuchen bewältigte er ihn erfolgreich, zerrte den Stoff von ihr, warf ihn achtlos beiseite, während seine Lippen ihren Mund verließen und begannen, sich an ihr hinabzuküssen. Am Hals, dann ihre Halsbeuge, die Schlüsselbeine, die Haut darunter … So sehr sie sich auch zu konzentrieren versuchte, sobald er ihre Brust erreichte, zuckte Tina erneut zusammen. Eilig schloss sie die Lider, zwang sich mit aller Macht, nur an Scott zu denken und daran, dass sie endlich mit ihm allein war. Davon hatte sie geträumt, hatte ihr erstes Mal sogar herbeigesehnt, demnach *musste* das einfach gut sein! Alle sagten es, der Prof verbrachte sogar einen guten Teil seines Lebens allein damit …

Nein!

Verbissen konzentrierte sie sich stärker, denn es fühlte sich doch keineswegs unangenehm an, ging nur viel zu schnell! Sie hätte sich gewünscht, er würde es langsamer angehen lassen, zärtlicher und geduldiger mit ihr sein. Romantischer, vielleicht auch andächtiger … sich wie der Auserwählte verhalten, der er doch war, denn schließlich war sie im Begriff, ihn zum ersten Mann ihres Lebens zu machen.

Aber man konnte wohl nicht alles haben, außerdem hatte sie sich etwas geschworen und Tina Hunt stand zu ihrem Wort! Doch als er sich drei Nanosekunden später an ihrer Jeans zu schaffen machte, war ihr Wort mit einem Mal scheißegal.

»Halt!«, stieß sie hervor und presste abwehrend ihre Hände auf seine Brust.

»Nein!«, keuchte er.

»*Ja!* Hör auf!« Immer verzweifelter versuchte sie, ihn von sich zu schieben, doch Scott hielt dagegen, drängte sich sogar wieder näher an sie, sodass sie deutlich seine Erregung zu spüren bekam. Tina hätte nie gedacht, dass ihr derart davor ekeln würde.

»Du willst es, vertrau mir!« Er klang rau vor mühsam unterdrückter Leidenschaft.

»Ja, aber …« Schnell überlegte sie, was sich mit dem chaotischen Nebel in ihrem Hirn alles andere als einfach ausmachte. Endlich kam ihr der rettende Gedanke. »Hast du Kondome dabei?«

Scott erstarrte. »*Was?*«

»Kondome!«, wiederholte Tina. »Wir müssen verhüten, Safer Sex, huh?« Oh, in einem T-Shirt wäre ihr diese Unterhaltung bedeutend leichter gefallen, ganz ehrlich!

»Äh, ich dachte, du nimmst die Pille!«

»Fehlanzeige!«

Stöhnend lehnte er sich zurück. »Bist du irre? Ich meine, jedes Mädchen nimmt die Pille. Willst du schwanger werden? Das ist …«

So langsam wurde Tina wütend und sie scherte nicht mehr, dass sowohl T-Shirt *als auch* BH fehlten. Entschlossen richtete sie sich auf, konnte in der Dunkelheit zwar nicht viel von seinem Gesicht ausmachen, doch das Wenige genügte, damit es sie noch weiter die Palme hinauf trieb. »Nein, ich nehme nicht die Pille!«, zischte sie. »Sorry. Ich schätze, du hättest vorher mal fragen sollen!«

Es dauerte seine Zeit, doch am Ende fing Scott sich erfolgreich, zwischenzeitlich starrte er sie an, als überlege er angestrengt, ob er sich im falschen Film befände. Außerdem hatte er wohl ziemlich mit seiner Anatomie zu kämpfen. Tina war es egal, sie ließ ihn nicht aus den Augen.

»Du hast recht«, stieß er etwas mühsam hervor, stand nach einem flüchtigen Kuss auf und begann, seine Sachen zu richten.

Tina hingegen schloss die Augen und stieß langsam und etwas bebend die Luft aus.

Gerettet!

179

Fünf Minuten später, als sie wieder bekleidet im hellen Wohnzimmer saßen, wollte Tina sich gern schlagen. Vorzugsweise in ihr blödes Gesicht. Denn in Wahrheit befanden sich in ihrem Schreibtisch vier Packungen der Gummidinger, Vera hatte sie ihr heimlich und mit bedeutungsvollem Blick zugesteckt, als ihre Eltern sie nach Ithaka gebracht hatten. Ergo war dieser Reinfall allein Tinas Schuld! Darüber hinaus wurde die gesamte Situation mit jeder Sekunde etwas peinlicher. Tina wusste nicht, wohin sie blicken sollte, Scott ging es ähnlich und beiden schien es langfristig die Sprache verschlagen zu haben.

Irgendwann räusperte er sich. »Was jetzt? Ins *PITY*?«

Das Zauberwort! Sofort sah sie auf, die Augen groß, denn das klang nach einer wirklich guten Idee. Ganz plötzlich wollte Tina dringend, sogar *ganz dringend,* ins *PITY*!

Alles lief wie üblich prächtig.

Nancy war wie immer für jeden Spaß zu haben gewesen, besonders als sie hörte, worum es ging. Sehr berauschend konnte die Nacht mit Scott nicht verlaufen sein. Chris hatte, nachdem Daniel die Bühne verlassen hatte, jede Menge Beweisfotos geschossen, die allerdings nur zum Einsatz kommen würden, wenn es sich nicht vermeiden ließ. Und jetzt saß Daniel im *PITY* und fixierte unverwandt die Eingangstür. Sein Arm lag um Janes Schulter, hin und wieder küsste er einen Teil ihres Gesichts, manchmal auch den Mund, und sorgte für regelmäßigen Drink Nachschub. Man konnte nie wissen, vielleicht lenkte sie heute ja endlich ein, was dann sozusagen Bonus, wäre. Dass Tina so lange auf sich warten ließ, ärgerte ihn zwar ein wenig, doch als sich die Tür endlich öffnete, dieser Versager tatsächlich mit ihr eintraf, war sein Groll wie weggeblasen. Stattdessen weiteten sich Daniels Augen unmerklich.

Tinas wirkten riesig und sie insgesamt ziemlich bleich, einschließlich verdächtig dunkler Ringe, welche vom völlig verschmierten Mascara herrührten. Das Make-up war nicht mehr vorhanden, ihr Haar befand sich in chaotischem Zustand, die Jacke stand offen, alles in allem wirkte sie total neben der Spur.

Auf der Suche nach einer auch nur halbwegs plausiblen Erklärung für das visuelle Desaster betrachtete Daniel forschend ihr Gesicht. Und als es endlich dämmerte, schloss er langsam die Lider.

Nein – das durfte nicht wahr sein!

Dieser verdammte, miese kleine Sack!

17. Making a memory

Bevor Daniel etwas sagen oder wenigstens irgendwie reagieren konnte, stürzte Tina zu ihm, setzte sich neben ihn, lehnte sie sich zurück und schloss die Augen. Ihr Verhalten sah einer spontanen meditativen Einlage nicht ganz unähnlich und Daniel war nicht der Einzige, der das Mädchen mit dem verschmierten Make-up und wirren Haar etwas ratlos betrachtete. Allerdings hielten die Blicke der anderen bedeutend länger an, während sich seiner relativ schnell auf dem Idioten einpegelte, der sich langsam dem Tisch näherte. Als er sah, wohin Tina eilte, hatte er angewidert das Gesicht verzogen. Irgendwann zuckte sie zusammen – alle anderen Anwesenden taten es ihr nach – und riss die Lider auf.

»*Hi!*«, quietschte sie. »Ich bin zurück! Die Zugfahrt war genial, meine Eltern haben wie immer einen Aufstand gemacht, die Fahrt zurück war sogar genialer. Ich dachte mir schon, dass ich dich hier finden würde. Klar, wo solltest du auch sonst sein?« Ihre Augen wurden groß. »Was gibt's Neues?«

Sobald sein flüchtiger Blick sie erfasst hatte, wandte Daniel ihn wieder ab, denn ansonsten hätte er für nichts garantieren können. Längst hatte sein Arm Janes Schulter verlassen, die fast so verwirrt schien, wie Tina aussah, denn von Plan C wusste sie nichts. Allerdings entging Daniel dieses Detail, denn er kämpfte derzeit akut um seine Beherrschung und inzwischen wurde es ernstlich knapp. Mit verschränkten Armen ließ er Scott nicht aus den eisigen Augen. *Dessen* Blick lag auf Tina, die – mit ihrer Frage im Regen stehen gelassen – versuchte, sich mit neuerlichem Geplapper ins Gedächtnis zu rufen.

»Ist immer noch ziemlich frisch, oder? Ich meine, klar, es ist erst Februar, aber könnte nicht trotzdem schon der Frühling kommen? Mir ist kalt … Ha!«, rief sie plötzlich und wandte sich an Daniel. »Was ich dich schon immer mal fragen wollte: Warum lässt du eigentlich ständig das Dach unten? Ist das deine Art der Abhärtung? Also ich finde …«

Der anfliegende Wirbelwind namens Nancy unterbrach das Geschnatter unvermutet, was alle Zuhörer sehr dankbar registrierten.

Nancy navigierte zielsicher und landete daher direkt auf, beziehungsweise *an* Scott. Arme schweißten sich um seinen Hals und keine Sekunde später berührten sich ihre Nasenspitzen. Plan C ging soeben in die zweite Runde.

»Honey!« Schmollend rückte sie ein wenig von dem total verdutzten Scott ab. »Als ich heute Morgen wach wurde, warst du *weg* und das war *gar nicht nett!*« Schnurrend rieb sie ihre Nasenspitze an seiner und ihren an seinem erstarrten Körper. Erst jetzt kam er zu sich und versuchte, sich von ihr zu lösen. Doch Nancy – durchtrainierte Langstreckenläuferin, die in ihrer Freizeit häufig das eine oder andere Gewicht stemmte – ließ ihm keine Chance, sondern packte nur noch fester zu.

»Nancy!«

»Hmmm.« Rasch tupfte sie einen Kuss auf seinen Mund, bevor er den Kopf zurückziehen konnte. Seine Wangen glühten.

»Lass das!«

»*Was?* Also gestern Abend konnte ich gar nicht nah genug sein. Und vorgestern …« Ihr Lachen klang verhalten und dunkel. »Da gab es kein Näher mehr«, wisperte sie an seinen Lippen. »Noch näher und wir wären miteinander verschmolzen. Obwohl, könnte man fast so bezeichnen, oder?«

Tinas Mund hatte sich während der Szene langsam geöffnet und Daniel verspürte das wachsende Bedürfnis, mit dem Kerl kurz vor die Tür zu gehen. Gern auch etwas länger. Obwohl er nicht glaubte, dass dessen Vernichtung viel Zeit in Anspruch nehmen würde. Nur leider kam der Vergeltungsschlag derzeit nicht infrage, denn er hatte sich drei Akutbaustellen gleichzeitig zu widmen:

1. Nancy, die sich immer enger an diesen ekelhaften, wirklich nicht sonderlich attraktiven Scott schmiegte und ein Lächeln zur Schau trug, das eindeutiger nicht möglich war.

2. Die immer blasser werdende Tina, die neuerdings akute Schwierigkeiten mit dem Atmen zu haben schien und deren Mund wohl auf ewig offen stehen bleiben würde, wenn Daniel nicht eingriff. Und Jane, die nur Bahnhof verstand.

Scott versuchte derweil immer angestrengter, sich aus Nancys Umklammerung zu befreien, der Erfolg ließ noch auf sich warten.

»Hör auf!«, knurrte er nach einer Weile.

»Wieso denn?«, erkundigte sie sich mit Unschuldsblick.

»Weil ich gerade keinen Bock habe!«

»Aber …«, hauchte Tina. Daniel konnte nur hoffen, dass sich ihre momentane Grimasse nicht bereits auf ewig in ihre Züge gebrannt hatte, denn das wäre für die Zukunft echt unvorteilhaft gewesen. »Aber …?«

Endlich bequemte sich Scott sie anzusehen, Wut und Trotz gaben sich in seiner Miene ein Stelldichein. Mutig, urteilte Daniel.

»So läuft das nun mal, Baby!« Beim nächsten Versuch gelang es ihm, Nancy erfolgreich von sich zu stoßen. »Dachtest du, ich würde heulend auf dich warten?«

Sein Lachen klang laut, aufgesetzt und absolut humorlos. »Die Frage ist ja auch, worauf, oder? Nur mal zum allgemeinen Verständnis: ich bin hier, um Spaß zu haben! Und, sorry, viel hast du davon nicht zu bieten.« Gelassen zuckte er mit den Schultern und nickte in Daniels Richtung. »Du hast ihn, ich sie, wo liegt das Problem?«

Bevor jemand einschreiten konnte, war Tina aufgesprungen und machte unter wüstem Schnaufen Anstalten, sich auf ihn zu stürzen, doch Daniel konnte noch rechtzeitig seine Arme um sie werfen, um das Schlimmste zu verhindern. Prügeleien waren im *PITY* strengstens untersagt.

»Du bist ein mieses Schwein!«, fauchte sie und versuchte, sich aus dem eisernen Griff zu befreien. »Und ich …« Stöhnend schloss sie die Lider, nur um sie in der nächsten Sekunde wieder aufzureißen. »Wie konnte ich nur so dämlich sein? *Verdammt!*«

Als die Anspannung ihren Körper verließ, beurteilte Daniel die Gefahr als gebannt und löste seine Arme von ihr. Ein schwerer Fehler, denn kaum war Tina frei, fegte sie um den Tisch und verpasste dem ahnungslosen Scott eine klatschende Ohrfeige. »Du bist das mieseste Stück Dreck, das ich jemals getroffen habe. Du *widerst mich an!*«, zischte sie in dessen verblüfftes Gesicht. Der Effekt wäre ohne Tränen natürlich bedeutend imposanter gewesen.

Nach einem flüchtigen Seitenblick zu James, dem Wirt, entschied Daniel, dass eine Ohrfeige *nicht* als Prügelei gewertet wurde. Der behielt die Situation zwar wachsam im Auge, schritt aber nicht ein. Noch nicht, jedenfalls. Daher tauschte Daniel mit Chris einen kurzen Blick – der nickte. Carmen übrigens auch und deren Miene wirkte verdammt verbissen. Jane sparte Daniel aus, mit der würde er sich später befassen, dann trat er zu Tina und legte seinen Arm um ihre Schultern. »Vergiss ihn. Wir gehen!«

Widerstandslos ließ sie sich mitziehen, doch bevor die beiden die Tür erreichten, ertönte hinter ihnen die Stimme des Lebensmüden: »Ja, *genau*, geh mit ihm! Dass ich nicht lache! Ich wusste, dass du es mit ihm treibst, darauf hätte ich meinen Arsch verwettet! Was willst du eigentlich von mir, du dämliche Schlampe?«

Plötzlich hatte Daniel es verdammt eilig, das *PITY* zu verlassen. Ihm blieb nur die Hoffnung, dass Chris ihn anständig vertrat, obwohl er das zu gern selbst übernommen hätte.

Aber jetzt galt es wohl, Prioritäten zu setzen.

Während Daniel eine betäubte und daher stumme Tina nach Hause fuhr, fixierten blaue, riesige Augen die des ahnungslosen und neuerdings etwas missgestimmten Scotts. Dem ging das Ganze inzwischen verdammt auf die Nerven.

»Was?«, blaffte er in die allgemeine Runde, als das Schweigen bedrohliche Formen annahm. »Warum tut hier eigentlich jeder, als wäre sie die Jungfrau Maria? Ich meine, habt ihr sie euch mal genau angesehen? Was soll das ganze Theater. Wer ist sie denn?«

Chris stand auf, sein Gesicht war eine starre Maske. »Raus!«

Scott schnaubte. »Wie werd ich denn? Lass mich mit dem Scheiß in Ruhe!« Er sah zu Nancy, die plötzlich wieder interessant geworden war. »Komm wir gehen!«

»Wohin?«, erkundigte die sich verwundert und bewegte sich um keinen Zentimeter.

»Was trinken, oder was weiß ich, nur weg von den Idioten. Wer weiß, ob das, woran die leiden, ansteckend ist.« Er wollte seinen Arm um sie legen, doch Nancy wich ihm geschickt aus. »Kein Bedarf!«

Ungläubig verzog Scott das Gesicht. »Willst du mich verarschen?«

Chris' Augen waren derweil immer größer geworden. »Raus!«, wiederholte er zischend.

»Ahhh, verpiss dich!«, lautete Scotts Beitrag dazu, für Nancy hatte er nur einen verächtlichen Blick übrig. Und dann machte er tatsächlich Anstalten, zum Tresen zu schlendern, als würde ihn die gesamte Situation nicht weiter tangieren. Allerdings kam er nicht weit, denn nach zwei Schritten hatte Chris ihn am Kragen und zerrte ihn freundlich vor die Tür. Eskortiert wurden die beiden von einer düster blickenden Carmen und einer strahlenden Nancy, die gerade mal wieder die Zeit ihres Lebens verbrachte. Er war eine Niete im Bett, das wusste jeder. Die gestrige Nummer hatte sie nur durchgezogen, um Daniel einen Gefallen zu tun … okay, und weil wegen der verdammten Ferien niemand anderes verfügbar gewesen war. In der Not …

Vor der Tür des *PITY* kassierte Scott die Tracht Prügel seines Lebens. Er ließ sich natürlich nicht widerstandslos vermöbeln, doch gegen den großen und durchaus durchtrainierten Chris hatte er keine Chance. Den Rest der Semesterferien verbrachte Scott übrigens in seiner Studentenbude – allein. Denn mit blauem Auge und gebrochener Nase brauchte er sich nicht bei den Mädchen blicken lassen. Und seltsamerweise wollte die scharfe Nancy neuerdings auch nichts mehr von ihm wissen. Irgendwann verfluchte er alle Frauen und schwor sich, sie ab sofort zu meiden. Dieser ganze Stress war den Aufwand nicht wert. Außerdem kapierte er es immer noch nicht ganz! Scott konnte sich nicht vorstellen, dass es hier um die langweilige Tina ging, denn so heiß war sie wirklich nicht, verdammt! Sobald jedoch seine Nase halbwegs gerade und die schwarzen Spuren um sein Auge verschwunden waren, fand er schnell zu seiner alten Konstitution zurück und bald erinnerte nichts mehr an das eher peinliche aber doch unbedeutende Intermezzo. Von solchen Idioten ließ er sich ganz bestimmt nicht den ganzen Spaß vermiesen! Schließlich war das der Grund, weshalb er überhaupt studierte! Allerdings mied er ab sofort das *PITY*. Für seinen Geschmack ging es dort zu wüst zu.

Jane war im *PITY* zurückgeblieben und fragte sich zum einhunderttausendsten Mal, weshalb sie dem nicht endlich ein Ende setzte. Daniel konnte ihr erzählen, was er wollte, sie nahm ihm sein Gewäsch von der Ach-so-tollen Freundschaft zu Tina einfach nicht ab. Seit drei Jahren sah sie ihn fast täglich und bildete sich ein, ihn als Einzige wirklich zu kennen. Ließ man jemanden oft genug abblitzen, bekam man zwangsläufig Gelegenheit, ihm ziemlich tief in die Karten zu blicken. Eines wusste Jane daher mit Bestimmtheit: Noch nie hatte er sich für ein Mädchen derart engagiert, was sie mit einschloss. Und sie bezweifelte, dass er ähnlich reagiert hätte, wenn *sie* diesem Scott auf den Leim gegangen wäre, was nebenbei bemerkt undenkbar war, jeder wusste, dass dieser Typ eine der größten Nieten in der Stadt war, abgesehen von dem kleinen Welpen, natürlich.

Jane runzelte die Stirn. Nicht nur diese Hunt war ein Hund, fiel ihr gerade auf. Daniel *auch!* Er klebte an diesem langweiligen Ding, als wäre es die letzte Vertreterin des weiblichen Geschlechts auf Erden! Nach eingehender Grübelei beschloss Jane, in Zukunft noch wachsamer zu sein. Denn es schien fast so, als wäre sie nun die letzte Jungfrau in der Stadt. Der Hund war wohl auch endlich gefallen. Das nannte man Pech.

Auf dem Heimweg fiel zwischen Tina und Daniel kein Wort, doch kaum saßen sie im Wohnzimmer, machte er seinem Ärger lautstark Luft. »Ich hatte es dir vorhergesagt!«

Sie fixierte die Hände auf ihren Knien.

»Aber Tina wusste mal wieder alles besser, ja?« Dass sie so gar nicht reagierte, machte Daniel sogar noch wütender. »Du hast keine Ahnung, wie die Dinge hier laufen! Es geht nicht um *Beziehungen* oder irgendeinen Liebesscheiß! Carmen und Chris sind die goldene Ausnahme, aber ganz bestimmt nicht die Regel! Warum weigerst du dich, auf mich zu hören?«

Schweigen.

»Wie war es denn? Heiß? Eine unvergessliche Nummer mit dem Zwerg?« Lachend warf er den Kopf in den Nacken. »So hattest du dir das bestimmt vorgestellt! Vermutlich hat er es nicht mal bis ins Bett geschafft.« Eine Bemerkung, die ihn auf einen grausamen Gedanken brachte. »Habt ihr es etwa auf der Couch getrieben? Genial! Jetzt kann ich das Teil erst einmal desinfizieren! Ach, Scheiße, wegkanten und neu kaufen!« Daniel holte tief Luft und versuchte irgendwie seinen Zorn zu meistern. »Ich habe dir gesagt, dass er ein Fehler ist! Der Kerl hurt in der Gegend herum, wie alle anderen auch, aber er gibt sich nicht mal Mühe, das irgendwie zu vertuschen und wenigstens zu tun als ob! Wenn ich das richtig verstanden habe, ist dies nicht unbedingt das, was du wolltest oder irre ich mich vielleicht?« Einzige Antwort war ihr beharrliches Schweigen.

»Ich hoffe, du hast wenigstens an Gummis gedacht, der Arsch wird keinen Gedanken an so etwas verschwendet haben. Ich will gar nicht wissen, welche Krankheiten der mit sich herumschleppt. Du *hast* doch verhütet, ja? Oder warst du so dämlich, nicht einmal daran zu denken? *Würdest du mir vielleicht antworten, verdammt? Tu nicht so, als kämest du aus dem Mustopf! Ich fasse es nicht! Da reiße ich mir den Arsch auf, damit genau dieser Scheiß nicht passiert und Tina muss unbedingt ihren Dickkopf durchsetzen!«* Daniel wurde stetig lauter, analog zu seiner Wut – die stieg nämlich ebenfalls konstant. Und als Tina noch immer keine Anstalten machte, auch irgendetwas zur allgemeinen Unterhaltung beizutragen, verlor er schließlich den Kampf gegen sich selbst. Derb packte er ihre Schultern und schüttelte sie. »Verdammt noch mal, hast du dich mal angesehen? So läuft das sonst nicht, kapiert? Du hättest gut aussehen müssen, verflucht! *Gut!* Jetzt antworte gefälligst!«

Anstatt das zu tun, purzelten die ersten Tränen, was ihm noch den Rest gab, denn er hasste es, wenn sie heulte! Aber egal, ob es ihm nun gefiel oder nicht, sie tat ja trotzdem, was sie wollte. Das war sowieso ein ungeschriebenes Gesetz:

Tina läuft Gefahr, Mist zu bauen – Daniel warnt sie. Tina baut ihn trotzdem – Daniel bemüht sich um Schadensbegrenzung!

War doch klar gewesen, dass es diesmal nicht anders ablaufen würde. Also hatte sie nicht so verdammt unterwürfig zu tun, sondern sich zur Wehr zu setzen, damit er wenigstens seine Wut an ihr abreagieren konnte! Schließlich musste er jedoch einsehen, dass seine erhoffte Entladung wohl warten musste. Denn wie sollte man jemanden zur Schnecke machen, der bereits eine Schnecke *war?* Und als die Tränen immer schneller liefen, tat er das, was er in solchen Momenten immer tat: Daniel holte Eiscreme.

186

Tina war total durcheinander. Wütend. Am Boden zerstört. Da alle drei Faktoren gleichzeitig versuchten, aus ihr herauszubrechen, bekam keiner eine echte Chance, sich auch durchzusetzen. Im Grunde wollte sie nur eines: Sich schluchzend in Daniels Arme werfen, damit der sie vor den bösen, bösen Männern beschützte. Nur leider stand der momentan nicht zur Verfügung, weil er sich auf Rachefeldzug befand. Nicht etwa gegen Scott, um sie in einer wilden Schlägerei gefälligst zu rächen. *Nein!* Warum auch? Selbstverständlich trug Tina an allem die Schuld, es überraschte sie nicht einmal mehr, steigerte jedoch den emotionalen Ausnahmezustand in ihr! Und als er brüllte und sie schüttelte, obwohl er sie doch anständig trösten sollte, verdammt!, siegten doch noch die Tränen.

Nein, sie wollte kein Eis, er sollte ihr ja mit dem klebrigen Zeug vom Leib bleiben! Tina wusste überhaupt nicht, was sie tun sollte oder vielleicht sogar wollte. Aus total unverständlichen Gründen konnte sie ihm nicht in die Augen sehen und fühlte sich, als hätte sie ihn betrogen. Das war so widersinnig, dass die Tränen gleich noch schneller flossen. Denn Tina hatte so inständig gehofft, ihn wenigstens ein bisschen hinter sich gelassen zu haben und musste jetzt einsehen, dass *nichts* hinter ihr lag. Möglicherweise wäre ihre Niedergeschlagenheit schnell in grenzenlose, allumfassende Verzweiflung umgeschlagen, hätte Daniel nicht wieder einmal so reagiert, wie es eben nur D.G. zustande brachte: total überraschend. Als sie auf sein Eisangebot nicht einging, stellte er es auf den Tisch und umarmte sie seufzend.

»Ich weiß, dass er ein Arsch ist, deshalb wollte ich dich doch vor dieser Erfahrung mit ihm schützen.«

Schon heulte Tina noch heftiger. Natürlich war Scott ein mieser Hund, wenn sie ehrlich war, kam auch *das* nicht sonderlich überraschend! Aber warum hatte sie sich ihm denn überhaupt an den Hals geworfen, he? Um den größten miesen Hund – der doch überhaupt keiner sein sollte – endlich zu vergessen. Oh, die Situation war so verdammt kompliziert! Daniel sollte sie nicht trösten … Okay, *natürlich* sollte er das, aber im Grunde machte seine plötzliche Nähe alles noch viel grauenhafter. Denn genau das wollte sie in Wahrheit und nichts anderes. Es fühlte sich nicht einmal neu an, nur richtig und es fiel Tina so unendlich schwer, sich klarzumachen, dass diese Umarmung dennoch nicht das beinhaltete, was sie so dringend brauchte. Selbst Daniels Duft hatte sich bereits unumkehrbar in ihre Geruchsnerven eingebrannt. Und schon weil Scott in dieser Hinsicht nicht mithalten konnte, war die Geschichte möglicherweise bereits zum Scheitern verurteilt gewesen. Was sollte sie denn nur tun?

Irgendwann rückte er von ihr ab und sah sie an. »Beruhige dich!«

Hmmm, das versuchte sie schon seit geraumer Zeit, es wollte leider nicht funktionieren. Aber wenigstens senkte sie den Kopf, um ihm den Anblick des Desasters zu ersparen.

»Hast du heute Abend noch etwas vor?

Tina verzog das Gesicht. Sicher, heulen, so wie es aussah. Als sich ein Finger unter ihr Kinn legte und sie gezwungen wurde, in sein göttliches Dämonengesicht zu sehen – ob sie wollte oder nicht – empfing sie sein Grinsen.

»Zieh dich an!«

Noch immer wagte Tina nicht, zu sprechen, denn von ›außer Gefahr‹ konnte keine Rede sein. Außerdem hätte das garantiert den Abgesang seiner Umarmung bedeutet, und *das musste sie unter allen Umständen vermeiden, verdammt!* Allerdings gab es nun einmal Spielregeln, wenn man mit D.G., alias der irre Prof befreundet war. Eine davon lautete: *Widersprich nicht, wenn du Mist gebaut hast, Tina!* Okay, die schloss gleich an die Erste und Wichtigste überhaupt an: *Widersprich* niemals *dem Prof, Tina!*

Daher ließ sie ihn widerwillig los, stand auf und machte Anstalten, den Raum zu verlassen, um seinem Befehl Folge zu leisten. Allerdings hielt er sie auf, bevor sie tatsächlich verschwinden konnte.

»Tina?«

»Ja?« Als sie über die Schulter zu ihm sah, grinste er noch immer.

»Nimm Handschuhe mit!«

Diesmal brauchten sie um die *dreißig* Minuten, allerdings nur, weil ihre erste und damit einzige Adresse für diesen Abend nicht die Freiheitsstatue, sondern das Rockefeller-Center war. Genau genommen die dort vorhandene, legendäre Eisbahn. Als Tina endlich erkannte, wohin es ging, verspürte sie leichte Übelkeit.

»Daniel! Ich … hast du ernsthaft vor, *da rauf* zu gehen?«

»Nein, ich wollte mich mit dir an den Rand stellen und dem Treiben von außen in aller Gemütsruhe *beiwohnen.*« Er verzog das Gesicht. »Natürlich gehen wir da rauf, was sonst?«

»Ich *kann* nicht eislaufen«, informierte sie ihn mit Grabesstimme.

»Aber ich!«, grinste er und steuerte, ohne auf eine Erwiderung zu warten, den Schlittschuhverleih an. Nach ihrer Schuhgröße musste er nicht fragen, die kannte er. Ebenso verhielt es sich mit ihrer Konfektionsgröße und Tina wusste es nicht genau, doch sie hätte zu achtzig Prozent gewettet, dass der Kerl sogar ihre Körbchengröße herbeten konnte. Nein, zu neunzig Prozent. *Neunundneunzig! Garantiert!* Das Grübeln über diese wirklich nicht ermutigende Erkenntnis lenkte sie tatsächlich ein wenig von diesem niederträchtigen Hund namens Scott *und* ihrer Angst vor dem spiegelglatten Eis ab. Vorübergehend, jedenfalls. Denn als exakt passende Schlittschuhe ihre Füße zierten, kehrte die Panik zurück. An Tinas Unsportlichkeit hatte selbst der irre Prof nichts ändern können, das würde er auch nie, nicht einmal in eintausend Jahren und wenn er noch so hart daran arbeitete.

Doch Daniel war nicht nur irre, sondern strotzte darüber hinaus auch vor Selbstbewusstsein, und außerdem konnte er offenbar in ihrem Gesicht lesen wie in einem Buch. Noch so etwas, worüber sie dringend nachdenken musste. Später.

Lächelnd nahm er ihre Hand. »Komm schon! Es ist nicht halb so kompliziert, wie es aussieht, gib dir einen Ruck, dann wird das schon.« Und damit zog er sie auf das Eis.

Nach zehn Minuten und fünf Beinahestürzen, die Daniel heldenhaft verhinderte, fühlte Tina sich ein wenig sicherer. Und noch etwas später begann sie, ihm widerstrebend beizupflichten: Es war wirklich nicht halb so schwierig, wie es auf einen Außenstehenden wirkte. Von enormem Vorteil bei ihrer neuesten Kamikazeeinlage war übrigens, dass Daniel tatsächlich Schlittschuhlaufen konnte. An seiner sicheren Hand durfte Tina die Augen schließen und alles vergessen. Besonders kalte Hände auf ihrer Haut, die bisher noch kein Fremder berührt hatte, gemeine, demütigende Bemerkungen und noch peinlichere Statements. Weder protestierte Daniel noch zwang er Tina auf andere Weise, sich der Gegenwart zu stellen, sondern führte sie stattdessen sicher über das Eis. Sie *wollte* vergessen und er verhalf ihr zu der Möglichkeit. Wegen ihrer beharrlich geschlossenen Lider drohte wenig später der nächste Sturz auf dem harten Eis, doch sie hörte sein dunkles Lachen und wurde kurz darauf aufgefangen. So sicher hatte sie sich bisher nur bei ihrem Vater gefühlt.

Noch eine Erkenntnis, über die sie dringend nachdenken musste. Später …

Danach tranken sie Kakao. Tina war überrascht, jedoch nicht blöd genug, Daniel mit der Nase darauf zu stoßen, dass er ihr soeben eine Kombination aus Zucker und Fett spendiert hatte. Da er schwieg, entschied sie, es ihm gleichzutun. Auch wenn es ihr besser ging, fühlte sie sich noch lange nicht gut, weshalb sie einem erneuten verbalen Schlagabtausch mit dem irren Prof nicht gewachsen gewesen wäre. Als könnte Daniel ihre Gedanken hören, betrachtete er sie plötzlich mit zur Seite geneigtem Kopf, und sie musste peinlich lange seinem Blick standhalten, bevor er endlich etwas verlauten ließ. »Wie fühlst du dich jetzt?« Prompt verschluckte Tina sich an ihrer fetthaltigen Zuckerlösung. Erst nach ausgiebigem Husten – der Prof wirkte nicht sehr begeistert – sah sie auf.

»Es war nicht *das*.«

Offenbar hatte sie ihn verwirrt, denn seine Stirn legte sich in Falten. »Das musst du mir genauer erklären!«

Exakt das hatte Tina befürchtet. Verzweifelt suchte sie nach Worten, um das peinliche Desaster blumig zu umschreiben. »Wir hatten keinen … also er hat nicht …« Sie verzog das Gesicht. »Na ja, *er* hätte schon, aber ich wollte nicht, und …«

Das Stirnrunzeln hielt sich noch einen Augenblick länger, und dann lachte er auf. »Du hast ihn abblitzen lassen, als er schon voll im Gange war?«

Äh … so konnte man es wohl ausdrücken. Vage zuckte Tina mit den Schultern.

Er lachte nur noch lauter. »Du bist besser, als ich dachte.« Unter seinem bewundernden Blick errötete sie, doch das hinderte ihn nicht an seinem Gelächter. Scheinbar fand Daniel den bisher peinlichsten Moment ihres Lebens verdammt witzig. »Das ist echt herb«, grinste er nach einer Weile. »Also, wenn du einen Kerl mal richtig fertigmachen willst, zieh diese Nummer durch. Jetzt kapiere ich auch, weshalb er so mies drauf war … Woran hat es gelegen?«

Eine beiläufige Bemerkung, die Tina wie so häufig in die totale Sprachlosigkeit trieb. Die persönlichsten Fragen erfolgten immer so nebenher, als würde er sich nach dem Stand der Sonne erkundigen. »Es war nicht richtig, glaube ich«, hauchte sie.

Gnädigerweise ignorierte er, dass ihre Wangen glühten. »Das hatte ich dir gesagt.«

»Irrtum! Du sagtest, er ist ›nichts für mich‹!«, fauchte Tina, schlagartig kehrten ihre Wangen zur normalen Farbe zurück. »Du konntest nicht wissen, wie ich empfinde.«

»Doch«, erklärte er unbekümmert und ohne den Hauch eines Lächelns. »Kann ich.«

Fassungslos schüttelte sie den Kopf. »Eines Tages wirst du mit deiner verdammten Arroganz mal ekelhaft auf die Schnauze fallen!«

»Möglich. Bis dahin bleibe ich dabei. Lag ich richtig?«

»Nein!«, knurrte sie. »Er war sehr nett.«

»Nett«, echote Daniel.

»Ja! Und er kann gut küssen!« Letzteres hatte Tina nur von sich gegeben, um ihn zu provozieren und weil sie höchstwahrscheinlich der Teufel ritt. Denn es stimmte ganz und gar nicht. Die Rechnung ging auf.

Abfällig schnaubte er auf. »Das denkst du nur, weil du noch nie richtig geküsst wurdest!«

»Ach, und woher weißt *du* das?«

Nach einem wirklich dreckigen Grinsen wurde er wieder ernst. »Ich meinte, was ich sagte und habe nicht vor, mich in dein Liebesleben einzumischen, oder etwas in der Art. Ich will dich nur vor einer miesen Erfahrung bewahren. Und die wirst du machen, wenn du nicht mit diesem Mist aufhörst!«

»Schön!«, fuhr Tina wieder auf, die nicht einmal genau benennen konnte, weshalb seine aufgeblasene Ruhe und die Wahrheiten, die er ihr so freundlich mitteilte, sie so wütend machten. »Und was schlägst du vor? Soll ich dich beim nächsten Mal vorher um Erlaubnis bitten?«

»Nicht um Erlaubnis, eher um Rat.«

Das konnte Tina sich lebhaft vorstellen. »Was ist überhaupt mit Jane?«, platzte es aus ihr heraus.

Der plötzliche Themenwechsel verwirrte ihn sichtlich. »Das weißt du doch!«

»Ja, aber ich *verstehe* nicht, wie du sie lieben kannst und gleichzeitig mit den anderen …« Argwöhnisch neigte sie den Kopf zur Seite, als er schon wieder das Gesicht verzog. »Was war jetzt wieder falsch?«

»Es ist ein weitverbreiteter Irrglaube unter euch Frauen, dass Sex und Liebe das Gleiche sind«, seufzte Daniel.

»Ach?«

»Du hast doch den Beweis selbst erbracht!«, beharrte er. »Wärst du ein Mann oder wenigstens nicht so verboten naiv, hättest du den Kerl nicht mit dicken Eiern in die Wüste geschickt, sondern dich zuerst von ihm vögeln lassen – für dich! Er wäre dir egal gewesen!«

»Wir sind heute ein wenig vulgär, ja?«

»Wie soll ich es denn sonst ausdrücken?«

»Keine Ahnung. Demnach war es ein Fehler, ihn *derart aufgebläht* in die heiße Steppe zu entsenden?«

Nicht das geringste Lächeln stellte sich ein, Verlegenheit übrigens auch nicht, während Tinas Wangen mal wieder glühten. »Nein! Ich wollte damit sagen, dass du nicht wusstest … oder *weißt*, was dir entgeht. Du verbindest Sex mit Liebe, aber das muss nicht zwingend so sein, denn es funktioniert auch sehr gut ohne. Man muss nur den Kopf ausschalten.«

»Aha. Also stellst du dir bei den anderen einfach vor, es ist Jane, oder wie?«

Energisch schüttelte er den Kopf. »Ich stelle mir überhaupt nichts vor. Außerdem liebe ich Jane nicht, schätzungsweise bin ich nicht einmal in sie verliebt. Das ist wohl eher so eine Jäger-widerspenstige-Beute Geschichte.« Als ihre Miene immer länger wurde, lachte er. »Sorry, ich habe gelogen.«

Das musste Tina erst einmal verdauen. Wortlos stand sie auf und ging sich einen neuen Kakao kaufen. Nach kurzer Überlegung erstand sie für Daniel auch einen Becher. Nicht, weil sie neuerdings so fürsorglich war, sondern um ihn zu ärgern. Damit verstieß sie nämlich gleich gegen zwei eherne Regeln: Tina zahlte *nie!* in Daniels Gegenwart und *sie!* durfte nicht eigenmächtig entscheiden, einen Kakao zu trinken. Mit *extra Zucker! Ganz allein!* Dass sie sich deshalb total mutig fühlte, fand sie mal wieder zum Kotzen. Der arrogante Heini brachte es sogar fertig, missbilligend die Augenbrauen zu heben, doch sie ignorierte ihn und nahm einen herzhaften Schluck von ihrem Kakao. Dass sie sich dabei die Zunge verbrühte, bemerkte sie kaum, scheinbar härtete man irgendwann zwangsläufig ab.

»Okay ...«, begann sie schließlich. »Was war noch gelogen? Nein, warte ...« Grübelnd beäugte sie ihn, während er unbekümmert ihren Blick erwiderte. »Jonathan«, sagte sie langsam. »Deine Horrorgeschichte passt nicht zu ihm, das gab mir schon damals extrem zu denken.«

Dafür, dass sich der Kerl gerade als ekelhafter Lügner geoutet hatte, blieb er erstaunlich gelassen. »Nicht ganz«, korrigierte er. »Dad hat nichts gegen Jane an sich einzuwenden, meines Wissens kennt er sie gar nicht.«

Tina ließ ihn nicht aus den schmalen Augen.

»Die Story mit Chris und den anderen Jungs stimmte nicht. Aber darauf bist du selbst gekommen.« Er zuckte mit den Schultern. »Du wusstest gleich, dass ich nur auf dein Appartement scharf war.«

»Nur weiter«, murmelte sie.

Lächelnd neigte Daniel den Kopf zur Seite. »Haut dich das tatsächlich um? Weshalb? Mein schlechter Ruf kann dir unmöglich verborgen geblieben sein.« Als sie nicht antwortete, seufzte er. »Mein Vater bemängelte meine ... häufig wechselnden Partnerinnen und stellte plötzlich die absurdesten Regeln auf, fantasierte von längerfristigen Beziehungen.«

»Dann hättest du doch Jane ...« Tina war derart verblüfft, dass sie glatt vergaß, ihn für seine neuesten Gemeinheiten zu töten.

Daniels Lachen klang recht hohl. »Schon vergessen? Jane und ich verfolgen nicht unbedingt die gleichen Ziele.«

»Aber du rennst ihr pausenlos hinterher! Es ist ekelhaft, das mit ansehen zu müssen, weißt du?«

»Ist es das? Ja, möglicherweise«, räumte er nach flüchtiger Überlegung ein. »Jane hat zur Ultimativwaffe gegriffen. Sie weiß es, ich weiß es, *alle* wissen es.«

»... und trotzdem steigst du darauf ein?«

»Es ist doch nur *eine* Art des Spiels!«, lachte er. »Der Gewinn ist immer gleich.«

»Und wenn ...« Intensiv betrachtete Tina ihre Tasse. »Wenn sie endlich einverstanden wäre ...«

Eilig wagte sie einen Blick, Daniel hatte sich zurückgelehnt und betrachtete sie mit dünnem Lächeln. »Ja ...?«

Natürlich glühten ihre Wangen mal wieder, doch darauf konnte Tina derzeit keine Rücksicht nehmen, dieses Gespräch war viel zu wichtig. »Was ist dann? Ich meine, würde es auch nur ein One-Night-Stand werden?«

Sein Grinsen ließ ihn ziemlich blöde aussehen, was ihn scheinbar nicht störte, sofern er davon wusste. »Nein … Nach diesem Theater würde das nicht nur eine Nacht umfassen. Wird«, korrigierte er eilig.

»Aber du hast nicht vor, mit ihr eine Beziehung zu führen, oder so?«

»Nein.« Immer noch lächelnd.

»Und wie meinst du, denkt Jane darüber?«

»Weißt du …« Vertrauensvoll beugte er sich zu ihr hinüber. »Damit befasse ich mich, wenn es so weit ist. Ist übrigens ein gutes Rezept für ein sorgenfreies Leben: Immer rankommen lassen, auf die Art grübelt man viel weniger und bekommt später Falten.« Das Lächeln verschwand, doch der wissende Blick blieb, von dem Tina lieber nicht erfahren wollte, was er zu bedeuten hatte. Höchstwahrscheinlich wäre die Antwort zielsicher in die Kategorie: ›zu peinlich‹ gefallen.

Am nächsten Morgen ärgerte sie sich, weil er mit seiner Lügerei so billig davongekommen war. Konnte er sie tatsächlich so umfassend manipulieren und das, wo Tina nichts mehr hasste als Lügen? Die ehrliche Antwort lautete klar und deutlich: ›Ja!‹ Doch er hatte ihr über einen wirklich miesen Abend geholfen und ihre Verbitterung wegen Scott hatte sich bereits um ein beachtliches Stück gesenkt. Schon, weil Tina ihn in diesem *aufgeblähten* Zustand in die heiße Steppe entsandt hatte. Egal, was sie sich eingebildet, vielleicht sogar bewusst eingeredet, hatte, sie war nie in ihn verliebt gewesen. In Wahrheit hatte es sich um nicht mehr gehandelt, als den lahmen, nur flüchtig überdachten Versuch, Daniel zu vergessen. Doch am Ende war es nicht völlig sinnlos gewesen, denn es hatte für ein wenig mehr Ehrlichkeit zwischen Daniel und ihr gesorgt.

Und das war es alle Mal wert gewesen.

18. Can't take it

In den folgenden Tagen schlug eine Veränderung bei Tina wie eine Bombe ein: Carmen.

Bisher so unnahbar wie eine Distel, suchte die mit einem Mal das Gespräch. Zumindest anfänglich mehr als zaghaft, aber die beiden Mädchen unterhielten sich. Das machte sich insofern positiv aus, weil Janes Laune zuvor überhaupt nicht mies gewesen *war! Tina war da einer ganz miesen Täuschung aufgesessen. Denn jetzt* schob die erst die wirklich schlechte Stimmung. Und zwar so akut, dass sich niemand im *PITY* mehr freiwillig an ihren Tisch wagte. Tina hatte von Jungs ohnehin erst einmal genug; Jane, das dämliche Weib, musste ständig bei Daniel sitzen und so blieben bald nur noch Carmen und Chris als Gesprächspartner im *PITY*.

Daher kam es wohl nicht ganz überraschend, als Chris vorschlug, in den Osterferien einen gemeinsamen Ausflug zu unternehmen. Normalerweise hätte Tina dankend abgelehnt, denn in offensichtlich geistiger Verwandtschaft mit dem irren Prof plante Chris nicht etwa einen netten Aufenthalt in irgendeinem Motel, sondern wollte die freie Natur während eines Campingausflugs *genießen*. Doch der Frühling meinte es sehr gut mit ihnen, bereits Mitte März ritzten sie mehrfach die zwanzig Grad Marke. Außerdem fand Ostern in diesem Jahr recht spät statt, Jane würde sie nicht begleiten *und* – und das war der entscheidende Punkt, aus dem Tina am Ende diesem Himmelfahrtskommando zustimmte: Der Juli rückte immer näher. Was Tina bisher überzeugt ignoriert hatte, ließ sich inzwischen nur noch schwerlich unterschlagen. Wenngleich der irre, arrogante und hyperbegabte Prof sich nichts anmerken ließ, entwickelten die übrigen Letztsemester plötzlich die gängige Hysterie, die man unweigerlich mit bevorstehenden Abschlussprüfungen assoziiert.

Das kannte auch Tina. Also, die *normale* Hysterie.

Welcher Wahnsinn sich jedoch entwickelt, wenn die Examina anstanden, erlebte sie neuerdings täglich. Bücher am Lunchtisch waren längst die Normalität, selbst im *PITY* sah man mehr und mehr Studenten, die ihre Nasen in irgendwelchen Papieren vergruben. Mit Ausnahme Daniels, natürlich. All das bedeutete jedoch, dass der Abschied nahte. Die beiden mieden das Thema, als handele es sich um eine äußerst besorgniserregende Seuche. Dabei gab es noch so viele Dinge zu klären, nicht zuletzt, was mit Tina werden sollte, denn allein würde sie das Appartement nicht halten können. Aber die grauenhafte, unerträgliche Vorstellung, nicht länger vom irren Prof gegängelt und gequält, nicht zu vergessen, bevormundet und in Sachen Sex beraten zu werden, übertrumpfte alle übrigen Bedenken und Sorgen, die sich bald in ihr stapelten. *Deshalb* fuhr sie ohne zu murren hinaus in die wilde Natur. Außerdem campten sie zu viert. Zwei Frauen, zwei Männer, das ergab nach Adam Riese und allen logischen Überlegungen: *zwei Paare*. So sah das übrigens nicht nur Tina. Denn am Donnerstagabend, als sie endlich die drei Zelte aufgebaut hatten und beim Feuer saßen, ergriff Carmen plötzlich das Wort.

»Wie habt ihr euch das überhaupt ab Juli gedacht?«

Daniel hob eine Augenbraue. »Soll heißen?«

»Na ja, Chris und ich haben keine Probleme, wir bleiben beide in New York. Aber du bist in Phoenix und das ist ziemlich weit. Besucht Tina dich dort oder kommst du hierher?«

Tina wagte nicht, ihn anzusehen, denn damit hatte Carmen nicht nur auf den Punkt gebracht, was Tina heimlich bewegte, sondern auch, was Gott und die Welt annahm, inklusive Jane und Tina. Dass da nämlich doch etwas zwischen ihnen lief. Und nicht nur ein bisschen, ein Techtelmechtel, irgendetwas nicht Spruchreifes, sondern etwas Wahres, viel, viel mehr, als es bei Daniel und Jane jemals sein würde. Als Tina behutsam zu Chris schielte und dessen Grinsen sah, bestätigte dies ihre Vermutung, dass der Ähnliches glaubte.

Nur Daniel reagierte entnervt. »Und was soll *Tina* deiner Meinung nach bei mir?« Als Nächstes bewies er einmal mehr, was er in Wahrheit nur war: ein riesiger, mieser, verdammt von sich eingenommener, verletzender Idiot!

»Ich weiß nicht, eigentlich müsste ich bereits einen Bart haben und das trotz täglicher Rasur. *Mit ihr läuft nichts!*« Dass ›ihr‹ direkt neben ihm saß, scherte ihn offensichtlich einen Dreck. »Dabei wird es immer bleiben! Wann kapiert ihr das endlich? So langsam geht mir das Gewäsch verdammt auf die Nerven!«

Niemand antwortete, Carmen beschäftigte sich plötzlich intensiv mit dem Buch auf ihren Knien, Chris musterte Daniel mit erhobenen Augenbrauen und Tina senkte hastig den Blick. Ab sofort mied sie es, jemanden anzusehen, und zwar für den Rest der Zeit, die sie in diesem verdammten Wald zubrachten. Auf Chris und Carmens Blicke verzichtete sie dankend, denn deren visuelle Botschaft schien so grauenvoll treffend: *Tja, das war jetzt peinlich, aber ehrlich, was dachtest du? Baby, du hast es doch gewusst! Auf jeden Fall sind wir jetzt alle schlauer und du bist Hawkins, oder?*

Etwas verblüfft stellte sie fest, dass sie Daniel mit einem Mal nicht mehr ertragen konnte. Seine Selbstsicherheit widerte sie an. Der Tonfall, in dem er mit ihr sprach, machte sie wahnsinnig. Selbst sein verboten attraktives Äußeres empfand Tina neuerdings als blanken Betrug. Wie konnte jemand wie ein Engel aussehen, wenn er in Wahrheit nun einmal ein grünäugiger Dämon war? Weder wollte sie mit ihm sprechen noch länger bei ihm sein und ihm damit weiterhin die Gelegenheit einräumen, sie ungeniert zu verletzen und zu verhöhnen. Und als dieser verdammte Ausflug endlich beendet, Tina nicht länger den zunehmend fragenden Blicken der anderen ausgesetzt und sie endlich wieder zu Hause, sicher in ihrem Zimmer, war, schwor sie, dem ein Ende zu bereiten.

Sie wollte sich nicht länger zum Narren machen. Das hatte sie lange genug getan!

19. Fools paradise

Egal was Tina sich vorgenommen hatte, leicht wurde es nicht. Immer wieder drohte sie zu straucheln, wollte ihre so guten und richtigen Vorsätze in den Wind werfen und doch klein beigeben. Mit jedem Tag, den sie ihre neue, unnahbare Linie verfolgte, wurden die Dinge schwieriger. Nicht etwa für Daniel, der reagierte in Wahrheit überhaupt nicht, dafür litt Tina wie ein Hund! Und als ihr baldiges Versagen im Grunde bereits feststand, trat unvorhergesehen ein Wunder ein, das sie am Ende davor bewahrte: Ricardo. Er war ein hübscher Latino-Junge aus der New Yorker Bronx. Selten hatte Tina einen so durchtrainierten Körper gesehen – genau genommen bisher einmal –. Seine Haut war tiefbraun und die dunklen Augen wirkten fast schwarz, zeugten jedoch von ausgesuchter Wärme – zumindest, wenn er es wollte. Die beiden lernten sich auf dem Campus kennen. Tina hielt sich mittlerweile tunlichst vom Elitetisch fern, denn sie ging Daniel auch sonst geflissentlich aus dem Weg. Was ein ziemlich dämliches Unterfangen war, wenn man bedachte, dass sie immer noch zusammenwohnten. Lieber blieb sie allein, mied die anderen und übersah die vielen Blicke, sowohl die fragenden als auch die übrigen. Selbst ihr Make-up fiel nicht mehr sehr ausufernd aus, womit sie ein Zeichen setzen wollte: Die Barbie war ausgeflogen. Sollte Daniel sich eine andere dumme Gans für seine Experimente suchen. Das warme Wetter hielt sich wacker, und da niemand mit Tina sprach oder sie mit niemandem das Gespräch suchte – das hielt sich die Waage –, verbrachte sie die Zeiten zwischen den Vorlesungen meistens auf der Wiese des Campus. Hier lief ihr Ric über den Weg. Sie saß unter einem der alten, ehrwürdigen Bäume, die sie als besten Platz auf dem Gelände auserkoren hatte, und er stolperte sprichwörtlich über ihre ausgestreckten Füße. »Kannst du nicht aufpassen?«

Es kam von beiden gleichzeitig. Doch während Tina die Situation eher witzig einschätzte und fast gelacht hätte – *fast* – schien dieser Junge das ganz und gar nicht lustig zu finden.

»Was denn, hast du irgendein Besitzrecht auf den Rasen, oder was?« Seine Stimme klang dunkel und ein wenig rau und der Blick zeugte von tiefster Verachtung. »Zieh die Flossen ein, damit andere nicht darüber fallen, einfache Sache! Oder kapierst du das nicht, weil du in Wahrheit blond bist und nur dein Haar gefärbt hast, um Verwirrung zu stiften?«

Viel zu verblüfft, um zu antworten, starrte Tina den zornigen Jungen mit offenem Mund an. Was ihr irgendwann an einer Erwiderung einfiel, eignete sich nicht, um dessen offensichtlich extrem hitziges Gemüt zu beruhigen. Deshalb tat sie am Ende, was sie seit Ewigkeiten nicht mehr getan hatte. Sie *kicherte* – wie die dümmste dumme Gans des Planeten! Kaum war ihr aufgegangen, welch verbotener Handlung sie sich soeben schuldig machte, wurde daraus ein Kicheranfall, der immer schlimmere Ausmaße annahm. Nach einer Weile ließ er sich vor Tina im Gras nieder und beäugte sie argwöhnisch.

»Lachst du mich jetzt an oder aus?«

Dies war der Beginn von Ricardos und Tinas Freundschaft. Er war viel zu lieb, um sie zu bedrängen, verbrachte jedoch bald seine gesamte Freizeit ausschließlich mit ihr. Und er machte es ihr verdammt leicht, Daniel zu vergessen. Fast. Tina wusste sehr wohl, dass sie Ric benutzte, vielleicht sogar missbrauchte, doch sie konnte dem nicht Einhalt gebieten, denn er war ihre einzige Chance. Und so löste sie sich immer mehr von Daniel und hielt sich stattdessen an Ricardo. Intelligent und witzig, wie er war, versuchte er *nicht*, irgendetwas an ihr zu verändern oder sie zu verbiegen. Und ganz nebenbei zeigte er ihr eine Welt, fernab von allem, was Geld kostete. Denn davon besaß er noch weniger als Tina.

Deshalb wurde es mit ihm trotzdem nie langweilig. Und da Ric sich von allem fernhielt, was auch nur annähernd mit ›Yuppies‹ und/oder ›Dollars‹ zu tun hatte, besuchte Tina bald auch nicht mehr das *PITY*. Auf dem Campus hielten sie sich meistens abseits – wegen der widerlichen reichen Dandys, die hier in überwiegendem Maße vertreten waren –, und wenn sie Daniel doch einmal über den Weg lief – was sich auf die Dauer nicht vermeiden ließ –, murmelte sie einen flüchtigen Gruß und floh. Weder fragte Daniel nach noch versuchte er weiterhin, Tina auf irgendeine andere Weise zu manipulieren, stattdessen schien er mit ihrem Rückzug restlos einverstanden zu sein. Nun, das spielte doch bestens in ihre Pläne, oder?

Dass sie mit diesem reichen Bastard zusammenwohnte, gefiel Ricardo absolut nicht, doch selbst er, dem sonst für beinahe jedes Problem eine verblüffend einfache Lösung einfiel, wusste zu diesem Thema nichts Verwertbares vorzuschlagen. Allerdings wurde er nicht müde, sich darüber zu echauffieren.

»Was ist das mit dir und diesem Grant?«, erkundigte er sich eines Tages argwöhnisch.

»Nichts«, versicherte Tina eilig. »Da läuft überhaupt nichts!«

Ihre Antwort kam wohl etwas zu hastig, denn sein Misstrauen verstärkte sich zusehends, aber wenigstens hakte er nicht nach. Am Abend zuvor hatte es eine peinliche Begegnung im Wohnzimmer gegeben. Daniel war mit seiner neusten Eroberung eingetreten und fand die beiden auf der Couch vor. Beim Fernsehen. Das neue, inzwischen längst abgelegte, Mädchen und Ric hatten sich ziemlich unspektakulär veralten. Sie hatte blöde gegrinst, während Ricardo die Neuankömmlinge wie Luft behandelte. Nur Daniel und Tina hatten offensichtlich nicht gewusst, wie sie mit der Situation umgehen sollten. Zu diesem Zeitpunkt herrschte zwischen ihnen seit ungefähr vier Wochen totale Funkstille. Beide mieden beharrlich den Blick zum jeweils anderen und flohen, sobald sich die Gelegenheit ergab. Auf diese Art lief es seit mehr als einen Monat und Tina – obwohl sie es natürlich niemals zugegeben hätte – setzte die Situation sogar massiv zu. Doch glücklicherweise war sie wenigstens nicht mehr allein, was sich als große Hilfe im Kampf gegen ihre Gefühle zu Daniel erwies.

Bald konnte sie sich Ricardo aus ihrem Leben nicht mehr wegdenken. Problematisch war dabei nur, dass er sich in sie verliebte, während Tina nichts Derartiges für ihn empfand. Sie sah ihn eher wie den Bruder, den sie nie hatte. Manchmal fragte sie sich sogar, ob die Konstellation zwischen ihnen ähnlich lag, wie bei Daniel und ihr. Doch Tina *versuchte*, Rics Liebe zu erwidern, unternahm sogar ernsthafte Anstrengungen, um dieses Ziel zu erreichen und ließ sich nicht entmutigen, als der Erfolg auch noch nach Wochen auf sich warten ließ. Konnte man nicht *lernen*, jemanden zu lieben? Was sprach dagegen?

Sie *wollte* es, ehrlich, Tina hätte alles darum gegeben, Ric zu lieben, doch offenbar waren ihre Gefühle da ganz anderer Meinung, denn ihre Versuche schlugen leider allesamt fehl. Dabei war er kein Draufgänger und hatte bestimmt keinen One-Night-Stand im Sinn.

Eher war das Gegenteil der Fall. Wochenlang saßen sie reglos nebeneinander, gingen ins Kino und verbrachten miteinander die Pausen auf den Wiesen des Campus'. Doch erst nach Ewigkeiten wagte er den ersten behutsamen Kuss, was sie noch einmal anspornte, sich endlich in ihn zu verlieben, verdammt. Irgendwann, da ging der Mai bereits in den Juni über, entschied Tina, es zu wagen, obwohl sich noch immer keine romantischen Gefühle eingestellt hatten. Immer öfter musste sie an Daniels Worte denken und überlegte, ob sie die gesamte Geschichte vielleicht total falsch anpackte. Vielleicht lag darin das gesamte Geheimnis! Zwingen! Nicht warten, dass Wünsche Realität wurden, sondern aktiv für deren Bewahrheitung sorgen! Das klang so gut, dass sie kurz entschlossen ihren Kopf ausschaltete und versuchte, seine Umarmungen und zaghaften Zärtlichkeiten einfach zu genießen.

Verblüffenderweise funktionierte es! Sobald sie sich nicht mehr bewusst vor Augen führte, dass es sich um Ricardo handelte, der sie küsste und ihr seine Leidenschaft zeigte, machte es sogar Spaß, ihm nah zu sein. Tina spürte, wie ihre letzten Bedenken langsam verschwanden. Diese Kopf-ausschalten-Geschichte war, besser, als sie nach Daniels eher blödsinnigem Vortrag vermutet hätte. Aus beiläufigen wurden bald heiße Küsse, und nach weiteren zwei Wochen erfuhr sie endlich, wie sich ein warmer, muskulöser männlicher Körper anfühlte, wenn man ihn ganz nah an sich presste.

Dennoch dauerte es noch einmal über vierzehn Tage, bevor Ric sich auch auf mehr einließ. Tina wäre dazu weitaus früher bereit gewesen. Denn sie ahnte, fühlte, *wusste es sogar*, dass sie mit dem letzten Schritt endlich diesen verdammten Fluch namens D.G., alias der irre Prof, hinter sich lassen würde. Der weigerte sich nämlich immer noch konstant, zu verschwinden. Wie ein Gespenst geisterte er in ihren Gedanken umher, als wolle er mit allen Mitteln verhindern, dass sie ihn vergaß. Immer dann, wenn es mit Ricardo besonders schön wurde, suchte er sie erneut heim und dies zermürbte ein wenig, nur ein wenig! Mal davon abgesehen, dass sie sich wie der Schuft in diesem Spiel vorkam, dabei verfolgte sie nur die edelsten Absichten! Warum konnte Daniel nicht endlich abhauen und zulassen, was ihrer Meinung nach vom Schicksal ohnehin vorherbestimmt war? Tina wollte dieses Chaos einfach nicht mehr!

Die beiden hatten im Kino irgendeinen Film gesehen, von dem Tina kaum etwas bewusst wahrnahm, denn sie war viel zu eingenommen von dem gewesen, was folgen sollte. Es war Freitag, Samstag wurden keine Vorlesungen abgehalten und ihrer Ansicht nach sollte ihre Beziehung endlich um eine neue Facette erweitert werden. Angestrengt überlegte sie, was von Scotts Schwachsinn übernommen werden könnte, und entschied sich am Ende für ein einziges Detail. Als sie ins Wohnzimmer traten und Ric, wie immer das Licht einschalten wollte, hinderte Tina ihn eilig daran.

»Nein!«

»Was …« Weiter kam er nicht, weil ihre Lippen bereits hungrig seinen Mund verschlossen. Und als sein tiefes Seufzen ertönte, war Tina wenigstens halbwegs sicher, dass sie die Dinge richtig anging.

Seit Längerem wusste sie bereits, dass er stark war, doch in den nächsten Sekunden erbrachte Ric mal wieder den Beweis, denn er trug sie mit unvorstellbarer Leichtigkeit in ihr Zimmer und legte sie dort auf das Bett. Bevor er jedoch irgendetwas anderes tat, richtete er sich auf und betrachtete sie zweifelnd.

»Bist du sicher?«

Auf Tinas Nicken lächelte er, seine weißen Zähne blitzten in der Dunkelheit. »Gut.« Dann küsste er sie endlich wieder, intensiver, heißer, leidenschaftlicher als jemals zuvor. Stürmisch eroberte er ihren Mund, ging nur leider ein bisschen zu ungestüm vor, für Tinas Geschmack. Sie hätte es nicht gedacht, aber sein plötzlich so ungezügeltes Verlangen bereitete ihr Angst und hemmte sie. Doch als Tina einen Anflug von Panik spürte, weil sein Körper mit einem Mal so verdammt schwer auf ihr lag, sodass sie meinte, keine Luft mehr zu bekommen, schloss sie die Augen. Was dann geschah, war Programm, allerdings war sie nicht unbedingt sicher, ob der Prof *davon* gesprochen hatte, als er ihr den legendären Vortrag gehalten hatte. Wenn sie sich nämlich ausklinkte, dann stellte Tina sich stets Daniel vor. Es funktionierte perfekt! In den folgenden Minuten erlebte sie die schönsten Momente ihres bisherigen Lebens. *Seine* sanften, großen Hände wanderten über ihre Haut, irgendwann zog er ihr das T-Shirt aus und die Jeans nahm kurz darauf den gleichen Weg. Beides geschah so schnell und unspektakulär, dass ihr keine Gelegenheit blieb, sich darüber Gedanken zu machen. Sie mochte sein dunkles, leidenschaftliches Seufzen und liebte seine Küsse.

Als auch der Rest ihrer Kleidung verschwand, ging ihr Atem bereits sehr hektisch. Sie hatte keine Zeit, deshalb verlegen zu werden und außerdem bestand nicht der geringste Grund, denn sie wollte es! Sehnsüchtig presste sie sich an ihn, und als er sie berührte, nicht nur ihre Brüste, sondern viel, viel tiefer, stöhnte sie überrascht auf. *Das* hatte *er* gemeint – erst jetzt verstand sie. Zaghaft begann Tina, auch ihn auszukleiden. Das ging viel schneller, denn er trug nur noch Jeans und Shorts. Seines T-Shirts musste er sich bereits selbst entledigt haben, ohne dass sie davon etwas mitbekommen hatte. Dann spürte sie seine Erregung und zuckte wieder zusammen. Doch aufkeimende Angst verflog, sobald sie aufgekommen war, denn es fühlte sich stark an, mächtig und verheißungsvoll, als würde er irgendein Geheimnis in sich tragen, hinter welches sie ganz dringend gelangen wollte. Kurz darauf verschwand Ric, sie hörte das unverkennbare Reißen von Folie und lächelte beruhigt. Alles in Ordnung, Tina *durfte* vergessen. Wenig später zog er sie wieder in seine starken Arme, dabei ging er behutsam vor, sodass sich sein Körper weich und dennoch hart und sehnig anfühlte. Ein Traum, wie sie bisher nicht in der Lage gewesen wäre, ihn zu träumen. Und als er sie *dort* streichelte, stöhnte sie auf, ohne es beabsichtigt zu haben. Das Gefühl war zu schön und es verlangte nach mehr. Auch sein Atem beschleunigte sich, doch er versuchte, es vor ihr zu verbergen und Tina lächelte.

Immer perfekt, nicht wahr? Das war überhaupt das Wichtigste: Er musste unter allen Umständen Haltung bewahren. Was sie unter ihren Händen spürte, *war* perfekt.

Sie hätte ihn ewig auf diese etwas vorsichtige Weise berühren und darüber staunen können, wie samtig sich seine Haut und wie ausgeprägt sich seine Muskeln anfühlten. Doch nach einiger Zeit schob er energisch und zielstrebig wie immer ihr Bein beiseite und glitt dazwischen. Okay ... Tina hielt die Luft an, damit er nicht ihren jämmerlich aufgeregten Atem hörte.

Und als er schließlich behutsam in sie eindrang, flogen ihre Lider auf.

Entsetzen flutete Tina. Pur, ungeschönt, umfassend! Nicht aufgrund des geringfügigen Schmerzes, der kaum spürbar und längst wieder vergessen war, sondern weil sie in die *falschen Augen blickte*. In Wahrheit kam Tina sich vor wie in einem dieser Psychothriller, in denen die Leute mit irgendwelchen Drogen vollgepumpt werden, bis sie Dinge sehen, die nicht existieren. Hier lag ein grauenhaftes Missverständnis vor, denn sie hätten grün sein müssen, nicht dunkel, fast schwarz.

Nein!

Die Realität hatte sie bereits eingeholt und ihr so gnadenlos ihren Fehler vor Augen geführt, aber Tina wollte sich der Wahrheit nicht stellen, sondern weigerte sich verbissen, sie anzuerkennen, während er sich zum ersten Mal in ihr bewegte. Ricardo hatte sich nicht unter Kontrolle. Trotz fest zusammengepresster Lippen gelang es ihm nicht, seine Aufregung und die immense Erregung zu verbergen. Mit weit aufgerissenen Augen betrachtete er sie, was ihm ein so fremdes Aussehen verlieh. Sein Atmen erfolgte in wilden, abgehackten Stößen und die Bewegungen erfolgten längst nicht mehr konstant.

Plötzlich hätte Tina alles dafür gegeben, dass er aufhörte. Dies war ein verdammter Fehler und er ein Fremdkörper in ihr, den sie *nicht wollte!* Er sollte verschwinden! Weg! Nur mit Mühe konnte sie verhindern, es ihm ins Gesicht zu brüllen. Die Tränen kamen, ohne sich vorher angekündigt zu haben, Tina blieb keine Chance, sie aufzuhalten, weshalb sie den Versuch auch gleich wieder ließ. In Wahrheit wirkten sie tröstend, nahmen ihr ein wenig von der immensen Panik, die längst von ihr Besitz ergriffen hatten. Und sie übernahmen gleichzeitig das, was sie ihm nicht sagen konnte. Dankbar registrierte sie sein Erstarren, denn er tat ihr wirklich weh. Dabei hatte es sich am Anfang so gut angefühlt.

»Was ist los?« Seine Atemlosigkeit, die leider nicht verschwunden war, widerte sie einfach an.

»Habe ich dir wehgetan?«

Ehrliche Antwort? Nein, das willst du nicht wissen, vertrau mir, Ricardo.

Doch es handelte sich eben um Ric – nicht Scott –, was die Dinge möglicherweise noch grauenhafter machte. Ihn zu verletzen war nun wirklich nichts, was sie wollte, weshalb sie keine Möglichkeit sah, seine Frage zu beantworten. Deshalb registrierte sie über alle Maßen erleichtert, dass er kurz darauf aus ihr verschwand, obwohl selbst das unangenehm war. Dann legte er sich neben sie und schwieg, möglicherweise wartete er ja, was Tina in die nächsten Konflikte stürzte. Doch als sich das beharrliche Schweigen ausdehnte, hauchte er »Sag einfach, was es gewesen ist.«

Nichts lag ihr ferner.

»Bitte, Tina!« Seufzend betrachtete sie ihn, und vielleicht, weil er nicht mehr auf ihr lag oder sich in ihr befand, wurde aus ihm plötzlich wieder *ihr* Ric. Jener Junge, dem sie vertraute und verehrte, weil sie selten einen wertvolleren, aufrichtigeren Menschen getroffen hatte. Und der hatte nun mal eine Erklärung verdient, wenigstens das.

Ihr Räuspern klang belegt. »Es liegt nicht an dir.«

»Zu früh, richtig?«, stöhnte er. »Ich wusste es! Wir hätten noch warten sollen. Aber ich dachte …«

»Nein, es war … es …« Wieder kamen die Tränen und sie streichelte hilflos seine Wange. »Ich habe …« Sie schluckte. *Verdammt!* »Ich kann es einfach nicht, es tut mir so leid.«

»Aber warum …«

In diesem Moment wurde die Wohnungstür aufgeschlossen, Tina zuckte zusammen, riss die Lider auf und das hektische Zischen verließ ihren Mund, bevor sie es aufhalten konnte. »Scheiße!«

Ricardo, alles andere als dumm, benötigte nur drei Komma fünf Nanosekunden, um zu begreifen, dann entgleisten ihm die Gesichtszüge und daraus wurde eine grimmige Maske. »Was ist denn?«, knurrte er. »Hast du Angst, er könnte dahinterkommen, dass du dich mit einem dreckigen …« Er dachte nach und schüttelte den Kopf. »Nein, das passt nicht zu dir. Du willst nicht, dass er davon erfährt, weil …« Forschend betrachtete er sie und schließlich wurden seine Augen groß. »Also lag ich richtig? War ja klar!« Verbittert stand er auf und hielt in der nächsten Sekunde das T-Shirt in der Hand.

Tina hatte sich aufgerichtet. »Ric, bitte …«

»Hör auf! *Das* wusstest du nicht vorher? *Schöne scheiße*, würde ich sagen. Ich meine …« Er lachte. »Für mich ist es eine Enttäuschung. Für dich …?« Bedeutungsvoll betrachtete er sie. »Na ja, lässt sich wohl nicht mehr rückgängig machen.«

Nebenbei zog er seine Jeans über, während Tina sich wirr fragte, wo er wohl das Kondom gelassen hatte.

»Ich muss den Verstand verloren haben!«, brüllte er plötzlich. *»Verdammt!«*

Und dann stürzte er aus der Tür.

20. Break my fall

Heulend lag Tina in ihrem Bett. Sie fühlte sich allein und unendlich traurig, darüber hinaus setzten ihr zunehmend Gewissensbisse zu, weil sie Ric so unvorstellbar wehgetan hatte. Und der verdiente so etwas nun wirklich nicht. Sollte sie ihn anrufen? Nein, er würde momentan jedes Gespräch ablehnen, was Tina übrigens ganz gut passte. Vielleicht morgen, übermorgen, nächste Woche. Oder in drei Jahren. Schluchzend lachte sie auf. Im Zweifelsfalle konnte man immer noch auf eine frühzeitig einsetzende Alzheimererkrankung hoffen. Als es energisch klopfte, zuckte sie zusammen und starrte entsetzt die Tür an. Er war nicht gegangen! Dabei hätte sie geschworen, die Eingangstür mit lautem Scheppern zuklappen gehört zu haben. Zuvor hatte es einige Male ziemlich laut geknallt, als wäre eine Faust in die Wand geschmettert worden. Bestimmt hatte er sich inzwischen beruhigte und wollte sich mit ihr aussprechen, alles ins Reine bringen. Das wusste sie durchaus zu schätzen, aber sie konnte jetzt nicht mit ihm reden, sondern wollte …

»Mir ist scheißegal, was du gerade anhast! Ich komme jetzt rein!«

Erschrocken riss sie die Augen noch weiter auf. *Oh, Scheiße!* Das war nämlich keineswegs Ricardo gewesen. Wirklich, sie konnte derzeit alles ertragen, nur nicht den Prof und dessen wüste Belehrungen. Nicht jetzt! Aber obwohl die beiden seit über zwei Monaten nur das Nötigste miteinander sprachen, machte der kurz darauf seine Drohung wahr und stand wie ein Racheengel mitten im Raum. Für einen sehr langen Moment starrte Tina ihn an, dann erinnerte sie sich ihrer Nacktheit, und dass dieser Idiot die Flutbeleuchtung eingeschaltet hatte, und sie zog hastig die Decke höher. Doch er schien von ihrem derzeitig nicht vorhandenen Bekleidungszustand nichts zu bemerken. Vielleicht war ihm der Anblick zu vertraut, sah er die Frauen doch öfter unverhüllt, als anders. Kaum hatte sie diesen total bescheuerten Gedanken bemüht, liefen erneut die Tränen.

»So!«, knurrte er und nickte auch noch selbstgefällig, als würde er genau das sehen, womit er gerechnet hatte. »Hast du es endlich geschafft, ja? Und was soll das Geheule?«

Das verstand *der* natürlich nicht!

»*Du* willst allein klarkommen? Das bezeichne ich als klassischen Fall von Selbstüberschätzung. *Und?* Hat es diesmal wenigstens funktioniert oder war es wieder ein beschissener Reinfall? Okay, wenn ich eins und eins zusammenzähle … Scheinbar bekommst du nicht mal *das* ohne Hilfe ordentlich zustande.« Entnervt verdrehte er die Augen. »Ich habe noch nie ein Weib gesehen, das selbst *dazu* zu dämlich ist! Okay, für eine Überraschung warst du ja schon immer gut, wenn auch meistens negative.«

Also, eines hatte er schon einmal erfolgreich geschafft: Tina heulte nicht mehr. Stattdessen lauschte sie ihm mit wachsender Ungläubigkeit, während Daniel gerade erst in Fahrt zu kommen schien. Denn mit jedem Wort wurde der lauter und gemeiner.

»*Verdammt!* Die ganze Mühe umsonst, weil du zu *blöde* bist! Und dann auch noch mit *dem* da!« Mit dem Daumen wies er über seine Schulter, sein Gesicht war eine höhnische Grimasse, aus der tiefster Abscheu sprach. Und derart gestaltete sich auch, was er sagte. Es entsprach einer einzigen, schmutzigen, hundsgemeinen Beleidigung.

»Du musst dich doch bloß auf den Rücken legen und die Beine breitmachen, Baby! Ist das so schwer zu begreifen?« Er verschränkte die Arme und lachte hohl. »Vielleicht hättest du dich besser an einen *Mann* gehalten, nicht an ein Kleinkind. Ich schätze, der Kerl hatte soeben sein Debüt?«

Erneut schluckte Tina und diesmal beendete sie die Suche nach ihrer Stimme erfolgreicher. »Hör auf!«, flehte sie heiser.

»Weshalb denn? Ich finde das alles *genial!*« So sah er leider absolut nicht aus.

»Bitte hör auf!« Das kam lauter.

Humorloses Gelächter war die einzige Antwort. Was Tina in jeder anderen Situation verdammt wütend gemacht hätte – nämlich sein unmögliches Verhalten –, schürte jetzt nur ihre Verzweiflung.

»Hör endlich auf!« Nicht einmal die Hände vor das Gesicht konnte sie legen, weil sie die verdammte Decke festhalten musste. Konnte eine Situation noch erniedrigender werden?

»Okay.« Sichtlich mühsam beherrschte er sich und sein Blick streifte ihre nackten Schultern, weshalb sie zu allem Überfluss auch noch knallrot wurde. »Ich denke … du solltest dir erst einmal etwas anziehen.« Damit wandte er sich ab. »Ich warte im Wohnzimmer!«

Mit offenem Mund starrte sie zur Tür, die sich soeben hinter ihm geschlossen hatte und schließlich seufzte Tina. Gab es ein Entrinnen vor den Anweisungen des Profs?

Blödsinnigerweise hielt sie immer noch die Decke vor ihre Brust, während sie sich aus dem Bett kämpfte und ihre Sicht verlor bereits wieder an Schärfe, obwohl die Brille auf ihrer Nase saß, sogar beim Sex hatte sie das Teil nicht abgenommen! Eigentlich hätte sie sich in ihr Bett flüchten und dort auf bessere Zeiten warten sollen. Dass sie sich stattdessen dem Grauen stellte, geschah aus einem überzeugenden Grund: Tina wollte nicht allein sein, sie *konnte* nicht!

Bei ihrem Eintreten sah Daniel, der auf der Couch saß, nicht auf. Doch als sie sich in einen der Sessel verkriechen wollte, verzog er das Gesicht. »Meinst du nicht, dass es reicht?«

Nach flüchtiger Überlegung setzte sie sich resigniert neben ihn. »Es war sinnlos, denke ich«, gestand sie leise.

Überraschenderweise schüttelte er den Kopf. »Ich verstehe dich, deshalb habe ich mich nicht eingemischt.«

»Ach?«

Er musterte sie flüchtig von der Seite. »Bist du verblüfft?«

»Kann man so sagen.«

Seine Miene verdüsterte sich. »Natürlich wusste ich nicht, dass du dich gleich dem nächsten Schwachkopf an den Hals werfen würdest. Das war echt nicht vorhersehbar.«

»Also ehrlich, Grant!« Niemals hätte Tina geglaubt, in einer derartigen Situation einen so schneidenden Ton zustande zu bringen. »Ich habe ernsthafte Probleme aus deinem Mund ›gleich‹ und ›an den Hals werfen‹ *und* …« Sie hob einen Finger, »›Schwachkopf‹, zu vernehmen, *ohne* trocken kichern zu müssen! Und das auch noch im Zusammenhang mit Sex!«

Daniel stutzte zunächst tatsächlich, doch dann lachte er auf. »Du hast doch nicht etwa vor, *uns* in dieser Hinsicht zu vergleichen, oder? Ich gehe davon aus«, fuhr der arrogante Schwachkopf fort, »dass ich schon Sex hatte, als du von der Erfindung nicht einmal etwas *ahntest*!«

Als sie verächtlich das Gesicht verzog, wurde er plötzlich ernst. »Ich war vierzehn, was bedeutet, du um die neun oder zehn.«

»Okay«, stöhnte Tina geschlagen. »Damals dachte ich nicht *täglich* daran, aber ich wusste von der Erfindung, du wirst es nicht glauben!«

»Das Thema erörtern wir nicht zum ersten Mal«, erwiderte er abweisend. »Leider hat die Natur es so eingerichtet, dass euch mehr droht, wenn es schief läuft. Was du da treibst, ist Harakiri der besonderen Art.

Ich weiß nur nicht, weshalb! Glaubst du, du müsstest es jetzt unbedingt durchziehen, ja? Erzähle mir, wie war es denn so?«

Wie so häufig trug er diesen verhassten arroganten, belehrenden Blick zur Schau. Und das nur, weil es eine Angelegenheit gab, in der er – nicht zufällig – den größeren Erfahrungsschatz vorweisen konnte. Wenigstens schien er nicht unbedingt stolz darauf zu sein.

»Scheiße!«, räumte sie widerwillig ein. »Aber es lag nicht an Ric, er war nur …«

»Ein Versager«, nickte Daniel.

»Nein! Hör mir doch *zu*! Es war nicht seine Schuld, er hat alles richtig gemacht.«

»Hat er nicht, sonst würde dein Urteil anders ausfallen. Es ist nämlich *nicht* Scheiße!«

Schön, dass Daniel das wusste, sie hätte sich zu gern vom Gegenteil überzeugen lassen, wenn auch nicht gerade heute. Nur, er *wollte* ja nicht! Anscheinend gehörte sie zu der schwierigen Sorte, einmal für einen entschieden, dauerte es eben ein bisschen länger, bevor sie sich anders orientieren konnte. Was sollte sie tun? Wenn das auch nicht half, wusste sie nicht mehr weiter! Die Verzweiflung, gerade etwas eingedämmt, erreichte die nächsten luftigen Höhen, Tina sah auf und blickte natürlich direkt in seine Augen. *Grün.* Immer noch. Verdammt! Als hätte er ihre Gedanken gelesen, schüttelte der Dämon den Kopf.

»So etwas funktioniert nicht mit Gewalt.«

»Du tust es auch!«

»Ich mache es häufig, allerdings nie, wenn ich nicht will!«

Seufzend senkte sie den Blick. Aber sie *hatte* doch gewollt, nur dann auf einmal eben nicht mehr! Ein akuter Fall von Inkonsequenz, die für den stets perfekten Prof selbstverständlich undenkbar gewesen wäre. Wie sollte sie ihm DAS erklären? Er würde es sowieso nicht kapieren, weil nun einmal nicht sein konnte, was nicht sein durfte, oder sollte, je nach Perspektive. Es dauerte eine ganze Weile, bevor sie wieder in die verdammt grünen Augen blicken konnte.

»Können wir das Thema wechseln?

Erstaunlicherweise war er wohl einverstanden, denn Daniel zündete zwei Zigaretten an und reichte ihr eine davon. Dann saßen die beiden in einvernehmlichem Schweigen nebeneinander und Tina fühlte, wie sie stetig ruhiger wurde … und resignierter. Resümee dieses Abends: Versuch fehlgeschlagen und ein verdammt wertvoller Mensch missbraucht. Schön! Den war sie jetzt wohl los. Besser! Und alles, weil sie sich von Daniel hatte fernhalten wollen. *Fantastisch!* Allesamt unentschuldbare Fehler, die sich in der Zukunft noch rächen würden. Doch momentan konnte sie nicht klar denken und daher sowieso nichts daran ändern. Was blieb ihr also, als die Scarlett zu geben? *Morgen war auch noch ein Tag!*

Als Daniel sich räusperte, sah sie verwundert auf, denn es klang heiser. »Ich habe das niemandem erzählt, selbst Jane nicht.« Als sie müde das Gesicht verzog, grinste er flüchtig, wurde dann aber wieder ernst. »Die Papiere kamen erst heute, jetzt ist es spruchreif und somit solltest du davon erfahren.«

Inzwischen hatte er Tinas ungeteilte Aufmerksamkeit. »Was ist los?«

»Nichts Unerfreuliches. Eher gut – für mich. Ich werde nicht nach Phoenix gehen.«

»Wohin dann?«

»Afrika«, verkündete er kaum hörbar. »Zunächst Somalia.«

»Das geht nicht!« Plötzlich klang Tina verdammt fest. »Da ist es nicht sicher!«

»Beruhige dich!« Trocken lachte er auf. »Nicht Mogadischu! Ich bin nicht lebensmüde!«

»Trotzdem!«

Doch Daniel wechselte bereits das Thema und nahm ihr somit die Möglichkeit, diese äußerst beunruhigende Angelegenheit zu diskutieren. »Es gibt so einige Dinge, für die ich im nächsten Jahr keine Verwendung haben werde. Zum Beispiel den Wagen. Willst du ihn nehmen? Natürlich nur, wenn du mir bei deinem Leben schwörst, ihn mir ohne Kratzer wieder auszuhändigen, sobald ich zurück bin.«

Da war sie mal wieder, die totale Überraschung, die nur D.G. zustande brachte. Um zu antworten, benötigte Tina trotzdem keine fünf Sekunden. Nicht in diesem Fall. »Nein, ich will ihn nicht!«

»Weshalb?«

»Es wäre nicht das Gleiche!«, beharrte sie. »Das Cabriolet und du, das ist …« Wie sollte sie ihm das nun wieder erklären? »Ich fahre exakt nach Vorschrift, ich blinke, bevor ich abbiegen will, verdammt, ich *halte an einem Stoppschild!* Stelle dir vor, dein Baby auf der Straße, ohne einen einzigen Verstoß gegen die Regeln! Ohne irgendeinen Schnitzer, wie zum Beispiel fette, picklige, blinde und dumme Dorfgänse umzufahren. Das geht nicht!«

Entnervt verzog er das Gesicht.

»Ich habe einen besseren Vorschlag. Wenn du wieder da bist, holst du mich mit ihm ab und wir fahren ins Rockefeller-Center zum Schlittschuhlaufen.« Ihr Lächeln geriet ein wenig mühsam, denn sie sprachen zum ersten Mal vom nahenden Abschied und das fiel Tina verdammt schwer. Dankbar registrierte sie, dass auch Daniel es nicht halb so lässig nahm, wie er vorgab. »Wann geht es los?«

»Zwei Tage nach Abschluss.«

»So früh?«

Sein verhaltenes Gelächter ertönte, doch als sie aufsah, wurde er ernst. »Ich kann wohl kaum davon ausgehen, dort telefonieren zu können. Aber sobald es möglich ist, melde ich mich, okay?«

Störrisch ignorierte sie das warme Gefühl in ihrem Bauch. »Wie willst du das anstellen, ohne Telefon?«

Grinsend hob er die Schultern. »Ich lasse mir eben etwas einfallen, wie immer, was dachtest du?«

»Jane?«, erkundigte sie sich leise. Die Antwort war ein Kopfschütteln, das Tina wie so häufig in die totale Sprachlosigkeit trieb. Bisher hatte Phoenix in ihrem Denken das Ende der Welt ausgemacht. Denn, sobald er dort gestrandet sein würde, würde sie ihn nie wiedersehen. Plötzlich gab es eine Option für das Danach – für *sie*! *Ausschließlich*. Nein, auch das hatte sie nicht überhört, und die Wärme in ihrem verräterischen Bauch war nach wie vor vorhanden. Aber prompt verlagerte sich das Ende der Welt um ein paar 1000 Meilen und ließ sie genauso hoffnungslos zurück, wie sie zuvor gewesen war.

Was sollte denn *der* Mist?

21. Closer to the Edge

Tina hatte sich bei Daniels Eltern immer wohlgefühlt. Wenn sein Vater mal wieder zum Barbecue rief, freute sie sich, denn die Familie erinnerte an die Herzlichkeit ihrer eigenen Eltern, die sie nur noch so selten sah. Längst war es Normalität, dass sie Daniel begleitete, ihr Fehlen hätte vermutlich unangenehme Fragen aufgeworfen, weshalb sie ihn auch heute begleitete. Einen anderen Grund konnte sich Tina beim besten Willen nicht denken. Denn diesmal wurde Daniel von Jane begleitet. Er hatte Tina vorab darüber informiert und zu diesem Zeitpunkt hatte sie sogar damit leben können. Doch in der Praxis gestalteten sich die Dinge weitaus anstrengender. Nach einer Viertelstunde am Tisch, in der sie sich verbissen bemüht hatte, keine Spaßbremse zu sein, verließ Tina die anderen. Das war sicherer, denn sie drohte umfassend, das Gesicht zu verlieren. Stattdessen lief sie noch einmal den endlos erscheinenden Rasen ab. Es hatte etwas von Abschied, vielleicht fühlte sie sich deshalb so seltsam und ihre Gedanken schweiften zu jenem Tag, an dem sie zum ersten Mal hier gewesen war, und alles begonnen hatte.

Dass sie sich schließlich an der geschichtsträchtigen Sitzgruppe wiederfand, war daher keineswegs Zufall. Ihr wehmütiger Blick lag auf den wetterfesten Stühlen, während sich eine Hand in ihre Hosentasche stahl. Der Verschluss begleitete sie stets, sie verließ nie das Haus ohne ihn und hatte ihn bereits in so mancher Vorlesung in Gedanken verloren in den Fingern gedreht. Es hätte sich kindisch anfühlen müssen, doch das tat es nicht. Nach einem Jahr war das simple Stück Plastik für sie ein Talisman, ein Kleinod von immensem Wert. Ihn zu verlieren wäre eine Katastrophe gewesen. Als Tom zu ihr trat, sah Tina überrascht auf. Im vergangenen Jahr hatten sie oft und gern miteinander geblödelt, jedoch nur selten ein ernsthaftes Wort gewechselt. Seine Albernheiten musste er diesmal allerdings auf der Terrasse zurückgelassen haben, obwohl sein Ton wie immer beschwingt klang.

»Kein Kichern heute?«

Ihre Grimasse war entnervt und er nickte. »Yeah! Du hast endlich eingesehen, dass es ziemlich Scheiße läuft?«

»Falsch!«

Der wissende Blick verschwand nicht. »Dan kann ziemlich dominant sein, huh?«

»Wenn du nicht weißt, worauf du dich einlässt, könnte es unter Umständen nerven«, lachte sie.

Auch Tom grinste. »Aber *wenn* du es weißt, sind alle Gefahren beseitigt, ja?«

»Nein, nur, dann rennst du wenigstens sehenden Auges in dein Unglück.«

»Lass mich raten, das Unglück ist ca. 1,75 groß, brünett mit gigantischem Vorbau und fühlt sich hier verdammt wohl?«

Tina schüttelte den Kopf. »Entwarnung! Er hat es mir vorher gesagt.«

»Logisch hat er das. Und damit bist du zufrieden?«

»Ich glaube nicht, dass es hier um meine allgemeine Zufriedenheit geht, ganz ehrlich«, spöttelte sie halbherzig.

»Das dachte ich mir.« Er nickte, sah in die Ferne und sie glaubte bereits, damit gewonnen zu haben, als er erneut anhob. »Dann geht es also ausschließlich um *Dan's* Zufriedenheit?«

So langsam gingen ihr die bohrenden Fragen etwas auf den Geist. »Was soll dieses dämliche Verhör?«

Betont gleichmütig hob er die Schultern und der Blick wurde unschuldig. »Sorry, ich versuche doch nur, hinter den Sinn dieses wundersamen Manövers zu gelangen. Der hat sich mir nämlich selbst nach einem Jahr noch nicht ganz offenbart.«

»Ganz einfach!«, fauchte Tina. »Wir sind Freunde, sie seine … äh … Lebensabschnittspartnerin. Wo liegt das Problem?«

Ein lautes Klatschen ertönte, als er seine flache Hand mit voller Wucht an seiner Stirn landete. »*Ach so!* Ja, na *dann* ist wirklich alles geklärt!«

»Eben!«, knurrte Tina und wandte eilig den Blick ab.

Das letzte Barbecue entwickelte sich ganz und gar nicht spaßig, wie Daniel nach wenigen Minuten bereits feststellen musste. Es reichte schon, dass Tina plötzlich den Tisch verließ und auf Wanderschaft ging, um seine Laune direkt in den Keller sinken zu lassen. Noch schien es allerdings wenigstens halbwegs zu laufen, auch wenn er sich inzwischen von jedem seiner Familienmitglieder den einen oder anderen vorwurfsvollen Blick eingehandelt hatte. Glaubten die tatsächlich, *er* hätte etwas mit *Tina?* Das musste ein schlechter Scherz sein! Als Tom kurz darauf beiläufig zu ihr schlenderte und ihr ein Gespräch aufdrängte, wurde Daniel allerdings argwöhnisch. Eine längere Unterhaltung mit einem anderen Mädchen als Fran gehörte überhaupt nicht zu dessen Angewohnheiten. Doch dann sah er die beiden lachen und atmete auf. Was sollte schon sein, sie sprachen eben miteinander, wie sonst auch! Dennoch entschuldigte er sich bei Jane, sobald sein Schwager zurück zum Grill ging, und trat ihm entgegen.

»Was war das gerade?«

»Ich habe mich nur mit eigenen Augen und Ohren davon überzeugt, dass du durchgezogen hast, was du letztes Jahr so großspurig ankündigtest«, verkündete Tom breit grinsend.

»Sehr witzig! Du siehst sie fast wöchentlich.«

»In letzter Zeit nicht«, wandte er ein.

»Was soll sich schon verändert haben?«, erkundigte Daniel sich wütend. »Plötzliche Degeneration zum Huhn?«

Erst jetzt sah Tom auf, sein Blick fiel bemerkenswert ernst aus. »Sie sieht nicht gut aus.«

»Bullshit!«, knurrte Daniel. »Langsam machst du mir Angst. Hast du sie jetzt tatsächlich adoptiert oder was soll der Scheiß?«

»War unvermeidlich«, grinste Tom, anstatt die lächerliche Vermutung sofort abzustreiten. »Du hast sie ja ständig hier angeschleppt.«

Daniel stöhnte. »Weshalb hast du mich nicht gewarnt, wenn es dich stört?«

»Und du hättest es dann gelassen?« Tom lachte laut. »Vergiss es!«

»Ach? Sie nervt dich also?«

Der ewige Spaßvogel hatte mit einem Mal das Lachen verlernt. »Nein, *sie* nervt mich nicht.«

»Darf ich deiner dämlichen Betonung entnehmen, dass *ich* dir dafür sogar extrem auf den Geist gehe?«

»Yeah!«

»Aha.« Daniels Augen wurden immer schmaler und seine Hände ballten sich zu Fäusten, doch noch siegte seine Beherrschung. »Teilst du mir auch mit, warum?«

»Ich habe dir bereits vor einem Jahr versucht zu verklickern, dass sie in dich verknallt ist«, wurde er augenblicklich belehrt.

»Daran kann ich mich gerade noch erinnern«, nickte Daniel.

»Prächtig!« Tom strahlte. »Dann weißt du bestimmt noch, was du damals zum Bestandteil des Deals gemacht hast, oder?«

»Wir haben keinen Deal!«, korrigierte Daniel ihn eisig, was seinen Schwager in einen flüchtigen Lachanfall trieb, von dem er sich nur leider zu schnell erholte.

»Logisch, du musst wieder aufs Kleingedruckte pochen. Wie auch immer du das Kind nennst, mein Gedächtnis funktioniert ebenfalls glänzend. Hattest du nicht versprochen, sie würde keine Schwierigkeiten machen?«

»Dunkel erinnere ich mich sogar daran.«

»Sieht so aus, als hättest du es in den Sand gesetzt, oder?«

»Keine Ahnung, wovon zu sprichst!«

»Natürlich tust du dämlich.« Tom wurde immer ernster. »Du hast Scheiße gebaut, Dan.«

»Woher willst *du* das wissen?«

»Sie sieht mies aus«, wiederholte er und blickte zu Tina, die noch immer auf dem Rasen flanierte.

»Du hast keine Ahnung, was wirklich abgeht, also, was willst du?« Keine glühende Wut, tatsächlich tobte in Daniel vernichtender, allumfassender Zorn. Sein Blick war starr, der Mund schmal und er wünschte sich nichts sehnlicher, als endlich dieses verdammte Gespräch beenden zu können. Andernfalls würde dies über kurz oder lang in einer wüsten Schlägerei enden. Niemand mischte sich ungestraft in seine Angelegenheiten. Und zu allerletzt gestand er Tom dieses Recht zu.

Der schien von der drohenden Gefahr nichts zu bemerken. »Ich habe keinen Bock, den Müllmann spielen, nachdem du getürmt bist.«

Trocken lachte Daniel auf. »Oh, darüber mach dir keine Sorgen. Selbstverständlich werde ich ein sauberes OP-Feld zurücklassen. Bist du endlich fertig?«

»Wollen wir es hoffen«, brummte Tom, doch dann besann er sich und deutete eine Verbeugung an. »Aber sicher, Sie dürfen sich entfernen, Doctore.«

Mit einem hölzernen Nicken marschierte Daniel davon.

Theater!

Es *war* tatsächlich der Abschied. Denn Tina, die Fran innerhalb des letzten Jahres dutzende Male getroffen hatte, war noch nie so mitteilsam gewesen. Deren Auftauchen auf der Wiese, fernab vom Barbecue, ließ wohl keine Zweifel offen, *was* sie wollte. Tina sah zum Tisch hinüber, an dem Jane für keine Sekunde die Hände von Daniel nahm und womit sie wohl unmissverständlich signalisieren wollte, *wem* er gehörte. Angewidert wandte sie den Blick ab, Francis fixierte die gleiche Stelle.

»Das ist typisch mein Bruder«, sinnierte sie trocken.

»Was meinst du?« Tina gab sich alle Mühe, beiläufig zu klingen.

»Dass er hier mit euch beiden auftaucht!«

»Ich bin seine Mitbewohnerin und Jane seine *Freundin* ... oder so.« Inzwischen fühlte sie sich wie eine Aufnahme in der Endlosschleife. Warum gingen die mit ihren Problemen nicht direkt zu ihm? Im Grunde war es doch ganz einfach: Mitbewohnerin hier, Freundin dort … Ende! Obwohl, *Freundin*. Die Bezeichnung stimmte nicht wirklich, ging ihr gerade auf. Jedenfalls nicht für Tina, die noch immer der Ansicht war, ihm viel verbundener zu sein, als sie es je werden würde. Und nicht nur, weil sie von seinen Afrikaplänen wusste, während Jane diesbezüglich in totaler Dunkelheit wandelte. Als Tina die Lippen spitzte, lachte Fran flüchtig auf, bevor sie verdammt ernst wurde. »Es funktioniert nicht, oder? Das mit Daniel und dir.«

Zunächst wollte sie unwirsch reagieren, denn im Grunde ging ihr Verhältnis niemanden etwas an. Doch die Aussicht, endlich darüber sprechen zu können, erschien zu verlockend, um sie einfach ungenutzt verstreichen zu lassen.

»Nein, er hat allerdings nie etwas anderes gesagt«, begann Tina zögernd. »Es liegt eher an mir, ich …« Sie runzelte die Stirn. »Ich habe momentan Schwierigkeiten, zwischen Illusion und Realität zu unterscheiden.«

»Ich verstehe.« So unvermittelt, dass Tina es nicht einmal hätte ahnen können, ging Fran zum nächsten Angriff über. »Du musst dich von ihm lösen, damit beziehe ich mich nicht auf das gemeinsame Appartement, denn aus dem wird er demnächst ja ohnehin verschwunden sein. Ich meine etwas anderes: Du bist ausschließlich mit ihm zusammen, und mein Bruder findet das fantastisch, darauf wette ich. Aber *du* wirst unweigerlich auf der Strecke bleiben. Wenn ich seine heutige Begleitung so betrachte, dann ist es höchste Zeit für dich, auszusteigen. Du sagst, er will nur eine Freundschaft?«

Tina nickte – viel zu baff, um etwas zu sagen.

»Okay! Dann *sei* eine Freundin und nicht mehr! Beende alles, was darüber hinausgeht. Ein für alle Mal.« Fran seufzte. »Was er mit dem ganzen Müll bezweckt, weiß wohl nur Daniel selbst, schön für ihn – schlecht für dich. Werde erwachsen, sonst gehst du dabei drauf!«

Bevor Tina in die Verlegenheit einer Erwiderung kam, nickte Fran knapp und ging.

Noch nie hatte Daniel das Ende eines Barbecues derart herbeigesehnt. Möglicherweise nahm es schon deshalb diese grauenhafte Entwicklung, weil er keinen echten Plan gehabt hatte, als er die beiden Frauen mit hierhernahm, sondern nur den etwas jämmerlichen Versuch verfolgte, alles zu einem halbwegs annehmbaren Abschluss zu bringen. Wie ›annehmbar‹ aussehen sollte, wusste er allerdings nicht, was sich jetzt auf grausame Weise rächte.

Denn er musste ohnmächtig zusehen, wie die Dinge ihm aus den Händen glitten und plötzlich nervte ihn Janes Anwesenheit unvorstellbar. Ihretwegen sah Daniel sich gezwungen, die Formen zu wahren, wo er andernfalls diesem Drama längst ein lautstarkes Ende bereitet und seinem Ruf wie immer alle Ehre gemacht hätte. Diese aufgesetzte Höflichkeit, mit der man Jane begegnete, stank zum Himmel! Selbst Fran sparte sich nicht aus und die verhielt sich seines Wissens *nie* höflich. Ihrem Bruder gegenüber hatte sich das auch heute nicht geändert, denn als sie von *ihrem* persönlichen konspirativen Treffen auf dem Rasen zurückkehrte, nickte Fran ihm unmissverständlich zu und verschwand in Richtung Grill. Entgegen ihren sonstigen Gewohnheiten hielt sich Daniels Mutter heute beinahe ausschließlich am Tisch auf. Nur gelegentlich ging sie ins Haus, um einige Dinge zu holen. Besorgt hob sie die Brauen, was Daniel zu einem verächtlichen Schnauben veranlasste. Das wiederum weckte Jane, womit sich der katastrophale Kreis schloss.

»Was ist los?«

»Nichts!«, erwiderte er knapp und erhob sich, bevor sie ihn in ein längeres Gespräch verwickeln konnte. »Bin gleich zurück!«

Wenig später trat er mit mildem Lächeln zu den beiden Verschwörern am Grill. »Du hattest gerufen?«

Anstatt Fran ergriff jedoch Tom das Wort. Dessen Augen wurden groß. »Ach! Ich habe doch glatt vergessen, noch ein paar Bäume im brasilianischen Regenwald zu retten. Moment. Dauert nicht lange!«

»Du warst auch schon mal origineller!«, warf Daniel ihm nach, doch sein Schwager befand sich längst außer Hörweite, und so widmete er sich seiner Schwester. »Was willst du?«

Sie sah nicht auf. »Mit dir sprechen.«

»Ehrlich? Irgendwas Beängstigendes liegt heute in der Luft, denn anscheinend will das hier jeder. Bei Tina sieht es ähnlich aus.«

Kaum hatte er einen Blick auf den Rasen gewagt, stöhnte er auf, denn soeben suchte sein Vater das konspirative Gespräch, womit Daniels Wut neuen Auftrieb erhielt. »Habt ihr kollektiv den Verstand verloren?«, knurrte er.

Fran beschäftigte sich konzentriert mit dem Wenden der Burger und machte keine Anstalten, ihn anzusehen. »Nicht dass ich wüsste. Aber du offenbar.«

»Aha, und weshalb diesmal?«

Anstatt zu antworten, blickte sie bedeutungsvoll zum Tisch, an dem ihre Mutter eine *höfliche* Unterhaltung mit Jane führte. Daniel seufzte. »Wann werdet ihr endlich begreifen, dass euch meine Angelegenheiten *nichts angehen*?«

»Wenn du aufhörst, uns *deine Angelegenheiten* aufzuhalsen.« Sie zuckte mit den Schultern. »Seit einem Jahr bringst du Tina ständig hier an, was erwartest du? Ich habe vorhin mit ihr gesprochen.«

»Ist mir nicht entgangen.«

»… und ich riet ihr, sich endlich von dir zu lösen.«

Daniel strahlte. »*Dies* ist einer jener raren Momente, in denen ich unsäglich glücklich bin, mit einer derart cleveren Schwester gesegnet zu sein. Von allein wäre ich selbstverständlich nie allein auf die Idee gekommen.« Seine Begeisterung verschwand. »War es das?«

Und noch immer sah sie ihn nicht an, obwohl den Hamburgern vom vielen Wenden inzwischen schwindlig sein musste. »Sicher.«

»Wunderbar!« Nach einem letzten Blick zum Meeting auf dem Rasen ging er zurück zum Tisch.

Idioten!

Noch kündigte sich die Dämmerung nicht an, doch die immer länger werdenden Schatten der Bäume genügten als Hinweis darauf, dass es mittlerweile weit nach sechs Uhr abends geworden war. Selten hatte Tina so inständig auf das Ende eines Events gehofft. Denn heute schien hier jeder ein enormes Mitteilungsbedürfnis zu verspüren, einschließlich Jonathan Grants, was sie wirklich immens verblüffte und ihr auch ein wenig Angst einjagte. Was sollte das Ganze bloß?

Der Hausherr trat gerade lächelnd zu ihr und legte wie selbstverständlich einen Arm um ihre Schultern. »Warum setzt du dich nicht zu uns?«

Ihr Lächeln wirkte mit Sicherheit gekünstelt, sie konnte es nicht ändern. »Ich weiß nicht, die Stimmung ist etwas melancholisch, oder? Die Zeichen stehen auf Abschied, aller Wahrscheinlichkeit nach bin ich heute zum letzten Mal hier.«

»Weshalb?«, erkundigte er sich erstaunt.

»Daniel wird bald fort sein«, führte sie in einem Ton aus, der bedeutete: *Ist das nicht offensichtlich?*

Das war es wohl nicht, denn er klang noch etwas verwunderter. »Unsere Tür steht dir immer offen, Tina! Ich hoffe, das weißt du.«

»Danke«, würgte sie hervor. »Aber ohne ihn wäre es *nicht richtig!*«

»Ich verstehe dich durchaus«, erwiderte er auf diese wissende, leicht arrogante Art. »Aber deshalb musst du nicht …«

Eilig unterbrach Tina ihn. »Nein! Ohne ihn habe ich hier nichts zu suchen.« Und als er keineswegs überzeugt schien, fügte sie hinzu. »Ich bin nicht ... also, ich bin nicht seine ...«

»*Ich verstehe dich*«, wiederholte Jonathan ruhig. Als sie zu ihm aufsah, fand sie seinen Blick grübelnd in die Ferne gerichtet. »Ich habe das zwischen euch nie ganz verstanden.« Flüchtig erschien ein Lächeln auf seinem Gesicht. »Nun ja, ich denke, das muss ich auch nicht, denn diese Geschichte geht ausschließlich euch beide etwas an. Aber ich kann *sehen*, weißt du? Wir hatten in den Jahren häufig unsere Differenzen, Daniel war immer rebellisch, ließ seine Launen an uns aus und frönte einem äußerst ... frivolen Lebenswandel.«

Na ja, Letzteres hatte sich bis heute nicht unbedingt geändert.

»Aber, seitdem er dich kennt ...« Der Arzt seufzte. »Ich hatte gehofft, dass ... Ahhh, lassen wir das. Es handelt sich nur um die alberne Hoffnung eines Vaters, die nicht unbedingt von Relevanz ist, ich weiß.«

Tina senkte den Kopf. Wenigstens stand er mit seiner *albernen Hoffnung* nicht allein, was sich irgendwie tröstend ausmachte ... trotz allem. Zumindest wäre er einverstanden gewesen, fein. Der Druck seines Armes verstärkte sich und sie sah auf. »Du weißt, wohin er geht?«

Sie nickte.

»Er wird für lange Zeit nicht hier sein, um dich zu uns begleiten zu können. Bitte, wenn irgendetwas ist, lass es mich wissen. Ich versprach deinem Vater, auf dich zu achten, was bedeutet, es geht nicht um Daniel, nur um unsere Familie. Hast du das verstanden?«

Sicherheitshalber mied Tina den Blick zu ihm, als sie nickte.

Befreit lachte er auf. »Dann beherzige es bitte auch!«

Kurz darauf spürte sie warme Lippen an ihrer Schläfe, der Arm verschwand und als Tina aufsah, betrachtete sie seinen sich entfernenden Rücken.

»Daniel!«

Als sein Vater sich zu ihm setzte, blickte Daniel rasch zu Jane. Die befand sich derzeit in einer ausnehmend höflichen Konversation mit einer zuvorkommenden Fran.

»Dad!«, knurrte er dann.

»Langsam wird es spannend. Bist du schon aufgeregt?«

Also *aufgeregt* hätte er das nicht genannt, doch Jonathan war offenbar in seiner Begeisterung kaum noch zu bremsen. »Ich schwöre dir, es war die richtige Entscheidung.« Das Lächeln verblasste ein wenig, als der Sohn es nur auf ein gleichmütiges Schulterzucken brachte.

»Lass uns ein wenig gehen«, schlug Daniel vor und konnte sein Grinsen nicht verhindern. Dem Älteren der Grants erging es übrigens ähnlich.

Kurz darauf befanden sich die beiden Männer auf dem Rasen, der an diesem Abend legendären Charakter angenommen hatte, und Daniel registrierte mit wachsender Erheiterung, dass sein Vater tunlichst darauf achtete, nicht in Tinas Richtung abzudriften. In sicherer Entfernung von ihr und gleichzeitig vom Tisch blieb Daniel stehen.

»Also, was ist der Grund für *dieses* konspirative Treffen?«

Nach flüchtiger Verblüffung grinste Daddy. »Wie es scheint, nutzt die Familie die Gelegenheit zahlreich, eine Unterhaltung mit dir zu führen, nicht wahr?«

»Und mit Tina«, bestätigte Daniel mit einem trockenen Nicken.

»Ja.«

»Du könntest wenigstens den Anstand haben, es zu leugnen!«, fuhr Daniel auf, seine aufgesetzte Ruhe war damit Geschichte.

»Warum sollte ich?«

»Vergiss es!« Daniel seufzte müde und ging ohne Ankündigung weiter. Was für ein aufgesetztes Theater!

Schweigend liefen Vater und Sohn eine Weile nebeneinander her, bevor der Senior erneut anhob. »Also zweifelst du am Gelingen deiner Afrikamission?«

»Nein.« Es kam knapp, denn Daniel machte sich nicht die Mühe, über den wenig gelungenen Witz seines Vaters zu lachen. Der verstand den Hinweis und kam endlich zum Wesentlichen.

»Ich bat Tina, uns auch während deiner Abwesenheit zu besuchen, sofern es Probleme gibt oder ihr der Sinn danach steht. Ich hoffe, du hast keine Einwände?«

»Nein.«

Jonathan Grant blieb stehen und musterte Daniel mit erhobenen Augenbrauen. »*Das* kommt zugegebener Maßen etwas überraschend.«

»Weshalb?« Auch Daniel stand wieder und erwiderte gleichmütig den Blick.

»Ich weiß, ich habe kein Recht, dir in deine Liebesdinge hineinzureden.«

»Warum lässt du es dann nicht einfach«, schlug er lächelnd vor.

»Nun … Sie hat dich verändert, Daniel.«

»Jane? Das wundert mich, denn so lange …«

»Daniel!« Es klang leicht entnervt, ein seltener Tonfall bei seinem ewig bemühten und geduldigen Dad.

Dessen Sprössling besaß nicht halb so viel Ausdauer. »Wenn du etwas zu sagen hast, dann rück endlich damit heraus«, grollte er. »So langsam geht mir dieser Mist auf die Nerven, und zwar *drastisch!*«

»Dein Wunsch ist mir selbstverständlich Befehl.« Mit einem Mal wirkte die sonst so gütige Miene eisig und sein Ton passte sich dem allgemeinen Trend an. »Wie kannst du die beiden Mädchen gemeinsam hier anbringen? Es wird dich wohl nicht überraschen, dass meine Sympathien bei Tina liegen. Das muss dich nicht beeinflussen, wird es auch nicht, dahin gehend gebe ich mich keiner Illusion hin. Dennoch will ich, dass du mir jetzt zuhörst.« Er wartete einige Sekunden, und als er anscheinend davon überzeugt war, Daniels ungeteilte Aufmerksamkeit zu haben, fuhr er fort. »Du schuldest ihr eine Menge, mehr, als du vielleicht glaubst. Ich weiß, du siehst es nicht ein, aber das wirst du eines Tages, davon bin ich überzeugt. Ebenso wie du erst dann erkennen wirst, welchen eklatanten Fehler du derzeit begehst. Es ist das Kreuz der Menschheit, die Dummheiten der Jugend erst in späteren Tagen als das zu enttarnen, was sie sind. Ich kann dich weder vor deinen Fehlern bewahren noch an den herzlosen Spielen hindern, die du mit diesen beiden Mädchen treibst.« Er nickte. »Kurz und schmerzlos. Ich hoffe, du denkst dennoch darüber nach.« Und damit ließ er seinen Sohn stehen.

Wahnsinn! Das wurde immer besser!

Wie dämlich sie gewesen war, sich auf den gesamten Mist überhaupt einzulassen, ging Tina erst auf, als die Dämmerung tatsächlich hereinbrach. Wohl oder übel musste sie nämlich die Rückkehr zum freudigen Barbecue einleiten. Jane fühlte sich inmitten der Grants sichtlich wohl, und Tina hätte sich gewünscht, dass die sich ihr gegenüber anders verhielten, etwas distanzierter vielleicht. Doch man scherzte und lachte, unterhielt sich lautstark, lachte wieder, sodass sie beinahe den kalten Kaffee vom Frühstück wieder von sich gegeben hätte. Warum raubte sie ihr die Möglichkeit, sich in Ruhe und Frieden zu verabschieden, verdammt! Diesen letzten Nachmittag hatte sie genießen wollen, und *alle* verdarben es ihr, schon wegen dieser dämlichen Aufführung, die sie hier zum Besten gaben. Warum konnte Daniel nicht kurzfristig zum Prof mutieren? Das wäre *die* Rettung gewesen. Ihr Grinsen fiel ein wenig wässrig aus, als sie sich überlegte, dass dies für Jane wohl eine ganz neue Erfahrung gewesen wäre, möglicherweise sogar einen heilsamen Schock, wer wusste es schon? Und dann diese geheimnisvollen Gespräche! Alle wollten nur helfen, natürlich, nur bezweifelte Tina akut, dass sie das auch *konnten*. Mr. Grant war aufrichtig bemüht, weigerte sich jedoch, einzusehen, dass sie nicht länger hierher kommen durfte, wenn Daniel nicht mehr in der Stadt war. Interessanterweise hatte ein *anderes* Mitglied der Grants das Problem endlich in die passenden Worte gefasst: Höchste Zeit, erwachsen zu werden. Tina blieben genau zwei Alternativen. Still vor sich hin leiden und in jeder verfügbaren Sekunde mit ihm zusammen sein, mehr, als in einer üblichen Freundschaft. Nur um in drei Wochen mit leeren Händen dazustehen. Oder sie versuchte wenigstens, sich von ihm zu lösen. *Jetzt*, solange er noch hier war, ohne ihn weiterhin zu glorifizieren, wie ein Teenager sein Rockidol.

Noch gehörte sie in die Gruppe der Teenager, doch in drei Monaten würde sie zwanzig werden, war es demnach nicht höchste Zeit, ein Leben nach ihm zu planen? Erwachsen werden hieß das Gebot der Stunde! Trotzdem wartete Tina noch einige Minuten, bevor sie zu den anderen ging, und verwendete diese für angestrengte Atemübungen. Dann straffte sie sich, hob den Kopf und überquerte ein letztes Mal den Rasen.

Irgendwann wurde der Albtraum namens Barbecue tatsächlich beendet und sie konnten gehen. Großzügig übersah Daniel in seiner maßlosen Erleichterung sogar Toms süffisantes Grinsen. Denn wie immer wussten sie nichts und meinten dennoch, zu allem ihre unwichtige Meinung in den Ring werfen zu müssen. Ha! Er hatte selten so gelacht. Während der Fahrt saß Jane neben, Tina hinter ihm und deren Schweigen machte keineswegs einen kriegerischen Eindruck. Eher schien alles ähnlich aufzuatmen, wie er. Trocken lachte Daniel auf. Da legte seine Familie sich total ins Zeug, derart verbissen hatte er sie wirklich selten erlebt. Und das bei einer Angelegenheit, die zwischen den betreffenden Personen doch längst geklärt war! Ein akuter Fall von Zeitverschwendung. Zu Hause angekommen ging Tina sofort ins Bett.

Daniel konnte sich nicht erinnern, ihr jemals dankbarer gewesen zu sein. Kaum allein, rückte Jane näher und rieb zärtlich ihre Nasenspitze an seinem Kinn. »Heute war es schön.«

Diesmal wollte er sie wirklich nur flüchtig küssen, ohne jeden Hintergedanken. Doch Jane erwiderte seine Zärtlichkeit mit einer Leidenschaft, die schwerlich nur auf den Wein zurückgeführt werden konnte. Behutsam schob er ihren Kopf zurück und musterte sie fragend. Ihr leichtes Erröten verblüffte ihn und was sie dann von sich gab, warf ihn tatsächlich um. »Was würdest du sagen, wenn ich heute Nacht bleibe?«

Mit zur Seite geneigtem Kopf betrachtete Daniel das Mädchen, sein Herz klopfte bis zum Hals, doch äußerlich blieb er gelassen. »Willst du das denn?«

Sie nickte.

»Und du bist dir wirklich sicher? Nach so langer Zeit.« Unvermittelt legte er den Kopf in den Nacken und lachte. »Oh, Mann!«

»Was hast du?«

Daniel antwortete nicht, sondern sonnte sich noch ein wenig in jenem Gefühl, das nur Siegern vergönnt ist. Der Kampf hatte lange gedauert und er endlich sein Ziel erreicht ... Unfassbar!

Ein letztes Mal vergewisserte er sich. »Ehrlich?«

Ihr Nicken erfolgte mit jeder denkbaren Überzeugung. »Ehrlich!«

»So soll es sein.« Mit einem Finger hob er ihr Kinn, küsste ihre Lippen und zog sie dann an der Hand in sein Zimmer.

22. Amazing

Tina saß in der Küche und genoss ihren Morgenkaffee. Seit Monaten kochte sie ihn selbst – Teil der Entwicklung, die sie in ihrer Gesamtheit den *Daniel Abgewöhnungsprozess* nannte. Es ging ihr gut und zum ersten Mal gelang es ihr sogar, mutig in die Zukunft zu schauen. Noch wenige Tage und dann würde sie in diesem Appartement allein sein, inzwischen ängstigte sie die Vorstellung nicht mehr sonderlich.

Aber sie sollte dringend mit Daniel darüber sprechen. Prompt legte sich ihre Stirn in ärgerliche Falten. Nein! Es lag allein an ihr, sich darum zu kümmern. Schließlich konnte sie ihn nicht ewig für sich verantwortlich machen. Denn das bewies doch nur, dass Tina sich selbst zu dem degradiert hatte, was sie derzeit darstellte. Eine dämliche Gans! Keine sehr schmeichelhafte Erkenntnis für einen frühen Montagmorgen. Die Tür von Daniels Zimmer ging auf, kurz darauf erschien Janes sorgfältig frisierter Kopf im Rahmen. Und da ahnte Tina, dass sie sich derzeit nicht auf dem aktuellen Stand befand. Sehr viel weiter dachte sie nicht, sondern starrte die junge Frau mit peinlich offenem Mund an. Die nahm es gelassen.

»Guten Morgen!« Sie deutete zur Kaffeemaschine. »Darf ich mir einen nehmen?«

Tina brachte es sogar auf ein mechanisches Nicken.

»Danke.«

Mit unfassbarer Selbstsicherheit setzte Jane sich an den kleinen Tresen und trank schweigend ihren Kaffee, während Tina verzweifelt versuchte, sich auf ihren eigenen zu konzentrieren. Nach einer Weile ging die Folter jedoch in die nächste Runde.

»Ich schätze, unser Start war wohl nicht der beste, oder?« Das Lächeln wirkte erstaunlich sanft und erstaunlich falsch.

»Wüsste nicht, dass wir bisher überhaupt einen Start hatten!«, knurrte Tina.

»Damit hast du wohl recht. Sorry.«

Hastig senkte Tina den Blick, denn sie hätte dieser affektierten Kuh nur zu gern erklärt, dass sie sich seinen Start sonst wohin schieben konnte. Doch über Nacht war sie erwachsen geworden und daher so etwas nicht länger statthaft.

»Es fiel mir schwer zu akzeptieren, dass Daniel und du tatsächlich nur befreundet seid«, fuhr die Kuh unbekümmert wie ein Singvogel in den frühen Morgenstunden fort.

Aha.

»Ich bin seit Ewigkeiten in ihn verknallt und deshalb ein wenig eifersüchtig, schätze ich.«

Dies mutierte wohl zum Morgen der peinlichen Geständnisse. Verdammter Scheiß, hätte Tina das früher gewusst, hätte sie absichtlich verschlafen. Kaffee war gut, aber bestimmt nicht alles.

»Und darum …«

Unvermittelt sah Tina auf. »Wenn's dir nichts ausmacht, lasse ich dich jetzt allein, ich muss noch ein paar Sachen zusammensuchen.«

Und ohne auf eine Erwiderung zu warten, ergriff sie die Flucht.

Nachdem Tina ausgiebig geheult hatte, schüttete sie sich jede Menge kaltes Wasser ins Gesicht. Und dann beschwor sie sich, Gelassenheit zu demonstrieren, anstatt bereits jetzt von ihren Vorsätzen abzuweichen. Denn diese ziemlich blöde Entwicklung änderte im Grunde überhaupt nichts. Eine halbe Stunde später trat eine erwachsene Tina in die Küche und wünschte Daniel einen ›Guten Morgen‹, bevor sie ihn höflich über ihre Absicht informierte, allein zur Uni zu fahren, was er widerstandslos akzeptierte. Und auch wenn überhaupt nichts in Ordnung war, fühlte sie sich danach etwas befreiter. Sie hatte die Situation mit Bravour gemeistert und wenigstens ihre Würde bewahrt. Irgendwie.

Zwei Abende darauf erschien Daniel nicht allein. Abgesehen von Jane, die inzwischen seinen Siamesischen Zwilling mimte und daher sowieso nicht zählte, befand sich ein weiteres Mädchen in seiner Begleitung. Tinas erste, grausame Vermutung bewahrheitete sich nicht. Denn obwohl sie durchaus hübsch war, bediente die Kleine so gar nicht seinen Geschmack. Es handelte sich um eine Brillenträgerin, die nach den Anforderungen des Profs mindestens fünf Kilo zu viel wog und darüber hinaus recht schüchtern wirkte.

»Hey! Das ist Judith.« Damit schob er das Mädchen zu einem der Sessel. »Setz dich!«

Nachdem auch Daniel und dessen Siamesischer Zwilling saßen – Letzterer natürlich auf seinem Schoß –, grinste er – allein dafür hätte Tina ihn schlagen können.

»Judith hat ihre derzeitige WG gründlich satt und sucht dringend eine Alternative. Im Herbst beginnt sie ihr fünftes Semester, studiert BWL und würde gern hier einziehen, wenn ich fort bin. Die Miete stellt keine Schwierigkeiten dar, momentan zahlt sie sogar mehr.«

Das fremde Mädchen schwieg zu alledem, weshalb Tina sich mehr und mehr wie auf einem Sklavenmarkt für mögliche Mitbewohner wähnte. Nach etlichen Fehlversuchen konnte sie jedoch neben dem dämlichen Gegrinse, der Anwesenheit der Supertussi und allen anderen Widrigkeiten, die Quintessenz der Situation auszumachen. Und die bedeutete ein Problem weniger. Aufmunternd lächelte sie Judith an. »Freut mich, dich kennenzulernen. Vor allem, wenn ich auf diese Art endlich den irren Prof loswerde.«

Diese Bemerkung brachte ihr ein zaghaftes Lächeln seitens Judith ein, Jane lieferte eine angewiderte Grimasse und Daniel lachte aufgesetzt. Eine Viertelstunde später waren die Formalitäten geklärt und Tina hatte eine neue Mitbewohnerin. Wieder ein Schritt weiter in die Unabhängigkeit, die sie inzwischen doch so sehr herbeisehnte.

In den verbliebenen zwei Wochen bis zum Abschluss des Semesters waren Tina und Daniel das, was die beiden seit Monaten hatten sein wollen: Freunde. Anfänglich war Jane argwöhnisch, doch da sie in jeder Nacht blieb, legten sich ihre Zweifel bald. Zu Recht. Denn die beiden Freunde achteten tunlichst darauf, jene Angewohnheiten, die für eine Freundschaft zu intensiv gewesen waren, nicht wieder aufleben zu lassen. Und so wirkten die Drei an jenem Tag, als Daniel und die anderen Absolventen ihr Diplom entgegennahmen, wohl wie eine glückliche Familie oder etwas in der Art. Alle freuten sich herzlich, Jane und Tina tauschten ein strahlendes Lächeln. Dann begab man sich gemeinsam mit der vergnügten Familie Grant in ein exquisites Restaurant, wo der begeisterte Held des Tages gefeiert wurde.

Es war herrlich!

Ganz nebenbei machte Tina die Erfahrung, dass Wahnsinn verdammt schnell erreichbar ist. Anscheinend hatte sie den Zeitpunkt verpasst, in dem es noch ratsam gewesen wäre, einen Arzt aufzusuchen.

Aahhhhhhhhhhhhhhhhhhhhhhhhhhhhhhhhhhhhhhhhhhhhhhhhhhhh!

Das beschrieb ungefähr den Zustand, in dem sie sich neuerdings dauerhaft befand. Bis dahin nichts Ungewöhnliches, jedenfalls nicht, wenn man Tina hieß und mit Daniel ein Appartement bewohnte. Aber dass sie ständig drohte, von allem schier überwältigt zu werden, hatte sie bisher nicht gekannt. Doch die erwachsene Tina schluckte tapfer an ihrem Irrsinn und dem Aahh-Dings, das pausenlos an die Oberfläche wollte. Und sie begann zu hoffen, dass die verbliebenen Tage schnell vergingen. Denn Tina hatte sich zwischenzeitlich der leidvollen Erkenntnis stellen müssen, dass sie es nicht ertragen konnte, wenn er mit Jane zusammen war. Lieber sah sie ihn überhaupt nicht, als im Doppelpack mit diesem Mistst... dieser Schl... *dieser KUH!*

Ob gut oder schlecht, mies oder nicht, war ihr hierbei furchtbar egal, denn sie wollte – konnte – nicht länger leiden! Daher blickte sie der großen Abschlussparty, die am folgenden Tag im *PITY* abgehalten werden sollte, mit äußerst gemischten Gefühlen entgegen.

Ihre Freude, es endlich hinter sich zu haben, vermengte sich mit der Angst vor dem Abschied. Wie würde es sein? Würde sie die Haltung bewahren können, ihm freundlich die Hand zu reichen, vielleicht noch eine flüchtige Umarmung entgegenzunehmen und ihn dann ziehen zu lassen? Oder drohte sie, sich endlich von dem Aahh-Dings überwältigen zu lassen, und sie würde sich an ihn klammern, wie die Geistesgestörte, die sie längst war und ihn zur Not auf Knien anbetteln, bitte nicht zu gehen? Oder – was auch eine Option war – würde sie endlich die Chance nutzen und Jane die Prügel verabreichen, die sie verdiente, wenn die es wagte, ihn vor Tinas Augen zu küssen und fette Tränen zu vergießen?

Es waren keine sehr ermutigenden Gedanken, und wenn Tina ehrlich war, dann verabschiedeten sie sich doch schon seit Wochen. Längst waren Daniels Möbel aus dem Appartement verschwunden. Deren Abholung hatte übrigens einen der weniger erfreulichen Momente in Tinas Leben markiert. Doch brav und erwachsen, wie sie neuerdings war, hatte sie auch ihn widerstandslos geschluckt, neben dem Wahnsinn und dem Aahh-Dings. Diesmal hatte sich der Inhaber der Studentenbar mächtig ins Zeug gelegt und sogar einen DJ engagiert. Die Beleuchtung fiel etwas gedämpfter als üblich aus, dafür war sie farbenfroher, und die uralten Sofas standen ausnahmsweise an den Wänden. Es wimmelte von Menschen, wie so häufig war es nur Daniel zu verdanken, dass sie überhaupt einen Platz fanden. Im Grunde jedoch interessierte Tina sich für keines dieser Details sonderlich.

Sobald sie konnte, setzte sie sich in eine Ecke und verfiel in eine Art Dämmerschlaf. Sie hörte nicht, was Carmen ihr erzählte, sondern beobachtete abwesend das lustige Treiben, ohne es wirklich zu sehen. Dabei ließ sie jeden abblitzen, der noch so dumm war, sie zum Tanzen oder einem Drink überreden zu wollen und versuchte nebenher energisch, Daniel und Jane zu ignorieren, die direkt neben ihr saßen. Ja, die Beleuchtung war tatsächlich perfekt, diese schillernden, phosphoreszierenden Farben luden zur Dauermeditation ein und ihr Gin schmeckte fantastisch.

Alles war … *herrlich!*

23. Too lost in you

Am Ende hatte Jane ihn also doch noch erwischt, wenn auch nur für die letzten Wochen. Daniel mochte sie noch immer, denn wenigstens war sie nicht dumm, wie so viele andere, doch er verspürte keine *Zufriedenheit*. Wie vorhergesehen, hatte der Reiz sich längst gelegt. Vielleicht war das das der Fluch von Wünschen und man gab sich stets den abwegigsten Träumen hin, wenn man nur verzweifelt genug auf etwas wartete. Traf es dann endlich ein, *konnte* das Ergebnis demnach nur ernüchtern. Allerdings hatte es durchaus seine Vorteile, nicht allabendlich nach einer nächtlichen Begleitung suchen zu müssen, so viel räumte er ja gern ein. Das Diplom war erwartungsgemäß ausgefallen, seine Freude hielt sich jedoch in Grenzen. Vielleicht, weil es ihm wie immer in den Schoß gefallen war. Daniel konnte sich nicht daran erinnern, jemals gelernt zu haben, und er wusste *ohne*, dass sein Dad ihn so freundlich darauf hätte hinweisen müssen, dass er es ohne große Anstrengungen zum Jahrgangsbesten gebracht hätte. Die Betonung lag auf *hätte*, denn er hatte einen Teufel getan und sich angestrengt, um dieses Ziel zu erreichen, das nie seines, sondern immer das seiner Eltern gewesen war. Weshalb sollte er an Zensuren feilen, für die sich ohnehin niemals wieder jemand interessieren würde? Sobald er den Schein in der Hand hielt, hätte er ihn bereits in die Rundablage befördern können. Also was sollte der Geiz? Daniel war ehrgeizig, wenn er einen Sinn dahinter ausmachen konnte, hatte allerdings noch nie seine Energien auf etwas verschwendet, was eben jeder sinnvollen Note entbehrte. Da hatte er wirklich Besseres zu tun.

Als er sein Zimmer räumte, fühlte er sich etwas gelöster. Es wurde nämlich Zeit, denn dieser Abschied zog sich bereits viel zu lange hin. Ganz Ithaka konnte ihm gestohlen bleiben, hier war das Leben für sein Verständnis mittlerweile ein wenig zu kompliziert geworden. Daniel wollte so schnell wie möglich verschwinden und jede Stunde, jede Handlung, die ihn seinem Ziel etwas näher brachten, glichen einem Meilenstein und rollten einen Felsen von seinem Herzen.

Allerdings hätte er sich die Abschlussfeier niemals nehmen lassen, denn sie allein markierte das Ende eines bedeutsamen Lebensabschnitts, an den er immer gern zurückdenken würde. Zufrieden registrierte er, dass Carmen sich angeregt mit Tina unterhielt, demnach würde sie keine Schwierigkeiten haben, Anschluss zu finden.

Ein akzeptabler Nachmieter stand bereit, sein Vater würde auf Tina achtgeben, sie konnte jederzeit zu seinen Eltern gehen, sollte sie Schwierigkeiten haben und er würde regelmäßig mit ihr telefonieren. In dieser Hinsicht schien alles bestens geregelt. Blieb nur noch eines.

»Baby?«

Mit versonnenem Blick sah Jane ihn an. Wie immer lag sein Arm um ihre Schultern und ihr Kopf hatte bis eben an seiner breiten Brust geruht.

»Du solltest wohl erfahren, dass ich *nicht* nach Phoenix gehe«, begann er ohne jede Betonung. »Meine Pläne haben sich kurzfristig geändert, ich werde stattdessen ein Jahr in Afrika verbringen. Urlaub ist nicht eingeplant, und dass Besuche auf diese Entfernung ziemlich unwahrscheinlich sein werden, brauche ich dir nicht zu erklären, oder?« Erst jetzt löste er seinen Arm von ihr und rückte von ihr ab. »Ich denke, der Fairness halber – und zwar für beide Seiten – ist es das Beste, wenn wir die Angelegenheit zwischen uns heute beenden. Sie hat keine Zukunft. Sorry.«

Sie war immer blasser geworden und jetzt saß sie schlagartig aufrecht. »Was?«

»Ich hielt es für das Beste, es dir erst jetzt zu sagen«, erwiderte er gelassen.

»Hieltest du das?«

»Ja.«

Ihre Augen schlossen sich und sie nickte. Derartige Anwandlungen kannte Daniel bereits von Tina, daher störte er sie nicht, sonst kam sie nur durcheinander.

Ewigkeiten später flogen ihre Lider auf. »Seit wann weißt du es?«

»Sicher? Seit einigen Wochen.«

»Bevor wir deine Eltern besucht haben?«

»Ja«, erwiderte er schulterzuckend.

»Und du hast es nicht für erforderlich gehalten, mir das *vorher* mitzuteilen?«

»Warum sollte ich?« Das war eine ehrlich gemeinte Frage, ganz bestimmt keine Provokation. Leider fasste sie es wohl so auf.

»*Was?* Das ist …« Offensichtlich wollten die Worte heute nicht mehr ganz freiwillig kommen, denn Jane brauchte eine Weile, um fündig zu werden. »Das ist der größte Mist, den ich jemals gehört habe! Also gehst du tatsächlich über Leichen, ja? Du wusstest, dass ich mich unter diesen Umständen nie auf dich eingelassen hätte! *Was bist du nur für ein niederträchtiges Schwein?*«

Mit jedem Wort wurde sie lauter und hysterischer. Daniel begriff, dass dies wohl nicht so einfach ablaufen würde, wie erhofft und zerrte sie eilig aus dem *PITY,* bevor es peinlich werden konnte. Sobald sie auf dem Gehweg standen, ließ er ihren Arm los und betrachtete sie stirnrunzelnd. »Dir muss doch klar gewesen sein, dass ich dich nicht gleich heirate! Was hast du gedacht? Ich meine … *was hast du gedacht?*«, wiederholte er ungläubig. Inzwischen leichenblass setzte sie an, scheiterte und versuchte es erneut. Das Problem mit dem verfügbaren Wortschatz schien immer übler zu werden. Halb fasziniert, halb entsetzt beobachtete Daniel, wie vor seinen Augen alles verschwand, was Jane zu einer besonderen Frau gemacht hatte. Übrig blieb ein gewöhnliches *hysterisches Mädchen.*

»Was ich dachte?« Lachend warf sie den Kopf zurück. »Ja, was wohl? Was ich zur Bedingung machte, um mit dir zu ficken!«

»*Jane!*«

»Ach, dir gefällt die Wahrheit nicht, mir auch nicht, aber ich schätze, es ist höchste Zeit, sie beim Namen zu nennen.«

»Du warst für mich nie nur ein Fick.«

»Nein? Was dann?« Wieder folgte dieses Lachen, das sie total abgedreht erscheinen ließ. »Nur, weil ich für ein paar Nächte mehr als üblich deine Matratze mimen durfte, ändert es doch nichts. *Es ändert überhaupt nichts, Daniel!*«

In einem Akt der Verzweiflung versuchte er sie zu umarmen, und damit die Situation irgendwie zu entschärfen. Doch sie wich stolpernd zurück. »Fass mich nicht an!«

Als er die Tränen in den unnatürlich weit aufgerissenen Augen glitzern sah, stöhnte er. Na, wie genial!

»Was?« Schrill lachte sie auf. »Mache ich mich soeben lächerlich? Ja?«

Daniel fragte sich immer ratloser, *wer vor ihm stand!* Und vor allem, wie er diese dumme Szene beenden konnte. »Jane? Es tut mir leid, wenn du dir etwas anderes ausgerechnet …«

»Oh, halt die Schnauze!«, knurrte sie, mit einem Mal ganz und gar nicht mehr hysterisch oder schrill. »Geschieht mir ganz recht. Ich wusste es besser und war dämlich genug, mich trotzdem auf dich einzulassen. Ich wünsche dir alles Schlechte der Welt, Daniel Grant! Irgendwann wirst du wegen einer Frau heulen – so wahr ich hier stehe! Und ich bete zu Gott, dass sie noch einmal nachtritt, wenn du bereits am Boden liegst.« Boshaft verengten sich ihre Augen und der Mund wirkte grauenhaft verzerrt. »Ich wünsche dir, dass du sie liebst, falls du dazu überhaupt fähig bist. Für mich bist du nur … *Dreck!*« Das Letzte kam sehr müde. Nach einem letzten, vernichtenden Blick ging sie und ließ ihn fassungslos zurück.

Wieder im überfüllten *PITY* verharrte Daniel ratlos im Eingangsbereich. Weder wollte er derzeit mit jemandem sprechen noch von irgendeinem dummen Mädchen angeflirtet werden. Auch wenn Jane ihm nicht halb so viel bedeutete, wie von ihr erhofft, hatte er sich nicht im Streit von ihr verabschieden wollen.

Diese unwürdige Szene musste erst einmal verdaut werden, bevor er zur Tagesordnung übergehen konnte. Nach kurzer Suche fand er Tina, die offenbar in Gedanken versunken auf der Couch saß. Ohne groß darüber nachzudenken, überbrückte er mit wenigen, großen Schritten die Distanz zu ihr, die vielen Leute, die er dabei passierte, interessierten ihn nicht, er bemerkte sie nicht einmal. Sein Blick lag nur auf seiner Rettung.

Als Daniel vor ihr auftauchte, schreckte Tina aus einem ihrer seligen Tagträume auf. Er hatte den *Tina, hilf mir!* Blick aufgesetzt. Kaum jemand bekam ihn jemals zu Gesicht, sie konnte sich auch nicht vorstellen, dass er ihn anderen gern zeigte. Abgesehen von ihr natürlich. Seine Miene ließ nicht viel Raum für Spekulationen. Offenbar war es mit Jane wohl nur suboptimal gelaufen. Das hätte sie ihm auch vorher sagen können. Wortlos wurde sie auf die Tanzfläche gezogen,was übersetzt bedeutete: *keine Fragen!* An den Schultern dirigierte er sie in die ihm genehme Position – Übersetzung in Danielianisch: *Tu einfach, was ich will!* Und dann begann er zu tanzen – was die Aufforderung war, es ihm nachzutun. Das machte ihre Freundschaft aus: Lag einer von ihnen am Boden, kümmerte sich der andere um ihn. Auch Tina konnte mit all ihren Problemen zu ihm gehen, solange sie mit seinen Belehrungen leben konnte. Es war kein schlechtes Gefühl, jemanden wie ihn zu haben und es erzeugte in ihr eine seltsame Art von Stolz, dass er zu ihr kam, wenn er verwirrt war – was selten genug vorkam.

Als ihr die eifersüchtigen Blicke der anderen Mädchen auffielen, legte sich ein Grinsen um ihre Lippen. Dann hatte sich die Wahrheit noch immer nicht herumgesprochen? Trotz Jane und der übrigen fünfundsiebzig Millionen Frauen? Schön blöd, ehrlich!

Der nächste Song war eine der gefürchteten Balladen, doch als sie jedoch wie üblich die Flucht einleiten wollte, hielt Daniel sie mit einem Kopfschütteln zurück. *Was?* Ihr fragender Blick wurde ignoriert, stattdessen zog er sie an sich, legte seine Arme so fest um sie, dass man dies nur als Umarmung bezeichnen konnte, und vergrub sein Gesicht in ihrem Haar. *Oh nein!* Das unterwanderte total ihre guten Vorsätze! Unmöglich! Sie konnte das nicht dulden! Doch bevor Tina sich mit allen Mitteln gegen ihn zur Wehr setzen konnte, donnerte es plötzlich in ihr. *Du dumme Gans, die du bist und immer sein wirst, wie kannst du JETZT noch zweifeln? Genieße es! Sofort! DAS IST DEINE LETZTE CHANCE.*

Es war nur die Wahrheit, daher legte Tina ihre plötzlich bebenden Arme um seinen Hals, die Stirn an seine Brust und schloss die Lider. Sie nahm sich einfach das Recht heraus, ihr Abschiedsgeschenk zu akzeptieren. Ohne Gewissensbisse oder einen Gedanken an den Morgen – der lag plötzlich so weit entfernt. Gleichfalls dachte sie nicht daran, dass diesmal *er* das Vergessen suchte, und sie im Grunde nicht mehr und nicht weniger als eine weibliche Ausgabe Ricardos war. Viel bereitwilliger flüchtete Tina sich in ihre heiß geliebte Illusion. Es dauerte nur wenige Sekunden, bis sie fest daran glaubte, um ihretwillen im Arm gehalten zu werden. Und sie genoss das Gefühl, ihm so nah zu sein, ließ sich von seinem Duft noch weiter aus der Realität davontragen, träumte einen so süßen Traum und war tatsächlich glücklich. Nach einer Weile verschwand der Druck von ihrem Haar, doch Tina öffnete nur sehr zögernd die Augen, denn das bedeutete den Abschied von ihrer wunderbarer Fantasie. Sobald sie in sein lächelndes Gesicht blickte, lächelte auch sie, obwohl ihr eher zum Heulen zumute war.

»Danke.« Es kam so verhalten, dass sie die Worte von seinen Lippen ablesen musste. »Danke für alles.«

Als er den Kopf senkte, geschah das so unvermutet, dass sie keine Chance zu reagieren bekam. Behutsam, fast scheu berührten seine Lippen ihre – ein Babykuss, freundschaftlich, *brüderlich*, nur ein weiteres ›Danke‹ unter Freunden, doch Tinas Herz blieb ihr mindestens zwei Schläge schuldig und sie beschwor sich eilig, dies mit Würde zu meistern. *Bitte mach keine Idiotin aus dir! Okay, okay, wenigstens nicht mehr als üblich! Bitte!* Erstaunlicherweise unterlief ihr nicht der geringste Patzer. Trotz zitternder Knie und steigender Übelkeit, sich seiner Nähe in jeder Sekunde nur allzu bewusst. Ja, *Tina* hatte sich in der Tat recht gut im Griff, doch am Ende machte Daniel sich des Regelbruchs schuldig, Denn er hatte den Kopf nur um wenige Zentimeter zurückgezogen und sein Blick wirkte mit einem Mal grübelnd, sogar argwöhnisch. Längst bewegte er sich nicht mehr zur Musik. Reglos standen sie Arm in Arm auf der Tanzfläche, inmitten der vielen eng umschlungenen Paare und sahen sich an. Doch als aus grübelnd und argwöhnisch plötzlich *abschätzend* wurde, senkte Tina hastig den Blick. Das war zu viel, genau an dieser Stelle musste sie leider passen.

Ein unerbittlicher Finger unter ihrem Kinn zwang sie, ihn wieder zu heben, und sie wurde von einer Panikwelle überrollt, denn wenn sie ihn jetzt ansah, würde sie sich gnadenlos verraten. Doch wie immer war jede Flucht ausgeschlossen, Daniel forderte und Tina folgte. Vermutlich würde es wohl immer dabei bleiben. Kaum trafen sich ihre Blicke abermals, hielt sie die Luft an, ihr Herz beeilte sich, die schuldigen Schläge nachzuholen und legte gleich noch ein paar zusätzliche drauf. Denn sein Gesicht näherte sich wieder ihrem, zögernd diesmal, als wüsste er nicht, ob er wirklich tun sollte, was ihm da Wahnsinniges in den Sinn gekommen war.

Dabei lag seine Stirn in tiefen Falten, was Tina seit langer Zeit wieder einmal das Gefühl gab, ein Experiment zu sein. Doch als Daniels Lippen sich behutsam auf ihre legten, verschwanden all die Gedanken, Zweifel und dumme, selten dämliche Ängste. Es fühlte sich an, als würde eine Prophezeiung endlich erfüllt werden, als wäre dies – GENAU DIES – seit Ewigkeiten vorherbestimmt gewesen. Nicht der Hauch von Gegenwehr überlebte die nächste Sekunde und sie konnte mit Mühe und Not ein zufriedenes Seufzen unterdrücken.

Seine gespreizten Finger fuhren in ihr Haar, zwangen sie mit sanftem Druck näher, und dann versank Tina in einem unvorstellbaren Kuss. Der Boden unter ihren Füßen löste sich auf, das sie umgebene Stimmengewirr verblasste. Sie wusste nicht mehr, welches Lied gespielt wurde und kurz darauf war ihr sogar entfallen, wo sie sich befand. Es war hunderttausend Mal besser, als sie es erträumt hatte, eine Million Mal schöner, als jemals erwartet. Die Lippen waren weich und fest zugleich, behutsam, fordernd und zärtlich erforschte er ihren Mund, während liebevolle Daumen ihre wild pochenden Schläfen streichelten und sein tiefes Seufzen wilde Stromstöße durch ihren Körper jagte. Es war so anders, so *unvergleichlich!* Atemlos und wie in Trance klammerte Tina sich an ihn und erwiderte verzweifelt seinen Kuss, versuchte, so viel wie möglich von ihm zu spüren, den Augenblick hinauszuzögern und zu einer Unendlichkeit auszudehnen. Oh Gott!

Doch irgendwann löste er seine Lippen von ihr und Tina fiel in ein tiefes, dunkles Loch. Wie sollte sie dem grauenhaften Bedauern in seinem Blick begegnen, das sie finden würde, sobald sie wagte, ihn anzusehen? Sie hatte keine Ahnung und wusste nur, dass sie es nicht ewig hinauszögern konnte. Und so sammelte sie all ihren nicht vorhandenen Mut zusammen. Doch als sie zögernd die Augen aufschlug, wurde sie wieder mit diesem Argwohn konfrontiert – von Bedauern war keine Spur – und nicht der Anflug eines Lächelns zeigte sich in seinem Gesicht. Okay, sie drohte auch nicht, demnächst in Jubelstürme auszubrechen. Mit jeder Sekunde wuchs ihre Niedergeschlagenheit. Noch nie – in ihrem gesamten Leben – war sie derart traurig gewesen.

Nach einem flüchtigen Blick über die Menge sah Daniel sie an, noch immer total ernst. »Wollen wir gehen?«

Als Tina nickte, nahm er wortlos ihre Hand und drängte sich mit ihr zum Ausgang. Viele bekannte Gesichter glitten an ihr vorbei, Carmen und Chris grinsten siegessicher, Tina verstand nicht, *weshalb!* Joshua und die anderen Jungs schienen nicht ganz so glücklich über die neueste Entwicklung zu sein. Etliche Mädchen, mit denen Tina teilweise noch nie ein Wort gewechselt hatte, bedachten sie mit mordlüsternen Blicken. Was für ein Blödsinn! Wenn die ehrlich mit ihr tauschen wollten, dann waren sie noch dümmer, als sie derzeit aussahen.

Wenig später standen die beiden Hand in Hand auf der nächtlichen Straße. Stumm führte Daniel sie zum Wagen und startete schweigend den Motor. Noch immer lag seine Stirn in tiefen Falten, doch er legte seinen Arm um Tina, sobald sie saß, und warf ihr von Zeit zu Zeit einen ungläubigen Blick zu. Keiner der beiden brachte auch nur annähernd ein Lächeln zustande.

Als sie nebeneinander auf der Couch im Wohnzimmer saßen, hatte es Tina komplett die Sprache verschlagen. Daniel machte keine Anstalten, ihre Hand loszulassen und starrte blicklos vor sich hin. Vermutlich befand er sich auf der Suche nach den geeigneten Worten, um ihr seinen Totalausfall so schonend wie möglich zu erklären. Das war okay, solange er nur endlich mit der Sprache herausrückte, damit sie es hinter sich hatten. Nur leider blieb genau das aus, und als sie glaubte, es für keine Sekunde länger ertragen zu können, zwang sie ihre Stimmbänder gewaltsam zum Funktionieren.

»Ich weiß, wie es sich anfühlt.«

Er sah auf, als wäre er aus tiefsten Träumen erwacht. »Bitte?«

Unter unvorstellbaren Mühen brachte Tina den erforderlichen Mut auf, fortzufahren. Auch wenn sie sich damit einen grausamen Stich nach dem nächsten verabreichte, sich sozusagen selbst mental erstach. »Ich weiß, wie es ist, wenn man sich mit aller Macht wünscht, es wäre jemand anderes, nur um schließlich zu erkennen, dass man sich selbst belogen hat. Es ist ein beschissenes Gefühl.«

»Wovon sprichst du?«, erkundigte er sich ratlos.

Verflucht! Nach einem tiefen Luftholen befreite Tina entschlossen ihre Hand aus seiner. »Wenn man jemanden liebt und nicht mit ihm zusammen sein kann – weshalb auch immer – ist man unter Umständen derart verzweifelt, dass man versucht, sich zu betrügen, nur damit es einem etwas besser geht. Du hast dir gewünscht, ich wäre Jane, und als dir aufging, dass ich nun einmal Tina bin, warst du enttäuscht. Das ist okay.«

»Ich habe keine Ahnung, was du da erzählst!« Ohne den Blick von ihr zu nehmen, griff er wieder nach ihrer Hand.

Sie stöhnte. »Verdammt, nimm es doch einfach an! Ich mache es dir leicht, wie immer! Du bist aus der Nummer raus, wir tun so, als wäre nichts passiert und alles ist okay! Morgen bist du fort und ich will nicht, dass wir uns den letzten Abend versauen. Bitte!«

Sein Blick war mit jedem Wort ungläubiger geworden und plötzlich verengten sich seine Augen und er neigte kalkulierend den Kopf zur Seite. »Wer?«

»Was?

»Wer war es? Scott? Dieser Ric? Bei wem hast du denn diese geniale Nummer durchgezogen?« Seine Lippen bildeten einen schmalen Strich und ihre Augen wurden groß.

»Daniel.«

»*Sag es mir!* Ich muss das wissen!«

Hastig senkte Tina den Blick. An alles wollte sie derzeit denken, nur nicht *daran*. Doch die Bilder waren längst zum kollektiven Angriff übergegangen, schon fühlte sie wieder, was sie damals empfunden hatte und prompt stellten sich die Tränen ein.

»Ich dachte, wenn ich meinen Kopf ausschalte, würde es funktionieren. *Und das hat es!*« Trotzig sah sie auf. Ab morgen musste er ihr Geheule ja nicht mehr ertragen, also war es auch schon egal. »Ich habe deine Methode ein wenig modifiziert, weißt du? Man muss nur die Augen schließen, sich etwas anderes einreden und dann ist es gut.« Wie zur Demonstration fielen ihre Lider.

Woher sie den Mut nahm, wusste Tina nicht. Vielleicht lag es am Gin, möglicherweise auch nur an ihrem Wissen, dass es im Grunde keine Rolle mehr spielte. Selbst wenn Daniel sie für den Rest der Nacht anbrüllte – er war *bei ihr!* Wann würde sie wieder die Gelegenheit bekommen, ehrlich zu ihm zu sein und tatsächlich mit *allen* Problemen zu ihm zu gehen? Er war der Einzige, mit dem sie darüber sprechen konnte, verdammt! Und sollte er nur Verachtung für sie übrig haben, dann hatte Tina eben verloren! Es änderte nicht mehr viel und neu war es ganz bestimmt nicht für sie.

Als er ihre Arme packte, riss sie erschrocken die Lider auf und blickte in seine zornigen Augen. Mist! »So hatte ich das mit dem Kopf Ausschalten aber nicht gemeint«, knurrte er.

»Egal!«, beharrte sie. »Es hat funktioniert!«

»Hat es nicht!«

»Ja, weil ich zu diesem Zeitpunkt noch nicht wusste, dass man die Augen nicht *aufmachen* darf. Das versaut einem die ganze Illusion.« Belehrend hob sie einen Finger. »Das war vorhin übrigens auch dein Fehler, nur mal nebenbei.«

Fassungslos schüttelte er den Kopf. »Du hast einen beachtlichen geistigen Schaden, Tina Hunt.«

»Das ist mir bereits länger bekannt«, erklärte sie grinsend und immer noch unter Tränen. »Deshalb darfst du mich nicht anbrüllen, weil ich nämlich überhaupt nichts dafür kann! Ha!«

Nach einer ganzen Weile – er hatte seine Hände nicht von ihr genommen – bewegte sich sein Kopf in einer sehr langsamen, aber fortwährenden Verneinung nach links und rechts. »Du liegst falsch.«

»Komisch, warum wundert mich nicht, dass du das jetzt sagst?«, erkundigte sie sich spöttisch. »Du hast keine Ahnung, wie das ist, vertrau mir. Und wenn ich jetzt mal wieder nerve oder du mir einen Vortrag halten willst, weil du mir schließlich lang und breit auseinandergenommen hast, dass da nie etwas sein wird, kannst du es gleich lassen! *Das weiß ich selbst!* Aber man *kann* das nun einmal nicht beeinflussen. Ich habe es versucht, das kannst du mir glauben! Und ich will auch gar nichts von dir. Denke nicht, dass ich dich unter Druck setzen will oder irgendein Scheiß. Als wenn das möglich wäre«, murmelte sie, mehr zu sich selbst, bevor sie in normaler Lautstärke fortfuhr. »Es ist nicht einfach, aber ich gebe mir ehrlich Mühe, das zu meistern. Und es tut mir wirklich leid, dass ich dich am Ende doch noch mit hineingezogen habe.« Die Tränen liefen wieder schneller, doch Daniel schien es nicht einmal zu bemerken, für Tina spielten sie auch nur eine eher untergeordnete Rolle.

Die Falten wollten heute überhaupt nicht von seiner Stirn verschwinden. »Du irrst dich, ich habe nicht an Jane gedacht«, begann er langsam. »So dämlich, eine derartige Tour durchzuziehen, bist nur du. Dass die nicht funktioniert, hätte ich dir auch sagen können. Okay, wenn du mal mit mir gesprochen hättest.«

Ihr Kichern kam ein wenig bebend. »Sicher, das kann ich mir lebhaft vorstellen. *Hach Daniel, was soll ich bloß tun? Ich weiß nicht, warum ich dich nicht vergessen kann. Aber fühle dich jetzt nur nicht unter Druck gesetzt, genervt oder so.«* Als er nicht reagierte, musterte sie ihn neugierig. »An wen hast du dann gedacht?«

Ohne den Funken von Humor lachte er auf. »Das ist unglaublich«, brummte er. »Das alles hier ist der totale Wahnsinn!«

Bevor sie wusste, wie ihr geschah, lag sie in seinen Armen, und erhielt wieder einen dieser märchenhaften Küsse, bei denen Tina nach wenigen Sekunden atem- und willenlos war. Sie konnte ihn nur erwidern, hoffen, dass er nie vorbei ging und ganz nebenbei die sekundären Einflüsse genießen: seinen berauschenden Duft, die Hand mit den schlanken Fingern in ihrem Nacken, ein anderer Fingerrücken auf ihrer Wange … es war so surreal, dass sie sich nicht bemühen musste, um von einem ziemlich lebhaften Traum auszugehen. So etwas konnte nicht real sein, weil Tina Hunts nun einmal einen derartigen Himmel nicht genießen durften. Sie wusste es nicht sicher, wäre aber nicht überrascht gewesen, hätte irgendwo ein Gesetz existiert, wo genau das festgeschrieben worden war. Mit funkelnden Augen betrachtete er Tina, als er sich nach gefühlten Ewigkeiten von ihr löste.

»Ich weiß, es ist der mieseste Zeitpunkt«, wisperte er. »Aber ich schwöre dir, das hier hat *nichts* mit Jane zu tun. Du weißt am besten, wie ich für sie empfinde.«

Ach, wusste sie das?

»Ich …« Er stöhnte und küsste sie flüchtig. »Ich verschwinde morgen und …«
Noch ein Stöhnen, diesmal lauter. »*Verdammt!*«, polterte er los und besann sich
fast augenblicklich, sein Blick wurde wieder bittend. »Ich verschwinde morgen,
Tina!«

Doch anstatt den Satz endlich zu seinem verdienten Ende zu bringen, lagen
diese überwältigenden Lippen plötzlich wieder auf ihren. Diesmal stahlen sich
seine Hände unter ihr Shirt und sie hörte ihn seufzen, als er ihre Haut berührte und
sein raues Stöhnen, als er zärtlich ihre Brust berührte. »Sag ja!«

Doch Tina war meilenweit davon entfernt, in den Wahnsinn einzuwilligen, den
er von sich gab. Das ging nicht! Das Warum hatte er eben doch selbst angeführt!
Morgen war er fort und dann? *Was denn dann?*

»Ich weiß nicht«, hauchte sie, längst waren die Augen wieder geschlossen,
seine Berührungen fühlten sich einfach zu schön an.

»Aber ich!«, lachte er humorlos. »Zum ersten Mal seit Ewigkeiten, schätze ich.
Was für ein Scheiß. Ich … Verdammt, ich hätte das bereits viel früher tun sollen!«
Ein Finger legte sich unter ihr Kinn, hob es ein wenig und seine fordernde Stimme
ertönte: »Sieh mich an!«

Tina schluckte, gehorchte jedoch und wurde kurz darauf mit diesem
wunderschönen Gesicht konfrontiert, dass sie seit einem Jahr bis in ihre Träume
verfolgte und das sie nun bittend musterte. BITTEND! SIE!

»Daniel, ich …«

»Ich höre.« Seine Lippen berührten zärtlich ihren Mund und ein sanfter Finger
malte winzige Kreise auf ihre heiße Haut.

»Ich … das ist …« Oh, wenn er das tat, war klares Denken unmöglich! Was er
selbstverständlich wusste, sie war nicht dumm genug, um die Masche hinter
seinem Verhalten nicht zu durchschauen. Und nein, in Wahrheit wollte sie gar
nicht denken, sondern ihn – so sah es aus! Dieser Kerl hatte keine Vorstellung, wie
sehr sie sich nach ihm sehnte. Doch Tina hatte im vergangenen Jahr zu viel
durchmachen müssen, nicht zuletzt jede Menge Sehnsucht, um jetzt so einfach den
Kopf verlieren zu können. Morgen früh würde sie das unter Umständen ganz
anders sehen. Allein, ohne ihn und …

… ein Jahr!
Was ist denn ein Jahr? Du wirst studieren, selbstverständlich auf ihn warten und
dann … dann …
Außerdem träumst du davon seit beinahe zwölf Monaten. Es fühlt sich so gut an,
und wenn du ehrlich bist, dann weißt du, dass du nicht länger auf ihn verzichten
kannst. Nicht, wo er dir so nah ist. Endlich wissen, was er meinte, erfahren, wie es
mit dem Richtigen ist, nachdem es bisher immer die Falschen waren. Ein einziges

Mal mit ihm zusammen sein und dir den größten Wunsch erfüllen, morgen ist er fort und du allein. Und morgen – plötzlich wusste sie, dass es stimmte – *wirst du dich ohrfeigen, weil du so dumm warst, deine einzige Chance nicht zu nutzen.*
Du wirst dich hassen! Tina wollte sich nicht hassen.
»Ja.«

Mit ernster, beinahe feierlicher Miene trug er sie in ihr Zimmer, ihre Arme hatten sich um seinem Hals eingefunden und ihr Kopf lehnte an seiner Schulter. Noch immer wusste Tina nicht unbedingt, ob sie wach war oder träumte. »Ich besitze leider kein eigenes Bett mehr«, erklärte er dabei entschuldigend.

Selten war Tina über den Verlust eines Möbelstücks froher gewesen. Denn sie wollte ums Verrecken nicht in jenes Bett, in dem er es mit Jane und allen anderen getrieben hatte. Hoffentlich wurde es augenblicklich verbrannt, wo auch immer es sich jetzt befand. Und genau damit verschwanden Gedanken jeglicher Art, die nicht unmittelbar mit Daniel in Verbindung standen. Der schaltete kein Licht ein, was es ihr ermöglichte, augenblicklich in eine ihrer Illusionen einzutauchen. Doch diesmal war sie perfekt, denn Tina wusste, dass ihr Traum die Realität war. Nachdem sie auf dem Bett saß, entfernte Daniel ihre Kleidung. Es ging so schnell, Tina hätte nicht sagen können, wie er es anstellte, doch kurz darauf war sie nackt. Wieder in diesem Raum und mit ihm – nur diesmal ohne Decke. Peinlich wurde es trotzdem nicht, denn schließlich war sie mit Daniel zusammen. Außerdem interessierte der sich zunächst überhaupt nicht für sie, sondern sorgte dafür, dass auch seine Klamotten verschwanden, bevor er sich zu ihr setzte. Und wie so üblich war sie mattgesetzt.

Unzählige Male hatte Tina ihm beim Schwimmen gesehen, beim Training, in so vielen verschiedenen Situationen, doch noch nie war es ihr derart bewusst geworden, wie gut er aussah. Nackt und mit zur Seite geneigtem Kopf betrachtete er sie, schien jeden Zentimeter bedächtig in Augenschein zu nehmen und ihren Körper in Gedanken zu vermessen. Erstaunlicherweise war es nicht unangenehm, stattdessen ließ Tina ihrerseits den Blick an ihm hinabwandern, und als sie sah, *wie* bereit er war, wurden ihre Augen groß. Dabei berührten sie sich nicht einmal!

Er legte den Kopf in den Nacken und musterte sie forschend. »Du kannst ihn anfassen.«

Eilig senkte sie den Blick, weil jetzt doch das Blut in ihre Wangen schoss, begutachtete wieder staunend, welche Wirkung sie auf ihn hatte, und versuchte nebenbei, wenigstens ihre bescheuerte Atmung unter Kontrolle zu bekommen. Als sie schließlich ratlos aufsah, lächelte Daniel.

»Glaub es«, wisperte er, griff blitzschnell zu und zog ihre Hand an sich heran. Kaum hatte sie ihn eher unfreiwillig berührt, schloss er seufzend die Augen. »Hmmm.«

Ein kaum sichtbares Lächeln umspielte seine Lippen, während Tina nun etwas mutiger ihre Hand um ihn schloss und sie langsam auf und ab bewegte. Entspannt lagen seine Arme an den Seiten, der Kopf ruhte noch immer im Nacken, er wirkte, als hätte er sich ihr bedingungslos ausgeliefert. Obwohl nichts mit ihr geschah, atmete Tina immer schneller und das Herz pochte ihr mittlerweile bis zum Hals. Daniel wirkte so gelöst, als würde er schlafen, seine Miene war so friedlich und frei von allen negativen Emotionen, dass sie sich nicht an ihm sattsehen konnte. Das Gesicht mit den dichten Wimpern, der fein geschwungenen Nase, dem sanften, tiefgründigen Lächeln, die ausgeprägte Brust, der flache Bauch … unvergleichlich! Zuletzt strandete ihr Blick erneut auf ihrer Hand, die gerade ein äußerst interessantes Werk vollbrachte, doch als sie eher unbeabsichtigt den Druck verstärkte, zog er scharf die Luft zwischen den Zähnen ein und sah sie an. »Vorsicht!«, warnte er und löste behutsam ihre Finger. »Rollentausch!«

Das Herz drohte inzwischen, ihre Brust zu sprengen, als er andächtig einen Finger an ihr hinabgleiten ließ. Es war keine echte Berührung, mehr Ahnung als Realität, und Tina erschauderte. Er berührte ihre Schultern, wanderte dann weiter hinab, erreichte ihre Brüste, die er sanft massierte, bis die Spitzen sich starr aufgestellt hatten.

Jede neue Berührung jagte einen Stromstoß durch ihren Körper, der immer in ihrem Bauch mündete. Sie fühlte das ohnehin schon überirdische Verlangen nach ihm ins Unermessliche wachsen und stöhnte leise, als sie seine Lippen um einer ihrer Nippel spürte. Er saugte, setzte bald auch die Zunge ein, während die andere Hand bereits weiter hinabwanderte. Daniel stoppte selbst dann nicht, als ihr Nabel längst überwunden war. Quälend langsam, doch unverkennbar zielstrebig, tastete er sich vorwärts, während er mit dem Mund weiter ihre Brust verwöhnte und Tina damit fast an den Rand der Verzweiflung trieb. Unbewusst reckte sie sich ihm entgegen und ihre Hände vergruben sich in seinem Haar. Als er schließlich ihre Feuchtigkeit zwischen den Beinen berührte, zuckte sie doch zusammen, und ein tiefes Stöhnen entwich ihrer Kehle.

Daniel gab ihre Brust frei und blickte zu ihr hoch. »Glaub es«, wiederholte er. »Es ist verrückt, aber …« Beiläufig berührte er ihre Klitoris Erhebungen und sie zuckte gleich noch einmal zusammen, als würde sie unter Strom stehen. »… wahr.«

Behutsam löste er ihre übereinander gekreuzten Beine und zog. Bevor sie auf dem Rücken landen konnte, fing sie sich mit den Armen ab, was sie nicht einmal bemerkte. Tina war viel zu interessiert an dem, was er dort tat. Ihre Illusion von damals hatte einige Fehler enthalten, ging ihr gerade auf, denn selbst jetzt war anhand seiner Bewegungen nicht die geringste Ungeduld auszumachen. Ratlos beobachtete sie, wie er den Kopf senkte, und als sie endlich begriff, *was* er beabsichtigte, hielt sie hörbar die Luft an. Kurz vor seinem Ziel, sah er wieder zu ihr auf – fragend diesmal.

»Okay?«

Tina zuckte mit den Schultern. Woher sollte sie das wissen?

Er lächelte. »Lass sehen.«

Und dann berührte er sie mit den Lippen, genau dort, wo eben noch sein Finger gewesen war. Tina schloss seufzend die Augen und gab sich ausschließlich diesem wundervollen Gefühl hin, das er mit seinem Mund erzeugen konnte.

»Ich schätze, das ist ein Ja«, brummte er, als sich ihre Beine ohne ihren bewussten Befehl öffneten, ihm Platz schufen, lockten näherzukommen, fortzufahren und ja nicht aufzuhören. Seine Zunge vollführte winzige, zärtliche Kreise, die ihre Knochen zum Singen brachten. Und Tina dachte sich, dass es Dinge zwischen Himmel und Erde gab, die zu verpassen tatsächlich einem Verbrechen war. Längst hatten ihre Arme nachgegeben, sie tastete blind nach ihm, fand sein Haar und vergrub die Finger darin. Die Erfüllung eines von vielen, sehnsüchtigen Träumen. Seine Zunge bewegte sich immer schneller, das Summen in ihren Knochen wurde zum Vibrieren, das ihren gesamten Körper erfasste. Zu gut, um es auf die Dauer ertragen zu können. Sie wollte sich aufrichten und ihn anflehen, aufzuhören, doch er zwang sie zurück, ohne sein grausam schönes Spiel zu unterbrechen. Er war so stark und sie so schwach, Tina wurde sogar immer schwächer, Gelee unter seinen fähigen Händen und fantastischem Mund. Willenlos, unfähig, zu denken und immer noch kurz vor dem Irrsinn stehend. Als sie *wusste*, dass sie es keine Sekunde länger aushalten würde, keuchte sie in höchster Not.

»Daniel!«

Der ließ sich erstaunlich viel Zeit, um neben ihr aufzutauchen. Seine Augen funkelten in der Dunkelheit. »Hmmm?«

»Ich …« Verlegen registrierte Tina ihre hörbare Atemlosigkeit, doch er schien es nicht zu bemerken. »Ich halte das nicht aus!«

»Nicht?« Er hob eine Augenbraue, seine Lippen umspielte ein schwaches Lächeln. »Mal sehen, was wir da tun können.« Doch anstatt *irgendetwas!* zu tun, wurden seine Augen groß und er neigte den Kopf zur Seite.

»Es ist dunkel.«

»Ja!«, stieß sie hervor. Was sollte das jetzt?

»Du kannst sowieso nichts sehen.«

»Ich sehe *dich!*«

Rasch küsste er sie. »Unnötig. Was du wissen willst, kannst du fühlen«, wisperte er, kurz darauf verschwand ihre Brille. Der Verlust ihrer Sehhilfe machte Tina nicht unbedingt blind, mit etwas Anstrengung funktionierte es über einen kurzen Zeitraum auch ohne. Nur das Lesen war schlicht unmöglich, denn es verursachte grauenhafte Kopfschmerzen, wenn sie für wenige Sekunden überhaupt die Buchstaben ausmachen konnte. Allerdings stand ihr momentan danach nicht unbedingt der Sinn. Tina wollte ihn nur ansehen, und zwar ohne Pause. Denn sein Äußeres war Teil des Zaubers, der in der Gesamtheit die Liebe ihres Lebens ausmachte. Es würde sich niemals ändern. Plötzlich wusste sie, dass es so war, auch wenn es vielleicht schon seit vielen Monaten festgestanden hatte. Dies war der Moment, in dem ihr bewusst klar wurde, dass er der Mann war, den eine Frau nur einmal im Leben trifft.

Diese Erkenntnis ließ ihr Herz noch etwas lauter pochen, während sie sich verzweifelt in seine starken Arme sehnte. Doch Daniel ließ sich Zeit. Nachdem er sie eine ganze Weile andächtig betrachtet hatte, beugte er sich vor und küsste ihre Stirn.

»Ich bin ein Idiot!« Und als er im nächsten Moment nach seiner Hose griff, packte Tina akute Panik. Hatte er genug gesehen und wollte gehen? Das wäre durchaus verständlich gewesen, aber bitte, konnte es nicht einmal gut laufen? Einmal nur? Doch bevor sie tatsächlich verzweifeln konnte, vernahm sie das berühmte Reißen von Folie und eintausend Steine purzelten gleichzeitig von ihrer Seele. *Gerettet!*

Selbst jetzt hielt Daniel sich nicht an die Spielregeln, soweit sie Tina überhaupt bekannt waren. Denn er setzte sich vor sie und zog auch sie an ihren Händen, bis sie vor ihm saß.

»Hilf mir!« In Antwort auf ihre mit Sicherheit verwirrte Miene lachte er. »Nur Mut!«

Tatsächlich! Er meinte das wirklich ernst, sie hatte sich nicht getäuscht. Dieser verdammte Prof unterrichtete sogar noch, während sie das Aufregendste mit ihm erleben und teilen durfte, was in Tinas Denken möglich war. Wie üblich gehorchte sie – etwas anderes kam nicht infrage. Auch das war eine der vielen Dinge, die sie beide nun einmal ausmachte. Am Ende war Tina nicht sicher, wirklich geholfen und den Prozess nicht nur durch ihre Blödheit verzögert zu haben. Denn das Ganze war komplizierter, als gedacht. Die Banane damals im Biounterricht hatte nicht derartige Schwierigkeiten gemacht.

Doch Daniel lachte sie nicht aus, grinste nicht einmal. »Alles eine Frage der Übung«, murmelte er in jenem sinnlichen, tiefen Ton, der tausend Schmetterlinge in ihrem Bauch erschuf und sich gemeinsam in die Lüfte erheben ließ. Dann schloss er Tina endlich in seine Arme und bettete sie sanft auf das Laken, bevor sich seine Lippen wieder andächtig auf ihre senkten. Anfänglich war sein Kuss sanft, weich und betörend sinnlich, ein verlockendes Versprechen auf mehr. Doch er steigerte quälend langsam die Intensität und geleitete Tina in jenen Strudel der Leidenschaft, auf den sie bereits so lange gewartet hatte. Sein warmer Körper rieb sich an ihrem, die großen, schlanken Hände bewegten sich liebkosend auf ihr hinab, während dieser wahnsinnige Kuss niemals endete. Längst hatten sich ihre Beine wieder geöffnet, luden ihn zu sich ein, ohne dass Tina davon wusste. Sehnsüchtig hob sie ihm ihr Becken entgegen, ihr Atem kam hektisch und flach, die Lider waren halb geschlossen und sie packte seine Arme, zog ihn zusätzlich, bettelte, flehte.

»Shhhhh.« Zärtlich nahm er ihren Kopf zwischen seine Hände, sein Mund bildete einen schmalen Strich, als er sich aufrichtete. Dann ließ er die Spitze seiner Erregung ein paarmal wie versuchsweise an ihrer Feuchtigkeit entlanggleiten, hielt dann endlich an ihrem Eingang inne.

»Sieh mich an!«

Entnervt riss sie die Augen auf, und begegnete seinem forschenden Blick. »Ja, genauso, ich will dich dabei sehen.« Und erst jetzt schob er sich langsam an sie hinein. Es war das delikateste, fremdartigste und gleichzeitig erhebendste Gefühl, das sie bisher erlebt hatte. Er war so groß, das war kein Hineingleiten, sondern ein Sich-langsam-Vortasten, während er die Lippen immer fester aufeinanderpresste und ihr der Schweiß auf der Stirn ausbrach.

Oh mein Gott!

»Ahhh!«, stöhnte sie, als hätten sich tausend marternde Gewichte gleichzeitig von ihr gelöst. Doch im nächsten Moment gehörte diese Seligkeit der Vergangenheit an. Mit jedem Mal, das er sich in ihr versenkte, wurde Tina gieriger, verlangte nach mehr, forderte ihn, hob sich ihm entgegen und seufzte dankbar auf, als er ihr Bein über seine Hüften legte, weil er ihr so noch viel näher war.

»Ja!«, keuchte sie entrückt, ihre Fingerspitzen gruben sich tief in die Haut auf seinem Rücken und sie empfing ihn bereitwillig und in grenzenloser Dankbarkeit. Seine Bewegungen wurden nicht schneller, nur intensiver, tiefer und kräftiger, dann richtete er sich ein wenig auf und sie spürte erneut diesen sanften Finger. Die Berührung, obwohl kaum wahrnehmbar, ließ Tina einen entzückten Schrei ausstoßen. Schon folgten die nächsten, wurden in ihrer Sanftheit bald so verheerend, wie Daniel selbst in ihr. Alles schien vergessen, sogar ihr Name, unvorstellbare Sehnsucht hatte längst von ihr Besitz ergriffen.

Nicht mental, sondern tief in ihren Eingeweiden, sie brüllten, lechzten nach mehr, bekamen es und zeigten sich dennoch nie zufrieden. Und als sie glaubte, demnächst zu sterben, brachte die nächste, kaum spürbare Berührung verbunden mit seinem tiefen, starken Stoß tatsächlich so etwas wie Tinas Vernichtung. Für ein paar selige Sekunden existierten von ihr nur noch gedankenlose, aber allesamt glückliche Bruchstücke.

Atemlos blickte sie in die Dunkelheit, Daniels Kopf lag zwischen ihren Brüsten und auch er rang hörbar nach Luft.

Nach einer Weile hauchte er einen raschen Kuss auf Tinas Lippen. »Das war … ungewöhnlich.«

»*Was?*« Stöhnend schloss sie die Augen. »Ich habe es vergeigt!«

Sein dunkles Lachen erfüllte die Stille und veranlasste sie, ihn doch wieder anzusehen, obwohl sie sich gerade geschworen hatte, das niemals wieder zu tun. Wegen der damit verbundenen Peinlichkeit und so.

»Was jetzt?«

»Fühlt es sich so an?«, erkundigte er sich lächelnd.

»*Nein!*«

»Na, siehst du!« Damit senkte er seinen Kopf wieder zwischen ihre Brüste und auch Tina schloss die Augen. Diesmal bedeutend beruhigter.

»Aber was war dann ungewöhnlich?«, erkundigte sie sich nach einer Weile, ihre Finger hatten sich in sein dichtes Haar gestohlen.

»Du. Du – *es*.«

»Du hast nicht vor, das zu präzisieren, oder?«

Anstatt zu antworten, spürte sie zärtliche Lippen auf ihrer Haut. Kurz darauf umschlossen sie wieder die feste Erhebung ihrer linken Brust, und als er zu saugen begann, schloss Tina die Augen. Die Frage schien plötzlich nebensächlich, stattdessen drängte sie sich ihm verlangend entgegen, während er sich an ihr hinabküsste und kurz darauf die Rückreise antrat. Keinen Zentimeter ihrer Haut ließ er aus, und irgendwann fühlte Tina sich mutig genug, es ihm nachzutun. Zunächst zaghaft, doch als er nicht protestierte oder sie gar auslachte, sondern sogar zufrieden seufzte, küsste auch sie, streichelte, fühlte ihn und wurde ungeduldiger, je mehr sie spürte. Denn sie wusste, dass noch zu viele dunkle Flecke auf dieser besonderen, himmlischen Landkarte existierten. Sie erfühlte wundervoll seidige Haut, ausgeprägte Muskeln, Täler und Ebenen, sogar ein wild klopfendes Herz, das ihr sagte, wie sehr er die Situation mit ihr genoss. Als

Lippen, Hände und schließlich Daniel selbst verschwanden, protestierte sie empört.

»Was?«

»Schhh.« Ein flüchtiger Blick zu ihm, beruhigte sie, denn Daniel beschäftigte sich bereits mit einem neuen Kondom und verzichtete diesmal auf ihre Unterstützung.

»Knie dich hin!«

»Was?«, erkundigte Tina sich verblüfft, davon überzeugt, sich einfach verhört zu haben.

»Nicht fragen …« An den Hüften dirigierte er sie bereits in die gewünschte Position und kurz darauf hockte sie tatsächlich vor ihm mit dem Gesicht zur Wand. Es war kein Scherz gewesen, wie von Tina in zweiter Distanz vermutet. Bevor sie sich jedoch Sorgen machen konnte, spürte sie seine Lippen auf ihrer Wirbelsäule, warme Hände, die von hinten ihre Brüste liebkosten und sich schließlich um ihre Hüften legten. Dann fühlte sie seine neuerliche, so pulsierende Erregung, die sich wieder sehr langsam und damit unsagbar sexy an ihrer Feuchtigkeit rieb. Sie hörte sein Stöhnen, wenn auch sehr verhalten, dann platzierte er sich an ihrem Eingang, und als er ganz plötzlich wieder in ihr war, keuchte sie überrascht auf.

»Yeah!«, knurrte er angespannt, seine Finger gruben sich in ihre Haut, bevor er erneut zustieß, und dann noch einmal – immer wieder. Mit jedem Mal drang er tiefer in sie ein, beschleunigte den Rhythmus, dirigierte sie fordernd und behutsam zugleich mit den Händen. Mit aufgerissenen Augen starrte Tina in die Dunkelheit, ihre Lippen hatten sich geteilt, das Haar hing ihr wirr in das Gesicht, ihr Atem ging stoßweise, alle Gedanken waren fortgewischt und in ihr existierte nur noch ein Wort: ja!

Hin und wieder ertönte hinter ihr sein dunkles Seufzen und Tina genoss den Widerstand seines Körpers, immer dann, wenn er besonders tief in ihr war. Es gab keinen anderen Ausweg und schon gar keine Fehlinterpretation, jetzt wusste sie genau, was sie wollte und worum genau alles in ihr zunehmend lautstark bettelte: Die Erlösung – noch einmal. Und als die endlich eintraf, schrie sie auf, ohne davon auch nur die geringste Ahnung zu haben.

Etwas später hatten sich seine Arme fest um sie gelegt und sein Kopf ruhte auf ihrem Rücken. In regelmäßigen Intervallen wärmte sein Atem ihre Haut – und dieses Gefühl war noch so viel intimer, als der Himmel den die beiden unlängst erlebt hatten.

»Ungewöhnlich«, brummte er nach einer Weile. »Verdammt süß, verdammt sexy, *verdammt ungewöhnlich*, und verdammt perfekt!«

Eilig erstickte sie ihr albernes Kichern im Kopfkissen, bevor es peinlich werden konnte, und nebenbei überlegte Tina sich, dass sie noch niemals in ihrem Leben so glücklich gewesen war. Nach einer Weile schob Daniel sie auf den Rücken, umarmte sie wieder und strich ihr zärtlich eine Strähne aus der feuchten Stirn. Um seine Lippen spielte ein liebevolles und gleichsam zufriedenes Lächeln.

»Und wie wundervoll du danach aussehen kannst.«

24. The man who sold his soul

Als Tina endlich einschlief, dämmerte bereits der neue Morgen. Während sie friedlich in seinen Armen lag, grübelte er. Nur hin und wieder seufzte sie leise auf, was an sich schon ein derart süßer Laut war, dass er ihm durch Mark und Bein ging. Zu allem Überfluss kuschelte sie sich dann auch noch näher an ihn und wisperte ein »Daniel«, was ihm irgendwie den Rest gab. Denn das verursachte ein derart wohliges Gefühl in seinem Herzen, dass er irgendeine Krankheit in Erwägung zog, die ihn hinterrücks überfallen hatte. Na ja, sehr falsch lag er ja nicht. Seufzend küsste er ihr Haar und grübelte nebenher darüber nach, wie ihm *das* in all der Zeit hatte entgehen können. Tina gefiel ihm, er betrachtete sie gern – natürlich! Schließlich war sie sein perfektes Kunstwerk! Nie hatte er in ihr eine gewöhnliche Frau gesehen, sondern stets etwas Besonderes, fernab von allen anderen, außer Konkurrenz. Viel wichtiger, *wertvoller*. Entnervt stöhnte er auf, als ihm endlich aufging, was er schon vor Monaten hätte erkennen müssen. Oh nein, er war nie in Jane verliebt gewesen, vermutlich auch in keines der anderen Mädchen davor, egal, was er möglicherweise zum jeweiligen Zeitpunkt dachte. Denn wie für Tina hatte er bisher noch nie empfunden, daran hätte er sich erinnert!

Langsam schloss er die Augen und versuchte irgendwie, mit der unvorhergesehenen Entwicklung umzugehen. Eines stand schon mal fest: Dies war mit Abstand der größte Mist, dessen er sich jemals schuldig gemacht hatte. *Was jetzt? Was sollte er denn nur tun?* Am gestrigen Abend hatte er jeden Gedanken an den Morgen wüst von sich geschoben. Was interessierte ihn die Zukunft, wo soeben eine derart überraschende Erkenntnis sprichwörtlich über ihn hereingebrochen war? Dabei hatte er zu diesem Zeitpunkt nicht einmal geahnt, was er inzwischen wusste. Denn eine Katastrophe genügte ja nicht – nein! Trocken lachte er auf, wenn er dabei auch sehr leise vorging, schließlich schlief Tina und genau dabei sollte es bleiben. Das nannte man wohl Ironie des Schicksals. Über viele Monate hatte er bei Jane mit Himmelserstürmungsversuchen gerechnet, die allesamt erfolgreich verlaufen sollten.

Und die hatte sich, nun ja, nicht gleich als der Reinfall herausgestellt, doch mit Sicherheit auch nicht als die sexuelle Sensation, die er in ihr vermutet hatte. Tina, bei der er tatsächlich mit *nichts* gerechnet hatte, war in Wahrheit …

Sie war …

Scheiße, sie war so …

Verdammt! Er wollte es nicht einmal denken, weil ihn allein der Gedanke an das, was er mit ihr innerhalb der vergangenen Stunden erlebt hatte, wieder hartwerden ließ, und das war auch nicht empfehlenswert. Oh, Daniel kannte die Möglichkeiten beim Sex sehr genau – hatte er jedenfalls bis vor Kurzem gedacht. Aber das mit Tina war …, Scheiße, es war … Gott, es war so …

»Fuck!«, knurrte er. Im nächsten Moment krachten seine Kiefer aufeinander und er blickte eilig zu ihr. Glücklicherweise hatte sie sein Ausbruch nicht geweckt.

Er musste verschwinden! Augenblicklich, eigentlich schon vor fünf Minuten, verdammt, vor *Stunden!* Als stünde er plötzlich unter Strom, sprang er aus dem Bett, achtete dabei jedoch tunlichst darauf, Tina nicht zu wecken. Kein Besuch im Bad, nicht einmal ein letzter Blick zu ihr fand statt. Nur wenige Augenblicke später saß er bereits in seinem Wagen, startete den Motor und trat das Gaspedal durch. Nach zwei Meilen wurde seine bühnenreife Flucht von einer jähen Vollbremsung gestoppt. Daniel legte die Stirn auf seine Hände, die noch immer auf dem Lenkrad ruhten, und schloss die Lider.

»Fuck!«

Es klang bedeutend leiser und resignierter, und er brauchte gefühlte Ewigkeiten, bevor er erkannt hatte, dass es so wohl nicht funktionieren würde, und das Auto wendete. Nach einem kurzen Zwischenstopp an einer Tankstelle schlich er wie ein Dieb in ihr Zimmer, verharrte jedoch ungeplanterweise vor ihrem Bett und betrachtete mit plötzlich aufkeimender, wilder Wehmut ihr Gesicht. Rosig im Schlaf, mit unvorstellbar dichten dunklen Wimpern. Sie wirkte so ungeschützt und verletzlich, ganz ohne Make-up und dieser dämlichen Brille. Er *wollte* nicht gehen, verdammt!

Aber er *würde!*

Leise tat er das, weshalb er noch einmal zurückgekehrt war, küsste dann behutsam ihre Schläfe und ging. Ohne einen Blick zurück. So war es das Beste.

Yeah!

Bevor Daniel sich jedoch in Richtung Washington aufmachte, hielt er an einem der vielen Seen, die seine Heimatstadt umgaben, und ertränkte sein Handy. Es tat ihm unendlich leid, doch das war der einzige Weg und er musste alle Risiken beseitigen, sollte sie ihn nach dem Aufwachen überhaupt noch sprechen wollen. Er tippte eher auf das Gegenteil. Mit Tina als seine Mitbewohnerin in Ithaka – seine *Freundin* – ja, wäre er gern in Kontakt geblieben. Als Einzige übrigens, nicht einmal Chris hatte er diesen Vorschlag unterbreitet. Doch mit Tina, in die er neuerdings verliebt war – okay, vielleicht war das ja nicht einmal so neu –, Tina, die er vielleicht sogar liebte? Das hätte ein Jahr Quälerei bedeutet, zwölf elende

Monate, in denen er sich wünschte, Afrika so schnell wie möglich verlassen zu können. Ein Jahr ohne Frauen, denn führte er das hier weiter, dann würde er sich fest binden, auch das hatte er inzwischen begriffen. Es würde nicht zuletzt ein Jahr werden, in dem er sich auf alles konzentrierte, nur nicht auf seine Ausbildung. Und danach?

Weitere Jahre der Trennung stünden ihnen bevor. Tinas Studium würde ja nicht in einem Jahr abgeschlossen sein. Wer konnte denn schon wissen, wohin ihn das Schicksal dann verschlagen würde? Unmöglich! Er musste das sofort beenden, denn es gab gute und gewichtige Gründe, weshalb so etwas für ihn eben nicht in Betracht kam. Leider. Daher warf er das Handy in hohen Bogen ins Wasser und starrte dann minutenlang zu jener Stelle, an der es für immer verschwunden war. Als befürchte er, es könne sich störrisch weigern zu ertrinken und unvermutet wieder auftauchen. Dann blickte er zum Himmel, an dem dichte Wolken aufzogen. Bald würde es wohl regnen. Das passte ja.

Irgendwann wandte er sich abrupt ab, zwang sich, in den Wagen zu steigen und war dankbar, dass Tina ihn nicht genommen hatte. Als er davonfuhr, geschah auch dies ohne einen Blick zurück.

So war es das Beste.

25. Tears in the rain

Rhythmisches Trommeln auf dem Fensterbrett weckte Tina aus ihrem seligen Schlaf. Ohne die Lider zu öffnen, runzelte sie die Stirn, denn offenbar regnete es und das war wirklich mies. Trotzdem fühlte sie sich ungewohnt gut – im Grunde mehr als das. *Fantastisch!*

Nur sehr langsam kehrten die Ereignisse der vergangenen Nacht in ihr Bewusstsein zurück, und als sie sich endlich an seine leidenschaftlichen Küsse erinnerte und die funkelnden Augen in der Dunkelheit, seufzte sie wohlig auf. Tina bildete sich ein, noch jetzt seine Hände auf ihrer Haut und seine Lippen auf ihrem Mund spüren zu können. *Das war es, oder?* Der Versuch, ihn zu ersetzen erschien ihr in der Rückschau total dämlich und peinlich naiv – jenseits von Gut und Böse in seiner grenzenlosen Dummheit. Armer Ricardo, jetzt plagte sie ihr schlechtes Gewissen nur noch mehr. Seit diesem desaströsen Abend hatten sie sich nicht mehr gesehen, auch wenn Tina wusste, dass er nach wie vor in Ithaka studierte. Wenn einer wie er ein Stipendium erhielt, konnte er wegen einer unbedeutenden Mädchengeschichte wohl nicht einfach hinschmeißen. Aber vielleicht hielt er sich sorgsam vor ihr versteckt, hasste sie jetzt womöglich sogar. Ein wirklich mieser Gedanke.

Etwas klopfte an die Tür ihres Unterbewusstseins und das passte keineswegs zu ihrer gelösten Stimmung. Nur ging es dabei nicht um Ric und Tina wollte sie partout nicht öffnen, sondern lieber die Scarlett geben. Ihrer Ansicht nach war dies nie angebrachter gewesen. Noch ein bisschen im Glück schwelgen, noch ein bisschen genießen. Das war im Grunde alles, was sie sich wünschte.

Doch wie immer erwies sich eine längere Realitätsflucht bald als total aussichtsloses Unterfangen. So sehr sie ihre Gedanken zwingen wollte, verdammt noch mal bei der vergangenen Nacht zu bleiben, irgendwann kam sie zielsicher in der Gegenwart an.

Morgen. Es war bereits hell, sie fühlte es und das bedeutete gar nichts Gutes, denn heute würde Daniel fahren. Würde oder war das bereits geschehen? Nun, höchste Zeit, dies herauszufinden, oder?

Doch so einfach wurde es nicht, denn nur unter enormen Anstrengungen und nach etlichen Anläufen gelang es Tina schließlich, die Augen zu öffnen.

Zunächst sah sie überhaupt nichts und machte sich daher erst einmal auf die Suche nach ihrer Brille. Was gestern Abend damit passiert war, wusste sie nicht mehr, aber nach einigen Sekunden angespannter Fahndung, fand sie das 600-Dollar-Schnäppchen auf dem Boden vor dem Bett. Sofort begann sie eifrig zu kombinieren:

Die Sehhilfe so achtlos weggelegt – für Tina fast Normalität, für den Prof jedoch ein unerhörter Vorfall. Wäre er bereits weg, hätte er sie vorher aufgehoben, denn er hasste Unordnung. Ja, das war …

Noch während sie ihre Kalkulationen anstellte, setzte sie die Brille auf ihre Nase und ihr erster klarer Blick galt dem leeren Bett. Nun *fast* leer. Als Nächstes identifizierte sie die gelbe Rose auf dem Kopfkissen, wusste augenblicklich, dass sie ihn verpasst hatte und grenzenlose Verzweiflung machte sich in ihr breit.

Doch dann sah Tina das Papier – ordentlich einmal in der Mitte gefaltet – und ihr Herz sank noch ein beachtliches Stück tiefer. Mit einem Hechtsprung warf sie sich aufs Bett, griff noch im Flug das Blatt und fetzte es auseinander.

Ich wollte nicht verschwinden, ohne dir einen perfekten
Kuss demonstriert zu haben. Und vermutlich weißt du
jetzt auch endlich, wie perfekter Sex funktioniert.
Vielleicht hilft es dir weiter.
Pass auf dich auf!

Daniel

Gliederschmerzen.

Wenn man über längere Zeit wie erstarrt mit überkreuzten Beinen auf einem Bett sitzt, leidet man unter krassen Schmerzen in den unteren Extremitäten. Nur war dies nicht mehr von Belang. Mechanisch lenkte Tina den Blick zum Fenster. Die Intensität der Tropfen schien noch einmal zugenommen zu haben, dabei war bereits seltsam, dass es heute überhaupt regnete. Soweit sie wusste, hatten die Wetterfrösche für die gesamte Woche Sonnenschein angesagt. So schnell konnte sich alles ändern.

Erst nach geraumer Zeit fiel ihr auf, dass ihre Hände mit jeder Sekunde stärker bebten. Jene, in der sich immer noch dieses verdammte Blatt Papier befand, schlackerte inzwischen so gewaltig, dass der scharfe Rand unangenehm die Haut ihres Beins reizte.

Das brachte Tina nach einer weiteren Ewigkeit zu der Erkenntnis, dass sie immer noch nackt war und obwohl sich niemand mehr daran stören konnte, wollte sie sich plötzlich dringend verhüllen.

Fünf Äonen verbrachte sie mit der verzweifelten Suche nach Kleidung, die *nicht* in irgendeiner Weise mit *ihm* zusammenhing. Weitere sechs benötigte Tina, um sich auch anzuziehen und dann schleppte sie sich wankend und mit starrem Blick zur Appartementtür.

Eine Jacke hatte sie vergessen, doch das interessierte sie ebenfalls nur am Rande. Viel befand sich nicht in ihrem Kopf, abgesehen von einigen abgehackten Gedanken, die es jedoch nie bis in ihr vorderstes Bewusstsein schafften.

Alles halb so schlimm ... Cool bleiben ... laufen ... du musst jetzt laufen und dann wird alles gut ... bestimmt! Einfach laufen.

Und das tat Tina. Bereits nach wenigen Minuten war sie vollständig durchnässt, allerdings entzog sich auch dies ihrer Kenntnis. Bald hatte sie die Innenstadt hinter sich gelassen und lief weiter, durch den strömenden Regen, der noch einmal an Intensität zugenommen hatte. Mit jeder bewältigten Meile stellte sich eine winzige Veränderung im Aufbau des Wortsalats ein, der in ihrem Kopf vor sich hin stolperte.

Alles total schlimm ... Cool bleiben ... laufen ... du musst jetzt laufen, denn wenn du stehen bleibst, musst du dich dem stellen ... und das wäre schlecht ... einfach laufen.

Laufen.

Die Wälder um Ithaka sind grün, üppig und durchwirkt von vielen kleinen und auch größeren Seen. Nach den vielen trockenen Tagen nahm die Natur die Nässe von oben dankbar auf, der Boden wurde erst feucht, dann nass und schließlich recht matschig. Etliche Meilen später und mit einem immer chaotischeren Wortsalat im Kopf spielten Tinas Beine nicht länger mit, und obwohl sie wusste, dass Stehenbleiben gleichbedeutend mit einem kleinen Tod sein würde, gab sie mitten im Wald endlich auf. Ein Ast am Boden wurde ihr zum willkommenen Verhängnis, denn sie wollte nicht mehr.

NICHTS MEHR!

Nachdem sie der Länge nach hingeschlagen war, richtete sich mühsam wieder auf. Tina hatte keinen Blick für ihre versaute Jeans, fühlte nicht die zahlreichen

Risse, die ihre Haut jetzt zierten, und die doch eigentlich ekelhaft hätten brennen müssen. Zutiefst erschöpft lehnte sie sich an einen breiten Baumstamm und schloss die Augen. In ihr war nur Leere – die vorgezogene Totenstarre. So fühlte es sich wohl an, wenn man total ausgebrannt war. Tja … er bekam eben immer die überraschendsten Dinge hin, oder? So war es von Anfang an gewesen, warum sollte denn gerade der Abschied anders ausfallen?

Der Gedanke an ihn weckte Tina noch einmal. Die Erinnerungen an die vergangene Nacht, die einfach nicht verschwinden wollten, die Gewissheit, dass er sie verarscht hatte, brachten das zustande, was sie längst nicht mehr für möglich gehalten hätte. Tina runzelte die Stirn, fühlte neues Leben in ihren Körper strömen und gleichfalls damit die Weigerung, zu akzeptieren. Wie der sprichwörtlich letzte Griff nach einem Strohhalm, der aller Wahrscheinlichkeit nach niemals existiert hatte. Ein letztes Mal begehrte sie auf, nicht bereit, sich einfach zu ergeben.

NEIN!

Das heute Nacht war nicht gespielt gewesen. Sie besaß nicht viel Erfahrung, richtig, doch sie wusste, wie es bei Scott gewesen war, auch bei Ric – und der war wirklich in sie verliebt gewesen. NEIN! Das heute Nacht, das war – anders gewesen und sie hatte es sich nicht nur eingebildet oder redete sich jetzt irgendeinen Schwachsinn ein, weil sie ihre verdammten Gefühle schonen wollte. Die waren doch ohnehin schon am Boden! Mit bebenden, klitschnassen Händen zerrte sie ihr Handy aus der Tasche und tippte die Kurzwahl, unter der Daniels Nummer gespeichert war.

Es war die 1.

›Dieser Teilnehmer ist vorübergehend nicht erreichbar.‹

Langsam blickte Tina zum düsteren, wolkenverhangenen, weinenden Himmel und versuchte, mit dem nächsten Todesstoß umgehen zu lernen. Denn Daniel hatte das Handy ausgeschaltet, also wollte er nicht mit ihr sprechen. Nicht einmal das.

Dann kamen endlich die Tränen. Nicht langsam, sondern wie ein Sturzbach, der sich augenblicklich mit den Regentropfen in ihrem Gesicht vermischte. Im strömenden Regen saß sie im düsteren, stillen Wald, und heulte um alles, was sie verloren hatte, wegen seiner letzten Lüge, die sie nicht vorher entlarven konnte, wie alle anderen vorher, weil sie in Wahrheit gar keine gewesen war! Er hatte ihr nichts versprochen – wie immer –; Daniel hatte ihr sogar gesagt, dass er am Morgen gehen würde, hatte sie sozusagen nochmals darauf hingewiesen, damit sie genau wusste, womit sie dealte. Keine leeren Versprechungen für das

Danach, nicht einmal ein Ausweichen, nichts. Mit einer zitternden Hand fuhr sie über ihre Stirn, wurde vom Schluchzen geschüttelt und suchte verzweifelt nach einem Ausweg, den es nicht gab. Dafür hatte Daniel umsichtig gesorgt.

Mitten in ihre größte Verzweiflung platzte das Summen ihres Handys. Ihre flüchtige Hoffnung verschwand, sobald sie auf das Display gesehen hatte.

Hastig wischte sie die Tränen von den Wangen. »Mom?«

Wenige Minuten später war ihr Gesicht eine harte, beherrschte, eiserne Maske. »Ich komme.«

26. Not the same

»... deshalb betone ich nochmals, wie dringend erforderlich eine länderübergreifende Kooperation ist. Auch oder besonders im Namen unserer Enkel und Urenkel, die uns eines Tages an unseren Taten messen werden. Ein Leben kann nur glücklich und erfüllt verlaufen, wenn es gesund starten durfte! Helfen Sie gemeinsam bei der Schaffung einer gerechteren Welt!«

Daniel blickte in die größtenteils höflich, unbeteiligten Gesichter und wieder einmal packte ihn die kalte Wut. Weshalb tanzten sie überhaupt hier an, wenn ihr Interesse gegen null tendierte? Welchen Sinn ergab diese aufgeblasene Veranstaltung, wenn sich niemand bereit erklärte, Menschen zu helfen, die zeit ihres Lebens nie in einem 5-Sterne-Hotel übernachten würden? Auf den Zorn folgte wie üblich die Resignation, dicht gefolgt von frisch entfachtem Kampfeswillen. Was erwartete er schon von diesen Ignoranten? Nichtsdestotrotz befand sich die Presse im Saal – wenn auch nur die Fachblätter. Sowohl der Kongress als auch Daniels Vortrag würden demnach nicht unbemerkt bleiben und außerdem hatte er endlich einmal seine Forderungen an die richtigen Adressen bringen können, wenn die auch keine echte Lust verspürten, ihm zuzuhören oder ihn gar zu unterstützen.

Er neigte knapp den Kopf. »Ich danke Ihnen für Ihre Aufmerksamkeit.«

Damit verließ er unter höflichem Beifall das Podium und setzte sich neben Miller, der ihn mit einem schmalen Lächeln empfing.

»Sie haben es geschluckt, ohne eine Massenflucht einzuleiten, das ist mehr als wir erwarten konnten«, bemerkte er lakonisch.

Diesen Hinweis ließ Daniel besser unkommentiert, obwohl er Miller insgeheim beipflichtete. Der beging in diesem Jahr seinen siebzigsten Geburtstag und offenbar wurde man mit den Jahren geduldig und lernte, die Borniertheit dieser Idioten zu schlucken. Daniel vereinte auf sich gerade einmal dreiunddreißig Lenze und Geduld hatte noch nie zu seinen hervorstechendsten Eigenschaften gezählt.

Vielleicht sollte man die übersättigten Geldsäcke mal nach Afrika schicken, große Teile Asiens eigneten sich als unvergessliche Anschauungsbeispiele auch bestens. Daniel verbrachte jedes Jahr knapp zwei Monate in der Dritten Welt – das rückte die Perspektiven ziemlich schnell ins rechte und vor allem gestochen scharfe Licht.

Gereizt betrachtete er die Wasserflasche der gehobenen Preisklasse, die direkt neben den exquisiten Säften in drei Geschmacksrichtungen stand. Ein derartiges Gedeck befand sich vor jedem Teilnehmer. Neben edlem Gebäck und Kaffee, der aus Designerkannen serviert wurde. Denn wäre auf das Zeug verzichtet, ein weniger kostspieliger Ort für den Kongress gewählt und das Geld stattdessen angemessen investiert worden, hätten heute ein paar Kinder weniger sterben müssen. Und niemanden interessierte es – wie üblich!

Eine Stunde später verabschiedete Miller sich im Foyer von ihm.

»Immer mit der Ruhe.« Wieder wurde dieses schmale, geduldige und daher widerliche Lächeln bemüht. »Berge werden nicht innerhalb weniger Wochen versetzt. Auf jeden Fall haben Sie die Leute schon mal auf dem falschen Fuß erwischt. Ich sah doch tatsächlich die eine oder andere betroffene Miene. Möglicherweise können wir sogar mit einigen Schecks rechnen.«

»Die uns aber nicht besonders weit bringen werden«, erwiderte Daniel unwirsch. »Was soll ich mit ein paar lumpigen Spenden? Das sind nur Tropfen auf dem heißen Stein!«

Millers Lächeln wurde breiter. »Ja, und jeder Tropfen *höhlt* den Stein.« Damit reichte er ihm die Hand. »Wir werden uns bald wiedersehen. Sie fliegen erst morgen zurück nach New York?«

Manchmal war es offensichtlich, dass Jonathan und Miller sich seit Ewigkeiten kannten. Beide Männer betrachteten ihn ständig, als sei er ein Schuljunge, dem man seine jugendliche, unbedarfte und ungeduldige Natur nicht allzu übel nehmen durfte. Selbstverständlich während man wartete, dass er klüger wurde. »Morgen Vormittag«, erklärte er leicht erschöpft. »Die Klinik wartet. Wir werden sehen, was die WHO zu dem Ergebnis sagt und ob die sich wieder melden.«

Miller winkte ab. »Oh, darüber machen Sie sich keine Gedanken! Sobald jemand gnadenlos ausgenutzt werden kann, tun sie das mit Freuden und ohne Rücksicht auf Verluste. Lassen Sie sich nicht zu sehr vereinnahmen, denn sie haben schließlich auch noch ein Privatleben!«

Missmutig blickte Daniel der aufrechten Gestalt nach, die soeben durch die vom Portier im Livree aufgehaltene, opulente Flügeltür verschwand. Seine Entscheidung, diese besondere Aufgabe zu übernehmen, war wohlüberlegt gefallen. Wie oft man ihn beanspruchte, spielte hierbei im Grunde keine Rolle, Hauptsache, diese Geschichte führte irgendwann zum Erfolg. Privatleben? Trocken lachte er auf. Ja, dunkel erinnerte er sich, dass so etwas existierte. Allerdings nicht für seine Person.

Vor mehr als drei Monaten hatte Ann ihm den Laufpass gegeben. Oder lag es bereits vier zurück? Für einen Moment musste er tatsächlich angestrengt überlegen, verzog dann jedoch das Gesicht. Egal, an diese besondere Szene dachte er sowieso nur sehr ungern zurück. Zumal ihre Vorwürfe im gleichen Maße nervend, hysterisch wie leider auch berechtigt gewesen waren.

Zu wenig Zeit – *für* sie.

Zu wenig Interesse – *an* ihr.

Keine erkennbare Zukunft – für sie *gemeinsam*.

Wie hatten noch gleich ihre Worte gelautet?

»Du bist ein emotionaler Neandertaler! Nie hast du Zeit für mich, jeder andere ist dir wichtiger als ich. Von sieben Abenden sehe ich dich vielleicht an einem. Welchen Sinn hat unsere Beziehung denn, wenn wir sie überhaupt nicht führen?«

Sie hatte ihn angefleht, ihr das Gegenteil zu beweisen, zu zeigen, dass sie eben doch etwas Gemeinsames hatten, und das hätte Daniel auch wirklich gern getan. Nur leider *konnte* er nicht, weil ihm die erforderliche Zeit für Derartige Anstrengungen fehlte. Die Motivation übrigens auch. Ja, er führte eine Ehe mit seiner Arbeit, Ann hatte weder Macht noch Einfluss, um in *dieser* festen Beziehung erfolgreich zu intervenieren. Ihr Weggang war zwar nicht unbedingt berauschend, stellte für ihn jedoch keinen echten Verlust dar. Denn sie hatte ihm nie viel bedeutet, auch wenn sie über zwei Jahre zusammen gewesen waren.

Kurzfristige Beziehungen waren längst nicht mehr Daniels Stil. Seine Sturm und Drang Phase – wie sein Dad es damals so nett betitelt hatte – war beendet gewesen, kaum dass er einen Fuß auf afrikanischen Boden gesetzt hatte …

27. Dreams of Yesterday (1)

Zehn Jahre zuvor

Bis Washington benötigte Daniel nicht länger als vier Stunden.
Und die auch nur deshalb, weil er unzählige Male seinen Stunt mit der Vollbremsung wiederholte. Wann immer der Wagen schlingernd zum Stehen gekommen war, fiel ihm ein, dass es die einzige und damit beste Lösung war – alles andere würde nicht funktionieren und entsprach nicht seinen Plänen. Idiotisch, es überhaupt begonnen zu haben! Vor einigen Monaten, als ihnen noch Zeit blieb, wäre es vielleicht eine Alternative gewesen. Möglicherweise hätte er das Mädchen inzwischen längst über und sich jetzt nicht so verdammt dämlich angestellt. Sobald ihm dieser spezielle Gedanke kam, lachte Daniel laut und bellend auf, bevor er den Wagen erneut in Bewegung setzte. Ja, sicher! Er konnte sich lebhaft vorstellen, wie unglaublich nervend es geworden wäre. Allein die Vorstellung, jeden Abend diesen Sex haben zu müssen war grausam in Potenz!
Irgendwann rief er sich energisch zur Ordnung, denn sein Verhalten war nun wirklich nicht Bestandteil des Deals, den er einige Stunden zuvor unter Mühen mit sich selbst abgeschlossen hatte. Diese Geschichte gehörte der Vergangenheit an und seine Entscheidung stand felsenfest, war sozusagen in Stein gemeißelt, obwohl ihm in Wahrheit gar keine echte Wahl geblieben war. Schluss! Ende! Weitermachen! Und kein Blick zurück, kapiert? Yeah!
Als er in die Tiefgarage des Verwaltungsgebäudes der Ärzte ohne Grenzen fuhr, war das Mädchen tatsächlich aus seinem Kopf verschwunden.
Endgültig!
... nein, damit belog er sich selbst – *wie mit vielem anderen auch. Dahinter gelangte Daniel allerdings erst viel, viel später, als er Afrika längst wieder den Rücken gekehrt hatte. Doch ab diesem verdammten Morgen war nichts mehr wie früher und er nicht mehr der gleiche Mann. Später sollte er resümieren, dass damals vielleicht ein paar Faktoren zu viel aufeinandertrafen: Jane, Tina, Afrika. Selbst für ihn zu massiv, um nach einem verwirrten Blinzeln zur Tagesordnung überzugehen.*
Dieses eine Jahr ...
In vielfacher Hinsicht erwies es sich als sehr lehrreich. Zum einen erfuhr man

Demut, wenn man eine Zeit lang dem Elend beigewohnt hatte und einem die Patienten unter den Händen weggestorben waren. Man lernte, Wasser zu schätzen, als wäre es Gold, freute sich über ein intaktes Moskitonetz wie ein kleines Kind an Weihnachten. Man gewöhnte sich an, heimlich hinter einem Busch zu heulen und den Anblick von Blut und den Gestank von vor sich hinfaulendem Fleisch zu ertragen – auch von jeder Menge Erbrochenem. Irgendwann war man in der Lage, die grausamsten Wunden und Verletzungen anzusehen, ohne selbst zu dem schier unerschöpflichen Vorrat an Mageninhalt beizutragen. Nach etlichen gescheiterten Versuchen jedenfalls. Man lernte, den Tod als ständigen Begleiter zu akzeptieren. Kein ungebetener Gast, der sich hin und wieder mal blicken ließ, wenn man einmal doch nicht helfen konnte. Vielmehr ein begeisterter Mitbewohner, der nie lange auf sich warten ließ. Übrigens kam man auch dahinter, dass man nichts wusste und nichts war. Egal, was man zuvor geglaubt hatte. Oh, man eignete sich auch verdammt schnell die Fähigkeit an, mit einer Schnellfeuerwaffe umzugehen, perfektionierte sein Französisch, um sich verständigen zu können, wenn irgendwelche durchgeknallten Rebellen einen kidnappen und/oder töten wollten. Man lernte, mit der unerträglichen Hitze zurechtzukommen und auch, wie gut es einem immer ergangen, und wie unbedeutend die sogenannten Probleme waren, mit denen man sich angeblich herumgeschlagen hatte. Man erlebte grauenhaftes Heimweh und entsetzliche Sehnsucht. Hatte man beides überwunden, war man Profi im Vergessen und wohl endlich ein Mann.

Um zum Mann zu werden und fast zu vergessen, benötigte Daniel ein halbes Jahr. Anfänglich gab es sogar Frauen, denn auch Afrika beherbergt genügend hübsche und bereitwillige Vertreterinnen des weiblichen Geschlechts. In vielerlei Hinsicht konnte man die sogar leichter händeln, denn sie waren nicht halb so kompliziert und vor allem fordernd, wie ihre amerikanischen Pendants.Schnell kam Daniel jedoch dahinter, dass es ihm nicht viel gab, wenn er mit ihnen zusammen war. Später brachte er auch nicht mehr die erforderliche Geduld und Muße auf, um sich auf jene Mädchen zu konzentrieren. Hirnloser Sex will so gar nicht funktionieren, wenn man kurz zuvor bei dem Versuch versagt hat, einem Leprakranken im Endstadium wenigstens die Schmerzen zu nehmen. Bald lebte er tatsächlich wie ein Mönch und hatte nicht einmal Zeit, sich über diesen Zustand Gedanken zu machen, geschweige denn, dass er ihn geärgert hätte.

Als Daniel ein Jahr später nach Ithaka zurückkehrte, war er tatsächlich ein anderer. Sein erster Weg führte ihn zu seinen Eltern und nicht zu jenem bewussten Appartement in der Stadt, in dem er das letzte Jahr seiner Studentenzeit verbracht hatte. Auch wenn dem sehr wohl sein erster Gedanke gegolten hatte.

Jonathan Grant wusste nicht, ob ihm gefiel, was er sah und seiner Gattin erging es ähnlich. Denn dieser verhärmte, ernste junge Mann mit Vollbart erinnerte nur noch schemenhaft an den ausgelassenen, unbekümmerten Daniel, der vor einem Jahr fortgegangen war. Irgendwann, als alles erzählt war, jedenfalls das, was Daniel seinen Eltern offenbaren wollte, kehrte beängstigende Stille ein. Niemand schien den Anfang machen zu wollen, während die unausgesprochene Frage nachhaltig die Luft verpestete. Schließlich erbarmte sich Jonathan seufzend.

»Sie ging noch am selben Tag. Ich weiß nicht viel, nur dass sie das Studium abbrach und verschwand. Niemandem ist bekannt, wohin sie verschwand, sie hat sich weder gemeldet noch eine Nachricht hinterlassen.«

Überraschend kam es nicht, auch wenn es Daniel sehr schwerfiel, das zu akzeptieren. Vielleicht – ganz bestimmt sogar – hatte er gehofft. Dumm – ja –, möglicherweise die letzte Naivität, die er sich trotz allem, was er im vergangenen Jahr erlebt hatte, noch bewahren konnte. Vielleicht hatte sie ihn während der vielen einsamen Stunden auf jenem fernen, so alienhaften Kontinent beim Durchhalten geholfen. Nur das! Jetzt war er zurück, hatte es überstanden, heldenhaft überlebt, und musste sich nun einer Realität stellen, deren Entstehen er selbst vor seiner Abreise forciert hatte. Es war einer der Gründe, weshalb Daniel ihren Entschluss rückhaltlos akzeptierte. Ein glatter Bruch. Ähnlich, wie auch er ihn damals vollzogen hatte. Im Grunde fügte sich doch alles seinen Plänen und Tina hatte sich ein letztes Mal widerstandslos seinen Wünschen gebeugt. Deshalb suchte er nicht nach ihr, stellte keinen Kontakt her oder erkundigte sich auch nur danach, wie es ihr ging. Denn sie gehörte der Vergangenheit an, war Schnee von gestern, lange vorbei und nur noch ein Traum, wenn es überhaupt jemals mehr gewesen war.

In Afrika hatte Daniel noch eine weitere Lektion verinnerlicht: Das Leben kann so verdammt schnell vorbei sein. Es hat keinen Sinn, sich mit Dingen herumzuschlagen, die längst keine Rolle mehr spielen. Sieh nach vorn, lebe dein Leben, mach das Beste daraus und lerne aus deinen Fehlern, versuche aber niemals, sie ungeschehen zu machen! Du kämpfst ohnehin auf verlorenem Posten.

Trotz herber Enttäuschung der Eltern legte Daniel keinen langen Urlaub ein, denn ihm ging schnell auf, dass er Ithaka noch immer nicht ertragen konnte. Daran hatte ein Jahr nichts ändern können. Das Wiedersehen mit Fran und Tom fiel herzlich, witzig und unhöflich wie üblich aus. Doch auch in den Köpfen dieser beiden lebten jede Menge Fragen, die sie nicht zu stellen wagten. Ebenso erging es Jonathan und Edith und nicht zuletzt ihm selbst, weshalb dieses stetig lauter werdende Schweigen extrem nervte, denn es störte akut Daniels Vergessensprozess. Schon allein deshalb verließ er bereits eine Woche nach seiner

Rückkehr erneut die Stadt – und diesmal für immer. Allerdings entfernte er sich nicht sehr weit, genau genommen dauerte die Fahrt ungefähr zwanzig Minuten.

Ein weiteres Mal behielt sein Vater recht, denn Daniel fand ohne die geringsten Schwierigkeiten eine gute Anstellung und begann nur wenige Tage später in einer eher kleinen, renommierten Privatklinik als einfacher Assistenzarzt. Es war reiner Zufall, dass er genau hier strandete, auch wenn sich alte Bekannte trafen, denn Daniel hatte sich alle Einmischungen seines Dads strikt verbeten. Bereits nach drei Jahren hatte er es zum Chefchirurgen gebracht. Miller, der Besitzer der Klinik und enger Freund Jonathans, engagierte sich als einer der wenigen Ärzte seit Jahren für die ÄOG. Und als er in den Ruhestand ging – natürlich, um sich endlich ausschließlich ›ihrer‹ Sache widmen zu können –, bot er dem zu diesem Zeitpunkt dreißigjährigen Daniel die Übernahme der Klinik an. Die Offerte klang zu gut, um sie auszuschlagen. Die beiden Männer einigten sich darauf, den Namen des Instituts beizubehalten und dessen Übernahme nicht an die große Glocke zu hängen. Das lag ganz in Daniels Sinn, denn so würde niemand ihn hinter dem ›Miller-Healthy-Institute‹ vermuten. Er wollte nämlich keineswegs mit seinem Vater in Verbindung gebracht werden, seinen guten Ruf erwarb er sich immer noch selbst.

Millers Vermächtnis wurde fortgeführt, schon, weil es ein weiterer Bestandteil des Übernahmevertrages war. Allerdings hätte es zumindest dieser Klausel nicht bedurft, Daniel hatte seine Lektion gelernt und sie auch in den letzten Jahren nicht vergessen. In jener wunderbaren Klinik, wo man bei älteren Damen aus höchsten Kreisen die Falten straffte und bereits der eine oder andere Senator seine Leberbeschwerden kurieren lassen hatte, befand sich auch eine kleine, eher unbekannte Station. Hier wurden all jene versorgt, die sich keine ärztliche Behandlung leisten konnten.

Genau wie Miller war auch Daniel bekannt, dass die Hilfe vielmehr symbolischen Charakter besaß. New York beherbergt zu viele bedürftige Menschen, um allen helfen zu können, doch es führte dazu, dass er nachts etwas ruhiger schlafen konnte. Urlaub existiert für ihn nicht, die sechs Wochen, die dafür normalerweise vorgesehen sind, verbringt er in der Dritten Welt und kämpft mit Gleichgesinnten darum, an der fatalen humanitären Situation etwas zu ändern. Doch je öfter er in den vergangenen Jahren erschöpft, müde und desillusioniert aus einem Krisengebiet dieser Welt zurückkehrte, desto mehr stieg seine Unzufriedenheit. Dies ist zwar ein guter, nur leider kein sehr effektiver Weg, um an den globalen Missständen etwas zu ändern. Selbst wenn Daniel seine Zelte in New York abgebrochen und ausschließlich dort gearbeitet hätte, würde sein Einsatz dennoch nichts an dem Dauersterben ändern.

Als ihn die WHO anwarb, sagte er sofort zu. Hierbei handelt es sich um eine reine Beraterfunktion, ehrenamtlich – sicher –, doch er hoffte, auf diese Art endlich etwas mehr zu bewegen. Der Erfolg ließ derzeit noch auf sich warten, weil diesen elenden Arschlöchern, die sich Ärzte schimpften und soweit er wusste, alle dem Hippokratischen Eid verpflichtet waren, das Schicksal einiger verreckender Schwarzer eben scheißegal war. Die zahlten nämlich so selten.

Arme Menschen besitzen nun einmal keine Lobby, die damit verbundenen Probleme waren Daniel nur zu gut bekannt. Auch er benötigte die zahlungskräftigen, gut situierten Patienten, um seine Klinik und all die kleinen, eher unbekannten Projekte am Laufen halten zu können. Nicht zuletzt verdiente er damit seinen Lebensunterhalt und zahlte die monatlichen Kreditraten an Miller. Doch diese borniere Ignoranz seiner tatsächlich gut situierten Kollegen machte ihm zunehmend zu schaffen. Neben all dem blieb nun mal nicht viel Zeit für ein Privatleben.

Nach einem weiteren Jahr und einigen flüchtigen, unbefriedigenden Abenteuern, gestand Daniel sich ein, dass er in Wahrheit nach etwas ganz anderem suchte. Eine feste Beziehung, jemand, zu dem er nach Hause kehren konnte, wenn ihm denn mal die Zeit blieb. Anwärterinnen meldeten sich zuhauf, darunter befanden sich auch einige, die in Daniels Augen durchaus akzeptabel waren, nur leider blieb keine von ihnen sehr lange. Denn obwohl Daniel immer sehr schnell aufging, dass er sich wieder einmal getäuscht hatte, beendete er keine der wenigen Affären, auf die er sich am Ende einließ. Immer ergriffen die Frauen die Flucht – dann, wenn sie meinten, lange genug auf ihn gewartet zu haben.

Äußerst bedauerlich – ohne Zweifel –, aber Daniel verschwendete nie einen Gedanken daran, sich vielleicht zu ändern, um sie auf diese Art zum Bleiben zu überreden. Mit einem Arzt liiert zu sein, bringt nun einmal die eine oder andere Unannehmlichkeit mit sich. Er sah keine Veranlassung, sich deshalb zu entschuldigen.

Die Gegenwart

Daniel schüttelte den Kopf, verzog entnervt das Gesicht und spähte verstohlen zum Eingang der Hotelbar, die rund um die Uhr geöffnet hatte. Vielleicht hatte er heute wenigstens einen kleinen Sieg errungen, auf jeden Fall konnte er sich noch für ein paar Stunden der Illusion hingeben, denn vor morgen früh brauchte er mit keinem öffentlichen Resümee zu rechnen. Außerdem war er seit Ewigkeiten abends nicht mehr unter die Leute gegangen. Zu wenig Zeit und Gelegenheit. Warum nicht? Man gönnte sich ja sonst nichts.

28. Big bad world

»So lauten meine Vorschläge und ich rate Ihnen dringend, sie zu beherzigen. Andernfalls sehe ich keine Chancen, Ihr Unternehmen langfristig vor dem Untergang zu bewahren. Ihre derzeitige Kampagne ist altbacken, wenig zielgruppenorientiert und daher ohne Zukunft. Face-Lifting ist die Devise, treten Sie innovativ auf, gehen Sie mit der Zeit! Altbewährte Produkte neigen dazu, langweilig zu werden. Alte Gesichter übrigens auch.«

Mit bedeutungsvollem Blick musterte Tina die ehrenwerte Gattin des Firmenchefs, die soeben rot anlief. Bedauernd hob sie die Schultern. »So lautet das Ergebnis meiner Analyse. Ich weise nur auf die Schwierigkeit hin, ein Produkt erfolgreich zu vermarkten, das auf eine jugendliche Zielgruppe ausgerichtet ist, während das Gesicht, mit dem Sie es unter die Leute bringen wollen, seine Jugend weit hinter sich gelassen hat. Das könnte die eine oder andere Angst schüren.«

»Unerhört!«, empörte sich das Ex-Modell aus den frühen Neunzigern, das seine Jugend tatsächlich bereits lange hinter sich gelassen hatte. Da halfen auch der beste Visagist und die teuersten OPs nichts.

Nachdem sich die Expertise in ihrer Tasche befand, sah Tina auf. »Ein Exemplar bleibt selbstverständlich bei Ihnen.« Mr. Unternehmenschef, der sichtlich um seine Ehe fürchtete, erhob sich und trat zu ihr. Der von Tina beabsichtigte knappe Händedruck fiel dennoch weniger flüchtig aus. Mit einem schmalen Lächeln befreite sie ihre Hand.

Seines wirkte enttäuscht. »Es war angenehm, mit Ihnen zu arbeiten, Miss Hunt. Ich bin Ihnen sehr zu Dank verpflichtet.«

»Ihr Scheck erübrigt jeden Dank«, erwiderte sie kühl. »Und eine *angenehme* Zusammenarbeit ist sehr nett, interessanter für mich jedoch ist das gewinnträchtige Resultat. Ich hoffe, mit meiner Arbeit Letzteres erreicht zu haben, denn das ist meine Aufgabe. Vielen Dank für Ihr Vertrauen. Guten Tag!«

Nach einem kaum sichtbaren Nicken ließ sie den Unternehmenschef stehen. Der musste seine Jugend und Attraktivität ungefähr vor fünfzig Jahren beerdigt haben. Ein ähnlich gelagerter Gruß erfolgte an die erboste Ehefrau, die in Gedanken bereits die Bestandteile des Ehevertrages durchzugehen schien. Doch das war nicht Tinas Problem. Man bezahlte sie für ihre ehrliche und durchaus renommierte Meinung, nicht für Arschkriecherei.

Kurz darauf fuhr sie mit dem verglasten Aufzug hinab in die Lobby des Towers. Die Dämmerung war bereits hereingebrochen und der Tag wieder einmal lang gewesen. Denn als sie am Morgen das Gebäude betrat, hatte der Sonnenaufgang noch auf sich warten lassen. In welcher Stadt befand sie sich gerade? Tina brauchte tatsächlich einen kurzen Moment, bevor es ihr einfiel.

Boston. Ja, diese Kosmetikgeschichte. Morgen früh würde ihr Flieger nach Waterbury gehen. Ihr letzter Besuch dort lag lange zurück. Nun ja, im Vergleich zu einer echten Großstadt, handelte es sich eher um ein Kaff, wenn auch mit einigen, durchaus liquiden ansässigen Kunden. Und darauf kam es am Ende nur an. Das bewundernde Lächeln des jungen Mannes, der ihr begegnete, blieb unbeantwortet. Zielstrebig wie immer durchquerte Tina die weiträumige Halle und winkte auf der belebten Straße nach einem Taxi.

»Ins Commonwealth!«

Im Wagen nahm sie ihren Clip vom Ohr und lächelte wenig später ins Handy. »Mom, du sollst mich doch nicht während des Tages anrufen.«

Mit geschlossenen Augen massierte sie sich geistesabwesend die Stirn. Obwohl es anstrengend war, bemerkte sie froh, dass Vera wieder nervig Dauerquasseln konnte. Lange Zeit war das nämlich nicht der Fall gewesen.

29. Dreams of Yesterday (2)

Zehn Jahre zuvor

Tina nahm nicht den Zug, die Fahrt hätte zu viel Zeit in Anspruch genommen, stattdessen bestieg sie das nächste Flugzeug. Zum damaligen Zeitpunkt ahnte sie es nicht, aber in nicht allzu ferner Zukunft würden diese riesigen, dickbäuchigen Maschinen ihr Zuhause sein. Von Walbury nahm sie ein Taxi nach Hause, und nachdem der Fahrer ein halbes Vermögen kassiert hatte, schloss sie die schluchzende Vera in die Arme. Tina weinte nicht um ihren plötzlich verstorbenen Vater. Herzinfarkt nannten es die Ärzte – sinnlos nannte sie es. Und ganz bestimmt wurde nicht eine Träne wegen des anderen vergossen.

Manchmal geschehen nun einmal Dinge, die man nicht ändern kann. Zwei Alternativen bleiben: Entweder man ergibt sich seinem Kummer oder blickt nach vorn und lässt alles Hemmende hinter sich.

Die erste Option stand nicht zur Verfügung, denn urplötzlich war sie Halbwaise und verantwortlich für ihre am Boden zerstörte Mutter. Und so schluckte Tina alles hinunter, was in ihr dringend um Auswertung bettelte, würgte akut daran und schluckte noch einmal. Als dies ein drittes Mal vollbracht war – der gesamte Prozess dauerte ungefähr drei Tage –, lag die Vergangenheit so tief verschüttet, dass sie beinahe vergessen schien. Allerdings waren einige Dinge gleich mit in die Verbannung entsandt worden: Ein Kichern zum Beispiel – das gehörte ab sofort nicht mehr in ihr Leben. Ein befreites Lachen auch nicht. Tränen? Nicht verfügbar! Hoffnungen, Wünsche, Träume? Angewohnheiten schwacher Menschen, die niemals im Leben erfolgreich sein würden. Ab diesem Moment weilte Tina ausschließlich in der Realität. Und eines schwor sie sich bei ihrem Leben:

Niemals wieder würde ein Mann in ihr Leben eingreifen und ihre Gefühle durcheinanderbringen, bis klares Denken unmöglich geworden war. Denn hätte sie das nicht zugelassen, wäre sie zum Zeitpunkt von George Hunts Tod in Gilman gewesen. Die Semesterferien hatten bereits zwei Tagen zuvor begonnen, es gab nur einen Grund, aus dem Tina nicht sofort gefahren war und sich somit die Chance nahm, ihren Vater noch einmal lebend zu sehen. Und diese Ursache war den Preis nicht annähernd wert!

Am Ende erwies sich Mr. Hunts ewiger Geiz als überaus weitsichtig, denn finanziell ging es den beiden Frauen gut. Er musste seit Jahren jeden Cent zur Seite gelegt haben. Neben der Witwenrente, die seine Gattin ab sofort bezog, stellte ein beachtliches Sümmchen auf dem Sparbuch ihren ruhigen Lebensabend sicher. Wäre sie bereits in jenem Alter gewesen, in dem man an so etwas denkt, was keineswegs zutraf. Aber Mrs. Hunt schien entschlossen zu haben, die restlichen dreißig Jahre, die ihr das Schicksal vielleicht noch vergönnt hatte, in einer Art anhaltenden Dämmerung zu verbringen. Tina blieb keine andere Möglichkeit, als bei ihrer Mom wieder einzuziehen, denn sie konnte sie in diesem Zustand unmöglich alleinlassen. Nach Ithaka kehrte sie niemals zurück, und schlug selbst in späteren Jahren Aufträge in dieser Stadt konsequent aus. Carmen half ihr damals, die Zelte abzubrechen, ohne dass Tinas Anwesenheit erforderlich wurde. Nach Gründen fragte sie nicht, wofür Tina unendlich dankbar war, auch wenn es ein wenig schmerzte, dass sie ihre Freundin wohl nie wiedersehen würde. Doch diese Phase ihres Lebens lag wohl endgültig hinter ihr, der Kontakt hätte nur abgelenkt, und so etwas galt es, unter allen Umständen zu vermeiden. Einen Mieter für das Appartement zu finden, war ein Kinderspiel, denn momentan suchten viele der neuen Erstsemester in der gnadenlos überfüllten und überteuerten Stadt nach einer bezahlbaren Bleibe. Tina bat Carmen, alles Zurückgelassene zu verschenken, vernichten, aus der Welt zu schaffen oder möglicherweise auch selbst zu behalten. Nichts davon wollte sie jemals wiedersehen.

Sie brachte ihren Vater anständig unter die Erde, stützte die weinende Vera, wo es ging und immatrikulierte nur wenige Wochen später an der Universität New Londons. Dort ergatterte sie glücklich sogar einen Platz in ihrem bevorzugten Hauptfach, erwarb ein billiges Auto, nahm ihren Job im Eiscafé wieder auf und stürzte sich mit nahezu verbissenem Ehrgeiz in ihr Studium. New London war nicht Cornell. Wer dennoch erfolgreich sein und sich in der gnadenlosen Welt der Wirtschaft behaupten wollte, musste den schlechteren Ruf des staatlichen Colleges mit besseren Ergebnissen kompensieren. Und so hielt Tina sich von den anderen Studenten fern, schloss keine Freundschaften, lehnte alle Avancen in dieser Richtung strikt ab und galt daher bald als arrogant und affektiert.

Man ging ihr aus dem Weg, was ihr nur Recht sein konnte. Alte Bekanntschaften aufleben zu lassen, war unmöglich, denn während ihrer Kindheit in Gilman hatte sie keine gepflegt. Auch das erwies sich jetzt durchaus als Vorteil. Saß Tina nicht in den Vorlesungen, war ihre Zeit mit Lernen oder Arbeiten ausgefüllt, eine Freizeitgestaltung – wie auch immer geartet – fand faktisch nicht statt. So, wie es sein sollte.

Allerdings bereitete Vera ihr zunehmend Sorgen, besonders, als sich das Studium nach zwei Jahren seinem Ende zuneigte. Ihre Zukunftspläne führten Tina allesamt weit weg von der Heimat, womit bereits feststand, dass sie ihre Mutter bald allein lassen müssen müsste. Als alle Bemühungen versagten, lud Tina sie nach dem Examen zu einem Urlaub in Florida ein. Der Plan, so unausgegoren er bei ihrer Abreise auch gewesen war, ging auf. Die Sonne schien Vera neuen Lebensmut zu verleihen. Nach drei Tagen gehörte beinahe die gesamte Melancholie der Vergangenheit an. Und als Mrs. Hunt dann auch noch zwei Tage vor Ende der Ferien einen Mann kennenlernte – Colin – begann Tina zu hoffen, dass sich die Probleme ganz von selbst lösen würden.

Wieder wurde sie nicht enttäuscht, denn Vera wirkte wie ausgewechselt. Es gab keine schluchzende Szene, als Tina sich schließlich auf den Weg nach L.A. machte, wo ihre Karriere begann. Und bereits nach zwei Monaten traf der erlösende Anruf ein. Vera würde Colin heiraten und nach Miami übersiedeln. Das war beängstigend schnell gegangen, doch Tina war mittlerweile egoistisch genug, dem Schicksal trotzdem dankbar zu sein. Nie hätte sie ihre Ziele so rücksichtslos verfolgen können, wäre ihre Mutter allein in Gilman zurückgeblieben.

Die Hochzeit wurde im engsten Familienkreis abgehalten. Neben Tina nahmen nur noch Colins Töchter aus erster Ehe teil: Sue und Becky. Stockblöde und potthässlich verfügten sie über so gut wie kein Benehmen, das diese Bezeichnung verdiente. Vera schien dennoch mit ihnen auszukommen und sie mit ihrer neuen Stiefmutter. Nur gegen deren Tochter hegten die Mädchen von Anfang an eine offensichtliche Abneigung, weshalb Tina nur allzu bereitwillig am nächsten Morgen nach L.A. zurückflog.

Wenige Stunden später stand sie in ihrem mickrigen Appartement, in dem sie nur das Notwendigste angeschafft hatte, denn sie plante keineswegs, hier länger wohnen zu bleiben. Die Anstellung in der bekannten Werbefirma diente als Trittbrett und um sich ein kleines finanzielles Polster zu schaffen. Bald hatte Tina ihrem von ihr überaus begeisterten Chef – Mr. Parker – bewiesen, dass sie nicht nur hübsch aussah, sondern auch Köpfchen besaß. Besonders, wenn es um Marketing ging. Er protegierte die junge Frau über Gebühr und ließ sie die Karriereleiter in beängstigender Geschwindigkeit erklimmen. Dass sie zur Unterstützung einige Male mit ihm ins Bett ging, betrachtete Tina als angemessene Gegenleistung. Möglicherweise glaubte er, sie zu benutzen, aber in Wahrheit verhielt es sich genau gegensätzlich: Parker, einschließlich seines gesamten aufgeblasenen Unternehmens, stellte nicht mehr und nicht weniger als Tinas Sprungbrett an die Spitze dar. Und die Rechnung ging wieder auf: Bald hatte sie sich zu einer angesehenen Kennerin der Branche gemausert.

Tatsächlich frei war sie allerdings erst, nachdem sie ein Jahr später Parkers Firma verließ und ihn damit um eine Topkraft und Geliebte ärmer machte. Seine Wut interessierte hierbei weniger und seine Drohungen, sie in ihren Kreisen unmöglich zu machen, begleitete sie nur mit einem schwachen Grinsen. Schließlich war der Mann verheiratet, womit sie das beste Druckmittel überhaupt gegen ihn in der Hand hatte.

Sobald sie ihn darüber in Kenntnis gesetzt hatte, sah ihr ehemaliger Chef und Geliebter ein, dass er bei einem etwaigen Krieg unter Garantie den Kürzeren ziehen würde und verzichtete auf alle Steine, die er ihr vielleicht in den Weg hätte legen können. Sehr überrascht war Tina nicht.

Sex gehörte auch danach zu ihrem Leben, doch inzwischen existierten einige Regeln, über die Tina nie im Einzelnen nachdachte, sie aber dennoch eisern beherzigte: Es fand nie eine zweite Nacht mit dem gleichen Mann statt. Tina entschied, was, wie, wo und wann ablief – ließ der Anwärter sich nicht darauf ein, durfte er gehen. Sympathische Männer wurden strikt gemieden, Womanizer gern akzeptiert – das ersparte alle überflüssigen Diskussionen. Tinas Entscheidung fiel anhand des Äußeren und dem möglichen Vorteil, den ihr der Kandidat einbringen konnte. Ob es sich um menschlichen Abfall handelte, spielte hierbei keine Rolle – in Wahrheit wurde der sogar bevorzugt. Nie nannte Tina ihren Namen, nie entwickelte sie das geringste Gefühl und mied jeden Mann, der nur annähernd grüne Augen besaß. Egal, wie gut er aussah und wie unsympathisch er auftrat.

In der Zwischenzeit hatte Tina sich auf dem freien Markt einen äußerst guten Ruf erarbeitet, der weit über den Kontinent hinausging.

Was noch fehlte, besorgte die Mundpropaganda, und bald konnte sie durchaus wählerisch bei der Auftragsannahme sein. Nur jene wurden akzeptiert, von denen sie sich, neben dem Scheck, noch einen weiteren Nutzen ausrechnen durfte. Ihr Appartement wurde ersatzlos gekündigt, stattdessen jettete sie durch die Staaten, oft sogar über deren Grenzen hinaus, half Unternehmen in Absatzkrisen und bei totalen Umsatzeinbrüchen. Tina baute sie wieder auf, führte bald ganze Kampagnen in eigener Regie und bewahrte damit so einige, äußerst bekannte Adressen vor dem Ruin. Unter den Kunden genoss sie einen erstklassigen Ruf, galt als Wunder und die letzte Chance, wenn alle anderen möglichen Schachzüge bereits versagt hatten. Allerdings war ihr Name bei den etablierten Werbefirmen bald verhasst, denn sie outete gnadenlos die Versager unter ihnen. Hierbei interessierte Tina herzlich wenig, wenn die aufgrund ihres vernichtenden Urteils bankrottgingen.

Ihren Urlaub – einmal im Jahr für vierzehn Tage – verbrachte sie bei ihrer Mom und Colin in Miami. In dieser Zeit lag sie am Strand und entspannte sich, ansonsten waren Flugzeuge und Hotelzimmer ihr zu Hause. Nur einmal opferte sie sechs Wochen und begab sich in die beste Augenklinik der Staaten. Danach musste sie zwar manchmal auf eine Lesebrille zurückgreifen, doch im Alltag gehörte das lästige Ding der Vergangenheit an.

Nichts war von der alten Tina aus Ithaka übrig geblieben. Vielleicht konnte man noch eine gewisse Ähnlichkeit anhand ihres Äußeren herleiten, wenngleich es auch hier gravierende Veränderungen gegeben hatte. Schon, weil sie älter und bedeutend selbstbewusster geworden war. Möglicherweise aber auch, weil man die engagierte Frau irgendwann keinem Alter mehr zuordnen konnte. Niemand hätte in ihr eine Fünfundzwanzigjährige vermutet, wenn sie dem Vorstand eines Konzerns furchtlos erklärte, dass dessen derzeitige Werbe- und PR-Strategien Bullshit und hinausgeworfenes Geld waren. Sie liebte ihr Leben, den Erfolg und die bewundernden Blicke der Männer. Darüber hinaus gefiel Tina, gnadenlos entscheiden zu können, wer bei ihr landen durfte und wer nicht. Ebenso mochte sie es, uneingeschränkt über Geld verfügen zu dürfen, obwohl sich kaum Gelegenheit bot, es auszugeben. Außerdem genoss sie ihr Dasein als Workaholic und dass ihr nach nicht einmal sechs Jahren die Welt der Werbung und PR zu Füßen lag. Ihr Name, SIE war etwas wert.

Und genau darauf kam es am Ende nur an, oder?

Die Gegenwart

Als Tina ausstieg, gehörte die Dämmerung der Vergangenheit an, Dunkelheit hatte sich über die Stadt gesenkt. Seufzend blickte sie zum mit dichten Wolken verhangenen, schwarzen Himmel hinauf. Es war Februar und der Schnee bereits geschmolzen, der Winter jedoch noch längst nicht überwunden. Der kalten Jahreszeit hatte sie nie sonderlich viel abgewinnen können. Nicht zuletzt, weil dann meist zwei Trolleys anstatt einem mitgeführt werden mussten. In Nähe des Flughafens von L.A. hatte sie einen Container angemietet, in dem sich ihre persönlichen Habseligkeiten befanden, unter anderem auch ihre gesamte Garderobe. Los Angelas gehörte zu den von ihr am häufigsten besuchten Städten und von Zeit zu Zeit tauschte Tina dort ihre Kleidung, sortierte aus und stiftete der Heilsarmee, was nicht mehr benötigt wurde. Im Grunde ohne festen Wohnsitz zu sein, empfand sie keineswegs als Makel. Waren die zweihundert Dollar monatliche Containermiete doch nicht einmal annähernd das, was sie ein leer stehendes Appartement gekostet hätte.

Während sie den Kragen ihres Mantels schloss, eilte Tina ins Hotel. Ein heißes Bad wäre vielleicht nicht übel. Zuvor stand jedoch ein Friseurbesuch an, ihr letzter lag bereits viel zu lange zurück. Nur leider musste sie kurz darauf missgestimmt feststellen, dass der Hotelfriseur bereits geschlossen hatte. Von wegen Service! Das war schlicht inakzeptabel für ein Haus, in dem das Zimmer vierhundert Dollar die Nacht kostete! Womit feststand, dass das *Commonwealth* Tina Hunt zum letzten Mal seinen Gast hatte nennen dürfen.

Unter Ignoranz der bewundernden Blicke des Concierge – zu jung, zu unbedeutend, zu sympathisches Lächeln – nahm Tina ihre Karte entgegen und wollte bereits die Treppe hinaufeilen, als ihr Blick eher unbeabsichtigt auf den Eingang der Hotelbar fiel. Seit zwei Wochen war sie ununterbrochen unterwegs gewesen und hatte es in dieser Zeit selten auch nur auf ein anständiges Essen gebracht. Das Hotelfrühstück stellte meist das Einzige dar, was sie am Tag zu sich nahm. Ansonsten bildeten jene winzigen Pfefferminzbonbons ihre Nahrung, die mit den zwei Kalorien warben. Von oberster Priorität, wenn man sein Geld in der Marketingbranche verdiente: ein makelloses Äußeres. Und makellos bedeutete nichts anderes als *gertenschlank*.

Eine Auszeit stand ihr zu, entschied sie nach flüchtiger Überlegung. Ein paar Stunden bei netter Musik und einem Cosmopolitan, möglicherweise zwei hatte sie sich wirklich verdient. Dies war seit Jahren ihr Lieblingsgetränk. Tina verabscheute Gin.

30. Amazing

Bei einem gepflegten Whisky ließ Daniel die Atmosphäre auf sich wirken. Tatsächlich lag es lange zurück, dass er Zeit gefunden hatte, sich abends zu amüsieren. Chris nörgelte ewig auf dem Anrufbeantworter, den Daniel immer nur abhörte, wenn er wegen Überfüllung zu detonieren drohte. Was sollte er tun? Vierteilen konnte er sich nun mal nicht!

Als sich die Tür öffnete, blickte er nur flüchtig in die entsprechende Richtung und widmete sich wieder seinem Glas. Doch nach einigen Sekunden Verzögerung legte sich die Stirn in Falten und er sah erneut auf – langsamer diesmal. Ab diesem Moment war Daniel gebannt, und starrte wie hypnotisiert die Person an, die soeben eingetreten war. *Was für eine überwältigende Ähnlichkeit!* Sie war es natürlich nicht, denn ganz offensichtlich handelte es sich um den falschen Typ Frau, aber das Gesicht, der Gang, die Haltung – als wäre soeben ihr Zwilling aufgetaucht. Fassungslos beobachtete er, wie sie sich mit absoluter Selbstverständlichkeit an die Bar setzte. Zuvor hatte sie ihren Mantel ausgezogen und einen schlanken, perfekt modellierten Körper enthüllt. Er steckte in einem hautengen, schwarzen Oberteil und hellen Tuchhosen. Ihre Füße wohnten in lichten, zierlichen, recht hohen Damenschuhen – keine Stiefel, die der Jahreszeit angemessen gewesen wären. Häufig bewegte sie sich wohl nicht zu Fuß. Im Spiegel hinter der Bar musterte er das Wunder und wurde mit jeder Sekunde konfuser. Sie war tatsächlich ein Plagiat, wie es wohl besser und genialer nicht gezeichnet werden konnte. Wäre Tom hier gewesen, hätte der sich unter Garantie lachend auf dem Boden gewälzt oder er hätte vor Fassungslosigkeit den Mund nicht mehr schließen können. Nun, nach irrem Gelächter stand Daniel momentan weniger der Sinn, er tendierte eher zu der Alternative.

Aber sie *konnte* es nicht sein! Zunächst fand er keine Brille, außerdem hätte Tina nie freiwillig derartige Schuhe getragen. Schlank war eine Untertreibung, ihr Körper entsprach Modellmaßen. Das dunkle Haar bildete einen festen Knoten am Hinterkopf, nur jeweils links und rechts an den Schläfen war eine breite Strähne davon verschont worden.

Das Make-up war nicht gut, sondern *perfekt* – was übrigens auf die gesamte Frau zutraf. Als sei sie soeben dem Himmel entsprungen, und Daniel ließ sich sonst bestimmt nicht zu geistlosen Anmachsprüchen hinreißen, aus dem Alter war er lange heraus. Allerdings fand er in den dunklen Augen keine Wärme und um die vollen Lippen spielte nicht das schmalste Lächeln. Diese wurden auch in keiner anderen Emotion verzogen, zeigten nichts und hätten in ihrer Ausdruckslosigkeit einer Puppe gehören können. Ohne den Barkeeper eines Blickes zu würdigen, nahm sie ihren Cocktail entgegen. Cosmopolitan – kein Gin. Doch als sie das Glas, nachdem sie daran genippt hatte, absetzte, schloss sie die Augen und Daniel erstarrte endgültig. *Dichte* Wimpern, das fünffache Volumen als üblich, so voll und dunkel, wie er es bisher nur einmal gesehen hatte, wie es höchstwahrscheinlich nur einmal *existierte*.

Als sich die Lider hoben, trafen sich ihre Blicke im Spiegel, und da *ahnte* Daniel, dass er mit seinem Urteil wohl etwas vorschnell gewesen war. Die Augen weiteten sich nicht im plötzlichen Erkennen, die Wangen färbten sich nicht rot, sie wurde auch nicht blass oder wütend – *irgendwas, verdammt!* Stattdessen verengte sich ihr Blick um einen kaum merklichen Bruchteil, ein knappes Nicken folgte dem und dann widmete sie sich wieder ihrem Glas. Daniel leerte seinen Whisky.

Auf diese Art vergingen die folgenden zwei Stunden. Sie *(Tina?)* bestellte Cosmopolitan, er Whisky und stumm, ungefähr zwei Meter voneinander entfernt, vernichteten die beiden ihre Getränke. Nach einer Stunde senkten sich die Lider nicht mehr. Doch es folgte auch kein Lächeln, kein weiteres Nicken oder gar eine Aufforderung. Ganz nebenbei ließ die Göttin reihenweise die männlichen Interessenten abblitzen, die sich nach und nach bei ihr einfanden. Dies praktizierte sie auf eine derart vernichtende Weise, wie Daniel es selten zuvor erlebt hatte. Die Männer wurden nicht einmal mit einem Blick für ihren Mut belohnt, geschweige denn, dass sie mit ihnen ein Wort wechselte. Trotzdem brauchte es eine Weile, bevor auch der Letzte verstanden hatte, dass er auf verlorenem Posten kämpfte. Eineinhalb Stunden später wollte Daniel zu ihr hinübergehen und fragen, wer sie war und was sie mit Tina angestellt hatte. Doch ihr warnender Blick hinderte ihn erfolgreich daran, denn die emotionslose Autorität dahinter war beispiellos. Abgesehen von den ersten, hervorstechenden Parallelen, fand er bald weitere Ähnlichkeiten. Die Hände stimmten, die Form des Gesichtes, die hohen Wangenknochen, die Ohren, der Hals und selbst die Größe der Oberweite, sofern er das Schätzen nicht zwischenzeitlich verlernt hatte. Auch die Haarfarbe entsprach dem Original.

Sie war es … und auch wieder nicht. Eines ließ sich nach zwei Stunden nicht länger leugnen. Nun gut, in Wahrheit bereits nach fünf Sekunden, zu diesem

Zeitpunkt hatte Daniel nur noch nicht so weit gedacht: Er *musste* diese Frau ansprechen, koste es, was es wolle, denn er war bereits in sie verliebt gewesen, als sie die Bar betrat, oder seine Verliebtheit erlebte gerade ein spektakuläres Revival, was wusste er denn? Aber weshalb lächelte sie denn nicht? So nachtragend konnte doch kein Mensch sein! Vergebens wartete er auf ein Zeichen, ein Erröten, ein Kichern, irgendeinen Beweis, dass er keiner Halluzination aufgesessen war, denn er fand *sie* nicht, und das frustrierte Daniel unvorstellbar. Einen Cosmopolitan und einen Whisky später befand Daniel sich im fortgeschrittenen Alkoholrausch. Und *sie* konnte noch so beherrscht und unnahbar tun, ihre zunehmend geröteten Wangen verrieten ihren Zustand trotzdem. Setzten die beiden ihr seltsames Spiel fort, müssten sie entweder auf Milch umsteigen oder hätten sich demnächst gegenseitig unter den Tisch getrunken. Und das, ohne ein Wort miteinander gewechselt zu haben. Das genügte, befand Daniel, denn zumindest aus diesem Alter waren sie beide heraus. Entschlossen trat er zu ihr, während sie im Spiegel seiner Offensive beiwohnte, ohne ihn jedoch direkt anzusehen. Als er auffordernd ihre Hand nahm, folgte ihr Blick seinem, erst dann musterte sie ihn tatsächlich und wirkte dabei äußerst nachdenklich. Aber irgendwann stand sie tatsächlich auf und sein Herz befand sich in freiem Fall.

Es handelte sich um eine Hotelbar, in der auch begrenzter Raum zum Tanzen vorgesehen war. Die Musik stammte von einem Pianisten, der sich bereits den gesamten Abend am Blues übte. Niemand tanzte und die alte Tina wäre nie bereit gewesen, den Anfang zu machen. Allerdings schien die neue damit nicht die geringsten Probleme zu haben. Bereitwillig ließ sie sich auf die Tanzfläche führen und beachtete weder die Blicke der übrigen Gäste noch störte sie sich an den grausamen Heulsongs, die der Pianist am Stück produzierte. Stattdessen ließ sie sich in den Arm nehmen und tanzte, als hätte sie zeitlebens nie etwas anderes getan. Und das nach fünf oder sechs Cosmos – es konnten auch sieben gewesen sein, Daniel hatte nicht mitgezählt. Sie schwieg und er hielt es ebenso, immer noch vollends beschäftigt mit seiner Indiziensuche.

Trotz der hohen Absätze erreichte ihre Stirn gerade einmal seine Schulter. Daniels Hand lag auf dem schmalen Rücken, und als der Pianist wie auf Bestellung von Blues auf ein *langsameres* Stück wechselte, *was für ein Scheiß!*, legte er sein Gesicht in ihr Haar und schloss die Lider. Der Duft stimmte! Erst jetzt wusste er sicher, dass es sich bei dieser Frau um Tina Hunt handelte.

Wahnsinn!

Irgendwann war nicht nur dieser Song, sondern auch die drei folgenden verklungen.

Als Daniel fragend zu seinem Tisch nickte, trat wieder dieser abwägende Ausdruck in ihre Augen, doch sie ließ sich von ihm an seinen Platz führen und begehrte keineswegs auf, als er ihren Mantel und die Tasche von der Bar holte und neue Getränke bestellte. Nachdem die Bedienung serviert hatte, legte Daniel das Kinn in eine Hand und betrachtete sie eingehend.

»Was ist passiert?«, erkundigte er sich schließlich.

Ihr Gesicht zeigte keine Regung, Gleiches traf auf die Stimme zu. »Ich bin erwachsen geworden.«

»Ja, das bist du wohl … Was treibst du in Boston? Lebst du hier?«

»Nein.«

»Wo …?«

»Daniel, kein Frage- und Antwortspiel, bitte!« Wie selbstverständlich sprach sie seinen Namen aus, mit Lippen, die nicht mehr lächeln und einer Stimme, die nicht mehr klingen wollte.

»Das bedeutet, du willst nicht über dich sprechen?«

»Das bedeutet, ich will nicht über *uns* sprechen«, erwiderte sie lakonisch. »Ich will nicht erfahren, was du in der vergangenen Zeit getan hast und halte es für irrelevant, Ähnliches über mich zu berichten.«

»Warum sagst du das?« Er war so verblüfft, dass es einfach aus ihm herausbrach, ohne Gelegenheit, vorher darüber nachzudenken.

»Weil es nichts zur Sache tut.«

»Zu welcher Sache?«

Anstatt zu antworten, lehnte sie sich zurück, ihr Blick fiel auf den frischen Cosmopolitan und sie nippte daran, bevor sie ihn erneut ansah. »Ich halte es nicht für wichtig. Was spielt die Vergangenheit für eine Rolle?«

Darauf wusste Daniel nichts zu erwidern. Selbstverständlich wollte er dringend erfahren, was sie erlebt und warum sie damals ihr Studium hingeworfen hatte. Ehrlich, selten war er neugieriger gewesen. Auch wenn ihm ein penetrantes Stimmchen wisperte, dass er es in Wahrheit überhaupt nicht so genau wissen wollte. Wieder betrachtete er ihre beherrschten, außerordentlich schönen Züge und erkannte, dass er einer Fremden gegenübersaß. Sie stieß ihn keineswegs ab, das Gegenteil war der Fall. Er wollte – *musste* – sie kennenlernen, eine Alternative gab es nicht. Doch handelte es sich hierbei *nicht* um Tina. Undenkbar, dass sie eine gemeinsame Geschichte verband.

In einem Zug leerte sie ihr Glas und blickte entschlossen auf. »Lass uns gehen!«

Wieder konnte Daniel nur verblüfft reagieren. »Wohin?«

Diesmal lächelte sie doch tatsächlich – irgendwie. »Ich nehme an, du bewohnst hier ein Zimmer?«

Das warf ihn um! Offenbar hatte er sie für die Nacht gewonnen, ohne überhaupt die Absicht verfolgt zu haben – jedenfalls nicht bewusst. Abwägend musterte er das schöne Gesicht und den verführerischen Körper. Diese beiden Strähnen machten ihn wahnsinnig, ständig wollte er sie ihr aus dem Gesicht streichen. Der Whisky tat sein Übriges und machte ihm die Entscheidung leicht, wartete im Grunde nur mit einer Alternative auf. Ihre Miene blieb während seiner Bestandsaufnahme ruhig, unbeteiligt, absolut emotionslos. Genau das veranlasste ihn zu einem letzten, äußerst schwachen Aufbegehren.

»Das bist nicht du, Tina.«

Wieder erschien dieses sonderbare Lächeln, das keines war. »Nun, ich vermute schon, es sei denn, ich habe eine andere Identität angenommen, und soweit ich weiß, entspricht dies nicht der Wahrheit.« Der Blick wurde nachdenklich, die Hände jedoch lagen reglos auf dem Tisch. »Wenn ich nicht bei dir geradeheraus sein kann, bei wem sonst? Oder wo dachtest du, endet dieser Abend?«

Eine *sehr, sehr* gute Frage. Daniel wusste, wo er ihn enden lassen *wollte*. Bis vor wenigen Minuten hätte er sich jedoch nicht die geringsten Chancen ausgerechnet, denn Wunsch und Wirklichkeit konnte er im Normalfall recht gut unterscheiden. Allerdings schien dies einer der wenigen Momente im Leben zu sein, in denen beides identisch war. Und so überlegte er ein letztes Mal, wog die seiner Ansicht nach vorhandenen Risiken sorgsam ab und nickte endlich. »Ja, ich habe hier ein Zimmer.«

Kommentarlos erhob sie sich, nahm ihre Sachen und musterte ihn abwartend. Und Daniel, dem immer schleierhafter wurde, was er von dieser gesamten, total wahnwitzigen Situation halten sollte, nahm sich die Zeit, um sie im gedämpften Licht der Barbeleuchtung zu betrachten: glänzende Augen, in denen plötzlich eine Ahnung der alten Wärme wohnte, neben geröteten Wangen, die ihn an damals erinnerten. Schließlich warf er auch noch die letzten, ohnehin äußerst zaghaften Zweifel über Bord. Offensichtlich befand er sich in einem wahr gewordenen Männertraum. Eine jener Storys, von der man als Teenager in seinen feuchten Träumen fantasierte. Warum denn kompliziert, wenn es auch simpel ging?

Schweigend betraten die beiden wenig später den Aufzug und sobald die Türen zuglitten, wandte Tina sich ihm zu. »Es ist lange her.« Sie klang sehr dunkel, wie die Verführung selbst.

»Ja.«

Trotz der hohen Absätze musste sie sich strecken, um sein Gesicht zu erreichen. »Ich habe es nicht vergessen«, hauchte sie in der nächsten Sekunde an seinen Lippen. Das gab ihm den Rest. Derb drängte er den fragilen Körper gegen die Kabinenwand, doch bevor Daniel zur Tat schreiten konnte, hielt der verräterische Aufzug bereits wieder. Verdammt! Eilig sah sie sich um und betrachtete ihn wieder, ein schmales Lächeln zierte ihre Lippen.

»Schlechtes Timing.« Damit zog Tina ihn in den Flur hinaus. »Welche Zimmernummer?«

Diese selbstsichere, beherrschte Person kostete Daniel soeben den Verstand. Ihre Kühle forderte ihn heraus und provozierte ihn bis ins Unermessliche. Noch nie hatte er eine Frau derart begehrt, nicht einmal Tina an jenem Abend, als er glaubte, alles zu tun, damit sie ihn nicht abwies. Heute war er sogar zu mehr bereit, falls es erforderlich werden würde. Kaum standen die beiden in dem dunklen Hotelzimmer, stieß sie ihn mit beiden Händen gegen die Wand, zwang seinen Kopf zu sich hinab und küsste ihn. Polternd fielen Mantel und Tasche zu Boden, zum Denken blieb keine Zeit. Daniel wirbelte sie an den Schultern herum und übernahm die Kontrolle. Seine Lippen eroberten stürmisch ihren Mund und er versank in einem irren, geistlosen, leidenschaftlichen Kuss. Bisher hatte Daniel geglaubt, die wilden Zeiten weit hinter sich gelassen zu haben. *Irrtum!* Ihre Hose ließ sich leicht bewältigen, das Oberteil entpuppte sich jedoch als Body – logisch, so perfekt, wie es saß. Auffetzen und über ihren Kopf ziehen, fand im beinahe gleichen Moment statt, Tina zerrte währenddessen verbissen an seinem Jackett. Diese dämliche Anzugpflicht bei dem Kongress! Allerdings stellte eine Krawatte für sie keine große Hürde dar, doch beim Hemd war es um ihre Geduld geschehen. Das unverkennbare Geräusch reißenden Stoffs erfüllte den Raum und es scherte ihn einen Dreck. Bloß ein Wunsch beherrschte sein Denken: Er wollte sie unbedingt ansehen, das live erleben, was sich unter ihrer Kleidung abzeichnete und ihn über zwei Stunden konstant in den Wahnsinn getrieben hatte. Nur blieb selbst dazu keine Gelegenheit.

Daniel befand sich in einem Rausch, aus dem es kein Entrinnen gab. Leidenschaftlich erforschte er ihren Mund, nestelte dabei eilig das seidige Haar auseinander, breitete es über den schmalen Schultern aus und stöhnte, als seine Hände darin versanken. Sie erwiderte atemlos seinen Kuss, dirigierte ihn dabei, bis sein Rücken wieder die Wand berührte, bevor geschickte Finger sich daran machten, seine Hose zu öffnen und kurz darauf seine nackte, leicht pulsierende Härte berührten. Daniel stöhnte auf und verdoppelte die Intensität des Kusses, seufzte lauter, als sie ihn sanft massierte, und fetzte im halben Delirium ihren BH herunter. Als wenig später ihr Mund verschwand, lehnte er schwer atmend den

Kopf an die Wand und schloss die Lider, wobei er das Gefühl genoss, das ihre Lippen ihm bereiteten, die sich langsam an ihm hinab bewegten. Das Herz pochte schmerzhaft gegen seine Rippen, er meinte, dessen unsteten Rhythmus sogar hören zu können. Grenzenlose Aufregung nahm von ihm Besitz, und als sie ihn tief in den Mund nahm, hielt er hörbar die Luft an. *Verdammter Scheiß!*

Dann existierte ausschließlich dieser einzigartige Genuss – selten hatte er es so gut erlebt. Tina besorgte es ihm auf die bestmögliche, heißeste Art. Mit genau dem richtigen Druck der Lippen, die bald drohten, ihn auszusaugen, mit Zähnen, die ihn zärtlich berührten, einer Zunge, die ihn zusätzlich streichelte und Händen, die ihn massierten. Das war unglaublich und die garantiert zuverlässigste Technik, ihn so schnell wie möglich …

»Tina!« Daniels Lider flogen auf, seine Hände, noch immer in dem dichten Haar, zwangen ihren Kopf zurück und er ging vor ihr in die Knie.

»Was tust du?«, wisperte er atemlos. »Was …?« Kopfschüttelnd betrachtete er die großen Augen und die von Feuchtigkeit glänzenden Lippen.

Ihr Atem ging ruhig, als würde sie entspannt schlafen, und er hätte geschworen, dass ihre Erregung gegen null tendierte. Behutsam streichelte er ihre Wange.

»So nicht!«

Fast hätte er laut aufgeatmet, als sie den Blick senkte. Dies war ihre erste, wenigstens halbwegs normale Reaktion am heutigen Abend. Die wahr gewordene Männerfantasie, nicht wahr? Zu utopisch, um wirklich jemals zu geschehen. Es zeugte von jeder Menge Erfahrung, so gut wie keinen Berührungsängsten und einem gehörigen Schuss Abgeklärtheit, etwas Derartiges durchzuziehen. Und genau davor hatte er sie doch bewahren wollen, verdammt!

Er entledigte sich seiner Schuhe, streifte die Hose über seine Füße und trug dann den schmalen Körper zum Bett. Sie war viel leichter als damals, *zu* fragil nach allen gängigen Regeln. Als beide lagen, betrachtete er sie mit in eine Hand gestütztem Kopf. Nach einer Weile reagierte sie sogar und sah ihn an. Der kühle, nachdenkliche Blick jagte ihm kalte Schauder über den Rücken. Mutlos streichelte er das schmale Gesicht und ihr Haar, wusste nicht weiter und ahnte nicht einmal, was er tun sollte. Verdammt!

Nach einer Weile legte er sich mit ihr in den Armen zurück und starrte die Decke an, noch immer auf der Suche nach irgendeiner Reaktion, die der Situation auch nur annähernd gerecht werden würde. Wieder ging er leer aus, doch geraume Zeit später ertönte seine dumpfe Stimme in der Dunkelheit.

»Du schuldest mir eine Erklärung, ich will erfahren, was das zu bedeuten hat!«

Während das Schweigen beängstigende Ausmaße annahm, ließ er eine Hand an ihrem Rücken hinabwandern. Dabei zählte Daniel stirnrunzelnd die einzelnen Wirbel und registrierte mit eher gemischten Gefühlen, dass keiner fehlte. Röntgen überflüssig, jeder ließ sich problemlos ertasten.

»Nein.« Verhalten und mit bemerkenswerter Gelassenheit formte sie diese Worte. »Ich schulde dir überhaupt nichts!«

Unwillkürlich verstärkte er den Druck seiner Arme, denn das klang beunruhigend endgültig. Nachdem er die Decke über sie beide ausgebreitet hatte, umarmte er sie so fest es ging, ohne die spitzen Knochen zu brechen und küsste behutsam ihre Schläfe, wobei wieder dieser unvergleichliche Duft ihres Haars in seine Nase stieg. Was nun? Selten zuvor in seinem Leben war er ahnungsloser gewesen.

31. Can't stop me now

Als sie ihn irgendwann erneut mit diesem seltsamen Blick konfrontierte, stand Daniel kurz vor der Explosion. Was sollte das? Schließlich hatte sie diese irrwitzige Geschichte durchziehen wollen! Nicht in tausend Jahren wäre er auf eine derartige Idee gekommen! Okay, das vielleicht schon, aber er hätte sie niemals an die Frau gebracht. Träumen war ja wohl noch erlaubt. Am Ende entschied er sich für den anderen Weg, denn momentan stand ihm nicht der Sinn nach der mit Sicherheit fälligen Aussprache, sondern nach einem sanften Kuss. Zärtlich hob er mit einem Finger ihr Kinn, betrachtete für einen weiteren Moment ihr so fremdes, schönes Gesicht, um ihr Zeit für etwaige Proteste einzuräumen, und als die ausblieben, senkte er langsam den Kopf. Kaum trafen sich ihre Lippen, presste Tina sich an ihn, als würde ihr Leben davon abhängen. Mutwillig stieß sie seine Zunge zurück, eroberte seinen Mund und führte sofort die wildesten Kapriolen auf. Eine Weile ließ er sie gewähren, denn unangenehm war es ja keineswegs, aber dann drängte er sie zurück und umfasste mit beiden Händen ihr Gesicht. »Hör auf, Tina!«

Der lauernde Blick war allgegenwärtig einschließlich dieses seltsamen Trotzes. Beim nächsten Versuch ließ sie sich den Kuss sogar gefallen, dafür gingen ihre Hände zur Attacke über. Sie wanderten an ihm hinab und fanden zielsicher, wonach sie suchten. Bis vor wenigen Minuten hätte Daniel geschworen, dass so etwas unmöglich wäre, doch es nervte ihn gewaltig! Mit einem verärgerten und leider auch erregten Stöhnen hinderte er sie daran, mit ihrem schaurig/schönen Werk fortzufahren. »Nein«, murmelte er und begann, sich sanft an ihrem herrlichen, jedoch viel zu dürren Körper hinab zu küssen. Währenddessen attackierten spitze Fingernägel seinen Rücken. Kopfschüttelnd beendete er auch diesen Übergriff und küsste ihre Stirn, Tina versuchte inzwischen, seinen Mund zu erreichen. Und als er für einen winzigen Moment unaufmerksam war, weil ihn die Originale daran erinnerten, wie süß ihre Brüste schon damals gewesen waren, stahlen sich vorwitzige Hände bereits wieder nach unten. Knurrend packte er die schmalen Handgelenke und schweißte sie links und rechts neben ihren Kopf.

»Lass endlich diesen Scheiß, Tina!« Sie betrachtete ihn unter halb geschlossenen Lidern, ihrem Gesicht war nicht die geringste Regung zu entnehmen, aber wenigstens ging ihr Atem mittlerweile schneller.

Mit etwas Fantasie konnte er sich ja einreden, dies läge weniger an ihrem Kleinkrieg, sondern wäre Ausdruck ihrer Erregung. Nach einem letzten drohenden Blick versuchte Daniel den nächsten sanften Kuss. Ausdauernd, zärtlich, umwerfend und fordernd nach verdammt viel mehr. Auch wenn sie mittlerweile total durchgeknallt oder was auch immer war, wirkte sie noch ebenso süß wie damals. Nein, *süßer*.

Es herrschten Regeln in Daniels Leben. Eine davon lautete: keine bedeutungslose, schnelle Nummer mit Tina Hunt. Die galt bereits vor zehn Jahren, und er hatte nicht die geringste Absicht, sie jetzt zu brechen. Es dauerte lange, doch irgendwann, da liebkoste er gerade ihre Brüste, wurde ihr Atem schwer, auch wenn sie verbissen versuchte, es vor ihm zu verbergen. Die Beine zuckten, obwohl Tina alles daran setzte, das zu verhindern. Und als er versuchsweise ihre Arme in die Freiheit entließ, legten sie sich sofort um ihn. Zärtlich, kein Angriff – nur eine Einwilligung und möglicherweise sogar die erhoffte Einladung.

Dennoch nahm Daniel sich Zeit, küsste, streichelte und trieb sie langsam dorthin, wo er sie haben wollte. Und diesmal begleitete sie ihn. Widerwillig. Wenigstens halbwegs überzeugt, dass nicht die nächste Attacke drohte, ließ er seine Lippen schließlich weiter an ihr hinabwandern. Und als er sie endlich wieder dort berührte, wo sie am verletzlichsten und gleichzeitig betörendsten war, vermischte sich sein Stöhnen mit ihrem leisen Keuchen. *Nun* zeigte sie Bereitschaft. Doch er gab ihrem Drängen nicht nach, hörte nicht auf die Gier, die in ihm selbst tobte, sondern ließ sie wie damals vor Sehnsucht vergehen, jammern, wimmern und betteln, auch wenn in der Stille des dunklen Raumes kein Geräusch ertönte. Doch dieser verdammt süße, wundervolle Körper verriet, was sie unter allen Umständen verbergen wollte.

Ungewöhnlich war sie schon immer gewesen, aber erst jetzt, als sie auf die winzigsten Berührungen wie ein Vulkan reagierte und das trotz massiven geistigen Widerstandes, kehrte die Faszination in vollem Ausmaß zurück. Wie oft sie es in jener einen Nacht getan hatten, wusste Daniel nicht mehr, nur, dass es nicht genug gewesen war. Vielleicht würde es das nie, denn während sie in seinen Armen lag, fühlte er sich sofort in die Vergangenheit zurückversetzt und hatte zeitweilig den Eindruck, als wären nicht zehn Jahre, sondern nur wenige Tage vergangen. Er zwang sie, seine Zärtlichkeiten zu ertragen, hielt ihre Beine fest, küsste, saugte und verwöhnte diese feuchte, unendlich duftende und so heiße Stelle dazwischen und erfuhr die erste echte Befriedigung seit vielen Jahren, als sie sich ihm ergab und alle Gegenwehr einstellte. Auf diese Art hätte er Tina bis zum Äußersten treiben können, doch er wollte, *musste* sie unbedingt spüren. Ganz und gar. Als er sich aufrichtete, um nach seiner Hose zu greifen, hielt sie ihn zurück. Unglaublich, wie nüchtern sie immer noch klingen konnte.

»Du bist Arzt?«

Was für eine däm... Er seufzte und räusperte sich eilig, um nicht zu rau zu klingen. »Ja.«

»Ich schätze, du lässt dich regelmäßig untersuchen?«

»Wa...? Ja?«

»Du brauchst sie nicht. Ich habe vorgesorgt«, informierte sie ihn sachlich. Einen winzigen Moment verschwendete Daniel daran, sich der Hoffnung hinzugeben, das sich ›vorgesorgt‹ auf Pille, Spirale oder Dreimonatsspritze bezog und *nichts* anderes. Aber die Begeisterung, auf das verhasste Kondom verzichten zu können, überwog, weshalb er sie nur Sekunden später wieder in seine Arme zog. Ihre Blockade, die er soeben mit viel Mühe beseitigt hatte, war längst zurück, daher verfluchte er im Stillen die Unterbrechung. Schon, weil sie auch noch unnötig gewesen war. Allerdings bedurfte es nur einiger sanfter, zärtlicher Berührungen, bis ihre Arme nachgiebig wurden, sie seine Liebkosungen erwiderte und ihre Lippen sich für einen leidenschaftlichen Kuss öffneten. Bereits jetzt träumte er von den fünftausend Dingen, die er mit ihr anstellen wollte. Verdammt, allein die Vorstellung brachte ihn noch etwas mehr auf Touren, obwohl er bisher nicht einmal geahnt hätte, dass dies überhaupt möglich war. Aber nicht hier, nicht in dieser Nacht – nicht nach zehn Jahren.

Endlich schien sie begriffen zu haben, dass sie auf verlorenem Posten kämpfte. Ihre hektischen Versuche, ihn so schnell und brutal wie möglich zu befriedigen, versiegten. Als er sich aufrichtete, sie ausgiebig betrachtete und kurz darauf in ihren erwartungsvollen Körper hineinglitt, hörte er zufrieden ihr Seufzen.

Es war *gigantisch!* Tina wollte ihn, er sah es an ihrem Blick, dem wild pochenden Puls an ihrer Schläfe, hörte es an ihrem keuchenden Atem und spürte es nicht zuletzt an der einladenden Feuchtigkeit, der er begegnete. Doch sie tat alles, um sich von ihm nicht mitziehen zu lassen. Tina widersetzte sich ihm, weigerte sich und boykottierte, wo es nur ging. Daniel biss sich fest auf die Unterlippe, zögerte es so lange wie möglich hinaus, was bei dieser Frau eine echte Glanzleistung war.

Ihre Stirn lag in ärgerlichen Falten, die Finger krallten sich in seine Haut, sie hielt den Mund geschlossen, atmete angestrengt durch die Nase, die Augen wirkten riesig. Nichts wollte funktionieren.

Und schließlich seufzte er erneut.

Nein!

Tina war ein bisschen überrascht, weil sie nicht geglaubt hätte, dass es überhaupt erforderlich werden würde, doch inzwischen kämpfte sie mit allem, was sie aufzubieten hatte. Und das war ganz bestimmt nicht wenig. Diese letzte Kontrolle würde dieser Bastard ihr nicht nehmen. *Nein!* Trotz vorübergehender, ehrlich überraschender Schwierigkeiten, befand sie sich derzeit in relativer Sicherheit. Alles, was ihm einfiel, waren diese alten, lahmen Tricks, die möglicherweise damals funktioniert hatten, aber doch heute nicht mehr! Und als er seufzte, wähnte sie sich endgültig auf der Siegerstraße. Es war ein in sich unendlich befriedigendes Gefühl, wie immer unbefriedigt zu bleiben.

Natürlich gab er nicht auf! Warum auch? Ein Gedanke schoss ihr durch den Kopf und lenkte sie ein wenig von der Realität ab. *Prof! Verdammt, es ist der irre Prof, schon vergessen, Tina?* Hmmm, möglich, aber die Erinnerungen trafen soeben in geballter Form ein. Und die waren absolut nicht witzig. Kein Wunder, dass sie in all der Zeit nicht an ihn gedacht hatte. Der menschliche Geist verfügt über etliche Schutzmechanismen und zaudert nicht, die auch einzusetzen, wenn es ratsam erscheint.

Das um zehn Jahre älter gewordene Original setzte derzeit alles daran, seinem beschissenen Ruf neuen Glanz zu verleihen. Er stützte die Arme links und rechts neben ihren Kopf und betrachtete sie stirnrunzelnd. »Du hast einen beachtlichen geistigen Schaden, Tina Hunt.« Ein rascher Kuss folgte, bevor er sie erneut ansah. »Lass los!«

Im Grunde sollte sie ihre Sachen nehmen und verschwinden, überlegte Tina. Was dachte er sich eigentlich? Nun, nicht viel, wenn sie sich richtig erinnerte. Nein, sehr ausufernd hatte er noch nie gedacht, und offenbar hatte sich auch das nicht geändert. Inzwischen war sie von einer Art ungeduldiger Spannung erfasst, sie wollte unbedingt erfahren, wie er wohl reagierte, wenn er trotz all seiner Bemühungen am Ende versagte. Das war der einzige Grund, weshalb Tina ihn nicht wirklich in diesem äußerst aufgeblähten Zustand zurückließ und endlich in ihr eigenes Hotelzimmer ging. Mit klinischem Interesse verfolgte sie, zu welchen Methoden er griff, um sie zu übertölpeln und freute sich diebisch – obwohl das nicht unbedingt zu ihrem Wesen gehörte – als er in Bausch und Bogen versagte.

Als Nächstes verlagerte er sein Gewicht, tastete nach ihren Händen, zwang sie wieder neben ihren Kopf, während sich seine Finger mit ihren verflochten. Na toll, jetzt griff er auf diese Kinderspiele zurück. Marke seichte College-Romantik. Himmel! Merkte er denn nicht, wie peinlich er sich aufführte?

»Lass los, Tina.« Mit mildem, jedoch unwiderstehlichem Druck drängte er ihr Bein zur Seite und stieß erneut zu, sanft diesmal, wobei er sich behutsam zu ihrem Ohr vorküsste. »Lass los«, hauchte er. »Tina …«

Ärgerlich! Diese gesamte Situation war es! Am allermeisten wütete Tina im Stillen darüber, dass sein Müll nicht ganz wirkungslos blieb. Ein tief verborgener und lange vergessener Teil ihres so verräterischen Körpers stieg tatsächlich auf den Bullshit ein. Kein echtes Problem für sie, denn das verdoppelte nur ihre Überzeugung, nicht nachzugeben. *Unter keinen Umständen!* Und so presste sie die Lippen aufeinander, als die nächste Bewegung in ihr erfolgte, die diesmal nicht mehr ganz so verhalten ausfiel.

»Gib auf, Sweetheart.«

Wieder stieß er zu und sie schloss als letzte Aufbietung ihres Widerstandes die Lider. Gott, wie sehr sie ihn verabscheute! Aber kaum trafen vor ihrem geistigen Auge äußerst ungebetene Bilder ein, sah sie ihn wieder an. Wäre ja noch schöner!

»Baby, du bist so süß, sexy.«

Was für ein Idiot!

»Ungewöhnlich.«

Ha! Schwachkopf! Das berüchtigte Grinsen erschien, er betrachtete sie mit zur Seite geneigtem Kopf, ein weiterer Kuss folgte, Tina machte sich bereits zum Einschlafen bereit …

Doch dann drang er so unvermutet und mit ganzer Macht in sie ein, dass Tina verlor. Ein harter, kurzer Orgasmus erfasste sie, den sie zwar noch immer mit allen Sinnen beherrschte, den sie allerdings nicht wegdenken konnte. Ebenso wenig wie das süße, sehnsüchtige Gefühl, das sie verloren geglaubt hatte und so schnell wie möglich wieder in die Vergessenheit drängen wollte.

Mist!

Tina wartete geduldig, bis er sicher schlief und betrachtete selbst dann noch minutenlang sein Gesicht, blies ihn sogar behutsam an. Als er auch darauf nicht reagierte, stand sie auf und trat an den Schreibtisch. Der Block mit dem Logo des Hotels lag dort, wo er auch in ihrem Zimmer zu finden war. Ebenso wie der nicht sehr kostspielige Füllfederhalter. Es gab Dinge, auf die war nun mal Verlass.

Nach getaner Arbeit tappte sie zur Tür und suchte mit einiger Mühe ihre verstreuten Sachen zusammen. Es gelang ihr sogar, sich leise anzukleiden, bevor sie Mantel und Tasche nahm und ging. Achtsam schloss sie die Tür und lief mit erhobenem Kopf den Flur entlang. Ihr Zimmer lag auf der gleichen Ebene, nur am entgegengesetzten Ende. Der Flieger würde in drei Stunden abheben. Sollte er tatsächlich nach ihr suchen, was sie ernsthaft bezweifelte, würde sie lange fort sein.

Als Tina ihr Zimmer betrat, schaltete sie kein Licht ein, sondern ging direkt ins Bad und begab sich vor das Waschbecken. Große Augen blickten ihr entgegen, welche dringend abgeschminkt und neu getuscht werden mussten. Wie in Trance griff sie nach Zahnbürste und -creme. Automatisierte Handlungen bedurften keiner vorherigen Überlegung. Bevor beides jedoch zum Einsatz kommen konnte, lösten sich plötzlich ihre klammen Hände, und die Utensilien fielen polternd in das Porzellanbecken. Halt suchend packte Tina dessen Rand, denn das Atmen fiel mit einem Mal so unglaublich schwer. Als würden zehntausend Tonnen auf ihren Lungen lasten. Ein trockenes, unaufhaltsames Schluchzen erschütterte ihren Körper, während das nächste bereits in der Warteposition lauerte. Verzweifelt kniff sie die Lider zusammen, senkte den Kopf, versuchte mit aller Macht, zu sich zu kommen, nicht nachzugeben – *nicht zu verlieren!*

Vergebens.

Eine zitternde Hand stützte ihre Stirn, während sie sich nach Kräften bemühte, tief und gleichmäßig Luft zu holen. Mit hektischem, lautem, bebendem Atem stand sie über das Waschbecken gebeugt. Keine Tränen – Tina weinte aus Überzeugung nicht mehr. Möglicherweise waren die verantwortlichen Drüsen bereits vor Jahren eingetrocknet. Aber alle anderen Symptome stellten sich ein – gnadenlos, unerbittlich und so vernichtend. Mit einem Mal hasste sie diesen Mann mit jeder Faser ihres Seins, so glühend leidenschaftlich, wie er kurz zuvor gewesen war, aus Gründen, die ihr noch immer nicht in den Kopf wollten. Denn er hatte es wieder geschafft.

Nein!

Unvermittelt hob sie den Kopf und fixierte ihr Spiegelbild, das Tina ihr eigenes, entschlossenes Gesicht offenbarte. Das würde sie nicht zulassen! *Niemals!* Eilig schüttete sie sich jede Menge kaltes Wasser ins Gesicht, nahm kurz darauf eine kalte Dusche – die half im Zweifelsfall immer. Dann putzte sie die Zähne, föhnte ihr Haar und checkte kurz darauf perfekt gekleidet, mit frischem Make-up und keinem Lächeln für den Nachtconcierge, aus – zu alt, zu unbedeutend, zu hässlich. Keine zwei Stunden später saß sie im Flieger nach Waterbury und ließ *ihn* hinter sich.

Und diesmal tatsächlich für immer.

Als Daniel wenige Stunden später erwachte, herrschte noch Dunkelheit. Sein erster Blick galt dem Kopfkissen neben sich und als Nächstes sah er wie unter Zwang zum Schreibtisch. Aus seiner Perspektive konnte man unmöglich erkennen, ob auf dem Block eine Veränderung eingetreten war. Daher sprang er aus dem Bett, überwand die Distanz mit drei Schritten und wurde natürlich fündig. Er verspürte nicht die geringste Überraschung.

Bisher hatte ich keine Gelegenheit, dir für deinen Privatunterricht zu danken.

Das hole ich hiermit nach: Danke er war sogar extrem hilfreich.

Hoffentlich gestaltet sich das Ergebnis zu deiner Zufriedenheit und du bist stolz auf dich.

Lebe wohl.

Tina

32. The Scientist

Daniel hatte noch nie zuvor derartige Gedanken bemühen müssen, doch jetzt, als er sich damit eingehend beschäftigte, gelangte er dahinter, dass es tatsächlich Personen gab, die im Grunde nicht existierten. Jedenfalls nicht mehr. Nun, bei näherer Betrachtung, erschien es schon logisch, dass ein Obdachloser nicht unbedingt leicht aufzufinden sein würde. Jene alternativen Aussteiger, die sich von der Gesellschaft lossagten, um in irgendeiner Sekte vor sich hin zu sekten, würden wohl auch nicht in den gängigen Melderegistern auftauchen. Aber wie eine erfolgreiche junge Frau nicht existent sein konnte, wollte ihm auch nach eingehender Überlegung nicht in den Kopf.

Es *gab* keine Christina Hunt. Sie wohnte nirgendwo, kein Auto lief auf ihren Namen und kein Arbeitgeber beschäftigte sie. Ihre Steuern wurden bezahlt, so viel hatte Daniel nach zwei Wochen schweißtreibender Recherche ermittelt, die entsprechenden Bescheide wurden von der Finanzbehörde jedoch an ein Postfach gesendet, was gleichzeitig ihre einzige Adresse zu sein schien.

Je länger Daniel suchte, desto häufiger stellte er sich die verzweifelte Frage, *wer sie geworden war!*

Tina, die durchaus bodenständige Tina, mit dem Hang zu süßer Cola. Tina, die auf Eiscreme als Stimmungsheber zurückgriff, die zickig wurde, wenn es nicht nach ihrem Willen lief. Ein normales Mädchen, nach allen gängigen Regeln – das *passte* nicht! Nichts, was Daniel in den folgenden Wochen herausfand, tat das. Gedanklich ging er zehn Jahre in der Zeit zurück, suchte nach Informationen, die vielleicht irgendwo in seinem Langzeitgedächtnis schlummerten. Scheinbare Unwichtigkeiten, flüchtige Dinge, nur nebenbei aufgenommen, jetzt jedoch unter Umständen nützlich und somit der Schlüssel zum Erfolg. Nach längerem Kopfzerbrechen fiel ihm wieder ein, wohin ihr Zug gegangen war, wenn sie damals zu ihren Eltern gefahren war.

Waterbury / Connecticut.

Doch auch dort existierte keine Christina Hunt oder überhaupt jemand mit diesem Nachnamen. Als ihm nach einigen Tagen langsam aufging, dass er wohl nicht einfach zu ihr gehen konnte und sie … ja, ab hier wusste er auch noch nicht weiter, nahm Daniel zum ersten Mal seit vielen Jahren so etwas wie Urlaub. Zwar war er in der Klinik anwesend, hatte jedoch alle OP-Termine an seine Kollegen abgegeben. Ebenso verhielt es sich mit den Patienten. Stattdessen verbrachte er Stunden in seinem Büro oder trieb sich in der Weltgeschichte umher. Auf der Suche nach dem Phantom namens Tina.

Selbst nach Waterbury war er geflogen, nur, um dort in der nächsten Sackgasse zu stranden. So, wie alle anderen Spuren auch im Sande verliefen. Es war wie verhext! Normalerweise hätte er nun verdammt wütend werden, ihr gedanklich ein glückliches Leben wünschen – woran er nicht wirklich glaubte – und sie sich erneut aus dem Kopf schlagen müssen. Nur leider bestand diese Option in diesem Fall nicht. Daniel wähnte sich nur zunehmend in irgendeinem verdammt miesen Albtraum.

Nach drei weiteren Wochen ergebnisloser Suche zeigte er erste besessene Tendenzen. Inzwischen *musste* seine Suche erfolgreich sein! Koste es, was es wolle! Und da er sich diesen Abend *nicht* eingebildet hatte, davon überzeugte er sich täglich durch mehrmaliges Lesen der kurzen Nachricht, musste sie also auch existieren. Aber wo?

Wo bist du, Tina Hunt?

Ein *derzeitiger* Arbeitgeber ließ sich nicht ermitteln – richtig, doch nach einigen Wochen erschien ein kleiner Lichtschimmer am rabenschwarzen Horizont. Denn vor acht Jahren war sie bei einer renommierten Werbeagentur tätig gewesen. Das Foto der Siegesfeier anlässlich eines größeren Vertragsabschlusses zeigte unter anderem auch sie. Und zwar in vorderster Reihe, direkt neben dem Firmeninhaber. Stundenlang betrachtete Daniel die Aufnahme und versuchte, ihr so viele Informationen wie möglich zu entnehmen. Und er fand eine ganze Menge. Der Arm des alternden Sacks lag beispielsweise um ihre Schultern. Bis dahin kein Problem, denn offenbar hatte Tina die Verantwortung für den Abschluss getragen. Doch ihm entging der Daumen an ihrem Hals nicht. Besitzergreifend, vielleicht streichelnd – keinesfalls eine Geste, die man in einer rein geschäftlichen Beziehung erwartete.

Zu diesem Zeitpunkt war Tina keine drei Monate im Unternehmen tätig gewesen, das wurde separat betont. Und dieser Parker zeigte sich überaus stolz über seine neue Entdeckung, demnach hatte sie den oberen Führungsebenen bereits angehört. Nur aufgrund ihrer Fähigkeiten? Nun, der Daumen erzählte eine andere Geschichte. Ihr Äußeres hatte noch nicht die heutige Perfektion aufgewiesen, der Abmagerungsgrad hatte sich in Grenzen gehalten und sie hatte noch ihre Brille getragen. *Nicht* jene, die er hatte anfertigen lassen, die hatte sie wohl so schnell wie möglich in der nächsten Mülltonne entsorgt.

Es handelte sich jedoch um ein ähnliches Modell. Das Haar lag offen und sie wirkte sehr jung, doch die Kälte in ihren Augen fand er bereits.

»Was hast du getan, Tina?«, murmelte Daniel, ohne davon zu wissen, und studierte wie besessen das Foto. Darüber hinaus stolperte er über zwei weitere Meldungen im Zusammenhang mit diesem Unternehmen, bei denen sie Erwähnung fand. Beide auf der Firmenseite, doch eher Randnotizen. Einmal anlässlich eines Ausfluges. Parkers Frau war unter den Gästen, daher fand sich diesmal kein Daumen an Tinas Hals. Und dann existierte noch der Schnappschuss von einer Weihnachtsfeier. Damit allerdings verschwand Tina von der Bildfläche, was nur damit zu erklären war, dass sie das Unternehmen verlassen hatte. Entweder sie hatte selbst gekündigt oder war entlassen worden. Daniel tendierte instinktiv zu der zweiten Alternative, denn er mutmaßte, dass ein neues Opfer eingetroffen und Tina daher für diesen feisten Parker schlicht uninteressant geworden war. Auf diese Art liefen derartige Geschichten doch im Allgemeinen, oder?

»Versager!«, knurrte er in seinen nicht vorhandenen Bart.

Danach tauchte Tina nicht mehr im öffentlichen Geschehen auf, offenbar hatte sie keinen ausgedehnten Bedarf mehr an grapschenden Chefs gehabt. Wie gestalteten sich mögliche Alternativen?

An jenem Abend war sie auffallend elegant und exquisit gekleidet gewesen und ihr Parfüm eines von der äußerst kostspieligen Sorte, Daniel kannte es. Das gesamte Auftreten hatte von jeder Menge Geld gezeugt, und einen Ehering hatte er an ihrem Finger nicht ausmachen können – übrigens auch keinen verräterischen Abdruck. Wie also kam Frau an Geld, wenn sie weder irgendeine hohe Stellung bekleidete noch einen gut situierten Ehemann vorweisen konnte? Sie eröffnete ihr eigenes Unternehmen. In Ordnung, es existierte auch eine *vierte* Alternative, die in Anbetracht ihres Benehmens nicht mal so abwegig erschien. Doch Daniel weigerte sich kategorisch, diesen so grausamen Gedanken weiter zu verfolgen.

Um dahinter zu gelangen, ob es sich bei Tina Hunt tatsächlich um eine Geschäftsfrau handelte, bedurfte es der nächsten Anstrengungen. Denn es existierte kein bundesweites Gewerberegister, in dem man schnell mal recherchieren konnte. Stattdessen musste man sich mühsam durchtelefonieren. Nachdem Daniel bei den ersten Verwaltungskräften gnadenlos abgeblitzt war – es handelte sich um Männer, unglücklicherweise mit heterosexueller Ausrichtung – hatte er Glück, denn endlich meldete sich eine Frau am anderen Ende. Wie genial!

Sabrina aus der Verwaltung in L.A., zierte sich ein wenig, lenkte nach einigen freundlichen Worten von Daniel jedoch recht schnell ein. Und ja, es gab ein auf Miss Christina Hunt eingetragenes Unternehmen.

Zwanzig Minuten später beendete er mit einem breiten, trockenen Grinsen das Gespräch und versuchte es sofort wieder einmal im Internet. Eine Sackgasse – kein Firmenauftritt war zu finden. Die angegebene Adresse entpuppte sich als Briefkasten und kurz darauf wusste Daniel auch, dass sie keine Büroräume unterhielt. Aber wo befand sich die Verwaltung, wer kümmerte sich um den lästigen Papierkram, *was trieb sie denn?* Das Geschäft wurde als Marketingfirma geführt, allerdings verstand Tina es hervorragend, sich bedeckt zu halten. Man konnte nicht einfach anrufen und einen Termin vereinbaren – es existierte nämlich keine Rufnummer. Nach einer Stunde aussichtsloser Suche meldete er sich kurzentschlossen noch einmal bei Sabrina in L.A. Und die konnte tatsächlich eine Telefonnummer preisgeben.

… die sich kurz darauf als Auftragsdienst herausstellte.

Nach Wochen rastloser Suche gingen mit Daniel endlich doch die Pferde durch. Seine Faust rastete auf der Tischplatte ein.

»Tina!«

Eine äußerst besorgte Maggie schob prompt ihren Kopf in den Raum. »Ist alles in Ordnung?«

»Nein!«

Anstatt auf seinen abweisenden Ton entsprechend zu reagieren – sprich: schleunigst das Weite zu suchen –, trat sie ein und schloss leise hinter sich die Tür.

»Kann ich dir helfen?« Die überaus hübsche, vierzigjährige, fähige Chaosbewältigerin, zwang beinahe den gesamten Verwaltungskram der Klinik allein in die Knie. Ohne sie wäre Daniel verloren gewesen, Miller vor ihm übrigens auch. Ihr war es nämlich zu verdanken, dass die diversen Nebenkosten, die man eben nicht einfach abrechnen konnte, so gering wie möglich gehalten wurden. Maggie zweigte Geld ab, wo es nur ging, damit ›ihre‹ Sache in Zeiten, wo alles teurer wurde und die Einnahmen stetig sanken, finanzierbar blieb. Sie war Daniels unverzichtbare Stütze, wenn es um die Organisation des Klinikalltages ging, denn normalerweise saß er nicht Stunden am Stück in seinem Büro und führte fruchtlose Telefonate. Inzwischen hatte sie vor seinem Schreibtisch Platz genommen und betrachtete ihn interessiert.

»Frage …« Eine Augenbraue befand sich in luftigen Höhen, was Daniel *fast* zu einem Stöhnen veranlasst hätte. Aber *er* konnte sich beherrschen.

»Wie soll ich deinen Flug nach Connecticut abrechnen?«

»Privat!«

»Komm!«, schnaubte sie. »Dir wird doch wohl irgendwas einfallen, damit wir das als Firmenkosten deklarieren können!«

»Der Versuch, eine derzeit Wahnsinnige vor dem *akuten* Wahnsinn zu bewahren«, korrigierte Daniel sich nach flüchtiger Überlegung.

»… würde sich eignen, wenn du Psychiater wärst. Als Chirurg eher unpassend.«

»Dann eben doch privat.«

Geistesabwesend rückte sie das Kästchen mit seinen Stiften zurecht. »Und? Hast du sie gerettet? Vor dem Wahnsinn, meine ich?«

Daniel sah auf. »Hast du nichts zu tun?«

»Nein, momentan ist alles ruhig«, grinste sie. »Aber danke der Nachfrage.«

Anstatt zu antworten, widmete er sich demonstrativ seiner Liste, obwohl die mit Sicherheit keine hilfreichen Informationen bot. Das hatte er ja bereits hinreichend abgeklärt.

»Warum erzählst du es mir nicht? Vielleicht kann ich ja helfen.«

Erneut hob Daniel den Kopf. »Wie ich bereits sagte, es ist privat! Wie willst du mir da helfen?«

Ihr Grinsen wurde breiter. »Ich kann die Verwirrung auf deinem Gesicht nicht länger ertragen, da setzen sich unweigerlich meine Mutterinstinkte durch und die sind eine Naturgewalt – unwiderstehlich.« Maggie wurde ernst. »Sechs Wochen und nichts ist geschehen. Also scheinst du zu stagnieren. Vielleicht wäre ein zweiter Kopf zum Denken nicht schlecht, denn manchmal verrennt man sich und findet aus dem Chaos keinen Ausweg mehr.«

Unter hörbarem Ausatmen warf er seinen Kugelschreiber beiseite. »Schon möglich. Leider sehe ich nicht die geringste Veranlassung, ab sofort mit *zwei* Schädeln durch die Gegend zu rennen. Hast du *wirklich* nichts zu tun?«

Ohne die geringste Furcht zu offenbaren, was verdammt viel Mut bewies, hob sie lauschend den Kopf. »Kein Telefon klingelt, niemand stürzt hysterisch in den Raum, also, keine Gefahr, ich hab Zeit!«

»Das war die versteckte Aufforderung, jemand anderem als mir auf den Geist zu gehen, Maggie!«

»Niemand verfügbar. Also, worum geht's denn?«

Bereit, sich endlich dem wohlverdienten Wutanfall hinzugeben, starrte Daniel sie an, doch am Ende explodierte er nicht, sondern seufzte ergeben. »Ich jage ein Phantom.«

Drei Stunden später hielt eine vergnügt grinsende Maggie ihren Kopf in den Raum. »Ich habe ihre Termine für die nächsten drei Wochen. Interesse?«

»Ich liebe dich!«, hauchte Daniel hingerissen. »Du bist … *ich liebe dich!*«

Maggie, glücklich verheiratet, zwei Kinder, griff sich schwächelnd ans Herz. »Und ich dachte, du würdest es nie sagen!« Damit legte sie ihm ein Blatt vor. »Sie arbeitet nur über diesen Auftragsdienst, wirbt anscheinend überhaupt nicht für sich.«

»Darauf kannst du Gift nehmen«, knurrte er.

»Allerdings ist sie fast ausgebucht. Ich habe keine Ahnung, was genau deine Wahnsinnige tut, doch wenn ich mir die Namen der Firmen so ansehe, scheint sie gut darin zu sein.«

Womit sie richtig lag, denn die Liste las sich wie das Who´s Who der amerikanischen Wirtschaft. »Ich weiß es auch nicht.« Daniel lehnte sich zurück. »Aber ich werde es herausfinden.«

»Recht so!« Bereits an der Tür wandte Maggie sich noch einmal um. »Darf ich davon ausgehen, dass ich dich auch in der nächsten Woche nicht bei den OPs zu berücksichtigen brauche?«

»Du darfst.«

»Was für eine fantastische Nachricht!« Gott, diese Frau brachte ein unvorstellbar nervendes Grinsen zustande! »Ich dachte bereits, du hättest dich von allem losgesagt, was das Leben lebenswert macht. Und ehrlich …« Mit zur Seite geneigtem Kopf betrachtete sie ihren Chef. »Das wäre ein echter Verlust für die Damenwelt.«

»Verschwinde!«

»Bin schon weg!«

Doch Daniel widmete sich bereits dem Zettel. Drei Wochen – acht Städte, Tina schien gut beschäftigt zu sein. Nach einer Weile markierte er resolut einen Ort und hielt schließlich zur Abwechslung einmal seinen Kopf in den Nebenraum. »Wie auch immer du es angestellt hast, meinst du, du kannst auch ermitteln, wo sie in Houston absteigt?«

»Klar, Boss.«

Er befand sich bereits auf dem Weg zu seinem Schreibtisch, als Maggie ihn zurückrief. »Also kann ich davon ausgehen, dass du übermorgen in Houston bist? Für einen Tag?«

»Plane mich für mehrere Tage komplett aus. Ich weiß nicht.« Ärgerlich verzog er das Gesicht. »Und hör mit dem dämlichen Gegrinse auf, Maggie! Du siehst aus, wie geistig behindert!«

»Aber klar doch, Boss!«

Entnervt schloss Daniel die Tür. Ein weiterer Idiot, der meinte, die Weisheit mit Löffeln gefressen zu haben. Dabei wusste sie *nichts!* Verdammt, er war ja *selbst* ahnungslos! Wollte er denn wirklich erfahren, was Tina trieb?

Was, wenn ihm absolut nicht gefiel, was er herausfinden würde? Die brisanteste Frage überhaupt lautete jedoch: Was wollte er tun, wenn seine Suche endlich zum Erfolg geführt hatte? Sogar wenn man Daniel Grant hieß, kam man nicht umhin, ihr Schreiben als unmissverständlichen Abschied für immer zu werten. Was er übrigens sehr witzig fand, ihr musste doch klar sein, dass er das nicht akzeptieren würde. Dunkel konnte er sich erinnern, in *seinem* Abschiedsbrief geschrieben zu haben: *»Pass auf dich auf!«*

Daniel war *ehrlich* verblüfft darüber, wie wunderbar sie seine Anweisungen *nicht* befolgt hatte. Erwartete sie tatsächlich, dass er sich nach der seltsamen Vorstellung fernhielt? Wenn ja, dann kannte sie ihn schlecht! Das roch ja geradezu nach akuter Vergesslichkeit und er konnte einen Menschen unmöglich dumm sterben lassen, oder? Offenbar musste er sich umfassend bei ihr in Erinnerung rufen.

Yeah!

Mit diesen und anderen Einpeitschersprüchen versuchte Daniel, sich zu motivieren, denn im Grunde schlitterte er auf verdammt dünnem Eis. Ob er seine Chancen verspielt hatte, ob alles überhaupt noch einen Sinn ergab, sich um sie zu bemühen, konnte er derzeit nicht einmal erahnen. Sein Verstand mahnte ihn jedenfalls anhaltend, es einfach dabei zu belassen. Das stand nur leider nicht zur Disposition! Denn Tina hatte ihn bereits vor Jahren an sich gebunden, womit und aus welchem Grund auch immer. Diesbezüglich tappte er noch immer im Dunkeln. Die Fakten jedoch konnte er nicht unterschlagen: Zehn Jahre lang hatte er versucht, ohne sie zu leben und war gescheitert. Keineswegs beruflich, nein, aber was sein Privatleben anging, hatte er nie gefunden, wonach er suchte. Nicht einmal annähernd. Doch kaum hatte er sie gesehen, hatte er gewusst, dass es diesmal die Richtige war.

Warum? Einfache Geschichte: Nie zuvor hatte er wie in jenem Moment empfunden, als sein Blick auf sie gefallen war. Diese unbedingte Sicherheit, dass es stimmte, war ihm bisher schlicht fremd gewesen. Okay, bis auf einen einzigen Abend vor zehn Jahren – da hatte er ähnlich gefühlt. *Sie* war es. Zeit, es zu akzeptieren und sich nicht länger sinnlosen Fragen hinzugeben, weshalb es sich so verhielt und dass es im Grunde doch total abwegig war. Es war, als hätte jemand – mit verdammt viel Sinn für Humor – beschlossen, dass Tina Hunt nun einmal zu ihm gehörte.

Dein Problem, wie du damit klarkommst, Grant. Und damit es nicht langweilig wird, lege ich dir jede Menge Steine zusätzlich in den Weg. Und jetzt sieh mal schön zu, wie du das irgendwie zurechtbiegst.

Verdammt!

Wie Maggie es gelang, würde auf ewig ihr Geheimnis bleiben, doch sie kam tatsächlich dahinter, dass Tina im *Intercontinental* absteigen würde. Daher checkte auch Daniel am späten Nachmittag des folgenden Tages dort ein. Inzwischen war es Ende März, und als er aus dem Flugzeug stieg, empfingen ihn angenehme fünfzehn Grad. Die herrschten um diese Jahreszeit zu Hause nicht. In NYC ließ der Frühling noch auf sich warten.

Nachdem sein Koffer im Hotelzimmer deponiert worden war, begab er sich wieder in die Lobby. Insgeheim bedankte er sich bei Tina für deren erlesenen Geschmack und ihre Vorliebe für kostspielige Unterkünfte. Das *Intercontinental* besaß ein weitläufiges Foyer, weshalb es kein großes Problem darstellte, sich unauffällig in einem der vielen Ledersessel zu platzieren und den Eingang im Auge zu behalten.

Alles lief nach Plan: Eine Stunde später traf sie ein. Abgesehen davon, dass sie atemberaubend schön war, hätte Daniel sich auch direkt mit einem Stuhl neben den Eingang setzen können. Denn Tina sah kein einziges Mal nach links oder rechts, ihr Blick lag ausschließlich auf den Empfang. Dort angelangt schenkte sie dem Concierge nicht das geringste Lächeln. Auch den Pagen ließ sie mit einem dieser emotionslosen, autoritären Blicke abblitzen, da befand sie sich bereits auf dem Weg zu den Aufzügen. Das gesamte Intermezzo währte nicht länger als fünf Minuten.

Den kooperativen Hotelangestellten hinter dem Tresen zu bestechen, erwies sich als Kinderspiel. Tina hatte wohl nicht den besten Eindruck hinterlassen. Als Nächstes begab Daniel sich in sein Zimmer. Und dort stellte er sich zum vielleicht fünf millionsten Mal die heikle Frage, ob er sich nicht doch in einem äußerst lebhaften Albtraum befand.

Gegen sieben Uhr am nächsten Morgen klopfte es an der Tür. Der Page brachte das Frühstück und ein Billett mit besten Grüßen vom Empfang.

Frühstück bestellt zu 7:30 am.

Daniel entlohnte den Jungen fürstlich mit zwanzig Dollar, man konnte nie wissen. Dann vernichtete er eilig *sein* Frühstück und begab sich anschließend zu seinem Sessel in der Lobby. Diesmal musste er über eine Stunde warten, bis sie mit der gleichen Geschwindigkeit aus dem Hotel brauste, wie sie am Abend zuvor hineingerauscht war. Als er vor das Gebäude trat, verschwand sie gerade in einem Taxi. Glücklicherweise kannte Daniel den Namen der beauftragenden Firma, außerdem warteten vor dem Hotel immer jede Menge Taxen. Ansonsten hätte er bereits jetzt ziemlich alt ausgesehen.

Streng beschwor er sich, seine Detektivfähigkeiten gründlich zu verbessern und sich einen Mietwagen zu besorgen. Denn ansonsten tendierten seine langfristigen Erfolgsaussichten wohl gegen null.

Am Ende jedoch stellte es sich als Kinderspiel heraus, das Phantom namens Tina Hunt zu verfolgen. Nach einer Fahrt durch die Stadt stieg sie vor besagtem Unternehmen aus. Hierbei handelte es sich um einen Softwareentwickler, Daniel kannte den Namen, auch er arbeitete mit dessen Produkten. Dem schloss sich das Warten an. Erfreulicherweise befand sich in sichtbarer Entfernung ein Café, in dem Daniel sich kurzerhand häuslich niederließ. Zwölf Stunden musste er ausharren. Nach der Hälfte der Zeit befand er sich im fortgeschrittenen Koffeinrausch und stieg auf Wasser um. Erst als der Abend nicht mehr jung und die Dämmerung bereits der Dunkelheit gewichen war, trat Tina durch die riesige Glastür auf die Straße. Den Abschluss des Tages stellte die Heimfahrt der beiden in deren jeweiligen Taxen dar. Angekommen im Hotel begab sich Tina in ihr Bett und Daniel in seines.

Keine weiteren Vorkommnisse.

Der Ablauf des kommenden Tages gestaltete sich zunächst ähnlich, nur dass Daniel diesmal in seinem nagelneuen Mietwagen folgte. Auch heute zogen sich die Stunden in die Länge, und er lernte, dass Privatdetektiv keinen seiner persönlichen Traumjobs darstellte. Spannend wurden die Dinge erst gegen Abend. Als Tina durch das große, gläserne Portal trat, merkte er alarmiert auf, denn in ihrem Schlepptau befand sich ein älterer, fetter Sack, der äußerst begeistert wirkte und seine Hände nicht von ihr lassen konnte. Proteste erfolgten seitens Tina nicht, doch ein Lächeln konnte Daniel auch nicht ausmachen. Kurz darauf verschwanden die beiden in einem Taxi und er beeilte sich, ihnen zu folgen.

Was zur Hölle …?

Hektisch blickte Tina in den Spiegel. Kaum angekommen wollte sie auch schon wieder gehen. Irgendwohin, Hauptsache, sie würde nicht mit ihren Gedanken allein bleiben. Das Grübeln hasste sie, jedenfalls, wenn es sich nicht um berufliche Überlegungen handelte. Eilig leerte sie ein Glas kaltes Wasser und ging ins Bett. Keine Ausflüge heute, der Tag war lang und anstrengend gewesen. Morgen würde relativ früh der Wecker klingeln und Augenringe konnte sie sich nicht leisten. Sah man nicht wie das blühende Leben aus, wirkte man unglaubwürdig. Schlemmererdbeereis half da leider weniger!

Unwirsch schüttelte sie den Kopf und zwang sich zum Schlafen.

… zehn Minuten später nahm sie eine kalte Dusche und versuchte es erneut mit dem Wegdämmern.

… eine Viertelstunde darauf schaltete sie den Fernseher ein und konzentrierte sich auf eine Tierdokumentation. Die berichtete von einem Löwen, der pro Tag ungefähr zweihundert Antilopen abschlachtete. Hmmm, das Spiel mit dem Raubtier und der arglosen Beute war ihr bestens vertraut. Erst kurvten sie einen um, dass sämtliche Knochen brachen, und dann wurden einem ganz genau die scharfen Zähne demonstriert. Wütend flippte Tina den Fernseher aus und begab sich nochmals unter die Dusche.

Dreißig Minuten später warf sie sich ruhelos im Bett umher, zog ein Kissen über den Kopf und übte sich in angestrengten Atemübungen.

Nach einer Stunde bedeckten bereits zwei Kissen ihren Schädel – die erstickten ihr Gebrüll und nebenbei auch fast sie selbst. Weshalb Tina irgendwann leider wieder auftauchen musste. Schließlich trat sie abermals ins Bad, betrachtete ihr zerzaustes Haar und das krebsrote Gesicht im Spiegel und stieg noch einmal unter die kalte Dusche. Inzwischen fröstelte sie ein wenig – was ja den Sinn der Aktion ausmachte. Kurz darauf kuschelte sie sich unter die Decke, kniff verbissen die Lider zusammen und versuchte, an etwas *Angenehmes und Schönes* zu denken.

Zwei Minuten später landete ihr Schuh mit einem dumpfen Poltern an der Wand und Tina setzte sich mit überkreuzten Beinen verdrossen auf. Ende ihres Lateins.

Gegen drei Uhr schlief sie doch noch ein. Geplagt von ungebetenen Träumen über Dämonen mit grünen Augen, in denen sich dunkle Pünktchen befanden. Bisher war es ihr nicht gelungen, die Fantasien während der normalen Bewusstlosigkeit zu beeinflussen. Leider.

Und als Tina gegen sechs von ihrem Wecker aus dem Schlaf gerissen wurde, fühlte sie sich wie zerschlagen. Wankend tappte sie ins Bad und betrachte sich beim Zähneputzen grimmig im Spiegel.

Das bist nicht du! Lass es, vergiss es, es hat keinen Wert. Du wirst alles zunichtemachen. Willst du das?

Ihre Augen verengten sich.

Du wirst dich jetzt zusammenreißen. Hart sein, härter, die Härteste. Richtig?

Längst stand die Zahnbürste still.

Und nun bring dein zermanschtes Gesicht in Ordnung und sei hart! Yeah, Baby!

In doppelter Geschwindigkeit putzte sie die Zähne, warf zwei Koffeintabletten ein, ging abermals unter die kalte Dusche, wechselte auf warm, kalt und wieder warm, was das aufgedunsene Gesicht vergessen machte.

Sie föhnte ihr Haar, trug mit äußerster Sorgfalt Make-up auf und wählte ihre Kleidung mit Finesse. Hart sein!

Vom Frühstück nahm sie nur den fettarmen Joghurt, checkte ihre Tasche, nickte zufrieden, warf zwei von den zahlreich vorhandenen Zwei-Kalorien-Pfefferminzbonbons ein, schloss die Augen und atmete tief durch. *Hart sein!*

Die Pillen taten wie üblich ihre Wirkung. Gegen Mittag erstickte Tina das aufkeimende Hungergefühl mit einer Flasche Wasser und vier weißen Kalorien. Welche Probleme dieses Unternehmen plagten, wusste sie bereits seit gestern. Es handelte sich um eine Kombination aus schlechtem Management – das ging sie nichts an – und einer unterirdisch miesen PR-Strategie. Um dahinter zu gelangen, hatte es keiner fünf Minuten bedurft. Schwieriger wurde es bereits, dieser Bande von Nerds begreiflich zu machen, dass sie sich auf der falschen Spur befanden.

Es handelte sich ausschließlich um Männer. Starre, ältere Schlipsträger und damit voreingenommen gegen jede Frau, die in ihren edlen Hallen zufälligerweise nicht tippte oder die Flure putzte. Nach zwei Stunden Diskussion fragte Tina sich gereizt, warum sie denn ein Weib engagierten, wenn sie ihm nicht zuhören wollten! Dennoch gab sie nicht auf. Der Auftrag ging über drei Tage und brachte ihr ein gutes Sümmchen ein. Allerdings wurde die zweite Hälfte erst bei Erfolg gezahlt, sprich, wenn das schlechte Image des Unternehmens bestens aufpoliert worden war. Außerdem ließ es Tinas Stolz nicht zu, einfach hinzuwerfen. Schließlich verkörperte sie die personifizierte Härte, nicht wahr? Und zu guter Letzt handelte es sich hierbei um das erste Unternehmen dieser Branche, das sie bediente. Bestand sie, würde sich ihr ein schier unerschöpflicher neuer Markt öffnen. Eigenwerbung gehörte nicht zu ihren Strategien – was an sich einem echten Witz gleichkam.

Der Erfolg gab ihr jedoch Recht. Jeder Mensch mit Einfluss kannte genügend andere einflussreiche Leute. Arbeitete man gut, verkaufte man sich irgendwann fast wie von selbst. Seit vier Jahren hatte Tina sich bemüht, einen Fuß in die Tür dieser verdammten Computerbranche zu bekommen.

Den Eingang hatte sie erreicht, eine Schuhspitze bereits dazwischen geschoben, doch wenn der gesamte Fuß folgen sollte, musste sie jetzt hier durch. Und sie würde darüber hinaus ein wenig mehr tun müssen. Ihr Blick wanderte über die Gesichter der anwesenden zwanzig, so diskussionsfreudigen Herren. Wer würde es wohl sein? Als kleinen Spannungsgeber schloss sie eine Wette mit sich ab.

Nach über zehn Stunden Dauerdebatte, wurden die Nerds langsam müde. Tina ja nicht, die hatte zwischenzeitlich noch einmal eine Koffeintablette nachgeworfen. Danach gewann sie ihre Wette. Phorbes, der Vorstandsvorsitzende, ein ekelhafter, dicklicher Kerl mit Vollglatze, trat zu ihr.

»Miss Hunt?«

Fragend sah sie auf.

»Wir müssen zugeben, dass Sie uns tatsächlich überrascht haben.« Sein Blick lag nicht etwa auf ihrem Gesicht, sondern den Brüsten. *Yeah*, dachte Tina trocken und zwang sich zu einem Lächeln. *Volltreffer!*

»Allerdings plagt uns derzeit die Frage, ob wir nicht doch eine zweite Meinung einholen sollten. Wie wäre es, wenn wir in einem separaten Gespräch die Dinge noch einmal von allen Seiten beleuchten?«

»Sicher«, lächelte Tina. »Ich nehme an, mein Hotelzimmer ist ein geeigneter Ort? Heute Abend?«

Überrascht hob er die Augenbraue, er hatte wohl mit größeren Schwierigkeiten gerechnet. »Hervorragend! Haben Sie etwas dagegen, wenn ich Sie begleite?«

»Keineswegs.« Tinas Lächeln hielt sich. »Umso schneller …«

Das war ihr seit Jahren nicht mehr passiert.

»… können wir zum Thema kommen«, beendete sie eilig den Satz, der ursprünglich hatte lauten sollen: *… haben wir es hinter uns. Hart*, Tina!

Bereits im Aufzug versuchte Phorbes, unter ihr vermeintliches Shirt zu gelangen. Einer der Gründe, weshalb Tina *immer* Bodys in Kombination mit Hosen trug, war, dass sie mit den Jahren die Erfahrung gemacht hatte, dass Männer – und zwar *alle* – hoffnungslos ihren Verstand einbüßten, sobald sie eine junge Frau erblickten. Und da Tina nicht in irgendwelchen dunklen Nischen ausgezogen werden wollte, sorgte sie besser vor. Lächelnd schob sie seine Hand beiseite.

»Warten wir doch besser, bis wir unter uns sind.« Mit bedeutungsvollem Nicken blickte sie zur Tür, die sich in diesem Moment in der Lobby öffnete. Phorbes, inzwischen geil wie tausend Mann, kämpfte zunehmend mit seinem schweren Atem und Tina wurde langsam übel.

Endlich war er gegangen. Sichtlich zufrieden und mit der Zusage des Auftrages und einer weiteren Zusammenarbeit, nebst ihrer Empfehlung bei einigen alten Studienfreunden. Tina stützte sich auf ihre Unterarme und holte tief Luft. *Ruhig!* Den Preis musste man zahlen, wollte man sich in der Männerwelt behaupten. Diese Lektion hatte Tina schnell verinnerlicht, obwohl sie am Anfang in ihrer Naivität geglaubt hatte, Parker würde der Einzige bleiben. Doch mit den Jahren war dieser besondere Part zum Bestandteil der gesamten Angelegenheit geworden, auch wenn die sich sehr differenziert gestaltete.

Denn Tina wusste sehr genau, wann sie sich auf das Spiel einlassen musste und wann sie getrost ablehnen konnte. Sie ließ bei Weitem nicht jeden in ihr Bett. In diesem Fall war es nun einmal erforderlich gewesen. Bisher hatte sie es immer als Bagatelle abgetan, obwohl sich jedes Mal grenzenlose Dankbarkeit einstellte, wenn der entsprechende fordernde Anwärter wenigstens nicht total abstoßend war. So wie es leider heute der Fall gewesen war. Aber selbst dann hatte sie die Pflicht immer hoch erhobenen Hauptes über die Bühne gebracht. Nie zuvor war ihr das so schwergefallen, wie bei dieser Episode.

Während der vergangenen vier Stunden hatte sie unentwegt mit sich gerungen, wollte ihn vor die Tür setzen, und zwar so wie er war. Seine Erektion hätte noch ein paar Stunden angehalten, denn der Typ hatte vorsichtshalber Viagra eingeworfen gehabt. Selbstverständlich hatte sie nichts dergleichen getan. Obwohl das Geschäft in ihrem Denken mit einem Mal überhaupt keine Rolle mehr gespielt hatte. Möglicherweise hätte sie auch auf andere Art ihren verdammten Fuß in die verdammte Tür bekommen. Auf diesen alten stinkenden Kerl konnte sie gut verzichten, denn mittlerweile machte ihr Name etwas her. Außerdem galt Tina allerorts als unnahbar, weshalb eine Ablehnung nicht sonderlich negativ ins Gewicht gefallen wäre. Die edlen Herren, mit denen sie eine Nacht dieser Art verlebt hatte, waren allesamt verheiratet und daher außerordentlich diskret. Sex war eine gängige Form der Bestechung und Korruption wurde nun einmal nicht gern gesehen. Sie *hätte* ablehnen können. Kalt lächelnd – oh ja, und *wie* kalt. Doch genau das hatte sie nicht getan, weil sie instinktiv ahnte, dass dies ihre neuen und so verhassten Probleme nur verstärkt und eventuell den Eindruck vermittelt hätte, sie würde *seinetwegen* kneifen!

Ha!

Deshalb hatte sie Phorbes nicht aufgebläht in die Wüste geschickt und hatte trotzdem prompt den nächsten Fehler begangen. Mist! Denn nur um dieses schnaufende Ekel über sich zu vergessen, hatte sie an *ihn* gedacht. Und das war ja nun der grausamste Tabubruch, *das* Verbrechen schlechthin, wenn man Tina Hunt hieß. Ihr Kopf sank noch ein wenig tiefer und schließlich gewann die Übelkeit, gegen die sie bereits seit etlichen Stunden kämpfte, doch noch und sie stürzte ins Bad.

Mit geschlossenen Augen lehnte sie wenig später auf der Toilettenbrille, womit sie momentan vermutlich kein sehr mondänes Bild abgab. Egal, denn sie führte längst den nächsten Kampf, diesmal exklusiv gegen sich selbst. Denn Tina *wollte* sich bemitleiden, wollte jammern und sich zu ihrer Mommy wünschen. Was totaler Blödsinn war! Es war *ihre* Entscheidung gewesen, sie allein trug dafür die Verantwortung, niemand anderes! Auch das war Teil ihrer Unabhängigkeit, die sie über alle Maßen genoss. Dennoch: Seit Langem hatte sie sich nicht mehr so mies gefühlt, schlecht, vielleicht sogar verdorben. Verbotene Fragen tauchten plötzlich auf, wie zum Beispiel die, was denn ihre Mom wohl gesagt hätte, wüsste sie von diesem Aspekt ihres Lebens. Ihr Daddy ... *er*.

Kaum hatte sie das gedacht, kehrte der Zorn zurück – der es nicht sehr weit hatte, weil er unentwegt nah unter der Oberfläche schwelte. Widerlich! Was ging es *ihn* an, was sie tat? Harakiri? Das hatte sie damals betrieben, soweit hatte er schon richtig gelegen. Nur war sie niemals Gefahr gelaufen, bei diesem dümmlichen untreuen Studenten oder Ric unterzugehen, sondern *bei ihm!*

Immer nur bei ihm!

Mühsam rappelte sie sich auf, blickte in den Spiegel und begann wie so häufig ihr Zwiegespräch, schöpfte ihre Kraft wie immer aus sich selbst.

»Verschwinde aus meinem Kopf, du Idiot!«, verkündete sie ihrer Reflexion, ohne das Gesicht zu verziehen. »Du bist ein *Nichts*, ein *Niemand*! Und eines steht fest, morgen Abend wird es ein anderer sein. Einfach so, weil es *meine* Angelegenheit *ist und immer bleiben wird!*«

Damit ging Tina zurück in ihr Bett. Energisch schob sie jeden widrigen Gedanken beiseite, und ignorierte den Geruch nach Sex und allem, was der Kerl noch ausgedünstet hatte.

Es funktionierte, denn keine fünf Minuten später schlief sie tief und fest.

33. The little things give you away

Daniel hätte nie geglaubt, so lange tatenlos bleiben zu können. Und eines war wohl nicht zu leugnen: als sie mit diesem uralten, zum Herzinfarkt tendierenden Kerl tatsächlich im Hotel abgestiegen war, wollte er sofort einschreiten. Er tat es nicht, denn seine Neugierde war tatsächlich größer, er *musste* erfahren, wohin das führte – obwohl es ja diesbezüglich nicht viele Alternativen gab. Nur weigerte er sich derzeit noch standhaft zu akzeptieren, *was* er sah. Demnach blieben nur das Abwarten und weiteres Indiziensammeln. Das praktizierte er in der Lobby, wo er von seinem Freund, dem Nachtportier neuerdings regelmäßig mit Getränken und einem kleinen Imbiss versorgt wurde. Tina sah und hörte ja nichts.

Inzwischen nahm man übrigens regen Anteil an seiner kleinen Observation. Für keine Sekunde hatte das Hotelpersonal in ihm einen *echten* Detektiv vermutet, demnach war seine Vorstellung wohl nicht sehr professionell ausgefallen. Stattdessen ging man hier von einer kitschigen Romanze aus und drückte ihm begeistert die Daumen, dass seine Bemühungen von Erfolg gekrönt sein würden. Das war nett, erleichterte die Geschichte auch immens, nur fühlte sich Daniel deshalb auch nicht sehr viel besser. Denn als der fette Typ nach über vier Stunden zurückkehrte, beantwortete dessen Strahlen alle Fragen, sofern die überhaupt noch existierten. Zum ersten Mal strauchelte Daniel, wollte zu ihr gehen und … nun, was auch immer er dann mit ihr anstellen würde, diesbezüglich hielt er sich eher bedeckt. Doch am Ende ließ er es und zwang sich, auszuhalten. Denn mittlerweile betrachtete er dies als eine Art Kennenlernen der besonderen Art und war entschlossen es durchzustehen, bis er umfassend im Bilde war. Egal, was noch kommen würde.

Am folgenden Morgen erschien Tina zur üblichen Zeit und huschte wie üblich durch das Foyer, als wäre sie auf der Flucht. Aber mochte das Make-up auch wie stets perfekt sein, die müden Augen hatte sie nicht wegschminken können. Und als sie die Karte abgab, zitterte ihre Hand sichtbar. Ein wenig übernächtigt?

Artig biss Daniel an seiner wachsenden Wut und folgte ihr sehr langsam, um sicherzugehen, dass sie ihm nicht gerade jetzt über den Weg lief. Die Gefahr, sie zu verlieren, bestand längst nicht mehr, denn er wusste sehr genau, wohin es ging.

An diesem Abend gab es keinen fetten Kerl, stattdessen fuhr Tina allein ins Hotel, erschien kurz darauf wieder in der Lobby, nahm sich ein Taxi, das sie in einen Club brachte. Ergo entschloss auch Daniel sich für einen Besuch. Es handelte sich um eine große Diskothek, weshalb er ihr folgen konnte, ohne zu riskieren, von Tina gesehen zu werden. Schwieriger wurde es da schon, sich die Mädchen vom Hals zu halten, die offenbar nur auf sein Erscheinen gewartet hatten. Was insofern witzig war, weil er bis vor wenigen Minuten selbst noch nichts davon geahnt hatte. Aber nachdem er drei ziemlich rüde abblitzen lassen hatte, war die Botschaft auch bei der letzten Single-Dame angekommen und sie ließen ihn in Ruhe. Und so hatte Daniel das zweifelhafte Vergnügen, Tina von seiner dunklen Ecke an der Bar aus beobachten zu können. Ihr kühler Blick verschwand nie und die emotionslose Miene auch nicht. Doch warum genau Tina hier war, daran gab es nicht den geringsten Zweifel. Mit übereinandergeschlagenen Beinen saß sie im grellen Licht am anderen Ende der Bar, den Cosmo vor sich und mit kerzengeradem Rücken. Vermutlich, damit jeder sah, was sie zu bieten hatte. Es funktionierte glänzend: Sie musste ungefähr dreißig Sekunden ausharren, bevor sich der erste potenzielle Anwärter einfand.

In den kommenden Stunden wurde Daniel Zeuge des seltsamsten Auswahlverfahrens, dem er jemals hatte beiwohnen müssen. Jene Männer, die seiner Meinung nach noch halbwegs akzeptabel waren, ließ sie reihenweise wegtreten. In vorderster Front die schüchternen, was Daniel ja sogar nachvollziehen konnte – also theoretisch. Praktisch überlegte er, wohin er sie entführen konnte, um sie … darüber musste er nachdenken, wenn sich sein Zorn ein wenig gelegt hatte, denn ansonsten standen die Dinge zu gefährlich – für Tina. Die schüttete die Cosmos wie Wasser hinunter, weshalb Daniel zum ersten Mal neben Nymphomanie Alkoholsucht in Betracht zog. Und als ein Typ auftauchte, wie es mieser wohl kaum ging, lächelte sie matt. Allerdings machte Daniel in ihren Augen etwas ganz anderes aus, und das trieb in noch etwas mehr an den Rand der Tobsucht. Mutwillen!

Der Kerl mit dem kahl rasierten Schädel war um die ein Meter siebzig groß und mochte ungefähr dreißig sein. Die Muskeln waren viel zu auffällig ausgeprägt und das Gesicht recht feist. Der Körper wirkte noch bulliger, weil er die Arme immer leicht gespreizt hielt, und zu allem Überfluss sprach er ziemlich gepresst, denn unter dem karierten Hemd machte sich ein deutlicher Bauchansatz bemerkbar, den er tunlichst vor der Eroberung seines Lebens verbergen wollte. Um es kurz zu machen: Dies war die grausamste Karikatur eines Mannes, die Daniel je gesehen hatte. Auch diesen Bewerber schickte sie irgendwann fort, und vermasselte ihm damit die Nacht seines Lebens. Offenbar entsprach er nicht ganz ihren Auswahlkriterien, wie auch immer die aussahen – so angestrengt Daniel es auch versuchte, er konnte kein Schema ausmachen.

Interessanterweise ging der Typ sogar, wie Daniel begeistert beobachtete. Doch gleichzeitig fragte er sich, was sie wohl andernfalls getan hätte.

Wollte sie erreichen, dass irgendwann einer kam, der sich nicht so einfach abwimmeln ließ? Es schien beinahe so, denn Tina verteilte weiterhin Körbe, als wären die im Dutzend billiger und vernichtete nebenbei ihren Cosmo. Die Miene zeigte nicht die geringste Regung, ihre Haltung blieb kerzengerade und einstudiert, als befände sie sich bei einem Fotoshooting. Nur manchmal, wenn ein besonders ekelhaftes Exemplar erschien wieder dieser seltsame Ausdruck in ihrem Blick. Daniel kannte ihn von ihrem Wiedersehen, denn als sie miteinander im Bett gelegen hatten, sah sie genauso aus. Tina *wollte* sich eindeutig schaden und zog diese Show mit kühler Berechnung durch. So sehr Daniel sich auch bemühte, er konnte keinen Grund dahinter ausmachen, und bisher war er immer der Ansicht gewesen, über eine ausgeprägte Fantasie zu verfügen. Diesmal versagte er.

Das Ganze wirkte, wie …

Ohne sie aus den Augen zu lassen, grübelte er darüber nach, woran sie ihn erinnerte. Irgendetwas in seinen Hinterkopf meldete sich zunehmend hysterisch, und während er die im Grunde simpelste mathematische Aufgabe aller Zeiten löste, presste er die Lippen zusammen, bis sie nur noch einen schmalen Strich bildeten. Dumm, dass er nicht früher darauf gekommen war, denn in Wahrheit musste er nur eins und eins zusammenzählen und kam auf: *Harakiri*.

Der nächste Anwärter schien tatsächlich seine Chance zu bekommen. Es handelte sich um irgendeinen dahergelaufenen Kerl, nicht besonders gut aussehend, aber auch nicht hässlich. Nicht einmal ein Drink wurde ihr bezahlt, so viel Mühe musste er sich nicht geben.

Seine Kleidung sprach von einer gewissen Klasse, möglicherweise wirkte er dennoch so unterirdisch, weil er bereits ziemlich angetrunken war. Als er nur wenige Minuten nach dem ersten gewechselten Wort Tinas Gesicht berührte, wies die ihn nicht etwa zurecht, sondern betrachtete ihn mit starrem Blick. Womit Daniels Kennenlernen der besonderen Art abgeschlossen war. Binnen zwei Sekunden stand er neben den beiden.

»Verschwinde!«

Der Angetrunkene hielt das für ein Gerücht, denn er wollte sich den Fang seines Lebens nicht durch die Lappen gehen lassen. »Willst du mich verarschen?«

»Entweder, du gehst freiwillig oder ich helfe dir dabei«, versprach Daniel.

In diesem Moment ertönte die klanglose Stimme links von ihm. »Geh. Sofort!«

Er ignorierte sie, sein Blick lag auf dem Kerl in der kostspieligen Kleidung und dem beängstigend hohen Promillewert. »Muss ich mich wiederholen?«

Er betrachtete erst Daniel, dann Tina und hob schließlich die Schultern. »Sorry, aber da muss ich passen.« Damit verschwand er, offenbar noch nicht betrunken genug, um sein Leben zu riskieren. Aber vielleicht auch nur, weil er ein elender Feigling war und selbst Alkohol daran wohl nichts ändern konnte.

Ohne sie anzusehen, nahm Daniel ihren Arm. »Komm!«

»Nein!« Es klang nicht etwa schnippisch oder hysterisch, keifend, tobsüchtig – *irgendwas*, sondern absolut emotionslos. Und sie bewegte sich um keinen Millimeter. Im Geiste sah Daniel sich bereits, wie er sie mit Gewalt hinausschleifte. Er *würde* es tun, wenn es erforderlich wurde – daran gab es für keine Sekunde einen Zweifel. Offenbar ging ihr das auch gerade auf, sein Blick fiel wohl ziemlich auskunftsfreudig aus. Denn am Ende siegte ihr Wunsch, jedes Aufsehen zu vermeiden und sie ließ sich widerstandslos mitziehen.

Vor dem Club unternahm Tina einen nächsten Selbstrettungsversuch. Kühl und distanziert.

»Ich denke nicht, dass du mir in irgendeiner Weise zu sagen hast, was ich zu tun und zu lassen habe.« Es kam ohne die geringste Betonung. Über eine Stunde lang hatte Tina die Drinks in sich hineingeschüttet und *lallte* nicht einmal. Aus kalten Augen musterte sie ihn. »Ich werde jetzt gehen und du wirst dich ab sofort von mir fernhalten. Anscheinend habe ich mich bisher nicht verständlich genug ausgedrückt.«

Ihre Stimme nahm so etwas wie einen Plauderton an. »Dann so, dass auch du es verstehst. Du bist mit Abstand das ekelhafteste Subjekt, das mir je begegnet ist. Mir wird übel, wenn ich nur an dich denke. Verschwinde aus meinem Leben und geh dorthin zurück, wo du dich in den letzten Jahren verkrochen hast. Ich verfluche den Tag, an dem ich dich traf, ich verfluche deine Existenz und ich wünschte, ich wäre dir nie begegnet. Geh und lass mich endlich in Ruhe!« Mit einem sanften Lächeln wies sie zum Clubeingang. »Da! Dort drin befinden sich jede Menge dumme Gänse, denen du auf die Nerven gehen kannst. Nimm dir eine von ihnen, du hast die freie Auswahl. Ich stehe nicht zur Verfügung. *Nie wieder!*«

Und damit machte sie tatsächlich Anstalten zu gehen. Ohne nachzudenken, packte er ihren Arm und wirbelte sie herum. Dabei löste sich die Tasche von Tinas Schulter und fiel zu Boden. Sie musste offen gewesen sein, denn augenblicklich ergoss sich der Inhalt auf den Asphalt. Das leise Rasseln stammte von einem halben Dutzend dieser kleinen, weißen Pfefferminzdrageepackungen. Hinzu kamen zwei oder drei verschiedene Tablettensorten. Eine identifizierte Daniel sofort, Anti-Baby-Pillen. *Glück gehabt*, dachte er am Rande, *sie hat nichts anderes getan*. Ein kleiner Gegenstand jedoch kam nicht zur Ruhe. Eifrig rollte er über den dunklen Straßenbelag, in dem sich das grelle Neonlicht der Clubreklame spiegelte.

Endlich in die Freiheit entlassen, schien er sich eilig aus dem Staub machen zu wollen, scheiterte jedoch bereits nach wenigen Metern an einem kleinen Riss im Beton, und die Flucht war beendet. Von alledem bemerkte Tina nichts, sie war zu beschäftigt damit, ihr Zeug wieder einzuramschen. Daniel jedoch ließ das Teil nicht aus den fassungslosen Augen. Sobald es zum Liegen gekommen war, ging er zu der Stelle, hob es beiläufig auf und ließ es in seine Hosentasche gleiten, dann trat er zu ihr und nickte zu den seltsamen Bonbons.

»Davon ernährst du dich also, ja?«

Anstatt zu antworten, klaubte sie weiter ihre Drogen von der Straße. Daniel wartete, bis sie fertig war, bevor er ihr die Tasche mit einem raschen Griff entwendete.

Das provozierte sie doch endlich zu einer Reaktion. »Was glaubst du eigentlich …«

»Mund halten, Hunt«, murmelte er und wühlte bereits in dem ledernen Behältnis. Sobald er sie gefunden hatte, betrachtete er stirnrunzelnd die Tabletten und sah auf. »Reines Koffein? Und was haben wir hier? Migränepillen? Okay, verständlich, wenn auch nicht gleich einen Herzinfarkt – der lässt eine Weile auf sich warten. Aber ohne das Migränezeug überstehst du mit dem Cocktail keinen Tag.«

»Gib mir meine Tasche zurück.« Klar und deutlich.

»Sicher.« Damit trat Daniel an einen Müllbehälter, in dem er die Tabletten und ihr Hauptnahrungsmittel entsorgte – nur die Anti-Baby-Pillen blieben verschont. Als er ein wenig wühlte, fand er sogar noch eine siebte Packung von den Pfefferminzdragees und auch die nahm den Weg in den Abfall. Dann sah er auf und sein Blick fiel auf die beiden Rausschmeißer, die mit verschränkten Armen vor der Tür des Clubs standen und das Schauspiel beobachteten. Sie grinsten, demnach hielten sie die Vorstellung für einen Ehestreit. Einige Passanten waren ebenfalls zugegen – größtenteils handelte es sich um zukünftige Besucher des Clubs – und auch sie fanden echt witzig, was sie sahen. Trotzdem suchte Daniel zunehmende Ratlosigkeit heim. Hierlassen konnte er Tina nicht, freiwillig begleiten würde sie ihn aber auch nicht. Ihren dämlichen Vortrag hatte er zwar weitestgehend ignoriert, soweit er sich jedoch erinnerte, lautete die Zusammenfassung, dass sie nichts mit ihm zu tun haben wollte. Entführung stand seines Wissens unter Strafe, was allerdings nicht mal sein derzeit größtes Problem darstellte. Dies bildeten die zwei riesigen Türsteher. Was, wenn Tina plötzlich hysterisch um sich schlagen würde? Wenn sie *Hilfe* brüllte oder ähnliches? Okay, momentan glich sie eher einer Statue, noch immer färbte keine Emotion ihr Gesicht. Doch es signalisierte auch unendliche Erschöpfung. Bei ihrem Make-up zeigten sich auch erste Ermüdungserscheinungen, es offenbarte dunkle Ränder unter den toten Augen und die Hände an ihren Seiten bebten leicht. Möglicherweise fiel es ihr nicht auf, aber Daniel hatte es sofort gesehen. Totale Entkräftung, er hatte zu lange gewartet.

Bestand denn überhaupt die Gefahr, dass sie hysterisch wurde? Also dafür, dass er soeben ihre Tasche gefilzt und die Hälfte des Inhaltes eigenmächtig vernichtet hatte, war sie sogar überraschend gelassen geblieben. Zum ersten Mal kalkulierte Daniel bewusst mit dieser neuen, fremden Tina. Soweit er das einschätzen konnte, war ein Ausrasten für die eine Todsünde. Beiläufig schob er eine Hand in seine Hosentasche. Was jetzt? Alles auf eine Karte?

»Gib mir die Tasche zurück«, forderte sie verhalten und beherrscht. »Das ist Diebstahl. Ich vermute, die beiden netten Herren dort werden mir bestimmt behilflich sein, wenn ich sie darum bitte.«

»Mit Sicherheit«, nickte er. »… wenn du ihnen dafür einen deiner legendären Ficks versprichst.«

»Richtig.« Total emotionslos. »Jeder wird von mir gleichbehandelt. Ob hässlich, dumm oder auch der größte Arsch des Planeten. Die beiden bekommen es sogar gemeinsam, ist eine meiner leichtesten Übungen.«

»Yeah.« Auch sein Lächeln führte bei ihr zu keiner nennenswerten Reaktion. »Danke übrigens für neulich Abend, es war wirklich *ganz nett*.« Er nickte knapp. »Ich bin Arzt, wie du weißt. Dein Verhalten insgesamt lässt vermuten, dass du momentan eine Gefahr für dich selbst darstellst. Es ist meine Pflicht, einzugreifen, bevor du ernsthaften Schaden nimmst.«

Ihre Lippen verzogen sich zu einem halbwegs spöttischen Lächeln. »Ach was, Entmündigung auf offener Straße?«

»Nein, so etwas kann ich nicht vornehmen«, informierte er sie nüchtern. »Es bleiben zwei Alternativen: Entweder, du begleitest mich oder ich informiere umgehend die zuständigen Behörden. Die nehmen dich auf jeden Fall erst einmal mit, und dann folgen eine vorsorgliche Einweisung und eine *lange* Untersuchung.« Während er sprach, nahm Daniel das Handy aus seiner anderen Hosentasche und musterte sie abwartend.

»Oh, übst du dich in Erpressung?« Ihr Lächeln wurde sogar noch zynischer – und kälter.

»Ich kann dich in diesem Zustand nicht dir selbst überlassen«, beharrte er leise. »Jonathan versprach deinem Vater …«

Zum ersten Mal seit ihrem Wiedersehen zeigte sie Gefühle – und zwar Beachtliche. »Wage es ja nicht, über meinen Vater zu sprechen, du mieses Schwein!« Ihre Hände hatten sich urplötzlich zu kleinen Fäusten geballt.

Daniel runzelte die Stirn. »Wa…?«

Aber sie hatte sich bereits gefangen und wirkte, als wäre ihr flüchtiger Ausraster nie passiert. »Gib mir die Tasche und dann gehe ich.«

»Ich wiederhole mich ungern, aber das ist leider unmöglich.«

»Du glaubst doch wohl nicht ernsthaft, dass du mit dem *Scheiß* durchkommst, oder?«

Sie kam, wenn auch langsam. Ohne den Blick von ihr zu nehmen, schüttelte er langsam den Kopf. »Kein Scheiß, nur das Ergebnis von drei Tagen Beobachtung. Du bist stark unterernährt, lieferst dich den Männern als Freiwild, Harakiri, Tina?« Ihre Augen verengten sich um einen Bruchteil. »Und du schluckst einen Tablettencocktail, der dich umbringen wird«, nickte er. »Zusammen mit der nicht existenten Ernährung ist das dein Todesurteil. Ich verkneife mir ein ›*längerfristig*‹, denn es trifft nicht zu.« Sein Blick streifte ihren Körper. »Wie viel wiegst du? Fünfzig Kilo? Fünfundvierzig?«

»Das geht dich einen *Scheißdreck* an!«

Yeah! »Ich bin Arzt, ich *muss* eingreifen. Das gebietet mir die Ethik.«

»Aus deinem Mund das Wort *Ethik* zu hören, ist, als würde ein Messie über Ordnung referieren«, konterte sie mit einem Hauch von Gift in der Stimme.

»Du kennst mich nicht, warum maßt du dir ein Urteil über mich an?«, erkundigte er sich höflich.

Diesmal war das halbe Lächeln bitter. »Erfahrungswerte.«

»Zwischen damals und heute liegen zehn Jahre«, erinnerte er sie leise.

»Die einen verändern sich, die anderen bleiben, wer sie waren.« Gleichmütig zuckte sie mit den Schultern.

»Niemand bleibt vom Leben unberührt«, widersprach er. »Und manchmal wird ein Mensch sogar bis zur Unkenntlichkeit verstümmelt.«

»Du sprichst offensichtlich von dir, ich habe mich nämlich nie wohler in meiner Haut gefühlt. Und wenn du mir erzählen willst, ich würde einen derart verhärmten und heruntergekommenen Eindruck machen, dass du mal wieder den falschen Samariter spielen musst, dann solltest besser du dich ganz schnell in Behandlung begeben.«

»Ich bezog mich nicht auf dein Äußeres.«

»So?«, erwiderte sie mit erhobener Augenbraue. »Willst du mir tatsächlich verkaufen, dich tangiert nicht nur neuerdings, was in deinen Mitmenschen vorgeht, sondern, dass du dein Wissen darüber hinaus auch noch per Fernsondierung ausmachen kannst? Ich bitte dich!«

Auf diese Art würden sie nicht weiterkommen. Außerdem standen sie unweit der beiden Gorillas, die immer interessierter zu ihnen herüberblickten. Auch wenn

Daniel bestimmt nicht der Schwächste war, gegen die Hünen rechnete er sich keine großen Chancen aus. Seine Miene wurde strikt. »Diskussion überflüssig. Entscheide dich jetzt!«

»Was, wenn ich auf beide Alternativen dankend verzichte?«

»Eine Dritte existiert für dich momentan nicht.«

»Und du meinst ehrlich, dass ich dir den Müll abkaufe?«

»Stell mich auf die Probe!«, forderte er sie lächelnd heraus.

Sie betrachtete ihn lange und verdammt ausgiebig, bis schließlich das geschah, was Daniel zeigte, dass er nicht bluffte, um sie endlich hier fortzuschaffen, irgendwie hinzubiegen und bei sich zu haben. Diese Frau hatte tatsächlich einen echten Riss und er konnte sie unmöglich sich selbst überlassen! Mit einem Mal war Tina ihm sehr nah, ihr zarter Körper berührte seinen, während sie sich zu ihm emporreckte.

»Vergessen wir den Mist und gehen in mein Hotel. Du wirst es nicht bereuen«, wisperte sie rau an seinen Lippen.

»Bestimmt nicht – aber du.« Flüchtig küsste er sie, einfach, weil er trotz allem nicht widerstehen konnte, und gab dann die Nummer der Auskunft ein. »Dr. Daniel Grant. Verbinden Sie mich bitte mit der Sozialbehör…«

Hastig zerrte sie seinen Arm herunter, in dessen Hand er das Handy hielt. »Du verstehst das nicht!«, zischte sie panisch.

»Ich habe Verpflichtungen. Ich muss …«

»Dein Auftrag hier ist beendet.«

»Woher …?« In plötzlichem Begreifen stöhnte sie auf. »Wenn du das weißt, dann auch, dass ich morgen Abend …«

»Sag es ab!«

»Aber das *kann ich nicht!*«

»Die Welt geht deshalb nicht unter!« Interessant, wie gleichmütig er klingen konnte, obwohl es selten angespanntere Situationen in seinem Leben gegeben hatte. Jedenfalls im westlichen Teil dieser Welt. »Entweder, du begleitest mich und verzichtest auf ein paar deiner tollen Aufträge, oder …«

»Du bist ein mieser Hund!«

Als er ihr eine Antwort schuldig blieb, betrachtete sie ihn mit jenem kalten Blick, der noch immer eisige Schauder über seinen Rücken jagte. Dann zog sie ein winziges Mobiltelefon aus ihrer Hosentasche, tippte ein paar Mal auf das Display und begann plötzlich zu sprechen. Ohne ihn aus den Augen zu lassen.

»Heute ist der 25. März, mein Name ist Christina Laura Hunt. Meine Sozialversicherungsnummer lautet 798 1111 555 48. Ich gebe zu Protokoll, dass Mr. Daniel Victor Grant, geboren am 25.06.19** in Ithaka/New York, mich unter Androhung von Zwangsmaßnahmen nötigt, ihn zu begleiten. Ich gehe darauf ein, weil mir keine Wahl bleibt. Ende der Mail. Als Anhang zu Folgender versenden: Bitte an die Cops weiterleiten, sollte ich mich bis zum 31.03. nicht gemeldet haben. Gezeichnet: Christina Hunt.« Damit verschwand das Telefon wieder in ihrer Hosentasche und sie musterte ihn ausdruckslos.

»Nach dir«, nickte Daniel. »Dort hinten steht mein Wagen.«

Wortlos machte sie kehrt und ging mit hoch erhobenem Kopf davon, und Daniel betete zum Himmel, das Richtige zu tun, während seine Hand das kleine runde Plastikgebilde in seiner Hosentasche umschloss, das er unlängst vom Asphalt geborgen hatte.

Es war neongrün.

34. Breaking Inside

Tina sagte kein Wort und hielt den Blick starr aus dem Seitenfenster gerichtet. Daniel hingegen beschäftigte sich vorrangig mit der Frage, was, bitte, er nun überhaupt tun wollte! Die Geschichte war bisher überraschend unkompliziert gelaufen, denn in Wahrheit hätte er nie geglaubt, sie so einfach zum Mitkommen bewegen zu können. Und jetzt musste er sich eingestehen, dass gar nichts gewonnen war. Das Glücksgefühl, das ihn heimgesucht hatte, als er diesen verdammten Flaschenverschluss sah, gehörte längst der Vergangenheit an. Genau genommen handelte es sich nur um ein billiges Stück Plastik, das von jeder x-beliebigen Flasche stammen konnte. Nun musste er sie ja nur noch aus dem Reich der Fast-Toten zu den Lebenden zurückführen, und wenn es ging, direkt zu ihm.

Kein Problem! Ha! Wenn er die feindselige Stille zwischen ihnen richtig deutete, hatte Tina momentan so gar keine Lust, sich freiwillig von ihm irgendwohin führen zu lassen. Nach flüchtiger Überlegung ließ er das Hotel links liegen und lenkte den Wagen sofort auf die Landstraße, die nach Osten führte.

Es dauerte eine Weile, aber dann wachte Tina tatsächlich auf und sah sich hektisch um. »Was soll das?«

Anstatt zu antworten, ignorierte Daniel sie noch etwas verbissener – was natürlich der größte Bullshit war. Inzwischen saß sie kerzengerade. »Fahre sofort in das Hotel! Meine Sachen …«

Noch während sie sprach, hatte er sein Handy aus der Tasche geholt und betätigte einhändig eine Kurzwahl. Der Empfänger war glücklicherweise noch wach und Daniel sparte sich lange Vorreden und kam sofort zum Wesentlichen. »Hast du Lust auf einen kleinen Ausflug?«

Tom schien kein Problem mit seinem späten Anruf zu haben. *Immer!*«

»Fein! Fahr nach Houston. Ich spreche von der hübschen Stadt in Texas. Dort gehst du ins *Intercontinental* zu Ben, dem Concierge, das ist ein guter Kumpel von mir. Du checkst zwei Zimmer aus. Eines läuft auf meinen, das andere auf den Namen Christina Laura Hunt. Die Sachen bringst du …« Zum ersten Mal geriet Daniel ins Schwanken. »Das sage ich dir später. Und am besten setzt du dich augenblicklich in Bewegung. Verstanden?«

Am anderen Ende herrschte beängstigende Stille, und erst nach geraumer Zeit ertönte ein verblüfftes: *»Klar.«*

Damit war das Gespräch beendet, und anstatt zu ihr zu sehen, konzentrierte Daniel sich tunlichst auf die Straße. Immer noch auf der verzweifelten Suche nach Antworten auf einige dringende Fragen. Es verging eine ganze Weile, bevor wieder ihre Stimme ertönte. Kühl und distanziert – selbstverständlich. »Was auch immer du planst, es hat keinen Sinn. Abgesehen davon, dass du im Kittchen landest.«

Ja, mit diesem Gedanken sollte er sich wohl auch anfreunden. Denn wenn ihm bis zum 31. nicht gelungen war, sie in einen Menschen zu verwandeln, würde er nach relativ kurzer Verhandlung im Knast einziehen. Fein! Blicklos starrte er in die dunkle Nacht und trat das Gaspedal durch, ohne zu wissen, wohin es eigentlich ging.

Tina schlief für keine Sekunde. Aufrecht saß sie neben ihm, die Hände lagen scheinbar ruhig auf ihrer Tasche, und auch ansonsten zeigte sie nicht die geringste Gemütsbewegung. Da Daniel nicht mit ihrer seltsamen Art umgehen konnte, verdrängte er in den kommenden zwei Stunden kurzerhand einfach ihre Gegenwart. Womit ihm ausgiebig Zeit blieb, über ihr Ziel nachzudenken. Sein Appartement konnte er als möglichen Zufluchtsort ausklammern. Es lag in einem der vielen New Yorker Mietshäuser, was bedeutete, sie würde dort schnell einen Weg finden, sich seinem Einfluss zu entziehen.

Seine Eltern kamen ebenfalls nicht infrage. Sobald Jonathan erkennen würde, dass Tina so gar keine Ambitionen hatte, bei Daniel zu bleiben, würde er seinem Sohn ins Gewissen reden. Verständlich, aber leider wusste sein Vater nicht, mit *wem* Daniel hier dealte. Tina, *nur* ziemlich durchgeknallt, hatte bereits damals eine echte Herausforderung bedeutet. Die heutige Christina war nicht nur das, sondern befand sich zu allem Überfluss derzeit auf einem ausgedehnten Selbstzerstörungstrip. Er durfte sie nicht allein lassen, egal, was die Gesetze im Allgemeinen vorschrieben. Daniel war davon überzeugt, dass bei deren Verfassen niemand einen solchen Fall berücksichtigt hatte. Okay, die hatten auch Tina nicht gekannt und wie hätten sie DAS dann ahnen sollen?

Tom und Fran besaßen zwar ein eigenes Haus, doch da rannte die kleine Clara – ihre Tochter – herum. Carmen und Chris? Die bewohnten wie er ein Appartement, womit auch sie aus dem Rennen waren. Wer blieb? Daniel kannte jede Menge Leute, unter denen sich auch der eine oder andere Freund befand. Allerdings war niemand darunter, den er in dieser Angelegenheit ins Vertrauen ziehen wollte. Er benötigte ein abgeschiedenes Haus, fern von der Zivilisation, um mit ihr ungestört sein zu können. Und so etwas besaß er nun einmal nicht. Nach einer Weile angestrengter Grübelei weiteten sich plötzlich seine Augen Nein!, *er* nicht, aber …

Schon hielt er sein Handy erneut in der Hand. »Professor entschuldigen Sie die späte Störung. Was genau macht eigentlich Ihr Haus am Cayuta Lake ...?«

Miller sagte erstaunlich schnell zu, wenn man bedachte, dass Daniel sich ziemlich bedeckt hielt und ihn im gleichen Atemzug nötigte, für ein paar Tage in der Klinik einzuspringen. Jedes lästige Nachhaken blieb aus, was Daniel zu der leicht bekümmerten Frage veranlasste, was während seiner Abwesenheit vor sich gegangen war. Aber im Grunde plagten ihn derzeit ganz andere Sorgen. Als er das Navigationsgerät endlich mit einer Adresse füttern konnte, stellte er fest, dass sein Glück wie üblich in grenzenloser Güte fungierte. Sie würden nämlich noch ungefähr einen Tag unterwegs sein, bis sie auch nur in die Nähe ihres Ziels gelangt sein würden.

Verdammter Mist!

Die einzige Alternative wäre das Flugzeug gewesen. Doch nicht einmal Daniel konnte sich erfolgreich einreden, Tina würde mit ihm widerstandslos in einen Flieger steigen. Spätestens an einer der zahlreichen Sicherheitskontrollen würde sie unter Garantie Alarm schlagen und die netten Herren ihr diesmal sogar ohne vorheriges Zusichern einer sexuellen Gegenleistung helfen.

Als Nächstes beging er den Fehler, zu ihr zu sehen und stöhnte gleich noch einmal. Reglos starrte sie vor sich hin – die Hände ruhig auf der Tasche – und Daniel entschied, eine Unterhaltung in Gang zu bringen. Schließlich lagen vierundzwanzig Stunden in diesem Wagen vor ihnen, und so lange wollte er dieses widerliche und so fremde Schweigen ums Verrecken nicht ertragen müssen.

»Wir fahren zum Haus eines Freundes. Es liegt ganz lauschig.«

Schweigen.

»Allerdings werden wir einige Zeit unterwegs sein, ich hoffe, es macht dir nichts aus?«

Keine Reaktion.

»Ich weiß, dass du einige Aufträge absagen musst«, seufzte er. »Aber vielleicht ist ein Urlaub gar nicht schlecht, meinst du nicht?«

Nur ihr regelmäßiges Ausatmen durchschnitt die eisige Stille, die von ihrer Seite aus mit wachsender Begeisterung produziert wurde.

»Wenn du Hunger hast oder wir aus anderen Gründen anhalten sollten, dann lasse es mich wissen.« Daniel wollte es wenigstens gesagt haben, als versteckten Hinweis, dass Essen auch stattfinden würde. Und das andere ... nicht einmal diese seltsame Tina konnte sich gegen die Natur wehren. Eilig warf er ihr einen Blick zu. Konnte sie doch nicht, oder?

Tina wollte brüllen, ihn anschreien, am Kragen nehmen, *ohrfeigen*, vierteilen, massakrieren, rädern, teeren, federn und zu guter Letzt genüsslich die Fingernägel ausreißen. Oh, ihr fielen auch noch einige andere, durchaus schmerzhafte, Foltermethoden ein, die sie gern an ihm ausprobieren wollte. Allein für die Frechheit, dass er ihr gefolgt war. Niemals zuvor in ihrem Leben war sie so wütend – so *außer sich* – gewesen. Dabei war nicht etwa die Eigenmächtigkeit der Auslöser, mit der er über ihr Leben bestimmte. Dies gehörte zu seiner verdammten, total verhunzten Persönlichkeit und würde sich wohl nie ändern. Doch mit welcher Dreistigkeit maßte er sich an, das mit *ihr* zu tun? Wie wahnsinnig und gestört musste man sein, um das nach allem mit dieser arroganten Selbstverständlichkeit durchziehen zu können? Glaubte er tatsächlich, *damit* ungeschoren davonzukommen? Lächerlich!

Darüber hinaus war ihr schleierhaft, was er eigentlich von ihr wollte! Handelte es sich hierbei vielleicht um seine neueste Prof-Nummer? Eine naheliegende Vermutung, doch sie beantwortete noch lange nicht Tinas Frage nach dem *warum!* Viele Pläne gingen ihr während der folgenden Stunden durch den Kopf, alle mündeten mehr oder weniger in der sofortigen Flucht. Unter Umständen wäre die sogar erfolgreich gewesen, denn nicht einmal er würde es wagen, sie zu fesseln und zu knebeln. Irgendeine Entwicklung musste der Idiot ja auch genommen haben.

Doch am Ende entschied Tina sich schweren, *brüllenden,* Herzens, dies jetzt durchzustehen. Die Marschrichtung stand fest: Tauchte sie bis zum 31. nicht wieder aus der Versenkung auf, würde er ins Kittchen gehen. Und auch wenn die Vorstellung von ihm hinter ein paar eisernen Gitterstäben etwas Fantastisches hatte, nahm sie nicht an, dass er es so weit kommen lassen würde. Es galt, diesen mental äußerst fragilen Mann ein für alle Mal aus ihrem Leben zu verbannen. Und mit einer Flucht würde sie das nicht erreichen. Dieser penetrante kleine Versager würde ihr folgen, vielleicht konnte er sich gegen diesen miesen Impuls ja einfach nicht wehren? Demnach würde sie ihm diesmal wohl unmissverständlich klarmachen müssen, dass er *sie in Ruhe lassen sollte.* Bei gewöhnlichen Männern genügte ein Blick oder eben keiner, um ihnen das erfolgreich zu vermitteln. Bei *ihm*, der ja schon immer anders als die anderen gewesen war, würde sie zu anderen, *einprägsameren*, Mitteln greifen müssen.

Wie hatte diese kleine Schlampe noch gleich geheißen, der er damals tatsächlich aufgelaufen war? Jane … Ja, Tina glaubte sich zu erinnern, dass Jane ihr Name gewesen war, obwohl das im Grunde nebensächlich war. Ihr ging es nur um eines: Diese Jane hatte ihn auf Sparflamme gehalten und ihn damit erfolgreich am Haken gehabt. Und exakt der gleiche Effekt war wohl auch heute eingetreten.

Hätte Tina sich gleich intensiv mit ihm beschäftigt – und sie *meinte* intensiv – wäre sie ihn bereits lange los. Wirklich! Von Entwicklung keine Spur, er hatte tatsächlich das Kunststück fertiggebracht, zehn Jahre älter zu werden und dabei kein winziges Bisschen zu reifen. War bestimmt auch so eine Charaktersache. Unter Garantie plante er, sie ein wenig zu manipulieren, hier ein Hauchen, da ein sexy Grinsen, gepaart mit seinen lächerlichen Befehlen und schon würde die gute alte Tina ihm aus der Hand fressen.

Nun, offenbar hatte er die Rechnung ohne die *neue* Tina Hunt gemacht. Tina, die hart war, härter als jeder Mensch, den sie persönlich kannte, und verdammt stolz darauf. An ihr würde er sich seine hübschen weißen Zähne ausbeißen. Sobald der Löwe endlich *zahnlos* war, würde sie sicher sein, dass er nie wieder angreifen würde. Und erst dann würde sie für immer vor ihm Ruhe haben. Und so schluckte Tina, *würgte* an ihrem unbändigen Zorn, ihrer Wut, dem Wunsch, ihm ihren Hass in das verdammte, nach wie vor attraktive Gesicht zu brüllen. Kurzerhand verdrängte sie die Tatsache, dass sie soeben gegen ihren Willen wer-weiß-wohin verschleppt wurde, und dass Tom – verdammt, wie lange hatte sie nicht mehr an den gedacht? – demnächst in ihren Sachen wühlen würde. Sie vergaß einfach, dass sie soeben eine sechsstellige Summe verlor, weil sie ihren nächsten Auftrag nicht wahrnehmen können würde.

Auch dachte sie nicht darüber nach, welcher Imageschaden ihr deshalb drohte. Tina konzentrierte sich ausschließlich auf ihre einzige, derzeit relevante Aufgabe: Daniel Grant fertigmachen. Und zwar so umfassend, dass er am Ende nicht einmal mehr seinen Namen kannte.

Während der folgenden Stunden, in denen sich die Reifen des Wagens die endlosen Meilen entlangfraßen, steigerte Tina ihren Hass bis ins Unermessliche. Wieder und wieder dachte sie daran, was er getan hatte – damals wie heute –, sie beging sogar die Todsünde und holte die ganz tief verschütteten Erinnerungen zurück. Zum Beispiel, wie es sich angefühlt hatte, als sie an jenem Morgen seinen Brief fand, oder wie es war, verzweifelt durch den Regen zu stolpern und zu bitten – ja, zu *flehen* – dass er sich doch melden würde. Und um an diese Information zu gelangen, musste sie wirklich sehr tief graben. Noch weiter ging sie in der Vergangenheit zurück, barg jede Beleidigung, die er ihr jemals geboten hatte, entsann sich ihrer naiven Versuche, ihm zu gefallen, ihrer grausamen Schwäche, neben der Tatsache, welch leichtes Spiel sie ihm gemacht und wie gnadenlos er das ausgenutzt hatte. Als der Morgen graute, waren Tinas Hände zu Fäusten geballt, obwohl sie reglos auf dem Leder ihrer Tasche ruhten. Die Zähne knirschten wütend aufeinander, wenngleich ihr Mund stillstand. Ihre Augen sprühten vor Abscheu, obwohl sie nicht die geringste Emotion offenbarten.

Und sie verachtete ihn mehr, als sie jemals zuvor etwas oder jemanden verachtet hatte. Einschließlich sich selbst.

Er verlor kein Wort, was Tina in jeder anderen Situation möglicherweise verwundert hätte. Doch da sie aus Überzeugung nicht über sein abartiges Verhalten nachdachte, blieb selbst dies aus. Als es Morgen wurde, hielt er an irgendeinem heruntergekommenen Diner, an das eine Tankstelle und ein kleines Motel angegliedert waren. Bisher hatte er die Städte weiträumig umfahren. Cleveres Kerlchen – jedoch nicht clever genug.

Zum ersten Mal seit Stunden sprach er sie an. »Wir sollten ein wenig essen.«

Schweigend betrachtete sie das baufällige Gebäude, in dem er wohl seinen wahnsinnig intelligenten Plan in die Tat umsetzen wollte.

»Tina.« Als er ihre Hand nahm, wandte sie ihm langsam das Gesicht zu.

»Was, willst du es *hier* durchziehen? Ich dachte, du würdest warten, bis wir in deinem Haus angekommen sind. Ich meine …« Sie ließ ihren Blick über den offenen, selbst um diese Uhrzeit recht belebten Parkplatz schweifen. »Sollten wir nicht wenigstens ein Motelzimmer nehmen?«

Trocken lachte er auf. »Ich kann mir etwas Angenehmeres vorstellen, als mir an deinem Körper diverse blaue Flecke zuzuziehen, Hunt. Wir gehen essen!«

Längst hatte er ihre Hand losgelassen, und seine Lippen wirkten recht schmal. Soweit Tina sich erinnern konnte, war dies ein untrügliches Anzeichen dafür, dass D.G. langsam der Kamm schwoll. Jetzt schon? Nun, dann würde sie den 31. locker halten. Vielleicht konnte sie den Auftrag in Baltimore sogar noch mitnehmen – eine Maschinenbaufirma mit enormen Absatzschwierigkeiten in Asien. Sie würdigte ihn keines Blickes, als er ihr die Tür aufhielt, sondern lief mit festen Schritten über den groben Schotter, der zu dem Diner führte, und setzte sich, dort angekommen, auf einen der schäbigen Stühle, den er ihr zuwies. Idiot!

Eine mütterliche, künstliche Rothaarige eilte herbei und fragte sie nach ihren Wünschen.

Abschätzend musterte Daniel das dürre Ding auf der anderen Seite des Tisches. »Was willst du essen?«

Da sie aus dem Fenster gestarrt hatte, benötigte es geraume Zeit, bevor sie sich dazu herabließ, ihn auch anzusehen. Ein spöttischer Zug lag um ihren Mund und eine Antwort blieb gleich ganz aus. Oh Mann! Fein!

»Wir nehmen zweimal das …« Eilig blickte er zur Menütafel neben dem Tresen. »… Jumbofrühstück. Beim zweiten anstatt Kaffee, Orangensaft, bitte!«

Die Bedienung ging nach einem besorgten Blick auf das dürre Ding. Letzteres zeigte die erste eigenverantwortliche Regung, seitdem sie aus dem Wagen gestiegen waren, denn plötzlich hielt Tina ihr Handy am Ohr.

»Christina Hunt. Sagen Sie meine Termine in dieser Woche ab … Nein, keine Begründung. Die Anweisungen in meiner vorangegangenen Mail bleiben hiervon unangetastet. Danke.« Damit schob sie das Winzhandy zurück in die Tasche und erstarrte abermals.

Hmmm.

Ein Teilerfolg, vielleicht. Kurz darauf wurde das Frühstück serviert. Es handelte sich um eines dieser unschlagbaren Country-Breakfasts, von dem sogar ein Straßenarbeiter satt wurde. Daniel fühlte sich momentan wie einer, deshalb machte er sich umgehend an die Vernichtung.

Nach einer Weile sah er auf. »Iss, Tina!«

In Zeitlupe hob sich eine perfekt gezupfte Augenbraue. »Nein.«

Das konnte ja heiter werden! Unvermittelt beugte er sich über den Tisch, sodass sie sich sehr nah kamen, sie wich um keinen Millimeter zurück. »Man *kann* nicht von Pfefferminzbonbons überleben. Iss jetzt!«

Wie auf Bestellung war das spöttische Lächeln zurück. »Auf diesem Tablett befindet sich nichts, was ich freiwillig zu mir nehme. Es ist zu fett, ungesund, verursacht Magenbeschwerden und ist daher ungenießbar.« Damit konzentrierte sie sich wieder auf die Vorgänge vor dem Fenster.

»Nach allen gängigen Regeln ist der Orangensaft gut verträglich, kalorienarm und nahrhaft. Du *kannst* ihn bedenkenlos trinken.«

»Ich informiere dich höflich darüber, dass ich meine eigene Vorstellung davon habe, was gut ist und was nicht«, erwiderte sie weder höflich noch irgendwie andersgeartet zivilisiert.

»Deshalb haben wir ja den Salat«, merkte er an.

Forschend betrachtete sie ihn und begutachtete schließlich wieder die Landschaft durch das Glas des Schaufensters. Mittlerweile hatte Daniel das als Art Ablenkungsmasche identifiziert. Damit galt die Audienz wohl als beendet. Okay, den Kampf hier zu beginnen, dürfte die falsche Entscheidung sein. Das musste warten, bis sie diesen verdammten Freeway verlassen würden. Daher widmete er sich seinem Frühstück und diskutierte nicht weiter mit ihr.

Überhaupt schien Tina sich umfassend unter Kontrolle zu haben. Als er aufgegessen hatte, verlangte sie nicht etwa nach einem Toilettenbesuch, sondern schickte sich an, in die kleinere Gefängniszelle – sprich: den Mietwagen – zurückzugehen. Doch das war Daniel zu riskant: Das dürre Ding mit den großen Augen hätte sich wahrscheinlich eher nass gemacht, als ein Bedürfnis anzumelden.

Wieder beugte er sich zu ihr hinüber. »Ich gehe mich ein bisschen frisch machen, hast du auch so etwas in der Art vor?«

Einmal spöttischer Blick – danke! Doch sie nickte – inzwischen wurde es wohl dringend.

Während er auf dem heruntergekommenen Herrenklo versuchte, aus sich einen Menschen zu machen, der nicht ganz so müde wirkte wie er sich fühlte, überlegte Daniel, dass sich die Dinge vielleicht *ein wenig* komplizierter verhielten, als ursprünglich eingeschätzt. Allerdings war das nichts, was er nicht bewältigen konnte. Schließlich handelte es sich um Tina – irgendwie, jedenfalls – und die war schon immer Wachs in seinen Händen gewesen. Sicher, jetzt war sie älter und verrückter … Aber auf der Haben-Seite befand sich da immerhin der Flaschenverschluss. In all den Jahren hatte sie ihn aufbewahrt und das nicht in irgendeiner Kiste, fernab vom Tageslicht, sondern in ihrer Handtasche … der aktuellen, wohlbemerkt. Daniel, der die Frauen kannte, ging zwingend davon aus, dass dies mit Sicherheit nicht ihre einzige war. Demnach hatte sie sich dieses kleine Ding bewahrt, trotz all der Veränderungen, die ihr Leben in der Zwischenzeit genommen hatte. Egal wie – das *war* ein Zeichen! Nur leider das Einzige.

Seufzend kämmte er sich mit den Fingern das Haar, sah bald ein, dass dies die Dinge nur noch verschlimmerte, und gab es auf. Bevor er zurückging, teilte er Tom noch telefonisch mit, wohin der die Koffer bringen sollte. Sein Schwager befand sich bereits in Houston. Das war schnell gegangen, wie Daniel zufrieden zur Kenntnis nahm. Allerdings dehnte er das Telefonat nicht aus, weil die Neugierde des ewig feixenden Hünen bei jedem der wenigen Worte mitschwang, die er überhaupt sagte. Besserwisserischer Idiot!

Tina erwartete ihn einschließlich ihres spöttischen Lächelns am Wagen. Sie sah übrigens aus, als wäre sie soeben nach einem entspannten Acht-Stunden-Schlaf aus dem Hotelzimmer getreten. Selbst die Kleidung saß perfekt, obwohl sie diese seit über zwölf Stunden trug. Scheinbar unverzichtbar hierbei war der Body. Diesmal cremefarben, neben einer gleichfarbigen Hose und hohen Schuhen. Das Ganze wurde durch eine schmale, dunkle Kette aufgelockert, und das Haar trug sie wieder auf diese verrückte Art hochgesteckt. Sie wirkte, als hätte sie sich für einen Staatsempfang hergerichtet. Doch sie hatte nicht versucht, abzuhauen. Daniel war inzwischen so übermüdet, dass er diese Möglichkeit nicht in Betracht gezogen hatte. Dennoch, ihr Verhalten änderte sich nicht, beide verloren kein Wort, und so fuhr Daniel weiter.

Hinein in eine Zukunft, von deren Aussehen er keine Ahnung hatte.

35. Fools Paradise

Millers kleines Häuschen lag direkt am Cayuta Lake. Daniel kannte den Ort, allerdings hatte bei seinem ersten und bisher einzigen Besuch tiefe Finsternis geherrscht, sodass er von der Umgebung nicht viel ausmachen konnte. Als sie am frühen Abend des gleichen Tages eintrafen, registrierte er verblüfft, wie malerisch es hier war. Genau das, wonach er suchte: Die Einfahrt ging von einer selten befahrenen Landstraße ab. Von außen wirkte das Haus unscheinbar, nicht einmal einen Briefkasten machte er aus. Allerdings atmete Daniel auf, als er den Stromanschluss sah. Soweit hatte Miller es dann wohl doch nicht kommen lassen. Bestechend jedoch wirkte der stille Arm des Sees direkt vor dem Haus. Innerhalb weniger Sekunden stand man am Ufer und blickte auf ein naturbelassenes Idyll, wie man es nur noch selten zu sehen bekam. Umgeben wurde das kleine, beschauliche Areal von dichten Wäldern. Nichts ließ darauf schließen, dass man innerhalb von zwanzig Minuten wieder die dichte Zivilisation Ithakas erreichen konnte.

Das Innere des Hauses erwies sich als schlicht, jedoch behaglich. Zwei Schlafzimmer standen zur Verfügung, wie Daniel erleichtert und Tina mit spöttischem Blick bemerkten. Daneben existierten eine Küche und das urtümliche Wohnzimmer. Kein Fernseher, dafür ein riesiger Kamin und schwere Holzmöbel – woran man wohl am besten erkannte, dass Miller nicht mehr zu den Jüngsten zählte. Das einzige Bad erwies sich als bemerkenswert luxuriös ausgestattet. Ob es Tina gefiel, wusste er nicht, die zeigte wie üblich keine Reaktion. Übrigens empfingen sie im Flur drei Trolleys und eine kleinere Reisetasche. Tom war mit dem Flugzeug schneller gewesen. Und als Daniel den Kühlschrank inspizierte, fand er jede Menge frischer Vorräte.

Schließlich standen sie im Wohnzimmer und Daniel war nicht nur ratlos, so lautete derzeit sein zweiter Vorname. Was nun? Nach einer Weile, inzwischen war Tinas spöttischer Blick recht beißend geworden, zuckte sie mit den Schultern, raffte ihr Gepäck zusammen und begab sich in eines der Schlafzimmer. Daniel beschloss, ihrem Beispiel zu folgen. Allerdings erst, nachdem er vorsorglich den Wagen außer Betrieb genommen hatte. Man konnte nie wissen. Dann ging er in das andere Zimmer und legte sich auf das bereitstehende breite Bett.

Er war so müde, dass selbst sein Hunger jede Bedeutung verlor und auch der Gedanke, dass Tina ebenso hungrig sein würde. Es musste warten, bis er wenigstens etwas Schlaf getankt hatte. Vorher war jeder vernünftige Gedanke unmöglich.

Schlafen.

Tina überlegte angestrengt, ob sie sich vielleicht auf einer grotesken Reise in die Vergangenheit befand. Zunächst hatte sie fest daran geglaubt, dass nicht einmal dieser Idiot annehmen könnte, so etwas würde funktionieren. Doch der irre Prof meinte offensichtlich nicht nur, er würde hier eine Art Samariterdienst leisten, darüber hinaus schwamm er schon wieder auf der Nostalgiewelle. Und als sie sah, *wohin* er sie verschleppte, machte sich neben der Wut und den brutalen Rachegelüsten noch ein dritter Faktor bemerkbar: Panik.

Wo genau sie sich befanden, wusste Tina nicht. Auf jeden Fall recht weit östlich, denn der kalte Wind blies ihr unangenehm und sehr bekannt um die Ohren, als sie aus dem Wagen stieg. Er verstärkte die rasenden Schmerzen, die sich zunehmend in ihrem Kopf heimisch fühlten. Da half keine Augenwischerei, Tina musste der Wahrheit ins Gesicht sehen, dass sie derzeit wirklich seine Gefangene war. Bisher war es nur ein ironischer Gedanke gewesen, der sich plötzlich als grausame Realität entpuppte. Tina, die seit über zehn Jahren ausschließlich selbst über ihre Geschicke entschied, sah sich mit einem Mal um ihre Selbstbestimmung gebracht. Alles in ihr verlangte danach, zur Not in diese verdammten Wälder zu flüchten oder über den See ans andere Ufer zu schwimmen, Hauptsache sie kam weg von ihm und dem, was er mit ihr plante. Sie hatte … keine Angst, denn so etwas war vor langer Zeit ersatzlos aus ihrem Leben gestrichen worden. In ihr meldete sich jedoch eine bizarre Klaustrophobie, als sie das winzige Haus am See sah, das wie in einem Tal eingebettet zwischen den Wäldern lag. Mit Sicherheit gab es hier ein Echo. Verdammt, sie wollte weg! Nur das *konnte* sie nicht!

Mit den Jahren hatte Tina gelernt, die Signale ihres Körpers nicht zu ignorieren. Wenn man an 340 Tagen im Jahr unterwegs war, in jeder dritten Nacht in einem anderen Bett schlief und nur unregelmäßig aß, wurde das zwingend notwendig. Und ihr Körper signalisierte momentan nun einmal unmissverständlich, dass sie jetzt dringend schlafen musste.

Während der endlos anmutenden Autofahrt hatte sie nicht gewagt, die Augen zu schließen. Die bloße Vorstellung, mit ihr würde etwas geschehen, das sie nicht beeinflussen konnte, hatte sie bestens davon abgehalten. Daher ignorierte sie den drängenden Fluchtinstinkt bis auf Weiteres und legte sich angewidert in das fremde Bett. Und das, wo doch eigentlich jede Schlafstätte eine unbekannte für sie war. Mit einiger Überraschung registrierte sie, wie bequem das antike Teil war, auch wenn die Einrichtung des Zimmers an sich zu wünschen übrig ließ. Tina drückte ihr Gesicht in das Kissen und schlief tatsächlich nach wenigen Sekunden ein. Widerwillig.

Als sie am nächsten Morgen erwachte, plagten sie zunächst extreme Orientierungsschwierigkeiten. Alles wirkte so *anders*. Normalerweise empfing sie die leicht stickige, aber beruhigende Atmosphäre eines Hotelzimmers. Die besaß ihr ganz eigenes Flair, man gewöhnte sich sehr schnell daran. Auch an die gedämpften Geräusche, die ein Hotelbetrieb nun einmal mit sich brachte. Hier gab es *nichts!* Nur Vogelgezwitscher – was grauenhaft nervte. Die Sonne schien durch das winzige Fenster direkt auf den altertümlichen Schrank, in dem sie wohl ihre Sachen unterbringen sollte.

Ein hohles Gefühl im Magen erzählte Tina, dass sie unbedingt etwas zu sich nehmen musste. Der erste Gedanke galt ihrer Handtasche, und als ihr einfiel, dass dieser arrogante, selbstherrliche Idiot ihr Zeug gestohlen hatte, kochte augenblicklich die Wut hoch. Allerdings blieb sie nicht lange, denn Tina trauerte aus Überzeugung keinen verlorenen Dingen mehr nach. Es galt, mit dem Vorhandenen zu leben, und das war … *Zahnpaste!*

Nicht besonders gut, aber in der Not erfüllte sie auch den Zweck. Ein wenig mehr als üblich auf die Bürste getan, und schon ging es ihr bedeutend besser. Nebenbei fragte sie sich, ob Tom beim Einpacken ihrer persönlichen Dinge auf seine Kosten gekommen war. Wobei sie sich übrigens verbissen bemühte, sich an sein Gesicht zu erinnern. Vor ihrem geistigen Auge erschienen jedoch nur eine riesige Gestalt und ein dämliches Dauergrinsen. Nun ja, als er ihre Unterwäsche in den Händen gehalten hatte, war das Grinsen garantiert da gewesen. Egal, Tina würde ihn nie wieder sehen und er zerriss sich mit Sicherheit nicht als Einziger das Maul über sie. Wahrscheinlich mit Francis im Duett, falls die beiden noch immer ein Paar waren. Vorsichtshalber sandte sie der eine imaginäre Botschaft:

Ich bin *erwachsen geworden. Auch wenn dein dämlicher Bruder das anders sieht. Aber der hat dafür so einige Probleme, vermute ich.*

Nach einer ausgiebigen Dusche, im Haus war glücklicherweise alles still, begutachtete sie ihr beschränktes Repertoire an Kleidung. Nichts eignete sich für einen Aufenthalt in der Wildnis, und am Ende entschied sie sich für etwas Schwarzes, dann sah man wenigstens den Dreck nicht. Nachdem sie sorgfältig Make-up aufgelegt und das Haar gestylt hatte, stand sie ratlos in ihrem Zimmer. Bisher war sie ihrem allmorgendlichen Ritual gefolgt. Es nahm immer den gleichen Verlauf.

Im Normalfall würde jetzt das Frühstück folgen und dann wäre sie in irgendein Unternehmen gefahren, meist, ohne zu wissen, was sie dort erwartete. Improvisation gefiel ihr und die Fähigkeit, jede unbekannte Situation grandios zu meistern, bedeutete nicht mehr und nicht weniger, als dass Tina sie bestens unter Kontrolle hatte. Dieser Gedanke gab ihr neuen Auftrieb. Es war zwar ziemlich ungewöhnlich, doch am Ende handelte es sich hierbei um nichts anderes, als eine neue Herausforderung. Tina war wild entschlossen, sie zu bewältigen, wie alle anderen zuvor auch.

Mehr um sich abzulenken, trat sie ans Fenster, das direkt zum See hinauswies. Auf dem kleinen Steg stand eine große, schlanke, nackte Gestalt. Sinnierend betrachtete er das Wasser, schien sich tatsächlich in einer Art Trance zu befinden, bevor er ganz unvermutet Anlauf nahm, und in das mit Sicherheit eisige Nass sprang. Hierbei gab er sich übrigens deutlich Mühe, eine gute Figur zu machen. So ein Idiot! Selbst in der totalen Einöde zog er noch seine Show ab. Einschließlich Demonstration, dass *ihm* natürlich niemals kalt wurde. Tina hatte mit ihrem ersten Eindruck richtig gelegen, denn es hatte sich tatsächlich nichts geändert!

Eine erstaunliche Weile später tauchte er auf, schüttelte wild das dunkle Haar und schwamm auf den See hinaus. *Gut!* Vielleicht wollte er ja erkunden, ob das Ding in einem direkten Zugang zum Meer mündete. Dann würde er eine Weile fort sein und Tina würde sich unbemerkt aus dem Staub machen können. Leider hatte er andere Pläne, denn wenig später schwamm er zurück zum hiesigen Ufer, und kurz darauf durfte Tina nach langer Zeit wieder einmal live erleben, dass der Kerl immer noch alles dafür tat, um bei den Gänsen zu landen. Selbstverständlich lag kein Handtuch bereit, stattdessen lief er in aller Seelenruhe nackt den Steg entlang und lenkte dann seine Schritte zum Haus.

Die Haut war braun und der Körper muskulös wie eh und je. Frieren schien nach wie vor ein Fremdwort.

Früher hätte er damit die dumme und naive Tina aus der Reserve gelockt, heute betrachtete sie ihn eher zweifelnd als interessiert. Woher nahm der Mann nur die Zeit? Arbeit, Training, Frauen stalken und entführen – das passte nicht zusammen. Doch diesem Versager war noch nie etwas heilig oder wichtig gewesen, daher war es wohl naheliegend, dass er seinem Beruf ähnlich viel Bedeutung beimaß, wie damals seinem Studium. Eher wie einem lästigen Hobby. Grant verließ sich auf sein gutes Aussehen und darauf, dass er mit seiner Tour schon irgendwie durchkommen würde. Nur was würde er tun, wenn er damit einmal nicht mehr punkten konnte? Schließlich wurde er auch nicht jünger.

Erst jetzt ging Tina auf, dass sie ihn anstarrte – *glotzte* – und sie wandte sich hastig ab. Wenn dieser Tom-Komplize gute Arbeit geleistet hatte, musste sich irgendwo in den Koffern ihr Laptop befinden. Von ihren Sachen hatte sie nur das Notwendigste ausgepackt, um im Zweifelsfall für eine schnelle Abreise gerüstet zu sein. Wenige Minuten später schloss Tina stöhnend die Augen.

Kein Internet.

Ausgeschlafen und ebenso ratlos wie Stunden zuvor, war Daniel erwacht. Er genoss die Stille, neben der reinen Luft und bemerkte, wie sehr ihm ein solches Idyll gefehlt hatte. Grübelnd stand er an seinem Fenster und blickte auf den kleinen, anheimelnden See hinaus. Ein friedliches Bild, von Ruhe geprägt, selbst von Zufriedenheit. Letztere breitete sich unaufhaltsam in ihm aus, was ihn wirklich erstaunte. Wann war er so genügsam geworden? Als er sich vergegenwärtigte, mit *wem* er hier die nächsten Tage verbringen würde, machte sich zum ersten Mal so etwas wie frohe Erwartung in ihm bemerkbar. Einen echten Plan verfolgte er nicht, aber manchmal war es ohnehin das Beste, einfach auf sein Bauchgefühl zu hören. Der Rest kam dann von ganz allein. Und seine Intuition riet ihm unmissverständlich, jetzt in diesem verlockenden See zu schwimmen.

Es war herrlich! Besser als alles, was er in den letzten Jahren erlebt hatte. Das Wasser war nicht wirklich kalt, eher wirkte es angenehm und erfrischend. Die diesige Luft ließ vermuten, dass es nicht einmal sieben Uhr war, was bedeutete, dass der Tag garantiert schön werden würde. Daniel schwamm einige Meter, ließ sein Hirn die letzte Müdigkeit überwinden und überlegte dabei, wie er die Dinge am besten angehen sollte. *Frühstück!* Das schien eine wirklich gute Idee, denn er hatte einen Bärenhunger. Und wenn er addierte, was Tina in den vergangenen Tagen zu sich genommen hatte, musste die mittlerweile bereit sein, einen Elefanten zu verdrücken. Plötzlich vergnügt ging er sich abtrocknen und anziehen. Dabei verzichtete er auf jeden Schnickschnack, rasierte sich nicht, sondern passte sich ganz den gegebenen Umständen an. Und die bedeuteten: *Freiheit.*

Auch sie würde es spüren. Diese besondere Atmosphäre konnte nicht an ihr vorbeigehen, davon war Daniel überzeugt. Heiter stand er wenig später in der ausladenden Küche und bereitete ein prächtiges Frühstück zu. Mit riesigen Eiern, die garantiert nicht aus dem Supermarkt stammten und der Speck schien auch direkt vom Farmer geliefert worden zu sein. Jede Menge Brot landete im Toaster und er stellte Honig, Konfitüre und alles Übrige bereit. Inklusive Kakao und Orangensaft. Nur auf den Kaffee verzichtete er – auch für sich. Ein Leben jenseits aller Genussmittel würde zur Abwechslung nicht schlecht sein.

Mit viel Liebe fürs Detail deckte er auf der offenen Veranda den Tisch, je mehr Zeit ins Land ging, desto schöner wurde das Wetter. Offenbar bahnte sich der erste Frühlingstag des Jahres an. Dies betrachtete Daniel als durchaus gutes Omen.

Kritisch begutachtete er abschließend sein Werk, nickte es zufrieden ab, und stand kurz darauf vor ihrer Tür. Zum ersten Mal war er in seinem ungewöhnlichen Enthusiasmus ein wenig gehemmt. Vielleicht schlief sie noch, denn ihre Sturheit hatte sie ja auf der Herfahrt davon abgehalten. Möglicherweise wollte – *musste* – sie Schlaf nachholen, um neue Kraft zu tanken und ein wenig zu sich zu kommen? Ihm widerstrebte es, sie zu wecken, andererseits, wollte er aber auch unbedingt Zeit mit ihr verbringen, um sein Projekt in Angriff nehmen zu können:

Rückverwandlung der Untoten in Tina Hunt.

Am Ende entschied er sich für einen Kompromiss: Nach einem recht verhaltenen Klopfen öffnete er behutsam die Tür. Okay ...

Sie war nicht nur wach, sondern schien bereit für den nächsten Galaempfang. Den Hinweis, dass so etwas weit und breit nicht stattfinden würde, ersparte er sich.

Auch den Tipp, dass Laptops und Arbeit jeglicher Art unter die hier geltenden Verbotsparagrafen fielen, brachte er nicht an die Frau. Auf jeden Fall sah sie ihn an, als er eintrat und das war eine Verbesserung um einhundert Prozent.

»Guten Morgen!« Sein Grinsen entlockte ihr keine Reaktion. »Ich habe Frühstück gemacht.«

Schweigen *plus* erhobener Augenbraue.

Aber Daniel hatte genug von dem Theater. »Du kannst mich meinetwegen dreihundert Jahre so dämlich anglotzen, Hunt! Du *hast* Hunger! Also komm jetzt!«

Um jede Diskussion zu vermeiden, begab er sich damit auf die Veranda und warf somit ihr den Ball zu. Irgendwann musste sie zu sich kommen. Kein Mensch hielt diesen Mist auf die Dauer durch, nicht einmal Tina. *Gerade* nicht sie! Dennoch atmete er auf, als sie ihm folgte und sich doch tatsächlich auf einen der beiden Stühle pflanzte. Dann betrachtete sie schweigend den Tisch, während Daniel bereits Rührei auf seinen Teller schaufelte. Die Luft machte zusätzlich hungrig, inzwischen konnte auch er es ganz locker mit dem Fleisch eines Elefanten aufnehmen.

»Wo ist der Kaffee?«

Es konnte sprechen!

Sofort kehrte Daniels gute Stimmung zurück. »Hab ich gestrichen!«, erklärte er kauend.

Sie nickte knapp und ließ einen erneuten kritischen Rundblick über das Nahrungsangebot gleiten. Dann griff sie zum Toast und bestrich ihn dünn mit

Butter und Konfitüre. Daniel, der sich mit seinem Ei beschäftigte, atmete zum zweiten Mal auf.

Es aß!

Eine Scheibe Toast, mit drei Gramm Butter und fünf Mikrogramm Erdbeerkonfitüre. Hinzu gesellte sich ein Glas Orangensaft. Kaum war das vertilgt, lehnte sie sich zurück, die Hände lagen flach auf dem Tisch, der Blick wirkte milde interessiert. »Erklärst du mir jetzt bitte, was du mit dieser Entführung bezweckst?«

Daniel kaute ohne Eile, schluckte und spülte mit Saft nach. »Keine Entführung«, meinte er dann. »Warum betrachtest du es nicht als Urlaub? Was spricht denn dagegen?«

»Ganz einfach: *Ich* entscheide, wann ich Urlaub mache und vor allem, *mit wem*. Es erstaunt dich sicher nicht unbedingt, wenn ich dir erkläre, dass du dich nicht unter meinen ersten zehn Wunschpartnern befindest.«

»Nein«, erwiderte er kopfschüttelnd. »Wer?«

»Bitte?«

»*Wer* befindet sich denn unter deinen ersten zehn Wunschpartnern?«

Ihr Lächeln fiel schwach aus. »Diese Information fällt unter die Kategorie: ›Das geht dich nichts an.‹«

Zeit, das Geplänkel zu beenden, schätzte er, auch wenn er dies gern noch etwas nach hinten verschoben hätte. »Ich musste eingreifen, Tina.«

»So? Warum?«

»Weil es dir schlecht geht.«

»Das denkst *du*!« Es kam nicht etwa bissig, Tina plauderte, als befänden sie sich tatsächlich im Urlaub. Doch ein Blick in ihre kalten Augen rief ihm schnell in Erinnerung, dass er sich nach wie vor auf dem verdammt brüchigen Eis bewegte. Denn er hatte sie tatsächlich entführt.

»Ich *sehe* es!«

Erneut verzog sich der Mund zu diesem falschen Lächeln. »Ich weiß nicht, auf welchem Trip du dich befindest und was dich plötzlich zu solchen Handlungen veranlasst. Aber selbst dir kann nicht verborgen geblieben sein, dass auch ich mich auf die allgemeinen Bürgerrechte berufen kann. *Ich* entscheide, was mit mir geschieht und was nicht. Und da ich die vergangenen Jahre ohne deine Dauerkontrolle überlebt habe – äußerst gut, übrigens – gehe ich davon aus, dies auch in den kommenden vierzig zu tun. Mit Erfolg – auch wenn das dein seltsames Denkschema durcheinanderbringt.«

»Mir ist nicht bekannt, was in den vergangenen zehn Jahren stattfand«, erwiderte er gelassen. »Ich kann nur von den letzten *drei Tagen* sprechen, und die sahen verdammt nach Selbstmordversuch aus. Wie viel wiegst du, Tina?«

Letztes ignorierte sie. »Wenn dies deiner Überzeugung entspricht, werde ich sie dir mit Sicherheit nicht nehmen. Ich verlange von dir nur eines: *Schaff mich hier fort!* Bring mich zum nächsten Freeway, das würde mir schon reichen!«

»Nein.«

»Also darf ich mich jetzt offiziell als Entführungsopfer betrachten?«, erkundigte sie sich spöttisch. »Wen erpresst du denn und vor allem, *womit?*«

Daniels Blick fiel auf ihre verdammt dünnen und knochigen Handgelenke. »Du hast meine Frage noch nicht beantwortet. Wie viel wiegst du, Tina?«

»Das geht dich nichts an.«

»Was isst du?«

»Auch das ist keineswegs eine deiner Angelegenheiten.«

»Wie oft gehst du in irgendwelche Bars und bietest dich dort an, als hättest du es verdammt nötig?«

Ein geduldiges Lächeln war die einzige Antwort.

»Wie oft steigst du mit widerlichen Geschäftspartnern ins Bett? Oder hat sich in den vergangenen zehn Jahren dein Geschmack so dramatisch verändert?«

»Mit wem ich es treibe und mit wem nicht, ist allein meine Sache. Wann begreifst du endlich, dass dich nichts etwas angeht, was mich betrifft?« All das kam denkbar ruhig, bestens artikuliert, sehr kultiviert, während nicht einmal eine Wimper zuckte. Leider lag sie wieder richtig! Was vorgestern in diesem überfüllten, stickigen Club noch annähernd gerechtfertigt erschienen war, kam Daniel nun, bei klarer Luft, absolut haltlos vor. Verzweifelt versuchte er, sich die Argumente, die vor wenigen Stunden so plausibel geklungen hatten, ins Gedächtnis zurückzurufen. Was sich unter ihrem Blick keineswegs einfach gestaltete, denn ihre Worte klangen logisch, überlegt und rational. Wie, er hatte angenommen, sie wäre gestört? Warum? Vor ihm saß eine schöne, gepflegte, äußerst geschmackvoll gekleidete Frau, mit wachem, intelligentem Blick. Sie sprach zusammenhängend und ohne die geringste Hysterie. Dünn war sie – richtig –, doch das traf auch auf andere Frauen zu, und die wurden nicht gekidnappt, um ihnen eine anständige Fettschicht anzufüttern. Als er ihr Zimmer betrat, hatte sie an ihrem Laptop gearbeitet.

Witzig! Das Bett war gemacht gewesen, der gesamte Raum penibel ordentlich. Tina, also die von früher, hätte das mit Sicherheit nicht zustande gebracht. In Wahrheit wartete *Daniels* Bett darauf, in Form gebracht zu werden. Die Küche glich einem mittleren Schlachtfeld – den Großputz wollte er später erledigen, schließlich befand er sich im Urlaub –, und er hatte es bisher nicht einmal auf eine Rasur gebracht. Hatte er sich hier tatsächlich seinen eigenen kleinen Traum erschaffen? Nachdenklich betrachtete Daniel das perfekt geschminkte Gesicht und die ruhige Überlegenheit ihres Blickes.

»Was meintest du vorgestern Abend?«, erkundigte er sich schließlich. »Was ist mit deinem Vat…«

»Lass das!« *Jetzt* wirkte sie alles andere als kühl und überlegen. »Ich sagte bereits, dass es dich nichts angeht. Und ich verbitte mir in Zukunft dieses Thema!«

»Ich wollte doch nur erfahren …«

Ihre Augen wurden riesig und die Ahnung eines Bebens erschütterte ihre Hände. »Du bist der letzte Mensch auf Erden, der Fragen über ihn zu stellen hat! Dazu besitzt du kein Recht! Auf nichts, um genau zu sein, was bildest du dir eigentlich ein?«

Stirnrunzelnd lehnte er sich zurück. »Warum regst du dich so auf?«

»Selbst *das* geht dich nichts an!«, giftete sie zurück. »Du tauchst nach zehn Jahren aus der Versenkung auf und bist der Ansicht, mich immer noch bevormunden zu können! Verdammt, du bist der dunkle Schmutz unter meinen Fingernägeln, und mehr nicht! Sieh zu, dass du mich aus diesem Albtraum zurück in die Zivilisation bringst und dann verschwinde aus meinem Leben! Du hast genug angerichtet!«

»*Was?*«

»Pardon?«

»Was habe ich angerichtet?«

Bereits während ihrer Zorntirade war sie ruhiger geworden, und inzwischen deutete nichts mehr darauf hin, dass unlängst ein Beinaheausbruch gedroht hatte. Tina verkörperte wieder ganz ihr reserviertes, widerliches Selbst.

»Überhaupt nichts«, seufzte sie gelangweilt. »Ich habe nur erkannt, dass ich auf deine Anwesenheit in meinem Leben gut verzichten kann. Was du übrigens vor Jahren ähnlich sahst, du erinnerst dich? Weshalb änderst du plötzlich deine Meinung? Warum betrachtest du es nicht als die alberne Episode, die es immer war, wir trennen uns in Frieden und jeder geht seiner Wege?«

»Ich ging damals, weil ich musste«, erwiderte er leise.

»Das habe ich durchaus verstanden. Wo liegt das Problem?«

»Meine damaligen Gründe konntest du nicht nachvollziehen.«

»Oh, ich hatte und *habe* keinerlei Verständigungsschwierigkeiten, du liegst falsch!«

Doch Daniel ließ sich nicht beirren. »Ich glaubte, indem ich dir jede Hoffnung nehme, würdest du die Trennung einfacher verkraften.«

»*Verkraften?*« Spöttisch hob sie die Augenbrauen. »Es war eine schnelle Nummer zum Abschied. Ich konnte eine Menge daraus für die Zukunft mitnehmen. Um ehrlich zu sein, hat es mir auf meinem weiteren Weg sehr geholfen. So, wie du es beabsichtigt hattest. Ziel erreicht, kann ich jetzt gehen?«

»Warum hast du das Studium hingeworfen?«

Nicht einmal der abrupte Themenwechsel konnte sie erfolgreich verunsichern. »Dir fehlen einige Informationen, was mich ein bisschen irritiert. Sonst warst du umfassender im Bilde. Lass es mich so formulieren: Ich habe nur den Studienort verlagert.«

»Warum?«

»Das geht dich nichts an.«

»Weshalb?«, lächelte er. »Lass uns ein wenig plauschen, wo wir gerade die Gelegenheit dazu haben.«

»Welche du erzwungen hast«, erinnerte sie ihn eisig. »Wenn unbedingt Gesprächsbedarf vorliegt, solltest du es in Zukunft mit einem Termin versuchen, wie *jeder normale Mensch!*«

»Das hätte ich wirklich gern getan, aber du bist so schwer erreichbar.« Sein Mund verzog sich zu einem breiten Lächeln.

»Was ein Hinweis darauf sein könnte, dass ich nicht erreicht werden *möchte*.«

»Möglich. Mit einem eigenen Geschäft dürfte man auf diese Art aber schnell ins Abseits geraten.«

»Ich kann mich nicht beklagen«, konterte sie schulterzuckend. »Wie du bestimmt weißt, bin ich ausgebucht.«

»Oh, ich schätze, *das* liegt wohl eher an dem Rundum-sorglos-Paket, das du den Leuten bietest. Dein letzter Geschäftspartner schien glänzend *befriedigt*, als er ging.«

Wie so häufig geriet Tinas Lächeln schwach und eher gelangweilt. »Du erstaunst mich immer mehr. Hast du ihn etwa *auch* gestalkt? Wenn man dir so zuhört, bekommt man den Eindruck, es gäbe keine echten Inhalte in deinem Leben.«

»Oh, darüber mach dir keine Gedanken. Inhalte habe ich genug, aber danke der Nachfrage!«

»Kein Mensch, der ausgelastet ist, entführt jemanden in diese jämmerliche Einöde, um endlich mal ausgiebig mit ihm zu plaudern«, beharrte sie. »Das riecht für mich nach äußerst beunruhigenden Psychosen.«

»Ich war nie wie andere Menschen, ist dir das entfallen?«, grinste er.

»Auch wenn ich dir damit die eine oder andere Illusion raube, aber ich habe innerhalb der vergangenen Jahre gelernt, dass ihr im Grunde alle ziemlich gleich seid.«

»So?« Daniel sah auf. »Wie darf ich das verstehen?«

»Gar nicht.« Ihr Lächeln wurde breiter. »Es geht dich nichts an. Schon vergessen?«

»Ah, stimmt, da war ja noch was.« Während der gesamten Pseudounterhaltung hatte er ihre kleinen und so verräterischen Hände nicht aus den Augen gelassen. Derzeit machte sich kein neues Beben bemerkbar – doch das würde es. Jetzt galt es nur zu verhindern, dass er aus Versehen vorher explodierte.

»Damals entschied ich, es sei das Beste, die Angelegenheit so zu beenden.«

Ihre Nasenflügel bebten leicht. »Man kann nur beenden, was überhaupt begonnen hat. Ich betrachte einen Abschiedsfick nicht als einen wie auch immer gearteten Beginn. Dessen Qualität übrigens lag eher im Niedrigbereich, in den vergangenen Jahren habe ich bedeutend bessere Erfahrungen gemacht. Nun ja, du warst jung, das entschuldigt vieles. Und zum Abschied war es durchaus akzeptabel!«

Treffer Nummer eins.

»Ich gebe zu, dieser ›Abschiedsfick‹ war keineswegs geplant. In Wahrheit hast du mich tatsächlich nicht als Frau interessiert. Zu langweilig, zu fade, auch zu reizlos. Ich habe mich bemüht, aber das Ergebnis war eher mittelmäßig.«

Der rechte Zeigefinger hob sich um einen Millimeter. Treffer Nummer zwei.

»Womit du bestätigst, was ich bereits seit Längerem geahnt habe«, erwiderte sie lächelnd. »Du bist nicht halb so perfekt, wie du immer erscheinen willst. Oder hast du dieses aussichtslose Ziel endlich hinter dir gelassen? Ich meine, selbst du musst ja irgendwann erwachsen werden, auch wenn es bedeutend länger als üblich dauert.«

»Nein, Perfektion ist noch immer mein zweiter Vorname«, grinste er. »Das ist auch der Grund, aus dem ich dir gefolgt bin. Okay, in Wahrheit gibt es zwei. Erstens finde ich, ist mein Werk an dir noch lange nicht vollbracht, und zweitens ist die billige Nummer von neulich Nacht deutlich verbesserungswürdig.«

Nummer drei – *fast*.

»Oh, *darum* geht es dir? Warum hast du das nicht gleich gesagt?« Sie wirkte sichtlich erleichtert. »Bezüglich deines ersten Problems muss ich dich enttäuschen, denn du wirst nie wieder Gelegenheit bekommen, irgendwelche *angeblichen* Verbesserungen an mir vorzunehmen. Ich und mein Äußeres gehen dich einen *Scheißdreck* an, Grant! Aber du warst an dem Abend im Hotel nicht zufrieden?

Das müssen wir unbedingt ändern. Es entspricht zwar nicht meinen üblichen Gepflogenheiten, doch bei dir werde ich eine Ausnahme machen. Der alten Zeiten willen und weil es mir offenbar nicht auf Anhieb gelungen ist, dir zu demonstrieren, wie fantastisch ich besonders *dieses* Fach beherrsche. Eine Bedingung stelle ich aber: Wenn ich es dir anständig besorgt habe, dann beenden wir diesen Mist, du verschwindest aus meinem Leben und ich habe endlich meine Ruhe. Ist das ein Deal?«

»Ein grandioser sogar!«, strahlte Daniel. »Mit einer geringfügigen Einschränkung. Nicht *du* besorgst es *mir!* Was das betrifft, hast du dir inzwischen tatsächlich unschlagbare Fähigkeiten angeeignet. Es geht mir eher darum, es *dir* zu besorgen, denn diesbezüglich läuft die Angelegenheit komplett gegen den Baum, oder irre ich mich.« Tadelnd schüttelte er den Kopf. »Hast du denn alles vergessen, was ich dir damals zu erklären versucht habe? Spaß, Entspannung? Glückliches Aussehen danach? So ähnlich wie dieser fette Kerl, nachdem er dich verließ. Obwohl sein Äußeres eher gewöhnungsbedürftig ist, eignet er sich bestens als Anschauungsbeispiel. Wenn ich dich so betrachte, wirkst du auf mich eher unbefriedigt. Da ist dieser gelangweilte Zug um deinen Mund, den ich dringend beseitigen will, Hunt.«

»Der existiert, weil du mich mit deinem geistlosen Geschwafel zunehmend langweilst, Grant. Also, was ist, haben wir einen Deal?«

»Kannst du haben, Hunt!« Offenbar war *Daniel* soeben erbebt – nichts, was ihn momentan weniger interessierte. Jetzt würde er es ihr zeigen und endlich dieser Schmierenkomödie ein Ende bereiten.

An der Hand zog er Tina in die Küche, umfasste ihre schmale Taille und setzte sie mit Schwung auf den Tresen.

»Lass sehen, was wir da haben.«

36. Broken promise

Seine Augen waren verschwunden. Tina sah nur die leeren, dunklen Höhlen, in denen vor Kurzem noch diese grünen Dämonendinger geglitzert hatten. Nur hatte sie die während der vergangenen Minuten mehrfach amputiert. Sein Gesicht schimmerte krebsrot und begann an mehreren Stellen böse anzuschwellen. Resultat der klatschenden Ohrfeigen, die sie ihm pausenlos verabreichte. Und sein dämliches Grinsen hatte bereits vor etlichen Minuten den Abgang gemacht.

… jedenfalls stellte Tina sich genau das vor, als er zur Tat schritt. Dass sie sich nach so vielen Jahren bereits zum *zweiten* Mal verbotenerweise in eine Illusion flüchtete, fiel ihr zwar auf, doch sie gestattete sich diesen Ausrutscher. Die gesamte Situation war so unwirklich, dass es auch nichts mehr zur Sache tat. Bisher war ihr keine Erklärung dafür eingefallen, was er von ihr wollte. Jetzt schlauer zu sein, führte auch nicht unbedingt dazu, dass es ihr besser ging. Im Grunde hätte sie nicht einmal verwundert sein dürfen, und trotzdem hatte sie sein Angriff relativ unvorbereitet getroffen.

Am Ende dachte er eben immer nur an das Eine – auch dies war eines seiner ihr bestens bekannten Markenzeichen. Aber dass er so offensiv an die Geschichte ging. Nun ja, in Wahrheit war selbst das nichts Neues, wie *nichts* an ihm neu war. Tina, die Männer auf diese Art immer dazu brachte, zu tun, was sie wollte, hatte daher sofort akzeptiert. Es mochte vielleicht nicht eine der leichtesten Übungen für sie sein – so viel wusste sie sehr wohl –, aber es war auf jeden Fall die erfolgsversprechende. Er nahm sich keine Zeit, in eines der Schlafzimmer zu gehen, sondern wollte das Ganze gleich in der Küche durchziehen. Auch das machte ihr nichts aus, sogar die Enttäuschung – so was Blödes! – die plötzlich über sie herfiel, begleitete sie eher mit einem bitteren Lächeln, als sich tatsächlich auf sie einzulassen. Was hatte sie erwartet? *Nichts.* So, wie sie niemals etwas erwartete – schon gar nichts Gutes. Er glaubte, sie zu benutzen, doch in Wahrheit, benutzte sie *ihn.* Wie immer, wie bei jedem X-beliebigen anderen auch. Und so zwang sie die Lider auf, beobachtete ihn und präparierte sich nebenbei dafür, ihm zu geben, was er wollte, um zu bekommen, wonach ihr der Sinn stand. Wie immer.

Momentan fabrizierte Daniel den mit Abstand größten Scheiß, den er jemals zu verantworten gehabt hatte. Okay, einer der größten, die Liste seiner weniger ruhmreichen Taten, besonders in Bezug auf Tina, war geringfügig länger. Das wusste er durchaus. Aber sie machte ihn wahnsinnig, verdammt! Alles an ihr! Ihre abweisende Art, die kaum verhüllte Wut, die Herablassung, die aus jedem ihrer Worte sprach. Und … es war infantil, natürlich, doch sie hatte ihn in seiner Ehre gekränkt! Von wegen nicht gut! *Er!*

Oh, er würde sie bestätigen, Daniel sah es in ihren Augen, war sich bewusst, dass er ihr in die Karten spielte und damit einen fatalen Fehler beging, und konnte sich trotzdem nicht beherrschen. Sie hatte ihn tatsächlich zu einem hirnlosen, kleinen Jungen degradiert, mit dem die Vernunft eines erwachsenen Mannes stritt. Es war unmöglich, jetzt aufzugeben, er wollte – *brauchte* – dringend Entladung. In diesem Zusammenhang übrigens auch nicht sehr hilfreich war, dass *sie* immer seine Adresse dafür gewesen war, um diese auch zu bekommen. Innerhalb der vergangenen zehn Jahre hatte es schlicht und ergreifend keine gegeben, weil Tina nicht verfügbar gewesen war. Doch wohin war Daniel gegangen, wenn er damals nicht mehr weiter wusste? Zu Tina! Und die war *hier!* Wenn auch eher zufälligerweise, doch diesmal traf es sogar die Richtige. Nebenbei bemerkt, aber ganz bestimmt nicht nebensächlich, war sie schön – die schönste Frau, die er je gesehen hatte – sie war in höchstem Maße, begehrenswert und verdammt willig. Meilen entfernt von der Zivilisation, hatten sich jene Träume, die er heute Morgen mithilfe dieses Ortes erschaffen hatte, noch nicht gänzlich verabschiedet. Wenn sie auch nach ihrer netten Plauderei momentan etwas im Abseits standen. Nicht zuletzt setzte ihm nach wie vor sogar massiv zu, dass er sie mit anderen Männern gesehen hatte. Mehr, als ihm lieb sein durfte. Dieser fette Kerl – Daniel schätzte, es handelte sich um eine Hochschlafnummer – er wollte ihn ihr austreiben, es irgendwie ungeschehen machen, einen sexuellen Exorzismus vornehmen.

Wenn er ihm schon nicht das selige Grinsen aus der feisten Visage hatte prügeln dürfen. Doch das reichte noch nicht, in Wahrheit wollte Daniel daneben auch die Männer in diesem beschissenen Club vergessen machen – gut – schlicht *alle* Männer, denen sie jemals begegnet war, nur er sollte übrig bleiben. Besitzdenken? Er? Wieder etwas, das er ausschließlich bei ihr empfand und bis vor wenigen Wochen nicht für möglich gehalten hätte.

Noch existierte in seinem Hirn genügend Verstand, um zu registrieren, dass ihm die Angelegenheit soeben total entglitt. Gar nichts rettete er oder verbesserte mit viel Fingerspitzengefühl diese furchtbare Situation. Und er würde mit dieser Aktion auch garantiert nicht in ihrem Ansehen steigen oder ihr glaubwürdig demonstrieren, dass er nicht das Schwein war, für das sie ihn zweifelsohne hielt.

Doch Fakt war, Daniel hatte keine Wahl. Vielmehr stellte er etwas resigniert fest, dass nicht nur sie kaputt war, sondern er auch! Jedenfalls momentan. Nebenbei suchte ihn die nächste Ahnung heim – natürlich war es nur eine Annahme, aber eine ziemlich aufdringliche und vor allem plausible: Diese verdammten Männer, die er so gern ungeschehen machen würde, waren für ihre Abgeklärtheit und Kaltschnäuzigkeit verantwortlich. Er wollte nicht mehr diesen grausamen, schönen Mund sehen, der das Lachen verlernt hatte, sehnte sich unsagbar nach der Wärme in ihren Augen, die ihm früher immer das Gefühl gegeben hatte, zu Hause zu sein, tun und lassen zu können, was immer ihm sein krankes Hirn suggerierte, und dennoch bei ihr die Absolution zu bekommen. Sie war durch diese Kälte ersetzt worden, die er nicht länger ertragen konnte.

Oh, verdammt, er hatte sich restlos übernommen. Nein, er war kein Therapeut, sondern nur ein verliebter Scheißchirurg, dem gerade seine größte Jugendsünde um die Ohren flog. Wie Jonathan es ihm einst so fantastisch prophezeit hatte, nein, er hatte es nicht vergessen und nicht zuletzt vor dieser Wahrheit wollte Daniel ganz dringend fliehen. Sofort! Daher zerrte er ihr die Hose herunter – aufgrund ihrer weit geschnittenen Hosenbeine passierte sie problemlos die Schuhe – und landete wenig später auf dem Boden. Davon bemerkte er nichts, denn er fetzte bereits den Body auf – ja, sie trug wieder einen – und zog ihn kurz darauf über ihren Kopf. Dann nahm er sich die Zeit, sie zu betrachten. Gott, sie war sogar noch dünner geworden.

Und das sollte normal sein? *Tina?*

Aber selbst die hervorstehenden Knochen konnten den faszinierenden Anblick nicht ruinieren, der sich ihm bot. Diese cremige, makellose Haut, diese wundervollen Brüste, die sich unter ihrem Atem hoben und senkten – auch wenn der keineswegs hektisch ging. Schon damals, in jener einzigen gemeinsamen Nacht, hatte sie ihn mit diesem perfekten Body wahnsinnig gemacht und das Gleiche gelang ihr heute immer noch. Nur Tina hatte jemals diese Macht über ihn besessen, wahrscheinlich würde es immer so bleiben. Dieser Frauenkörper war für ihn nicht mehr und nicht weniger als die Offenbarung. Eilig zerrte er das Spitzenhöschen herunter – teure Wäsche, nichts von der Stange, offensichtlich wusste sie, worauf es ankam. Tina *war* gut, oh ja, mit Sicherheit! Ohne Übergang, eher zur Bestätigung, ließ er einen Finger in sie hineingleiten. Von Erregung keine Spur, was ihn gleich noch etwas mehr neben den Schuhen stehen ließ. Das würde er ändern, so wahr er Daniel Grant hieß! Die andere Hand tastete sich unter ihren BH, fühlte die weiche Haut, ertastete die harte Knospe, die sich unter seinen Berührungen trotz allem emporreckte.

329

Denken fand nicht mehr statt, er sah nur sie, noch in den hellen hohen Schuhen unerträglich sexy auf diesem schlichten Küchentresen, dazu der weiße Spitzen-BH, das makellose Gesicht, die vollen Lippen und diese Augen mit den Wimpern, die es tatsächlich nur einmal auf der Welt in dieser Beschaffenheit gab. Behände löste er ihr Haar, sodass es auf ihre Schultern fiel. Inzwischen war es länger, als vor fünf Wochen, das Spiel von dunklen Strähnen auf heller Haut jagte Stromstöße durch seinen Körper und infizierte den männlichen, animalischen Teil noch zusätzlich, der ihn längst beherrschte.

»Scheiße!«, murmelte er, ohne davon zu wissen. Sein Finger befand sich in ihrem weichen, warmen, so einladenden Körper, ohne dass sie die winzigste Reaktion zeigte. Das war es also nicht. Wieder musste er nicht denken, bevor er sich hinabbeugte und seine Zunge in diesem feuchten, duftenden Terrain versenkte. Er neckte sie, streichelte sie, liebkoste sie, wurde manchmal sogar grob und zeigte ihr damit sein Begehren – fieberte ihr entgegen und wollte es dennoch so lange wie möglich hinauszögern. Dieser Moment war zu einmalig. Als er sah, wie unnatürlich sie ihre Beine hielt, legte er sie geistesabwesend über seine Schultern, um es ihr bequemer zu machen. Dabei leckte und genoss er, feuerte sich an, noch besser zu sein, damit auch sie genießen *musste*. Eindeutig war er derzeit nicht ganz bei Sinnen, doch dieser spezielle Gedanke hatte überlebt. Auch das war ihm nur bei dieser besonderen Frau passiert. Damals … wie heute.

Es war so unfassbar gut, die nächste wahr gewordene Fantasie, die er schon häufiger in die Realität hatte umsetzen wollen, was ihm nur leider noch nie gelungen war. Anscheinend ein akuter Fall von falscher Partnerwahl, denn jetzt funktionierte es fast zu gut. Ständig musste er aufpassen, um nicht unbeherrscht einfach in seine Jeans zu kommen. Mühsam hielt sie sich auf den Unterarmen aufrecht, weshalb er sie zurückdrängte, bis sie lag, weiter seine Zunge kreisen ließ und mit Erleichterung registrierte, dass sie endlich reagierte. Der Atem beschleunigte sich ein wenig, und die Feuchtigkeit rührte nicht nur von Daniels Zunge her, er schmeckte wieder sie und es war unvergleichlich. Daniel legte seine Arme fest um ihren so schönen Körper und presste sein Gesicht in ihren Schoss, verging in ihrem ganz besonderen, unverkennbaren Duft und spürte, wie der Druck ihrer Beine sich verstärkte und sie ihm ihre Hüften entgegendrängte. *Nur bei mir –* dachte er wirr. *Ich weiß es einfach!*

Dies war mit Abstand das Wahnsinnigste und Heißeste, was er je erlebt hatte und er hatte bereits viel erlebt … bis er den Fehler beging und sie ansah. Kühle Augen musterten ihn aufmerksam, sie schien von der gesamten, unvorstellbaren Situation völlig unbeeindruckt zu sein, und Daniel landete mit einem Dröhnen zurück auf der Erde. Keine seiner seltsamen, unausgegorenen Ahnungen überlebte den Sturz. Nach allem, was er wusste, hätte sie inzwischen verheiratet sein und einen Haufen Kinder in die Welt gesetzt haben können. Soeben war er einer verdammten Luftnummer aufgesessen und was für einer! Mit aufgestützten Händen betrachtete er Tina nachdenklich, sein Blick wurde problemlos erwidert.

»Du wehrst dich mit Händen und Füßen, mit allem, was du besitzt«, sagte er, als er sichergehen konnte, dass die Leidenschaft seine Stimme verlassen hatte. »Du *willst* nicht, dass es dir gefällt. Dabei tut es das. Nenne mir einen vernünftigen Grund, warum du dich so verhältst, damit ich dich verstehen kann. Wenn du mir dann sagst, dass ich dir gestohlen bleiben kann, gehe ich und du siehst mich nie wieder. Obwohl du mir mehr bedeutest, als du vielleicht ahnst. Doch du musst mit mir sprechen. Momentan meinst du nichts von dem, was du sagst. Du belügst dich selbst.« Er wies an ihr hinab. »Dein Körper verrät dich, Tina. Hast du diese Möglichkeit nicht einkalkuliert?«

Ihr kalter Blick folgte seiner Bewegung, als er das neongrüne Ding zwischen ihre nackten Brüste legte. Und diesmal weiteten sich die Augen um einen winzigen Bruchteil. Das war mehr, als er erwartet hätte.

»Wenn ich mich täusche und alles, was du mir bisher gesagt hast, der Wahrheit entspricht, warum war er in deiner Tasche? Nach so langer Zeit?« Er richtete sich auf. »Ich denke, da ist etwas und ich glaube nicht, dass du dich so, wie du jetzt bist, innerhalb der vergangenen zehn Jahre aufgeführt hast. Das hättest du nicht überlebt. Seit wann spielst du diese besondere Form von ›Ich bringe mich jetzt um?‹« Sein Blick streifte ihre dünnen Arme. Rasch rechnete er zurück und nickte seinen Geistesblitz ab. »Seitdem wir uns trafen, war es das? Bist du seitdem total durchgeknallt?«

Keine Reaktion.

»Ich belüge dich nicht und ich wollte dich auch nicht kidnappen, sah das nur als einzige Chance, um dich irgendwie … *aufzuhalten.* Ich werde dich nicht mehr anrühren, nicht, bevor du es willst, und zwar nicht aus Berechnung, sondern weil du *wirklich* danach verlangst. Also, auch dort.« Er tippte an ihre Schläfe. »Ich selbst wünsche mir nichts anderes. Nur dich komplett.« Dann küsste er vorsichtig die vollen Lippen, rückte den BH zurecht und zog den Body wieder über ihren Kopf. Da sie keine Anstalten machte, die Arme zu bewegen, half er seufzend nach. Doch als er ihr Höschen und Hose anziehen wollte, wurde sie wach.

»Das bedeutet, ich darf nicht gehen?«

»Tina«, sagte er resigniert. »Ich … ich kann dich so nicht gehen lassen. Du bringst dich um!«

»Du hältst dich nicht an diesen beschissenen Deal?« Fassungslos war eine glatte Untertreibung, die Frau fiel aus allen Wolken!

»Nein, weil du dich auch nicht daran gehalten hast.«

»Was?« Ihr Blick wurde immer entgeisterter. »Habe ich mich gerade von dir auf diesem beschissenen Küchentisch fi…«

Eilig verschloss er mit einer Hand ihren Mund. »Lass es!«, warnte er. »Du wolltest dich in die ›Freiheit‹ vögeln lassen. Wieder ein Mittel zum Zweck. Hättest du abgelehnt, wäre es in Ordnung gewesen. Ich …« Er schüttelte den Kopf. »Ich kann dich nicht gehen lassen. Nicht so.«

»Du bist komplett irre!«, fauchte sie, sobald seine Hand ihre Lippen verließ.

»Möglich – na ja, ich glaube, das trifft es im Moment ziemlich gut.« Gleichmütig nahm er den Flaschenverschluss und begann ungeniert, ihre Hosentaschen zu filzen, bis er das Handy fand. »Wenn du mir erklären kannst, weshalb du das dämliche Ding in deiner Handtasche umherschleppst!«

»Als ewige Erinnerung daran, was geschieht, wenn man so dämlich ist, einem niederträchtigen Schwein Narrenfreiheit zu erteilen!«

»Okay«, nickte er. »Warum willst du dich seit Neuestem umbringen?«

Stöhnend verdrehte sie die Augen. »Also, dir geht es echt nicht so gut, oder? Es ist zwar meine Angelegenheit, aber wenn du es unbedingt wissen willst: Ich hatte eine stressige Zeit, da muss man manchmal ein wenig improvisieren.«

»Der Club?«

»Mein Ausgleich zum Stress.«

»Der fette Kerl?«, erkundigte er sich mit erhobenen Augenbrauen.

»Mein Vergnügen … Was willst du eigentlich von mir?« Gelassen war sie jedenfalls nicht mehr.

»Warum hast du mir keine saftige Ohrfeige verpasst, als ich diese miese Nummer mit dir durchgezogen habe?« Er deutete auf den Tresen.

»Keine Ahnung, um dir den Gnadenfick zu gönnen, schätze ich.«

Interessiert betrachtete er sie, sein Blick wurde herausfordernd und mutwillig erwidert.

»Das bist nicht du, Tina!«, sagte er leise und wandte sich ab, in der Absicht, den Raum zu verlassen. Doch als er die Tür erreichte, rastete polternd ein Schuh neben seinem Kopf am Rahmen ein. »Du kannst mich hier nicht einfach festhalten, begreife das, du Idiot!« Seine Ohren klingelten, in der weitläufigen Küche machte sich ihr Gebrüll unvorstellbar laut aus.

Ohne zu antworten, ging er, denn was hätte er sagen sollen? Sie lag nämlich auch diesmal sogar goldrichtig. Und trotzdem dachte er nicht im Traum daran, sie gehen zu lassen. Möglicherweise war er tatsächlich so irre wie Tina. Die ließ keinen weiteren Ton verlauten und auch Daniel stellte die Kommunikation vorübergehend ein. Stattdessen nutzte er die folgenden Stunden, um hart mit sich ins Gericht zu gehen. Er verglich seine fadenscheinigen Rechtfertigungen und Mutmaßungen mit Tinas Erklärungen, wenn man den Müll denn so nennen wollte, fragte sich, was er erreichen wollte und vor allem, was er erwartete! Unter Zwang würde sie ganz bestimmt nichts an ihrem Verhalten ändern – das hätte er an ihrer Stelle auch nicht getan. Eine plötzlich aufrichtige Tina war unter diesen Umständen daher wohl ein eher frommer Wunsch. Stattdessen drohte, dass sich das, was sie vielleicht noch für ihn empfand, in Luft auflöste oder gar in Hass auf ihn umschlug. Doch sie würde nicht überleben, wenn er sie jetzt in irgendeinem miesen Hotel ablud. Ärgerlich, dass er sie nicht auf eine Waage gestellt hatte. Denn was er kurz zuvor getragen hatte, waren garantiert keine fünfundvierzig Kilos gewesen. Sicher gehörte sie nicht zu den größten Frauen, aber selbst für eine Kleinwüchsige war das einfach zu wenig Gewicht. Zuvor auf diesem Küchentisch hätte sie alles mit sich anstellen lassen, nur um danach gehen zu können. Dass sie auf ihn reagierte, war dabei wohl ein eher zufälliges und störendes Nebenprodukt gewesen. Alles richtig – trotzdem durfte er sie nicht hier festhalten. Als freier Mensch zählte ihr Wille, nicht seiner. Aber … geschah ihr etwas, trug er die Verantwortung, denn er hatte die Gefahr frühzeitig erkannt. Und Daniel wollte sich nicht einmal ausmalen, was in diesem Fall wohl mit ihm geschehen würde. Also was? Himmel, was sollte er denn tun? Am Ende verließ er endgültig den Pfad der Legalität und entschied, mit ihr zu bleiben. Mit ein wenig Glück würde sie irgendwann wenigstens dieses dämliche Gehabe lassen. Wenn nicht, nun ja, dann hatte er endgültig verspielt. Nicht mehr und nicht weniger.

Wie zu erwarten, behandelte Tina ihn wie Luft. Als er am späten Mittag zum Lunch rief, strafte sie ihn mit Nichtachtung, ähnlich verhielt es sich mit dem Dinner. Eisern blieb sie in ihrem Zimmer und reagierte nicht auf seine Aufforderung. Am nächsten Morgen versuchte er es erneut mit dem Frühstück. Erfolglos. Und als sie auch am Mittag keine Anstalten machte, wenigstens mal ihren Raum zu verlassen, ging er zum Angriff über. So konnte das unmöglich weitergehen. Kurz darauf stand er in ihrem Raum und musterte die für den Staatsempfang präparierte Tina. Sie saß auf ihrem Bett, den Laptop auf den Knien und schien sein Eintreten nicht bemerkt zu haben.

»Tina, du musst essen!«

Langsam und mit erhobener Augenbraue sah sie auf … und schrieb weiter. Das war Daniel einfach zu dumm! Deshalb beendete er die Diskussion, bevor sie beginnen konnte, schon, weil es ohnehin nur ein Monolog gewesen wäre, er stellte den Computer auf das Bett, zog sie an der Hand in die Küche und auf einen Stuhl.

»Iss!«

Wieder durfte er die erhobene Augenbraue bewundern, aber diesmal ließ sie sich doch glatt zu einer verbalen Bemerkung herab. »Du magst mich hier festhalten können, aber du kannst mich nicht zum Essen zwingen. Nicht einmal du, *Daniel*.«

Mit fest zusammengepressten Lippen beschwor er sich, Ruhe zu bewahren. »Okay, ich unterbreite dir einen Vorschlag.«

»Was, ein neuer Deal, an den du dich nicht hältst? Danke, darauf kann ich verzichten.«

»Ich schwöre, ich halte mich daran. Okay?«

»Kein Interesse.«

»Tina!«

Der Blick wurde spöttisch. »Was, *Daniel?* Meinst du ehrlich, damit erreichst du irgendetwas? Auch wenn ich nicht genau weiß, was dieser Scheiß eigentlich soll. Ich meine …« Ihre Mundwinkel zuckten. »Dich mal von Gefühlen sprechen zu hören, ist eher witzig und ich habe mich auch köstlich amüsiert. Aber mal angenommen, du hättest keinen kompletten Müll von dir gegeben. Meinst du wirklich, du eroberst mein Herz, indem du mich wie ein kompletter Irrer in ein einsames Häuschen in der Prärie verschleppst und darauf wartest, dass ich dich irgendwann wie einen Gott anbete?«

»Deshalb bist du nicht hier.«

»Ach so.« In plötzlicher Erleuchtung landete ihre Hand auf der Stirn. »Ich vergaß … Ich bin ja jetzt entmündigt. Weil ich deiner Ansicht nach mit zu vielen Männern schlafe.«

»Nein, das ist deine Angelegenheit. Du bist hier, weil du Tabletten brauchst, um den Tag zu überstehen, du isst so gut wie nichts und du lieferst dich den Männern aus. Es ist nur eine Frage der Zeit, bis du mal an den Falschen gerätst, der sich nicht abweisen lässt.«

»Na ja, so wie es aussieht, ist das gerade eingetreten«, seufzte sie. »Nur handelt es sich hierbei um einen armen Irren, den ich nicht mal angemacht habe. Hast du je darüber nachgedacht, dass dein Verhalten krankhaft sein könnte, Daniel? Irgendwelche Traumata in deiner Kindheit? Ich meine, normal ist das nicht, aber das weißt du selbst, nicht wahr?«

Daniel holte tief Luft. »Du bringst dich um, Tina.«

»Selbst wenn es so wäre, ginge es dich nichts an, begreife das endlich!«

»Womit wir wieder bei der Ethik angelangt wären. In Wahrheit bleibt mir keine Wahl.«

»Ach, du meinst, jeder Arzt hätte wie du reagiert?«

»Nein, ein anderer hätte dich einweisen lassen.« Er zuckte mit den Schultern.

»Ich beginne zu ahnen, dass dies der mit Abstand einfachere Weg gewesen wäre.« Wieder erfolgte das aufgesetzte Seufzen. »Möglicherweise wäre ich längst zu Hause in meinem warmen …«

»So?«, erkundigte er sich leise. »Wo ist denn dein Zuhause?«

»Fällt auch unter die Kategorie: *Das geht dich einen Scheißdreck an, Grant!*«

»Schon möglich. Aber da sich dies auf deinen gesamten Aufenthalt bezieht, tue mir den Gefallen, beantworte mir die Frage: *Wo wohnst du?*«

Erneut tauchte die spöttisch erhobene Augenbraue auf. »Bist du ehrlich der Ansicht, dass ich dir meine Adresse mitteile? Ich bin doch nicht lebensmüde! … Ach so, deiner Ansicht nach ja schon.«

»Du weißt genau, wie ich es meinte. Bewohnst du ein Haus, ein Appartement oder lebst in einer WG, bist du verheiratet, geschieden, was tust du? Wenn man eine Christina Hunt sucht, kommt man schnell dahinter, dass die überhaupt nicht existiert.«

»Muss sie wohl doch, denn ich sitze ja momentan vor dir.« Es klang kühl, aber nicht eisig. Lange musterte sie ihn und dann erfolgte das nächste Seufzen, diesmal hatte es etwas Ergebenes. »Ich gab vor einigen Jahren mein Appartement auf, weil es sich nicht rentierte. Zu viel Arbeit, es hätte tatsächlich nur der Aufbewahrung meiner Sachen gedient. Wenn ich mal ohne Aufträge bin, dann wohne ich bei meiner … n Eltern.«

»Ich finde, das hört sich vernünftig an«, räumte er schulterzuckend ein.

Ihre Augen wurden groß. »Bin ich rehabilitiert? Also, *vernünftig,* klingt nicht nach dem Irrsinn, den du mir unlängst bescheinigt hast.«

»Ich habe dir keinen Irrsinn bescheinigt, nur, dass du nicht ganz rund läufst. Das ist ein Unterschied, Hunt.«

»Ach so, dann muss ich deine Higginsvorträge falsch interpretiert haben, Grant.«

»Scheint so. *Welche* Vorträge?«

Müde winkte sie ab. »Vergiss es.«

Daniel ließ nichts anbrennen. »Wie sieht es aus, ein wenig Spaghetti?«

»Du willst das nicht verstehen, oder?« Kopfschüttelnd betrachtete sie ihn.

»Oh, ich begreife eine ganze Menge. Zum Beispiel, dass du dich gerade im Märtyrerhungertod übst … und demnächst den Kampf gewinnst«, fügte er verhaltener hinzu.

Ihr Gesicht verzog sich zu einer geringschätzigen Grimasse. »Du übertreibst mal wieder maßlos.«

»Ist das so?«

Er stand auf, trat um den Tisch, zog sie auf die Füße und legte seine Hände um ihre Taille. »Ich kann meine Finger locker ineinander verschränken. Wo bitte siehst du eine Übertreibung?«

Ehrlich, als sie ihre Unterlippe mit den Zähnen massakrierte, hätte er beinahe gejubelt. »Ich kann diese Dinger nicht essen«, erwiderte sie schließlich mürrisch und wand sich geschickt aus seinem Griff. Es geschah beiläufig, wie lange geübt.

»Warum nicht?«

»Kohlehydrate, und zwar in rauen Mengen. *Du* kapierst das natürlich nicht, aber ich kann nicht pausenlos in mich hineinfressen. Das ist schlecht fürs …«

»… Geschäft«, nickte Daniel. »Ich verstehe. Du musst doch aber zugeben, dass du vor einigen Wochen nicht so dürr warst. Ein paar Spaghetti vielleicht?«

»Vor einigen Wochen hatte mich auch kein armer Irrer entführt.«

»Du warst auch schon vorher zu dünn.«

»Sagst du.«

»*Weiß* ich. Ich hatte dich gestern auf dem Küchentisch und ein paar Wochen zuvor in meinem Bett, schon vergessen? Ein paar Spaghetti, eventuell?«

»Hörst du mir eigentlich nie zu? *Ich kann das Zeug nicht essen!*« Angewidert betrachtete sie die langen, wurmähnlichen Gebilde und Daniel hätte fast schallend gelacht. »Okay, was dann?«

Sie holte tief Luft. »Wenn du glaubst, mich hier zu irgendetwas manipulieren zu können, dann muss ich dich leider enttäuschen. Die Zeiten sind lange vorbei.«

»Natürlich sind sie das«, pflichtete Daniel ihr eilig bei. »Ich will nur, dass du irgendetwas isst. Das Letzte, was du zu dir genommen hast, war dieser lächerliche Toast gestern Morgen. Du wirst mir doch zustimmen, dass das auf die Dauer nicht gesund sein kann.«

»Was geht dich eigentlich meine Gesundheit an?«

»Eine gute Frage. Nichts, in deinen Augen, in meinen aber eine ganze Menge. Schon wieder den Bullshit vergessen, den ich gestern von mir gegeben habe?«

»Weißt du, Daniel«, meinte sie nach einem äußerst kritischen Blick. »Mit dir ist es ziemlich bergab gegangen, denn deine Tricks waren mal bedeutend besser. Damals hast du den Mädchen wenigstens nicht die großen Gefühle vorgegaukelt.«

»Das hat sich nicht geändert.«

»Nicht …?«

»Nein, ist nicht mein Stil«, erklärte er eher nebenbei. »Ein bisschen Tomatensoße, vielleicht?«

»Dann glaubst du wirklich, du kannst bei mir mit dieser billigen Nummer landen?«

»Ich *bin* bereits bei dir gelandet, und ich versichere dir, wenn du zehn von diesen niedlichen Spaghetti isst, mit Soße, *ohne* Fleisch, halten sich die Kalorien tatsächlich in Grenzen!« Unschuldig musterte er sie und plötzlich lachte Tina auf und schüttelte den Kopf.

»Du bist echt krank, weißt du das, Grant?«

»Oh ja …«, seufzte er. »Und wie mir das bekannt ist, Hunt. Zehn Stück?«

»Mach doch, was du willst«, murrte sie müde, womit Daniel den ersten kleinen Sieg verzeichnen konnte. Besser als nichts. Er schmuggelte ihr *zwölf* der kalorienträchtigen Gebilde mit Soße auf den Teller und nötigte sie danach zu einem Apfel. Sie aß und auch wenn danach das Visier wieder fiel, wurde es dennoch nicht mehr so kalt wie bisher. Heute war der 28. März und von den Cops wollte er sich nun wirklich nicht abführen lassen, demnach musste er die Dinge irgendwie bis zum 31. hingebogen haben. Seine Hoffnung lautete, dass sie dann bei ihm blieb, obwohl ihre Ambitionen diesbezüglich derzeit nicht sehr groß waren. Außerdem wich sie jedem Gespräch aus, das mit seinem Fortgang oder ihrem kurz darauf erfolgten, in Verbindung stand. Doch inzwischen wusste Daniel sich zu beherrschen, und versuchte ihr stattdessen zu zeigen, dass er sie nicht gefangen hielt, sondern es wirklich gut meinte.

Am 29. legte er ihr Handy auf den Frühstückstisch.

»Sorry …«

Während sie ihren lächerlichen Toast aß, schob sie das Winzteil beiläufig in die Tasche ihrer Designerhose und verlor kein Wort. Zum Lunch erschien sie freiwillig und betrachtete kritisch sein bombastisches Chili con Carne.

»Das esse ich nicht!«

Grinsend griff er hinter sich, hob einen Teller mit zwei Scheiben Putenbrust vom Tresen und stellte ihn vor sie. »Bin ich gut, oder bin ich gut?«

Sicher verzog sie das Gesicht, aß jedoch, ohne zu murren, und spätestens ab diesem Moment war die Stimmung nicht mehr ganz so eisig wie zuvor.

Sie hasste ihn mit jeder Faser ihres Herzens, daran hatte sich nichts geändert. Doch Tina drohte leider immer häufiger, sich von dieser verdammten Nostalgiewelle mitreißen zu lassen, mit der er hier nachhaltig die Luft verpestete. Jeden Morgen beobachtete sie Daniel beim Schwimmen. Er ging sehr früh, noch vor Sonnenaufgang und bemerkte sie nicht, oder ließ sich wenigstens nichts anmerken. Denn Tina ertappte sich immer öfter dabei, wie sie ihn *anglotzte.*

Und das, wo sie ganz genau wusste, wie er aussah und was sich dahinter verbarg! Hatte sie es wirklich vergessen? Eine witzige Frage, nicht wahr?

Die Antwort gestaltete sich nicht ganz so spaßig, denn an ihm wirkte alles so schaurig vertraut. Jedes Wort, jede Geste, jede seiner Eigenheiten – sie wusste auch jetzt noch mehr von ihm als jede andere Frau, davon war sie sogar überzeugt. Denn sie hatte beide Seiten kennengelernt, ihr war bekannt, wie charmant er sein konnte und dass er log und betrog, nur um ein argloses Gänschen für eine Nacht in sein Bett zu locken. Möglicherweise lagen seine Ziele heute anders, vielleicht suchte er nicht länger nur für einen Abend, sondern für einige mehr – das änderte nur nichts. Ja, er sorgte sich um sie, das hatte er immer getan – neben all den negativen Aspekten hatte es damals sicher auch den einen oder anderen guten gegeben. Solange er seine verdammten Finger von ihr gelassen hatte, war er manchmal ein wirklich guter Freund gewesen. Auch diese Seite hatte sich inzwischen aus dem Nebel der gemiedenen Erinnerungen wieder nach oben gekämpft. Doch am Ende hatte er sie unglücklich gemacht.

Todunglücklich.

Deshalb hatte sie vor fünf Menschenzeitaltern den heiligen Eid geleistet, sich niemals wieder in irgendeine Illusion zu flüchten. Denn auch die waren verdammt gefährlich. Tina hatte nicht die Absicht, wortbrüchig zu werden, weshalb sie mit wachsendem Argwohn beobachtete, wie ihr diese Dinge neuerdings immer häufiger entfielen. Übrigens besaß Daniel so einige gemeine und niederträchtige Verbündete, und alle schienen sich geballt gegen Tina vereint zu haben: das schöne Wetter und die Stille, seine Anwesenheit natürlich und dieser verbotene Appetit! Der wütete seit einigen Tagen schon ekelhaft penetrant in ihr. Und jetzt, mit dieser frischen Luft, verdoppelte er sich noch einmal. Hinzu kam, dass Daniel zwischenzeitlich einen Kochkurs belegt haben musste, denn der tafelte ständig die leckersten Gerichte auf. Tina überlegte ernsthaft, ihn darauf hinzuweisen, wie schizophren das im Grunde war. Schließlich handelte es sich um den irren Prof, der bei jedem Kakao oder Latte macchiato, den Tina hatte zu sich nehmen wollen, einen mittleren Tobsuchtsanfall bekam. Und mit einem Mal *durfte* sie essen!

Total unverständlich! Dabei musste er doch wahnsinnig stolz auf sie sein. Alles hatte sie beherzigt, was er ihr ›mit auf den Weg‹ gegeben hatte, und trotzdem war er damit *auch* wieder nicht zufrieden. Ja, was war das für ein kleiner Spinner! Der Mann wusste nicht einmal annähernd, was es bedeutete, ständig diesen Versuchungen zu widerstehen. Doch ein Gehenlassen konnte sie sich nicht leisten, denn die Strafe würde auf dem Fuß folgen. Und die bedeutete tagelange Null-Diät. Die musste sie bereits jeweils nach ihren Urlauben durchstehen, weil ihre Mutter sie immer mästete. Der verzieh Tina diese Einmischung, denn Vera hatte schon immer gemeint, ihre Tochter mit allerlei Leckereien vollstopfen zu müssen. Das würde sich nie ändern. Allerdings war dieser kleine Idiot nicht Tinas Mom – im Grunde verband sie überhaupt nichts! Was sollte der Blödsinn?

Mit übermenschlicher Anstrengung widerstand sie den ständigen Versuchungen, erfreute sich sogar an seinem mahnenden Gesichtsausdruck, weil er doch ehrlich meinte, sie damit beeindrucken zu können. Stattdessen aß Tina sehr bewusst – wie immer –, zählte genau zusammen, was sie täglich zu sich nahm und überschritt nie die von ihr seit Jahren gesetzten 1000 Kalorien.

Auch wenn die unschönen Hungerboten sich immer häufiger meldeten, die daherkamen mit Übelkeit und dem widerlich hohlen Gefühl im Magen. Kaum tauchte dieser Mann auf und verschleppte sie in die Walachei, musste sie auch wieder mit diesem Mist kämpfen. Tina focht einen ewigen Kampf. Gegen den Hunger, sich selbst und nicht zuletzt ihre dämlichen Träume und Wünsche. Die stellten sich nämlich neben all dem anderen auch irgendwann ein. Und das, wo sie bisher geglaubt hatte, wenigstens dieses Theater ein für alle Mal hinter sich gelassen zu haben.

Wobei *geglaubt* die falsche Bezeichnung war, schließlich hatte sie ihn damals aus ihrem Gedächtnis amputiert!! Wohlweislich, wie sie spätestens jetzt wusste. Für den Einfluss, den er offensichtlich immer noch erfolgreich auf sie ausübte, hasste sie ihn umso mehr. Auch dafür, dass sie Gefahr lief, wieder zu dem kleinen Dorftrampel zu mutieren, den sie einst verkörpert hatte. Denn Tina wollte sich nicht wieder mit ihm befassen und dann erneut das tief in ihrem Magen fühlen müssen, was sie so lange entschieden und mit tödlicher Überzeugung gemieden hatte. Weil sie eben nicht zum Suizid tendierte, sondern mit allen Mitteln um ihr Überleben kämpfte. Und deshalb zwang sie sich, keinen Gedanken daran zu verschwenden, wie es sich wohl anfühlen würde, wenn er wieder aus ihrem Leben verschwand. Das war er nicht wert, denn in Wahrheit machte er nur immer alles kaputt!

Eine weitere Frage drängte sich ihr auf: Wie wäre ihr Leben wohl verlaufen, hätte sie ihn nie getroffen? Sehr weit hergeholt, sicher, es gab zu viele Faktoren, die sich im weiteren Verlauf anders gestaltet hätten. Aber vielleicht wäre sie jetzt eine Ehefrau mit Kindern, hätte einen lieben Mann (Ric?) und ein Zuhause? Nein, sie wollte keineswegs nur Hausfrau und Mutter sein, Tina liebte ihren Job. Doch es gab auch ein Leben dazwischen. Eines, in dem man Karriere machte, eine Familie gründete und Kinder bekam. Früher hatte sie sich immer ganz viele gewünscht. All das hatte er mit seiner Existenz unmöglich gemacht. Denn der Gedanke, mit einem anderen Mann so ein Abenteuer einzugehen, war ihr nie gekommen.

Vor ungefähr zehn Jahren hatte sie sich alles, was mit diesem besonderen Thema zusammenhing, aus dem Kopf geschlagen, weil es zu unerträglich in seiner Endgültigkeit war. Denn das würde es für Tina nie geben. Erst jetzt konnte sie dies genauer verstehen und wusste, warum es sich damals so verhalten hatte. Und auch deshalb hasste sie diesen Mann, der nach so vielen Jahren immer noch jede ihrer Entscheidungen beeinflusste und mit jedem Scheiß bei ihr durchkam. Offensichtlich würde sich das wohl niemals ändern.

Eine äußerst niederschmetternde Erkenntnis.

Mit Händen und Füßen setzte sie sich zur Wehr und verlor. Auch Tina konnte sich der ganz eigenen Atmosphäre nicht verschließen, die in dem kleinen Haus vorherrschte. Deshalb hütete Daniel sich, ihr ins Gewissen zu reden. Zum Beispiel wegen ihrer Kleiderordnung, ihrer täglichen Make-up-Arie oder den lächerlichen Mausportionen, die sie dreimal täglich zu sich nahm. Der Zauber wirkte, wie er es immer tat. Vor zehn Jahren war es ihm nur nicht aufgefallen, er hatte es als gegeben hingenommen, ohne es zu hinterfragen. Wenn überhaupt, dann hatte er geglaubt, es läge daran, weil mit ihr eben nichts gelaufen war. Heute war er schlauer, denn gemeinsam stellten sie wirklich etwas dar. Es herrschte Einigkeit zwischen ihnen, in der kein Streit oder boshafte Diskussionen aufkamen. Nicht einmal jetzt, in dieser doch eher brisanten Situation. Jedenfalls, wenn sie das Thema Kidnapping außen vor ließen. Okay, und die anderen dreitausend Reizthemen, die zwischen ihnen schwebten. Es lag wohl eher daran, dass sie nicht streiten *wollten*, sondern Ruhe suchten. Obwohl er bisher nur mit Ann zusammengelebt hatte, konnte er den gravierenden Unterschied inzwischen gut einschätzen. Mit keiner Frau war es jemals wie mit Tina gewesen, bei keiner hatte er das Gefühl gehabt, er selbst sein zu können. Ohne jede Fassade. Und er hätte geschworen, dass es ihr ähnlich erging.

Nach einem weiteren Tag schien es beinahe, als wären die beiden endlich dort angelangt, wo sie vor zehn Jahren aufgehört hatten. Stellenweise, wenn Tina sich vergaß, wirkte es fast, als hätten sie nicht stattgefunden. Sicher, dazu musste man sich ihr verändertes Äußeres wegdenken, auch den bitteren Blick, der sich einstellte, sobald sie sich bei einem vermeintlichen Fehler ertappte. Doch sie kam – wenn auch langsam. Selbst an sich bemerkte Daniel Veränderungen, was ihn einigermaßen verblüffte – bisher hatte er sein Leben als durchaus gut und ausgefüllt betrachtet. Ein Irrtum, wie er jetzt erkennen musste. Denn er genoss es, hier zu sein. Noch nie hatte er so schändlich wenige Gedanken an die Klinik, die

ÄOG oder die WHO verschwendet, und er hätte niemals geglaubt, deshalb so wenig Gewissensbisse zu haben.

Alles schien momentan weit von der Realität entfernt. Nur leider konnte er den Kalender nicht vergessen, denn heute war der 30. März. Was bedeutete: Ihm blieb noch ein Tag, um die Dinge in die richtigen Bahnen zu lenken. Das Dumme war nur, er wusste nicht wie, verdammt! Am Ende entschied er sich für das Nächstliegende.

Nach dem Lunch musterte er sie kritisch. »Meinst du, du kannst in diesem Aufzug spazieren gehen, Hunt?«

Sie blickte an sich hinab. »Ich kann in diesem ›Aufzug‹ alles, Grant.«

»Spazieren gehen genügt mir fürs Erste«, grinste er.

»Fürs Erste …?«

Das ignorierte er. »Wollen wir ein wenig gehen?«

Schon wurde ihr Blick argwöhnisch. »Wohin?«

»Spazieren«, meinte er schulterzuckend. »Kennst du das nicht?«

»Doch, die Erfindung ist mir durchaus geläufig.« Entnervt verdrehte sie die Augen. »Ich habe nur keinen Schimmer, was du damit bezweckst. Soweit ich das einschätzen kann, befinden wir uns hier in der grünen Naturhölle. Welches Ziel …«

Diesmal stöhnte er erschöpft auf. »Also, schlag mich, aber irgendwie sind dir Sinn und Zweck eines Spaziergangs nicht mal annähernd geläufig. Was ist, kommst du jetzt?«

Der misstrauische Blick blieb, und sie benötigte mal wieder eine ganze Weile, bevor überhaupt eine Antwort erfolgte. »Sicher, unternehmen wir doch mal einen wirklich entspannenden Spaziergang.«

Gnädig ignorierte er ihren Sarkasmus und beäugte stattdessen ihre Schuhe. »Du meinst, das funktioniert mit den Dingern?«

»Es tut mir sehr leid!«, wurde er prompt angefaucht. »Als ich meine Sachen packte, wusste ich nicht, dass ich demnächst unter die Pfadfinder gehen würde.«

Das Argument war nicht ganz aus der Luft gegriffen, deshalb ging Daniel besser nicht darauf ein. Sie würden eben langsam laufen. *Sehr* langsam.

Dieser Tag entpuppte sich als der schönste während ihres gesamten Aufenthaltes. Der Frühling, bisher mehr ein Gerücht als Realität, setzte sich endlich durch. Überall sah man die bunten Blüten der ersten Blumen des Jahres, die sich sehnsüchtig der Sonne entgegenreckten. Und auch Daniel legte den Kopf in den Nacken und genoss die Wärme auf seinem Gesicht. Hier, im dichten Wald, erreichte sie nur selten den Boden, es genügte jedoch, um neuen Mut zu fassen. Wofür auch immer. Tatsächlich kam Tina nur sehr langsam voran.

Vorsichtig trippelte sie den Weg entlang und versuchte, die zahlreichen potenziellen Unfallverursacher weiträumig zu umgehen. Die Erfolgsaussichten erwiesen sich als eher fragwürdig, denn der Pfad besaß nur eine sehr geringe Breite.

Nach einhundert Metern blieb sie das erste Mal im feuchten Boden stecken. Überlegen löste sie das Problem, die Miene blieb unbeeindruckt, als sie den Schuh behutsam aus dem schlammigen Morast zog und hoch erhobenen Hauptes weiterlief. Beim zweiten Mal hob sie eine Augenbraue, beim dritten bildeten ihre Lippen einen schmalen Strich, beim vierten traf Daniel ein hasserfüllter Blick und beim fünften verlor Tina endgültig die Beherrschung.

»*Scheiße!*«, knurrte sie. Der nächste verachtenswerte Blick traf Daniel. »Das findest du witzig, ja? Erst verschleppst du mich in diese Taiga, und dann amüsierst du dich darüber, wenn ich mal wieder den Clown des Tages gebe. Du fühlst dich aber gut, Grant?«

Mühsam unterdrückte er sein Gelächter. Er hätte sie tatsächlich frühzeitig über seine Pläne – unbekannterweise – informieren sollen, um ihr Gelegenheit zu geben, sich in einem zünftigen Outdoor-Shop entsprechend einzukleiden.

Dann ging er seufzend zu ihr zurück. »Sorry.«

»Vergiss es!«

»Es tut mir ehrlich leid.«

»Pah!«

»Tina …« Behutsam strich er diese, ihr ewig ins Gesicht hängende, Strähne hinter das zierliche Ohr. Den aufkeimenden Argwohn übersah er, nahm ihre Hand und registrierte erleichtert, dass sie die Geste nicht spöttisch kommentierte. Allerdings lag das wohl eher an ihrem Selbsterhaltungstrieb. Allein würde sie hier wohl nie mehr herauskommen. Jedenfalls nicht, ohne sich die Kleidung gründlich zu versauen. Mit einem Arm um ihre Schultern zog er sie mit sich, ging dabei aber langsam, damit sie keine Schwierigkeiten bekam, und ignorierte ihren forschenden Blick.

»Morgen ist der 31«, begann er nach einer Weile eher beiläufig.

»Zeit wird es!«

»Ich schätze, damit hast du wohl recht.« Mit zusammengekniffenen Augen fixierte Daniel einen imaginären Punkt in der Ferne. »Ich habe mich eingemischt, in dein Leben und deinen gewohnten Ablauf. Das tut mir nicht leid, denn es gab zu viele Gründe, die dafür sprachen. Deshalb weiß ich aber trotzdem, dass es nicht unbedingt die feine englische Art war.«

»Ach?«

»Dass du mir das nicht abnehmen würdest, hätte ich mir denken können.« Er verzog das Gesicht. »Ich sah dich und ich musste einschreiten, bevor es schief geht.«

Vergebens versuchte sie, von ihm abzurücken, sein Griff war zu fest, und nach einer Weile stöhnte sie ergeben. »Das war immer das größte Problem«

»Welches?«

»Dass du ständig der Ansicht bist, ich könnte ohne dich nicht überleben …« Sie wollte etwas hinzufügen, besann sich jedoch rechtzeitig.

»Ich bin gegangen«, sagte er leise.

»Ja.«

»Du auch.«

Darauf wusste sie nichts zu erwidern.

»Ich verließ dich damals, weil es keinen Ausweg gab. Du erinnerst dich? Afrika? Keine Ahnung, was danach folgen würde? Da war etwas zwischen uns – viel. Wie viel, das wusste ich nicht, es ging mir erst später auf. Aber nicht erst, als ich dich wiedersah. Ich …« Er runzelte die Stirn. »Ich schätze, ich habe dich gesucht, wenn ich auch nie bewusste Schritte einleitete. Ich dachte, ich sollte deine Entscheidung respektieren und dass du mit den Dingen abgeschlossen hast, auch wenn ich das nie konnte. Und als ich dich wiedersah … Das warst nicht du, das *bist* nicht du. Was auch immer dir widerfahren ist, es muss vernichtend gewesen sein. Es bereitet mir große Sorge, Angst um dich, verstehst du? Doch nur deshalb wäre ich dir nicht gefolgt. Ich bin auch nicht neuerdings unter die Stalker gegangen. Wahrscheinlich hätte ich auf andere Weise zu helfen versucht. Aber du kannst mir nicht erzählen, dass ich dir mittlerweile gleichgültig bin. Da *ist* noch etwas.« Als sie darauf nichts erwiderte, fuhr er fort. »Vielleicht wirst du mir irgendwann erzählen, aus welchem Grunde du so geworden bist. Ich will es erfahren, ich *muss* es sogar.«

Er blieb stehen und wandte sich ihr zu. Tina starrte beharrlich zu Boden, doch er zwang sie, ihn anzusehen und blickte kurz darauf in kühle Augen, die ihn eher gelangweilt musterten. Inzwischen hatte er gelernt, sie zu ignorieren, auch wenn es ihm momentan ernsthafte Schwierigkeiten bereitete.

»Ich glaube, ich liebte dich bereits in Ithaka, und daran hat sich nichts geändert. Alles was ich tat, war ein Haufen Müll, das ist mir jetzt bewusst. Aber jetzt schlauer zu sein, ändert leider nicht viel. Ich weiß nicht, was du denkst, denn du sprichst nicht mit mir. Bitte, Tina, dies wäre ein guter Zeitpunkt, mir zu sagen, ob ich richtig liege.«

Es dauerte eine gefühlte Ewigkeit, bevor sie langsam den Kopf schüttelte. »Du kannst die Vergangenheit nicht zurückholen und die Dinge ungeschehen machen. Das funktioniert nicht.«

Stöhnend ließ er sie los und fingerte zum ersten Mal seit Ewigkeiten nach einer Zigarette, die er im Grunde nur noch pro forma mit sich führte. »Das *weiß* ich!«

»Und indem du mir deine Gegenwart aufzwingst, wirst du auch nichts ändern.«

Heftig zog er an seiner Zigarette, nachdem er sie angezündet hatte, und nickte. »Auch das ist mir bekannt! Doch deshalb habe ich nicht ...«

»Du dachtest, du müsstest mich retten oder so einen Mist. Die Wahrheit aber ist, dass diese Zeiten lange vorbei sind. Du bist gegangen.« Das formulierte sie äußerst zögernd und ihre Miene wirkte mit einem Mal erstaunlich hart. »Dich interessierte nicht, was du hinter dir gelassen hast. Du kannst nicht Jahre später auftauchen und hoffen, alles wäre beim Alten.«

»Das habe ich auch nie getan!«

Ohne darauf einzugehen, fuhr sie fort. »Aus der heutigen Sicht sehe ich die Dinge durchaus klarer. Ich beging damals einige unverzeihliche Fehler, die mir heute nicht mehr unterlaufen würden. Man lernt, weißt du? Ich denke, dass damals alles so ziemlich schiefging. Vieles davon hättest du sehen müssen, aber das wolltest du nicht. Möglicherweise hast du die Situation sogar genossen. Das kleine hässliche Entlein, das unsterblich in dich verliebt war. Und du konntest es auf ein Fingerschnipsen in jede Richtung tanzen lassen, die dir nur einfiel.«

»Tina ...«

Die schüttelte den Kopf. »Nein, es ist okay. Ich war nicht sechs, sondern neunzehn. Nach allen gängigen Maßstäben kein Kind mehr. Und ich ...« Ungläubig lächelte sie. »Ich durchschaute *dich!* Ich wusste ganz genau, was du da triebst, vermutlich kannte ich dich ziemlich schnell recht gut, weißt du? Griff ich ein? Nein! Ich habe mich damals öfter mal in Glücksspielen versucht, träumte von dem Prinzen, der mit seinem roten Cabriolet kommt und mich in sein Königreich entführt.« Es klang nicht versonnen, sondern sehr nüchtern. »Heute träume ich nicht mehr von kostspieligen Autos und auch nicht von einem Mann, der mich kidnappt. Was bedeutet, du hast wohl den richtigen Zeitpunkt um gute zehn Jahre verpasst. Damals hätte mir diese Geschichte hier bestimmt gefallen, heute sieht es anders aus.« Sie senkte den Blick und wandte sich ab. »Ich denke, du hattest recht. Ein Spaziergang in diesen Schuhen ist eine dämliche Idee. Es wäre besser, wenn wir zurückgehen.«

Als er ihren Arm nahm, sah sie ihn weder an noch kommentierte sie es. Offensichtlich war er wohl gescheitert.

Der Rest des Tages verging schweigend. Sie wich ihm nicht aus – jedenfalls nicht gravierender als zuvor. Daniel zerbrach sich währenddessen den Kopf darüber, was er tun sollte. Vor nicht allzu langer Zeit hätte er ohne Weiteres in Betracht gezogen, sie endgültig in Ruhe zu lassen. Okay, vor sieben Wochen ungefähr. Aber in der Zwischenzeit ging das nicht mehr so einfach. Denn bisher hatte er kein Wort mit Tina gewechselt, sondern ausschließlich mit diesem dürren, total durchgeknallten Ding, das er eher zufällig getroffen hatte. Wäre es Tina gewesen, dann hätte er ihr Urteil vermutlich hingenommen. Denn er gehörte keineswegs zu diesen Männern, die sich verzweifelt an eine verlorene Angelegenheit klammern. Nicht einmal, wenn es sich hierbei um Tina handelte.

Es war aufgrund seines Fehlers schiefgegangen, also musste er auch mit den Konsequenzen leben. Aber es gab zu viele ungeklärte Fragen, auf die er dringend eine Antwort brauchte. Und deshalb graute ihm vor dem Morgen, wo ihre gemeinsame Zeit ein Ende finden würde, denn länger würde er sie nicht festhalten können. Irgendetwas musste er noch bis dahin erreichen, doch er wusste nicht, was und vor allem, wie er es anstellen sollte. Mit ihr in Kontakt bleiben, stand wohl an oberster Stelle der Agenda. Danach konnte er sich etwas anderes überlegen. *Irgendwas!*

Nach dem schweigsamen Dinner – Tina aß eine Orange und trank einen Apfelsaft – blieb er sitzen und musterte sie forschend. Dass sie seinen Blick relativ unbefangen erwiderte, gehörte erst seit den vergangenen vierundzwanzig Stunden zum Standard.

»Lass uns heute Abend ein wenig zusammensitzen. Morgen ist es vorbei.«

Sie betrachtete ihn spöttisch und schüttelte schließlich den Kopf. »Es wird nicht funktionieren.«

»Was?«

»Was du planst.«

»Was plane ich denn?«

»Du versuchst es mit Nostalgie. Das alles hier.« Ihre Hand beschrieb einen Halbkreis. »… ist der fragwürdige Versuch, es wie früher werden zu lassen.«

»Das ist dir nicht entgangen?«, erkundigte er sich in gespielter Resignation.

»Nein. Und du bist gescheitert.«

»Ich wusste nicht, was uns hier erwartet. Dies ist nicht mein Haus. Die besondere Atmosphäre kam von selbst.«

Ungerührt zuckte sie mit den Schultern. »Zwangsläufig, nehme ich an.«

»Wenn du die Zeit von damals so sehr verfluchst«, erkundigte er sich nachdenklich. »… warum glaubst du das?«

»Ich verfluche sie nicht«, seufzte Tina. »Eher das Ergebnis und meine Schwäche.«

»Du warst unerfahren.«

»Ja, und geriet an den Falschen.«

»So siehst du das?«

Bitter lachte sie auf. »Oh ja, sogar genau so.« Wie immer ruhten die Hände auf dem Tisch, der Blick wirkte kühl bis distanziert, und Daniel betrachtete sie mit wachsender Intensität. »Wie hätte die Alternative ausgesehen? Wären wir uns nicht begegnet, meine ich.«

Tina lächelte matt. »Eine gute Frage, oder? Sie kam mir selbst vor Kurzem. Ich weiß es nicht, vielleicht wäre ich an irgendeinen Idioten geraten, an noch einen und hätte meine Lektion beim dritten gelernt. Obwohl ich das nicht glaube, denn ich kann mir nicht vorstellen, dass ich dann häufiger in diese Verlegenheit gekommen wäre.«

»Du hättest dich auch ohne meine ... Unterstützung verändert. Du selbst bist der Beweis.«

»So siehst du das?« Zweifelnd betrachtete sie ihn, doch dann wurde ihre Miene wieder gleichgültig. »Wie gesagt, niemand weiß es oder wird es jemals erfahren.«

»Somit hast du auch nichts zu befürchten, oder?«

»Befürchten?« Abfällig verzog sie das Gesicht. »Es gibt nichts, worauf das zutrifft.«

»Das nehme ich dir sogar ab.« Wenigstens das war eine glatte Lüge. »Komm, lass uns ins Wohnzimmer gehen!«

»Das wird nicht funktionieren, Daniel.«

»Sicher nicht. Komm!« Und wieder warf er ihr den Ball zu, indem er einfach ging. Der beste Weg, Tina zu einer Entscheidung zu zwingen, die sie im Grunde nicht treffen wollte.

37. Easier to run

Als sie eintrat, stöberte er gerade in der recht bescheiden ausgestatteten Bar.

»Hmmm, also mit dem Zeug hier bekomme ich keinen Cosmopolitan zustande. Wie wäre es mit Gin?«

Im Rahmen des breiten Durchgangs war sie stehen geblieben und beobachtete ihn von dort aus argwöhnisch. »Trinke ich nicht mehr.«

»Hey, wir wollen hier eine Nostalgieparty veranstalten«, grinste er. »Dazu gehören Gin und …« Suchend schob er die Flaschen hin und her. *»Whisky!«*

»Daniel, du trinkst auch heute noch Whisky, also hat dieser Teil nichts mit Nostalgie zu tun!«

»Oh, das ist dir aufgefallen?«

Anstatt zu antworten, folgte erneut dieser abfällige Blick, während er triumphierend die Flasche hob. »Also, was ist nun?«

»Tu, was du nicht lassen kannst«, seufzte sie.

Während er einschenkte, wurde sein Grinsen breiter. Dann stellte er die Gläser auf den Tisch und machte sich an dem vorhandenen Uraltradio zu schaffen. Mit ein wenig Mühe gelang es ihm sogar, einen Sender einzustellen, dessen Programm nicht von atmosphärischem Rauschen untermalt wurde.

»Setz dich!«

Mit erhobenen Augenbrauen betrachtete sie die beiden Sessel und die Couch und sah schließlich auf. »Nostalgie, richtig?«

»So langsam gelangst du hinter das Schema.«

Resigniert beobachtete sie, wie er auf der Couch Platz nahm, und setzte sich zu ihm. »Es wird nicht funktionieren«, wiederholte sie gebetsmühlenartig.

»Was macht es schon, oder hattest du heute Abend etwas anderes vor?«

»Wenn du mich so fragst, ja. Jedenfalls, wenn du dich nicht wieder einmal so freundlich in mein Leben eingemischt hättest.«

Begeistert hob er sein Glas. »Darauf trinke ich!«

Nachdem sie angestoßen hatten, schüttelte Tina den Kopf. »Warum ist mir früher nie aufgefallen, was für ein Kind du bist?«

»Ich schätze, mit den Jahren verschieben sich die Perspektiven und man sieht klarer«, wagte Daniel einen Erklärungsversuch.

Nach einem vorsichtigen Schluck sah sie auf. »Ja, das wird es wohl sein.«

Eine halbe Stunde

und einmal Nachschenken später.

»Bilde dir nicht ein, mir wäre entgangen, dass du versuchst, mich abzufüllen, Grant.«

Leise lachte Daniel auf. »Oh, Tina, ich bilde mir wirklich eine Menge ein, aber dass du das nicht bemerken würdest.« Er schüttelte den Kopf. »Nein, ehrlich, darauf habe ich für keine Sekunde gehofft.«

Schweigend betrachtete sie ihr Glas. Im Hintergrund lief ganz zufällig einer der vielen Songs, die vor zehn Jahren regelmäßig im *PITY* gespielt wurden. Ja, alles fügte sich nahtlos ins Schema ein. Okay, konnte natürlich auch an Daniels ausgeklügelter Senderwahl liegen.

»Trink«, murmelte er und rückte näher.

Das brachte ihm einen äußerst misstrauischen Blick ein, der von kühler Resignation abgelöst wurde. »Du ziehst gerade die Jane-Nummer ab. Sollte ich mich jetzt geschmeichelt fühlen, oder beleidigt sein?«

Vage hob er die Schultern und wurde ganz plötzlich ernst.

»Du irrst dich. Bei dir würde ich es niemals mit dieser Masche versuchen. Und wenn auch nur, weil es nicht erforderlich ist.«

Lachend warf sie den Kopf zurück. »Siehst du das so?«

»Ja.«

»Habe ich dir schon einmal gesagt, dass du ein ziemlich arroganter Hund bist?«

Nach flüchtiger Überlegung nickte er. »Mehrfach, soweit ich mich erinnern kann.«

»Und du hast *nichts* gelernt?«

»Nicht wirklich. In Wahrheit bin ich total unverändert. Genau wie vor zehn Jahren. Wie du bereits sagtest: In der Entwicklung stehen geblieben.«

Sie betrachtete ihn forschend. »Ja, möglich.«

»Nein, unmöglich«, wisperte er an ihrem Ohr, denn er war ihr plötzlich sehr nah. »Das funktioniert bei niemandem.«

Tina dachte nicht daran, die Stimme zu senken, oder deren Modulation vielleicht der entrückten Atmosphäre anzupassen. »Warum benimmst du dich dann so?«

»Ich weiß nicht. Vielleicht, weil ich gern wollte, dass keine zehn Jahre vergangen sind.«

»Gesegnet seien die Träumer«, seufzte sie.

»Wünschst du dir das auch?«

»Nein.«

Um sie ansehen zu können, rückte Daniel von ihr ab. »Nein?« Er neigte den Kopf zur Seite. »Wenn du mit einem Mal wieder Tina wärst, die süße, kleine Tina, die noch lachen konnte?«

»… die dumme kleine Tina, die sich von arroganten Womanizern an der Nase herumführen ließ.«

»Ich habe dich nicht an der Nase herumgeführt.«

»Nicht?« Lächelnd schüttelte sie den Kopf.

»Nein, eher …« Er runzelte die Stirn. »Eher habe ich mich selbst belogen, schätze ich. Ich hatte dir immer gesagt, dass da nie etwas sein würde. Eine Lüge, die ich nicht erkannte.«

»Bitte, Daniel …« Und *jetzt* wisperte sie doch.

»Was?«

»Bitte hör auf damit. Das ist … nicht gut.«

»Warum glaubst du, dass es nicht gut ist, wenn es sich doch so anfühlt?«

»Woher weißt du, wie es sich für mich anfühlt?«

»Ich kenne dich, schon vergessen?«

»Du *kanntest* mich«, korrigierte sie ihn würdevoll, das Wispern war verschwunden und auch der von tiefer Verzweiflung gesättigte Blick. Letzterer hatte ihn mehr getroffen, als alles andere. »… mittlerweile hast du keine Ahnung mehr von mir.«

Zweifelnd betrachtete er sie. »Mir fehlen zehn Jahre, aber ich denke, dass ich inzwischen auf dem neuesten Stand bin.«

Mit einem abfälligen Lachen schob sie ihn etwas von sich und hielt sich an ihren Gin, wie Daniel mit einiger Genugtuung registrierte.

»Allerdings lief ich einigen Fehlinterpretationen auf, bevor ich tatsächlich im Bilde war«, fuhr er fort. »Beispielsweise dachte ich, du befändest dich auf dem strammen Weg zum Alkoholismus. In der Zwischenzeit habe ich mein Urteil revidiert.«

»Ach, warum das?« Es kam spöttisch.

»Wir sind seit vier Tagen hier und das ist das erste Alkoholhaltige, was du zu dir nimmst. Und ich sah dich nicht zitternd in einer Ecke sitzen, weil dich akute Entzugserscheinungen heimsuchen. Außerdem …« Behutsam ließ er einen Finger an ihrer Wange hinabgleiten. »Du reagierst ziemlich schnell auf den Gin.«

»Das hat andere Gründe«, murmelte sie.

»Welche?«

»Meine Sache. Was dachtest du noch?«

Er grinste. »Na ja, ich spielte mit dem Gedanken, dass deine Männersuche zwanghaft ist.«

»Demnach bin ich eine Nymphomanin?« Das kam sogar beißend spöttisch.

»Ich habe meine Meinung revidiert«, erinnerte er leise, plötzlich war er ernst. »Du hast das nicht getan, weil du sie brauchtest oder vielmehr den Sex. Stattdessen …« Entnervt verzog er das Gesicht. »Ich *weiß* es nicht genau! Es schien, als wolltest du dir etwas beweisen. Es war *irre!*«

»Ach so, hatte ich fast vergessen, das bin ich ja in deinen Augen.«

»Nein«, brummte er. »Bist du nicht. Du bist nur ein bisschen durchgeknallt, aber das ist ja eher Standard bei dir. Ich will nur nicht, dass du dich zerstörst.«

Eine weitere halbe Stunde
und einmal Nachschenken später.

Behutsam streichelte er ihre Wange. »Sag mir, warum, Tina.«

Sie seufzte. »Das ist meine Angelegenheit, Daniel. Es geht dich einfach nichts an.«

Wieder betrachtete er sie mit tief gefurchter Stirn. »Okay. Sag mir, dass es nichts mit mir zu tun hat. Weder damals noch heute und ich frage nie wieder.« Als sie nicht antwortete, nickte er. »Das dachte ich mir.«

»Du weißt nichts und du bist ein arroganter Idiot!«, fuhr sie auf.

»Du weichst meiner Frage aus. Ich will doch nur die Wahrheit, mehr nicht.«

»Warum glaubst du, sie würde dir zustehen?«

»Ich weiß nicht, der alten Zeiten willen, vielleicht?«

Spöttisch lachte sie auf. »Also ehrlich, *das* war das falsche Argument!«

»Dann wegen der neuen?«

»Nein!«

»Weil ich dich seit Tagen bekoche?«

»Deine Entscheidung, ich hätte mich auch vom Küchenchef des Hotels bekochen lassen.«

»Vielleicht weil ich dich liebe?«

»Das halte ich für ein Gerücht.«

»Warum?«

Sie holte tief Luft. »Weil ich dich nicht für fähig halte, ein derartiges Gefühl überhaupt zu entwickeln, für wen auch immer.«

»Woher willst du das wissen? Wie oft hast *du* denn schon geliebt?«

Anstatt zu antworten, machte sie Anstalten, an ihrem Glas zu nippen. Doch er nahm es ihr aus der Hand und hob ihr Kinn, duldete nicht, dass sie seinem Blick auswich. Wieder traf ihn dieser besondere Ausdruck in ihren Augen, tiefer, als er jemals für möglich gehalten hätte. Und gleichzeitig verursachte er jenes unverwechselbare Gefühl, genau das Richtige zu tun. »Ich weiß, dass du viel für mich empfunden hast, auch damals war mir das bekannt, nur wusste ich nicht, wie ich damit umgehen sollte. Es war so offensichtlich, ich sah es in deinem Blick und erahnte es in jeder deiner Bewegungen, wenn wir zusammen waren. Ich …«

Er runzelte die Stirn. »Ich verachtete dich deshalb nicht oder machte mich heimlich über dich lustig. Aber es gefiel mir nicht, weil ich wusste, dass du leiden würdest. Das wollte ich nicht. Die Vorstellung war …« Anstatt fortzufahren, betrachtete er ihre erhobenen Augenbrauen, und fuhr in normaler Lautstärke fort. »Du glaubst mir kein Wort, oder?«

»Nein«, bestätigte sie lächelnd.

»Was wohl kein Wunder ist«, nickte er. »Wenn ich dir sage, dass ich zu keiner Frau jemals ehrlicher war als zu dir, wirst du mir wenigstens das abnehmen?«

»Nein.«

»Nimmst du mir überhaupt irgendwas ab?«

»Lass mich nachdenken.« Sie wand sich aus seinem Griff, und diesmal führte sie ihr Glas erfolgreich zum Mund, bevor sie langsam den Kopf schüttelte. »Nein, nicht wirklich.«

»Also hältst du mich für einen ausgemachten Lügner?«

»Nein!« Es kam strikt und sehr überzeugt. »Ich halte dich für einen oberflächlichen, gefühllosen Idioten, dem schon immer scheißegal gewesen ist, was er anderen mit seinen Spielchen antut. Ich bin nicht mehr so dumm, auf dich hereinzufallen, Daniel. Ich sagte dir bereits, dass es nicht funktionieren würde.«

Nachdem er ihr entschlossenes Gesicht für eine Weile gemustert hatte, hob er erneut an. »Was genau unterstellst du mir eigentlich? Ich meine, was will ich deiner Meinung nach erreichen?«

»*Da* tappe ich noch im Dunkeln.«

»Scheint fast so, als passen deine Erklärungen nicht ganz ins Raster, oder?«

»Ehrlich!« Bis jetzt beherrschte sie sich, die Frage lautete nur, wie lange es ihr weiterhin gelingen würde. »Glaubst du wirklich, ich hätte nichts anderes zu tun, als mir Gedanken über dich und deine fragwürdigen Beweggründe zu machen?«

»Momentan? Ja, ich glaube, du hast tatsächlich nichts anderes zu tun.« Gleichmütig zuckte er mit den Schultern und gab vor, nicht zu sehen, wie ihr Gesicht immer länger wurde. »Erzähl mir, was denkst du?«

»Sagte ich bereits. Ich hasse es, mich zu wiederholen!«

»Meinst du, ich will Sex?«

»Keine Ahnung.«

»Oder glaubst du vielleicht, ich will dich für immer als meine Sklavin halten? Aus welchem Grund auch immer.« Er grinste lüstern.

»Daniel«, stöhnte sie. »Das ist niveaulos und mir definitiv zu dumm. Ich …«

»Mir nicht. Oder doch, mir auch.« Ganz unvermittelt legte er seine Arme um ihren zarten Körper und wartete, bis sie ihn ansah, was sie tat, wenn auch widerwillig. Dann lächelte er. »Es ist an der Zeit, das Kindertheater zu beenden, meinst du nicht auch?«

»Kindertheater?« Der Versuch, spöttisch die Augenbrauen zu heben, misslang diesmal. Sein Lächeln wurde breiter, wenn auch der Ernst den Blick nicht verließ. Doch ihre Gesichter waren sich inzwischen sehr nah und beide hatten die Stimmen gesenkt.

»Ja. Es ist Theater, dumm, unangebracht. Lass es. Bitte, Tina.«

»Ich kann nicht«, hauchte sie.

»Du kannst und du willst«, wisperte er. »Bitte, Tina.«

Sie hatte mit ihm gesprochen. Ruhig und vernünftig – doch Daniel hörte nicht zu. Tina war lauter und deutlicher geworden – aber er *wollte* sie nicht verstehen. Am Ende hatte sie sogar gefleht – lange her, dass sie so etwas zuletzt getan hatte. Vergebens. Diese verdammten grünen Augen mit den dunklen Pünktchen, nur der Hauch einer tiefen Stimme, Lippen, die küssten, wie keine anderen, ein Blick, der so warm war, dass Tina umgehend Schwierigkeiten mit dem Atmen bekam, dazu dieser *Duft!* Und sie hatte in ihrer Dummheit wirklich geglaubt, ihn vergessen zu haben. Wie blöd!

All das war sogar verdammt gefährlich! So sehr, dass sie sich umgehend aus seinem Einflussbereich entfernen musste, bevor er ihr wieder alles nehmen würde. Doch sie *konnte* nicht! Egal wie oft sie sich selbst den Befehl gab, ihn von sich zu stoßen, noch ein paar wohlverdiente Gemeinheiten an den Mann zu bringen und dann einfach zu gehen – sie gehorchte einfach nicht. Unmöglich – nicht bei ihm. Wo war sie hin, die harte Tina? Jene, die immer und in jeder Sekunde einen kühlen Kopf bewahrte und ihre Interessen durchsetzte? Wo? Nun, hier nicht. Daran war nur dieser Gin schuld, sie hätte nicht trinken dürfen, ohne vorher die erforderlichen Schutzmaßnahmen zu ergreifen. Aber das war ja auch unmöglich gewesen, weil ihr die wichtigste und einzige Zutat geraubt worden war! Und jetzt saß sie in der Falle, das war doch Absicht, verdammt!

»Bitte, Tina.« Seinem simplen Hauchen gelang es, Tina umfassend aus ihrem inneren Lamento zu befreien und wie von selbst fielen ihre Lider. Vielleicht lag es am Radio, das jenes Lied spielte, bei dem er sie damals mit diesen verdammten Lippen geküsst hatte. Möglicherweise steckte dahinter auch schlicht ihre Sehnsucht nach ihm. Die, von der sie geglaubt – ja, gehofft – hatte, sie endlich hinter sich gelassen zu haben, wobei sie sich gründlich getäuscht hatte. Was es auch war, auf jeden Fall führte es am Ende dazu, dass sie für ein paar Stunden von ihren festen Grundsätzen abwich und ihr die Konsequenzen mit einem Mal egal wurden.

»Okay.«

Daniel dachte nicht und er fühlte nicht den geringsten Triumph. Stattdessen verstärkte er den Druck seiner Arme. Doch bevor er irgendetwas anderes tat, musterte er Tina ernst. »Ich werde nicht fortgehen«, versicherte er ihr. »Nie wieder.«

Erst dann öffnete er behutsam ihre Hose, ärgerte sich, weil der dämliche Body das bereits jetzt erforderlich machte, wenn er sie spüren wollte, küsste sie und stöhnte leise, als er ihre Arme um sich spürte und sich sanfte Finger in seinen Nacken stahlen. Er nahm ihr Kinn in seine Hand und betrachtete sie erneut. »Sag mir, was du willst.«

Sie wich seinem Blick nicht aus. »Keine Experimente.«

Keine Experimente. Tina schloss die Augen und überließ sich ganz seinen fähigen Händen, Lippen und dem Druck seines Körpers. Wie im Traum erwiderte sie den Kuss, der Gin – viel zu viel – davon, war ihr längst zu Kopf gestiegen. Ihre Hände schlüpften unter sein Shirt und sie seufzte zufrieden, als sie endlich spürte, was sie seit Tagen hatte bewundern dürfen. Ihre letzten Zweifel wurden von warmen, zärtlichen Lippen auf ihrer Haut weggeküsst. Er forderte kein einziges Mal. Vertrauen, gepaart mit wildem Begehren, das gestillt wurde, kaum, dass es sich zeigte. Und wann immer sie glaubte, etwas tun, *aktiv* werden zu müssen, hörte sie es. Dieses leise, sanfte »Schhhhh.«

Ihre Hände wurden von warmen gehalten und ein sanfter Mund verschloss ihren. Tina drängte sich ihm entgegen und schämte sich kein Stück für ihre Schwäche. Denn es fühlte sich gut an. Sogar wahnsinnig gut, war es nicht auch eine Form des Egoismus, sich dieses wundervolle Erlebnis noch einmal zu gönnen? Bis zum Ende respektierte er ihre Wünsche. Nie verschwand er, sein Kopf blieb immer auf der Höhe ihres Gesichtes, während er ihre Schläfe küsste, die Lippen, die Nase, die Wangen und die winzige Vertiefung unter ihrem Ohr. Es war so albern, vielleicht sogar jungfräulich, selbst prüde und gerade deshalb so fantastisch.

Zärtlich spielte er mit ihren Brüsten, streichelte sie, zog Tina ganz nebenbei aus und hauchte ihr dabei allerlei Albernheiten ins Ohr.

»Tina.«

»Du hast mir so gefehlt.«

»Du bist so süß.«

»Ich liebe dich.«

»Verlass mich nicht.«

»Bleib bei mir.«

»So wunderbar.«

»Ich liebe dich so sehr.«

Oh, und *wie* albern! Tinas närrisches Herz pochte wild in ihrer Brust und sie flüchtete sich beinahe seufzend in diese so unendlich betörende Illusion. Scheiß auf die Prinzipien! Alles, was sie derzeit trieb, verstieß dagegen, da machte einmal mehr auch nichts mehr aus. Denn es war so schön zu glauben und wenn auch nur für ein paar vergängliche, kurze Momente. Irgendwann schob er ihre Beine auseinander und sie wurde von einem grausamen Déjà vu heimgesucht, als er ihr Gesicht zwischen seine Hände nahm und sie zärtlich küsste, bevor sie seine Erregung an sich spürte. Doch er drang nicht einfach in sie ein, sondern wartete, ließ sich Zeit, bis er sich langsam, Millimeter für Millimeter in sie hineinschob. Das war ein derart delikates, einmaliges Gefühl, dass sie ihr Stöhnen nicht länger zurückhalten wollte – und es auch nicht tat. Er schien wie für sie geschaffen, sie umschloss ihn sofort eifrig, als würde sie ihn willkommen heißen und sorgte dafür, dass ihre Muskeln sich um ihn herum bewegten und noch tiefer in sich zogen. Noch immer war es so verzehrend gut, dass sie überhaupt nicht anders konnte, als sich ihm entgegenzubeugen, mehr einzufordern – und es prompt zu bekommen. Tina vernahm sein verhaltenes Stöhnen, das auf ihrer Haut sofort eine wohlige Gänsehaut erzeugte, fühlte, wie die Finger seiner linken Hand sich zwischen die ihrer Rechten schoben, und spürte seine etwas raue Wange an ihrer. Wie von selbst hatten sich ihre Beine um seine Hüften gelegt und die Arme fest um seine Schultern – bereit für ihn. Sie konnte seinen Bewegungen gar nicht schnell genug folgen, sehnte sich ihm immer mehr entgegen, und genoss es jedes Mal aufs Neue, wenn er so tief wie möglich in ihr war. Wie üblich gab er nicht viel von sich, nur hin und wieder ertönte ein tiefes, begehrliches Stöhnen, und auch das nur sehr leise – Daniel Grant gab sich keine Blöße, das hatte sich auch nicht geändert – dachte sie zumindest, weshalb seine Forderung etwas unvorbereitet kam.

»Sieh mich an!«

Eilig schüttelte sie den Kopf. Nein, das wäre Mist – dass er sich nicht mehr bewegte, aber *auch*!

»Tina, sieh mich an!«

»Will nicht«, wisperte sie.

Seine Nasenspitze berührte ihre. »Bitte.«

Zärtlich streichelte sie seine Schläfe, während ihre Stirn mittlerweile in tiefen Falten lag »Warum denn?«

Doch er berührte zunächst flüchtig ihre Lippen mit seinen, dann ertönte dieses gewisse leise, dunkle Lachen und ihr Herzschlag verdoppelte sich prompt. »Du sollst wissen, dass ich es bin.« Diese tiefe, betörende Stimme hatte sie auch fast vergessen.

»Das weiß ich doch auch so!«

»Aber dann kannst du mich auch ansehen!«, verlangte er im üblichen Befehlston.

Ja, ja, der irre Prof, ehrlich, und *das* hatte sie vergessen? Wie dumm! Seufzend schlug sie die Lider auf. Er war es wirklich, na super!

»Gut«, murmelte er rau und stieß so unerwartet zu, dass sie überrascht aufkeuchte.

»Besser« Wieder folgte ein flüchtiger Kuss, er löste seine Finger von ihren, nahm stattdessen ihre Hand, sah ihr tief und eindringlich in die Augen und küsste ihren Handrücken.

»Ich liebe dich.« Dies kam weder in einem Wispern noch dem üblichen Hauchen, stattdessen klang Daniel mit einem Mal sehr laut und nüchtern. Erst dann setzte er sein sinnliches Spiel fort, drang diesmal viel tiefer in sie ein … dann noch etwas mehr … und noch mehr … beim nächsten Versuch sogar unvorstellbar tief. Kein einziges Mal verließ sie seinen Blick. Irgendwann zwang seine Hand auf ihrer Stirn Tinas halb erhobenen Kopf zurück, seine Bewegungen wurden schneller, heftiger, dabei teilten sich seine wundervollen Lippen, der Atem kam eilig und hektisch und Tina war nicht länger Teil der realen Welt. Scheiß drauf, dass sie die Augen nicht schließen konnte, die Illusion war auch so perfekt. Und so ließ sie sich bereitwillig von ihm mitnehmen, dorthin, wo sie lange nicht mehr gewesen war, und niemals ohne ihn. Es war ihr kleines Geheimnis, eines, von dem er nie erfahren würde, das stellte sie auch jetzt nicht infrage. Doch zum ersten Mal seit zehn Jahren genoss sie es, und erreichte dann zum dritten Mal in ihrem Leben jene Sphären, die alle Sinne schlagartig ins Nirwana beförderten. Tina liebte es, liebte es so sehr! Am meisten von allem jedoch liebte sie es, ihn schließlich zu hören. Wenn auch nur sehr verhalten, doch am Gipfel der Leidenschaft verlor Daniel endlich die Beherrschung. Kein Problem, ihre verabschiedete sich nämlich auch gerade.

Fest zog er sie in seine Arme, sie klammerte sich wie eine Ertrinkende an ihn und presste die Lippen auf seine salzige Haut, während ihr sprichwörtlich die Sinne schwanden.

Die beiden schliefen nicht auf dem uralten Sofa ein, stattdessen trug Daniel sie nach einer Weile hinüber in sein Bett, wo er sie erneut liebte. Auf diese wundervolle, entrückte Art wie zuvor, ganz ohne Experimente. Und wieder bescherte er Tina ein paar unvergessliche Momente. Doch diesmal war *sie* nicht ganz so entrückt, denn sie konzentrierte sich auf jede seiner Bewegungen, sorgte dafür, dass sich kein Zentimeter zwischen ihnen befand und sie wirklich alles von ihm spüren konnte. Als das auf die nicht-experimentelle Weise nicht ganz funktionierte, schob sie ihn resolut von sich und setzte sich auf ihn. Sein Stirnrunzeln verschwand, kaum, dass es erschienen war. Erneut versanken ihre Blicke ineinander – es hatte etwas zutiefst Vertrautes, wirkte in seiner Einfachheit so unendlich wahr, dass Tina jeden Gedanken daran eilig von sich schob. Das war selbst jetzt zu gefährlich. Sie nahm seine warmen, großen Hände und während sie jede Sekunde verinnerlichte, die er sich in ihr befand. Langsam bewegte sie sich auf ihm, nahm dabei jedes Detail seines wundervollen Körpers in sich auf, betrachtete sein Gesicht, die funkelnden Augen, in denen so viel Wärme und gleichzeitig schier unersättliche Gier lebten. Sie vergötterte seine Lippen, bewunderte den wohlgeformten Hals und betete seine muskulöse Brust wie der dumme Teenager an, der sie seit langer Zeit nicht mehr war. Sie biss die Zähne aufeinander, um wenigstens nicht zu laut zu werden, als ihr nächster Höhepunkt kurz darauf nicht mehr aufzuhalten war.

Schwer atmend lag sie wenig später neben ihm, hoffte, er würde bald einschlafen und hatte selbstverständlich die Rechnung ohne den irren Prof gemacht. Denn der beugte sich über sie und küsste zärtlich die Schweißperlen von ihrer Stirn.

Mist!

»Ich liebe dich, Tina. Und das ist keiner meiner Standardsätze in einer solchen Nacht.«

Doppelmist!

Es gab keine, dieser besonderen Situation angemessene, Antwort, und schon gar nicht wusste sie etwas auf sein Geständnis zu erwidern, das so glaubwürdig und ehrlich unterbreitet worden war und von dem sie trotzdem wusste, dass es nicht der Wahrheit entsprach. Tina verurteilte ihn dafür keineswegs, denn sie wusste, dass er es zumindest im Moment so meinte. Nur genügte ihr das nicht, und das würde es auch nie. Leider. Er schien auf keine Reaktion zu warten, denn Daniel umarmte sie fest und streichelte in einer unendlich zärtlichen Geste ihr

Haar. Nach einer ganzen Weile, das Streicheln gehörte längst der Geschichte an, hörte sie ihn murmeln.

»Bitte, geh nicht, bitte, bleib bei mir.«

Mit offenen Augen lag sie in der Dunkelheit und wartete darauf, dass seine Atemzüge gleichmäßig kamen. Was sie tun würde, stand fest – eine Alternative existierte nicht. Vermutlich hatte sie sich selbst belogen. In den vergangenen zehn Jahren eher unbewusst, um sich zu schützen, doch in den letzten Wochen wohl vorsätzlich, um das drohende Fiasko irgendwie aufzuhalten. Sie liebte ihn – *nur* ihn. Egal, was er ihr angetan und welches miese Spiel er auch mit ihr getrieben hatte, D.G. hatte bei ihr schon immer Narrenfreiheit besessen und das würde sich auch niemals ändern. Er war Tinas persönliche Achillesferse.

Mochte er es momentan nicht wissen, doch er empfand nicht, was er ihr soeben gesagt hatte. Gelogen hatte er nicht – das glaubte sie ihm sogar, vielmehr sprach Tina ihm die Fähigkeit ab, derartige Gefühle überhaupt zu entwickeln. Es war Teil dessen, was ihn so besonders machte. Ein Mann wie er würde nie nur einer Frau gehören, vielleicht wäre das auch glatte Verschwendung gewesen. Doch Tina wusste nur allzu gut, was er ihr antun konnte und gerade wieder antat. Würde sie den Morgen abwarten, wäre sie nicht mehr imstande zu gehen und damit erneut dem Untergang geweiht. Okay, möglicherweise würde der nicht morgen stattfinden, sondern erst in der nächsten Woche oder in einem halben Jahr. Im Grunde war es egal, denn am Ende würde er sie wieder vernichten, und das durfte Tina kein weiteres Mal zulassen. Sie hatte in den vergangenen Jahren zu hart gearbeitet, um sich noch einmal leichtsinnig in eine solche Gefahr zu begeben.

Als sie sichergehen konnte, dass er schlief, schlich sie beinahe lautlos in ihr Zimmer und zog sich eilig an. Dabei ging sie gekonnt jedem Gedanken aus dem Weg, besonders den ganz riskanten, die ihn betrafen. Die Trolleys standen griffbereit. Doch nach flüchtiger Begutachtung der riesigen, unförmigen Behältnisse, sah Tina ein, dass sie die wohl kaum allein bewältigen können würde, und verabschiedete sich schweren Herzens von ihnen. Sterben würde sie deshalb bestimmt nicht. Stattdessen nahm sie nur die kleine Reisetasche und ihre Handtasche. Kein Abschiedsbrief diesmal – es gab nichts, was sie ihm mitteilen *konnte*. Eine letzte Rache in Form einiger gemeiner Worte – nichts lag ihr ferner. Alles, was Tina wollte, war fort und sich damit endlich seinem gefährlichen Einfluss entziehen.

Die Haustür ließ sie einen Spalt offen stehen, aus Furcht, ihr Klappen würde ihn am Ende doch noch wecken. Sie wusste, dass sie nicht die Kraft aufbringen würde, ihm zu widerstehen, wenn er sie zum Bleiben bewegen wollen würde.

Eine feige Flucht? Nein! Für Tina war dies eine höchst angebrachte Rettungsaktion – ihrer selbst.

Unbemerkt waren dunkle Wolken am Himmel aufgezogen, die sich auch gleich mal daran machten, ihren Inhalt auf die düstere Landschaft zu verteilen. In schönen, gleichmäßigen Wasserbindfäden. Nicht zu verachten war auch der zunehmende Sturm, der das gesamte Szenario dramatisch wirksam untermalte. Um sich angemessen darüber zu ärgern, blieb Tina keine Zeit, sie war viel zu sehr von dem Wunsch beseelt, so schnell wie möglich zu verschwinden und dabei *nicht* an ihn zu denken! Während ihres Spaziergangs hatte sie sich den Verlauf des Waldweges eingeprägt und geglaubt, in der Ferne Motoren zu hören. Demnach war es bis zur Landstraße nicht sehr weit, auch wenn sie mit dem Wagen einige Minuten benötigt hatten. Flüchtig runzelte sie die Stirn, lauschte in sich hinein und schüttelte kurz darauf den Kopf. Nein, nur Einbildung. Ohne sich noch einmal umzusehen, machte sie sich auf den Weg. Ultimativer Ausdruck dafür, *wie* dringend sie sich seiner Nähe entziehen wollte, war wohl, dass sie *das* mitten in der Nacht auf sich nahm. Denn Tina fürchtete sich vor den wilden Bewohnern des düsteren Waldes, überlegte angestrengt, ob es in dieser Gegend möglicherweise sogar Bären gab, und stellte fluchend fest, dass sie doch gar nicht wusste, *wo* sie sich befand, verdammt! In aller Eile lief sie den Pfad entlang und ignorierte diesmal weitestgehend, dass ihre Schuhe immer wieder im feuchten Morast steckenblieben. Die hatte sie ohnehin bereits abgeschrieben. Nach einhundert Metern zuckte sie zusammen und legte unwillkürlich eine Hand auf ihren Leib.

Erneut lauschte sie in sich hinein, intensiver und bedeutend aufmerksamer diesmal, registrierte das leichte Ziehen und verzog das Gesicht. Toll, alles auf einmal!

Inzwischen war sie klitschnass und der dicke Wollmantel wog ungefähr eine Tonne. Zunehmend zerzauste der Sturm ihr Haar und zerrte an ihrer Tasche, als würde er ihr nicht einmal die gönnen. Lästig waren daneben auch die stetig schlimmer werdenden Unterleibsschmerzen. Tina bekam ihre Monatsblutungen so unregelmäßig, dass sie manchmal monatelang davor verschont blieb – mit ihrem allergrößten Einverständnis, auf den Mist konnte sie ehrlich verzichten. Und wenn sie dann mal kamen, schmerzte es manchmal ein bisschen, weshalb sie auch immer ein paar Schmerztabletten bei sich trug. Aber die waren ihr ja geraubt worden! Deshalb hatte übrigens auch der Gin so verdammt gut und schnell gewirkt! Bereits vor Jahren hatte Tina ein gutes Rezept für sich entdeckt, um einen Abend mit Alkohol zu überstehen, ohne am Ende unter dem Tisch zu liegen. Wenn man meistens mit Männern trank, musste man sich etwas einfallen lassen, um nicht in die eine oder andere brenzlige Lage zu geraten. Eine Migränetablette und man war so ziemlich trinkfest. Funktionierte immer! Na ja, wenn man welche besaß, jedenfalls. Wütend strich sie sich das nasse Haar aus dem Gesicht und stapfte weiter den dunklen Pfad entlang. Eine Taschenlampe wäre auch nicht schlecht gewesen.

Nach zweihundert Metern krümmte sie sich und stöhnte unfreiwillig auf.

Verdammt!

Ob sie wollte oder nicht, Tina musste eine Pause einlegen, denn sie konnte momentan keinen Schritt weitergehen. Mit zusammengepressten Lippen lehnte sie sich gegen einen Baum und blickte verloren zum Himmel hinauf. Krämpfe waren ihr keineswegs neu, aber so etwas hatte sie noch nie erlebt. Außerdem fühlte es sich bereits klebrig an. Stöhnend schloss Tina die Augen.

So. Ein. Verdammter. Scheiß!

38. Shattered

Daniel runzelte die Stirn. Ein fremdes Geräusch hatte ihn geweckt, das so gar nicht in seinen Traum passte. Auch wenn er sich an dessen Inhalt nicht mehr genau erinnern konnte. Irgendetwas mit viel Sonne und Tina ... Und genau hier befand sich der Fehler! Es klang wie Regen, so nah, als ginge der direkt im Raum hernieder, womit jeder Sonnenschein ausgeschlossen war. Wie unter Zwang riss er die Lider auf, und wusste trotz absoluter Finsternis sofort, dass *nichts* stimmte, denn er war allein. Mit dem nächsten Atemzug hatte er das Bett verlassen. Das Haus umfasste nur eine Etage, in der sich die beiden winzigen Schlafzimmer und die übrigen Räume befanden. Deshalb sah Daniel die offene Haustür, sobald er den Flur betrat, und war wieder ein wenig schlauer. Daher stammte das ekelhafte Geräusch, das ihn geweckt hatte. Vom Sturm aufgerissen, schätzte er. Nachdem er sie geschlossen hatte, begab er sich in Tinas Zimmer, auch wenn er bereits ahnte, welcher Anblick ihn erwartete. Die Trolleys waren da – das Bett jedoch unbenutzt und kurz darauf erkannte er auch, was fehlte. Die Reisetasche.

»Dämliches Weib!«, knurrte er in ehrlicher Fassungslosigkeit mit der noch vom Schlaf belegten Stimme. Eilig zerrte er sich Jeans, irgendein Sweatshirt – das er im Dunkeln greifen konnte – und seinen Parka über. An der Tür fiel sein Blick auf den uralten, riesigen Regenschirm in der Ecke, doch nach flüchtiger Überlegung ließ er ihn stehen. Der Wind hätte ohnehin sofort den Versuch unternommen, ihm das Teil aus der Hand zu fetzen. Dennoch ging er noch einmal zurück und barg aus einem der Küchenschubfächer eine kleine Taschenlampe. Wenn sie auch in dem stürmenden Dauerregen nicht viel bringen würde, fungierte sie doch wenigstens als moralische Unterstützung. Irgendwie. Dann stürzte er hinaus in den Weltuntergang – denn der tobte vor den schützenden Mauern des Hauses.

»Dämliches *Weib!*«, brüllte er in den Regen.

So in etwa ahnte er bereits, wohin sie gegangen war. Soweit Daniel wusste, war das ihre einzige Orientierungsmöglichkeit, demnach konnte er die Alternative, mit dem Auto die Fahndung durchzuführen schon mal streichen. Genial! Kaum hatte Daniel den Waldweg betreten, senkte er den Lichtpegel der Taschenlampe auf der Suche nach verräterischen Spuren zu Boden und outete das sofort als nächsten dämlichen Einfall. Selbst wenn sie irgendwelche Fußabdrücke hinterlassen hatte, der Regen würde schneller gewesen sein. Es wurde immer besser – dementsprechend senkte sich seine Laune sekündlich um einen Level und hatte bald den absoluten Tiefpunkt erreicht. Sicher, er hatte ja schon immer mal davon geträumt, sich in tiefster Nacht durch einen eisigen Sturm zu kämpfen! Wie lange sie bereits unterwegs war, wusste er nicht, doch je tiefer er in den Wald vordrang, desto weniger Wasser gelang es, sich bis zum Boden vorzukämpfen, denn die riesigen Laubbäume hinderten es daran. Und daher verzeichnete Daniel – der begeisterte Pfadfinder – bald Erfolge, indem er einige wunderschöne, deutliche Fußspuren ausmachen konnte. Hohe, filigran gearbeitete Schuhe, man befand sich ja gerade auf dem Weg zum nächsten Galaempfang.

»So ein dämliches Weib!«, grollte er und folgte den Abdrücken, die ihm den Weg wiesen, wie eine rot gekennzeichnete Karte. Weit war sie nicht gekommen. Bereits nach wenigen Minuten fand er Tina sehr sinnig unter einem Baum, wo sie scheinbar entrückt den Himmel betrachtete.

»Was tust du hier?«, brüllte Daniel gegen den Wind und weil ihm ohnehin danach war. »Mimst du irgendeinen Mondanbeter oder wolltest du dich mal im Überleben bei Platzregen üben? Übrigens: Schlechter Zeitpunkt in Sachen Himmelsschau, den kann man wegen der Wolken derzeit so schlecht sehen. Was soll der Scheiß?«

Nur langsam senkte sie den Blick und sah ihn an. Ihr Haar wirkte ziemlich nass, okay, das traf auch auf seines zu. Die Augen waren riesig und ihr Gesicht in der dunklen Nacht recht weiß. Gruselig – alles in allem.

»Ich muss gehen!« Wegen des rauschenden Regens verstand er sie kaum.

»Aha! Wohin denn? Pilze gibt es erst im Herbst!«

Dies war keineswegs ein Witz, in Wahrheit kochte Daniel ein wenig – *nur* ein wenig. Tina schien davon etwas zu bemerken, denn sie ging auch nicht auf seinen Sarkasmus ein.

»Ich muss verschwinden! Sofort!«, verkündete sie beinahe feierlich, bewegte sich aber nicht.

»Scheiße!«, brüllte er und packte sie an den Schultern. »Du kommst jetzt mit zurück!«

»Nein!«

Mit einem begeisterten Nicken antwortete Daniel ihrem heftigen Kopfschütteln. »Doch!«

Damit auch keine Zweifel an seinen Absichten aufkamen, schob er ihren Körper in die korrekte Richtung. »Du hättest dir besseres Wetter für diesen Mist aussuchen sollen. Vielleicht wärst du dann sogar erfolgreich gewesen!«

Das überging Tina, während sie nicht etwa um sich schlug, sondern sich in Richtung Hütte in Bewegung setzte. Wobei sie übrigens in Zeitlupentempo lief – was aber auch nichts mehr zur Sache tat.

Je nasser sie wurden – wenn überhaupt möglich –, desto rasanter stieg Daniels Zorn. Mit verengten Augen betrachtete er ihren Rücken. »Du bist dämlich, weißt du das?«

Anstatt zu antworten, kämpfte sie sich in ihrem Trippelschritt den matschigen Weg entlang. Mit eher mäßigem Erfolg, und nachdem sie zum ungefähr zwanzigsten Mal stecken geblieben war und zum dreißigsten Mal auszurutschen drohte, zog sie die Schuhe kurzerhand aus und lief barfuß weiter. Auch das scherte Daniel nicht im Geringsten, eher steigerte es seine Wut nur noch, weil sie sich jetzt möglicherweise eine Lungenentzündung holen würde – für *nichts!*

»Du läufst echt nicht ganz rund, oder?«, erkundigte er sich bei dem gebeugten Rücken, der zu Tina gehörte. Antworten würde sie ohnehin nicht, deshalb wartete er erst gar nicht. »Und gib mir endlich die beschissene Tasche!« Im gleichen Atemzug lederte er das Utensil aus ihrer Hand. Sie sah sich nicht einmal um.

»Ich meine …« Fassungslos schüttelte er den nassen Schädel. »Wir fahren morgen sowieso! Schon vergessen? Wenn du es vor drei Tagen versucht hättest, wäre es ja noch irgendwie … keine Ahnung, *sinnig* gewesen. *Irgendwie!* Aber das hier? Im strömenden Regen? *Nachts?* Tina, du hast ehrlich ein Problem, weißt du das?«

Schweigen.

»Es ist stockfinster! Wohin wolltest du denn?«

»Zum Freeway.«

Oh! *Es* antwortete, das warf ihn ja echt um! »Ja, wie *genial!*«, jubelte Daniel. »Und was hat dich aufgehalten?«

Als die beiden endlich das Haus erreichten, fanden sie die Tür geschlossen vor, der Wind hatte sie nicht nochmals aufreißen können. Doch den Lichtschalter betätigte Daniel vergebens. Stromausfall – es wurde immer besser. Kurz darauf standen sie in der dunklen Diele.

»Ich befand mich gerade auf dem Weg dorthin«, informierte Tina ihn, in Antwort auf eine Frage, die Daniel längst wieder vergessen hatte.

»Komisch, für mich sah es so aus, als würdest du gerade den Mond anbeten.« Es kostete ihn enorme Anstrengungen, nicht in gleicher Tonlage fortzufahren wie zuvor, obwohl die Tür längst geschlossen war. Wütend feuerte er ihre Tasche zu Boden.

»Mein Laptop«, murmelte sie und betrachtete kritisch das lederne Gepäckstück.

Diesen Einwurf überging Daniel. »Und was jetzt? Soll ich dich bis morgen früh fesseln? Und da fragst *du* mich, weshalb *ich* der Meinung bin, dass du nicht normal bist? Ich meine, was macht es denn für einen Unterschied, ob du nun heute gehst oder morgen geruhsam von mir wer-weiß-wohin chauffiert wirst? Was soll der Scheiß?«

»Es macht sogar einen riesigen Unterschied.« Das kam ruhig, während sie nach wie vor ihre Tasche betrachtete. »Aber du wirst das natürlich nicht kapieren.«

»Was? Du hast ja keine Ahnung, was ich alles kapiere! Zum Beispiel lautet einer der gravierendsten Unterschiede, dass wir *beide nicht triefen würden*!« Mit jedem Wort wurde er lauter, während er sich entnervt durch sein klitschnasses Haar fuhr. »Verdammt! Hast du während der vergangenen Tage das Wasser direkt vor deiner Nase nicht bemerkt? *See!* Das da draußen ist ein See! Wenn dir nach Baden war, warum bist du nicht einfach hineingehüpft?«

Auch Tina wurde endlich laut und sah ihn sogar an. In ihrem bleichen Gesicht funkelten die Augen fieberhaft. »Weil ich gehen muss, du Idiot! Begreifst du das denn nicht?«

»Nein!« Er schüttelte den Kopf. »Ich begreife überhaupt nichts. Ehrlich, ich war nie ahnungsloser!«

»Ja, das sollte mich wohl nicht verwundern«, erwiderte sie matt, runzelte plötzlich die Stirn und sagte dann für Daniel ziemlich überraschend »Ich muss mich umziehen!«

Bevor er etwas erwidern konnte, verschwand sie in ihrem Zimmer und ließ den brodelnden Daniel ganz ohne Entladungsmöglichkeit zurück. Ihm blieb nur, wie benommen auf die Tür zu starren, die sich hinter ihr geschlossen hatte. Kurz darauf tappte sie mit frischen Sachen ins Bad und danach herrschte erst einmal Stille. Was sie in dem finsteren Badezimmer trieb, scherte ihn ebenfalls nicht. Sollte sie sich doch dreitausend blaue Flecken holen, weil sie in dem engen Raum ständig mit dem Mobiliar kollidierte. Irgendwann besann er sich, suchte seufzend ein paar Kerzen zusammen und verteilte sie in der Küche.

Als Tina eintrat, warfen die flackernden Flammen geisterhafte Schatten an die Wand, weshalb sie sogar noch blasser wirkte. Auf wundersame Weise wies das Make-up keine Schäden auf. Normalerweise hätte es von der Flut dort draußen fortgespült worden sein müssen, denn nicht mal sie konnte so dämlich sein, das mitten in der Nacht zu erneuern, oder? Ach so, sie plante ja ständig einen Galabesuch – daher. Jede andere hätte sich übrigens spätestens jetzt einen dicken Pullover übergezogen. Tina hatte den nächsten Body und neues Make-up genommen! Also, wenn das nicht gestört war, dann wusste er es auch nicht!

Die leicht Gestörte setzte sich auf einen der hellen Küchenstühle, und Daniel dankte im Stillen Miller für dessen Umsicht, einen Gasherd zu installieren. Genügend Propan war nämlich vorhanden.

Kurz darauf stellte er zwei Tassen mit dampfendem Tee auf den Tisch.

»Obwohl du ihn nicht verdient hast«, knurrte er. »Von mir aus kannst du dich totfrieren, Hunt!«

Ihr Kopf fuhr hoch, das Gesicht war von Wut verzerrt. »Du bist ein arrogantes Kotzarschloch und kannst dir dein Gebräu sonst wohin schmieren, Grant!«

Grimmig grinste er. »Würde ich gern, aber dafür ist er mir momentan zu heiß. Trink! Das wäre die zweite Alternative, ihn zu verwenden.«

»Leck mich!«, flüsterte sie.

»Hmmm, gute Idee, darauf komme ich später bestimmt noch einmal zurück.«

»Schön.«

Längst hatten beide ihr Pulver verschossen. Tina fror tatsächlich, trotz trockener Sachen, denn sie wurde hin und wieder von einem heftigen Beben geschüttelt. Warm konnte Daniel seinen derzeitigen Zustand auch nicht bezeichnen, in Wahrheit war ihm eiskalt, doch er wagte nicht, sich umzuziehen.

Das dämliche Weib war so durchgeknallt, dass es sein kurzes Verschwinden garantiert als nächste Fluchtgelegenheit genutzt hätte. Nachdem er ihren Tee ein wenig weiter über den Tisch geschoben hatte, widmete er sich seinem eigenen. Die heiße Flüssigkeit half wirklich – erwartungsgemäß. Tina stützte den Kopf in eine Hand und betrachtete in Gedanken verloren die Tasse. Offenbar war sie müde, denn ihre Lider drohten ständig zuzufallen, aber Daniel dachte nicht im Traum daran, sie in ihr Bett zu entlassen. Wegen dieser geistig umnachteten Fluchtentschlossenen würde er die gesamte Nacht kein Auge zumachen können, und er sah absolut nicht ein, die Zeit allein abzusitzen. Wenn, dann konnte sie auch bei ihm bleiben, damit er sich jedes Mal, wenn er den Fehler beging, sie anzusehen, über ihre Dämlichkeit ärgern durfte. Es funktionierte sogar hervorragend. Je schläfriger Tina wirkte, desto wütender wurde Daniel. Und als sie drohte, doch tatsächlich im Sitzen einzuschlafen, begann er, sie mit Gewalt wachzuhalten.

»Also, was sollte das?«

»Hmmm?«

»Der ganze Schwachsinn!«

»Ach so, das … Ich wollte weg.« Es klang sogar verdammt schläfrig.

»Das ist mir schon klar, aber weshalb konntest du nicht bis morgen warten?«

Mit sichtlicher Mühe zwang sie die Augen auf, und Daniel war versucht, ihr zwei Streichhölzer anzubieten, damit es auch ja nicht schief ging. »Du würdest es nicht verstehen.«

»Versuch es!«

»Keine Lust«, seufzte sie.

»Aber *ich* habe Lust und jede Menge Zeit, also, sprich dich nur aus!«

Nach einem erneuten Seufzen, das eher ein entnervtes Stöhnen war, sah sie ihn an. »Ich dachte mir, dass es so einfacher wird.«

»Ach? Dachtest du das? Dann bist du einer gewaltigen Fehleinschätzung aufgelaufen! Ich hätte auf die nächtliche Dusche ehrlich verzichten können!«

»Niemand hat dich gezwungen, mir zu folgen.«

»Richtig! Und ich frage mich ernsthaft, warum ich so dumm war, es trotzdem zu tun.«

»Vielleicht solltest du demnächst *erst* überlegen und *später* handeln, das könnte dich vor einigem Ärger bewahren«, empfahl sie leise, bevor ein Ruck durch ihren Körper ging und ihre Lider auf. »Moment …«, murmelte sie und verschwand im Bad.

Stirnrunzelnd blickte Daniel ihr nach. Magenverstimmung? Irgendeine Darmerkrankung? Oder … jetzt war es an ihm, entnervt aufzustöhnen. Sie würde doch nichts geschluckt haben, oder? Keine Ahnung, wo sie ›nichts‹ gefunden haben sollte, aber dem dämlichen Weib traute er auch zu, dass es sich über die heimische Pflanzenwelt hermachte. Und mit deren Hilfe könnte sie … ja, woher sollte er das genau wissen? So irre war er noch nicht, um ihre total durchgeknallten Gedankengänge in Gänze nachvollziehen zu können. Im Wald hatte er sie unter diesem dämlichen Baum gefunden, während sie zum Himmel starrte, als würden sich ihr von dort alle Antworten auf jegliche Fragen offenbaren, die sich ihr jemals gestellt hatten. Dabei bot er wegen des hohen Stammes überhaupt keinen Schutz. Um ehrlich zu sein, hatte sie nicht so ausgehen, als wollte sie ihre Flucht demnächst fortsetzen. Hatte sie auf ihr Dahinscheiden gewartet? Je länger er darüber nachdachte, desto überzeugter wurde Daniel, dass er mit seiner Vermutung richtig lag. Und dass sie ziemlich lange fortblieb, verstärkte den Eindruck nur noch. Kaum hatte sie die Küche endlich wieder betreten, fuhr er sie an.

»Was hast du genommen?«

In aller Gemütsruhe setzte Tina sich. »Du hast echt ein Problem!«

»Ja!«, nickte Daniel. »Dich!«

»Lass mich einfach in Ruhe, Problem gelöst.« Müde zuckte sie mit den Schultern.

»Nichts lieber als das!«

»Schön.«

»Ja.«

Längst ruhte ihr Kopf wieder in einer Hand, während die Worte möglicherweise zu einem giftigen Schlagabtausch passten … welcher jedoch nicht stattfand. Ihre Antworten erfolgten träge und Daniel klang eher kalkulierend, als wütend.

»Was hast du?«

»Nichts.« Als sie flüchtig aufsah, seufzte sie. »Ich habe nichts genommen. Du hältst mich für eine verkappte Selbstmörderin, aber ich versichere dir, dass ich nichts in der Art vorhabe. Ich wollte wirklich nur gehen.«

Das klang vernünftig, und in jeder anderen Situation hätte er ihr das auch abgenommen. Aber plötzlich fiel ihm auf, *wie* blass sie war. Viel zu bleich, um es nur auf ihre Müdigkeit zurückzuführen. Wenn dieses verdammte Make-up. Stirnrunzelnd beugte er sich über den Tisch zu ihr hinüber und entfernte mit einem Daumen den Lippenstift. Darunter offenbarte sich ziemlich weiße Haut. Nicht blass – *farblos*. Spätestens jetzt war er wirklich alarmiert.

»Tina, was ist los?«

»Nichts, ehrlich nicht.«

»Das kann ich nicht glauben.« Entschlossen trat er um den Tisch und zog sie vom Stuhl. »Du hast doch was.« Einer Ahnung nachgebend wischte er das Make-up von Wangen und Stirn. Darunter offenbarte sich Weiß, abgesehen von den dunklen Augenrändern. Sie sah aus wie eine Leiche! »Okay, was hast du genommen?«

»Verdammt, Daniel!«, stieß sie hervor. »Stelle mich nicht ständig als geistig nicht ganz auf der Höhe hin. Ich habe …« Das nächste Zusammenzucken stoppte sie und eine flatternde Hand legte sich auf ihren Bauch.

Wann hatte eigentlich dieses Zittern eingesetzt? »Was hast du denn?«

Resigniert schüttelte sie den Kopf. »Es ist nichts … Beunruhigendes. Ich habe nur …«

»Ja?«

»Ich habe nur meine … du weißt schon bekommen.«

»Und du hast Schmerzen?«

»Ja«, wisperte sie. »Das ist normal.«

»So schlimm?«

»Können wir das Thema wechseln?«, wich sie aus und mied dabei seinen Blick.

»Nein.« Er trat einen Schritt zurück und betrachtete das bleiche Gesicht, die riesigen Augen, die zitternden Hände, die gekrümmte Haltung. Krämpfe. Mit einem Mal zeugte ihr Blick von totaler Erschöpfung, es gelang ihr sogar, ihn wieder anzusehen. Aus ihren Augen sprach das reine Flehen.

»Kann ich schlafen gehen? Ja? Ich bin so müde.«

»Warte, setz dich erst einmal.« Als er sie auf den Stuhl schieben wollte, fiel sein Blick auf dessen Sitzfläche und Daniel runzelte die Stirn. »Hast du … hast du nichts hier? Ich meine, keine Tampons oder so etwas?«

»Doch …« Es klang entnervt. »Natürlich, wofür hältst du mich?«

»War nur eine Frage«, murmelte er und fuhr mit einem Finger über das Holz. Als Tina sah, was er meinte, stöhnte sie noch lauter, ein halbes, mit Sicherheit peinlich motiviertes, Schluchzen war auch mit dabei. »Scheiße! Das … ehrlich, das tut mir …«

»Mund halten, Hunt!« Er schob die zitternde Hand beiseite und legte stattdessen seine auf ihren schmalen Unterleib. »Tut das weh?«

»Nein«, wurde ihm gelangweilt mitgeteilt.

Als er den Druck verstärkte, schwankte sie und versuchte, ihn wegzuschieben. Sein Blick fiel auf den Boden unter ihr. Dort regnete es auch. Rot. In der nächsten Sekunde hatte er sie auf den Tresen verfrachtet und zog ihr die Hose aus.

»Daniel, hör auf!«

»Nur zu deiner Information …« Er öffnete bereits den triefenden Body. »Die letzten zehn Jahre sind *nicht* spurlos an mir vorbeigegangen. Ich bin wirklich Arzt. Zieh die Beine an!«

»Daniel …«

»Tu es!«

Seufzend winkelte sie ihre zitternden Beine an.

»Bleib so locker wie möglich, okay? Das könnte ein bisschen unangenehm werden.«

Sie starrte zur Decke, als er sie so behutsam wie möglich abtastete. Kurz darauf glänzten seine Finger rot. »Tina …« Er schüttelte den Kopf. »Das ist keine Regelblutung, das ist etwas anderes.«

Aber was? Viele Möglichkeiten blieben nicht, und hätte Daniel es nicht besser gewusst, dann …

»Bleib liegen!«, befahl er und ging sich die Hände waschen. Als er wieder an den Küchentresen trat, schlief sie beinahe.

»Tina!«

»Hmmm …«

367

»Erzähl mir, was hast du da draußen wirklich getan?« Behutsam tastete er ihren Bauch ab und presste kurz darauf die Lippen zusammen.

»Keine Ahnung …«

»Nein, erzähl mir, was für mörderische Bestien dir begegnet sind. Wölfe, Bären, Fledermäuse …« Er schob den Body hoch und legte ihre Brüste frei. Licht! Was hätte er für ein wenig Helligkeit gegeben, aber er sah auch so, was er wissen musste.

»Da gab es keine Bären, glaub ich …«, murmelte sie schläfrig. »Nur den Regen und die Bäume und …«

»Tina sieh mich an!«

Mit äußerster Mühe tat sie ihm den Gefallen. »Du nimmst die Pille, richtig?«

»Ja.«

»Wann hattest du deine letzte Regel?«

Stirnrunzelnd dachte sie nach. Zwischenzeitlich gab sie auf und wollte wieder wegdriften.

»Tina!« Er nahm ihr Kinn in seine Hand und zwang sie, ihn anzusehen. »Wann hattest du deine letzte Regel?«

»Keine Ahnung, vor zwei Monaten, oder so … Das ist normal – bei mir.«

»Und du gehst natürlich auch regelmäßig zum Arzt.«

»Ja, einmal im Jahr.«

»Aha. Wie nimmst du denn die Pille, wenn deine Menstruation nicht regelmäßig kommt?«

»Können wir das morgen …«

»Nein, können wir nicht.« Sein Griff um ihr Kinn verstärkte sich. »Du weißt, dass Pille allein kein Schutz ist, ja?«

Abfällig schnaubte sie auf. »Meinst du, ich treibe es mit irgendwem ohne Kondom?«

Darauf antwortete er besser nicht. Das Ganze entwickelte sich immer schneller zu einem Inferno, und langsam schien Tina auch dahinter zu kommen. Ihre Augen wurden groß.

»Ich … ich habe wirklich nur bei dir, ich bin … du warst … das war doch …«

Eine flatternde Hand suchte ihren Bauch. »Aber … ich habe das nicht bemerkt.« Erst jetzt schien sie wirklich zu begreifen. »Was … was soll ich denn mit einem Baby?«, wisperte sie.

»Darüber musst du dir keine Gedanken mehr machen«, bemerkte er trocken.

»Was?«

»Es ist weg, oder was meinst du, soll das ganze Blut?«

»Was?«

»Das war eine Fehlgeburt, Tina.«

»Was?« Etwas anderes konnte sie offenbar momentan nicht artikulieren.

Ja, was?

Eilig überlegte er – so eilig es ging, jedenfalls. Bis zur Klinik in Ithaka benötigte man nicht länger als eine halbe Stunde. Also im Grunde kein Problem. Doch sie wirkte so weiß, er konnte nicht einschätzen, wie viel Blut sie bereits verloren hatte. Verdammt, warum hatte er das denn nur nicht sofort gesehen? Fahren und sie gleichzeitig wachhalten war ein Risiko. Aber hier konnte auch kein Helikopter landen. Sein Blick fiel auf die blasse Tina, deren Lider immer häufiger zufielen.

»Wir müssen ins Krankenhaus fahren.«

»Was?« Mit deutlicher Anstrengung sah sie ihn an und zwang sich wohl, endlich wieder einen Satz zu formulieren. »Nein, ich muss nur ein bisschen schlafen. Bitte, kann ich schlafen? Morgen ist es wieder gut. Und wenn nicht, fahren wir dann.«

»Es geht nicht anders. Und du musst wach bleiben, hast du mich verstanden? *Nicht schlafen!*«

Stirnrunzelnd betrachtete Daniel ihre ruinierte Unterwäsche, die Hose befand sich in keinem besseren Zustand. Egal.

Rasch zog er sie an, verzichtete auf das Höschen, hob sie vom Tisch und trug sie hinaus in den strömenden Regen zum Wagen.

»Wie war das mit den Bären im Wald? Sprich mit mir, Tina!«

Doch Tina sprach nicht mehr viel. Aber sie blieb wach und während der Fahrt blickte er immer wieder in die riesigen Augen. Im Krankenhaus empfing ihn sein Vater. Daniel hatte sein Kommen telefonisch angekündigt und die gesamte Belegschaft nichts Besseres zu tun gehabt, als Daddy aus dem Bett zu trommeln. Natürlich.

Der musterte die Frau in den Armen seines Sohnes eher flüchtig und keineswegs erstaunt. »Hi, Tina.«

»Hi, Jonathan«, murmelte sie.

Als Nächstes widmete er sich Daniel. »Was ist passiert?« Offenbar hielt sich seine Verwunderung darüber in Grenzen, dass der mitten in der Nacht mit einer Verflossenen auftauchte.

»Ich muss sie sofort operieren«, erklärte Daniel knapp.

»Worum geht es?« Abermals betrachtete der ältere Arzt die leichenblasse Tina.

»Abortus incompletus – vermute ich. Die Blutung ist zu stark. Ich gehe kein Risiko ein.«

Der Senior war ernst geworden, aufmerksam musterte er seinen Sohn, dann Tina und nahm ihre Hand. »Wie fühlst du dich?«

»Müde.«

Er lächelte. »Zunächst sollten wir dich erst einmal in ein Bett bringen.«

»Kann ich nach Hause?« Flehend sah sie ihn an.

Daniels Züge verhärteten sich. *Nach Hause.*

»Ich glaube, es wäre besser, wenn ich dich erst einmal untersuche, in Ordnung?«

Eine Antwort blieb sie ihm schuldig. »Hier entlang«, sagte Jonathan und Daniel folgte ihm.

Kurz darauf lag sie in einem Bett, doch bevor Daniel sie ausziehen konnte, bat sein Vater ihn vor die Tür.

Er schloss sie, bevor er das echte Verhör begann. »Wann hat die Blutung eingesetzt?«

»Das kann ich nur schätzen. Vor zwei, drei Stunden.« Stirnrunzelnd beobachtete Daniel die Schwestern, die hinter ihm in Tinas Zimmer traten. Der Ältere der beiden Grants schien sie nicht zu bemerken.

»Die Schwangerschaft ist bestätigt?«

Daniel nickte knapp.

»Wer ist der …«

»Ich.«

Und nun wurde die Miene seines Vaters eisig. »Du kannst sie nicht operieren. Ich übernehme das.«

»Vergiss es!«

»Daniel!« Es kam eindringlich. »Du kennst die Regeln so gut wie ich. Du *kannst sie nicht operieren.* Ich kümmere mich darum, und du setzt dich in aller Ruhe zu ihr. Es besteht keine Lebensgefahr, du hast sie hergebracht, alles ist gut.«

»Nichts ist gut!«

»Richtig!«, nickte er. »Doch das ist eine Angelegenheit zwischen euch beiden, die ihr später bewältigen müsst. Jetzt geht es erst einmal darum, was ich tun kann. Du bist in diesem Fall kein Arzt. Beide Rollen kannst du nicht einnehmen, das weißt du.«

»Aber …«

»Nein! Ich bin Leiter dieser Klinik, du gehörst nicht zum Personal. Die Entscheidung obliegt mir und ich *habe* entschieden. Geh zu ihr, ich kümmere mich um alles Weitere.«

»Dad, ich kann sie nicht …«

Doch sein Vater schüttelte energisch den Kopf. »Das ist mein letztes Wort.« Damit ging er und ließ seinen Sohn wütend im Gang zurück.

Sicher wusste Daniel, dass Jonathan richtig handelte, seine Reaktion auf eine eher alltägliche Angelegenheit sprach für sich. Ein Abort war nichts, ein Witz, wenn man es genau betrachtete. Nur fühlte Daniel sich momentan alles andere als witzig, denn es war sein Kind gewesen. *Seins!* Und er hatte es nicht einmal geahnt.

Irgendwann senkte er den Kopf und ging wieder zu Tina. Die schlief, Daniel schätzte, irgendwer würde sich zuvor davon überzeugt haben, dass es in Ordnung ging. Ausdruckslos betrachtete er das blutleere Gesicht und fragte sich, was sie wohl dachte und wie *sie* die überraschende Nachricht aufnahm. Wenigstens für Tina stellte dies wohl die beste Lösung dar, denn was sollte sie schon mit einem Baby? Das war garantiert auch nicht gut fürs Geschäft.

Als Tina aufwachte, hielt sie die Augen geschlossen. Seltsamerweise musste sie für keine Sekunde nachdenken, sondern wusste sofort, wo sie sich befand und vor allem weshalb. *Ein Baby.* Sie hatte *ein Baby* erwartet. Eine Katastrophe, total ungeplant und dann auch noch auf diese Art davon zu erfahren, war nicht gerade sehr atemberaubend gewesen. Doch sie hätte sich nur zu gern mit all den Schwierigkeiten auseinandergesetzt, die diese Information mit sich gebracht hätte.

Sie sind schwanger, Miss Hunt. Das wird einige einschneidende Veränderungen mit sich bringen.

Ja, möglicherweise hätte sie wirklich erst einmal schlucken müssen. Leichte Panik in der ersten halben Stunde wäre wohl auch eingetreten. Doch das stellte jetzt ja alles kein Problem mehr dar, denn es war fort. Weg. Wahrscheinlich in der Toilette dieses miesen kleinen Häuschens gelandet. Heftige Trauer schnürte ihren Hals zu, was so unverständlich war, denn sie beklagte etwas, das sie nie sehen würde, das im Grunde nicht einmal wirklich existiert hatte. Tina erschien es wie ein Traum, zum Greifen nah und wieder fort. Was hätte sie für ein Kind gegeben. Ein Kind von *ihm.*

Und er hatte es ihr weggenommen. Nein, sie wollte keine Logik hören, auch nicht ihre eigene. Für Tina gab es momentan nur eine Wahrheit:

Sie hätte ein Baby haben können, und nun war es weg und Daniel war involviert gewesen. Mehr interessierte sie nicht. Irgendwie nahm er ihr immer alles weg, nicht wahr? Erst gab er es ihr und dann ... schwupp!, verschwand es wieder. Um nichts davon hatte sie gebeten und hätte gut auf die Erfahrungen verzichten können.

Denn es gestaltete sich so viel einfacher, eine Angelegenheit nie gehabt zu haben, als mit deren Verlust leben zu müssen. Auch das war eines von Daniels Markenzeichen! Immer polterte er in ihr Leben, ließ sie für ein paar Minuten oder Stunden glauben, alles würde gut werden, nur um es dann wieder zu zerstören.

Mühsam schluckte sie, doch diesmal half es nicht. Es gab wohl etwas, das nicht einmal Tina so einfach in die Versenkung würgen konnte. Wie sollte sie weitermachen? Im Moment sah sie keine Möglichkeit und wusste ehrlich nicht, wie sie halbwegs in die Normalität zurückfinden sollte. Warum hatte er sie nicht einfach in Ruhe gelassen? Alles wäre so einfach gewesen. Unbekanntes kann einem nicht fehlen und ihr Leben war zuvor nicht unglücklich gewesen. Sie liebte ihren Job, wie sie in der Weltgeschichte herumflog, und nicht zuletzt ihren Erfolg. Ohne ihn hätte sie diese Sehnsucht nie zu spüren bekommen, die jetzt in ihr tobte. *Verdammt, sie hätte ein Baby haben können!* Nie zuvor hatte sich Tina derart müde gefühlt. Und daran trug nur er die Schuld! Bis vor wenigen Wochen hatten nämlich keine Probleme existiert und kaum war er wieder in ihr Leben getreten, war *nichts* mehr in Ordnung!

Noch nie musste Daniel den hektischen Krankenhausbetrieb aus der Perspektive eines wartenden Angehörigen erleben. Man hatte Tina für die Operation vorbereitet, die erforderlichen Untersuchungen vorgenommen und sie wenig später in den OP geschoben. Das Ganze dauerte nicht länger als zwanzig Minuten, dann wurde sie zurückgebracht. Die ständige Kontrolle des Blutdrucks übernahm Daniel, weil er die ewigen Störungen der Nachtschwester nicht länger ertragen wollte. Schon gar nicht nach Daddys Besuch. Der erschien eine halbe Stunde, nachdem man Tina gebracht hatte.

»Deine Diagnose war korrekt. Ich kann nur schätzen, sie befand sich ungefähr in der achten Woche.« Behutsam legte er eine Hand auf Daniels Arm. »Das ist halb so tragisch. Ihr könnt es wieder …«

Grimmig lachte Daniel auf. »Lass es!«

Jonathan ließ es. Seufzend verstärkte er flüchtig den Druck seiner Finger und ging.

Für den Rest der Nacht und den halben Vormittags saß Daniel an ihrem Bett und kämpfte gegen all den unberechtigten Zorn, mit dem er Tina gern konfrontiert hätte. Hätte sie besser gegessen, nicht getrunken, hätte sie nicht … Ja, es war so einfach und gleichzeitig selten dämlich, ihr die Schuld zu geben. Und das angesichts der Tatsache, dass Daniel nicht einmal wusste, was in diesem Fall geworden wäre. Tina von ihm schwanger? Wollte er wirklich ein Wochenenddaddy werden? Nach dem jahrelangen Streit vor Gericht, um überhaupt als Vater anerkannt zu werden, versteht sich. Sie hätte ihn gehasst, weil er ihr Leben so eklatant beeinflusst hätte. Mal wieder. Denn sie hatte gehen wollen, sonst hätte er sie ja wohl kaum im Wald im strömenden Regen aufgegriffen, oder? So lagen die Fakten, doch Daniel wusste es besser, auch wenn es naiv schien.

Dieses Kind – es hätte alle Schwierigkeiten gelöst. Wenn nicht sofort, dann später. Das Baby wäre das Bindeglied zwischen ihnen gewesen, das ihnen momentan fehlte. Denn Liebe existierte durchaus! Auch von ihrer Seite. Es fehlte nur … Ja … was? Vielleicht Vertrauen, möglicherweise etwas, das die Vergangenheit vergessen machen konnte, das größer war, stärker – *bedeutender*. Wie ein Kind. Gott, wie gern hätte er mit ihr dieses Baby gehabt.

Aber es half nichts, sich weiter damit zu beschäftigen. Am besten verabschiedete er sich davon und ging zur Tagesordnung über. Auch wenn er sich derzeit noch standhaft weigerte, die vergangenen acht Stunden als Realität zu akzeptieren. Nach einer Weile konnte er sogar ihre Hand nehmen. Die größte Verbitterung war überwunden und damit gleichzeitig die Ungerechtigkeit, denn auch sie traf keine Schuld. Als er sah, dass sie wach wurde, ließ er ihr ein paar Minuten, um zu sich zu kommen, bevor er sie ansprach.

»Tina?«

Hörbar schluckte sie, doch es dauerte noch einmal gefühlte Ewigkeiten, bevor sich auch ihre Lider hoben. Mit dem eisigen toten Blick, der ihn empfing, hatte Daniel nicht gerechnet, während sie ihre Hand aus seiner löste und erneut schluckte. Dann stellte sie die Frage, die ihn noch etwas mehr aus der Bahn warf. »Was willst du hier?«

»Ich habe gewartet, bis du wach wirst.«

»Ich *bin* wach, du kannst gehen!«

Daniel schloss die Augen und zählte langsam bis zehn, wobei er sich zur Ruhe zwang. »Tina«, hob er schließlich bedächtig an. »So etwas passiert nun mal. Das ist nichts …«

»Du sollst gehen!«, zischte sie giftig. »Verschwinde endlich aus meinem Leben und lass dich nie wieder blicken. Ich hasse dich, kapiert? *Verschwinde!*«

»Tina!«

Entschlossen schob sie die Decke zurück und stand auf.

»Leg dich hin!«

Schon fuhr sie zu ihm herum. »Wann kapierst du endlich, dass du mir nichts zu sagen hast, du Arsch?«

Ihre kleinen Hände hatten sich zu Fäusten geballt, doch sie atmete einige Male sehr tief und fuhr dann gedämpfter fort. »Wo sind meine Sachen?«

»Die sind versaut, du kannst sie nicht mehr anziehen.«

»Das entscheide ich! Wo sind sie?«

Wortlos deutete Daniel zu dem kleinen Spind in der Ecke. Tina stürzte hinüber, inzwischen war sie ziemlich blass, und zerrte ihr Zeug heraus.

»Wo ist meine Tasche?«

»Keine Ahnung, im Haus, schätze ich.«

Das trieb sie in sichtliche Verzweiflung. »Aber ich *brauche meine Tasche!*«

»Vielleicht solltest du dich wieder hinlegen und ich hole sie dir«, schlug er vor – diesmal nicht ganz so behutsam.

»Vergiss es! Ich hol sie mir selbst!«

»Aha. Viel Spaß!«

»Was soll das heißen?«

Daniel zuckte nur mit den Schultern. Sie verschwand in dem kleinen Bad und kehrte kurz darauf zurück. Erstaunlich mies gekleidet und bemerkenswert bleich. Kein Galaempfang heute, vermutete er. Doch als sie tatsächlich zur Tür ging, verstellte er ihr eilig den Weg. »Was hast du vor?«

»Das geht dich nichts an. Lass mich vorbei!«

»Vergiss es!«

Diesmal war es an ihr, die Augen zu schließen. Für ein paar Sekunden durfte er ihre blassen Lider begutachten, in denen die feinen Äderchen violett hervortraten. Schließlich sah sie ihn an. »Daniel, entweder du lässt mich jetzt vorbei, oder ich kreische das gesamte Krankenhaus zusammen! Kapiert?«

»Du bist diejenige, die hier nichts kapiert«, erwiderte er dumpf. »Du bist frisch operiert, du kannst nicht …«

»Und wie ich kann!«, giftete sie. »Bleib mir mit deiner Scheiße vom Leib, bleib mir überhaupt vom Leib, lass mich vorbei und …« Doch plötzlich verstummte sie und senkte den Blick. Und als sie aufsah, gehörte ihre Wut der Geschichte an. »Ich will gehen«, sagte sie langsam. »Für immer. Wenn ich durch diesen Wald laufen muss, um an meine Sachen zu gelangen, werde ich auch das tun. Ich kann einfach nicht länger bei dir bleiben, Daniel. Ich muss weg.«

Lange betrachtete er ihre entschiedene Miene und nickte dann knapp. »Ich fahre dich.«

Während der Fahrt wurde kein Wort gewechselt. Daniel zerbrach sich mal wieder den Kopf, wie er sie aufhalten sollte, während Tina beharrlich schwieg und ihn nur hin und wieder mit einem ziemlich drohenden Blick bedachte. Eine eindeutige

Botschaft: Noch einmal würde sie sich nicht fünf Tage lang von ihm gefangen halten lassen. Was in ihrem Kopf vor sich ging, wusste er nicht, doch sie war tatsächlich gerade operiert worden. Auch wenn es sich dabei nur um einen kleinen, eher unbedeutenden handelte, blieb es dennoch ein *Eingriff*. Was mindestens einen Tag Ruhe verlangte. Sie ihrem Schicksal überlassen konnte er nicht – und das *wollte* er auch nicht. Daniel war so müde, sehnte sich plötzlich derart nach Ruhe, Frieden und Tina. In jeder Hinsicht.

Seine Gedanken schweiften zu seinem Vater, von dem Tina sich mit kühlem Lächeln verabschiedet hatte. Den fragenden Blick hatte Jonathan natürlich Daniel geschenkt. Ja, schon seltsam, diese Tina, oder? Nun, die schien der Ansicht zu sein, dass Daniels Schwierigkeiten nicht unbedingt ihr Problem waren.

Am Haus angekommen verschwand sie in ihrem Zimmer und kehrte keine Viertelstunde später zurück. Gala bereit.

»Tina.«

Eilig hob sie eine abwehrende Hand. »Nein! Ich will nichts hören, nur gehen. Meinst du, ein Taxi wird dieses Gehöft finden?«

»Das weiß ich nicht. Aber ich kann dich …«

»Nein!« Sie hielt bereits ihr Handy am Ohr.

Das örtliche Taxiunternehmen schien die Ecke zu kennen, denn kurz darauf beendete sie relativ gefasst das Gespräch. Noch weigerte Daniel sich entschieden, aufzugeben. Er nahm sie an den Schultern und blickte in ihre inzwischen wieder perfekt geschminkten Augen.

»Tina, es war unser …«

»Halt den Mund!«, zischte sie. »Es war *gar nichts!* Es wäre nicht einmal da gewesen, wenn du dich nicht wieder eingemischt hättest. Merkst du das nicht? Du zerstörst *mein Leben!* Hör endlich damit auf und lass mich in Ruhe. Ich *will nicht mehr!* Kapiert? Bleib weg, bevor du auch den Rest ruinierst!«

Das Zischen war verschwunden, ihre Stirn plötzlich gerunzelt. »Warum tust du das?«, wisperte sie. Zum ersten Mal wirkte sie tatsächlich emotional tief getroffen. Endlich ging sein Wunsch in Erfüllung. Tina – die Echte – sprach mit ihm. Der kalte Blick gehörte der Vergangenheit an, das aufgesetzte Gehabe folgte. Trotz des Make-ups und der Galaklamotten. Was sein Kidnapping nicht zustande gebracht hatte, die vergangenen Stunden hatten es geschafft. Ende des Theaters. Bis hierher gut.

Aus ihrem Blick sprach kein Hass, nicht einmal Ablehnung. Nur Endgültigkeit und jene Verzweiflung, die er in Auszügen bereits am Abend zuvor hatte bewundern dürfen. Dass es sich nur um eine Ahnung davon gehandelt hatte, wusste er erst jetzt, als er schonungslos mit der Gesamtlage konfrontiert wurde.

Tatsächlich benötigte Daniel einen langen Moment, um damit umgehen zu können.

»Ich konnte nicht wissen, dass so etwas geschieht«, sagte er irgendwann leise.

»Ich weiß«, nickte sie. »Du wolltest dich absichern, ich ging das Risiko ein. Die Verantwortung liegt allein bei mir. Darum geht es aber nicht.« Sie schüttelte den Kopf. »Ich kann nicht, Daniel. Das ist zu viel.«

»Tina, wir könnten gemeinsam …«

»Nein! Für uns gibt es kein ›gemeinsam‹, das gab es nie, und du wusstest das viel früher als ich. Aber inzwischen ist es auch zu mir durchgedrungen. Ich bin dir nicht gewachsen, du machst mich kaputt.«

Das Taxi erschien in der Auffahrt und Daniel versuchte es ein letztes Mal.

Diesmal riskierte er alles. »Tina, bitte. Ich liebe und ich brauche dich. Bitte bleib. Ich will ohne dich nicht leben.«

Ihr Lächeln fiel matt aus. »Das glaubst du jetzt, aber du irrst. Wenn ich fort bin, ist es gut. Du hast mich nie gebraucht und das wirst du auch nie. Die Dinge zwischen uns waren immer nur einseitig und das wird sich niemals ändern. Bitte, folge mir nicht. Lass mich in Ruhe leben, ja?«

Das war schon verheerend genug. Doch als sie sich auf die Zehenspitzen stellte und ihn flüchtig küsste, wusste Daniel, dass er verloren hatte.

In verdammt kurzer Zeit räumte der Fahrer ihr Gepäck in den Kofferraum und wenig später verschwand sie. Einfach so. Ohne einen letzten Blick zurück.

Langsam und mit gesenktem Kopf ging er in das Wohnzimmer und ließ sich auf die Couch fallen. Eine aufwühlende Achterbahnfahrt lag hinter ihm. Keine Tina – Tina – sein Kind und Tina – Nichts. Nicht nur für sie zu viel, für ihn auch, wie er soeben registrierte. Viel zu viel.

Irgendwann schlug er die Hände vor das Gesicht und heulte.

Verdammt!

39. Emotional Roller

»Das Wetter ist mal wieder fantastisch!«

Fran merkte es an, was ihr von Daniel einen zweifelnden Blick einbrachte.

Tom nickte. »Und die Vögel brüllen – ist euch aufgefallen, dass sie in diesem Jahr besonders laut sind?«

Allgemeine Zustimmung erfolgte.

»Ich bin ja der Ansicht, das Korn steht heuer bereits extrem hoch«, meldete sich Chris.

»Ich glaube, ich habe neulich gelesen, dass wir bisher die meisten Sonnentage seit mehr als fünfzig Jahren verzeichnen konnten.« Carmen musste natürlich auch ihren Senf dazugeben.

»Das könnte durchaus stimmen. Wenn ich überlege, wie selten ich bisher den hässlichen Regenschirm nehmen musste.« Edith – einschließlich leichtem und ziemlich falschen Grinsen.

»Ich finde Sommer fein!«, quietschte Clara – inzwischen sieben Jahre alt und dementsprechend gelangweilt von der aufgesetzten Versammlung.

»Und, wann wirst du abreisen?«

Die erste Bemerkung, die auch nur halbwegs Sinn ergab. Daniel wusste nicht, ob er seinem Vater nun dankbar sein sollte oder nicht, denn ihm war so gar nicht nach einem intellektuell hochwertigen Gespräch. »Nächste Woche«, erwiderte er. »Vorderster Senegal.«

Jonathan nickte, wusste allerdings nichts darauf zu erwidern, womit sich erneut diese unnatürlich laute Stille über den Raum legte. Die wirkte so voluminös, dass Daniel nach wenigen Sekunden die Ohren klingelten.

Es war sein vierunddreißigster Geburtstag. Seit Ewigkeiten saßen sie wieder einmal beisammen. Jene Menschen, die sein Leben im Großen und Ganzen ausmachten und offenbar funktionierte der Buschfunk zwischen ihnen glänzend. Niemand wagte, direkt zu fragen – nein, in dieser Hinsicht demonstrierte man geschlossene Einigkeit. Das wäre ja viel zu einfach gewesen. Zumal sie wussten, dass die augenblickliche Abfuhr drohte. Da pflegte man doch lieber dieses beängstigend laute Schweigen und wartete auf … keine Ahnung was. Innerlich seufzte Daniel.

Selten hatte er sich derart darauf gefreut, endlich diesen Kontinent verlassen und sich im hintersten, stinkenden Winkel der Welt verkriechen zu können. Noch immer fuhr er auf jener Achterbahn. Nur die Kurven und Loopings, die das Gefährt nach wie vor beschrieb, veränderten sich beinahe minütlich. Von Zorn, über Enttäuschung, Sehnsucht, auch Fassungslosigkeit, bis hin zu Trotz – ja, soweit hatte sie ihn tatsächlich getrieben. Dann kam wieder der Zorn, die Enttäuschung. Es nervte ihn unvorstellbar! Die Müdigkeit verschwand auch nicht, stattdessen schien sie mit jedem neuen Morgen verheerender. Zuzüglich zu dem gesamten Chaos, das in ihm lebte und sich dort merklich wohlfühlte. Neuerdings stritt in ihm der unschlagbare Realist mit dem ewigen Kind. Eine Zeit lang hatte es gedauert, aber irgendwann musste er einsehen, dass er damals, als er zum ersten Mal in die Dritte Welt ging, nicht unbedingt erwachsen gewesen war. In vielerlei Hinsicht bereits weitaus älter als vierundzwanzig, hatte er andere Aspekte des Lebens mit einer derart dämlichen Coolness genommen, die er jetzt, in der Rückblende, nicht mehr ganz nachvollziehen konnte. Doch in letzter Zeit kam ihm immer öfter der Gedanke, dass er damals bedeutend ruhiger gelebt hatte.

Hielt sie ihm nicht vor, sich kein bisschen verändert zu haben? Neben all den anderen Dingen, die sie einfach mal so in den Ring geworfen hatte. Keines davon war besonders nett gewesen oder traf wenigstens zu. Offensichtlich verspürte sie wenig Veranlassung, zuerst zu prüfen, welchen Schwachsinn sie ihm andichtete, Hauptsache, sie konnte ihm erklären, was für ein mieser Frauenheld und Versager er war. Es *gab* ihn noch, den damaligen Daniel Grant. So falsch hatte sie gar nicht gelegen! Irgendwann hatte Daniel ihn nur für zu unreif beziehungsweise untragbar befunden und sich in eine andere Richtung bewegt. Doch je mehr schlaflose Nächte er hinter sich brachte, desto häufiger fragte Daniel sich ernsthaft, ob er damals vielleicht die *falsche* Richtung eingeschlagen hatte. Der Versuch, *einen* Menschen zu lieben, war nun mal gründlich gescheitert. Dabei hatte er tatsächlich alles riskiert und gegeben, mehr war nicht möglich. Das Ergebnis fiel eher niederschmetternd bis *total* vernichtend aus.

Sie war fort, er der Verlierer, daran gab es nichts zu beschönigen. Stand da nicht ein Neubeginn an? Und wenn der sich schon anbot, warum dann kein umfassender?

Als er aufsah, lagen die Blicke aller Anwesenden wie immer auf ihm und Daniel verzog entnervt das Gesicht. »Würdet ihr mit dem Schwachsinn endlich aufhören, ja? Was immer ihr euch da zusammenreimt, es ist ein Irrtum, das war es immer! So war es vor zehn Jahren und ist es auch heute. In Wahrheit war da *nie* etwas! Wenn ihr euch erinnert.« Sein Blick fiel auf Chris und Carmen. »Ich habe das immer wieder gesagt, ihr seid nur zu stur gewesen, es auch zu glauben.«

Trocken lachte er auf. »Nichts hat sich geändert. Also packt endlich die Trauermienen ein! Soweit ich mich erinnern kann, ist heute mein Geburtstag. In ein paar Tagen verschwinde ich an den Arsch der Welt – wer weiß, ob ich diesmal zurückkehre? Ich schätze, die verbliebenen Tage sollte ich nutzen, um mich endlich ein wenig zu amüsieren.«

Darauf wussten Carmen und Chris nichts zu antworten. Die Stirn seines Vaters lag in tiefen Sorgenfalten, Ediths Augenbrauen waren zweifelnd erhoben und Clara verstand nur Bahnhof. Francis allerdings zuckte nach reiflicher Überlegung mit den Schultern und Tom grinste. »Das ist doch ein Wort!«

Fand Daniel auch.

Tina lag auf ihrer Strandliege und blickte finster auf das Meer hinaus. Nach einigen aufreibenden, kräftezehrenden und erstaunlich erfolglosen Monaten hatte sie beschlossen, ihren Jahresurlaub vorzuziehen. Ein letzter Versuch, die Dinge wieder ins Lot zu bringen – also, soweit das überhaupt möglich war. Sie hatte mit Gewalt wieder die Alte sein wollen, musste jedoch bald einsehen, dass dies nicht funktionieren würde. Diesmal konnte sie nicht alles hinter sich lassen, so tun, als wäre nichts geschehen und weiterhin von Auftrag zu Auftrag hetzen. Denn in der Zwischenzeit wusste sie, dass es mehr gab. Babys, zum Beispiel. Daniels …

(grünäugige Dämonen, die sich als Prof Higgins aufspielten, einem vorschrieben, wie man zu leben hatte und dass man nicht bei Nacht, im strömenden Regen aus seinem Gefängnis in der grünen Naturhölle fliehen durfte. Ha!)

Ihre Meinung war unverändert, nach wie vor glaubte sie, seine verdammte Liebe oder was er für sie zu empfinden glaubte, existiere größtenteils in seiner Fantasie. Trotzdem konnte sie diesen besonderen Ausdruck in seinem Blick nicht vergessen. Offenheit, aber auch die ehrliche Bitte, bei ihm zu bleiben. Immer mehr zeigte sich, wie schwierig es für sie war, damit umzugehen, wenn die Aufrichtigkeit von jemandem stammte, dem sie bis vor Kurzem die Fähigkeit dazu gänzlich abgesprochen hatte. Und ehe Tina sich versah, fiel sie in die alten und verhassten Verhaltensmuster zurück und begann zu pokern.

Was wäre …

… *wenn* er sich *wirklich* geändert hatte?

… *wenn* diesmal *wirklich* eine Chance für sie beide bestand?

… *wenn* er sie *wirklich* liebte?

Kaum waren diese Gedankengänge vonstattengegangen, fügten sich die nächsten nahtlos an.

Illusionen, Tina! Du pokerst nicht nur total dämlich und am Rande des Wahnsinns, du bist bereits auf dem genialen Weg, dich in *Illusionen* zu flüchten. Und was schworen wir noch gleich? Hmmm? Keine weiteren *Illusionen*. Und warum?

Illusionen: *Selbsttäuschungen (geboren aus dem Wunsch, etwas möge besser sein, als es in Wahrheit ist).*

Wollen wir das?

Nein.

Sind wir das?

Nein.

Bringt uns das auch nur irgendetwas, Tina?

Nein!

Also!

Und damit schlug sie sich alle Gedanken an den grünäugigen Dämon ein für alle Mal aus dem Kopf.

Für eine Stunde, dann begann das Pokerspiel von vorn. *Ja, sie* war das Risiko eingegangen, nicht er. Wenn auch unwissend, blöd und so naiv, dass Tina noch in der Rückschau regelmäßig übel wurde. Doch Daniel wollte sich schützen, *sie* hatte ihn damals davon abgehalten. Okay, dieses Kidnapping konnte man nicht ganz so lax von der Hand weisen, aber das hatte er doch nur veranstaltet, um sie zu *retten*, oder? Übrigens entging ihr keineswegs, dass sie wieder einmal Entschuldigungen für das Verhalten des irren Profs suchte, wo es keine gab. Aber auch das gehörte zu ihrer Geschichte, und verwunderte sie deshalb überhaupt nicht. Interessanter war da bereits, dass es sich nicht geändert hatte.

Vor nicht ganz sechs Monaten hätte Tina geschworen, sich sofort und umfassend gegen so einen Übergriff zu wehren, sofern jemand wahnsinnig genug sein würde, es zu versuchen. Sie hätte ihm einhundert Anwälte an den Hals gehetzt, allen voran die Cops, das FBI, CIA und vorsorglich den Katastrophenschutz. Denn wenn sie mit ihm fertig gewesen wäre, wäre der erforderlich. Kalt lächelnd hätte sie zugesehen, wie man ihn ins Gefängnis warf. In Hand- und Fußfesseln, Knebel und Sack über dem Kopf! Und während der Verhandlung hätte sie mit wehenden Fahnen und einem begeisterten Grinsen gegen das Schwein ausgesagt – schon, um sich an ihm zu rächen. Ein für alle Mal! Ja, so in etwa hätte sie ihre Reaktion vorhergesagt. Doch am Ende kam es ganz anders, wie immer, wenn dieser Mensch in ihrem Leben herumfuhrwerkte. Nein, sie wollte keine Rache. Allein diese Geschichte mit dem Zettel erschien ihr in der Nachschau total dämlich, unreif, nicht *sie!* Genauso wenig wollte sie Daniel verletzen oder dass er vielleicht litt – diesbezüglich konnte sie nicht einmal den Gedanken ertragen.

Sie selbst war verletzt – sehr sogar. Unfassbar. Niemals hätte Tina geglaubt, dass es noch etwas gab, was sie derart aus der Bahn werfen konnte. Nach reiflicher Überlegung musste sie sich eingestehen, dass Daniel im Grunde ebenso unschuldig war, wie sie. Es handelte sich um eine ungünstige Verkettung von Zufällen und *ihrer* Dämlichkeit. Auch wenn ihr absolut nicht gefiel, dass sie offenbar nicht halb so clever war, wie sie sich immer zugestand. Oder aber, ihre Dämlichkeit ließ sich auf seine Anwesenheit zurückführen. Tauchte D.G., alias der irre Prof, alias der grünäugige Dämon am Horizont auf, stellte sich bei Tina Hunt eine schlagartige Degeneration der Gehirnaktivität ein. Ohne Kondom trieb sie es mit einem Mann, der es bewiesenermaßen mit jeder trieb. Etwas, was sie abgesehen vor ihm, noch nie getan hatte. Das *konnte* ja nur total schiefgehen!

Schlag ihn dir aus dem Kopf, Tina!

Eine weitere Stunde später betrachtete sie die Hand auf ihrem Bauch, die sich regelmäßig dorthin stahl, obwohl kein Dämonenbaby mehr existierte. Ihn traf wirklich keine Schuld, denn sie hatte ihn dazu genötigt, dann verlassen und er war ihr gefolgt. Nicht unbedingt erforderlich, wo sie sich zehn Jahre lang nicht gesehen hatten, in denen er ja auch keine Anstalten gemacht hatte, mal nach ihr zu suchen oder so. Irgendwann innerhalb der fünf Tage hatte er sogar versucht, ihr zu erklären, warum er nicht früher zu ihr gekommen war. Jedenfalls konnte sie sich dunkel entsinnen. Doch nicht dieser Vortrag spukte Tina ständig im Kopf umher und trieb sie zunehmend in den Wahnsinn.

»Tina, bitte. Ich liebe und ich brauche dich. Bitte bleib. Ich will ohne dich nicht leben.«

So ungefähr hatten seine letzten Worte an sie gelautet, für die sie vor einiger Zeit – zehn Jahre in etwa – alles gegeben hätte. Mal ganz abgesehen von dem Flehen in den dämonischen Augen. Verzweifelt seufzte sie auf und holte tief Luft. Auch wenn das heute nicht länger widerstandslos von ihr hingenommen wurde, blieb so etwas nicht ohne Wirkung. Wie auch? Sie liebte ihn! Daran bestand nicht der geringste Zweifel, Tina hatte es längst akzeptiert. In Wahrheit musste sie eine Entscheidung treffen und das fiel ihr so verdammt schwer. Wollte sie ein einsames, aber durchaus zufriedenes Leben *ohne* ihn? Oder würde sie sich auf eines *mit* ihm einlassen? Was einen Wust an unkalkulierbaren Problemen und Risiken bedeuten würde. Zum Beispiel, in nicht allzu ferner Zeit von ihm verlassen zu werden. Ihr Verstand reagierte da eisern und empfahl ihr dringend, sich für die Sehnsucht zu entscheiden. Die würde vergehen – hoffte Tina wenigstens. Und konnte sie nicht wirklich auf eine wunderbare Zukunft blicken?

Arbeit, ein toller Job, viele Städte, Erfolg, Arbeit, Arbeit, Arbeit, kein Daniel, kein grünäugiges Dämonenkind mit süßen Pausbäckchen und kleinen Händchen und Beinchen.

Stöhnend schloss Tina die Lider. Verdammt noch mal!

»Hier!«

Als sie aufblickte, sah sie ein Glas mit dicklicher gelber Flüssigkeit vor sich. »Mom, du sollst mich nicht bewirten.«

Die setzte sich neben sie. »Das tue ich gern, wenn du schon einmal da bist.«

Widerwillig nahm sie das Glas. Orangensaft, frisch gepresst. Vera meinte, sie bräuchte Vitamine, wegen der ›unnatürlichen Blässe‹. Bisher hatte sie sich mit Tinas Stresserklärung zufriedengegeben, doch anscheinend wurde die Glückssträhne gerade beendet.

»Was ist wirklich passiert?« Lange Vorreden gehörten auch nicht zu Vera Kings Angewohnheiten.

»Nichts, abgesehen von viel Arbeit. Zu viel, vermutlich.«

Energisch schüttelte Tinas Mutter den Kopf. »Ich weiß nicht, ich kann das nicht glauben. Du hattest immer Stress, es machte dir nie viel aus.«

»Man wird älter.«

Diese Bemerkung brachte ihr ein Kichern ein. »Nein, noch nicht. Ich sage dir, wenn es so weit ist.«

Tina verzog das Gesicht und blickte aufs Meer. Und Vera, die mit den Jahren älter und vor allem ruhiger geworden war, tat es ihr nach.

Erst nach geraumer Zeit versuchte sie es erneut. »Ich war immer sehr stolz auf dich, wusstest du das?«

Überrascht musterte Tina ihre Mutter. Sonst sprach die niemals über den eigentümlichen Job ihrer Tochter. Schließlich lächelte sie. »Gut.«

»Ich *war* stolz!«, wiederholte sie ein wenig störrisch. »Deshalb *gefällt* mir noch lange nicht, was du treibst.«

»Wie darf ich das verstehen?«

»Ich dachte immer, du würdest heiraten und Kinder bekommen!«

»Das muss nicht jeder, Mom! Ich habe mich für einen anderen Weg entschieden, und es ist nicht der Schlechteste!«

Die Mutter nahm ihre Hand. »Ja, aber *warum*? Du bist plötzlich so anders. Früher hast du immer von deiner eigenen Footballmannschaft erzählt, erinnerst du dich?«

»Als Kind, Mom!«, beharrte sie. »Manchmal ändern sich die Pläne, wenn man älter wird.« Damit widmete Tina sich ihrem frisch gepressten Orangensaft und hoffte, endlich das Verhör überstanden zu haben. Weit gefehlt!

»Du hast keinen Freund.«

»Kein Interesse.«

»Du gehst nie aus!«

»Das kannst du nicht wissen!« Sie sah ihre überbesorgte Mutter nicht an. »Ich bin vierzehn Tage im Jahr hier. Woher weißt du, was ich in der übrigen Zeit unternehme?«

»Eben! Wir wissen *nichts* von dir!«

Seufzend setzte Tina sich auf und sah sie notgedrungen doch wieder an. »Okay, was willst du erfahren?«

»Wo arbeitest du?«

»Das weißt du. Hier und dort.«

»Das ist aber *nicht richtig!*«

»In meinem Fall *schon!*«

»Nein!« Als ihre Hand abrupt in die Freiheit entlassen wurde, betrachtete sie ihre Mutter mit gerunzelter Stirn.

»Es ist okay, Mom«, versicherte sie leise.

Vera schüttelte so heftig den Kopf, dass Tina inzwischen mit einem Schleudertrauma rechnete. »Du bist *nicht* glücklich!«

Seufzend verdrehte sie die Augen und lehnte sich zurück. »Können wir das Gespräch nicht auf später verschieben?«

»Nein! Ich habe bereits viel zu lange damit gewartet!«

Verblüfft flogen Tinas Lider auf. »Womit?«

»Mit diesem Gespräch! Mit einem Mal bist du so anders!«

»Die Menschen verändern sich!«

»Aber nicht so.«

»Nun, offensichtlich liegst du falsch.«

Nach einer Weile holte ihre Mutter tief Luft. »Du kannst nicht ewig trauern, Tina. Das Leben geht weiter, warst du es nicht, die mir das immer wieder gepredigt hat? Und du hattest recht!« Ein flüchtiges Lächeln glitt über ihr Gesicht. »Der Tod deines Dads hat uns alle getroffen, aber das ist jetzt zehn Jahre her. Ich finde, du solltest …«

»Du irrst dich!«, unterbrach Tina. »Dads Tod hat nichts damit zu tun.«

»Was dann?«

»Huh?«

»Was ist dann dafür verantwortlich?«

»Wofür?«

Unvermittelt traf Tina einer jener drohenden Blicke, die ihre Mom nur im absoluten Ausnahmefall zum Einsatz brachte. »Verkaufe mich nicht für dumm, Christina Laura Hunt! Ich bin deine Mutter und weiß, wann es meinem Baby gut geht, und wann nicht. Als damals dein Vater starb, hast du dich verändert. *Alles!* Und seither bist du seltsam. So hartnäckig und kompromisslos!«

»So soll es sein«, murmelte Tina.

»Nein! Das ist Scheiße!«

Tina zuckte zusammen und musterte ihre Mutter vorwurfsvoll, doch die winkte ab. »Na ja, ist es doch, oder? Und nun sage mir, warum du in diesem Jahr so früh kommst! Irgendetwas ist geschehen und ich will jetzt erfahren, was!«

»Das hatten wir bereits alles, Mom!«

Vera wollte etwas erwidern und besann sich im letzten Moment. Schweigend musterte sie ihre Tochter, die so gar nicht an die warmherzige, leicht unorganisierte Tina erinnerte, um die sie sich immer Sorgen gemacht hatte. Wenigstens Letztere hatte sie nie hinter sich lassen dürfen. Nur hatten sich ihre Befürchtungen innerhalb der vergangenen zehn Jahre dramatisch verändert. Früher stand sie Ängste aus, das Kind könne krank werden, nicht ausreichend essen oder nicht genügend Anerkennung erfahren. Heute argwöhnte sie, dass Tina alles verlor, was sie einst ausmachte. Und seitdem die unvorbereitet und entgegen ihren Gewohnheiten vor der Tür gestanden hatte, verdoppelte sich diese Sorge noch einmal – täglich. Irgendetwas war geschehen, was die Dinge katastrophal verschlechtert hatte. Vera war fest entschlossen, dem ein Ende zu setzen, lange genug hatte sie dem Treiben ihres einzigen Kindes tatenlos zugesehen. Colin meinte das auch. Und was Colin meinte – ähnlich wie George zuvor – war nun einmal richtig. Außerdem wusste Vera sowieso Bescheid. Ungefähr, jedenfalls.

»Es ist ein Mann.«

»*Was?*«

»Du bist wegen eines Mannes so seltsam!«

»Wie kommst du darauf?«

Vera hob die Schultern. »Wenn eine Frau ganz plötzlich ihre Gewohnheiten ändert, steckt immer ein Mann dahinter. Das ist Gesetz!«

»Ach? Ist es das?«

»Ja.«

Tina blickte wieder hinaus auf das Meer und betrachtete dessen seltsamen Übergang zum Himmel. Man meinte vielleicht, den Horizont genau auszumachen, doch das war eine Sinnestäuschung, in Wahrheit war selten wirklich zu erkennen, wann …

»Also, habe ich unrecht?«

Sie seufzte. »Nein.«

Das musste Vera erst einmal verdauen. Leider funktionierte ihr Stoffwechsel hervorragend, denn nach wenigen Sekunden gab es kein Halten mehr.

»Oh, Schätzchen, ich *freue* mich so! Darauf habe ich gewartet, also dein Vater ja weniger, aber ich glaube, inzwischen wäre selbst George froh. Schließlich bist du ja auch nicht mehr die Jüngste.« Tinas Grimasse übersah sie glatt. »Und wer ist es? Kenne ich ihn? Was für eine alberne Frage, natürlich kenne ich ihn nicht. Woher auch? Wann kommt er denn? Er kommt doch, oder? Habt ihr bereits … also ich meine, habt ihr bereits weitere Pläne, oder … Tina, nun sag doch mal was!«

»Was.«

»Das ist *nicht* witzig!«, wurde sie prompt von ihrer Mutter zurechtgewiesen. »Du kannst nicht einfach mit so einer Botschaft herausplatzen und keine Einzelheiten verraten! Wie ist er denn so?«

Tina überlegte. »Äh, männlich eben.«

»Tina!«

Die seufzte. Zeit, die Illusionen ihrer Mom ein wenig zu zerstören. »Es ist nicht, wie du denkst.«

Schon umwölkte sich Veras Miene. »Er liebt dich nicht! Ha! So ein Trottel! Aber mach dir nichts draus! Dann suchst du dir eben einen anderen. Du könntest an jedem Finger zehn haben. *Zwanzig*! Mädchen! Es gibt keine Handvoll, sondern ein ganzes …«

»So einfach ist es nicht, Mom!« Endlich sah Tina ihre Mutter an, deren Begeisterung plötzlich verschwunden war. »Was ist nicht einfach?«

»Das mit uns.«

»Liebst du ihn?«

Tina schloss die Augen. »Ich glaube, ja.«

»Glaubst oder weißt?«

»Weiß.«

»Und er? Hat er gesagt, dass er dich nicht …«

»Nein.«

»Ist er nicht sicher? Also, Tina, das hört sich für mich nach einem totalen Trottel …«

»Nein!«

»Wie? Hat er gesagt, dass er dich auch liebt?«

»Ja.«

Entsetzt flog Veras Mund auf. »Er ist *verheiratet*!«

»Nein!«

Hilflos rang die Mutter ihre Hände. »Und wo liegt dann das Problem?«

Mit nach wie vor geschlossenen Augen schüttelte Tina den Kopf. »Das würdest du nicht verstehen.«

»Versuch es!«

Flüchtig musste sie lächeln, denn genau das hätte Daniel jetzt wohl auch gesagt. »Es ist zu kompliziert, um es zu erklären. Sorry.«

Erst nach einer ganzen Weile hatte sich ihre Mom auch von *diesem* Schock erholt. »Also, du kannst mich schlagen, aber ich sehe da kein Problem. Wenn du ihn liebst und er dich, gibt es nichts, was nicht aus der Welt geschafft werden kann. Was glaubst du, wie das bei deinem Dad und mir war – du hast ja *keine Ahnung!* Und erst bei Colin! Trotzdem habe ich mich nie davon abhalten lassen, glücklich zu sein! Und das solltest du auch nicht!«

Langsam und sehr finster nickte Tina vor sich hin. Yeah. Je länger sie darüber nachdachte, desto tiefer gestaltete sich ihr Stirnrunzeln. Sie liebte ihn, er liebte sie – jedenfalls hatte er das gesagt. Ihr Leben war sowieso versaut. Das hatte Tina bereits gewusst, als sie in dem ekelhaften Krankenhausbett aufgewacht war. Ein Zurück gab es nicht mehr. Warum denn nicht? Was riskierte sie? War nicht die Gewissheit eintausend Mal besser, als diese ewige Grübelei, die sie wohl bis ans Ende ihres Daseins verfolgen würde? Der Was-Wäre-Wenn-Poker ging in die nächste Runde und diesmal gewann Tinas unvernünftige Seite.

Irgendwann sah sie ihre Mom an. »Vielleicht hast du recht.«

»Sag ich doch!«

Die leicht entnervte Tochter grinste etwas verbissen und holte schließlich tief Luft. »Okay.«

»Richtig.«

»Du meinst, ich soll es versuchen?«

»Und *wie* ich das meine!«

»Ich soll zu ihm gehen?«

»Sofort!«

»Ich weiß nicht einmal …« Doch kaum erneut verdüstert, hellte sich ihre Miene wieder auf. »Aber ich werde es herausfinden!« Plötzlich stand Tina. »Ich muss mich beeilen!«

Kurz darauf blickte Vera ihrer Tochter mit offenem Mund nach, als die zum Haus stürzte. Wow!

Das lief unerwartet einfach …

40. Heart in a cage

Wie es seit einigen Jahren ihre Angewohnheit war, nahm Tina sich keine Zeit, ihren Plan erst ausführlich zu überdenken. Froh über das Gespräch mit ihrer Mutter, war sie noch ein bisschen froher darüber, der nicht alle Einzelheiten erzählt zu haben. Das hätte Mrs. King nur verwirrt. Sie – Tina – war ja *auch* konfus und hoffte trotz des Wirrwarrs das Richtige zu tun. Wirklich wichtig war im Grunde nur eines: dass er sie liebte – und das hatte er gesagt. Glaubhaft, nicht so dahin, was auch nicht zu ihm gepasst hätte, denn das war nun wirklich keiner seiner üblichen Standardsätze.

Und hielt er sich nicht an ihre Forderungen? Sie hatte ihn gebeten, sich aus ihrem Leben fernzuhalten und er erfüllte ihr diesen Wunsch. Obwohl sie sich so ungefähr vorstellen konnte, wie sehr es dem irren Prof in den Fingern juckte, nachzusehen, ob sie ja anständig aß und mit wie vielen Männern sie es neuerdings trieb. Tina bereute keinen der vielleicht einhundertachtzig Tage, die seit ihrem Abschied vergangen waren. Die Zeit hatte ihr die Gelegenheit gegeben, zu sich zu kommen, nachzudenken und endlich sicher sein zu können. Das wäre ihr in seiner Gegenwart niemals gelungen, Tina hatte schon früher die grauenvolle Erfahrung machen müssen, dass man bestimmte Angelegenheiten besser allein bewältigte. Der Verlust ihres Babys gehörte dazu – auch wenn sie das erst seit Neuestem wusste. Daniel hätte ihr nicht helfen können, auch wenn er das möglicherweise glaubte.

Ihm wird es egal gewesen sein, gut vorstellbar, dass der alles wollte, nur kein Baby. Doch für Tina war es trotz aller widrigen Umstände ein Wunder, und der Verlust demnach denkbar hart gewesen. Jedes Mal, wenn sie ihn vor ihrer Abreise angesehen hatte, war sie sofort daran erinnert worden, *was* sie verloren hatte. Ihr Instinkt hatte ihr gesagt, dass sie zunächst damit umgehen lernen musste. Allein. Und so war es auch eingetroffen, denn es gab niemanden, mit dem sie darüber sprechen konnte. Nicht einmal mit ihrer Mom – lautes Wehgeschrei hätte ihr nämlich auch nicht weitergeholfen. Nun, offenbar war der Prozess abgeschlossen, denn sobald ihr Entschluss gefallen war, spürte Tina, wie neue Motivation sie flutete. Andere hätten es vielleicht sogar frischen Lebensmut genannt. Die Aussicht, zu ihm gehen zu können, flutete sie tatsächlich mit neuer Energie, was an sich ein gutes Zeichen war.

Noch am selben Abend setzte sie sich in den Flieger nach New York und traf erstaunlich wenige Stunden später, allerdings mitten in der Nacht, am J.F.K. ein. Es war sinnlos, heute noch etwas zu unternehmen, daher beschloss sie, all das, was sie so dringend tun wollte, auf den Morgen zu verlegen.

Bevor Tina allerdings in einem bequemen und so fremden Hotelbett einschlief, telefonierte sie mit ihrer Mutter. »Ich bin angekommen.«

Es war das erste Mal, dass Tina ihr Derartiges mitteilte, was wohl ein weiteres Indiz war, dass sich Veränderungen anbahnten. Während sie in den Schlaf hinüberdämmerte, dachte Tina sich, dass es jedenfalls nicht das denkbar Schlechteste war.

Der Morgen brachte jede Menge Aufregung mit sich, sie konnte sich nicht daran erinnern, innerhalb der letzten zehn Jahre so verdammt aufgeregt gewesen zu sein. Diesmal wollte Tina die Reise in die Vergangenheit perfekt gestalten, was ihr erwartungsgemäß nicht sonderlich leichtfiel. Es würde weitere Erinnerungen zutage befördern, und zwar garantiert auch von der Art, die sie lieber auf immer und ewig in der Versenkung belassen hätte. Was sollte sie anziehen? Am Ende entschied sie sich für das übliche Outfit. Schon, um gegen alle Niederlagen gewappnet zu sein. Denn was sie beabsichtigte, war ein kompletter Schuss ins Blaue. Zwei Stunden später saß sie im Taxi und fuhr zurück … in die Vergangenheit. *Wie* blau der Schuss war, erkannte sie jedoch erst, als das Taxi wenige Meter vor dem Haus hielt. Woher nahm sie denn die Gewissheit, dass er bei dem Beruf genau jetzt zu Hause war? Tina seufzte. Ehrlich, eine derart schlechte Recherche hatte sie selten zustande gebracht. Das musste wieder mit der Degeneration der Gehirnhälften zusammenhängen.

Als sie kurz darauf vor der vertrauten Eingangstür stand und zum ersten Mal seit jeher klopfte, tat dies noch etwas anderes, und zwar verboten laut und schnell: ihr Herz. Auch stellte sich der flüchtige, aber dennoch übermächtige Wunsch ein, sich im letzten Moment aus dem Staub zu machen. Nur blieb Tina leider nicht sehr viel Zeit, sich damit auseinanderzusetzen, denn kurz darauf wurde die Tür geöffnet, was *eine* Frage schon einmal zweifelsfrei beantwortete: Derzeit weilte er nicht in der Klinik.

Wenn Mr. Grant Überraschung verspürte, verstand er es prächtig, diese zu verbergen.

»Hi, Tina!« Wie damals in der Klinik benahm er sich, als hätten sich die beiden in der vergangenen Woche zuletzt gesehen.

Ihr Lächeln hingegen fiel ein wenig angestrengt aus. »Hi, Jonathan.«

»Komm rein!«, grinste er.

Auf wackligen Knien folgte sie ihm ins Wohnzimmer, wo alles unverändert wirkte. Nichts deutete darauf hin, dass zwischen damals und heute zehn Jahre lagen.

»Was willst du trinken?«

»Nichts, danke.«

Mit bedauerndem Lächeln nahm er ihr gegenüber Platz. »Edith ist im Büro, du musst mit mir vorlieb nehmen.«

Vage nickte sie, während sie ihn betrachtete und staunend erkannte, dass auch er kaum eine Veränderung erlebt hatte. Jonathan Grant musste inzwischen die Fünfzig weit hinter sich gelassen haben, doch darauf deutete nichts hin. Zehn Jahre, für Tina ein Äon, für Daniels Vater offenbar nur ein Wimpernschlag. Alles war wie immer: das dunkle Haar, die feinen, klugen und gütigen Züge, die intelligenten, dunklen Augen. Es fühlte sich an, als sei …

»Tina?«

Sie fuhr zusammen. »Ja?«

»Ich freue mich wirklich, dich zu sehen«, versicherte er. »Jedoch vermute ich, dass dies kein Anstandsbesuch ist. Wie kann ich dir helfen?«

Uh, ja, das musste sie wohl erst einmal erklären. Bevor Tina aber vollends in ihrer Verlegenheit untergehen konnte, fiel ihr wieder ein, dass sie *keine* riesige Brille trug, auch *nicht* mit einem ekelhaften Gips geschlagen war und *tatsächlich* viel Zeit zwischen damals und heute lag. Dennoch klang ihr Räuspern recht hohl und sie musste verdammt tief Luft holen, bevor auch ein verständlicher Ton ihre Kehle verlassen konnte.

»Ich suche Daniel.«

»Derartiges dachte ich mir bereits«, nickte dessen Vater.

Tina verzog das Gesicht. »Ich weiß nicht, ob das, was ich hier treibe, das Richtige ist. Du bist der Einzige, der mir weiterhelfen kann. Ich habe nämlich keinen Schimmer, wo er abgeblieben ist.«

Durchdringend musterte der Doktor sie für eine Weile, bis er irgendwann seufzte. »Ich hatte gehofft, mit den Jahren aus euch beiden schlau zu werden. Und nachdem er neulich mit dir in der Klinik auftauchte …« Als er ihren entsetzten Blick wahrnahm, wurde seine Miene bedauernd. »Es tut mir so leid für euch. Das ist immer ein fatales Ereignis, doch wie ich Daniel bereits sagte, nichts Außergewöhnliches. So etwas geschieht sehr häufig, meist völlig unbemerkt. Mein Sohn weiß das, aber an diesem Abend wollte er es wohl nicht sehen.« Gedankenverloren blickte er durch das Fenster hinaus in den Garten. »Nur ist die Reihenfolge ein wenig seltsam, denkst du nicht auch?« Unvermittelt sah er sie wieder an. »Nach so langer Zeit.«

»Das war nicht geplant«, wisperte Tina, die sich wünschte, er würde mehr davon erzählen, was Daniel alles *nicht* sehen wollte. Diesen Gefallen tat er ihr allerdings nicht, stattdessen grinste er. »Nun, so wie ihr beide aussaht, glaubte ich auch nicht an eine geplante Schwangerschaft. Allerdings dachte ich, wie alle anderen auch, dass zwischen euch endlich alles geklärt wäre. Zum Positiven. Lange genug hat es ja gedauert. Wie es scheint, habe ich mich getäuscht.«

»*Alle* anderen?«

Sein Grinsen stammte nicht von schlechten Eltern. »Ich weiß nicht, wo du in den vergangenen Jahren warst, aber hier hat sich nicht viel geändert. Es sind immer noch dieselben. Edith, Tom und Francis, Chris und Carmen.«

Das überraschte Tina. »Demnach hat Daniel Kontakt zu ihnen?«

»Ja, soweit ich weiß als Einzige von seinen alten Studienfreunden. Die anderen hat das Leben in alle Himmelsrichtungen verschlagen. So wie dich. Wir hofften, dass es endlich eine Lösung in dem endlosen Drama gibt.« Wieder seufzte er, während Tina sich aufsetzte.

»Hat er … hat er manchmal von mir gesprochen?«

Und endlich sah Tina den Beweis, dass Daniel und Jonathan Sohn und Vater waren. Denn dessen Grinsen wirkte äußerst arrogant *und* wissend. Plötzlich fühlte sie sich wie ein Dorftrampel, doch die dämliche Grimasse verschwand, bevor sie das gutmütige Gesicht lange entstellen konnte. Er schüttelte den Kopf. »Nein, nie. Er lehnt jede Unterhaltung über dich strikt ab. Und ich besitze nicht Toms Galgenhumor und Gemüt, um es trotzdem zu versuchen.«

»Pardon?«

Jonathan winkte ab. »Das tut nichts zur Sache.« Mit einem Mal war er sehr ernst. »Ich hatte den Eindruck, dass sich nach dem etwas traurigen Intermezzo im März eure Wege wieder trennten, ist das richtig?«

Tina nickte.

»Ich nehme an, diese Lösung wurde ausschließlich von dir favorisiert?«

Diesmal erfolgte Tinas Nicken zögernder.

»Er trug sich sehr schwer damit«, fuhr er langsam fort. »Ich … bin mir nicht sicher, wie viel ich sagen kann, ohne Gefahr zu laufen, ihn zu hintergehen. Aber ich denke, so viel ist zulässig: Ihn hat der Verlust des Kindes sehr getroffen, Tina. Ebenso wie dein Verschwinden.«

Sie hütete sich, den Blick von ihm zu nehmen.

»Eine Zeit lang dachten wir, er würde es diesmal nicht verwinden. Tom war bereits versucht, erneut zu eindeutig unzulässigen Mitteln zu greifen. Du musst wissen, mein Schwiegersohn verfolgt eure Geschichte schon seit Jahren mit äußerst wachem Interesse.« Sein Lächeln währte nur flüchtig. »Doch schließlich stellte sich eine beachtliche Verbesserung ein. Kurz bevor Daniel in den Senegal ging ...«

»Wohin?«

»Er ist einmal im Jahr bei den Ärzten ohne Grenzen tätig, versieht in der Dritten Welt seinen Dienst, anstatt des Urlaubes, wusstest du das nicht?«

»Nein«, hauchte Tina, die langsam blass wurde.

Mr. Grant war jetzt ganz der stolze Vater. »Ja! Meine damalige Entscheidung erwies sich im Folgenden als richtig. Seinerzeit bereiteten mir sein unorthodoxer Lebenswandel und seine gesamte Einstellung große Sorgen, weißt du? Daniel ist einen Tick zu intelligent und zu gut aussehend, als empfehlenswert.« Er lächelte als Tina eilig zu Boden sah. »Ihm ist immer alles in den Schoß gefallen. Die Erfolge, die guten Zensuren, auch die Mädchen. So etwas macht, nun, sagen wir, ein wenig selbstgefällig. Nicht gut, um im rauen Sturm des Lebens auf Dauer zu bestehen. Seine Zukunft in Phoenix drohte, sich ebenso simpel zu gestalten. Einige Monate als Assistenzarzt, dann der unweigerlich steile Aufstieg. Plötzlich zweifelte ich daran, das Richtige getan zu haben, indem ich ihm den behaglichsten Weg ebnete.«

Der zweifelnde Vater hüstelte. »Allerdings hatte ich meine Bedenken, als er aus Afrika zurückkehrte. Ich dachte, diesmal würde er mir meine Einmischung möglicherweise nicht verzeihen. Soweit kam es glücklicherweise nicht.«

»Er wirkte verändert?«, hakte sie verhalten nach.

»Sehr! Das eine Jahr in Afrika ... Du hättest ihn nicht erkannt. Auch uns fiel es sehr schwer. Und er ...« Wieder erfolgte ein Zögern. »Daniel fragte sofort nach dir.«

Tina schloss die Augen. Ja, fein! Vielleicht hätte sich der kleine, arrogante Idiot zwischendurch mal melden sollen. Oder nein! Hätte er nicht! Was wäre ihr nicht alles entgangen! Schließlich musste sie auch erwachsen werden. Ohne Afrika.

»Aber er hat sich nicht gemeldet«, murmelte sie trotzdem und es klang ziemlich sauer – sie konnte es nicht verhindern.

»Er hielt es für die richtige Entscheidung.«

Als Jonathan ihre Hand nahm, sah sie auf. Seine Miene war eindringlich. »Er hat dich nie vergessen. Ich sagte ihm damals, bevor er ging, dass es ein großer Fehler sei, aber das wollte mein Sohn nicht hören. Wie immer. Wenigstens das hat sich nie geändert: Daniel lässt sich nicht in seine Angelegenheiten hineinreden. Er ist so stur, wie seine Mom.« Sein Lächeln geriet ein wenig versonnen, bevor es wieder völlig verschwand.

»Die Ereignisse im März haben ihn sehr mitgenommen. Aber inzwischen scheint er sich davon erholt zu haben. *Scheint*, ich weiß es nicht genau. Seit seiner Rückkehr sah ich ihn nur einmal und diese Begegnung war nicht sehr aufschlussreich.«

»Was genau willst du damit sagen?«

»Finde es selbst heraus! Ich denke, ich habe bereits zu viel gesagt. Irgendwann, vor langer Zeit …« Sein Blick wurde ironisch und Tina verzog das Gesicht. »… schwor ich mir, mich nicht in eure seltsame Romanze einzumischen. Er ist mein Sohn, ich will ihn nicht hintergehen. Ich vermute jedoch, wenn mir versehentlich ein Zettel mit seiner Adresse aus der Tasche fällt, dann gilt das als Akt von höherer Gewalt. Meinst du nicht auch?«

Damit erhob er sich und kurz darauf hielt Tina tatsächlich eine kleine gelbe Haftnotiz in der Hand, auf der mit flüssiger Handschrift eine New Yorker Adresse geschrieben stand.

Daniels Vater hatte sich bereits wieder gesetzt. »Und nun, nachdem ich meinen Sohn so verwerflich hintergangen habe, schuldest *du* mir einige Informationen. Erzähle mir, was hast du in den vergangenen Jahren erlebt? Ich muss zugeben, dass ich dich kaum erkannt habe, und das ist durchaus als Kompliment zu verstehen.«

Nun ja, das hätte ihr eigentlich klar sein müssen. Seit wann gab es irgendetwas umsonst? Verlegen räusperte Tina sich und akzeptierte endlich den abermals angebotenen Kaffee. Als der glücklich vor ihr stand, gab es kein Entrinnen mehr. Nach einem erneuten Räuspern begann sie schließlich:

»Ich ging damals nach New London …«

Eine Stunde später verließ Tina das weiße Märchenschloss. Anfänglich hatte es ihr enorme Schwierigkeiten bereitet, Jonathan von der Vergangenheit zu berichten. Doch je länger sie sprach, desto erlösender wurde es. Damit war er als Einziger im Bilde und ihre Geheimnisse befanden sich bei ihm in sicheren Händen. Natürlich hatte sie einige Dinge für sich behalten. Den Tod ihres Vaters zum Beispiel oder auch die vielen Liebhaber, die in der Zwischenzeit flüchtig ihr Bett gewärmt hatten.

Alles andere jedoch hatte sie ihm nicht vorenthalten. Ihren Erfolg, die steile Karriere, die sie innerhalb der vergangenen Jahre genommen hatte, auch dass sie nie an Daniel gedacht hatte. Sogar die Ereignisse der jüngsten Vergangenheit fanden Erwähnung, ihr Wiedersehen zum Beispiel. Die folgende Nacht hatte in ihren Erzählungen erst nach ein paar Tagen stattgefunden, denn sie wollte nicht, dass Jonathan schlecht von ihnen dachte. Keineswegs verschwieg Tina, dass sie diejenige war, die ging, dass Daniel nach ihr suchte und sie fand. Selbst das Kidnapping wurde erwähnt, was zu einer erhobener Augenbraue und schließlich fassungslosem Kopfschütteln führte. »Wir dachten, ihr hättet euch …«

Nun, das lag ja auch irgendwie nahe, oder? Jedenfalls, wenn man das Ganze von außen betrachtete. Was sollte sie schon sagen? Nicht einmal Tina konnte diesem Mann genau erklären, wo das Problem lag. Auch wenn er es noch so gern erfahren hätte – er machte sich nicht annähernd die Mühe, dies vor ihr zu verbergen. Außerdem hätte sie in diesem Fall für ihren Geschmack zu viele Informationen preisgegeben. Dinge, die nicht einmal Jonathan erfahren durfte. Deshalb war Tina ganz froh, als sie endlich Ithaka hinter sich lassen konnte und sich auf dem Rückweg nach New York befand. Die vertrauten Häuser rauschten an ihr vorbei, auch sie wirkten beinahe unverändert.

Trotzdem fühlte sie sich kaum mit ihnen verbunden. Nostalgie, wie auch immer geartet, wollte sich nicht einstellen. Alles wirkte fremd, vielleicht, weil sie wusste, dass das Wichtigste fehlte.

Bevor sie sich auf den nächsten, beschwerlichen, weil unkalkulierbaren Weg begab, ging sie zurück ins Hotel. Dort stand sie minutenlang vor dem Badspiegel und stellte sich ein letztes Mal die entscheidenden Fragen:

Willst du das wirklich durchziehen?

Ja.

Bist du bereit, mit allen Konsequenzen zu leben?

Ja.

Mehr musste sie nicht wissen. Ein letzter Make-up- und Kleidungs-Check folgte, womit sie zum ersten Mal seit, oh, verdammt, sehr, sehr langer Zeit, für einen Mann gut aussehen wollte. Nicht, um einen Auftrag zu ergattern oder ihm in aller Deutlichkeit zu demonstrieren, was er alles nicht bekommen würde, sondern nur, damit er ihren Anblick genießen durfte.

Dann straffte sie sich, holte tief Luft und ging.

Daniel hatte die Zeit im Senegal tatsächlich geholfen. Dort war nichts mit seiner Heimat vergleichbar, in Wahrheit gestalteten sich die Bedingungen grauenhaft. Während der vergangenen sechs Wochen hatte er ungefähr das Hundertfache an Menschen sterben sehen, wie im gleichen Zeitraum in seiner Klinik. Hier starb nämlich so gut wie nie jemand. Der Anblick des Elends und dieser eklatanten Unterschiede zu seinem luxuriösen, sorgenfreien Leben hatte ihm Gelegenheit gegeben, sein Hirn anständig durchzublasen.

In den letzten Tagen vor seiner Abreise auf den anderen Kontinent hatte er tatsächlich nichts anbrennen lassen. Leider musste er im Rückblick einsehen, dass er wohl eher eine Karikatur des Daniel Grant vor zehn Jahren verkörpert hatte, und das gefiel ihm absolut nicht. Vielleicht machten sich Toms Grimassen und pausenloses Augenverdrehen auch hilfreich aus, recht schnell wieder auf dem Boden der Tatsachen zu gelangen. Dies hätte er dem besserwisserischen Idioten natürlich nie auf die Nase gebunden. Der hatte Daniel nämlich hin und wieder in der kurzen Zeit seiner zweiten Sturm-und-Drang-Phase begleitet. Jedenfalls, bis Fran und Clara dem im Duett einen Riegel vorgeschoben hatten.

Nicht zu früh, denn ihm war auf eindrucksvolle Weise demonstriert worden, dass es durchaus seine Vorteile in sich barg, Single zu sein. Niemand konnte einen zwingen, vernünftig zu werden. Nur man selbst. Und sofern man über einen annähernd funktionierenden Verstand verfügte, gelang das sogar nach einigen Fehlversuchen. Also, *er* war am Ende immer ans Ziel gelangt. Inzwischen wusste Daniel, dass er sich wie ein trotziges Kind aufgeführt hatte, und das, wo Trotz nicht *seine* Baustelle war. Im Grunde wollte er nur Tina hinter sich lassen, und zwar auf eine vor sich selbst vertretbare Weise, bei der er keinen Schritt in einer Entwicklung zurückging, die er ihrer Ansicht nach ja nie genommen hatte. Seine Verbitterung überlebte den Aufenthalt im Senegal nicht, auch nicht die Trauer – jedenfalls die sengende.

Und als er nach sechs Wochen zurückkehrte, hatte er es tatsächlich überwunden. Die Perspektiven befanden sich endlich im rechten Licht und er entschied, nichts mehr in Sachen Tina zu unternehmen. Das war er ihr wohl irgendwie schuldig. Außerdem konnte man Liebe ja wohl kaum forcieren.

Die Dinge zwischen uns waren immer einseitig ...

Gut!

Dann konnte man eben nicht erzwingen, dass sich die betreffende Person auch widerstandslos lieben *ließ!* Er wollte ihr nicht weiter nachjagen und sich zum Trottel machen. Mehr zum Trottel, wäre wohl die perfekte Bezeichnung gewesen, denn Daniel ahnte, dass er diesbezüglich bereits gut im Rennen lag. Ihretwegen hatte er sogar geheult! *Er!* Ein spöttisches Grinsen überzog flüchtig sein Gesicht. Okay, möglicherweise sollte er stattdessen Jane ausfindig machen, um der die frohe Botschaft zu verkünden, dass sie als Wahrsagerin wirklich gutes Geld machen konnte. Nein, er wollte Tina keineswegs vergessen – dieses Unterfangen hätte ohnehin keinerlei Erfolgsaussichten gehabt. Auch verfolgte er nicht die Absicht, sie sich mit anderen Frauen aus dem Hirn zu vögeln. Er wollte nur auf annehmbare Weise mit dem Verlust leben lernen. Und dazu gehörte neuerdings auch wieder, dass er abends öfter ausging. Dazu nutzte er gern die gängigen Clubs.

Tinas Hinweis hatte sich als durchaus hilfreich erwiesen, denn hier gab es jede Menge Frauen, die das suchten, was er wollte: Eine Nacht, eventuell zwei, je nachdem, wie gut man miteinander auskam.

Mehr nicht!

Bald stellte Daniel fest, dass es funktionierte. Besser als damals, denn dieser besondere Lifestyle stieß ihn nicht mehr ab. Vielleicht, weil er jetzt wusste, dass das Phantom namens Tina keines war. Selbstverständlich ging er nicht an jedem Abend aus, das wäre bereits aufgrund seines Berufes kaum möglich gewesen. Doch einmal die Woche ließ er sich im Club blicken und erkannte mit Erleichterung, dass er mit seinen vierunddreißig nicht zum alten Eisen gehörte, wie heimlich bei seiner vorübergehenden Midlife-Crisis befürchtet. Es war ein gutes Heilmittel für sein äußerst angekratztes Ego, festzustellen, dass er es immer noch draufhatte. Inzwischen liefen diese speziellen Dinge sogar besser. Denn mit zweiundzwanzig/dreiundzwanzig hatte es oft einige Schwierigkeiten bereitet, eine *Frau* für sich zu gewinnen. Heute konnte er zwischen Mädchen und Frauen wählen, was eine ganz neue Erfahrung darstellte. Daniel amüsierte sich, jedoch nicht über Gebühr. Ein Abend mit einer hübschen Frau bedeutete nicht zwangsläufig, dass er sie auch mit zu sich nach Hause nahm. Jedenfalls lautete so nie das vorrangige Ziel, auch wenn es meistens dort endete.

Nach einigen Wochen begann Daniel zu begreifen, dass sein Leben so bleiben würde. Es war für ihn unvorstellbar, mangels der richtigen Alternative irgendeine x-beliebige Frau zu nehmen, sie zu schwängern, um dann endlich ein Pseudokind mit der Falschen zu haben. Daher verabschiedete er sich endgültig von dem Gedanken an eine Familie und auch an eine dauerhafte Beziehung. Seine bisherigen Erfahrungen in dieser Richtung waren immer nur der peinliche Versuch gewesen, Tina zu ersetzen. Blamabel und nicht fair. Obwohl es ihn verdammt viel kostete, beschloss er, diesen Aspekt seines Lebens hinter sich zu lassen und sich damit abzufinden, allein zu bleiben. Mit jeder Menge Frauen, die ihm das Dasein durchaus angenehm gestalten konnten.

Bald kam er dahinter, dass es genügend weibliche Wesen gab, die es ähnlich wie er hielten. Nie fragte er, in Wahrheit interessierte es ihn auch nicht sonderlich. Doch er schätzte, dass viele aufgrund mieser Erfahrungen diesen besonderen Weg beschritten hatten. Das traf sich gut, denn auch sie stellten keine Fragen. Man amüsierte sich im Club, manchmal auch danach. Entweder in Daniels Appartement oder in ihrem. Und er fand Freude an diesem Leben. Immer mehr, sogar, begann zu *experimentieren,* yeah!, und versuchte all die Dinge, die er bisher, aus nicht nachvollziehbaren Gründen, nie umgesetzt hatte. Warum? Mittlerweile betrachtete er sein Zaudern als sehr dämlich und keineswegs weitsichtig.

In absehbarer Zeit – ungefähr vierzig Jahre ab heute – würde er ein alter Mann sein. Dann folgte unweigerlich die Reue, wegen all der verpassten Gelegenheiten, als er noch jung war. Und er *würde* unter Garantie bereuen, damals, als Jüngling, dieser einen Frau nachgetrauert zu haben, anstatt zu leben. *Diese Frau* würde zu diesem Zeitpunkt selbstverständlich nur noch eine flüchtige Erinnerung sein. Daniel wollte nicht irgendwann auf sein Leben zurückzublicken und sich Dinge sagen, wie: *Hättest du damals ... Warum warst du nicht ... Weshalb bist du nicht ...?*

Jedenfalls unternahm er jede Anstrengung, um diesem grausamen Schicksal zu entgehen. Nicht ausschweifend oder exzessiv, dafür aber intensiv, genoss er jede Minute, die er auf diese Art verbrachte. Um viele handelte es sich ohnehin nicht. Dies war eine durchaus vertretbare Symbiose aus dem alten und dem neuen Daniel – fand er. Eine, die er nach allen gängigen Gesichtspunkten vor sich gutheißen konnte. Und genau so sollte es sein.

Auf den heutigen Abend hatte er sich seit vierzehn Tagen gefreut. Zwei Kollegen waren erkrankt, einer im Urlaub und daher sah es momentan mit Freizeit eher schlecht aus. Mit Begeisterung bereitete er sich vor, schwor, heute garantiert nichts anbrennen zu lassen, zog auch das eine oder andere Experiment durchaus in nähere Erwägung und verließ am frühen Abend vergnügt sein Appartement.

In Richtung Club ...

Als Tina endlich das Haus erreichte, in dem Daniel wohnte, war es weit nach neun Uhr am Abend. In der Hotellobby hatte sie spontan entschieden, es könne nicht schaden, zum Friseur zu gehen, bevor sie ihn aufsuchen würde. Die widerlichen Selbstvorwürfe wegen ihrer verdammten Feigheit hatte sie hierbei übrigens sie mit erstaunlicher Gelassenheit beiseitegeschoben. Stattdessen gönnte sie sich die Auszeit, ließ sich ein wenig verwöhnen und machte sich erst dann auf den Weg.

In dem Appartementhaus angekommen, kostete es Tina noch einmal etliche Entspannungsminuten, bevor sie auch den erforderlichen Mut aufbrachte, zu klingeln. Und dann geschah ...

Nichts.

Auch der nächste Versuch verlief ergebnislos. Irgendwann kam jemand aus der Hausgemeinschaft – junger, erfolgloser Mann, mäßig sympathisch, ziemlich unattraktiv –, der sie nur allzu gern einließ. Obwohl er mit einiger Enttäuschung registrierte, dass sie absolut nicht vorhatte, ihn zu begleiten. Idiot!

Kurz darauf versuchte Tina es an Daniels Appartementtür, auch wenn sie bereits ahnte, dass sie hier ebenfalls leer ausgehen würde. Und richtig: Wie bereits vermutet, öffnete niemand.

Jonathan war Daniels Dienstplan nicht bekannt gewesen, und Tina hatte natürlich nicht danach gefragt, wo genau er arbeitete. In Ithaka war es ihr nicht einmal in den Sinn gekommen. Jetzt – in New York – hätte sie sich für ihre total degenerierte Hirnaktivität schlagen können. Der Mann war Arzt und die unterlagen ihres Wissens ganz seltsamen Schichtzeiten. Was sollte sie denn nun tun? Warten? Es erschien Tina total unter ihrer Würde, in einem kahlen Hausflur auf sein Erscheinen zu lauern. Andererseits war diese gesamte Situation absolut unwürdig, und jetzt aufzugeben, stand für eine Frau wie sie nun mal nicht zur Debatte. Also hieß es: Warten.

Allerdings gehörte Untätigkeit auch nicht zu den Dingen, die Tina sich auf die Fahnen geschrieben hatte. Und deshalb versuchte sie irgendwann ihr Glück bei dem Appartement nebenan, vielleicht wussten die ja etwas.

Ein älterer Mann öffnete und betrachtete sie verwundert. »Ja …?«

»Bitte entschuldigen Sie die späte Störung.« Tina setzte ihr liebenswürdigstes Lächeln auf. »Ich wollte Mr. Grant aufsuchen. Leider ist er nicht zu Hause. Wissen Sie vielleicht, ob er heute Abend in der Klinik tätig ist?«

Dass sie an der richtigen Tür geklopft hatte, war ziemlich schnell klar, eher gestaltete es sich kompliziert, die erforderlichen Informationen herauszukitzeln, weil der Typ sie nicht ohne Weiteres preisgeben wollte. Jedenfalls, bis dessen Gattin erschien, was geschah, nachdem er Tina geschlagene zwei Minuten lang blöde angegrinst und nicht einen verwertbaren Ton von sich gegeben hatte.

»Was ist denn …?«

Eilig verbiss Tina sich ihr hysterisches *Kichern!,* als sie die Lockenwickler im Haar der gefärbten Blondine sah, die ihre Attraktivität garantiert *weit* hinter sich gelassen hatte, wenn die überhaupt jemals existiert hatte. Also, Tina tippte auf um die vierzig Jahre und verstand plötzlich das anzügliche Verhalten des Opas bedeutend besser.

»Ich suche Mr. Grant«, erklärte sie erneut. »Er ist nicht zu Hause und ich …«

»Er hat heute keinen Dienst«, unterbrach die dazugehörige Oma sie unwirsch. Doch dann wurde ihr Blick mütterlich. »Er arbeitet so viel, kaum, dass er sich mal freinimmt. Ich war froh, als er heute Abend nicht in die Klinik fuhr, schließlich ist er ein junger Mann. An seinen freien Abenden geht er manchmal aus. Ich glaube in so eine Bar?« Sie warf ihrem Gatten einen stirnrunzelnden Blick zu und der nickte, wobei er einen denkbar betrübten Eindruck machte.

»Wissen Sie auch, welche?«

»Nein, für so etwas sind wir beide schon zu alt, nicht wahr, Friedhelm?«

Friedhelm verzog das Gesicht und Tina, die bereits mit dem nächsten hysterischen *Kichern!,* kämpfte, sah ein, dass sie hier nichts weiter ausrichten können würde. Abgesehen davon, wohl demnächst Zeuge des ewigen Gezänks der beiden zu werden. Bevor das eintreten konnte, bedankte sie sich eilig und ging.

Kurz darauf stand Tina ratlos auf der nächtlichen Straße. Was nun? Hier warten oder nach ihm suchen? Momentan erschien es ihr beinahe unmöglich, ihn in dem Wust der in dieser Stadt vorhandenen Bars ausfindig zu machen. Andererseits hätte sie zu gern gewusst, was er dort trieb! Am Ende googelte sie die entsprechenden Etablissements im Umkreis von einhundert Meilen und rief sich ein Taxi.

Niclas – ihr Chauffeur – erwies sich als echter Glücksgriff. Schnell erfasste er, worum es Tina ging und unterstützte sie in den kommenden drei Stunden nach Kräften, in denen sie die verfügbaren Bars und Clubs abklapperten. Nach dem zweiten Fehlversuch war Tina Profi. Immer konnte sie die Türsteher davon überzeugen, ihr nicht das Eintrittsgeld abzunehmen, solange es sich um einen Club handelte. Dort hielt sie sich zunächst an den Tresen, denn es war schwerlich vorstellbar, dass Daniel diese spezielle Angewohnheit inzwischen abgelegt hatte.

In den Bars lief es einfacher, dort musste man nicht erst dämlich grinsende Türsteher überwinden, sondern konnte innerhalb eines eiligen Rundblickes erkennen, dass man wieder einer Niete aufgelaufen war. Nach der fünften Bar/Club wurde Tina nicht etwa müde, stattdessen machte sich ihre unerschütterliche Sturheit bemerkbar. Einmal mit dem total dämlichen Unterfangen begonnen – degenerierte Hirnaktivität, huh? –, würde sie nicht eher ruhen, bis der Erfolg sich auch einstellte. Vorsorglich hatte sie Niclas einen Hundertdollarschein gegeben. Um den zu verfahren, würde es eine Weile dauern. Bald stellte sich heraus, dass der einige Adressen kannte, die Google nicht führte – es ging eben nichts über einen Ortskundigen.

Nach der zehnten Bar/Club hatte Niclas eine kleine Krise. »Vielleicht sollten Sie es einfach morgen noch mal versuchen«, schlug er vor.

»Nein!«

»Na ja, wenn Sie meinen, dass er das wert ist. Also, ich könnte mir vorstellen …«

Tina lächelte sanft. »Aber ich habe Sie nicht nach Ihren Vorstellungen gefragt, Niclas. Wie lautet die nächste Adresse?«

Beleidigt wirkte er nicht, eher zeugte sein Blick von tiefster Sorge. Stöhnend registrierte Tina, dass der sie auch endlich für durchgeknallt hielt. Nun gut, solange ihn das nicht zu irgendwelchen Kidnappingplänen veranlasste, um sie zu *retten*, konnte ihr herzlich egal sein, was der Typ von ihr dachte. »Fahren wir jetzt?«

»Klar doch!« Und schon setzte sich das Yellow Cap wieder in Bewegung.

Bei der nächsten Adresse handelte es sich um einen Club. »Fünf Minuten!«, sagte Tina wie immer beim Aussteigen. Der Deal lautete, Niclas sollte fahren, wenn sie innerhalb dieser Frist nicht wieder auftauchte. Was bedeutete, je länger sie benötigten, desto geringer fiel sein Trinkgeld aus. Die Türsteher erwiesen sich als leicht zu händeln, denn Tina hatte sie bereits nach drei Sätzen überwunden. Und kurz darauf betrat sie den spärlich beleuchteten, riesigen, gut besuchten Raum, in dem ohrenbetäubend laute Rockmusik gespielt wurde. Der Tresen befand sich in der hintersten Ecke und so drängte sie sich durch die Menge, bis sie diesen Bereich komplett einsehen konnte. Ganz mit der Sondierung der besetzten Hocker beschäftigt, schob sie ohne tatsächliche Anteilnahme einen Mann beiseite, der sich mit eindeutigem Grinsen vor ihr aufgebaut hatte. Was er sagte, konnte Tina nicht verstehen, was kein Problem darstellte, sie kannte alle gängigen Aufreißersprüche zur Genüge. Es waren immer die gleichen, langweiligen Floskeln. Kurz darauf stellte sie fest, dass wohl auch dieser Versuch an die Daumen-Runter-Seite ging und trotzdem suchte sie soeben ein Déjà vu der besonderen Art heim. Denn dieser Laden schien ein wenig anders aufgebaut, als die anderen, die sie heute bereits besucht hatte. Die Atmosphäre war trotz der heißen Musik etwas kuscheliger gehalten, weil an jedem verfügbaren Platz Sofas standen. Es gab nur wenige Stehtische und die Tanzfläche war eher kleingehalten. Als Tina ein letztes Mal ihren Blick schweifen ließ, wurde sie Opfer des nächsten Déjà vus.

Diesmal eines Grausamen.

Seit vielen, vielen Jahren, war Daniel zum ersten Mal wieder total ausgelassen. Unbeschwert genoss er die Musik, auch die Atmosphäre an sich, hatte bald den vierten Whisky geleert und amüsierte sich mit Sina – ha! – und Tina – haha! – auf einem der vielen Sofas, das längst sein Stammplatz war. Die beiden Blondinen waren ihm bereits kurz nach seinem Eintreffen aufgefallen. Wie sie wirklich hießen, wusste er nicht, doch ihre gefakten Namen machten die Angelegenheit erst perfekt. Sie sollten diese undeutlichen Schemen bleiben, umso leichter würde er sie nach diesem Abend gedanklich von sich schieben können.

Diesmal fühlte Daniel sich rundum wohl und stellte mit einiger Befriedigung fest, dass es keiner der anwesenden Männer mit ihm aufnehmen konnte. Denn nicht einer von ihnen wusste, wie man auf diffizile und bestechende Art eine Frau für sich gewann, und zwar so, dass die nicht anders konnte, als auf das unmoralische Angebot einzugehen. Doch mit zunehmendem Alkoholeinfluss sank die Hemmschwelle der anderen und die Anmachen wurden noch mieser und einfallsloser als bisher. Was bedeutete, sie würden reihenweise allein nach Hause gehen. Daniel hielt sich da besser an den altbewährten Stil.

Er raunte Sina ein paar nette Worte ins Ohr – erwartungsgemäß schmolz die dahin –, während er Tina – haha, je öfter er den Namen sagte, desto witziger erschien ihm die gesamte Geschichte – zärtlich die Wange streichelte. Nebenbei versorgte er die Mädchen regelmäßig mit ihren Lieblingsgetränken – Gin, oh Mann, er kam heute aus dem Gelächter gar nicht mehr heraus.

Diese Kombination hatte sich schon früher bewährt und zähmte am Ende auch die Widerspenstigsten ihrer Art. Allerdings mutmaßte Daniel, hätte er die Mädchen über seine Pläne bereits hinreichend informiert, wären die auch sofort mitgekommen. Doch auf diese Art wollte *er* es nicht, denn er bevorzugte das Gesamtpaket, den langen Abend, das Vergessen, das Tanzen, das Genießen der Atmosphäre und des gesamten Spiels. Die Dinge künstlich zu beschleunigen, stand ihm nicht – und möglicherweise hätte es die ganze Stimmung verdorben. Auch sehr vorteilhaft für sein Ego erwies sich, dass es ihm problemlos gelang, *beide* Mädchen gleichzeitig zufriedenzustellen. Die schienen übrigens keine Schwierigkeiten damit zu haben, sich ihren Mann des Abends teilen zu müssen, was seine Theorie von eben bestätigte. Die beiden hatten tatsächlich einen Dreier im Sinn. Genial!

Lächelnd küsste er Sina oder Tina, wobei er Sinas oder Tinas Knie streichelte, also, das der Zweiten, – Training für später. Als das Mädchen, das er gerade küsste, wohlig seufzte, lehnte er sich zurück, sah auf und sein Herz befand sich im freien Fall! Nicht nur in die Hose – der Looping auf seiner persönlichen Achterbahn, die er wohl noch immer nicht verlassen hatte, ging diesmal bedeutend tiefer. Denn er blickte in riesige braune Augen – zuzüglich dreihunderttausend Wimpern – und ein viel zu bleiches Gesicht, trotz Gala-Make-ups. Weder nahm sie den Blick von ihm noch bewegte sie sich, ohne die Leute zu beachten, die sich mühsam an ihr vorbeidrängten. Ein paar der Typen, die heute Abend garantiert leer ausgehen würden, rempelten sie absichtlich an oder versuchten auf andere, ziemlich einfältige Weise, auf sich aufmerksam zu machen. Doch sie tat, als befände sie sich in einem menschenleeren Raum. Menschenleer, abgesehen von ihnen beiden.

Als er wieder Kontrolle über seinen zwischenzeitlich gelähmten Körper erlangte, schob Daniel Tina oder Sina beiseite und drängte sich durch die Menschenmenge zu ihr. Aber die Salzsäule namens Tina erwachte zum Leben und bewegte sich so schnell es ging zum Ausgang. Weshalb Daniel keine Gelegenheit blieb, sie zu fragen, was sie hier wollte und warum – verdammter Scheiß! – sie genau *heute* hier auftauchte. Und so folgte er diesem viel zu schmalen Rücken, der sich der Tür in beängstigender Geschwindigkeit näherte. Mühsam kämpfte er sich durch den überfüllten Eingangsbereich und stand kurz darauf in der lauschigen Septembernacht.

Der Sommer war in diesem Jahr früh gekommen und machte bisher keine Anstalten, zu verschwinden. Was bedeutend mehr Nachtschwärmer auf den Plan rief, als es vergleichsweise im Winter der Fall gewesen wäre. Doch trotz der vielen Menschen machte er in einigen Metern Entfernung eine schmale Gestalt aus, und musste endlich akzeptieren, dass es sich tatsächlich um Tina handelte. Eindeutig auf der Suche nach einem Taxi, blickte sie hektisch die Straße auf und ab. Im beinahe gleichen Moment hielt eines davon, sie schienen in unmittelbarer Nähe auf potenzielle Fahrgäste zu lauern. Bevor sie jedoch die Tür öffnen konnte, erreichte er sie und packte ihren Arm.

»Moment!«

Ihr Kopf fuhr zu ihm herum. »Lass mich los!«

»Vergiss es!« Mit wachsender Fassungslosigkeit musterte er sie. »Was willst du hier?«

»Oh, ich war in der Stadt und wollte mir den Abend auf die bestmögliche Art vertreiben. Als ich dich sah, entschied ich spontan, dass in dem Scheißclub für uns beide kein Platz ist. Daher suche ich mir jetzt etwas anderes … *Lass mich los!*« Letztes kam verdammt drohend, von lichtem Plauderton konnte keine Rede sein.

»Nein! Was hast du hier wirklich gesucht?«

»Reicht dir meine Antwort nicht?«

»Nein!«

Gelangweilt verzog sie das Gesicht. »Das ist aber nicht mein Problem! Geh wieder rein, deine Mädchen warten bestimmt sehnsüchtig auf dich.«

Daniel ließ sie nicht aus den Augen. »Ich denke, dort ist genügend Platz, damit wir beide unseren Spaß haben. Komm mit, wir reden.«

»Kein Bedarf!«

»Warum nicht?«

»Weil ich keine Lust habe, dir bei deiner Scheißnummer zuzusehen!«, zischte sie. »Das habe ich lange genug getan. Inzwischen wird mir dabei ein ganz klein wenig übel.«

»Tina, ich bin ein ungebundener und damit so ziemlich freier Mann«, informierte er sie kühl. »Es ist allein meine Angelegenheit, was ich in meiner Freizeit treibe.«

Heftig nickte sie. »*Korrekt!* Und es ist meine, zu entscheiden, ob ich dir dabei zusehen will, oder nicht!« Erneut machte sie Anstalten, die Tür des Wagens zu öffnen und Daniel wurde langsam ernsthaft sauer.

Der Griff um ihren Arm verstärkte sich, und er beugte sich zu dem Fahrer hinab. »Warten Sie!« Um auf Nummer sicher zu gehen, warf er einen Schein durch das geöffnete Fenster, ohne sich vorher zu informieren, ob es sich nun um einen Zwanziger oder einen Hunderter handelte. »Ich habe nichts Falsches getan!«, knurrte er dabei in Tinas Gesicht. »Wenn dir irgendwas nicht passt, ist das *nicht mein Problem*!«

»Da werde ich dir nicht widersprechen!«

Wieder hinderte er sie erfolgreich daran, den Wagen zu öffnen. »Warum benimmst du dich dann so dämlich?«

Ihr Kopf fuhr herum. »Dämlich? *Ich* benehme mich dämlich? Sorry, meiner Ansicht nach gibt es hier nur einen dämlichen Schwachkopf, und der bist du!«

»Ach so? Und warum?«

»Weil du dich als erwachsener Mann immer noch wie ein Teenager aufführst! Das ist einfach nur peinlich!«

Er hob eine Augenbraue. »So ist es das? Aber dass du dich mit dreißig in irgendwelchen Clubs herumtreibst, um etwas für eine Nacht aufzureißen, ist es nicht, nein? Was unterscheidet uns beide denn? Erkläre mir das!«

»Keine Lust!«

So langsam drohte Daniel ernsthaft der Kragen zu platzen. Er packte auch ihren zweiten Arm und zwang sie, endlich den Versuch aufzugeben, diese verdammte Autotür zu öffnen. »Uns unterscheidet überhaupt nichts!«, knurrte er leise und direkt in ihr blasses Gesicht hinein. »Oder doch, vielleicht eines: Ich hätte darauf verzichtet, das *habe* ich sogar – du wirst es nicht glauben. Deine scheiß Vorurteile kannst du allesamt vergessen! Du weißt *nichts!* Also verschone mich mit deinem Mist. Und jetzt sieh zu, dass du verschwindest. Das ist vielleicht für alle Beteiligten das Beste. Irgendwann ist Schluss!«

Damit ließ er sie los und ging. Nach Hause.

Die folgende Woche verging in einer Art Dämmerzustand, in dem Daniel sich ernsthaft fragte, ob er an diesem Abend nur fantasiert hatte. Weshalb musste sie sich von den elend vielen Clubs genau *diesen* aussuchen? Er befand sich an keiner der Boulevardstraßen New Yorks und kein renommiertes Fünfsternehotel lag auch nur in entfernter Nähe. Am meisten jedoch ärgerte Daniel sich über seine Reaktion. Er hatte nichts falsch gemacht und war ihr nichts schuldig. Verdammt!

Was fiel ihr ein, hier aufzutauchen und ihm Vorhaltungen zu machen, weil er auch ohne sie *lebte*? Dieser Egoismus trieb seine Wut noch einmal gehörig an. Hielt er ihr vor, dass sie trotz seiner Abwesenheit noch unter den Lebenden weilte?

Nach einer Woche, in der Daniel vergeblich auf die Normalisierung der Dinge wartete, gab er auf. Sprich: Widerwillig akzeptierte er Jonathans Einladung zum letzten Barbecue des Jahres, obwohl er sich bereits vor etlicher Zeit abgewöhnt hatte, daran teilzunehmen. Zu geschichtsträchtig. Diesmal suchte er die Erinnerungen sogar, um sich die jüngsten Ereignisse damit aus dem Kopf zu schlagen. Eine Art der Neutralisation. Es war ein Experiment, aber neuerdings fand er an denen ja Gefallen, auch wenn ihn Tina so gemein um das bisher Heißeste gebracht hatte.

Doch als er in Ithaka eintraf, begann er zu ahnen, dass es wohl keine Neutralisierung geben würde. Ihn empfing nämlich die brüllende Stille.

Niemand sagte etwas, warum auch? Lieber musterten sie ihn mit erhobenen Augenbrauen, natürlich nur, wenn er es scheinbar nicht bemerkte, und befassten sich dabei mit der Auswertung des vergangenen Sommers. Selbstverständlich kam auch die Ernte auf den Farmen zur Sprache, die New York so zahlreich umlagerten, der Stand der Sonne, das Aufkommen der Herbstvögel in diesem Teil des Landes und weitere unglaublich wichtige Themen. Jedenfalls, bis Daniel endgültig die Beherrschung verlor – momentan lag seine Belastungsgrenze recht niedrig.

»Könnte mir vielleicht jemand mitteilen, was jetzt wieder los ist?« Wütend leerte er die Hälfte seines gerade geöffneten Biers in einem Zug.

Alles starrte sich betreten an, was seine Stimmung auch nicht sonderlich in die Höhe trieb. Stöhnend breitete er die Arme aus. »*Sie ist nicht hier!* Ich habe keinen Schimmer, weshalb ihr mit etwas anderem gerechnet habt. Habt ihr doch oder wie soll ich dieses Theater auffassen?«

Betretenes Schweigen war zunächst wieder die einzige Antwort, bis sich schließlich Tom ein Herz fasste. Nicht umsonst galt er als der Unerschrockenste unter Daniels Familienangehörigen und Freunden. »Na ja, wir nahmen an, dass nicht mal du es diesmal noch versauen kannst.«

»Thomas!« Jonathan wirkte momentan nicht besonders glücklich.

Daniel runzelte die Stirn. »Wovon sprecht ihr eigentlich?« Dabei sah er nicht Tom an, sondern behielt seinen Vater im Auge. Der schien mit einem Mal verdammt in sich gekehrt und schuldig. Und plötzlich kam Daniel ein ganz mieser Verdacht.

Zufall? Nach knapp elf Jahren tauchte sie *zufällig* in einem Club auf, den er erst seit Neuestem als seinen Stammclub betrachtete?

Und … woher *stammte* denn das betretene Schweigen? Bisher hatte er es einfach so hingenommen – offenbar nicht mehr fähig, klar zu denken. Aber es war ja nicht so, dass sie ständig dieses Tina-Schweigen an den Tag legten. Das geschah nur, wenn in diesem scheinbar endlosen Drama eine neue Episode ausgestrahlt worden war. Und woher wussten sie von dieser? Verdammt! Wie hatten ihm die Zusammenhänge entgehen können?

»Okay«, sagte er langsam und angelte, ohne den Blick von seinem Dad zu nehmen, nach einem neuen Bier. »Nun klär mich mal auf, aber umfassend.«

Der Senior seufzte. »Sie war bei dir?«

»Sie tauchte vor einer Woche in meinem Club auf«, bestätigte Daniel lauernd.

Alles erstarrte kollektiv und Tom, der Dämlichste unter den Versammelten, schlug sich stöhnend an die Stirn. »Oh, Scheiße!«

»Schnauze!«, knurrte Daniel, ohne seinen Vater aus den Augen zu lassen. »Ich höre!«

»Vor einigen Tagen erschien sie hier recht überraschend und fragte, wo du zu finden bist.«

»Und du hast es ihr natürlich gesagt?«

»Natürlich«, räumte sein Vater ein.

»Du sahst jedoch keine Veranlassung, mich darüber zu informieren?«

Anstatt zu antworten, hob Jonathan bedauernd die Schultern.

Fein.

»Was hat sie gesagt?«

Wieder erfolgte dieses Seufzen und zum ersten Mal überlegte Daniel, wie es wohl sein würde, seinen Dad am Kragen zu nehmen. Die Vorstellung hatte tatsächlich etwas.

»Sie war nicht sicher, das Richtige zu tun. Aber sie erzählte …«

»Danke, das genügt!« Er stellte das halb geleerte Bier auf den Tisch, nahm sich stattdessen zwei Flaschen Wein und machte sich auf zu den Stühlen, die immer noch wie stille Wächter der Zeit um den weit entfernten Ahorn gruppiert standen. Nicht in der Hoffnung auf Neutralisation, sondern weil er nicht wusste, wohin er sonst fliehen sollte. Jene Sitzgruppe hatte schon immer als Rückzugsort fungiert, wenn es dringend erforderlich wurde, sich vom übrigen Teil der Familie abzusondern. Und ehrlich, Daniel glaubte nicht, dass dies jemals dringender der Fall gewesen war.

Dass Tina auch hier ihre unauslöschlichen Spuren hinterlassen hatte, gehörte eher zum alltäglichen Wahnsinn, der ihn überall im Haus seiner Eltern begegnete. Doch Daniel machte sich darüber längst keine großen Gedanken mehr, außerdem spielte es ohnehin keine Rolle, weil er nur ihretwegen jetzt hier saß. Er kippte den halben Flascheninhalt auf ex, zündete sich eine Zigarette an und starrte vor sich hin.

Da war sie also zu ihm gekommen. Warum? Okay, viele Alternativen blieben wohl nicht. Fein!

Und da hatte er – der unverbesserliche Trottel – gedacht, es wäre endlich Schluss mit Tina. Was in sich totaler Nonsens war, wenn man es mal genau betrachtete. Denn einen echten Anfang hatte es ja nie gegeben, nicht von ihrer Seite aus, jedenfalls. Und was nun? Warum war sie ihm denn wie der fähigste Stalker aller Zeiten gefolgt? Oh, er wollte nicht unfair sein, Daniel wusste, dass dies ihr erster bewusster Versuch in dieser Richtung gewesen war. Und das genau in dem Moment, wo er zum ersten Mal seit ungefähr fünf Ewigkeiten halbwegs Erfolge hatte verzeichnen können, sie endlich zu vergessen. Wütend kippte er den Rest des Flascheninhalts in sich hinein, warf sie danach achtlos ins Gras, erfreute sich sogar an dem unschönen Anblick und machte sich augenblicklich an die zweite. Selten hatte er sich begeisterter in seine Rüpelzeit zurückgeflüchtet. Das überlagerte wenigstens ein wenig seine Verzweiflung.

Was?

Was sollte er tun? Zu Kreuze kriechen?

Nein! Niemals!

Das hatte er schon einmal zu häufig getan und war damit zielsicher auf der Nase gelandet. Auf eine Wiederholung konnte er daher gut und gern verzichten! Als er Schritte hörte, wandte er sich nicht um.

»Verschwinde!«

Die Person tat natürlich nicht, worum er so freundlich gebeten hatte. Flüchtig sah Daniel auf, als Fran sich setzte, und verzog das Gesicht. »Solltest du jetzt mit irgendwelchen Vorträgen kommen, die da lauten: ›*Wenn du dich erinnerst, ich habe es dir gesagt*‹, kannst du gleich wieder gehen!«

Innerhalb der vergangenen Jahre war Fran noch etwas stiller und ruhiger geworden, als das bereits zuvor der Fall gewesen war. Spätestens, als ihre Tochter geboren worden war, hatte sie auch das letzte Fünkchen Übermut verlassen, das möglicherweise zuvor noch in ihr gewohnt hatte. Doch wer die schöne Frau mit dem dunklen Haar kannte, wusste, dass sie keineswegs an Melancholie litt. Eher wirkte ihre Coolness auf Daniel immer sehr beruhigend. Und auch jetzt musterte sie ihn entspannt, ohne Anstalten zu machen, auf seinen Angriff ähnlich zu reagieren. »Ich wollte dich nur fragen, ob ich vielleicht etwas tun kann?«

Spöttisch verzog er das Gesicht. »Ach? Was denn? Zu Tina gehen und für mich betteln? Danke, ich verzichte!« Er setzte die Flasche an die Lippen und senkte sie nach kurzer Überlegung wieder. »Dazu besteht kein Grund. Ich habe nichts getan!«

»Das glaube ich dir sogar«, nickte sie. »Aber einer muss ja nachgeben, sonst wird sich nichts ändern.«

»Habe ich schon, bringt nichts!«, wandte er müde ein.

»Versuch es wieder!«

Stirnrunzelnd nahm Daniel einen tiefen Schluck von seinem Wein. »Weißt du«, sagte er, nachdem der sich auf der Reise in seinen Magen befand. »Ich bin mir ehrlich nicht sicher, ob ich das überhaupt noch will. Wir kommen nun einmal nicht miteinander klar. Damit will ich nicht sagen, dass ich sie nicht liebe, es wäre eine glatte Lüge. Das weißt du.« Eilig warf er ihr einen Blick zu und Fran nickte.

»Und sie liebt mich auch.« Trocken lachte er auf. »Scheinbar hat sie das mittlerweile sogar eingesehen, ich bin verblüfft!« Die nächste Ladung Wein folgte, inzwischen schwirrte ihm tatsächlich der Kopf. »Aber das ist nicht alles! Wenn das andere nicht funktionieren will, was bringt es dann?« Abermals riskierte er einen Blick zu seiner Schwester, doch die verzog immer noch keine Miene. »In dieser einen Woche, Fran. Es war wie früher, da stand nichts zwischen uns, auch wenn sie ständig so tat, als wäre das der Fall. Ein ›Ja‹ und wir wären heute …« Er zuckte mit den Schultern. »Keine Ahnung, auf jeden Fall wäre sie hier. Das mit dem Kind war eine miese Situation, sicher! Aber sie hat mich dafür verantwortlich gemacht! *Mich!* Kannst du dir ungefähr vorstellen, wie gern …«

Anstatt den Satz zu Ende zu führen, setzte er die Flasche an. Fran schwieg.

»Und wieder ist es zerstört. Alles! Das hat nichts mit der Vergangenheit zu tun, schon lange nicht mehr. Fakt ist, sie kann einfach nicht nachgeben. Ich schätze, damit würde sie sich etwas vergeben oder so. Und sie ist bereit, alles zu opfern, nur um Recht zu behalten. Das ist *krank!*«

»Sie ist zu dir gekommen«, erinnerte Fran ihn leise.

»Ja!« Heftig nickte Daniel. »Und sie *erwischte!*« Diesmal lachte er bedeutend lauter. »… du musst dir den Scheiß mal überlegen! Sie *erwischte* mich dabei, wie ich ein bisschen Spaß hatte. Ich bin ihr nichts schuldig! Und anstatt darüber hinwegzusehen, wenigstens mit mir zu sprechen, haut sie wieder ab! Ohne ein Wort, ohne wenigstens zu sagen, weshalb sie überhaupt angetanzt ist.« Das nächste Kopfschütteln fiel noch etwas entschiedener aus.

»Nein! Ich bin es leid! Ich will nicht mehr! Dann muss es eben ohne sie gehen. Das ist allemal besser, als diese ewige Achterbahnfahrt!«

41. Trying to find atlantis

Je mehr Wochen vergingen, desto größer wurde Daniels Überzeugung, dass die Geschichte diesmal wirklich ein Ende hatte. Schön, sie war zu ihm gekommen. Ja, was für ein Glück! Denn endlich hatte er Gelegenheit bekommen, den Beweis dafür zu liefern, was sie doch in Wahrheit bereits seit Ewigkeiten gewusst hatte: Daniel Grant war das mieseste Schwein des Planeten.

Womit doch alles Relevante gesagt war! Da konnte er sich beruhigt zurücklehnen und endlich mit seinem Leben fortfahren. Wenn man es mal genau betrachtete, war sie ohnehin nur die kürzeste Zeit davon ein echter Bestandteil gewesen. In der überwiegenden Zeit hatte es sich bei Christina Hunt um ein Phantom gehandelt. Im Grunde konnte man die Geschichte sogar als lehrreich betrachten. Er hatte ihr einen besseren Start ins Leben ermöglichen wollen, als ihr allen Voraussetzungen nach vorbestimmt gewesen war. Höchstwahrscheinlich würde sie heute andernfalls mit Hornbrille und total verfettet herumrennen – möglicherweise mit dreitausend Kindern und noch ein bisschen fetter. Vor diesem grausamen Schicksal hatte Daniel sie doch glänzend bewahrt! Und was hatte er nicht aus ihr gemacht! Eine atemberaubende Schönheit, mit einem leichten Schatten – okay, das ›leicht‹ konnte man getrost streichen –, die jeden, ehrlich jeden!, Mann haben konnte und wacker daran arbeitete, auch wirklich alle zu bekommen! Daniel konnte stolz auf sich sein. Mission erfüllt – weiter geht's.

Yeah.

Müde raufte er sich das Haar.

Nach einer anstrengenden Sechzehnstundenschicht war er sofort ins Bett gefallen und hatte geschlafen wie ein Toter. Einen Effekt konnte er derzeit nicht ausmachen – so ging es ihm neuerdings immer. Egal, wie lange sein Schlaf währte, er hätte noch mal die doppelte Dauer dranhängen können. Vielleicht sollte er sich mal auf Malaria untersuchen lassen, zwar ließ er sich vor jedem neuen Dschungelabenteuer impfen, aber diesmal schien der Wirkstoff veraltet gewesen zu sein. Ermattet schleppte er sich ins Wohnzimmer und starrte müde auf den riesigen, schwarzen Flachbildschirm, der eher Zierde, als Gebrauchsgegenstand darstellte. Viel zu selten bekam er Gelegenheit, ihn einzuschalten. Neuerdings hatte Daniel immer unglaublich viel zu tun. Freizeit war wie bereits so häufig zuvor zu einem Fremdwort verkommen.

Die Arbeit in der Klinik fraß ihn auf, die WHO klopfte einmal wöchentlich wegen irgendeinem Mist bei ihm an und er überlegte ernsthaft, eine zusätzliche Einheit für die ÄOG einzuschieben. Man konnte nie genug tun.

Kurz darauf ließ er den Raum mit dem Zierfernseher und der Ziercouch hinter sich und ging in die riesige und hochmodern eingerichtete Küche. Obwohl sich Daniel bereits öfter gefragt hatte, was er damit wollte. Soweit er sich zurückerinnern konnte, wurde dort maximal fünfmal im Jahr gekocht, und immer übernahmen das andere Leute, nicht er. Entweder Edith oder Chris und Carmen, manchmal sogar Tom und Fran, was Daniel regelmäßig um die teure Chromausstattung fürchten ließ. Tom war zwar ein begnadeter Koch, doch sein Schwager hatte sich im pfleglichen Umgang der dafür erforderlichen Möbel und Utensilien als nicht halb so begabt erwiesen. Schon seit Längerem argwöhnte Daniel, dass Fran ihren Mann deshalb immer zu ihm schickte, wenn der mal wieder seine Küchenchefallüren ausleben wollte. Ihre Küche war jünger und wurde häufiger benötigt. Seufzend brühte er sich an der Hightech-Kaffee-Brüh-Pad-Maschine seinen Morgenkaffee, der im Grunde einen Mittagskaffee darstellte. Heute stand die ungeliebte Nachmittagsschicht an, er musste erst um vier in der Klinik sein. Dann blickte er ziemlich demotiviert vor sich hin. Was führte er doch für ein fantastisches Leben!

Dem Club hatte er bereits seit Ewigkeiten keinen Besuch mehr abgestattet. Genau genommen seit jenem traumhaften Abend, an dem er ihn aufgrund äußerer, ungeplanter und absolut widriger Einflüsse früher verlassen hatte. Seither fehlten ihm Zeit und auch Lust, um einen erneuten Versuch zu wagen.

Manchmal, wenn Daniel so ganz allein in seiner Küche saß und über sein Leben und die geniale Zukunft nachdachte, die vor ihm lag, verspürte er den unwiderstehlichen Wunsch, die Tasse mit dem Hightech-Super-Kaffee gegen die wundervoll gefliste Wand zu schmettern, dieses verdammte Appartement zu verlassen, die Klinik und die Stadt gleich mit, und irgendwo, an einem Ort auf dieser Welt, den er nicht kannte, noch einmal von vorn zu beginnen. *Verdammt!*

Okay, derartige rebellische Gedanken kamen ihm nicht häufig, und wenn, dann hielten sie sich nie sehr lange. In Wahrheit hatte er solche Anfälle nur in dieser verdammten einsamen Küche und er ging ihnen nie wirklich nach. Kindisch – üblicherweise verhielt Daniel sich nicht so. Trotzig – ohne Worte. Irrational – auch das gehörte üblicherweise nicht zu seinen Eigenschaften. Daher trat er eine gute Stunde später aus seinem Appartement und fuhr in die Klinik. Um dorthin zu gelangen, nahm er immer die Subway, obwohl er sehr wohl über einen Wagen verfügte. Doch in dieser Stadt ergab es keinen Sinn, sich den verdammten Stau anzutun, der nie wirklich zum Erliegen kam.

Müde lehnte er den Kopf gegen die Scheibe und schloss die Lider, stieg kurz darauf um, dann ein weiteres Mal – wie immer – und trat zwanzig Minuten später ebenso energielos in sein Büro. Jenes diente nur dazu, hin und wieder ein paar Unterschriften zu leisten und seinen Mantel ordnungsgemäß auf den vorhandenen Bügel zu hängen. Daniel setzte sich hinter seinen Schreibtisch und ging gedanklich die heutigen OP-Termine durch. Der Erste stand in einer Stunde an, Mrs. Stone verlangte es dringend nach einer neuen Nase. Und schließlich widmete er sich seufzend den wenigen Unterlagen, die Maggie bereitgelegt hatte.

Er zeichnete alles gegen, was es gegenzuzeichnen gab, ohne sich die Mühe zu machen, es vorher zu prüfen. Maggie kam mit dem Kram bedeutend besser klar als er. Auf diese Art verkaufte Daniel zwar regelmäßig seine Seele an diese Frau, doch die hatte ihm mehrfach glaubhaft versichert, dies nie über Gebühr auszunutzen. Ihm blieb nichts anderes, als ihr zu trauen. Daniel gelangte zum letzten Dokument auf seinem Tisch und stöhnte, als er sah, dass es sich um eine Mappe handelte. Von Zeit zu Zeit schmuggelte Maggie derartige Dinge ein, und zwar immer dann, wenn sie meinte, dass dringend irgendetwas verändert werden musste. Entweder die Geräte drohten zu veralten oder die Fensterputzer wurden zu teuer und sie wollte ein anderes Unternehmen anheuern. Im Grunde scherte sich Daniel um so etwas nicht, nur leider wurde er auf diese Art gezwungen, sich mit der jeweiligen Materie genauer zu befassen. Also in der Theorie zumindest.

Meistens *tat* er so, als hätte er es gelesen und nickte es einfach ab. Weshalb er in Wahrheit nicht genau wusste, welche Firma denn momentan die Reinigung der Fenster übernahm und wer den neuesten Zulieferer für die medizinischen Geräte gab. Auf jeden Fall stimmte das Preis-Leistungs-Verhältnis – auf Maggie war Verlass. Und mehr wollte er doch gar nicht. Diesmal handelte es sich um ein Exposé, an dem Maggie eine Notiz befestigt hatte:

Boss,

die Umsätze gehen zurück.

Wir müssen etwas unternehmen.

Mein Vorschlag …

Stirnrunzelnd schlug Daniel die Mappe auf und stöhnte …

Plan C

Christina Laura Hunt

Eine Weile starrte er auf den verdammten Namen, den er verdammt noch mal überhaupt nicht sehen wollte, verdammt!, dann erscholl sein Gebrüll in dem sonst so stillen Raum.

»Maggie!« Als nichts geschah, wiederholte er das Ganze – diesmal *wirklich* laut.

»*Maggie!*«

Abermals erfolgte keine Reaktion aus dem Vorzimmer und zunächst glaubte Daniel an einen spontanen Ausstand. Bis ihm einfiel, dass Maggies Arbeitszeit um vier endete. Hervorragend eingefädelt! Wütend klappte er die Mappe zu und kritzelte eine unmissverständliche Nachricht unter ihre Notiz.

Vergiss es!

Auf dem Weg zum OP ließ er die Akte mit lautem Knall auf ihren wie immer penibel geordneten Schreibtisch fallen. Scheinbar war jetzt auch die Letzte durchgedreht.

Ein Grund, weshalb Daniel seine Ausflüge in die Dritte Welt nicht nur unter ethischen Gesichtspunkten, sondern auch unter beruflichen als durchaus erforderlich betrachtete, war die Unkalkulierbarkeit der dortigen Arbeit. Im Gegensatz dazu konnte ihn hier, in der sauberen, klimatisierten, modernen Klinik, so schnell nichts mehr überraschen. Es handelte sich um eintöniges Einerlei. Daniel schätzte, der Anästhesist ging bedeutend höhere Risiken ein, als der Chefchirurg.

War eine OP um die eintausend Mal durchgeführt worden, fiel nichts mehr vor, mit dem man nicht bereits dreitausend Mal zuvor hatte umgehen müssen. Seine Ausflüge in die Gebiete der Aussätzigen dieser Welt stellten nichts anderes als ein Training dar, um sich auch weiterhin einen Arzt nennen zu können und nicht einen verkappten, miesen Schönheitschirurgen.

Teildebakel der gesamten Angelegenheit hier war, dass man sich nicht in seiner Arbeit vergraben konnte. Während Daniel Mrs. Stones Nase von riesig auf hübsch, klein und niedlich heruntersägte, ging ihm Maggies wüste Einmischung nicht aus dem Kopf. Das geschah durchaus gewollt, er bediente hier nur das Protokoll. Und allein deshalb hätte er ihren dämlichen Plan wirklich gern vereitelt. Denn Daniel hasste derartige Manipulationen wie die Pest! Doch Maggie hatte sich seinem anklagenden Einfluss fürs Erste entzogen, indem sie feige nach Hause geflohen war. Daniel blieb zurück, dauerhaft dieses verdammte Exposé gedanklich vor Augen, auf dem dieser verdammte Name prangte.

Christina Laura Hunt
410

Keine Firmenmappe. Nur einige von seiner verräterischen Assistentin zusammengesuchte Unterlagen. Was bedeutete, Maggie war wenigstens noch nicht so weit gegangen, ihre Fühler in Richtung Christina Laura Hunt auszustrecken, weshalb sie wohl zwar irre, aber noch nicht lebensmüde war. Allein der Gedanke, Tina zu holen, erschien ihm total widersinnig. Als wenn die kommen würde, wenn Daniel rief! Wahrscheinlich würde sie diesmal einen Anschlag auf ihr Leben mutmaßen, oder so etwas. Auch ihm war bekannt, dass die Geschäfte momentan nicht sonderlich gut liefen – Resultat der allgemeinen Wirtschaftskrise. Gab es weniger Millionäre, schrumpfte erfahrungsgemäß auch die Zahl seiner Patienten.

Obwohl, heute standen sieben OPs auf dem Plan – also konnte man gewiss nicht von einer Flaute sprechen. Allerdings hatte es in der Vergangenheit auch Zeiten gegeben, in denen zwei Chirurgen innerhalb einer Schicht ausgelastet waren, nicht nur einer. Daneben kamen immer weniger dieser illustren Leute, die sich in der Abgeschiedenheit einer Privatklinik von jenen Leiden heilen ließen, die ein zu sorgenfreies Leben so mit sich brachte. Die Konkurrenz war hart, Privatkliniken gab es wie Sand am Meer. Daniel, der sich um PR, Werbung und den ganzen Schrott nie sonderlich viele Gedanken machte, war Maggies zunehmendes Lamento nicht verborgen geblieben. Außerdem sah er es ja selbst! Vielleicht sollten sie wirklich ein wenig in die Offensive gehen, das taten andere in solchen Situationen ja auch! Schlecht schien Tina nicht zu sein. Ja, da wäre es doch eine geniale Idee, sie zu engagieren, oder? Wütend spitzte er hinter seinem Mundschutz die Lippen. Sicher, weil Tina ja auch die Einzige in dieser Branche war, die man beauftragen konnte, um den Karren aus dem Dreck zu ziehen!

»Sarah, du müsstest ein bisschen schneller arbeiten, wenn ich hier überhaupt irgendetwas sehen soll!«, knurrte er. Die Angesprochene beeilte sich, das frische Blut abzusaugen.

Und außerdem war das totaler Nonsens! Denn Tina würde *niemals* einen Auftrag seines Unternehmens akzeptieren.

»*Sarah!*« Das kam diesmal grollend. Die Lernschwester zuckte zusammen und beeilte sich, den Mist zu beseitigen.

Also konnte er sich den Bullshit auch gleich aus dem Kopf schlagen. Manchmal hasste er Maggie, wenn diese ihm ohne Grund die dümmsten, fragwürdigsten Gedanken ins Hirn pflanzte. Was sollte der Scheiß eigentlich?

»Was soll der Scheiß eigentlich?«

Es war der folgende Mittag und Daniel hatte sich absichtlich früher in die Klinik begeben, um seine Wut diesmal nicht an der kleinen Lernschwester, sondern an der richtigen Adresse abzuladen.

Die schien mal wieder gegen jede Kritik immun. Maggies Markenzeichen: Vorwürfe, Vorhaltungen und Kritik jeder Art, prallten an der ab wie ein Gummiball an einer Betonwand. Sie saß in dem Stuhl vor seinem Schreibtisch, rückte wie üblich an seiner Schreibschatulle herum, obwohl es da überhaupt nichts zu rücken gab, und lauschte mit geduldigem Blick seinem Vortrag. Als Daniel fertig war, wartete sie noch ein wenig – typisch für Maggie. Die behandelte ihn immer, als wäre er schwer von Begriff. Auch die geruhsame Pause, die sie sich ließ, entsprach dem Programm. In der wartete sie ab, ob er wirklich zu Ende lamentiert hatte oder dies nur falscher Alarm war, weil Daniel mit seiner Atmung nicht immer spontan nachkam. Und irgendwann – ungefähr zehn spontane, durchaus hörbare Atemzüge seinerseits später – ließ sie sich doch tatsächlich zu einem Statement hinreißen.

»Ich sagte dir schon vor einiger Zeit, dass die Statistiken ziemlich mies aussehen.«

»Richtig.« Daniel lächelte.

»Du hast ja nichts unternommen.«

»Korrekt.« Das Lächeln wurde breiter.

»Also habe ich mal wieder die Initiative ergriffen. Irgendwer muss es ja tun, bevor das Kind in den Brunnen gefallen ist und ich meinen Weihnachtsbonus riskiere.«

»Nur weiter!« Inzwischen strahlte Daniel.

»Ich habe mich am Markt kundig gemacht und stieß auf diesen wirklich bedeutsamen Namen. Man meint vielleicht, uns stünde ein schier unüberschaubares Angebot an fähigen Agenturen zur Verfügung, aber das ist ein gefährlicher Irrtum. Wenn man nämlich erst einmal die Spreu vom Weizen getrennt hat, was ich in mühsamer, *wochenlanger* Kleinarbeit tat, kommt man schnell dahinter, dass die wenigsten halten, was ihr Name verspricht. Außerdem steht die Klinik so schlecht da, dass ich mir dachte, hier könne wirklich nur noch die Beste helfen. Und die Beste ist … das ergab meine *monatelange*, aufopferungsvolle Recherche und ich kann dir sagen, ich hab mich sogar verdammt aufgeopfert, Schlaflos ist momentan mein zweiter Vorname.« Während all dem sah sie ihn unbekümmert an, und Daniel strahlte wie ein Atomreaktor.

»Also, die Beste ist … Nun ja, eine Agentur namens *Plan C*. Ich finde, das klingt doch ziemlich vielversprechend, oder? Okay, die Eigentümerin und damit einzige Angestellte, ruft einen recht hohen Preis auf. Aber ich denke, wenn das Ergebnis stimmt, sollten wir nicht auf ein paar Tausend Dollar schauen. Diese ewige Sparerei bringt nicht immer was, weißt du? Also, ich habe mich während der schlaflosen, elenden Monate – in Wahrheit sind es fast *Jahre* –, die hinter mir liegen, kundig gemacht und sie könnte im kommenden Monat, das wäre im Januar.«

Unvermittelt wich das begeisterte Strahlen einer äußerst wütenden Grimasse. »Hör auf!«

»Was ist dein Problem?«

Langsam schüttelte Daniel den Kopf und drängte entschieden den Tobsuchtsanfall zurück, der dringend um seinen Ausbruch bettelte. Eine lange, sehr lange Zeit starrte er auf seinen Tisch, bevor es ihm gelang, das verschwörerische Subjekt vor sich anzusehen, ohne es sofort zu würgen.

»Du spinnst!«

»Bitte?« Das klang empört.

»Sie wird nicht kommen und außerdem hasse ich es …«

»… wenn man sich in deine Angelegenheiten mischt, das weiß ich doch, Boss.« Maggies Augen wirkten groß und unschuldig und Daniel wusste nicht, was er zu so viel Frechheit sagen sollte. Tief holte er Luft, versuchte es, scheiterte und unternahm einen erneuten Anlauf. Doch erst beim dritten Mal konnte er sichergehen, sein Anliegen in *vertretbarer* Lautstärke an die Frau zu bringen.

Kurz darauf erzitterte der Raum unter seinem mörderischen Gebrüll.

»Ich sagte, das ist totaler Bullshit! Kapiert? Du sollst dich aus meinen Angelegenheiten heraushalten! Außerdem ist diese Idee total bescheuert! Was auch immer du dir einbildest, sie wird garantiert nicht erscheinen, um Daniel Grants Klinik aus der Scheiße zu helfen. Nicht einmal für eine Million Dollar!«

Schwer atmend lehnte er sich zurück und betrachtete Maggies absolut ausgeglichene Miene. Die legte die obligatorische Pause ein – nur für den Fall, dass er etwas hinzufügen wollte – und nickte schließlich langsam.

»Richtig. Daniel Grant vielleicht nicht. Aber bei Dr. Miller hat sie möglicherweise keine Einwände, oder?«

Daniel sah auf. »Was?«

Der Plan mutete so dämlich an, dass Daniel auch noch vier Wochen später nicht wusste, was ihn geritten hatte, sich überhaupt darauf einzulassen. Das neue Jahr hatte begonnen. Tom hatte zu Silvester erfolgreich die gesamte Kücheneinrichtung versaut, dies jedoch mit dem Ragout, das er kurz darauf kredenzte, halbwegs wettgemacht. Gesprochen wurde in Daniels Gegenwart ja neuerdings nicht mehr sehr viel, eher laut geschwiegen. Oder man unterhielt sich über den fantastischen Winter. Doch das kannte er inzwischen. Viel interessanter schien da schon die Aussicht, demnächst derart in der Klemme zu sitzen, dass jede verhunzte Küche zur absoluten Nebensächlichkeit verkam.

Hatte er sich nicht geschworen, dass endlich Schluss sei? Trotz der fünf Gallonen Wein, die er an jenem Herbstabend in sich hineingeschüttet hatte, konnte er sich lebhaft an diese Episode erinnern.

Und egal, wie sehr er versuchte, die gesamte Situation ins Lächerliche zu ziehen, im Grunde empfand er sie als absolut nicht witzig. Er lebte ganz gut ohne Tina. Egal, wie wenig er momentan – jedenfalls Maggies Ansicht nach – *wirklich* lebte.

Es war allemal besser als diese verdammte Achterbahn, die hatte er nämlich endlich verlassen können, sobald sein unverrückbarer Entschluss gestanden hatte. Wollte er wirklich, was jetzt unweigerlich folgen würde: Streit, Missverständnisse, Vorwürfe – selbstverständlich ausschließlich von ihrer Seite. Und natürlich, allen voran:

Kühler, emotionsloser Blick, energisches Auftreten und sofortiges Verschwinden, sobald ihr aufging, *wer* sich hinter ›Millers Healthy Institute‹ verbarg. Vorprogrammiert und kindischer, als alles Kindische, dessen Daniel sich innerhalb der vergangenen Wochen schuldig gemacht hatte. Und außerdem *wollte* er einfach nicht mehr. Wenigstens das war unverändert geblieben. Natürlich drifteten seine Gedanken dennoch häufig zu ihr. Irgendeine der vielen Tausend Gehirnwindungen besetzte sie immer gerade. Und hätte auch nur die geringste Aussicht auf eine Einigung bestanden, wäre er sofort zur Tat geschritten. Nur leider bestand die seines Wissens nicht, weshalb er sich immer wieder der Frage stellen musste, ob er mit dieser Geschichte wirklich den richtigen Weg einschlug.

Falsche Überlegung urteilte Daniel nach einer Weile. Korrekt musste es anders lauten: Gab es überhaupt einen Weg zurück oder hatte sich diese Tür nicht ein für alle Mal geschlossen? Jagte er nicht bereits dem nächsten Phantom nach, nur dass es sich diesmal um keine Person, sondern eher um die Idee eines Lebens *mit* einer bestimmten Person handelte? Stand ihm dieses Theater oder stempelte er sich bereits wieder vollständig zum Trottel? Diesmal ausschließlich vor sich selbst, was die Dinge kein bisschen erträglicher machte.

Hin und hergerissen verbat er es sich irgendwann, irgendwelche Pläne für den Ablauf zu schmieden, obwohl das dringend erforderlich war. Dennoch konnte er den Prozess nicht aufhalten, die Zweifel prügelten unentwegt auf ihn ein, wurden stärker und meinungsgebender, bis er immer mehr davon überzeugt war, dass dieses gesamte, an Wahnsinn erinnernde Vorhaben erstens zum Scheitern verurteilt war und er zweitens spätestens jetzt, jeden Stolz verloren hatte.

Am Ende, als er bereits endgültig alles abblasen wollte, nahm ihm jemand die Entscheidung ab, an den er in seinen kühnsten Träumen nicht gedacht hätte.

42. Déjà vu

Ziemlich gestresst war Daniel nach Hause gekommen. Nicht der Klinikalltag hatte ihn so extrem erschöpft, sondern dieser elende Countdown, der unablässig in seinem Kopf herunterzählte. Noch genau fünf Tage und dann …

Ein Klopfen an der Tür unterbrach seine Grübelei. Das konnten im Grunde nur die Montgomerys von nebenan sein. Die versuchten immer, ihm ein Ohr abzukauen, wenn er sich zu Hause aufhielt. Meistens ließ Daniel es über sich ergehen, gab jedoch öfter mal vor, sie nicht gehört zu haben. Manchmal kam er sogar damit durch. Doch als er durch den Spion spähte, vertiefte sich sein Stirnrunzeln. Kurz darauf betrachtete er fragend die kleine Frau und den weitaus größeren, unbekannten Mann, die vor seiner Tür standen.

»Bitte?«

Der Mann hatte aus unverständlichen Gründen einen schützenden Arm um die Schultern der ungefähr fünfzigjährigen, recht hübschen Brünetten gelegt. Die wurde rot und starrte ihn mit offenem Mund an. Irgendwann schüttelte der Fremde sanft seine Gattin, sofern es sich um ein Ehepaar handelte, und die kehrte in die Realität zurück. Das Ganze kam Daniel vage bekannt vor.

»Daniel Grant?«

»Wer will das wissen?«

Prompt verstärkte sich die Röte. »Oh, bitte entschuldigen Sie!« Eilig wand sie sich aus dem Griff ihres Mannes und trat einen Schritt vor. »Mein Name ist Vera King, das ist mein Mann Colin.«

»Guten Tag«, nickte Daniel zögernd.

Ihr Nicken erfolgte sehr heftig. »Bitte entschuldigen Sie den Überfall zu so später Stunde, aber unsere vorherigen Versuche schlugen leider fehl. Wenn ich richtig informiert bin, kennen Sie meine Tochter.«

»Das kann ich nicht mit Bestimmtheit sagen«, erwiderte Daniel, der immer noch absolut ratlos war. »Vielleicht …«

Plötzlich riss sie die Lider auf. »Oh! Bitte entschuldigen Sie, ich bin etwas durcheinander!« Ein weiteres Mal nahmen ihre Wangen an Röte zu. Als die dunklen Augen – mit erstaunlich dichten Wimpern – noch riesiger wurden, stand Daniel plötzlich verdammt aufrecht in der Tür und zwang sich zu einem Lächeln. »Sie sind Tinas Mom?«

Das brachte die Dame vollends aus der Fassung, daher hielt Daniel sich lieber an den Mann. Erfahrungsgemäß war von der weiblichen Seite demnächst keine Reaktion zu erwarten. »Treten Sie ein!«

Stirnrunzelnd folgte er den beiden ins Wohnzimmer und wusste nicht genau, ob er lachen oder heulen sollte. Zufall? Nie im Leben! Nachdem sie saßen, und Daniel jedem ein Getränk dargeboten hatte, Mrs. King nahm eine Cola – haha! –, setzte auch er sich.

»Was führt Sie zu mir?« Immer sachte beginnen, obwohl in ihm ungefähr fünftausend Fragen dringend darauf lauerten, an die Frau gebracht zu werden.

Zunächst einmal genehmigte sich Mrs. King einen großen Schluck. Und als sie ihn dann musterte, wirkte sie bedeutend resoluter. »Sie haben keine Vorstellung, was es mich gekostet hat, Ihren Namen ausfindig zu machen.«

»So?«

Heftig nickte sie. »Tina spricht nicht so häufig über … ihr Leben.«

Das überraschte Daniel nicht im Geringsten.

»Und Sie haben bestimmt keine Ahnung, was es uns gekostet hat, Sie auch noch zu *finden!*«

»Das kann ich mir sogar genau vorstellen«, murmelte Daniel. »Wie …?«

Ihre Hand schnellte in die Luft. »Oh, wir haben *gesucht!* Colin …« Sie blickte zu ihrem Mann, der schweigend neben ihr saß, »… kann ganz gut mit Computern. Dort fand er Sie und auch Ihren Vater. Wir wussten nicht, wo Sie wohnen oder arbeiten, deshalb mussten wir erst Ihren Eltern einen Besuch abstatten. Reizende Menschen, übrigens. Netterweise gaben sie uns Ihre Adresse. Ich hoffe, Sie sind nicht böse?«

»Keineswegs.«

Ein vorsichtiges Strahlen antwortete ihm. Doch bevor sie weiterplappern konnte, das gehörte offensichtlich zu ihrer Natur, stieß ›Colin‹ sie an. »Vera!«, mahnte er.

Die musterte ihn fragend, dann wurden ihre Augen wieder groß. »Oh, natürlich. Danke, Darling.«

Unvermittelt setzte sie sich auf, ihre Miene wirkte plötzlich verdammt ernst und Daniel verbiss sich zum ersten Mal ein Lachen. »*Mister* Grant!«

»Der bin ich.«

Sie nickte. »Ja.«

»*Vera!*«

Erneut wurde der tatsächlich hübsche Kopf heftig geschüttelt und sie fuhr fort, diesmal mit deutlichen Schwierigkeiten. »Mr. Grant, bevor wir überhaupt weitersprechen, muss ich eines wissen. Und ich wäre Ihnen für eine aufrichtige Antwort sehr dankbar.«

»Fragen Sie!« Daniel lehnte sich zurück. Die Frau war echt der Brüller!

Nach einem tiefen Luftholen hob sie an, überlegte es sich jedoch im letzten Moment anders und nahm einen Schluck von ihrer Cola, womit sie das Glas leerte. Erst dann konnte sie beginnen. »Lieben Sie meine Tochter?«

»Ja.«

Das warf sie total aus der Bahn, was Daniel nun überhaupt nicht verstehen konnte. Eine konkrete Frage zog im Normalfall eine konkrete Antwort nach sich, oder?

Irgendwann stieß ›Colin‹ sie in die Seite und Veras Mund klappte hörbar zu. Ein etwas belegtes Räuspern ertönte und endlich fand sie ihre Stimme wieder. »Ja … oh … also … das ist gut, glaube ich.« Erst als ihr Glas bereits an den Lippen lag, fiel ihr ein, dass es inzwischen geleert war. Das wertete Daniel als Aufforderung, für Nachschub zu sorgen. Auf dem Weg in die Küche überlegte er sich, dass dies mit Abstand der seltsamste und spannendste Besuch war, den er zeit seines Lebens empfangen durfte.

Als er wieder saß, benötigte es eines halben Glases mit Koffein-Zuckerlösung, bevor Mrs. King fortzufahren in der Lage war. Einer Eingebung zufolge hatte Daniel diesmal gleich die Flasche mitgebracht.

»Also …« Rasch griff sie noch einmal zum Glas, leerte es in einem Zug und er schenkte eilig nach. »Also … wie gesagt, es war nicht einfach, Ihren Namen ausfindig zu machen, denn Tina spricht nicht sehr viel über Sie. Ich musste einige Tricks anwenden.«

Daniel nickte.

»Aber … wissen Sie, sie ist so seltsam.«

Ach nein? *Echt?* »Entschuldigen Sie, dass ich Sie unterbreche, worauf beziehen Sie sich?«, erkundigte er sich höflich. »Auf die jüngste Zeit oder die vergangenen Jahre? Denn, wenn Sie mich fragen, ist sie das bereits seit einer geraumen Weile.«

Das verschlug Vera mal wieder die Sprache und sie kippte den Inhalt des nächsten halben Glases in ihren unersättlichen Rachen. Die Frau musste über eine riesige Blase verfügen. »Wie lange kennen Sie meine Tochter bereits?« Doch plötzlich schloss sie die Lider und stöhnte leise. »Ich *Schaf!*«

Okay, das hätte er jetzt nicht unbedingt unterschr…

»Sie kennen sich seit dem Studium?«

Womit Daniel etwas verwirrt zurückblieb. »Das war Ihnen nicht bekannt? Ich dachte, Sie hätten mit meinem Vater gesprochen?«

»Der gab uns lediglich Ihre Adresse und weigerte sich, irgendeine unserer Fragen zu beantworten.«

Guter Mann! Offenbar lernte er.

»Und Tina wollte nicht …«

Daniel seufzte. Schon klar.

Auf den jüngsten Schock musste Vera erst einmal ihr Glas leeren, erbrachte dann den Beweis, dass ihre Blase doch nicht endlos belastbar war und verschwand für ein paar schweigsame Minuten im Bad. Schweigsam, weil Colin nichts zur allgemeinen Unterhaltung beizutragen wusste.

Als Tinas Mom wieder erschien, sorgte sie zunächst einmal für Cola-Nachschub, wie Daniel mit wachsendem Staunen beobachtete. Schließlich beugte sie sich weit über den Tisch. Jetzt wirkten ihre Augen so groß wie Untertassen – ganz ohne Brille. Neugierde glitzerte darin.

»Es ist also eine alte Sache zwischen Ihnen?«

Zögernd nickte er. »Könnte man so sagen. Allerdings will ich darauf hinweisen, dass wir nicht miteinander liiert waren, solange wir ein Appartement …« Er sah, dass die Größe von Untertassen weiträumig überschritten wurde und seufzte. »Das wussten Sie natürlich auch nicht?«

»*Sie* waren das?«

Daniel nickte.

»Und über all die Jahre …«

»Nein! Wir haben uns ein knappes Jahrzehnt nicht gesehen.«

»Oh! Wann genau trennten sich Ihre Wege zum ersten Mal, Mr. Grant?«

»Mein Studium war beendet, ich verließ die Stadt, weshalb Tina kurz darauf ebenfalls ging.«

»Nein!«, widersprach Mrs. King sofort. »Sie ging, weil ihr Vater starb. Deshalb …«

»Moment!« Diesmal beugte Daniel sich vor und seine Augen funkelten. »*Wann* genau starb ihr Dad?«

Bis tief in die Nacht unterhielten sie sich, und Daniel kam endlich einmal in die Verlegenheit, sein Gästezimmer zu nutzen, denn er nötigte sie, bei ihm zu übernachten. Das Hotelzimmer kündigte er höchstpersönlich. Also, er bat Tom, dies zu übernehmen, den er dafür leider aus dem Bett klingeln musste. Aber er fand, nach Jahren der Dauerfrechheiten *und* versauten Küchen schien das nur recht und billig. Und als er gegen vier Uhr endlich selbst im Bett lag, erkannte er erst, dass eines der aufschlussreichsten Gespräche seit Jahren hinter ihm lag. Wenn nicht das aufschlussreichste überhaupt.

Während er mit der durchaus warmherzigen, wenn auch eindeutig nach Cola süchtigen Vera gesprochen hatte, war ihm aufgefallen, dass er wirklich nicht viel über Tinas Kindheit wusste. Ihre Mutter hatte ihm von den damaligen Träumen ihrer Tochter erzählt, von deren Einsamkeit und dass ihr Dad sie gegen Vera Kings Willen nach Ithaka geschickt hatte. Ebenfalls erfuhr er vom Zeitpunkt ihrer Veränderung und kannte auch endlich den Grund dafür. Jedenfalls konnte er sich den zusammenreimen.

Ihre tiefen und so offensichtlichen Ängste um die Tochter hatte Vera jedoch unerwähnt gelassen. Und die waren keineswegs neu. Behutsam hatte Daniel sich vorgetastet und war bald dahintergekommen, dass die Mutter kaum etwas von dem wusste, was Tina in jenen fünfzig Wochen trieb, die sie nicht bei ihr weilte. Auch erfuhr er von ihrem total außerplanmäßigen Besuch Anfang Herbst. Sonst machte Tina immer nur an Weihnachten für zwei Wochen Urlaub. Darüber hinaus hatte Mrs. King davon erzählt, wie sie ihre Tochter davon überzeugte, die Initiative zu ergreifen. Was ja gründlich danebengegangen war.

Sie hatte ihm bedeutend mehr Informationen geliefert, als beabsichtigt, denn Daniel hatte keine Skrupel, die Frau nach allen Regeln der Kunst auszuhorchen. Schließlich hatte sie sich freiwillig ausgeliefert und Tina bei seinem Vater nichts anderes getan. Und der war um einiges cleverer als Vera King, frühere Hunt.

Ganz nebenbei hatte Daniel dafür gesorgt, dass diese Frau ihn einfach lieben musste, sofern sie das nicht sofort getan hatte, schließlich hatte er sie mit Cola versorgt. Am nächsten Morgen, bevor er sich von ihnen verabschiedete, weil er zum Dienst musste, servierte er ein Galafrühstück. Und spätestens in diesem Moment eroberte er auch das Herz des schweigsamen, aber äußerst hungrigen Colin.

Nach kurzer Überlegung ging Daniel sogar weiter und erklärte Vera – die sich inzwischen sichtlich wohl bei ihm fühlte –, dass es mit Tina »... wirklich nicht sehr einfach ist.«

Was deren Mom mit einem tiefen Seufzen abnickte. Okay, in dieser Hinsicht stimmten sie schon mal überein.

»Ich habe versucht, sie von dem Mist abzubringen, den sie mit sich und ihrem Leben veranstaltet«, fuhr Daniel eher beiläufig fort. Den Mantel hielt er bereits in der Hand und stand an seiner Appartementtür. Dass er zu spät kommen würde, spielte derzeit für ihn nur eine untergeordnete Rolle. Es musste doch irgendeinen Vorteil haben, dass ihm die dämliche Klinik gehörte! »Sie ist zu dünn.«

»Genau!«, rief Colin. Daniel und Vera zuckten zusammen, denn abgesehen von dem gezischelten »*Vera!*« dann und wann, hatte der bisher noch nichts Verwertbares von sich gegeben. Über seinen unerwarteten Ausbruch scheinbar selbst ganz schockiert, widmete er sich sofort wieder seinem Ei.

Mrs. King – nachdem sie ihren eigenen Schreck überwunden hatte – nickte ziemlich enthusiastisch.

»Das sage ich ihr jedes Mal, aber sie weigert sich, anständig zu essen.«

»Ja, ich weiß«, seufzte Daniel. »Diese ständigen Koffeintabletten sind auch nicht sehr gesund.«

»Koffeintabletten?«

Bedeutsam nickte er. »Dazu nimmt sie diese furchtbaren Migränepräparate. Ich kann dir versichern, dass dies auf die Dauer ein böses Ende nehmen wird.«

»Nein!«, hauchte Vera.

»Doch!« In einer Blitzentscheidung fuhr er fort. »Das ist der brutalste Raubbau an der Gesundheit. Nach der Fehlgeburt blieb Tina keinen halben Tag im Bett und …«

»*Fehlgeburt?*«

Diesmal musste Daniel den finsteren Blick nicht einmal spielen. »Ich dachte, sie hätte euch davon erzählt. Tina erwartete ein Kind von mir. Ungeplant, selbstverständlich, sie dachte, die Pille wäre ausreichender Schutz. Aufgrund der jahrelangen Mangelernährung hat sie …« Müde winkte er ab. »Das würde wohl zu weit führen und ich meine Schweigepflicht verletzen. Aber ja, wir sollten ein Kind bekommen und sie verlor es.«

Alles Witzige und Leichte, was die Dame sonst auszeichnete, hatte sich in Luft aufgelöst. Übrig blieb eine entsetzte Mutter, was ihn seinen groben Überfall ein wenig bereuen ließ. »Wann war das?«

»Im Frühling«, erwiderte er verhalten. »Deshalb schätze ich, tauchte sie in diesem Jahr zeitiger bei euch auf. Es war ein tiefer Einschnitt, auch wenn das ganz bestimmt nicht in ihre Pläne gepasst hat.«

»Sie *wollte* immer Kinder! Das habe ich dir erzählt!«

»Damals«, erwiderte Daniel, der längst wieder saß. »Die Zeiten haben sich geändert.«

Energisch schüttelte Vera den Kopf. »Das glaube ich nicht. Und wenn ich darüber nachdenke …« Offenen Mundes blickte sie auf das mit Schnee bedeckte Dach des gegenüberliegenden Appartementhauses. »Sie hat mir nicht davon erzählt«, hauchte sie schließlich und sichtlich betrübt.

Daniel nahm ihre Hand. »Ich könnte mir vorstellen, dass niemand davon erfahren hat«, erwiderte er tröstend. »Worauf ich eigentlich hinauswollte, ist, dass

420

ich beide Tinas kenne, genau wie du. Die heutige und die von damals. Sogar die, als sie frisch ans College kam.« In seiner Erinnerung gefangen, lächelte er flüchtig. »Ich glaube, momentan geht es ihr nicht sehr gut. Doch das würde sie nicht einsehen, so stur und trotzig, wie sie ist. Ich weiß, dass ich zu einem großen Teil die Verantwortung dafür trage. Spätestens seit heute Nacht. Und ich sagte ihr bereits, dass ich alles tun würde, um es zu ändern. Aber sie will nicht, verstehst du?«

»Und nun?«, wisperte Mrs. King. Erst jetzt bemerkten wohl beide, dass sie zwar die halbe Nacht über die Vergangenheit gesprochen, jedoch kein Wort über die *Zukunft* verloren hatten. Damit war Veras Mission noch nicht ganz erfüllt, vermutete er. »Wirst du dich um sie kümmern?«

»Sie würde das nicht wollen!«

»Zunächst nicht!«, widersprach sie sofort. »Aber wenn sie erst einmal in Ruhe darüber nachdenken kann …«

»… wird sie zu dem Schluss gelangen, dass ich mich einmal mehr in ihr Leben eingemischt habe. Und das zerstöre ich ihr laut ihrer eigenen Aussage«, fiel Daniel ein.

»Sie liebt dich.«

»Das ist nicht alles«, entgegnete er bestimmt.

»Dann willst du aufgeben?«

Nach reiflicher Überlegung schüttelte er langsam den Kopf. »Nein! Auch wenn ich nicht sicher bin, wie groß die Chancen stehen, dass es funktioniert. Ich sollte euch darauf vorbereiten, dass sie demnächst mal wieder verdammt wütend auf mich sein wird. Obwohl, das ist ja eher der Dauerzustand.« Letztes sagte er mehr zu sich selbst.

Doch Tinas Mutter war bereits begeistert. »Ich habe es ihr gesagt und ich sage es dir auch, Daniel.« Ihr Blick wurde beschwörend. »Wenn ihr euch liebt, gibt es kein Problem, das nicht bewältigt werden kann. Zwinge sie, dich anzuhören und sie wird zur Vernunft kommen! Ich kenne sie.«

Daniel war wieder zur Tür getreten, er wandte sich um und sein Lächeln war matt. »Ich hoffe, du liegst mit dieser Einschätzung richtig, Vera. Ich hoffe es wirklich.« Er nickte knapp. »Zieht einfach die Tür zu, wenn ihr geht. Es hat mich gefreut, euch kennengelernt zu haben und ich hoffe, dass wir Gelegenheit bekommen, uns wieder zu sehen.« Und damit ging er endlich.

Zumindest die letzten Sätze hatte er nicht ganz ohne Hintergedanken geäußert. Obgleich Vera auf die Dauer ziemlich anstrengend sein konnte, mochte er diese Frau. Und wenn es eine Zukunft mit Tina geben würde, dann auch ein Wiedersehen mit deren Mutter.

Denn dann hatte er in den vergangenen Stunden seine Schwiegereltern kennengelernt. Nun, dass der Abend eine solche Entwicklung nehmen würde, hätte Daniel nicht zu träumen gewagt. Gleichzeitig wusste er jetzt endlich, was zu tun war. Stirnrunzelnd blickte er auf seine Uhr. Bereits eine Stunde zu spät. Egal, zum Arbeiten würde er wohl ohnehin nicht kommen. Ehrlich!

Da lag so ein geniales Leben ganz im Dienste der Menschheit vor ihm und Tina brachte mal wieder *alles* durcheinander! Grinsend stoppte er ein Taxi. Auf eine Fahrt mit der Subway verspürte er plötzlich überhaupt keine Lust.

43. God must hate me

Tinas Flugzeug aus Portland landete gegen acht Uhr abends. Das Taxi benötigte eine ganze Stunde, um sich durch den dichten Verkehr zum Hilton zu wühlen. Gern arbeitete sie nicht in dieser Stadt, denn das brachte sie auf die denkbar falschen Gedanken. Doch Tina hatte sich geschworen, kein weiteres Ausweichen zuzulassen und keiner Herausforderung mehr aus dem Weg zu gehen. Verdrängung war die falsche Taktik, denn sie konnte unmöglich ständig alles meiden, was sie an die Vergangenheit erinnerte. Ihre Entscheidung für ein Leben ohne ihn war sehr bewusst gefallen. *Mit* ihm konnte sie ja nicht leben. Und dank ihrer unerschütterlichen Härte hatte sie daher beschlossen, ab sofort bei jeder sich bietenden Gelegenheit zu demonstrieren, dass es sich genau so verhielt und auch so bleiben würde. Dieser miese Club mochte vielleicht nicht groß genug für sie beide gewesen sein – auf die Stadt traf dies durchaus zu.

Angekommen in ihrem Hotelzimmer, überlegte sie seufzend, ob es nicht besser wäre, den Anruf bei ihrer Mom für heute ausfallen zu lassen. Neuerdings schwiegen sie sich durch das Telefon an. Mit anderen Worten: Vera war sauer. Als Tina im September von ihrem sehr kurzen Trip aus dieser elenden Stadt zurückgekehrt war, hatte es einige äußerst unschöne Szenen gegeben. Dabei konnte sie es ihrer Mutter ja nicht einmal verdenken! Wie sollte die auch verstehen, dass sich die Dinge eben manchmal nicht so einfach klären ließen, wie bei Colin und ihr? Tina wollte ihr immer noch keine Einzelheiten nennen, schon um sich den ganzen Mist nicht selbst ein weiteres Mal vorbeten zu müssen. Das Erleben reichte, danke der Nachfrage! Doch Vera hatte diesmal Ernst gemacht. Egal, was sie versuchte, ihre Mom hatte sich mit keinen halbseidenen, ausweichenden Antworten ruhigstellen lassen. Und als Tina schließlich gegangen war, glich es eher einer Flucht. Eine, die sich im Nachhinein als durchaus positiv erwies. Denn mangels Appartement hatte sie sich nirgendwohin zurückziehen können, um weiter diesen verdammten Grübeleien nachzugehen. Die hatten sie nämlich auch nach dem New York Desaster fest in der Mangel gehalten. Es blieb nur irgendein Hotel. Allein in dem einsamen, unpersönlichen Zimmer, waren Tinas Resümee und ihr daraus folgendes Handeln eher vorgezeichnet ausgefallen. Sie telefonierte mit den netten Damen des Auftragsdienstes, ließ sich ihre nächsten Termine nennen, nahm ein paar zusätzliche an, solche, die seit Längerem in der Warteschleife hingen, und kehrte zurück in ihr altes Leben.

Und nach einer Woche schien es tatsächlich, als hätte es das ›kleine Intermezzo‹, wie Jonathan Grant das Fiasko genannt hatte, nie gegeben. Die Initiative zu ergreifen, erwies sich auch im Nachhinein als die richtige Lösung. Jetzt wusste sie, woran sie war oder eben auch nicht und konnte ruhigen Gewissens eine mögliche Lebensalternative zu Grabe tragen. Da in der Basis nur zwei existiert hatten, schien alles Weitere bereits vorbestimmt. Ende!

An diesem Abend telefonierte sie nicht mit ihrer Mutter. Auch die besaß nämlich die Fähigkeit, sie durcheinanderzubringen. Das betrieb Vera immer dann, wenn sie sich nicht abwimmeln ließ und Tina zwingen wollte – auf welche Art auch immer – ihr Leben zu ändern. Es nervte, verursachte Kopfschmerzen, lenkte von den wichtigen Dingen – ihren Aufträgen – ab und zwang zu Gedankengängen, die sie absolut nicht bemühen wollte! Stattdessen nahm Tina eine kalte Dusche, ging früh zu Bett, griff diesmal – wie bereits seit Wochen – zu einem leichten Beruhigungsmittel und schlief deshalb nach einer Stunde halbwegs ruhig ein.

Am anderen Morgen killte sie die Migräne, die diese verdammten Beruhigungspillen immer verursachten, mit einer Gegenpille und ging ins Bad. Oh, Tina wusste, dass sie beides lassen sollte. Doch es bereitete ihr eine fast diebische Freude, den Mist zu schlucken. In beiden Fällen handelte es sich um eher harmlose Präparate, aber spätestens bei ihren Koffeintabletten, die sich wieder in ihrer Handtasche eingenistet hatten, beging sie ja nun einen groben Verstoß gegen die profschen Regeln. Und das bereitete ihr wahnsinnigen Spaß!

Total unreif, schon klar. Aber Tina hatte beschlossen, auch ihren Gedanken nicht länger aus dem Weg zu gehen, wenn sie sich nicht mehr zurückdrängen ließen. Und in Sachen hirnloser Prof war sie wohl nie ganz erwachsen geworden. Was blieb ihr denn sonst? Also, abgesehen von der naheliegendsten Schlussfolgerung, diesen Wahnsinn einfach kontrolliert auszuleben. Tina schätzte, irgendwann würde es sich von selbst geben. Spätestens der Anblick ihrer geliebten Pfefferminzdragees, die auch wieder von ihrer Tasche beherbergt wurden, lieferten den ultimativen Beweis, dass sie allein Herrin ihrer Existenz war. *Ohne* Einmischung. Und sie fühlte sich verdammt gut dabei!

Relativ beschwingt brachte Tina das allmorgendliche Ritual im Bad hinter sich. Inzwischen hatte sie sich so oft geschminkt, dass sie selbst ihr kunstfertiges, ziemlich aufwendiges Make-up innerhalb von fünf Minuten perfekt zustande brachte. Viel ausufernde Sorgfalt legte sie da auf die Pflege ihrer Haut. Wenn man sein Gesicht an sieben Tagen die Woche derart mit Farbe dopt, führt das irgendwann unweigerlich zu der einen oder anderen Ermüdungserscheinung. Dieser miesen Nebenwirkung begegnete Tina mit Gesichtspackungen und häufigen Besuchen im Schönheitssalon. Eigentlich musste er doch stolz auf sie sein, verdammt! Denn sie verhielt sich genauso, wie er es sie einst gelehrt hatte – als sie noch eine dumme, naive Gans war. Im Grunde lebte sie sogar strikt nach seinen Regeln. Okay, wenn man mal von den Tabletten absah. Trotzdem verstand sie das ganze Drama überhaupt nicht!

Gegen halb acht saß sie am Frühstückstisch und entschied sich heute nur für einen Magerquark – einfach so, weil sie es konnte. In aller Gemütsruhe las sie die Morgenzeitung und machte sich gegen halb neun auf den Weg in die City.

Millers Healthy Institute lag direkt am Central Park. Von der Straße aus konnte man das Gelände nicht einsehen, aber sie vermutete, dass sich hinter dem Gebäude ein weitläufiger Park befand. Privatkliniken dieser Art besaßen im Grunde alle die gleiche Struktur. Natürlich hatte Tina sich zuvor ein wenig über ihren nächsten Auftraggeber kundig gemacht. Die Klinik existierte bereits seit mehr als 75 Jahren. Der Gründer war vor etlichen Jahrzehnten verstorben und hatte zuvor sein Lebenswerk vertrauensvoll in die Hände seines Sohnes gegeben. Deshalb verwunderte Tina nicht sonderlich, als sie von einem deutlich älteren Mann in der Lobby in Empfang genommen wurde, die übrigens eher an ein Hotel erinnerte, als ein Gesundheitsinstitut. Auch der Sohn würde wohl bald über einen Nachfolger nachdenken müssen. Überraschung empfand Tina dennoch, denn sie *kannte* den alternden Junior. Endlich wusste sie auch, was da in ihrem Hinterkopf immer so unangenehm angeklopft hatte. Ihr Lächeln fiel trotzdem professionell aus.

»Professor Miller?«

»Höchstpersönlich!« Miller war ein Mann um die siebzig, mit ergrautem Haar, einem recht faltigen Gesicht, aber wachen blauen Augen. Derweil sie noch mit sich haderte, ob sie ihn aufklären sollte, wurde ihr die Entscheidung bereits abgenommen. »Miss Hunt! Ich freue mich, Sie zu sehen! Vielleicht wissen Sie es nicht mehr, ich behandelte seinerzeit Ihre Schienbeinfraktur ...« Vertrauensvoll legte er eine väterliche Hand auf ihren Rücken. »Hier entlang!«

Während die beiden zu den Aufzügen gingen, musterte Tina ihn von der Seite. »Ich hätte nicht gedacht, dass Sie sich daran erinnern können.«

Millers Lächeln wirkte verschmitzt. »Damals half ich des Öfteren in Ithaka aus, wenn dort wieder einmal Personalmangel herrschte. Doch Sie waren einer der wenigen Fälle, die ausschließlich ich betreute. So etwas vergisst man nicht.«

Gemeinsam traten sie in den Aufzug und Miller tippte die 20.

»Die Geschäfte laufen nicht sehr gut?«

Bedauernd schüttelte er den Kopf. »Nein. Die Zeiten sind nicht besonders rosig, auch nicht für Privatkliniken. Deshalb haben wir Sie engagiert. Und ich hoffe, Sie können mit einigen guten Lösungsvorschlägen aufwarten.«

Tina lächelte. »Davon bin ich sogar überzeugt.«

Kurz darauf betraten sie ein geschmackvoll eingerichtetes Büro, in dem ihnen eine hübsche, zunächst durchaus sympathische Frau mittleren Alters entgegen lächelte. »Das ist Mrs. Hawkins«, erklärte Miller. »Sie ist für die Verwaltung verantwortlich.«

»Freut mich, Sie kennenzulernen, Miss Hunt.«

Das warme Lächeln erwiderte Tina eher zurückhaltend. Bei solchen Anwandlungen musste man immer vorsichtig sein. Besonders, wenn sie von Frauen stammten, die garantiert meinten, in Wahrheit gehöre ihnen der Laden. Nicht selten stellte sich die vermeintliche Freundlichkeit sehr bald als miese Fassade heraus. Keine Frau duldete Konkurrenz in unmittelbarer Nähe. Auch dann nicht, wenn in Wahrheit überhaupt keine Rivalität vorlag. Doch Miller führte sie in den hinteren Raum, der sich als das eigentliche Büro entpuppte. Keine fünf Minuten später saßen beide an dem großen Schreibtisch, Miller dahinter, Tina davor. Und der Professor zeigte ihr, wie die Klinik es bisher in Sachen Vermarktung gehalten hatte.

Nach drei Stunden war Tina umfassend im Bilde. Sie lehnte sich zurück und betrachtete sinnierend die Unterlagen, die Miller ihr vorgelegt hatte.

»Ich denke, das Konzept an sich ist nicht schlecht. Aber die Ausführung unterscheidet sich zu wenig von der Konkurrenz. Es prägt sich nicht ein, wissen Sie, was ich meine?« Sie sah auf und nahm Millers zögerndes Nicken in Empfang.

Natürlich verstand er überhaupt nichts. Routiniert versuchte sie es auf andere Art.

»Drücken wir es so aus: Angenommen, ich entscheide mich, einen Eingriff an mir vornehmen zu lassen und suche nach einer geeigneten Klinik. Nach welchen Kriterien gehe ich bei dem Auswahlverfahren vor?«

Miller überlegte. »Das Preis/Leistungsverhältnis, die Nachsorge, mit Sicherheit Vertrauen, denke ich. Die Leute haben eine natürliche Aversion dagegen, an sich herumschneiden zu lassen. Auch wenn sie die im Dienste der Schönheit öfters erfolgreich überwinden.«

Tina lächelte. »Richtig! Ich schätze, bei der Vertrauensfrage fallen ungefähr zehn Prozent wegen Untragbarkeit heraus. Der Rest bleibt im Rennen. Und jetzt wird es kompliziert. Der Mensch ist äußerst visuell eingestellt. Die Frage ist, warum sollte er *Sie* wählen? Was ist der kleine, aber bedeutende Unterschied, der ihm diese Entscheidung leicht macht? Bestenfalls fällt er ihm nicht einmal auf, sondern bleibt eine Gefühlssache. Sie befinden sich bereits im obersten Level, was Ihren Standard betrifft, da können wir nichts verbessern. Also müssen wir die Leute auf andere Art davon überzeugen, dass Sie die richtige und vor allem *einzige* Wahl sind.«

Tina war ganz in ihrem Element. Hier handelte es sich um einen der wirklichen simplen Fälle. Viel konnte sie nicht tun, ein bisschen hier und dort verändern, doch die privaten Gesundheitsinstitute unterlagen nun einmal immer den allgemeinen Konjunkturschwankungen. Niemand *musste* sich unbedingt das Fett absaugen lassen. Sie mochte diesen Miller. Dessen Blick war nämlich nach wie vor sehr freundlich und höflich, ohne die geringste Anzüglichkeit. Das hing garantiert nicht mit dem Alter zusammen. In den vergangenen Jahren hatte Tina die leidvolle Erfahrung machen müssen, dass die Herren der Schöpfung immer schlimmer wurden, je mehr Jahre sie auf dem Buckel trugen. Miller bildete eine angenehme Ausnahme. Diese Mrs. Hawkins – Maggie, wie sie bat, genannt zu werden – übrigens auch. Denn die versorgte sie von Zeit zu Zeit mit frischem Kaffee und das warme Lächeln hatte noch kein einziges Mal Risse bekommen. Im Gegenteil, die Frau schien von Tina begeistert. Wann immer sie den Raum betrat, blieb sie ein wenig länger, lauschte ihren Ausführungen, nickte zustimmend und mit wachsender Begeisterung. Manchmal kam auch ein:

»Hab ich ja schon immer gesagt!«

Oder ein:

»Darauf hätten wir ja auch allein kommen können! Ich glaube, wir sind wirklich unfähig!«

Tina begann ernsthaft in Erwägung zu ziehen, hier so gut und vor allem preisgünstig wie möglich zu helfen.

Außerdem schuldete sie Miller, soweit sie sich erinnerte, die Behandlung eines Beinbruchs. Denn sie konnte sich nicht daran entsinnen, jemals ihre Krankenkasse informiert zu haben oder um derartige Daten gebeten worden zu sein. Was sie damals durchaus dankbar zur Kenntnis genommen hatte, somit war nämlich der kleine Unfall ihren Eltern verborgen geblieben. Irgendwie hatte Tina überhaupt nicht mit der grausigen Vorstellung leben können, Vera wochenlang in ihrem Appartement zu haben, die sie langsam in den Wahnsinn nervte. Schon, weil der grünäugige Dämon ...

Unwirsch runzelte Tina die Stirn und widmete sich noch konzentrierter ihrer Arbeit. Vielleicht sollte sie die Angelegenheit hier unter einem angenehmen Ausflug verbuchen und diesem netten Professor Miller nichts in Rechnung stellen. Eine kleine Kampagne wäre möglicherweise auch nicht schlecht. Nichts Großartiges, nur so ein kleiner Aufrüttler hier und dort. Die Arbeit machte ihr Spaß. Mehr als sonst, weil sie sich ehrlich wohlfühlte und nicht meinte, sich ständig beweisen zu müssen. Dass sie wusste, was sie tat und sagte, stellte hier niemand infrage. Alles hing an ihren Lippen und nahm jeden noch so beiläufigen Hinweis dankbar auf.

Irgendwann entschuldigte Miller sich mit bedauerndem Blick. »Ich muss mich ein wenig um den Erhalt der Klinik kümmern. Wenn Sie etwas benötigen, Maggie ist augenblicklich zur Stelle. Ich hoffe, es macht Ihnen nichts aus?«

Tina blickte von ihrem Laptop auf. »Keineswegs, Professor.«

Der alte Mann lächelte noch einmal äußerst warm und verließ den Raum. Und Tina blieb mit sich und einer Internetseite allein, die dringend einiger Veränderungen bedurfte.

Irgendwann erschien Maggie und brachte ihr den nächsten Kaffee. »Wollen Sie zur Abwechslung etwas anderes? Ein Wasser? Cola? Ich weiß nicht, bei mir schlägt zu viel Kaffee immer auf den Magen.«

Abermals sah Tina auf. »Ein Wasser wäre nett.«

Schon antwortete das nächste warme Lächeln. »Und was darf ich Ihnen zum Lunch bringen? Keine Panik«, wisperte sie hinter vorgehaltener Hand. »Der Krankenhausfraß ist halb so grauenhaft wie in den Kassentempeln. Hier müssen die Patienten bedeutend mehr dafür berappen.«

Wieder lächelte Tina. »Danke, aber ich möchte nichts. Ich habe bereits gegessen.«

Das brachte ihr das erste Stirnrunzeln der warmherzigen Maggie ein, und Tina stöhnte innerlich. Nein, *bitte nicht!*

Oh, doch!

»Also, ich finde, Sie sollten wirklich essen!« Das kam streng, und Tina bemühte innerlich seufzend ihre erhobene Augenbraue.

»Ich werde essen, wenn meine Arbeit hier für heute erledigt ist. Und ich wäre Ihnen sehr dankbar, wenn Sie meine Entscheidung respektieren.«

Das hatte gesessen!

Maggie ging mit einem knappen Nicken, auch wenn der warme Blick nicht ganz verschwand. Heimlich atmete Tina auf. Sie wollte die nette Frau wirklich nicht verärgern. Doch wenn sie während der Arbeitszeit aß, ließ ihre Leistungsfähigkeit augenblicklich nach. Daher ließ sie bereits seit Jahren den Lunch ausfallen. Wurde der Hunger tatsächlich unerträglich, behalf sie sich mit …

Ohne den Blick vom Laptop zu nehmen, fingerte sie in ihrer Tasche nach einer Packung der legendären Pfefferminzbonbons. Nebenbei schraubte sie die Wasserflasche auf, die Maggie ihr zwischenzeitlich gebracht hatte, nahm einen großen Schluck und schob die ›Bonbons‹ hinterher.

»Du *willst* das wohl nicht kapieren!«

Tina zuckte zusammen und schloss langsam die Augen. Verdammt!

44. Hit the floor

Na ja, großartig überrascht war sie nicht. Wie weit war es von Miller über Jonathan zu diesem Idioten? Nun, offenbar ein Katzensprung. Und warum hatte sie das denn nicht früher gerochen? Verdammt! Von Anfang an hatte ihr etwas gewispert, diesen Auftrag nicht anzunehmen. Obwohl sie nicht genau hatte benennen können, weshalb eigentlich. Doch spätestens die hiesige Atmosphäre war doch aussagekräftig genug! *Freundlich* und *warm*!

Innerhalb der vergangenen Jahre hatte Tina etliche Aufträge erledigt, aber so war sie bisher nie empfangen worden. Warum war sie so blind und naiv in die Falle getappt, dass es geradezu peinlich war? Ohne sich die Mühe zu machen, ihn anzusehen, räusperte sie sich.

»Was soll der Scheiß?«

»Keine Ahnung, wovon du sprichst.«

Langsam nickte sie, den Blick noch immer auf dem Bildschirm. Sicher. »Meinst du, das bringt irgendetwas?«

Er machte keine Anstalten, näherzutreten. »Die Klinik hat einige Schwierigkeiten und Maggie meinte, du bist die Beste. Das kann ich nicht beurteilen, also vertraute ich wie immer ihrem Urteil.«

»*Du* …« Inzwischen verspürte Tina leichte Übelkeit aufkeimen.

»Ja«, bestätigt er lakonisch. »Ich übernahm die Klinik bereits vor einigen Jahren, Miller befindet sich im Ruhestand. Allerdings muss ich sagen, dass du mich enttäuschst. Das hättest du im Grunde selbst herausfinden müssen.«

»Da gebe ich dir recht, das war eine ganz miese Recherche. Sonst bin ich besser.« Verbissen starrte Tina auf ihren Laptop.

»Wie ich hörte, hast du einige Vorschläge zu unterbreiten«, fuhr er fort. »Miller meinte, ich sollte mit dir die finanziellen Aspekte besprechen. Deshalb bin ich hier.«

»Du kannst gehen, ich stelle nichts davon in Rechnung.«

»Nein, ich möchte dich bezahlen. So, wie alle anderen deiner … äh … Kunden auch.«

»Ich verzichte.«

»Ich nicht.«

»Dein Pech.«

»Sehe ich anders. Ich habe dich beauftragt, du nahmst an. Dir wurde nichts vorenthalten, nun gut, abgesehen davon, dass ich Eigentümer der gesamten Chose bin, was aber genau genommen nebensächlich ist. Ich schätze, du solltest erleichtert sein. Also, rein visuell gesehen …«

»Wovon sprichst du?« Nein, sie würde nicht aufsehen, denn genau das versuchte er mit seinem widerlichen Gefasel zu erreichen, der kleine Aufschneider.

»Ich nehme selbstverständlich das Gesamtpaket, was dachtest du denn? Bei den astronomischen Summen, die du aufrufst, dachte ich, das wäre pro forma enthalten. Also, heute Abend, mein Appartement? Ach so, eins noch: Dieser fette Kerl neulich ging doch nach ein paar Stunden. Wie sieht das aus, ist die Dauer vielleicht verhandelbar? Ich hätte schon gern eine ganze Nacht.«

Verdammt! Scheißegal, dann hatte er sie eben! »Halt die Schnauze, Grant!«, zischte Tina und starrte ihn wütend an.

Mit verschränkten Armen lehnte er am Rahmen der geschlossenen Tür. Attraktiv wie eh und je, trug er keinen hässlichen Arztkittel, sondern Jeans und Hemd. Die Wangen waren glatt rasiert – der erste Minuspunkt, mit Dreitagebart sah er besser aus. Wie immer eben, weit von jeder Perfektion entfernt, und selbstverständlich musterte er sie absolut ahnungslos.

»Was ist dein Problem, Hunt?«

Trocken lachte sie auf. »Das ist einfach. *Du!*«

Gleichmütig zuckte Daniel mit den Schultern. »Damit kann ich zwar leben, aber du enttäuschst mich schon wieder. Ich glaube, du hast Schwierigkeiten, die Dinge voneinander zu trennen, Tina, was nicht sehr professionell ist, wenn ich das mal anmerken darf. Momentan bin ich dein Auftraggeber und du hast mich mit Respekt zu behandeln. Schließlich bezahle ich dich für deine Arbeit.«

»Ich kündige!«, erwiderte sie wie aus der Pistole geschossen.

»Oh! Wenn das so ist.« Stirnrunzelnd dachte Daniel nach. »Soweit ich das beurteilen kann, haben da draußen keine Naturkatastrophen stattgefunden, andere höhere Gewalten konnte ich auch nicht ausmachen – zumal du dich ja bereits hier befindest. Was bedeutet, du bist mir eine kleine Vertragsstrafe schuldig. Moment, ich lasse nur mal schnell das Pamphlet von Maggie heraussuchen.«

»Kannst du stecken lassen!« Noch immer zischte sie, und das, wo sie sehr genau wusste, wie unprofessionell sie sich verhielt. Er lag nämlich keineswegs falsch, was Tina noch mehr wurmte. Im Grunde handelte es sich wirklich nur um einen Auftrag, wie alle anderen auch. Und leicht verdientes Geld noch dazu. Doch es fiel ihr so unvorstellbar schwer, die Fassade zu wahren. Nie zuvor hatte Tina während der Arbeit derart um ihre Beherrschung kämpfen müssen. Je länger sie seine ruhige, arrogante Miene betrachtete, desto unwiderstehlicher wurde ihr

Wunsch, ihm die verdammten grünen Augen auszukratzen. Langsam setzte sich jedoch ihre Vernunft durch, wenn es auch ein äußerst mühseliger Prozess war. Offensichtlich war sie also von ihm hierher gelockt worden. Mit welchem Plan auch immer – woher sollte sie das wissen? Die total sinnfreien Handlungen irrer Dämonen zu durchschauen, gehörte nicht zu ihrem Handwerk. Natürlich wollte er sie provozieren, das war ja wohl nichts Neues. Aber was, wenn sie sich nicht darauf einlassen würde? Was, wenn sie sein mieses Spiel einfach nicht mitspielte? Dann musste er irgendwann zwangsläufig aufgeben, sie würde als Siegerin hervorgehen und wenigstens ihren Stolz retten.

Demnach lag es ausschließlich an ihr. Mit einem tiefen Luftholen schloss sie die Lider, nahm sich alle Zeit der Welt, auszuatmen und erneut einzuatmen, dabei konzentrierte sie sich mit aller Macht, derer sie fähig war. Was interessierte sie, wie der Typ von ihr dachte?

Reiß dich zusammen, Tina!

Auch diesmal funktionierte es wieder. Nach einigen Sekunden gelang es ihr tatsächlich, ihn nüchtern anzusehen. »Ich denke, ich muss Ihnen beipflichten, Dr. Grant. Auch wenn die Übergänge von privat und geschäftlich in diesem Falle fließend sind, haben Sie durchaus das Recht, von mir professionelle Arbeit zu erwarten. Mein Honorar fällt mit Sicherheit nicht gering aus, doch ich habe die Absicht, Sie von dessen Angemessenheit zu überzeugen. Ich weise Sie jedoch vorsorglich darauf hin, dass sich meine Dienste ausschließlich auf meine Tätigkeit innerhalb dieser vier Wände beschränken. Solange es Angelegenheiten Ihr Institut betreffend sind, bin ich zu jedem verbalen Austausch gern bereit. Allerdings muss ich darauf bestehen, dass Sie sich mit jeder persönlichen Bemerkung zurückhalten. Sollten Sie sich nicht an meine Bedingungen halten, sehe ich mich leider gezwungen, diesen Auftrag aufgrund unüberbrückbarer persönlicher Differenzen abzulehnen. Darf ich mit Ihrer umfassenden Kooperation rechnen?«

Daniel fand, für die Frechheit, die er ihr gleich am Anfang geboten hatte, fiel ihre Reaktion erstaunlich zahm aus. Die Beleidigung war so nicht geplant gewesen, leider hatte ihm der Anblick dieser verdammten Pfefferminzdinger einen Strich durch die Rechnung gemacht. Allerdings wirkte sie nicht dünner, offensichtlich kannte Tina sich aus und wusste zu verhindern, dass es zum Äußersten kam. Doch die Pfunde, die sie nach ihrem ersten Wiedersehen verloren hatte, fehlten nach wie vor.

Was Daniel ihrer Mutter nicht so genau auseinandergenommen hatte, war, dass Tina sich überhaupt nicht zu wundern brauchte, wenn ihre Periode hin und wieder einfach ausblieb. Dieses Phänomen beobachtete man auch bei Ballerina, Modells und Extremsportlerinnen. Der weibliche Körper benötigt Fett und jede Menge Nährstoffe, damit er ein Baby mit offenen Armen einlädt, in ihm groß zu werden. Mit so einem klapperdürren Gestell kann die Natur nichts anfangen und stempelt es kurzerhand als Kind ab. Aber Daniel schätzte, das kam Tina gerade recht, denn egal, was Vera sagte, er konnte sich nicht vorstellen, dass deren Tochter große Schwierigkeiten mit dem Verlust dieses Babys gehabt hatte. Obwohl bereits dessen vorübergehendes Vorhandensein ja einem glatten Glücksgriff geglichen hatte. Den Jackpot im Lotto zu knacken, besaß ungefähr die gleiche Wahrscheinlichkeit bei den miesen Voraussetzungen. Anscheinend passten Tina und er genetisch hervorragend zusammen – wie fein! Interessiert betrachtete er ihre ruhige, scheinbar beherrschte Miene, die sie längst wieder zur Schau trug. Was vielleicht sogar als Teilerfolg zu werten war, denn zumindest machte sie keine Anstalten, augenblicklich entrüstet den Raum und kurz darauf das Gebäude zu verlassen. Eilig hatte er es nicht, denn für den heutigen Tag – auch die folgenden – hatte er sich freigenommen.

Und so lächelte Daniel sanft. »Selbstverständlich können Sie, Miss Hunt.«

Mit raschen Schritten durchquerte er den Raum und setzte sich in seinen Sessel, in dem kurz zuvor noch der Professor Platz genommen hatte. »Wie ich hörte, gibt es so Einiges, was Sie als verbesserungswürdig betrachten. Macht es Ihnen etwas aus, auch mich über die Ergebnisse ihrer Bestandsaufnahme umfassend aufzuklären?« Sein Kinn ruhte in einer Hand, den Arm hatte er aufgestützt.

»Keineswegs.« Sie schob den Laptop zu ihm herum. »Ich glaube, zu allererst sollten wir uns auf einige Änderungen bei Ihrem Internetauftritt verständigen. Ich habe bereits Etliches vorgenommen. Hier … und hier …«

Eine Stunde später bemerkte Daniel leicht entnervt, dass es ihm ja nun völlig abging, sich mit dem Marketing dieser Klinik zu beschäftigen. Die anfängliche Freude, Tina überhaupt bei sich zu haben, hatte eine Zeit lang seine wachsende Langeweile überflügelt, doch inzwischen war er den Anblick vor seinem Schreibtisch gewöhnt. Jetzt hätte er die Angelegenheit gern ein wenig intensiviert und sie endlich von diesem öden Thema abgebracht. Außerdem handelte es sich derzeit bei seinem Besucher sowieso nicht um Tina. Vor ihm saß eine hochkonzentrierte Frau mit ernstem Blick, die ständig versuchte, ihm zu erklären, warum sie dies und das für besonders wichtig hielt. Obwohl ihn das in Wahrheit einen Scheißdreck interessierte. Er war Arzt und kein Werbechef. Und er war nicht hier, um sich das Gewäsch anzuhören, sondern weil er sie irgendwie dazu bringen wollte, den Rest des Lebens mit ihm zu verbringen und dreitausend süße Kinderchen zu fabrizieren. *Ohne* dabei fett zu werden.

Ob ihr seine mangelnde Aufmerksamkeit auffiel, wusste er nicht, aber er schätzte, dass das eher nicht zutraf, denn diese Frau schwafelte und schwafelte, ohne kaum jemals Luft zu holen. Die Werbung war wohl tatsächlich ihr Steckenpferd. Kein Problem – aber konnte sie ihre Besessenheit bitte zu einem anderen Zeitpunkt ausleben? In der folgenden Viertelstunde blendete er den Inhalt ihres Endlosgelabers einfach aus und betrachtete sie ausgiebig. Vorteil: So versunken in ihrer Aufgabe glänzten ihre Augen und die Wangen färbten sich ein wenig. Das konnte man trotz des Make-ups sehen. Und die Lippen … Themenwechsel. Aufmerksam betrachtete er die schmalen Hände, mit denen sie ohne Unterlass gestikulierte, die perfekt manikürten Fingernägel und die schmalen Handgelenke. Natürlich trug sie einen Body – erkennbar daran, wie straff der auch noch nach Stunden saß. Womit er übrigens einen vielversprechenden Ausblick darauf ermöglichte, was sich darunter befand. Nur das Herankommen würde sich etwas schwierig gestalten, weshalb Daniel dieser Art von Bekleidung nicht unbedingt viel abgewinnen konnte.

»Warum trägst du eigentlich ständig diese Bodydinger?«

Sie blinzelte verwirrt. »Bitte?«

»Diese Bodys!«, wiederholte Daniel ungeduldig und musterte sie interessiert. »Warum trägst du die? Ich sehe dich immer nur damit. Mal ist ja ganz süß, aber ständig?«

»*Dr. Grant!*« Sie betonte seinen Namen, als hätte sie soeben ein besonders boshaftes Schimpfwort ausgesprochen. »Ich denke, meine Kleidung ist für das Gelingen unserer Zusammenarbeit absolut irrelevant und ich verbitte mir …«

Entnervt verzog er das Gesicht. »Lass den Scheiß endlich!«

»Nein!«

Na wenigstens antwortete sie normal. Eine Verbesserung, urteilte Daniel rasch, und bevor sie reagieren konnte, schnellte seine Hand über den Tisch und schloss den Laptop. »Feierabend!«

Verwirrt blickte sie auf die Uhr. »Es ist nicht mal fünf! Wir können gut und gern noch …«

»Nein, können wir nicht!«

Prompt gingen ihre Augenbrauen in die Höhe. »Ach nein? Und warum nicht?«

»Ganz einfach. Du hast nichts gegessen, abgesehen von deinen geliebten Atemerfrischern. Und deshalb erkläre ich dir jetzt als Arzt, dass dringend eine Nahrungsaufnahme angezeigt ist. Wie auch immer geartet, mit Ausnahme von den nächsten zwei Atemerfrischern.«

»Und ich sage dir zum wiederholten Male, dass es dich einen Scheißdreck angeht, ob, wann und *was* ich zu mir nehme!«, verkündete sie verdrossen.

»Sehe ich anders.«

»Ist nicht mein Problem!«

»Stimmt. Aber ich werde es zu einem machen!«

Sie lehnte sich zurück und musterte ihn bissig. »Versuch es! Ich kann dir versichern, dass du grandios scheitern wirst.«

»Auch dem muss ich widersprechen«, grinste Daniel. »Aber ich gehe davon aus, dass du dir so was in der Art bereits dachtest.«

Abschätzend betrachtete sie ihn und schüttelte den Kopf. »Wie kann ein einzelner Mensch nur so verdammt arrogant sein?«

»Jahrelange Übung schätze ich.« In Wahrheit hätte er nicht gedacht, dass sie sich überhaupt auf diese Art von Gespräch einlassen würde.

Schließlich waren die Regularien zu Beginn dieses Theaters eindeutig festgesteckt worden. Doch dann seufzte er – zu früh gefreut. Denn Tina schien ihr unverzeihlicher Fehler auch gerade aufgegangen zu sein. Jetzt musterte sie ihn nämlich lauernd, bevor sie sich räusperte. »Das ist gegen die Regeln!«

»Pardon?«

»*Dr. Grant!*« Das kam wieder mit dieser beleidigenden Betonung. »Wir haben eine Vereinbarung, und ich bin nicht gewillt, weiterhin Ihre manipulativen Versuche zu dulden, deren Bedingungen zu unterwandern. Entweder, Sie halten sich zukünftig an unser Abkommen, oder ich sehe mich leider gezwungen, unsere Zusammenarbeit an dieser Stelle zu beenden!«

»Fällt dir eigentlich auf, dass du dich mit diesem albernen Gehabe zum Kleinkind degradierst?«

Das ignorierte sie doch glatt, stattdessen musterte sie ihn für einen langen, eindringlichen – aber kühlen – Moment, und als Nächstes begann Tina tatsächlich, ihre Sachen zusammenzupacken. Während Daniel hoffte, sie würde ihn durch irgendeinen Geistesblitz doch noch davon abhalten, zum Äußersten gehen zu müssen, wünschte er sich gleichzeitig, dass sie die alberne Nummer durchzog und ihn somit zum Handeln zwang. Denn er war dieses gesamte Theater inzwischen gründlich leid. Als sie sich kurz darauf erhob, stand Daniel im gleichen Moment, trat um den Schreibtisch und packte ihr Handgelenk.

»Nein!«

434

»Lassen Sie mich los!«, donnerte sie.

»Erst, wenn du mir die eine oder andere dringende Frage beantwortet hast.«

»Ach?«, schnaubte sie. »Und welche wären das?«

»Warum warst du neulich hier?«

»Das sagte ich dir bereits.« Wenigstens ließ sie endlich das dämliche Gesieze.

»Es war gelogen«, bemerkte er nüchtern.

»Und woher weißt du das?«

»Intuition … Kombinationsgabe …«

Verächtlich verzog sie das Gesicht. »Vergiss es! Jonathan hat mich verpfiffen!«

»Das auch«, räumte Daniel ein.

»Schön! Ich habe mich geirrt, reicht das?«

»Nein!«

Stöhnend kaute sie auf ihrer Unterlippe herum, eine Geste, die Daniel seit Ewigkeiten nicht an ihr gesehen hatte und die gewisse warme Insekten in seinem Unterbauch aufweckte.

»Warum kannst du nicht einfach akzeptieren, dass ich eine Entscheidung getroffen habe?«, erkundigte sie sich schließlich.

»Weil du sie aufgrund von Faktoren getroffen hast, die nicht zutreffen«, erwiderte er. »Das ist nicht fair!«

»Ach, ist das so?« Offenbar war sie anderer Meinung. »Ich habe keine Ahnung, woher du die verdammte Frechheit nimmst, *mir* zu erklären, was *ich* denke. Aber du irrst dich, Grant! Nein, ich weiß nicht genau, was du mit den beiden Mädchen an diesem Abend geplant hattest. Deshalb habe ich trotzdem gesehen, was ich sehen musste, um zu wissen, dass …«

»Was?«

»*Dass* wir beide nun einmal zu verschieden sind, um miteinander auskommen zu können.«

Fassungslos starrte Daniel sie an, für einen atemlosen Moment fehlten ihm glatt die Worte. Dann warf er lachend den Kopf zurück. »Ehrlich, du faszinierst mich immer wieder. Besonders der Bullshit, den du so von dir gibst.« Er wurde ernst. »Ich sagte es dir an jenem Abend und ich wiederhole mich gern noch einmal. Du bist keinen Deut besser als ich, und bevor du widersprichst, vergiss bitte eines nicht: Auch ich *sah dich*, Baby. Wären an diesem Abend in Houston drei Männer in deine seltsame engere Wahl gekommen, hättest du mit allen dreien gleichzeitig gevögelt. Darauf würde ich meinen Hintern verwetten. Und weißt du, was neben der Tatsache, dass ich es tatsächlich gelassen habe, einen weiteren ziemlich bedeutsamen Unterschied zwischen uns beiden ausmacht?«

Selbstverständlich erfolgte keine Antwort, sie bemühte nur ihren angewiderten Gesichtsausdruck, was Daniel noch wütender machte. Inzwischen waren sich ihre Gesichter sehr nah und er klang ziemlich dunkel.

»Du *wolltest* es nicht! Mit keinem dieser Männer wolltest du wirklich gehen. Trotzdem hast du sie auf eine Art provoziert, wie ich es selten gesehen habe, und ich habe bereits eine ganze Menge gesehen. Ich schätze, sie sollten deine miese Meinung nur bestätigen, und wärst du dabei draufgegangen, hättest du es grinsend in Kauf genommen. Einfach so, nur, um Recht zu behalten.«

Spöttisch lachte sie auf, doch Daniel ließ sich nicht beirren. »Genau so war es auch bei mir, oder? In Wahrheit hatte ich nie eine Chance, und du bist nur in die Stadt gekommen, um deine abfälligen Vorbehalte über mich zu bestätigen. Hättest du mich nicht im Club gefunden, sondern fröhlich vor dem Fernseher beim einsamen Bier, hättest du dich von mir abgewandt, weil ich zum Couch-Potato verkommen bin. Gib es doch wenigstens zu! Du brauchtest deine gottverdammte Rechtfertigung, und genau nach der hattest du an diesem Abend gesucht! Der ewige Märtyrer, richtig Tina?«

»Du gibst nur geballte Scheiße von dir, ist dir das schon mal aufgefallen?«, erwiderte sie mit starren Kiefern.

»Kann ich nicht glauben, denn die ist das Ergebnis verdammt angestrengter Grübeleien.« Er trat einen Schritt zurück und spürte nebenbei, wie sich die vordringlichste Wut ein wenig legte. »Vielleicht habe ich mich verrannt, diese Möglichkeit räume ich durchaus ein. Wenn es anders war, erkläre mir, weshalb du dich auf den weiten Weg nach New York gemacht hast, und dann nicht einmal mit mir *gesprochen hast!*«

»Woher weißt du, dass ein weiter Weg hinter mir lag?« Ihr Mund verzog sich zu dem verhassten spöttischen Lächeln. »Wäre ja durchaus möglich, dass ich gerade in der Nähe und die Gelegenheit daher günstig war.«

»Auch richtig.« Daniel nickte, wenn auch mit Mühe, denn so langsam ließ mal wieder seine garantiert nicht grenzenlose Geduld zu wünschen übrig. »Aber im Grunde ist es egal, woher du *kamst,* denn das ist nicht der springende Punkt. Wie viel hat es dich gekostet, mich zu *finden?* Niemand wusste, dass ich in diesem Club war. Wie lange bist du durch die Stadt geirrt, bevor du mich endlich bei dem *erwischt hast,* was du so dringend sehen wolltest? Was soll der ganze Scheiß eigentlich, Tina?«

»Ich will gehen«, erwiderte sie, plötzlich wieder kühl.

»Vergiss es!«

»Ach, wird das jetzt die nächste Kidnappingeinlage?«, erkundigte sie sich, abrupt heiter – ehrlich, die Frau musste doch mehrere Persönlichkeiten besitzen!

»Ich muss dich enttäuschen, denn ich werde mich nicht noch einmal von dir wie ein Verbrecher abführen lassen. Ach nein, nicht Verbrecher, sondern eher Geistesgestörte, ich vermute, das ist die korrekte Bezeichnung. Ich werde zur Not das halbe Haus zusammenbrüllen. Auch *du* wirst endlich einsehen müssen, dass du mir nun einmal deinen Willen nicht aufzwingen …«

Soeben machte Daniel die Erfahrung, dass Tina ihn auch mit ihrem endlosen Geschwafel langweilen konnte, wenn es sich dabei *nicht* um irgendeine Art von Marketingkram handelte. Reine Zeitverschwendung. Was geschehen würde, hatte bereits festgestanden, als sie heute Morgen das Gebäude betrat. Und er verspürte keine Lust, es länger aufzuschieben, nur um sich diesen Blödsinn weiterhin reinzuziehen.

Grinsend packte er auch ihr zweites Handgelenk. »Komm mit!«

»Wohin?«

»Überraschung!«

»Nein!« Heftig versuchte sie, sich aus seinem Griff zu befreien und Daniel lernte in den folgenden Minuten, dass es manchmal durchaus von Vorteil sein konnte, es mit der ewig kühlen und gelangweilten Tina zu tun zu haben. Die wurde nämlich nicht hysterisch. Die ewig Kühle und Gelangweilte glänzte derzeit durch Abwesenheit – die Echte befand sich im Raum. Und die wurde sogar augenblicklich hysterisch, brüllte wie am Spieß, trat nach ihm und versuchte, auf ihn einzuprügeln. Auch *damit* hatte Daniel im Vorfeld kalkuliert, trotzdem bekam er ernsthafte Bedenken, seine Pläne in die Tat umzusetzen. Zum einen, weil sie tatsächlich den gesamten Flur zusammenschrie, als er sie zu den Aufzügen bugsierte. Und auch wenn diese Etage der Verwaltung und Lagerung vorbehalten war, hätte er gern auf diese Erfahrung verzichtet. Außerdem begann er nicht mehr zu hoffen, sondern inzwischen zu *beten*, dass Vera ihre Tochter wirklich kannte. Denn wenn nicht, würde er diesmal ehrlich erledigt sein. Doch es war zu spät, sich lange mit diesen eher düsteren Gedanken auseinanderzusetzen – ein Zurück war längst nicht mehr möglich. Und so verfrachtete Daniel sie in einen glücklicherweise leeren Aufzug, fuhr mit ihr hinab in die Tiefgarage, registrierte mit wachsender Dankbarkeit, dass sich auch hier derzeit niemand befand, und stopfte sie in seinen Wagen. Kurz darauf fuhr er mit quietschenden Reifen davon.

Nebenbei betete er bereits wieder. Diesmal, dass sich die New Yorker Cops ausschließlich mit dem Mord und Totschlag beschäftigten, der in dieser Stadt dauerhaft beheimatetet war. So würde ihnen nämlich keine Zeit bleiben, genauer hinzusehen, was in den Autos so vor sich ging, die sich wegen der ewigen Rushhour nur in Zeitlupentempo fortbewegten. Bereits zuvor hatte er die kürzeste Route aus der Stadt ermittelt und nicht zufällig war es mittlerweile dunkel, denn das erschwerte die Sicht ins Wageninnere. Tina ließ diesmal nichts anbrennen. Wenn sie mal nicht wie eine Irre an der Tür rüttelte, giftete sie ihn an. Anfänglich schlug sie auch nach ihm, doch als er das Gaspedal durchtrat, beschränkte sie sich auf Brüllen und Rütteln.

»Du bist der dämlichste Idiot aller Zeiten, ist dir das schon mal aufgefallen? Irgendwie hast du den Schuss nicht gehört! Wie kommst du eigentlich auf die geniale Idee, mich ständig wer weiß wohin zu verschleppen? Geht's dir nicht gut? Ich will hier raus, kapiert? Lass mich sofort aussteigen!«

Einmal Luft holen und an der Tür rütteln, dann war sie bereit für die zweite Runde und ließ mit ihrer Stimme wieder den Wagen erzittern.

»Hast du es immer noch nicht verstanden? *Ich hasse dich!* Ich habe keine Lust mehr, in deine dämliche Visage zu sehen! Irgendwann musst selbst du das begreifen, so schwer ist das nicht! Versuche einfach zu denken, dann wird das schon! Du sollst mich endlich in Ruhe lassen, such dir irgendeine dumme Gans und higgense an der herum! Ich habe das bereits vor Jahren abgehakt und keine Lust, nur weil du scheinbar einen echten geistigen Schaden hast, mich ständig von dir entführen zu lassen!«

Luft holen und einige Male rütteln.

»Und wenn du nicht sofort das beschissene Auto anhältst, mache ich dich kalt!«

Warten, hektisch Luft holen, rütteln

»Ich schwöre dir, diesmal bringe ich dich in den Knast und da soll es gar nicht nett sein, habe ich mir sagen lassen. Die stehen auf solche Schönlinge wie dich, wenn sie erst lange genug dort weggeschlossen sind. Letzte Chance! Entweder, du lässt mich jetzt raus oder du beschließt dein verhunztes Leben als Gattin von ein paar *Massenmördern!*«

Warten, hektisch Luft holen, rütteln, Aufschrei.

»Verdammt!«

Bei der ganzen Rüttelei hatte wohl ein Fingernagel aufgegeben. Und nun bewies Tina, dass sie tatsächlich hin und wieder eine normale Frau war – nur leider anhand des völlig unpassenden Beispiels. Noch während sie Luft holte, verzog Daniel schmerzhaft das Gesicht. Er wusste, was jetzt folgen würde.

»Aaaaanhaaaaalten! Du Arsch! Du sollst endlich anhalten! Bist du schwerhörig, oder was?«

Okay, bis vor Kurzem hätte Daniel diese Frage mit einem begeisterten und vor allem überzeugten ›Nein‹ beantwortet. Inzwischen war er nicht mehr sicher. Ihm klingelten derart die Ohren, dass er das Motorengeräusch seines Wagens nicht länger ausmachen konnte. Mit aller Macht versuchte er, sie auszublenden, doch das schien bei der Lautstärke unmöglich.

Hochrot im Gesicht schnappte sie zunehmend nach Luft, was sie allerdings nicht davon abhielt, weiter zu brüllen, als würde sie gerade abgeschlachtet werden. Inzwischen beschränkte sie sich auf zwei Worte, das aber in zunehmender Lautstärke. Also eines betrachtete Daniel als bewiesen:

Jetzt war Tina wohl wirklich mal hysterisch.

»Halt an! Aaaanhalten! Halt an! Haaaalt an!«

Und als wenn das noch nicht genug gewesen wäre, meinte sie wohl *auch*, dass Daniel unter akuter Taubheit litt. Denn beim nächsten Brüller hielt sie ihre Lippen direkt an sein rechtes Ohr.

»Aaaaanhalten!«

Daniel befand die Idee, den Wagen anzuhalten, nicht ganz abwegig. Tina brauchte dringend ein wenig Abkühlung, und er ein neues Gehör.

45. Evil Angel

Ursprünglich hatte Daniel zu Millers Haus fahren wollen, der verlieh das Teil neuerdings begeistert an Pseudoliebespaare. Doch momentan standen sie auf einer verlassenen Landstraße in der totalen Dunkelheit, was Tina weniger störte. Nachdem Daniel – etwas benommen aufgrund ihres letzten Brüllers – die Zentralverriegelung gelöst hatte, stürzte sie aus dem Wagen und stapfte davon. Erst wollte er sie laufen lassen, das sollte im Winter bei Minus fünfzehn Grad ja durchaus abkühlend wirken, aber dann fiel ihm ihr Handy ein und er stellte eilig den Motor ab und folgte der Wahnsinnigen. Und richtig, sie hielt das Teil bereits am Ohr und sprach. Wütend lederte er das Gerät aus ihrer Hand.

»Das kannst du vergessen, Hunt!«, knurrte er und stellte mit Erstaunen fest, dass er tatsächlich kaum etwas akustisch wahrnehmen konnte. Also, auf jeden Fall klang seine eigene Stimme und auch Tinas, als wäre sein Ohr mit einer dicken Lage Watte umwickelt.

Himmel besaß die ein Organ!

Was sie in der nächsten Sekunde auch gleich wieder unter Beweis stellte. Denn schon brüllte sie weiter, diesmal hinein in den nächtlichen, frostklirrenden Wald.

»Was fällt dir eigentlich ein, du kleiner Versager? Gib mir sofort mein Handy zurück!«

Grinsend ließ Daniel das Gerät in den Schnee fallen und versah es mit einigen beherzten Tritten, bis es nur noch aus Plastikfragmenten bestand. Schließlich reichte er ihr höflich die Reste.

»Bitte.«

Darauf wusste sie nichts zu antworten, totale Fassungslosigkeit färbte ihren Blick, so in etwa lautete auch der Plan.

Die Bewegung erfolgte so schnell, dass Daniel keine Chance bekam, zu reagieren. In der nächsten Sekunde hatte sie ihm den Autoschlüssel aus der Hand gefetzt, zu Boden gefeuert und trampelte wild mit ihrem spitzen Hacken darauf herum.

»So!«, brüllte sie. »Jetzt kannst du zusehen, wie du deine Scheißkomplizen informierst!«

Eingehend betrachtete Daniel den schwarzen Gegenstand im weißen Schnee, der von den spitzen Absätzen ihrer Stiefel ziemlich massakriert war. Schon Mist mit den neuen Errungenschaften der Technik, wenn man es mal genau betrachtete.

»Das ist der Zündschlüssel.«

»*Was?*«

»Zündschlüssel, Baby.« Er grinste. »Für den Wagen.«

»Ja, und? Dann steck das Metallding so hinein! Ohne Griff!«

»Sinnlos, ohne das Funksignal passiert gar nichts und das ist … äh, im Arsch.«

»Dann nimm den Ersatzschlüssel! Jeder verdammte Freak hat einen, somit hast du unter Garantie ein ganzes Dutzend!«

»Möglich«, nickte er. »Aber nicht hier.«

»*Was?*«

Doch er verzog nur das Gesicht und nahm sein Handy aus der Hosentasche. Nach einem argwöhnischen Blick auf die total durchgeknallte, hysterische Harpyie trat er vorsorglich ein paar Schritte beiseite. Man konnte nie wissen.

»Ja.« Leise lachte er auf. »Äh … du müsstest bitte in mein Appartement fahren und den Zweitschlüssel für meinen Wagen holen. Und dann kommst du … äh … am besten du nimmst den direkten Weg nach Ithaka. Wenn du irgendwo am Waldrand einen PKW und zwei Eisskulpturen siehst, halt vorsichtshalber mal an. Möglich, dass wir überlebt haben.«

Er wartete Toms verdattertes *»Aha«* ab und beendete das Gespräch. Währenddessen hatte Tina ihn nicht aus den riesigen Augen gelassen. Es handelte sich um eine sternenklare Januarnacht, das Autothermometer hatte bei letzter Sichtung irgendetwas um minus 12 Grad angezeigt. Wegen der ganzen Entführungsarie und so trug Daniel Hemd und Jeans – mehr nicht. Tina war da schon besser gestellt, denn ihr Body besaß wenigstens einen Rollkragen und bestand aus Wolle. Abwägend hob er die Augenbrauen und spitzte die Lippen. »Tja … dürfte kalt werden, schätze ich.«

Das musste sie erst einmal verdauen – Daniel nahm die Pause dankbar an, denn langsam kehrte sein Gehör zurück. Doch irgendwann erholte sie sich. Leider.

»Ich konnte nicht wissen, dass das *nicht* dein dämliches Handy ist«, giftete sie los.

»Stimmt.«

»Ja, *großartig!*«, schnaubte sie. »Und alles nur, weil du dich mal wieder benehmen musst, wie ein Idiot! Wann begreifst du endlich, dass du mich nicht einfach entführen kannst, wann immer es dir in den Kram passt? Und außerdem ist mir kalt! Also unternimm sofort etwas!«

Eilig hob er eine Hand. »Nein, wenn du dich jetzt in den nächsten hysterischen Anfall hineinsteigern willst, dann lass mich vorher wenigstens einwerfen, dass der auch nicht helfen wird. Außerdem schreckst du die armen Waldbewohner auf.«

»Ha!«, machte sie. »Weißt du, wie egal mir das ist?«

»Ich wollte es ja nur angemerkt haben.«

Lauernd betrachtete sie ihn. »Du findest das witzig, ja?«

»Nicht unbedingt, nein.« Daniel schüttelte den Kopf. »Aber hier herumzuheulen bringt ja auch nichts.«

Das honorierte sie mit einem Seufzen. Bevor Daniel aufatmen konnte, ging es von vorn los. »Warum hast du überhaupt den beschissenen Motor abgestellt?«

»Angewohnheit schätze ich. Umweltschutz?«

»Ach? Und den Schlüssel ziehst du auch mitten in der Einöde aus reiner Angewohnheit und um die Umwelt zu schützen, ja?«

»Ich schätze ja. Außerdem geht ein elender Lärm los, wenn man ihn stecken lässt.«

Das nächste abfällige Schnauben folgte. »Gib es zu! Du wolltest verhindern, dass ich mit dem Wagen abhaue!«

»Okay, der Fairness halber muss ich einräumen, dass mir dieser Gedanke auch kam.«

Finster starrte sie ihn an, der Mond schien so hell, dass er sie glasklar erkennen konnte – Hören funktionierte auch wieder. Eingeschränkt.

»Du bist ein totaler Idiot«, stellte sie irgendwann müde fest. Daniel fand zwar, *sie* war die Idiotin, wenn sie ein Handy nicht von einem Autoschlüssel unterscheiden konnte, aber was wusste er schon? Nach einer Weile wurde ihm kalt und das sollte etwas heißen. Das dürre Gestell mit den großen Augen zitterte bereits seit geraumer Zeit wie aufgezogen. Selbstverständlich verlor sie darüber keinen Ton, denn das wäre garantiert weit über ihre Ehre, ihren Stolz oder was auch immer gegangen.

»Wir sollten uns ins Auto setzen. Bis der – äh – Komplize eintrifft, dürfte es wohl dauern.«

Der Widerstand in ihrem Blick entging ihm nicht, am Ende gab sie sich jedoch seiner unwiderstehlichen Logik geschlagen und gemeinsam gingen die beiden zum Wagen. Im Stillen dankte Daniel sich, den nicht auch noch verriegelt zu haben. Denn andernfalls wären sie tatsächlich verloren gewesen. Im Innern empfing sie ein wenig Wärme, doch Daniel ahnte, dass es wohl nicht lange dauern würde, bis die gnadenlose Kälte auch den Rest vernichtet haben würde. Nachdem sie eine Weile schweigend nebeneinandergesessen hatten, ging ihm auf, dass er wohl irgendetwas sagen sollte, nur wusste er mit einem Mal nicht mehr was. In Millers

Haus wäre es ihm nicht schwergefallen, schließlich gehörte es inzwischen auch zu ihrer Geschichte. Aber hier? Keine Ahnung.

Mal davon abgesehen, dass er mit seiner Handy-Zermansch-Einlage ja auch nicht gerade durch intellektuell hochwertiges Verhalten geglänzt hatte. Vermutlich nahmen sie sich in der Summe nicht einmal sehr viel, auch wenn Tina dies natürlich weit von sich geschoben hätte. Nach einer Weile meldete sich erstaunlicherweise Tina.

»Wann kommt Tom?«

Überrascht sah er zu ihr. »Woher weißt du, dass ich ihn angerufen habe?«

Diesmal klang ihr Schnauben eher abfällig als aggressiv. »Er ist doch *immer* dein Komplize!«

Hmmm, womit sie nicht ganz falsch lag. »Er muss erst in mein Appartement, den Zweitschlüssel holen und hier rauskommen. Wir sind etwas länger als eine halbe Stunde gefahren. Rechne es dir selbst aus.«

»Klasse!«, murrte sie.

Daniels Vermutung bestätigte sich, die Kälte ließ tatsächlich nicht lange auf sich warten. Bald hatte sie den Stahl und die Innenverkleidung überwunden. Tina verlor darüber kein Wort, setzte sich jedoch irgendwann auf ihre Hände. Eine Möglichkeit, den Temperaturen zu entkommen, aber eine unzureichende, urteilte Daniel. Und noch einmal eine halbe Eiszeit später brach schließlich er das Schweigen. Wenn sie zum Erfrieren verurteilt waren, wollte er wenigstens nicht dumm sterben. Obwohl er die meisten Antworten ja bereits kannte.

»Erzähl mir, warum bist du wirklich nach New York gekommen?«

Stöhnend verdrehte sie die Augen. »Hat dir schon mal jemand gesagt, dass du verdammt penetrant bist, Grant?«

»Möglich, aber noch nie eine Frau«, warf er eilig nach.

»Kann ich nicht glauben«, murmelte sie finster.

»Glaub es.«

Ihr Kopf fuhr herum. »Ja, verdammt, und warum musst du gerade bei *mir* anders sein?« Als er nicht antwortete, seufzte sie. »Du bist wie ein Fluch!«

Lachend warf Daniel den Kopf zurück.

»Was jetzt wieder?«

»Oh, die gleiche Bezeichnung habe ich dir in Gedanken auch schon häufig gegeben.«

»Daniel!« Das klang belehrend. »Ein Fluch sucht einen *heim*, dem stalkt man nicht ständig *nach*!«

»Das habe ich nicht getan.«

»Ach nein? Warum sitze ich dann in eisiger Kälte mitten im Wald, anstatt in meinem schönen warmen Bettchen zu liegen?«

Diesmal seufzte Daniel. »Weil ich einen letzten Versuch wagen wollte.«

Nach einer Weile begann sie ernsthaft zu zittern. Zugegeben hätte Daniel es natürlich nie, aber ihm war sogar verdammt kalt. Das leichte Hemd schützte nur unzureichend bei den arktischen Temperaturen, die zwischenzeitlich auch im Wageninneren herrschten.

»Komm her!«, sagte er irgendwann.

»Was?«

»Komm rüber zu mir! Das dürfte wärmer sein, denn wir müssen mindestens eine weitere Stunde durchhalten.«

»Das hättest du wohl gern!«, schnaubte sie.

Gleichmütig hob er die Schultern. »War nur ein Angebot. Ein vernünftiges, übrigens.«

Abgesehen von einem weiteren Schnauben erfolgte keine Reaktion. Und wieder ging eine eisige Eiszeit ins Land. Wäre es nicht so kalt gewesen, hätte die Situation durchaus etwas Anheimelndes gehabt. Bald war der dunkle Wagen von der mit Schnee bedeckten Natur absorbiert worden. Daniel hatte ihn auf einem Waldweg gehalten, daher saßen sie wie auf einem Hochstand, nur eben einem recht niedrigen. Irgendwann schienen die Waldbewohner überzeugt, dass von dem seltsamen Metallding, das da schweigend in der Gegend herumstand, keine Gefahr ausging und wagten sich langsam aus der düsteren Deckung ihrer Behausung.

»Da!«, wisperte Daniel und deutete durch die Frontscheibe. »Ein Hirsch!«

Angestrengt folgte Tinas Blick seinem Finger. »Hmmm«, wisperte sie zurück. »Cool.«

Fand er auch.

»Du, Daniel«, hauchte sie nach einer Weile.

»Ja.«

»Gibt es hier eigentlich Bären?«

»Ja. Bären, Tiger und letzte Woche wurde ein Löwe gesichtet«, flüsterte er zurück.

»Du bist ein Arsch!«

»*Das* habe ich bereits häufiger gehört.«

Ein kleiner Fuchs ließ sich blicken, zwei, drei Hasen und zwei weitere Hirsche. Die besondere Atmosphäre machte auch vor Tina nicht halt. Als Eindringling in einer Welt, der man nicht angehörte, senkte man unwillkürlich die Stimme, um die rechtmäßigen Bewohner nicht zu stören. Doch mit jeder Sekunde zitterte Tina ärger.

»Okay!«, bibberte sie schließlich.

»Was, okay?«

»Wenn ich rüberkomme, dann behältst du deine Finger bei dir!«

Anstatt einer Antwort, lachte er.

»Das war mein Ernst, Grant!«

»Ist ja gut, Hunt!«

Dennoch schien sie ihr Vorhaben eingehend überdenken zu müssen, denn erst nach geraumer Zeit krabbelte sie auf seinen Schoß. »Pass auf deine Hände auf!«, warnte sie.

Daniel hob die verbrecherischen Elemente, und nachdem sie ihn eine Weile kritisch beäugt hatte, schien sie zufrieden und kuschelte sich an ihn. »Mir ist so kalt!«, murmelte sie.

»Rate mal, wem noch!«

»*Nein!* Das kann ich gar nicht glauben! Warst du nicht der Idiot, der im tiefsten Winter mit offenem Cabriolet umherfuhr?«

»Möglich, aber da trug ich eine Jacke.«

»Aha.«

Irgendwann seufzte er und legte seine Arme um sie.

»*Daniel!*«

»Ja, sorry! Ich kann ja nun wohl kaum die ganze Zeit die Hände oben halten!«

»Kannst du nicht? Versager!«

»Sicher.«

Eine Weile später

»Gib es zu, Grant, du findest das alles verdammt witzig!«

»Nein! Mir ist kalt und ich habe eine Eisbombe auf dem Schoß. Also ehrlich, ich könnte mir etwas Angenehmeres vorstellen. Ein warmer, brennender Kamin, heißer Tee … nein, mach Grog daraus, mir ist nämlich sogar verdammt kalt! Kerzenschein.«

»Hmmm, eine dumme Gans, die dir mal wieder den größten Mist durchgehen lässt. Für den du übrigens bei jeder anderen mindestens fünfmal im Knast gelandet wärst.«

»Das zeichnet dich aus.«

»Klasse!« Sie klang verschnupft. »Wenigstens bei der Gans hätte es sich gehört, dass du widersprichst.«

»Ich korrigiere selten Bullshit, ganz besonders deinen. Da warte ich immer atemlos gespannt auf den Nächsten, denn der übertrifft den Vorangegangenen meistens noch um einiges.«

»Stimmt, in deinen Augen habe ich ja einen hochgradigen Knall.«

»Ja, deshalb bist du trotzdem süß.« Kurz darauf stöhnte er. »Tina entferne deine verdammten *Eisfinger!*«

»Nein!«

Begehrlich hatten sich erstarrte Hände unter sein Hemd gestohlen und kurz darauf seufzte sie wohlig. »Das ist viel besser.«

»Oh Gott ist das kalt!«

»Deine Schuld!«

»Na warte!« Schon zerrte er an ihrem vermeintlichen Pullover und stöhnte kurz darauf erneut. »Diese dämlichen Bodys sind wirklich absolut unpraktisch!« Nach kurzer Überlegung schob er seine Hände in ihre Hose. Nicht ganz so warm, aber immerhin.

»Daniel?«

»Hmmm.«

»Würdest du *sofort* deine ekelhaften Totenkrallen aus meiner Hose nehmen?«

Das überdachte er eingehend. »Nein«, sagte er schließlich. »Mir ist kalt, und nachdem du deine Glibberfinger unter meinem Hemd hast, ist mir sogar *extrem* kalt. Gleiches Recht für alle!«

Seufzend lehnte sie ihren Kopf an seine Schulter, schob ihre eisigen Hände auf seinen Rücken – der war wärmer – und schwieg.

Etwas später

»Was meinst du, wann wird Tom kommen?«

»Ich weiß es ehrlich nicht. Er braucht von seinem Haus bis zu meinem Appartement bereits mehr als eine Stunde. Könnte also noch ein wenig dauern.«

»Und dann?«

»Hmmm?«

»Daniel, stell dich nicht so blöd an! Was dann? Wirst du das Kidnapping weiter durchziehen?«

»Frag mich etwas Leichteres«, erwiderte er nach einem tiefen Luftholen. »Wenn du glaubst, ich wüsste, was ich hier treibe, muss ich dich enttäuschen. Ich bin total ahnungslos.«

»Oh, da kann ich dir aushelfen«, wetterte sie los. »Totale Scheiße! Was du hier treibst, ist *totale Scheiße!* Niemand hat das Recht, einem anderen seinen Willen aufzuzwingen. Auch du nicht!«

»Ich weiß.«

»Warum lässt du es dann nicht?«

»Ja, gute Frage.«

»Hmmm!« Energisch nickte sie an seiner Schulter. »Die Wichtigste nehme ich an!«

Noch etwas später

»Ich … ich hätte dieses Kind gern gehabt, Tina.«

Ihr Zusammenzucken blieb von ihm nicht unbemerkt. Lange Zeit antwortete sie nicht, doch irgendwann ertönte ein Wispern. »Ich auch.«

»*Was?* Ich dachte, das hätte deine gesamten Pläne durcheinandergeworfen. Was ist mit deinen Aufträgen? Jetten bis zum Umfallen? Heute Miami und morgen Paris?«

»Weißt du, Daniel, du wirst es nicht glauben, ich bin durchaus in der Lage, Prioritäten zu setzen, glaub es oder lass es!«

»Und ein Kind wäre von größerer Priorität gewesen, als deine heiß geliebte Karriere? *Mein* Kind?«

Etliche Minuten später

»Es war nicht meine Schuld«, erklärte er leise. »Ich wusste es doch überhaupt nicht.«

»Dito.«

»Wir könnten.«

»*Nein!*«

»Warum denn nicht, Tina? Nenne mir einen vernünftigen Grund, weshalb wir nicht einfach glücklich sein können! *Das* ist totale Scheiße!«

Er glaubte bereits, sie würde nicht antworten, als schließlich ihre kaum hörbare Stimme ertönte. »Ich glaube nicht, dass wir beide zusammenpassen. Wir können nicht glücklich sein.«

»Dann liebst du mich nicht? Ich …«

»Nein, das ist es nicht. Wir sind zu verschieden, manchmal hilft alle Liebe nicht. Außerdem …« Sie seufzte.

»Du irrst dich!«

»Du weißt doch nicht mal, was ich sagen wollte, Grant!«

Amüsiert lachte er auf. »Ich weiß es sogar *genau*, Hunt.«

»Und das wäre?«, erkundigte sie sich gelangweilt.

»Dass es nicht auf Gegenseitigkeit beruht.«

Sie schwieg.

»Habe ich recht?«

Schweigen.

»Weißt du, es zeugt von persönlicher Größe, einen Fehler auch zugeben zu können.«

»Niemand weiß, ob ich falsch liege«, beharrte sie.

»Doch, ich.«

»*Glaubst* du!«

»Du maßt dir also tatsächlich das Recht an, zu wissen, wie *ich* fühle?«

Eine mittlere Eiszeit später

»Die Geschichte mit den beiden Mädchen …«

»Nein!« Endlich sah sie ihn an. »Ich will das nicht hören!«

»Warum? Hast du Angst, ich könnte etwas sagen, was dir nicht ins Konzept passt?«

»Nein, ich will …« Resigniert seufzte sie auf. »Lass es gut sein, Daniel. Es ist vorbei.«

»Worauf beziehst du dich jetzt?«

»Auf alles, vermutlich«, meinte sie nach einiger Zeit.

»Nein, es ist nicht vorbei, ich glaube sogar, das wird es niemals sein. Und das ist ein unerträglicher Zustand. Mir ist durchaus bewusst, dass ich hier einen Fehler nach dem anderen begehe. Es ist, als würden wir uns in einer Endlosschleife befinden, ohne Aussicht, sie endlich hinter uns zu lassen. Um ehrlich zu sein, bin ich …«

»… müde.«

»Ja«, murmelte er. »Ich weiß nicht weiter.«

»Ich auch nicht«, wisperte sie. Ihr Kopf senkte sich wieder an seine Halsbeuge und Daniel schloss die Augen.

»Ich bin seit acht Jahren ständig unterwegs«, sagte sie nach einer gefühlten Ewigkeit. »Irgendwann stellen sich gewisse Verschleißerscheinungen ein, glaube ich. Ich bin so müde, Daniel.«

Unvermittelt nahm er die Hände aus ihrer Hose, legte seine Arme um ihren bebenden Körper und zog sie näher an sich.

»Ich auch. Du weißt es nicht, aber ich bin auch ziemlich häufig unterwegs.«

»Doch, ich weiß davon.«

»Jonathan?«

»Ja.«

»Der miese Verräter!«

»Nein, er ist sehr stolz auf dich«, widersprach sie. »Auch ich bewundere, was du tust. Das hätte ich dir nicht zugetraut, es hat mich erstaunt.«

»Warum?«

»Keine Ahnung. Vielleicht, weil ich nicht gedacht hätte, dass du so uneigennützig sein kannst.«

»Glaub mir, da war ich ebenso überrascht wie du.« Als sie leise kicherte, verzog sich sein Mund zu einem sanften Lächeln.

Eine überhaupt nicht so eisige Eiszeit später

»Warum lässt du dich nicht einfach irgendwo nieder? Im Grunde müsstest du dir doch nur ein paar Geschäftsräume mieten, ein wüstes Firmenschild anbringen und schon musst du nicht mehr umherfliegen. Alle anderen machen es doch auch!«

»Ja«, wisperte sie. »Aber …«

»Was?«

»So einfach, wie du dir das vorstellst, ist das nicht! Die Leute sind von mir gewöhnt, dass ich zu ihnen komme. Das unterscheidet *mich* von den anderen. Wenn ich mich jetzt niederlasse, gibt es nichts, was mich besonders macht.«

»Oh, darüber würde ich mir keine Sorgen machen«, bemerkte Daniel trocken. »Ich finde, da existiert eine ganze Menge.«

Leise stöhnte sie auf. »Es gibt Dinge, die kannst du nicht mit deinen dämlichen Witzen wegreden. Außerdem …« Das Nächste kam wieder verhalten. »Wohin soll ich denn gehen? L.A.? Boston? Seattle? Houston?«

»New York«, schlug er ebenso gedämpft vor.

»Nein, das wäre wohl die falsche Wahl, glaube ich.«

»Warum?«

Tina seufzte. »Weil ich damit die Schwierigkeiten nur noch schüren würde. Verstehst du nicht? Ich will das nicht länger. Das geht seit Ewigkeiten so, und ich bin derart …«

»… müde.«

»Ja«, wisperte sie.

Und noch einmal etwas später

»Tina?«

»Hmmm.«

»Du kannst mich gern für verrückt erklären, aber mir ist da gerade eine geniale Idee gekommen.«

»Ich kenne deine genialen Ideen. Verschon mich damit. Ernsthaft, Grant!«

»Diesmal ist sie wirklich genial!«

»Aha.«

*Daniel ließ sich in seinem plötzlichen Enthusiasmus nicht bremsen. Wenn es überh
aupt eine Chance gab, dass sie sich auf diesen Wahnwitz einließ, dann wohl jetzt.
Kurz vor dem Erfrieren war vielleicht auch ihr Gehirn vom allgemeinen Einfroste
n betroffen. Eilig richtete er sich ein wenig auf und zog sie mit sich. »Hör mir zu!«*

»Etwas anderes bleibt mir wohl kaum übrig.«

Den Einwand überging er geflissentlich. »Sicher, da gibt es die eine Seite bei
uns, richtig?«

»Keine Ahnung, worauf du hinaus willst.«

»Ganz einfach: Es gab immer zwei Seiten. Na ja, die Zweite war nicht geplant,
aber es gab auch immer …«

Argwöhnisch musterte sie ihn. »Was immer du vorhast, es ist eine dämliche
Idee, Daniel!«

»Hör mir erst einmal zu!«, beharrte er.

Kopfschüttelnd ließ sie den Kopf wieder an seine Schulter sinken. »Der Kerl
hat sie echt nicht mehr alle.«

»Das ist ja nun allgemein bekannt. Also hörst du mir zu?«

»Sicher.«

»Also, wenn du mal den ganzen Bullshit weglässt, was siehst du noch?«

»Ich weiß wirklich nicht, worauf du hinauswillst.«

»… würde ich dir abnehmen, wüsste ich nicht, dass du nicht halb so blöd bist,
wie du gerade tust. Also streich den ganzen Bullshit und sag mir, was du darüber
hinaus siehst!«

Nach einer Weile seufzte sie. »Einen irren Prof, der mir ständig seinen Willen
aufzwingen will, glaubt, meine Männer für mich aussuchen zu müssen,
entscheidet, ob ich zu dick oder zu dünn bin, mich zwingt, Sport zu treiben und
mir bei meiner Klamottenauswahl hineinredet.«

»Ja, schön«, bemerkte Daniel mit hörbarer Ungeduld. »Das waren
möglicherweise einige negative Aspekte, obwohl ich sie für durchaus angemessen
hielt. Damals. Inzwischen sehe ich einiges ein wenig anders.«

»Einiges?«

Doch er ignorierte sie. »Also, wenn du das alles einmal außen vorlässt …«

»… was ehrlich schwierig wird, wenn du fair bist.«

»Tina, dies ist eine ernste Angelegenheit, würdest du dich bitte konzentrieren?«

»Ich bin so konzentriert, mir stehen glatt die Haare zu Berge!«

»Wenigstens ein Anfang«, murmelte er. »Also, wo war ich?«

»Keine Ahnung, welches Stadium der Nonsens gerade erreicht hat«, murrte sie.

»Tina!«

»Schon gut, schon gut, ich lausche.«

Erst als er sichergehen konnte, dass sie ihn nicht wieder mit ihrem Mist unterbrechen würde, fuhr er fort. »Wenn du das alles einmal ausklammerst und den nicht unerheblichen Umstand hinzunimmst, dass wir ein paar Jahre älter geworden sind, was bleibt dann noch?«

Sie antwortete nicht, doch damit hatte er auch nicht gerechnet.

»In den vergangenen Jahren bekam ich die Gelegenheit, unsere damaligen Erfahrungen etwas auf den Prüfstand zu stellen. Und ich gelangte zu dem Schluss, dass es wirklich gut gelaufen ist. Wir kamen perfekt miteinander aus. Du musst zugeben, dass das stimmt.«

»Kann ich nicht beurteilen«, maulte sie nach einer Weile.

»Okay vertraue einfach meinem Urteil. Es war wirklich gut.«

Etliche angespannte Minuten später

»Was wolltest du denn nun Geniales vorschlagen?«

Mittlerweile war Daniel von der Genialität seines Plans nicht mehr ganz so überzeugt. Denn er hatte die Probleme soeben ja selbst auf den Punkt gebracht. Elf Jahre lag das zurück. Das bedeutete, dass sie elf Jahre älter waren, elf Jahre Entwicklung, Erfahrungen und daraus resultierenden Resümees. Konnte es wirklich funktionieren? Natürlich immer mit der Option auf Ausbau der Geschichte?

Nach einer Weile sah sie ihn an. Ihre dunklen Augen funkelten in der Dunkelheit. »Was jetzt?«, wisperte sie. »Kalte Füße bekommen?«

»Darauf kannst du wetten. Aber nicht so, wie du meinst. Ich glaube nur …«

Tadelnd schüttelte sie den Kopf. »Du hast deinen genialen Einfall mit ungefähr fünftausend Worten angekündigt. Nun will ich ihn auch hören.«

»Sinnlos, du lehnst sowieso ab!«

»Versuch es!«

»Ich dachte mir«, begann er langsam, ohne sie aus den Augen zu lassen »… dass hier viele Faktoren aufeinandertreffen.«

»Weiter«, sagte sie leise.

»Wir sind es beide leid.«

»Hmmm.«

»Scheinbar funktioniert das Sich-aus-dem-Weg-gehen nicht sonderlich.«

Das brachte ihm einen spöttischen Blick ein, doch schließlich nickte sie. »Weiter.«

»Ich gebe dir recht, dass es momentan wohl zu viele … äh … wie nanntest du das vorhin so nett, ›Unüberbrückbare persönliche Differenzen‹ gibt.«

»Ja.«

451

»Selbst du kannst jedoch nicht abstreiten, dass da etwas ist.«

Wenigstens senkte sie nicht den Blick, auch wenn er deutlich ihren Spott fühlte.

»Ich kann nur für mich sprechen. Bitte nimm zur Kenntnis, dass ich mir *nicht* anmaße, Gleiches für dich zu tun. Du musst selbst wissen, wie viele Parallelen du siehst, in Ordnung?«

Sie nickte, ihre Augen verengten sich leicht und Daniel holte tief Luft.

»Ich habe versucht, es ohne dich zu schaffen. Und du kannst mir glauben, es war ein harter und angestrengter Kampf – keine Chance. Wenn du mir jetzt vorwerfen willst, dass ich auf die Tränendrüse drücke, muss ich dich enttäuschen. Es ist nur ein äußerst logisches Fazit nach über einem Jahrzehnt. Die meiste Zeit kannte ich den Grund nicht einmal, aus dem es so war. Doch eines steht inzwischen fest: Bist du es nicht, bleibe ich allein. Vielleicht hin und wieder ein Mädchen oder inzwischen wohl Frau für eine Nacht, etwas anderes ergibt keinen Sinn. Ich kann nicht in die Zukunft blicken, möglicherweise müssen weitere zehn Jahre vergehen, damit sich die derzeit ausweglose Situation in Wohlgefallen auflöst. Vielleicht gibt es ja tatsächlich irgendwo jemanden, der alles ändert. Doch ich glaube, die Chancen ihn kennenzulernen, stehen recht mies. Denn immer wenn ich annehme, dass ich halbwegs zurechtkomme, platzt du wieder in mein Leben. Also ich sehe derzeit keine große Möglichkeit, irgendwann mit einer anderen glücklich zu werden, und zum Eremiten bin ich nicht geschaffen. Okay, du sagst, das mit uns funktioniert nicht. Und auch wenn es mir schwerfällt, muss ich dir zähneknirschend beipflichten. Hätte es das, wäre es uns wenigstens innerhalb der letzten Monate irgendwie gelungen, zueinanderzufinden.«

Noch immer hielt sie den Blickkontakt.

»Aber in den paar Tagen in diesem Haus, Tina, wenn du all die Dinge wegnimmst, die uns trennen, dann waren wir wieder etwas. Wir kommen sogar hervorragend miteinander aus. Denn es gab auch immer unsere Freundschaft, und es war eine *gute Angelegenheit*. Ich habe nie wieder etwas Derartiges erlebt. So wie ich das sehe, bleibt nur die Wahl zwischen zusammen oder ziemlich allein. Und wenn wir momentan keine Beziehung führen können, wollen oder was auch immer, warum nicht das andere? Du sagst, du bist müde, niemand kann das besser nachvollziehen als ich, darauf kannst du wetten. Was wird jetzt geschehen? Du wirst dir irgendwo ein Appartement nehmen und allein sein. Nur mein Eindruck, bitte, du kannst mir jederzeit widersprechen, wenn ich mich auf dem Holzweg befinde.«

Seitens Tinas erfolgte aber kein Einspruch.

»Ich *habe* ein Appartement und bin auch allein. Wenn du glaubst, ich würde regelmäßig heiße Partys geben, irrst du dich. Du willst dich niederlassen oder liebäugelst wenigstens mit dem Gedanken. New York ist dafür bestimmt nicht das mieseste Pflaster, vor allem durchaus zentral gelegen. Denn ich schätze, deine Geschäftsreisen werden sich wohl kaum in Wohlgefallen auflösen. Auch ich bin jährlich für einige Zeit verschwunden, das Appartement steht währenddessen leer, so wie es deines auch würde. Du weißt, dass wir glänzend miteinander auskommen. Jeder kennt die Schwachstellen des anderen, weiß also, worauf er sich einlässt. Ich versichere dir, neue sind nicht hinzugekommen, einige, damals Vorhandene, haben rapide abgenommen. Man wird älter – auch ich … Warum ziehst du nicht bei mir ein? Nicht als Gast, sondern als gleichberechtigter Mieter und keineswegs in einer … äh … Beziehung. Aber vielleicht, wenn wir dahinter kommen, dass es doch irgendwie zwischen uns funktioniert.«

Wieder holte er tief Luft. »Überlege es dir, Tina. Es hört sich total idiotisch an. Du wirst mir bestimmt in den nächsten zehn Sekunden ungefähr fünftausend Wenns und Abers erläutern – wenn es geht, bitte nicht ganz so laut, okay? Doch ich halte das ehrlich für eine durchaus akzeptable Alternative. Wenn nicht sogar für die Einzige, die bei diesem verfahrenen Dilemma überhaupt Sinn ergibt.«

»Sag ja, bitte!«

46. Coming home

Da entführte sie dieser Bastard in die grüne Naturhölle – *wieder!* Die war zu allem Überfluss diesmal auch noch eine weiße, kalte grüne Naturhölle. Und spätestens diesmal durfte man wohl nach allen gängigen gesetzlichen Richtlinien von einem gelungenen 1a-Kidnapping sprechen. Ausreichend Gegenwehr hatte sie ja wohl blicken lassen, weshalb selbst dem verbrecherischen, total irren Prof unmöglich entgangen sein konnte, dass Tina keine Lust verspürte, ihn zu begleiten. Was den natürlich nicht davon abhielt, seinen dämlichen Plan trotzdem in die Tat umzusetzen. Und sie hasste ihn nach wie vor nicht!

Sie konnte nicht!

Bereits nach drei Sätzen hatte sie gewusst, worauf das Ganze hinauslief – Tina war nicht einmal sonderlich überrascht. Die Einfälle des irren Profs zeugten zwangsläufig immer von einem gewissen Wahnsinn. Interessanter war, dass sie dem Mist weiter lauschte und ihr sein Vorschlag mit jeder Sekunde besser gefiel. Womit sie ihm gratulieren konnte: Ihr Irrsinn war damit wohl auch bewiesene Sache. Am interessantesten von allem – und damit der wichtigste Grund, aus dem sie sich wirklich demnächst ausgiebig in Behandlung begeben würde – sie *freute* sich darauf. Tina hatte Daniel etwas anvertraut, was sie zuvor nicht einmal zu *denken* gewagt hatte.

Dieses ewige Nomadendasein stieß an die Grenze des Erträglichen. *Wer* dafür verantwortlich war, musste wohl auch nicht separat erwähnt werden. Plötzlich wollte sie nicht länger an jedem dritten Morgen in einem neuen, fremden Hotelzimmer aufwachen und sich benommen fragen, in welcher Stadt sie sich befand, manchmal sogar, auf welchem Kontinent. In Wahrheit begann sie es zu hassen. Tina wollte sich auch nicht mehr ständig neuen Menschen stellen. Immer wieder von vorn beginnen, sich beweisen müssen, nicht zuletzt den Männern. Mit einem Mal suchte sie Beständigkeit in ihrem Leben. Ein Klopfen an *ihrer* Appartementtür erschien ihr inzwischen wertvoller, als der Hauptgewinn in einer Lotterie. Im Supermarkt einkaufen zu gehen, bedeutete das Abenteuer schlechthin.

Eine Mahlzeit zu essen, die sie selbst zubereitet hatte, besaß mittlerweile Luxuscharakter, und die Post aus dem eigenen Briefkasten zu entnehmen, machte sich in ihrer Fantasie wie die denkbar wundervollste, behaglichste Tätigkeit aus. Sie wollte nicht länger allein sein, sehnte sich danach, abends *nach Hause* gehen zu können. Und wenn irgendwie möglich, sollte da jemand auf sie warten oder sie wenigstens auf jemanden warten *dürfen. Wie* dieser gar nicht so imaginäre Jemand in ihren Gedanken aussah, war auch nicht schwer zu erraten. Daniel hätte sich nicht einmal halb so angestrengt ins Zeug legen müssen, damit sie dem Wahnsinn zustimmte. Denn alles, was er danach beschrieb, kam Tina sogar verdammt bekannt vor. Obwohl sie nie versucht hatte, mit jemandem zusammenzuleben, da war Daniel ein wenig offensiver gewesen.

Ehrlich! Konnte man so dämlich sein, sich aufgrund einer solchen eher kurzfristigen Episode derart das Leben zu versauen? Nun ja, auf jeden Fall gab es schon mal zwei von dieser ziemlich beschränkten Sorte. Wenn – ja, *wenn* – sie ihm glauben konnte, was er von sich gab. Und genau hier blieb der einzige Wermutstropfen: Egal, wie aufrichtig Daniel klang und in diesem Moment auch garantiert war, Tina konnte nicht sicher sein, dass es langfristig auch der Wahrheit entsprechen würde. Sie hoffte es wirklich, doch in ihr lebten noch immer jede Menge Zweifel. Und da dieser Kretin die Macht besaß, sie total zu zerstören, war Tina entschlossen, sich ganz genau davon zu überzeugen, dass er sie eben nicht wieder belog, bevor sie sich auf mehr einlassen würde. Aber eines bestritt sie für keine Sekunde: Die Idee, in seinem Appartement zu leben, *bei ihm,* fühlte sich an, als dürfe sie endlich heimkehren. Nach Jahren in der Fremde, denn sie kam sich vor wie der älteste Global Player aller Zeiten.

Tina *war* müde!

Nachdem er seinen genialen Vortrag beendet hatte, musterte Daniel sie mit angehaltenem Atem und Tina überlegte ernsthaft, ihn noch ein bisschen zappeln zu lassen. Nur als kleine Rache für die neueste Entführung, und um mal zu testen, wie lange er ohne Sauerstoff auskam. Aber es handelte sich um Daniel, weshalb *ihr* genialer Plan keine zwanzig Sekunden überlebte.

»Das wäre möglicherweise eine Idee«, begann sie langsam.

Seine Augen wurden groß. *»Echt?«*

»Nein, das sagte ich nur, um dich in Sicherheit zu wiegen. Damit ich in aller Ruhe abhauen kann, wenn dein Komplize uns endlich aus dieser Hölle befreit hat.« Doch dann seufzte sie. »Ja, echt. Aber …« Eilig hob sie einen Finger. *»Freundschaft,* Grant! Du kannst dir gleich abschminken, jeden Abend auf ein paar unverbindliche Stunden in mein Bett zu kommen.«

Er nickte.

»Und! Ich verbitte mir alle nächtlichen, unangekündigten Sonntagsausflüge!«

»Kein Problem.«

»*Und!* Ich zahle die Hälfte der Miete.«

»Das ist eher schlecht.«

»Warum?«

»Weil mir das Domizil gehört.«

»Fein, dann zahle ich *dir* die Miete, wo liegt das Problem?«

»Dass ich vielleicht keine von dir will?«

»Ja, so gehört sich das aber in einer WG, schon vergessen?«

Er seufzte. »Gut, zahle mir eben ein bisschen Miete.«

»Wie viel?«

»Das muss ich erst einmal in Ruhe überdenken.«

»Na ja, die Gelegenheit ist gerade günstig. Ich wüsste nicht, was wir momentan Besseres zu tun haben.«

Kaum hatte dieser bedeutsame Satz ihren Mund verlassen, tauchten in der Ferne Scheinwerfer auf.

Daniel sah sich um.

»Ich schätze, wir sollten besser aussteigen und uns bemerkbar machen. Der Kerl bringt es fertig und fährt an uns vorbei.«

47. Part One

Helter - Skelter

Wenn ein lange ersehntes Ziel unvermutet in greifbare Nähe rückt,
neigt der Mensch oftmals zu unüberlegten und übereilten Handlungen.
Plötzlich ist er bereit, fundamentale Probleme beiseitezulegen und besser un-
geklärt zu lassen,
nur um so schnell wie möglich das begehrte Glück zu erreichen.
Leider erweist sich ein solcher Schritt nicht selten als ein grober Fehler.
Dann, wenn man wieder auf dem Boden der Tatsachen landet und bemerkt,
dass sich Fehler, in der Vergangenheit begangen, nicht einfach auslöschen lassen.
Ein Neuanfang ist selten möglich, es bleibt nur ein Fortfahren,
nachdem alle Differenzen beigelegt werden konnten.
Doch eines ist unbestritten:
Der Trip bis zur zwangsläufigen Bruchlandung verläuft atemberaubend.

48. It's No Good

Daniel konnte sich nicht erinnern, jemals zuvor derart freudig überrascht gewesen zu sein. Zwar war er in weiten Teilen des Bundesstaates als unverbesserlicher Draufgänger bekannt, aber dass er mit *diesem* Drahtseilakt erfolgreich sein würde, erschien ihm selbst Stunden nach seinem sprichwörtlichen Erdrutschsieg unfassbar! Verbissen ignorierte er dieses völlig unangebrachte Glücksgefühl, das sich ihm ständig aufdrängen wollte und mit jeder Sekunde penetranter wurde. Tina hatte nämlich sogar verdammt recht: Ihr Einlenken bedeutete noch lange nicht, dass sie am heutigen Abend mit der Produktion des ersten der dreitausend Kinderchen beginnen würden. Bis dieses Ziel erreicht war, würden möglicherweise noch *Monate* vergehen. Keine sehr berauschende Aussicht, doch mit den Jahren war Daniel erschreckend genügsam geworden, daher nahm er diesen Wermutstropfen geradezu erstaunlich gelassen. Sein letzter Sex lag auch erst einige Monate zurück, demnach bestand derzeit nicht der geringste Grund, ungeduldig zu werden, oder so. Getreu dessen, was er Tina so leutselig über seine weitreichenden Veränderungen aufgetischt hatte, blieb Daniel *total entspannt.*

Dann wartete er eben noch ein bisschen. Ein paar Wochen, Monate, Jahre. Kein Problem!

Toms dämliches Grinsen übersahen sowohl Daniel als auch Tina entschlossen.

Übrigens fiel die Begegnung zwischen dem Riesen und ihr wie so häufig in die Kategorie: *Dinge, die nur im Zusammenhang mit Miss Hunt derart verlaufen können.* Denn ähnlich wie Jonathan einige Monate zuvor, gebärdete sich Daniels Schwager, als hätten sich die beiden am Tag zuvor zum letzten Mal gesehen. Dabei ließ auch die obligatorische dämliche Bemerkung nicht lange auf sich warten.

»Nichts für ungut, Tina, aber hat dir noch niemand gesagt, dass man für einen netten Winterspaziergang in unberührter Natur eine Jacke benötigt?«

Der übliche blödsinnige und provokative Beitrag in Daniels Richtung blieb selbstverständlich auch nicht aus: »Du darfst dich in derartigen Fragen *nie,* ich betone – *niemals* – an Dan orientieren. Was angemessene, wettertaugliche Kleidung betrifft, ist der Mann eine totale Niete. Ich schätze, da sind Hopfen und Malz verloren.«

Offenbar hatte Tom in letzter Zeit keine Gelegenheit gefunden, sich zu rasieren, weshalb er wie ein riesiger Waldschrat aussah, der, wenn die Taschenlampe fehlte, schon mal mit einem wilden Bären verwechselt werden konnte. Weder Tina noch Daniel wollten sich mit diesem ewigen, ungefähr zwei Meter großen und zurzeit eher unzivilisierten Kind auseinandersetzen. Denn im Grunde war nichts geklärt, und die brisanteste aller Fragen wartete auch noch angespannt auf Beantwortung: *wohin?*

Bevor die beiden sich jedoch mit diesem heiklen Thema angemessen beschäftigen konnten, kämpften sie Seite an Seite an der wilden, animalischen, gegnerischen Front. Der aufdringliche und verboten neugierige Tom unternahm nämlich überhaupt keine Anstalten, sich nach erfolgter Schlüsselübergabe wieder zu trollen. Er fuhr erst, als selbst er, mit Unterstützung ihrer vereinten, starren Blicke, akzeptieren musste, dass im Moment keine ausufernden und informativen Gespräche stattfinden würden. Endlich allein gingen sie zurück zum Wagen, bevor sie am Ende doch noch der Kältetod ereilen und all ihre aufopferungsvollen Bemühungen in den Stunden zuvor zunichtegemacht werden konnten. Kurz darauf saßen sie neben – und nicht mehr aufeinander. Was Daniel ernsthaft bedauerte, denn er hatte es durchaus genossen, sie auf seinem Schoss zu haben, trotz der eisigen Finger auf seinem nackten Rücken. Inzwischen lief der Motor und die Heizung begann zu arbeiten. Bald breitete sich wohlige Wärme aus, die ihre gefrorenen Gliedmaßen langsam wieder auftaute. Das Schweigen dröhnte, als hätte der eine dem anderen soeben einen Mord gestanden, wobei sich die Rollenvergabe von Täter und Beichtvater variabel gestaltete. Nach einer Weile räusperte Daniel sich.

»Willst du hören, was ich ursprünglich geplant hatte?«

»Erzähl!« Interessiert betrachtete Tina das winterliche Panorama vor der Frontscheibe. Diesmal ganz ohne Waldbewohner, die hatte Tom mit seinem riesigen und vor allem lauten Geländewagen wohl endgültig verjagt.

»Ich wollte dich in *dieses* Haus am See bringen.«

»Aha. Und dann?«

»Dann …?« Er seufzte. »Keine Ahnung, sehr viel weiter hatte ich nicht gedacht.«

Ihr Kopf fuhr zu ihm herum. »Genau das ist dein Problem! Und eine deiner Schwachstellen, die du eben *nicht* hinter dir gelassen hast und es wohl auch nie wirst! Du *kannst* nicht immer irgendeinen Mist veranstalten und darauf hoffen, am Ende schon irgendwie damit durchzukommen!«

»Ja, fein«, fuhr er auf. »Was hätte ich denn sonst tun sollen? Ich wäre dankbar für jeden brauchbaren Vorschlag, der sich nicht an der Legalitätsgrenze bewegt oder sie definitiv überschreitet!«

Sie öffnete den Mund, runzelte die Stirn und schloss ihn unverrichteter Dinge. Kurz darauf wurden die Augen groß, Tina hob einen Finger und versuchte es erneut – ohne nennenswerte Verbesserung. Nachdem sie diese spezielle und wenig sinnvolle Übung auch ein drittes Mal absolviert hatte, nickte Daniel grimmig. »Ich schätze, so langsam erkennst du mein Problem.«

»Ja, aber deshalb kannst du mich noch lange nicht *kidnappen!*«

Entnervt stöhnte er auf »Wollen wir die gesamte Auseinandersetzung wirklich von vorn beginnen? Nein, ich weiß, dass ich das nicht darf, können kann ich ja anscheinend schon. Aber irgendwas *musste* ich tun!«

Selbstverständlich fiel ihr auch auf dieses bestechende Argument eine Erwiderung ein, alles andere hätte ihn zugegebenermaßen überrascht. Tinas Miene nach zu urteilen, handelte es sich sogar um etwas äußerst Bissiges, doch am Ende – oh Wunder – schwieg sie.

Daniel nutzte die sich so unerwartet bietende Gelegenheit schamlos aus und beugte sich zu ihr hinüber, wo er ihr ernst in die dunklen Augen blickte.

»Willst du dein zukünftiges, geschmackvolles und unvorstellbar behagliches Heim begutachten?« Nun ja, sehr begeistert war sie nicht, höchstwahrscheinlich hätte Tina gewollt, dass er sich noch etwas in seiner Schuld wand, oder so. Doch da Daniel nicht die geringsten Anstalten machte und ihr wohl auch keine Alternative blieb, wurde er irgendwann mit einem knappen Nicken belohnt. Geht doch!

Schon am ersten Abend machten sich einige fundamentale Veränderungen im Vergleich zu damals bemerkbar: Obwohl das Appartement über zwei Toiletten verfügte, existierte nur ein Bad, das vom kleinen Flur aus zugänglich war. Tina nickte es nach besorgniserregendem, einminütigem Stirnrunzeln großmütig ab. Ihr neues Domizil hatte bisher als Gästezimmer gedient und war dementsprechend spartanisch eingerichtet. Daher stand wohl ein kompletter Möbeltausch an.

Kurz darauf erkannte Daniel, dass er auch *sein* Schlafzimmer umgestalten musste, um daraus einen Wohn- und Schlafraum zu kreieren. Eine Menge Aufwand kam da auf sie zu, mit dem er bislang überhaupt nicht kalkuliert hatte. Von tatsächlicher Bedeutung war jedoch eigentlich nur eine Tatsache: Bereits an diesem Tag blieb Tina, und sie ging nie wieder. Womit das Besucherzimmer in der kommenden Nacht den letzten Gast seiner Existenz beherbergte. Tom ersparte sich jeden Kommentar, als Daniel ihn noch am gleichen Abend anrief und so freundlich wie immer bat, Tinas Sachen aus dem Hotel zu bergen und die Formalitäten zu klären.

Und so saßen Tina und Daniel nur zwei Stunden, nachdem sie den dunklen, frostklirrenden Wald verlassen hatten, gemeinsam auf der bisherigen Ziercouch. Die ewig Nörgelnde und Argwöhnische erwies sich als erstaunlich unkritisch.

Wäre Daniel nicht bedeutend schlauer gewesen, hätte er doch fast geglaubt, dass sie seine Idee sogar verdammt genial einschätzte, was sie selbstverständlich nicht mal unter Zwang zugegeben hätte. Das Nebeneinandersitzen auf der Couch gehörte auf jeden Fall zur Rubrik: *Dinge, die sich zwischen ihnen wohl niemals ändern werden.* Nein, Tina wich ihm nicht aus – was sie vielleicht vor elf Jahren in ähnlicher Situation getan hätte. Zickig oder hysterisch wurde sie übrigens auch nicht mehr. Reserviert – okay, aber daran konnte man ja arbeiten.

Einträchtig planten sie ihr zukünftiges Zusammenleben. Schwierigkeiten zeichneten sich erst ab, als die beiden versuchten, die Frage der Mietzahlungen zu klären. Daniels Vorschlag von fünf Dollar monatlich brachte ihm ein entrüstetes Schnauben und ein ziemlich hochmütiges: »Daniel, ich verfüge sehr wohl über genügend Geld, um mir das Wohnen in einem Appartement zu leisten. Und da ich dir nichts schuldig bleiben möchte, bitte ich dich inständig, mir ein *angemessenes* Angebot zu unterbreiten.«

Ha!

Nein, natürlich klärte er Mylady nicht darüber auf, dass sie sich mal wieder wie ein Kind aufführte. Daniel bewahrte Haltung. Am Ende handelte sie ihn bis auf dreihundert Dollar hoch, womit die Schmerzensgrenze erreicht war. Selbst wenn sie sich auf den Kopf gestellt hätte, mehr konnte er nicht dulden. Nun, eine akrobatische Einlage blieb leider aus – so weit ging Tina dann doch nicht. Nach einem langen Blick aus wütend verengten Augen akzeptierte sie widerwillig. Daniel nahm sich vor, diese sogenannte Miete für bedeutend geeignetere Zwecke anzusparen.

Ihm schwebte schon etwas Konkretes vor. Es annehmen zu müssen, kränkte ihn gewaltig, seit wann standen denn nüchterne und so verdammt weltliche Dollarnoten zwischen ihnen? Aber auch hier gab er am Ende klein bei, viel zu selig, die Angelegenheit derart komplikationslos über die Bühne gebracht zu haben. Und dass sie sich an diesem Abend nicht einmal zu einem Kuss hinreißen ließ, nahm er sogar äußerst gelassen. Es wäre nicht Tina gewesen, hätte die ihn nicht gleich mal auf die Probe gestellt. So dumm, um in diese Falle zu gehen, war er nicht. Da hätte sie mit bedeutend schwereren Geschützen auffahren müssen. Nackt auf dem Tisch tanzen oder endlich den lang ersehnten Kopfstand zu vollführen, hätte ihn beispielsweise unter Umständen in echte Schwierigkeiten gebracht. Bedauerlicherweise blieb auch das aus.

Wie sich herausstellte, war Daniel tatsächlich nicht der Einzige, der über ein gewisses finanzielles Polster verfügte. Da Tina derzeit keine Möbel besaß, musste alles Benötigte neu angeschafft werden. Es kostete sie nur ein müdes Lächeln, auch wenn sie für den Neukauf keinen Discounter ansteuerte.

Ein bisschen verwundert erkundigte er sich wenige Tage später, wo sie denn bisher ihre Habseligkeiten aufbewahrt habe, denn inzwischen waren zahlreiche Kisten aufgetaucht. Eine Spedition hatte sie kurz nach Tinas Einzug geliefert. Dass sie nicht von Vera stammten, wusste Daniel, die hätte ihn vorab informiert, allerdings musste er das Tina ja nicht auf die Nase binden. Deren Erklärung fiel ebenso unerwartet wie hochmütig aus.

»Das willst du nicht wissen, vertrau mir. Außerdem verspüre ich nicht die geringste Lust auf einen deiner belehrenden Vorträge!«

Was für ein Bullshit! Bisher hatte er ihr keinen *einzigen* Vortrag gehalten. Obwohl es da so einiges gab, worüber Daniel gern mal ausführlich mit ihr diskutiert hätte. Nicht einmal über ihre seltsamen Essgewohnheiten monierte er sich.

Momentan, jedenfalls

Dieses spezielle Problem ging er diffiziler an, getreu seinem neuen Grundsatz, Streit unter allen Umständen zu vermeiden.

Daniel deponierte etliche Informationsbroschüren auf dem Küchentisch. Unter anderem:

- *Du und dein Körper*
- *Allgemeiner Ernährungsratgeber*

Ein wenig gewagt, aber Daniel ging Risiken ja nie aus dem Weg:

- *Die gesunde Ernährung in der Schwangerschaft.*

Selbstverständlich sagte Tina keinen Ton, doch damit hatte er kalkuliert. Ob sie die Weiterbildungsmöglichkeit jedoch entsprechend nutzte, entzog sich seiner Kenntnis. Nachzufragen erschien ihm zu riskant, weshalb er die Klärung dieser Angelegenheit auf später verschob, wenn sich die Zustände normalisiert haben würden. Auch die gemeinschaftlich genutzten Räume wollte er neu ausstatten, um dabei auch ihren Geschmack berücksichtigen zu können, doch das lehnte Tina als »total dämliche und überflüssige Idee!« ab. Er dachte nicht im Traum daran, mit ihr zu diskutieren – schon, weil sie damit rechnete. Bedeutend komplizierter gestaltete sich die Suche nach geeigneten Büroräumen. Daniels Angebot, einen leer stehenden Lagerraum der Klinik zu nutzen, schlug Tina strikt aus.

»Ich will unabhängig sein. Außerdem würde das einen falschen Eindruck erwecken.«

Dem konnte er leider nicht widersprechen, obwohl er ja insgeheim davon ausging, dass sie sich in Wahrheit nur seiner *scheinbaren* Kontrolle entziehen wollte. Was ja nun *auch* kompletter Bullshit war! Jedenfalls seiner bescheidenen Ansicht nach, denn ihm wäre nicht einmal im Traum eingefallen, Tina zu kontrollieren! Ab und an zu ihr reinschauen und sie zum Lunch ausführen, wenn seine Zeit es zuließ, konnte man doch unmöglich als geplantes Dauerstalking interpretieren, oder? Einmal mehr bewies Tina Hartnäckigkeit – mit Erfolg. Nur wenige Tage später hatte sie selbst in dem übervölkerten und gnadenlos überteuerten Big Apple ein paar relativ preisgünstige Büroräume in bester Lage aufgetan.

Drei Wochen darauf war alles perfekt. Einschließlich nagelneuer Namensschilder an Tür und Klingel.

C. Hunt / D. Grant

Nach elf Jahren bewohnten Tina und Daniel wieder ein gemeinsames Appartement.

49. Damn Girl

Weitere vier Wochen später begann Daniel einzusehen, dass man die Zeit wohl tatsächlich nicht zurückdrehen konnte, denn innerhalb jener fünf Tage in diesem winzigen Häuschen am See war eines außen vor geblieben: der Alltag. Hier jedoch griff der in jeder Sekunde grausam um sich. An sich ja nichts Neues, auch damals in Ithaka hatten sie durchaus ein geordnetes Leben geführt. Nur bestand dies aus ihrem Studium, in das beide nicht unbedingt viel Zeit und Mühe investierten, und jeder Menge Freizeit.

Inzwischen war Daniel Arzt, Leiter einer Klinik, der von der *WHO* immer mehr vereinnahmt wurde und sich nebenher für die *Ärzte ohne Grenzen* engagierte. Tina war eine ziemlich eingebundene und offenbar erfolgreiche Unternehmerin, was die Dinge zusätzlich verkomplizierte. Oder auch nicht, das kam wohl auf die Perspektive an. Genau genommen bewohnten die beiden nur zufälligerweise das gleiche Appartement und Tina zog nicht länger von einem Hotel ins nächste. Damit waren aber auch schon alle vermeintlich so gravierenden Veränderungen genannt worden. In Wahrheit lebten sie nach wie vor allein. Auch wenn sich Tinas Geschäftsreisen in Grenzen hielten, kollidierten die unterschiedlichen Arbeitszeiten und Verpflichtungen derart miteinander, dass manchmal eine Woche verging, ohne dass die WG-Bewohner sich einmal zu Gesicht bekamen. So hatte Daniel sich ihr Zusammenleben nicht vorgestellt, und dieser unerträgliche Zustand nervte ihn mit jedem neuen Tag mehr. Außerdem wurde ihm stetig schleierhafter, wie sie jemals zueinanderfinden sollten, wenn sie doch gar keine Zeit miteinander verbrachten!

Es dauerte gar nicht lange und er stellte alles infrage und verfluchte jeden noch so winzigen Bestandteil ihrer bis ins letzte Detail durchorganisierten und verplanten Leben. Begonnen bei dem selten dämlichen Gedanken, eine Klinik zu kaufen, bis hin zu seinem Entschluss, überhaupt Arzt zu werden. War nicht vor etlichen Jahren kurzfristig eine Anstellung als Automechaniker im Gespräch gewesen? Ja, warum hatte er diese sich einmalig bietende Gelegenheit denn ungenutzt verstreichen lassen? Verdammt! Ihn nervten Tinas Ehrgeiz und *sein* Verantwortungsgefühl, darüber hinaus hasste Daniel, dass der Tag nur vierundzwanzig Stunden hatte, von denen in seinem Beruf nie ganz geklärt war, welche nun zur Tages- und welche zur Nachtzeit gehörten.

Er versuchte, irgendetwas an diesem unerträglichen Zustand zu ändern, diesmal wirklich zu allem bereit! Nur leider scheiterte jede Initiative bereits im Ansatz. Denn sooft er die Fakten auch drehte und wendete, er *war* Chef der Klinik und das konnte Daniel nicht wegreden oder einfach vorübergehend vergessen. Früher hatte es eine Zeit gegeben, da glaubte er, sobald er diesen sogenannten gehobenen gesellschaftlichen Status erreicht habe, würde er zufrieden die Beine hochlegen oder sich beim entspannten Golfspiel amüsieren, während andere mittels harter Arbeit für die Vermehrung seines Geldes sorgten. Was war er naiv gewesen! Die Realität sah nämlich total anders aus: *Daniel* übernahm all jene Aufgaben, die bei seinem Ärztestab so gar nicht auf Gegenliebe stießen. Immer blieben an ihm die verhassten Schichten, die schwierigsten Patienten und die kompliziertesten Fälle hängen. Hinzu gesellten sich all die Belange, mit denen er sich als Unternehmer auch noch herumschlagen musste – so viel zum vorgezogenen angenehmen Lebensabend. Obwohl – Golf hatte er schon immer gehasst, als darauf konnte er verzichten. Doch auch sein Leben, das doch eigentlich jetzt stattfinden sollte, war offenbar ersatzlos gestrichen worden. Nicht der winzigste Lichtschimmer ließ sich am Horizont ausmachen.

Mittlerweile drohte der März akut, in den April überzugehen, was nichts anderes bedeutete, als dass er in etwas mehr als drei Monaten für sechs Wochen in die Dritte Welt verschwinden würde. Zum ersten Mal seit zehn Jahren zog Daniel ernsthaft in Erwägung, seinen diesjährigen Einsatz bei den *Ärzten ohne Grenzen* abzusagen. Dieser wunderbare Gedanke überlebte genau fünf Sekunden, dann stellte er fluchend und mit hörbarem Zähneknirschen fest, dass diese Alternative in Wahrheit überhaupt nicht *existierte!* Die Menschen waren auf sein Kommen angewiesen, er *durfte* sie nicht im Stich lassen! Verdammt! Nicht einmal mit Tina konnte er über seine zunehmende Frustration sprechen, die sah er ja so gut wie nie! Und selbst wenn? Was hätte er denn sagen sollen?

Baby, um ehrlich zu sein, habe ich mir diese Geschichte ein bisschen anders vorgestellt. Also könntest du bitte demnächst warten, bis ich so gegen zwei/drei Uhr nachts nach Hause komme? Denn wir müssten uns dringend mal unterhalten und endlich an die Produktion der dreitausend Kinderchen machen.

Es war ja nicht so, dass sie sich überhaupt nicht sahen. Hin und wieder wurde selbst Daniel mit einem freien Tag verwöhnt, und Tina fuhr wenigstens an den Wochenenden nicht ins Büro. Übrigens auch eines der Details, die er zunehmend verfluchte und infrage stellte. Im Grunde hätte sie doch auch in ihrem Zimmer arbeiten können! Dank des Auftragsdienstes benötigte sie gar kein Firmenschild, mit potenziellen Kunden konnte sie sich ja auch in deren Firmen treffen, und manchmal war es ohnehin ratsam, Altbewährtes beizubehalten.

Seiner bescheidenen Ansicht nach war dieses dämliche Büro ein akuter Fall von Geldverschwendung. Auch eine Überlegung, die Daniel zu gern mal ausgiebig mit Tina diskutiert hätte. Leider fielen seine freien Tage nun einmal nicht häufig auf die letzten beiden der Woche, denn diese Schichten stießen bei seinem verwöhnten Stab *auch* eher auf Ablehnung. Verdammte Bande!

Als dann Ostern und Weihnachten auf einen Tag fielen und sie Samstag und Sonntag gemeinsam in den gleichen vier Wänden weilten, fühlte sich Daniel wie ein König. Nie zuvor hatte er sich derart auf einen freien Samstag gefreut. Heldenhaft verzichtete er auf das Ausschlafen, was in jedem anderen Fall undenkbar gewesen wäre. Stattdessen erhob er sich bereits im Morgengrauen aus seinem bequemen, aber dummerweise einsamen, Bett und bereitete das Frühstück vor.

Zwei Stunden später schien die Sonne, es drohte, ein wunderschöner Tag zu werden, was seine Lebensgeister noch einmal zusätzlich aufrüttelte. Er richtete es so ein, dass er bei ihrem Aufwachen, egal, wann sie geruhte, das zu tun, innerhalb kürzester Zeit auftafeln konnte. Das Ei bereitete er vor, briet es allerdings noch nicht, ebenso hielt er es mit dem Speck. Der Kaffee, nun, der wurde von der Hightech-Pad-Maschine ja ohnehin immer frisch gebrüht.

Als es elf Uhr wurde, beschloss er, nach Tina zu schauen, nur um sicherzugehen, dass sie zwischenzeitlich nicht ins Koma gefallen war. Man konnte nie wissen, in seinem Beruf erlebte man so einiges. Nachdem er ihre Zimmertür geöffnet hatte, verzog Daniel das Gesicht und unterdrückte nur mit Mühe ein entnervtes Stöhnen.

Tina schlief nicht. Oh nein! Die war wach! Und das augenscheinlich bedeutend länger, als er. Solange er im Appartement umhergeisterte, hatte sie das Bad nicht benutzt, demnach musste die Arie bereits davor stattgefunden haben – mitten in der Nacht, vermutlich. Eine perfekt frisierte Frau sah ihm leicht verwundert entgegen. Sie saß an ihrem Schreibtisch und arbeitete – den Laptop vor sich, natürlich. Aber wenigstens lächelte sie. »Hey!«

Schon grinste auch Daniel – sein aufkeimender Groll gehörte längst der Geschichte an. »Das Frühstück ist fertig.«

Oh, sie *wollte* ablehnen! Der Kopf hatte die Hälfte des Weges – den nach links – bereits vollzogen, bevor sie ihn jedoch auch in die andere Richtung bewegen konnte, überlegte sie es sich anders und der Blick wurde bittend. »Ich komme gleich, okay?«

Hervorragend! Allerdings machte Daniel die Erfahrung, dass ›gleich‹ für Tina ein äußerst dehnbarer Begriff war. Da sie eine halbe Stunde später immer noch durch Abwesenheit glänzte, ging er abermals in ihr Zimmer und diesmal klopfte er nicht. Nach wie vor saß sie an ihrem Laptop und wirkte nicht einmal annähernd zerknirscht, als er sie vorwurfsvoll musterte.

»Fang schon allein an, ich komme gleich!«

Sicher, und Daniel war der Weihnachtsmann! Mit eisiger Miene klappte er den Laptop zu und nahm ihre Hand. »Frühstück!«

Das obligatorisch entnervte Seufzen blieb selbstverständlich nicht aus, aber Tina erwies sich als intelligent genug, nicht zu widersprechen, jedenfalls zunächst. Nachdem sie sich jedoch in Lichtgeschwindigkeit ihren Mikro-Butter-Konfitüre-Toast einverleibt hatte, wurde er mit dem nächsten tadelnd/bedauernden Blick bedacht. »Ich *muss* arbeiten, Daniel.«

»Nicht ohne gefrühstückt zu haben!«, widersprach er sofort, als hätte er auf ein derartiges hanebüchenes Argument nur gelauert. »Und wo wir dabei sind … Wann hattest du vor, damit zu beginnen?«

»Geht das schon wieder los?« Ha! Jetzt wurde sie zickig – ein eindeutiger Fortschritt.

»*Wieder?* Mir ist nicht bekannt, dass ich dieses Thema zuvor bereits begonnen hätte.«

»Du kapierst das offenbar nicht!« Daniel hätte darauf gewettet, dass sie absichtlich die gleichen Worte verwendete, wie er kurz vor der letzten Entführung in seinem Büro. »Ich kann nicht unüberlegt vor mich hin futtern! Ich muss auf meine Figur achten. Das ist nun mal so!«

»Tina, du *besitzt* keine Figur!«, knurrte er. »Die hast du dir mit den letzten fünf Pfund erfolgreich weggehungert.«

»Du spinnst, Grant!«

»Ach ja?« Er deutete auf das, was früher einmal zwei wundervoll geformte Brüste gewesen waren. »Das ist mindestens eine Größe weniger.«

»Mal davon abgesehen …«, erwiderte sie würdevoll, »dass es mir immer noch ein Rätsel ist, wie *du* meine Körbchengröße kennen kannst, bin ich *froh darüber!* Du bist ein Mann und kannst nicht wissen, wie sehr die Dinger stören können.«

»Wo? Beim Arbeiten?«

»Auch.«

»Aha.«

Angestrengt überlegte Daniel, wie eine Frau sitzend am Schreibtisch durch eine perfekt geformte Größe C behindert werden kann. Auch unter Einsatz aller verfügbaren und leistungsfähigen Gehirnwindungen – und davon besaß er eine beachtliche Menge – gelangte er zu keinem plausiblen Ergebnis.

Tina hatte ihn nicht aus den Augen gelassen. »Nicht einmal *du* wirst das nachvollziehen können, Grant«, informierte sie ihn kühl. »Und wenn du die weibliche Psyche noch so ausufernd studierst. Denn du bist und bleibst ein Mann!«

»Nun, ich schätze, das hat weniger etwas mit der weiblichen Psyche zu tun, als vielmehr mit richtiger Haltung und dem Vorhandensein von Fettgewebe und dergleichen«, meinte er schulterzuckend. »Du weichst mir übrigens aus, was ich echt bedenklich finde. Wenn du so überzeugt von dem Wahnsinn bist, den du mit dir veranstaltest, dann wirst du ihn doch wohl auch vertreten können, oder?«

Sie nickte. »Könnte ich und üblicherweise gehe ich auch keiner Diskussion aus dem Weg. Du hast ja keine Ahnung, *wie* diskussionsfreudig ich bin!« Das klang nicht sehr friedlich, doch gegen eine Auseinandersetzung hatte auch Daniel noch nie etwas einzuwenden gehabt. Glaubte sie wirklich, ihn mit derartigen Pseudodrohungen mundtot zu machen? Ha, selten so gelacht! Dachte er, sagte es jedoch natürlich nicht, sondern heuchelte stattdessen immenses Interesse an dem Bullshit, den sie gerade so freudig in die Runde warf.

»Du vergisst, dass diese Angelegenheit nur mich etwas angeht«, fuhr sie herablassend fort, bereits wieder ganz Dame. »Daher debattiere ich sie mit *niemandem*. Und deine Witzblättchen ändern an meiner Meinung auch nichts! Also spar dir in Zukunft die Mühe!«

Daniel musterte sie mit gespitzten Lippen. »Aha.«

»Ja.«

»Dann wäre das wohl geklärt.«

»Ja.«

»Gut.«

Ein drittes Ja folgte nicht, was ihn ein klein wenig ärgerte. Daniel schluckte noch an seinem Frust und hätte darum eine längere Auszeit dankend akzeptiert. Außerdem fragte er sich mit rasant wachsender Verzweiflung, wie er ihr denn nur begreiflich machen sollte, dass sie es auf diese Art nie zu einem Kind bringen würden. Mal angenommen, so etwas in der Art wäre überhaupt geplant gewesen. Denn davon musste er sie ja *auch erst* überzeugen! Himmel, für zwei freie Tage standen jede Menge wichtiger Themen zur Klärung auf der Agenda! Von wegen Ausspannen! Im Anschluss an ein besonders tiefes Luftholen rang er sich ein Lächeln ab.

»Was hast du heute vor?«

»Arbeiten?«

Daniel schüttelte den Kopf. »Kein Mensch kann nur schuften. Außerdem haben wir uns eine knappe Woche nicht gesehen, lass uns irgendwas unternehmen.«

Erstaunlicherweise lehnte sie nicht sofort rüde ab, stattdessen wirkte ihr Blick plötzlich wieder so ekelhaft bedauernd. »Ich *muss* arbeiten, du verstehst das ...«

»Doch!«, unterbrach er sie eilig. »Ich verstehe sehr wohl. Das Problem mit zu viel Arbeit und zu wenig Zeit ist mir durchaus vertraut, du wirst es nicht glauben! Aber wenn du dir nicht hin und wieder ein wenig Freizeit stiehlst, ohne Rücksicht auf all die Argumente, die dagegen sprechen, wirst du eines Tages aufwachen und feststellen, dass dein Leben vorbei ist. Und das, ohne jemals wirklich stattgefunden zu haben. Ich schätze, selbst dann stapelt sich noch genügend unerledigte Arbeit. Fertig wird man nämlich nie. Das jedenfalls sind meine Erfahrungen.« Er zuckte mit den Schultern. »Wäre natürlich möglich, dass es sich bei dir anders verhält. Marketing ist nicht unbedingt mein Metier.«

Sie schien wirklich über sein unschlagbares Argument nachzudenken und vor lauter Anspannung hielt er die Luft an, obwohl in Wahrheit sein Entschluss längst feststand. Egal, wie Tina entscheiden würde, den heutigen Tag würden sie gemeinsam verbringen. Aber wenigstens wollte er ihr die Illusion einer Wahl lassen. Nach einer Weile lenkte sie tatsächlich ein. *Ha!*

»Und was dachtest du dir?«

»Hmmm.« Grübelnd betrachtete er die gegenüberliegende Küchenzeile. Tom hatte sich bereits seit längerer Zeit nicht mehr blicken lassen, daher glänzte sie im schönsten, polierten Chrom.

»Um ehrlich zu sein, ich weiß es nicht«, räumte er schließlich ein und grinste verlegen. »So oft habe ich auch nicht frei.«

Ihr Lachen klang hell, amüsiert und absolut nach Tina.

»Okay.« Sie gluckste immer noch. »Wie wäre es ... Wie wäre es denn ... mit ... einkaufen?«

»*Shoppen?*« Selten war Daniel verblüffter gewesen. »*Du* willst shoppen gehen?«

»Nein!« Verdammt! Ernst und Würde waren soeben frisch eingetroffen. »Ich bezog mich eher auf einen ausgiebigen Besuch im Supermarkt.«

»*Oh!*«

»Und? Was sagst du?«

»Auf jeden Fall ist es ein Anfang.«

Und so suchten sie als Erstes den örtlichen Supermarkt auf. Daniel amüsierte sich köstlich über die Tonnen von Wasserflaschen, die Tina in dem Einkaufswagen verstaute, enthielt sich jedoch geflissentlich jedes Kommentars. Schon, weil sie ihn so lauernd bei ihrem aufgesetzten Treiben beäugte.

Als Tina ihn mit einem diabolischen Grinsen in die Hygieneabteilung zerrte und eine Riesenpackung Tampons ihrem beachtlichen Wasservorrat hinzufügte, nahm er den Karton und las ihr laut und hörbar für jeden Kunden in einem Umkreis von zwanzig Metern die Gebrauchsanweisung vor.

Das wischte wenigstens das dämliche Grinsen von dem auch heute wieder sehr hübschen Gesicht. Essbare Vorräte schienen seitens der Nahrungsverächterin nicht eingeplant zu sein, dennoch ließ Daniel es sich nicht nehmen, einige Bestände im Appartement aufzufüllen. Und wenn sie noch so entnervte Grimassen schnitt. An der Kasse hatte sie sich erholt – leider –, denn Tina zog nach.

Aber selbst als sie ganze *zehn* Packungen Atemerfrischer einpackte, fiel er nicht aus der Rolle. Allerdings begutachtete er mit wachsender Begeisterung die Supermarktbeleuchtung, weil diese nervende und krankhaft schlanke Frau sich dabei extrem viel Zeit ließ. Sie nahm eine, dann noch eine … eine weitere … all das, ohne ihn aus den Augen zu lassen. Selbst dieser Provokation hielt Daniel stand, weshalb er sich im Geiste vorsorglich für den Friedensnobelpreis nominierte. Nachdem die beiden erfolgreich den Kassenbereich überwunden hatten – Tina zahlte –, musterte sie ihn verstohlen von der Seite.

»Also ich muss zugeben, du erstaunst mich.«

»Warum? Ich hatte dir doch gesagt, dass ich meine schlechten Angewohnheiten abgelegt habe.« Für den beiläufigen Ton stand ihm nicht nur der Nobelpreis, sondern auch ein Oscar zu. Auf eine derart glaubwürdige Demonstration seiner neuen Gelassenheit wusste sie nichts zu erwidern und Daniel gratulierte sich, damit seinen Ball erfolgreich versenkt zu haben. Tina wollte den Einkauf nach Hause bringen und auch dort bleiben, doch Daniel gelang es mit einigen Mühen, sie erneut aus dem Appartement zu locken. Dies war nämlich wirklich ein wundervoller Frühlingstag und es wäre ein Verbrechen gewesen, ihn ungenutzt zu lassen.

Seit Ewigkeiten trug sie mal wieder Jeans und ein normales Sweatshirt – ein zauberhafter Anblick, der Daniels Ausgelassenheit noch zusätzlich steigerte. Allein dafür und weil sich ihr Make-up heute nur auf das Notwendigste beschränkte, hätte er diese schöne Frau augenblicklich geheiratet. Vorausgesetzt, sie wäre damit einverstanden gewesen, natürlich. Wenn auch mit sichtlichem Widerwillen, ließ sie sich von Daniel in den Central Park entführen, wo sie inmitten des weiten Grünes ein spontanes Picknick veranstalteten. Viel stand ihnen dafür nicht zur Verfügung, nur Wasser und die verdammten Pfefferminzbonbons. Doch er war viel zu gut gelaunt, um sich deshalb in seinem neuen Enthusiasmus beirren zu lassen. Begeistert lutschten Tina und er um die Wette. Kleiner, positiver Nebeneffekt: Sie aß eine ganze Packung, was bereits 200 Kalorien ausmachte und nicht nur vier. Langsam steigerte er sich.

Nachdem sie zwei Flaschen Wasser geleert hatten, überlegten die beiden mit einiger Sorge, wo sich hier die öffentlichen Toiletten befanden. Daniel grinste.

»Im Zweifelsfall nehme ich einen Baum. Was du tun willst, nun ja, wir könnten uns in die Büsche schlagen und ich beschütze dich. Vor allem vor den Bären, Tigern und Löwen.«

»Grant«, wurde er daraufhin von einer arroganten Tina informiert, die es ernsthaft fertigbrachte, selbst im Schneidersitz auf einer Wiese würdevoll zu wirken. »Ich bin durchaus in der Lage, ohne deine Hilfe illegalerweise im Busch pinkeln zu gehen.«

»Da pflichte ich dir bei«, nickte er eilig. »Ich mache mir nur darüber Sorgen, wie du mit nasser Hose heimkommst. Soweit ich weiß, geht die Geschichte bei euch meistens schief. Damit meine ich das Urinieren in öffentlichen Grünanlagen.«

Lange Zeit musterte sie ihn aus verengten und sichtlich missmutigen Augen, bis sie es auch auf eine Erwiderung brachte. »Ich könnte fragen, woher *du* das weißt. Aber …« Entschieden schüttelte Tina den Kopf. »Nein, ich muss nicht alles wissen. Mein ruhiger Nachtschlaf ist mir heilig.«

»Das freut mich ehrlich … Habe ich nun recht?«

»Mund halten, Grant!«

Der grinste und auch Tina verlor nach kurzem, aber hartem Kampf und brach in schallendes Gelächter aus. Eine Zeit lang amüsierten sie sich über die anderen Leute im Park, der anlässlich des schönen Wetters recht gut besucht war. Mit Begeisterung lästerten sie über die pikierten Damen, die ihre Hunde in Handtaschengröße spazieren führten und lachten über die alten Männer, die sich im Joggen übten und keine einhundert Meter später auf einer der zahlreichen Bänke eine Pause einlegen mussten. Für eine halbe Stunde.

Daniel schüttelte den Kopf. »Fahrlässig!«

Womit er Tina die nächste Steilvorlage lieferte. »Weißt du, ein wenig mehr Toleranz stünde dir wirklich nicht schlecht!«

»Toleranz?« Ungläubig sah er auf. »Ich bin sogar außerordentlich tolerant!« Ihr Prusten wurde strikt ignoriert. »Solange ich den Leuten nicht dabei zusehen muss, wie sie sich gesundheitlich zugrunde richten!«

»Ist dir nie der Gedanke gekommen, dass andere Menschen diese Dinge vielleicht auch anders sehen könnten?«

»Natürlich kam der mir«, erwiderte er mürrisch. »Aber man muss sie doch über ihre Fehler aufklären, bevor sie dumm sterben.«

»Ich verstehe, dir ist nicht zu helfen!«, stöhnte sie.

Nach sorgfältiger Überlegung hob er lässig die Schultern.

»Auch gut.«

Etwas später lagen sie nebeneinander im Gras und betrachteten den beinahe wolkenlosen Himmel. Nur vereinzelt zeigte sich im tiefen, so friedlich wirkenden Blau eines der weißen, bauschigen Gebilde. Als Daniel zu ihr sah, hatte sie die Augen geschlossen.

»Preisfrage.«

»Hmmm?«

»Wie lange hast du so etwas nicht getan?«

Tina seufzte. »Ich kann mich nicht mehr genau erinnern. Ich glaube …«

»Was?«, erkundigte er sich, weil sie keine Anstalten unternahm, den begonnenen Satz auch zu beenden.

»Nein, das willst *du* nicht wissen.«

»Schon wieder unterschätzt du mich gewaltig, denn ich will alles erfahren.«

Ohne die Lider zu öffnen, hob sie eine Braue. »Nur fürs Protokoll: *Du* wolltest es nicht anders.« Erst nach einer Weile rückte sie tatsächlich mit der gewichtigen Sprache heraus. »Ich saß damals oft auf dem Campusrasen.«

»Ach?«

»Ja, das war während einer meiner Daniel-Abgewöhnungsphasen. Ich weiß nicht mehr genau, die Wievielte.«

»Deiner *was*?«

»Das ist doch jetzt total nebensächlich!« Tina holte tief Luft. »Jedenfalls … bei so einer Gelegenheit traf ich Ric.«

»Diesen dreckigen Latino?«

»Er war ein wirklich guter Freund!«, wurde er prompt zurechtgewiesen. »… der mir in einer schlimmen Zeit half. Und ich allein habe es verdorben.«

Daniel hatte diesen Wicht ganz anders in Erinnerung. Aber vielleicht war er damals auch zu befangen gewesen, um dessen wahre Werte auszumachen. Auf jeden Fall hatte der Abklatsch eines drittklassigen Schnulzensängers einen ziemlich deftigen linken Haken besessen, obwohl er dem Knaben in jeder Sekunde ihrer netten Prügelei haushoch überlegen gewesen war. Tina mochte Daniel für blasiert halten, so arrogant war er allerdings auch wieder nicht, um nicht wenigstens in Betracht zu ziehen, dass der Typ ganz in Ordnung gewesen war.

… und diese Überlegung kurz darauf als Bullshit abzutun. Er war ein ekelerregender, aufdringlicher und, Daniels bescheidener Ansicht nach, verschlagener Idiot gewesen und damit basta!

»Hast du ihn wiedergesehen?«

»Ja.«

Sein Kopf fuhr zu ihr herum und er richtete sich ruckartig auf. »Wo?«

Langsam breitete sich ein Grinsen auf dem lieblichen Gesicht aus, und endlich bequemte Tina sich, ihn auch anzusehen. »Warum willst du das wissen?«

»Reines Interesse«, erwiderte er unschuldig. »Ich bin ein Pionier im Ausbau der Beziehungen aller Ethnien, die unser wundervoller Staat beherbergt. Allen voran fühle ich mich unseren südstämmigen Nachbarn verpflichtet. Schließlich haben wir sie in der Vergangenheit nicht immer fair behandelt. Und dieser Gedanke zermürbt mich – in jeder Nacht. Daher habe ich mir auf die Fahnen geschrieben, an dem zerrütteten Verhältnis etwas zu ändern.«

»Du hast dir vielleicht auf die Fahnen geschrieben, dass du spinnst und mich mit deinem Schwachsinn in den Wahnsinn treiben willst, mehr aber auch nicht!«, stellte sie mürrisch fest.

Leise lachte er auf. »Okay, du hast mich.«

»Hmmm.«

Er legte sich wieder neben sie und blickte zum Himmel.

»Ric lebt hier in New York«, hob sie nach einer Weile an. »Ich traf ihn zufällig im letzten Jahr.«

»Ach, hat er einen Basar eröffnet und verhökert nun die in Heimarbeit gefertigten Waffen an schießwütige Erstklässler? Oder favorisiert er den Handel mit bewusstseinsverändernden, illegalen Präparaten?«

»Daniel, es ist Ausdruck menschlicher Größe, seine alten Eifersüchteleien irgendwann mal hinter sich zu lassen.«

Trocken lachte er auf. »*Eifersüchteleien.*«

»… wenn man seine *ekelhafte* Eifersucht, die einem damals übrigens absolut nicht zustand, irgendwann mal hinter sich lassen kann«, korrigierte sie sich. Es klang ein wenig bissig, aber das konnte natürlich auch Produkt seiner Fantasie sein. »Er arbeitet in der Stadt. Und du wirst es nicht glauben, aber er ist inzwischen ein ziemlich hohes Tier. Oberster Abgesandter seiner Minderheit, vertritt deren Rechte und versucht, ihre Interessen zu schützen. Soweit ich informiert bin, geht er beim Senator ein und aus, ist enger Freund des Bürgermeisters.«

»Ich erstarre in Ehrfurcht. Wie genial!«, warf Daniel ein.

»Ja, das ist es!«, beharrte Tina. »Er hat sich sehr verändert.«

»Soso.«

»Du solltest endlich mit deiner unangebrachten Abneigung aufräumen! Das ist Ewigkeiten her und es war Unrecht, ihn derart herablassend zu behandeln! Was du über ihn gesagt hast, stimmte überhaupt nicht!«

»Ha!« Auch das kam mit hörbarer Schärfe. »Im Gegensatz zu dir wusste ich, was für ein Arsch er ist! Sorry, bei diesem Thema bin *ich* der Experte!«

Leise seufzte sie auf, erwiderte aber nichts. Und auch Daniel hielt besser den Mund, denn er wusste, dass es bestimmt nicht sehr reif war, bis heute auf diesen kleinen, miesen, unbedeutenden Flegel wütend zu sein.

»Ich habe ihn damals überredet«, wisperte sie etwas später. »Man kann es auch nötigen nennen.«

Mit beachtlicher Mühe hinderte Daniel sein Schnauben am Ausbrechen. Sicher, neuerdings musste man die Männer zum Sex *nötigen!* Besonders Tina.

»Er wollte das nicht!«, beharrte sie, als hätte sie seine Gedanken erraten. »Noch nicht, jedenfalls. Ric ist sehr konservativ, weißt du? Auch wenn er nicht so aussieht. Du hattest recht, es war sein erstes Mal und ich habe es ihm so ziemlich versaut.«

»Das hat er dir vielleicht erzählt.«, knurrte Daniel, mit dem am Ende doch die Pferde durchgingen. »Tina, dass du nach all den Jahren noch so naiv sein kannst.«

Als es dunkel über ihm wurde, riss er die Augen auf und sah in ihr wütendes Gesicht, das über seinem schwebte.

»Eben weil ich *nicht* naiv bin, weiß ich, dass es die Wahrheit ist! Glaubst du ehrlich, *mir* könnte noch jemand erfolgreich einen derartigen Müll vorgaukeln? Wie kannst du selbst heute noch …« Sie verstummte und verzog das Gesicht. »Außerdem hast du darauf nicht den *geringsten Anspruch!*«

Jetzt schien sie wirklich wütend zu sein, Einbildung ausgeschlossen. Verdammt! Dabei interessierte sich Daniel überhaupt nicht für diesen Bengel! Er würde ihn nie wiedersehen, der Kerl gehörte der Vergangenheit an, und es gab keinen Grund, gerade deshalb in Streit zu geraten. Das würden sie früh genug, wenn er erst einmal mit seinen langfristigen Plänen aufwartete. Eilig nahm er ihr Gesicht zwischen seine Hände und zog sie zu sich herunter.

»Ja«, wisperte er an ihren vollen Lippen. »Ich war damals eifersüchtig. So sehr, du hast keine Vorstellung. Okay, diesbezüglich tappte ja selbst ich mehr oder weniger im Dunkeln. Und ich bin es auch heute noch. Auf jeden!«

Bevor sie etwas erwidern konnte, lag sie im Gras und Daniels Mund auf ihrem. Er hatte mit Gegenwehr gerechnet, aber Tina dachte nicht daran, zu protestieren. Im Gegenteil, sie erwiderte Umarmung und Kuss so atemlos und leidenschaftlich, dass ihm nach kurzer Zeit ernstlich die Sinne zu schwinden drohten. Scheiße, sie fehlte ihm so sehr! Erst jetzt erkannte er das gesamte Ausmaß des katastrophalen Zustandes. So durfte das unmöglich weitergehen. Jede Sekunde ohne sie, war eine verschwendete. Sie gab ihm so viel. Er hätte es nie gesagt – Tina musste ja nicht alles erfahren – doch Daniel hatte nie zuvor mit einem Mädchen im Gras gesessen oder es bis zur Ohnmacht geküsst. Was momentan seinem groben Plan für die nächsten Minuten entsprach. Diese wundervolle Frau hatte aus ihm schon wieder einen neuen Menschen gemacht. Plötzlich wollte er ungekannte, bisher nicht vermisste Dinge erleben und zweifelte an allem, was sein Leben derzeit beinhaltete. Es war der endgültige Beweis, dass er von Anfang an richtig gelegen hatte: Sie war tatsächlich eine Heimsuchung. Und was für eine!

Sein Kuss wurde leidenschaftlicher und ihr Seufzen dunkler. Bald kämpfte er mit wachsenden Schwierigkeiten darum, nicht zu vergessen, dass sie sich mehr oder weniger in der Öffentlichkeit befanden, und er musste sich einige Male in letzter Sekunde energisch daran hindern, sich an ihrem Sweatshirt zu vergreifen. Denn leider drohten seine Gewissenskonflikte zunehmend, von seinem wachsenden Begehren weggespült zu werden. Was war schon dabei?

Sollten die anderen zusehen und lernen. Besonders diese dämlichen Hausfrauen mit den verkniffenen Mündern. Dummerweise befürchtete er, dass Tina nicht sehr begeistert sein würde, wenn er die Erfüllung seines derzeit dringendsten Wunsches gerade hier weiterverfolgte. Kurz darauf gelangte Daniel zu dem Schluss, dass der Gedanke mit dem Kuss bis zur Ohnmacht sogar eine *äußerst* geniale Idee war. Dann konnte sie sich nämlich nicht wehren, falls seine Beherrschung am Ende doch noch endgültig in der Versenkung verschwand.

50. Final Masquerade

Für den Samstag hatte Tina ursprünglich ganz konkrete Pläne gehabt. Sie wollte einige der eher lästigen Arbeiten erledigen. Papierkram – den hasste sie, weil man Stunden damit zubrachte, ohne am Ende wirklich etwas erreicht zu haben. Dass sie stattdessen mit Daniel im Central Park landen und ein Picknick abhalten würde, wäre ihr nicht im Traum eingefallen! Es war schön – auch das verblüffte sie nicht wenig. Aber als dieser Idiot ganz nebenbei ihre Vermutung bestätigte und seine damalige Eifersucht mal ganz lässig einräumte, hätte sie ihn schlagen können. Völlig unmotiviert wie jedes Mal, wenn dieses besondere Bedürfnis sie heimsuchte, was in letzter Zeit sehr häufig passierte. Meistens dann, wenn sie in sein makelloses Gesicht sah, die Lippen bewunderte, ob sie wollte oder nicht, und drohte, in seinen Augen zu ertrinken und alles zu vergessen. Es kam und ging mit ihren wechselnden Stimmungen. Ein Rezept dagegen gab es ihres Wissens nicht, okay, sie hatte auch nicht sehr angestrengt danach gesucht. Aber immer häufiger war ihr, als hätte sie etwas Kostbares unwiderruflich verloren. *Nein, nicht ihn!* Pah!, so weit würde es nie kommen! Sondern *Zeit! Alles* wäre anders gekommen, hätte er sich damals nur nicht so verdammt dämlich angestellt und wenig später so unaussprechlich grausam. Doch anstatt das riesige Rindvieh endlich anständig zu verprügeln, Augen auskratzen inklusive, die Fingernagelamputation – ohne Betäubung – war auch noch lange nicht vom Tisch, gab sie, wie so unerträglich häufig, die dumme Gans, die sie in seiner Gegenwart nun einmal war. Längst hatte sie jede Hoffnung auf eine späte Wunderheilung aufgegeben. Und als wäre das nicht allein schon niederschmetternd genug gewesen, führte Tina sich ganz nebenbei wie ein Teenager bei seinem ersten Kuss auf. Nicht, dass sie eines dieser Vergehen momentan störte. Kein Wunder, Daniel küsste zu gut und zu vereinnahmend, als dass solche peinlichen Gedanken eine langfristige Überlebenschance bekamen. Das hätte Tina ihm natürlich nie gesagt, dieser Mann strotzte bereits in der Basis vor Selbstgefälligkeit, jede Steigerung wäre unerträglich.

Dennoch … als er zärtlich ihre Brust berührte, seufzte sie, was sogar verdammt sehnsüchtig klang. Bald hatte sie vollständig vergessen, wo sie sich befanden. Auch so eine Eigenschaft des Profs, die im Grunde verboten gehörte. Ihr erschien es mindestens fünfzig Ewigkeiten her, dass sie zuletzt zusammen gewesen waren, und seine Lippen fühlten sich noch genauso warm und weich an, wie früher. Gleiches traf auf ihn insgesamt zu. Auch sein Duft hatte sich nicht verändert. Hmmm. Sein makelloser Körper, derzeit unter seinem Hemd verborgen, schien sie zu rufen. Ihre Hände suchten ihn auf dem glatten Gewebe, wollten ihn unbedingt ohne störendes Beiwerk spüren. Es war, als hätte sich eine Schleuse geöffnet, die niemals ganz verschlossen gewesen war, und Tina hatte zunehmend erhebliche Schwierigkeiten, auch nur zu atmen. Viel zu beseelt von dem Wunsch, ihn endlich wieder spüren zu dürfen. Während sie an seinen Knöpfen nestelte, überlegte sie benommen, was seinen Kuss ausmachte. Weshalb er so anders ausfiel, als all die anderen Küsse, die ihr jemals geschenkt worden waren. Nach einiger Zeit – unter diesen Umständen fiel es nicht leicht, überhaupt einen klaren Gedanken zu fassen – kam sie auch auf eine Antwort: Daniel überfiel nicht. Nie fühlte sie sich ihm ausgeliefert, und wenn sie ihm sprichwörtlich gehörte, dann genoss sie es mit jeder Faser ihres Seins, ohne die vorübergehende Aufgabe ihrer Unabhängigkeit zu bereuen.

Sie liebte seine Lippen – schmal, aber nicht zu sehr, fest und dennoch weich. Nur sein verdammter Mund erschien ihr bereits so unvergleichlich männlich. Möglicherweise war sie auch nur auf genau dieses Paar geprägt worden, eine miese kleine Begleiterscheinung all dessen, was er ihr damals angetan hatte. Nie hätte sie sich für diese breiten, froschähnlichen Exemplare erwärmen können, die andere Männer besaßen, weil sie es liebte, einen Widerstand zu spüren. Vielleicht hatte sie deshalb in den vergangenen Jahren so selten geküsst. Es war immer nur er gewesen, in jeder Hinsicht. Allein dieser unverwechselbare Geschmack. Hmmm … Oh Mann! Sie liebte ihn. So sehr. So *überwältigend!* Selten zuvor war Tina von diesen starken Gefühlen derart überfallen worden wie in diesem Moment. Ihr Verlangen nach ihm tat fast weh, er konnte ihr nicht nah genug sein. Da half auch nicht sehr, dass sein Hemd längst offenstand und sie endlich seine Haut berührte. Tina wollte mehr, und ihr war so ziemlich egal, wo sie sich gerade befanden, daran konnte sie sich sowieso kaum entsinnen. Sie hätte ewig so schwelgen können, doch unvermittelt verschwanden seine Lippen.

Unverzeihlich! Verzweifelt kämpfte sie mit ihrer Enttäuschung und sah ihn erst an, als sein leises, dunkles Lachen über ihr ertönte. Dass dies nach einer ganzen Weile geschah und trotzdem noch gepresst klang, war auch kein großer Trost. Wütend funkelte sie ihn an.

»Was?«

»Du wirst das wohl nie lassen.«

»Was?«

Rasch küsste er sie erneut. »Deine Augen dabei zusammenzukneifen«, wisperte er an ihren Lippen. »An wen hast du gedacht?«

Tina hob die Brauen und gab vor, angestrengt zu überlegen. »Ric … nein, Kommando zurück! Den behalte ich mir für die *wirklich* spannenden Momente vor. Ich schätze an den ›fetten Kerl aus Houston‹. Ja und es war himmlisch!«

Schlagartig wurde Daniel ernst und die Erregung, eben noch so greifbar in den grünen Augen, war verschwunden. Was auch für diese sexy dunkle Stimme galt. Mist! Sofort bereute Tina, ihn auf den Arm genommen zu haben.

»Warum hast du das getan?«, erkundigte er sich verhalten, womit ganz nebenbei ein kompletter Themenwechsel vollzogen wurde.

»Das war ein Scherz, Grant!«

»Du weißt, was ich meine!«

Tina seufzte. Dahin ging sie, die wundervolle Stimmung, und nur, weil sie im entscheidenden Augenblick, wie so häufig nicht den Mund gehalten hatte. Nun, warum nicht? Diese spezielle Aussprache stand sowieso noch aus.

»Manchmal ist es ein Gewinn, eine Frau zu sein. Ich meine …« Hohl lachte sie auf. »Meistens nicht, also halten sich Vor- und Nachteile die Waage. Keine Panik, wir haben bestimmt nicht die besseren Karten gezogen.« Bevor sie fortfuhr, überlegte Tina genau, wie sie am besten formulierte, was er unbedingt endlich verstehen musste. »Er hatte das, was ich wollte, und ich kam schon vor Jahren dahinter, dass Sex ein recht unbedeutender Preis ist. Ihr Männer seid verdammt beeinflussbar und nicht in der Lage, logisch zu denken, wenn man … ein bisschen nett zu euch ist.« Eingehend betrachtete sie sein erstarrtes Gesicht und sah sich entgegen ihrer Überzeugung zu einer weiteren Rechtfertigung genötigt. »Ich tat so was nicht häufig, es war nicht, wie du glaubst. In Wahrheit haben sich die meisten an mir ihre falschen Beißerchen ausgebissen.«

Das nächste flüchtige Gelächter folgte. »Ich schätze, sie halten mich für eine Lesbe. Du hast dir für dein Stalking nur den falschen Zeitpunkt ausgesucht. Auf diese einmalige Gelegenheit hatte ich seit Jahren hingearbeitet. Es lief nicht besonders und darum musste ich …«

»Tina …«

»Nein!« Entschlossen schob sie ihn von sich und setzte sich auf. »Du weißt nicht, wie es ist, wenn du dich gegen eine Horde überheblicher Männern behaupten musst, die dich am liebsten hinter den Herd schicken würden, wohin du nämlich gehörst! Oder eben ins Bett – meinen sie jedenfalls. Du weißt nicht, wie nervend es ist, die dämlichen, herablassenden Fratzen zu sehen oder zu ertragen, dass sie dir nicht zuhören, sondern dir nur in den Ausschnitt glotzen, während du dich wochenlang auf deinen Vortrag vorbereitet und Nächte lang durchgearbeitet hast, um eine qualitativ hochwertige Rede halten zu können. Weißt du, wie das ist, wenn sie dir nicht mal zuhören, weil sie sich in Wahrheit nur für deine Titten interessieren und mit der Frage beschäftigen, wie sie dich am schnellsten in ihr Bett bekommen? Oh nein, das weißt du nicht, kein Mann weiß das! Also maße dir kein Urteil an! Ich *habe* mich behauptet und ihnen gezeigt, dass sie mit ihren Vorurteilen wohl leicht danebenlagen. Ein unglaublicher, nur schwer verdaulicher Vorfall in ihrer so simpel gestrickten, sexistischen Welt! So etwas funktioniert nicht, ohne dass man ein wenig nachhilft, denn allein siehst du ziemlich alt aus. Jede Frau, die Ähnliches erreicht hat, wird es dir bestätigen. Na ja, jedenfalls, wenn sie ehrlich ist. Es läuft nicht, ohne deine Reize an der richtigen Stelle einzusetzen, mit *deinen* Waffen zu hantieren. Entweder du bist dazu bereit oder …«

Gleichmütig zuckte sie mit Schultern. »… oder du hast eben keine Chance. Ganz einfach! Man kann durchaus damit leben, wenn man es ins richtige Verhältnis setzt. Denn eigentlich ist es doch so: Ich habe ihnen eine relativ unbedeutende Sache *gegeben* und dafür jede Menge Vorteile *bekommen*. Und wenn du mir jetzt mit der guten alten Moral kommen willst … Vielleicht hast du wirklich noch nichts davon gehört, aber im Geschäft existiert so etwas nicht! Egal, wie bieder sie tun, sie *sind* es nicht! In Wahrheit handelt es sich um Haie, gewissenlose Bastarde, nur auf ihren Vorteil und ihren maximalen Gewinn bedacht. Entweder, du passt dich an oder du gehst unter. Ich wollte nicht untergehen!«

Daniel hatte sie nicht aus den Augen gelassen, und als er sichergehen konnte, dass sie dem nichts hinzufügen wollte, wurde sein Blick abschätzend. »Sag mir eines: Hätte ich dich nach meiner Rückkehr aus Afrika gesucht, wäre es dann auch so gekommen?«

»Das ist eine dämliche Frage!«, wehrte Tina prompt ab. »Und eine *gefährliche* obendrein! Hätte, Wenn und Aber …« Entschieden schüttelte sie den Kopf. »Eine ziemlich blöde Überlegung, das Ergebnis ist verdammt niederschmetternd, weil unumkehrbar. Ich weiß es, vertrau mir.«

»Ich will nur deine persönliche Meinung hören!«, beharrte er.

Seufzend gab sie vor, nachzudenken, obwohl ihre Antwort längst feststand. Tatsächlich trennte sie wohl nicht viel, beide wählten gern die Selbstgeißelung. Auch Tina ließ sich noch immer hin und wieder zum Pokerspielen hinreißen. In Richtung Vergangenheit sogar in zunehmendem Maße. Denn ihre Liebe zu ihm wurde wieder größer, wie sie verblüfft und gleichzeitig mit Sorge bemerkte. Womit nämlich leider auch die Trauer um das Verlorene zunahm.

»Nein, ich denke, dann wäre vieles anders gekommen«, räumte sie widerwillig ein.

Als seine Miene sich zusehends verfinsterte, fügte sie rasch hinzu: »Ich bin allerdings nicht sicher, ob das auch gut …«

»Danke, das genügt mir schon!«

Stirnrunzelnd beobachtete sie, wie Daniel sein Hemd schloss, aufstand, die beiden leeren Plastikflaschen nahm und ihr schließlich eine Hand reichte. Erst jetzt trafen sich ihre Blicke. »Wohin gehen wir?«

Eine Antwort blieb er ihr schuldig. Auch während sie zu dem breiten Gehweg schlenderten, der nach etlichen Metern aus dem riesigen Park führte, schwieg Daniel beharrlich. Tina wusste, was in ihm vorging. Oh ja, und zwar sogar ganz genau! Für einen flüchtigen Moment fragte sie sich, ob sie nicht besser gelogen hätte. Er sollte sich nicht schlecht fühlen, diese Vorstellung war für sie noch immer unerträglich. Den Wunsch, Daniel für alles Geschehene verantwortlich zu machen, hatte sie längst überwunden. Diesbezüglich war sie wohl vorübergehend in ihre alten Verhaltensmuster zurückgefallen. Es war so einfach und verlockend, ihn als Schuldigen der Nation abzustempeln. Die Dinge lagen jedoch etwas anders, auch wenn es schwerfiel, ihm damit eine gewisse Absolution zu erteilen. Doch Tatsache war: Daniel trug keine Schuld.

Sein Fortgang hatte als Auslöser fungiert, richtig. Daran gab es nichts zu beschönigen. Aber alles, was dem gefolgt war, geschah aus kühler Überlegung und *ohne* geistige Umnachtung. Tina betrachtete die Angelegenheit nach wie vor äußerst pragmatisch. Es war *ihre* Entscheidung gewesen. Zu jedem Zeitpunkt hatte sie sogar ganz genau gewusst, was sie tat. Nichts geschah gegen ihren Willen, jeder Schritt in dieser Richtung wurde zuvor sorgfältig abgewogen und sofort verworfen, sobald er nicht den angemessenen Nutzen versprach. Egal, wie die Konsequenzen möglicherweise aussahen. Und sie schien ein Gespür für das richtige Timing zu besitzen, nicht wahr? Kaum jemand hatte innerhalb so kurzer Zeit derart viel erreicht wie Christina Hunt. Ohne die eine oder andere Gefälligkeit wäre sie unmöglich so weit gekommen, und sie hatte doch lediglich aus dieser peinlichen Sexabhängigkeit der Männer ihr Kapitel geschlagen. Ausschließlich mit einer guten Ausbildung oder Talent gelangte man nicht sehr weit und schon gar nicht an die Spitze. Sie war kein Opfer, hätte jedes Mal ablehnen können und hatte dies auch häufig genug getan! All das würde Daniel natürlich niemals einsehen. Der pflegte ja mit Inbrunst seinen blöden Schutzkomplex, wenn es um sie ging, und sprach ihr dabei ganz nebenbei das Recht und die Fähigkeit ab, eigene Entscheidungen zu treffen und sie persönlich zu verantworten. Auch heute noch – daran hatte sich nichts geändert. Möglicherweise würde es das nie.

Zurück auf dem belebten Boulevard, sprach Tina ihn behutsam an, aber Daniel schüttelte den Kopf und weigerte sich, ihren Blick zu erwidern. Da wurde wohl soeben jemand von seinem schlechten Gewissen heimgesucht. Und damit nicht genug, vermutete Tina. Daniel trauerte einer imaginären Vergangenheit hinterher, von der niemand wusste, ob sie überhaupt stattgefunden hätte. Denn leider war es unmöglich, sich in eine andere Zeitschleife zu katapultieren, um nachzusehen, wie das Leben wohl verlaufen wäre, wenn man an einer entscheidenden Kreuzung statt der einen, eben doch die andere Richtung eingeschlagen hätte. Was Daniel gerade durchlebte, konnte sie ihm nicht ersparen und um ehrlich zu sein, wollte sie das auch gar nicht. Denn sein Schmerz und die sich auf seinem Gesicht abzeichnende Trauer würden nicht annähernd so vernichtend ausfallen, wie das, was sie durchmachen musste, als er sie damals verlassen hatte. Ein Blinzeln genügte und alles war so präsent, als wäre es erst gestern geschehen. Inklusive brüllenden Magens, brennender Augen und dem grauenvollen, würgenden, klaustrophobischen Gefühl der totalen Ausweglosigkeit. Gefangener als Tina an jenem Tag in diesem weiten, endlos anmutenden Wald gewesen war, konnte sich nicht einmal ein Mensch in der Todeszelle fühlen. Er hatte sie zurückgelassen, ganz allein mit ihrer Liebe, Sehnsucht und dem leicht pochenden Schmerz im Unterleib, der daran erinnerte, dass sie sich nur wenige Stunden zuvor leidenschaftlich geliebt hatten. Denn genau das war es gewesen, Tina hatte sich damals nicht geirrt. Und trotzdem hatte er ihr nicht die geringste, klitzekleine Hintertür der Hoffnung gegönnt, sondern alles brutal und mit einem lässigen Handstreich vernichtet.

Es war nicht vergessen, das würde es auch nie sein. Ja, Zeit heilte alle Wunden, aber immer blieb eine fragile Narbe zurück. Die wollte gehegt und gepflegt werden, damit sie in einem unbedachten Moment nicht unvermutet aufbrach. Tat sie es trotzdem, fand man sich in Lichtgeschwindigkeit in jener gefürchteten Hölle wieder, die man unerreichbar weit hinter sich geglaubt hatte. Als nüchterner Realist, der Tina nun einmal war, wusste sie jedoch, dass die Vergangenheit mit all ihren Fehlern und Missverständnissen unwiderruflich verloren war. Ihnen blieb nur, in die Zukunft zu schauen. Und vielleicht – *vielleicht!* – lag sogar ein gemeinsames Leben vor ihnen, das über eine reine, *gute* Freundschaft hinausging. Sie wünschte es sich, obwohl die Zweifel nicht gestorben waren und sie fortwährend mahnend an all ihre Ängste erinnerten. Längst Vergangenes zurückholen? Tina wusste nicht, ob sie das tatsächlich wollte. Denn auch das wäre nur eine neue Variante von Hätte, Wenn und Aber gewesen.

Auch Daniel wusste, dass die alten Zeiten unwiderruflich verloren waren. Selten zuvor hatte er allerdings mehr bereut und wurde ihm schonungsloser vor Augen geführt, was ihm entgangen war. Egal, was Tina sagte und wie sehr sie die Dinge auch bagatellisierte, er *kannte* sie und wusste daher ganz genau, wie sensibel und anhänglich sie war.

Andere hätten diese schauerliche Angewohnheit übrigens als Treue bezeichnet. Damals gab es gute Gründe, weshalb er sich so verbissen bemühte, für sie den Richtigen zu finden. Okay, dabei war ihm dummerweise komplett entgangen, dass er für diesen Job in Wahrheit am Geeignetsten gewesen wäre – geistige Umnachtung war eine freundliche Untertreibung, wenn man bedachte, *wie* grausam ihm heute allein die Vorstellung zusetzte, dass sie mit einem anderen.

Ha! Noch etwas irrer: Das war damals nicht anders gewesen! Möglicherweise lebte Chris nur noch, weil er Daniels Angebot in Ithaka weitsichtig abgelehnt hatte. Eine wirklich interessante These. Aber in der Sache dämlich. Diesen speziellen Part musste er ja nicht schon wieder gedanklich sezieren. Schlimm genug, dass er offenbar der einzig Blinden unter all den vielen, großmäuligen Sehenden gewesen war! Jedem war bekannt gewesen, dass Tina sich unter seiner Anleitung veränderte. Die meisten, die das damals beobachtet hatten, hielten ihn deshalb auch heute noch für nicht ganz zurechnungsfähig. Tina übrigens auch nicht. Keiner wusste jedoch, einschließlich des Objektes selbst, dass er sie damals tatsächlich studiert hatte. Ihre Gesten, Bewegungen, ihr Verhalten in bestimmten Situationen – all das war Daniel bestens vertraut. Vor elf Jahren hätte er fast geschworen, in ihren Kopf schauen zu können. Und auch heute gelang es ihm in sieben von zehn Versuchen, ihre Reaktion vorherzusagen. Von wegen Veränderungen!

Je länger Daniel sie beobachtete, desto mehr gelangte er zu dem Schluss, dass die nicht halb so umfassend ausfielen, wie Tina so verbissen glauben wollte. Dass sie in ihn verliebt gewesen war, hatte ihm damals ehrlich leidgetan, ohne irgendwelche gemeinen Hintergedanken. Er hatte das nicht gewollt und hätte alles dafür getan, dass sie nicht länger so empfand. Also, sprich: *ihn* sich aus dem Kopf schlug. Was im Nachhinein betrachtet natürlich *auch* mies gewesen wäre. Hätte sie ihr Ziel erreicht, würden sie nicht gerade Hand in Hand diese Straße entlanggehen und Daniel wäre zu einem Leben als ewiger Single verdammt gewesen. Okay, praktisch war er das momentan auch, aber wenigstens bestand neuerdings Anlass zur Hoffnung. Entschieden ignorierte er Tinas fragenden Blick, als er höhnisch aufschnaubte. Keine weiteren Gedanken an die elende Vergangenheit! Das Selbstzerfleischen konnte er ja gern fortführen, wenn es ihm danach besser ging, doch ändern würde er damit auch nichts. Welchen Sinn ergab es dann? Schluss jetzt! Mit einiger Mühe gelang es ihm sogar, sie anzulächeln. »Du hast recht, es ist ein dämliches Thema.« Damit zog er Tina etwas schneller die Straße entlang.

»Wohin gehen wir?«

Er grinste. »Abwarten!«

51. Yesterday I throw away tomorrow

Tinas Miene wurde immer länger, als Daniel nicht ihre Wohnung ansteuerte, sondern in die entgegengesetzte Richtung lief. Wenig später standen sie vor einem Fast-Food-Restaurant, und er machte eine gewisse, unterschwellige Panik in ihrem Blick aus. »Locker bleiben, Baby!«

Kurz darauf erstand er Burger, Cola, *Cola-Zero* und einen Salat – ohne Dressing. Keine Überraschung, wenn man sich bei den Riten von Hunt und Grant auskannte. Während der Vernichtung ihres heiß geliebten Hasenfutters beobachtete Tina, wie Daniel gleich drei geniale, ungesunde Cheeseburger verdrückte. Sonst verbot ihm sein medizinisches Wissen nachhaltig, diesen schleichenden Tod zu konsumieren – und wenn er noch so lecker schmeckte. Heute war allerdings nun einmal nicht *sonst,* und daher genoss er es in vollen Zügen. Nach einer Weile sah er fragend auf. Es dauerte einen Augenblick, bevor Tina schaltete und in einer hilflosen Geste die leeren Hände hob.

»Nichts.«

Sein knappes »Dito!« trieb tiefe Falten auf ihre Stirn. »Daniel, ich glaube wirklich, wir werden alt.«

Dessen aufkeimende, wehmütige Stimmung schien wie weggeblasen und er lachte lauthals. »*Ich* werde vielleicht alt, du maximal magersüchtig.«

Tinas drohende Miene ging ihm erstaunlich weit am Hintern vorbei.

Merke: Drei Cheeseburger immunisieren gegen böse Blicke gewisser ewig argwöhnischer, aber verdammt süßer Frauen!

Nachdem alles Ess- und Trinkbare vernichtet war, grinste er. »Wohin jetzt?«

»Daniel …« Mit in die Hand gestütztem Kinn beugte sie sich zu ihm vor. »Um eines klarzustellen: Ich gehe zu keinem Optiker, keinem Friseur und auf einen schwulen Visagisten verzichte ich ebenso dankend!«

Mit der letzten Silbe landete ihr Rücken wieder an der Stuhllehne. Mit leichtem Bedauern registrierte Daniel, dass sie nicht auch noch trotzig die Arme verschränkte, war allerdings für den Moment mit den Entwicklungen ganz zufrieden. »Das Schema hast du schon mal korrekt ausgemacht.« Er hielt inne und neigte den Kopf zur Seite. »Warum eigentlich kein Optiker?«

»Rate, drei Versuche hast du.«

»Mir genügt einer, vielen Dank.« Etwas verlegen grinste er. »In Wahrheit kam mir *diese* spezielle geniale Idee bereits viel früher.«

»Was?«

»Es war schon damals eine Option.« Daniel zuckte mit den Schultern. »… und eine recht Naheliegende, wie du zugeben wirst. Dann wärst du endlich dieses Ekelteil los gewesen.«

»Aha.«

Ihrem Blick nach zu urteilen, hätte Daniel geschworen, dass sie soeben angestrengt überlegte, ob sie vielleicht neben den dreitausend Atemerfrischern noch zufällig ein solches *Ekelteil* in der Tasche bunkerte. Nur, um ihn zu ärgern. Was sie nicht wissen konnte: Vermutlich wäre der Anblick einer Brille auf Tinas Nase die Vollendung der Illusion gewesen, zumindest für den heutigen Tag die letzten zehn Jahre vergessen zu machen. Geärgert hätte er sich ganz bestimmt nicht darüber.

»Warum hast du mich damals nicht in die nächstbeste Klinik geschleift und unter Morddrohungen gezwungen, die Schmerzen lautlos über mich ergehen zu lassen?«, erkundigte sie sich ein wenig später.

Sicher, das musste ja irgendwann zur Sprache kommen. »Nun, um ehrlich zu sein … Zum damaligen Zeitpunkt war die Technik nicht sehr ausgereift, die Risiken gestalteten sich viel unkalkulierbarer und der Eingriff war bedeutend kostspieliger. Am Ende fehlte mir das erforderliche Geld.«

»Verdammt!« Ermattet schloss sie die Augen. »Das hatte ich verdrängt!«

»Was?«

»Ganz einfach, Grant!« Die Lider flogen auf und Daniel wurde mit einem wütenden Blick konfrontiert, der es in sich hatte. Glücklicherweise hielt die Burgerimmunisierung an, sonst wäre er wohl in diesem Moment gestorben. »Ich schulde dir noch fünf Millionen Dollar, wenigstens in etwa. Unter Einberechnung der angefallenen Zinsen dürfte ich mit meiner Schätzung nicht sehr weit über der tatsächlich aufgelaufenen Summe liegen!«

Erneut brach er in wildes Gelächter aus, verstummte jedoch ziemlich schnell wieder. Kein Immunschutz war unendlich und Daniel mochte sein Leben. »Du schuldest mir überhaupt nichts. Das sagte ich dir damals schon.«

»Weißt du«, bemerkte sie kopfschüttelnd, »ich bin inzwischen bedeutend älter … klüger … weiser … *nicht* mehr naiv.«

Zweifelndes Heben einer Augenbraue seitens Daniel und des Zeigefingers seitens Tina trafen gleichzeitig ein. »Untersteh dich, auch nur eine der soeben genannten Eigenschaften anzuzweifeln!«

»Nichts liegt mir ferner!«

»In Ordnung.« Nach einem letzten versuchten Mord per Blick verschwand wenigstens dieser Drohfinger. »Wo war ich? Ach ja! Obwohl ich einen enormen Sprung in meiner geistigen Entwicklung bewältigt habe, ist mir bis heute unklar, was dich damals getrieben hat. Weißt du, mit wem ich dich häufig verglich?«

»Noch nicht.«

»Mit einer verrückten Ausgabe von Professor Higgins. Du hast mich immer so komisch angesehen. Wie *besessen!* Keine Angst …« Tina hatte seine mit einem Mal wachsame Miene korrekt interpretiert. »Ich bin darüber hinweg – halbwegs, vollständig kann man ein derartiges Trauma unmöglich bewältigen. Aber es ist schon so lange her, vielleicht kannst du mir jetzt wenigstens die Gründe für diesen Wahnsinn erläutern.«

Daniel ließ sich Zeit, bevor er antwortete. »Ich habe nicht den geringsten Schimmer. Glaube nicht, ich hätte mir diese Frage nicht selbst schon häufiger gestellt. Und nicht erst seit einem Jahr. Du erinnerst dich an den Fluch, ja?«

Flüchtig blickte er auf, sah, dass Tina ihr Gesicht verzog, und betrachtete wieder die dunkle Oberfläche des Tisches. »Ich weiß es nicht. Nein, ich war nicht in dich verliebt, ich sagte dir bereits, dass ich dich nie belogen habe.«

Trocken lachte sie auf. »Bitte entschuldige, darf ich dich an die grausamen Legenden erinnern, die du Jonathan angedichtet hast? Du hast auch nicht vergessen, dass du angeblich unsterblich in Jane verliebt warst?«

»Ja, gut!«, räumte Daniel widerwillig ein. »Das betraf aber nicht *dich!* Dich persönlich! In dieser Hinsicht habe ich dich nie belogen. Und – du musst zugeben, dass ich dir irgendwann reinen Wein einschenk…«

»Und selbst das hast du zu einem niemals endenden Witz verkommen lassen!«

»Du hast es doch selbst nicht geglaubt«, warf er leise ein.

»Falsch!«, rief sie triumphierend. »Ich fand es sehr eigenartig, alles sprach dagegen, das stimmt! Aber ich war so dumm, so naiv, so *verschossen* in dich, dass ich dir eine Lüge nicht zutraute. Mein edler Ritter war frei von weltlichen Lastern!« Ihr Blick war von Spott und jener grausamen Verzweiflung gesättigt, die er noch immer nicht ertragen konnte. »Einer von ungefähr fünftausend Fehlern.«

Daniel schüttelte den Kopf. »Das sehe ich ein wenig anders, allerdings sollten wir das nicht gerade jetzt ausdiskutieren. Vor allem nicht hier.« Er stand auf. »Komm!«

»Ich gehe zu keinem Optiker!«

»Ich auch nicht, was sollte ich dort wollen? Nun komm schon, Baby!« Ungeduldig nahm er ihre Hand und zog sie aus dem Burgerrestaurant.

Zunächst war ihm schleierhaft, weshalb sie so dämlich grinste. Erst als sie auf die von der Sonne geflutete Straße traten, machte es auch bei Daniel *Klick*. Er zuckte mit den Schultern und küsste ihre Stirn. »Später … wenn du magst.«

Eine Antwort blieb sie ihm schuldig und ganz bestimmt errötete Tina nicht. Leider. Doch ihre Augen glänzten und Daniels Pläne für den Abend, bisher noch völlig im Nebel befindlich, nahmen unvermutet konkrete und verdammt vielversprechende Formen an. Zunächst statteten sie dem Kino einen Besuch ab – diese Etappe hatte Tina in ihrer Aufzählung vergessen. Und selbstverständlich sahen sie einen blutrünstigen Horrorstreifen der besonderen Art an. Sein fragender Blick erübrigte sich diesmal, Tina wirkte sichtlich betrübt, weil sie wieder mit leeren Händen dastand.

»Da bin ich besser als du«, bemerkte Daniel, den sein vermeintlicher Vorteil aber nicht wirklich freute. »Den einen oder anderen Blockbuster habe ich mir schon angesehen.«

»Hmmm.« Nachdenklich betrachtete sie den Polstersitz direkt vor sich. »Was gehört denn deiner Ansicht nach alles in die Kategorie Horrorfilm?« Doch dann winkte sie ab. »Vergiss es, ein dummer Beitrag.«

Daniel, der sonst tatsächlich penetrant sein konnte, besonders, wenn es Tinas wirre Gedankengänge betraf, verzichtete auf jedes Nachhaken. Worauf sie anspielte, war ihm klar und er pflichtete ihr ohne Abstriche bei. Viel hatte er an dem Abend in diesem Hotel von dem fetten Kerl, der aus Tinas Zimmer kam, nicht zu Gesicht bekommen, und sie würde bestimmt nicht mit ihm über die Details plaudern. An sich eine äußerst gute Entscheidung: Mit dieser speziellen Seite von jener Frau, die er offensichtlich liebte, würde Daniel sich niemals abfinden können. Egal, wie viel Mühe er sich gab. Aber dass diese Episode durchaus vergleichbar mit einer billigen C-Produktion gewesen war, glaubte er sofort, und wenn sie es noch so sehr herunterspielte. Was Tina vergaß, oder vielleicht dachte sie auch nie darüber nach, möglicherweise wusste sie es nicht einmal: Daniel hatte sie am Morgen nach dieser grauenhaften Episode gesehen. Und in der Zwischenzeit glaubte er nicht mehr an Übermüdung. Diesmal ließ Tina sich bedingungslos von Daniels Nostalgiewelle mitreißen. In den letzten Wochen war ihr vermehrt der Verdacht gekommen, eine wichtige Zeit ihres Lebens ungenutzt verspielt zu haben. Dieser Gedanke wurde ätzender, je länger sie mit Daniel zusammen war, obwohl der sie schnell von diesen düsteren Überlegungen ablenken konnte. Auch von der verdammten Ausweglosigkeit, die sie während der vergangenen Monate zunehmend zu spüren bekommen hatte und die Tina immer dann überkam, wenn sie abends in das leere Appartement trat und er wieder einmal nicht anwesend war. Besonders aber, seitdem sie irgendwann hatte einsehen müssen, dass sie innerhalb der letzten zehn Jahre irgendwie *überhaupt* nicht gelebt hatte. Weder gut noch schlecht. Neueste Erkenntnis: Sie hatte sich die ganze Zeit etwas vorgemacht und Dinge eingebildet, die nicht existierten. Nein, sie war *nicht* zufrieden gewesen, auch nicht glücklich – davon konnte keine Rede sein. Was für ein Witz, wo sie doch gerade das unbedingt hatte vermeiden wollen! Das nannte man wohl: auf ganzer Linie gescheitert! Ein Resümee, das Tina ziemlich hilflos zurückließ, denn im Grunde wusste sie nichts mehr von einem normalen Leben und dessen Begleiterscheinungen. Hier, unter den vielen Menschen, die den Samstag zu einem ausgiebigen Bummel nutzten oder zielstrebig ihren Einkäufen nachgingen, fühlte sie sich unwohl. In den letzten Jahren hatte sich ihr Leben zwischen Taxis, Hotels und irgendwelchen Firmen abgespielt. Bisweilen unterbrochen von dem eher flüchtigen Besuch in einem Club oder einer Bar, was aber längst nicht so häufig vorgekommen war, wie Daniel glaubte.

Dennoch amüsierte sie sich köstlich bei dem Anblick des spritzenden Filmblutes, was sie einigermaßen überraschte. Ebenso erstaunte Tina, mit welcher Spannung sie darauf gierte, Daniels weitere Pläne für den Tag zu erfahren. Wenn Optiker, Friseur und der schwule Claude ausfielen, was wollte er dann tun? Ihr schwante Grausames, als sie sich an ihren sogenannten Ausflug nach New York erinnerte, denn das ungewohnte Faulenzen bereitete ihr gerade so viel Spaß. Außerdem war Tina laut neuester Erkenntnis alt, und nur die wenigsten Greisinnen eigneten sich für Marathons à la Grant! Ihre grausigen Befürchtungen erwiesen sich jedoch wenig später als unbegründet. Zunächst entführte Daniel sie in die Subway, was für Tina tatsächlich eine Premiere darstellte. Und kurz darauf standen sie vor dem New Yorker Zoo.

»Wegen der Bären, Tiger und Löwen«, raunte er dunkel in ihr Ohr. »Ich wollte dir nur beweisen, dass ich keineswegs gelogen habe, Hunt.«

Diesen Tiergefängnissen hatte Tina noch nie viel abgewinnen können. Das endlose Gelaufe lag ihr überhaupt nicht, vor allen Dingen, weil das Ziel war, die armen Viecher anzugaffen, deren grausiges Schicksal sie in die geldgierigen Fallen gewissenloser Tierfänger getrieben hatte. Verurteilt, den Rest ihres Daseins hinter Gittern zu fristen, ohne endlos grüne Wiesen, hohen Bäumen und der Freiheit, zu gehen, wohin sie ihre Instinkte trieben. Mit Daniel wurde selbst das zum Erlebnis. Nun ja, langweilig war es mit dem irren Prof noch nie gewesen, eher anstrengend. Wie üblich viel zu spät, ging Tina auf, dass er sie mal wieder erfolgreich übertölpelt hatte. Überrascht war sie nicht, stattdessen fühlte sie sich leicht bis mittelschwer gereizt, Tendenz rapide steigend.

Doch am Ende nahm sie resigniert seine dargebotene Hand, ohne Daniels fragenden Blick zu beachten, und fühlte sich wie das sprichwörtliche Lamm, das sich gesenkten Hauptes zur Schlachtbank führen lässt, weil es weiß, dass jeder Widerstand ohnehin zwecklos ist. Er fragte nicht und plötzlich wusste Tina, was ihn für sie zum wichtigsten Menschen in ihrem Leben machte.

Daniel Grant war die einzige Person, welche Tina Hunt tatsächlich *kannte!* Vergnügt und anscheinend mit aller Zeit der Welt, spazierten die beiden die weitläufigen Parkanlagen entlang, betrachteten ziemlich dumm aussehende Affen, die Tina zwanghaft an etliche ihrer Kunden erinnerten, nur das sie keine Anzüge trugen. Und als sie laut lachte, grinste Daniel aus unerfindlichen Gründen, obwohl Tina sicher war, dass er keinen der netten Herren persönlich kannte. Wüst lehnte sie am ersten Eisstand ab, was ihren penetranten und durchtriebenen Begleiter nicht einmal zu einem Stirnrunzeln veranlasste. Er gab sich wirklich Mühe, soviel musste sie ihm zugestehen. Die Frage lautete nur, wie lange er sich beherrschen konnte, bevor er in die alten Verhaltensmuster zurückfiel. Die Sonne schien immer wärmer vom Himmel, weshalb Tina sich noch ein Wasser genehmigte und damit in die nächste, bedrohliche Situation schlitterte. Nach zehn Minuten panischer Suche fanden sie auch endlich die Toiletten, was das ewige Kind an ihrer Seite ehrlich bedauerte.

»Ich hätte zu gern gesehen, wie du das in der freien Natur anstellst«, versicherte er ihr ernst.

Danach lenkte Daniel sie so geschickt, dass kein Laie die Absicht dahinter erkannt hätte. In Sachen Daniel Grant und dessen hinterhältige Tricks war Tina jedoch beileibe kein Anfänger. Deshalb überraschte es sie überhaupt nicht, wenig später prompt dem nächsten Eisverkäufer in die Arme zu laufen. Die schienen ohnehin eine Treibjagd auf die armen Zoobesucher zu veranstalten. Flucht langfristig ausgeschlossen. Selbst wenn man den Ersten tapfer ignorierte, begegnete man mit an Sicherheit grenzender Wahrscheinlichkeit zehn Minuten darauf dem Nächsten. Was in etwa die Dauer ausmachte, die es benötigte, um das erste Eis zu vernichten. In gleichbleibenden Intervallen stolperte man zielsicher über weitere Abgesandte der Eisverkäuferfront.

Eine ausgeklügelte Marketingstrategie – bestens dazu geeignet, Eltern um deren Ersparnisse zu bringen und Kindern am Abend ausgewachsene Magenkrämpfe zu bescheren. Tina, der derartige Manöver bestens vertraut waren, schien als Einzige immun. Dennoch reagierte sie beim dritten Eisstand *etwas* schnippisch, lehnte aber auch diese Kalorienbombe ab. Daniel nahm die neuerliche Niederlage wie ein Mann, doch inzwischen vermutete Tina dahinter ein ganz mieses Manöver. Er erstand für sich selbst ein Jumbo-Eis – auch noch mit Erdbeergeschmack, der Idiot –

was Tina am Ende überzeugte, dass er soeben seine neueste Weichklopftaktik erprobte. Soweit sie sich erinnern konnte, war der Prof überhaupt kein Fan von Eiscreme. Trotzdem leckte und lutschte Daniel ihr in den nächsten zehn Minuten mit sichtlicher Begeisterung etwas vor. Gekostet hätte sie ja schon gern, nur um der alten Zeiten willen. Aber diesen Triumph gönnte Tina ihm jedoch nicht. Nur über ihre Leiche! Doch das war ja längst nicht alles!

Denn der Anblick von schmalen, geübten Lippen, die cremiges Eis zärtlich liebkosen, um es schließlich mit der Zunge genüsslich zu entfernen, gehörte eindeutig verboten. Tina überstand selbst diese Folter mit ausgesuchter Würde, was den hinterhältigen Idioten keineswegs aus der Ruhe brachte. Wie bereits angemerkt: Er bemühte sich wirklich. Selbstverständlich gingen sie nicht, ohne dass Daniel ihr die Raubtiere gezeigt hatte. Als Erstes statteten sie dem Bärenzwinger einen Besuch ab. Hinter etlichen massiven Stahlstäben und einem tiefen Graben zwischen den Bestien und den gefangenen Pelzträgern wirkten Letztere auf Tina nicht mehr halb so gefährlich, wie in ihrer Vorstellung. Danach durfte sie sich die Tiger ansehen und zuletzt natürlich die Löwen.

Daniel ließ sich nicht davon abbringen, obwohl sie ihm mehrfach versicherte, wie blöde und kindisch er sich aufführte. Nun ja, neuerdings schien er ja ohnehin unter die Kinder gegangen zu sein. Seitdem sie bei ihm wohnte, grinste dieser Mann immer so komisch. Und seine Aktionen ließen vermuten, dass er nicht etwa in seiner Entwicklung *stehen geblieben,* sondern einige bedeutsame Schritte *zurück*gegangen war. Derzeit weigerte sie sich, näher über die Gründe nachzudenken. Soweit *war* Tina noch nicht, sie wollte es langsam angehen lassen, sich Zeit nehmen, wirklich sicher sein, bevor sie einen für ihr Verständnis unumkehrbaren Schritt wagte. Keine unüberlegten Handlungen, die vielleicht dazu führten, schließlich doch in der grausamen Realität und mit leeren Händen aufzuwachen. Nicht einmal Daniel konnte an ihrer Haltung etwas ändern. Allerdings bedeutete dies noch lange nicht, dass sie heute Nacht in getrennten Betten schlafen würden.

Dieser Ausflug war die beste Idee seit vielen Jahren. Mit jeder neuen Minute wuchs Daniels Überzeugung, diesmal direkt ins Schwarze getroffen zu haben. Er fühlte sich so jung wie seit langer Zeit nicht mehr und wies jeden Gedanken an die kommende Woche entrüstet und weit von sich. Damit konnte er sich auseinandersetzen, wenn es unvermeidlich wurde. Jetzt lagen zwei freie Tage vor ihnen, und bisher entwickelten diese sich erstklassig. Schon längst hatte er alle Planungen aufgegeben, ließ sich einfach treiben und zog Tina mit.

Die machte übrigens keine Anstalten, ihn loszulassen und so schlenderten sie weiterhin Hand in Hand die weitläufigen Parkanlagen entlang. Selbstverständlich lehnte sie alles Essbare ab, was sich an den diversen Ständen anbot, dafür spähte sie begeistert in die zahlreichen Kinderwagen, die ihnen auf dem Bummel begegneten.

Nicht zum ersten Mal fragte Daniel sich, was diese vertrackte Geschichte mit dem Baby wirklich in ihr ausgelöst hatte. Er für seinen Teil hatte damals nicht sonderlich lange gebraucht, um darüber hinwegzukommen. Spätestens, als sein logisches Denkvermögen wieder zu funktionieren begann, war ihm das relativ problemlos gelungen. So etwas passierte nun einmal, egal was die Natur sich dabei gedacht hatte, sie tat es. Fertig! Viel mehr setzte Daniel zu, anscheinend keine Gelegenheit für einen erneuten Versuch zu bekommen. Er hätte nur zu gern das Thema ganz unverbindlich darauf gebracht, was an sich eine gute Idee war, jedoch nicht umfassend zu Ende gedacht, denn das wäre der achte Schritt vor dem ersten gewesen. Leider.

Für den Rest ihres kleinen Ausfluges grübelte er darüber nach, wie er am besten das Gespräch auf Kinder bringen könnte, ohne gleich mit der berühmten Tür ins Haus zu fallen. Solange sie liefen, ergab sich keine geeignete Situation, schon, weil er nicht doch noch versehentlich einen Streit vom Zaun brechen wollte. Und auch das Restaurant, in das er sie danach führte, war nicht der geeignete Ort für eine Auseinandersetzung, wie sie nur Tina und Daniel zustande brachten. Das gemeinsame Essen war unverzichtbarer Bestandteil ihrer Revivaltour, daher ließ er sich auf keine Diskussion ein. Außerdem hatte Daniel es gründlich satt, Tina beim Dauerhungern zuzusehen. Erstaunlicherweise setzte sie sich nicht zur Wehr, nicht einmal die berühmt-berüchtigte erhobene Augenbraue ließ sich blicken. Und zu seiner maßlosen Begeisterung wählte sie ein anständiges Gericht, das auf einem *Teller* serviert wurde, nicht auf einer Untertasse!

Zunächst witterte Daniel einen schnellen Sieg, doch dann überlegte er sich, was sie am heutigen Tag zu sich genommen hatte. Tina war alles andere als dumm, und dass sie sich nicht umbringen wollte, nahm er ihr mittlerweile sogar ab, wenn er den leisen Argwohn auch nie ganz ablegen konnte. Bei dieser Person musste man immer auf der Hut sein. Sie aß Hähnchenfleisch mit Reis und Gemüse, was mit Sicherheit keine Kalorienüberflutung zur Folge haben würde. Also lief für Tina alles nach Plan – für Daniel derzeit weniger, aber er arbeitete angestrengt daran, das zu ändern. Verstohlen sah er sich um und wurde prompt in seiner Ahnung bestätigt. In nahezu jedem männlichen Gesicht glühte unübersehbar der Neid. Es war ein äußerst befriedigendes Gefühl zu wissen, dass *sie* bei Tina keine Chance bekommen würden. Er schon.

Denn das Objekt der allgemeinen Begierde hatte nur Augen für den Mann, der ihr direkt gegenübersaß und ihre Blicke hätten nicht einmal überzeugte Pessimisten, zu denen sich Daniel nicht unbedingt zählte, fehldeuten können. Früher hätte er so etwas als *Glotzen* bezeichnet. Inzwischen älter, reifer und verliebter, sah er auch das bedeutend gelassener. Denn um ehrlich zu sein, hatte er nicht damit gerechnet, sie noch einmal derart versunken erleben zu dürfen. Außerdem stellte es ungeahnte, abenteuerliche Dinge mit ihm an, weshalb er sich eher die Zunge abgebissen hätte, als sie auf ihr Vergehen aufmerksam zu machen. Es gab nur ein Problem: Unter diesem glasigen Blick wurde Daniel mit jeder Sekunde heißer. Seinetwegen durfte Tina ihn ständig anglotzen. Rund um die Uhr, vierundzwanzig Stunden lang. Einzige Einschränkung: Bitte *nicht* in einem Restaurant, auf der Straße oder an einem anderen öffentlichen Ort, an dem er nicht angemessen darauf reagieren durfte.

Die hochgradigen Schwingungen, die da zwischen ihnen ausgetauscht wurden, entgingen ihr auch nicht. Denn Tina brach kaum einmal den Augenkontakt, was das Essen übrigens zu einer echten Herausforderung werden ließ. Die Augen wurden immer größer und sie nagte geistesabwesend auf ihrer Unterlippe herum. Diese kleine Geste der Unsicherheit tolerierte Daniel mittlerweile nicht nur, er hatte sogar gelernt, sie zu lieben. Früher bei Tina Programm, ertappte er sie heute nämlich nur noch sehr selten bei Derartigem. Leider.

Wenig später schlenderten sie Hand in Hand nach Hause, und Daniel überlegte währenddessen, ob er den jüngsten Entwicklungen möglicherweise etwas hinterher hinkte. Tina veränderte sich so schnell, dass er kaum in der Lage war, alles zu bemerken. Mehr und mehr schien sie die alte zu werden, jenes Mädchen, das ihn so unübersehbar wollte, unschuldig, naiv, unverbraucht und gerade deshalb so unwiderstehlich. Okay, im Zusammenhang mit der heutigen Tina von ›Unschuld‹ zu sprechen, klang vielleicht seltsam, doch er blieb auch nach mehrmaligem Überlegen dabei. Was auch immer sie innerhalb der vergangenen Jahre erlebt haben mochte, es hatte diese gewisse Naivität nicht bezwingen können. Auch die war ein anscheinend unauslöschlicher Teil von ihr, und Tina insgesamt die einzige Person, in deren Macht es lag, ihm das Gefühl zu geben, Kliniken, *WHOs* und *ÄOGs* wären die unwichtigsten und nebensächlichsten Angelegenheiten der Welt. In ihrer Gegenwart – und *nur* in ihrer – erfuhr Daniel vollkommene Zufriedenheit.

Ein wirklich großartiger Gedanke, wenn man es genau nahm und dem grausamen Kitsch dahinter keine Beachtung schenkte. Unwillkürlich zog er sie an sich und legte einen Arm um ihre zierlichen Schultern. Als sie fragend zu ihm aufsah, schüttelte er lächelnd den Kopf.

»Alles in Ordnung.«

Das entsprach der reinen Wahrheit. Tina fragte nicht, bedachte ihn nur mit einem jener gefährlichen Blicke, die in ihm diese äußerst riskanten Ideenschübe auslösten. In der dunklen Straße war weit und breit kein Passant zu sehen, selbst die meisten Fenster der endlosen Häuserwand, waren mittlerweile dunkel. Zahlreiche verborgene Winkel blieben von den Scheinwerfern vorbeifahrender Autos unerfasst. Und – auch nicht sonderlich hilfreich: Daniels Sexabstinenz ging in den sechsten Monat.

Er räusperte sich heiser, als seine Fantasie endgültig mit ihm durchzugehen drohte, verstärkte den Druck seines Armes und lief ein wenig schneller. Vielleicht verlor er tatsächlich langsam den Bezug zur Realität, überrascht hätte es ihn nicht sonderlich, schon gar nicht, wenn er an ihren Besuch im Central Park zurückdachte. Denn als Tina auf die glänzende Idee gekommen war, sein Hemd aufzuknöpfen, hatte er für ein paar geistlose Momente für nichts mehr garantieren können. Sie machte ihn wahnsinnig! *Und das* jedenfalls war nun wirklich nichts Neues.

Eine halbe Stunde später saßen sie gemeinsam auf der früheren Ziercouch, die inzwischen hin und wieder sogar benutzt wurde. Allerdings nur, wenn *beide* Bewohner des Appartements zugegen waren. Ein ungeschriebenes Gesetz. Tina trank Gin und Daniel gab sich die allergrößte Mühe, wenigstens nicht allzu breit zu grinsen, war aber nicht sehr erfolgreich.

»Du kannst dich beruhigen, ich halte mich nur ans heutige Protokoll«, fauchte sie irgendwann.

Wie aus tiefster Überlegung erwacht, sah er auf. »Hmmm …?«

»*Grant!*«

»Komm, das ist echt witzig!« Lachend stieß er sie an. »Laut eigener Aussage hasst du Gin neuerdings.«

»Weißt du, es zeugt *auch* von menschlicher Größe, nicht immer alles auszudiskutieren und nicht auf jedem Mist Ewigkeiten herumzureiten.« Wie so häufig hatte sich der belehrende Finger in seine Richtung erhoben. »Nimm es doch einfach hin und freue dich!«

»Okay, vielleicht kann ich ja mal eine Ausnahme machen.«

Auch dies war wohl eher der falsche Beitrag gewesen.

»Du bist ein arroganter Hund und daran wird sich niemals etwas ändern!«, teilte sie ihm entnervt mit.

»Niemand kann aus seiner Haut, schätze ich.« Daniel zuckte mit den Schultern.

Eine Erwiderung erfolgte nicht, aber die Art, wie sie an ihrem Glas nippte, wirkte unübersehbar genervt, was Daniel absolut nicht gefiel. Eilig hauchte er einen Kuss auf ihre Wange.

»Tina?«

»Hmmm!«

»Es existieren ungefähr fünfhundert Angelegenheiten, die ich gern mit dir diskutieren würde.«

»Oh Mann!«

»… momentan verspüre ich allerdings nicht die geringste Lust, damit zu beginnen.«

»*Das* überrascht mich jetzt!«

»Du hast ja keine Ahnung.« Sein bedeutungsvolles Nicken brachte Tina schließlich doch zum Lachen. Als es verebbt war, musterte sie ihn mit zur Seite geneigtem Kopf und stellte kurz darauf ihr Glas beiseite. »Worauf hättest du denn Lust …?«

Ganz plötzlich klang sie dunkel und verführerisch, was sofort wieder diese seltsamen Emotionen in Daniel auf den Plan rief.

Unentschlossen wiegte er den Kopf hin und her. »Auf dies und das.«

»Was wäre *dies*?«

»Ohhh«, seufzte er. »*Dies* wäre zum Beispiel …« Behutsam zeichnete er mit dem Finger ihre Lippen nach.

»Aha«, murmelte sie. »Und *das*?«

»Ahhh …« Mit jedem neuen Wort wurde er leiser. »Das verhält sich ein wenig diffiziler, dazu müsste ich …« Eingehend studierte er mit zur Seite geneigtem Kopf ihr Gesicht und machte dann Anstalten, ihr das Sweatshirt auszuziehen. Bevor es tatsächlich ihren Kopf passieren konnte, hielt er jedoch inne.

»Sag bloß, du hast nicht die Absicht, mich aufzuhalten!«

»Bitte?« Diesmal schien *Tina* aus einem tiefen Traum gerissen worden zu sein. Er rückte näher, bis seine Lippen ihr Ohr erreichten. »Mit etwas mehr Gegenwehr hätte ich schon gerechnet. Oder hast du den ›*Nur Freundschaft, nichts anderes, Grant!*‹-Kurs zwischenzeitlich aufgegeben? Wenn ja, warum wurde ich nicht frühzeitig über diese Kehrtwende informiert?«

Stöhnend fetzte Tina seine Hände beiseite, die immer noch das Sweatshirt hielten. Kurz darauf war der schwarze Spitzen-BH mit dem verlockenden Inhalt bedeckt und sie setzte sich zu allem Überfluss auf. »Verdammt, *Grant*! Fein! Endlich habe ich eine frühere Angewohnheit entdeckt, die du wirklich ad acta gelegt hast. Aber diese Entwicklung ist garantiert nicht positiv, versprochen! Aus der heutigen Sicht betrachtet, zumindest.«

Kritisch beäugte sie ihn und zog dabei die Nase kraus. Das wirkte so süß, dass Daniel lachen musste, ob er wollte oder nicht. Tadelnd musterte sie ihn.

»Damals, als ich regelmäßig deinen Beutezügen beiwohnen durfte, hast du dich bedeutend beachtlicher ins Zeug gelegt! Fantasievoller fielen deine Taktiken auf jeden Fall aus. Von Romantik will ich erst gar nicht sprechen.«

»Ach?«

»Ja!« Sie lehnte sich zurück, womit sich die süßen Brüste unter dem Sweatshirt noch weiter aus seiner Reichweite entfernten. Eilig ballte Daniel die Hände zu Fäusten, um den Rückzug nicht in einer schwachen Sekunde zu vereiteln. »Du hast sie so heiß gemacht, dass bereits das Zusehen peinlich wurde. Man fühlte sich wie ein Voyeur. Ich jedenfalls«, murrte sie leise und fuhr im nächsten Moment auf. »Das ist nicht witzig, Grant! War es auch damals nicht, das kannst du mir glauben! Dieses Geraune und Gewisper und *Hach!* ›*Du bist so umwerfend, Baby*‹ und ›*Willst du etwas trinken, Honey?*‹ Auch gut war immer: ›*Deine Augen glänzen wie eine Milliarde Sterne in einer klaren Sommernacht, Sweetheart*‹, nicht zu vergessen dein dämliches Lächeln, die rauchige, sexy Stimme, die legendären, endlosen Küsse, das aufreizende Gehabe und …« Sie holte tief Luft und schloss dann verdrossen, »… und all der Humbug, eben.«

»Ich bewundere dein Gedächtnis«, freute Daniel sich. »Bei dir kam mein Humbug offensichtlich nicht auf die gewünschte Weise an. Ich wollte dich nur nicht langweilen.«

»Oh, die Gefahr besteht absolut nicht!« Ihr Blick verengte sich und sie beäugte ihn abwägend. »Einspruch!«, verkündete sie urplötzlich. »Aber aus anderen Gründen, als du vielleicht meinst! So einfach lasse ich dich nicht davonkommen. Ich verlange auch die ›*Baby, du bist so süß, dass ich ab sofort meinen Kaffee nicht mehr zuckern muss, solange du dich in meiner Nähe aufhältst*‹-Masche! Nachdem ich diesem Mist so oft zusehen und vor allem *lauschen* musste, habe ich wenigstens so viel Entschädigung verdient! Oder hast du das inzwischen verlernt?«

»Ist das dein Ernst?«, erkundigte er sich, nachdem er sie für eine ganze Weile sprachlos angestarrt hatte. Von Grinsen konnte keine Rede sein.

»Mein vollster!« Ihre Aussage bekräftigte sie mit dem entsprechend zackigen Nicken. Während er über ihr Ultimatum nachdachte, ließ Daniel sie nicht aus den Augen. Geistesabwesend fuhr er sich mit der Zunge über die Lippen, neigte den Kopf zur anderen Seite und setzte seine Musterung fort.

»Okay …«, nickte er schließlich. »Vermutlich hast du recht. Bisher habe ich dir die Daniel-Grant-Spezialbehandlung vorenthalten, das müssen wir unbedingt ändern!« Sprach's und erhob sich.

Verdattert blickte sie zu ihm auf. »Was hast du vor?«

»Warte!«, erwiderte er nur.

Kurz darauf flutete sanfte Musik aus der Stereoanlage den Raum. Daniel löschte die kleine Lampe auf dem Tisch – die einzige Lichtquelle, die sie überhaupt eingeschaltet hatten. Stattdessen aktivierte er zwei violette Neonleuchten in den Fenstern. Dann stellte er eine Kerze auf die kleine Bar, entzündete sie und betrachtete abschätzend sein Werk.

»Du spinnst, Daniel«, seufzte Tina.

»Mund halten, Hunt«, knurrte er und betrachtete dabei das Wachsgebilde. »Nein, ein wenig zu …« Anstatt den Satz zu beenden, stellte er eine zweite Kerze auf die Anlage.

»Das würde ich nicht …«

»Sei still! Man unterbricht einen Meister nicht bei seiner Arbeit!« Ein letztes Mal begutachtete er das Zimmer in der Totalen und nickte schließlich knapp. »Ja, das dürfte in Ordnung gehen. Wenigstens annähernd.«

Als Nächstes wurde Tina einer näheren Bestandsaufnahme unterzogen. Er spitzte die Lippen. »Geh dich umziehen!«

»Was?«

»Tu einfach, was ich dir sage!«

»Äh …«

»Tina!«

Seufzend verdrehte sie die Augen. »Und was soll ich …?«

»Etwas, womit du einen Mann mit gewissem Anspruch auf dich aufmerksam machen willst.« Sein Lächeln war schmal. »Beeile dich!«

Unfassbar, doch sie verschwand tatsächlich. Jedenfalls in Anschluss an einen sehr besorgten Blick in seine Richtung. Sobald Tina den Raum verlassen hatte, blickte er an sich hinab, schüttelte den Kopf und ging, um selbst die Kleidung zu wechseln. Wenige Minuten später trat Daniel aus seinem Zimmer. Die nächste kritische Bestandsaufnahme brachte viel bessere Benotungen in der Gesamtwertung. Nicht überragend, jedoch in Anbetracht der kurzen Vorbereitungszeit akzeptabel. Schon besser.

Dann besorgte er frisches Mineralwasser, etliche weitere Getränke, darunter auch alkoholischer Natur, schnitt eine Zitrone auf und deponierte alles auf der Bar. Daniels erster Gedanke war gewesen, Tina auszuführen, am Ende entschied er sich jedoch gegen diese Idee, denn egal, wo sie stranden würden, dort befänden sich zwangsläufig Menschen. Jede Privatsphäre, so wie er sie wünschte, wäre daher ausgeschlossen. Demnach musste er die passende Atmosphäre eben hier schaffen. Keine sehr große Herausforderung für ihn.

Tina ließ sich sogar verdammt viel Zeit, doch als sie endlich den Raum betrat, entschied Daniel, dass es Dinge gab, auf die zu warten es sich lohnte.

Zur Not eben auch elf Jahre. Vor ihm stand eine umwerfende Schönheit, deren Körper fast zu perfekt wirkte, um real zu sein. Sie trug ein hautenges, knappes, schwarzes Kleid, dunkle Strumpfhosen und unendlich hohe, schmale High Heels. Und das Haar war so frisiert wie an jenem Abend, als er sie nach Ewigkeiten wiedergesehen hatte.

Bevor Tina etwas sagen konnte, legte er einen Finger an die Lippen und betrachtete sie mit zur Seite geneigtem Kopf für eine lange, lange Minute. Einschließlich dieses verdammten Lächelns, mit dem er sie schon immer auf ihre rosarote Wolke getrieben hatte. Auch Daniel hatte inzwischen andere Kleidung an, wobei er es wie üblich leger hielt – das machte seine besondere Eleganz aus. Kein Zufall! Er wusste, was ihm am besten stand. Zum weißen, am Hals offenstehendem Hemd, dessen Ärmel zur Hälfte hochgekrempelt waren, trug er eine schwarze, schlichte Hose und gleichfarbige Schuhe. Das dunkle, volle Haar wirkte in seiner nicht vorhandenen Perfektion, wie frisch vom Starfriseur in Fasson gebracht. Dabei wusste Tina, dass er nie viel mehr tat, als einen Kamm zu benutzen. Nur ihm gelang es, egal zu welchem Anlass – mit Ausnahme kurz nach dem Aufstehen – auszusehen, als hätte er sich eigens für die vorherrschende Situation hergerichtet. In all den Jahren hatte Tina so etwas nie wieder bei einem Mann gesehen. Kannte Frau ihn und seine Tricks nicht, ging sie zweifelsohne davon aus, er hätte diesen Aufwand exklusiv für sie betrieben. Das Geheimnis seines Erfolges.

Tina *wusste* es besser und konnte sich diesem Effekt trotzdem nicht entziehen. Früher wäre sie nur wenige Minuten später sang- und klanglos in die Knie gegangen, gedanklich zumindest. Womit sie dann wohl den Anschein erweckt hätte, den Boden zu küssen, auf dem er wandelte. Egal, ob nun aus Verlegenheit oder weil sie diesem nicht fehlzudeutenden, forschenden Blick nicht länger gewachsen war. Heute jedoch gehörte das Präsentieren zu ihrem Alltag. Vor allem *wusste* sie, dass sie gut aussah. Welten trennten Tina von dem kleinen, dummen Mädchen, das damals in seiner Dämlichkeit nicht einmal erkannte, wenn ein Mann an ihm interessiert war. Es änderte alles – und trotzdem nichts.

Mit scheinbarer Ruhe stand sie in der Tür und erwiderte seinen Blick. Was er hier zu schaffen versuchte, war ihr längst aufgegangen. Und obwohl Tina – die absolut Nicht-Verträumte – Derartiges tatsächlich noch nie getan hatte, gelang es ihr problemlos, die Realität beiseitezuschieben. Plötzlich war sie davon überzeugt, diesen Mann nie zuvor gesehen zu haben. Ein Fremder, den sie zufällig in einer x-beliebigen Bar getroffen hatte. Und hätte ihr Herz nicht bereits in doppelter Geschwindigkeit gearbeitet, und zwar zu einem großen Teil für ihn, wäre es spätestens jetzt hoffnungslos verloren gewesen. Er war ein *Traum!* Arroganter, attraktiver, auch geheimnisvoller und mysteriöser als er ging möglicherweise nicht. Allein sein Blick genügte, damit ihr abwechselnd heiß und kalt wurde. Beinahe wie von selbst nahm die Illusion immer mehr Gestalt an, bis Tina *glaubte*, was sie sich einbildete, und davon überzeugt war, dass es sich bei Daniel ebenso verhielt. Sie *sah* sogar die begehrlichen Blicke der anderen Frauen in jenem Club, der nur in ihrer Vorstellung existierte. Vorsichtshalber sandte sie denen gleich mal eine warnende Botschaft. *Hände weg, Ladys!*

Nicht nur Tina spielte perfekt, Daniel zog nach. Auch er befand sich längst nicht mehr in seinem modernen, langweiligen Wohnzimmer. Für ihn gestaltete sich diese Übung vergleichsweise einfach, denn in Vorbereitung und Durchführung eines derartigen Abends gehörte die Illusion zwangsläufig dazu. Wäre er nicht in der Lage gewesen, sich einzureden, was in Wahrheit nicht existierte, zur Not mit Unterstützung von jeder Menge Alkohol, hätte es sich so manches Mal verdammt schwierig gestaltet, einen annähernd akzeptablen Fang für die Nacht zu machen. Schöntrinken inklusive. Ja, auch er hatte sich des Öfteren dieser billigen Technik bedient. Nun ja, das würde heute mit Sicherheit nicht erforderlich sein.

Oh nein … Trotz der äußeren Parallelen gelang es ihm nicht, sich an einen einzigen Abend zu erinnern, der mit diesem auch nur annähernd vergleichbar gewesen wäre. Vielleicht, weil die Illusion noch niemals so wahr gewesen war.

52. Illusion and Dream

Mit funkelnden Augen und locker verschränkten Armen lehnte Daniel neben dem Fenster. Während er den Blick für keine Sekunde von Tina nahm, teilten sich seine Lippen in Zeitlupentempo. Und als er sich dann völlig unvermittelt in Bewegung setzte, konnte sie leider nicht verhindern, dass sich ihre Augen weiteten – um den winzigsten Bruchteil, aber immerhin. Der erste Patzer. Verdammt! Sehr viel Zeit, sich zu ärgern blieb ihr nicht, denn einen Herzschlag darauf war sie wie gebannt. Wie oft hatte sie ihn bereits beobachtet, besonders, wenn er sich auf seiner abendlichen Suche nach einer Frau befand.

Doch nie zuvor hatte seine Eleganz so sprichwörtlich gewirkt.

Beiläufig, nicht annähernd gekünstelt, ohne den Hauch von Unsicherheit. Dieser Mann fühlte sich wohl in seinem Körper und war eins mit ihm. Er wusste, wie er die Arme zu halten hatte, ohne dass sie deplatziert wirkten, die Bewegungen fielen weder zu ausufernd noch zu steif aus, sondern verliehen seiner Gestalt den exakt beiläufigen Schwung. Den Kopf hielt er stolz erhoben, obwohl er Tina nicht aus den Augen ließ. Dabei lief er lautlos, kein Schritt war akustisch wahrnehmbar, wie ein Raubtier auf seinem legendären Beutezug. Arrogant, sich seines Sieges so gewiss, dass nichts und niemand auf dieser Welt wagen würden, sich ihm in den Weg zu stellen. Womit er zu jenen auserwählten, beneidenswerten Geschöpfen gehörte, deren Aristokratie mit jeder Geste und Bewegung sichtbar wurde. Sein schmales Lächeln wirkte rätselhaft – alles an ihm zeugte von grenzenlosem, unwiderstehlichem Selbstbewusstsein. Doch bei keinem der vielen Mädchen, die er in Tinas Beisein für eine Nacht verpflichtet hatte, war sein Blick derart *fasziniert* gewesen. Auch nicht bei dieser widerlichen, anmaßenden Jane-Schlampe. Es *war* nicht das Gleiche! Tina musste es wissen, denn wie ein ewiger, unverbesserlicher Masochist, hatte sie ihn bei seinen allabendlichen Touren nie aus den Augen gelassen. Problematisch erwies sich nur, dass ihr unter diesem forschenden Fixieren zunehmend das Atmen schwerfiel. Mehrfach hatte sie bereits gedroht, es total zu vergessen, zu gefangen in jenem Bann, in den nur er sie ziehen konnte. Die heutige, erwachsene Tina hielt sich dennoch gut genug unter Kontrolle, um ihm scheinbar gleichgültig entgegenzublicken. Wenigstens so viel Würde bewahrte sie sich, wofür sie übrigens außerordentlich dankbar war.

Daniel blieb erst stehen, als sie nur noch wenige Zentimeter trennten. Er neigte den Kopf, seine Lippen streiften ihre Wange und wanderten weiter, bis sie ihr Ohr fanden. Und dann ertönte dieses unverwechselbare dunkle Wispern.

»Du hast lange auf dich warten lassen.«

»Ist das so?« Wow! Sie klang nicht mal belegt oder erstickt und das ohne nennenswerte Atemluft in den Lungen.

»Oh ja. Ich hatte die Hoffnung bereits aufgegeben.« Seine Lippen verschwanden, womit Tina wenigstens vor dem Erstickungstod bewahrt wurde. Und als sie ihn ansah, lächelte er auf diese besondere Weise, die nur er zustande brachte. Jedenfalls war Tina davon überzeugt. Für jede andere stellte es möglicherweise nur ein simples Lächeln dar, das leichte Heben seiner Mundwinkel, nichts, was man sonderlich wertschätzen musste. Für Tina jedoch bedeutete es eines der außergewöhnlichsten Eigenschaften dieses durch und durch außergewöhnlichen Mannes. Okay, spätestens jetzt musste auch sie es einsehen: Seinen Götterstatus hatte er bei ihr wohl auch nie verloren. Von wegen, erwachsen geworden! Die personifizierte, männliche – *göttliche!* – Verführung legte einen Arm um ihre Schultern und führte sie zu den Hockern vor der kleinen Bar. Als sie nebeneinandersaßen, begutachtete Tina das für sie vorgesehene Glas, in dem sich mit an Sicherheit grenzender Wahrscheinlichkeit Gin befand. Erst, nachdem sie davon überzeugt war, nicht zu viel von ihrem Ausnahmezustand zu offenbaren, blickte sie zu Daniel auf. Er hatte neben ihr Platz genommen, ein Ellenbogen berührte die glatte Oberfläche des Miniaturtresens, auf den gespreizten Fingern ruhte seine Schläfe und so betrachtete er sie in tiefer Andacht. *Ohhh, Mist!* Nach einer Weile lachte er verhalten und schüttelte den Kopf.

»Ich hätte wirklich nicht gedacht, dass es auf *diese* Art geschehen würde.«

Behutsam und dennoch entschieden, strich Daniel eine Strähne aus ihrer Stirn, als würde die ihm die Aussicht verderben, und schon ging die andächtige Musterung in die nächste Runde. Kein noch so winziges, belanglos geglaubtes Detail ihres Gesichtes schien ihm zu entgehen, während ganz nebenbei wieder diese unverwechselbare Stimme ertönte.

»Anscheinend habe ich die Dinge unterschätzt. Offenbar ist unser Weg tatsächlich vorherbestimmt, und wir können ihm nur folgen und hoffen, dass uns auf seinem Verlauf nicht allzu viele Hindernisse und steinige Etappen erwarten.«

Auf mehr als ein mattes Lächeln brachte sie es nicht – aber immerhin.

»Ich wusste, dass ich dich hier finden würde.« Er neigte den Kopf zur anderen Seite und bedachte sie wieder mit diesem einzigartigen Lächeln. »Mir war sogar bekannt, was du trinken würdest. Nur der Zeitpunkt blieb offen, weshalb ich seit Monaten jeden Abend hierher komme und warte. Nur auf dich. Kannst du dir das vorstellen?«

Vage schüttelte sie den Kopf und sein Lächeln verblasste, übrig blieb ein Mund, dessen Winkel um eine Winzigkeit nach oben wiesen. Er beugte sich vor und erneut traten die Lippen ihre Reise über Tinas Wange an, schienen ihre Haut in Flammen zu setzen, bis er ihr inzwischen auch ziemlich glühendes Ohr erreichte.

»Womit du bedeutend klüger bist, als ich. Zwischenzeitlich wollte ich mich in ärztliche Behandlung begeben. Allerdings bin ich nicht sicher, ob wegen des Verdachts auf Wahnsinn oder aus ungestillter, grauenvoller Sehnsucht. Auch die kann zum Verlust der mentalen Gesundheit führen – ich weiß es. Jetzt … endlich bist du da … Und nun …«

Mit einem tiefen Seufzen lehnte er sich zurück, die Augen blitzten. »Nun scheint es an Wahnsinn zu grenzen, dass ich dich beinahe verpasst hätte, weil ich mich eine Zeit lang weigerte, die unmissverständlichen Zeichen *anzuerkennen*. Was hätte ich verloren!«

Ohne den Blickkontakt zu unterbrechen, nahm er sein Glas, Tina ihres. Das Lächeln wurde noch etwas mysteriöser, während ein leises, melodisches Klirren ertönte. Flüchtig hatte er sein Glas gegen ihres getippt. »Auf uns«, verkündete er ernst. »… dies läutet den Beginn einer neuen Ära ein.«

Oh, all das hätte so verdammt albern klingen müssen, doch das *tat* es nicht! Seine Vorstellung wirkte so echt, dass Tina für keine Sekunde am Wahrheitsgehalt zweifelte. Dieser Mann beherrschte sein Fach, soviel war sicher. Nachdem Daniel seinen Whisky geleert hatte, nahm er ihre Hand und zog sie in die Mitte des eher kleinen Raumes – was jedoch nicht länger von Bedeutung war. Nach wie vor stellte sein Lächeln im Grunde keines dar, eher eine Ahnung und war trotzdem Ausdruck höchster Zufriedenheit. Er sah sie an, als wäre sie das faszinierendste Wesen, dem er je begegnet war, und als wäre er tatsächlich nur für diesen einen Blick einmal um die Welt gereist. Auch das inszenierte Daniel so glaubwürdig, dass Tina erneut akute Atemschwierigkeiten bekam. Von ihrem albernen Herzen wollte sie gar nicht erst sprechen. Im Anschluss an die nächste, eingehende Musterung zog er sie endlich an sich. Erleichtert atmete sie auf, unter diesem sezierenden Starren hatte sie nämlich zunehmend gefürchtet, er würde auf irgendein mieses Detail stoßen, wegen dem er sich am Ende gegen sie entschied. Möglichkeiten waren ja ausreichend vorhanden. Zu hohe Stirn, zu kleine Nase, zu schmale Lippen … Schön würde Tina niemals sein, damit hatte sie sich bereits vor Ewigkeiten abgefunden.

Mittlerweile steckte sie derart tief in diesem Spiel, dass ihr erst einige Stunden später aufgehen sollte, wie dämlich ihre Angst gewesen war. Denn momentan fühlte sich das alles verdammt echt an – und weil er sie nicht zurückwies, fühlte Tina sich nicht grundlos wie die Siegerin dieses Abends. Und das in zunehmendem Maße. Seine Bewegungen waren kaum wahrnehmbar, hatten bestimmt nichts mit einem üblichen Tanz gemein, außerdem wurde sie schon wieder fixiert. Bis zu diesem Zeitpunkt hatte Tina angenommen, kein Mann würde eine derartige Gelegenheit verstreichen lassen, ohne wenigstens einen flüchtigen Griff auf ihren Hintern zu riskieren. Daniel ganz sicher eingeschlossen, der ließ ja nie was anbrennen. Anscheinend hatte er die Taktik gewechselt, denn er dachte nicht im Traum daran. Eine Hand lag konstant auf ihrem Rücken, mit der anderen hielt er ihre rechte zwischen ihnen. Als wollte er verhindern, dass sie sich zu nahekamen. Tina wusste es besser, kannte den Grund dieser besonderen Positur. Unzählige einschlägige Bücher, Filme, ja, selbst die grauenvollen schnulzigen Lovesongs konnten nicht irren. Obwohl sie denen vor mehr als einem Jahrzehnt auf ewig abgeschworen hatte – die Botschaften fielen für ihren Geschmack ein wenig zu realitätsfremd aus. Daniel – der Unverbesserliche – führte derzeit eine Zusammenfassung all der Songs, Romane, Gedichte und Movies auf, die von der holden Liebe berichten. Und dies, ohne dass die Geschichte lächerlich wirkte.

Nur mit ihren Händen zwischen ihnen konnte er die Augen seiner *Herzensdame* – nicht einmal *das* klang derzeit in Tinas Ohren unglaubwürdig – fixieren. Das tat er nämlich immer noch, und so langsam war Tina in ernsthaften Schwierigkeiten. Nie hätte sie gedacht, dass so etwas einmal eintreten würde, aber wenn Daniel diese Tour beibehielt, würde sie scheitern.

Bereits jetzt fieberte sie dem Ende dieses Dramas entgegen und wollte endlich der einen Nacht zustimmen, die der Lohn für diese grausame Folter sein würde. Sein Blick versprach den Himmel und blöderweise *wusste* sie bereits, dass der tatsächlich in greifbarer Nähe lauerte, was auch nicht sehr hilfreich war.

»Hörst du das Lied?«, erkundigte er sich nach einer Weile, wieder mit diesem Hauchen, das ihr zunehmend den Schweiß auf die Stirn trieb. Verbissen versuchte sie, wenigstens den Himmel-Schwur-Blick zu ignorieren und lauschte angestrengt. Die willkommene Ablenkung. Ein Schlaflied. Es erzählte von Einsamkeit und dem Versprechen, dass der Geliebte zurückkehrt und irgendwann all die Trauer, die Wehmut und die Sehnsucht nur noch grausame Erinnerung sein würden.

»Es ist sehr traurig.«

Daniel lächelte, ohne dass seine Augen davon erreicht wurden. »Nur, wenn man es aus dieser Perspektive betrachten will. Versuche die andere.«

Während Tina abermals lauschte, nahm er den Blick nicht von ihr – fixierte – natürlich. Ihr »Okay« klang deshalb ein wenig heiser. Ein sanfter Finger legte sich unter ihr Kinn und das Lächeln verschwand komplett. »Ich schenke es dir. Wenn du es ab sofort hörst, wirst du an mich denken. Egal, wo ich in diesem Moment bin.« Das klang zwar auch kitschig, obwohl es sich nicht so anfühlte, doch zu beunruhigend, um weiterhin in ihrer Rolle bleiben zu können. »Daniel?«

Er zog sie näher und die Übergänge zwischen Realität und Fiktion wurden fließend. »Ich gehe Ende Juli für sechs Wochen nach Afrika.«

»Wieder die Ärzte ohne Grenzen?«

Wortlos nickte er.

»Okay …« Ärgerlich registrierte Tina, dass jene Wehmut und Sehnsucht, von denen dieser unbekannte Titel handelte, plötzlich *sie* heimsuchten. Dabei bestand in diesem Zusammenhang überhaupt kein Grund!

»Wohin?«

»Ich weiß es noch nicht, das entscheidet sich relativ kurzfristig. Aber …« Schon fiel er in die dunkle, sexy Dramenstimme zurück, »… das können wir später besprechen, Baby.«

Damit löste er seine Hand aus ihrer und zog sie so fest an sich, bis ihre Körper nichts mehr trennte, abgesehen von der total überflüssigen Kleidung. Sie lehnte die Stirn an seine Brust, schloss die Augen und versuchte, das Zittern ihrer Knie zu vergessen. Irgendwann spürte sie den berühmten Finger erneut unter ihrem Kinn, und als Tina widerwillig die Lider öffnete, begegnete sie seinem ernsten Blick. Kein fiktiver Barbesuch, nur Daniel Grant und Tina Hunt in einem schlichten Appartement. Langsam näherte sich das verdammte / geliebte Gesicht. So vorsichtig als befürchte er, sie würde im letzten Moment noch zurückweichen. Was für ein Blödsinn, Tina wartete seit gefühlten Ewigkeiten darauf, dass der Kerl endlich Ernst machte! Wenig später hauchte er den sanftesten aller sanften Küsse auf ihre Lippen. Instinktiv reckte Tina sich ihm entgegen, Zeit, sich zu schämen blieb nicht. Die letzte Barriere ihrer Beherrschung war soeben zu Bruch gegangen, und zwar mit einem gigantischen Dröhnen. In Anbetracht der Gesamtlage hatte sie sich bisher wirklich gut gehalten, wie sie fand. Besonders, wenn man die zahlreichen widrigen Faktoren genauer betrachtete. Als sie jedoch den zarten Kuss zu einem leidenschaftlichen, atemlosen, sinnlichen und umwerfenden ausdehnen wollte, verschwanden seine Lippen ganz plötzlich. Und diesmal gelang es ihr nicht, das frustrierte Stöhnen zurückzuhalten. Schon, weil die Barriere ja in Trümmern lag. Daniel schien von alledem nichts zu bemerken.

»Ich kann mir noch so viel Mühe geben, bei dir bringe ich das nicht«, flüsterte er an ihrem Ohr, womit sich sein Mund gute zehn Zentimeter von der Stelle entfernt befand, wo sie ihn haben wollte. *Dringend!*

»Es tut mir leid. Möglicherweise liegt es daran, dass mir eine Nacht mit dir nicht genügen würde … auch nicht zehn … okay, nicht einmal tausend.«

»Hmmm, hmmm.«

Er nahm den Kopf zurück und sie registrierte erstaunt, dass der Ernst seinen Blick nicht verlassen hatte.

»Was hast du?« Mehr als ein raues Hauchen brachte Tina nicht zustande, denn sie spürte erneut diese seltsame, unerklärliche Furcht in sich aufkeimen. Seine Mimik wollte so gar nicht zu dieser besonderen Atmosphäre und seinen Worten passen.

»Eigentlich nichts, mir ist nur aufgegangen, wie richtig du liegst. Ich habe nie …« Er holte tief Luft und verzog das Gesicht. »Vergiss es, ich *kann* es nicht ändern! Nichts von alledem, was damals geschah! Ich glaube, es gibt tatsächlich Dinge, die nicht wiedergutzumachen sind. Egal, wie sehr man es will und wie angestrengt man es versucht. Es tut mir sogar verdammt leid.«

Behutsam ließ Tina einen Finger über seine leicht stoppelige Wange gleiten. »Sag so etwas nicht«, bat sie. Zweifelnd schüttelte er den Kopf, ein bitteres Lächeln war plötzlich aufgetaucht. Tina mochte es überhaupt nicht und wollte, dass es augenblicklich verschwand. Wie so häufig schien Daniel sie gehört zu haben, denn er grinste ganz unvermittelt. Hatte es jemals einen Menschen gegeben, der in diesem Tempo von einer Stimmung in die entgegengesetzte wechseln konnte? »Weißt du, weshalb ich komplett versagt habe?« Er musterte sie, als hätte er soeben die Jackpotfrage gestellt, und als läge es allein an Tina, ob sie als Sieger aus dieser Show gehen und Millionäre sein oder als ewige Verlierer in der Gosse landen würden.

»Ich habe zwar keine Ahnung, wovon du sprichst, aber ich bin ganz Ohr.«

Er zog sie wieder an sich. »Für die Standardtour müsste ich dir nur irgendeinen, an den Haaren herbeigezogenen, geistlosen, verlogenen Schrott erzählen.« Das dunkle Raunen war zurück. »Und das wäre Blödsinn. Ziemlich kontraproduktiv, um genau zu sein. Die Wahrheit schlägt den Bullshit nämlich um Längen.«

Erfolglos versuchte Tina, sich an seinen Schultern abzustützen, um endlich auch einmal in sein Ohr wispern, hauchen und seufzen zu dürfen – Rache musste schließlich sein. Leider war er zu groß und sie, der ewige Zwerg, völlig chancenlos.

Und wieder erriet er, was in ihrem Kopf vor sich ging. Denn sein Arm um ihre Taille packte plötzlich fester zu und kurz darauf hatten ihre Füße den Boden komplett verlassen.

»Verdammt Tina!« *Das* war kein Hauchen, sondern das vorwurfsvolle Knurren des Profs. »Du musst *essen!*«

»Mund halten, Grant!«, flüsterte sie an seiner Ohrmuschel, die sich plötzlich auf gleicher Höhe mit ihren Lippen befand. »Du warst wirklich gut – du hattest mich schon nach deinen ersten Worten.« Sie runzelte die Stirn. »Nein, du hattest mich schon, nachdem ich dich *gesehen habe*. Und damit bist du ungeschlagener Sieger.«

Unter Zuhilfenahme des zweiten Armes schob er Tina ein Stück von sich, um ihr ins Gesicht blicken zu können. Vermutlich verkörperte sie damit die seltsamste Puppe, die die Welt jemals gesehen hatte. Und seine Arme verrieten nur durch das winzigste Zittern, dass er überhaupt eine Last zu tragen hatte. »Du hattest bereits gewonnen, als du durch die Tür tratest«, erwiderte er ernst. »Womit du einen einsamen Rekord hältst. Und ich schwöre, das wäre auch in jeder beschissenen Bar so gelaufen.« Trocken lachte er auf. »Ist es ja auch!« Erneut betrachtete er sie eingehend und mit zur Seite geneigtem Kopf. »Tina.«

Eilig verschloss ihr Finger seine Lippen. »Gib mir ein wenig Zeit, okay? Ich will mir ganz sicher sein, bevor ...«

Und wenn er sich noch so viel Mühe gab, diesmal konnte Daniel seine Enttäuschung nicht verbergen. »Willst du mir damit sagen, dass du dir *nicht* sicher bist, was du empf...?«

»Nein! In dieser Hinsicht bin ich mir sogar verdammt sicher, keine Sorge. Ich sitze umfassend in der Falle. Ich will nur keinen Fehler begehen, kannst du das nicht verstehen?«

Stirnrunzelnd betrachtete Daniel sie und nickte schließlich ergeben. »Ich glaube, das muss ich akzeptieren. Und das werde ich auch«, fügte er rasch hinzu. Als er Anstalten machte, Tina endlich das Selbstbestimmungsrecht zurückzugeben und sie zu Boden zu lassen, hielt sie sich entschieden an seinen Schultern fest. »Daniel ...«

»Hmmm.« Erstaunlich, die Enttäuschung verschwand nicht, Wut war allerdings immer noch nicht eingetroffen. Andere Männer hätten in einer solchen Situation bestimmt nicht freundlich reagiert. Nun ja, *andere*.

»Was ist nur aus dir geworden?«, erkundigte sie sich resigniert.

»Und wie ist diese Bemerkung zu verstehen?«

»Früher wärst du genau in diesem Moment zur Höchstform aufgelaufen«, wisperte sie an seinen Lippen und liebkoste sie dabei ein wenig, das Zittern seiner

Arme verstärkte sich. »Du hättest dich mit deiner gesamten Männlichkeit unter vollem Testosteroneinsatz in die Schlacht geworfen. Ein ›Nein‹ war einfach inakzeptabel, vielleicht fand es in deinem seltsamen Denkschema nicht einmal statt! Und heute gibst du dich bereits bei der ersten, halbseidenen Zurückweisung geschlagen.« Kopfschüttelnd musterte sie ihn. »Ich weiß nicht, ob ich das gut finde. Was ist nur aus dir geworden?«

Seine Niedergeschlagenheit war wie weggeblasen. »Du glaubst, ich wäre zum Langweiler verkommen? Zum kompletten Weichei?«

Tina musterte ihn mit kraus gezogener Nasenspitze. »Okay, so vernichtend hätte ich es jetzt nicht formuliert, aber im Kern stimmt die Aussage … irgendwie.«

Allein die Art wie seine Augen aufblitzten, jagte Tina die nächsten wohligen Schauder über den Rücken. Er küsste sie, bevor sie wusste, wie ihr geschah. So heiß, leidenschaftlich und fordernd wie erhofft.

Für eine lange Weile konnte Tina nicht mehr denken, sondern lag atemlos in seinen Armen, die Finger in seinem Haar, ihr Seufzen in seinem Mund und den Magen voller aufgeregt flatternder Schmetterlinge. Daniel floh nicht, ehe beide hörbar und hektisch atmeten und selbst dann löste er die Lippen nicht komplett von ihren.

»Ich liebe dich und ich will dich. Jetzt! Ich warte nämlich schon verdammt lange auf dich, das ist unmenschlich! Und diesmal ist das kein Teil eines beschissenen Spiels. Was sagst du dazu?«

»Ich bin verblüfft«, murmelte sie ohne nennenswerte Betonung.

Ein flüchtiges Grinsen erhellte sein Gesicht. »Baby, du hast keine Ahnung.«

Bevor Tina *das* genauer hinterfragen konnte, stand sie auf ihren Füßen und sah sich einem äußerst entschlossenen Daniel gegenüber, der mit Sicherheit nicht zum Langweiler mutiert war. Daniel brachte sie nicht in sein Schlafzimmer, und auch ihres war nicht sein Ziel. Gleichfalls galt sein Interesse nicht der Couch, wie Tina vielleicht als Nächstes vermutet hätte, wäre sie des Denkens momentan mächtig gewesen. Stattdessen führte der überhaupt nicht langweilige Daniel sie vor die hohe Lehne einer der beiden Sessel und schob sie bestimmt herum, bis sie mit von ihm abgewandtem Gesicht über dem Möbelstück gebeugt war.

»Stehenbleiben und nicht bewegen!« Unverkennbar ein Befehl, jedoch in einem derart dunklen Ton erteilt, dass von Zwang keine Rede sein konnte. Angestrengt versuchte Tina, geräuschlos zu atmen und scheiterte gnadenlos. Inzwischen hatte diese besondere, angespannte, erwartungsvolle Stimmung restlos von ihr Besitz ergriffen, selbst ihre Knie zitterten unkontrollierbar. Als eine warme Hand sanft zwischen ihre Beine glitt, zuckte sie zusammen.

Zielstrebig tastete Daniel sich hinauf, bis seine Finger auf heiße, nackte Haut trafen und er überrascht und hörbar die Luft anhielt. Nicht nur, dass die vermeintliche Strumpfhose nicht existierte, das Höschen darunter hatte Tina in all der Aufregung und Vorfreude *auch* vergessen! Uups. Trotz mittlerweile akuter Atemnot verzog sich ihr Mund zu einem schmalen Grinsen.

Grant, was dachtest du, mit wem du es hier zu tun hast?

Gelegenheit zu vielen weiteren Gedanken bekam Tina nicht, denn in der nächsten Sekunde drängte er ihre Beine auseinander. Im Anschluss folgte nicht etwa das obligatorische Streicheln und Liebkosen, auch die dämlichen, aber durchaus schönen, gewisperten Liebesbekundungen blieben diesmal aus. Heute ging Daniel bedeutend energischer vor. Mit einem Ruck wurde ein Reißverschluss geöffnet und Tina schluckte trocken. Selbst dieses sonst alltägliche Geräusch klang in ihren Ohren mit einem Mal grenzenlos erotisch. Dennoch hatte sie sich genügend Verstand bewahrt, um die Gefahr nicht zu ignorieren. Bevor sie aber ihr Veto einlegen musste, verschwand seine noch verbliebene Hand und kurz darauf vernahm sie das Reißen von Folie. Auch das hatte etwas grenzenlos Elektrisierendes. Erwartungsvoll schloss sie die Augen, dachte alles und nichts und wurde erneut überwältigt. Ohne Vorankündigung war er in ihr. Hart und schnell und mit so überwältigender Macht. Ihr überraschter, spitzer Schrei vermischte sich mit irgendeiner Ballade, die soeben aus der Stereoanlage dudelte, dann presste sie die Lider zusammen, ließ sich tiefer in das Polster drücken und stellte sich seinem nächsten Angriff, der nicht lange auf sich warten ließ. *Unvorstellbar!*

Verzweifelt darum bemüht, nicht ein weiteres Mal aus der Rolle zu fallen, bildeten ihre Lippen eine feste, kaum sichtbare Linie. Daniel packte ihre schmalen Hüften, um sie noch gezielter und tiefer in Besitz zu nehmen. Es geschah mit Präzision, spürbarer Überlegung, nichts erfolgte zufällig, er wusste ganz genau, in welcher Haltung er ihr das bestmögliche Erlebnis bescheren konnte, und wann er sich zurückhalten musste, damit es nicht zu schnell ein Ende nahm. Ein kluger Mann. Dabei hört Tina kein Seufzen, kein Stöhnen, nicht einmal ein tieferes Luftholen. Wie stellte er das an?

Die Situation war so unvorstellbar heiß, voller Leidenschaft, Anspannung und dem stetig wachsenden Wunsch nach Erfüllung. Mit jeder Sekunde liebte sie es mehr, drängte sich ihm entgegen, hätte am liebsten all diese chaotischen, zusammenhanglosen und überwältigenden Gefühle hinausgeschrien, ihrer Lust eine Stimme verliehen, nur um vielleicht etwas Erleichterung zu erfahren. Die andere, eigentliche, enthielt er ihr ja so gemein vor. Immer, wenn sie glaubte, der nächste Stoß würde sie endgültig über den Rand treiben, verstand er es, sie zurückzuholen und den Aufstieg erneut zu beginnen. Daniel ähnelte eher einem Schatten, als dass er tatsächlich real wirkte. Ein Phantom, das ihren Körper vereinnahmte, so besitzergreifend, dominant, beherrschend. Alles, was Tina ausmachte, hätte protestierend aufjaulen müssen, doch sie dachte nicht im Traum daran, ihm Einhalt zu gebieten. Willenlos sank sie in die Polster, presste dabei ihren Hintern gegen ihn, um ja alles auszukosten, ihre Finger krallten sich in das weiche Leder, als hinge ihr Leben davon ab.

Die Augen fest geschlossen, ihr Atem schnell und hektisch, und mit jedem neuen, so kräftigen, bestimmten und lebendigen Stoß, nahm sie ihn erwartungsvoll in sich auf. Wieder und wieder, und jedes Mal noch ein klein wenig tiefer, bis sie glaubte, es nicht länger ertragen zu können, um gleichzeitig die nächste Attacke mit stummem Bitten zu ersehnen. Auch dann noch, als sie längst glaubte, dass keine weitere Steigerung mehr möglich war. Ihr Seufzen konnte sie irgendwann nicht länger verhindern, es kam, wann immer sie komplett eins waren. Längst hatte sie den Kampf aufgegeben, fühlte sich ehrlich erleichtert, es endlich gewähren zu lassen.

Freiheit, Lust, Leidenschaft, Liebe – eine Mischung, die höchste Ekstase verursacht. Es fühlte sich so magisch an – so gut, wie ... *nichts* zuvor in ihrem Leben! Als er ihre Hüften schließlich losließ und sich seine Arme fest um sie legten, lehnte sie den Hinterkopf an seine Brust, hörte sein dröhnend, hämmerndes Herz und ließ sich endgültig zum Gipfel allen Vergessens treiben, während er mit einem leisen, dumpfen Stöhnen ebenfalls seinen Höhepunkt erreichte. Wahnsinn!

In den folgenden Stunden beantwortete Daniel gleich mehrere Fragen, die noch einer ausführlichen Klärung bedurften: Er hatte nichts verlernt und war garantiert nicht ruhiger geworden. Nun gut, Letzteres hatte Tina ohnehin nur in den Raum geworfen, um ihn ein bisschen herauszufordern. Sie hätte allerdings nicht zu träumen gewagt, damit derart erfolgreich zu sein. Denn er nahm sich sogar ausufernd viel Zeit und Muße, um ihr das Gegenteil zu beweisen. Neueste Erkenntnis: Dichtete man Daniel Grant an, seine Männlichkeit lasse neuerdings zu wünschen übrig, lief der zu Höchstformen auf. Sie würde es sich merken. Nachdem sie zu Atem gekommen waren, trug Daniel sie in die Küche und platzierte Tina tatsächlich auf dem Tresen. Verbissen kämpfte die gegen das penetrante Grinsen, das unbedingt ausbrechen wollte und sich am Ende auch durchsetzte. Derartige Probleme schien Daniel nicht zu wälzen, der wirkte hoch konzentriert, der Mund war schmal, kaum, dass er sie überhaupt direkt ansah. Als würde er soeben eine ausnehmend komplizierte Aufgabe lösen und jede Ablenkung strikt meiden.

Sehr lange hielt sich Tinas dämliche Grimasse nicht, denn Daniel küsste sie nicht, hielt die Zärtlichkeiten auch ansonsten sehr begrenzt und tastete sich stattdessen zielstrebig zu ihrer Feuchtigkeit vor, der längst nicht genügend Zeit gegönnt worden war, um sich vom letzten Himmelssturm zu erholen.

Erst ließ er nur diesen sanften, berüchtigten Finger in sie hineingleiten, fand mit dem Daumen derweil ihren geschwollenen Kitzler und beobachtete dabei mit zur Seite geneigtem Kopf dessen sinnliches Treiben. Wobei dieser Knaller noch immer nicht zu ihr aufsah. Wäre die Situation an sich und seine verdammten Finger im Besonderen nicht so ablenkend gewesen, hätte Tina sich ernsthafte Gedanken darüber gemacht, ob auf ihrer Nase zwischenzeitlich ein paar Warzen aufgetaucht waren. In Ordnung, überragend war ihr Anblick wirklich nicht, aber dass er ihr so gar keinen Blick gönnte …

Kurz darauf verschwand Daniel beinahe, aus ihrer Perspektive konnte Tina nur noch seinen dunklen Schopf ausmachen, der sich zwischen ihre Beine gesenkt hatte, bevor sie die Augen schloss. Er hatte den Finger durch seine Zunge ersetzt, vollführte diese zärtlich kreisenden Bewegungen, die sie über kurz oder lang in den Wahnsinn treiben würden. Mit aller Macht verbiss sie sich ihr Stöhnen, obwohl sie schon jetzt wusste, dass es sich am Ende ja sowieso durchsetzen würde. Zu viel! Und das wäre es bereits ohne den Zwischenstopp am Sessel gewesen. Zu gut! Tina fühlte sich hoch sensibilisiert, ihre Haut war von einem kühlen Schweißfilm überzogen und jede minimalste Berührung brachte sie zum Beben. Zu überwältigend!

Doch diesmal ließ er sich nicht unterbrechen. Egal, wie schnell ihr Atem ging, wie flehend ihr Seufzen klang und wie stark ihre Beine zitterten. Die hatte er übrigens mit einer beiläufigen Bewegung rechts und links auf seine Schultern gelegt. Anscheinend interessierte Daniel überhaupt nicht, dass Tina der Wahnsinn drohte. Vielleicht meinte er auch, diesbezüglich käme so oder so jeder Rettungsversuch zu spät. Wie eine Schlange wand sie sich unter den unerträglichen Liebkosungen, war etliche Male kurz davor, endgültig aufzugeben und ihn *anzubetteln*, endlich diese grauenvollen Zärtlichkeiten zu beenden, weil sie glaubte, dem für keine Sekunde länger gewachsen zu sein. Zu viel! Unerträglich schön. Konnte man an einer Überdosis Glück und Leidenschaft sterben? Mittlerweile hielt sie das durchaus möglich.

Für eine Weile wehrte sich Tina erfolglos gegen die anstürmende Emotionsflut und ergab sich am Ende nicht ohne Resignation in ihr Schicksal. Zuvor machte sie allerdings noch schnell gedanklich ihr Testament. Nur für alle Fälle. Chancenlos war sie sowieso, weil er zu allem Überfluss ihre Beine festhielt, dieser Bastard! Am Ende ging die Rechnung nicht vollständig auf, denn der *Wahnsinn* blieb aus.

Stattdessen erkannte Tina mit einem Mal, wo das Ganze enden würde, es nur *konnte!* Verdammt, erst jetzt begriff sie, dass es ein Ziel zu erreichen gab und es nicht nur eine grauenvolle Folter der Sinnlichkeit darstellte, die es zu überstehen galt, um danach die Belohnung in Form von *echtem* Sex zu bekommen. Erst jetzt gelangte sie hinter diese uralte Wahrheit. Nach all den Männern, nach allem, was sie erlebt hatte, so gut sie glaubte, dieses besondere Fach zu beherrschen, war ihr diese Winzigkeit bisher entgangen. Vermutlich outete spätestens dies sie unweigerlich als dümmste Gans des Planeten. Zwischen ihrem Pseudo-Wahnsinn und dem angestrengten Versuch, ihre grauenvolle Verlegenheit zu bewältigen, schwor Tina sich, dass er niemals – *niemals!* – davon erfahren würde. Außerdem empfahl sie sich dringend, ihre Ansichten über ihr vermeintliches Allwissen in Sachen Sex noch einmal gründlich zu überdenken. Bei Gelegenheit … die sich jedoch derzeit nicht unbedingt bot, denn Daniel gab erst auf, als sie schließlich laut, frenetisch und für sie total überraschend auf diesem verdammten Tresen ihren Höhepunkt fand.

Etwas später gelang es Tina sogar, ihn anzusehen. Zu diesem Zeitpunkt war ihr endlich aufgegangen, dass er von ihrem Totalversagen ja nichts wissen konnte, was sie unvorstellbar beruhigte. In ärgerlicher Gemütsruhe stand er über sie gebeugt, *jetzt* fixierte er ihr Gesicht, und zwar ausschließlich. Seine Lippen glänzten feucht und die Augen blitzten triumphierend. Ein wahrer Funkenregen! *Hinreißend!* – was sie ihm natürlich *auch* nicht sagte.

»Irgendwelche Fragen?« Wenigstens klang er ein wenig heiser, auch wenn das schon alles an Reaktion war, die Daniel in den Ring zu werfen hatte. Dennoch … Tina blieb nur, ihn nur entzückt zu betrachten. Sie war so außer Atem, dass an eine verbale Antwort nicht zu denken war. Nach einer Weile brachte sie es wenigstens auf ein vages Kopfschütteln.

»Hmmm!« Grimmig nickte er, selbst das schmalste Lächeln wollte sich nicht einstellen. Tina hätte ja zu gern erfahren, was überhaupt sein Problem war! Leider bekam sie keine Gelegenheit, diese gewichtige Frage mal zur Sprache zu bringen, denn offenbar stellte der Küchentresen auch nur eine Etappe in Daniels Ablaufplan dar.

»Aber ich!«, knurrte er nämlich und im nächsten Moment lag sie in seinen Armen. Auch das ließ sich nur mit einem Wort beschreiben: *Hinreißend!* Kurz darauf strandete Daniel mit ihr im Bad und Tina war froh, dass er diesmal wieder mit ihr die Reise zum Höhepunkt antrat. Denn nur mit und durch ihn wurde es erst zum echten Erlebnis. Auch wenn sie gedacht hätte, spätestens jetzt an der Übermacht von Emotionen zugrunde zu gehen. Fehlanzeige! Auch nach dem Besuch im gemeinsamen Badezimmer wirkte Daniel nicht im Mindesten zufrieden.

Sein nächster Ausflug galt dem Flur. Hier vögelte er sie nicht auf dem Boden – oh nein! Allem Anschein nach wollte er an diesem Abend das gesamte räumliche Repertoire des Appartements ausreizen. Für einen flüchtigen Augenblick dankte Tina dem lieben Gott, dass es sich hierbei um eine überschaubare Anzahl von Zimmern handelte. Kurz darauf überwältigte sie Daniels Ideenvielfalt erneut und ihr blieb nur das bedingungslose Folgen. Freudig – das mit Sicherheit –, aber auch mit zunehmender Entkräftung und spätestens seit dem Bad in anhaltender Atemlosigkeit. Daniel ließ ihr nie lange genug Zeit, um zu Luft zu kommen oder neue Kräfte zu sammeln, bestenfalls noch beides gleichzeitig. Mit bestechender Stärke hob er sie auf seine Hüften und lehnte sie mit dem Rücken gegen die Wand, wobei er den Druck verdoppelte, wahrscheinlich, damit sie nicht spektakulär zu Boden ging. Als wäre das möglich gewesen! Wie von selbst legten sich Tinas Beine fest um ihn und ihre Hände fanden sich in seinem Nacken zusammen, der sich übrigens verdächtig feucht anfühlte. Von wegen unbeteiligt! Vermutlich zitterten seine Knie genau wie ihre, er konnte es bloß besser *tarnen!* Dann mutierte seine Miene wieder zu dieser entschlossenen Maske, die Tina inzwischen korrekt zu interpretieren wusste. Und einen Wimpernschlag später, spürte sie ihn in sich, was noch immer so unvorstellbar gut war, sie jedoch allein nicht mehr befriedigte. Etwas fehlte, und das tat zunehmend weh. Zu sehr ähnelte dies all den unbedeutenden, anonymen sexuellen Erlebnissen, die sie gern aus ihrem Gedächtnis gestrichen hätte. Bei ihm *musste* es anders ablaufen, sonst war es *nicht richtig!* Nur was sollte sie tun? Hilflos lehnte sie sich zurück, nahm ihn dabei in regelmäßigen Intervallen in sich auf und versuchte genau das für einen Moment aus ihrem vordersten Bewusstsein zu verdrängen.

Dann holte sie hörbar Luft und ihre Stirn legte sich in tiefe Falten. »Daniel …?«

Bereits seine Reaktion entschädigte Tina ein wenig, denn er hielt sofort inne, sein Gesichtsausdruck wechselte in Lichtgeschwindigkeit von leidenschaftlich-verbissen auf besorgt, weich und liebevoll. *Wow!*

»Was hast du, Baby?«

»Nichts Schlimmes, ich …«

»Soll ich aufhören?« Keine Enttäuschung, nur ehrliche Sorge.

Wow!

»Nein!« Hektisch warf sie den Kopf hin und her. »Ich will nur …« Anstatt den Satz zu Ende zu bringen, entschied sich Tina für die Demonstration. Zärtlich nahm sie sein Gesicht in ihre Hände und er ließ sich widerstandslos hinabziehen, bis ihre Lippenpaare sich berührten – kein Kuss, eher eine Ahnung, was daraus werden konnte.

»*Das!*«, wisperte sie und registrierte erleichtert sein Lächeln.

»*Das,* aha!«, konstatierte Daniel. »Das will sie also *auch* noch … Schwer zufriedenzustellen, meine kleine Heimsuchung.«

Während er sich erneut in ihr bewegte, öffneten sich seine Lippen und warteten, bis ihre es ihm nachtaten. Erst dann küsste er Tina auf diese unnachahmliche Weise, die nur ein Daniel Grant zustande brachte. Ihr tiefes, erleichtertes Seufzen erfüllte den Raum, Tina drohte bereits, ein weiteres Mal im Rausch der unterschiedlichsten Emotionen unterzugehen. Daniel als Teil von ihr, das Tempo unentwegt steigernd, dieser Kuss, der kein Ende nahm, ihr hektisches Keuchen, das stetig stärker werdende Sehnen nach dem Höhepunkt, verbunden mit der wachsenden Furcht genau vor diesem – Tina war wirklich nicht sicher, ob sie das noch einmal überleben würde. Und dabei ließ er keinen Ton verlauten, womit er ›seiner kleinen Heimsuchung‹ eben nicht gab, was die so dringend brauchte. Aber wenigstens ging sein Atem etwas schneller, was der neuerdings äußerst genügsamen Tina beinahe ebenso viel Befriedigung verschaffte, wie der nächste Himmelsturm es demnächst tun würde. Mittlerweile führte sie ihren eigenen kleinen Krieg gegen seine ekelhafte Gelassenheit und diese reglose Miene. Die wirkte übrigens ziemlich aufgesetzt, was sie zunehmend ärgerte. Denn als er den Kuss endlich beendete, zwangsläufig, weil sie sich unabänderlich dem nächsten Gipfel näherten, war sein Blick fast teilnahmslos. Nur die gerunzelte Stirn ließ vermuten, dass an der derzeitigen Situation möglicherweise irgendetwas außergewöhnlich war, oder so. In diesem Moment fasste Tina den mutigen und sehr selbstlosen Entschluss, nicht eher zu ruhen, bis er in anhaltender Ekstase schrie. Es ging doch nicht an, dass er sie mit ein paar Bewegungen und Berührungen vollständig aus dem Gleichgewicht warf, bis sie glaubte, in dieser überwältigenden Leidenschaft unterzugehen, um nie mehr aufzutauchen, während er dabei absolut unbeteiligt blieb!

Am Ende dieses erstaunlichen Sexabenteuers konnte auch Tina beachtliche Erfolge vorweisen. Als sie nach der Flur-Etappe wenigstens annähernd zu Atem gekommen war, trug Daniel sie in ihr Zimmer, aber nicht etwa ins dortige Bett. Stattdessen fand sie sich kurz darauf auf dem Schreibtisch wieder. Seine Hose hatte er im Vorbeilaufen vom Flurboden aufgehoben. Aus deren Tasche beförderte er mit ernster, gewichtiger Miene eine weitere Folienpackung. Woher nahm der Mann die Kraft und vor allem die *Kondome*? Ihre Frage blieb wie so häufig unbeantwortet, denn Daniel schritt bereits zur nächsten Tat. Diesmal jedoch fand sie in seinem Gesicht ein sanftes und bewunderndes Lächeln, und er betrachtete sie für einen sehr langen – und atemlosen – Moment, bevor sie ihren Kuss bekam.

Hingebungsvoll, verführerisch, fähig, sie die singenden Knochen und zunehmend schmerzenden Muskeln vergessen zu lassen und Kräfte zu aktivieren, von deren Existenz Tina bisher nicht einmal geahnt hatte. Er seufzte dunkel – womit er den ersten wahren Laut seit Beginn dieses Sexmarathons von sich gab. Nur der winzige Ton, es war ja nicht einmal ein Wort, führte dazu, dass sich Tinas Herzschlag noch einmal verdoppelte und ihre Haut von einem wohligen Schauder überzogen wurde. All die Akrobatik davor, mit Ausnahme der Geschichte vor dem Sessel, hatte das nicht vollbringen können. Nachdem der neueste gigantische Kuss beendet war, bedachte er sie mit dem nächsten, warmen Blick, ließ einen sanften Finger über ihren erhitzten und entkräfteten Körper wandern und küsste sie erneut. Hingebungsvoll, zärtlich – *einzigartig!* Erst dann, nicht ohne eine weitere jener sagenumwobenen visuellen Botschaften an sie verschenkt zu haben, schob er sich behutsam in sie hinein, packte sie fest an den Hüften, bewegte sich bedächtig, dennoch fordernd und steigerte in aller Ruhe das Tempo.

Unter Einsatz einiger unlauterer Mittel gelang es Tina tatsächlich, seine Beherrschung vollständig zu brechen. In Anbetracht der gegenwärtigen Umstände bewertete sie es bereits als Glanzleistung, dass sie einen kühlen Kopf bewahren und ihr Ziel überhaupt verfolgen konnte! Kurz bevor beide unweigerlich ihren Höhepunkt erreichten, ließ sie andächtig einen zärtlichen Finger auf seiner Brust hinabgleiten und seufzte tief. Ihre Beine lagen über Daniels muskulösen, angespannten Armen, seine Lippen waren fest aufeinandergepresst, entschlossen, jede noch so geringe Begeisterungsbekundung zu verhindern, und der Schweiß lief ihm in Strömen an den Schläfen hinab. Ihr Vorstoß kam so unerwartet, dass er verwirrt die Augen aufriss, sein Gesicht verzog sich zu einer empörten Grimasse, ein tiefes Knurren ertönte und schließlich brach er mit einem dumpfen Schrei auf ihr zusammen. Mission erfolgreich abgeschlossen!

Gebührend feiern konnte Tina ihren Erfolg dummerweise nicht, weil ihr eigener Höhepunkt sie leider soeben überrollte. Wie schade! Mit dem Fluchen wartete Daniel nicht einmal, bis er wieder zu Atem gekommen war.

»Verdammt!«, hörte sie ihn grollen, sobald das laute Rauschen in ihren Ohren etwas verebbt war. Gut möglich, dass seine Schimpferei bereits viel früher eingesetzt hatte.

Tina nahm seinen Kopf zwischen ihre Hände und zwang ihn, sie anzusehen. »Hast du irgendwann ein Schweigegelübde abgelegt, oder was soll das ganze Theater?«

Unwirsch runzelte er die Stirn. »Nein!«

»Aber?«

»… *aber*, du bist ein Fluch.«

»Warum?«

»… bösartiges Biest!«

»Schon klar, aber …«

»Monster!«

»Richtig, a…«

»Unmöglich! Ist mir ja noch nie untergekommen!«

»Grant!«

Stöhnend verdrehte er die Augen, hörbar außer Atem. »Keine Ahnung, es ist … Es *war* eine dumme Wette zwischen Chris und mir.«

»Was?«

»Eine Wette, eben!«, stöhnte er laut.

»Also verstehe ich das richtig? Ihr habt eine *Wette* darüber abgeschlossen, wer leiser *kommt*?«

Argwöhnisch betrachtete er sie und nickte schließlich. »So in etwa.«

Seine Lippen bildeten einen süßen Schmollmund, er wirkte wie ein wütender kleiner Junge, dem sein Feuerwehrauto geraubt worden war. Als Tina gedanklich zehn Jahre in der Zeit zurückging, fiel ihr ein, dass sie damals immer nur diese Schlampen gehört hatte, die dieser unverbesserliche Draufgänger Nacht für Nacht in sein Bett entführt hatte. Ihn jedoch vernahm sie kein einziges Mal. Zu diesem Zeitpunkt konnte sie die Seltsamkeit dahinter nicht erkennen, dumm und unerfahren, wie sie war. Heute sah sie die Dinge aus anderem Blickwinkel und endlich verstand Tina dieses anhaltende Schweigen.

… das *sie* soeben gebrochen hatte! Unbändiger Stolz machte sich in ihrer Brust breit, und über diese lächerliche Anwandlung musste sie plötzlich lachen. So laut, dass sie drohte, im ersten Kicheranfall seit – oh – schier unendlich *langer* Zeit unterzugehen. Das ließ Daniel sich sogar eine ganze Weile gefallen, erwartungsgemäß stieß seine Geduld jedoch über kurz oder lang an ihre Grenzen. »Wärst du so freundlich, mich über den Grund deiner Erheiterung aufzuklären? Vielleicht kann ich ja mitlachen!«

Obwohl er sichtlich sauer war, brauchte Tina verboten lange, bevor sie in der Lage war, etwas von sich zu geben. Also abgesehen vom Kichern, natürlich. »Ehrlich … Da schließt du vor Ewigkeiten irgendeine saublöde Wette ab und hast nichts Besseres zu tun, als …« Ihr kam ein widerlicher Gedanke und sie musterte ihn mit zur Seite geneigtem Kopf. »Woher weißt du denn, wie die Dinge bei Chris momentan stehen? Tauscht ihr euch regelmäßig über den neuesten Stand aus?«

»Wofür hältst du mich?« Trotz des Schmollmundes grinste er plötzlich. »Das ist nebensächlich, er hatte schon vor Jahren verloren.«

»Ach so, dann handelt es sich hierbei um eine ›männlicher Stolz-Angelegenheit‹ und du siehst dich auf ewig an deinen heiligen Schwur gebunden, so in etwa?«

Daniel verdrehte die Augen. »Selbstverständlich kannst *du* das nicht verstehen! Unter Männern existieren nun einmal Dinge …« Er brachte den Satz nicht zu Ende, meinte wohl, bei ihr – einer Frau – wäre die Mühe, die tieferen Zusammenhänge zu erläutern, ohnehin vergebens. Außerdem hätte er mit Sicherheit irgendeinen Kodex gebrochen, wenn er sie in diese Geheimnisse einweihte. Mit sichtlicher Anstrengung unterdrückte Tina das nächste Kichern und räusperte sich, um die vorwitzigen Ausläufer zu tarnen.

»Okay, ich schwöre, dich nicht zu verpfeifen. Aber könntest du …« Ihr Blick wurde bittend. »… könntest du von deinem Schweigegelübde absehen, wenn wir zusammen sind, ja?«

»Warum?« Jetzt war es an ihm, sie mit zur Seite geneigtem Kopf zu betrachten. Besonders witzig, weil sie den ja nach wie vor in ihren Händen hielt.

»Für mich?«

»Warum?«

»Nur für mich!«, wiederholte sie störrisch.

Mr. Penetranz in persona ließ natürlich nicht locker. »Das ist mir bereits klar, nur *warum*?« Aller Groll schien verschwunden, und unter diesem aufmerksamen Fixieren färbten sich Tinas Wangen *rot*. Verdammt! Eilig senkte sie den Blick, doch der unvergleichlich arrogante Kerl bemühte sofort diesen widerlichen Finger unter ihrem Kinn. Und als sie unter Zwang aufsah, begegnete sie triumphierend blitzenden Augen.

Was das zu bedeuten hatte, wollte sie auch nicht unbedingt erfahren.

»In Ordnung«, murmelte er und küsste sie sanft. »Für dich!«

Damit befreite er sein edles Haupt aus ihren Händen, übrigens ohne die geringsten Schwierigkeiten, und trug sie in sein Bett. Tina war derart müde und erschöpft, dass ihre Lider zuzufallen drohten, und gleichzeitig hatte sie sich nie zuvor so gut gefühlt. Ihre Knochen schienen aus Gelee zu bestehen, alle Glieder waren von bleierner, wundervoller Schwere, und in ihr herrschte wohlige Zufriedenheit. Er war eindeutig ein Meister. Nun ja, keine sehr große Überraschung. Zwei Millionen Frauen konnten sich unmöglich irren.

53. Sunday

Tina schlief bereits beinahe, als unvermutet Daniels Stimme in der Dunkelheit ertönte.

»Trotzdem, Standard ist was ganz anderes.«

Dann spürte sie sanfte Lippen auf ihrer Stirn, und das Nächste, was sie bewusst wahrnahm, war der anheimelnde Geruch frischen Kaffees, der sie am nächsten Morgen weckte. Angestrengt bemüht, ihn zu ignorieren, hielt sie die Lider geschlossen. Von ausgeschlafen oder auch nur ausgeruht konnte nämlich keine Rede sein. Sie hätte geschworen, seit dem Einschlafen wären nicht mehr als zehn Minuten vergangen. Außerdem befürchtete sie akut, nicht in der Lage zu sein, einen Muskel zu rühren. Der leicht gestörte und penetrante Prof kannte wie immer keine Gnade. Schmale, feste und dennoch zärtliche Lippen berührten ihren Mund, und kurz darauf ertönte die verdächtig dunkle Stimme.

»Du musst wach werden, Tina!«

»Warum?«

Auf sein verhaltenes Gelächter hin verzog sie den Mund. Erneut tauchten die Lippen auf, diesmal an ihrem Hals. »Ganz einfach …«

Oh Gott, dieses dunkle Raunen gehörte verboten!

»Es ist inzwischen Mittag und ich bin nicht bereit, unseren gemeinsamen freien Tag ungenutzt verstreichen zu lassen.«

Das klang derart beängstigend, dass Tina sich genötigt sah, doch endlich die Lider zu heben. Und zwar in Höchstgeschwindigkeit. »Was hast du vor?«, erkundigte sie sich. »Ich sage dir gleich: Eine New-York-Besichtigungstour fällt aus, Grant!«

Sein Grinsen steigerte ihre Befürchtungen noch einmal. »Nein, die Stadt will ich nicht besichtigen.«

»Aha«, nickte sie. »Was dann?«

»Lass dich überraschen.«

Tina, die bereits einschlägige Erfahrungen mit Daniels Überraschungen gemacht hatte, war nicht wirklich beruhigt, wusste jedoch gleichzeitig, dass jeder Widerstand ohnehin zwecklos war.

Neueste Erkenntnis: Daniel Grant, alias der irre Prof, alias der grünäugige Dämon, alias der gestörte Stalker, war offensichtlich mit Staaten bildenden und assimilierenden Außerirdischen verwandt. Mist! Warum war ihr das nicht viel früher aufgefallen, als eine Flucht noch möglich war?

In aller Gemütsruhe streckte und dehnte sie sich, wenn auch nur sehr vorsichtig und gähnte abschließend herzhaft – hoffend, auf diese Art die bleierne Müdigkeit zu vertreiben. Als sie die Augen wieder öffnete, blitzten seine etwas intensiver. Daniel hatte sich ein T-Shirt übergezogen und darunter sah sie schwarze Boxershorts. Seine Wangen waren dunkel, in einigen Stunden würde der Bart genau die Länge erreicht haben, die ihn Tinas Ansicht nach noch einmal um einhundert Prozent attraktiver machte. Was sie ihm natürlich niemals gesagt hätte. Das Haar befand sich noch im verwuschelten Pre-Aufsteh-Stadium, nur die sehr wachen und hellen Augen deuteten darauf hin, dass er bereits länger auf den Beinen war. Insgesamt wirkte er so sexy, dass Tina vorübergehend sogar ihren gemarterten Körper vergaß. Ein sehr kurzes *Vorübergehend*, aber immerhin. Trotzdem würde sie einen Teufel tun und jetzt aufstehen, ihr wäre viel lieber gewesen, wenn er wieder zu ihr ins Bett kam!

»Ohne Kaffee bewege ich keinen Muskel!«, verkündete sie strikt.

»Kein Problem.« Noch immer grinste er so komisch, und so langsam bereitete ihr das tatsächlich Angst. »Daniel.«

»Mund halten, Hunt!« Es klang recht genügsam. »Wo sind deine Hände?«

»Äh …« Sie warf ihm einen besorgten Blick zu. »An meinen Armen, schließen direkt an die Handgelenke an, soweit ich weiß.«

»Aber ich sehe sie nicht!«

Nachdem Tina ihn für einen weiteren sehr langen Moment besorgt betrachtet hatte, zog sie mit schiefem Grinsen ihre Hände unter der Decke hervor.

»Leg sie links und rechts neben deinen Kopf.«

»Aber …«

»Tu es!«

Das genügte! Tina holte tief Luft, bereit ihre geharnischten Proteste an den Mann zu bringen. Der kam ihr gemeinerweise zuvor, denn plötzlich befand sich Daniels Gesicht ihrem sehr nah. »Du erinnerst dich«, sagte er leise. »Ich muss dringend diesen verdammt gelangweilten Zug um deinen Mund beseitigen.«

Wovon sprach der Idiot eigentlich? Das Grinsen hatte wieder jenem verdächtigen Lächeln Platz gemacht, das seine Augen nicht erreichte. »Ich habe mir den Abend unseres Wiedersehens etliche Male durch den Kopf gehen lassen.«

Tina stöhnte auf. Bevor sie jedoch wenigstens diese unschöne Entwicklung aufhalten konnte, lachte er humorlos. »Ich verstand es nicht, hatte keine Ahnung, was die gesamte Show bedeuten sollte, nicht einmal eine Vermutung. Verstehe mich nicht falsch, ich lehne einen Blowjob nur höchst selten ab. Ganz besonders nicht, wenn er von dir stammt, das darfst du mir glauben. Aber nach *zehn Jahren?* Als Erstes? Ohne ein ernsthaftes Wort gewechselt zu haben?«

»Ha, ha«, bemerkte sie trocken. »Du *bist* mit mir auf *dein Zimmer* gegangen, ohne zuvor ein Wort gewechselt zu haben. Kein Ernsthaftes, jedenfalls.«

»Ja!«, stöhnte Daniel. »Es gibt keinen Mann, der diesem Angebot widerstanden hätte. Das ist doch …« Er verstummte, die Augen weiteten sich in plötzlichem Begreifen. »Das war *Absicht? Eine Falle?*«

»Ich wollte nur in Erfahrung bringen, ob sich vielleicht irgendwelche Änderungen eingestellt haben.« Es klang bemerkenswert gleichmütig, doch der Tag schien ganz plötzlich an Farbe verloren zu haben, und Tina wurde ungewollt an jenen Abend erinnert, an dem sie Daniel nach langer Zeit wiedergesehen hatte. Doch sie wischte den störenden Gedanken resolut beiseite, gab ihm keine Chance, sich dauerhaft in ihrem Kopf einzunisten, und war außerordentlich verblüfft, dass der sich das so einfach gefallen ließ. Offensichtlich handelte es sich bei Christina Hunt um eine Verdrängungskünstlerin per excellence. Scarlett – ach ja, diese miese Angewohnheit hätte sie auch beinahe vergessen.

»Ich war über deine Reaktion nicht sonderlich überrascht, wenn du das meinst.«

Fassungslos schüttelte Daniel den Kopf. »Deine Art zu denken ist total irre! Keine andere wäre an diesem Abend in meinem Zimmer gelandet, denn ich war absolut nicht in der Stimmung. Als du den Vorschlag machtest, dachte ich, das sei ein Scherz! Gut, ich zog auch eine ernsthafte Erkrankung in Betracht.« Ihre Grimasse ignorierte er. »Ich war fasziniert, nenn es überwältigt. Du, diese *Begegnung* und das, wo ich so häufig … Ich brauchte bereits Stunden, um annähernd sicherzugehen, dass du es überhaupt *bist!*«

Hilflos hob er die Schultern. »Kein Mann hätte ablehnen können und ich am allerwenigsten, weil ich … Ah, vergiss es! Es bestätigt ja nur, was ich mir schon gedacht habe. Du wirst heute gar nichts tun, ich will dir etwas demonstrieren.«

»Was?«

Doch er schüttelte den Kopf. »Abwarten, Baby.«

Das klang sogar äußerst beunruhigend, fand das Baby.

517

Mittlerweile verstand Daniel etliches bedeutend besser. Dumm von ihm, damals ihre wahren Absichten nicht sofort zu durchschauen. Möglicherweise war sein Verstand ein weiteres Mal diesem Whisky-Tina-Vergangenheits-Syndrom zum Opfer gefallen. Das hatte ihn ja den gesamten Abend über begleitet. Aber letztendlich war sie nicht mit ihrem durchgeknallten Plan durchgekommen, jedenfalls nicht vollständig und vermutlich zählte am Ende nur das. Trotzdem hatte er ihre Verbitterung zwar erkannt, jedoch weiträumig unterschätzt. Selbst jetzt konnte er dessen Ausmaß wohl nur annähernd begreifen. In dieser elenden Hotelbar hatte er sich einiges verscherzt und viele Chancen leichtsinnig vertan. Hätte er sich nicht auf dieses irrsinnige Angebot eingelassen, wäre vielleicht alles Darauffolgende anders verlaufen, vielleicht hätten sie inzwischen weitaus größere Hürden bewältigt.

Hätte, Wenn und Aber. Dieser verdammte Konjunktiv – nächster Fluch, der anscheinend auf ihnen lastete und sich nicht abschütteln ließ. Ein ziemlich vernichtendes Gefühl, verloren und verspielt zu haben, ohne die Möglichkeit, es wiedergutzumachen, wenn man endlich mal ein bisschen schlauer geworden war. Glücklicherweise verzog es sich sehr schnell, als er Tinas offenes, rosiges Gesicht betrachtete, mit dem sanften Lächeln, das von ungeschminkten Lippen gebildet wurde und ihren wachen, aufmerksamen, liebevollen Blick, der ihn für keine Sekunde verließ. Und Daniel entschied ganz spontan, dass ihn die Vergangenheit kreuzweise konnte, und konzentrierte sich stattdessen auf die vielversprechende Gegenwart.

Gern hätte er dort angesetzt, wo sie am Abend zuvor aufgehört hatten, doch er vermutete, dass sie damit etwas überfordert gewesen wäre. Die dunklen Schatten unter ihren Augen sprachen für sich, die Art, wie sie das Gesicht verzog, wenn sie sich bewegte, auch. Derzeit würde sich ihr Verlangen nach Sex wohl eher in Grenzen halten. Das war Pech … nur dummerweise nicht zu ändern. Als sie endlich ihre Hände beiseitegelegt hatte, setzte Daniel die Tasse an ihre Lippen. »Kaffee«, erklärte er dabei, weil sie fragend die Stirn runzelte. Den ließ sie sich widerstandslos einflößen, kaum senkte er jedoch das Porzellan, ging das mit diesen Protesten wieder los.

»Daniel …«

»Mund halten, Hunt!« Lächelnd küsste er ihre süße, zierliche Nasenspitze. »Vertrau mir.«

Nach reiflicher Überlegung nickte sie. Dass er das noch erleben durfte!

Daniel bereitete Tina einen Tag, an dem sie faktisch nur drei Dinge selbstständig tun musste: Atmen, die Toilette aufsuchen und den Mund öffnen. Er fütterte sie, auch wenn es ihm verdammt schwerfiel, auf ihren Mikro-Toast *nicht* ein halbes Pfund Konfitüre zu türmen. Danach verabreichte er seiner Gefangenen eine wundervolle Massage, sah mit ihr fern und machte sogar ernstzunehmende Anstalten, ihr aus einem Roman vorzulesen. Letzteres ließ er besser, als sie sich besorgt nach seinem allgemeinen Befinden erkundigte, hoffte aber, der Gedanke dahinter war ihr nicht entgangen. Nämlich, dass er tatsächlich Opfer für sie erbringen würde. Denn wie Romeo am Bett einer Frau zu sitzen und aus alten Weisen vorzulesen, hätte er wirklich nur für eine Einzige getan.

Zum Mittag gabelte er fades, trockenes Hähnchenfleisch in ihren bereitwillig geöffneten Mund. Üblicherweise hätte sie um diese Uhrzeit nicht gegessen, daher rechnete er ihr die Kooperation hoch an. Ganz bestimmt nicht begehrte Tina auf, als er danach mit ihr im Arm das Bad aufsuchte und sie in duftendes Schaumwasser setzte. Die dunklen Augen begannen allerdings erst dann zu glänzen, als Daniel sich zu ihr gesellte. Sie ließ sich von ihm einseifen, bestand jedoch darauf, sich danach zu revanchieren. Und obwohl das nicht unbedingt in seine ursprünglichen Pläne passte, gab er nach peinlich kurzer, interner Schlacht jeden Widerstand auf. Vielleicht konnte man die Dinge ja ein wenig modifizieren und einen *Tina-und-Daniel-tun-überhaupt-nichts-Tag* daraus machen. Und genau das wurde es dann. Etwas später lagen sie in Daniels Bett und sahen fern. Trotz Tinas Stöhnen hatte er eine riesige Pizza anliefern lassen, den beigefügten Salat nahm sie. Und nachdem er ihr ein besonders leckeres Stück – dick mit zerlaufenem Käse belegt – eine Weile unter die Nase gehalten hatte, gab sie auf und biss grimmig entschlossen hinein. Dabei hob sie einen drohenden Finger.

»Und wenn ich deshalb total verfette und keine Aufträge mehr bekomme, weil diese dämlichen Versager sie mir wegschnappen, ich zwangsläufig pleitegehe und unter einer Brücke wohnen muss, bist *du schuld!* Und diesmal werde ich dich töten, verlass dich drauf, Grant!«

Kein Witz, kein Geplänkel, es klang verdammt ernst und Daniel kam nicht ansatzweise auf die Idee, den Scherz dahinter zu suchen, es gab ihn nämlich nicht. Entnervt lehnte er sich zurück. »Tina, von einem Bissen Pizza ist noch kein Mensch fett geworden!«

»Das ist mir durchaus bekannt!«, konterte sie umgehend. »Darum geht es auch nicht!« Heftig zog sie die Decke ein wenig höher und verhüllte damit vollständig ihren nackten, gebadeten und danach sorgfältig eingeölten Körper. Nur ihre Schultern ragten noch darunter hervor.

Nichts hätte Daniel momentan weniger interessieren können. »Worum geht es dann?«

»Um Gewohnheiten.«

»*Was?*« Ungläubig lachte er auf. »Befürchtest du, dir aus Versehen wieder das Essen *anzugewöhnen*?«

»Das ist nicht witzig!«, zischte Tina. »Du hast keine Ahnung, wie schwierig es ist, …«

»Stimmt«, unterbrach er sie. »Dafür weiß ich aber etwas anderes. Keinem Mann – wirklich *keinem!* – gefällt eine Frau, die nur aus Haut und Knochen besteht. Er will es weich, nicht spitz und eckig! Und zwischen fett und abgemagert gibt es noch etliche Alternativen!«

»Aha«, nickte sie. »Komisch! Ist dir schon mal aufgefallen, dass du gerade den Lacher schlechthin lieferst? Warst du nicht derjenige, der mich zur Diät zwang und auch danach alles verbot, was auch nur annähernd …«

»Du weißt es besser, was soll der Scheiß? Damals warst du *nicht* fett, aber auf dem direkten Weg dorthin. Deine Diät war nur so lange aktuell, bis du ein normales, gesundes Gewicht erreicht hattest. Schlag mich …« Mit einem Mal klang er eisig. »Wenn mich nicht alles täuscht, stand die halbe Uni auf dich. *Danach!* Hätte ich nicht aufgepasst, hättest du dir den Mist gleich wieder rangefuttert und noch mehr. Davor wollte ich dich bewahren.«

»… *wolltest du mich bewahren*«, äffte sie ihn nach. »Du hast mir das Leben zur Hölle gemacht!«

»Ach? Und was hast du später getan? Ist ein Leben, in dem ich mich von Luft und Wasser ernähre tatsächlich besser?«

»Das ist …« Resigniert winkte sie ab. »Lassen wir das!«

Nichts lag Daniel ferner. Der Zeitpunkt war wohl gekommen, endlich auch dieses Thema zur Sprache zu bringen. Nachdem er den Pizzakarton auf den Boden gestellt hatte, musterte er sie ernst. »Warum ist das mit dem Baby schiefgegangen, was glaubst du?«

»Keine Ahnung!« Erstaunlich gleichmütig hob Tina die Schultern. »So etwas passiert, das hast du selbst gesagt!«

»Richtig, aber irgendeine Ursache gibt es immer. Ist dir bisher nie die Idee gekommen, dass du mit dieser irren Lebensweise nie erfolgreich ein Kind austragen wirst?«

Ihr Kopf fegte zu ihm herum. »Was?«

Daniel seufzte. »Mir ist ehrlich schleierhaft, wie du in manchem Dingen so naiv bleiben konntest. Oder stellst du dich absichtlich dumm? Was meinst du denn, weshalb sich deine Menstruation so unregelmäßig einstellt? Du bist *zu dünn!* Dein Körper wird eine derartige Tortur niemals zulassen. Es würde dich zu viel Kraft kosten, das Kind will nämlich *wachsen* und dazu braucht es nun mal *Nahrung!* Wahrscheinlich würdest du daran zugrunde gehen. Also verabschiede dich schon mal von dem Gedanken, jemals Kinder zu haben, wenn du deinen derzeitigen

Selbstzerstörungskurs weiterverfolgst. Und das sage ich bestimmt nicht, um dich zu ärgern, sondern weil es der verdammten Wahrheit entspricht!«

Der Tobsuchtsanfall blieb aus, auch die mögliche Verzweiflung oder Niedergeschlagenheit, stattdessen musterte sie ihn plötzlich abschätzend. »Darum geht es? Um Kinder?«

»Nein«, wehrte er unwirsch ab. »In erster Linie geht es um deine Gesundheit, die du vorsätzlich riskierst. Ich weiß aber auch, wie schwer du diese Geschichte genommen hast und das hätte nicht sein müssen!«

Er sah die bissige und vor allem verletzende Erwiderung bereits in ihren Augen heranreifen und bereitete sich vorsichtshalber schon einmal auf das etwas verzögert eintreffende Donnerwetter vor. Das blieb wieder aus, unvermittelt wandte sie den Blick ab. »Das ist ganz allein meine Angelegenheit! Halt dich da raus!«

Und damit konzentrierte sie sich zur Abwechslung mal nicht auf das Fenster, hinter dem es ohnehin dunkel geworden war. Stattdessen widmete sie sich dem ebenso langweiligen Fernsehprogramm.

Für eine ganze Weile betrachtete er stirnrunzelnd ihr Profil und ließ schließlich einen zärtlichen Finger an ihrer Wange hinabgleiten. »Ich will doch nur, dass dir nichts zustößt.«

»Ich weiß«, erwiderte sie knapp. »Nur dass die angebliche Gefahr überhaupt nicht existiert. Wie immer machst du dir zu viele Sorgen.«

Die Ansicht teilte Daniel zwar überhaupt nicht, aber er wusste, dass er momentan nichts ausrichten würde. Deshalb legte er einen Arm um ihre Schultern, zog sie an sich, was sie auch widerstandslos geschehen ließ und gemeinsam folgten sie dem Programm, das der Discovery Channel für einen frühen Sonntagabend bereithielt. Bald schlief sie ein und Daniel tat es ihr gleich. Den gesamten Tag über hatten sie wortwörtlich *nichts* getan und waren dennoch müde. Als er mitten in der Nacht aufwachte und zu Tina sah, begegnete sein Blick ihren großen, offenen Augen. Nach einer Weile legte sie sanft ihre Hand auf seine Wange und ein zarter Daumen streichelte die Haut unter seinem Ohr. Keiner der beiden sagte etwas — zwischen ihnen herrschte stumme Einigkeit, die Meinungsverschiedenheit von zuvor schien längst vergessen. Sie liebten sich langsam, bedächtig und friedlich in der Dunkelheit und Stille seines Zimmers und schliefen danach Arm in Arm ein. Ohne dass ein einziges Wort gefallen war. Die Kommunikation geschah auf andere Weise und sie funktionierte prächtig. Im Grunde viel besser, als die verbale Alternative. Manchmal sagte Schweigen mehr als tausend Worte.

54 What are you waiting for?

Die neue Woche kam und mit ihr die alten Probleme. Weder am Montag noch am Dienstag bekam Daniel seine süße Mitbewohnerin zu Gesicht. Auch der Mittwoch ging ohne Tina ins Land, und er befand sich langsam, aber sicher auf direktem Weg, vor Wut den Verstand zu verlieren. Da Daniel auch den Donnerstagabend ohne Tina ausklingen lassen musste und nicht die geringste Aussicht auf Besserung in Sicht war, stürzte er am nächsten Tag um die Mittagszeit wortlos an Maggie vorbei und schmetterte die Bürotür ins Schloss. Nachdem er sich in seinen Stuhl geworfen hatte, starrte er frustriert die gegenüberliegende Wand an. Was würde eigentlich geschehen, wenn er mit einem Mal todkrank werden würde? An seine Kinder konnte er die Klinik nicht vererben, weil er ja nie in die Verlegenheit kam, *mal welche zu fabrizieren!* Und soweit ihm sein Dienstplan bekannt war, rückte dieses Ziel in immer unerreichbarere Weiten. Vielleicht sollten sie beginnen, fernmündlich miteinander zu verkehren und die erforderliche Befruchtung im Reagenzglas vornehmen lassen.

Schön, das brachte ihnen möglicherweise am Ende ein Kind, aber nur *möglicherweise*. Derzeit war Tina ja überhaupt nicht in der Lage, eines zu bekommen und Daniel wurde daran gehindert, positiv auf sie einzuwirken, damit sich dies änderte. Und außerdem: Vorrangig fehlte ihm der *Sex!* Wenn dabei aus Versehen auch noch ein Schreihals geschaffen wurde, betrachtete er das eher als Bonus! Darüber hinaus verabscheute er diese künstliche Zeugungsmethode, wo blieb denn da der Spaß? Und um dem Ganzen die Krone aufzusetzen, musste er Tina vorher wenigstens mal über seine langfristigen Vorhaben unterrichten. Soweit ihm bekannt war, wusste die bisher noch gar nichts von ihrem Glück! Nur … *wann?*

Um es kurz zu machen: Daniel näherte sich stetig und in rasanter Geschwindigkeit dem totalen, ultimativen, bisher nicht da gewesenen Wutausbruch. Und langsam wurde es knapp. Als es an der Tür klopfte, sah er erst gar nicht auf. Unnötig, er kannte Maggie viel zu gut. Aufhalten konnte man die sowieso nicht, die gesamte Klopferei war nur der zum Scheitern verurteilte Versuch, die Formen zu wahren.

Kurz darauf stand die etwas füllige, attraktive Brünette im Raum, warf ihm einen besorgten Blick zu, setzte sich vor seinen Schreibtisch und begann fröhlich mit dem üblichen Stift-Schatullen-Verlegenheits-Rücken. Daniel ignorierte sie geflissentlich, er war viel zu zornig, um irgendeinen Ton in angemessener Lautstärke von sich geben zu können. Seine Assistentin zeigte verblüffenderweise so viel Verstand, ein wenig zu warten, bevor sie zum üblichen Angriff überging. Das erfolgte eine Anstandsminute später.

»Was ist los?«

»Nichts, woran du etwas ändern könntest.«

»Versuch es!«

Gereizt sah er auf. »Maggie, ich habe den Eindruck, du läufst einigen äußerst besorgniserregenden Halluzinationen auf. Nur zu deiner Information: Du bist *nicht* meine Mutter! Ich habe bereits eine und bin mit der bestens bedient!«

»Das weiß ich doch.« Nun brachte sie wie üblich die Einlage mit dem geduldigen Blick, was sich sogar noch nerviger ausmachte als die elende Schatullenrückerei. »Also, was ist los?«

Diese so unschuldige Frage genügte, um die lange angekündigte Explosion endlich auszulösen. »Ist vielleicht irgendwem in diesem Kasten bekannt, dass auch ich über so etwas wie ein Privatleben verfüge?«

»Nein.«

»Was?«

Unschuldig zuckte sie mit den Schultern. »Nein! Wenn du mich so direkt fragst.«

»Fein!«, knurrte er. »Dann bereite mal einen Anschlag vor, mit dem du die gesamte Belegschaft über das Gegenteil informierst.«

»Das *könnte* ich natürlich tun, es *würde* aber garantiert nicht das nach sich ziehen, was du erreichen willst.«

»Wie ist das jetzt gemeint?« Ganz offensichtlich verfügte Daniel heute über keinen Nerv für ihre Spitzfindigkeiten, was Maggie wie üblich nicht im Geringsten interessierte. Sie blieb gelassen wie immer.

»Wenn du eine Änderung anstrebst, gebe ich dir einen kleinen Tipp: *Tu es einfach!* Ich habe ja nie verstanden, weshalb du hier das Mädchen für alles mimst. Ich meine, wäre *ich* der Chef, würde ich solche Probleme anders regeln. Ich dachte nur bisher, du wolltest es nicht anders.«

»Falscher Eindruck!«, knurrte er.

»Ja, neuerdings. Was mich echt freut, Boss.«

Die üblichen Frechheiten wurden selbstverständlich auch ignoriert. »Schön, dann beauftrage ich dich hiermit offiziell, eine Planung fertigzumachen, in der ich zufälligerweise *nicht* das – äh – *Mädchen für alles* mime!«

»Oh!« Sie grinste und Daniel verdrehte entnervt die Augen. »*Zufälligerweise* liegt etwas in der Art bereits in meiner Schublade. Vermutlich willst du auch das kommende Wochenende freinehmen?«

Womit wieder einmal bewiesen war, dass Daniel ohne seine Maggie eben nie eine Chance gehabt hätte ...

Wie sich herausstellte, hatte Maggie tatsächlich schon einmal auf Verdacht geplant. Nur für den eher unwahrscheinlichen Fall, dass Daniel doch noch einmal zu leben beabsichtigte. Der ersparte sich jeden Kommentar und machte sich stattdessen an seine *eigene* Planung für das bevorstehende freie Wochenende. Er würde Tina derart bestechen, dass der nichts anderes übrig blieb, als ihrer Bedenkzeit ein herzliches Ende zu bereiten. Denn seiner bescheidenen Ansicht nach gab es da nichts mehr zu überlegen. Sie gehörten zusammen und basta! Selbst Tina musste das endlich begriffen haben, und wenn nicht, dann hatte er soeben 48 Stunden gewonnen, um es ihr verständlich zu machen. Stellte er es richtig an, würden spätestens danach keine Fragen mehr offen sein. Daniel war fest entschlossen, die Zeit entsprechend zu nutzen und aus diesem Wochenende als Paar hervorzugehen. Und das würde ihm gelingen, so wahr er Grant hieß!

55. Closer to the Edge

Tina fühlte sich ungeahnt wohl, gut, ausgeglichen, beinahe selig. Täglich nach Hause gehen zu können, war eine atemberaubende Erfahrung. Sie bereute keine Sekunde des vergangenen Wochenendes und sehnte bereits das nächste gemeinsame herbei, auch wenn dieses Wunder wohl ein wenig auf sich warten lassen würde. Das war halb so belastend, wie es klang – sie konnte sich sehr gut mit den leicht komplizierten Umständen arrangieren. Denn neuerdings lebte wieder etwas in ihr auf, das sie bisher für immer verloren geglaubt hatte: Vertrauen. Ihr entging nicht, wie sich all ihre berechtigten Zweifel langsam und unaufhaltsam in Luft auflösten. Längst stellte sie nicht mehr infrage, dass Daniel *auch* heimkommen würde und das nicht in weiblicher Begleitung. Oder, noch ein wenig mieser, wenn in der düsteren Vergangenheit auch nie erlebt: Dass er bei einer anderen Frau übernachtete – Tina hätte diesen sogenannten ›Frauen‹ ja nach wie vor die Bezeichnung ›Schlampe‹ gegeben –. Neuerdings war sie sogar wahnsinnig genug, auch nicht länger daran zu zweifeln, dass er zu *ihr* kam.

Ein Wunsch überwog jedoch alles und verwies die wenigen, möglicherweise noch verbliebenen Bedenken, endgültig ins Abseits: Sie wollte mit Daniel zusammen sein. Und sollten Tina nicht neuerdings alle Sinne täuschen, dann wollte er das Gleiche. Nebenbei machte sie soeben die Erfahrung, dass ihre relativ unausgegorene, eher spontane Entscheidung tatsächlich zu funktionieren schien: Man konnte auch von einem festen Firmensitz aus arbeiten. Die meisten Geschäftspartner akzeptierten ihre Ankündigung, ohne Proteste, die Aufträge ab sofort größtenteils aus NYC zu erledigen. Die *meisten*, nur bedauernswerterweise nicht alle.

Mit den Jahren hatte sich so etwas wie ein fester Kundenstamm etabliert, den Tina mit viel Aufwand hegte und pflegte. Sie betreute nicht jedes Unternehmen, wählte ganz genau aus, für wen sie dauerhaft tätig sein und nicht nur als Rettung in höchster Not fungieren wollte. Ursprünglich war dies für die Zeit danach gedacht. Auch wenn sie bis vor Kurzem keinen Schimmer gehabt hatte, wie und wann dieses Danach überhaupt Realität werden sollte. Erst jetzt war sie schlauer und beglückwünschte sich für ihre Weitsicht. Nur leider zeigten sich gerade einige ihrer festen Kunden absolut nicht bereit, die neueste Veränderung auch zu akzeptieren. Und gemeinerweise betraf das gerade jene, auf die Tina unter keinen Umständen verzichten wollte.

Es lag an ihrem Ehrgeiz, dass sie auf deren Sonderwünsche einging. Denn sie konnte nicht vergessen, wie viel Kraft und Energie es sie gekostet hatte, so weit zu kommen. Und deshalb ging Tina den einen oder anderen Kompromiss ein, der im Grunde nicht länger erforderlich gewesen wäre.

Als am frühen Donnerstagabend das Telefon klingelte und sich ein äußerst aufgebrachter Mr. Reynolds am anderen Ende meldete, wusste Tina sofort, dass es kein Entrinnen gab. Er wirkte nicht nur hysterisch, sondern *akut* hysterisch – Tina hätte geschworen, dass der Herr kurz vor einem ausgewachsenen Heulkrampf mit nachfolgendem Herzinfarkt stand. Alles halb so wild, hätte es sich hierbei nicht um einen bulligen Mann in den Fünfzigern gehandelt, der ungefähr zwei Meter groß und zwei Zentner schwer war. Reynolds forderte ihr *sofortiges* Erscheinen! Es kostete Tina einige Minuten, um aus ihm herauszubekommen, was überhaupt geschehen war. Viel erfuhr sie nicht, verstand nur »... *Umsatzzahlen, Einbruch, mein Idiot von Sohn* ...« Das genügte, um wenigstens rudimentär im Bilde zu sein.

»Ich komme«, sagte sie, ohne dies zuvor ausgiebig zu überdenken. Alles Weitere war ihr schon vor Jahren in Fleisch und Blut übergegangen. Noch auf dem Heimweg telefonierte Tina bereits mit der Fluggesellschaft und buchte das Ticket. Angekommen im Appartement stürzte sie in ihr Zimmer, warf eilig ein paar Sachen in einen Trolley, nahm diesen und ihre Tasche und huschte wieder hinaus. Erst, als sie im Taxi saß, diesmal auf dem Weg zum Airport, fiel ihr ein, dass sie Daniel keine Nachricht hinterlassen hatte. Flüchtig dachte sie daran, umzukehren, entschied sich aber dagegen. Möglicherweise hätte sie dann den Flug verpasst. Die Zeit drängte! Er würde sowieso arbeiten und ihr Fehlen überhaupt nicht bemerken. Trotzdem nahm sie sich vor, ihn anzurufen, wenn er Feierabend hatte.

Auf den Start ihres Flugzeuges nach Atlanta musste sie am Ende mehr als fünf Stunden warten. Wegen starken Regens wurde er viermal in Folge verschoben. Und so saß sie an ihrem Laptop und versuchte, dahinterzugelangen, in welcher Größenordnung Reynolds Dilemma rangierte.

In Atlanta angekommen, warf Tina ihren Koffer im Hotel ab, das Zimmer hatte sie bereits im Taxi reserviert, und machte sich sofort auf den Weg zu Reynolds Unternehmen. Der empfing sie total übernächtigt.

Inzwischen war der Freitag herangebrochen, aber die Dämmerung ließ bisher auf sich warten. So, wie der Mann aussah, war er seit mindestens zwei Tagen auf den Beinen und hatte nicht vor, diese Erfolgsserie demnächst zu beenden. In den folgenden zwölf Stunden arbeiteten sie gemeinsam eine Rettungskampagne aus, wie sie die Welt noch nicht gesehen hatte. Jedenfalls war Tina davon überzeugt. Glücklicherweise war es nicht ihr Verschulden, dass der Mann derart tief in der Klemme saß. Reynolds Sohn hatte dieses Desaster auf dem Gewissen. Dessen unterirdische Managerleistung und allzu arrogante Art, mit der er sich gern mal vor den internationalen Medien produzierte, kamen überhaupt nicht gut an. Der Ruf des Unternehmens drohte in den Keller zu rasseln, im Internet war ein Shitstorm losgebrochen, wie ihn selbst Tina selten zuvor erlebt hatte, Finanziers drohten vermehrt, sich zurückzuziehen und Kunden, von ihren Aufträgen Abstand zu nehmen. Einige hatten ihre düsteren Prophezeiungen bereits wahr gemacht. Schadensbegrenzung war angesagt. Reynolds schien so verzweifelt, dass Geld für ihn offenbar keine Rolle mehr spielte. Mit anderen Worten: Tina konnte ohne Rücksicht auf Verluste alle erforderlichen Register ziehen. Und genau das tat sie dann auch. In den gängigen Tageszeitungen schaltete sie Ganzseitenannoncen, verhandelte bis mitten in die Nacht des folgenden Tages mit den einzelnen Redaktionen – Gott schütze die Koffeintabletten –, schickte Korrekturfahnen hin und her und deichselte nebenbei noch schnell eine Spot-Schaltung bei den fünf führenden Unterhaltungssendern. Zeitgleich organisierte sie auf der Homepage des Unternehmens ein Gewinnspiel, was die Gemüter der aufgebrachten, aber gierigen User besänftigte. Selbstverständlich nach einer formvollendeten Entschuldigung im Namen des Firmeninhabers und dessen unfähigen Sohnes. Reynolds kostete der gesamte Spaß übrigens inzwischen ein mittleres Vermögen.

Am Samstag – bislang hatte Tina es auf sage und schreibe drei Stunden Schlaf am Konferenztisch gebracht –, beschäftigte sie sich beinahe ausnahmslos mit der Produktion des Werbespots. In solchen höchst riskanten Krisensituationen kümmerte sie sich besser persönlich darum. Nur sie wusste, worauf es ankam und verfügte über ihre eigene Vertragsagentur, die ihr zur Not auch mitten in der Nacht die erforderlichen Darsteller bereitstellte. Gewerkschaften hin oder her. Viel schwieriger wurde es, eine Produktionsfirma ausfindig zu machen, die so kurzfristig arbeitete. Wieder einmal musste Reynolds sein Scheckbuch zücken. Anstatt sich darüber zu echauffieren – was üblicherweise durchaus seiner Art entsprach, der Typ saß sonst mit seinem riesigen Hintern auf dem Geld –, schien der geradezu begeistert zu sein, ein weiteres Mal ein Vermögen berappen zu dürfen. Und als der Montagmorgen heranbrach, war alles getan. Tina lehnte sich zurück und schloss die Augen.

Das war selbst für ihre Verhältnisse eine Glanzleistung. Sie konnte sich nicht vorstellen, dass jemand bereits anderes Ähnliches in der gleichen Zeit zustande gebracht hätte. Sie war zum Umfallen müde und erschöpft – irgendwann versagt auch das konzentrierteste Koffein, fühlte sie sich dennoch unvorstellbar zufrieden. Schon, weil Reynolds vor lauter Dankbarkeit beinahe vor ihr auf die stämmigen Knie sank.

Davon überzeugt, wenigstens einige Stunden zu schlafen, bevor sie sich auf den Heimweg begeben würde, fegte sie eine halbe Stunde später in die Hotellobby. Doch kaum stand sie in dem unpersönlichen Zimmer, überfiel sie akutes Heimweh und bisher ungekannter Ekel vor dem fremden Bett. So stark, dass nicht einmal Tina in ihrem total entkräfteten Zustand dem etwas dagegenzusetzen hatte. Sie wollte nach Hause – die Sehnsucht war plötzlich übermächtig. Auch wenn sie vielleicht eine Weile auf Daniel warten müssen würde, ehe sie ihm erzählen konnte, dass sie soeben bildlich gesprochen einige Kontinente versetzt hatte. Daher gönnte sich Tina nur eine eilige Dusche und rauschte mit ihrem Koffer, den sie nicht einmal ausgepackt hatte, aus dem Hotelzimmer. Kurz darauf checkte sie aus und begab sich auf dem schnellsten Weg zum Airport.

Über zwei Stunden musste sie warten, bis der nächste Direktflug nach New York ging. Tina verbrachte sie dösend auf einem der unbequemen Stühle in der Abfertigungshalle. Glücklich im Flugzeug, konnte das Mistteil aufgrund technischer Schwierigkeiten ewig nicht starten. Die lösten sich leider nicht in Wohlgefallen auf, aber die Fluggesellschaft konnte sich erst eineinhalb Stunden später schweren Herzens entschließen, eine Ausweichmaschine bereitzustellen. Bis diese auch startklar gemeldet wurde, vergingen noch einmal knapp zwei Stunden. Und als sie dann abhoben, drohte der Nachmittag bereits akut, in den frühen Abend überzugehen. Inzwischen war Tina nicht nur todmüde, sondern darüber hinaus bis zu den Haarwurzeln gereizt.

Den Zweistundenflug verbrachte sie in einer Art Wachschlaf. Sie sehnte sich nach einem heißen Bad und – man sollte es nicht glauben: nach etwas Nahrhaftem. Reynolds war so durcheinander gewesen, dass er ihr abgesehen von dem üblichen Gebäck nichts angeboten hatte. Und süße Buttercookies hätte Tina nicht einmal gegessen, wenn es das letzte Genießbare auf Erden dargestellt hätte. Seit Donnerstag hatte sie abgesehen von den – bei Daniel so verhassten – Atemerfrischern, jeder Menge Kaffee und zusätzlich Koffein in Reinform, nichts zu sich genommen. Mittlerweile befand sich der Montag in der vorletzten Phase und Tina konnte mit Fug und Recht behaupten, *ein wenig* hungrig zu sein. In Wahrheit war ihr so übel, dass sie Schwierigkeiten mit dem Geradeausblicken hatte. Sie wankte mehr, als dass sie lief, stieg in das erstbeste Taxi, dessen sie habhaft werden konnte, und schloss die Lider, sobald es sich in Bewegung gesetzt hatte.

In den vergangenen Jahren hatte Tina oft am Limit gearbeitet, aber diesmal war sie wohl selbst für ihre Verhältnisse etwas zu weit gegangen. Die Erschöpfung nahm ihr zunehmend die Fähigkeit, einen klaren Gedanken zu fassen und sie wollte nur eines: nach Hause. *Zu ihm.* Er sollte sie füttern und wie ein Baby versorgen. Sie wollte essen bis zum Umfallen, egal, wie viele Kalorien sie in sich hineinschaufeln würde. Und dann wollte Tina in seinen Armen liegen, bevor sie endlich schlafen dürfen würde. Allein die Vorstellung ließ ihre Augen brennen, weinen funktionierte ja schon seit Ewigkeiten nicht mehr. Dreimal musste sie ansetzen, um den Schlüssel tatsächlich erfolgreich ins Schloss einzupassen. Die Hände waren nur noch zitternde Schatten ihrer selbst. Am Ende bewältigte Tina glücklich auch diese letzte Hürde und schob sich erleichtert in den kleinen Flur. Bevor sie jedoch die wenigen Meter bis zu ihrem Zimmer zurücklegen konnte, wurde die Wohnzimmertür aufgerissen und Daniel stand vor ihr. Mit weit aufgerissenen Augen starrte er sie an, als wäre sie eine Fata Morgana. Tina runzelte die Stirn.

»Was ist los?«

Er antwortete nicht, schien stattdessen jedes Detail von ihr aufzunehmen, und zwar gleichzeitig. Irgendetwas musste geschehen sein. Ihr erster – vernichtender – Gedanke galt Jonathan, der schließlich nicht mehr der Jüngste war. Sie wagte aber nicht, ihn weiterzuverfolgen. Daniel befand sich in grauenvollem Zustand: Das Haar war ungekämmt, Hemd und Jeans zerknittert, als hätte er beides seit Tagen nicht gewechselt. Die Wangen erzählten davon, dass seine letzte Rasur auch etliche Morgenaufgänge zurücklag, insgesamt wirkte er leichenblass und unter seinen Augen lagen tiefschwarze Schatten. Irgendwann ertönte sein raues, kaum verständliches Wispern: »Wo! Warst! Du?«

56. Part Two

War

Wenn ein renommierter Chirurg und eine gestandene, mit allen Wassern gewaschene, Geschäftsfrau plötzlich in ihrer Entwicklung etliche Jahre zurückgehen und sich mit boshaften Streichen das Leben zur Hölle machen, befinden sie sich aller Wahrscheinlichkeit nach inmitten eines ausgewachsenen

Rosenkrieges.

Simpel begonnen steigert der sich schnell zu einer hemmungslosen Schlacht, in der mehr zerstört als gewonnen wird. Niemand ist gewillt, nachzugeben und den vermeintlich Kürzeren zu ziehen.

Langfristig bleiben zwei Optionen: Entweder Liebe und Vernunft siegen, was ein Gewinn für beide Parteien wäre. Oder der Stolz setzt sich schlussendlich durch, und was doch im Grunde zusammengehört, ist für immer entzweit.

57. Casualties of War

»Ich war arbeiten.«

Daniel trat näher. Im fahlen Licht der Flurbeleuchtung wirkte sein Gesicht plötzlich nicht mehr nur blass, sondern ziemlich bedrohlich. Hektische rote Flecken machten sich an jenen Stellen bemerkbar, die nicht von dunklem Bart bedeckt wurden.

»*Arbeiten?*«, wisperte er heiser und verschränkte so unvermutet die Arme, dass Tina unwillkürlich um einen Schritt zurückwich. »Du willst mir also erzählen, dass du die vergangenen vier Tage in deinem beschissenen Büro *durchgearbeitet* hast?«

»So in etwa, aber …«

»… und dir natürlich nicht in den Sinn gekommen ist, dich bei mir zu melden.« Tina stöhnte. »Verdammt, das habe ich völlig vergessen.«

»… weil das ja auch nicht so wichtig ist«, nickte er. Sie war nicht sicher, ob ihre Einwürfe überhaupt registriert wurden. »Mein Gott! Vier Tage hier oder am Arsch der Welt, was macht das schon für einen Unterschied?« Mit jedem Wort dröhnte diese fremde, heisere Stimme etwas mehr in dem kleinen Flur. »Nicht nur, dass du nicht nach Hause kommen kannst, anrufen ist selbstverständlich *auch* nicht möglich!«

»Ich sagte bereits, das hatte ich …«

Abrupt beugte er sich zu ihr vor, bis sich ihre Gesichter auf gleicher Höhe befanden. »Und soll ich dir was sagen, Baby? Ich hatte ziemlich viel Zeit und fuhr deshalb am …« Daniel runzelte die Stirn, dachte angestrengt nach, »… Samstag, glaube ich, ja … Samstag muss das gewesen sein … in dein Büro. Also dort warst du nicht, soweit ich das einschätzen kann. Zu diesem Zeitpunkt hatte ich dich schon als vermisst gemeldet. Was nebensächlich ist, denn du warst ja *arbeiten*. Okay, darauf hätte ich auch selbst kommen können, stimmt. Wie auch immer. Weißt du … ganz unerwartet hatte ich ja ausreichend Gelegenheit, intensiv über alles nachzudenken. Willst du wissen, was mir irgendwann aufging?«

Auch diese Frage konnte Tina leider nicht beantworten, weil er ihr mal wieder zuvorkam. »Ich habe nie verstanden, weshalb du dich so dämlich mit deiner Handynummer hast. Was ist dein Problem? Sie mir zu geben, wäre das Normalste der Welt gewesen.

Endlich hat es auch der Idiot begriffen, man lernt tatsächlich nie aus.« Hohl lachte er auf. »Lass mich raten, deine ›Arbeit‹ war die von der exquisiten Sorte? Hast du eine besonders heiße Nummer eingelegt, weil der zu erwartende Auftrag so verdammt groß und lukrativ ist?«

»Daniel …«

»Weil …« Das nächste Lachen folgte – diesmal klang es nicht leer, sondern echt begeistert und total irre. »Ich habe mir das Hirn zermartert, aber ich wüsste keinen anderen Grund, der dich über *vier Tage* vergessen lässt, mich darüber zu informieren, dass du noch lebst! Zwischenzeitlich war ich nämlich davon überzeugt, dass du tot bist. Und nicht nur ich, *alle* anderen haben sich auch an der Suche beteiligt. Du hast keine Vorstellung, wie unterhaltsam das vergangene Wochenende war. Besonders, als die verdammten Cops mir erklärten, sie sähen keinen Grund, nach dir zu suchen. In Ordnung, wegen meines leichten Ausrasters ist wohl bei denen eine Entschuldigung fällig. Ich lag falsch! Die Jungs beherrschen ihren Job sogar fantastisch. Die blieben nämlich total gelassen!«

Ein weiteres Mal versuchte Tina es, diesmal sehr behutsam, sie unternahm einen vorsichtigen Schritt in seine Richtung. »Daniel …«

Der wich sofort zurück. »Nein, es ist okay, denke ich und das meine ich ganz ehrlich. Besser jetzt als in ein paar Jahren. Es …« Trocken lachte er auf. »… es wäre doch ein Jammer gewesen, wenn ich erst später dahintergekommen wäre, oder was meinst du?«

Etwas aufmerksamer betrachtete er ihr Gesicht, schien es zum ersten Mal wirklich wahrzunehmen. Bisher hatte sein Blick unablässig ihren Körper fixiert, was auch immer er dabei zu finden hoffte – oder fürchtete. »Wie war es? Also, ausgehend davon, wie du aussiehst, hast du den Fick des Jahrtausends hinter dir. Da kann man schon mal alles andere vergessen.«

Dummerweise gelang es ihr nicht, ein Schwanken zu verhindern, was Daniel nur noch bestätigte. Denn er nickte heftig, den Mund zu einem breiten, grausamen Grinsen verzerrt. »Ja, ein paar Tage Dauervögeln kann durchaus an die Substanz gehen. Kein Problem, ein bisschen entspannen, dann wird das schon. Wundcreme erforderlich?«

Bevor Tina etwas erwidern konnte – so sie das überhaupt beabsichtigte – schnellte seine Hand in die Höhe. »Nein, so genau will ich es gar nicht wissen. Hoffentlich hat es sich gelohnt, denn, Baby, ich will dir nicht zu nahe treten, aber du siehst echt Scheiße aus.«

Langsam wurde Tina wütend. Trotz erheblicher Schwierigkeiten, denn die Erschöpfung forderte inzwischen drastisch ihren Tribut, straffte sie sich und hob das Kinn. »Daniel, ich finde, das reicht jetzt! Es war nicht so, wie du …«

Und wieder unterbrach er sie. »Du hast recht! Ich bin es leid, das ganze Theater, den ganzen Mist.« Die Grimasse war verschwunden, er wurde insgesamt sogar todernst. »Das ist nichts für mich. Ich hätte mich auf diesen Schwachsinn niemals einlassen dürfen. Die Menschen verändern sich. Häufig zum Guten, doch manchmal wird aus einer süßen, unschuldigen Frau eine dreckige Hure, und auch das ist unumkehrbar. Egal, was man unternimmt, versucht oder in seiner Dämlichkeit sogar hofft.« Die letzten Worte schien er intensiv überdenken zu müssen. Für einen langen Moment neigte er den Kopf zur Seite und sah aus, als würde er seinem eigenen, nicht vorhandenen Echo lauschen. Schließlich nickte er und zuckte gelassen mit den Schultern.

»Exakt! Das war es! Du kannst mich!«

Und damit verschwand er in seinem Zimmer.

Mit riesigen Augen starrte Tina auf jene Stelle, an der er soeben gestanden und sie beleidigt hatte, wie noch niemals ein Mensch zuvor. Erst geraume Zeit später erwachte ihr Körper zum Leben. Sie zuckte zusammen, der Kopf hob sich um ein weiteres Stück, und bevor sie es überdenken konnte, hatte sie bereits den Flur durchquert und die Tür zu seinem Zimmer aufgerissen. Mit ihr zugewandtem Rücken stand Daniel am Fenster und starrte auf die dunkle Straße hinaus.

»Was fällt dir ein?« Tinas schrille Stimme hinterließ ein leises und nachhaltiges Klirren. »Wie kommst du dazu, so mit mir zu sprechen? Gut, ich habe vergessen, dich anzurufen, aber das war ein Notfall! Ich musste sofort nach Atlanta, habe seit Donnerstag durchgearbeitet, verdammt! Und ganz bestimmt nicht auf die Weise, die du mir in deiner bescheuerten Idiotie und Eifersucht andichtest! Wenn du …«

Das nächste Schwanken unterbrach sie, nach Halt suchend griff Tina zum Türrahmen, ihre Beine weigerten sich störrisch, sie zu tragen. Plötzlich wusste sie, dass ihr nicht mehr viel Zeit blieb und sie war noch nicht fertig, ihr Zorn wuchs mit jeder Sekunde. Je länger sie seinen verdammten Rücken anstarrte, desto glühender hasste sie ihn – mal wieder.

»Wenn du so mies von mir denkst, wenn ich *das* in deinen Augen bin, was soll das Ganze dann? Ich bin dir nichts schuldig, verflucht! Woher sollte ich denn auch ahnen, dass du plötzlich mal nicht in deiner beschissenen Klinik herumhängst, in der du ja sonst offensichtlich wohnst? Ich bin nicht mit dir verheiratet und du besitzt kein verdammtes Recht, mich so zu behandeln! Niemand hat das!« Das nächste Schwanken ließ sie straucheln und läutete das endgültige Ende ihrer Kraft ein. Mühsam nickte sie. »Weißt du was? Leck mich!«

Damit stürzte sie in ihr Zimmer, und ihre Tür landete mit lautem Scheppern im Rahmen.

58. I will not Bow

Lauschend hob Daniel den Kopf und trat kurz darauf mit einem zufriedenen Nicken an die Spüle.

Nachdem er den Hebel der Armatur bis zum Anschlag ans rote Ende gedreht hatte, stellte er das Wasser an und lauschte erneut. Als aus dem Bad ein »Ahhhhh-hh!«, ertönte, erfolgte das nächste Nicken, diesmal ein ausnehmend zufriedenes. Erst dann brühte er sich in aller Seelenruhe einen frischen Kaffee, ein schmales Lächeln auf den Lippen.

Mit der Tasse in der Hand trat er ein weiteres Mal zur Spüle und stellte den Hebel – das Wasser lief unvermindert – ruckartig auf *kalt*.

Wieder hob er den Kopf.

»Ohhhhhhhh!«

… und nickte. Danach setzte er sich gemütlich auf einen der Küchenhocker und genoss nach getaner Arbeit seinen Morgenkaffee. Nur wenige Sekunden später öffnete sich die Badtür, und Tina erschien in der Küche, ausschließlich in ein Handtuch gehüllt. Die Haut schimmerte feucht und im Haar zeigten sich verdächtige Spuren des Shampoos, das nur sehr mangelhaft ausgespült worden war. In ihrem Gesicht stand nichts, sie wirkte total relaxt, als sie ein Glas unter den Strahl eisigen Wassers hielt – der Hebel stand unverändert auf *ganz* kalt – und es ihm wortlos ins Gesicht schüttete. Ebenso kommentarlos verließ sie danach den Raum. Bedächtig entfernte Daniel die Feuchtigkeit aus den Augen, nickte abermals – grimmig/entschlossen diesmal – leerte in aller Ruhe seine Tasse und ging sich umziehen. Er war ziemlich nass.

Man schrieb Tag acht nach Tinas legendärer Rückkehr, das Schweigen hielt bereits ebenso lange an. Denn seitdem sie an jenem Montag die Tür hinter sich geschlossen hatte, herrschte zwischen den beiden bis auf eine weitere, eher flüchtige, Unterbrechung eisige Funkstille. Daniel dachte nicht daran, zur Tagesordnung überzugehen, wie auch immer die aussehen sollte. Er hatte Tina nicht ganz die Wahrheit gesagt, in Ordnung, tatsächlich nicht einmal ein Zehntel davon. Denn während dieser vier Tage hatte er mit der Gewissheit leben müssen, dass sie tot war. Ermordet von irgendeinem Kerl, der ihr am Ende doch den Rest gegeben hatte. Warum sie sich in dessen Fänge begeben, weshalb sie sich nicht gemeldet hatte, aus welchem Grund das alles überhaupt geschehen war – er fand keine Antworten, die auch nur entfernt einen Sinn ergaben. Selbst für Tinas Verhältnisse. Bereits am zweiten Tag dieser unbeschreiblichen Folter war er nicht mehr fähig gewesen, sich mögliche Erklärungen auszudenken. Sein Gehirn konnte nur noch ein Bild heraufbeschwören, das allerdings in fantastischen Facetten: Tina – geschändet, tot, massakriert, blutend, mit grauenhaftem Gesichtsausdruck, irgendwo in einer schmutzigen Gasse, fortgeworfen wie ein Stück Dreck, nachdem das Leben aus ihrem Körper geprügelt worden war.

Ihm war nicht entgangen, dass eine ihrer Taschen fehlte. Bei näherem Hinschauen ging ihm selbst auf, dass einige – wenige – Kleidungsstücke mit dem Behältnis verschwunden waren. Zu diesem Zeitpunkt hatte er sich bereits davon überzeugt, dass sie *nicht* ermordet in ihrem Büro lag und dort friedlich vor sich hin moderte. Innerhalb dieser Tage hatte er weder geschlafen noch gegessen, er quälte nur pausenlos das Telefon, wenn er nicht selbst die Stadt auf der Suche nach Tina unsicher machte. Daniel hatte Ängste ausstehen müssen, die er bisher nicht für möglich gehalten hätte. Und als er sie sah, leichenblass, noch einmal um einiges dünner, mit riesigen leeren Augen, aufgerissenen Lippen und unordentlichem Haar, vom fehlenden Make-up ganz zu schweigen, hatte er endgültig die Beherrschung verloren. Erleichterung, Grauen und unvorstellbarer Zorn. Diese drei Emotionen lieferten sich in ihm ein Stelldichein, kämpften verbissen um die beste Position und schoben sich rüde gegenseitig aus dem Weg.

Aber sie lebte unübersehbar, was am Ende seinen Zorn siegen ließ. Wer am Leben war und ziemlich blöde fragen konnte: *»Was ist los?«*, der befand sich auch in der Lage, sein verdammtes Handy zur Hand zu nehmen und *anzurufen*. Warum sie genau das nicht getan hatte, würde er wohl nie erfahren. Faktisch war Daniel nicht einmal sicher, ob er das überhaupt *wollte*. Wie auch immer die fadenscheinige Erklärung lautete, sie würde seinen Zorn noch mehr in Richtung Ultimo treiben und ihn ganz nebenbei in seiner Erkenntnis bestärken, dass er einem verdammten Irrglauben aufgesessen war. Es *gab* für sie keine gemeinsame Zukunft. Was Daniel betraf, war dieser Traum endgültig ausgeträumt. Und es gab vermeintlich nichts, was seine Meinung noch ändern konnte. Erst an Tag drei ging ihm auf, dass er sie so billig nicht davonkommen lassen wollte.

Schon, weil sie ständig diesen hochmütigen Gesichtsausdruck zur Schau trug, der ihr nicht im Geringsten zustand! Was sollte der Scheiß?

Schließlich hatte sie es verbockt und nicht er! Um genau das ein für alle Mal zu klären, wartete Daniel, bis sie nach Hause gekommen und in ihrem Zimmer verschwunden war, und folgte ihr. Bei seinem Eintreten sah Tina nicht einmal auf, er hatte mit nichts anderem gerechnet.

»Du willst partout nicht begreifen, was du getan hast, richtig?«, begann er, nachdem er sie eine Weile beobachtet hatte.

Mylady saß hinter ihrem Schreibtisch – gerader Rücken, Kinn ziemlich weit oben –, fixierte den Laptop und hob nur sehr langsam den Kopf in seine Richtung. Arroganter Gesichtsausdruck inklusive. »Bitte?« Das betonte sie in derartigen Momenten übrigens jedes Mal so, dass es wie ein ›Bütte‹ klang. Nur diese dämliche Betonung trieb Daniel regelmäßig an den Rand der Tobsucht. Doch er übte sich meisterhaft in Beherrschung, lehnte sich mit verschränkten Armen an den Türrahmen und sprach sehr langsam und deutlich. »Wenn man zusammenwohnt und bekannt ist, dass man dem männlichen Part der WG *nicht* egal ist, dann meldet man sich, bevor man für vier Tage verschwindet! Und weißt du, warum? Nein? Ehrlich nicht? Wie schade … anscheinend ist deine Empathie innerhalb der vergangenen Jahre hoffnungslos verkümmert. Lass dich von mir erleuchten: weil der andere sich sonst vielleicht Sorgen machen könnte! Und wenn so etwas geschieht, aus welchen nicht nachvollziehbaren Gründen auch immer, besitzt man wenigstens so viel Anstand, sich zu entschuldigen! Ist dir Derartiges denn wirklich nicht in den Sinn gekommen?«

Darüber schien sie ernsthaft nachzudenken und Daniel war so dämlich, seine aufkeimende Hoffnung nicht sofort und energisch in die Schranken zu weisen. Kurz darauf lehnte Tina sich nämlich zurück, wobei sie tatsächlich das Kunststück fertigbrachte, noch ein wenig selbstgefälliger zu wirken. Spätestens das hätte Daniel bis zu diesem Augenblick für Utopie schlechthin gehalten.

»Nein, ist es mir nicht. Und weißt du, warum nicht?«

»Ich bin ganz Ohr«, murmelte er.

»Ich konnte doch nicht ahnen, dass dir an einer *dreckigen Hure* wirklich etwas liegt.« Selten hatte Daniel ein sanfteres Lächeln an ihr gesehen. »Nur für den Fall, dass du das nicht weißt, was gleichzeitig der Beweis wäre, dass es mit deiner *E-m-p-a-t-h-i-e* auch nicht weit her ist: Wenn jemand einem *nicht* völlig egal ist, beleidigt man ihn nicht so niederträchtig!«

»Du hast also nicht einmal daran gedacht, dich zu melden?«, erkundigte er sich, ohne auf ihre Bemerkung einzugehen.

»Du hast ehrlich gemeint, was du zu mir sagtest?«

Beide hielten den Blickkontakt noch für drei weitere Ewigkeiten und schließlich zuckte Daniel mit den Schultern und ging. Wie immer war er offensichtlich der einzige Schuldige an dieser gesamten, jämmerlich verfahrenen Situation? Okay, wenn sie meinte, er wäre der letzte Idiot, wäre es doch sehr vermessen von ihm, sie zu enttäuschen! Längst hatte er Maggie verständlich gemacht, dass er ab sofort nur noch für die Tagesschichten zur Verfügung stand. Und wo er schon mal dabei war und da er immer noch den Chefposten innehatte, rief er gleich mal eine ganz neue Schicht ins Leben. Die war übrigens nur ihm vorbehalten: von neun bis sechs Uhr – was exakt Tinas Arbeitszeiten entsprach.

Inzwischen hatte Daniel seine Meinung geändert – diesmal würde er sie nicht damit davonkommen lassen und erst Ruhe geben, wenn zumindest dieser verdammte, arrogante und völlig unangebrachte Gesichtsausdruck verschwunden war.

Yeah!

Seit Neuestem achtete Tina strikt darauf, ihr tägliches Arbeitspensum nicht zu überschreiten. Ein neuerliches Kratzen am Limit riskierte sie erst gar nicht. Lieber arbeitete sie von zu Hause aus, was ohnehin angezeigt war, weil ihr nur auf diese Art nichts von den Freundlichkeiten des irren Profs entging, mit denen er sie neuerdings beglückte. Nachdem sie sich die gesamte Angelegenheit lang und breit durch den Kopf gehen lassen hatte, kam sie zu dem Schluss, dass er nicht den geringsten Grund besaß, derart wütend zu sein. Die kindische, von ihm so verbissen geforderte Entschuldigung war glatter Hohn! Sicher, sie hätte ihn anrufen sollen, zumindest dies gestand sie ihm ohne Weiteres zu, aber in den vergangenen elf Jahren musste Tina an so etwas nun einmal nie denken! Sie war es gewöhnt, die erforderlichen Dinge in die Tat umzusetzen, ohne auf jemanden Rücksicht zu nehmen. Und angesichts des fortgeschrittenen Chaos in Atlanta hatte sie kurzerhand alles andere aus ihrem Kopf gestrichen.

Auch so eine Angewohnheit, die sie sich bereits vor vielen Jahren angeeignet hatte. War es denn ihre Schuld, dass er über so lange Zeit kein Bestandteil ihres Lebens gewesen war und sie ein paar Anläufe benötigte, um ihn in ihrem Denken neu zu integrieren? *Pah!* Ganz bestimmt nicht! Gern hätte sie Daniel dies und die gesamte Situation erklärt, damit er verstand, dass sie nicht etwa aus Bosheit oder Desinteresse so gehandelt hatte. Aber er wollte ja nichts hören, denn das wäre ja eine Erklärung geworden, keine völlig unangebrachte Entschuldigung. Stattdessen begann er diesen albernen Terror? Von den wirklich gemeinen Beleidigungen mal ganz abgesehen?

In Ordnung, da konnte Tina locker mithalten. Auch wenn damit seine Rückkehr in die Kindheit beschlossene Sache war. Es entsprach zwar normalerweise nicht ihrem durchaus hohem Niveau, Tina hatte sich jedoch schon immer durch eine besonders ausgeprägte Anpassungsfähigkeit ausgezeichnet. Interessanterweise weilte Daniel neuerdings in kalkulierbarer Regelmäßigkeit zu Hause. Vielleicht hatte er seinen Job ja an den Nagel gehängt und gab sich jetzt ganz seiner Stalker-

und Terroristenbestimmung hin. Was ihm übrigens in Anbetracht seines echt gestörten Verhaltens viel besser zu Gesicht stand als der Arzt. Tinas Ansicht nach durfte sich sowieso niemand Doktor schimpfen, der geistig so instabil wie Daniel war. Das hätte nur die Patienten gefährdet, ohne dass denen das Risiko überhaupt bekannt gewesen wäre. Der Kerl verstellte sich in der Öffentlichkeit zu gut.

Gefahr gebannt – na, hervorragend!

Und so kam es, dass jenes Appartement, das bis vor Kurzem äußerst sporadisch und wenn dann meist nur von einer Person bewohnt worden war, plötzlich tatsächlich zwei Menschen beherbergte. Und das auch noch zur gleichen Zeit! Die sprachen zwar nicht miteinander und übersahen sich kategorisch, wenn sie sich zufällig über den Weg liefen. Dafür gaben sie sich aber jede erdenkliche Mühe, sich das Leben gegenseitig zur Hölle zu machen. Jeder war entschlossen zu siegen, wenngleich keiner der beiden genau wusste, wie dieser Sieg denn aussehen sollte.

An diesem Nachmittag beendete Tina ihre offiziellen Bürozeiten sogar besonders früh. Als sie nach Hause kam, war er noch nicht eingetroffen, was ihr die erforderliche Zeit verschaffte, den Napf, aus dem der Idiot seinen Kaffee zuckerte, mit Salz aufzufüllen. Danach präparierte sie seine Zahnpaste, indem sie eine ordentliche Ladung der weißen Masse aus der Tube drückte, etwas Essig und Knoblauchpulver darunter mischte, Salz hinzufügte, stirnrunzelnd ein wenig weißen Pfeffer nahm, das Ganze ordentlich vermengte und dann die Tube mit der zubereiteten Giftmischung wieder auffüllte. Alles in allem eine lange und aufwendige Prozedur, aber die Mühe allemal wert. Zuletzt schmierte sie noch etwas von der unbehandelten Paste unter den Türgriff seines Zimmers. Nein, ihr entging natürlich nicht, wie albern das Ganze war, aber was sollte sie tun? Tina passte sich bloß den herrschenden Verhältnissen an! Sobald sie alles Erforderliche erledigt hatte, verschanzte sie sich in ihrem Zimmer. Und als schließlich die Wohnungstür aufging, hob sie lauschend und in sichtlicher Anspannung den Kopf. Daniel genoss nach dem Heimkommen immer einen Feierabendkaffee – von wegen, kein Langweiler! Die gleiche Angewohnheit hatte ihr Grandpa auch gehabt, und den hatte sie bewusst kennengelernt, als er über siebzig war!

Kurz darauf bestätigte das Klappen der Schranktüren, dass dieser Mensch tatsächlich ein total stupides und kalkulierbares Gewohnheitstier war. Natürlich nahm er *seine* Tasse heraus – ja, der Idiot besaß eine *Privattasse*, deren Benutzung *ausschließlich* ihm vorbehalten war. Das hatte er ihr bei ihrem Einzug mit sehr gewichtigen Worten und gestrenger, leicht bedrohlicher Miene erklärt. Erwartungsvoll hob sie ein wenig den Kopf, der Mund bereit, sich zu einem zufriedenen Lächeln zu verziehen. Kurz darauf ertönte ein lautes …

»*Fuck!*«

… und Tinas Lächeln war perfekt. Zufrieden widmete sie sich erneut ihrer Arbeit.

Daniel hatte seine Kindheit vor etlichen Jahren hinter sich gelassen und kein Bedürfnis, dorthin noch einmal zurückzukehren. Daher ließ er sich die kindischen Streiche des mit ausnehmend hübschen Brüsten ausgestatteten Kleinkindes eine Zeit lang gefallen und verbuchte es unter unliebsame Erfahrungen. Solche, die niemand – außer ihm – je machen würde, weil niemand – außer ihm – mit dem Fluch namens Tina Hunt geschlagen war. Selbst die Zahnpasta unter der Türklinke veranlasste ihn nur zu einem vagen Stirnrunzeln. So etwas hatte er bereits während seiner Zeit im Pfadfindersommerlager zustande gebracht und da war er *acht!* Weshalb dieser sogenannte Streich eher als peinlich, Tinas keineswegs würdig und an Dummheit nicht zu überbieten einzustufen war. Daniel überlegte, ob er ihr das mitteilen sollte, entschied sich am Ende aber dagegen. Das würde sie womöglich nur anspornen und ihn noch mehr herausfordern, ihr endlich zu zeigen, wie es *richtig* angestellt wurde. Und er würde den Teufel tun und sich anhaltend auf ihr jämmerliches Niveau herablassen.

Zumindest gelangte er zu diesem bedeutsamen Schluss, während er mit beachtlicher Muße Tinas circa einhundert Wasserflaschen in den Ausguss entleerte. Sollte sie Leitungswasser trinken, wenn der Durst übermächtig wurde. Doch als er am Abend im Bad stand und die Zahnbürste in seinen Mund schob, brach jene Barriere mit lautem Tosen in sich zusammen, die ihn bisher an der *echten* Teilnahme an diesem seltsamen Spiel erfolgreich abgehalten hatte. Genug war genug! Nachdem er das widerliche Zeug ausgespuckt hatte und auch das Würgen langsam verebbt war, schwor Daniel bitterste Rache und machte sich auch gleich an deren Umsetzung.

Als erste Amtshandlung vernichtete er den vorrätigen Salat und alles, was auch nur im Entferntesten nach Toast, Konfitüre oder Butter aussah. Dann startete er einen Großeinkauf im Supermarkt.

Zwei Stunden später stand der hochgewachsene, fünfunddreißigjährige Chirurg, Besitzer einer Privatklinik, – beachtliche zwanzig Prozent des Kredits waren bereits getilgt – und Botschafter der *ÄOG* und *WHO* in seiner Küche – die immer noch recht selten benutzt wurde – und begann eine Kocharie, wie sie die Welt bis dato nicht gesehen hatte. Daniel bereitete jedes Gericht zu, von dem er wusste, dass Tina dafür sterben würde. Zumindest früher, als sie überhaupt noch aß. Und zwar schön der Reihe nach, damit sich die Gerüche optimal im Appartement entfalten konnten. Zur Unterstützung stellte er einen Ventilator auf, der die Dämpfe über den Flur direkt vor ihr Zimmer blies. Dass ihn dies seinen Nachtschlaf kostete, betrachtete er sehr wohl als angemessenen Preis. Außerdem war ihm wegen der gepanschten Zahnpaste übel, was ein Einschlafen ohnehin erschwert hätte.

Die fertigen Gerichte drapierte er auf dem Küchentisch. Und als er morgens um vier Uhr erschöpft in dem Schlachtfeld stand, das früher einmal eine Küche dargestellt hatte, standen auf den Tischen Hamburger, Milchshakes in jeder Geschmacksrichtung, frisch zubereitete Donuts – Erdbeere, Schokolade, klarer Zuckerguss –, ein riesiges Steak mit Pilzragout, ein Süßkartoffelauflauf, für den ihm seiner bescheidenen Meinung nach ein Preis gebührte, zwei kleinere Sahnecremetorten – Schokolade und Edelkirsche – und einen Geflügelsalat der erlesenen Art, extra mit Wein abgeschmeckt. Das genügte Daniel aber noch lange nicht, schon, weil leider nicht alles davon auf längere Entfernungen duftete. Und außerdem wusste er zwar, dass sie innerlich vor Verlangen nach den Kalorienbomben krepieren würde. Leider war sie bekannterweise eine Ignorantin vor dem Herrn, weshalb sie wieder ihre widerlichen Pfefferminzbonbons bemühen, maximal die Augen verdrehen und das Appartement in Richtung Büro verlassen würde. Sprich: Sich dem Einfluss der kulinarischen Gerüche feige entziehen.

Es bedurfte nur einer flüchtigen, vorherigen Überlegung, dann schlich er auf Zehenspitzen und einem Dieb nicht ganz unähnlich in ihr Zimmer. Kaum hatte er sich hinreichend davon überzeugt, dass sie tatsächlich schlief, begann Daniel, nach ihrer Tasche mit den Ausweichpillen zu suchen. Etliche Minuten später, in denen er einmal gegen den Schreibtisch und ein weiteres Mal frontal gegen ihren Schrank gelaufen war, musste er einsehen, dass sie über geringfügig mehr Cleverness verfügte, als er ihr ursprünglich zugestanden hatte. Für einen Mann, wie ihn jedoch, war sie nicht annähernd clever genug.

Sein Grinsen hatte etwas abgrundtief Boshaftes, während er ihren Schreibtisch genauer unter die Lupe nahm. In der Dunkelheit bedeutete das: Daniel tastete sich langsam vor. Kurz darauf fand er, wonach er suchte und das boshafte Grinsen wurde von einem diebischen und gleichzeitig fatalistischen Lächeln, mit leicht besessenen Tendenzen ersetzt. Jetzt, spätestens, würde sich herausstellen, wie tief ihr Schlaf wirklich war.

Wenige Minuten später stand eines fest: Schlief Tina erst einmal, dann war eine Menge Aufwand vonnöten, um sie wieder wach zu bekommen. Eine Erkenntnis, die Daniel in seine zukünftigen Kalkulationen miteinbeziehen würde. Nach getaner Arbeit begab er sich zurück in das Schlachtfeld namens Küche, brühte einen neuen Kaffee und wartete.

Tina stand *immer* um sieben auf, danach hätte man sogar eine Atomuhr stellen können. Und auch diesmal enttäuschte sie nicht. Als sie in die Küche trat und Daniel sah, verengten sich ihre Augen. Dann betrachtete sie die Leckereien, unter denen sich die Tische bogen, und schüttelte den Kopf. Sie murmelte etwas Unverständliches vor sich hin, was verdächtig nach »Idiot!«, klang und griff in den Schrank, um sich ein Wasser herauszunehmen. Eine Weile tastete sie ergebnislos in dessen Tiefen umher, sah schließlich hinein und kurz darauf traf ihn ein äußerst böser Blick.

»Findest du das witzig?«

Daniel zuckte mit den Schultern und führte seine Tasse zum Mund, ohne sie aus den Augen zu lassen, was Tina mit einem verächtlichen Schnauben begleitete. Dann griff sie tatsächlich zum Wasserglas und hielt sich an den unerschöpflichen Vorrat aus der Leitung, und bevor sie den Raum verließ, sah sie noch einmal zu ihm, drohend, natürlich. »Lass das Wasser aus, sonst bringe ich dich um!«

Zweifelnd hob er eine Braue und widmete sich wieder seinem Kaffee.

Kaum war sie verschwunden, begann Daniel angestrengt zu lauschen, während sich dieser neue, fatalistische Ausdruck längst in seine übermüdeten Augen zurückgeschlichen hatte.

Diesmal erfolgte kein »Ahhhhhh!« Auch auf ein »Ohhhhhh!«, lauerte er vergebens.

Was an diesem Morgen im Bad des gemeinsamen Appartements von *C. Hunt* und *D. Grant* ertönte, entsprach einem Schrei, der grausamstes Entsetzen ausdrückte. Laut, schrill und unartikuliert. Kurz darauf stürzte Tina in die Küche, die Augen zu Übergröße aufgerissen, obwohl sie bereits seit Ewigkeiten keine Brille mehr trug! »Hast du den Verstand verloren?«

»Pardon?« Er sprach es übrigens sehr betont aus, sodass es klang wie: *Pärdong.*

Sie hyperventilierte ein wenig, die geballten Fäuste befanden sich in Brusthöhe, das Gesicht war tiefrot. Was übrigens die schwarzen Brauen, den Schnurrbart und den Ziegenbart – alles mittels Permanentmarker entstanden – noch ein wenig hübscher zur Geltung brachte. Fand Daniel.

»Hör auf, so dämlich zu grinsen.« Das klang wirklich etwas schrill – fand Daniel *auch*. »Überlege gefälligst, wie du diesen Mist entfernst! Sofort! Verdammt!«

Inzwischen schnaufte sie auch ein bisschen.

»Ich?« Bedauernd schüttelte Daniel den Kopf. »Geht nicht, tut mir sehr leid. Damit wirst du allein zurande kommen müssen, denn ich gehe gleich zum Dienst.«

»Dienst?« Das kam noch ein wenig lauter. Ach ja, das grandiose Organ hätte er ja beinahe vergessen. »Deinen Scheißdienst kannst du dir in die Haare schmieren! Ich habe in zwei Stunden ein Meeting, kapiert? Und wenn ich dort nicht erscheine, dann …«

»Oh, da würde ich mir keine Sorgen machen. Rufe an – so etwas tut man in der Regel mit seinem Handy, nur für den Fall, dass dir dies bisher nicht klar gewesen ist. Ich empfehle eine Entschuldigung aufgrund akuter Magersucht. Kann mir nicht vorstellen, dass jemand *das* anzweifelt. Und wenn alles nicht hilft, wartet da bestimmt irgendein fetter, hässlicher Sack, der es sich von dir besorgen lässt. Ich vertraue da ganz auf deine Fähigkeiten.«

Mittlerweile hielt er die Arme verschränkt und betrachtete sie lauernd. Nicht das geringste Grinsen erschien auf seinem Gesicht, obwohl Tina soeben einen Clown der besonderen Art gab. Deren Wut wuchs mit jedem neuen Wort ein bisschen mehr und am Ende war sie leichenblass. Das Folgende geschah, ohne dass Daniel es vorhersehen konnte – Tina erging es wohl ähnlich. Mit einem Satz hatte sie ihn erreicht, kurz darauf erfolgte ein lautes Klatschen und seine Wange war krebsrot.

»Ich hasse dich!«, zischte sie in sein erstarrtes Gesicht. »Und sollte mich das, was ich tat, zu einer Hure machen, dann ist das *meine Angelegenheit*. Ganz! Allein! Meine! Lass mich in Zukunft in Ruhe oder du erlebst dein blaues Wunder. Das ist ein Versprechen!«

»Ganz wie du willst!« Daniels knappes Nicken war kaum als Kopfbewegung zu werten.

»Wunderbar!«

Und damit verschwand sie wieder im Bad und begann mit dem äußerst zeitaufwendigen Unterfangen, Permanentmarker von der Haut abzuschrubben.

59. Dancing with the Devil

Tina benötigte nur wenige Stunden, um ihre Niederlage zu verdauen und die nächsten Angriffspläne zu schmieden – ähnlich wie Daniel wenige Stunden zuvor. Dabei entging den beiden offensichtlich, dass sie sich mehr und mehr wie Kleinkinder aufführten. Gegen halb neun musste sie einsehen, dass er ganze Arbeit geleistet hatte. Das Zeug würde sie nicht loswerden, jedenfalls nicht innerhalb einer Stunde. Zähneknirschend sagte sie den Termin ab und schob einen Todesfall in der Familie vor. Nicht, dass dies bei ihren Auftraggebern auf so etwas wie Verständnis gestoßen wäre. Aber sie kündigten ihr wenigstens nicht gleich den Vertrag, das hätte ein zu mieses Licht auf die Geschäftspraktiken geworfen. Den Rest der Zeit bis zum Abend verbrachte Tina mit der Wiederherstellung ihres Äußeren und dem Ausarbeiten ihrer fulminanten Rache.

An diesem Tag versah Daniel seinen Dienst mehr schlecht als recht. Wenigstens mangelte es diesmal nicht an einer Entschuldigung, schließlich hatte er eine schlaflose Nacht hinter sich. Dennoch ging ihm Tinas Miene nicht aus dem Kopf, ebenso wenig deren Ohrfeige, die übrigens seiner Ansicht nach Ausdruck höchster Ratlosigkeit gewesen war. Für einen winzigen Moment fragte er sich, ob er die Dinge nicht besser aufhalten sollte, um eine endgültige Eskalation zu vermeiden. Bevor das allerdings echte gedankliche Formen annehmen konnte, fiel ihm glücklicherweise wieder ein, dass er selbstverständlich wie üblich an allem schuld war. Das verlieh seinem Zorn neuen Auftrieb und stärkte den Kampfeswillen immens. Trotzdem schloss er am Abend die Tür sehr behutsam auf und betrat das Appartement äußerst wachsam und auf alles vorbereitet – jedenfalls hoffte er das. Auf den ersten Blick war keine Veränderung auszumachen, schon gar keine boshaften, kindischen und garantiert dilettantischen Fallen. Zu ausgefeilteren Manövern schien sie ja ohnehin nicht in der Lage zu sein.

Die Hälfte seiner lukullischen Spezialitäten war mittlerweile angetrocknet, einiges sogar in der Wärme des Raumes verdorben. Kurzerhand entsorgte Daniel alles und wies jeden Gedanken daran, wie viele Kinder davon wohl satt geworden wären, streng und weit von sich.

Gleichfalls dachte er natürlich nicht darüber nach, wie groß deren Jubel gewesen wäre, weil sie solche Köstlichkeiten nicht nur erstmalig zu Gesicht bekamen, sondern auch *essen* durften. Auch im Wohnzimmer stieß er auf keine neue Falle, weshalb sich seine Anspannung ein wenig legte. Der Kaffee schmeckte wie üblich – Zucker und Salz befanden sich in ihren gewohnten Gefäßen –, und nachdem er seine Tasse geleert hatte, hob Daniel die Schultern. Viel Fantasie hatte sie noch nie besessen, war ihm das entfallen? Offenbar neigte er regelmäßig zu Übertreibungen, wenn es um diese Frau ging, womit sie wenigstens mit einer Anschuldigung nicht ganz falsch gelegen hatte.

Entspannt lehnte er sich zurück und lächelte. Nun, vielleicht hatte sie in diesem vermeintlichen und total unausgewogenen Krieg ja vernünftigerweise die Waffen gestreckt. Diese ganze Auseinandersetzung war nichts anderes als Tinas müder und inzwischen gescheiterter Versuch gewesen, sich mit einem weitaus überlegeneren Gegner zu messen. Mit etwas Glück akzeptierte sie seinen Sieg und sie konnten sich daranmachen, die Scherben zusammenzufegen und neu zu beginnen. Mal wieder. Mittlerweile wollte er das tatsächlich. Sein Zorn war längst verflogen, das hatte der kleine, eher peinliche Ausflug in die Kindheit zustande gebracht, womit er schon mal nicht umsonst gewesen war. Auch eine Überlegung, die ihn ungemein beruhigte.

Tina saß an ihrem Laptop und versuchte zu arbeiten, war allerdings nicht ganz bei der Sache. Gerade heute musste er sich so verdammt viel Zeit lassen, was sie ehrlich nervte. Schließlich wartete sie bereits den halben Tag auf den großen Showdown. Dann klappte endlich die Zimmertür zu, und sie lauschte angestrengter. Daniels Toilette ging von dessen Raum ab, weshalb Tina den Schrei nur gedämpft vernahm. Aber er kam …

»TINA!«

»Ups«, murmelte sie. »Ist etwas danebengegangen, Grant?«

Kurz darauf flog ihre Tür auf und ein sichtlich verbissener Grant erschien in der Tür.

»Es reicht, Hunt!«

»Bitte?«

»Das ist kindisch und dämlich!«

»Keine Ahnung, wovon du sprichst!«

Erst jetzt hielt er eine Hand in die Luft, und Tina wich angewidert zurück, als sie sah, dass die nicht leer war.

Sauer nickte er. »Meintest du wirklich, ich falle auf diesen Müll herein? Im Gegensatz zu dir bin ich *nicht blind!* Also lass den Scheiß ab sofort! Ich meine …« Ungläubig schüttelte er den Kopf. »Wer ist so dämlich und zieht Folie über das Klo? Die glänzt, das sieht jeder Trottel! Du beleidigst mich und meine Intelligenz!«

Rums!

Die Tür war scheppernd im Rahmen gelandet und Tina seufzte. Anscheinend waren ihre derzeitigen Einfälle nicht ausgefeilt genug. Sie musste sich unbedingt steigern. Obwohl … bisher hatte er den Honig in seinen Schuhen nicht entdeckt. Ein wenig berechtigte Hoffnung war ihr also geblieben.

Am nächsten Morgen telefonierte Daniel sehr früh mit Maggie und ging dann wie gewohnt aus dem Haus. Allerdings entfernte er sich nicht sehr weit, sondern wartete gut verborgen hinter einer Straßenecke, bis Tina das Appartement verlassen hatte, kehrte zurück und machte sich sofort an die Arbeit. Mit viel Liebe fürs Detail tackerte er jeden einzelnen der ungefähr zwanzigtausend linken Schuhe fest, die neben ihrem Partner in fünf dafür vorgesehenen Schränken residierten. Danach verbrachte er vier geschlagene Stunden damit, jeden rechten – schließlich sollte Ausgewogenheit herrschen – Ärmel und jedes rechte Hosenbein zuzunähen. Und er gab sich verdammt viel Mühe, wählte den Zwirn *immer* im farblich passenden Ton und vollführte sehr kleine, akkurate Stiche. Die Zunge hatte er dabei in tiefer Konzentration zwischen die Lippen geschoben. Wer Daniel bei der Arbeit im OP kannte, hätte eine frappierende Ähnlichkeit ausgemacht, auch wenn Mundschutz, Haube und Kittel fehlten. Danach hantierte er noch ein wenig in der Küche und begab sich im Anschluss auf eine ausgedehnte Exkursion in den Supermarkt. Seit Neuestem waren so gut wie keine Vorräte mehr vorhanden.

Als Tina an jenem Abend heimkam, fand sie nach erster flüchtiger Suche nichts. Das beruhigte sie keineswegs, denn sie kannte die mutwillige Verschlagenheit ihres Gegners nur allzu gut. Deshalb hatte sie sich eingeschärft, ab sofort verdammt vorsichtig zu sein, um ihm nicht erneut auf den Leim zu gehen. Als sie aber auch bei dem zweiten, näheren Blick leer ausging, atmete sie verhalten auf. Die hübsche, pinkfarbene Troddellampe mit dem Standfuß in Form einer bärtigen Nixe, platzierte sie auf der Stereoanlage.

Tina hatte sie kurz zuvor nach elend langer Suche für zwanzig Dollar auf einem Trödelmarkt erstanden. Auf dem Sofa drapierte sie zehn sehr formschöne Kissen, alle mit umhäkeltem Spitzenrand und in Altrosa gehalten – sie stammten vom gleichen Trödler. Der Mann war über einen derart ausgesuchten Geschmack hellauf begeistert gewesen und hatte noch eine uralte Wolldecke springen lassen. In Pink natürlich. Zwar war sie an einigen Stellen grob ausgebessert, doch das machte Tina nichts aus. Schließlich sah man einem geschenkten Gaul.

Lächelnd warf sie das große Flickwerk über jenen Sessel, in dem Daniel üblicherweise thronte. Als Letztes begutachtete sie ihr Werk und nahm sich vor, beim nächsten Shopping ein hübsches Bild zu erstehen. Das Stillleben einer Strohblume oder etwas in der Art. Erst dann begab sie sich vergnügt pfeifend in ihr Zimmer. Nur, um keine fünf Minuten später wie von der Tarantel gestochen wieder herauszustürzen.

»Grant, antreten!«

Keine Antwort. Tina holte tief Luft und schloss die Augen. »Grant, komm sofort hierher!«

Niemand erschien, um sich freiwillig massakrieren zu lassen. Wütend knirschte sie mit den Zähnen. Dieser Idiot hatte soeben Kleidung im Wert von mindestens vierzigtausend Dollar vernichtet und besaß nicht einmal so viel Anstand, anwesend zu sein, um dafür die verdiente Abreibung zu kassieren? Alles, was danach geschah, hätte jeder Richter, so strikt er auch sonst urteilte, sofort als Handlung im höchsten Affekt gewertet. Keines klaren Gedankens fähig, stürzte Tina zurück in ihr Zimmer und zerrte die besonders scharfe Papierschere aus einer Lade ihres Schreibtischs – sie benutzte sie sonst für die Fotoabzüge. Derart bewaffnet marschierte sie in sein Zimmer.

Als sie aber Daniels riesigen, begehbaren Schrank aufgefetzt hatte, empfing sie gruselige Leere, abgesehen von ein paar Wollmäusen. Nur ein einsames Blatt Papier prangte ihr entgegen, das gut sichtbar an der gegenüberliegenden Wand angebracht worden war.

Sorry!

Da musst du schon früher aufstehen!

»Dieser Arsch!«

Tina wusste es nicht, doch sie wirkte einer wahnsinnigen Furie nicht ganz unähnlich, als ihr Killerblick ruckartig alle im Raum befindlichen Gegenstände streifte. Mit Untermalung von schrillen, abgehackten Geigenklängen wäre die Szene glatt als Teil eines Horrorthrillers durchgegangen. Und nachdem zumindest Gedankenfetzen in ihr derzeit leicht überlastetes Hirn vordringen konnten, warf sie sich mit hysterischem Gebrüll auf sein Bett.

Als Daniel eine halbe Stunde später nach Hause kam, fand er Tina in einem Gewirr aus fünf Milliarden Federn und mit hochrotem Kopf in seinem Zimmer.

»Du!«, keuchte sie, sobald er im Rahmen erschien, und hob die Schere, um erneut auf dem herumzuhacken, was früher einmal eine hübsche, ergonomisch perfekt geformte und trotzdem sehr bequeme Matratze dargestellt hatte.

»Sorry, aber …« Bedauernd hob er die beiden großen Tüten, die er bei sich trug und in denen sich unverkennbar eine neue Komplettausstattung fürs Bett befand. Sogar *zwei* Kopfkissen – man dachte schließlich an alles. Die neue Matratze wartete noch in seinem Wagen auf Abholung. »Wie ich bereits sagte, du musst bedeutend früher aufstehen, wenn du nicht mit wehenden Fahnen untergehen willst!«

Tina starrte ihn an, die Augen, in denen unverhohlene Mordlust loderte, wurden stetig größer und der Atem ging mit jedem neuen Luftholen hektischer. Anstatt ihn jedoch endgültig zu töten, stürzte sie an ihm vorbei und kurz darauf schlug polternd ihre Zimmertür zu. Mit gespitzten Lippen nahm Daniel derweil das Chaos in Augenschein. Sein Raum ähnelte einem Hühnerstall, kurz nach dem Angriff eines hungrigen Fuchsrudels. Nur das Blut fehlte. Dann zuckte er gleichmütig mit den Schultern und holte den Staubsauger. Nicht, dass er nicht genau mit diesem Empfang gerechnet hätte. Flüchtig merkte er noch einmal auf, als ein lauter Aufschrei aus Tinas Zimmer ertönte. Wahrscheinlich hatte sie ein paar seiner etwas besser getarnten Überraschungen entdeckt. Nun, sicher war das nicht unbedingt ein Erdrutschsieg, doch Daniel lächelte sanft, während er sich daran machte, die Federn zu beseitigen.

Da hatte wohl jemand seinen Meister gefunden.

60. Good Times Gone

»Arsch, dieser *Kretin*, diese hirnverbrannte *Schmeißfliege*, Idiot! Hinterhofgockel, geistiger Tiefflieger, Klappspaten, Riesenrindvieh, Produkt einer Befruchtung, die besser niemals stattgefunden hätte, Armleuchter, Doppelnullagent, Mutant, dämlicher Sack, Amöbenhirn, Filzlaus, Zuchtschwamm …« Ahnte dieser Kerl auch nur, welche Werte er soeben vernichtet hatte? Wie eine ausgewachsene und äußerst zornige Löwin tigerte Tina in ihrem Zimmer auf und ab. Immer, wenn sich so etwas wie Beruhigung einstellen wollte, fiel ihr Blick wahlweise auf einen missbrauchten Schuh oder ein verhunztes Bekleidungsstück, weshalb es Ewigkeiten benötigte, um wenigstens annähernd wieder zu Verstand zu kommen. Doch schließlich blieb sie unvermittelt stehen, holte tief Luft und die Schere fiel klappernd zu Boden, als sich auch endlich ihre verkrampften Fäuste lösten. Dafür würde er bluten, so wahr sie Tina hieß! Sie brauchte nur einen Kaffee und dann … *dann …*

Nachdem sie sich eingehend davon überzeugt hatte, dass sich der Schmalspurganove nicht in der Nähe befand, ging sie in die Küche und brühte sich routiniert ihren Kaffee. Wie üblich verzichtete sie dabei auf die Milch – zu viel Fett – und begnügte sich mit zwei von diesen kleinen und unscheinbaren Süßstofftabletten. Als kurz darauf ihr aromatisches Heißgetränk explodierte, war es um Tina geschehen.

»Graaaant!«

»Was ist los?«

Mit Schwung wirbelte sie herum. Er lehnte in der Tür, die Arme verschränkt, die Miene ahnungslos, eine Augenbraue fragend erhoben. Einen langen, bedrohlichen Blickwechsel später, den keiner der beiden zuerst beenden wollte, entfernte sie andächtig den Kaffee aus ihrem Gesicht. Dann ging Tina wortlos und mit erhobenem Haupt an ihm vorbei. Auch ihre Tür schloss sie kurz darauf äußerst geräuscharm. *Diese* Show gönnte sie ihm nicht.

Seufzend begutachtete Daniel die Sauerei. Deren Beseitigung würde wohl wie üblich an ihm hängen bleiben. Dabei hatte er ihr bereits vor Jahren gesagt, dass der Genuss dieser künstlichen Süßmittel irgendwann ein böses Ende nehmen würde.

Okay, an Sauerstofftabletten dachte er damals nicht, aber die Prophezeiung an sich betrachtete er trotzdem als erfüllt.

In der kommenden Nacht war für Tina an Schlaf nicht zu denken – sie hatte zu arbeiten. Kaum hatte der kleine Schwachkopf am nächsten Morgen das Haus verlassen, machte sie sich sogleich an die Durchführung ihres neuesten, diesmal generalstabsmäßig kalkulierten Vorhabens. Aufträge, das Büro oder irgendwelche Termine interessierten längst nicht mehr. Sie hätte ohnehin nicht auswärts arbeiten können, weil ihr die erforderliche Bekleidung und die Schuhe fehlten. Für Ersatz sorgte sie auf dem Weg zum Technikhändler, bei dem sie eine verdammt kostspielige Hightech-Hochauflösungs-Digitalkamera erstand. Damit und darüber hinaus mit einigen Tüten Ersatzkleidung beladen, begab sie sich einige Stunden später zurück ins Appartement. Kurz darauf stand sie stirnrunzelnd im Flur.

Alle Zimmertüren waren weit geöffnet und dennoch schaltete Tina das Licht ein. Verdammt, es würde nur funktionieren, wenn er das Gleiche tat. Leider hatte sich der Eunuch in der Vergangenheit als unberechenbar erwiesen. Vielleicht, wenn sie das Licht brennen ließ.

Letzten Endes gab sie die Grübelei mit einem Schulterzucken auf und begann mit der Fotosession. Der Typ war in der Basis blöde, sie konnte nur hoffen, dass ihr das heute zugutekommen würde. Und ein gewisses Restrisiko ließ sich niemals ausschließen. Eine Stunde später fuhr Tina im Taxi zu ihrem persönlichen Freund Richy. Der besaß ein technisch perfekt ausgestattetes Fotodesignstudio. Wenn er über ihren etwas außergewöhnlichen Wunsch überrascht war, ließ er sich davon zumindest nichts anmerken. Das konnte selbstverständlich auch daran liegen, dass er so selten den Blick hob und ausschließlich den oberen Bereich ihres Körpers fixierte. Dafür hatte Tina nur ein geringschätziges Grinsen übrig. Innerlich natürlich. Am Ende waren eben alle Männer gleich – auch das kam ihr heute durchaus zupass.

Zwei Stunden später machte sie sich mit vier ausladenden Papierrollen unter dem Arm auf den Heimweg. Der Tag war bereits weit fortgeschritten, mit dem Beginn von Phase zwei ihres Geniestreichs musste sie daher wohl oder übel bis zum nächsten Morgen warten. Und so bereitete sie sich in aller Seelenruhe einen Salat zu, nahm auch einen Kaffee – Ersatzsüßstoff hatte sie auf dem Heimweg besorgt – und begab sich schließlich rechtzeitig vor Eintreffen des in Bälde toten Delinquenten in ihr Zimmer.

Daniel war kein ängstlicher Mensch.

Als er jedoch am Tag nach der *Schuhe-antackern-Sauerstoff-als-Süßstoff-tarnen-und-Ärmel-und-Hosenbeine-zusammennähen*-Aktion das Appartement betrat, fühlte er sich zugegebenermaßen *etwas* unwohl. Betont vorsichtig schob er die Tür auf, weil er einen lauernden Farbeimer – mit altrosa Wandfarbe gefüllt – darüber erwartete. Fehlanzeige. Dreimal prüfte er das Klo auf unsichtbares Abdeckmaterial. Nichts vorhanden.

Die Kaffeepads waren nicht mit Essig versetzt worden, seine Zahnpaste schmeckte normal und die Zahnbürste wies keine verdächtigen Anzeichen auf, dass die Verrückte sie mit Seife präpariert hatte. Seine Kleidung hing bereits seit gestern wieder im Schrank, den er allerdings für alle Fälle mit einem zusätzlichen Schloss gesichert hatte. Auch hier fanden sich keine verräterischen Spuren von Fremdeinwirkung. Zu den ästhetischen, eindeutig anheimelnden Kissen und der Nixenlampe hatten sich keine neuen Accessoires hinzugesellt. Übrigens beurteilte Daniel den Anblick als allerliebst und hätte niemals freiwillig etwas daran verändert. Wenn sie ihn mit derartigem Blödsinn ärgern wollte, war sie ihm tatsächlich nicht einmal annähernd gewachsen. Überrascht registrierte er leichte Enttäuschung in sich aufkeimen. Offenbar hatte er sie, wie so häufig zuvor, gründlich überfordert. Nun, das war schade, holte sie aber möglicherweise endlich auf den Boden der Tatsachen zurück.

Daniel ließ sich keineswegs aus der Ruhe bringen. Er trank seinen Kaffee und nahm am Abend ein einsames Dinner ein – so war er es seit Jahren gewöhnt. Diesmal ging er recht früh ins Bett, in letzter Zeit hatte er verdammt wenig Schlaf bekommen und betrachtete den Waffenstillstand als günstige Gelegenheit, wenigstens ein wenig davon nachzuholen. Am nächsten Morgen, nach anfänglich aufkeimender Unruhe, resümierte er zufrieden, dass der Krieg wohl wirklich beigelegt war. Blieb nur abzuwarten, wie ihr Friedensangebot aussah, so konnte es ja unmöglich bleiben. Trotzdem verspürte er etwas Argwohn, als er am Nachmittag die Tür aufschloss. Nachdem jedoch immer noch kein Farbeimer über ihn hereinbrach, seufzte er tief und mit hörbarer Resignation. Schade.

Genau genommen waren die vergangenen Tage ja ganz witzig gewesen. Eine Abwechslung zu dem ziemlich eintönigen Einerlei, das nun einmal sein Leben ausmachte. Stirnrunzelnd bemerkte er eher nebenbei, dass wie so häufig alle Türen offen standen. Das nervte ihn, ließ das Appartement chaotisch und unordentlich erscheinen, Daniel bevorzugte *geschlossene* Zimmertüren! Was Tina durchaus bekannt war, sie allerdings mitnichten dazu veranlasste, einen der wenigen Wünsche, die er überhaupt geäußert hatte, zu respektieren und die dämlichen Teile zu schließen, bevor sie die Wohnung verließ, wie jeder *normale Mensch!* Ach! *Das* war der

Fehler, hatte er es doch gewusst! Nicht gerade wütend, über derartige bodenlose Ignoranz jedoch auch nicht unbedingt erheitert, machte er Anstalten, in die Küche zu gehen und sah im nächsten Moment Sterne.

Nie zuvor war Tina auch nur annähernd Gefahr gelaufen, sich vor Lachen nass zu machen. Aber diesmal wurde es knapp. Sie hatte sich in ihrem Büro verschanzt, nur für den Fall, dass er die Geschichte nicht mit dem erforderlichen Humor nehmen können würde. Vor ihrer Flucht aus dem Appartement hatte sie jedoch im Flur an einigen strategisch gut ausgewählten Plätzen ein paar Digicams installiert. Daher durfte sie den dortigen Vorgängen in Echtzeit beiwohnen, und sie hätte sich ohne Übertreibung nie träumen lassen, dass es derart unterhaltsam werden würde. Beschwingt wollte er die Küche betreten und wurde unerwartet von einem festen Widerstand gebremst. Sehr gut hierbei: Daniel hielt den Kopf immer leicht nach vorn geneigt, deshalb erwischte es frontal seine Stirn.

»Ahhhhh!«

Als hätte er einen Stromschlag erhalten, fuhr er zurück, hielt sich seinen Schädel und starrte entgeistert die Tür an.

»Verdammtes Miststück!«

»Ja?«, murmelte Tina.

Wie ein Blinder tastete er sich vor und befühlte, was aller Logik nach überhaupt nicht vorhanden sein durfte. Dabei hielt er sich mit der anderen Hand die Stirn. Und ganz ehrlich? Der CMAZ – cleverster Mensch aller Zeiten – brauchte erstaunlich lange, um hinter den Bluff zu gelangen. Und da dichtete er *ihr* an, nicht besonders schnell zu sein. *Pah!*

Schließlich ertönte sein lautes Stöhnen – der Aha-Effekt war wohl endlich eingetreten. Mit der freien Hand fuhr Daniel am äußeren Türrahmen entlang, fühlte genauer, fetzte dann mit einer brachialen Bewegung das wirklich teure Hochglanzposter herunter, öffnete die Tür dahinter und verschwand in der Küche. Leider folgten diesem Highlight einige ziemlich enttäuschende Minuten, denn als Nächstes brühte sich der Ignorant tatsächlich seinen verdammten Feierabendkaffee.

Also, sehr mitgenommen schien er nicht. Und zu allem Überfluss hatte Tina in der Küche keine Kamera versteckt, weshalb ihr die Sicht auf seine derzeitige Miene verwehrt wurde. Das alles konnte nämlich auch nur ein mieses Ablenkungsmanöver sein, und in Wahrheit vergoss er beim Zubereiten seines verdammten Kaffees bitterliche Tränen. Einige Zeit später erschien er abermals im Flur, verheult wirkte er dummerweise überhaupt nicht, und ging, bereits wieder ätzend beschwingt und selbstbewusst, ins Wohnzimmer.

Das heißt, so in etwa lautete wohl der Plan. Denn am Türrahmen, dort, wo ihn allem Anschein nach der offene Raum erwartete, wurde er erneut von einem unsichtbaren Widerstand gestoppt. Diesmal fiel das Poltern recht laut aus und klang selbst auf die Entfernung echt schmerzhaft.

»TINA!«

»Hier«, murmelte die in der Sicherheit ihres Büros und kicherte wie eine Vettel vor ihrem Hexenkessel. Es konnte natürlich nur an den Lichtverhältnissen liegen, aber Tina *glaubte*, eine böse, leicht pulsierende Delle an seiner Stirn auszumachen.

»Dreh dich mal, Baby, ein bisschen, noch ein bisschen direkt in die Kamera … *Ja!*« Entzückt klatschte sie in die Hände. Und was für eine prächtige Beule sich da entwickelte! Wenn die Wachstumsphase abgeschlossen war, würde Daniel wie ein Einhorn aussehen. Ein Verunglücktes, ganz klar, denn von mittig konnte keine Rede sein. Unter Tinas überirdische Begeisterung mischte sich bald zarte Wehmut, als ihr nämlich klar wurde, dass er wohl kein weiteres Mal in die Falle gehen würde. Womit der Plan, ihn für seine Frechheiten bluten zu lassen, so ziemlich.

Ha! Hahaha!

Diesmal kippte sie beinahe vom Stuhl und in ihrem einsamen Büro ertönte ein frenetisches: »*Yeah!*«

Er *fiel* darauf herein! Daniel Grant – seines Zeichens der CMDP (selbst ernannter cleverster Mann des Planeten, ach!, des *Universums!*) – war offensichtlich derart außer sich, dass er sich keine Zeit zum Nachdenken nahm, bevor er in die nächste Falle tappte: das Bad. Und als Tina sah, dass die Delle an seiner Stirn aufgeplatzt und nun sogar reichlich Blut zu sehen war, steigerte sich ihr Kichern zu einem ausgewachsenen Lachkrampf. Derart wütend hatte sie ihn noch nie gesehen. Das Beste daran war jedoch, dass er seinen Zorn derzeit nicht einmal gebührend ausleben konnte, weil er zwischenzeitlich etwas benommen wirkte. Unter leisen Flüchen erholte er sich von dem jüngsten Schock und verschwand dann wieder in der Küche. *Mist!*

Warum hatte sie denn bloß nicht daran gedacht, auch dort eine von diesen verdammten Kameras aufzustellen? Tina hörte ihn kramen, Schubfächer wurden geöffnet und geschlossen, Schranktüren ähnlich behandelt. Geraume Zeit später tauchte er erneut auf, jetzt mit einem Eisbeutel an der sicher grauenhaft schmerzenden Stirn. Mittlerweile wirkte die Blindenparodie perfekt, denn Daniel hielt tatsächlich den freien Arm weit vor sich ausgestreckt und tastete sich auf diese Art ausnehmend behutsam über den Flur. Als befürchte er weitere Widerstände und das an Stellen, wo nicht einmal Tina welche hinzaubern konnte. Inzwischen fiel ihr das Atmen unter dem Dauergelächter schwer, aber es war ähnlich wie bei einem Autounfall: Unmöglich, lange wegzusehen. Ihr von Freudentränen getrübter

Blick wurde immer wieder zwanghaft zum Bildschirm gelenkt. Das hätte sich auch nicht geändert, wenn ihr beim nächsten Hinsehen ein äußerst schmerzhafter Tod gedroht hätte.

Vorsichtig fühlte er sich vor und stöhnte schließlich auf, als er die Falle vor seiner geöffneten Zimmertür ausmachte. Mit brachialer Gewalt entfernte er das Papier, bis unterschiedlich große Fragmente aus Foto-Hochglanz-Papier den Boden des gesamten Flurs bedeckten. Darauf zu sehen waren übrigens sinnigerweise die Ansichten der unverschlossenen Zimmereingänge dieses Appartements. Doch dann überlegte er es sich anders und trat zu ihrer geöffneten Tür. Tina hielt den Atem an.

Daniel war siegessicher, er *wusste*, dass sie auch diesen Eingang präpariert haben würde. Womit seine Dämlichkeit als bewiesen betrachtet werden konnte. Übrigens wusste Tina das bereits seit Ewigkeiten, doch er weigerte sich ja konsequent, ihr auch zu *glauben!* Denn als er lässig das vermeintlich vorhandene Poster beiseite fetzen wollte, griff er ins Leere, verlor die Balance und stürzte kopfüber in den Raum, Tina währenddessen von ihrem Stuhl, weil am Ende der Lachkrampf siegte.

Sie lauschte noch seinem Schrei: *»Diesmal bringe ich dich um!«*

… nickte zufrieden und räumte ihren Laptop zusammen.

Phase drei erfolgreich abgeschlossen.

61. Revenge

Daniel benötigte eine ganze Weile, bevor er sich beruhigen konnte. Er war Sportsman genug, um ihr den verdienten Respekt zu zollen. Das hatte sie unerwartet gut gemacht, schließlich war es überhaupt nicht einfach, *ihn* aufs Glatteis zu führen. Nett gestaltete sich auch der Zettel, den sie freundlicherweise auf ihrem Schreibtisch deponiert hatte:

Sorry!

Ich BIN früher aufgestanden!

Ehre dem, dem Ehre gebührt.

Und so verarztete Daniel seinen Kopf, warf zwei Aspirin gegen den dröhnenden Schädel ein und machte sich im Anschluss an die Planung seines Gegenschlages. Als Tina nach einer Stunde eintraf und ihr breites Grinsen nicht mal annähernd tarnte, hob er nur eine Augenbraue und sparte sich jeden Kommentar. Diese Runde ging definitiv an sie, daran gab es nichts zu deuteln, doch allein wegen ihrer verdammten, selbstgefälligen Grimasse schwor er sich, diesmal mit dem ultimativen Super-GAU zu antworten. Vorher kam ihm allerdings ein grauenhafter Gedanke. Ihre Miene wirkte *zu* siegessicher, sie hatte bereits beim Eintreten gewusst, dass der Plan aufgegangen war. Woher? Argwöhnisch ging er in den Flur – sein Kopf protestierte lautstark – und begann, die Wände abzusuchen. Die erste Kamera fand er schnell, vermutete jedoch, dass sie nicht das Ende, sondern eher den Beginn der Fahnenstange markierte. Tina würde sich das perfekte Programm gesichert haben, er hätte es ja auch nicht anders gehalten. Und da es sich bei Daniel eindeutig um einen Sportsman handelte und er keine Lust verspürte, die Suche an Ostern neu aufzulegen, stattete er Tina kurz darauf einen Besuch in deren Zimmer ab. Wie immer saß sie am Schreibtisch und fixierte ihren Laptop.

»Wie viele?«

Mehr als einen flüchtigen, äußerst desinteressierten Blick, brachte sie nicht zustande. »Bitte?« *Bütte!* Ha!

»Wie viele Kameras hast du versteckt?«

Bei Tina handelte es sich offenbar um keine Sports*woman*. Denn die hob die obligatorische Augenbraue und dachte nicht daran, endlich mit der Sprache herauszurücken.

Daniel stöhnte. »Komm, Hunt! Jetzt sage mir, wo du die Dinger versteckt hast! Das ist nur fair!«

Das brachte ihm den nächsten, relativ ausdruckslosen Blick ein, aber dann brach die dämliche Fassade und sie seufzte. »Okay …«

Damit stand sie auf und die Art, mit der sie sich an ihm vorbeidrückte, erzählte von verdammt viel Vorsicht und schlechtem Gewissen. *Angst, Hunt? Aber nicht doch!* Daniel konnte sich nicht beherrschen. Bevor sie ihn vollständig passiert hatte, lehnte er sich vor und schmetterte ein

»Buh!« in ihr Ohr.

»Sehr witzig, Grant.«

Der folgte ihr, plötzlich wieder grinsend, auch wenn ihm sein Schädel von derartigen Experimenten dringend abriet. Okay, *das* Vorangegangene war bestimmt nicht witzig gewesen, aber gut. Abwarten, vielleicht würde seine Rache sogar noch grandioser ausfallen. Kurz darauf stellte sich heraus, dass Tina nicht annähernd so gut war, wie zunächst angenommen. Denn sie hatte tatsächlich nur im Flur drei der verräterischen Übertragungsgeräte installiert – und das nicht einmal besonders gut getarnt. Daniel schob es auf seinen lädierten Kopf und den Überraschungseffekt, dass er sie nicht sofort entdeckt hatte. Tina hingegen wirkte durchaus ehrlich und arglos, bevor sie erneut in ihr Zimmer ging. Das Grinsen jedoch verschwand nicht. Die vergangenen Tage hatten Daniel gelehrt, dass er sich nicht zu früh in Sicherheit wiegen sollte. Sie war ein Biest, dem man unter keinen Umständen trauen durfte.

Zunächst entschuldigte er sich für den nächsten Tag bei Maggie und konnte sogar mit einer plausiblen Erklärung aufwarten, schließlich zierte ein riesiges Hämatom seine Stirn. Danach telefonierte er mit Chris. Der ließ sich nicht lange bitten und traf bereits nach einer Stunde in Begleitung seines Freundes Kevin ein. Gemeinsam machten sich die drei Männer daran, das gesamte Appartement nach versteckten Kameras zu filzen. Zwei Stunden später stand fest, dass Tina durchaus Sportsgeist besaß, sie hatte alle vorhandenen Big-Brother-Elemente freiwillig offenbart. Chris, der sich schweigend an der Suche beteiligt und dabei nur hin und wieder Daniels lädierte Stirn mit kaum verhohlener Neugierde beäugt hatte, verlor beim Anblick des Wohnzimmers – jetzt in hübschem Altrosa gehalten – doch endlich die Fassung.

»Was treibt ihr denn hier?«, meckerte er los.

»Nichts.«

»Nach ›nichts‹ sieht es aber nicht aus!«

»Wir … äh … haben einen kleinen Wettkampf am Laufen«, versuchte Daniel sich in einer unverdächtigen Erklärung.

»Aha. Und in welcher Disziplin?«

Anstatt seinen Freund zu erleuchten, zuckte Daniel mit den Schultern. Chris würde es ohnehin nicht begreifen. Auf jeden Außenstehenden musste ihr Verhalten zwangsläufig an Wahnsinn erinnern, weil diese Leute eben keine Fantasie besaßen und total ahnungslos waren! Kevin, dessen Anwesenheit noch einen zweiten Grund hatte, arbeitete bereits an seinem Laptop. Dabei handelte es sich um ein kostspieliges Exemplar, kein Billigprodukt, wie Tina sie benutzte. Daniel jedoch wurde einem zunehmend widerlichen Verhör unterzogen.

»Wo war sie denn nun?« Ein anderes Thema, aber Chris meckerte immer noch.

»Arbeiten.«

»Wie? Und warum hat sie sich nicht gemeld…«

Unwirsch verzog Daniel das Gesicht. »Sie war arbeiten und hat vergessen, anzurufen. Mehr gibt es nicht zu sagen!«

Ganz offensichtlich war sein Freund damit alles andere als zufrieden, aber dummerweise hatte Daniel nicht die geringste Absicht, dieses Thema noch weiter mit ihm zu diskutieren. Hierbei handelte es sich um eine Angelegenheit, die ausschließlich Tina und ihn anging. Und in der er siegen würde, selbstverständlich. Chris, der ewig Langweilige, Zweifelnde und neuerdings Meckernde, schüttelte den Kopf.

»Ihr seid beide nicht ganz normal. Das war damals schon so und wird sich wohl nie ändern. Also, wenn du mich fragst …«

»Genau das habe ich aber nicht getan!«, knurrte Daniel. »Halt dich da raus!«

Mit den Jahren war Chris bedeutend ruhiger geworden. Übereinstimmend mit allen anderen, nicht unmittelbar Beteiligten, jedoch Eingeweihten, hatte er bereits vor Monaten resümiert, dass bei den beiden ohnehin jede Hilfe zu spät kam, sofern überhaupt jemals Hoffnung bestanden hatte. Daher nahm er die Abfuhr sportlich. »Wie du meinst …« und begab sich zurück auf seinen sicheren Beobachtungsposten, den er bereits seit so vielen Jahren besetzte.

Sobald die beiden aufeinandertrafen, wurde es selten langweilig! Und natürlich hatte er die Absicht, die anderen Zaungäste – Carmen, einschließlich der gesamten Familie Grant – exklusiv über die neuesten Entwicklungen zu informieren.

»Dann viel Glück«, meinte er lässig. »Mal sehen, wer überlebt.«

»Danke.«

»Kein Problem.«

Damit galt zumindest dieses Thema als abgeschlossen, auch wenn Chris ihn dann und wann mit einem zweifelnden Blick bedachte. An die war Daniel längst derart gewöhnt, dass er sich damit garantiert nicht aus der Reserve locken ließ. Währenddessen saß dieser Kevin immer noch an seinem Laptop und machte keine Anstalten, endlich zu einem vorzeigbaren Ergebnis zu gelangen. Die Zeit wurde langsam knapp, zunehmend stand Daniel der Schweiß auf der Stirn, was ihn auch gleich wieder ärgerte. Was sollte schon passieren? Wenn sie wirklich vor Verschwinden der beiden auftauchen würde, hatte er eben Besuch von ein paar Freunden – und?

Daniels Sorge erwies sich bald als unbegründet. Eine halbe Stunde später überreichte Kevin ihm mit feierlichem Grinsen einen schlichten Speicherstick.

»Ich habe keine Ahnung, wen du damit hochnehmen willst, aber damit gelingt es dir garantiert.«

»Was ist zu tun?«

»Nichts leichter als das«, meinte das Computergenie schulterzuckend. »Schließe ihn an und starte die Maschine. Beim nächsten Hochfahren war es das.«

Das klang doch durchaus vielversprechend. Obwohl ja eigentlich kein Grund zur Sorge bestand, komplimentierte Daniel die beiden Männer so schnell wie möglich aus dem Appartement. Dabei übersah er großzügig Chris' zweifelnde Blicke und wurde nicht einmal wütend, weil sich dessen Abschied gestaltete, als wäre dies ihr letztes Aufeinandertreffen … vor Daniels Hinrichtung.

»Machs gut. Es war schön, dich gekannt zu haben. Okay, nicht *schön*, aber auf jeden Fall unterhaltsam. Du wirst mir fehlen.«

Ungeduldig nickte Daniel. »Ja, du mich auch. Wenn du jetzt nicht endlich abhaust, muss ich dich leider töten, zersägen und die Leichenteile in Säure verschwinden lassen. Du *störst!*«

»Reg dich ab!« Fassungslos schüttelte Chris den Kopf und trat in den Hausflur. »Früher warst du auch mal höflicher.« Er tat, als würde er die letzten Worte überdenken. »Nein, warst du nicht.«

Was er noch vor sich hinbrummte, konnte Daniel nicht verstehen, denn er hatte die Appartementtür bereits geschlossen. Eilig brühte er sich seinen Kaffee und bezog auf einem Hocker in der Küche Stellung. Warten! Mit Abstand der grauenhafteste Aspekt dieser Schlacht.

Tina wirkte sogar verdammt vorsichtig, als sie kurz darauf die Wohnung betrat. Kaum hatte sie Daniel wahrgenommen, verzog sie argwöhnisch das Gesicht. Nachdem jedoch weder seine Miene noch das Appartement etwas sichtlich Verdächtiges aufwies, entspannte sie sich. In aller Gemütsruhe bereitete sie sich einen ihrer wahnsinnig nahrhaften Salate mit null Kalorien zu und verschwand wenig später in ihrem Zimmer. Und für Daniel begann einmal mehr die Zeit des Wartens. Diesmal zog sie sich tatsächlich unfassbar in die Länge. Denn Tina musste unbedingt fest schlafen, bevor er zur Tat schreiten konnte.

Erst, als die Uhr weit nach zwölf zeigte, wagte er, in ihr Zimmer zu schleichen und ihren Laptop zu stehlen, mit dem ihm glücklich die Flucht gelang. Nur wenige Augenblicke danach saß er in seinem eigenen, zu allen Schandtaten bereit. Bald stellte sich allerdings heraus, dass sein neuester Clou in der Durchführung unerwartet knifflig wurde. Tina hatte das verdammte Teil nämlich mit einem Passwort geschützt. Von einem gewieften Hacker konnte in Daniels Fall keine Rede sein, in Wahrheit hatte er so etwas nie zuvor auch nur versucht. Dennoch war er weit davon entfernt, sich geschlagen zu geben. Im Gegenteil, diese unerwartete Schwierigkeit betrachtete er als persönliche Herausforderung. So schwer konnte das doch nicht sein, schließlich hatte er erfolgreich ein Medizinstudium absolviert und war qualifiziert, anderen Leuten das Fett aus dem Hintern zu pumpen.

Zunächst versuchte er es mit ›Plan C.‹

Fehlanzeige.

›Tina.‹

Nein.

›Christina.‹

Nichts.

An dieser Stelle gab er sich flüchtig einem verhaltenen Tobsuchtsanfall hin. Verhalten, weil Tina direkt nebenan schlief und ihr Erwachen derzeit äußerst ungünstig gewesen wäre. Da hatte er alles so wunderbar eingefädelt und jetzt sollte es an dieser eher belanglosen Hürde scheitern? *Verdammt!* Glücklicherweise gehörte Daniel keineswegs zu jenen Menschen, die schnell das Handtuch werfen. In der folgenden halben Stunde gab er alles an Stichwörtern ein, was ihm in den Sinn kam. Dennoch wusste er auch, dass er verloren war, wenn sie stattdessen eine Zahlenkombination gewählt hatte oder Tina Hunt zu jenem Personenkreis gehörte, die ihr Passwort eben nicht nach persönlicher Bedeutung wählten.

›Vera.‹

›George.‹

Seine Lippen wurden schmal. ›Ricardo.‹

›Ric.‹

Die Augen verengten sich. ›Daniel.‹

›Grant.‹

›Tic-Tac.‹

Fehlanzeige. »Verdammt!«, fluchte er, der letzte Gedanke war so genial gewesen, er hätte gewettet, damit erfolgreich zu sein!

Eine relativ kurze Konzentrationseinlage später versuchte er es erneut. ›Ithaka.‹

›Hunt.‹

›Professor.‹

›Higgins.‹

›Professor Higgins.‹

Und er war drin!

62. Scene of the Crime

Tina mahnte sich in einer Tour zu äußerster Vorsicht. Dass Daniel die Niederlage nicht auf sich sitzen lassen würde, stand fest. Blöderweise waren dessen sogenannte *geniale Ideen* eher im Bereich ›wahnsinnig‹ angesiedelt und deshalb unberechenbar. Es war unmöglich vorherzusehen, was er plante. Und so blieb ihr nur das Lauern auf den nächsten Angriff, was nach einiger Zeit tatsächlich an die Substanz ging. Inzwischen hatte sie vorsichtshalber ihre persönlichen Dinge aus dem Bad entfernt. Nur für den Fall, dass er es mit Enthaarungscreme im Shampoo versuchte oder Juckpulver im Duschbad. Nichts davon trat ein, was ihre Nervosität nur weiter steigerte. Bald war Tina so gestresst, dass sie bei dem geringsten Geräusch zusammenzuckte, selbst, wenn sie sich in ihrem Büro aufhielt. Diesem verschlagenen Kerl durfte sie nämlich getrost alles und überall zutrauen. Es wäre sehr naiv und *gefährlich* gewesen, sich nur aufgrund der derzeitigen räumlichen Trennung in Sicherheit zu wiegen.

Als die totale Hysterie nur noch wenige Male nervösen Blinzelns entfernt lag, ging ihr plötzlich die Sinnlosigkeit des Manövers auf, sich bereits *vor* Eintreffen der nächsten Katastrophe innerlich zu zerfleischen. Kommen würde die ohnehin, daher war Ablenkung das Gebot der Stunde!

In letzter Zeit hatte sie ihre Arbeit ärgerlich vernachlässigt. Sicher, das fiel nicht mehr sonderlich ins Gewicht, mittlerweile wählte sie ihre Aufträge bedeutend sorgfältiger aus und erteilte eher Ab- als Zusagen. Dennoch musste Tina dringend eine Expertise fertigstellen, an der sie seit zwei Wochen arbeitete, zumindest, wenn sie neben den *wirklich* wichtigen Dingen – ihrem Krieg – zufälligerweise einmal Zeit dafür erübrigen konnte. In drei Tagen sollte das Exposé abgegeben werden, der Rohbau war längst erstellt, die Feinheiten warteten jedoch dringend auf Erledigung. Früher, als sie sich noch nicht gegen terroristische Professoren zur Wehr setzen musste, hätte sie diesen, eher simplen, Teil ihrer Arbeit innerhalb von zwei Tagen bewerkstelligt. Neuerdings ließ ihr Eifer dummerweise zu wünschen übrig und das konnte sie nicht länger dulden! Entschlossen schaltete sie den Laptop ein.

Anstatt sich damit auseinanderzusetzen, was dieser Mann sich in seinem kranken Hirn soeben ausdachte, würde sie es zur Abwechslung einmal mit Arbeit versuchen!

Nachdem der Hochladevorgang beendet war, erschien jedoch nicht wie gewohnt ihr Emailordner. Stattdessen färbte sich der gesamte Bildschirm plötzlich Pink, mit unverkennbarem Trend ins Altrosa, und eine Armee von Smileys begann, vor ihren fassungslosen Augen über die Fläche zu tanzen. Alle besaßen kurze, pummelige Ärmchen und Beinchen, neben dem bekannten breiten Grinsen. In den vier Fingern der rechten Hand trug jeder eine riesige Schere. Entgeistert starrte Tina auf den Bildschirm, während die winzigen Figuren ein Rechteck bildeten und schließlich noch einmal herzlich mit diesen dämlichen Scheren winkten. Innerhalb des Vierecks baute sich plötzlich ein Bild auf. Das Foto des Idioten wurde sichtbar. Lächelnd, mit grünen Augen und *ohne* Beule auf der Stirn. Wie in Zeitlupe wuchs eine Sprechblase aus seinem Mund.

Sorry!

Du wirst wohl noch früher aufstehen müssen!

Vereinigt hoben die Smileys die Arme, winkten ein letztes Mal begeistert, bevor sie verschwanden und ein Schriftzug auftauchte.

Game over!

Dann war der Bildschirm tot.

Wieder einmal, wie in letzter Zeit ungewöhnlich häufig, wartete Daniel. Diesmal war er aber bedeutend angespannter als üblich. Denn wenn Tina auch nur den entferntesten Sinn für Fair Play besaß, musste sie ihn ohne weitere Verzögerung zum Sieger erklären, sein aktueller Schachzug war nun mal unschlagbar genial gewesen. Als sie endlich kam, blickte er ihr erwartungsvoll entgegen. Auf jeden Fall wirkte sie nicht hysterisch oder verheult, abgesehen von ihren Augen, die die Größe von Untertassen besaßen, schien sie insgesamt sogar erstaunlich ruhig.

Tina besaß selbst die Muße, sich ein Wasser zu nehmen, ohne den geringsten Kommentar abgegeben zu haben. In der Zwischenzeit stellte sich bei Daniel leichte Ungeduld ein, sehr beeindruckt schien sie nämlich nicht zu sein. Geruhsam setzte sie sich zu ihm, nahm einen Schluck aus ihrer Flasche und betrachtete ihn schließlich nachdenklich und immer noch nicht hysterisch. *Verdammt!*

»Gratulation«, begann sie leise.

Er neigte den Kopf. »Danke.«

»Der war wirklich gut.«

»Hmmm.«

Ein weiterer großer Schluck Wasser folgte, bevor sie fortfuhr. »Ich muss zugeben, auf so was wäre ich in tausend Jahren nicht gekommen.«

Tunlichst achtete er darauf, sein Lächeln nicht zu breit ausfallen zu lassen. Daniel gehörte nicht zu jenen Menschen, die sich auf Kosten des Verlierers in ihrem haushohen Sieg sonnten. Unnötig, es über Gebühr breitzutreten, er wusste selbst, dass er gut war. »Waffenstillstand?«

Erstaunlicherweise erwiderte sie sein Lächeln. »Okay.« Kaum gesagt, befand sich die Flasche erneut an ihren Lippen – Tina schien heute unter extremem Flüssigkeitsmangel zu leiden. Nachdem das Wasser ihren Mund in Richtung Magen verlassen hatte und der Rest in seiner Plastikbehausung auf dem Tisch stand, sah sie auf. »Gibst du mir jetzt die Systemsicherung, bitte?«

Daniels Lächeln verblasste. »Was?«

Ihres wurde sogar noch ein wenig freudiger. »Die Systemsicherung. Unter Garantie hast du eine erstellt, bevor du meine Festplatte detonieren ließest, oder?«

Inzwischen wirkte Daniel *etwas* blass. »Machst *du* denn keine? Ich meine, ich …«

»Oh, sicher«, nickte sie. »Normalerweise einmal wöchentlich. Aber in letzter Zeit war ich ein wenig abgelenkt. Was jedoch kein Problem darstellt, weil du ja eine aktuelle Sicherungskopie gemacht hast. Du würdest doch nie auf die Idee kommen, meine Daten zu vernichten, ohne sie vorher zu sichern, oder? Weil du in diesem Falle ja zu weit gehen würdest, und nicht einmal du bist so dämlich, so etwas zu tun, nicht wahr, *Daniel?*« Letzteres hauchte sie nur noch.

Inzwischen war das Lächeln vollständig verschwunden und Daniel plötzlich verdammt ernst. »Tina, ich habe nichts dergleichen getan, mir kam nicht einmal der Gedanke. Es tut mir …«

»Ja, das war schon immer das Problem, nicht wahr? Von Anfang an, auf die Art konnten wir uns überhaupt nur kennenlernen. Weil du *nicht denkst!* Du gehst immer einen winzigen Schritt zu weit, und wenn dann irgendetwas geschieht, was nicht mehr mit einem ›Sorry‹ behebbar ist, bist du so ratlos, wie du momentan mal wieder aussiehst. Das ist …« Sie schüttelte den Kopf. »*Unerträglich!*«

Und damit verließ Tina den Raum und schloss wenig später ihre Zimmertür, was erstaunlich geräuscharm vor sich ging. Mittlerweile hatte Daniel dies als bedeutend bedrohlicher identifiziert, als es das lauteste, scheppernde Türwerfen jemals sein konnte. Niedergeschlagen seufzte er auf. Nun, offensichtlich war sein Sieg wohl doch nicht so überwältigend, wie zunächst angenommen. Wenn auch in Planung und Durchführung an Genialität nicht zu überbieten, hatte er einige wesentliche Details übersehen. Ob er wollte oder nicht, hier war wohl eine Entschuldigung fällig.

Als es an ihrer Tür klopfte, sah Tina überrascht auf. Oh, er klopfte! Was für eine Überraschung!

»Komm rein!«

Trotz ihrer unmissverständlichen Aufforderung dauerte es etliche Sekunden, bevor sich die Tür auch öffnete und ein äußerst zerknirschter Grant im Rahmen erschien. Er machte keine Anstalten, etwas zu sagen, betrachtete sie nur mit einem Ausdruck, der wohl signalisieren sollte: *Es tut mir ja soooooo leid!*

Kopfschüttelnd betrachtete sie ihn. »Damit änderst du es doch auch nicht!«

Ohne den Dackelblick abzulegen, setzte er sich auf die Kante ihres Schreibtischs. »Das ist mir schon bewusst, aber nimmst du mir ab, dass es nicht in meiner Absicht lag, dich ernsthaft zu schädigen?«

»Sicher. Getan hast du es trotzdem!«

»Jedoch ohne Vorsatz!«

»*Mit!*«, beharrte sie. »So dämlich, die Konsequenzen nicht vorherzusehen, bist nicht einmal du!«

»Und wie darf ich das wieder verstehen?«

Sie zuckte mit den Schultern und widmete sich dem rabenschwarzen, leblosen Bildschirm ihres Laptops. Nachdem er sich einmal mehr in Beherrschung geübt hatte, versuchte Daniel es erneut.

»Wir könnten ihn zu einem Fachmann bringen, der wird bestimmt eine Möglichkeit finden, das Virus zu deaktivieren.«

»Nein, wird er nicht.« Sie machte sich nicht einmal die Mühe, ihn anzusehen. »Ich war nämlich bereits bei einem oder meinst du, ich habe den ganzen Tag auf den dämlichen Bildschirm geglotzt? Die Daten sind weg, *unrettbar!* Der Typ war echt begeistert. Ich soll dich fragen, wie du das zustande gebracht hast.«

»Nicht ohne Hilfe, wie ich gern zugebe.«

»Dachte ich mir.«

»Ach? Spielst du damit wieder auf meine Dämlichkeit an?«

Eine Antwort blieb sie ihm schuldig.

»Wir könnten ihn zu dem Kerl bringen, der das Virus entwickelt hat.«, schlug Daniel nach einer Weile vor.

»Danke, ich verzichte«, bemerkte sie trocken. »Wer weiß, was der dann damit anstellt, vielleicht ist es am Ende eine Spaghettimaschine.«

»Eine was?«

»Vergiss es!«

»Was war denn so wichtig?«, erkundigte er sich, nachdem ein weiteres anhaltendes Schweigen die Luft ausreichend verpestet hatte.

»Bitte?«

Daniel nickte zum Laptop. »Wenn du vor nicht allzu langer Zeit die letzte Sicherung erstellt hast, dürfte ja nicht viel verloren gegangen sein. Es sei denn, du hast jüngst an etwas Neuem gearbeitet. Was war es denn?«

»Oh, nur eine Datenbank, in der ich die geheimen Handynummern der besonders fetten und hässlichen Kerle hinterlegt hatte. Also die, denen ich es dringend noch besorgen muss.«

»Lass das endlich!«, knurrte er und beendete damit die Phase des gegenseitigen Belauerns. Tina schien nur auf die Steilvorlage gewartet zu haben. Denn diesmal währte ihr Blick bedeutend länger.

»So? *Warum?* Soweit ich mich erinnere, hast du mir vor Kurzem erklärt, was ich in deinen Augen bin. Äh … wie war das gleich? Eine dreck…«

»Ich war *sauer!*«

»Schön! Das ist aber noch lange kein Grund …«

»Ich dachte, du wärst *tot!*« So langsam wurde Daniel tatsächlich wütend.

»Was total dämlich ist, wenn du es mal überdenkst, oder?«

»Ist das so?« Interessiert betrachtete er sie. »Wie würdest du denn reagieren, wenn ich verschwinde, ohne eine Nachricht …« Als er ihre erhobene Augenbraue sah, stöhnte er hörbar entnervt auf. »Tina, das kannst nicht einmal *du* miteinander vergleichen! Zunächst *wusstest* du, wohin ich ging und außerdem habe *ich* eine Nachricht hinterlassen!«

»Ach ja! *Dieses* Schmuckstück hatte ich doch fast vergessen!«

»Hast du ehrlich vor, jetzt im Urschleim zu wühlen?« Fassungslos schüttelte er den Kopf. »Was bitte willst du damit erreichen? Was erhoffst du dir davon? Noch mehr Stress?«

»Keine Ahnung.« Wieder zuckte sie mit den Schultern und widmete sich erneut der Blackbox, die früher ihr datenträchtiger Laptop gewesen war.

Daniel wütete sich derweil weiter in Rage. »Aber du kannst treffen, nicht wahr? Egal, ob es Sinn ergibt oder nicht, selbst wenn der Logikgehalt gleich null ist, Hauptsache du kannst irgendwie punkten.«

»Nein!«, fuhr sie auf. »So bin ich nicht und das weißt du genau!«

»Ach?«

»Jetzt tu nicht so blöde!«

Strahlend warf er die Hände in die Luft. »Da war es wieder! Sicher, deiner Meinung nach besitze ich ja den Intelligenzgrad einer Amöbe.«

»Nein, du bist nur ein Idiot«, knurrte sie, was sich mit der hellen Stimme eher wie ein missglückter Versuch anhörte.

»Okay, jedenfalls weiß ich mittlerweile, was du von mir hältst«, resümierte Daniel. »Nicht, dass ich mir etwas Ähnliches nicht bereits gedacht hätte. Spätestens dein kleiner Ausflug ließ für mein Verständnis keine Zweifel offen.«

»Siehst du?« Es kam gleichmütig.

»So habe ich meine Meinung und du deine.«

Die folgende Minute nutzte Daniel, um seinen drohenden Wutausbruch in die Schranken zu weisen. Um sicherzugehen, holte er abschließend tief Luft, bevor er es wagte. »Okay, die *dreckige Hure* nehme ich zurück.«

»Warum?« Gott, sie ahnte nicht einmal, wie sehr er diesen höflichen, nur mäßig interessierten Ton hasste. »Ich wüsste nicht, wie ich dir in der Zwischenzeit bewiesen haben sollte, dass dem nicht so ist. Ich habe nämlich nicht die geringsten Anstalten unternommen, schon, weil mir im Grunde furchtbar egal ist, was du von mir denkst.«

»Ist es nicht!«, widersprach er augenblicklich. »Andernfalls würdest du nicht so überspitzt reagieren und es als das sehen, was es war: eine unüberlegte Äußerung in einer extrem angespannten Situation.«

Das wischte zumindest diese aufgesetzte Höflichkeit von ihrem Gesicht und ihr scheinbares Interesse an dem dunklen Bildschirm beiseite. Wütend sah sie ihn an. »Ah, das wird ja mit jeder Sekunde besser! *Ich* reagiere überspitzt, ja? Weißt du, was mich von jeher an dir fasziniert hat, Grant? Du bringst es doch jedes Mal wieder fertig, mich total zu überraschen. Eine Wundertüte ist ein Scheißdreck dagegen.«

»Das zeichnet mich aus!«

Verächtlich schnauben konnte Tina auch schon immer gut, und sie nutzte die ehrlich ungeeignetste Gelegenheit, um dies einmal mehr unter Beweis zu stellen. »Natürlich wertest du meine Äußerung positiv, mutig, wie du nun mal bist. So war sie aber nicht gemeint!«

»Alles andere hätte *mich* auch erstaunt«, kommentierte er schulterzuckend.

Sie wollte etwas erwidern, hatte den Mund bereits geöffnet, besann sich jedoch in letzter Sekunde und musterte ihn aufmerksam. »Für dich ist das mal wieder ein Witz, ja?«, begann sie langsam. »So, wie immer alles nur ein Witz ist! Du wirfst mir die ekelhaftesten Beleidigungen an den Kopf und hast am Ende noch die Nerven, es ins Lächerliche zu ziehen.«

Daniel schüttelte den Kopf. »Du unterschätzt mich, wie so häufig. Ist es nicht.«

»Dann hast du also gemeint, was du sagtest?«

»Ich …« Daniel zögerte, holte tief Luft und seine Miene wurde bittend. »Können wir diese Auseinandersetzung nicht beenden? Ganz ehrlich? Ich denke, es reicht. Wir haben uns ausgetobt, der Schaden ist da.« Er nickte zu dem Laptop. »Sollten wir unseren Streit nicht endlich beilegen und besser zusehen, deine Daten zu retten? Der Sieger ist ermittelt, also …«

»Ach? Und wer genau ist das deiner geschätzten Meinung nach?« Mit verschränkten Armen lehnte sie sich in ihrem Stuhl zurück. »Das hätte ich zu gern erfahren!«

Stirnrunzelnd studierte er ihre lauernde Miene und lachte schließlich ungläubig auf. »Selbst du kannst nicht unter den Tisch kehren, dass ich dir während unseres kleinen … äh … Schlagabtausches haushoch überlegen war! Ich ahnte beinahe jeden deiner Schritte Meilen im Voraus! Die waren übrigens auch nicht zu verachten, nur mal nebenbei. Aber du hattest nie auch nur die geringste Chance, das musst du doch zugeben!«

In Anschluss an einem langen, kalkulierenden Blick, nickte sie. »Darum dreht sich im Grunde alles. Du *musst* der Beste sein. Nebensächlich, worum es gerade geht. Du bist derart verbohrt, dass du erst dann aufhören kannst, wenn du als einsamer Sieger dastehst. Die Betonung liegt auf einsam, denn meist bist du auf deinem seltsamen Olymp allein, weil die anderen längst entnervt gegangen sind.« Sie schüttelte den Kopf. »Das ist so *krank!*«

»Also, dieses Wort aus deinem Mund …«

»Halt *deinen!*« Höflichkeit war gestrichen, Wut hatte übernommen.

»Wie werde ich denn!« Auch Daniel wurde langsam ernsthaft zornig. »Ich begreife nicht, weshalb du deine Niederlage nicht eingestehen kannst! Was ist daran so schwer?«

»Weil es keine ist, schon mal in Erwägung gezogen?«

»Was? Unterbrich mich, wenn ich etwas falsch …«

»Ist hiermit getan!«

»Demnach willst du mir erklären, dass du Besseres zustande bringst als ich, einschließlich dieser genialen Einlage?« Er deutete auf ihren leblosen Laptop.

»Wenn ich keine Regeln zu beachten habe? Locker!«

»Von welchen Regeln sprechen wir denn?« Höflich und nicht uninteressiert musterte er sie. »Mir war nicht bewusst, dass bisher so etwas existierte. Wobei ich anmerken will, dass ich immer nachgezogen und deine Vorlagen pariert habe.«

»Der nächste Witz«, bemerkte sie trocken. »Soweit ich mich erinnere, hast du mit dem gesamten Krieg überhaupt erst begonnen. Aber … wenn man Moral, Ethik … *Ethik*«, wiederholte sie hauchend und fuhr kurz darauf im üblichen aufgeblasenen Ton fort, »Fair Play, Anstand und die Gefühle des anderen außer Acht lässt, schwöre ich dir, bist du in zwei Wochen mit den Nerven am Ende und wimmerst mich auf Knien an, meinen Sieg zu akzeptieren und unseren kleinen – wie nanntest du das? – Schlagabtausch zu beenden.«

»Du überschätzt dich, Hunt.«

»Was zu beweisen wäre, Grant!«

»Dir ist bewusst, wie sinnfrei diese gesamte Geschichte ist?«

»Sicher.« Sehr beeindruckt wirkte sie nicht. »Gib zu, dass du *nicht* der Sieger bist, auch wenn du nur zu gern etwas anderes glaubst, und ich lenke sofort ein.«

»Es tut mir sehr leid, dem kann ich leider nicht entsprechen. Lügen waren noch nie …« Ihr schallendes, leicht hysterisches Gelächter unterbrach ihn und Daniel beugte sich seufzend vor, fing ihr Kinn mit einer Hand ein und blickte ihr tief in die Augen. »Tina … Was wir hier treiben, ist totaler Blödsinn und das weißt du auch. Es bringt weder dir noch mir irgendetwas. Gut, wir beide sind auf unsere Kosten gekommen.«

Ohne es geplant zu haben, grinste er. »Also der Anblick von dir mit dreihundert Federn im Haar hatte wirklich etwas. Und der Schnurrbart …« Sie verzog das Gesicht, doch er schüttelte den Kopf. »Lass uns mit dem Mist aufhören. Bitte! Ich weiß, dass ich mich neulich im Ton vergriffen habe, und ich hoffe, du nimmst mir ab, dass ich nichts davon wirklich meinte. Meine einzige Erklärung dafür ist, dass ich so unvorstellbar wütend auf dich gewesen bin. Begreifen, warum du dich nicht gemeldet hast, werde ich wohl nie. Ändern können wir es trotzdem nicht, Schwamm drüber, es lässt sich nicht mehr rückgängig machen.«

Unvermutet beugte er sich ein wenig weiter vor, bis ihre Lippenpaare sich beinahe berührten. »Du fehlst mir, Baby …« Dann küsste er Tina behutsam und musterte sie schließlich erwartungsvoll.

»Sag, dass du nicht der Sieger bist!«, wiederholte sie störrisch, ihr Verhalten erinnerte ihn wie so häufig an ein trotziges Kleinkind.

»Tina, das ist doch …«

»Raus damit!«

»*Nein!*«

Langsam nickte sie, ihre Augen beschrieben nur noch zwei schmale, Striche.

»Okay, du hast es nicht anders gewollt.«

Daniel ging, ohne dem etwas hinzuzufügen. Ihr letzter Satz war wohl das Ende der Unterhaltung und gleichzeitig seines Versuches, den Wahnsinn aufzugeben. Nach ihrer Ankündigung schwante ihm Grausames. Egal, was sie jetzt aus dem Ärmel zog, es würde verdammt unangenehm werden. *Verdammt unangenehm?* Nun, was das betraf, konnte er glänzend mithalten. Vier Tage lang hatte sie ihn in dem Bewusstsein gelassen, sie wäre tot, was Daniel drastisch bewiesen hatte, wie viel er ihr wert war. Nichts! Oder zumindest nicht genug. Bis heute fehlte jede Entschuldigung, mit keinem Wort oder einer Geste hatte sie ihm bisher signalisiert, dass es ihr vielleicht leidtat und sie mindestens ansatzweise verstand, was genau sie ihm angetan hatte. Korrekter formuliert musste es wohl lauten: was sie ihm auch jetzt noch *antat.* Ja, er hätte durchaus noch einmal das Gespräch suchen, es eindringlicher gestalten und möglicherweise genauer erklären können, weshalb er so getroffen war. Doch das ließ sein Stolz nicht zu. Wohin ihr Kleinkrieg führen sollte, wenn nicht in das totale Fiasko und der Vernichtung all seiner Zukunftsträume, wusste er nicht. Aber aufgeben, vielleicht noch einlenken, Dinge eingestehen, die nicht der Realität entsprachen? Niemals!

Entweder, Tina sah endlich ein, dass ihr desinteressiertes Verhalten in einer Beziehung unangemessen gewesen war, oder die beiden würden wohl ihr Leben im ewigen Kampf gegeneinander beschließen. Die Alternative gestaltete sich für Daniels Geschmack zu grauenvoll. Er war nicht dafür geschaffen, ständig Ängste um sie auszustehen. Eher verzichtete er auf diese trotz allem so wundervolle Frau, als sich diesem unaufhörlichen Krampf für die kommenden Jahrzehnte auszusetzen.

63. Until the End

Daniels unvorstellbare Arroganz hatte Tina schon vor Ewigkeiten zur Weißglut getrieben. Dieser irrsinnige Wahn, der Beste zu sein und sich über alle anderen zu erheben. Was er mit diesem aussichtslosen Unterfangen erreichen wollte, entzog sich noch immer ihrer Kenntnis – das würde sich wohl auch nie ändern. Angesichts der neuesten Entwicklung befand sie sich jedoch mittlerweile klar im Vorteil. Denn sie kannte seine größte Schwäche, er ja offensichtlich weniger. Niemand sonst war mit einer derart übertriebenen Eifersucht geschlagen, wie dieser Mann! Der tobte noch elf Jahre später, wenn nur das *Gespräch* auf Ric kam. Was in vielfacher Hinsicht in Tinas Augen echt abenteuerlich war, denn darauf hatte er nicht den geringsten Anspruch. Er selbst hatte damals darauf verzichtet, wollte es nicht, und dass, wo sie es ihm Ewigkeiten auf Knien rutschend angeboten hatte.

Liebe mich und du hast alles Recht der Welt, auf jeden verdammten Mann eifersüchtig zu sein.

Nein, auch das war keineswegs vergessen. Bisher hatten die beiden strikt darauf geachtet, *nicht* unter die Gürtellinie zu gehen. Und Daniel dürfte bislang nicht einmal annähernd begriffen haben, was er da soeben losgetreten hatte. Sie bedauerte diese Entwicklung durchaus, hätte viel lieber endlich Frieden geschlossen, denn auch er fehlte ihr. *Sehr sogar!*

Zumindest, wenn ihre Hassgefühle ausnahmsweise einmal nicht so extrem überwogen, dass die Liebe zwangsläufig in den Hintergrund trat. Solange er jedoch nicht einsah, dass sie keinen Fehler begangen hatte, rückte eine Versöhnung in weite Ferne. Er würde nie verstehen, wie verletzend seine Beleidigungen für Tina gewesen waren. Daniels lahmer Versuch es zu revidieren genügte nicht mal annähernd, um sie zu besänftigen. Denn auf eine Entschuldigung wartete sie noch immer! Wut – das war seine *Erklärung,* aber ein glaubwürdiges ›Es tut mir leid‹ – *nicht* doch! Damit hätte er einen Fehler einräumen müssen, und dies war in Augen des irren, von sich eingenommenen Profs offenbar inakzeptabel. Fakt war eines und auch das war an Tina keineswegs vorbeigegangen:

Hier entschied sich gerade, ob sie neben der Freundschaft, die gegenwärtig eher einer herzlichen Feindschaft ähnelte, wirklich eine gemeinsame Zukunft hatten, oder nicht.

Tina für ihren Teil war entschlossen, zu siegen. Egal, was es sie kosten würde. Diesmal – zum ersten Mal seit jeher – würde sie ihn zwingen, seinen Fehler einzusehen! Oder mit hoch erhobenem Haupt die Konsequenzen ertragen.

Zwei Wochen später

»Darling, bekomme ich noch einen Kaffee?«

Etwas verwirrt sah Daniel von seiner Zeitung auf und musterte – äh – Gabriele oder eher Gillian? Ach ja … Mühsam brachte er es auf ein Lächeln. »Sicher.«

Während er der Frau mit den ungeklärten Namensverhältnissen einen frischen Kaffee brühte, lauschte er angestrengt. Am Abend zuvor war Tina ziemlich spät heimgekommen. Selbstverständlich aufgedonnert, als hätte sie es verdammt nötig. Dieses Spiel betrieb sie bereits seit Wochen. Daniel hatte zeitnah gleichgezogen und führte mittlerweile seiner bescheidenen Ansicht nach. Aufgedonnert hin oder her, war sie nämlich *allein* aufgetaucht, und genau hier lag der springende Punkt. Bisher hatte nur ein Mann bei ihr übernachten dürfen – jenes Happening fand vorgestern statt. Daniel wusste ganz genau, dass der Kerl geblieben war, denn er hatte bis zum Morgengrauen kein Auge zugetan. Irgendwer musste ja auf die Durchgeknallte, Todeswillige aufpassen. Leider blieben von seinem Zimmer aus nicht viele Möglichkeiten, die Vorgänge in ihrem zu verfolgen, weshalb die Nacht schon allein deshalb akut lang geworden war.

Übrigens war dies Tinas Antwort auf Daniels Fernbleiben in der Nacht vor der sexuellen Revolution. Ihre Art, in die Offensive zu gehen – Tina *re*agierte! Und dann auch noch mit einem Idioten, der ihm nicht einmal annähernd das Wasser reichen konnte. Ohne die geringste Arroganz festgestellt, die Fakten sprachen für sich. Und wenn Daniel ganz ehrlich war, wiederum bar jeder Selbstüberschätzung, konnte er nicht ohne Schadenfreude, wenn auch verbissen resümieren, dass er sich diesen, von seiner Mitbewohnerin so resolut geforderten Krieg, bedeutend blutiger und grausamer ausgemalt hatte. Kurz darauf erschien Tina in der Küche. Sobald sie Gabrielle oder wie auch immer diese Frau nun hieß, erblickte, verengten sich ihre Augen um einen Bruchteil. Kaum sichtbar, doch wer Miss Hunt kannte, wusste, dass es sich um ein Erdbeben der Stufe 10 handelte. *Strike!*

»Guten Morgen!«, grüßte sie heiter.

»Hey!« Daniel grinste. »Gut geschlafen?«

»Bestens! Obwohl die Nacht wirklich zu kurz war.«

»Das Problem ist mir bekannt«, pflichtete Daniel ihr teilnahmsvoll bei. »Aber es gibt Dinge, für die lohnt es sich, auf etwas Schlaf zu verzichten. *Meine* Nacht verlief komplett ohne, ich war zu abgelenkt.« Flüchtig blickte er zu der Fremden, die sichtlich bemüht war, den aktuellen Vorgängen zu folgen. Unglaublich: Tinas Lächeln wurde sogar *noch* breiter!

»Dann pass nur auf, dass du nicht versehentlich das Herz entfernst, anstatt des Blinddarms. Ach!« Wenn sie die Augen auf diese Art aufriss, wirkte sie tatsächlich nicht ganz zurechnungsfähig. Daniel nahm sich vor, sie in einer ruhigen Minute darüber aufzuklären, nicht dass sie irgendwann noch einen Kunden verschreckte. Allerdings handelte es sich derzeit um alles Mögliche, aber sicher nicht um einen ruhigen Moment.

»Das habe ich ganz vergessen!«, jauchzte sie. »Muss ein vorübergehender Anfall von Alzheimer gewesen sein, ich bitte vielmals um Verzeihung, das wird nie wieder vorkommen. Kunstfehler, falsche Reaktionen und Äußerungen, zuzüglich jeglicher Art menschlichen Versagens sind bei dir ja ausgeschlossen, du bist viel zu perfekt.«

»Richtig!«, strahlte Daniel. »Ich bin froh, dass auch du das endlich eingesehen hast. Du bist durchaus entwicklungsfähig, alle Achtung! Aber das wissen wir ja schon seit geraumer Zeit oder Tina?«

»Selbstverständlich.« Inzwischen zeigten sich verdammt viele ihrer blitzweißen Zähnchen. »Und die Entwicklung ist keineswegs abgeschlossen. Du wärst erstaunt, wenn du wüsstest … Nein, ich will dir die Überraschung nicht verderben. Für so etwas bist du doch immer zu haben, nicht wahr?«

»Äh, Leute …?«

Keiner der beiden schien die mit zunehmender Verwirrung geschlagene Gabrielle/Gillian zu hören, sie hatten nur Augen für sich selbst. Und dieses permanente Fixieren und Anstarren gestaltete sich mit der Zeit wirklich beängstigend. Als ahnungsloser Außenstehender rechnete man ständig mit der ultimativen Explosion. Prognostizierte Anzahl der Überlebenden: null.

Gabrielle/Gillian, die übrigens in Wahrheit Sarah hieß, wollte ganz bestimmt nicht als Kollateralschaden des bevorstehenden Gemetzels in die Geschichte eingehen, weshalb sie sich eilig für ein lautes Räuspern entschied. »Kannst du mir wenigstens meinen Kaffee geben?«

Stirnrunzelnd blickte Daniel auf seine Hand hinab und stellte endlich die für sie vorgesehene Tasse auf den Tisch. Er nahm sich nicht die Zeit, seine neueste Eroberung anzusehen, er hatte nur Augen für die grinsende Tina. »Überraschung? Ehrlich, ich kann es kaum erwarten!«

Wenn sie diesen Trend beibehielt, würde ihr gesamtes Gesicht bald nur noch aus einem strahlenden Mund bestehen. »Siehst du? Schon wieder sind wir uns einig, ich nämlich auch nicht! Ich geh dann jetzt arbeiten.«

»Viel Vergnügen! Was steht denn heute auf dem Plan? Vertikal oder horizontal?«

Ganz ernsthaft, inzwischen überschritt ihr Lächeln weiträumig die Grenzen des unbehaarten Teils ihres Kopfes. Das klang so unwahrscheinlich, wie es war – jedenfalls hätte Daniel bis vor wenigen Sekunden darauf geschworen.

»Wundert mich, dass du noch fragst. Ich dachte, du wärst bedeutend cleverer. *Immer* die Horizontale – erspart mir einen Haufen Arbeit. Wie hast du es irgendwann mal so treffend formuliert? Ganz einfach: *auf den Rücken legen, Beine breit, e voilà!*« Sie hob beide Hände, Handflächen nach oben. »Das bringe sogar *ich* zustande!«

»Womit mir nur noch bleibt, dir viel Spaß zu wünschen.« Daniel lächelte.

»Danke! Den werde ich mit Sicherheit haben.« Und damit wirbelte sie auf dem Absatz ihrer High Heels herum und verschwand. Grinsend – natürlich.

Tief in Gedanken versunken sah Daniel ihr nach, und erst, als die Stimme ertönte, entsann er sich, dass es einen Zaungast bei diesem besonderen Akt dieses Dramas gegeben hatte.

»Ihr habt echte Probleme miteinander, oder?«

Langsam schloss er die Augen. Verdammt, ein Genie! Irgendwann wiederholte sich wohl alles, oder?

Dann fiel ihm ein, dass er an jenem Tag, als Genie Nummer eins den Standard setzte, Tina kennengelernt hatte und Daniel seufzte. Nein … nichts geschah zufällig, weder damals noch heute. Bisher hatte er nicht viel auf das Schicksal gegeben, doch je mehr Zeit er mit Tina verbrachte, desto häufiger glaubte er zu wissen, dass alles vorherbestimmt war und nichts versehentlich passierte. Jede Begebenheit hatte seine eigene, tiefere Bedeutung. Schade nur, dass man sie immer erst erkannte, wenn es bereits zu spät war, angemessen darauf zu reagieren.

Als Daniel an diesem Abend heimfuhr, ahnte er bereits, dass ihm das Kommende nicht gefallen würde. Er rechnete mit irgendeinem Mittfünfziger, schön fett und hässlich, damit er auch ja bestätigt wurde. Mittlerweile konnte er Tinas Gedankengänge wieder relativ exakt nachvollziehen. Eines stand für ihn auf jeden Fall fest: Ging sie tatsächlich so weit, nur um ihn zu provozieren, war ihr nicht mehr zu helfen. Dieser andere, den sie wenige Tage zuvor angeschleppt hatte, war zumindest jung und von mäßig gutem Aussehen gewesen. Sie schadete sich, wusste das auch ganz genau und tat es trotzdem. Männer sind Frauen gegenüber in einem entscheidenden Vorteil, auch das hatte er Tina schon vor vielen Jahren vermitteln wollen, war nur anscheinend erfolglos gewesen. Männer können *differenzieren*!

Der Sex muss keineswegs mit der Auserwählten stattfinden, die sie lieben. Um auf ihre Kosten zu kommen, ist es nur erforderlich, dass Mann sexuell angesprochen wird. Ein von der Natur verdammt genial eingerichteter Mechanismus. Daher hatte Daniel keinerlei Probleme gehabt, mit Gabrielle oder Gillian eine Nacht zu verbringen, er amüsierte sich sogar dabei. Sicher, hätte er die Wahl gehabt, wäre die auf Tina gefallen – nur blieb die ihm ja bedauerlicherweise nicht. Ihr neuester Deal zwang ihn förmlich zu derartigen Maßnahmen, und da wäre er doch ziemlich dumm gewesen, wenn er nicht auch seinen Spaß dabei gehabt hätte. Bei Frauen verhalten sich diese Dinge allerdings bedeutend komplizierter. In den seltensten Fällen können die trennen. Jene Damen, denen das dennoch gelingt, sind gleichzeitig die, die bereit waren, eine unverbindliche Nacht mit Daniel zu verbringen.

Egal, was Tina ihm oder auch sich selbst in den vergangenen Wochen, Monaten, möglicherweise Jahren, eingeredet hatte – sie gehörte zu der anderen, der weitaus größeren Fraktion. Und daran würde sich nie etwas ändern, der Mensch konnte nun einmal nicht aus seiner Haut. Demnach – *sorry, Baby, aber das ist nur die Wahrheit* – führte er haushoch! Denn Daniel wusste, was es Tina kostete, sich mit einem anderen als dem angeblich so verhassten Mr. Grant in die *Horizontale* zu begeben. Ihr war wiederum garantiert nicht entgangen, welchen Preis er dafür zahlte, sich vorübergehend mit einer anderen Frau zu befassen. Tina: alles; Daniel: ein Lächeln.

Übrigens hätte er geglaubt, Tinas Bettgeschichte würde ihm mehr zusetzen und dass er in der festen Absicht, das Schwein zu massakrieren, nach einer halben Stunde mit einer Axt bewaffnet ihr Zimmer stürmen würde.

Soweit war es nicht gekommen, schon, weil er überhaupt keine Axt besaß. Natürlich hatte Daniel darauf verzichtet, sich vorzustellen, was *genau* sie da trieben. Und er hatte in dieser Nacht tatsächlich für keine Sekunde geschlafen, weil er es sich in seiner grenzenlosen Dämlichkeit eben *doch* ausmalte. Die Bilder ließen sich nie lange verdrängen, tauchten wie unbelehrbare Rückfalltäter immer wieder auf. Mit Voranschreiten der Nacht in zunehmendem Maße. Dennoch! Ihm hatte nicht der Wahnsinn gedroht, vielmehr hatte er sich innerhalb dieser schlaflosen Stunden immer verzweifelter gefragt, wohin das gesamte Theater denn nur führen sollte! Ihr seltsames, ausschließlich freundschaftliches Verhältnis – wenn man es derzeit so bezeichnen wollte – verdammte ihn zum tatenlosen Zusehen. Weshalb Daniel sich verbissen zwang, nicht aus der Rolle zu fallen. Aber um ehrlich zu sein resignierte er mit jedem Tag etwas mehr. Der anfängliche Spaß an ihrem kleinen Krieg war längst Ermüdung und dem Wunsch gewichen, das Kriegsbeil endlich zu begraben. Trotzdem überlegte Daniel ausgiebig, bevor er ohne das Zubehör für den sofortigen Gegenschlag – also, ohne weibliche Begleitung – heimfuhr.

Die Waffenbeschaffung hätte einen vorabendlichen Barbesuch erforderlich gemacht und Daniel liebte nun einmal seinen Feierabendkaffee. Außerdem hielt sich die Auswahl an weiblichen Anwärterinnen um diese Uhrzeit in engen und nicht unbedingt ansprechenden Grenzen. Soweit er wusste, hatte *sein* Club jetzt nicht einmal geöffnet. Und last, but not least: Er verspürte so gar keine Lust auf eine nächste Ausgabe des Genies namens Gabrielle oder Gillian. *Deshalb* fuhr er an diesem Nachmittag ohne vorherige Aufmunitionierung nach Hause. Heimzahlen würde er es ihr auf jeden Fall, wenn nicht heute, dann eben später.

Als Daniel das Appartement betrat, empfing ihn Stille. Zunächst bezweifelte er, dass Tina überhaupt anwesend war. Bis er ihr Lachen hörte. Es klang verdammt amüsiert und hell – so natürlich. Soweit er wusste, lachte Tina nicht auf derartige Weise, wenn sie einen ihrer Gelegenheitsliebhaber bei sich hatte. Da verlernte sie so etwas nämlich ganz schnell wieder. Sicher, bisher hatte sie nur einmal einen dieser Stümper mitgebracht, aber er schätzte, man konnte besagtes, atemberaubendes Ereignis durchaus als Vergleichsgrundlage heranziehen. Harakiri-Tina kicherte heute so albern und blöde, dass ihm übel geworden *wäre,* hätte er sich nicht unter bester Kontrolle gehabt, versteht sich. Hinzu gesellte sich eine zweite, tiefe, äußerst maskuline Stimme. Auch die hörte Daniel mehr lachen, als dass wirklich gesprochen wurde. Trat das doch mal ein, konnte er dummerweise den genauen Wortlaut nicht ausmachen. Die Wände hier waren viel massiver, als in ihrem alten Appartement damals in Ithaka. *Verdammt!* Auf dieses Detail hatte er beim Kauf nicht geachtet. Warum auch? Zu diesem Zeitpunkt hatte er doch nicht einmal ahnen können, dass die Heimsuchung wieder über ihn hereinbrechen würde!

Nur halb bei der Sache, brühte er sich seinen Kaffee und hob wiederholt lauschend den Kopf. Tina hatte den Tag wohl tatsächlich für die *andere, besondere* Arbeitsform genutzt. Schließlich hatte sie diesen Kerl erst einmal kennenlernen müssen, bevor sie Daniel stolz ihre neueste Eroberung präsentieren konnte. Das Lachen hielt an, weshalb er in der Zwischenzeit vorsichtig mutmaßte, dass man wohl eine unglaublich lustige Komödie ansah. Kein Mensch hatte Grund, auf diese dämliche Art dauerhaft vor sich hin zu grölen. Zunehmend zerrte es an seinem Nervenkostüm und Daniel überlegte ernsthaft, bei Gelegenheit einmal energisch auf die Regeln des Miteinanders in einer WG hinzuweisen. Gegenseitige Rücksichtnahme stand an oberster Stelle. Es wäre ja durchaus möglich gewesen, dass er gerade heute einen Patienten auf dem OP-Tisch verloren hatte. Jedenfalls in der Theorie. Was dann? Bevor er sich allerdings ausgiebiger mit diesen Gedanken auseinandersetzen konnte, runzelte er die Stirn und stöhnte. Da wäre er doch fast in die Falle getappt! Gut möglich, dass sich in ihrem Zimmer gar niemand befand und sie das aufgesetzte Gelächter irgendwo mitgeschnitten hatte, um ihn zu verwirren.

Kopfschüttelnd trank Daniel seinen Kaffee. Dieser grauenhafte Zustand nervte gewaltig! Schon, weil er mittlerweile starke Tendenzen zeigte, sich davon vereinnahmen zu lassen. Schlimm genug, dass dieser Pseudokrieg überhaupt geführt wurde. Auf jeden Fall schien zumindest seine Mitbewohnerin innerhalb der vergangenen Jahre nicht großartig gereift zu sein.

Als unvermittelt Tinas Zimmertür geöffnet wurde, zuckte Daniel zusammen, richtete sich eilig auf und konzentrierte sich auf seine Zeitung, die noch immer dort lag, wo er sie am Morgen deponiert hatte.

Kurz darauf erschien eine begeistert strahlende Heimsuchung in der Tür. »Daniel! Du wirst nicht glauben, wer mich heute besucht hat!«

Langsam sah er auf und lächelte höflich. »Hey, erst mal. Wie war dein Tag? Anstrengend?«

»Absolut klasse! Um noch mal auf meine Frage zurückzuk…«

»Ich platze beinahe vor Spannung«, versicherte er mit jenem geduldigen Gesichtsausdruck, den man im Allgemeinen für Kleinkinder erübrigt, wenn die mehr oder weniger sinnfrei vor sich hinplappern. Vor lauter Begeisterung riss sie die Augen noch etwas weiter auf und hielt den Kopf in den Flur.

»Kommst du?«

»Klar«, erwiderte die dunkle, äußerst maskuline Stimme, die zwischenzeitlich wenigstens das dämliche Gelächter eingestellt hatte.

Kurz darauf wurden zur Abwechslung *Daniels* Augen groß.

»Na, *das* ist tatsächlich mal eine Überraschung«, bemerkte er nach einer Weile gedehnt.

64. Razorblade

Später ärgerte Daniel sich darüber, weil er Tinas Zug nicht Meilen im Voraus erahnt hatte. Ihre Andeutungen waren schließlich eindeutig gewesen. Absehbar, dass sie tiefer in der Trickkiste kramen würde, wenn sie mit der üblichen Tour nicht vorankam. Dennoch warf ihn der Anblick vorübergehend *etwas* aus dem Gleichgewicht. Selbstverständlich wusste Daniel, dass man auch mit neunzehn Jahren noch wachsen konnte. Vor ihm stand der lebende Beweis, und ganz offensichtlich hatte der alle Statistiken um ein sattes Stück nach oben verschoben.

Nichts erinnerte mehr an jenen hasserfüllten Jungen, den er damals aus dem Appartement geprügelt hatte. Vor ihm stand ein Mann, der es mit seiner Größe mit Tom aufnehmen konnte. Was Daniel von seiner Figur ausmachte, war durchaus sehenswert. Das Haar besaß mittlerweile einen ordentlichen Schnitt, die Kleidung wirkte leger, aber gepflegt, er insgesamt äußerst erwachsen, beinahe gesetzt. Trotz der illustren Kreise, in denen er sich angeblich bewegte, trug er keinen Anzug, stattdessen Hemd und Jeans. Allerdings täuschte beides nicht darüber hinweg, dass er ganz bestimmt nicht in der Gosse residierte. Ihre damalige, körperliche Auseinandersetzung schien vergessen, sein breites Grinsen offenbarte strahlend weiße Zähne, als er Daniel erblickte. Er trat zu ihm und reichte ihm die Hand. »Hey, wie geht's?«

»Bestens.« Daniel erwiderte den Handschlag, sah jedoch bereits zu Tina, die atemlos vor Spannung die Szene beobachtete. Flüchtig betrachtete er Rics Hände, besonders die linke. Kein Ring. Der riesenhafte Latino ging zurück zu Tina, die in Nähe der Tür stehen geblieben war, und legte einen Arm um deren Schultern. Wie auf Kommando lehnte sie sich an ihn, der Kopf rastete weit unter seiner Brust ein.

»Ich traf Ric neulich wieder«, flötete sie. »Und du weißt ja, wie das so ist … Wir haben uns seit *Ewigkeiten* nicht gesehen. Blöd eigentlich, oder?« Strahlend sah sie zu dem Hünen auf, der prompt das nächste Grinsen aufsetzte.

»Yeah«, nickte Daniel. »Die Atmosphäre eines Ehemaligentreffens greift spürbar um sich. Fehlt nur noch Jane, dann wäre alles mit Rang und Namen versammelt.«

Tina klatschte in die Hände, wobei sie ehrlich geistig nicht ganz sauber wirkte. »Oh ja! Weißt du, wo sie abgeblieben ist? Vielleicht kommt sie ja *auch!* Und dann verbringen wir einen echt tollen Abend, ja? Heute geht es leider nicht, was wohl kein Problem ist, du wirst möglicherweise einige Zeit benötigen, um sie hierherzuschleppen. Soweit ich mich erinnere, fiel euer Abschied nicht unbedingt günstig aus. Aber du biegst das schon wieder hin, da habe ich keine Sorge.«

Wegwerfend schwang sie eine Hand. »Ganz sicher, so unwiderstehlich, wie du bist. Weißt du was? Warum verbringen wir nicht gleich ein ganzes Wochenende miteinander? Draußen, in der grünen Naturhölle? Ric und ich in einem und Jane und du im anderen Zelt. Vorausgesetzt, du konntest sie bis dahin ausfindig machen und überzeugen, dass du nicht der unverbesserliche Weiberheld bist, für den sie dich *möglicherweise* hält. Wäre ja denkbar, dass sie nachtragend und nicht zwischenzeitlich an Alzheimer erkrankt ist. Ansonsten kommst du einfach allein mit. Das macht dir doch nichts aus, oder?«

Kaum hatte der letzte Satz ihren strahlenden Mund verlassen, wurden die Augen groß. »Sagte ich, *allein*?« Ihre Hände schnellten in die Höhe. »Mein Fehler, *mein Fehler*! Es dürfte ein Leichtes sein, für entsprechenden Ersatz zu sorgen, sollte Jane so gar keinen Bock haben, sich noch einmal auf dich einzulassen.«

Auch Ric schien inzwischen zu bemerken, was Daniel bereits vor zehn ihrer wirren Sätze aufgegangen war. Teilweise freute es ihn, denn so dumm hatte sie sich seit Jahren nicht mehr aufgeführt. Von der kühlen, ausgeglichenen, höflichen Tina war nichts übrig. Stattdessen kämpfte sie unübersehbar für jeden Insider akut mit der Fassung.

»Honey, ich denke, wir sollten gehen, sonst kommen wir zu spät.«

Unglaublich! Ihre Augen wurden *noch* etwas größer.

»Ja! Das hätte ich beinahe vergessen!«

Und schon schnellte ihr Blick zurück auf Daniel. »Wir gehen dann!«

Bevor sie jedoch die Küche verließen, wandte sie sich noch einmal zu ihm um. »Ich weiß nicht, wann ich heute nach Hause komme oder ob überhaupt. Könnte unter Umständen länger dauern. Nicht, dass du wieder glaubst, ich wäre tot, oder so.«

»Kein Problem«, murmelte Daniel, ignorierte ihr dämliches Starren und Rics erhobene Augenbraue. Letztere wirkte nicht etwa provozierend, offenbar war er tatsächlich nicht nachtragend. Eher machte er einen leicht überforderten Eindruck. Kaum hatte sich die Wohnungstür hinter den beiden geschlossen, schüttelte Daniel den Kopf, sein Mund bildete einen schmalen Strich. *Schluss!* Er war kein Clown und hatte zunehmend Schwierigkeiten, dabei zuzusehen, wie Tina sich zu einem degradierte.

Dieses grausame Spiel musste endlich ein Ende haben!

»Das ging daneben.«

Tina sah auf. Da sie Daniels Größe gewöhnt war, verschätzte sie sich um gute zehn Zentimeter und musste den Kopf ein beachtliches Stück höher heben, um auch Rics Gesicht betrachten zu können. Der Anblick machte die Mühe wett. Er sah sogar noch besser aus als damals, nur leider war er absolut nicht ihr Typ. »Weshalb glaubst du das?«

Ungläubig schnaubte er auf. »Tina, der Mann ist nicht dumm!«

Sie schnitt eine Grimasse. »Da weiß ich mehr als du, darauf kannst du wetten!«

Er seufzte. »Komm, wir lassen das Kino ausfallen und setzen uns hier rein.« *Hier* galt dem kleinen, sehr gemütlich wirkenden Café, vor dem sie geradestehen geblieben waren.

»Ich esse keinen Kuchen!«

»Solltest du aber!«

Entnervt stöhnte Tina auf. »Willst du jetzt auch noch mit dem Mist anfangen?«

Ohne auf ihren bissigen Ton einzugehen, hob Ric die breiten, sichtlich durchtrainierten Schultern. »Womit? Ich finde nur, du ähnelst einem Hungerhaken auf Diät. Wie du willst, dann trinkst du eben nur einen Kaffee.«

Nach flüchtiger Überlegung nickte sie. »Okay.«

Und Ric grinste. »Das nenne ich einen unkomplizierten Verhandlungsverlauf.«

Als sie saßen, betrachtete er sie ernst. »Er hat dir die Vorstellung für keine Sekunde abgekauft.«

»Ja, leider.« Sehr überrascht wirkte Tina nicht. »Ich muss unbedingt besser werden … Kann ich vielleicht ein paar Nächte bei dir schlafen?«, erkundigte sie sich im gleichen Atemzug.

»Sicher. Aber …« Eindringlich beugte er sich zu ihr über den Tisch. »Tina, was du da treibst, ist hirnlos, das ist dir bekannt?«

»Ich passe mich nur an!«, erwiderte sie spröde.

»Gut, dann seid ihr eben beide leicht gestört.«

»Er hat angefangen!«

Seine Mundwinkel zuckten. »Und du musst gleichziehen?«

Anstatt zu antworten, zuckte sie mit den Schultern und Ric stöhnte entnervt. »Ich hatte genügend Zeit, mich mit der Geschichte damals auseinanderzusetzen, besonders, als ihr beide euch plötzlich in Luft aufgelöst hattet.«

Ihr Blick füllte sich mit Bedauern, doch er schüttelte mit einem leichten, nicht ganz echten Grinsen den Kopf. »Es war so offensichtlich, ich hätte mich da nie einmischen dürfen. Nicht, dass ich es bereue. Jedenfalls das meiste nicht, und das war ja auch in Ordnung. Aus heutiger Sicht … Dämlich von mir, das nicht sofort zu sehen und entsprechend zu reagieren.«

Sie hatte mit wachsender Ratlosigkeit gelauscht. »Wovon sprichst du denn?«

»Von *euch!*«

Tina schnaubte. »Damals gab es kein ›euch‹. Nur ein ›*Tina und Daniel leben in einer WG und ansonsten läuft da nichts!*‹«

Der umwerfend attraktive Latino, der leider *nicht* Tinas bevorzugtem Männertyp entsprach – warum eigentlich nicht, das war doch extrem unfair! – seufzte. »Das stimmt zwar nicht, aber ich nehme dir ab, dass du das glaubtest.«

»Womit ich mich in illustrer Gesellschaft befand«, verkündete sie schnippisch. »Und?«

»*Und* ich war wirklich in dich verliebt. Ich meine, *ehrlich,* Tina.« Letzteres kam sehr verhalten und er senkte flüchtig den Blick.

»Oh, Ric, es tut mir …«

»Nein!« Plötzlich wirkte seine Miene hart. »Lass es ruhen! Ich habe keine Lust, das wieder auszugraben. *Lass es!*«

»Okay.«

Schon wirkte er weicher, wurde erneut zum heutigen Ricardo, der seinen Frieden mit den Mitmenschen und dem Dollar gemacht hatte. Inzwischen besaß er nämlich selbst eine beachtliche Menge davon. Die Bissigkeit hatte er auch hinter sich gelassen. Tina fand, für einen Puerto Ricaner war er neuerdings sogar verdammt pazifistisch eingestellt.

»An diesem Abend war er ziemlich aggressiv drauf«, fuhr Ric fort, als hätte es das kleine, äußerst unangenehme Intermezzo nie gegeben. »Wir hatten eine nette Auseinandersetzung.« Er verzog das Gesicht. »Ich ließ ihn gewinnen, weil ich …«

Diesmal beugte Tina sich über den Tisch und das verdammt schnell. »Ihr habt euch *geprügelt?*«

Erstaunt riss er die Augen auf. »Das wusstest du nicht? Als ich gehen wollte, empfing er mich vor deiner Tür und …« Anstatt den Satz zu beenden, musterte er sie bedeutungsvoll.

»Oh!«

»Ach, das wusstest du echt nicht?« Lachend warf er den Kopf zurück. »Okay, dann schulde ich ihm ein Sorry. Ich dachte, er hätte dir sofort Rapport darüber erstattet, dass er wie Rambo deine Ehre gerächt hat.« Abrupt ernst griff er nach seiner Tasse. »Jedenfalls … Ich ließ ihn gewinnen, weil ich keine Lust hatte, mich mit ihm zu prügeln. Ich verstand nur nicht …«

»Was?«, hakte sie nach, als er nicht fortfuhr.

Ric seufzte. »In Ordnung, ein bisschen später, als ich wieder zu mir gekommen war – das muss ein halbes Jahr danach gewesen sein, oder so – ließ ich mir alles noch einmal ausgiebig durch den Kopf gehen. Jetzt etwas weniger persönlich betroffen, mit Abstand, wenn du verstehst?« Er wartete ihr Nicken ab. »Du warst total in ihn verschossen und er in dich, das hat *jeder* gesehen! Mir wollte nur nicht in den Sinn, warum er nichts *tat!* Es hätte uns allen eine Menge mieser Erfahrungen erspart.«

Seufzend winkte Tina ab. »Du bist nicht der Einzige, der sich darüber ausgiebig Gedanken gemacht hat, verlass dich darauf. Ganze Familien mussten sich zwischenzeitlich mit dieser dämlichen Thematik befassen. Nicht, dass sie zu einem akzeptablen Schluss gekommen wären. Ich schließe mich da nicht aus.«

Nachdem er seine Kaffeetasse geleert hatte, sah Ric auf. »Was ich eigentlich sagen wollte: Auf mich macht ihr den Eindruck, als wäret ihr seitdem nicht sehr viel weitergekommen, oder täusche ich mich? Die derzeitige Situation kommt mir verdammt bekannt vor. Er … du … und … *nichts!*« Er hob die Arme und ließ sie wieder fallen. »Du kannst mich dafür hassen, aber auf diese Art werdet ihr nie ans Ziel kommen. Wie auch immer das wohl aussehen möge.«

Leiser Protest kündigte sich in Tina an. »Das ist komplizierter, als du denkst.«

»Das sehe ich ganz anders.« Er zuckte mit den Schultern. »Es ist in Wahrheit nämlich verdammt simpel. Ihr *macht* es nur kompliziert!«

Der Protest in ihr wurde stärker, begehrte auf, jaulte sogar ein wenig – aber ehrlich nervend –, doch sie beherrschte sich, auch wenn sie jetzt ein wenig gepresst klang. »Damit könntest du recht haben.«

»Nicht *könnte*, sondern damit liege ich goldrichtig.« Ric grinste und wurde für einen winzigen Moment wieder jener Junge von einst. Lange überlebte die Reise in die Vergangenheit jedoch nicht, kurz darauf wirkte er sehr streng und sehr ernst. »Beende es, Tina!«

»Das kann ich nicht!«, widersprach sie sofort. »Dann kommt er *wieder* mit seinem Mist durch!«

»Wenn keiner von euch beiden einlenkt, werdet ihr so weitermachen, bis ihr alt und grau seid. Und …« Zu allem Überfluss musterte er sie jetzt auch noch eindringlich. »Entschuldige meine Direktheit, aber besonders überzeugend bist du vorhin nicht gerade rübergekommen. Ich weiß ja nicht, wie er im Gegenzug so drauf ist.«

Diesmal war es an Tina, ihren bedeutungsvollsten Blick zu bemühen, und er nickte. »Okay, soeben habe ich eine ungefähre Ahnung bekommen. Gut! Womit die Angelegenheit noch simpler ist. Beende den Mist, und zwar sofort. Du hast zwei Alternativen: Entweder, du ziehst aus oder lenkst ein. Es sei denn …« Mit einem Mal machten sich leise Zweifel bei Mr. Oberschlau bemerkbar. »Auf dein Einlenken würde er doch eingehen, oder?«

Tina stöhnte. »Natürlich würde er das! Du hast ja keine Ahnung, was für ein kranker Stalker sich hinter der Saubermannfassade verbirgt. Ich kann gar nicht gehen, denn der würde mich sogar finden, wenn ich mich am Nordpol im Schnee eingrabe.«

Und wieder zuckte er mit den Schultern, nicht im Geringsten beunruhigt, was bewies, wie ahnungslos Ric in Wahrheit war. »Wo liegt dann das Problem?«

»Ich sehe nicht ein, ständig nachzugeben. Das ist jedes Mal so. Seit Ewigkeiten! Er führt sich wie ein Kleinkind auf, stellt irgendwelchen Mist an und ich gebe nach! Nur, damit er kurz darauf den nächsten Schwachsinn anstellen kann!«

Leise lachte Ric auf. »Nichts für ungut, sonderlich erwachsen hast du dich vorhin auch nicht aufgeführt!«

»Danke!«

Ric grinste. »Keine Ursache. Dafür bin ich doch da.«

Tina konnte nachvollziehen, dass Ric nicht verstand, worum es hier in der Quintessenz ging.

Wie sollte er auch, er konnte nicht einmal annähernd einschätzen, was zwischen ihnen vorgefallen war. Erleuchten würde sie ihn natürlich nicht, denn ein ungeschriebenes Gesetz besagte, das alles, was zwischen Daniel und ihr vorfiel, auch genau dort blieb. Daniel hielt es ebenso, das wusste Tina, und sie würde nicht diejenige sein, die plötzlich Dritte in ihre Angelegenheiten mit hineinzog. Auch oder vielleicht besonders nicht Ric.

Dessen Blick wurde noch ein wenig eindringlicher. »Natürlich kannst du bei mir übernachten, du wirst damit aber nicht erreichen, was du willst. Er hat deinen Bluff sofort durchschaut.«

»Sagst du!«, schnaubte sie.

»*Weiß* ich! Ist dir das wirklich entgangen? Ziemlich verwunderlich, wenn du mich fragst. Für meine Begriffe lag es auf der Hand. Der Typ hat sich viel zu zahm verhalten, wenn man bedenkt, dass du ihm nicht mehr und nicht weniger als unsere glückliche Wiedervereinigung vorgegaukelt hast!« Das kam schneidend und Tina spitzte die Lippen, sich des etwas herben Untertons sehr wohl bewusst. Offenbar hatte Ric diese Geschichte keineswegs hinter sich gelassen. Oder diese spezielle, fragile Narbe war durch ihr eher unbedachtes Zutun aufgebrochen. Das tat ihr leid, aber sie konnte derzeit nichts daran ändern.

Ja, sie hatte in der Küche ein wenig die Kontrolle verloren, das ließ sich nicht leugnen. Wenn sie schonungslos ehrlich war, hatte selbst ihr Verhalten am Morgen nicht unbedingt ihrem üblichen Standard entsprochen.

Wie konnte er aber auch die Frechheit besitzen, ihr diese Schlampe vor die Nase zu setzen? Das ging zu weit! Als Tina diese Frau gesehen hatte, hätte sie ihm beinahe etwas in den Magen gerammt, vorzugsweise ein Bein des Küchenhockers. Und wenn sie versehentlich die Region etwas weiter unter dem Bauch getroffen hätte, wäre es auch nicht ihr Schaden gewesen. So würde er wenigstens nicht länger in der Gegend umherhuren. Das war schon die zweite elende Schlampe, mit der er es getrieben hatte. Offenbar würde er diese widerlichen Eskapaden wohl niemals lassen. Er war so ein *verdammter Mann!* Das hatte sie unmöglich auf sich sitzen lassen können! Ihre Vorstellung mit Ric war nicht glaubwürdig genug ausgefallen? Nun, dann würde sie sich in der Wiederholung gehörig steigern!

»Tina?«

Sie blinzelte. »Oh, tut mir leid.«

Ric seufzte. »Willst du meine ehrliche Meinung? Na ja, ich sag sie dir so oder so. Ich kann den Kerl nicht ausstehen, daran hat sich nichts geändert, aber was auch immer du gerade planst, es ist totaler *Mist!* Das bringt euch nicht weiter und es ist unwürdig!«

Eine Antwort blieb sie ihm schuldig, bereits versunken im neuerlichen Pläneschmieden.

Ric hatte eben keine Ahnung!

65. Give me a Sign

In den folgenden Tagen musste Daniel hart mit sich ringen, um nicht doch noch überstürzt zu handeln. Erst wollte er Tina bei deren Rückkehr sofort stellen und ohne Abstriche mit dem Schwachsinn konfrontieren, den sie mit erschreckender Besessenheit betrieb. Es stand ihr nicht und ließ sie dumm und gewöhnlich erscheinen, was ihm überhaupt nicht gefiel. Für Daniel war die Grenze des Erträglichen erreicht. *Endgültig!* Doch dann überlegte er sich, dass eine Aussprache am gleichen Abend, nach dem neuesten Eklat, möglicherweise keine großen Erfolgsaussichten gehabt hätte. Er ging davon aus, dass auch dieser Ric mit seiner Meinung nicht hinter dem Berg gehalten hatte. Vielleicht brauchte sie ja Zeit zum Nachdenken.

Das kommende Wochenende erschien ihm geeigneter, um diesen Albtraum in aller Form zu beenden. Bis dahin blieb Tina genügend Zeit, um sich zu beruhigen. Mit Gillian, Gabrielle oder wie das Genie nun hieß, hatte er den Bogen wohl etwas überspannt. Kaum gedacht knirschte Daniel mit den Zähnen. *Verdammt!* Er hatte doch nur nachgezogen, sie immer vorgelegt, nie wäre er auch nur im Traum auf die Idee gekommen, von sich aus mit einer derartig miesen Tour zu beginnen! Was selbstverständlich nicht von Belang war! Es war genau wie damals! Tina besaß alles Recht der Welt, nachts die diversen Clubs unsicher zu machen, sich von Wildfremden vögeln zu lassen, zu leben … Was noch lange nicht hieß, dass Daniel ebenso verfahren durfte. Der hatte daheimzusitzen und in sich zu gehen! Diese Frau war der *helle* Wahnsinn, und mit Sicherheit eine grausame Heimsuchung!

Bevor er sich erneut seiner Wut hingeben konnte, besann Daniel sich und holte tief Luft. Nun gut. Sie würden reinen Tisch machen, er zur Not schwören, dass sie gewonnen hatte, wenn sie das zum Glücklichsein unbedingt brauchte, und dann, endlich, würde dieser katastrophale Zustand vorbei sein.

Nachdem er seinen letzten Plan innerhalb dieses Vernichtungskriegs ausgiebig überdacht hatte, nickte er ihn ab. Als erstes, zaghaftes Friedensangebot füllte er Tinas Wasserbestand auf und sparte auch nicht an ihrem widerlichen Salat. Obwohl er ihre Ernährungspraktiken noch immer nicht einmal annähernd guthieß und ein Zu-Kreuze-Kriechen auch nicht neuerdings zu seinen Angewohnheiten zählte. Bevor jedoch die nächste *Ich-muss-meinen-Stolz-wahren*-Welle über ihn hereinbrechen konnte, rief Daniel sich energisch zur Ordnung.

Entweder, *er* beendete den vorherrschenden geistigen Müll oder der würde sich noch über Wochen hinziehen. Und darauf verspürte er nicht die geringste Lust. Tina erging es ähnlich, sie brauchte es nicht zu sagen, Daniel wusste es auch so. Wer, wenn nicht er?

An diesem Abend ging er früh zu Bett, wartete nicht auf ihr Erscheinen, schlief allerdings erst beruhigt ein, als er die Tür hörte. Am nächsten Tag erhielt Daniel kein ›Guten Morgen‹, sondern wurde strikt ignoriert. Sie blickte in ihren Wasser-Vorratsschrank, erstarrte flüchtig, nahm aber kurz darauf mit der üblichen Gelassenheit eine der neuerdings zahlreich vorhandenen Flaschen heraus. Am Abend fand Daniel zwanzig Dollar auf dem Küchentisch.

Für den

Wasserträger.

Mit einiger Mühe ignorierte er seinen aufflammenden Zorn und schob den Schein in das rosa Sparschwein, das neuerdings im Wohnzimmer stand. Der nächste Tag war Freitag und damit nahte das Wochenende. Daniel nahm sich vor, ihr Gelegenheit zu geben, sich vom anstrengenden Arbeitstag zu erholen, ehe er zum Angriff übergehen würde. Und das meinte er diesmal ohne den geringsten Hintergedanken. Er hatte geduscht und sich umgezogen, um Tina angemessen gegenübertreten zu können. Diese erschien pünktlich wie immer, seitdem sie sich bekriegten. Ein Gruß erfolgte nicht, stattdessen verschwand Mylady ohne Verzögerung in ihrem Zimmer. Kurz darauf hörte Daniel die Dusche rauschen. Ungewöhnlich, doch der Tag war heiß gewesen, die Sonne unerbittlich in ihrer Kraft. Das relativierte die Dinge.

Es wurde acht, halb neun, dann neun Uhr, und Daniel begann sich argwöhnisch zu fragen, ob sie einen Hungertag einlegen wollte. Irgendetwas aß sie sonst meistens, wenn auch nicht viel. Lag er richtig, würde er einschreiten – wie üblich. Egal, in welchem dämlichen Gefecht sie sich gerade befanden, so etwas hatte er auch bisher nicht geduldet, und Tina wusste das. Selbst während der Zeiten, die sie in absoluter Funkstille verbrachten, hatte er ihr in solchen Momenten etwas Essbares vorgesetzt und war nicht eher gegangen, bevor sie es auch entsprechend nutzte. Inzwischen wusste Daniel nämlich, dass sie das manchmal schlicht vergaß. Hunger, wie ihn gewöhnliche Menschen kannten, suchte diese Frau längst nicht mehr heim. Harakiri-Tina eben.

Als sie dann schließlich doch ihr Zimmer verließ und Daniels Mitbewohnerin kurz darauf auftauchte, wusste der, dass das Finale heute tatsächlich stattfinden würde. Allerdings anders, als von ihm kalkuliert. Sie hatte sich mit viel Bedacht zurechtgemacht, was zunächst einmal dem derzeit üblichen Zustand entsprach. Entzückend, oh ja, Daniel fand immer Zeit – neben der Wut und dem ohnmächtigen Zorn – auch das gebührend zu würdigen. Diesmal hatte sie jedoch eine unsichtbare Grenze überschritten. Bewusst! Ihr *trotziger* Blick ließ daran keinen Zweifel offen. Tina trug das gleiche Outfit, wie anlässlich ihres imaginären Barbesuches. Nach Daniels Meinung gehörten ihm allein dieses Kleid und diese verdammten Strümpfe, die er zunächst für eine Strumpfhose gehalten hatte. Beides hatte er bei seiner Nähaktion außen vorgelassen. Wenn er Tinas Blick richtig deutete, dann teilte sie seine Ansichten, was ihre Schuld noch einmal verstärkte.

»Ich gehe aus, keine Ahnung, wann ich zurück bin!«

Sie sah ihn nicht an. Kurz darauf klappte die Appartementtür und Daniel stand.

»Das wollen wir doch mal sehen.«, murmelte er, bevor auch er die Wohnung verließ.

Auf der Straße winkte Tina nach einem Taxi und Daniel folgte ihrem Beispiel. Für keine Sekunde bezweifelte er, dass sie von ihrem Verfolger wusste. Was ihn zu der Mutmaßung veranlasste, dass er möglicherweise soeben nur ihr geheimes Protokoll bediente. Nach kurzer Überlegung strich Daniel das ›Möglicherweise‹. Demnach sollte er ihr also folgen. Nur, warum?

Sehr überrascht war er nicht, als er kurz darauf sah, wohin die kurze Reise ging. Denn sie strandeten vor *seinem* Club. Wenn man ihn so bezeichnen wollte. Abgesehen von den vergangenen Wochen aufgrund ihres neuesten, an Wahnsinn erinnernden Deals, hatte Daniel ihn nämlich gar nicht mehr aufgesucht.

Nur leider ließ der Empfang das Gegenteil vermuten. Kaum hatte er den dunklen, weitläufigen Raum betreten, wurde er von mehreren – zumeist weiblichen – Personen enthusiastisch begrüßt. Daniel brachte es sogar auf ein Grinsen, während er sich die nicht uninteressante Frage stellte, was genau ihn jemals an diesem aufgesetzten Flair fasziniert hatte. Momentan fühlte er sich ausschließlich genervt. Okay, damals war er jünger und nicht in die Heimsuchung verliebt gewesen. Die wies übrigens neben einem gehörigen geistigen Schaden auch noch eindeutig selbstzerstörerische Tendenzen auf. Jedenfalls, wenn sie an diesem Abend das zu tun beabsichtigte, was er ahnte und gleichzeitig fürchtete.

Tina wurde nicht wie eine alte Bekannte begrüßt, trotzdem blieb deren Erscheinen für keine Sekunde unbemerkt. Etliche Männer hoben bereits bei ihrem Eintreten die Köpfe und machten sich schon einmal vorsorglich in ihre Richtung auf den Weg. Entgegen seinen sonstigen Gewohnheiten nahm Daniel in der hintersten Ecke der Bar Platz, bereit, sofort einzugreifen, sollten die Dinge brenzlig werden.

Wenige Minuten darauf war schon mal eines sicher: Tina war der Stargast des Abends. Wieder saß sie am vordersten Ende des lang gezogenen Tresens im grellen Scheinwerferlicht der Tanzfläche, hatte Daniel mit an Sicherheit grenzender Wahrscheinlichkeit gesehen, vermied jedoch konsequent, zu ihm zu schauen und hielt ganz nebenbei erst einmal ausgiebig Hof. Ein flüchtiger Rundblick genügte, dann konstatierte Daniel ernüchtert und nicht im Mindesten überrascht, dass es keine der anwesenden Frauen mit ihr aufnehmen konnte. Dabei sah er etliche, ausnehmend hübsche Vertreterinnen des weiblichen Geschlechts. Manche in der Basis heißer als Tina – okay, das war ein mieser Scherz, den er gedanklich sofort zurücknahm.

Nein, attraktiver, *schöner* war keine. Die anderen wirkten nur *auffälliger?* Greller, provozierender und herausfordernder. Möglicherweise lag es auch nur daran, dass sie keine Zweifel aufkommen ließen, *weshalb* sie heute Abend hierhergekommen waren. Es war ein billiges Spiel – erst jetzt, wo er längst nicht mehr mitspielte, erkannte er das. Diese provozierte Zurschaustellung, das Anbieten, widerte ihn plötzlich an und erinnerte ihn zwanghaft an einen Sklavenmarkt oder eine dieser lächerlichen Partnerbörsen. Viele der Frauen waren so verbissen darauf bedacht, irgendwen zu finden, der sich erbarmte, sie nach Hause zu begleiten, dass man trotz des mit viel Mühe hergerichteten Outfits nicht lange suchen musste, bevor man diesen gewissen Hauch der Verzweiflung an ihnen ausmachte. Bei den Männern verhielt es sich übrigens nicht anders. Während Daniel darüber nachgrübelte, was nun genau den bedeutenden Unterschied ausmachte, ließ Tina wie üblich reihenweise die hoffnungsvollen Interessenten abblitzen. Allerdings existierte heute überhaupt kein Auswahlverfahren, wie er bald mit grenzenloser Erleichterung registrierte. Egal wer sich anbot, den Liebhaber für die kommende Nacht zu geben, Tina ignorierte alle. Das entmutigte die Aspiranten keineswegs, stattdessen entbrannte innerhalb kürzester Zeit so etwas wie ein Wettkampf um sie. Egal, ob Tina der Preis sein wollte oder nicht.

Es war ihre besondere Klasse! Nach einigen Minuten war Daniel sicher, endlich die Antwort gefunden zu haben. Tinas Haltung wirkte einen Tick gerader, sie trug ihr Kinn ein wenig höher und der Blick war so ablehnend und distanziert, wie man ihn selten zu sehen bekam. Besonders in einem solchen Club und bei einer Frau in dieser Aufmachung. Die Männer sahen zunächst nur das zuletzt genannte Detail und schlossen daraus übereilt, dass sie auf ein flüchtiges Abenteuer aus war. Sobald sie jedoch mit dem Ausdruck ihrer Augen konfrontiert wurden, mussten sie sich fühlen, als wäre ihnen ein Eimer mit eisigem Wasser über den Kopf geschüttet worden oder einer mit Altrosa-Wandfarbe.

Je länger Daniel sie beobachtete, desto stirnrunzelnder fragte er sich, was sie denn nur erreichen wollte. Seine Wut war längst Ratlosigkeit und auch Neugierde gewichen. Er war ihr in der Überzeugung gefolgt, sie würde es vor seinen Augen mit ungefähr fünf Männern gleichzeitig treiben, vorzugsweise auf dem Tresen, damit auch jeder dabei zusehen konnte. Ganz besonders natürlich er. Nur aus Rache. Inzwischen glaubte er nicht mehr daran, denn der Trotz hatte ihren Blick längst verlassen.

»Hallo.«

Irgendein Daniel unbekanntes, vielleicht zwanzigjähriges, Mädchen war auf dem Barhocker neben ihm aufgetaucht. Es handelte sich um absoluten Durchschnitt im wahrsten Sinne des Wortes. Vor Jahren, als er sich noch auf der ewigen Suche befand, hätte es etlicher Whiskys bedurft, um sie überhaupt zu *bemerken*. Im Grunde kam es einer Beleidigung gleich, dass die Kleine sich Chancen bei ihm ausrechnete. Mit Sicherheit hätte er ohne den erforderlichen Alkoholpegel nur ein abfälliges Lächeln für sie übrig gehabt, doch mit den Jahren war Daniel ein wenig menschlicher geworden.

»Hey.« Es kam kurz, hörbar ablehnend und er hatte nur einen flüchtigen Blick aus dem Augenwinkel für sie übrig.

»Schön, dass du wieder da bist«, säuselte es direkt neben ihm.

»Kennen wir uns?«, erkundigte Daniel sich höflich.

»Noch nicht. Ich hatte gehofft, wir würden das heute ändern.« Sie neigte den Kopf zur Seite, was wohl kokett wirken sollte, ihr jedoch nur ein ziemlich bescheuertes Aussehen verlieh. Offensichtlich übte sie noch und Daniel brachte es nicht übers Herz, sie nach allen Regeln der Kunst abzuservieren. Er seufzte. »Hör zu, äh ...«

»Sandy.«

»Sandy. Du bist sehr süß und deshalb tut es mir echt leid ...« Tat es zwar nicht, aber man musste schließlich die Formen wahren. »Ich bin nicht interessiert, okay?«

Ihr Mund verzog sich zu einem missglückten Schmollmund und Daniel unterdrückte nur mit Mühe eine geharnischte Bemerkung. Er hatte auf Derartiges keine Lust!

»Warum denn nicht?«

»Darum!«

Abermals musterte er sie nur sehr flüchtig, was mit Sicherheit nicht als Ermutigung zu werten war. Das schien Miss Schmollmund auch soeben aufzugehen. Sie folgte seinem Blick, der nur eine Richtung kannte, und schnaubte im nächsten Moment abfällig. »*Ihretwegen?*«

Daniel fehlten ehrlich die Nerven, um das länger zu ertragen, außerdem war er zu alt für dieses elende Spiel. In Ordnung, vielleicht nicht gleich das, eher zu *gebunden.*

»Sieht nicht so aus, als könntest du bei ihr landen«, plapperte das dumme Mädchen, mit dem wirklich nicht sehr geglückten Schmollmund weiter. »Die ist viel zu arrogant, hält sich wohl für was Besseres. Möchte wissen, weshalb sie hier überhaupt auftaucht, wenn sie doch sowieso keinen will!«

»Nicht ganz korrekt. Der Richtige hat nur noch nicht gefragt«, erwiderte Daniel in Gedanken verloren und ohne Tina aus den Augen zu lassen.

Das Mädchen mit dem Schmollmund lachte, was Letzteren wohl vorübergehend außer Kraft setzte. »Wie kommst du denn darauf?«

Diesmal betrachtete Daniel sie mit seinem unschlagbaren Lächeln. Er zwinkerte sogar. »Ganz einfach, sie trinkt Gin!«

Und ehe sich das unscheinbare Mädchen mit dem Schmollmund – der war pünktlich, mit Abflauen des Lachens wieder aufgetaucht – eine Erwiderung einfallen lassen konnte, saß es bereits allein an der Bar.

Tinas Wut war keineswegs verschwunden. Noch immer hätte sie Daniel zu gern einen massiven Gegenstand in den Magen gerammt, mit Vorliebe auch ein wenig weiter darunter. Am besten etwas Schweres, das gut in der Hand lag. Doch in den vergangenen Tagen hatte sie erstaunlich viel Zeit gehabt, die gesamte Angelegenheit ausgiebig zu überdenken. Ihre jüngsten Rachepläne hatte sie nicht in die Tat um gesetzt, in Wahrheit hatte sie seit Tagen nicht mehr an so etwas gedacht. Neue Schlampen waren nicht aufgetaucht, Daniel war abends pünktlich erschienen und hatte später nicht noch einmal das Appartement verlassen. Auch seine Versuche, einzulenken, Rics strenger Vortrag *und* ein kritischer Blick auf den Kalender, waren nicht ohne Wirkung an ihr vorbeigegangen. In der Summe recht viel, was Tina ausgiebig zum Grübeln einlud. Mit den üblichen Folgen.

Schön, dann hatte er sie eben beleidigt. Wenn auch einsamer Spitzenreiter, konnte sie wohl kaum behaupten, dies von D-Punkt, G-Punkt nicht bereits hinreichend gewöhnt zu sein. Und genau betrachtet war ja sogar eine Entschuldigung erfolgt oder wenigstens so etwas in der Art. Mit Sicherheit war es ihm nicht leicht gefallen, sie kannte ihn zu gut, um das nicht zu wissen. Außerdem setzte ihr ein Satz von Ric ganz besonders zu und ließ sie nicht mehr los:

»Tina, wenn keiner von euch beiden einlenkt, dann werdet ihr so weitermachen, bis ihr alt und grau seid!«

Was, wenn er damit richtig lag? Momentan war sie am Zug, der nächste Schlag lag bei ihr. So lauteten die Regeln dieser so dummen und einfältigen Schlacht. Natürlich fehlte Tina die Genugtuung, aber um sich revanchieren zu können, hätte sie Dinge tun müssen, die sie nun einmal nicht mehr brachte! Was sich bei diesem Ekel Phorbes abgezeichnet hatte, war inzwischen zur grausamen Tatsache geworden. Finster nahm Tina einen großen Schluck von ihrem Gin und verzog prompt das Gesicht.

Auch so was! Der blöde Cosmo hatte ihr nie so gut geschmeckt, wie dieses Zeug und insgeheim war sie froh, ihn endlich wieder trinken zu dürfen. Es kam einem gottverdammten Befreiungsschlag gleich. Und das – man beachte bitte!

Wo sie jahrelang überhaupt nicht an Gin gedacht und davon überzeugt gewesen war, dass eben der verdammte Cosmo das Getränk ihrer Wahl war! Scheiß Selbsttäuschung! Mit Genuss schluckte sie die herbe Flüssigkeit und bedachte irgendeinen miesen, nach billigem Aftershave stinkenden Kerl, der begehrlich an sie herangerückt war, mit einem abweisenden Blick. Wenigstens räumte der sofort das Feld, und Tina durfte sich wieder ihren Gedanken widmen. Unter den Blicken des irren Stalkers, selbstverständlich.

Im Gegensatz zu Daniel konnte sie ihn nicht mal eben gegen einen anderen Partner austauschen, egal, wie der aussah. Dass er so etwas so einfach fertigbrachte, hätte sie nicht verletzen dürfen, denn genau das machte ihn nun einmal aus. Dummerweise *war* sie unvorstellbar verletzt, weshalb es ihr so schwergefallen war, die ausstehende Entscheidung endlich zu fällen. Eines jedoch war ihr irgendwann aufgegangen: Damals hätte er in jeder Nacht eine dieser widerlichen Mädchen angebracht. Grinsend, wie üblich ohne Vernunft oder den Hauch eines Gewissen. Dazu hätte es nicht einmal ihres Streites bedurft, es war einfach Teil seines total verkorksten Lebens gewesen. Garantiert wäre dieser Idiot *total* überrascht gewesen, wenn sie ihm damals auch nur ein Fünftel der Ohrfeigen verpasst hätte, die er ihrer Ansicht nach verdient hatte!

Dieser Typ hatte keine Ahnung von dem gehabt, was er tat. Genau wie bei dieser Jane. Noch heute schüttelte sie manchmal fassungslos den Kopf, wenn sie an seine betroffene Miene dachte, nachdem er dieses arrogante Weib abserviert hatte. Er hatte das nicht kapiert, nicht vorhergesehen, hatte sich zu Tina geflüchtet, in seiner grenzenlosen Ratlosigkeit, womit alles ins Rollen gekommen war.

Sie holte tief Luft. Damals war er ein Schwein, klar, aber eher *unabsichtlich*. Empathie? Ein gutes Stichwort! Er konnte auch vor zehn Jahren durchaus einfühlsam sein, sie hatte es sehr häufig erlebt. Ausschließlich sie! Denn im Allgemeinen hatte Daniel Grant – Medizinstudent – solche Anwandlungen kategorisch abgelehnt. Mitgefühl? Fehlanzeige!

Was er den Mädchen angetan hatte, war ihm scheißegal gewesen! Mit Grausen dachte sie an die unzähligen Anrufe dieser Fregatten, die, ohne es einsehen zu wollen, ein One-Night-Stand gewesen waren. Daniel hatte keine einzige jemals zurückgerufen. Und wie verhielt es sich heute?

Am Gipfel ihrer Streitigkeiten war er eine Nacht ferngeblieben und hatte *eine* Frau mitgebracht, die er am nächsten Morgen wie Luft behandelte … Auch das war Tina nicht entgangen. Sie dachte ja nicht häufig an die alten Zeiten zurück, das war eine Frage des Selbstschutzes, aber eines war doch klar: Sein üblicher Schnitt sah anders aus. Seufzend nahm sie noch einen Schluck, spürte seinen Blick auf sich und lächelte in sich hinein. Es war nur nicht sehr langlebig, denn der derzeitige Zustand schlug ihr unglaublich aufs Gemüt und ihm ging es ähnlich, sonst wäre er ihr nicht gefolgt. Es nervte sie, dass sie nicht hinübergehen konnte, um ihn erst zu ohrfeigen und dann …

Der nächste große Schluck folgte, und diesmal stellte Tina das Glas etwas zu laut auf dem polierten Tresen ab. Verdammt, sie wurden mit jedem Tag älter, auch wenn derzeit davon nicht allzu viel zu bemerken war. Daniel würde demnächst für unendliche sechs Wochen nach Afrika gehen. SECHS WOCHEN! Der gesamte Streit erschien ihr inzwischen verboten dämlich. Tina war am Ende, Daniel fehlte ihr so sehr und die gesamte Geschichte hatte längst ihren Reiz verloren, der ja ohnehin nie besonders riesig ausgefallen war. Schön, dann hatte er eben gewonnen! Wenn er das unbedingt für seinen verfluchten Seelenfrieden brauchte, sie konnte gut ohne die Medaille leben. Ja, verdammt, er *hatte* sie betrogen und ihre Wut darüber brodelte heiß und bei bester Siedetemperatur. Auch die Geschichte mit der formatierten Festplatte war keineswegs vergessen! In Wahrheit suchte sie manchmal – wenn sie ihre neuesten guten Vorsätze aus Versehen vergaß – noch immer nach der passenden Rache dafür.

Manchmal …

Denn Tina wollte wieder mit ihm sprechen dürfen, endlich diesen besonderen Blick sehen, den er *nur* für sie übrig hatte und seinen Kuss schmecken und …

»Hey!«

Sie zuckte zusammen, sah erschrocken auf und war sofort von grünen Augen gefangen, mit winzigen dunklen Punkten im rechten. Ergeben seufzte sie.

»Hey!«

Daniel setzte sich neben Tina und betrachtete sie eingehend. Ihr Blick war kühl, jedoch ganz bestimmt nicht die Vernichtung, die sie an die übrigen Männer im Club verteilt hatte. Eine Augenbraue hatte sie für den besseren dramaturgischen Effekt wartend erhoben. Kopfschüttelnd lachte Daniel auf.

»*Wir sind quitt!*«

Ihr Lächeln fiel äußerst sanft aus – bekanntermaßen ein bedrohliches Zeichen. »Nein, sind wir nicht.«

Obwohl seine Pläne ganz anders lauteten, wankte Daniels Beherrschung plötzlich akut. In letzter Zeit ging das erstaunlich schnell. »Verdammt, Tina, hör doch …«

»Du verstehst nicht!«, beharrte sie, noch immer kühl, aber garantiert nicht eisig. »Dein Zug-um-Zug-Argument kannst du vergessen, ich war nie mit ihm im Bett.«

»Ich habe nie angenommen, dass du mit Ric Sex hattest. Hältst du mich für …«

»Nein!« Sie presste die Lippen aufeinander und stieß hörbar die Luft durch die Nase aus. »*Du verstehst mich nicht!* Ich hatte nichts mit dem Kerl, der über Nacht geblieben ist.«

»*Was?*«

In aller Seelenruhe leerte Tina ihren Gin, während Daniel sich alle Mühe gab, diese ein wenig überraschende Information zu verarbeiten. Einige verblüffte Momente später sah er sich sogar zu einer Erwiderung in der Lage. Irgendwie. »Aber … du … *er!*«

Dass Tina ein verdammt überhebliches Lächeln in ihrem Repertoire hatte, stellte die soeben ganz zwanglos unter Beweis. »Manchmal verhalten sich die Dinge eben anders, als es der Anschein vorgaukelt, von widerlichen Vorurteilen begünstigt. Ist es denn wirklich so utopisch, dass ein Mann und eine Frau in einem Raum übernachten, ohne gleich übereinander herzufallen?«

»Unter diesen Umständen? Ehrliche Antwort? Ja!«

Das brachte ihm ein abfälliges Schnauben ein. Sie winkte mit ihrem leeren Glas dem Barmann, Daniel beantwortete dessen fragenden Blick mit einem ungeduldigen Nicken. Doch erst als neuer Gin vor Tina stand, ließ die sich dazu herab, fortzufahren. »Ich bin kein großer Freund von Wetten, das kannst du mir glauben, aber ich würde meine gesamten, so nett ruinierten, Hosen darauf setzen, dass wir vor einigen Jahren wochenlang im gleichen Raum übernachtet hätten, ohne das geringste Risiko einzugehen. Innerhalb der gleichen Wohnung hat es ja bestens funktioniert.« Eine leichte Bissigkeit ließ sich nicht leugnen und Daniel verdrehte die Augen. »Das war etwas anderes, aber …«

»Warum? Wegen meines Aussehens? Einige Kilo weniger, ein bisschen Make-up, keine Ekelbrille und ein sexy Kleid – das ist alles? Immer noch?« Ihre Augen verengten sich. »Und wenn ich heute noch genauso aussehen würde, wie du mich kennengelernt hast, was denn dann? Hätte ich, hätten *wir*, auch nur die geringste Chance?«

Diese Frage ging zielsicher unter die Gürtellinie. Auch wenn Daniel überhaupt nichts gesagt hatte – der hätte sich momentan eher die Zunge abgebissen –, nickte sie, als wäre sie soeben bestätigt worden. »Genau das meine ich! Was soll ich …«

»Nein, halt!«, ging er dazwischen. »Bevor du mir erklärst, wie oberflächlich ich bin und dass ich dir nur dauerhaft nachstalke und mich außerdem zum Trottel der Nation degradiere, weil du so verdammt …« Daniel neigte den Kopf zur Seite und betrachtete sie verträumt, jedenfalls, bis er sich blinzelnd besann. »Obwohl du eindeutig zu dünn bist.«

Er grinste über ihre entnervte Grimasse, wurde aber schnell wieder ernst. »Wie lange warst du in mich verliebt – damals? Ich meine, ist das geschehen, nachdem dir aufging, was für ein mächtig netter Mensch ich doch bin, oder …« Als er ihre spöttische Grimasse sah, nickte er heftig. *»Eben!* Ziemlich oberflächlich würde ich meinen. Egal, auf wann du den Zeitpunkt datierst, es muss eingetreten sein, *bevor* wir Freunde wurden. Somit kannst du nicht behaupten, dass dich meine inneren Werte ansprachen, die selbstverständlich zahlreich vertreten sind. Ich *war* nicht besonders nett zu dir oder zu anderen«, fügte er stirnrunzelnd hinzu.

»Einsicht ist der …«

»Lenk nicht ab«, unterbrach er sie leise. »Du hast dich in einen, allem Anschein nach, oberflächlichen, ziemlich arroganten, gewissenlosen und wenig tiefsinnigen Bastard verliebt! Später *wusstest* du sogar, dass es so ist! Wer, wenn nicht du? Was dich jedoch nicht davon abhielt, mich dennoch zu lieben. Übrigens auch keines der vielen anderen Mädchen. Ich hätte ein Serienkiller sein können, verliebt wärst du trotzdem gewesen. Ob es auch dabei geblieben wäre, wenn daraus tatsächlich etwas Festes gewachsen wäre? Zweifelhaft! Aber das Aussehen *ist* nun mal ein entscheidender Faktor. Doch er genügt noch lange nicht, um eine funktionierende Beziehung zu führen. Vertraue mir, ich habe diesbezüglich einige Erfahrungen gemacht. Es dauert nicht lange, bis dir das Äußere scheißegal ist. Wenn alles andere nicht stimmt, dann ist die Geschichte zum Scheitern verurteilt. Was mit uns nach ein paar Jahren geschehen wäre? Ich *weiß* es nicht! Ich sah dich immer als etwas Besonderes und wir kamen sehr gut miteinander aus, aber das war alles, *nachdem* du bereits anders warst. Und vermutlich war ich da längst in dich … du weißt schon.«

Daniel holte tief Luft und erst jetzt wagte er, sie wieder anzusehen. »*Was wäre, wenn* du dich nicht verändert hättest? Keine Ahnung! Woher auch? Vermutlich wäre ich nie dahintergekommen, dass du dieser eine Mensch bist, den ich lieben kann. Ich denke nicht, dass mir dafür ein Orden zusteht, doch so läuft es überall! Vielleicht entgeht uns aufgrund dieser Oberflächlichkeit und so dummen Blindheit eine ganze Menge. Möglicherweise rennen wir blindlings an unserem Glück vorbei, weil wir uns weigern, es zu *erkennen*. So ist es nun einmal. Und weißt du was?«

»Was?« Es kam tonlos.

Sein Grinsen war zurück. »Du lenkst vom Thema ab. Gut, aber nicht gut genug! Also, was war mit dem Kerl, der über Nacht geblieben ist?«

»Nichts.«

»Hervorragend!« Abrupt richtete Daniel sich auf. »Und warum *ist er dann geblieben?*«

»Um dich eifersüchtig zu machen, was dachtest du denn?« Sie zuckte mit den Schultern.

Prompt saß er noch etwas gerader. »Es war totaler Mist, das ist dir hoffentlich bewusst, ja?«

»Warum?«

»Weil ich nur deshalb …« Er verstummte, und runzelte die Stirn. »Okay, in der Nacht, in der ich nicht nach Hause kam, war ich bei Chris und Carmen. Nirgendwo anders … Tina?«

Die hatte soeben ihr Glas zum Mund geführt, hielt inne und musterte ihn fragend. Eine grandiose Vorstellung, wäre da nicht dieser neue Glanz in ihren Augen gewesen.

»Sei ehrlich! Mit wie vielen Männern warst du in den vergangenen Wochen zusammen?«

Behutsam stellte sie das Trinkgefäß ab und begann bedächtig, an den Fingern abzuzählen. Daniel wurde blass, die Lippen teilten sich und er hielt hörbar den Atem an. Dann schloss Tina unvermutet beide Hände, sah auf und schüttelte langsam und genau einmal den Kopf, ein schmales Lächeln zierte ihre Lippen. *Keiner.*

»Geküsst?«

Auch das wurde verneint, bevor sie sich vertraulich zu ihm vorbeugte. »Trotz deiner anderslautenden Meinung bin ich *keine* drecki…«

Eilig verschloss sein Finger ihren Mund. »Das habe ich bereits zurückgenommen, außerdem hatte ich dir gesagt, dass ich wütend war!«

Kaum hatte er seine Hand gesenkt, nutzte sie die neu gewonnene Freiheit schamlos aus. »... aber in jedem noch so unbeabsichtigt geäußerten Wort steckt ein wahrer Kern. Auch oder gerade, wenn es in der Wut gesagt wird. Ich erklärte dir bereits, dass du dir ein falsches Bild von mir gemacht hast. Was du offensichtlich mal wieder nicht hören wolltest. Du hast mich in einer Situation beobachtet, in der viele miese Faktoren aufeinandertrafen. Das war nie zuvor der Fall gewesen. So eine Geschichte, wie mit Phorbes.« Als sie seinen fragenden Blick sah, fügte Tina seufzend hinzu: »Der fette hässliche Kerl.«

»Ah«, knurrte er los. »Verschone mich bitte mit dessen Namen, in Ordnung? Ich bin bemüht, Albträume jeder Art zu vermeiden, Gefängnisaufenthalte übrigens auch. Weiß ich den Namen, kann ich nach ihm suchen und ...«

»So etwas habe ich in den Jahren vielleicht zehn Mal getan«, unterbrach sie sein Geschimpfe. »Gemessen an der Anzahl der Projekte, die ich betreute, ist das wirklich nicht viel.«

Trocken lachte er auf. »Aber ...«

»Nein! Auch das hatte ich dir schon gesagt. Du kannst es mögen oder hassen, doch das ist nun einmal die Realität! Ich werde nicht lügen, damit du dich besser fühlst. Das geschah in *meiner* Verantwortung. Und – um mich einmal *deiner* Worte zu bedienen – ich war niemandem Rechenschaft schuldig. Noch ungebundener geht es nicht!«

Daniels Augen verengten sich, aber auch nach mehrfachem Durchdenken gelangte er zum gleichen, ungeliebten Ergebnis:

Tina lag richtig. Es war nicht besonders angenehm, Daniels unerheblicher Meinung nach, sogar enorm widerlich, aber sie hatte tatsächlich niemanden betrogen.

Nur sich selbst.

»Und warum warst du damals in diesem Club?«

»Das war etwas anderes«, erwiderte sie ausweichend.

»Ach ja? Und warum?«

Tina schüttelte den Kopf. »Es gibt Dinge, die behalte ich besser für mich. Das kannst du werten, wie du willst.«

»Aber dir ist schon klar, dass auch *dies* eine total dämliche Idee war?«

»Du weißt doch überhaupt nicht, was ich damit bezwecken wollte!«, stöhnte sie. »Also kannst du ...«

»Ich weiß es sogar *exakt!*«

Prompt befanden sich die Brauen in luftigen Höhen und ihre Miene wurde höflich. Verdammt! »Nein, jetzt überraschst du mich – wie so häufig. Was denn?«

Anstatt zu antworten, nahm er das Glas aus ihrer Hand und stellte es auf den Tresen. »Das werde ich dir gleich auseinandernehmen, vorher muss ich ...« Stirnrunzelnd und mit Bedacht ließ er seine Hände von ihren Schultern hinauf zum Hals wandern, die Finger strandeten an ihrem Unterkiefer und zwangen ihren Kopf mit sanftem Druck nach oben, bis sich ihre Blicke trafen. »Ich hätte sie nie nach Hause geschleppt, wäre ich im Bilde gewesen«, sagte er eindringlich. »Es tut mir leid.«

Eine Antwort blieb sie ihm schuldig, in die dunklen Augen hatte sich allerdings fast unbemerkt wieder dieser strahlende Glanz gestohlen.

»Und«, fuhr er fort. »Ich möchte diesen Blödsinn endlich beenden. Du auch?« Als Tina nickte, lächelte er erleichtert. »Das ist gut.«

Damit senkte er behutsam den Kopf, bis ihre Lippen sich berührten. Zunächst zögernd, dann zielstrebiger legte er seine Arme um sie, zog den fragilen Körper näher, die Hände stahlen sich in ihr Haar und er lächelte, als ihr sinnliches Seufzen ertönte. Kurz darauf wusste keiner der beiden noch, dass sie sich in einem belebten Club befanden. Sie konnten sich nicht mehr daran erinnern, dass die Menschen dicht an dicht gedrängt zu den dröhnenden Klängen der Rockmusik tanzten. Und sie nahmen nicht länger wahr, dass die sauerstoffarme Luft von Schweiß und den verschiedensten Düften geschwängert war, welche die Kosmetikindustrie für Männer und Frauen bereithält. Auch die grellen Lichter der Scheinwerfer, die unentwegt über die Köpfe der Anwesenden wanderten, existierten ganz plötzlich nicht mehr.

Längst hatten sie ihre Umgebung komplett ausgeblendet. Es gab nur sie, Tina und Daniel, denen der Rest der Welt mit all den Sorgen, Nöten und Problemen gestohlen bleiben konnte. Ewigkeiten vergingen, bevor Daniel es fertigbrachte, diesen umwerfenden, bereits wieder viel zu lange ersehnten Kuss zu beenden. In einer hilflos anmutenden Geste rückte er etwas weiter, als erforderlich von ihr ab. Als unternähme er den aussichtslosen Versuch, sich vor dieser Frau in Sicherheit zu bringen. Dieses Unterfangen blieb schon deshalb aussichtslos, weil er die Hände nicht von ihr nehmen konnte. Möglicherweise fehlte dem vermeintlich vorhandenen Fluchtgedanken ohnehin jede Basis.

Daniel hob ihr Kinn und betrachtete sie ernst. »Du bist damals durchgedreht. Ich glaube, das Thema hatten wir schon einmal. Mich hatte unser Wiedersehen auch aus der Bahn geworfen – ehrlich, ich hätte nicht geglaubt, dass so etwas überhaupt möglich ist. Und damit war ich nicht allein, dir erging es ähnlich. Ich weiß nicht genau, womit du gepokert hast.« Er runzelte die Stirn, doch ihr flüchtiges Grinsen war bereits wieder verschwunden. »Vielleicht wolltest du mich aus deinem Kopf vögeln.«

Tina zuckte mit den Schultern. »So könnte man es bezeichnen.«

Erleichtert nickte Daniel, sie versuchte nicht, zu lügen. Das war gut. »Wusstest du, dass ich dir folgte?«

»Sicher wusste ich das!«, schnaubte sie. »Sonst wäre ich wohl kaum hierher …«

Er schüttelte den Kopf. »Ich meine in Houston.«

Verwundert lachte sie auf. »Ganz ehrlich? Hätte ich *das* gewusst, dann …«

»Was dann?«, erkundigte er sich mit zur Seite geneigtem Kopf.

»Dann hätte ich …«

»Was hättest du?«

»Dich wahrscheinlich …«

»Was wahrscheinlich?«

»Wenn du mir ständig ins Wort fällst, werde ich dich nie erleuchten!«

»Weißt du was?«, grinste Daniel und küsste sie flüchtig. »Ich will es nicht hören.«

»Ach? Warum?«

»Weil es nicht die Wahrheit wäre.«

»Meinst du wirklich, ich würde dich belügen?«, fuhr sie auf. »Also, dann will …«

»Nein …«, hauchte er beschwichtigend. »Ich meine, dass du dir selbst etwas einredest. Außerdem wäre jede Diskussion überflüssig, denn es ist Vergangenheit, so wie inzwischen alles.

Selbst die letzten, total irren, versauten Wochen. Wir werden an dieser Stelle einen sauberen Strich ziehen und von vorn beginnen. Ich ging heute Abend in eine Bar, und wie das Schicksal es so will, fand ich *sie*. Die eine, die alle anderen in den Schatten stellt. Ich sah sie und war verloren.«

Als sie eine nicht ganz so spöttische Braue erhob, schüttelte er lächelnd den Kopf. »Auch das sagte ich dir bereits, du erinnerst dich? Wärest du eine Fremde gewesen, ich schwöre, ich hätte dich angesprochen. *Keine* billige Tour, um dich für eine Nacht in mein Bett mitzunehmen. Nicht in deinem Fall. Niemals!«

Unvermittelt richtete er sich auf, rückte sogar etwas von ihr ab, wirkte plötzlich geschäftsmäßig. »Abschließend bleibt nur noch eine Frage zu klären und gleichzeitig die brisanteste überhaupt.«

»Und welche wäre das?«

»Wäre ich erfolgreich gewesen?«

Behutsam schob Tina seine Hände von sich, lehnte sich zurück und betrachtete ihn abschätzend. Der Blick setzte oben an und wanderte nach unten, bis er seine Schuhe erreichte, dann setzte sie das Spiel in entgegengesetzter Richtung fort. Den

Kopf hatte sie kritisch zur Seite geneigt, die Augen in tiefer Konzentration verengt, die Stirn gerunzelt.

Ewigkeiten zog sich die Musterung in die Länge und Daniel wurde mit der Zeit ein wenig nervös. Bevor er endgültig die Geduld verlieren konnte, erlöste ihn ihr Lächeln. »Natürlich wärst du das. Was dachtest du denn?«

Noch während er die Augen verdrehte, griff er wie beiläufig wieder nach ihrer Hand. »Du bist ein Biest, ich schätze, das ist dir bekannt.«

»Hmmm.«

»Ich liebe dich trotzdem.«

»Hmmm, hmmm.«

Fassungslos hielt er inne. »Du glaubst mir noch immer nicht?«

Erneut neigte sie den Kopf zur Seite, doch diesmal schüttelte Daniel energisch den Kopf. »Nein! Antwort! Sofort!«

Tina seufzte tief, verließ den Barhocker, sodass sie direkt vor ihm stand, und legte ihre Hand auf seine Wange.

»Sofort ist ein aggressives Wort, findest du nicht auch? Es war *interessant*, dir in diesem Häuschen zuzuhören, auch im Wagen, als wir uns beinahe zu Tode froren. Ich ...« Sie zögerte und Daniel wollte sie an sich ziehen, nicht zuletzt, weil es ihr gar nicht ähnlich sah, wie ein Bittsteller vor ihm zu stehen. Doch sie wich seinem einladenden Arm geschickt aus.

»Nein, lass mich das zu Ende bringen!«

Erst als er nickte, fuhr sie fort. »Es war seltsam, dich diese Dinge sagen zu hören. Darüber hatte ich noch nie nachgedacht. Jedenfalls nicht bis ins letzte Detail, denn niemand macht sich vorsätzlich das Leben zur Hölle. Alles, was du sagtest, jedes einzelne Wort, hätte auch von mir stammen können. Und ich schwöre, ich habe es wirklich ohne dich versucht! Glaubst du mir das?« Erst jetzt blickte sie auf und Daniel nickte wortlos.

»Und es lief ja auch ganz gut – *besser* als das! Bis du wieder auftauchen musstest!«

»Dito!«

»Ja, aber ...«, brauste sie auf, besann sich jedoch im nächsten Moment und seufzte. »Du hast recht, es bringt nichts, ewig im Gestern zu hängen.« Unvermutet lehnte sie ihre Stirn an seine. »Du weißt, dass ich dich ... du wusstest es bereits damals. Ich konnte nie etwas daran ändern, obwohl ich das durchaus wollte. Du hast es ja sogar von mir verl...«

Eilig verschloss sein Finger ihre Lippen. »Lass es!«, warnte er sie leise. »Was wolltest du davor sagen?«

»Das weißt du, also ...«

»Sag es!«

»Daniel!«

»Raus damit!«

»Nein!«

Er stöhnte. »Und schon sind wir wieder an der gleichen Stelle.«

Bevor sie antworten konnte, hatte er sie an der Hand auf die Tanzfläche gezogen.

66. Happy together

An diesem Abend machten Tina und Daniel einige äußerst lehrreiche und nachhaltige Erfahrungen. Beispielsweise erkannten sie, dass es total dämlich war, die Zeit mit sinnlosen Streichen zu verschwenden, wo es doch bedeutend schönere Dinge miteinander zu tun gab. Auch gelangten sie nach reiflicher Überlegung unabhängig voneinander zu dem Schluss, dass im Grunde völlig irrelevant war, wer am Ende die Fackel des Rechts triumphierend in der Hand hielt. Außerdem sahen sie endlich ein, dass nun einmal Dinge existieren, die immer so waren und es auch bleiben würden. Egal, wie viel Zeit ins Land ging und welche Veränderungen das Leben an den Personen vornahm. Dazu gehörte, dass Tina wusste, was Daniel wollte, ohne dass der es in Worte fassen musste.

Von der überfüllten Tanzfläche bemerkten sie nichts, für sie befand sich neben ihnen kein Mensch auf dem Parkett. Ohne Verzögerung landete sie in seinen einladenden Armen. Nebensächlich, dass gerade ein recht rockiger Song gespielt wurde – die beiden hörten ihn ohnehin nicht. Übrigens entging ihnen auch, dass der erfahrene DJ die Zeichen der Zeit erkannte und auf etwas bedeutend Ruhigeres auswich, sobald er das Paar sah. Wie von ihm wurden Tina und Daniel auch von den übrigen Anwesenden nicht aus den Augen gelassen. Denn sie wirkten miteinander beinahe verboten perfekt, auch wenn sie allein nur halb so viel wert waren.

Niemand gab sich bitteren Gedanken hin. Weder die zahlreichen, bis vor wenigen Minuten durchaus hoffnungsvollen, männlichen Clubgäste, deren Niederlage soeben besiegelt worden war, noch die Frauen, die sich je nach Aussehen und Mentalität keine, wenige oder große Chancen bei Daniel ausgerechnet hatten. Nur das Mädchen mit dem Schmollmund wollte nicht einsehen, dass es soeben aus einem lebhaften Tagtraum erwacht war. Sandy verspürte eine derartige Wut, dass sie den wirklich netten, wenn auch nicht sonderlich hübschen jungen Kerl, der sie lächelnd auf einen Drink einladen wollte, empört abblitzen ließ.

Schade eigentlich, denn Sam, so hieß er, hätte sich tatsächlich noch am selben Abend unsterblich in sie verliebt, sie wenig später vergöttert und ihr die Welt zu Füßen gelegt. Sandy übrigens hätten fünf Sätze von ihm genügt, um sie davon zu überzeugen, dass es sich bei dem vermeintlichen Loser um den Mann ihres Lebens handelte. Zwei Kinder wären aus dieser Verbindung entstanden: Nancy und Brian.

Sam würde in wenigen Jahren in der Internetbranche eine große Nummer sein und Sandy wäre damit aller Sorgen ledig. Sie wären miteinander alt geworden, glücklich und zufrieden, mit fünf Enkelkindern, deren Aufwachsen sie noch hätten zusehen können, bis sie im hohen Alter, sehr zeitnah, gestorben wären. Zumindest *hätte* ihre gemeinsame Zukunft so ausgesehen, wäre sie an dieser Kreuzung nach rechts und nicht in die linke Richtung gegangen. Ehrlich schade! Mit ihren dreiundzwanzig Jahren fehlte es noch an der einen oder anderen Erfahrung. Nur wenige Monate und Niederlagen später würde Sandy bedeutend früher erkennen, wann sie auf verlorenem Posten kämpfte.

Denn das Paar auf der Tanzfläche wirkte wie gemalt: Sie – eher klein, trotz der ausnehmend hohen Absätze –, aber mit kerzengerader, selbstbewusster Haltung und Miene, die aus ihrem hübschen Gesicht ein schönes, seltenes und unverwechselbares machten. Er – groß, schlank und unverschämt gut aussehend, schien ausschließlich Augen für sie zu haben. Als befänden sie sich innerhalb ihrer eigenen, kleinen, friedlichen Welt, in der sie durch nichts und niemanden gestört werden konnten. Vor einigen Jahren hatten viele Menschen überragende Unterschiede bei den beiden bemerkt, hätten vielleicht gemeint, sie wäre nicht attraktiv genug, um einen Mann wie ihn auf Dauer halten zu können. So war es geschehen, wenn auch an einem anderen Ort – allerdings lag der nur zwanzig Minuten von diesem hier entfernt. Einige gingen damals so weit, sich anhaltend zu fragen, wie es ihr überhaupt gelungen war, seine Aufmerksamkeit auf sich zu lenken. Man zog sogar den Einsatz gewisser Hilfsmittel in Betracht, Liebestränke, die angeblich existieren sollten, wurden in dunklen Nischen tuschelnd ins Kalkül gezogen …

In Ordnung, dies geschah nur, wenn der Abend bereits fortgeschritten und der Alkoholspiegel sich dem Ultimo näherte. Dennoch, damals wollte man nicht einsehen, warum Daniel Grant ausgerechnet über dieses Mädchen mit der dicken Brille und dem eher gewöhnlichen Aussehen gestolpert sein sollte.

Wären an diesem Abend die gleichen Personen zugegen gewesen, hätte dies niemand mehr hinterfragt. Zu offensichtlich gehörten diese beiden Menschen zusammen. Jeder Kampf, jeder Versuch, das zu ändern, war demnach zum Scheitern verurteilt. Pech!

… resümierten die übrigen anwesenden einhundertfünfzig Männer und Frauen resigniert und wandten ihre Aufmerksamkeit anderen Personen zu, bei denen ihre Chancen vermeintlich höher ausfielen. Auch davon ahnten Daniel und Tina nichts. Und selbst wenn, hätte es sie wohl nicht sonderlich interessiert. Andere, bedeutend wichtigere Dinge beherrschten derzeit ihre Sinne.

Seine lächelnden Lippen wanderten an ihr Ohr und er forderte dunkel: »Sag es!«

Energisch schüttelte sie den Kopf. Es gab Dinge, die blieben lieber unausgesprochen – auch jetzt noch. Wie üblich hatte Daniel selbstverständlich nicht die Absicht, es einfach dabei zu belassen, oder so. Warum auch? »Okay, ich mache es dir vor, ja?«

Ihr leises aber hörbar entnervtes Stöhnen brachte ihn natürlich auch nicht aus dem Konzept.

»Ich würde alles für dich tun«, begann er mit dieser berüchtigten Sexy-Hauch-Stimme. »Sag mir, was du willst und ich pariere. Ich liebe dich, womit du übrigens ein Unikat bist. Ich *konnte* dich nie vergessen, und ich habe mich *auch* bemüht, das kann ich dir flüstern. Wusstest du, dass Tom mich in all den Jahren ewig mit meinen Freundinnen aufgezogen hat? *Freundinnen*, keine Bekanntschaften für eine Nacht, wohlgemerkt. Er unterstellte mir, ich würde mir ein Plagiat nach dem anderen suchen und empfahl mir auf seine wohlwollende und zuvorkommende Art, mich besser an das Original zu halten.«

Die dunkle Stimme wurde immer verhaltener, er hielt sie fest im Arm, die Finger in ihrem Nacken, und Tina schloss die Lider.

»Ich kann dir nicht genau sagen, ab wann ich dich liebte, das wird wohl auf ewig vage bleiben. Aber damals zu gehen … Du hast keine Vorstellung, wie schwer mir das fiel. Ich *wollte* nicht fahren, sondern bei dir bleiben und den ganzen Mist mit Afrika vergessen. Meine Karriere war plötzlich total unwichtig, jedenfalls nicht annähernd bedeutend genug, um dich deshalb zu verlassen. Du hattest mich …« Sie hörte ihn grinsen. »… vollständig an den Eiern. Wie sehr hast du garantiert auch nicht geahnt. Und gerade deshalb konnte ich gar nicht schnell genug rennen. Panik ist ein Scheißdreck gegen das, was ich an diesem Morgen empfand. Ich prügelte dich aus meinem Kopf, versenkte mein Handy in irgendeinem verdammten See, versuchte es! *Irgendwie!* Funktioniert hat es trotzdem nicht. Du bist die schlimmste Heimsuchung, die mir jemals begegnet ist, aber ich liebe dich. Möglicherweise, weil du bist, was du bist. Und ich würde mein verhunztes Bett darauf verwetten, dass du nicht den geringsten Schimmer hast, wie sehr ich dich liebe. Ich will mit dir zusammen sein, das ist alles, was ich mir wünsche und natürlich, dass du auch so etwas in der Art planst.«

Und wieder zog sich ihr Schweigen ärgerlich in die Länge. Diesmal verdrehte er nicht die Augen, Daniel seufzte auch nicht, obwohl er ihre Reaktion nicht verstand. Liebe stellte für ihn keine an den Haaren herbeigezogene Angelegenheit dar, sondern ein, manchmal unliebsames, Faktum. Vielleicht, weil er von seinen Eltern ständig damit überhäuft wurde. So etwas bleibt bei keinem Menschen wirkungslos, selbst wenn er während seiner Kindheit häufig das Gefühl gehabt hatte, endgültig unter diesem dichten Mantel der Zuneigung und Sorge zu ersticken.

Tina fehlte es nicht an Mut, eher an Überwindung. Zu lange schon lebte sie mit diesem besonderen, geheimsten aller geheimen Gefühle. Sie hatte noch nie jemandem davon erzählt, abgesehen von ihrer Mom, und in diesem Fall hatte es die Beantwortung einer Frage dargestellt, sie musste es nicht wirklich aussprechen. Praktisch hatte sie diese Abfolge von Worten noch *nie* gesagt! Unmöglich, es gedankenlos daher zu plappern. Und außerdem, warum musste er das denn unbedingt hören? Sie zeigte es doch! Nein, sie wurde auch nicht von einem Rückfall in den Trotz heimgesucht. Tina brachte es bloß nicht zustande, dieses ultimative Tabu, diese Tatsache, die aus verschiedenen Gründen bisher verboten gewesen war und sich dennoch nie ändern würde, plötzlich auszusprechen und damit endgültig zu besiegeln. Wenn man ein Geheimnis zu lange unausgesprochen gelassen hat, dann ist es nicht mehr in Worte fassbar. Auch dies war eine Erkenntnis des heutigen Abends, wenn auch eine fehlerbehaftete. *Unmöglich!* Eher wäre sie gestorben.

Nach einer Weile resignierte Daniel. Seufzend zog er sie fester in seine Arme und vergrub sein Gesicht in ihrem duftenden Haar. Egal, welches Lied gerade spielte und wie rockig die Musik auch wurde – der DJ konnte ja nicht den ganzen Abend nur für dieses außergewöhnliche Paar auflegen –, sie trennten sich kein einziges Mal. Nur einmal hob Daniel den Kopf und betrachtete Tina mit bedeutungsvollem Lächeln.

»Dein Lied!«

Auch sie lächelte. »Ich habe es nicht vergessen.«

»Gut.«

Damit bettete er seine Wange wieder in ihrem Haar, schloss die Augen und die beiden bewegten sich zu jenen Klängen, die nur in ihren Köpfen zu existieren schienen. Irgendwann wussten sie unabhängig voneinander, dass sie gehen wollten. Weder Tina noch Daniel fühlten sich unwohl. Der Club war einer von der gemütlicheren, kleineren Sorte, er erinnerte ungemein an das *PITY* und somit an vergangene, nicht immer unbedingt schlechte Tage. Doch – genau wie im *PITY* – hielten sich hier so verdammt viele *Leute* auf!

Sie verzichteten auf ein Taxi und liefen Hand in Hand in der lauen Sommernacht nach Hause. Tina unternahm keine Anstalten, das Schweigen zu brechen. Daniel hielt das für eine sehr weise Entscheidung und passte sich an. Erst, als sie im von Altrosa beherrschten Wohnzimmer saßen, grinste Tina. »Findest du nicht, dass hier noch ein hübsches Bildchen fehlt?«

Kritisch blickte er sich um. »Woran dachtest du?«

»An das eher billigere Repro einer Strohblume?«

»Hmmm. Das wäre natürlich eine Möglichkeit. Wir könnten aber auch ein riesiges Poster von der Ansicht deines geöffneten Zimmers nehmen. Die fehlte in der Galerie nämlich!«

Als sie kicherte, lächelte auch Daniel breit, allerdings nur flüchtig. »Es war dämlich, das musst du mir nicht sagen, aber weshalb hast du beschlossen, es zu beenden? Was gab den Anstoß?«

»Gar nichts, es war eine eher spontane Entscheidung.«

Sie saß auf seinem Schoß. Daniels Plan, sie in die Seite zu zwicken, ging nicht auf, weil er nichts zum Kneifen fand, was ihn sichtlich nervte. Tina entging es nicht.

»Bitte, nicht *dieses* Thema heute!«, sagte sie eilig.

»Fein!« Daniel nickte knapp. »Morgen!«

Sie war nicht dumm genug, das zu kommentieren, damit wären sie nämlich unweigerlich doch bei dem verhassten Thema gelandet. So trieb er das immer! Miese Manipulationen markierten sein tägliches Geschäft!

»Das kaufe ich dir nicht ab.«

Als hätte sie es nicht gewusst. Tina verzog das Gesicht. »Was, dass wir das Thema morgen …«

Er beugte sich vor und blickte ihr direkt in die plötzlich sehr nahen Augen. »Wann wirst du endlich begreifen, dass ich eben *kein* Idiot bin?«

Zweifelnd betrachtete sie ihn, bevor sie aber richtig punkten konnte, lachte sie los. Daniel versuchte wenigstens, ernst zu bleiben, versagte jedoch auch auf ganzer Linie.

»Nichts für ungut«, meinte Tina, als Sprechen wieder möglich war. »Früher wärst du spätestens jetzt sauer geworden.«

»Früher *war* ich auch ein Idiot.«

»Also, ich finde, du gehst mit dem Präteritum in letzter Zeit äußerst gewagt um.«

»Ich nicht.«

»Sag!«

»Was?«

Tina grinste, die Spitze ihres Zeigefingers berührte seine Unterlippe und sie neigte den Kopf zur Seite. »Warum darf ich heute albern sein?«

»Warum warst du der Ansicht, das Theater heute zu beenden? Du musst zugeben, meine Frage ist die ältere.«

»Nein, wie billig!«, höhnte sie. »Jetzt geht es hier auch noch nach Alter!«

»Du weichst mir schon wieder aus, Tina!«

Trotz ihres drohenden Blicks machte er keine Anstalten, seinen zu senken und in sich zu gehen.

»Okay!« Sie verdrehte die Augen. »Auch auf die Gefahr hin, dass du sauer wirst – was sogar unter Garantie eintreten wird ... – es war Ric.«

»Wie das?«

»Er meinte, dass wir auf verlorenem Posten kämpfen.«

Daniel lachte auf. »In Ordnung. Es sollte mich wohl nicht überraschen, dass er versucht, uns ...«

»Nein!« Sie verstärkte den Druck ihres Fingers und brachte ihn damit zum Schweigen. »Ich sagte dir bereits, dass du ihn falsch einschätzt. Ric meinte, wir würden uns auf der Stelle bewegen. So viele Jahre sind vergangen und es gibt faktisch keine Veränderung. Ich *will* das nicht ewig so weiterführen, bis wir uralt sind ... So in etwa hatte ich mir das jedenfalls überlegt. Obwohl die Schlampe *nicht* vergessen ist!«

»Sorry, noch mal«, wisperte er und küsste sie zärtlich.

Mit einem nachsichtigen Seufzen legte sie ihre Arme auf seine Schultern. »Du kommst ja sowieso mit allem durch. Warum nicht auch damit?«

»Und wie so häufig schätzt du mich falsch ein«, erwiderte er leise und küsste ihre Nasenspitze. »Hätte ich nicht geglaubt, dass du mit diesem Idioten ... Du kannst mir vieles anlasten, Untreue nicht. In Ordnung, das weißt du nicht unbedingt, aber ich war nie untreu. Warum auch? Ich hatte nie die Veranlassung.« Er zuckte mit den Schultern, hielt jedoch im nächsten Moment inne und blinzelte verwirrt, bevor sich seine Miene verhärtete. »Weißt du, was mich ehrlich wütend macht?«

»Nicht wirklich.«

»Wir tun es schon wieder«, knurrte er. »Das *alles* ist absoluter *Wahnsinn!* Verdammt, ich will nicht mehr!«

Und dann küsste er sie wild und hemmungslos. Eine Hand packte das dichte Haar an ihrem Hinterkopf, die andere hatte sich um ihr Kinn gelegt, zwang sie mit sanftem Druck hinab, bis sie in seinen Armen lag. Ihr tiefes, sinnliches Stöhnen hörte sie nur aus weiter Entfernung, lautes Rauschen tobte in ihren Ohren und sie drängte sich näher an ihn. Ihre Hände wanderten fahrig über seine Arme, ertasteten den Nacken und vergruben sich in seinem Haar. Gefühlte Ewigkeiten später löste Daniel sich nur so weit von ihr, dass sie ohne Schwierigkeiten atmen konnte. Und auch er rang sichtlich nach Luft

»Schluss mit diesem endlosen, sinnlosen Gerede, keine weiteren Spielchen mehr! Und bevor du fragst: Sie war eine Niete! Vielleicht, weil sie mich einen

Fuck interessierte! Ich hatte sie bereits vergessen, als sie noch an unserem Küchentisch saß!«

Ehe Tina in die Verlegenheit kam, darauf etwas erwidern zu müssen, hatte er sich mit ihr erhoben und trug sie in sein Zimmer. Aber als er die Tür von innen schließen wollte, hielt sie ihn zurück.

»Nein!«

Verwundert betrachtete er sie. »Was hast du?«

»Egal, ob sie eine Niete war oder nicht, ich treibe es nicht mit dir in dem Bett, in dem du mit …«

»Dann gibt es ja keine Probleme.« Schon machte er erneut Anstalten, die Tür zu schließen.

»Daniel!«

»Was ist denn nun wieder?«

»Ich weiß nicht, manchmal habe ich den Eindruck, ich würde mich unverständlich …«

Weiter kam sie nicht, denn sein Kuss erstickte das, was möglicherweise ein neuer Wutanfall hätte werden können. Allerdings trug er Tina dabei kommentarlos in ihr Zimmer.

Nachdem Daniel sie auf ihr Bett gelegt hatte, und noch eine kleine, zärtliche, atemlose Ewigkeit später, richtete er sich auf. »Kein Gerede mehr!« Lange hielt seine strenge Miene nicht, weil Tina wie üblich alles mit ihrem Kichern versaute. »Ich habe nicht vor, es mit dir zu treiben«, fuhr er fort, so ernst, wie es unter den widrigen Umständen möglich war. »Nicht heute. Morgen komme ich gern darauf zurück.«

Von Reife konnte mal wieder keine Rede sein, was Daniel nur am Rande interessierte, denn er freute sich diebisch, als ihr Gelächter augenblicklich verstummte und reines Entsetzen die Regie übernahm. *Strike!*

»Aber …«

»Warte«, murmelte er und ließ versuchsweise seine Hand unter den knappen Rock ihres Kleides gleiten. Kurz darauf lächelte er in sich gekehrt und ein kleines bisschen verdorben. »Ich war nicht sicher, ob du das wagst.«

»Weil du eben immer noch nicht weißt, mit wem du es zu tun hast.« Es sollte lässig klingen, doch ihre heisere Stimme strafte sie Lügen. Seine Finger hatten sich klammheimlich zwischen ihre Beine gestohlen und nutzten die unerwartete Nacktheit schamlos aus. Immer und immer wieder ließ er seinen Finger an ihrer gesamten Feuchtigkeit entlanggleiten und berührte nur beiläufig ihren Kitzler, auch dann noch, als sie sich ihm flehend entgegenreckte. Erst, als entnervt aufstöhnte, unterbrach Daniel sein Spiel.

»Stimmt, aber ich werde es herausfinden«, hauchte er und zog das Kleid über ihren Kopf. Wie üblich mit einer so flüssigen, beiläufigen Bewegung, dass es kaum möglich war, ihr zu folgen. Diesem Mann gelang es ernsthaft, eine Frau auszuziehen, ohne dass die es überhaupt *bemerkte!* Vielleicht war *dies* das wahre Geheimnis seines Erfolges.

»Möglicherweise hast du recht.« Spätestens jetzt klang er auf diese verbotene Art dunkel und verführerisch. Nur ein Hauchen, als wäre er nicht real. In der Dunkelheit des kleinen Raumes wurde es umso leichter, genau das zu glauben. Er war ein Dämon! Bisher nur ein dummer Witz, fühlte sich Tina plötzlich auf ganz neue Art bestätigt. Nur ein Schatten, nicht körperlich vorhanden, Nebel, der sie umgab, mit einer Stimme, die sie aus der echten Welt in eine andere entführte. In ein Universum, in dem nur die Sinne, Lust und Leidenschaft regierten.

Sie schloss die Augen und lauschte eifrig dem dunklen Raunen, das in diesem Moment erneut anhob. »Aber ich habe mir fest vorgenommen, es endlich herauszufinden.«

Kurz darauf war auch ihr Spitzen-Top Geschichte, ebenso flink, ohne wirklich wahrnehmbare Bewegung. Suchend tastete sie sich vor und Tina seufzte leise, als sie seine Brust berührte. Noch immer im Hemd und genau das ließ sie schließlich wieder die Lider heben. Nur schemenhaft konnte sie ihn ausmachen, das Blitzen seiner Augen wies ihr den Weg.

»Warte«, wisperte sie und richtete sich auf. Er schwieg, seine Lippen teilten sich hörbar und sie lächelte verboten schüchtern, bevor sie nach dem ersten Knopf seines Hemdes griff. Unter gesenkten Wimpern sah sie zu jenem Mann auf, der nun endlich ihr zu gehören schien, und arbeitete sich stetig vor. Dabei bemerkte sie mit einiger Genugtuung, wie sich sein Atem beschleunigte. Die selbstsichere Fassade fiel mit jedem Stück Haut, das sie freilegte, zugegebenermaßen mit leicht zitternden Fingern. Denn auch ihr raubte die Intensität des Moments den Atem. Um am Ende nicht zu versagen, was die Niederlage schlechthin gewesen wäre, senkte sie den Blick und konzentrierte sich auf ihre Aufgabe. Knopf für Knopf löste sich, sie hätte geschworen, sein Herz schlagen hören zu können, ihres befand sich sowieso bereits in ihrer Kehle. Warum hatten diese verdammten Hemden denn nur so viele Knöpfe? Aufatmend erreichte sie schließlich den Letzten, seine Brust hob und senkte sich rapide in akuter Erregung und Tina hätte in diesem Moment tatsächlich alles für ihn getan. Nur, weil er auf sie reagierte. Lächelnd blickte sie zu ihm auf. »Ich schulde dir noch etwas«, hauchte sie heiser.

»Was«, begann er unsicher, doch sie küsste sich bereits an ihm hinab. Zielstrebig erreichte sie kurz darauf seine Brust, und ihm blieb bei diesem erotischen Überfall nichts anderes übrig, als die Augen zu schließen und zu seufzen. Dieses unvorstellbare Gefühl ihrer Lippen auf seiner Haut lenkte ihn derart ab, dass er erst nach einiger Zeit bemerkte, *was* sie tatsächlich plante. Seine Lider flogen auf, gleichzeitig packte er ihre Schultern und zwang sie hoch, bis er Schemen ihrer erwartungsvoll funkelnden Augen vor sich hatte. Entnervt stöhnte Daniel auf. »Mit mir geht es bergab.« Das nächste, wenig begeisterte Stöhnen folgte. Nachdem er sie jedoch geküsst hatte, grinste er bereits wieder. »Können wir auf dieses spezielle Thema vielleicht morgen noch einmal zurückkommen?«, erkundigte er sich verhalten, ohne die Lippen von ihrem Mund zu nehmen. »Um ehrlich zu sein, kann ich es kaum erwarten. Aber heute habe ich andere Pläne.«

»Wie du willst.« Es klang zu nüchtern, um ihn nicht sofort zu alarmieren. Eilig bemühte er sich um Schadensbegrenzung. »Ich will nur nicht, dass du meinst, du müsstest …«

Wieder stoppte er abrupt, blinzelte einige Male, schüttelte sogar konsterniert den Kopf und knurrte ärgerlich. »Oh, scheiß drauf!«

Im nächsten Moment küsste er sie erneut. Sie erwiderte seine Umarmung sofort, presste ihren fragilen Körper, mit diesen unvorstellbaren, wunderbaren, festen, vollen Brüsten an ihn, und als sie in seinen Mund seufzte, tat er es ihr nach.

»Gott, ich liebe dich so sehr, Baby.«

Wieder fehlte alles Theatralische, nichts schien gespielt, absolut nichts wirkte albern. Und mit einem Mal schien das Unmögliche ganz simpel. Selbst für Tina.

»Ich auch«, erwiderte sie ohne die geringsten Schwierigkeiten, als hätten ihre Lippen nur darauf gewartet, die Worte endlich zu formen. »Du hast keine Ahnung wie sehr.« Zärtlich küsste sie sein Kinn. »So sehr, so *unglaublich* …« Ein Kuss am Hals folgte. »… so unvorstellbar.« Als Nächstes folgte der Mund. »… und bereits so *lange.*«

Eilig nahm er den Kopf zurück. »Tina, ich …«

Ihr Finger verschloss seine Lippen. »Nein! Das wollte ich damit nicht erreichen. Du solltest nur wissen, dass …«

»Ich *weiß* es«, erwiderte er ernst.

Diesmal war der Kuss von ihm initiiert, und Daniel machte keine Anstalten, ihn noch einmal zu unterbrechen. Wenig später spürte Tina seine Lippen auf ihrer Haut, die sanften Berührungen seiner Hände, seinen heißen Atem auf ihrem Körper und verlor. Was hätte sie dem auch entgegensetzen sollen? Hatte er doch bereits den Sieg davongetragen, bevor sie überhaupt wusste, dass ein Kämpfen möglich gewesen wäre. Kein Problem, sie hatte diese besondere Schlacht ohnehin nie gewollt. Irgendwann verschwand er jedoch und sie hob sehnsüchtig die Arme, bat ihn zu sich zurück, ohne sich dessen bewusst zu sein.

So jäh seiner Wärme beraubt zu werden, verwirrte sie zutiefst. Als das vertraute Geräusch ertönte, flogen ihre Lider auf und Tina war zurück in der Realität.

»Nein!«

Er erstarrte, das Kondom bereits in der Hand. »Was?«

Tina schüttelte energisch den Kopf. »*Nein!*«

Ein langer Moment des Schweigens verging, bevor er unsicher anhob. »Tina … das … du … du solltest nicht …«

In der nächsten Sekunde saß sie und zwang ihn unverrichteter Dinge zurück. »Wenn du mir das jetzt versaust, weil du mir irgendeinen deiner dämlichen Prof-Vorträge halten musst, *bringe ich dich um!* Wir sagten morgen!«

Wieder verging ein langer, schweigender Moment, bis Daniel sich natürlich doch wieder aufrichtete und sie eingehend betrachtete. »Ja, das sagten wir, glaube ich.«

»*Hmmm!*«

Erst im Anschluss einer weiteren sehr ausgiebigen Bedenkzeit lenkte er tatsächlich ein. »In Ordnung, aber …« Sinnlich liebkoste er ihre Lippen und drehte sich mit ihr im Arm, ohne dass ihre Münder sich trennten. Als er auf seinem Rücken lag, zog er Tina auf sich, was die einigermaßen verwirrte. »Ich dachte …«

»Wenn du *das* willst, wirst du allein für den Erfolg sorgen müssen. Ich will nicht noch einmal die Verantwortung tragen, wenn es schiefgeht. Und im Gegensatz zu dir *weiß* ich, dass es unter diesen Umständen niemals …«

Schon verschloss ihr Finger abermals seine Lippen. »Morgen!«, wisperte Tina eindringlich. »Spar dir das für morgen, *Higgins!*« Nach einem flüchtigen Kuss richtete sie sich auf. Die großen Augen funkelten aufgeregt in der Dunkelheit. »Dann pass auf, Cowboy!«

Tina biss sich fest auf die Unterlippe, kniete sich über ihn und schloss erwartungsvoll die Lider. Sie umfasste seine pulsierende Härte, strich ein paarmal an seiner gesamten Länge auf und ab, bis er aufstöhnte und positionierte ihn dann an ihrer Feuchtigkeit. Daniel ließ sie nicht aus den Augen, sie konnte das Funkeln seiner Augen in der Dunkelheit ausmachen, während seine Hände auf ihren Schenkeln ruhten. Behutsam senkte sich auf ihn hinab, bis sie ihn vollständig in sich aufgenommen hatte. Dann durchbrach ein leises, wohliges Stöhnen die Stille, das gleich in zwei Kehlen geboren wurde.

Daniel dachte nicht daran, den Blick von ihr zu nehmen. Längst hatten sich seine Augen den Lichtverhältnissen angepasst, und so war er dabei, als der angespannte Ausdruck von ihrem Gesicht verschwand und einem seligen Platz machte. Sie würde nie erfahren, wie grandios dieser besondere Anblick ausfiel. Allein dafür wären vermutlich etliche Männer in den Krieg gezogen oder hätten den einen oder anderen Mord begangen. Die helle Haut, das schlanke – *viel zu schlanke* – Gesicht, volle dunkle Lippen, langes, glänzendes Haar, dichte Wimpern und dann dieser *Körper*. Die Bewegungen wirkten unendlich geschmeidig, sie insgesamt so perfekt, so *makellos.*

Über allem jedoch stand dieses versonnene Lächeln. Während er seine Hände nicht von ihrer seidigen Haut nahm, holte Tina sich, was sie verlangte. Vermutlich hätte nichts sie aufgehalten, selbst ein klares ›Nein‹ von Daniels Seite wäre wohl auf taube Ohren gestoßen. In Ordnung, die Möglichkeit, dass er sie abwies, war utopisch, aber wenigstens in der Theorie möglich. Sie wollte das wirklich, meinte es eindeutig *ernst!* Auch wenn er so verdammt genau wusste, welches Himmelfahrtskommando sie soeben lieferten, war er gegen dieses eigensinnige und so umwerfende Glücksgefühl machtlos, das in ihm tobte. Er mischte sich nicht ein, überließ ihr nicht nur die Führung, sondern die gesamte Show. Und so wurden die folgenden Minuten zu einem Rausch der besonderen Art. Herrlich, einzigartig, verboten – und gerade deshalb so bestechend und überwältigend. Erst, als er es nicht länger zurückhalten konnte, er mit einem tiefen Stöhnen in ihr kam und dieses Glück erlebte, das nur eine derartige Situation bereithielt, setzte er sich unvermutet auf und umarmte sie fest.

»Gott, ich liebe dich, du verrücktes Huhn!«

Später lagen sie schwer atmend nebeneinander, ihre linke Hand in seiner rechten. Lange Zeit sagte niemand etwas, es dauerte, bevor sie dazu in der Lage waren. Doch irgendwann richtete sie sich auf und musterte ihn in der Dunkelheit. »Du hast es schon wieder getan!«

»Wovon sprichst du?«

»Von deiner dummen Wette mit Chris!«

»Nein«, widersprach er, nachdem er flüchtig aber intensiv in sich gegangen war. »Das habe ich nicht.«

»Aber du warst …«

»Ich kann unmöglich brüllen wie am Spieß, nur damit du zufrieden bist!«

»Ich bin im falschen Film«, seufzte sie mehr zu sich selbst und fuhr dann vernehmlicher fort. »Ich will doch nur wissen, ob du dabei …«

Und spätestens jetzt konnte er sein Lachen nicht länger zurückhalten, auch auf die Gefahr hin, dass sie mal wieder sauer werden würde. »Ich bin immer wieder verblüfft, wie naiv du in manchen Dingen geblieben bist. Vor allem ist es mir nicht ganz verständlich.« Sein Gelächter erstarb, er hob mit einem sanften Finger ihr Kinn und betrachtete sie mit zur Seite geneigtem Kopf. »Man kann sich auch leise amüsieren, Tina. Und das sogar verdammt gut. Ich lasse dich wissen, solltest du mal irgendwann nicht ins Schwarze treffen.«

»Na, da bin ich ja beruhigt«, murrte sie.

Daniel beschloss, dass es keinen Sinn ergab, mit ihr zu debattieren. Wenn sie – was ja wohl offensichtlich der tatsächlichen unfassbaren Tatsache entsprach – bisher nur mit Männern zusammen gewesen war, die durch wildes, animalisches Geschrei ihrer Leidenschaft Ausdruck verliehen, konnte er sie getrost als nicht sonderlich erfahren bezeichnen. Mit Sicherheit wusste sie nicht viel von *wirklich gutem* Sex. Und das, obwohl sie ihren Ersten – nun gut, ihren ersten *Richtigen* – sogar in Perfektion erlebt hatte. In aller Bescheidenheit, aber das musste ja mal festgehalten werden. Wie so häufig ein akuter Fall von verkehrter Welt und etwas, was ihn, wenn er nicht achtgab, zurück in diese jämmerlichen, bedauernden Überlegungen treiben würde. Doch an diesem Abend, in jener fantastischen Situation, ließ Daniel sich nicht ablenken, sondern konzentrierte sich auf ihre Anwesenheit und auf das Reifen seines neuesten, genialen Planes. Er hatte die Absicht, ihr einige weitere Kostproben von wirklich gutem Sex zu geben. Nur, um Tinas Vergleichsmöglichkeiten zu steigern. Diesmal unter seiner Regie. Heute Abend.

Und morgen.

Übermorgen …

… und am Tag darauf.

Wie Tina darüber dachte, konnte Daniel nicht wissen, doch als sein Mund ihre Lippen fand, er sie mit einem energischen Ruck neben sich legte und kurz darauf den schmalen Körper unter seinen Händen spürte und ausgiebig erkundete, hörte er jedenfalls keine Proteste.

67. What Happiness means to me

Auch dieses Wochenende verbrachten sie beinahe ausschließlich im Bett. Die meiste Zeit herrschte kuschelige Einigkeit. Selbst nach einigen Stunden machte Tina keine Anstalten, aufzustehen und Daniel lag ohnehin nichts ferner.

Außerdem hinderte sie ihn nachhaltig am Aufstehen. Als er wirklich Anstalten machte, hielt sie ihn fest. An seinem Lieblingskörperteil, weshalb sie verdammt überzeugend war.

»Tina, was …« Weiter kam er nicht, denn ihr Finger verschloss seinen Mund. Seine Augen wurden groß, als sie ihn lächelnd betrachtete, doch er nickte, und so entließ sie seine Lippen wieder in die Freiheit. Dann tupfte sie ihre darauf, kitzelte ihn mit ihrer Nasenspitze und grinste.

»Ich schulde dir was. Und wenn du jetzt wieder etwas sagst, muss ich davon ausgehen, dass du es einfach hasst und werde das Thema nie wieder zur Sprache bringen. Was echt schade wäre.«

Daniel war dämlich – ein Idiot auch, ja, ja, er hatte es kapiert. Aber so blöd, sich jetzt noch zu wehren war er wiederum nicht. Sie beobachtete ihn fragend und dann lächelte sie wieder, unergründlich diesmal. »Dachte ich es mir doch.«

Damit zog sie die Decke beiseite, küsste noch einmal seine Lippen und sein Kinn, seinen Hals, und zu seiner Brust hinab. An seinen Nippeln macht sie kurz Halt und ließ ihre Zunge darum kreisen, biss sogar sanft hinein und zwickte den anderen mit ihren Fingernägeln. Er stöhnte auf und schloss die Augen. Fuck! Schnell öffnete er sie wieder, denn die Show wollte er sich ganz bestimmt nicht entgehen lassen. Sie küsste weiter, erreichte seinen Nabel, ließ ihre Zunge in die Vertiefung gleiten und schaute ihn unter ihren dichten Wimpern an. Fuck! Dann ließ sie zärtlich ihre Zunge kreisen, während sich ihre Hand wieder hinabstahl, seine Härte umschloss und sie sanft massierte. Daniel senkte wieder die Lider, gab sich für ein paar Sekunden dem überirdischen Gefühl hin, bevor er sie abermals aufriss. Sie ließ ihn nicht aus den Augen, während sie die Reise hinab weiterführte, bis sie ihr Ziel erreichte. Interessiert betrachtete sie seine pulsierende Erregung, bewegte dabei unaufhörlich die Hand auf und ab und beugte sich dann vor, um mit einem tiefen, sinnlichen Stöhnen den kleinen Tropfen, der sich bereits abgesondert hatte, mit ihre Zunge abzunehmen. Wieder schaute sie zu ihm, wieder unter diesen dichten Wimpern und fuck, er kam beinahe allein von dem Anblick!

Mit aller Macht zwang er den Höhepunkt zurück und gleichzeitig, seine Hüften, sich nicht zu bewegen. Er presste die Zähne in die Unterlippe, entließ das Keuchen durch die Nase und starrte sie hingerissen an. Weit nahm sie die Lippen auseinander und senkte sie schließlich über seine Eichel. Sie agierte nicht nur damit, nein, er spürte den zarten Druck ihrer Zähne, als sie ihn umschloss und langsam hinabsenkte, und diesmal konnte er das verdammte Stöhnen nicht mehr zurückhalten. Fuck, sie war sein Untergang! Weit, weit, als er es jemals zuvor erlebt hatte, nahm sie ihn in sich auf, ihre Hand hatte sich hinab zu seinem Schaft gestohlen, die andere umfasste zärtlich seinen Hoden und massierte ihn noch zusätzlich. Und währenddessen ließ sie ihn nicht aus den Augen. Er sah, wie sie die Wangen beidseitig einzog, als sie zu saugen begann, Zähne wurden durch Lippen ersetzt, die sich aber beinahe genauso fest um ihn schlossen, und immer, wenn sie sich langsam nach oben zog, umspielte sie seine geschwollen, pulsierende Eichel mit der Zunge. Fuck! Seine Hände schossen wie von selbst vor und packten ihr Haar, während er ihr zusätzlich den Rhythmus dirigierte. Immer wieder ließ sie sich hinab, saugte ihm sprichwörtlich die Seele aus dem Leib und reckte dabei auch noch ihren süßen Hintern, in die Luft. Nur allmählich steigerte sie das Tempo, während Daniel hilflos seinen Gefühlen ausgeliefert war. Nach einer Weile ließen sich seine Hüften nicht mehr beruhigen, er stieß nach oben, hinein in diesen süßen, feuchten Mund, der es ihm auf eine bisher unbekannte Art besorgte. Und als er fühlte, dass er es nicht länger zurückhalten konnte, stieß er ein »Tina!«, hervor. Doch anstatt sich in Sicherheit zu bringen, grinste sie ihn mit seinem Schwanz im Mund an, er kam mit einem so lauten Schrei, dass er im Zimmer widerhallte, und beobachtete fassungslos, wie sie schluckte und dabei auch noch genüsslich die Augen verdrehte. Dann gab er sich dem sinnlichsten Moment seines Lebens hin und nahm gleichzeitig die Hände aus ihrem Haar. Erst, als er merkte, wie sie sich neben ihn legte, sah er sie an. Sie grinste, natürlich. Triumphierend und verdammt stolz. Er konnte es ihr nicht verdenken.

»Noch Fragen?«

Ha! Das kleine Monster! Doch Daniel schüttelte nur den Kopf und dachte sich, dass sogar er manchmal an Idiotie nicht zu überbieten war. Denn was er sich bisher aus falschem Edelmut entgehen lassen hatte, konnte nicht in Worte gefasst werden – die geeigneten Vokabeln existierten seines Wissens nicht. Am Samstagnachmittag entbrannte auch sie endlich: die befürchtete, hitzige Diskussion über Tinas fahrlässige Ernährungsweise. Zunächst deutete alles darauf hin, dass es wie so häufig im totalen Desaster enden würde. Die Fronten waren denkbar verhärtet, keiner ging auch nur einen winzigen Schritt auf den anderen zu, ja, zeitweilig drohte das wunderbare, so friedliche Wochenende sprichwörtlich im lautstarken

Streit unterzugehen. Daniel sah keine andere Möglichkeit als zur Geheimwaffe zu greifen, um die drohende Katastrophe noch aufzuhalten.

»Dann hast du das gestern also nur getan, damit wir in einigen Wochen wieder einen kurzen Ausflug ins Krankenhaus unternehmen dürfen? Warum hast du mir nicht früher gesagt, dass du ein Faible für Kliniken hast. Ehrlich! Du hättest nicht auf solche Maßnahmen zurückgreifen müssen, mir gehört nämlich so ein Teil, falls du es vergessen hast! Ich fahre gern mit dir hin, und du bekommst von mir eine kostenlose Führung, kein Problem. Aber nicht, um …« Und hier schwand Daniels ohnehin nur mühsam aufrechterhaltene Beherrschung, sein Ton wurde denkbar schärfer: »Die Reste unseres Kindes aus dir *herausschaben zu lassen*!«

Die wütende Erwiderung lag Tina bereits auf der Zunge, er konnte es sehen, erstaunlicherweise beherrschte sie sich im letzten Moment. »Schwöre!«

»Was?«

»Schwöre, dass es daran gelegen hat!«

»Nun ja«, seufzte Daniel. »Die Koffeintabletten sollte ich auch nicht unerwähnt lassen. Gleiches gilt für die vielen Cosmos, deinen Irrsinn an sich …«

»Das ist *nicht witzig*, Grant!«, fauchte sie.

»Ach!«, fuhr er auf. Wenn es auf dieses Thema kam, war es mit seiner Beherrschung nicht sehr weit her. »Darauf wäre ich im Leben nicht gekommen! Besonders *dieser* Part ist für mich an Humor kaum zu überbieten, du wirst es nicht glauben!«

Wieder befand sie sich kurz vor einer geharnischten Erwiderung, fing sich jedoch in sprichwörtlich letzter Sekunde.

»In Ordnung«, begann sie geraume Zeit später. »Keine Koffeintabletten. Dass der Alkohol gestrichen ist, wusste ich sogar ohne deine Belehrungen, obwohl ich doch so eine naive Nuss bin.«

Nichts lag Daniel ferner, als auf die Provokation einzugehen. Er ließ Tina nicht aus den Augen, die soeben tief Luft holte, wie um sich zu wappnen.

»Schwöre, dass du die einmalige Gelegenheit nicht ausnutzt, um mich zu mästen.«

Das trieb ihn wieder an den Rand der Fassungslosigkeit. »Alzheimer, Tina? Seit wann bevorzuge ich fette Frauen? Soweit ich weiß, war immer das Gegenteil der Fall und das hat sich bis heute nicht geändert. Ich erhebe dann Einspruch, wenn es sich um keine Frau mehr im herkömmlichen Sinne handelt, weil sie sich alles Weibliche runtergehungert hat!«

»Meine Wertigkeiten, die Definition ›fett‹ betreffend, haben sich mit den Jahren ein wenig geändert«, informierte sie ihn kühl.

Sie lagen nebeneinander in dem recht schmalen Bett, weshalb sie sich zwangsläufig berührten. Nackte Haut an nackter Haut, beide Körper waren von einem leichten Schweißfilm überzogen, die letzten Fetzen des Duftes von wundervollem Sex verharrten in der Luft. Aber weder Daniel noch Tina schenkten der unvergleichlichen Atmosphäre auch nur die geringste Beachtung. Beide Mienen waren verhärtet, keiner senkte den Blick, und der Ton wurde mit jedem Wort schärfer.

»Gut«, nickte er eisig. »Dann wäre ich für eine Erläuterung deiner neuesten sehr dankbar.«

Das überdachte Tina ausgiebig, bevor sie anhob. Langsam und damit selbst für Daniel verständlich. »Ich. Will. Nicht. Mehr. Als. Sechs. Kilo. Zunehmen.«

»Das reicht, es ist nicht viel, aber das …«

»*Mit* Kind und dem ganzen Drumherum!«

Daniels Erleichterung wurde mit Tonnen von Stahl unterwandert und landete mit Wucht in seinem Magen. »Vergiss es! Das riecht verdammt nach Krankenhaus in zwei bis drei Wochen. Theoretisch. Praktisch versichere ich dir, dass es nicht funktioniert hat. So kannst du Ewigkeiten auf mir herumhüpfen, ich wünsche dir viel Erfolg. Nun ja, wenigstens ich habe meinen Spaß.«

Das brachte ihm den nächsten wütenden Blick ein, doch erneut siegte die neu gewonnene Vernunft. Daniel wusste nicht, worüber er fassungsloser sein sollte: über Tinas Idiotie an sich oder über deren neue und ehrlich etwas beängstigende Besonnenheit innerhalb einer ihrer legendären Auseinandersetzungen.

»Okay …« Tina räusperte sich. »Sieben Kilo.«

Versonnen blickte Daniel zur Zimmerdecke. »Ach, was werde ich mich amüsieren, ohne jemals Gefahr zu laufen, stinkende Windeln wechseln zu müssen.«

»Acht!« Es klang ein wenig gepresst.

»Ich könnte Jonathan bitten, ein Dauerbett zu reservieren. Das ist doch *die* Idee! Rein – auskratzen – raus …« Er hielt inne, seine Augen flogen auf. »Warte! Diese Variante ist nicht akzeptabel! Danach herrscht für sechs Wochen Sexverbot! *Jedes Mal!*«

»Daniel, ich warne dich!«

»Ich zeige dir lediglich auf, welchen Wahnsinn du soeben planst!«, erklärte er schulterzuckend. »Im Übrigen sollte ich dich möglicherweise darüber aufklären, dass es sich um einen Eingriff handelt und der birgt immer Risiken in sich. Zu viele, um sie einzeln aufzuzählen.«

Wieder schwieg Tina sehr lange, bevor sie etwas sagte. Er hatte das längst als ihre Art entlarvt, sich in Beherrschung zu üben. »Neun.«

»Weißt du was? Vorsorglich packen wir so eine Art Aborttasche. Die einen bereiten sich mit Taschen für die Entbindung vor, warum sollte das Prinzip nicht auch für zu erwartende Fehlgeburten funktionieren? Langfristig gesehen erspart uns das jede Menge Zeit und Arbeit …«

»*Daniel*!«

Und endlich fuhr sein Blick zu ihr herum, die Worte kamen dumpf und mit kaum verhüllter Wut. »Was willst du denn hören? Lügen, damit du dich besser fühlst? Vergiss es! Genauso wird unsere Zukunft aussehen. Alles, was ich sagte, entspricht der Realität, ich musste nicht einmal übertreiben!«

Es ging so schnell, dass er kaum der Bewegung folgen konnte. In der nächsten Sekunde kniete Tina, warf sich nach vorn und erstickte ihren lautstarken Wutanfall in der Decke. Als sie sich etliche Minuten später aufrichtete und zu ihm umwandte, lag das Haar zwar etwas wirr, aber sie wirkte insgesamt recht ruhig. Wenn man von dem hochroten Gesicht mal absah.

»Wie viel?«

»Zwölf, mit Kind. Sechs, sieben ohne.«

»Niemals!«

Gelassen hob Daniel beide Hände. »Du sagst es!«

Mit einem letzten, vernichtenden Blick warf sie sich wütend herum und strafte ihn mit ihrer knochigen Rückenansicht.

In den kommenden zwanzig Minuten herrschte absolute Funkstille.

»Weniger geht nicht?«

Rasch schloss Daniel die Augen und schickte ein Dankgebet gen Himmel. »Nein.«

»Ich könnte es danach abhungern, das wäre eine Möglichkeit.«

Offenbar war diese kaum vernehmliche Bemerkung nicht für ihn bestimmt, doch er seufzte. »Sicher, wenn du dich dann weiter zugrunde richten willst.«

Was wie so häufig der falsche Beitrag gewesen war, denn schon fuhr sie wieder auf. »Damit kannst du endlich aufhören!«

Als die aktuelle Funkstille in die dritte Minute ging, lehnte Daniel sich über sie und strich das Haar von ihrer Wange. »Mein Vorschlag«, begann er verhalten. »Ich erstelle einen geeigneten Plan und schwöre, es wird nichts Verfettendes dabei sein. Nur ein wenig – äh – Nahrung, in Ordnung?«

»Hmmm.«

»Traust du mir etwa nicht?«

»Nein.«

»Schlechte Ausgangsbasis.«

»Was denn für ein *Ausgang*?«, giftete sie los. »Am Anfang – also früher – war ich vielleicht dumm, aber inzwischen kenne ich deine zahlreichen Manipulationstaktiken.«

»Manipu… Ich bin *schockiert!*«

»Ach, das ist dir neu? Wie seltsam, offensichtlich handelst du des Öfteren ohne Verstand. Okay, das lässt es gleich nicht mehr ganz so seltsam erscheinen. Außerdem hatte ich schon damals den starken Verdacht, dass deine Persönlichkeit gespalten ist. Gewöhne dich lieber daran, dich auch in diesem Licht zu sehen und nicht so verdammt perfekt! Irgendwann lässt der erste Schock nach, diesbezüglich kenne ich mich bestens aus!«

»Oh, wenn das so ist, bleibt Raum für Hoffnung.« Andächtig küsste er ihre Schulter, dicht am Halsansatz. »Ich mochte dich, als wir am College waren«, fuhr er bedeutend dunkler und verhaltener fort. »Nicht so eckig und kantig, nimmst du mir das wenigstens ab?«

»Vergiss es! Ich weiß, was du vorhast.«

»Was denn?«

Endlich wandte sie sich um und musterte ihn spöttisch. »Du willst mir also weismachen, dass ich damals fantastisch aussah und *keineswegs* fett war? Um der Wahrheit die Ehre zu geben, liebtest du mich viel mehr, als heute? So ist das? Ich verstehe nicht, wie mir das entgehen konnte. Was wäre alles anders gekommen, hätte ich nur gewusst …«

Daniel machte Anstalten, etwas einzuwerfen, doch sie kam ihm zuvor. »Das ist mir echt entgangen und mir will nicht in den Kopf, weshalb! Ach!« Theatralisch schlug sie sich mit einer Hand leicht an die Stirn »Möglicherweise lag es daran, dass dies die Zeit war, in der du in jeder verdammten Nacht eine andere Schlampe in dein Bett entführt hast!« Ihre Augen verengten sich. »Vergiss es! Mit diesem Schwachsinn wirst du mich niemals dazu bringen, schön fett und rund zu werden. Was ich übrigens für hochgradig schizophren halte. Aber das hatten wir ja bereits geklärt. *Es wird nicht funktionieren!*«

Oh, wie gern hätte er ihr das eine oder andere gesagt, ihr beispielsweise zum unzähligen Male erklärt, dass sie ehrlich nicht ganz rund lief, obwohl Tina das mittlerweile für eine Grußformel halten musste. Doch auch Daniel hatte gelernt und daher verzichtete er am Ende auf jede Erwiderung. Es wäre nämlich nur der Auftakt für die Ausweitung dieser Diskussion geworden, und darauf verzichtete er dankend. Bevor dieses Thema zur Wiedervorlage auf den Tisch kam, würde mindestens ein Jahr vergehen, wenn nicht mehr. Denn, was Tina nicht unbedingt erfahren musste: Daniel rechnete nicht damit, dass es so schnell funktionieren würde. Dazu war sie schlicht und ergreifend zu dünn. Aber das hieß noch lange nicht, dass man nicht schon mal ausgiebig für den Ernstfall trainieren konnte. Eine Überzeugung, die Tina übrigens teilte. Mit jeder Minute, die sie an jenem Wochenende im Bett verbrachten, sah sich Daniel einmal mehr in seiner Annahme bestätigt, dass es tatsächlich nicht ratsam war, jede Angelegenheit unbedingt auszudiskutieren und seine – mit Sicherheit korrekte – Ansicht auch ohne Rücksicht auf Verluste an die Frau zu bringen. Was wäre ihm nicht alles entgangen, hätte er sich an sein altes Credo gehalten!

68. The hardest thing I had to say

In den folgenden Wochen stellten Daniel und Tina das dar, was sie eigentlich – hätten sie sich mal an die Vorgaben des Schicksals gehalten – bereits seit über einer Dekade gewesen wären: ein Liebespaar.

Unabhängig voneinander waren beide zu dem Schluss gelangt, dass der Versuch zwar zum Scheitern verurteilt, eine Niederlage in bestimmten Situationen jedoch durchaus vertretbar war. Denn sie bemühten sich nach Kräften, die verlorenen Jahre nachzuholen, wettzumachen, zu tilgen – irgendwie auszumerzen.

Ihre relativ laxe Einstellung zur Arbeit behielten beide trotz begrabenen Kriegsbeils bei. Tina lehnte alles ab, was auch nur möglicherweise eine Geschäftsreise nach sich gezogen hätte. Und mittlerweile war ihr egal, dass sie dies vielleicht den einen oder anderen guten Auftrag kosten konnte. Schließlich wollte sie ein Baby und würde ihre Arbeit ohnehin neu organisieren müssen. Nicht zuletzt betraf die zu erwartende Umstellung ihre Kunden. Neuerdings hielt Tina sich strikt an ihre Bürozeiten: von neun bis sechs.

Sehr strikt.

Daniel war es übrigens gelungen, sich genau diese Arbeitszeiten in der Klinik zu sichern. Dauerhaft.

Sollte in seinem Ärztestab darüber die eine oder andere Kritik laut geworden sein, verstand Maggie es hervorragend, das vor ihm zu verbergen. Was nicht bedeutete, dass es dem, spätestens jetzt, bis über beide Ohren verliebten Leiter der Klinik besonders nah gegangen wäre. Jahrelang hatte er seinen Kollegen in Sachen Privatleben den Rücken freigehalten, wofür die ihm seiner Ansicht nach endlich eine Entschädigung schuldeten.

Daniels Geburtstag verbrachten die beiden bei Edith und Jonathan in Ithaka. Erst dieser Besuch wurde für Tina zur wahren Heimkehr, denn er gestaltete sich ganz anders, als ihre flüchtige Stippvisite vor einem halben Jahr. Besonders heimisch fühlte sie sich, weil Tom scheinbar ohne jedes Problem sofort die Tina-Verarsche wieder aufgriff. Auch Daniel wurde prompt aufs Korn genommen. Im Grunde war Letzterer der weitaus größere Leidtragende, womit auch diese Tradition bewahrt wurde. Einer der Gründe, weshalb alles in bester, gewohnter Ordnung zu sein schien: Tina wurde auf den Arm genommen, Daniel mehr oder weniger ununterbrochen grauenhaft verhöhnt. Verwundert erkannte sie, dass der Hüne sich kaum verändert hatte. Nichts deutete darauf hin, dass er mittlerweile Vater einer achtjährigen Tochter oder überhaupt das eine oder andere Jahr vergangen war. Bei Fran fand sie bedeutend gravierendere Unterschiede im Gegensatz zu früher. Inzwischen war sie knapp vierzig Jahre alt und daher eine *reife*, umwerfend unerträgliche Schönheit, neben der man zwangsläufig grün vor Neid wurde. Da Tina alle Arten von Minderwertigkeitskomplexen selbstverständlich weit hinter sich gelassen hatte, benötigte sie auch nur fünf Minuten, um sich zu fassen.

Was allerdings auch daran liegen mochte, dass für genügend Ablenkung gesorgt war. Denn neben Toms pausenlosen Sticheleien musste sie sich die eine oder andere höchst unangenehme Frage gefallen lassen. Wie sie leider zu spät herausgefunden hatte, bildeten Daniels Geburtstagsgäste gleichzeitig den exklusiven Suchtrupp, der während ihrer kurzen Stippvisite in Atlanta ganz New York durchkämmt hatte. Auch Maggie befand sich unter ihnen. Die wirkte übrigens kein bisschen verlegen oder in sich gekehrt, weil sie soeben als Teil der Verschwörergruppe aufgeflogen war, die Tina unter Vortäuschung der falschesten Tatsachen in Daniels Klinik gelockt hatte. Bei Professor Miller, der sich auch unter den Gratulanten befand, verhielt es sich ähnlich. Keiner der Menschen, die Tina nach und nach als Komplizen enttarnte, schien auch nur den geringsten Anlass zu verspüren, sich vielleicht ein wenig zu schämen oder so. Sie nahm es mit dem sanftesten, nachsichtigsten Lächeln zur Kenntnis. Nicht nur, dass jeder Groll längst verflogen war, tief in sich, so tief, dass besonders der arrogante Prof nie davon erfahren würde, war sie diesen Menschen aufrichtig dankbar.

Und das würde sich niemals ändern. Nachdem sie zwanzig Minuten lang versucht hatte, mehr oder weniger unauffällig den zahlreichen Fragen auszuweichen, stellte Tina fest, dass tatsächlich alles wie immer war. Alle verhielten sich wie damals, sofern sie zu diesem Zeitpunkt bereits zu der festen Gemeinschaft um den Grant-Clan gehört hatten.

Und auch das, nahm Tina an, war gut so.

»Tina? Wenn du das nächste Mal für ein paar Tage einfach verschwindest, um Luft zu holen, dafür genießt du mein vollstes Verständnis. Äh, aber könntest du ihm vorher Bescheid sagen? Du hast ja keine Ahnung, wie kindisch sich dieser Mann aufführt, wenn du dir total unverbindlich eine wohlverdiente Auszeit gönnst.«

»Tom!« Es wäre äußerst verwunderlich gewesen, hätte der sich heute von Daniels mit einem Mal ziemlich mieser Stimmung beeindrucken lassen. Der Riese, möglicherweise Daniel zu Ehren hatte er sich sogar rasiert, zuckte mit den Schultern. »Was? Hätte ich das nicht sagen sollen?« Vertrauensvoll beugte er sich zu Tina hinab. »Ehrlich, du hättest ihn sehen müssen. Das geht auf …«

»Tom, ich schätze, wenn du die Burger nicht wendest, dann verbrennen sie!«

Nicht Daniel hatte diesen Beitrag von sich gegeben. Der hatte den bereits wieder verdächtig starrem Blick in die scheinbar unendlichen Weiten des riesigen Anwesens gerichtet. Die Richtung war Programm. Francis hatte ihren Ehemann zur Ordnung gerufen – ein Novum, üblicherweise hielt die sich aus derartigen Plänkeleien heraus. Tina war ihr dankbar. Daniel sollte sich nicht ärgern, sie mochte es nicht, fand nicht mehr halb so viel Vergnügen an diesen kindischen Provokationen, wie früher. Außerdem wollte sie tunlichst jede ausufernde Diskussion über dieses besondere Thema vermeiden. Ja, die beiden hatten sich ausgesprochen, was jedoch keineswegs bedeutete, dass auch in jedem Belang ein Konsens gefunden worden war. Ihr Arbeitseinsatz in Atlanta würde wohl nie wirklich hinreichend geklärt sein.

Schon, um den nervenden Fragen endlich zu entfliehen, nahm sie Daniels Hand und zog ihn zu ihrer Sitzgruppe. Tina hatte beschlossen, dass ihnen diese Bezeichnung in der Zwischenzeit zustand. Wenn auch nur heimlich. Sein Grinsen ähnelte einer schmerzverzerrten Grimasse, doch er ließ sich widerstandslos abführen. Angekommen am Ziel wollte Tina sich neben ihn setzen, aber Daniel zog sie auf seinen Schoß. »Keine Panik«, versicherte er ihr dabei. »Die Dinger brechen so schnell nicht zusammen. Jedenfalls, wenn du es bist. Ist auch nicht anders, als hätte ich einen besonders schweren Schlüsselbund in der Tasche und eine Flasche in der Ha…«

»Kannst du denn nicht endlich damit aufhören?«, stöhnte sie. »Ich esse doch, oder?«

Das konnte er nicht leugnen. Daniel hatte – ganz Perfektionist, der er nun einmal war – so etwas wie einen Anti-Diätplan für Tina erstellt. Ihr anfänglicher Argwohn war schnell verflogen, zumindest der größte Teil. Ganz würde sich ihr Misstrauen wohl nie legen – was in ihren Augen eine sehr gesunde und vernünftige Reaktion darstellte, um von diesem arroganten Mann nicht vollends vereinnahmt zu werden. Mit Dickmachern jeglicher Art kannte sie sich hervorragend aus und davon hatte sie auf Daniels kindischem Plan beim besten (Un)Willen nichts ausmachen können. Der hatte das Teil übrigens mit bunten *Obstmagneten* an der Kühlschranktür befestigt! Es handelte sich insgesamt nur um … *mehr*. Was Tina sich nach reiflicher Abwägung gefallen ließ. Wenn das erforderlich war, um ein Baby zu bekommen, musste sie eben eine Zeit lang damit leben.

Zärtlich berührten seine Lippen ihren Mund, kein echter Kuss, eher ein Streicheln. »Ich habe nichts gesagt.«

»Hmmmm … Dann leide ich neuerdings unter einem ziemlich ausgeprägten Tinnitus.«

Was ihr ein leises, aber amüsiertes Lachen einbrachte. Seine schlechte Stimmung schien bereits vergessen, neuerdings hielten sich derartige Anfälle nie sehr lange. Seufzend legte sie einen Arm um seinen Hals und lehnte die Stirn an seine Wange. »Du bist unmöglich.«

Erst nach einer ganzen Weile, die sie in einträchtigem Schweigen verbrachten, hob er wieder an. »Ich habe heute erfahren, wohin genau ich gehe.«

»Und?«

»Sudan.«

Prompt nahm sie den Kopf zurück. *»Was?«*

Daniel begutachtete den grünen, gepflegten Rasen. »Yeah, Sudan.«

»Wohin dort genau?«

Diesmal riskierte er einen raschen Blick aus dem Augenwinkel. »Was ist los?«

»Wo?«

Unwirsch schüttelte er den Kopf. »Du missverstehst die Sachlage total! Egal, wo, wir sind sicher. Das ist ein humanitärer …«

»Wo!« Inzwischen klang sie etwas bedrohlich.

Daniel seufzte. »Darfur.«

»Vergiss es!«

Sie wollte aufstehen, wurde aber von ihm daran gehindert. »Das *kann* ich nicht!« Gnadenlos zwang er ihr Kinn herum, bis sie ihn ansehen musste. So leicht gab Tina sich jedoch nicht geschlagen. Sie wehrte sich, versuchte tatsächlich, gegen seinen übermächtigen Griff anzukämpfen, als hätte sie bei einem Sieg auch sein Fortgehen verhindert. *Nein!* Tina wollte seine Argumente nicht hören, und wenn sie noch so treffend ausfielen, denn genau hier endete ihre Nächstenliebe. Sollten andere ihren Hintern riskieren, die weniger zu verlieren hatten! Nicht er!

Kein Problem, sie war bereit zu spenden, zur Not die Hälfte ihres Besitzes. Ehrlich, Tina war bereit, alles Erforderliche zu tun, sich ab sofort an jedem Sonntag mit der Spendenbüchse in der Hand vor das Rockefeller-Center zu stellen oder auch auf jede andere, erdenkliche Art diesen unglücklichen Menschen zu helfen. Alles, aber er würde nicht dorthin gehen. Leider war Tina weder dumm noch grausam, auch wusste sie ganz genau, was Verantwortung bedeutete. Und deshalb spürte sie ihren Widerstand bald erlahmen, obwohl sich alles in ihr dagegen aufbäumte. Schließlich holte sie tief Luft und unternahm verzweifelte Anstrengungen, ihre derzeit chaotischen Gedanken zu ordnen.

»Okay.« Ein erneutes Luftholen folgte. *»Okay!«* Ein letztes Mal ließ sie die Luft besonders tief in ihre Lungen rauschen, dann stand ihr Entschluss und sie versuchte nicht länger, seinem Blick auszuweichen. »Ich begleite dich!«

»*Was?* Tina du weißt nicht, was dich dort erwartet! Du würdest nach einem Tag Schreikrämpfe bekommen!«

Ein Beitrag, der ihm ein denkbar abfälliges Schnauben einbrachte. »Du hast eindeutig keine Ahnung, wen du vor dir hast!«

»Ich hätte keine Zeit für dich!«

»Ist mir egal!«

Ohne Unterbrechung – der Kerl holte nicht mal Luft! – wechselte Daniel die Spur. »Was ist mit deinen Aufträgen? Bisher hatte ich immer den Eindruck, du würdest daran hängen.«

»Betriebsferien.«

»Tina …« Daniel stöhnte. »Es ist zu gefährlich!«

»Ha!« Sie tippte sich an die Stirn. »Ach nein, und für dich nicht? Du glaubst doch wohl nicht im Ernst, dass ich dich allein *dorthin* …«

Wie so häufig, wenn es keinen anderen Ausweg gab und Tina entschlossen war, diesmal nicht nachzugeben, *unter keinen Umständen!*, griff dieser hinterhältige, grauenhafte Mann zur Universalwaffe und die lag weit, weit im Abseits von Fair Play. Bevor sie es verhindern konnte, hielt er ihren Kopf zwischen den Händen und sie waren sich sehr nah. Sein Blick wurde etwas eindringlicher, und als wäre das nicht genug gewesen, war er zu allem Überfluss getränkt von der Bitte um Verständnis. Gepaart mit dem unbedingten Willen, nicht nachzugeben. Tina wusste, dass sie längst verloren hatte, und war trotzdem nicht bereit, die Niederlage hinzunehmen! *Nein!*

Sie wehrte sich selbst dann noch mit Händen und Füßen, als seine Miene längst diesen verhassten bedauernden und gleichzeitig endgültigen Ausdruck angenommen hatte.

»Das ist mein *elfter* Einsatz!«, wisperte er, nur wenige Zentimeter von ihr entfernt, Tinas widerspenstigen Kopf sicher in den unnachgiebigen Händen. »Ich bin ein alter Hase, weiß ganz genau, worauf es ankommt und was zu tun ist. Vertrau mir, bitte. Du hast dort nichts zu suchen, und ich werde nicht dulden, dass du dich in eine derartige Gefahr begibst. Womit ich übrigens nicht von irgendwelchen Aufständischen rede, die halten sich sowieso fern. Dies ist ein anderes Klima, andere Zustände, eine *andere Welt!* Unvorstellbar, *unfassbar* für dich! Dem wärst du nicht gewachsen. Dort gibt es kein fließendes Wasser, Krankheiten, tropische Insekten, Schlangen.«

Energisch schüttelte er den Kopf. »Unmöglich! Du bleibst hier, bewachst das Appartement, siehst zu, dass wir endlich ein Baby machen können, ohne Gefahr zu laufen, dass du dabei draufgehst. Und ich bin in sechs Wochen zurück und berichte von jeder einzelnen verdammt sexy Frau, die ich deinetwegen abblitzen ließ.«

»Aber ...«

Seine Lippen verschlossen ihren protestierenden Mund. »Nein.«

»Kann ich dich wenigstens bis Washington begleiten?«

»Washington?« Amüsiert lachte er auf. »Dieser Zwischenstopp fällt leider aus. Ich weiß am besten, welche Impfungen ich benötige. Der Flug geht direkt vom JFK. Bis Kapstadt und von dort ...«

Tina versuchte es ein letztes Mal. »Daniel ...«

»Nein! Und das ist mein letztes Wort!«

69. I do anything

In Wahrheit war Daniel nicht halb so strikt und unerbittlich, wie er Tina glauben ließ. Auch ihm setzte die Vorstellung unerträglich zu, sie sechs Wochen allein lassen zu müssen. Gerade jetzt, wo sie endlich alles Störende zwischen sich beseitigt hatten. Er fühlte sich wie ein elender Verräter, der sich wieder aus der Verantwortung stahl und vor ihr floh, obwohl das ungefähr das Letzte war, wonach ihm der Sinn stand. Außerdem lauerten für sein Verständnis im New Yorker Dschungel bedeutend größere Gefahren, als in der sudanesischen Wüste. Was ihn auch nicht gerade froher stimmte, allerdings seinen Entschluss nicht ins Wanken brachte. Alles war am Ende nur eine Frage der exakten Vorbereitung. Hmmm, auch keine unbedingt neue Überlegung.

Und daher verbrachte er ab sofort die wenigen Stunden, welche die beiden nicht gemeinsam verlebten, mit der Planung für die Zeit seiner Abwesenheit. Wie üblich ging er dabei systematisch, logisch und vor allem *umfassend* vor. Als Erstes setzte Daniel seinen Vater in Sachen anständiger Ernährung auf Tina an. Nur für den Fall, dass die auf die irrsinnige Idee kam, seine Abwesenheit für die nächste Hungerkur auszunutzen. Tom, Francis, Chris und Carmen wurden für die allgemeine Unterhaltung – sprich: wenn es nach Daniel ging, permanente Kontrolle – abkommandiert. Darüber hinaus stellte er sicher, wenigstens via Satellitenverbindung mit ihr Kontakt halten zu können. Und als all das getan war und selbst Jonathan ihm mehrfach und vor allem glaubwürdig geschworen hatte, sich um sie zu kümmern, fühlte Daniel sich zwar auch nicht viel besser, aber wenigstens beruhigt.

Um es kurz zu machen: Wie immer, wenn es Tina betraf, benahm er sich wie ein Idiot. Tom war sich nicht zu schade, ihm das umgehend zu attestieren und Daniel dachte nicht im Traum daran, ihm zu widersprechen oder vielleicht endlich die seit Jahrzehnten verdiente Abreibung zu verpassen. Doch er änderte auch nicht den Kurs, das stand nicht zur Debatte. Bisher hätte er sich trotzdem nicht bescheinigt, ein Kontrollfreak zu sein, auch wenn Tina das selbstverständlich ganz anders sah. Aber sobald es die Frau, die er liebte, betraf, verlor er dummerweise jedes Maß. Widerstand zwecklos, das hatte er bereits ausgetestet.

Es war zu früh! Sie hatten zu wenig Zeit miteinander verbracht. Und er kannte ihre neu erworbenen Seltsamkeiten, wusste, was sie trieb oder auf welche dämlichen Ideen sie möglicherweise kam, wenn er nicht anwesend war, um den aufkeimenden Bullshit sofort zu ersticken. Ja, die Parallelen zu damals ließen sich nicht leugnen und dennoch waren die Situationen grundverschieden. Denn diesmal blieb ihm tatsächlich keine Wahl und ihn konnte nur der Tod davon abhalten, zu ihr zurückzukehren. Viel änderte das an der miesen Gesamtsituation allerdings auch nicht. Maggie hatte ihn schon an seinem Geburtstag kaum aus den *besorgten* Augen gelassen. Dieses unerträgliche Glotzen behielt sie für die kommenden zwei Wochen bei, bis sie ihn schließlich ohne Umschweife und in einem Ton, der keinen Widerspruch duldete, – wäre Daniel so wahnsinnig gewesen, etwas Derartiges anzubringen – in den Urlaub abkommandierte.

»Zwei Wochen bleiben euch. Spann aus! Ich sorge dafür, dass der Laden nicht vor die Hunde geht. Danach muss es ja auch irgendwie funktionieren!«

Das war doch ein Wort! Vielleicht hatte Daniel sogar auf diesen Freibrief gewartet. Ganz nebenbei wurde er wie so häufig von einer überwältigenden Welle grenzenloser Dankbarkeit für Maggie und unerträglichem Ärger gegen sich selbst überrollt, weil er nicht selbst auf diese geniale Idee gekommen war. Jetzt galt es nur noch, auch Tina von der Notwendigkeit eines Urlaubs zu überzeugen. Als sie an diesem Abend nach Hause kam, empfing Daniel sie strahlend.

»Neulich erwähntest du etwas von Betriebsferien. Stehen die noch im Raum oder war das nur ein Ablenkungsmanöver, um mich zu verwirren?«

Tinas Antwortstrahlen setzte etwas *zu* schnell ein und fiel bei Weitem zu umfassend aus. *Verdammt!*

Eilig hob er die Hand. »Nein, ein Urlaub im Sudan ist nicht geplant. Eher in *Miami!*«

»Was?«

Daniel lachte auf. »Keine Panik. Ich habe ein Hotelzimmer gebucht. Trotzdem wäre es doch nett, Vera und Colin einen Besuch abzustatten, oder?«

Mit zur Seite geneigtem Kopf und denkbar argwöhnischem Blick trat sie langsam näher. »Warum habe ich soeben den absurden Verdacht, dass du mir bisher etwas Wichtiges verschwiegen hast?«

Daniel spitzte die Lippen. »Hmmm …«

Tina erholte sich erstaunlich schnell von dem neuesten Schock.

Bereits auf dem Flug nach Florida versicherte sie ihm, dass sie es sich auch hätte denken können. »Sie hat mich immer wieder so komisch ausgefragt … Ich glaube, irgendwann ließ ich vor lauter Verzweiflung deinen Namen fallen, damit sie diesen Terror einstellte. Das muss sie gemein ausgenutzt haben.«

»Deine Mutter macht sich Sorgen«, erwiderte er verhalten. Hand in Hand saßen sie nebeneinander, Tina am Fenster.

»Das trifft auf alle Mütter zu, nehme ich an.« Es klang etwas verschnupft. »Und keine will einsehen, dass sie es maßlos übertreiben!«

Für eine Weile betrachtete sie das sich entfernende Miniatur New York, bis sie ihn plötzlich ansah. »Ihr müsst euch blendend verstanden haben!«

Anstatt zu antworten, zog Daniel sie an sich und küsste ihre Schläfe. »Gib endlich Ruhe, Hunt!«

Sie gab Ruhe.

70. Holiday

Miami empfing sie mit Floridas gleißender Sonne, einer hysterisch-begeisterten Vera und einem wie üblich recht wortkargen Colin. Allerdings irrte Tina, wenn sie glaubte, man würde mit einem Fulltime-Animationsprogramm aufwarten. Ihre Mutter bestand auf *einem* Dinner und *einem* Strandbesuch. Den Rest der Zeit waren die beiden sich selbst überlassen. Viele leidenschaftliche Stunden verbrachten Tina und Daniel in ihrem Hotelzimmer, schlenderten jedoch auch oft am Strand entlang und genossen die Sonne. Daniel gelang es mit einiger Mühe, Tina zu der einen oder anderen Sehenswürdigkeit zu schleifen, ohne dass die gleich wieder diesen besonders wütenden Blick aufsetzte. Diesmal handelte es sich unverkennbar um einen Urlaub. Obwohl keiner der beiden ausufernd darüber nachdachte. Sie fühlten sich einfach wohl. Vielleicht war es auch nur die Nähe des anderen, welche keine weiteren Fragen aufwarf. Manchmal dachte Tina, dass sie auch in der Arktis hätten stranden können und es wäre ihr egal gewesen, Hauptsache, Daniel war bei ihr. Das sagte sie ihm natürlich nicht, schließlich war der Kerl in der Basis schon arrogant genug, doch Tina vermutete, dass dies der Grund war. Sie dachte nicht weiter darüber nach, schon weil sie sich nicht die schöne Zeit versauen lassen wollte. Kein weiteres Sinnieren über Hätte, Wenn und Aber. Leben im Hier und Jetzt, so lautete die Devise. Auch von seiner Seite aus, denn das Thema kam nicht ein Mal auf die bevorstehende Trennung. Als gäbe es ein gegenseitiges Abkommen, ohne vorherige Absprache. Nun ja, im Verdrängen waren sie schon immer gut gewesen, aber diesmal begrüßte Tina selbst das.

Und so ließ sie sich von ihm ins Theater führen. Freiluft, am Strand, irgendeine avantgardistische Vorstellung auf Klappstühlen, nur damit keine falschen Vorstellungen aufkommen. Tina genoss es, sie wollte sich überhaupt nicht ausmalen, wie die Alternative gewesen wäre. Denn hier konnte sie in ihrem kurzen Kleid mit der Seidenstola um den Hals auf seinen Schoß krabbeln, während sie einer männlichen Julia dabei zusahen, wie diese den Romeo über drei Minuten lang küsste. Später bekamen sie heraus, dass es sich bei den beiden um ein Paar handelte.

Gemeinsam mit dem anderen, größtenteils bekifftem und daher hochgradig amüsiertem Publikum spendeten sie am Ende zehn Minuten lang frenetischen Beifall. Daniel pfiff sogar und grinste sie dann an.

»Hey, das war wirklich geil!«

Im Stillen musste sie ihm recht geben, denn das war es tatsächlich. Die Sonne war längst untergegangen, doch sie dachten nicht dran, ins Hotel zu gehen. Stattdessen spazierten sie Hand in Hand den nächtlichen Strand entlang. Obwohl sie vereinzelt anderen Leuten begegneten – es waren mit Sicherheit Touristen wie sie – hatte Tina das Gefühl, beinahe allein auf diesem Planeten zu sein. Sie wurde immer langsamer, legte irgendwann den Kopf in den Nacken und betrachtete den wolkenlosen Himmel, an dem sich ein perfekter Mond rekelte.

»Was denkst du?«

Unbemerkt waren sie stehengeblieben und sie spürte seine direkte Nähe, bevor sie seine warmen Hände auf ihren Oberarmen fühlte. Zärtlich, erkundend und gleichsam besorgt. Tina lauschte dem Meeresrauschen und atmete die salzige Luft ein, wissend, dass sie sicher war und dass sie sich fallen lassen konnte. Selbst wenn sie jetzt eine unvorhersehbare Ohnmacht ereilen würde – also nur mal angenommen – würde er sie auffangen. Die Hände übten leichten Druck aus und zogen sie an diese einmalige breite, muskulöse und so gut duftende Brust. Wonach genau duftete es? Auf jeden Fall nach ihrem Lieblingsweichspüler, dann nach ihrem Lieblingsaftershave und von gleicher Intensität: nach Daniel. Einfach nur er. Seine Lippen berührten ihre Schläfe, die Hände fuhren an ihren Armen auf und ab, offenbar meinte er, ihr wäre kalt, dabei war Tina nie wärmer gewesen. Nicht heiß, nur so unendlich warm, aus ihrem Herzen heraus.

»Was ist los?«, murmelte er und ihr Mund verzog sich zu einem zarten Lächeln, weil sich seine Sorge noch hörbar verstärkt hatte. »Ich gebe zu, das Theater war nicht das Übliche. Ich mach's wieder gut. Ich …«

Bevor er weiterstammeln konnte, legte sie ihm rasch einen Finger auf den Mund und rückte ein wenig von ihm ab, um ihn ansehen zu können. In der Dunkelheit funkelten seine Augen und seine Lippen schimmerten etwas heller in dem dunklen Gesicht. Die Konturen hoben sich scharf ab, sodass man den Eindruck gewann, sie wären aus Marmor gemeißelt. Er war wunderschön – immer noch. Eine ältere Ausgabe ihres originalen Dämons, ja, aber seiner sprichwörtlichen Schönheit hatten die Jahre keinen Abbruch getan. Wann immer sie ihn ansah, verspürte sie einen heftigen Stich im Herzen. Kein Schmerz, nur diese grenzenlose Liebe, die sie ständig zu fluten drohte, und die es in derartigen Momenten auch tat. Sie schnappte sprichwörtlich nach Luft, weil sie jedes Mal für eine Sekunde glaubte, diesmal die Wucht der Emotionen nicht zu überleben. Wie üblich ging diese vorbei und Tina lebte immer noch.

»Weißt du, was ich echt verwunderlich finde?«

»Nein«, erwiderte er, auch wenn sein Blick leicht argwöhnisch wurde.

Sie ließ langsam einen Finger über die Seite seines Gesichtes gleiten, über seinen Hals, die Linie seiner Schulter entlang, auch wenn diese momentan von seinem Hemd verdeckt wurde, und dann seinen Arm hinab. »Der Geruch eines Menschen bleibt immer der Gleiche. Egal wie alt er ist und egal, welches Parfüm er gerade benutzt. Dieser ganz eigene Duft sticht immer hervor. Das ist seltsam, oder?«

Sein Lächeln wirkte eine wenig erleichtert, bevor er seine Arme über ihre Schultern legte, sie auf ihrem Rücken über Kreuz bettete und Tina an sich zog. »Wusstest du, dass wir für alle anderen Erdenbewohner ziemlich stinken.«

»Ja«, erwiderte sie verschnupft. »Okay, ich finde auch, dass einige von uns ziemlich stinken.«

Sein dunkles Lachen ertönte in der finsteren Nacht und dann hörte sie ihn seufzen. »Ich kann nicht glauben, dass wir hier stehen und uns über menschliche Gerüche unterhalten. Aber ich weiß, dass sich der signifikante niemals verändert, weil ich …« Wieder seufzte er, doch diesmal kam es bedeutend sinnlicher und sie spürte wieder seine Lippen auf ihrer Stirn, während sie sich bereits eng an ihn kuschelte. »Als wir uns damals in dieser Hotelbar wiedersahen, war ich mir zunächst nicht sicher, ob du es warst. Wirklich Tina, ich *dachte* es, aber da sprachen zu viele Faktoren dagegen. Immer wenn ich glaubte: *Ja, sie ist es, verdammt!*, tatest du wieder irgendwas, das absolut nichts mit meiner Tina zu tun hatte und ich zweifelte erneut. Weißt du, wann ich es wirklich wusste?«

»Nein«, wisperte Tina.

»Als wir tanzten.« Seine Stimme klang jetzt um einen Grad rauer, und er verstärkte den Druck seiner Arme. »Ich wusste es, sobald ich den Duft deines Haars in der Nase hatte. Das warf zwar ungefähr fünftausend neue Fragen und Probleme auf, aber ab diesem Moment war ich mir sicher.« Er wollte weitergehen, doch Tina mochte sich nicht von ihm lösen.

Und so wurde sie kurzerhand von ihrem persönlichen Dämon hochgehoben, sie schlang ihre Arme um seinen Hals, bettete den Kopf auf seine Schulter und ließ sich den Strand entlangtragen. Langsam, gemächlich … neben der Dämonenpräsenz war Daniel eben auch außerordentlich stark, was sollte sie sagen?

»Wusstest du es sofort?«, erkundigte er sich nach einer Weile. Sie spürte, wie er die Richtung änderte und kurz darauf, wie sie zu Boden gelassen wurde und in dem feinen Sand landete. Er löste sich von ihr, legte sich neben sie und betrachtete sie wartend.

Tina seufzte. »Nein, ich wusste es nicht sofort«, erwiderte sie und lachte, als sein Gesicht lang wurde. »Ich wusste es wirklich nicht!«

»Das schockiert mich jetzt«, erwiderte er tonlos und sie kicherte nur noch lauter, wurde aber schnell wieder ernst. »Es dauerte wirklich nur Sekunden, aber im ersten Moment ...« Sie richtete sich neben ihm auf, streichelte ein wenig seine Brust durch sein Hemd und sah dann leicht schelmisch zu ihm auf. »Kränkt dich das in deiner Ehre?«

Blitzschnell hielt er sie am Handgelenk fest und zog sie ruckartig zu sich hinüber, bis ihre Gesichter nur noch Millimeter voneinander entfernt waren. »Nein, das tut es nicht«, murmelte er. »Ich bin nur fasziniert.«

»Fasziniert?« Sie rieb ihre Nasenspitze an seiner.

»Ja. Weil deine Verdrängungstaktiken wirklich legendär sind.«

Tina schwieg, obwohl ihr die patzige Antwort bereits auf der Zunge lag, denn er hatte recht. Wie so üblich war es Daniel Grant, alias D Punkt G Punkt, alias der grünäugige Dämon alias der irre Prof mal wieder gelungen, zielsicher seinen Finger in die offene Wunde zu rammen. Nachdem er ihn in ein Salzfass getunkt hatte, natürlich. Sie schloss die Augen und dachte an diesen Abend in der Bar zurück, an dem sie eigentlich nur einen gepflegten Cosmopolitan trinken wollte und unvermutet dem Grauen schlechthin begegnete. Als sie in den Spiegel gesehen hatte und direkt seinen Augen begegnete, war da zunächst gar nichts gewesen. Abgesehen von einem derart spitzen Stich in ihrem Herzen, dass sie von dessen Wucht beinahe vom Stuhl geworfen worden wäre. In der Realität mochte das Ganze nicht länger als zwei Sekunden angedauert haben, doch in ihrem Kopf handelte es sich um einige Ewigkeiten.

Verwirrung flutete sie, über dieses absolut unangebrachte und vor allem äußerst verblüffende Gefühl des Schmerzes, das nun wirklich nicht zu ihr gehörte. Sie starrte ihn an, bemerkte in irgendeinem entfernten, genauso paralysierten Winkel ihres Gehirns, dass er wirklich gut aussah, aber dass seine Augen grün waren und er daher nicht für sie infrage kam. Grün und dämonisch, ja er wirkte irgendwie gefährlich, aber bei Weitem nicht gefährlich genug, dass sie *so* auf ihn reagierte. Tina Hunt zeigte im Allgemeinen keine derartigen Reaktionen, und im Besonderen auch nicht.

Ein Bild war ihr durch den Kopf geschossen, sie und er auf einer gut gefüllten, heruntergekommenen Tanzfläche. Er mit ernstem Blick, sie mit klopfendem – oh, so dämlich klopfendem – Herzen. Eine Melodie kam ihr in den Sinn und sie schnappte nach Luft. Dass sie wieder nicht vom Stuhl fiel war nur ihrer grenzenlosen Selbstbeherrschung zuzuschreiben. Denn sie hörte plötzlich im Geiste seine Stimme, sah sein Lächeln, sein Lachen, seinen zornigen Blick und seinen einschmeichelnden, sah, wie er ihre Hand hielt, wie er sie rügte, wie sie nebeneinander in verdammten Kinostühlen saßen. Sie sah so viele Bilder, dass sie diese unmöglich alle einordnen konnte. Und dabei wurde sie von gleich zwei Gefühlen geflutet, die gegensätzlicher und brutaler nicht sein konnten: Hass und Liebe. Beide grenzenlos und daher derart vernichtend, dass sie für einen langen Moment innerhalb dieser Ewigkeit, die vielleicht zwei Sekunden andauerte, um ihren Verstand fürchtete. Die Liebe überlebte diese Zeitspanne nicht, auch nicht die leise Wehmut, die sich einstellte. Einzig den Hass nahm sie mit hinüber in die Realität. Und während sie sich von ihm mustern ließ, sich mit der neu gewonnenen Nüchternheit bereits wieder über diesen pseudo-verführerischen Blick amüsierte und dabei dachte, dass dieser Mann ja nun die Krönung aller männlichen Versager war, die sie innerhalb ihres Lebens kennengelernt hatte, reifte in ihr der Gedanke, ihm genau das zu geben, was er wollte. Ihm zu beweisen, dass seine Lehren auf äußerst fruchtbaren Boden gefallen waren, ihm zu zeigen, *wie* gut sie sich mittlerweile machte und ihn dann endgültig hinter sich zu lassen. Es hatte nicht viel mit Logik zu tun und auch nicht mit jenem gewinnorientierten Denken, das sonst ihr Leben diktierte. Doch sie hinterfragte es nicht weiter, sondern ließ sich auf diesen Abend ein. Mit den bekannten Folgen. Daran, dass in ihrer Handtasche seit über einem Jahrzehnt ein grüner Gegenstand schlummerte, den sie in schöner Regelmäßigkeit in die aktuelle übernahm, *ohne einmal* darüber nachzudenken, verschwendete sie auch damals keinen Gedanken. Er gehörte zu ihr, wie ihre Finger, ihre Augen und ihr Haar. Sie hatte sich wirklich niemals Gedanken darüber gemacht, warum alles so war, wie es war.

»Irre«, murmelte sie und kuschelte sich an ihn.

»Ja«, erwiderte er nur knapp, nahm sie in den Arm und bettete sein Kinn in ihr Haar.

Wie lange sie so dalagen, konnte Tina später nicht mehr sagen, doch sie genoss diese uneingeschränkte Einigkeit, während sie sich ein wenig Trauer erlaubte. Trauer über die verlorenen Jahre und auch ein wenig darüber, wie viel sie von sich selbst verspielt hatte. Erleichtert registrierte sie dabei, dass sich diesmal kein Zorn einstellte, nur eben diese widerliche Wehmut, ihre Jugend verschenkt zu haben. Denn in diesem Moment, als das Meer in sanften Wellen an das Ufer schwappte, als der Mond der einzige Zeuge war, als die Luft ihr sanft um die Nase wehte und sie nebenbei andächtig seinem Herzschlag lauschte, erkannte sie erst, wie viel Zeit sinnlos verpulvert worden war. Gleichzeitig schwor sie sich, keine Sekunde mehr zu verschenken. Nicht eine einzige. Irgendwann regte er sich, schob sie ein wenig von sich weg und nahm ihr Gesicht in seine Hände, das er wieder zu sich hinabzog, bis sich ihre Lippen fast berührten.

»Weißt du, was mit an der Geschichte in dem kleinen Haus am meisten gestört hat?«, wisperte er rau und ein wohliger Schauder krabbelte langsam ihren Rücken hinab.

»Ach, da hat dich was gestört?«

»Yeah«, murmelte er und küsste sie rasch, bevor er wieder leicht zurückwich. »Da war dieses geile Ufer, an dem ich dich unglaublich gern gevögelt hätte, und du musstest so verdammt zickig sein und damit alles versauen.«

Ihre Hand tastete sich langsam an ihm hinab, bis sie seine Hose erreichte, unter der sie deutlich die feste, harte Erregung spürte. »Dann hättest du mich eben dorthin verschleppt und nicht auf den verdammten Küchentresen.«

»Ohhhh«, hauchte er und nahm zart ihre Unterlippe zwischen die Zähne. »Das war so heiß, du hast keine Ahnung, wie sehr du mich angemacht hast.«

Sie griff fester zu, vernahm sein kehliges Stöhnen und nestelte bereits am Reißverschluss seiner Hose. Auch er blieb nicht untätig, knöpfte einen Knopf nach dem anderen an ihrer Bluse auf, streifte sie kurz darauf über ihre Schultern und zog den BH herunter, sodass ihre Brüste heraussprangen. Währenddessen hatte sie seine harte Erregung aus ihrem Stoffgefängnis befreit und beide stöhnten auf, als sie diese in ihre Hand nahm. Nicht zärtlich, sondern sehr strebsam und fest, bevor sie langsam daran hinauf- und hinabstrich. Derweil hatten seine Lippen die starre Spitze ihrer Brust gefunden, sie fühlte seine Hände auf ihren Hüften, die sie unerbittlich auf sich zwangen und folgte der Aufforderung nur allzu gern. Erst, als sie über ihm hockte und sie sich ansahen, blickte sie sich um. »Ich glaube, auf Sex in der Öffentlichkeit steht Knast«, bemerkte sie und es klang wegen ihrer rauen Stimme nicht halb so trocken, wie es gemeint war. »Wenn uns jemand beobachtet …«

Weiter kam sie nicht, denn er hatte wieder ihr Gesicht mit seinen Händen umfasst und zu sich hinabgezogen. »Halt den Mund«, knurrte er an ihren Lippen, bevor er sie auf seine zwang. Als sie sich auf ihn setzte, stöhnte er in ihren Mund, und rieb seine Hüften an ihrem Hintern, während er intensiv ihre Mundhöhle erforschte.

»Fuck, Tina«, hauchte er zwischen seinen Küssen. Dann richtete er sich ein wenig auf, zerrte den Rock ihres kurzen Kleides hoch, schob ihren Slip beiseite und nahm sie wieder an ihren Hüften, diesmal hob er sie ein wenig an und positionierte sie direkt über sich. Tina, die ihn zwischenzeitlich losgelassen hatte, packte erneut zu, dirigierte sich in die korrekte Richtung und als sie seine pulsierende Härte an ihrem Eingang spürte, schloss sie stöhnend die Augen.

»Yeah«, knurrte er und schob sie langsam hinab. Sehr langsam. Sie ließ ihn nicht einfach in sich hineingleiten, sondern machte es zu einem Fest, gab ihm die

Möglichkeit, jeden Millimeter von ihr zu spüren und sich auch. Längst war vergessen, wo sie sich befanden, wenn es überhaupt jemals eine Rolle gespielt hatte. Als er sich vollständig in ihr versenkt hatte, hinderte er sie daran, sich zu bewegen. »Bleib so«, befahl er rau und der nächste Wonneschauer rieselte über ihren Rücken. Sie hatte ihre flachen Hände auf seiner Brust abgelegt, fühlt das heftige Herzpochen unter ihrer Haut und schaute ihn fragend an.

»Das ist so perfekt«, murmelte er und betrachtete sie durch seine geschlossenen Lider. »Hast du schon mal bemerkt, wie unglaublich perfekt es ist?«

»Ja«, wisperte sie, beugte sich zu ihm vor und küsste ihn zärtlich. »Aber jetzt will ich dich.« Und damit bewegte sie ihre Hüften, kniete sich dabei in den Sand und hob sich fast vollständig von ihm, bevor sie sich wieder auf ihn hinabgleiten ließ. Immer schneller wurden ihre Bewegungen, während sich ihre Finger im Stoff seines Hemdes verkrallten. Seine Hände hatten ihre Hüften nicht verlassen, gaben ihr zusätzlich den Rhythmus vor, doch sie hätte auch so gewusst, was für sie beide am besten war. Je öfter sie ihn in sich aufnahm desto tiefer schien er in ihr vorzudringen. Mit jedem neuen Mal zogen sich ihre Muskeln etwas fester zusammen, in ihren Ohren herrschte ein wahnsinniges Rauschen, sie wollte schreien und biss sich heftig auf die Unterlippe, weil irgendwo im hintersten Winkel ihres umnebelten Hirns eine vernünftige Stimme darauf beharrte, dass sie wirklich nicht gern in den Knast wollte. Und als sie wusste, dass sie nur noch Sekunden vom Höhepunkt entfernt war, suchte sie seine Lippen, er ließ ihre Hüften los und vergrub seine Hände in ihrem Haar. Sie kamen zusammen, im gleichen Moment als ihre Zungen sich berührten. Ihr Keuchen erstickten sie in ihrem leidenschaftlichen Kuss und ihr Schweiß vermischte sich miteinander.

»Ungewöhnlich und verdammt perfekt«, brummte er, als sie in seinen Armen lag und sie kicherte. Ebenso albern wie damals, vor mehr als elf Jahren. Denn das war es.

Perfekt.

Genau so perfekt wurde der Rest ihres Urlaubs. Gemeinsam besuchten sie Disneyland, das laut Tina dringend mal seine Werbestrategie überdenken sollte, wanderten am Strand entlang – liebten sich noch des Öfteren im weichen Sand – und statteten sogar den Everglades einen Besuch ab. Welchen sie allerdings vorzeitig abbrachen, weil sie von einer Invasion militanter Moskitos angegriffen wurden. Noch Stunden später fluchte Daniel leise vor sich hin, während sie in ihrem Hotelzimmer saßen und gegenseitig die zahlreichen Stiche mit einem antiseptischen Gel versorgten. Seit Jahren hatte Tina nicht so häufig und ausgelassen gelacht, besonders, weil er immer saurer wurde, sich aber alle Mühe gab, es sich nicht anmerken zu lassen.

Eines Abends, als sie nackt und selig in seinen Armen lag, erkannte sie, dass sie tatsächlich glücklich war. Das verblüffte sie derart, dass sie unvermittelt zu Daniel blickte, der sie schweigend betrachtete. Erfreulicherweise erkannte sie vor Herausplatzen mit der Wahnsinnsbotschaft, wie dämlich sich das anhören würde, und schwieg besser. Vielleicht konnte Daniel ja wirklich ihre Gedanken lesen, denn er streichelte zärtlich ihre Wange, ein schmales Lächeln zierte seinen Mund, während er nickte.

»Ich auch, Baby, und du ahnst nicht einmal, wie sehr.«

71. Hold back the River

Die Zeit verging wie im Flug. Am letzten Tag ihres Urlaubes fragten die beiden sich ratlos, wo die vergangenen vierzehn Tage geblieben waren. Wie üblich fiel der Abschied von Tinas Mutter tränenreich und unangenehm aus. Vera umarmte Daniel, als rechne sie nicht damit, ihn noch einmal lebend wiederzusehen. Er ließ diese peinliche Liebesbekundung erstaunlich gelassen über sich ergehen.

»Du kennst meine Eltern, ja?«, lautete seine Erklärung, nachdem Tina ihn, immer noch ungläubig, im Flugzeug darauf angesprochen hatte. Während sie aus dem Fenster blickte und diesmal dem sonnigen Miami ein stummes Adieu zukommen ließ, überlegte sie. Nun ja, bei Jonathan und Edith handelte es sich schon um *äußerst* besorgte Eltern. Wenn auch von völlig anderer Mentalität als Vera, nahmen sie sich in der Basis wohl nicht sehr viel.

»Ich schätze, ich verstehe, worauf du hinauswillst«, nickte sie.

Daniels Lächeln fiel etwas gequält aus. »Wenn du meine Eltern überlebt hast, nimmst du es auch mit fünf Veras auf, vertrau mir.«

Tina dachte an die Eigenheiten ihrer Mom: Die Tochter von der Highschool abholen, selbst noch als die neunzehn und in der Abschlussklasse war. In jedem Schnupfen gleich eine tödliche Seuche vermuten, jeden Morgen das Haar bürsten, bis zu jenem Zeitpunkt, an dem Tina nach Ithaka ging. Oh, die Liste ließ sich endlos weiterführen. Und sie bezweifelte ernsthaft, dass Jonathan und Edith Grant sich auch nur annähernd derart grauenhaft aufgeführt hatten. Doch Daniel hatte nun einmal so empfunden, und das zählte wohl am Ende nur. Deshalb sparte sie sich jeden weiteren Kommentar, froh darüber, das Trauma ihrer Kindheit glücklich und vor allem lebend überwunden zu haben. Auf jede Ausgrabung irgendwelcher peinlichen Erinnerungen konnte auch Tina bestens verzichten.

Ein gefühltes Blinzeln später zeigte der Kalender den 29. Juli. Was nichts anderes bedeutete, als dass Daniel am darauf folgenden Tag nach Afrika gehen würde. Heimlich amüsierte Tina sich darüber, wie sehr ihr das zusetzte.

Wenn man bedachte, dass sie die vergangenen Jahre allein zugebracht hatte, entwickelte sie sich soeben zu einer verdammt miesen Ausgabe einer hoffnungslosen Klette. Nun ja, es handelte sich um Daniel, was hatte sie erwartet?

Der Mann brachte es fertig, mit einem Handstreich aus einer gestandenen Geschäftsfrau einen Teenager zu machen, warum sollte er nicht auch dafür sorgen, dass sie plötzlich meinte, keinen Tag ohne ihn zu überleben?

Ihre letzte gemeinsame Nacht verbrachten Tina und Daniel mit dem Schmieden von Zukunftsplänen.

»Wir könnten uns ein neues Appartement suchen.«

»Warum, magst du dieses nicht mehr?«

»Schon«, seufzte Daniel. »Aber ich kaufte es als Junggeselle. Für eine Familie dürfte es etwas eng werden, oder?«

Stirnrunzelnd überdachte Tina dieses Argument. »Nein, eigentlich nicht. Wenn man aus deinem Zimmer ein Kinderzimmer und wir in meinem ein größeres Bett …«

»Hey, weshalb muss denn unbedingt *mein* Zimmer dran glauben? Deines wäre genauso gut geeignet …«

Ermattet ließ Tina sich in ihr Kissen fallen. »Ich wusste, dass du noch nicht reif für ein Kind bist! Verflucht!«

»Was soll das denn jetzt heißen?«

Sie hob den berühmt-berüchtigten belehrenden Finger. »Das heißt – *Daniel* – dass man nun einmal ein wenig von seinem Egoismus lassen muss, wenn sich Nachwuchs ankündigt. Was gleichzeitig auch die erforderliche Reife ausmacht … Nun gut.« Tief seufzte sie auf. »Sehr überrascht bin ich nicht, dass du diesbezüglich noch erhebliche Defizite aufweist.«

Für eine lange Weile herrschte Schweigen, doch dann tauchte seine dunkle Gestalt über ihr auf. »Okay«, sagte er leise. »Wenn ich zurück bin, können wir uns ja noch einmal über eine Neuaufteilung der Räumlichkeiten unterhalten.«

»Ach?« Sie sah zu ihm auf.

»Hmmm.« Eilig tupfte er einen Kuss auf ihre Lippen. »Ich schlage Auslosen vor.«

»Was?«

»Wir losen!« Daniel zuckte mit den Schultern. »Das ist nur fair, die Chancen sind gleich verteilt. Der Verlierer räumt sein Zimmer. Außerdem haben wir noch jede Menge Zeit, um das zu klären. Obwohl du ein Elefantengedächtnis besitzt, dauert es trotzdem keine zwei Jahre, dafür aber ein knappes, bevor überhaupt mit einem Baby zu rechnen ist.«

Damit berührte er einen sehr wunden Punkt. Denn bisher war mit gar nichts zu rechnen, trotz des Umstands, dass Tina inzwischen ein halbes Vermögen in Schwangerschaftstests investiert hatte. Der Besitzer des Drugstores an der Ecke war ihr neuer Freund und bangte jedes Mal mit ihr. Vergebens.

»Meinst du …« Sie musste schlucken, um fortfahren zu können. »Was meinst du, warum es nicht …«

»Tina, manche Leute versuchen es jahrelang, bevor sie erfolgreich sind«, seufzte Daniel und streichelte dabei ihre nicht mehr ganz so knochige Schulter. »Das ist völlig normal.«

»Nein! Beim ersten Mal …«

»… hatten wir eben Glück oder eher nicht. Mach dir keine Sorgen, okay? Es *wird* funktionieren. Außerdem bin ich ganz froh, dass wir bisher leer ausgegangen sind. Ich will nicht eine Sekunde von dieser Schwangerschaft verpassen.« Er zwang ihren Kopf zurück und betrachtete sie eindringlich. »*Wir werden ein Baby haben!* Das steht fest wie das Amen in der Kirche.«

Genauso sah sie das ja *auch!* Aber sie hatte sich *jetzt* dafür entschieden! Also sollte es auch *jetzt* kommen und nicht in ein paar Jahren. Schon wegen dieser nervigen Esserei. Das dachte Tina, behielt ihre mürrischen Argumente jedoch für sich, ließ sich stattdessen umarmen und erwiderte mit offenbar unstillbarer Leidenschaft und Sehnsucht seinen Kuss. Die machte nämlich nicht die geringsten Anstalten, irgendwann befriedigt zu sein. Viel zu schnell verging die Nacht, und als der Morgen dämmerte, stand Daniel auf und zog sich an. Wortlos tat Tina es ihm gleich. Als Antwort auf seinen fragenden, leicht verwunderten Blick, schnaubte sie verächtlich.

»Du glaubst doch wohl nicht im Ernst, dass ich dich nicht zum Airport begleite, Grant!«

Nach reiflicher Überlegung gab er klein bei.

»Okay, warum nicht?«

Am JFK erkannte Tina sehr schnell, dass sie einen verdammten Fehler begangen hatte. Abschiede lagen ihr nämlich überhaupt nicht. Dieser unwiderstehliche Drang, einfach mit in seine Maschine zu steigen wurde mit jeder Minute überwältigender. Vielleicht lag es auch daran, dass Tina nie zuvor auf einem Flughafen gewesen war, *ohne* irgendwohin abzuheben. Ihr Pass befand sich wie immer in der Handtasche, um die nächsten spontanen Betriebsferien auszurufen, benötigte es eines Anrufs, demnach stand nichts diesem etwas spontanen Manöver im Wege. Warum denn nicht? Als sie Daniel diesen ihrer Ansicht nach *wahnsinnig genialen* Vorschlag unterbreiten wollte, wurde sie mit seiner ablehnenden Miene konfrontiert. Verdammt! Und dabei hatte sie doch noch gar nichts gesagt!

Er umarmte sie, die Hände auf ihrem Rücken, der Mund ihrem so nah. »Vergiss es. Aber netter Versuch.«

»Anketten?«, erkundigte sie sich hoffnungsvoll.

»Steht dir nicht. Du würdest dich später für die Peinlichkeit erschießen und das kann ich leider nicht zulassen.«

Tina seufzte. »Beeile dich, Grant.«

»Ich gebe mir Mühe, Hunt.« Sein Blick war in die Ferne gerichtet, während er ihren Rücken rieb.

»Und schlepp mir keine Tropenkrankheiten ins Haus!«

»Keine Sorge, soweit ich weiß, dürfte es sich wohl eher um *Steppen*krankheiten handeln.«

»Du sagtest klar und deutlich *Dschungel*.«

Grinsend sah er sie an und hob die Schultern. »Ich habe gelogen.«

»Idiot!«

»Immer! Ich habe schließlich einen Ruf zu wahren.«

»Ach so! Das hatte ich doch glatt vergessen!«

Bei der nächsten Durchsage hob Daniel lauschend den Kopf. »Das war der letzte Aufruf.«

»Ich könnte noch eine Bordkarte ...«

Das Grinsen war zurück. »Bei jeder anderen hätte ich nichts dagegen. Aber ich kenne dich, du bist ein Biest und verschanzt dich womöglich im Frachtraum. Dort wird es oberhalb von zehntausend Metern ziemlich kalt und der Flug dauert verdammt lange.« Er wurde ernst. »Nein, wir verabschieden uns hier!«

»Daniel ...«

»*Sechs Wochen!*«, wurde sie vorwurfsvoll unterbrochen. »Nicht *zwei Jahre!* Was ist los mit dir? Du wirst froh sein, deine Ruhe zu haben. Denk an all die Freizeit, so ganz ohne mich. Kein Professor Higgins.«

»So habe ich das ja noch gar nicht gesehen!«, hauchte sie, von diesen neuen Aussichten ganz überwältigt.

Er hob ihr Kinn und fesselte ihren Blick mit seinem. »Ich liebe dich. Das weißt du?«

Tina nickte mechanisch.

»Gut.« Dann küsste er sie.

Es war die alte Magie. Denn selbst heute noch, all diese Jahre später, sorgte er dafür, dass ihre Beine sich auflösten und sie sich in seinen Armen fühlte, als wäre sie noch immer das kleine Mädchen von einst. Die vielen Reisenden waren plötzlich verschwunden, übrig blieben nur Daniel und Tina. Er umarmte sie so fest, dass jeder Atemzug zu einer Herausforderung wurde, und seine Lippen pressten sich auf ihre, als wollte er sie nie wieder freigeben. Eine sanfte Hand befand sich in ihrem Nacken, direkt am Haaransatz. Atemlos lehnte Tina sich in seine Umarmung, bereit, die Unendlichkeit zu akzeptieren, die seine Lippen versprachen. Irgendein dummer, ewig träumender Teil in ihr wisperte sogar, dass sie dies nur lange genug hinauszögern müsse und die bevorstehende Trennung würde niemals stattfinden.

Leider lag dieser ewig träumende – und ziemlich alberne – Teil falsch. Denn irgendwann verschwand sein Mund und zeitgleich er selbst. Tina, plötzlich ihrer Stütze beraubt, schwankte ein wenig und riss die Augen auf. Daniel trat einen weiteren Schritt zurück und nickte lächelnd. »Bis morgen Abend.«

Ohne auf eine Antwort zu warten, wandte er sich ab und begab sich zum Abfertigungsschalter. Tina wusste nicht, ob sie gehen oder bleiben sollte. Seltsam, im denkbar unpassendsten Moment fiel ihr ein, wie die anderen es gehalten hatten, wenn sie damals zum Zug gebracht wurde. Ihr Dad war sofort gegangen, Daniel auch. *Nachdem* beide Männer sich vergewissert hatten, dass sie nicht mit einem Vergewaltiger und Serienkiller das Abteil teilte, versteht sich. Schade, dass sie sich nie kennenlernen durften, Tina war davon überzeugt, dass Daniel Grant und George Hunt sich blendend verstanden hätten.

Nur dieser Scott war stehen geblieben – und der hatte sich als widerlicher und obendrein untreuer Hund erwiesen. Demnach hieß das wohl gehen. Als sie jedoch ein letztes Mal zu der großen, aufrechten Gestalt blickte, die alle anderen Wartenden um ein gutes Stück überragte, fiel Tina glücklicherweise ein, dass sie noch nie getan hatte, was andere für richtig hielten.

Und so blieb sie, beobachtete, wie er sich Meter um Meter der Absperrung näherte, und ertappte sich dabei, noch immer nach einer Möglichkeit zu suchen, ihn in der letzten Sekunde aufzuhalten.

… oder eben mitzufliegen. Während ihr anderer, nicht verträumter und logischer Teil anhaltend wisperte, dass sie sich total dämlich aufführte. Na, und? Es hörte ja niemand!

Bald stellte sich heraus, dass ihre Eingebung, nicht zu gehen, eine gute gewesen war. Daniel schien mit nichts anderem gerechnet zu haben, denn erst, als er die erste Sicherheitsschranke bereits passiert hatte, sah er sich ein letztes Mal zu ihr um.

»Hey, Hunt!«

»Was ist denn noch, Grant?«

Grinsend fingerte er in der Brusttasche seines Parkas und zog kurz darauf ein kleines, silbern eingeschlagenes Päckchen hervor. »Fang!«

Und Tina fing, mit einer lässigen Hand, die Zeiten hatten sich eben tatsächlich geändert. Daniel grinste ein letztes Mal und war endgültig verschwunden.

Es war ein simpler MP3-Player. Auf der Fahrt nach Hause lauschte Tina den darauf befindlichen Liedern.

Es waren nur zwei. Daniel besaß ein verdammt gutes Gedächtnis, denn eines war j ener Song, zu dem sie vor Ewigkeiten in Ithaka zum ersten Mal küssten, bevor sie ein letztes Mal gemeinsam in ihr Appartement gefahren waren. Es fühlte sich tatsä chlich an, als wäre dies in einem anderen Leben geschehen. Bei dem zweiten Lied handelte es sich um, nun ja, ihres. Jenen traurig, schönen Song, den Daniel ihr so freimütig geschenkt hatte. Grinsend fragte Tina sich, ob die Band auch schon von i hrem Glück wusste. Na, schön, wenn nicht, war das kein großartiges Problem. Die Wahrheit würde auf ewig ihr Geheimnis bleiben. Mit einem Anflug von Wehmut bet rat sie etwas später das leere Appartement. Noch war er nicht verschwunden, der Duft seines Aftershaves verweilte in der Luft und seine benutzte Kaffeetasse stand im Geschirrspüler.

Ohne darüber nachzudenken, nahm sie das Porzellan heraus und drapierte es auf dem Fensterbrett.

Er sah es ja nicht und sie konnte die kompromittierenden Beweise ihrer Unzulänglichkeiten ja vor seiner Rückkehr vernichten … wahrscheinlich unter Einsatz jeder Menge Scheuerpulver und anderer verboten umweltschädlicher Putzmittel. Die Stille drohte Tina zu überwältigen. Eher, um überhaupt etwas zu tun, als aus jedem anderen, vernünftigen Grund, ging sie irgendwann in ihr Zimmer. Kaum hatte sie die Schwelle übertreten, wurde sie leichenblass. Alles Blut verließ ihren Kopf und sie schwankte ein wenig. Unliebsame, bisher energisch verdrängte Erinnerungen, drohten sie zu überwältigen, fragile Narben platzten innerhalb von Sekunden wieder auf, die darunter vergrabenen Qualen überfielen sie mit einer derartigen Wucht, dass es ihr die Luft zum Atmen raubte.

Daniel war noch einmal zurückgegangen, als sich das Gepäck bereits im wartenden Taxi befand. Angeblich hatte er seinen Pass vergessen. Eine weitere Lüge.

Nachdem Tina erfolgreich gegen die überwältigende Übelkeit gekämpft hatte, kam sie zu sich und ihr Verstand setzte ein.

Ein Déjà vu, ja, das war es tatsächlich, aber ein fehlerhaftes.

Die Rose war da, jedoch eine rote, keine gelbe. Und sie besaß etliche Brüder und Schwestern. Über die genaue Anzahl informierte Tina sich nicht, es hätte zu lange gedauert und sie war möglicherweise derzeit des Zählens nicht ganz mächtig. Daneben fand sich nämlich ein Zettel, sorgfältig in der Mitte zusammengefaltet. Ob Tina wollte oder nicht, ihre Finger zitterten, als sie ihn behutsam aufnahm, öffnete und dabei vor Angst die Luft anhielt.

Ich bin sicher, Du erinnerst dich jetzt in ausreichendem Maße wieder, wie ein guter Kuss funktioniert. ... guter Sex auch. Und ich hoffe, es hilft Dir in den kommenden sechs Wochen weiter — soll heißen, Du darfst währenddessen von den süßen Erinnerungen zehren. Ausschließlich! (Jeder Versuch, mich durch eine minderwertige Ausgabe zu ersetzen, wäre zum Scheitern verurteilt und käme einem Verstoß gegen das Urheberrecht gleich). Unser Date morgen Abend steht.

Pass auf dich auf! (Das ist mein Ernst!)

Daniel

P.S. Stell die Blumen ins Wasser.

P.P.S. Mach es wirklich!

P.P.S. ... und entferne endlich diese grausame Lampe!

P.P.S. Die ekelhaften Kissen auch!

P.P.S. ... und diese verdammte Decke! Ist Dir eigentlich entgangen, dass die löchrig ist? Motten? Igitt! Ich bin mal wieder schockiert.

Ich liebe Dich.

Immer!

72. Part Three

Fate

»... *offenbar ist unser Weg tatsächlich vorherbestimmt, und wir können ihm nur folgen und hoffen, dass uns auf seinem Verlauf nicht allzu viele Hindernisse und steinige Etappen erwarten.*«

Dr. Daniel Grant

73. Lost and Lonely

Eigentlich lief alles erstaunlich gut. Tina war zu lange auf sich selbst gestellt gewesen, um ernsthaft Gefahr zu laufen, die Nerven zu verlieren oder aufgrund Daniels Fehlen zum Nichtstun verdammt zu sein. Sie dachte gar nicht daran, die trauernde Strohwitwe zu geben. Es dauerte nicht länger als zwei einsame Nächte, dann hatte sie sich mit ihrem vorübergehenden Single-Dasein arrangiert. Die Vorteile ließen sich nicht von der Hand weisen: Niemand blockierte das Bad, wenn man es eilig hatte, im Süßstofftablettenspender befand sich immer das, womit man laut Etikett rechnete und kein irrsinniger Mann machte einem die Hölle heiß, wenn man spontan beschlossen hatte, vier Tage auswärts zu arbeiten. Okay, das *wäre* von Vorteil gewesen, hätte Tina einen derartigen Einsatz in Erwägung gezogen. Außerdem verzog niemand das Gesicht, wenn man seinen echt leckeren Salat aß. Es war wirklich in Ordnung. Wäre da nur nicht diese verdammte Zeitverschiebung gewesen.

Acht Stunden! Waren die beiden um vier Uhr nachmittags New Yorker Zeit verabredet, zeigte der Zeitmesser bei Daniel weit nach Mitternacht an. Allerdings hatte Tina nie den Eindruck, er hätte bereits geschlafen oder demnächst etwas in der Art vor. Daniel sagte es nicht, aber sie sah wie müde und erschöpft er war. Obwohl er seine Witze riss und auch an seinen dummen Beiträgen nicht sparte. Sogar mehr als üblich, von seinen ewigen Belehrungen ganz zu schweigen. Dennoch gelang es ihm nicht, darüber hinwegzutäuschen, wie sehr er gefordert wurde. Endlich wusste Tina, was Jonathan damals gemeint hatte, womit wohl auch das letzte Rätsel gelöst war. Daniel wirkte so anders – so *fremd*. Nicht unattraktiv oder gar unsympathisch, nein! Das Gegenteil war der Fall. Eher noch mysteriöser und anziehender – was sie bisher als schier unmöglich abgetan hätte.

Hätte sie diesen Mann nicht längst geliebt, wäre sie ihm spätestens jetzt ganz und gar verfallen gewesen. Mit jedem Tag wurde sein Bart dichter, das Haar etwas länger und heller und das Gesicht von der ewigen, viel stärkeren Sonne Afrikas dunkler. Doch sein Blick blieb immer ernst, egal wie laut er lachte. Er hatte mit ihrem irren, dämonischen Prof so wenig gemein und sie wollte ihn unbedingt kennenlernen. Denn dieser Mann war ihr völlig fremd, auch wenn zumindest die Möglichkeit im Raum stand, dass er sich ihr längst vorgestellt hatte und es ihr nur in ihrer grenzenlosen Ignoranz entgangen war.

Dieser Gedanke gefiel Tina überhaupt nicht. Schon, weil sie diesen fremden Daniel verdammt liebte und nichts dringender wollte, als ihn bei sich zu haben.

Jeden Nachmittag um vier hatten sie ihr Date. Und auch sonst konnte Tina sich über mangelnde Beschäftigung nicht beklagen. Neben ihrer Arbeit bekam sie neuerdings ausnehmend häufig Besuch. Jonathan und Edith schlugen in den ersten drei Wochen gleich fünfmal auf. Seltsamerweise immer zum Dinner, das sie vorsorglich gleich mal mitbrachten. Beim dritten Mal platzte Tina der Kragen. Nachdem sie alles brav aufgegessen hatte, lehnte sie sich zurück und musterte ihre Schwiegereltern missmutig. »Habe ich bestanden oder gibt es Anlass, mich bei ihm anzuschwärzen?«

Edith lachte und Jonathan grinste, beide wirkten nicht im Geringsten verlegen, was an sich bereits ein starkes Stück war. Und Tina wurde einmal mehr bewusst, wie gut Daniel die Lage unter Kontrolle hatte, selbst wenn er gar nicht anwesend war.

Wie hatte Fran irgendwann einmal bemerkt?

›Er glaubt, alles tanzt nach seiner Pfeife.‹

Die Realität fiel relativ ernüchternd aus. Daniel hatte allen Grund zu der Annahme, die tanzten nämlich wirklich, und zwar widerstandslos und ohne die geringsten Skrupel! An keinem Abend war Tina allein. Entweder Fran und Tom überredeten sie zu einem spontanen Kino-, Theater-, Bar- oder Clubbesuch, oder Carmen und Chris übernahmen diesen Job. Manchmal erschienen auch Carmen und Fran im Duett, hin und wieder Tom und Chris, ab und zu die Paare gemeinsam. Vier Wochen später war Tina derart erschöpft, dass sie energisch auf einem freien Abend bestand. Also, sprich: ohne Animationsprogramm. Und als Tom todesmutig widersprechen wollte, war es endgültig um ihre Beherrschung geschehen. Nachdem sie einmal tief Luft geholt hatte, brüllte sie so laut los, dass die Scheiben in den Fensterrahmen erzitterten.

»Wenn ihr glaubt, ich lasse mich von euch bewachen wie eine Strafgefangene, dann habt ihr euch getäuscht! Ich bin ziemlich *schockiert*, dass ihr bei Daniels mieser Scharade mitspielt! An diesem verdammten Wochenende war ich arbeiten. In *Atlanta!* Ganz allein und ich lebe noch! Nein, kein Zufall! Weil ich nämlich seit etlichen Jahren bestens selbst auf mich achte! Bestellt ihm das!« Den letzten Satz überdachte sie trotz akuten Ausnahmezustandes und winkte ab. »Nein, das übernehme ich selbst, damit die Botschaft auch verständlich ankommt!«

Fran und Carmen grinsten, Chris nickte anerkennend und Tom hob entsetzt die Hände. »Ist ja gut!«, und kehrte ohne Übergang grinsend zu seiner üblichen Konstitution zurück. »Haha! Ich würde ja zu gern bei euren nächsten Gespräch Mäuschen spielen.«

»Würdest du nicht, versprochen!«, knurrte Tina.

Doch ihr Wutausbruch war schon fast vergessen. So war Daniel nun einmal. Dieser Mann würde niemals begreifen, dass sie das Kleinkindalter lange hinter sich gelassen hatte und keineswegs unaufhörlich darüber nachgrübelte, wie sie sich am besten das Leben nehmen konnte. Wie erklärte er sich eigentlich, dass sie so viele Jahre ohne ihn erfolgreich überlebt hatte? Das hätte Tina wirklich zu gern mal erfahren. Und wenn er so ausufernd in Sorge um sie gewesen war, wie er ihr ja ständig begreiflich machen wollte, weshalb hatte er denn nie nach ihr gesucht, he? Tina seufzte. Nein, es war nicht vergessen, das würde es auch nie. Denn immer häufiger suchten sie neuerdings wieder diese jämmerlichen Gedanken heim.

Was, wäre, wenn … er zu ihr gekommen wäre und ihr gesagt hätte, dass er sie liebte? Inzwischen glaubte sie ihm das nämlich. Wie wäre ihr Leben verlaufen, wie viele Kinder hätten sie jetzt, wie glücklich wären sie in all den verlorenen Jahren gewesen und was hatten sie nicht alles verpasst und sinnlos verschenkt? Längst wusste sie, dass sie ihm beinahe alles vergeben konnte, nur dieser eine Stachel würde wohl auf ewig in ihr wohnen. Bevor Tina Gefahr lief, sich anhaltend mit diesem Blödsinn zu befassen, fiel ihr glücklicherweise ein, dass es momentan andere, viel wichtigere Dinge zu überdenken gab.

Nachdem Daniel geflogen war, hatte Tina ihre regelmäßigen Besuche im Drugstore bei dem netten Mr. Parker eingestellt. Ein wenig verfrüht, wie sie jetzt wusste. Denn seit drei Wochen ahnte sie, hoffte seit einigen Tagen sogar und wollte sich endlich Gewissheit verschaffen. Ein Vorteil, sein eigener Chef zu sein, lag darin, dass man nicht unbedingt die selbst festgelegten Bürozeiten einhalten musste. Und daher fuhr Tina am kommenden Morgen – nach einem äußerst entspannten Abend vor dem Fernseher – nicht in die City, sondern stattete dem begeisterten und ebenso hoffnungsvollen Mr. Parker einen erneuten Besuch ab. Klopfenden, oh, so verdammt hämmernden Herzens.

Eine halbe Stunde später war die Hoffnung zur Gewissheit geworden, und Tina wusste plötzlich nicht, wohin mit all den Emotionen, die sie derzeit zu überwältigen drohten.

Oh – mein - Gott!

Wie eine aufgescheuchte Löwin tigerte sie in dem stillen Appartement auf und ab und blickte alle paar Minuten zur Uhr. Frühestens in fünf Stunden. *Fünf!* Mist!

»Verdammter Mist! Verdammter Mist! Oh, so ein verdammter, verdammter Mist! Blöde Zeitverschiebung, so eine total dämliche, total unnütze Zeitverschiebung. Welcher Idiot hat sich das überhaupt ausgedacht? He? War bestimmt ein Mann – also ein *idiotischer* Mann. Sind ja nicht *alle* schlecht. Ohhhh, so ein Mist, so ein Mist, so ein Mist!«

Von ihrem unentwegten, leicht an Wahnsinn erinnernden Gemurmel war Tina nichts bekannt. Nach einer Weile ging ihr jedoch auf, dass sie vielleicht besser *nicht* laufen sollte. Das hatte sie beim letzten Mal getan, und dann ging es schi...

Im nächsten Moment saß sie kerzengerade auf der altrosa Flickendecke in Daniels Sessel. *Sitz! Und jetzt bleib so! Nicht bewegen!*

Tinas Knie stiegen als Erstes aus dem Vertrag aus und wippten wild und unkontrolliert drauflos. Kurz darauf spielten die Finger verrückt, das Gesicht juckte aus unerfindlichen Gründen mit einem Mal pausenlos, ihr dummes Herz vollführte den nächsten Trommelwirbel, der Blick ging alle zwei Sekunden zur Uhr, was die Dinge sogar noch grauenhafter machte, und Tina suchte mit wachsender Verzweiflung nach Ablenkung. Vielleicht sollte sie ihre Mom anrufen?

Nein!, entschied sie kurz darauf. Daniel sollte es als Erstes erfahren. Immerhin hatten sie hart an diesem Ergebnis gearbeitet. In Ordnung, von hart konnte keine Rede sein, eher ...

Ein breites, versonnenes Grinsen lag auf ihrem Gesicht, während sie, wie vom irren Prof und selbst ernannten Sexgott angeordnet, ein wenig von ihren lüsternen Erinnerungen zehrte. Irgendwann musste Tina einsehen, dass sie nun einmal nicht dafür geschaffen war, fünf Stunden reglos in einem Sessel zu verbringen.

Sehr behutsam, in Tipp-Top-Schritten, begab sie sich in die Küche und bereitete sich einen Tee zu, Kaffee war seit Neuestem gestrichen. Im Vorbeilaufen nahm sie einen Apfel und setzte sich hinter ihren wieder zum Leben erweckten Laptop. Glücklich dort angekommen schloss sie die Augen.

Das war schon mal gut gegangen.

In den folgenden vier Stunden surfte Tina wild und hemmungslos im World Wide Web. Sie informierte sich über die aktuellen Babymoden, über Babymöbel und alles, was man noch für das Dingelchen mit dem ›B‹ benötigte. Dabei überlegte sie bereits, wie sie Daniels Zimmer am besten umdekorierte. Für Tina stand felsenfest, dass sie die Lotterie gewinnen würde, zur Not mit unlauteren Mitteln. Alles andere wäre glatter Betrug! Dann suchte sie nach Schlafzimmermöbeln, die nicht zu altbacken wirkten, und ging über zwanzig Minuten am Stück in einem grauenhaften Kicheranfall unter, weil sie ein wirklich formschönes Bett und die dazu passenden Möbel in Altrosa gefunden hatte. Die folgenden zwanzig Minuten gingen für die nächste Kicherattacke drauf, weil sie den Fehler begangen hatte, sich Daniels Gesicht vorzustellen, wenn er ihr zukünftiges Schlafzimmer in Altrosa *betreten würde*. Und als sie schließlich wieder annähernd normal atmen konnte und aufsah, zeigte die Uhr bereits Viertel vor vier. Höchste Zeit!

Verdammt, beinahe hätte sie in ihrem Kaufrausch ihr wichtigstes Date verpasst! Offenbar machten sich bereits die ersten schwangerschaftsbedingten Veränderungen bemerkbar. Eilig öffnete sie das Kommunikationsprogramm, die Augen groß, den entscheidenden Satz in ungefähr zwanzig verschiedenen Varianten im Kopf vorformuliert, von denen sie möglicherweise keine einzige verwenden würde. Und damit begann das Warten erneut.

Er nahm ihr immer alles weg!
Jedes Mal, wenn Tina meinte, endlich etwas zu haben – *glücklich* sein zu dürfen –, machte es *Schwupp!* und verschwand. Wie ein flüchtiger, schöner Traum. Lange Zeit hatte sie geglaubt, Daniel wäre dieser elende Bandit. Ein Fehler, erst jetzt erkannte sie das. Jemand anderes, mächtigeres, trug dafür die Verantwortung, obwohl ihre Fantasie nicht ausreichte, um sich ausmalen zu können, wer das sein sollte. Auf jeden Fall hatte irgendwer beschlossen, Tina zu zerstören. Und der befand sich unermüdlich am Werk, um sein Ziel auch ja zu erreichen. Manchmal legte er eine kurze Pause ein, möglicherweise, um derweil andere Menschen zu foltern, doch seine Rückkehr ließ nie sehr lange auf sich warten. Sobald ihn die unfrohe Botschaft erreichte, dass Christina Hunt glücklich war, tauchte er eilig auf, um sie zurück in die sprichwörtliche Hölle zu schicken, in die sie seiner Ansicht nach wohl gehörte.

An diesem Tag fand kein Date statt. Auch nicht an den darauf folgenden – nie wieder. Dafür erhielt Tina Besuch, der sie über den neuesten Clou dieses widerlichen schwarzen Schattens informieren wollte. Dabei wäre das gar nicht erforderlich gewesen. Mittlerweile kannte sie ihren ärgsten Feind und wusste dessen Vorzeichen richtig zu deuten. Auch wenn sie wohl etwas mehr Zeit benötigt hätte, um es in ihrem Kopf auch entsprechend zu artikulieren. Eines jedoch war ihr auch ohne längere – *gefährliche* – Überlegungen klar: Daniel hätte sie niemals versetzt, egal, wie eingebunden er war. Es sei denn, es entzog sich seinem Einfluss.

Jonathan und Edith Grant wirkten ernst und ihre Gesichter sehr grau, als Tina ihnen die Tür öffnete. Zu diesem Zeitpunkt stand ihr Date seit zwei Stunden aus und noch hatte sie sich erfolgreich geweigert, die richtigen, *einzigen* Schlüsse zu ziehen. Manchmal machte selbst Christina Hunt sich der Feigheit schuldig und flüchtete in ihre alten Scarlett-Gewohnheiten zurück.

Behutsam küsste Jonathan ihre Stirn. »Setz dich!«
Tina schüttelte den Kopf.
Mr. Grant hatte nicht vor, zu diskutieren. »Du hast die News gesehen?«
Schon wollte Tina die Hand heben, ihn zum Schweigen bringen, bevor er das sagte, was sie unter keinen Umständen hören wollte. Sie war noch nicht so weit. Noch nicht! Allerdings wusste Tina, dass jede Flucht aussichtslos war, diesbezüglich kannte sie sich bestens aus.

Daher schüttelte sie müde den Kopf und ließ den Tsunami ergeben über sich hereinbrechen. Hinter ihr stöhnte Edith leise und auch Daniels Vater konnte sein Entsetzen über diese unerwartete Situation nicht ganz verbergen. Beide waren zum Kraftspenden gekommen, nicht als Überbringer der Hiobsbotschaft, die sie bisher selbst kaum verarbeiteten hatten. »*Setz dich!*«, wiederholte er, eindringlicher diesmal.

Kopfschütteln.

»Tina.«

Die hatte soeben ihre aufkeimende Feigheit überwunden und war bereit – so bereit wie unter diesen Umständen überhaupt möglich. Als sie aufsah, war die Miene hart und unnachgiebig. »Nun sag es schon!«

Der Arm ihrer Schwiegermutter legte sich um ihre Schultern, doch Tina hatte nur Augen für den alternden Arzt, der sie mit dem forschenden Blick des Mediziners musterte. Es dauerte einen Moment, bevor er behutsam ansetzte. »Du wusstest, dass er heute in einigen entlegenen Dörfern Visiten vornehmen wollte?«

Erstaunlicherweise brachte sie es sogar auf ein Nicken. Besser, Tina konnte sprechen! In jeder anderen Situation wäre sie maßlos verblüfft gewesen.

»Ja, er erzählte mir davon.« Sie hörte sich nur aus weiter Ferne, so tonlos, ohne Stimme, nicht wirklich anwesend und kaum vernehmlich, weil das Rauschen in ihren Ohren mit jeder Sekunde lauter wurde. Dabei stand sie fest und starr, wie eine steinerne Säule, inzwischen bereit, alles zu ertragen – schließlich war das ihre Aufgabe, oder? Als Jonathans Stimme wieder ertönte, ärgerte sie sich ein wenig, denn er war zwar immer noch fern, leider nicht weit genug. Blöderweise verstand sie jedes einzelne seiner Worte, die sich wie glühende Messer in ihren Magen bohrten.

»Mit vielen Informationen kann ich nicht aufwarten. Wir wurden vom amerikanischen Konsul informiert. Man weiß nur, dass die beiden Jeeps führerlos aufgefunden und die Leichen der einheimischen Fahrer zurückgelassen wurden.«

Tina nickte.

»Von den beiden Ärzten und den drei Schwestern fehlt jede Spur.«

Tina nickte.

»Wir haben die feste Zusage, dass alles Menschenmögliche getan wird.«

Tina nickte.

»Meistens geht recht schnell eine Lösegeldforderung ....«

Tina nickte.

»... ein.«

Tina nickte.

»Tina?«

Die nickte.

»Hörst du mich?«

Und wieder nickte sie, wobei ihr entging, dass sie sich langsam nach vorn neigte. Und während Tina noch nickte, legte sich langsam ihre Stirn in Falten. Weder bemerkte sie die besorgten Blicke noch, dass Edith sie längst nicht mehr nur umarmte, sondern vorsichtshalber stützte.

»Tina.«

Sie hörte es nicht. Die Stirn zierten inzwischen unzählige Runzeln, Tina starrte zu Boden, schien intensiv nachzudenken. Und als die beiden älteren Personen im Raum davon überzeugt waren, sie würde einfach umfallen, in Wahrheit hatte Doktor Grant sich bereits in Position begeben, um den schmalen Körper aufzufangen, ertönte plötzlich ihre nüchterne Stimme. »Jonathan?«

Dessen Erleichterung war unüberhörbar. »Tina, bitte, gib die Hoffnung nicht auf! So etwas muss nicht zwangsläufig bedeuten, dass …«

»*Jonathan!*« Es kam eindringlicher.

Der sah zu seiner Frau, doch die wirkte ebenso ratlos und erschrocken, wie er sich fühlte. Neben all dem Grauen, das sie am heutigen Tag bereits heimgesucht hatte, war dies in sich eine vernichtende Situation.

»Du musst das aufhalten!«, wisperte Tina.

Behutsam streichelte er die fahle Wange der jungen Frau, die starr den Boden anvisierte. »Ich gebe mein Bestes, Liebes. Aber mir sind die Hände …«

»Nein!« Erst jetzt sah sie auf, der Blick aus riesigen Augen schien ihn in seiner unerwarteten Intensität zu durchbohren. »Du musst irgendwas unternehmen! *Sofort!*«

Endlich begann der Arzt, zu begreifen. »Tina, was ist los?«

»Das Baby!« Alles Blut hatte ihr Gesicht verlassen, die Lippen waren kaum noch darin auszumachen. »Jonathan, bitte!«

Er schaltete sofort, war in der nächsten Sekunde ausschließlich Doktor. Das Aufkeuchen seiner Frau nahm Mr. Grant genauso wenig wahr, wie ihn momentan die grauenhaften Ereignisse des Tages tangieren konnten. »Du erwartest ein Kind?« Sie nickte, lebhafte Angst entstellte ihr ohnehin bereits geisterhaft wirkendes Gesicht.

»Und du glaubst, es geht erneut schie…«

»*Unternimm etwas!*«, brüllte sie unvermittelt und beendete damit das Verhör.

Jonathan Grant unternahm etwas. Obwohl es nach allen logischen und medizinischen Gesichtspunkten nicht den geringsten Sinn ergab und jeder vernünftige Arzt der Natur ihren Lauf gelassen hätte. Zu früh, *viel* zu früh!

Vernunft jedoch wohnte momentan nicht in jenem kleinen Appartement, in das für kurze Zeit das Glück eingekehrt war. Damals, vor vier Wochen, in einem anderen Leben, möglicherweise sogar einer anderen Epoche.

Mr. und Mrs. Grant waren nicht halb so zuversichtlich, wie sie Tina Glauben machen wollten. Ja, manchmal ging eine Lösegeldforderung ein, oft aber hörte man nie wieder etwas von den Vermissten. Daniel war ihr einziger Sohn und sie liebten ihn mehr als ihr eigenes Leben. Für ihn bewahrten sie Haltung. Ebenso wie Tina es tat. Keine Träne floss. Weder an jenem grauenvollen Schicksalstag noch später. An diesem Nachmittag nahmen Doktor Jonathan Grant und dessen Schwiegertochter einen nach allen Prognosen aussichtslosen Kampf auf, den zumindest der Arzt in jedem anderen Fall niemals begonnen hätte. Doch möglicherweise existierte diesmal kein: »Versucht es einfach noch einmal.«

Das wischte jede ärztliche Vernunft beiseite und machte sie gegenstandslos. Der Krankenwagen traf zehn Minuten ein, nachdem der Arzt ihn gerufen hatte. Bevor die Rettungskräfte Tina hinaustragen konnten, hielt sie die Männer zurück, die Augen wirkten überdimensional in dem weißen Gesicht. »Mein MP3-Player! Ich brauche meinen MP3-Player!«

Hektisch sah Mrs. Grant sich um und fand das gewünschte Gerät schließlich im Sessel, über dem eine grausam fleckige, altrosa Wolldecke lag. Und als Tina den kleinen, unscheinbaren Gegenstand in Händen hielt, war sie ruhig.

74. Time

Unaufhörlich verrinnt die Zeit.

In angeblich konstanter, nicht beeinflussbarer Geschwindigkeit. Sie stellt die Größe dar, die in ihrer Beständigkeit nicht zu überbieten ist. Jene alte Dame, die sich noch nie der Korruption schuldig machte.

So heißt es.

Doch Sekunden, Minuten, Stunden, Tage und Wochen bieten in der Realität keine Kontinuität. Sämtliche Wissenschaftler laufen da einem gewaltigen Irrtum auf.

Sind wir glücklich, erscheint uns eine Stunde nicht länger als ein Wimpernschlag. Für die Unglücklichen unter uns jedoch kann selbst eine Minute zur grausamen Unendlichkeit geraten. Jede Sekunde wird mühsam erkämpft, nur, um sich dann seufzend und mit hängenden Schultern dem Kampf mit der nächsten zu stellen. Eines aber bleibt immer gleich. Ob wir nun zu den eher Glücklichen oder Unglücklichen gehören, die in die Verlegenheit kommen, einige Jahre auf dieser Welt zubringen zu müssen: Die Zeit lässt sich niemals aufhalten. Auch aus hart erkämpften Sekunden, werden früher oder später Minuten. Ewigkeiten sammeln sich zu Stunden. Äonen vergehen, doch am Ende werden sie immer irgendwann Tage, und es mag Unendlichkeiten benötigen, bevor es eintrifft, doch unvermeidlich werden am Ende Wochen und Monate daraus.

Zeit ...

Sie mag auch für die Niedergeschlagenen unter uns vergehen, wenngleich in bedeutend längeren Zyklen. Wer allerdings behauptet, irgendwann müsse zwangsläufig das heilsame Vergessen einsetzen, der unterliegt gleich dem nächsten, folgenschweren Irrtum. Einem gebrochenen Herzen hilft keine Uhr, so unbestechlich und unbeirrbar sie auch funktionieren mag. Es verharrt verzweifelt in jenen Tagen, in denen es einst glücklich war, sehnt sie zurück und weigert sich verbissen und mit zunehmender Angst, sie aus seinem Gedächtnis zu entlassen und möglicherweise Gesundung zu erfahren. Lieber zehrt es von glücklichen Erinnerungen und erobert zur Not jede neue Sekunde mit einem Rückblick auf seinen kostbarsten Schatz, der unauslöschlich in ihm wohnt. Und so treibt es ziellos dahin und denkt nicht länger über den Sinn seiner Existenz nach. Möglicherweise aus Furcht, bei näherem Hinsehen keinen mehr zu finden.

Doch es lehnt sich nicht gegen sein scheinbares Los auf – weit gefehlt! Es versucht auch nicht, zu desertieren – diese Lösung wäre viel zu simpel. Stattdessen funktioniert es weiter, wie von all jenen so leicht gefordert, die das große Glück hatten, intakt bleiben zu dürfen.

Warum?

Vielleicht, weil selbst dies, wenn auch grausam, nun einmal das Schicksal so vorschreibt.

75. Coming Home

Nur mühsam kämpfte sich das Yellow-Cab durch die mit frischem Schnee bedeckten Straßen. New York war in den vergangenen Tagen von wahren Massen des gefrorenen Wassers heimgesucht worden, und wie üblich kam man mit dem Räumen nur sehr langsam nach. Wer rechnete auch schon Mitte Januar ernsthaft mit Schnee? Und noch immer schien dieser launige Petrus keine Gnade zu kennen. Unaufhörlich sandte er die weiße Pracht auf die stille, morgendliche Landschaft herab, in der erst ganz langsam das Leben erwachte.

Der Mann, der kurz darauf vor einem großen, weißen Haus aus dem gelben Wagen stieg, wirkte nicht, als wäre er auf das vorherrschende Klima eingerichtet. Er trug eine dünne, beigefarbene Tuchhose und ein dazu farblich passendes Leinenhemd. Der leichte Parka darüber bot mit Sicherheit nur ungenügenden Schutz vor der Kälte. Er war groß, noch jung an Jahren, jedenfalls für die eher Älteren unter uns. Und trotz seiner hageren Gestalt erzählte die aufrechte Haltung von unbeugsamem Stolz. Die Kinn– und Wangenpartien waren von dichtem, dunklem Bart bedeckt, in identischer Farbe des Haares, das ein wenig wirr, aber nicht ungepflegt in weitaus größeren Mengen am oberen Ende seines Kopfes wohnte. Der sichtbare Teint wirkte sehr braun, übrigens auch die Haut an den schlanken, leicht verschorften Händen, von denen er eine, zur Faust geballt, soeben hob. Alles in allem wirkte er, als hätte er unlängst seinen Urlaub in einem sehr heißen Teil dieser Welt verbracht. Jedoch führte er kein einziges Gepäckstück mit sich.

Er klopfte an der hellen Haustür, und bevor er zum zweiten Mal ansetzen konnte, wurde ihm bereits geöffnet. Ein attraktiver, gesetzter Mann älteren Jahrgangs erschien im Rahmen. Das ehemals dunkle Haar war bis auf wenige Strähnen weiß. Hinter ihm tauchte eine zierliche Brünette auf. Beide strahlten über das ganze Gesicht. Auch der Mund unseres Heimkehrers verzog sich zu einem schmalen Lächeln. Allerdings erreichte es nicht die grünen Augen, in denen maßlose Erschöpfung wohnte.

»Hey, Mom, Dad ...«

Nur wenige Wimpernschläge später hatten sie ihn in die Arme gezogen und er ließ sich die stürmische Begrüßung nicht nur gefallen, so wie es ein guter Sohn nun einmal tat.

Nein, ganz untypisch für einen Mann dieser Größe und Statur, erwiderte er die Umarmung, ließ sich von seiner Mutter küssen und immer wieder über das wirre Haar streicheln und von seinem Vater die Schulter tätscheln. Erst nach geraumer Zeit fand Letzterer in die Realität zurück. Eilig blickte er die Straße hinauf und hinab und wirkte dabei ein wenig gehetzt.

»Lasst uns hineingehen!«

»Bitte setz dich!«

Daniel runzelte die Stirn. »Dad, ich ...«

»Setz dich!«, wiederholte der unerbittlich.

Widerstand blitzte in Daniels dunklen Zügen auf, denn nichts lag dem ferner, als hier eine lange Rast einzulegen. Ein weiterer, etwas längerer und aufmerksamerer Blick zu dem älteren Mann ließ ihn am Ende jedoch gehorchen. Allerdings wirkte Daniel in dem breiten Sessel nicht sehr entspannt, unverwandt fixierte er seinen Vater. Der wich dem vorwurfsvollen Starren entschieden aus und half seiner Frau beim Decken des Tisches. Wobei Edith still und so, dass niemand es bemerkte, die ersten Tränen seit über eineinhalb Jahren vergoss. Und auch Mr. Grant sen. war keineswegs so gefasst, wie es bei flüchtiger Musterung den Anschein hatte. Dieses Wiedersehen mutete zu fantastisch an, auch wenn sie bereits seit einigen Stunden gewusst hatten, dass Daniel sich auf dem Heimweg befand. Die Augen brannten, seine Haltung war gebeugt, der Kopf – nun, wo die Folter doch eigentlich überstanden war –, nach vorn geneigt. Das Ehepaar wirkte, als wäre die Anspannung der vergangenen Monate mit einem Gewaltschlag von ihnen gefallen und hätte nur die psychischen Wracks zurückgelassen, die die beiden im Grunde noch darstellten. Dabei war es derzeit extrem wichtig, dass Doktor Grant Haltung und Stärke bewies, denn was Daniel wollte, musste der nicht erst in Worte fassen. Und genau davon galt es, ihn für den Moment erfolgreich abzuhalten.

Erst, als die Tassen auf dem Tisch standen, Gebäck sich hinzugesellt und Edith Grant auch die letzten verbotenen Tränen erfolgreich getrocknet hatte, setzten sich die Eltern zu ihrem inzwischen leicht gereizten Sohn. »Ich muss nur eines wissen ...«, hob der an, sobald er den Eindruck hatte, jemand sei gewillt, ihm Rede und Antwort zu stehen.

Jonathan, der keineswegs überrascht wirkte, nickte. Endlich Gehör gefunden, fiel Daniel das Sprechen plötzlich unsagbar schwer. Er benötigte unzählige Anläufe, musste mehrmals schlucken und sich räuspern, bevor er auch nur einen Ton zustande brachte. Und der klang wie der eines Fremden, aber nicht wie Daniel Grant.

»Ist sie ... hat sie auf mich ... Ich meine, ist sie noch ...« Erst jetzt brachte er es fertig, auch aufzusehen.

Kopfschüttelnd betrachtete Mrs. Grant ihren Sohn. »*Natürlich* ist sie das! Hast du tatsächlich daran gezweifelt?«

Hilflos hob er die Schultern. »Es war eine lange Zeit. Ich kann wohl kaum verlangen …«

»*Nicht* lange genug!«, wurde er energisch zurechtgewiesen.

Daniels Erleichterung war offensichtlich. Jedenfalls in dem Teil seines Gesichtes, den die beiden trotz Bart überhaupt ausmachen konnten. Geistesabwesend nahm Edith eine seiner Hände, die auf dem hellen Leinenzeug sogar noch dunkler wirkten, als sie in Wahrheit waren. Sie betrachtete die vielen kaum verheilten Kratzer, Risse und Hämatome und ihre Augen weiteten sich entsetzt, bevor sie sich fing und eilig aufsah. »Du hast an ihr gezweifelt?«

Ehrliche, amüsierte Verblüffung suchte Daniels Blick heim, direkt darunter wohnten übrigens sehr dunkle Schatten, die sich dort sehr heimisch fühlten. Und wenn man ihn genauer musterte, erkannte man trotz des Bartes, wie hager er im Gesicht geworden war. Lachend warf er den Kopf zurück: Ein sonderbarer Laut, scharf und bellend, mit Humor nur entfernt verwandt. Es hielt auch nicht sehr lange an. »Nein, bestimmt nicht! Auf jeden Fall nicht, solange ich mich *dort* aufhalten musste.

Ich bin nicht lebensmüde! Aber dieser Flug war verdammt lang und ich musste mit allen Eventualitäten rechnen.«

»Überflüssig!«, verkündete Jonathan Grant strikt.

Für einen flüchtigen Moment versanken die Blicke von Vater und Sohn ineinander, Botschaften wurden übermittelt, die auszusprechen bedeutend mehr Zeit und Anstrengungen in Anspruch genommen hätte. Die Kommunikation funktionierte bestens, im nächsten Moment machte der jüngere der beiden Männer Anstalten, aufzustehen.

»Es tut mir sehr leid, aber ich muss sofort …«

»Setz dich!«

Sehr langsam ließ Daniel sich zurücksinken. Sein Starren wechselte unentwegt zwischen Mutter und Vater hin und her. »Was verschweigt ihr mir? Raus damit!«

Eilig schüttelte Jonathan den Kopf. »Überhaupt nichts! Ich denke nur, dass du dir zunächst die Gelegenheit einräumen solltest, dich zu sammeln. Hals über Kopf loszustürzen dürfte die falsche Entscheidung sein. Möglicherweise würde die Überraschung etwas zu gelungen ausfallen, meinst du nicht auch?«

Darüber schien Daniel ernsthaft nachzudenken, was seine Eltern zu einem leisen Aufatmen verleitete. Leider hatten sie sich zu früh gefreut, denn plötzlich schüttelte er energisch den Kopf. »Nein, das meine ich absolut nicht. Ist mein Wagen …«

Nach einem warnenden Seitenblick auf ihren Mann übernahm Mrs. Grant die Verhandlungen. Sie klang bestimmt. »Daniel! Bleib sitzen!«

Der verfolgte noch immer nicht die geringsten Absichten zu gehorchen, fand diese Vorstellung sogar derart an den Haaren herbeigezogen, dass er zum ersten Mal seit Ewigkeiten mit einem mittleren Wutanfall zu kämpfen hatte. Vor wenigen Monaten wäre der auch eingetreten, mit Sicherheit! Inzwischen wusste Daniel jedoch bedeutend mehr vom Leben, unter anderem, dass die meisten Unmutsausbrüche die Energie nicht wert waren, die sie kosteten. Und so schweißte sich sein versteinerter Blick auf seine Mutter, bevor ein dunkles, aber nicht sehr energiegeladenes Knurren ertönte. »Bist *du* vielleicht bereit, mir endlich zu sagen, was genau geschehen ist?«

»Überhaupt nichts, wie dein Vater schon sagte.«

Der sah sich bemüßigt, seiner Gattin zu Hilfe zu eilen. »Jedenfalls keine Katastrophe. Davon hatten wir bereits genügend, nehme ich an. Ich denke, wir sollten erst einmal alles Erforderliche besprechen und uns gegenseitig auf den neuesten Stand bringen. Du kannst noch früh genug zu ihr.«

Stöhnend verdrehte Daniel die Augen, eine Reaktion, von der Jonathan und Edith Grant hellauf begeistert waren. Kaum hatte er die strahlenden Mienen seiner Eltern ausgemacht, stöhnte er noch etwas lauter – und entnervter.

»In Ordnung, das ist kein Traum, ich bin tatsächlich wieder zu Hause«, murmelte er und griff in seiner Verzweiflung zur Kaffeetasse.

»Wir haben über dein Kommen niemandem gegenüber ein Wort verloren«, fuhr Jonathan ungerührt fort. »Natürlich auch nicht innerhalb der Familie. Die Gefahr, am Ende …«

Kein Blinzeln, nicht die geringste Emotion war Daniel zu entnehmen. Er nickte knapp. »Gut … Ich konnte drei Tage von ihnen erpressen. Mehr war nicht rauszuholen.«

»Ist dir bekannt, was dann im Einzelnen auf dich zukommt?«

»Was wohl?« Gleichmütig hob Daniel die Schultern. »Sie wollen sich feiern lassen! Immerhin haben sie einen amerikanischen Staatsbürger aus den Fängen gesetzloser Fanatiker gerettet. Vermutlich werden sie bei den Jubelstatements elegant unter den Tisch fallen lassen, dass ihre Bemühungen bei den anderen vier Geiseln nicht ganz so erfolgreich liefen.«

»Sie wurden nicht …?« Erschrocken starrte Edith ihn an, doch Daniel brachte es nur auf ein flüchtiges und bemerkenswert unbeeindrucktes: »Nein.«

Jonathans Blick umwölkte sich, er suchte nach Worten, vielleicht, um die vordringliche Frage behutsam zu verpacken, entschied sich aber schließlich für den Frontalangriff. »Und wie gelang es dir …?«

»Glück nehme ich an«, bemerkte Daniel lakonisch. »Nein, *weiß* ich! Ich kann euch versichern, dass es garantiert nicht die Verhandlungen dieses widerlichen Konsuls waren. Geld spielt für die Jungs keine Rolle, davon haben sie ausreichend und das ist auch nicht ihr Ziel. Reichtum? Nein, zu amerikanisch. Es war …« Anstatt den Satz zu Ende zu führen, winkte er ab. »Lassen wir das. Mir ist es egal, sollen sie ihre Show bekommen. Allerdings habe ich sie gewarnt. Sollte die Nachricht vor Montag durchsickern, können sie ihren Zirkus allein veranstalten.« Er spitzte die Lippen. »Ich schätze, ich war ziemlich überzeugend.«

Ein flüchtiges Grinsen erhellte das Gesicht des Doktors. »Davon gehe ich zwingend aus.« Dann war er wieder ernst wie zuvor. »Unser Schweigen schloss auch Tina mit ein. Ihr ist nichts bekannt, weder über die Verhandlungen noch über deren Voranschreiten.«

Daniels Miene wurde hart. »So sollte es sein. Bevor ich im Flieger saß, war nichts sicher. Unerträglich genug, dass ihr Bescheid wusstet. Ach so!« Er fingerte in seiner Brusttasche und warf kurz darauf einen reichlich mitgenommenen amerikanischen Pass auf den Tisch.

»Ich heiße momentan Andrew Norton.« Verächtlich verzog er das Gesicht. »Der Typ auf dem Foto sieht mir nicht mal nachts ähnlich. Keine Ahnung, wo sie das Teil aufgegabelt haben.«

Ausdruckslos betrachteten Jonathan und Edith den Pass und dennoch waren ihre Gedanken nicht schwer zu erraten. Daniel schüttelte den Kopf. »Ich weiß es nicht und um ehrlich zu sein, will ich es auch gar nicht erfahren. Mein Freund Omar …« Er hob eine Augenbraue, »… betreibt so einige Hobbys, die auf jeden Fall – nun sagen wir – unseren zivilisierten Grundgedanken eher abträglich sind. Da gibt es viele, viele kleine Geheimnisse, hinter die ich nie gelangen will.«

Für eine lange Minute legte sich Schweigen über den Raum, bis Daniel aufsah, von neuer Entschlossenheit beflügelt. »Das war es von meiner Seite. Und jetzt will ich alles erfahren, was währenddessen hier vor sich ging. Zu allererst: Wie geht es ihr?«

Mehr als ein Seufzen brachten beide nicht zustande und Daniels Miene wurde noch etwas härter. »Wo wohnt sie?«

»In eurem Appartement, was dachtest du?« Mrs. Grant sah sich mal wieder zu einem vorwurfsvollen Kopfschütteln veranlasst.

Grell blitzten die Augen in dem dunklen Gesicht auf, ansonsten blieb Daniel aber erstaunlich lässig. »Es hätte ja sein können, dass ihr die Einrichtung irgendwann auf die Nerven ging und sie nach einer Alternative suchte.«

Erneut legte sich Stille über den Raum, die nur vom gelegentlichen, verhaltenen Klirren unterbrochen wurde, wenn einer der drei seine Tasse zurück auf die Untertasse stellte. Jonathan beendete diesmal das Schweigen. »Wie bereits erwähnt, bewahrten wir auch Tina gegenüber absolutes Stillschweigen. Daher denken wir …« Er blickte zu seiner Frau, die nickte, »… dass du sie am Besten in ihrem Büro aufsuchst – nach Ende der Geschäftszeiten. Ich nahm mir die Freiheit heraus, die Dinge im Vorfeld zu arrangieren und hoffe, du verzeihst mir diese Intervention.«

»Warum soll ich warten?«

»Sie hat sehr gelitten, wie du dir vorstellen kannst. Ich habe die Hoffnung, dass sie in der Öffentlichkeit etwas gefasster reagieren wird. Manchmal hilft es.«

Das überdachte Daniel eingehend, dann nickte er. »Womit du möglicherweise recht hast, aber du kannst vergessen, dass ich bis zum Abend warte. Ich gehe jetzt …«

»Nein!«

Mit wachsendem Unmut blickte er zu seiner Mutter. »Ich bitte dich inständig, meine Entscheidung zu respektieren! Ihr könnt doch nicht wirklich glauben, dass ich nicht sofort zu ihr gehe! Diese gesamte Diskussion ist total überflüssig!«

»Und *du* wirst doch nicht ernsthaft annehmen, wir würden die Gelegenheit ungenutzt verstreichen lassen, wenn wir unseren Sohn nach über achtzehn Monaten wiedersehen.« Mit einer verdächtig bebenden Hand streichelte sie die Haut seiner Wange, die nicht von dem Bart bedeckt war. »Bis vor wenigen Minuten waren wir nicht sicher, ob das noch einmal eintreffen würde.«

Daniel schwieg. Was sollte er schon sagen? Während der vergangenen, elend langen Monate hatte er sich viel zu häufig mit ähnlichen Gedanken befasst. Die stellten sich zwangsläufig ein – Widerstand zwecklos. Selbst wenn es in einer derartig ausweglosen Situation das denkbar Falscheste darstellte, was man tun konnte. Seine Eltern würden nie erfahren, wie knapp es tatsächlich gewesen war. Und auch niemand anderes.

»Eine Dusche wäre nicht übel, etwas Schlaf auch nicht. Du siehst sehr müde aus.«

Abwehrend schüttelte er den Kopf, was ihm einen tadelnden Blick von seiner Mutter einbrachte. »Lüg mich nicht an! Warum legst du dich nicht ein wenig in dein altes Bett?«

Inzwischen fühlte Daniel sich, als wäre er wieder drei Jahre alt. Er hatte mit vielem gerechnet oder auch mit gar nichts, ganz genau konnte er die drei Billionen Gedanken, die er für den Fall seiner Heimkehr gesponnen hatte, nicht mehr rekonstruieren. Aber eine Mutter, die meinte, ihn maßregeln zu müssen – nein, dieses Szenario hatte er doch glatt als zu utopisch außen vorgelassen. Schade eigentlich.

Daniels Antwort fiel leicht gereizt aus. »Weil ich jetzt in der Tat gern zu meiner Frau …«

»Nein!«, unterbrach Jonathan. »Wie ich dir bereits sagte, nahm ich mir die Freiheit heraus, die Dinge in die richtigen Bahnen zu lenken. Du solltest erst gegen Abend …«

»Ich weiß, ich wiederhole mich«, erwiderte Daniel gepresst, »… trotzdem: ich hasse es, …«

»… wenn man sich in deine Angelegenheiten mischt.« Der alternde Arzt nickte. »Natürlich. Allerdings ist mein Vorstoß weniger als Einmischung zu bewerten, sondern eher als der Versuch, dafür Sorge zu tragen, dass Tina heute noch ein wenig länger in ihrem Büro bleibt. Wir wussten nicht genau, wann du ankommst.«

»Deshalb begreife ich noch lange nicht, weshalb ich nicht einfach nach Hause …«

»So ist es am besten, bitte vertrau uns«, erwiderte Jonathan ernst. »Sie wird sehr … überrascht sein.«

Daniel wollte nicht zuhören, möglicherweise kehrte er soeben wirklich ins Kleinkindalter zurück. Nur mit Mühe verhinderte er, trotzig die Arme zu verschränken. Alles, was er wollte, war Tina. Niemand konnte sich vorstellen, wie sehr sie ihm fehlte. Harte Monate lagen hinter ihm, in denen ihn nur der Gedanke an sie überhaupt am Leben hielt. Doch jene endlosen Wochen waren keineswegs wirkungslos an ihm vorbeigegangen, sie hatten dafür gesorgt, dass er heute seinen Kampfgeist exakter platzierte und gelernt hatte, dass manchmal andere mehr wussten, als er selbst. Seine Eltern befanden sich derzeit in dieser wenig beneidenswerten Position. Auch wenn sie sich weigerten, konkret zu werden, worüber er im Grunde ganz froh war. Die bisherigen Informationen genügten ihm fürs Erste. Wie genau es Tina ging, wenn sie tatsächlich auf ihn gewartet hatte, und danach sah es aus – *Danke, oh Gott, danke!* – konnte er sich selbst ausrechnen. Besten Dank!

Ihr nach all diesen grauenhaften Monaten als Begrüßung den nächsten, vernichtenden Schock zu verabreichen, war das Letzte, was er erreichen wollte. Außerdem hatte er nicht die Absicht – wenn es denn so kam – Rücksicht auf irgendwelche Auftraggeber zu nehmen. Des Weiteren, wenn auch nur am Rande – sogar am äußersten: Daniel war wirklich müde. So unvorstellbar, wie er es bis vor wenigen Monaten nicht für möglich gehalten hätte.

Ja, er wollte zu ihr, nichts anderes beherrschte ihn mehr als dieser Wunsch. Aber die Gefahr, der Situation nicht die verdiente Aufmerksamkeit zu schenken, ihr vielleicht nicht gewachsen zu sein, sie nicht gebührend wertzuschätzen, weil seine verdammte Erschöpfung ihn daran hinderte, war ihm zu hoch. Und daher würgte Daniel diese unvorstellbar schmerzende Sehnsucht ein allerletztes Mal zurück. Ebenso verfuhr er mit der maßlosen Enttäuschung, die ihn heimsuchte, sobald er sich seinen Eltern fügte. Widerstandslos ließ er sich kurz darauf von ihnen in das Zimmer seiner längst vergangenen Kindheit geleiten.

Seine Mutter half ihn aus den Sachen, sein Vater richtete die Decke, und kurz darauf lag er in jenem behaglichen, kuscheligen und warmen Bett, das so viele seiner Jungenträume bewacht hatte. Nun ja, einige heiße Nächte auch.

Küsse wurden auf seine Stirn gehaucht, eine väterliche Hand strich über seinen Kopf. Was für ein Bullshit! Bevor Daniel einschlief, hob er noch einmal den Kopf. Seine Eltern standen im Türrahmen, Edith um einiges kleiner neben seinem weißhaarigen Vater, der seinen Arm um ihre Schultern gelegt hatte. Und ein weiteres Mal fühlte Daniel sich wie der kleine Junge von einst.

Trotz allem war es ein verdammt schönes Gefühl. »Mein Wagen …?«

»Keine Sorge, alles ist bereit.«

Es war die erhoffte Antwort, und bevor er in die Bewusstlosigkeit wegdriftete – Schlaf war eine zu milde Bezeichnung für das, was ihn wenig später heimsuchen würde –, dachte er sich noch, dass es manchmal verteufelt gut war, sich auf andere verlassen zu können und nicht alles selbst regeln zu müssen. Im Traum eilte Daniel wie so häufig zurück zu jenem Tag, an dem er sich mit seinen Kollegen aufgemacht hatte, um die Visite in den weit abgelegenen Dörfern der Gegend vorzunehmen.

76. Dream

Achtzehn Monate zuvor

Sie hatten sieben schwer bewaffnete Männer an ihrer Seite. Dies sollte für einen gewissen Schutz sorgen, lautete die einhellige Meinung. Das hätten sie auch, wären jene Einheimischen nicht leider wie so viele andere der Ansicht gewesen, dass Daniel und dessen gottlose Gesellen in ihrem Land nichts zu suchen hatten. Schon allein, weil Allah ihnen absolut scheißegal war. Es hatte die Gegenseite nicht viele Dollarnoten gekostet, um sie erfolgreich zum Überlaufen zu bewegen. Spätestens der Umstand, dass es sich bei den Eindringlingen samt und sonders um verhasste Amerikaner handelte, genügte als Argument. Und nachdem die Jeeps abrupt zum Stehen gekommen waren und kurz darauf die beiden Fahrer leblos auf ihre Lenkräder sackten, ahnte Daniel, dass sie knietief in der Scheiße steckten.

... und in was *für einer!*

Die drei Frauen, jede in der Heimat verheiratet und Mutter von mindestens zwei Kindern, versuchten wenigstens, ihre Panik zu verbergen. Sehr erfolgreich waren sie nicht, doch Daniel nahm es ihnen nicht übel. Matt, sein Kollege, wirkte mit einem Mal auch sehr weiß, während sie ins Camp der Rebellen gefahren wurden. Glücklicherweise musste Daniel sein eigenes Gesicht nicht begutachten, denn er ahnte, dass er Matt und seinen Kolleginnen in nichts nachstand. Was das offensichtliche Grauen betraf, versteht sich. Ein älterer, stämmiger Sudanese nahm sie wenig später in Empfang, neben ungefähr einhundert weiteren Männern, die sich etwas abseits hielten, aber auch nicht viel vertrauenerweckender wirkten, als ihr Rebellenchef. Sein dunkles Gesicht wurde von den noch dunkleren Augen und dem imposanten Bart beherrscht. Wie die übrigen Männer trug er Tarnkleidung, nicht im hellen Beige, wie es bei den US-Amerikanischen Soldaten der Fall ist, sondern in tiefem, sattem Grün.

»Aussteigen!«, befahl er in herrischem Ton. Daniel würde erst später erfahren, dass es sich hierbei um den Kommandanten Omar handelte. Niemand machte Anstalten, nicht sofort zu gehorchen, keiner der Fünf tendierte zu spontanen Heldentaten. Wenigstens das war ihnen bei der üblichen Informationsveranstaltung vor ihrer Abreise eingetrichtert worden. Ruhe bewahren!

Nicht *den Helden spielen. Um Himmels willen kein Risiko eingehen! Daniel für seinen Teil fand, dass die Belehrung nicht erforderlich gewesen wäre. Nichts lag ihm ferner, als eine spontane Rebellion.*

Man brachte die Amerikaner in einer der zahlreichen Hütten innerhalb des verborgenen und erstaunlich gut organisierten Camps unter. Sehr schnell kamen sie hinter einige recht entscheidende Fakten. 1. Ihr Leben war einen Schiss wert. Als Ungläubige genossen sie, zumindest in den Augen der Rebellen, keine Daseinsberechtigung. Dass Daniel und seine Kameraden aus humanitären Gründen in diesem Land ihre Freizeit verbrachten, interessierte die herzlich wenig. Sämtliche humanitären Argumente waren denkbar bedeutungslos.

2. Man verfolgte keineswegs die Absicht, irgendwelche Lösegeldforderungen zu stellen. Geld war nicht ihr Beweggrund, sondern ihr Glaube und der Sinn nach Rache. Letzteres ließ ja niemals lange auf sich warten.

3. Man benötigte die dauerhaften Dienste eines Mediziners.

Eines! *Womit Matt und Daniel – ohne es zu wissen oder gar zu wollen – ganz plötzlich zu Konkurrenten auf Leben und Tod wurden. Dann und wann holten die Aufständischen sie, wenn man ärztliche Hilfe benötigte. Manchmal musste eine der Schwestern sie begleiten, meistens jedoch waren die Männer gezwungen, die Frauen schutzlos zurückzulassen. Auch wenn ihre Anwesenheit nicht für viel mehr Sicherheit sorgte. Daniel und Matt standen sich in ihren Fähigkeiten in nichts nach. In beiden Fällen handelte es sich um bestens ausgebildete Chirurgen, in der Heimat in leitender Stellung tätig, beide im ungefähr gleichen Alter. Einzig die Sympathie entschied am Ende über den Sieger – denjenigen, der mit dem Leben davonkommen durfte. Und die lagen glücklicherweise auf Daniels Seite. So, wie es immer der Fall gewesen war. Wieder einmal rettete Daniel das, was Tina von jeher in die totale Fassungslosigkeit getrieben hatte: Sein unverschämtes Glück.*

Die drei Schwestern, Rita, Doro und Cathie wurden im Grunde überhaupt nicht benötigt. Man hatte sie nur mitgenommen, weil sie anwesend und Amerikanerinnen waren. Allerdings kamen die Afrikaner sehr schnell dahinter, dass ein Arzt auch sehr gut ohne Schwester zu behandeln in der Lage war. Zu anderen Arbeiten konnten die Frauen nicht herangezogen werden. Zu schwach.

Einen Menschen in der Wildnis unter dem Siegel der Verschwiegenheit am Leben zu halten, bedarf etlicher Investitionen und Anstrengungen. Die Versorgungswege sind lang und mit vielen, oftmals unkalkulierbaren Gefahren versehen. Besonders inmitten eines Bürgerkrieges. Jedes Maul, das es zu stopfen gilt, muss einen gewissen Gewinn versprechen. Ansonsten ist es wertlos und daher nicht fütterungswürdig. So lagen die Fakten und die Wirkung ließ nicht lange auf sich warten.

Rita gab als Erste auf. Daniel und Matt versuchten alles, um es zu verhindern, doch das Leben einer Frau war nun einmal nicht viel wert. Erkrankte sie, wurde jede Behandlung verweigert, solange nicht auch der letzte Mann bestens versorgt worden war. Am Ende wurde sie von einer simplen Infektion dahingerafft. Ein in jeder Hinsicht sinnloser Tod, der mit etwas Antibiotikum hätte vermieden werden können. Noch grauenhafter: Medikamente waren durchaus vorhanden, sogar in mehr als ausreichender Form. Nur wurden bei deren Vergabe die verhassten Amerikaner weiträumig ausgespart.

Doro und Cathie, die beiden jüngeren und hübscheren der drei Frauen nahmen ein etwas anderes, aber keineswegs freundlicheres Schicksal. Sie hielten einige Wochen länger durch, bevor auch sie endgültig aufgaben. Und die beiden Männer waren keineswegs überzeugt, dass sie damit im Vergleich zu Rita nicht das bedeutend miesere Los gezogen hatten.

Als Matt und Daniel allein waren – dies trat ungefähr sechs Monate nach ihrer Gefangennahme ein – ahnten sie, dass die nächste Trennung bereits bevorstand. Überraschenderweise entbrannte nicht der Konkurrenzkampf, den sich die beiden eigentlich hätten liefern müssen. Schließlich ging es um ihr Überleben. Doch vielleicht waren sie auch längst zu müde, um sich mit solchen Sinnlosigkeiten aufzuhalten. Kalkulieren oder vielleicht sogar lenken konnten sie ihre Chancen ohnehin nicht. Neben dem Glück oder eben Pech hingen diese durchaus auch von der Gemütslage des Kommandanten ab. Der momentanen – wohlgemerkt, die wechselte unter Umständen nämlich im Minutenabstand. Am Ende entschied er. Weder Matt noch Daniel hatten eine echte Möglichkeit, das zu beeinflussen.

Es war Maria, die Daniel das Leben rettete und damit Matt zum Tode verurteilte. Auch wenn die junge Frau mit Sicherheit nichts davon wusste, dass sie vorübergehend den Posten eines Scharfrichters innehatte. Hierbei handelte es sich um die Frau des Kommandierenden Omar. Sie erwartete bereits ein Kind, als die Fünf verschleppt wurden. Es war eine komplizierte Schwangerschaft und Daniels Glück, dass er bei Einsetzen der Wehen gerufen wurde. Nicht Matt. Auch war es ausschließlich Glück zuzuschreiben, dass Maria von einem Jungen entbunden wurde, nicht von einem Mädchen.

Trotz der miesen Gegebenheiten überlebten Mutter und Kind glücklicherweise. Jede Menge Glück half ihm beim Überleben. Nicht Daniels überragendes Können, sein gutes Aussehen oder was auch immer sonst für gewöhnlich auf seiner Haben-Seite stand und das Geheimnis seines Erfolges ausmachte.

Wenige Tage nach Geburt von Marias und Omars Sohn wurde Matt erschossen. Ohne viele Worte oder hasserfüllte Gesänge. Auch ein Freudenfeuerwerk blieb aus und ein entsprechendes Fest ohnehin. Zwei der Rebellen führten ihn hinaus, kurz darauf war ein Schuss zu vernehmen und Matt kehrte nie zurück. Ende.

Und Daniel war ganz plötzlich Omars Bruder. Der Mann gab sich wirklich Mühe, versuchte sogar, seinen exklusiven Gefangenen zu überreden, zum Islam überzutreten und bereitete ihn schon mal in den schillerndsten Farben auf ein langes Leben als Arzt der Aufständischen vor. Eines von Omars zahlreichen Lastern war, dass der Mann sich so gern selbst reden hörte. Daniel war kein Feigling – noch nie gewesen –, doch er hing an seinem Leben und dachte deshalb nicht im Traum daran, den Helden zu spielen. Stattdessen nickte er, lächelte, lachte und mimte Omars besten Kumpel. Aber er war clever genug, nicht den Glaubenswechsel zu akzeptieren. Zu häufig hatte er sich bereits unter gläubigen Moslems bewegt, um nicht wenigstens zu ahnen, dass ihn das unter Umständen seinen hübschen Hals gekostet hätte.

Eines Abends, als sie zusammensaßen, bestätigte Omar Daniels Verdacht. Lakonisch und wortreich wie immer.

»Ein Mann, der nicht zu seinen Überzeugungen steht, ist nur ein halber Mann. Abfall in meinen Augen.«

Daniel nickte, so wie meistens, wenn der Kerl mal wieder vor sich hin philosophierte. »Allah wohnt in deinem Herzen, wenn er dich als würdig betrachtet, dein Glaube jedoch ist Teil der Seele. Wärst du auf meine Bedingung eingegangen, hättest du sie verkauft, um dein wertloses Leben zu retten. Denn ohne Seele ... nicht gut.« Flüchtig legte sich ein Grinsen auf das dunkle, bärtige Gesicht und offenbarte ein strahlend weißes, makelloses Gebiss. »Du bist ein großer Mann, Doc.«

Nun, die Meinung teilte Daniel absolut nicht, in Wahrheit fühlte er sich in zunehmendem Maße ausgesprochen mies, minderwertig und niedergeschlagen. Niemand – auch nicht Omar – wusste, dass ihm genau zwei Dinge halfen, nicht einfach aufzugeben und den Kerlen zu erklären, dass sie ihn kreuzweise konnten. Aufstehen, die Arme ausbreiten und brüllen: »Schießt doch!«

Ein zunehmend penetranter Traum, der ihn sogar am Tage sehr häufig heimsuchte. Am Ende war es ein neongrüner, trivialer, runder Gegenstand in seiner Tasche, der ihn davor bewahrte, diesem selbstmörderischen Drang endlich nachzugeben. Er begleitete ihn immer, bei jedem verdammten Schritt, den er tat und bei jeder Kugel, die er aus dem Fleisch seiner Pseudofreunde entfernte, bei jeder Impfung, die er den Idioten verpasste und bei jedem Kind, dem er auf diese verdorbene und dem Untergang geweihte Welt half. Wobei er sich besser nicht vor Augen führte, wie es entstanden war. Dieser grüne Gegenstand war sein Überlebenselixier in fester Form.

... und noch ein anderer, auch runder, jedoch metallischer war daran nicht ganz unbeteiligt, dass Daniel so verbissen und unbelehrbar an seinem Leben festhielt. Bei seiner Anreise hatte er die vier Stunden Aufenthalt in Kapstadt genutzt, um sich ein wenig im zivilisierten und relativ sicheren Teil der Stadt umzusehen. Was er tun würde, wenn er nach Hause kam, wusste er. Der Entschluss stand bereits, seitdem er sie am Airport in New York zurückgelassen hatte. So traurig und sichtlich am Boden zerstört, wie er sich fühlte und es bis zu diesem Augenblick nicht für möglich gehalten hätte. Nein, auch Daniel hatte seine Zweifel und Ängste nicht vollständig begraben. Die Vergangenheit ließ sich nun einmal nicht ohne Schwierigkeiten ins Nirwana befördern. Doch dieser bedeutende Schritt stand noch aus.

Als junger Mann hätte Daniel nie geglaubt, ihn eines Tages gehen zu wollen. Zwischenzeitlich hatte er es schon geglaubt, sah jedoch den Gegenpart als dauerhaft nicht verfügbar. Und dann musste ihm das Thema vorübergehend entfallen sein. Er ärgerte sich, es nicht schon vor seiner Abreise getan zu haben. Vor einem Juwelier blieb er stehen und überlegte nicht sehr lange, bevor er hineinging, um den Ring endlich zu kaufen. Als er das runde Metall in seine Tasche schob, war er davon überzeugt, es Tina in wenigen Wochen geben zu können. Dass daraus achtzehn Monate werden würden, konnte er zu diesem Zeitpunkt nicht ahnen. Was wohl auch ganz gut war.

Der Ring und dieser schäbige Flaschendeckel – das waren seine Schätze. Elendig weit entfernt von allem, was Daniel lieb und teuer war. Nicht viel, aber für einen Menschen in seiner Situation, unermesslich kostbar. Irgendwann halfen jedoch auch kein Ring und kein Flaschenverschluss mehr. Je länger er unter diesen fremden, bedrohlichen und vor allen Dingen unkalkulierbaren Menschen weilte, desto häufiger neigte Daniel zum Resignieren. Das lag an den schwierigen Lebensumständen, der mangelnden Nahrung, der harten Arbeit, der Gefangenschaft an sich, dem Gefühl, niemals unbeobachtet zu sein und jedem Befehl Folge leisten zu müssen, egal, von wem der erteilt wurde. Selbst das Wort der männlichen Kinder im Camp war bedeutend gewichtiger, als seines. Und dabei wurde bald ziemlich egal, wie häufig Omar ihm freundschaftlich auf die Schulter klopfte. Es war die unerträgliche Hitze am Tag und die Kälte bei Nacht, die endlose Regenzeit, wenn der Himmel plötzlich nicht mehr in der Lage schien, seine Schleusen über dem sonst so kargen Land zu schließen. Und natürlich lag es auch an der unvorstellbaren Sehnsucht nach Tina, seiner Familie, seinen Freunden – der Heimat.

Häufig saß er abends vor seiner Hütte beim Feuer, blickte in die Ferne und fragte sich, ob dies das Ende war. Würde er tatsächlich hier sein Leben beschließen? Am Arsch der Welt? Er hatte immer mit diesem Risiko gelebt. Die entsprechende Erklärung ist eines der ersten Dokumente, die man bei den ÄOGs unterschreiben muss, besonders, wenn die Reise in eines der Krisengebiete geht. Und man wird mehrfach sehr ausdrücklich aufgefordert, zuvor eine Lebensversicherung abzuschließen. Egal, wie humanitär der humanitäre Einsatz auch war, niemand konnte sicher sein, nicht doch versehentlich zwischen die Fronten zu geraten.

Nie zuvor hatte Daniel sich darüber großartige Gedanken gemacht, nur bei diesem Einsatz kamen ihm im Vorfeld Zweifel. Möglicherweise eine dunkle Vorahnung, vielleicht auch nur die Angst, zu verlieren, was er gerade erst gewonnen hatte. Bereits auf dem Flug nach Kapstadt hatte ihn dieses seltsame Gefühl heimgesucht, unerklärlich, nicht wirklich greifbar, hauchte es trotzdem bemerkenswert aufdringlich: Geh zurück! Um Himmels willen sei nicht blöd! Geh! Sofort! Dieses spezielle Was-wäre-wenn hatte er bisher strikt gemieden. Jetzt mit einem Mal in der Falle zu sitzen, traf ihn so unvorbereitet, dass er nach einigen Monaten drohte, daran zu zerbrechen.

Das Gefangensein zermürbte ihn, er war dafür nicht geschaffen, liebte nichts mehr als seine Freiheit und die Fähigkeit, jeden Schritt in eigener Verantwortung zu lenken.

An einem dieser besonders trübsinnigen Abende setzte sich der Kommandant zu ihm und blickte lange gen Westen. Jene Himmelsrichtung, die auch Daniel bevorzugte. Omars Englisch war akzentfrei, er hatte in Amerika studiert. Auf viele der Rebellen traf dies zu, das Wundern darüber hatte Daniel längst aufgegeben.

»Du hast Familie in deiner Heimat?«

Daniel sah auf. »Eine Frau, ja.«

»Kinder?«

Daniel lächelte flüchtig, dann schob er die aufkeimende Erinnerung energisch beiseite. »Wir hatten es geplant.«

Omar winkte ab. »Hier gibt es viele schöne Frauen. Such dir eine aus!«

Darauf wusste Daniel nichts zu erwidern, was dem brüderlichen Verhältnis nicht immens geschadet hätte, und auch Omar hatte dem offenbar nichts hinzuzufügen. Vier Wochen später setzte er sich wieder zu ihm. Nach dem obligatorischen Blick in die westliche Ferne sah der Kommandant ihn an.

»Deine Freunde aus Amerika haben mir ein Angebot unterbreitet ...«

Bevor Daniel es verhindern konnte, loderte Hoffnung in ihm auf, als hätte jemand unbedacht eine riesige Ladung Sauerstoff in die sterbende Flamme gegeben. »Was?«

Omar grinste. »Lösegeld. Willst du erfahren, wie viel deine verbrecherische Regierung bereit ist, für dich zu zahlen?«

»Fünf Dollar?«, mutmaßte Daniel vorsichtig.

Das strahlende Grinsen wurde breiter, wenngleich es nie die dunklen Augen erreichte. Kam das Thema auf die USA, dann fehlte ein winziger Funke, um den Hass, der tief in den Herzen der Männer und Frauen lebte, an die Oberfläche zu bringen. Ob Daniel wollte oder nicht, er lebte bereits zu lange unter ihnen, um nicht wenigstens deren grenzenlose Abneigung nachvollziehen zu können. Sein Heimatland hatte sich in der Vergangenheit zu häufig die Finger verdammt schmutzig gemacht, besonders an den vielen muslimischen Völkern. Dennoch würde er ihre Vorgehensweise niemals akzeptieren.

»Dein Humor ist unschlagbar, mein imperialistischer Freund.« Abermals richtete sich der grübelnde Blick in die Ferne. »Ich würde einen guten Arzt verlieren, ginge ich auf ihr Angebot ein.«

Plötzlich führte Daniels Herz Kapriolen auf, die er längst nicht mehr für möglich gehalten hätte. Eben noch ein Strohfeuer brannte die Hoffnung inzwischen lichterloh und er war ihr hilflos ausgeliefert. Sein Herz klopfte wild und mit neuem, bereits tot geglaubtem Eifer, der Atem ging schnell und hektisch, selbst die Hände bebten, während Daniel sich verzweifelt um Fassung bemühte.

»Geld ist nicht alles, mein Freund«, sinnierte Omar weiter.

Daniel biss sich mit aller Macht auf die Zunge, um seinen edlen ›Bruder‹ nicht zu unterbrechen. Durch sein Gebrüll, beispielsweise. Oder, weil er ihm kräftig am Kragen dieser verdammten Uniform nehmen würde, um ihn durchzuschütteln, damit das Denken schneller vonstattenging.

»Allerdings würde man damit den Beweis liefern, dass wir nicht die Bastarde sind, als die deine Leute uns vor aller Welt präsentieren.« Omars Augen verengten sich. »Gute Publicity ist nicht zu unterschätzen.«

Hmmm, der sollte sich mal mit Tina unterhalten, die war da wohl eher die richtige Ansprechpartnerin. Bei dem Gedanken, dass Tina und Omar jemals aufeinandertreffen könnten, stellten sich bei Daniel schlagartig die Nackenhaare auf.

»Andererseits wird das auch nicht helfen.« Das klang unerwartet unwirsch. »Sie werden uns eben für käufliche, gewissenlose, ungebildete Bastarde halten.«

Womit er sich abrupt erhob und seinen Gefangenen mit dessen verdammter, niederschmetternder Hoffnung allein ließ. Omar verhandelte weiter, möglicherweise benötigte er doch das Geld oder aber, er konnte sich für gestrandete Ärzte erwärmen, die als junge Männer das Risiko suchten und später, als all das jugendlich Ungestüme bereits der Vergangenheit angehörte, darin umgekommen waren. Eventuell lag es auch daran, dass er seinen Sohn hatte, Daniel aber nicht und der sich standhaft weigerte, eine von Omars Schwestern zu ehelichen. Inzwischen war der Kommandant und verkappte Philosoph davon überzeugt, dass Allah das Herz des amerikanischen Doktors als würdig erachtete, und hatte gegen einen Glaubenswechsel nichts mehr einzuwenden. Möglicherweise entsprach es sogar einem seltenen Akt der Dankbarkeit, weil dieser so verhasste Vertreter der westlichen Welt ihm zu seinem Stammhalter verholfen hatte.

Was Omar am Ende zum Einlenken bewog, würde Daniel wohl nie erfahren. Vielleicht hatte er auch einfach nur einen guten Tag.

Drei Monate darauf setzte sich der Kommandant erneut zu ihm und diesmal klang sein Vortrag bedeutend verbindlicher und unwirscher.

»Die amerikanischen Bastarde sind bereit, eine Menge Geld für dich springen zu lassen.«

Längst führte Daniels Herz keine Kapriolen mehr auf. In der Zwischenzeit war er davon überzeugt, dass Omar seine miesen Späße mit ihm trieb, indem er seine Hoffnung nicht total sterben ließ. Dieses elende Spiel würde Daniel nicht länger mitspielen. Am Ende seines Lebens wollte er sich nicht noch einmal der Feigheit schuldig machen. Wenigstens so viel Stolz und vor allem Würde hatte er sich erfolgreich bewahrt. Auch das brachte ihm durchaus Pluspunkte bei Omar ein. Und wenngleich der seinen ›Bruder‹ keineswegs gern ziehen ließ, tat er es am Ende doch.

Als Daniel in der wenig vertrauenerweckenden, zweimotorigen Maschine saß, wurde ihm langsam bewusst, dass er tatsächlich eine Überlebenschance hatte. Aber erst nachdem sich das Flugzeug auch in der Luft befand, gestattete er seiner Hoffnung wieder etwas Nahrung. Omars Rebellenfreunde hatten die Zuneigung ihres Anführers für den ungläubigen Amerikaner immer mit gemischten Gefühlen betrachtet. Leicht war es Daniel nicht gemacht worden, besonders, wenn Omar sich wie so häufig auf einem seiner ominösen Ausflüge befand und seinen ›Bruder‹ schutzlos zurückließ. Egal, wie oft er ihnen das Leben gerettet hatte, geliebt hatten sie den Arzt deshalb sicher nicht. Denn die Männer hatten diesem amerikanischen Gringo nicht getraut und hätten ihn beim geringsten Anlass ohne mit der Wimper zu zucken ebenso gnadenlos abgeknallt, wie Matt. Dieser schwelenden, unkalkulierbarsten aller Gefahren lebend entronnen zu sein, war nicht nur ein bisschen Glück gewesen, sondern ein verdammtes Wunder.

Der amerikanische Konsul erwartete Daniel auf der kleinen Landebahn am Rande von Khartum. Vor lauter Freude fiel es ihm sichtlich schwer, sich zu fassen.

»Mr. Grant! Ich bin so begeistert, Sie zu sehen!«

»Na, und ich erst.«

Der Konsul – ein kleiner, dicklicher Mann mit permanentem Schweißfluss – ließ sich nicht beirren. »Kommen Sie, wir fahren zunächst einmal in mein Haus, dort können Sie sich ein wenig erholen, bevor wir vor die Presse ...«

Abrupt blieb Daniel stehen. »Bitte?«

»Dass wir beide soeben miteinander sprechen, ist ein bemerkenswerter Erfolg, nach äußerst zähen Verhandlungen«, beteuerte der Dicke. »Das kann ich Ihnen versichern. Trotz enormer Anstrengungen ist es uns nie zuvor gelungen, einen Gefangenen ...«

»Keine Presse!«, wehrte Daniel strikt ab.

»Mr. Grant! Diesen Triumph wollen Sie uns doch unmöglich nehmen! Außerdem war dies ein Bestandteil des Deals. Wir – äh – haben einen gewissen Katalog zu erfüllen. Zum einen wäre da Ihre Aussage, dass Sie während der Zeit Ihrer Gefangenschaft nach den internationalen Menschenrechtsstatuten behandelt ...«

»Ein entsprechendes Dokument habe ich bereits im Camp hinterlegt.« Daniel machte noch immer keine Anstalten, weiterzugehen. »Hören Sie, Mr ...«

»Fishbone ...«

»Fishbone«, nickte er. »In New York gibt es einige Menschen, denen bislang nicht bekannt ist, dass ich lebe. Ich will nicht, dass sie aus dem Fernsehen davon erfahren ... Ich schwöre, Sie können Ihren Rummel veranstalten, sobald ...«

»Mr. Grant! Es handelt sich um keinen Rummel, sondern um unsere Pflicht, die Welt zu informieren. Man hat schließlich um Sie gebangt ...«

»Wie auch immer!«, unterbrach Daniel ihn unwirsch. »Drei Tage! Ab dem Moment meiner Landung in den Vereinigten Staaten. Ich besitze diesen wunderbaren Pass ...« Er wedelte mit dem zerfledderten Dokument, das Omar ihm beim Abschied zugesteckt hatte. »Übrigens muss ich Sie um das Geld für den Rückflug bitten, ich bin derzeit ein wenig klamm. Drei Tage, Fishbone! Dann dürften Sie Ihrer Pflicht nach Herzenslust nachkommen.«

Es kostete ihn noch eine weitere Viertelstunde, um den rückgratlosen Fishbone gänzlich zu überzeugen. Also, der hätte bei Omar keinen Monat überlebt, so viel stand fest. Dennoch: Erst als Daniel sich drei Stunden später auf dem Weg nach Kapstadt und noch einmal acht Stunden darauf endlich auf dem Heimflug befand, war er wirklich sicher. Er hatte überlebt.

Verdammt!

»Daniel!«

»Was ist denn, Dad?«

»Du musst aufstehen!«

Dazu verspürte Daniel nicht die geringste Lust. Ihm war, als hätte er noch nie in einem weicheren, bequemeren Bett gelegen. Von ausgeschlafen konnte auch keine Rede sein. Schon machte er sich bereit für die nächste Flucht, diesmal wenn möglich in einen schöneren Traum.

»Du verpasst deine Verabredung mit Tina!«

Diese Bemerkung vereitelte Daniels Fluchtpläne, seine Lider flogen auf und gleichzeitig saß er im Bett.

»Was?«

77. In Pieces

Tina saß an ihrem Schreibtisch und las mit tief gerunzelter Stirn Selinas neuestes Dossier. Also, deren Versuch, so etwas zu erstellen – und zwar so, dass man es auch einem der geschätzten Auftraggeber vorlegen konnte. Das Mädchen stellte sich nicht dumm an, aber manchmal verwechselte es eklatante Begriffe und führte Argumentationsketten nicht sauber aus. Daher würde Tina wohl oder übel die gesamte Expertise überarbeiten müssen. Mist! Seufzend sah sie auf, ihr Blick fiel auf die Uhr an der gegenüberliegenden Wand, gleich neben der Tür. Sie wurde ein wenig von dem überdimensionalen Strauß Trockenblumen verdeckt – rote Rosen in diesem Fall – der dort seit vielen Monaten seinen angestammten Platz hatte.

Sechs Uhr durch. Ihre Praktikantin hatte Tina längst nach Hause geschickt. Für gewöhnlich nahm sie keine Termine außerhalb der Geschäftszeiten an – das war ein Gesetz. Nur weil Jonathan sie darum gebeten hatte, machte sie eine Ausnahme. Und jetzt verspätete sich dieser Typ auch noch, verdammt! Fran war eingesprungen, doch die hatte auch nicht ewig Zeit! Außerdem wollte Tina vermeiden, andere für ihre Verpflichtungen verantwortlich zu machen. So hielt sie es seit jeher und im Allgemeinen funktionierte es ja auch bestens. Als es endlich an der Tür des Vorzimmers klopfte, waren Tinas Nerven bereits bis zu den Haarwurzeln gereizt.

»Herein!« Das klang keineswegs freundlich/verbindlich und insgesamt wohl eher wie eine gebellte Kriegserklärung, was Tina furchtbar egal war. Guter Freund Jonathans hin oder her, Pünktlichkeit war eine Frage des Anstands! Wie hieß noch gleich dieser ungehobelte Kerl? Keine Ahnung … In Wahrheit konnte sie sich nicht daran erinnern, dass Jonathan den Namen überhaupt erwähnt hatte.

»Moment«, knurrte Tina, ohne aufzusehen, als die Tür aufging, und konzentrierte sich demonstrativ auf das Schriftstück, bevor dieser Armleuchter auf die Idee kam, sie hätte auf ihn gewartet. Wäre ja noch schöner!

»Setzen Sie sich!« Ohne den Blick zu heben, deutete sie mit dem Bleistift knapp zum Stuhl vor ihrem Schreibtisch. Erst, als nichts geschah, weder eine Begrüßung noch eine andere Bemerkung erfolgte – eine Entschuldigung wäre hierbei am ehesten akzeptabel gewesen – und auch der Stuhl nicht bewegt wurde, bequemte sie sich, aufzusehen.

… und erstarrte augenblicklich zu Eis. Der Stift entglitt ihren plötzlich klammen Fingern und fiel mit einem leisen Rascheln auf das Papier.

Sie war noch ebenso hübsch, wie in Daniels Erinnerung. Und ebenso dürr. Okay, vielleicht existierten ein paar Kilo mehr. Die ließen jedoch weder ihr Gesicht voller erscheinen noch wirkten die Finger weniger zerbrechlich, genau wie die gesamte Frau. Das Haar war wie gewohnt frisiert, sie trug einen ihrer geliebten Rollkragenbodys und Daniel hätte seinen Hintern darauf verwettet, dass sich unter dem Schreibtisch eine dieser langweiligen Hosen verbarg. Die Lippen waren immer noch so voll – wenn auch mit einem Mal farblos – und die Augen riesig.

Tina schwieg und auch Daniel war plötzlich entfallen, was er sagen wollte. Der Kloß in seinem Hals – vor wenigen Sekunden noch nicht existent – wurde mit jeder Sekunde größer und machte das Sprechen unmöglich. Die Emotionen, so lange und mit wachsender Verbissenheit zurückgedrängt, brachen wie die sprichwörtliche Sintflut über ihn herein und ließen ihn nackt und wehrlos zurück. Als sich das Schweigen in die Länge zog, die Stille im Raum bedrohlich wurde und Tinas Blässe inzwischen krankhafte Formen annahm, besann er sich. Auf tauben Beinen, deren Kniegelenke sich verflüssigt zu haben schienen, trat Daniel vorsichtig zum Schreibtisch. Für keine Sekunde nahm sie den Blick von ihm und wirkte dabei derart paralysiert, dass er es ernsthaft mit der Angst zu tun bekam. Möglicherweise war er auch nur deshalb in der Lage, ihre kalte Hand zu nehmen, die noch immer wie festgefroren in der Luft hing. Welch eine beiläufige Berührung … und ihn drohte sie gleich wieder, aus der Bahn zu werfen. Nur mit Mühe konnte er sich ein weiteres Mal besinnen. Gott, Daniel hätte nicht gedacht, dass es so schwer werden würde, und plötzlich verstand er, weshalb seine Eltern ihn überredet hatten, dieses Wiedersehen erst am Abend herbeizuführen. Derzeit fühlte er sich wie eine der zahlreichen Handgranaten im Camp. Der Stift war bereits gezogen, nur der Daumen hielt noch die Sicherung … und er drohte, jede Sekunde in die Luft zu gehen.

»Ich …« Eilig räusperte er sich. »Ich wollte dich abholen.«

Eine Antwort erfolgte nicht.

Reglos saß Tina vor ihm und starrte ihn mit großen, leicht glasigen Augen an. Zwischenzeitlich war Daniel nicht sicher, ob sie überhaupt atmete. Rationales Denken war momentan nicht möglich, denn er hatte ihre Hand nicht losgelassen und die Berührung schien eine Art Denkschwelle aufgebaut zu haben. Eine Botschaft jedoch drang zu ihm durch: Er musste dieser Situation so schnell wie möglich ein Ende bereiten. Unsicher sah er sich um, bis er den in der Wand verborgenen Schrank ausmachte. Unfähig, sie loszulassen, zog er den fragilen, erstarrten Körper behutsam vom Sessel auf die Füße und zu der kleinen Tür, hinter der sich tatsächlich die Garderobe versteckte. Glück gehabt, Daniel hätte nicht gewusst, wo er sonst danach suchen sollte. Seine Logik war momentan nämlich auch nicht verfügbar. Noch vorsichtiger, tunlichst darauf bedacht, um Himmels willen nicht ihr Gesicht zu berühren, half er ihr in den Mantel und bemerkte mit einer gewissen, süßen Genugtuung, die absolut nichts mit Triumph zu tun hatte, dass weder Mütze noch Handschuhe vorhanden waren.

Als hätte er es nicht geahnt.

Die Erkenntnis, dass zumindest eines sich schon einmal nicht geändert hatte, zauberte ein unmerkliches, sehr schmales Lächeln auf sein Gesicht. Tina bewegte derweil keinen Muskel, noch immer starrte sie ihn an, und Daniel senkte seinen eilig, während er ihren Mantel zuknöpfte. Mit den Händen eines Greises, denn die bebten so stark, dass er Schwierigkeiten hatte, die Aufgabe zu bewältigen. Erst als er fertig war, blickte er auf; ihre Miene wirkte unverändert. Mit äußerstem Bedacht legte er einen Arm um ihre Schulter und führte Tina aus der Tür.

»Abschließen?«, erkundigte er sich leise, sobald sie im Flur standen.

Auch darauf reagierte sie nicht, er musste irgendetwas unternehmen, das war klar, doch Daniel zögerte. Unsicher schwebte sein Finger unter ihrem Kinn, dann holte er tief Luft und hob es vorsichtig, bis er in ihre Augen sah. Verdammt, sein Herz klopfte so stark, dass es schmerzte.

»Tina, wir müssen das Büro abschließen, richtig?«

Nach der nächsten Ewigkeit erlöste sie ihn mit einem sehr bedächtigen Nicken. »Ja.«

Gott, *diese Stimme!* Wie viele Träume hatten ihn in der afrikanischen Hölle allein von diesem klaren, hellen Timbre heimgesucht?

»Und wo befindet sich der Schlüssel?«

Ihre Stirn legte sich in tiefe Falten. »Schlüssel?«

So kamen sie nicht weiter. Ohne eine rechte Ahnung zu haben, was er tat, begann Daniel, ihre Manteltaschen zu filzen. Dort wurde er nicht fündig.

»Wo ist deine Handtasche?«

»Handtasche?« Sie klang wie in tiefer Trance.

Flüchtig überlegte er, Tina im Flur warten zu lassen, verwarf den Gedanken aber sofort. Alleinlassen? Sie, ohne ihn, er, ohne sie? *Niemals!* Und so führte er die kleine Frau durch das Vorzimmer zurück in ihr Büro. Die schmale Handtasche war schnell gefunden und wenig später auch der Schlüsselbund daraus extrahiert. Wieder im Flur versuchte Daniel es erneut.

»Welcher ist es?«

Auch der Sinngehalt dieser Frage erreichte Tina offensichtlich nicht, denn ihm antwortete nur der übliche verständnislose Blick unter einer tief gerunzelten Stirn. Etwas ratlos betrachtete Daniel die diversen Alternativen, doch dann trafen die ersten Erinnerungen ein, wurden bald zu fassbaren Bildern, und er machte auch dort ehemalige, lange vermisste Gefährten aus. Kurz darauf identifizierte er den passenden für die Tür zum Appartement, Daniel fand den Briefkastenschlüssel und wenig später den, der für die Haustür vorgesehen war. Blieben noch drei Unbekannte. Bereits der zweite Versuch brachte ein optimales Ergebnis. Tina ließ ihn nicht aus den Augen, während er mit der ihm eigenen Sorgfalt die Tür verriegelte, die Schlüssel in ihrer Tasche verstaute, schließlich abermals seinen Arm um ihre Schultern legte und sie langsam den Flur entlangführte. Problemlos lief sie neben ihm, er machte auch kein Schwanken aus. Der Kopf war nach wie vor erhoben, die Schritte fest und sicher. Nur ihr Blick lag unverwandt auf ihm und ihr Gesicht wies immer noch diese besorgniserregende Blässe auf. Gemeinsam und ohne ein Wort zu wechseln, fuhren die beiden in die Tiefgarage.

Als Tina seinen Wagen sah, zeigte sie die erste Regung, abgesehen vom permanenten Starren, das Daniel mittlerweile tatsächlich etwas besorgt stimmte. Das Volumen der dunklen Augen nahm nämlich noch einmal beträchtlich an Umfang zu.

»Du sagtest, ich soll dich abholen, wenn ich zurück bin«, bemerkte er beiläufig und lauschte ein wenig verwundert seiner heiseren Stimme, während er ihr die vorsorglich mitgebrachte Wollmütze aufsetzte und Handschuhe über ihre ohnehin bereits eisigen Hände zog.

»Hast du das vergessen, Hunt?«

Eine Antwort blieb wie üblich aus, doch inzwischen rechnete er auch nicht mehr damit. In Wahrheit attestierte Daniel sich soeben erstaunliche Nerven. Schon, weil das peinliche Zittern seiner Hände nicht zunahm und er sich nicht auf sie stürzte, mit der festen Überzeugung, sie nie wieder loszulassen. Dabei wehte der Duft ihres Haars unentwegt in seine Nase und die Wangen – *so bleich!* – schrien ihn unentwegt an, dass er jetzt, genau in diesem Moment, erfahren musste, ob sie sich genauso anfühlten, wie in seiner Erinnerung. Ihm setzte alles zu, selbst die vermeintlich unwichtigsten Kleinigkeiten und er hätte nie geglaubt, einen Menschen auch dann noch derart erbärmlich vermissen zu können, wenn er faktisch längst bei ihm war. Und niemals hätte er auch nur geahnt, wie lebenswichtig eine simple Berührung sein konnte. Aus welchem Fundus tief in seinem Innern er die erforderliche Stärke barg, keinem dieser lebensnotwendig erscheinenden Wünsche nachzugeben, würde ihm auch ewig ein Rätsel bleiben. Daniel brachte es sogar fertig, einen flüchtigen Kuss auf ihre Stirn zu hauchen und das nicht als Auftakt für tausend weitere zu werten, sondern sie behutsam in das wartende Cabriolet zu setzen und dann zwangsläufig *loszulassen!* Nie zuvor hatte er seinen Wagen so schnell umrundet.

Als er auf der Fahrerseite Platz nahm, achtete Daniel tunlichst darauf, *nicht* die Wagentür zu öffnen. Mit einem trockenen Grinsen registrierte er, dass er es noch immer beherrschte. Ein Satz und er saß neben ihr. Von diesem erhofften, jedoch nicht erwarteten Erfolg etwas beflügelt, betrachtete er Tina mit erhobener Augenbraue.

»Anschnallen?«

Der verworrene Blick war mal wieder die einzige Antwort und er seufzte amüsiert. Irgendwann kehrte eben alles zurück. Und die meisten Déjà vus begrüßte er mit einem innerlichen, fulminanten und ausgelassenen Jubeln. Allerdings bereitete es Daniel unvorstellbare Schwierigkeiten, nicht für ein bis zwei Ewigkeiten den Kopf an ihre Schulter zu legen und den Duft ihrer Haut einzuatmen, weil er ihr beim Anschnallen zwangsläufig verboten nahekam. Auch diese Herausforderung bestand Daniel mit Bravour. Im Geiste verlieh er sich dafür endlich den verdienten Oscar.

»Ich hatte ihn bei Jonathan untergestellt«, erzählte er beiläufig, während er den Wagen aus der Garage lenkte, sein Arm lag lässig um ihre Schultern. »Inzwischen ist er zwar nicht mehr taufrisch, aber Tom hat dafür gesorgt, dass er gut in Schuss bleibt. Ein ziemlich netter Zug von ihm, finde ich. Du auch?«

Selbstverständlich wusste Tina auch darauf nichts zu erwidern und er zog sie mit einem schwachen Lächeln an sich. Und weil sie ihm plötzlich so nah war, tatsächlich derart nah, wie er es lange Zeit nicht mehr zu hoffen gewagt hatte, küsste er sie gleich noch einmal. Diesmal auf die kleine Nasenspitze. Dies war die erste Situation in seinem Leben, die er mit jeder Sekunde etwas extremer genoss und gleichzeitig fürchtete. Daniel hatte nämlich nicht den geringsten Schimmer, wo dies enden würde, als er schließlich das Cabriolet auf die Straße setzte.

Auf dem Weg zum Rockefeller-Center schwiegen die beiden und das änderte sich auch nicht, als Daniel der derzeit erstarrten Frau seiner Träume aus dem Wagen half. Die dachte noch immer nicht daran, den Blick von ihm zu nehmen. Und als er in einem Anfall von geistiger Umnachtung allein zum Schlittschuhverleih gehen wollte, befand sie sich so schnell an seiner Seite, dass ihm angst und bange wurde. Auch jetzt noch machte sich nicht das leiseste Schwanken bemerkbar, sie drohte keineswegs, in Ohnmacht zu fallen. Doch mit jeder Sekunde wirkte Tina blasser und die Augen größer, weshalb Daniels Sorgen proportional dazu stiegen. Vielleicht hätte er das Wiedersehen behutsamer herbeiführen sollen, nur fiel ihm dummerweise beim besten Willen nicht ein, wie er das hätte anstellen sollen.

Auch er wusste nicht einmal annähernd, wie er sich verhalten sollte. Auch in ihm tobten so viele, unterschiedliche, wilde Emotionen, dass es ihn zunehmend zu zerreißen drohte. Er wollte sie festhalten und nie wieder loslassen, wollte sich kindischer aufführen, als ein sechsjähriges Mädchen. Und es kostete ihn verboten viel, sich nichts davon anmerken zu lassen. Wie mochte es da erst in ihr aussehen? Nachdem er zunächst bei Tina und dann bei sich selbst die Schuhe gewechselt hatte, führte er sie behutsam aufs Eis und verstärkte den Griff, sobald sie den glatten Untergrund betreten hatten. Tina war auf dem gefrorenen Wasser nie sonderlich sicher gewesen, demnach brachte er sie derzeit wohl in akute Lebensgefahr. Alles in allem keine Glanzleistung, was Daniel in echte Zweifel an der Genialität seines Planes trieb. Vielleicht hätte er mit ihr einfach heimfahren sollen.

Wenig später zeigte sich, dass Tina sich erstaunlich gut hielt, wenn man die außergewöhnliche Situation bedachte. Mit Daniels Hilfe bewegte sie sich relativ problemlos und verlor nicht einmal die Balance oder drohte gar zu stürzen. Etliche Läufer befanden sich mit ihnen auf der Bahn, für einen Freitag jedoch nicht annähernd so viele wie üblich. Möglicherweise herrschten heute zu eisige Temperaturen. Gut für Tina und Daniel. Allerdings hätte Letzterer sich auch nicht von eintausend Menschen stören lassen.

Heute, nur heute, gehörte das Eis ihnen ganz allein. Weder die Musik, das Weinen der Kinder, das Jauchzen irgendwelcher Mädchen, das Gelächter verliebter Paare noch das Geplapper fröhlicher Menschen schien Bedeutung zu haben oder auch nur zu existieren. Sie liefen gemeinsam und ohne Eile, die Bewegungen synchron, sein Arm lag fest um ihre Schultern, mit der anderen Hand hielt er ihre. Für einen Moment schloss Daniel die Augen und genoss die wunderbare, amerikanische Kälte, die er über so viele Monate vermissen musste. Ein ganzer Winter war ohne ihn ins Heimatland gegangen. Noch immer verließ ihr Blick ihn für keine Sekunde. Er zog sie ein wenig näher und gab sich ganz dem wunderbaren Gefühl hin, den vertrauten Körper im Arm zu halten. Bis vor wenigen Minuten reine Utopie, aber er hatte nichts vergessen, eher fühlte es sich wie die Heimkehr an, die es war. Längst sah er nichts mehr, außer sie, fühlte sich zunehmend wie in einem Traum, was zeitgleich die ersten Ängste aufkeimen ließ, dass er irgendwann doch noch erwachen würde. Ihm war durchaus bewusst, dass er etwas sagen musste, schon, um ihr endlich diese gefährliche Anspannung zu nehmen. Leider fand Daniel keine Worte, die ihm auch nur annähernd geeignet erschienen. In zunehmendem Maße bezweifelte er, dass die überhaupt existierten. Erst, als sie unvermittelt stehen blieb, sich mit einer endgültigen Bewegung aus seiner Umarmung befreite und ihre abwehrende Hand in die Luft schnellte, schenkte ihm der Schreck seine Stimme zurück. Jedenfalls etwas Artverwandtes.

»Tina?«

Die schluckte schwer und schüttelte energisch den Kopf.

»Was hast du?«

Anstatt einer Antwort wandte sie sich plötzlich um und stürzte in halsbrecherischer Geschwindigkeit zum Rand der Bahn. Dort umklammerten sie nach Halt suchend das Geländer und der Kopf verschwand beinahe zwischen den Schultern. *Endlich!* Ohne sich die Zeit zum Nachdenken zu nehmen, eilte Daniel zu ihr, wirbelte sie herum und zwang sie, ihn anzusehen. Er fand keine Tränen, wie vielleicht gedacht, möglicherweise sogar erhofft. Da waren nur diese riesigen, entsetzten Augen und ein schmächtiger, von unterdrückten Krämpfen gepeinigter Körper.

Eilig umarmte er sie. »Tina.«

Der zierliche Kopf bewegte sich in ständiger Verneinung von einer Seite zur anderen, sie schien gegen einen Feind zu kämpfen, den Daniel nicht sah. Besorgt verstärkte er den Druck seiner Arme, doch sie versuchte mit aller Macht, sich von ihm zu lösen und wurde nebenher von diesem seltsamen Schütteln heimgesucht, das er mit etwas Fantasie als Schluchzen identifizierte. Er konnte sie nur festhalten, egal, wie erbittert sie sich gegen ihn wehrte. Das Schluchzen wurde härter und unerträglicher und er packte noch fester zu, damit sie ihm nicht entglitt. So standen sie gefühlte Ewigkeiten, die zitternde Frau und der große Mann, der die Augen geschlossen hielt und dabei wirkte, als würde er stumm beten.

Der Eindruck täuschte nicht.

Irgendwann erlahmte ihr Widerstand tatsächlich und Daniel wagte, sie anzusehen. Mit einem tiefen, innerlichen Aufatmen, registrierte er die ersten, glitzernden Tränen. Ihr Kopf sank gegen seine Brust und sie war nicht länger fähig, auf dem ohnehin schon unsicheren Boden zu stehen. Der Kampf war vorüber.

Daniel unternahm keinen Versuch, stehen zu bleiben, denn auch seine Beine befanden sich heute nicht in bester Verfassung. Kurz darauf knieten sie gemeinsam auf dem Eis, inmitten dieser ahnungslosen, so glücklichen Menschen, die sich ihren endlosen Weg kopfschüttelnd um das seltsame Paar herum bahnten. Tina war eindeutig aufgewacht, denn neben Küssen, die sie unermüdlich auf jeden erreichbaren Teil seines Gesichts und des Halses verteilte, umarmte sie ihn so fest, wie er ihren Körper im Gegenzug. Unerbittlich, mit dem demonstrierten Willen, nie wieder loszulassen. Und unaufhörlich flossen heiße Tränen. Daniel wusste es zwar nicht, aber auch hierbei stand er Tina in nichts nach.

»Tina, wir müssen aufstehen.«

Entschlossen schüttelte sie den Kopf. Die Tränen waren versiegt, ihren Klammergriff behielt sie jedoch bei, lehnte mit weit aufgerissenen Augen an seiner Brust und küsste ihn ab und an, wenn nicht gerade ein heftiges Schluchzen ihren Körper erschütterte. Über ihnen wurde soeben der lustige Song *Winter Wonderland* eingespielt, und auch die vielen Menschen hatten das Eis keineswegs verlassen. Inzwischen waren aus den vorwurfsvollen Blicken neugierige geworden. Es gab nichts, was die beiden weniger interessiert hätte. Für Daniel und Tina war das Eis bis auf sie leer.

Nach einer Weile versuchte er es erneut. »Es wird zu kalt.«

»Scheiß drauf!«, wisperte sie – die erste normale Bemerkung.

Leise lachte er auf. »Die Leute glotzen.«

»Sollen sie doch!«

»Außerdem wird es *wirklich* kalt. Willst du dich erkälten? Lass uns einen Kakao trinken.«

»Geht nicht.«

»Ach, und warum nicht?« Daniel gab sich verdammt viel Mühe, vorwurfsvoll zu klingen. »Wenn du mir jetzt erzählen willst, du könntest keinen Kakao trinken, weil die ausufernden Kalorien …«

Tina konnte noch weniger Erfolge vorweisen, als Daniel, denn nach jedem dritten Wort wurde sie von einem bebenden Schluchzen unterbrochen, während sie auf seine Plänkelei einging. »Grant, kaum bist du hier, geht das wieder los! Hast du eine ungefähre Vorstellung, wie sehr du nervst?« Unwillkürlich schloss er die Augen, weil er soeben ihre Lippen auf seinem Hals spürte und ihr raues Flüstern vernahm: »Ich glaube nicht, dass ich momentan laufen kann, das ist der Grund.«

»Dann trage ich dich.«

»Nein, das geht nicht! Ich bin zu schwer und du bist so *dünn*.«

Er schlug rechtzeitig die Lider auf, um ihre Lippen auf seiner Nasenspitze zu sehen und kurz darauf neue Tränen, die soeben Einzug hielten.

»Ah, die gute alte Weichei-Theorie«, murmelte Daniel und erhob sich so lässig mit ihr wie irgend möglich. Und obwohl er selbst nicht sicher war, ob das tatsächlich funktionieren konnte – schließlich befanden sie sich nach wie vor auf dem glatten Eis –, hob er sie in seine Arme. Ein Federgewicht, er hatte sich nicht getäuscht. Glücklicherweise ahnte Tina nicht einmal, welche Lasten er in den vergangenen Monaten bewältigen musste. Neben seiner eher hobbymäßig betriebenen Arzttätigkeit hatte er vordringlich das Mädchen für alles gespielt. Nun ja, offenbar war er vom Regen in der Traufe gelandet. Diese Überlegung zauberte sogar ein schmales Lächeln auf seine Lippen, denn im Grunde gab es kein vergleichbares

Vergnügen dazu, sie tragen zu dürfen. Die ultimative Gewissheit, dass sie bei ihm war.

Tina hatte die Arme um seinen Hals gelegt, ihr Kopf ruhte auf seiner Schulter, die Lippen berührten seine Haut. Gott … am liebsten hätte er sich wieder auf das Eis gesetzt und sie gebeten, genauso zu bleiben. Wenn möglich bis in alle Ewigkeit. Wären die Menschen nicht gewesen, hätte Daniel seinem Wunsch auch nachgegeben, wenn auch nicht für die gewünschte Dauer.

Doch sie waren nun einmal nicht allein und deshalb bewegte er sich langsam, aber zielstrebig zum Ausgang und befahl seinen weichen Knien, verdammt noch mal nicht gerade jetzt schlappzumachen. Die Furcht, sich überschätzt zu haben und sie am Ende fallen zu lassen, konnte er nämlich nicht abschütteln.

Daniel strauchelte nicht und Tina fiel nicht. Kurz darauf standen sie auf festem, stumpfem Untergrund. Dummerweise weigerte Tina sich standhaft, ihn loszulassen und er sah zusehends seine Kräfte schwinden. Die Arme zitterten bereits und er wusste nicht, wie lange er noch durchhalten würde. Andererseits wäre er eher gestorben, als ihr das mitzuteilen oder sie vielleicht unter Hinweis der drohenden Gefahr zu bitten, ihm eine Verschnaufpause zu gönnen. Ein Mann besaß nun mal seinen Stolz. Daniel versuchte auf anderem Wege, seine kleine Klette loszuwerden. Für den Moment, nur das! »Tina, wir müssen die Schuhe wechseln.«

Heftig schüttelte sie den Kopf, ihre Lippen wanderten dabei an seinem Hals entlang. »Nein!«

»Doch«, nickte er ernst. »Sonst können wir weder Kakao trinken noch irgendwas anderes unternehmen.«

Sie antwortete nicht, aber als er einen weiteren Versuch unternahm, sie auf ihre eigenen Füße zu stellen, widersetzte sie sich nicht. Sobald sie stand, wackelig, wegen der schmalen Kufen, griff sie jedoch nach seiner Hand. Und das mit einem grauenhaft flehenden, entschuldigenden Blick, der Daniels ohnehin bereits an mehreren Stellen mit gefährlichen Rissen versehenes, geschundenes Herz schließlich mit einem resignierten, leisen Knacken brach. *Verdammt!* Tina dachte nicht daran, eigenständig die Schuhe zu wechseln. Daher musste Daniel sich zunächst um ihre Füße kümmern, bevor er seine in Angriff nahm. Als er sie danach zu jenem Verkaufsstand führen wollte, der die vergangenen knapp 13 Jahre wie der massivste Fels in der Brandung überdauert hatte und noch immer unermüdlich seine heißen Getränke unter die Leute brachte, blieb sie abrupt stehen und schüttelte den Kopf.

»Ich will nach Hause!«

Aufmerksam betrachtete er das verweinte Gesicht, die roten, geschwollenen Augen. Er empfand keine Enttäuschung, eher das vernichtende Gefühl grenzenloser Erleichterung. »In Ordnung. Lass uns heimgehen.«

Als sie sich wieder in Bewegung setzten, schwankte Tina zum ersten Mal tatsächlich und er fasste eilig zu, stützte sie, damit es nicht doch noch schiefging. Sie hatten keine drei Meter bewältigt, als diesmal Daniel stehen blieb. »Moment.« Fragend blickte sie zu ihm auf, und er bekam erneut Gelegenheit, in jene Augen zu blicken, von denen er viele Monate wie besessen geträumt hatte, denn er besaß nicht einmal ein Foto von ihr.

»Ich …« Langsam schüttelte er den Kopf, der Hals war mit einem Mal wie zugeschnürt, und all die Worte, die so lebhaft in ihm wohnten, wollten sich plötzlich nicht mehr artikulieren lassen. »Ich … Gott, Tina, du hast keine Ahnung!«

»Nein.« Mit zitternder Hand streichelte sie seine Wange. »Noch nicht. Und deshalb gehen wir jetzt nach Hause!« Es klang sehr fest und bestimmt, trotz des noch immer bebenden Luftholens. Sie stellte sich auf die Zehenspitzen und er neigte ihr den Kopf entgegen, bis ihre Lippen sich trafen. *Endlich.* Erst, als er sie eindeutig im Arm hielt, sie spüren durfte, dieser eine Kuss, den er so lange ersehnt hatte, Wirklichkeit wurde, bekam die gesamte Situation etwas Reales und Daniel wusste, dass er nicht träumte. Es dauerte noch einmal sehr, sehr lange, bevor sie tatsächlich den Heimweg antraten.

78. Without you I'm nothing

Als Daniel die Appartementtür aufschloss, kam Francis ihnen mit leuchtenden Augen entgegen. Wortlos umarmte sie ihren Bruder. Eine an sich äußerst interessante, weil unübliche Geste, ganz abgesehen von Dauer und Intensität. Dann nahm sie ebenso wortlos ihren Mantel und ging. Stirnrunzelnd blickte Daniel seiner Schwester nach. Bevor er sich aber über diese seltsame Episode hinreichend wundern konnte, hatte Tina ihn schon ins Wohnzimmer gezogen, und der Gedanke an das seltsame Verhalten seiner Schwester wurde von der nächsten Schockwelle weggespült.

»Nein!«, sagte er tonlos.

»Also, ich finde es hübsch.« Tina zuckte mit den Schultern und brachte es sogar, unschuldig zu wirken. Der Anblick war unverändert, als hätte Daniel den Raum gestern das letzte Mal gesehen – und klammheimlich dabei gewürgt. Die bärtige Nixenlampe stand auf der Anlage, die hübschen gehäkelten Kissen zierten die Couch und die niedliche, pinkfarbene Lochdecke verhunzte nach wie vor seinen geliebten Sessel. Nur eine Veränderung konnte er überhaupt ausmachen und die vollendete den Versuch, den sprichwörtlichen Stilbruch zu fabrizieren: Eine wunderbare, handwerklich einwandfrei gefertigte Ansicht von Tinas offenem Zimmer hatte tatsächlich ihren Platz direkt über der Couch gefunden. Selbstverständlich in Originalgröße.

Kopfschüttelnd betrachtete Daniel das Desaster und musterte Tina aus dem Augenwinkel. »Dir ist schon bewusst, dass ich das nicht wörtlich meinte, oder?«

Die Antwort war ein laxes Schulterzucken, von Gewissensbissen konnte keine Rede sein. Scheiße, wie sehr hatte er das vermisst! In der nächsten Sekunde hielt er wieder das kleine Gesicht in seinen Händen und küsste sie, wollte das reale Gefühl, das sich bereits wieder in den Hintergrund verzogen hatte, neu aufleben lassen. Auf so etwas schien Tina nur gewartet zu haben. Kaum berührten sich ihre Lippen, presste sie sich an ihn und warf sich mit einer Leidenschaft in den Kuss, die ihn verblüffte und gleichzeitig anstachelte, die Situation auch ja gebührend auszunutzen. Dieser widerliche Drang, zu nehmen, was man bekam, und zwar sofort, weil man nie wusste, wann und ob man das nächste Mal die Gelegenheit erhielt, hatte sich auch noch nicht gegeben.

Ewigkeiten mussten sie im Rahmen der Tür gestanden haben, bis Tina seufzend ihre Hände auf seine Brust legte und den Kuss beendete und ihre Nasenspitze zärtlich an seiner rieb.

»Willst du dein Zimmer sehen?«

Sofort war Daniel argwöhnisch. »Was hast du getan?«

Ihr Stöhnen klang ziemlich aufgesetzt, auch wenn es durch das Beben, das sie dann und wann heimsuchte, ein wenig an Schärfe verlor. Arm in Arm überwanden sie die kurze Distanz des Flurs und Daniel erwartete die nächste Überraschung, denn auch dieser Raum wirkte faktisch unverändert. Mit zwei Ausnahmen war alles wie an jenem Morgen, an dem er zuletzt das Haus verlassen hatte. Ein nächster Blick traf Tina aus den Augenwinkeln. »Die Bettwäsche?«

»Irgendwann musste ich sie wechseln«, beichtete sie mit ehrlichem Bedauern. »Obwohl ich wirklich versucht habe, das zu umgehen.«

Er grinste. »Also, ich hätte dir dieses hygienische Verbrechen durchaus verziehen.«

»Ich mir nicht«, erwiderte sie trocken, nahm seine Hand und weiter ging die Wohnungsbesichtigung. In der Küche befand sich alles an seinem Platz, einschließlich Daniels Lieblingskaffeetasse. Auch im Bad konnte er keine Veränderung ausmachen. Und je länger sie gingen, desto fester zog er sie an sich, bis das Laufen tatsächlich schwierig wurde. Keiner der beiden störte sich daran. Schließlich beendeten sie ihre Inspektion dort, wo sie begonnen hatte: im Wohnzimmer. Und zwar auf der Couch – wo sonst? Tina saß auf Daniels Schoß, den Kopf an seinem Halsansatz, während Tränen seine Haut benetzten. Schon war er wieder der totalen Hilflosigkeit ausgesetzt. Das Sprechen war bereits zuvor nicht einfach gewesen, doch angesichts des Appartements, wo er so lebendig gehalten worden war, würde jeder Versuch, etwas anzumerken, gnadenlos scheitern. Er fühlte eine derart bodenlose Schwäche, die ihm zuvor nicht bekannt gewesen war. Nicht einmal in der Zeit seines Afrika-Aufenthaltes.

Jedes neue Detail, das aufzeigte, wie angestrengt Tina daran gearbeitet hatte, damit er nicht in Vergessenheit geriet, ließ sein Herz stolpern und überwältigte ihn einmal mehr. So sehr, dass er beinahe ständig mit sich und diesen grauenvoll schönen Emotionen zu kämpfen hatte.

Möglicherweise war es auch das Brechen der unmenschlichen Stärke und Ignoranz, die ihn die vergangenen Monate überstehen ließen. Brutal und ohne Vorwarnung waren sie verschwunden und ließen ihn waffenlos und hilflos wie ein Kleinkind zurück. Wohin nur damit? Viel mehr, als Tina festzuhalten, blieb ihm momentan nicht. Leider war das nicht annähernd genug. Von dem neuesten Tränenansturm erholte sie sich schneller, als von den vorangegangen und bekam danach endlich Gelegenheit für ihre Abrechnung. Mit roten, geschwollenen und verdammt kleinen Augen starrte sie ihn an.

»Du hattest versprochen, du würdest dich beeilen, Grant!«

»Sorry.«

»Du hattest gesagt, da gäbe es *keine Gefahr!* Erinnerst du dich? Nicht? Oh, mein Gedächtnis funktioniert dafür prächtig: Tina, das ist ein *humanitärer* Einsatz! Wir sind sicher, Tina! Egal ...«

»Sorry.«, wiederholte er leise.

Aber Tina kam gerade erst in Fahrt. Entweder, sie tobte jetzt oder die nächste Tränenflut drohte. Die Entscheidung fiel nicht schwer. »Du sagtest, wir ...«

»Sorry!« Eilig nahm er ihren Kopf zwischen seine Hände und verteilte Küsse auf jeder Stelle ihres Gesichts, die er erreichen konnte. »Sorry.«

Kuss.

»Sorry.«

Kuss.

»Es tut mir so unendlich leid.«

Kuss.

»Wirklich!«

Unbemerkt brachen die letzten verbliebenen Dämme. Es war das gedankenlose Plappern, in dem verzweifelten Bestreben, sich für etwas zu entschuldigen, für das es keine Entschuldigung gab, resümierte er später. Daniel hätte in dieser gefährlichen Situation nicht damit beginnen dürfen. Denn kurz darauf kannte er kein Halten mehr.

»Danke.«

Kuss.

»Und, sorry.«

Kuss.

»Bitte sei nicht mehr böse. Ich ...«

Tiefes Luftholen und gleichzeitig der letzte verzweifelte und chancenlose Versuch, den gefürchteten peinlichen Ausbruch in letzter Sekunde zu verhindern.

»Ich ... Gott, danke, Tina. Danke, danke, danke.«

Kuss auf Nase, auf Stirn, auf Auge.

»Nie hätte ich gedacht und schon gar nicht erwartet, dass du so lange auf mich ...«

»Wie bitte?« Strikte kleine Hände legten sich plötzlich auf seine Brust und schoben ihn von sich. Kurz darauf sah er sich mit dem nächsten bitterbösen Blick konfrontiert.

Und damit nicht genug. Insgesamt wirkte Tina etwas bedrohlich und er verfügte derzeit nicht über die geringste Burgerimmunisierung. Das nannte man wohl Pech!

»Was hättest du nicht gedacht und schon gar nicht erwartet?«

Kritisch beäugte Daniel das bleiche Gesicht, das jetzt, aus der Nähe, noch um einiges fragiler wirkte. »Du konntest nicht wissen, ob ich …«

»Nein!« Heftig schüttelte sie den Kopf. »Das konnte ich nicht wissen, richtig! Was aber noch lange nicht bedeutet, dass ich mich zwischenzeitlich nach geeignetem Ersatz umsehe, nur für alle Fälle. Wie *kannst* du …«

»Schon gut!«, unterbrach er sie eilig. »Reg dich ab!« Damit wollte Daniel ihr Gesicht wieder zwischen die Hände nehmen, mit dem unausgegorenen, aber nichtsdestotrotz genialen Plan, sie weiterzuküssen. Ihre Miene wurde mit jeder Sekunde starrer, diesmal jedoch nicht, weil sie sich in einer Art Trance befand. Da brodelte echte Wut unter der Oberfläche. Oh, oh!

»Nein!«

»Ich meinte doch nur …«

»Ich weiß, was du meintest!«, unterbrach sie ihn. »Das ist ja Teil der gesamten Misere. Du hältst mich für irgendein flatterhaftes, naives, treuloses Ding, das …«

»Also, *das* habe ich dir wirklich noch *nie* unterstellt!«

»Ha!«, schnaubte sie. »Vergiss es, Grant! Womit hast du denn genau gerechnet? Dass ich bereits Mrs. Phorbes-Hunt heiße oder …«

»Nein«, wisperte Daniel und beobachtete mit aufkeimendem Lächeln, wie Tina sich mehr und mehr in Rage plapperte. Längst liefen die nächsten Tränen, was den Anblick noch etwas versüßte.

Unerträglich süß, um genau zu sein.

»… immer behandelst du mich wie ein Kleinkind und unterstellst mir auch noch diese Denkweise!« Laut schniefte sie und nahm geistesabwesend ein Taschentuch, das er ihr reichte. Nicht, dass dieses Intermezzo Tina lange am Weiterzetern gehindert hätte. »Du haust einfach ab, weigerst dich mit deiner ewigen Arroganz, mich mitzunehmen, obwohl ich die ganze Zeit ahnte, dass … Und dann kommst du zurück – huhu, da bin ich! – und meinst, ich hätte in der Zwischenzeit nichts Besseres zu tun gehabt, als mir den erstbesten Idioten zu suchen. Schön fett und hässlich, richtig? Nur weil der *richtige* Idiot mal wieder nicht anwesend ist.«

Die Tränen liefen stetig schneller, zunehmend war sie nur noch sehr schwer zu verstehen.

»Ist dir bekannt, dass ich dreiunddreißig Jahre alt bin, Daniel? Warum …« Anstatt den begonnenen Satz zu Ende zu bringen, folgte der nächste Anklagepunkt auf der offensichtlich etwas längeren Liste. »Und wie siehst du überhaupt aus? Von wegen *ich* bin zu dünn!«

Behutsam, als bestünde ansonsten die akute Gefahr, dass er zerbrach, streichelte sie seine Wange, immer wieder vom grausamen Schluchzen geschüttelt. Und als wäre das nicht genug gewesen, schloss sie plötzlich stöhnend die Augen. »Oh, verdammt!«

Die Lider flogen auf. »Ich bin so ein Miststück! Du bist bestimmt müde, oder?« Die flatternde Hand streichelte schneller – und fahriger. »Hast du Hunger, willst du ein Bad nehmen oder einfach nur schlafen? Du siehst unglaublich müde aus ... natürlich, siehst du so aus, wie auch nicht ... oh, ich bin so blöd. Es tut mir leid, ich habe nur an mich gedacht. Warum hat mir denn niemand gesagt, dass du kommst? Ich hätte ...«

Vorsichtig entfernte er die vielen kleinen perlenden Tränen auf ihren Wangen. Eine hinderte er erfolgreich, auf das erhitzte Terrain darunter zu fallen. Erst dann sah er sie an. »Ich wollte keine Hoffnungen wecken, bevor ich mir nicht sicher war. Aber das ist nebensächlich, *alles* ist so verdammt bedeutungslos. Ich ...« Umständlich griff er in seine Hemdtasche. »Ich wollte dich fragen, bereits vor einer langen Weile. Leider wurde ich aufgehalten, weshalb sich diese Angelegenheit geringfügig verzögert hat, ich schätze, besser spät als nie.« Endlich schien er gefunden zu haben, wonach er so verzweifelt gegraben hatte. Der kleine Gegenstand verschwand in seiner großen, schwieligen Hand und Daniels Gesichtsausdruck wurde sogar verdammt ernst. »Tina, willst du mich ...«

Unvermutet runzelte er die Stirn.

»Was war das?«

»Bitte?« Ihre Augen waren groß und so bemerkenswert unschuldig. Diese ganz besondere, ergriffene Note, bedingt durch den Satz, den er bisher nicht beendet hatte, war noch nicht verschwunden.

»Hast du das nicht gehört?«, erkundigte er sich verhalten.

»Keine Ahnung, was du meinst.«

Nach einem letzten argwöhnischen Funkeln in Tinas Richtung hob er geistesabwesend den schmalen Körper von seinem Schoß. Dabei hielt er den Kopf lauschend zur Seite geneigt. Da war es wieder! Klar und deutlich: Gelächter. *Glucksendes* Gelächter. Schon traf Tina der nächste, ausnehmend misstrauische Blick. Die war inzwischen die personifizierte Unschuld, Daniel hätte spontan auf eine späte Ausgabe der Jungfrau Maria getippt, obwohl er das nun wirklich besser wusste. Sein Magen zog sich instinktiv zusammen, das Unterbewusstsein war wohl bedeutend schneller, und Daniel hatte tatsächlich noch die Muße, sich über ihr aufgesetztes Verhalten zu amüsieren.

Trotz seines Herzrasens, das zunehmend drohte, den Brustkorb zu sprengen. Er hätte ihr die geniale Vorstellung vollständig abgenommen, wäre da nicht die Unterlippe gewesen, die sich mit einem Mal überhaupt nicht unschuldig zwischen ihren Zähnen befand.

»Wie sieht eigentlich *dein* Zimmer aus, Tina?«, erkundigte er sich beiläufig und setzte sich in Richtung Flur in Bewegung.

Einen Wimpernschlag später befand sie sich an seiner Seite. »Oh, dem geht's prächtig.«

»Und Fran achtet neuerdings auf das Appartement, während deiner Abwesenheit?«

Heftig nickte sie. »Du hast ja keine Ahnung, wie sprunghaft die Einbruchsrate in den letzten Monaten gestiegen ist. Prävention ist alles.«

Mittlerweile befanden sie sich im Flur und das Gegluckse wurde recht laut. Eine Sinnestäuschung konnte Daniel getrost ausschließen. Tina traf ein ungläubiger Blick und die nagte stärker an ihrer Unterlippe.

»Und diesmal bist du tot, Dad!«, knurrte Daniel, bevor er die Tür zu ihrem Zimmer öffnete.

»Ach so, *das!*«, rief Tina atemlos hinter ihm. »*Das*, äh …«

Fassungslos sah Daniel sich einem pausbäckigen Jungen mit dunklem Haar und grünen Augen gegenüber, der in seinem Bettchen stand und ihn seinerseits verblüfft anstarrte. Identische Mienen, wenngleich keinem der beiden davon etwas bekannt war.

»… ist Daniel«, schloss Tina mit bebender Stimme, denn längst verwandelten die nächsten Tränen ihre Wangen erneut in Sturzbäche.

79. Everything

»Daniel«, nickte Daniel und tastete suchend nach Tinas Hand.

Als er fündig geworden war, zog er sie zögernd in jenen einen Raum, in dem sich tatsächlich alles verändert hatte.

»Daniel.« Es kam tonlos. Daniel (sen.) machte einen weiteren, äußerst zögernden Schritt auf das Baby zu. Einen guten Meter vor dem Bettchen kam er zum Stehen, von dem aus ihn sein Sohn mit großen, strahlenden Augen betrachtete. Auch wenn die Verblüffung in beiden Gesichtern noch einmal zugenommen hatte. Die pummeligen Finger umklammerten den oberen Rand des Gitters, die Beine drohten manchmal, wegzuknicken, doch der Kleine war geübt genug, um das Schlimmste – das Hinplumpsen – zu verhindern. Das schwarze Haar war nicht glatt, sondern in unzähligen kleinen Löckchen gewunden, die Wangen zierte ein süßes Rot, und die Lippen hatten sich über einem Mund geöffnet, in dem bereits etliche weiße Zähnchen blitzten.

»Meinst du, ich kann ihn hochnehmen?«, wisperte Daniel einige Zeit später, unfähig, seinen Blick von dem Baby zu nehmen. Erst, als die Antwort ausblieb, sah er neben sich. Tina nickte wild, brachte jedoch keinen Ton heraus. Nach knapp vierzehn Jahren in ewiger Trockenheit drängten jede Menge Tränen an die Oberfläche. Etwas unbeholfen wischte Daniel die neuesten weg, obwohl der Effekt gleich null war. Unentwegt sah er zwischen den beiden hin und her und entfernte dabei unermüdlich die frisch eingetroffenen, salzigen Perlen. Verbissen in seiner Überzeugung, sich ihnen nicht geschlagen zu geben. Noch immer hielt er Tinas Hand und ansonsten fiel Daniel nicht mehr viel ein, während er darauf wartete, bis sie in der Lage war, ihm zu antworten.

Das trat nach etlichem, angestrengten Schlucken ein. »Tom beschäftigt sich häufig mit ihm.« Ihre Grimasse missriet auf ganzer Linie und Tina brachte es nicht fertig, Daniel anzusehen. »Der verrückte Kerl macht ihn mit jedem Menschen bekannt, der ihnen zufällig über den Weg läuft. Versuch es, die Chancen stehen gut!«

Als Daniel, jr., die Stimme seiner Mommy hörte, richtete er den Blick sofort zu ihr und strahlte.

»Er hat Zähne.«

»Er ist über neun Monate alt.« In Erwiderung auf Daniel jr. breites Grinsen, lächelte auch sie. Und als seitens des Seniors immer noch nichts geschah, holte Tina tief und bebend Luft und stieß ihn an. »Worauf wartest du? Nun mach! Seine Geduld ist nicht unbegrenzt, wie du dir sicher vorstellen kannst. Seit wann bist du so schüchtern?«

»Keine Ahnung.«

Nachdem Daniel ein letztes Mal fest ihre Hand gedrückt hatte, ließ er Tina los und trat vorsichtig an das Bett.

Daniel – das Baby – war von seinem Onkel tatsächlich bestens für ein Treffen mit einem Fremden präpariert worden. Staunend betrachtete er den großen Mann mit dem dichten Bart, der übrigens über gleiche Augen- und Haarfarbe verfügte. Auch Mund und Finger ähnelten denen von Klein-Daniel auf verblüffende Weise. Widerstandslos ließ er sich von ihm ins Wohnzimmer tragen. Vielleicht lag es ja auch nur an seiner Freude, endlich aus dem langweiligen Gefängnis befreit worden zu sein. Mommy begleitete sie, demnach war es bestimmt in Ordnung. Kurz darauf saßen sie zu dritt auf der Couch und Daniel war sprachlos. Er konnte sich nicht daran erinnern, jemals zuvor derart anhaltend mit Stummheit geschlagen gewesen zu sein. Und es war eindeutig der Vorbereitung seines Onkels zuzuschreiben, dass der kleine Daniel *nicht* irgendwann doch in grausames Geschrei ausbrach, angesichts des unentwegten, gruseligen Starrens dieses seltsamen Mannes.

Denn sein Vater erlebte soeben einen der unglaublichsten, seligsten Momente seines Lebens. Das Gefühl, diesen warmen, so zerbrechlich wirkenden und dennoch festen Körper seines Sohnes zu halten, war unbeschreiblich. Noch vor wenigen Stunden hatte er nichts, ein Wunder, dass er noch lebte. Und mit einem Mal war nicht nur seine Tina bei ihm, sondern auch noch ein Kind. Ein echtes. *Seines*, um ganz genau zu sein! Sichtlich aus Fleisch und Blut. Seinem! Zumindest teilweise, auf jeden Fall besaß es seine Hände, Füße und die Augen.

Er fühlte das kleine Herz unermüdlich in der kleinen Brust schlagen und plötzlich war er ein wenig besänftigt. Auch wenn sich bereits die ersten Vorboten der nächsten Wehmut einstellten, weil er bei der Werdung dieses Wunders nur ganz am Anfang hatte dabei sein dürfen. Doch Tina war während seiner Abwesenheit nicht ganz allein gewesen, ein Trost, auf den er nicht zu hoffen gewagt hatte.

Der Kleine beäugte ihn mit leicht zur Seite geneigtem Kopf, genau, wie sein Vater es immer tat, und berührte andächtig und mit gerunzelter Stirn, die Daniel auch verdächtig bekannt vorkam, seinen Bart. Daniel rechnete jeden Moment mit einem Kreischanfall und hielt vor Anspannung die Luft an. Doch nichts Derartiges geschah. Stattdessen packten die kleinen Finger plötzlich zu und das nicht etwa zärtlich! Ob er wollte oder nicht, Daniel verzog schmerzlich das Gesicht und der Kleine – *sein Sohn!* – brach in das nächste glucksende Gelächter aus.

Ha!

Der süße Geruch des Babys arbeitete wie immer prächtig. Nur wenige Sekunden, nachdem er ihn auf den Arm genommen hatte, war er bereit, für das Wunder auf seinem Schoß zu sterben. Daniel hätte sprichwörtlich alles gegeben, damit ihm nichts geschah. Genau, wie er es für die noch immer weinende Frau neben sich getan hätte. Und wäre es erforderlich gewesen, für die nächsten zwanzig Jahre zu seinem Bruder Omar zurückzugehen und dort die Rebellenfreunde zu versorgen – er hätte es getan. Unglaublich, unvorstellbar und in seiner Wucht an Emotionen zu viel, um es auch nur annähernd zu fassen.

Es dauerte geraume Zeit, bevor Daniel sich wieder annähernd unter Kontrolle hatte. Tina saß neben ihm und hatte die beiden nicht aus den Augen gelassen. Hingerissen von einem Anblick, an dessen Verwirklichung sie nicht mehr zu hoffen gewagt hatte und von dessen unvorbereiteten Eintreffen sie ebenso überwältigt wurde, wie der Vater dieser kleinen Familie.

Nach einer Weile musterte Daniel sie flüchtig von der Seite.

»Aber wo ist das ganze Zeug? Die Flaschen, Windeln, Spielzeug, das normalerweise überall umherliegt? In der Küche gibt es nicht die geringsten Spuren und im Bad auch nicht!«

Ratlos zuckte Tina mit den Schultern. »Ich habe keine Ahnung, sonst sieht es hier um einiges wüster aus.

Fran wird ziemlich beschäftigt gewesen sein, um alles verschwinden zu lassen. Wir müssen uns wohl auf die Suche begeben.«

»Diese Brut!«, stöhnte Daniel.

»Hattest du etwas anderes erwartet?«

Darauf ging er nicht ein. Seine Stirn hatte sich in Falten gelegt und er musterte Klein-Daniel sehr argwöhnisch. »Tina?«

»Hmmm.«

»Ich glaube, er muss gewickelt werden.«

»Gut möglich. Leg los!«

»Ich?«

Das brachte ihm ein empörtes Nicken ein. »Durch deine Idiotie war ich in den vergangenen neun Monaten allein dafür zustän…«

Weiter kam Tina nicht, denn die Tränen forderten längst ihren neuesten Tribut.

Zwei Stunden später waren die beiden in seinem Bett. Daniel hatte den MP3-Player nach einem raschen Blick zu Tina wortlos vom Kissen geräumt. Jetzt lag sie in seinen Armen, ein Gefühl, dessen Wahrheit er noch immer nicht vollständig zu akzeptieren wagte. Nebenher überlegte Daniel sich, dass es wirklich verdammt wenig bedurfte, um sich in absoluter Glückseligkeit wiederzufinden. Unter Tinas leiser und schluchzender Anleitung hatte er seinen Sohn gewickelt, der sich auch das gefallen ließ. Kein Weinen oder andersgeartete Proteste, auch wenn sich dieser fremde, bärtige Mann unvorstellbar dumm angestellt und die Prozedur damit garantiert unnötig in die Länge gezogen hatte. Danach gab Daniel die erste Babyflasche seines Lebens, und kurz darauf war der Kleine satt und zufrieden eingeschlummert, während die beiden Eltern in enger Umarmung auf der Couch saßen, stumm den Schlaf ihres Babys bewachten und … *glücklich* waren. Dieses überwältigende Gefühl hatte seine Intensität inzwischen verdoppelt. Unfassbar, denn er hätte nicht geglaubt, dass ein menschliches Herz derartige emotionale Schübe verkraften konnte. Innerhalb der vergangenen Monate hatte er strikt darauf geachtet, sämtliche Gefühle im allgemeinen Dauerschlaf zu halten – aus reinem Überlebensinstinkt. Oh, es gab vieles, was Daniel wollte. Sex bis zum nächsten Jahrtausend war nur eines davon und bestimmt nicht das Wichtigste. Trotzdem war er derzeit mit einer derartigen Zufriedenheit gesegnet, die er zuvor so nicht gekannt hatte. Nur eines trübte die ansonsten makellose Perfektion. Denn Tinas Schluchzen hatte sich keinesfalls vollständig gelegt. Hin und wieder wurde sie von einem Beben erfasst, als hätte sie Schüttelfrost. Anfänglich hatte er sich noch darüber gefreut, Daniel konnte sich nämlich durchaus ausrechnen, dass dies wohl die ersten Tränen seit vielen, vielen Jahren waren. Nur langsam begann er zu ahnen, wie sehr sie tatsächlich gelitten hatte. Auch wenn er vermutlich niemals das gesamte Ausmaß erfahren würde. Behutsam rieb er seinen Mund an ihrer Schläfe.

»Es tut mir so leid, Baby. Ich wollte nicht, dass du das allein …«

»Sei bitte still!«

Daniel biss sich auf die Lippen und schwieg. Doch als ihr Schluchzen anhielt, setzte sich sein Drang durch, diesen einen schwarzen Fleck in seiner allgemeinen Seligkeit zu beseitigen und er versuchte es erneut. »Hattest du es sehr schwer oder war es leicht? Bitte, erzähle mir davon, lass mich daran teilhaben. Wenigstens jetzt.«

Es dauerte eine ganze Weile, bis sie sich seufzend aufrichtete und ihn ansah. »Ehrliche Antwort?«

»Sonst würde ich nicht fragen!«

Bevor Tina sich tatsächlich überwinden konnte, ging wieder ein beachtlicher Zeitraum ins Land, in welchem Daniel erstaunt registrierte, wie entspannt er geworden war. Denn zu keinem Zeitpunkt spürte er so etwas wie Ungeduld. Sie brauchte ihre Zeit und er würde warten, bis Tina so weit war. Fertig!

»Ja, es war schwer«, wisperte es schließlich in der Dunkelheit, mehr als den leichten Glanz ihrer Iriden und die Konturen ihrer Lippen, konnte er nicht ausmachen.

»Aber nicht auf die Art, die du vielleicht denkst … sondern weil ich allein war, weil du nicht …« Als ihre Stimme brach, zog er sie an sich und schloss die Augen.

»Tina …«

»*Ruhe!*«, schluchzte sie. »Ich kann das sonst nicht aufhalten! Und du weißt am besten, dass du dann wieder wütend …«

Das Gelächter überwältigte Daniel, ohne dass er auch nur den Hauch einer Chance bekam, es aufzuhalten. »Du bist so dämlich, Tina! Gott, so unglaublich dämlich!«

Gar nicht dämlich war jedoch der Kuss, den er auf ihre Schläfe hauchte, einen weiteren auf ihre Nasenspitze und den nächsten auf die feuchten Wangen. Ihr Kopf lag an seiner Schulter, reglos ließ sie seine Zärtlichkeiten über sich ergehen und Daniel schmeckte nicht nur das Salz auf den Lippen, sondern spürte auch die zunehmende Nässe auf seiner Haut.

Nach einer Weile legte er sich neben sie und wartete, bis sie sich beruhigt hatte. Erst dann hob er wieder an. »Tina?«

Sie schniefte. »Hmmm?«

»Ich wurde vorhin unterbrochen, was in Ordnung war, denke ich. Aber …« Daniel fingerte bereits nach seinem Hemd, das für ihn wenig charakteristisch auf dem Boden lag – dabei entließ er Tina nicht aus seinen Armen –, nahm kurz darauf den Ring heraus, zog sie aufrecht und platzierte sich direkt vor ihr.

»Ich wollte das schon viel früher tun«, bekannte er feierlich. »Mir kam leider etwas dazwischen. Aber besser jetzt als nie.«

»Ja!«

»*Was?*«

»*Ja!*«, wiederholte sie deutlich entnervt.

»Hunt!«, knurrte Daniel. »Du musst mich doch erst die Frage stellen lassen, bevor …«

»Du hast sie bereits vorhin gestellt, mir blieb nur keine Zeit zu antworten!«

»Das wichtigste Wort *fehlte!*«, beharrte er.

»Ach?«

»*Ja!*«

»Dann sag es!«

691

Zufrieden nickte er, sammelte sich und hob abermals an. »Also, wie mehrfach angesprochen, war ich leider verhindert, weshalb …«

»Daniel!«

Langsam bekam seine Geduld gefährliche Risse, offensichtlich war er nicht ganz so entspannt wie zuvor so kühn in den gedanklichen Raum gestellt. »Was ist denn nun wieder?«

»Du. Sollst. *Das*. Wort. Sagen!«

»Nein!« Strikt schüttelte er den Kopf. »Das ist mir zu billig und der Situation keineswegs angemessen!«

Mit einem Mal befanden sich ihre Lippen in bestechender Nähe, nur ihre sich berührenden Nasenspitzen, verhinderte ein sofortiges Zueinanderkommen. »*Sag es jetzt!*«

Daniel seufzte. »Und du hast tatsächlich einen beachtlichen Scha…«

»*Sag es!*«

Knurrend schob er sie von sich, um wenigstens den verführerischen Mund außer Kussweite zu bringen. »… nie so was Unromantisches erlebt. Wenn davon jemand erfährt, ist es endgültig mit meinem Ruf vorb…«

»*Grant!*«

»Heiraten, mein Gott!«

Diesmal hätte er geschworen, ein unendlich sanftes Lächeln in der Finsternis zu sehen, bevor es in kurzer Entfernung dunkel hauchte. »Ja.«

Und Daniel, dessen Ärger, so es denn überhaupt welcher gewesen war, längst der Vergangenheit angehörte, zog Tina mit einem Ruck in die Arme und presste seine Lippen auf ihre, bereit, sie nie wieder freizugeben. Energisch erzwang er sich den Weg in ihren Mund und packte ihr Haar, als befürchte er, sie könne selbst jetzt fliehen. Er bekam nicht genug von der unvergleichlichen Süße, ihrem heißen Atem, der seine Haut streifte und dem frenetischen Pochen ihres Herzens, das er an seiner Brust spürte. Es würde einfach nie genug sein. Selbst ihr Stöhnen, das nicht ausschließlich von Leidenschaft erzählte, konnte ihn nicht besänftigen. Erneut drohte sein eigenes Herz, die Rippen zu durchbrechen, um sich auf eine ausgiebige Erkundungsreise nach draußen zu begeben, und er spürte ein trockenes Schluchzen in der Kehle aufsteigen, das er nur mit Mühe am Ausbrechen hindern konnte. Verdammt, er war wirklich total erledigt!

Etwas später lagen sie nebeneinander. »Daniel?«

»Hmmm.«

Nach einem leicht belegten Räuspern hob sie den Kopf, der bisher auf seiner Brust geruht hatte. »Ich habe keineswegs die Absicht, dir zu nahe zu treten, das weißt du, oder?«

»Was kommt jetzt wieder?«, erkundigte er sich argwöhnisch, verfestigte jedoch gleichzeitig den Druck seiner Arme, nur um zu verhindern, dass sie sich verbotenerweise wegstahl.

Ihre Augen funkelten in der Dunkelheit. »Ich kenne mich nicht so aus, man könnte es mangelnde Erfahrung nennen, doch bisher glaubte ich, eines zu wissen.« Damit rutschte sie ein wenig hin und her, bis es ihr trotz seines Klammergriffs gelang, sich etwas weiter aufzurichten. »Wenn man deine himmelschreiende Unpünktlichkeit bedenkt und darüber hinaus addiert, dass du mir soeben einen Heiratsantrag gemacht hast, den ich sogar annahm, wäre es meiner Ansicht nach nicht die falscheste Reaktion, würdest du diesen einmaligen Moment nicht ungenutzt verstreichen lassen und …«

Schlagartig saß er und zog Tina mit sich. Ihre Gesichter waren sich mit einem Mal sehr nah. »Hunt?«

»Ja, Grant?«

Lange musterte er sie und dann lächelte er. »Ach, nichts.«

Einmal mehr legte sich der berühmt-berüchtigte Finger unter das schmale Kinn, der ihren Mund in die korrekte Position brachte, und kurz darauf fanden jene Lippenpaare zueinander, die nun einmal füreinander geschaffen waren. Wie alles andere an den beiden auch.

Wie eine Ertrinkende klammerte sie sich an ihn, wollte – konnte – ihn nicht loslassen, auch wenn es ihr bisher gelungen war, das irgendwie zu überspielen. In Wahrheit war Tina so verzweifelt, dass sie nicht wusste, wie sie damit umgehen sollte. Sie wusste, wie erschöpft er war, sah es an seinen verdammten dunklen Schatten unter den Augen, an den glanzlosen Augen darüber und dem hageren Gesicht, das von diesem Bart verdeckt wurde. Doch er roch wie Daniel, er benahm sich so arrogant wie Daniel – wenngleich auch davon wohl vieles extreme Fassade war – und sie brauchte ihn.

SIE BRAUCHTE IHN!

Sie musste ihn endlich spüren, nur um zu wissen, dass sie nicht träumte, denn das wäre diesmal ihr Untergang gewesen. Als er sie an sich zog und wieder ihre Lippen suchte, schlang sie ihre Arme um seinen Hals und zog ihn auf sich. Gierig küsste sie ihn, atmete seinen Duft ein und nahm seine Zunge stöhnend in Empfang, während sich ihre Hände bereits in sein Haar vortasteten. Allein die Tatsache, dass es sich wie früher anfühlte, ließ sie beinahe kommen.

Sie warf ihn herum, löste nun doch die Lippen von ihm und setzte sich auf. Ihre flachen Hände auf seinem Herzen, erfühlten jeden Schlag, während sie ihn betrachtete. Sie spürte seine Erregung an sich und auch ihr Herzschlag beschleunigte sich. Ohne ihr bewusstes Zutun atmete sie bereits schneller, nur weil sie beobachtete, wie sich seine tiefbraune Brust hob und senkte. Lange Zeit konnte sich Tina daran nicht sattsehen, doch dann beugte sie sich wieder vor, küsste noch einmal seine Lippen, um dann mit ihnen eine Spur über seinen Körper zu zeichnen. An seinem Hals hinab, über die Schultern, dann seine Brust, wo sie stöhnend seinen Nippel zwischen ihre Lippen nahm und zufrieden sein dunkles, maskulines Seufzen hörte, als sie ihn mit ihrer Zunge verwöhnte. Seine Hände tasteten sich über ihre Beine hinauf zu ihren Hüften, wo sie zunächst verharrten, während sie sich weiter an ihm hinabküsste. An diesen viel dünneren Körper hinab, der dennoch mit keinem anderen vergleichbar die wohligsten, heimatlichsten Gefühle in ihr auslöste. Der Bauch war noch genauso muskulös wie zuvor, die Haut noch genauso seidig und der Duft noch immer so … *Daniel.*

Sie versenkte ihre Zunge in der Einbuchtung seines Nabels, ließ sie dann weiter hinab, über seine Leisten gleiten, bis sie schließlich seine pulsierende Härte erreichte. Flüchtig küsste sie seine Eichel, leckte dann einmal darüber und richtete sich wieder auf. In der Dunkelheit sah sie seine Augen funkeln, während sie ihn einige Male an ihrer Feuchtigkeit entlangführte, womit sie wieder diesen dunklen, heiseren Ton bei ihm erzeugte. Sie warf den Kopf zurück, als sie ihn sanft über ihre Klitoris wandern ließ, während er ihre Hüften energischer packte, und seine Finger sich tief in ihre Haut gruben. Dann richtete sie sich noch etwas weiter auf, platzierte ihn an ihrem Eingang, ließ ihn einige Millimeter in sich hineingleiten und beugte sich vornüber, löste seine Finger von sich, legte seine Arme beidseitig neben seinen Kopf und verflocht ihre Finger mit seinen. Erst dann gewährte sie ihm vollständigen Zutritt zu ihrem Körper, nahm ihn jedoch nur allmählich in sich auf, spannte dabei zusätzlich ihre Muskeln an und schnappte nach Luft, weil er sie wieder auf diese unendlich einmalige Art ausfüllte. Er nahm ihre Hände fester, hob sein Becken, um noch ein wenig tiefer in sie hineinzugelangen und sie suchte seine Lippen.

»Es ist so wunderbar.«

»Ja«, wisperte er rau zurück und küsst sie rasch, während sie sich langsam bewegte und er ihr folgte. Nur allmählich steigerten sie das Tempo, ihre Lippen berührten sich anhaltender, lösten sich aber immer wieder voneinander, um sich ihre Liebe zu versichern, wie sehr ihnen der andere gefehlt hatte, wie glücklich sie waren, einander zu haben und wie sehr sie die Welt da draußen konnte. Bis in alle Ewigkeit, amen! Immer fester hielten sie einander, immer schneller bewegten sie sich, immer tiefer nahm Tina ihn in sich auf, küsste ihn immer heftiger, hieß seine Zunge ebenso willkommen, wie sie es mit ihm selbst tat. Ihr Schweiß vermischte sich miteinander, ihre Brüste rieben sich auf seiner Haut, immer öfter brach einer der beiden aus dem leidenschaftlichen Kuss aus, weil er dringend nach Luft schnappen musste, doch ihre Hände trennten sich nie. Bis Tina wusste, dass es nur noch Sekunden waren, bevor sie den Höhepunkt nicht länger zurückhalten können würde.

Sie ließ ihn los, richtete sich auf, ihre Finger vergruben sich in seiner Brust, seine Hände fanden sich auf ihren Hüften ein, ihre Blicke versanken ineinander und der eine wartete auf das stille Kommando des anderen. Tina gab es, kurz bevor Daniel mit ihr gemeinsam losließ und sie stöhnend in seine Arme zog. Immer wieder drang er in sie ein, als wollte er den Orgasmus ewig hinauszögern. Er nahm ihr Gesicht in seine Hände, ließ die Finger in ihr Haar gleiten und zwang sie nah an sich, jedoch nicht, um sie zu küssen, sondern nur, um sie andächtig zu mustern. Trotz heftig gehenden Atems und obwohl er noch immer in sie hineinstieß. Als sie die Muskeln anspannt, stöhnte er leise und tupfte einen Kuss auf ihre vollen Lippen.

»Ich liebe dich«, sagte er rau, »und ich bin so unendlich froh, hier zu sein. Du hast keine Vorstellung.«

Sie antwortete nicht, sondern kuschelte sich nur in seine Arme, kämpfte mit den Tränen, weil es sich bereits wieder so normal anfühlte und umarmte ihn selbst so fest sie konnte, bevor beide einschliefen.

80. And It Wasn't a Dream

Dieses verfluchte Ziehen ...

Es würde Tina verfolgen, bis sie alt und grau war. Inzwischen war sie davon über-
zeugt. Ächzend stützte sie mit beiden Händen ihren Rücken, wollte sich instinktiv
strecken, unterließ es jedoch, denn in der letzten Sekunde vor Begehen der Frevel-
tat, fiel ihr ein, was Jonathan gesagt hatte:

»Versuche, jede Dehnung zu vermeiden. Nicht nach oben greifen, nicht die
Arme über den Kopf strecken, alles könnte unterstützend wirken.«

Also kein Dehnen. Sie legte sich zurück, schloss die Augen und versuchte, wie
so häufig, an etwas Schönes zu denken, ohne das ultimativ Schönste auch nur an-
zutippen. Denn das führte nur zu dieser vertrackten Melancholie und Trauer, die
Jonathan ihr auch strikt verboten hatte.

»Niemand versteht dich mehr als ich, aber wenn du dein Kind behalten willst,
trennst du dich vorerst von derartigen Gedanken.«

Super! Was für ein frommer Ratschlag! Tina war nicht einmal sicher, ob sie ihn
wirklich befolgen wollte, denn es erschien ihr wie Verrat. Ihn aus ihren Gedanken
zu verbannen war, als würde sie akzeptieren, dass er nicht zurückkommen würde.
Derzeit weigerte sie sich mit allem, was ihr an Stärke zur Verfügung stand dage-
gen, dass genau dies eintraf, und wusste dennoch, dass ihr ihm Grunde überhaupt
keine andere Wahl blieb. Vergiss ihn ... komm, vergiss ihn ... Tu es! Gib dir ein
bisschen Mühe! Nur für den Moment!

Neun Monate waren nur leider ein verdammt langer Moment. Apropos, ver-
dammt. Dieses Ziehen war schon wieder zurück. In der Zwischenzeit hatte Tina
sich daran gewöhnt, bekam nicht länger bei jedem erneuten Auftreten Beklemmun-
gen und glaubte sofort, den aussichtslosen Kampf endlich doch verloren zu haben.
Viel Hoffnung hatte Jonathan ihr ohnehin nicht gemacht. Er war Arzt genug, um
sie über die zahlreichen Risiken für das Baby hinreichend aufzuklären. Und wenn
Tina in ihrem Bett lag, das noch immer ein wenig nach Dem, an den sie nicht denken durfte, *duftete, dann setzte sie sich wahlweise mit dem Gedanken auseinander,*
dass ihr Baby sterben oder schwerstbehindert zur Welt kommen würde.

Um überhaupt hier in ihrem Bett liegen zu dürfen und nicht mehr in dem un-
persönlichen Klinikzimmer hausen zu müssen, hatte sie alles an Kräften aufbieten
müssen, was verfügbar war. Leider wurde das mit jedem Tag etwas weniger.

Jonathan hatte ihre Idee nämlich keineswegs begrüßt und war mit jeder gemeinen und düsteren Prophezeiung aufgewartet, derer er habhaft werden konnte, um sie von ihrer Flucht nach Hause abzuhalten. In seiner Position waren das erschreckend viele.

Dennoch hatte sie sich durchgesetzt, denn Tina wusste, dass sie die unendlich lange Zeit, die noch vor ihr lag, in diesem Klinikbett nicht überleben würde. In den vergangenen Wochen war Tina aufgegangen, wie wundervoll weitsichtig sie gehandelt hatte, indem sie jeden verfügbaren Cent zur Seite legte. Offensichtlich hatte George Hunt das Geizgen an seine Tochter weitergegeben. Denn abgesehen von einigen Expertisen, die Tina am Laptop erstellte, war an Arbeit nicht zu denken.

Und damit waren längst nicht alle ihrer derzeitigen Probleme benannt. Einige davon gehörten sogar in den sehr nüchternen und weltlichen – sprich: juristischen – Bereich. Auch wenn die Familie alles tat, um wenigstens diese Schwierigkeiten von ihr fernzuhalten. Dies war Daniels Appartement und Tina genoss nur Bleiberecht. Einen entsprechenden Vertrag hatten sie nie abgeschlossen, worüber sie trotz der unerwarteten Probleme sehr froh war. So etwas hätte nun einmal nicht zu ihnen gepasst. Leider musste sie sich neben allem anderen der Tatsache stellen, dass sie im Falle seines Ableb...

Falscher Gedanke! Böse Tina! Pfui!

Uhhh, dieses Ziehen zermürbte sie wirklich. Faktisch wusste Tina nicht, wovon sie sich als Erstes ablenken sollte. Es gab zu viel, mit dem sie sich nicht beschäftigen durfte und es auch gar nicht wollte, das sich aber leider nur sehr, sehr schwer aus den Gedanken verbannen ließ. Besonders, wenn man den ganzen Tag ans Bett gefesselt war. Abgesehen von kurzen Ausflügen in die Küche und ins Bad, war das Laufen Tina nämlich strikt verboten. Und wenn die allgemeine Lage mal wieder drohte, ihr über den Kopf zu wachsen und auch das Streicheln ihres stetig wachsenden Bauches nicht mehr helfen wollte, tat sie das, was jeder vernünftige Mensch in einer derartigen Situation getan hätte: Tina flüchtete sich in die natürliche Bewusstlosigkeit. An den einzigen Ort, an dem sie glücklich sein durfte. Denn dort wartete ...

Er.

Strahlend, das halbe Gesicht vom Bart bedeckt und mit diesem wundervollen, ernsten Blick. Warum konnte Tina nicht erklären, doch sie liebte ihn besonders, wenn er so ernsthaft war. Durch die unnatürliche Bräune wirkten die Augen viel heller als sie in Wahrheit waren. Auch sein Haar schien mit jedem Tag von der Sonne etwas ausgebleichter zu sein.

Groß, schlank, selbstbewusst, mit dieser unüblich geraden Haltung und dem stolz erhobenen Kopf, kam er auf sie zu. Leger und dennoch elegant gekleidet, von ausgesuchter, männlicher Grazie. Und wie üblich war da dieses Lächeln, für das sie schon immer getötet hätte. Er nahm ihre Hand und zog sie in seine Arme, sorgte jedoch dafür, dass sie sich nicht vollständig berührten. Ihre ineinander geschlungenen Hände befanden sich in Brusthöhe zwischen ihnen. Daniels Eroberungs-Position – aber nur bei Tina! Darauf legte sie besonderen Wert!

»Es hat sich gelohnt«, wisperte er an ihren Lippen, selbstverständlich mit diesem dunklen Hauchen, das sofort unter die Haut ging. »Unendlichkeiten habe ich auf diesen Moment gewartet, kannst du dir das vorstellen?«

»Ja.« Sie klang peinlich atemlos, aber so war das nun einmal, wenn Grant und Hunt aufeinandertrafen, Tina ärgerte sich längst nicht mehr darüber.

»Ich hoffe, du hast nicht bezweifelt, dass ich kommen werde?«

Der strenge Prof war auf der Bildfläche erschienen und Tina beeilte sich, zu lügen. »Niemals!«

»Brav.« Er nickte ernst, doch dann breitete sich ein Grinsen auf seinem Gesicht aus, und die Augen blitzten noch etwas greller. »Ich liebe dich.« Damit senkte er den Kopf, bis sich ihre Lippen berührten. So weich und fest zugleich, unvergleichlich, einzigartig.

»Dito«, hauchte sie noch schnell, und schloss in Erwartung des langen, sinnlichen, leidenschaftlichen unverwechselbaren Grant-Kusses die Lider. Nur leider blieb der aus. Was zur Hölle …? Die Wärme seines Gesichts verschwand und kurz darauf ertönte, für Tina total unverständlich, sein entnervtes Knurren:

»Verdammt!«

An eine leidenschaftliche Umarmung einschließlich ineinander geschlungener Hände war auch nicht mehr zu denken, inzwischen hatte Daniel sie nämlich an den Armen gepackt. »Hast du denn nichts dabei?«

Okay, aus dem Kuss würde wohl nichts werden. Und da dies offenbar feststand wie das Amen in der Kirche, konnte sie ihn auch ansehen und wenigstens den Versuch starten, herauszufinden, wovon dieser unromantische Klotz überhaupt sprach. In seiner Miene fand sie den Vorwurf, den sein Ton bereits angekündigt hatte. Dahinter verbarg sich unverkennbar die Sorge.

»Was ist denn?«

Entnervt, aber so ekelhaft nachsichtig wie immer, wenn es ihre Person betraf, deutete er seufzend zu Boden. »Du solltest besser aufpassen, Tina. Der Teppich ist ruiniert.«

Was? Ratlos folgte sie seinem Blick und ihre Augen wurden groß. Rot! Alles war rot! Überall! Der weiße Teppich glich einer Schneedecke, auf der jemand rote

Rosenblätter verteilt hatte. Das Herz sackte in ihren Magen und mit einem Mal überrollte sie unerträgliche Übelkeit. Doch all das war nichts im Vergleich zur sengenden Verlegenheit, die ganz nebenbei auch noch in ihr wütete. Eilig sah Tina auf, das Blut stieg ihr ins Gesicht.

»Das tut mir so leid, Daniel, ich wollte ...«

Er verdrehte die Augen.

»Kein Problem, aber du siehst ein, dass wir wieder einmal einen Abstecher in die Klinik unternehmen müssen, ja? Ist die Aborttasche bereit?«

81. 3 A. M.

Tina schreckte auf und starrte panisch in der Dunkelheit umher. Wie so häufig benötigte sie einen langen, atemlosen Moment, bevor sie sich in der Realität zurechtfand und registrierte, dass es nur einer dieser verdammten Albträume gewesen war. Erleichtert wischte sie sich über die schweißnasse Stirn, atmete einige Male tief durch und blickte schließlich neben sich. Sofort verzog sich ihr Mund zu einem seligen Lächeln, denn dieser Anblick entschädigte für alles. Dunkel hob sich Daniels Gestalt von der weißen Decke ab. Die Lippen waren leicht geöffnet und sein Arm hatte sich fest um das Baby gelegt, das selig zwischen ihnen schlief. Es hatte sich innerhalb der vergangenen Wochen eingebürgert, dass Daniel, Daniel und Tina gemeinsam in dem wirklich recht schmalen Bett nächtigten. Aus rein pädagogischer Sicht hätte Tina das unterbinden müssen, ja – es war ihr keineswegs entgangen. Nur leider lag ihr nichts ferner, als das durchaus angebrachte Machtwort auch zu sprechen! Die sogenannten Regeln galten nicht für ihre Familie und das würden sie auch nie. Basta!

Ihre Mundwinkel zuckten amüsiert.

Und daher landete Daniel – die Miniaturausgabe – spätestens nach Ablauf der ersten Nachthälfte zwangsläufig in ihrem Bett, was diesen außerordentlich entzückte. Es hatte keinen Tag gedauert, bis Vater und Sohn sich angefreundet hatten und keine Woche, bevor sie ein Herz und eine Seele geworden waren. Dieser Entwicklung war möglicherweise seitens der Mutter noch Vorschub geleistet worden, weil Tina keine weitere Trennung duldete. Die Reise durch die diversen Fernsehsender hatten sie gemeinsam bewältigt. Ein weiteres Mal würde sie kein Risiko eingehen – *nie wieder!* Auch das hatte Daniel mit erstaunlich wenig Widerstand akzeptiert. Wie alle Änderungen, die sie seit seiner Rückkehr eingeführt hatte. Vielleicht empfand er sogar ähnlich.

Ihr nächster visueller Ausflug in sein Gesicht war von eher besorgter Art. Auch eine der vielen neuen Seiten an ihr: die ewige Angst um ihn. Er war verändert, all die Leichtigkeit verschwunden, auch wenn Daniel sich bemühte, davon nichts nach außen dringen zu lassen.

Sein Humor war bissiger, das Lächeln weniger breit und die Stimme leiser. Selbst sein penetranter Wille und die Überzeugung, in jeder Situation mindestens um einen Grad besser als seine Mitmenschen zu sein, gehörten der Vergangenheit an. Es gefiel Tina nicht, was interessant war, wenn man bedachte, wie häufig sie ihm genau diese Eigenschaften vorgeworfen hatte.

Eines stand für sie fest: Nie wieder würde er an einem dieser Einsätze der Ärzte ohne Grenzen teilnehmen. Tina für ihren Teil hasste die Leute. Nicht, weil sie anderen Menschen halfen, sondern weil sie ihr aufopferungsvolles Personal nicht schützten und damit reihenweise Familien ins Unglück stürzten. Deshalb hatte sie still und heimlich beschlossen, dass Daniel ihnen nicht mehr zur Verfügung stehen würde. Bisher war dem davon noch nichts bekannt, Tina nichtsdestotrotz fest entschlossen, das bevorstehende Kräftemessen für sich zu entscheiden. Egal, was er sagte und mit welchen vermeintlich bestechenden Argumenten er aufwarten würde. Auch in diesem Land gab es genügend Menschen, die auf die Hilfe der besser Situierten angewiesen waren. Sollte er diese besondere, uneigennützige Seite in sich hier ausleben. Es war nicht so, dass Tina sein Engagement nicht mehr bewundert hätte, doch neuerdings verfluchte sie es auch. Um ehrlich zu sein, glaubte sie nicht daran, dass der Kampf eskalieren würde. Denn auch Daniel hatte bisher so gar keine Absichten erkennen lassen, einen dieser gefährlichen Ausflüge wiederholen zu wollen. Immer achtete er darauf, dass sich Tina und der kleine Daniel in Sichtweite befanden, und suchte sie mit sichtlicher Panik, wenn das einmal nicht der Fall war.

Selbst im Appartement war dies anfänglich so gewesen und Tina waren die Gründe, die hinter dieser neuen Angewohnheit lauerten, nur allzu bewusst.

Bis jetzt hatte Daniel seine Arbeit nicht wieder aufgenommen, und auch Tina genoss derzeit einen langen, ausgiebigen, ungeplanten Urlaub. Aber irgendwann würde zwangsläufig der Alltag einkehren – ein Stück weit sehnte sie ihn sogar herbei. Was allerdings zwangsläufig bedeutete, dass sie sich für eine gewisse Zeit am Tag trennen würden. Momentan war ihr noch schleierhaft, wie das funktionieren sollte.

Doch dies waren Probleme, mit denen sie sich befassen würde, wenn sie spruchreif wurden. Eine *ihrer* Seiten hatte definitiv überlebt: Die Scarlett in Tina erfreute sich bester Gesundheit. Auf der kleinen *Herzlich-Willkommen-Lebendig-Zurück*-Party, die nur dem engsten Freundeskreis vorbehalten gewesen war, hatte Tina mit Professor Miller über diese vertrackten *Ärzte ohne Grenzen* gesprochen und der hatte sofort abgewunken.

»Kein weiterer Einsatz nach diesem Erlebnis! Es reicht! Die Verantwortlichen werden nicht frech genug sein, um so etwas auch nur ins Gespräch zu bringen. Keine Sorge, Tina. Trotz des Namens gibt es durchaus Grenzen, und die wurden in eurem Fall bereits weiträumig überschritten.«

Nun, sie war zu argwöhnisch, um dies widerstandslos zu glauben und hatte sich für alle Fälle schon mal vorsorglich gewappnet. Denn es reichte wirklich, und zwar für ein gesamtes Leben. Tina war entschlossen, alles zu tun, um diesem grauenhaften, Schicksal spielenden Schatten im Hintergrund die Möglichkeit zu rauben, auch nur ein einziges weiteres Mal bei ihnen herumzupfuschen. Tinas Kräfte waren begrenzt – Daniels auch.

Unvermutet richtete sie sich auf und betrachtete ihn eingehender. Besorgt, natürlich, doch auch mit unverkennbarer, bedingungsloser Liebe. Es schien, als wäre diese innerhalb der vergangenen Wochen noch einmal erheblich gewachsen. Inzwischen war Tina entschlossen, wie eine Löwin um ihn zu kämpfen, sollte dies erforderlich werden. Grausam genug, dass sie das nicht bereits viel früher getan hatte, dann wäre alles anders gekommen. Bisher hatte Daniel seinen Bart nicht entfernt, obwohl sie wusste, dass er ihn nicht mochte. Vermutlich wollte er nicht, dass sie sah wie hager und eingefallen sein Gesicht wirklich war. Er erzählte nichts von seinen Erlebnissen als Geisel dieser afrikanischen Bürgerkriegsrebellen und Tina hütete sich, danach zu fragen. Möglicherweise würde er eines Tages bereit zum Reden sein. Dann, wenn dieser harte Glanz in seinen Augen etwas weicher geworden war, und er nicht mehr ganz so häufig in Gedanken verloren aus dem Fenster blickte, bis sie sich zu ihm setzte und aus seinem Tag-Albtraum rettete.

Es schmerzte, ihm nicht helfen zu können, doch Tina wusste genau, weshalb er ihr diesen besonderen Teil seines Lebens vorenthielt und damit gleichzeitig das Ausmaß seiner Liebe bewies. Nein, *oh, nein*, nicht die geringsten Zweifel hatten überlebt, die Zeit der dummen Spielchen war endgültig vorbei! Jeder Gedanke an die Albernheiten, mit denen sie sich das Leben schwer gemacht hatten, ließ Tina noch nachträglich wütend werden und sich im Geiste ohrfeigen. So viel verschenkte Zeit! Wie hatten sie nur so dumm sein können?

Auch sie hatte ihm beileibe nicht alles erzählt, was in seiner Abwesenheit vorgefallen war, und ließ, aus Schaden klug geworden, Jonathan, Edith und alle übrigen Beteiligten zuvor bei deren Leben schwören, ebenfalls nichts darüber verlauten zu lassen. Daniel hatte genug durchgemacht. Sie war entschlossen, alles von ihm fernzuhalten, was ihm womöglich noch mehr Schuldkomplexe eingebracht hätte, als er ohnehin schon meinte, bewältigen zu müssen.

Bereits in der kommenden Woche sollte die Hochzeit stattfinden. Im engsten Kreis natürlich, keiner der beiden hätte es anders gewollt. Ihnen ging es nicht um die Feier oder die Zeremonie, sondern um das Ergebnis. Weder Daniel noch Tina konnte es schnell genug gehen, als befürchteten sie, abermals wieder zu verlieren, wenn sie ihre Liebe nicht endlich besiegelten. Sie fühlten sich gehetzt, von irgendwem gejagt, und möglicherweise verhielt es sich ja auch genauso. Die Zeit trieb sie unaufhörlich vor sich her, schien neuerdings sogar eine Treibjagd auf sie zu veranstalten. Ein Leben war nun einmal begrenzt. Sie hatten bereits zu viel davon verschenkt, um auch nur eine weitere Sekunde unüberlegt und nicht optimal ausgenutzt zu vergeuden.

Zu viel verschenkte Zeit.

Unaufhaltsam wanderten Tinas Gedanken wie so häufig zu der unendlich langen Schwangerschaft zurück. Das ewige Liegen, das Nicht-Aufstehen-Dürfen, die Ängste und die Panik, wenn der Kontraktionsschreiber wieder Kurven anzeigte, die gar nicht da sein durften. Die scheußlichen Nebenwirkungen der Wehenhemmer – monatelang hatte sie keinen Stift halten können, weil ihre Hände so arg zitterten. Das ständige Herzrasen, die Schweißausbrüche und diese verdammte *Angst!*, möglicherweise am Ende zu versagen, weil ihr Herz vor der chemischen Invasion kapitulierte. Und über allem ragte der ewige Kampf, sich unter keinen Umständen ihrer unendlichen Trauer hinzugeben. Zu allem Überfluss war da auch noch Jonathans ewig besorgtes Gesicht gewesen. Und wenn er sich noch so viel Mühe gab, er konnte sich nicht gut genug verstellen, um seine düsteren Prognosen vor ihr zu verbergen. Lange Zeit hatte Daniel Juniors Grandpa seinem Enkel keine großen Chancen eingeräumt.

Jedes Familienmitglied und auch die Freunde hatten geschickte Praktiken entwickelt, um die allgegenwärtige Traurigkeit zu tarnen. Und jeder Einzelne scheiterte regelmäßig. Bemerkbar an den aufgesetzt fröhlichen Gesichtern und Gesprächsthemen, die zur Schau gestellt wurden, sobald sie aufeinandertrafen. Nur kein Schweigen aufkommen lassen, das provozierte nämlich Fragen, Gedanken, ernste Mienen – *Gefahr!* Dennoch setzte jene berühmt-berüchtigte, bedrückende und so aussagekräftige Stille zuverlässig nach einigen Minuten ein. Dann, wenn jeder Gag erzählt und jedes fadenscheinige Thema abgehandelt worden war. Daher hatten sie sich mit fortschreitender Schwangerschaft immer seltener gesehen. Allerdings sorgte Tom dafür, dass Tinas Lebensmittelvorräte regelmäßig erneuert und der Briefkasten geleert wurden. Dem war es nämlich noch am ehesten gelungen, wenigstens so zu tun, als wäre alles in bester Ordnung.

Sobald Jonathan auch nur annähernd sichergehen konnte, hatte er das Baby geholt – per Kaiserschnitt, er ging nicht das geringste Risiko ein. Eine halbe Stunde nach Verabreichung der örtlichen Narkose hatte Tina einen klitzekleinen und dennoch wunderbaren Sohn im Arm gehalten. So rosig, neu, wunderschön und ganz offensichtlich gesund. Das allgemeine Aufatmen im Kreißsaal hätte nicht lauter ausfallen können.

Seit *seinem* Verschwinden hatte niemand gewagt, den Namen zu erwähnen und so war Tina tatsächlich die Erste, die rund sieben Monate danach dieses Tabu brach.

»Daniel«, hauchte sie ergriffen und streichelte die kleinen Fingerchen, betrachtete die rosigen Wangen, die hübschen langen Wimpern und das rabenschwarze Haar.

Einer der seltsamsten emotionalen Cocktails suchte sie soeben heim. Unendliches Glück, ihr Baby endlich im Arm halten zu dürfen. Nach all den Mühen und Entbehrungen der vergangenen Monate, die längst vergessen waren. Hinzu gesellte sich überwältigende Trauer und ja, ohnmächtige, aber glühende Wut, auf den grauenhaften, nicht näher definierten Schatten, der dafür gesorgt hatte, dass *er* dieses Wunder niemals sehen würde. Ganz plötzlich unterteilte sich die Bedeutung dieses besonderen Namens.

Der Unaussprechliche, dieses *Daniel* ..., das sie nicht einmal in ihrem Kopf zu hauchen wagte, blieb das Tabu, das es seit vielen Wochen darstellte. Doch es gab auch Daniel, ihren größten Schatz. Dieses Wort benutzte sie ab sofort täglich unzählige Male. Faktisch ohne Unterschied, waren es dennoch zwei Welten. Und nicht nur für sie, Tina wusste, dass es allen anderen ähnlich erging.

Das Baby war nicht nur ihr Juwel, sondern die größte Kostbarkeit der gesamten Familie. Tina brauchte keine Sekunde, um das zu begreifen, und es bereitete ihr nicht die geringsten Schwierigkeiten, zu teilen.

Denn sie wusste, dass sie auf die anderen bedingungslos zählen konnte und ohne deren Unterstützung dieses Wunder niemals zustande gebracht hätte. Niemand sagte es, natürlich nicht, das Thema wurde ja ohnehin gemieden wie die verheerendste Seuche. Trotzdem waren alle davon überzeugt, dass *Er, dessen Name niemals genannt wurde*, längst nicht mehr lebte.

Sie wussten es ... jedenfalls war Tina lange Zeit davon ausgegangen. Es hatte ein wenig gedauert, bevor sie nach Daniels Rückkehr dahinterkam, dass die anderen es eben *nicht* genau gewusst hatten. In Wahrheit war das genaue Gegenteil der Fall gewesen. Wie weit dieses Schweigen tatsächlich gegangen war, konnte und wollte sie nicht herausfinden, denn es war kein gutes Gefühl, von allen belogen und betrogen worden zu sein. Tina genügte zu wissen, wo das Komplott seinen Ursprung genommen hatte. Wütend stellte sie Jonathan zur Rede, sobald sie ihn zu Gesicht bekam. »Wie konntest du es wagen, es vor mir zu verheimlichen? Warum ... *warum* hast du mich in all den Monaten glauben lassen, dass *er* ...« Auch jetzt noch gelang es ihr nicht, das Unaussprechliche endlich zu artikulieren. Die Tränen, nie weit weg, drohten bereits wieder, sie zu überwältigen. Der Doktor ließ sich nicht aus der Ruhe bringen, möglicherweise hatte er auf ihren Angriff auch nur gewartet. Sein Lächeln fiel etwas mühsam aus, und zum ersten Mal sah Tina, wie alt ihr Schwiegervater geworden war. Das lag nicht nur an dem plötzlich weißen Haar, sondern besonders an den Augen, die jeden Glanz verloren hatten. Allerdings zähmte auch diese Erkenntnis ihren Groll nicht sonderlich.

»Nichts war sicher«, sagte er leise, den Blick auf seinen Sohn gerichtet, der sich mit dem kleinen Daniel auf dem Schoß, sichtlich Mühe gab, nicht zu ihnen hinüberzusehen.

»Manchmal ist es besser, mit dem Schlimmsten zu rechnen, als sich Hoffnungen hinzugeben, deren Erfüllung von so geringer Wahrscheinlichkeit ist.« Als sie protestieren wollte, kam er ihr zuvor und fuhr eindringlich fort. »Wären sie während der Schwangerschaft zerstört worden, hättest du …«

Es war nicht erforderlich, den Satz zu Ende zu bringen. Tina wusste sehr wohl, dass er richtig lag, doch das änderte auch nichts an ihrem Zorn. All die vielen ungebetenen Gedanken, in denen sie verzweifelt zu begreifen versucht hatte, dass sie Daniel niemals wiedersehen würde – denn das galt für sie lange als unausgesprochene Gewissheit. Er sprach von Hoffnung, die er nicht hatte zerstören wollen? Aber sie hatte sich diese Hoffnung nicht gegönnt, hatte gegen sie gekämpft, gegen jeden Gedanken an ihn, eben, um nicht zu sterben, wenn die grauenvolle Nachricht sie eines Tages erreichen würde.

All der Schmerz, unerlaubt und dennoch allgegenwärtig. Dieses stetige Bestreben, jede Hoffnung im Keim zu ersticken, weil Tina nun einmal ein Realist war, der sich nur ungern in irgendwelche Illusionen flüchtete und die winzigste Rechtfertigung dafür trotzdem nur allzu gern angenommen hätte. Selbst dieses bodenlose, vernichtende Gefühl, als er plötzlich vor ihr stand, das verzweifelte Bestreben, *nicht* zu glauben, was sie sah, wegen ihrer abgrundtiefen Angst, am Ende aufzuwachen und nur diesen verdammten Trockenblumenstrauß und den MP3-Player zu sehen. Alles, was ihr – neben ihrem größten Schatz – von *ihm* geblieben war. All die vernichtenden Emotionen, selbst das Glück war zerstörend ausgefallen. So überwältigend, dass sie noch auf der Eisbahn geschworen hätte, daran zugrunde zu gehen … Man konnte nämlich durchaus an einer Überdosis Glück sterben. Jetzt wusste sie es. Nein, das konnte sie nicht einfach verzeihen.

Tina fühlte sich grenzenlos hintergangen, wie eine Marionette, die nach Gutdünken des Puppenspielers hin und her geschoben worden war. Und genau das beschrieb eine der unerträglichsten Angewohnheiten ihres Schwiegervaters, nicht wahr? Sein schlimmstes Laster. So etwas hatte er nämlich bereits sehr häufig getan, tat es vielleicht immer, selbst jetzt, in diesem Moment, ob im Kleinen oder im Großen. Jonathan Grant spann im Hintergrund die Fäden. So, wie er damals Daniel bei dieser Hilfsorganisation unterbrachte und ihn damit Tina fortnahm.

Für elend lange, grauenvolle Jahre. Oder auch, als er Tina die Adresse seines Sohnes gab, es jedoch unterließ, diesen über ihr Kommen zu informieren.

Inzwischen waren ihr seine verdammten Barabenteuer so grenzenlos egal. Tina sah die Dinge neuerdings mit einer nie gekannten Klarheit: Wäre er an jenem Abend daheimgeblieben, in Erwartung ihres Eintreffens, ein spöttisches Lächeln auf den Lippen, möglicherweise sogar ein freudiges, dann hätten sie Monate mehr gehabt. Das, und *nur* das zählte noch. Jonathan hatte nur in bester Absicht gehandelt, daran zweifelte Tina für keine Sekunde. Aber es entbehrte nicht einer gewissen Selbstherrlichkeit, über die Köpfe anderer zu entscheiden und dabei zu übersehen, dass diese möglicherweise eigene Gedanken und Vorstellungen zur Gestaltung ihres Lebens hatten.

Es würde noch lange dauern, bis sie dieses gewisse negative Gefühl in Gegenwart ihres Schwiegervaters endgültig überwinden können würde.

Nachdenklich ließ Tina in der Gegenwart ihren Finger an der knochigen Schläfe Daniels hinabwandern. Sie beide hatten gelitten und taten es noch. Doch im Grunde spielte selbst das nur eine untergeordnete Rolle. Wichtig war nur eines: Dass sie endlich zusammen sein konnten. Als Tina die aufkeimende Übelkeit spürte, dachte sie nicht sonderlich darüber nach, sondern schlich eher resigniert ins Bad. Das kannte sie bereits. Diesmal ging es gut, der kleine Schnitzer von eben, weil sie sich zu abrupt aufgerichtet hatte, wurde nicht umgehend bestraft. Aber als sie im grellen Neonlicht der Badezimmerbeleuchtung in ihrem Schrank nach ihrer Zahnbürste greifen wollte, fiel ihr Blick auf die kleine, unscheinbare, in Pink gehaltene Packung, die direkt daneben so unschuldig vor sich hin schlummerte. Seit Tagen lag sie bereits dort, Tina hatte bisher nur nicht den Mut aufgebracht, sich endlich Gewissheit zu verschaffen. Im Grunde kannte sie das Ergebnis, so dumm, die Anzeichen zu übersehen, war sie schon lange nicht mehr.

Nachdem sie sich eine Weile fixiert hatten – Schachtel und Tina – entschloss Letztere sich, dass es an der Zeit war, der Situation einen Namen zu geben. Warum nicht um halb drei in der Nacht? Zehn Minuten später legte sie sich wieder ins Bett und kuschelte sich an jene beiden Menschen, die das Wichtigste in ihrem Leben ausmachten. Manchmal hatte sie das dringende Bedürfnis, sich mit ausgebreiteten Armen über sie zu werfen, um sie zu beschützen – wovor auch immer. Diese leicht an Wahnsinn erinnernde Tendenz behielt Tina besser für sich, denn die Lage gestaltete sich auch ohne diese besorgniserregende Entwicklung angespannt genug. Erst, als sich behutsam sein Arm um sie legte, erkannte sie, dass Daniel wach war.

»Wo warst du?«, flüsterte er schlaftrunken. »Kannst du nicht schlafen?«

Es dauerte eine ganze Weile, bevor Tina ihr Grinsen unter Kontrolle bekam, das ständig versuchte, auf ihrem Gesicht aufzutauchen. Schließlich räusperte sie es energisch beiseite, küsste erst Daniel Juniors Schläfe und dann die des Seniors. »Wie wäre es, wenn wir uns eine neue Wohnung suchen?«

»Was ist mit dieser, gefällt sie dir nicht mehr?«

»Nun ...« Nach dem nächsten Kampf gegen das blöde Grinsen, den sie diesmal mit wehenden Fahnen verlor, fuhr Tina fort. »Sie dürfte demnächst etwas zu klein werden.«

Daniel brauchte fünf Sekunden, um zu schalten. So behutsam wie möglich richtete er sich auf und betrachtete sie eingehend und mit großen Augen, die Tina sogar in der Dunkelheit problemlos ausmachte. »Willst du damit sagen?«

Mehr als das blöde Grinsen brachte sie nicht zustande, doch es genügte. Lächelnd lehnte er sich vor und küsste sie sanft und andächtig. Dann hob er den Kopf und streichelte behutsam ihre Wange.

»Seit wann weißt du ...«

Anstatt zu antworten, verschloss sie seinen Mund mit einem weiteren kurzlebigen Kuss. »Nicht so laut! Bist du verrückt?«

»Ist ja gut, Hunt«, wisperte er an ihren Lippen und rieb seine Nasenspitze an ihrer. Klein-Daniel schniefte laut auf und die holden Eltern starrten sich entsetzt an. Niemand wagte zu atmen. Und als sich das kleine Köpfchen zur Seite drehte und kurz darauf das normale Schniefen wieder einsetzte, holten sie tief Luft. *Glück gehabt!* Behutsam, um das Baby nicht doch noch zu wecken, zog er sie an sich, soweit das unter diesen Umständen überhaupt möglich war. Seine Lippen legten sich an ihre Schläfe und Tina schloss die Lider, wusste, dass er das Gleiche tat. Als bestünde eine mentale Verbindung zwischen ihnen, die jedes Wort überflüssig machte, meinte sie, ganz genau zu wissen, was in ihm vorging. Es war das Gleiche, was auch momentan in ihr tobte.

»Wollen wir morgen auf Wohnungssuche gehen?«, erkundigte er sich nach einer Weile.

»Ja.« Ohne die Augen zu öffnen, ließ sie zärtlich ihre Fingerspitzen über seinen Arm wandern.

»Hier oder in Ithaka?«

Sie sah ihn an. »Du meinst, wir sollen zum Anfang zurückkehren?«

»Ja.«

Lange Zeit lagen sie Arm in Arm nebeneinander, zwischen ihnen ihr kleiner Sohn, der sich in seinem Schlaf durch nichts und niemanden stören ließ. Keiner der beiden sagte ein Wort, es war nicht erforderlich. Tina glaubte bereits, Daniel wäre eingeschlafen, als sie hörte, wie sich seine Lippen teilten.

»Darling?«

»Ja?«

»Wenn wir dieses bekommen haben, fehlen uns nur noch 2998.«

Schlagartig saß Tina aufrecht. *»Was?«*

Eilig verschloss Daniels Hand ihren Mund. »Schhh!« Nur mit sichtlicher Mühe unterdrückte er sein Gelächter. »Vergiss es.«

Sein Arm legte sich um sie, zwang sie mit sanftem Druck wieder neben sich. Und als ihr Kopf auf seiner Schulter lag, hauchte er einen andächtigen Kuss auf ihre Stirn. »Dann also auf zum Anfang?«

Tina schloss die Augen.

»Ja … zum Anfang.«

Ende

82. Thank You

… for the music.

Klingt platt, passt hier aber, denn mit genau zwei Ausnahmen, handelt es sich bei den Kapitelüberschriften und auch beim Titel um Songs. Daher gilt mein erster, außerordentlicher Dank: ›30 seconds to Mars‹, ›Linkin Park‹, ›Placebo‹, ›Poets of the Fall‹, ›Simple Plan‹, ›Nickelback‹, ›Robin Back‹, ›Depeche Mode‹ … uh, ich weiß nicht, wo ich noch alles gewildert habe, auf jeden Fall sind es eine ganze Menge :).

Dieser Sammelband, die Gesamtausgabe der Keine-wie-sie-Reihe, trägt den ursprünglichen, den Arbeitstitel dieser Story: ›From Yesterday‹. Sie entstand zwischen Anfang Dezember 2011 bis Ende Januar 2012, und ich verfasste sie eigentlich nur, weil ich vom Urteil-Leben-Überarbeiten so entnervt war. Ich wollte unbedingt etwas Neues schreiben, nicht nur ständig verbessern, nahm mir also einen Bleistift, einen Block – ja, das ist kein Witz –, ging hinab ins Wohnzimmer und plottete so vor mich hin. Den Titel hatte ich spontan vorher festgelegt, um ungefähr zu wissen, wohin die Reise gehen sollte.

Heraus kam die Keine-wie-Reihe oder eben ›From Yesterday‹ :). In der Geschichte sind einige Songs verewigt, die in der Handlung sehr wichtig sind. Ich habe noch nie geschrieben, um welche es sich handelt. Das hole ich jetzt hier nach: Der Titel, zu dem Tina und Daniel tanzen, bevor Daniel das College verlässt. Später hören sie ihn in Professor Millers Haus und er ist einer der Songs auf dem MP3-Player:

›Too Lost in You‹ von den Sugababes.

Der zweite Song, derjenige, den Daniel Tina so großzügig schenkt, als er ihr eröffnet, dass er für sechs Wochen nach Darfur gehen wird, ist:

›Lullaby‹ von Nickelback. Er befindet sich ebenfalls auf dem MP3-Player.

Damit ist auch dieses Rätsel endlich gelöst. Ich hatte in der ursprünglichen Fassung als Nachwort sozusagen einen Abspann erstellt, in dem ich all die Interpreten der Kapiteltitel aufführte. Darauf will ich heute lieber verzichten, es wäre wohl ein wenig langweilig. Lieber widme ich mich noch ein bisschen dem Erzählen – ich schätze, so lang war das Buch ja nun nicht, ihr verkraftet bestimmt noch ein büsschen Text. Hüstel :).

Mit der Story um Daniel und Tina begann das wundervolle Märchen, das ich seit mehr als zwei Jahren leben darf. Eigentlich schreibe ich keine Danksagungen, schlicht, weil ich immer nicht weiß, was da drinstehen soll. Die Leute, die mich kennen, wissen, dass ich selten vor Emotionen überschäume.

Bisher hab ich EINE geschrieben – diese Special Edition ist Anlass genug, um es mal mit einer zweiten zu versuchen. Also (ähm, ich übe noch, nicht sauer sein, wenn es danebengeht):

Danke euch, die ihr irgendwann vor so vielen Jahren anfingt, meine Geschichten und mich zu begleiten und bis heute nicht damit aufgehört habt.

Danke euch, die ihr damals dieses Buch mit dem pinkfarbenen Cover und dem Cupcake trotz aller möglicherweise widersprüchlichen Gefühle gekauft und mir damit meinem Traum ermöglicht habt. Denn das war der Anfang von allem!

Danke an euch, die ihr IMMER ein e-book kauft, nicht auf die Piratenseiten ausweicht und mir damit ermöglicht, mir meinen Traum auch weiter zu erfüllen. Ich hoffe, ich kann auch mit den eher niedrigen e-book-Preisen stets meine Dankbarkeit ausdrücken.

Danke an euch, die ihr unermüdlich Werbung macht, EGAL, mit welchem Experiment ich euch mal wieder auf eine harte Geduldsprobe stelle. Danke gleichfalls denjenigen, die Genre übergreifend alles lesen und sich alles von mir gefallen lassen, was ich so publiziere. Ich weiß, inklusive Susana ist das eine ganze Menge :).

Danke an euch, die ihr mir Rezensionen schreibt, denn die sind so wichtig. Ich tue mich immer schwer mit Aufrufen, weil ich so ungern bettele und euch auch nicht auf die Nerven gehen will. Aber an dieser Stelle wage ich es noch einmal:

Bitte, schreibt Rezensionen, wenn ihr ein Buch gelesen habt!

Es ist so wichtig, ein Feedback zu bekommen. Daneben sind Rezensionen auch aus rein wirtschaftlichen Gesichtspunkten für einen Autoren von riesiger Bedeutung. Klar, ein Künstler kann größtenteils nur über seine Kritiken von sich reden machen. Gibt es keine Reaktionen auf sein Werk, wird sich auch niemand bemüßigt fühlen, es vielleicht zu kaufen. Daher noch mal: Danke euch allen, die ihr Rezensionen dalasst. Wenn ich noch einen persönlichen Wunsch äußern darf: Sollte euch nicht gefallen haben, was ich verfasst habe, dann sagt es mir auf anständige, sprich: *nicht beleidigende* Art. Diese Respektbezeugung erbitte ich stellvertretend für alle Autoren. Niemand kann so schreiben, dass es jedem gefällt. Ich glaube, würde er das hinbekommen, wäre er auch ein verdammt glatter Autor ohne eigenen Stil, ohne Ecken und ohne Kanten. Vielleicht nicht angreifbar, aber dadurch auch extrem langweilig, gefällig, austauschbar und nicht so unverwechselbar, wie es ein Künstler nun mal sein sollte. Daher muss man nun einmal damit leben, nicht bei allen auf Zuspruch zu treffen. Das ist okay und auch wichtig. Aber es schmerzt uns, wenn wir persönliche Angriffe lesen müssen, und das von Leuten verfasst, denen wir nie begegnet sind und die nichts über den Menschen wissen, der sich hinter dem Pseudonym versteckt. Wenn ihr Kritik übt – was euer gutes Recht ist – dann tut es sachlich. Ich werde sie mir mit Sicherheit zu Herzen nehmen.

Danke euch, die ihr regelmäßig auf meiner Autorenseite vorbeischaut und mich und meine Beiträge begleitet. Ich stehe oftmals echt auf dem Schlauch, weiß nicht, was ich euch mitteilen soll, ohne euch zu nerven, und bin umso überraschter, wenn jeder noch so kleine Piep eine positive Reaktion von euch hervorruft. Ihr müsst wissen, ich bin Autor – die meisten von uns sind leicht bis mittelschwer autistisch und nicht wirklich massenkompatibel.

Danke Bethy, weil sie mein Leben ein bisschen sonniger gemacht hat. Wer Bethy lachen hört, der lacht mit und vergisst den Ärger, den er möglicherweise gerade gewälzt hat. Für jemanden, den eher Nüchternheit auszeichnet, ist sie wie ein Komet, der ins Leben knallt und es auf den Kopf stellt. Sie hat mir in einer Situation geholfen, in der ich ganz allein dastand. Sie hat mit mir eine halbe Nacht in der dunklen Cafeteria eines Krankenhauses ausgeharrt und mich danach immer noch nicht einweisen lassen 9. Für mich ist sie deshalb eine der wichtigsten Menschen in meinem Leben. Ich liebe sie – Punkt. Don Both ist möglicherweise die einzige Person, die morgens um halb fünf brüllen darf: »ICH WILL DAS BRRRRRROT MIT ROOOOOOOOOAAAAAAAAASTBEEF, ABER GESALZEN, OHNE GURKE!« – ohne dass ich sie dafür standesrechtlich erschieße. Für uns bist du Familie, ich hoffe, du weißt das. Egal, wann du uns brauchst, wir werden da sein. Okay, außer, wenn du umziehst, weil wir da gerade im Urlaub sind, sorry :).

Danke Mandy, dass du bei uns bist. Es gibt so viele Menschen, die ich innerhalb der vergangenen Jahre kennenlernte. Viele von ihnen sind mir ans Herz gewachsen, doch du nimmst neben Bethy den gleichen Platz ein. Unverwechselbar klugscheißerisch – (und meistens hast du Recht); von Grund auf ehrlich, so lieb, mit so vielen Ansichten, die mit meinen konform laufen, und immer da, wenn ich dich brauche. Ich glaube, es gibt keinen Menschen, der mich abgesehen von dir so oft gefragt hat, wie es mir geht, einfach so, und der es auch noch wirklich wissen wollte. Ich käme nie auf die Idee, ganz ehrlich. Du hast einen Vormittag lang meine hysterischen und leicht irren Vorträge über die Verkommenheit der Sektenmitglieder ertragen, und mir damit über diesen grauenvollen Tag geholfen. Danke, dass du Teil meines (unseres) Lebens bist. Für mich bist du was ganz Besonderes und möglicherweise der einzige Mensch, dessen Aussage ich ohne sie zu überprüfen als zutreffend hinnehme.

Danke an Tina, an Kimmy, an Sylvia, an Babels, an Lola, an Nicole, an Melanie, an Sandra, an Vanessa, an Christine, an Mja, an Sonja, an Bella, an Chrissi und an all die anderen, die inzwischen Teil dieses irrsinnigen Projektes sind, aus dem sich doch tatsächlich ein echter Verlag gemausert hat. Ich danke euch, weil ihr genauso menschlich denkt wie wir und das, wo ich nicht glaubte, dass es anderswo derartige Personen gibt. Danke, dass ihr gemeinsam mit uns dreien das Wunder und meinen persönlichen

Traum wahrwerden lasst. Das bedeutet mir sehr, sehr viel.

Danke an Andy, Steffi und Annika, weil ihr das ganze Theater im Allgemeinen und mein ständiges Nicht-Zuhören im Besonderen ertragt.

Und … danke Peter, weil du an mich glaubst und seit fast auf den Tag genau 20 Jahren wie der riesigste Fels in der Brandung hinter mir stehst <3 (Mal unter uns: Hättest du geglaubt, dass wir es so lange miteinander aushalten? Nein? Haha, ich auch nicht! ILD <3).

So, das war's, glaub ich.

Puh!

Eure Kera.

www.ingramcontent.com/pod-product-compliance
Lightning Source LLC
Chambersburg PA
CBHW070534030726
47505CB00001B/34